GEORG BRUN

SPÜRE meinen ZORN

Nathan Weiß ermittelt

Bookspot
EDITION 211

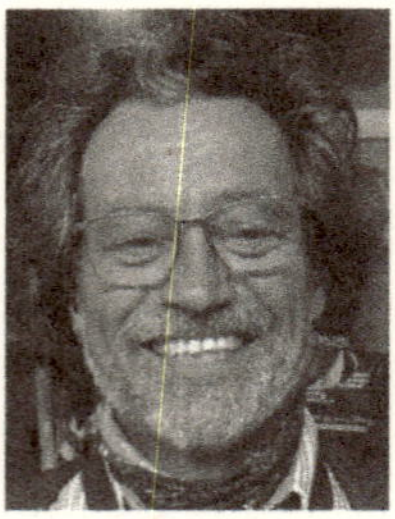

© Jeannine Bachmann

In München im Jahr 1958 geboren, ist **Georg Brun** mit einigen Abstechern stets ein »Münchner Kindl« geblieben. Auf mehrere Jahre im Bayerischen Landeskriminalamt und das Jura-Studium folgte eine langjährige Tätigkeit im Wissenschaftsministerium. Als Georg Brun im Jahr 1988 mit »Das Vermächtnis der Juliane Hall« sein erstes Buch veröffentlichte und dafür den Bayerischen Förderpreis für Literatur erhielt, begann sein erfüllendes Doppelleben als Jurist und Schriftsteller. Mit »Bodenloser Fall« und »Gewissenlose Wege« eröffnete er seine München-Krimi-Reihe rund um die junge Anwältin Olga Swatschuk. »Spüre meinen Zorn« ist der erste packende Fall des pensionierten Kommissars Nathan Weiß, der ebenfalls im Bookspot Verlag erscheint.

Mehr über den Autor unter www.georgbrun.de oder auf Instagram unter: @brungeorg

1. Auflage

Lektorat: Johanna Gerhard
Korrektorat: Andreas März
Satz/Layout: Martina Stolzmann
Covergestaltung: Nele Schütz Design
Titelmotive: © shutterstock/ANP, Dirj Ercken

Druck: CPI – Clausen & Bosse, Ulm
Made in Germany

ISBN 978-3-95669-188-1
www.bookspot.de

Nicht durch Zorn, sondern durch Lachen tötet man.

Friedrich Nietzsche
Also sprach Zarathustra

Leider hat Nietzsche nicht recht.

Für Ilona, Udo und Jan Wengst

1

Die dunkelbraunen glatten Haare hingen fettig und strähnig herab, die scharfe Hakennase erinnerte mit dem Höcker unter der steilen Zornesfalte an einen Geierschnabel, die bleistiftstrichdünnen Lippen zogen sich blutleer in die hängenden Mundwinkel hinein, die braungrünen Augen lagen verschattet und tief, die Wangenknochen hoch angesetzt über eingefallenen Backen und das Kinn viel zu spitz. Gern hätte Karin Fellermayr es vermieden, ihren Blick auf den dünnen, faltigen Hals fallen zu lassen, aber den erfassten ihre Augen zwangsläufig, als erst das trotzige Kinn in den Fokus gelangt war. Da wurde aus dem Missmut Zorn. Was hatte das Leben aus ihr gemacht? Rücksichtslos offenbarte ihr Spiegelbild die verlebten Jahre, unnütz vertändelte Zeit. Jetzt stand sie mit leeren Händen da, verlacht von einem bösartigen Schicksal. Als ob sich die ganze Welt gegen sie verschworen hätte, konnte sie nicht einmal ihre demente Tante Irma im Pflegeheim besuchen, weil eine angebliche Pandemie ein völliges Kontaktverbot und Herunterfahren des öffentlichen und sozialen Lebens erforderte. Wütend schüttelte sie den Kopf darüber, dass sich ein zivilisiertes Land von einem läppischen Erkältungskeim lahmlegen ließ.

Bisher hatte sie ihren Zorn wenigstens damit im Zaum halten können, nach Lust und Laune in die Berge zu gehen, sich auf Skitouren in den Tiroler Alpen auszutoben oder anspruchsvolle Bergtouren zu unternehmen. Doch jetzt war die Grenze geschlossen, aus dem Haus durfte sie nur mit einem triftigen Grund, und der Alpenverein bat dringend, Bergtouren zu unterlassen. Seit einer knappen Woche ging das jetzt so und seitdem brodelte ihr Lebenszorn immer heftiger.

»Du musst versuchen, deine Wut herauszulassen«, hatte ihre Therapeutin ihr schon vor langer Zeit geraten und ihr die Technik mit dem Wutkissen beigebracht. Für etwas mehr als dreißig Euro hatte sie sich das Kissen im Internet gekauft, das treffend angepriesen worden war: *Das Kissen kann an der Wand aufgehängt oder auf den Boden gelegt werden. Es ist perfekt, um angestaute Wut richtig herauszulassen. Die dicke Polsterung und der weiche Stoff verhindern, dass es dabei zu Verletzungen kommt.* Seitdem hing das Wutkissen im Schlafzimmer gleich neben dem Bett an der Wand, und die Delle in seiner Mitte bewies den regelmäßigen Gebrauch. Je nach Laune stellte sie sich das eine oder andere Gesicht aus der Reihe ihrer Peiniger vor und drosch dann drauflos. Doch jetzt, das spürte Karin überdeutlich, war Schluss mit dieser Therapeutenempfehlung, die nichts anderes war als eine infantile Ersatzbefriedigung. Sie würde künftig ihren Zorn wirkungsvoller austoben.

Trotzig reckte sie ihr Kinn vor, dann begann sie, sich die Haare abzuschneiden. Als nur noch ein zerzauster Bubikopf übrig war, griff sie zum Langhaarschneider, stellte ihn auf neun Millimeter und schor sich sorgfältig den Kopf zur postmodernen Einheitsfrisur. Nun stülpte sie sich die Plastikhandschuhe über und rieb ihren Schädel mit dem Bleichmittel ein, das sie zehn Minuten wirken ließ, ehe sie sich die Haare wusch.

Zufrieden betrachtete sie das Ergebnis: Ein raspelkurz geschnittener, blonder, etwas kantiger Frauenkopf blickte ihr entgegen. Sie setzte die grünen Kontaktlinsen ein und begann, sich mit der Auswahl an Abdeckstiften, die sie zur Verfügung hatte, ein perfektes *Color-Correcting* aufzulegen. Endlich waren die fahle Gesichtsfarbe überdeckt, das *Bronzing* dezent, aber wirkungsvoll, und die Tränensäcke verschwunden. Sie verließ das Bad Richtung Schlafzimmer und musterte sich im Vorbeigehen im Garderobenspiegel. Ihre knabenhafte Figur hätte gern um drei Pfund fülliger ausfallen können, aber immerhin waren Bauch, Schenkel und Po ziemlich straff für ihr Alter. Das hellte ihre Stimmung ein wenig auf, und als sie im Schlafzimmer in den langärmligen Latexbody schlüpfte, der sich wie eine zweite Haut an ihren Körper schmiegte, meldete sich verhalten Vorfreude auf das, was kommen würde.

• • •

Rolf schaute auf seine goldene Armbanduhr. Noch blieben ihm zehn Minuten. Er kontrollierte ein letztes Mal das Bettlaken auf dem Queensize-Bett in der Schlafecke des kleinen Appartements, in dem er seit seinem Auszug aus der Ehewohnung hauste; reinweiß und akkurat glattgezogen, so musste es sein.

Auf dem Glastisch prangte der Sektkühler mit dem Rosé-Sekt aus Rheinland-Pfalz, elegant lag die weiße Serviette über dem Flaschenhals. Die beiden Sektflöten standen makellos auf ihren Spitzenuntersetzern. Kein Stäubchen trübte die Glasplatte. Die Zierkissen auf dem Zweisitzer wiesen exakt in der Mitte ihre Einschlagfurche auf. Auf dem Teppich fand sich keine einzige Staubfluse. Alles bestens vorbereitet für das Rendezvous.

Ein letztes Mal stellte er sich vor den Spiegel und zog den Bauch ein. Ganz verhindern ließ sich die Wölbung über dem Hosenbund nicht, dummerweise unterstrich die schwarze Kunstlederhose den Bauchansatz sogar, aber sie hatten auf der Dating-Plattform Lack und Leder vereinbart, da konnte er jetzt nicht die legere Stretchjeans anziehen. Immerhin würde seine *Audemars Piquet Royal Oak* die Aufmerksamkeit seiner Besucherin auf sich ziehen und ein wenig von seinem Schmerbauch ablenken. Außerdem wollte er mit der Luxusuhr Eindruck schinden, denn obwohl die Verabredung eindeutig das erotische Abenteuer zum Gegenstand hatte, schien ihm die adrette Juliane, die gleich vor der Tür stehen würde, eine attraktive und erfolgsverwöhnte Frau zu sein.

Wenn sie im Bett hielt, was ihre Chats versprachen, wäre er nicht abgeneigt, das bevorstehende Abenteuer mehrfach zu erleben, auch wenn sie deutlich gemacht hatte, nur an einem einmaligen Treffen interessiert zu sein. Aber vielleicht ließ sich an dieser Einstellung etwas ändern. Jedenfalls wollte er zuversichtlich in diese Begegnung gehen.

Seit er sich vor neun Wochen von seiner Frau getrennt hatte, versuchte er, über diverse Dating-Seiten eine Frau zu finden, die eher an Erotik als an Liebe interessiert war. Leider musste er feststellen, dass sein Alter eine ziemliche Spaßbremse darstellte, und nun, in diesem verdammten Corona-Lockdown, ließen sich gar keine Verabredungen mehr treffen. Umso freudiger hatte er daher Julianes Avancen nachgegeben. *Lack und Leder, unkompliziert, aber ausdauernd,* hatte sie als Wunsch formuliert, und, wichtig: kein Interesse an einer festen Beziehung. Daher hatte sie von ihm verlangt, vor ihrem heutigen Besuch die Chats zu löschen. *Es gibt eben Frauen, die wissen, was sie wollen, und die es wissen wollen,* dachte Rolf, strich sich über den Bauch und versteckte die Schachtel Viagra. *Wenn ich sie beeindrucke, will sie vielleicht doch öfter mit mir ins Bett, ohne dass wir daraus eine Beziehung machen,* stellte er sich zunehmend aufgeregter vor.

Sie sah umwerfend aus in ihrem engen Seidenkostüm, durch das ein schwarz glänzender Body schimmerte, der zu den schwarzen Handschuhen passte. Das blonde Haar fiel locker auf ihre zierlichen Schultern, die grünen Augen funkelten vielversprechend und das Lächeln ihrer schmalen Lippen erregte ihn. Während sie sich setzte, streifte ihr Blick sein Handgelenk, ehe er sich in seinen Schritt senkte.

Rolf atmete den Bauch so gut es ging nach innen, drückte Brust und Becken heraus und fühlte einen pubertären Stolz, weil sich seine Manneskraft deutlich in der Kunstlederhose beulte. Sie nickte wohlwollend. Ob sie den Sekt oder den kleinen Mann meinte, verschloss sich Rolfs Erkenntnis, aber er summte, als er die Sektflöten füllte.

Sie deutete auf den Platz neben ihr, erhob das Glas und

schenkte ihm mit tiefer Stimme einen betörenden Trinkspruch: »Lass uns lustvoll die Sehnsucht stillen!« Sie nippte dezent an ihrem Glas und legte eine Hand auf seinen Schenkel.

Jetzt wurde ihm die Hose doppelt eng. *Wow, geht die ran,* freute sich Rolf und legte seinen Arm um ihre Schulter. Sie drehte den Kopf sanft zur Seite, legte ihn leicht in den Nacken und bot ihm ihre Lippen. Er küsste sie. Ihr Mund fühlte sich hart an, aber willig öffnete er sich und empfing seine Zunge.

Ihr Biss kam unerwartet. Er zuckte zurück.

Sie ließ ein kehliges Zischen hören und legte ihre Hand zentral in seinen Schoß. *Richtig*, ermahnte er sich, *sie will es hart und heftig*. Seine Erregung wuchs.

»Hast du auch ein Bett?«

Was für eine Frage. Er stand auf, nahm ihre Hand und führte sie um das den Raum teilende Regal zur Schlafecke.

»Ordentlich und einladend. Wollen wir?« Sie knöpfte das Jackett ihres Seidenkostüms auf, aufreizend langsam, Knopf für Knopf. Allmählich kam ihr schwarzer Latexbody zum Vorschein, eine künstliche zweite Haut auf einem knabenhaften Körper.

Die kleinen Wölbungen erregten ihn sehr. Er wollte seine Hose öffnen, doch sie schüttelte den Kopf.

»Leg dich hin«, flüsterte sie. »Das ist meine Aufgabe. Vorher gibt es noch etwas Kino.«

Er legte sich hin und sah ihr zu, wie sie in Zeitlupe ihr Kostüm auszog, sich dann in dem schwarzen Catsuit über ihn kniete. Alles an ihr war schwarz, auch die Füße steckten in engen Gummistrümpfen. Gierig betrachtete er ihren Körper, den er bald besitzen würde: knabenhaft mit einer Mischung aus unschuldig und verrucht. Dieser Körper war anders als Gabrieles propere Fülle, es war genau die Abwechslung, die er erleben wollte.

Jetzt spielten ihre Hände mit seinem Hosenknopf. Rolf verscheuchte die Gedanken an seine Frau, schloss die Augen und gab sich Julianes Verführungskünsten hin. Sie ließ sich Zeit, zögerte den nächsten Handgriff berechnend hinaus. Er öffnete die Augen, betrachtete ihren Körper und sah, wie sie es genoss. Sein Atem ging heftig und er wünschte schon jetzt, sich öfter mit ihr zu treffen, so raffiniert, wie sie mit seinem Hosenschlitz umging. Endlich rutschte der Knopf aus seiner Lasche, endlich zog sie den Reißverschluss nach unten, griff unter dem Kunstleder nach seiner Erregung und flüsterte mit rauer Stimme: »Schließ die Augen.«

Er gehorchte.

Sie fasste den Hosenbund und zog die Hose über sein Gesäß nach unten, hielt inne, rutschte von seinen Schenkeln auf seine Seite, legte eine Hand auf seine Brust und tadelte ihn, als er blinzelte. »Schön die Augen zu und geduldig.«

Er stöhnte vor Erregung.

Sie beugte sich vor und bog sich etwas zurück. Er kannte dieses Spiel nicht, aber es törnte ihn mächtig an.

Ein scharfer Schmerz zerriss ihm die Kehle. Rolf wollte schreien, doch er brachte nur ein leises Gurgeln zustande. Er riss die Augen auf und sah einen roten Strahl. *Verdammt, das schöne Bettlaken,* dachte er, dann wurde es dunkel.

2

Der Kollege von der Spurensicherung brummte unwillig, als Wolfgang Stöhrl an die Tür des Appartements in der Maxvorstadt klopfte und einen Overall, Schuhüberzieher und Handschuhe verlangte.

»Habt ihr etwas Besonderes gefunden?«, fragte er den Spusi-Mann, den er noch nie gesehen hatte.

»Das wissen wir erst, wenn die Spuren ausgewertet sind«, brummte dieser gelangweilt. »Kannst reinkommen.«

Wolfgang Stöhrl nickte und betrat das Appartement in der Maxvorstadt. Auf den ersten Blick wirkte die Wohnung sehr aufgeräumt. In der Diele eine Wandgarderobe mit einer Winterjacke und einem dunklen Mantel, darunter in einer Plastikschale ein Paar Winterstiefel und ein Paar Halbschuhe, auf der Ablage Lederhandschuhe, alles akkurat ausgerichtet und sauber, lediglich die Fußmatte wies Spuren von Straßendreck auf – kein Wunder bei dem wechselhaften Wetter. Ein Blick ins Duschbad wies den Bewohner ebenfalls als peniblen Ordnungsliebhaber aus: Tuben und Fläschchen exakt ausgerichtet, die Armaturen blitzblank poliert, keine einzige Schliere auf dem Spiegel.

Stöhrl ließ die Eingangssituation kurz auf sich wirken, dann betrat er den Wohnraum. Ein Zweisitzer stand vor einem niedrigen Glastisch, auf dem Sofa rechts und links je ein Zierkissen mit einer mit dem Lineal gezogenen Mittelkerbe. *Wie bei meiner Mutter,* dachte der Kriminalhauptkommissar und wunderte sich nicht, dass der Glastisch lupenrein geputzt war. Zwei Schritte weiter konnte er hinter das Bücherregal schauen, das als Raumteiler fungierte und die Schlafecke vom restlichen Wohnraum abtrennte. Was für ein Gegensatz zum Rest des Appartements. Das weiße Laken rot von Blut, etliche Blutspritzer auch auf dem hellen Flokati vor dem schmalen Doppelbett. Auf dem Bett eine grausam zugerichtete männliche Leiche mit halb heruntergezogener schwarzer Kunstlederhose. Der Oberkörper in einem nach oben geschobenen weißen Kaschmirpullover von vielen Messerstichen zerfetzt, alles blutgetränkt, der Hals eine klaffende Wunde. Es gab keine Anzeichen für einen Kampf oder auch nur eine Abwehrreaktion des Opfers.

Stöhrl schloss die Augen und ließ den ersten Eindruck wirken. Hier musste unglaubliche Wut getobt haben, ein mörderischer Overkill. *Emotionale Nähe,* folgerte er nüchtern und betrachtete den aufgeschlitzten Unterleib. Er hatte schon viel gesehen in den zurückliegenden acht Jahren bei der Münchner Mordkommission, aber das hier verursachte ihm einen Würgereiz. Mühsam beherrschte er seinen rebellierenden Magen und studierte den Schritt des Opfers: Unversehrt, klein und schrumpelig lag der Penis mit eingetrockneten Spuren zurückliegender Erregung. *Eigenartig,* dachte Stöhrl, *es muss sexuelle Handlungen gegeben haben, aber der mörderische Furor hat das Geschlechtsteil verschont. Warum?*

»Was haben wir heute?«

Stöhrl drehte sich zu der vertrauten Stimme um und sah in das traurige Gesicht von Dr. Simon Sander. Der altgediente Gerichtsmediziner litt jedes Mal, wenn er einen Tatort besichtigte, ließ es sich aber trotzdem nicht nehmen, persönlich vorbeizuschauen.

»Herrje«, brummte er und trat ans Bett. Der Doktor betrachtete das Gesicht des Toten und bekreuzigte sich. Seine Lippen formten ein lautloses Gebet, dann schlug Sander erneut das Kreuzzeichen. Jetzt erst betrachtete er die Wunden und fühlte an einem Unterarm die Temperatur der Leiche. »Der *rigor mortis* ist abgeklungen, der Körper hat Raumtemperatur, zeigt aber noch keine Zersetzungserscheinungen – das heißt, lieber Stöhrl, unser Mann hier ist seit vierzig bis achtundvierzig Stunden tot.«

»Keine gute Nachricht.«

»Ich weiß. Aber bei dem Zustand, lieber Stöhrl, können Sie in der Familie oder dem nahen Umfeld nach Verdächtigen suchen. Ach ja: Suchen Sie einen Rechtshänder. Das Messer wurde eindeutig mit der rechten Hand geführt.«

Der Kommissar nickte und ging zur Küchenzeile in der anderen Ecke des Wohnraums. Überall das schwarze Pulver der *Magna Brush,* auch an der Kühlschranktür; aber die Spurensicherung hatte nur sehr wenig Fingerabdrücke genommen, die Flächen waren einfach zu sauber.

Stöhrl öffnete den Kühlschrank. Auch hier wohldurchdachte Ordnung, etwas Wurst in einer Schale mit durchsichtigem Deckel, Joghurt, Milch, Käse, im Gemüsefach Karotten und Fenchel, Butter in einer Butterschale und im Getränkefach zwei Flaschen Sekt – eine davon geöffnet. Stöhrl rieb sich die Nasenspitze, dann zog er die Tür des Hängeschranks auf und fand zwei Sektgläser. Er betrachtete die Gläser genau und ärgerte sich über den Spusi-Mann, der den Tatort inzwischen verlassen hatte. An einem der Gläser fand sich ein Hauch von Lippenstift. Vielleicht täuschte er sich, aber sicherheitshalber fischte er in seiner Jacke nach einem Beweismittelbeutel und gab die Sektflöte hinein. Sollte sich an dem Glas etwas finden lassen, dann war nach der Tat aufgeräumt worden.

Zurück im Büro trommelte Wolfgang Stöhrl seine Ermittler im großen Besprechungsraum zusammen, wo die fünf Kolleginnen und Kollegen mit genügend Abstand zueinander Platz nehmen konnten. Alle Augen waren auf ihn gerichtet, als er das weite Rund betrat. Jeder und jede hatte zum jeweiligen Nachbarn zwei Meter Abstand, und Cordula Maier hatte sich eine bunte Maske über Mund und Nase gezogen – ein Anblick, an den sich Stöhrl erst noch gewöhnen musste.

Er räusperte sich und kam zur Sache. »Nina, was konnte dir der Streifenführer berichten?«

Eilfertig zog die junge Kriminalkommissarin Nina Lutz ihren Notizblock hervor, blickte Aufmerksamkeit heischend in die Runde und strich sich eine rotblonde Haarsträhne aus dem Gesicht.

Sie gefiel Stöhrl: Als Mensch, als Frau und als ehrgeizige Polizistin. Er fing ihren fragenden Blick auf und nickte ihr zu; da legte sie los:

»Polizeiobermeister Becker traf am Tatort auf den Geschäftspartner von Rolf Lupfer, dem Opfer. Dieser Heinrich Koller besitzt einen Schlüssel zu dem Appartement, das er vor einigen Wochen an seinen Freund Lupfer vermietet hat, als dieser aus der Ehewohnung ausgezogen ist. Unser Opfer ist verheiratet, hat sich aber von seiner Frau getrennt. Heinrich Koller hat sich um Rolf Lupfer Sorgen gemacht, weil er diesen seit zwei Tagen nicht mehr erreicht hat, sie aber gemeinsam besprechen mussten, wie sie mit der pandemiebedingten Schließung ihrer Buchhandlung umgehen wollten. Daher hat er im Appartement nachgeschaut und Rolf Lupfer so schrecklich zugerichtet vorgefunden. Koller hat sofort die Polizei alarmiert. Binnen weniger Minuten war die Streife mit Streifenführer Becker vor Ort. Der Kollege hat den Kriminaldauerdienst informiert. Die Kollegen haben die Spusi geschickt und uns den Fall zugewiesen. Polizeiobermeister Becker hat von Heinrich Koller die Personalien aufgenommen, sich die Auffindesituation schildern und Namen und Anschrift der Ehefrau Lupfer geben lassen. Dann musste er das Kriseninterventionsteam zu Hilfe rufen, weil Koller nervlich zusammengebrochen ist.«

»Das heißt also, wir werden Herrn Koller später ausführlich befragen müssen«, bemerkte Stöhrl. »Was wissen wir sonst über das Opfer?«

»Nichts weiter, das war's schon. Noch ist die Ehefrau Gabriele Lupfer, wohnhaft in Gern, nicht informiert.«

Stöhrl blickte in die Runde. Natürlich meldete sich niemand, diesen Dienst zu übernehmen. Es blieb an ihm hängen, die Familie von dem Schicksalsschlag zu unterrichten. Diesen Aspekt seines Berufes hasste er besonders.

Andererseits – oft war der Täter in der Familie zu finden, und auch der Mord an Rolf Lupfer roch nach einer Beziehungstat.

»Haben wir schon etwas von der Spusi?«

Alle schüttelten den Kopf.

»Gut, dann machen wir ein paar Hausaufgaben. Karl, du schaust, was du über diese Buchhandlung herausfindest, Kunden, Lieferanten, finanzielle Situation et cetera, und du, Manfred, fragst bei der Spusi nach, was sie haben, vor allem das Handy unseres Opfers würde mich interessieren. Nina, du kommst mit zur Familie, und du, Cordula, sprichst noch mal mit dem Streifenführer Becker und klapperst die Nachbarn ab, ob jemandem vor zwei oder drei Tagen etwas aufgefallen ist.«

Damit waren zunächst alle Aufgaben verteilt. Stöhrl löste die Runde auf und gab Nina Lutz das Zeichen zum Aufbruch. Er freute sich darauf, bei diesem wichtigen Besuch die quirlige Kommissarin dabeizuhaben, und im hintersten Winkel seines Herzens ahnte er, dass es für Lutz mehr als nur eine kleine Auszeichnung war, von ihm mitgenommen zu werden.

3

Nathan Weiß rührte gedankenversunken in seinem Tee. Der halbe Löffel Honig hatte sich in dem kräftigen Lapsang Souchong längst aufgelöst. Das leise Klingeln des Metalls am zarten Porzellan beruhigte Nathan, dem immer noch seine morgendliche Pfeife fehlte, obwohl er seit mehr als zehn Jahren nicht mehr rauchte. Morgens ersetzte die Spezialität aus dem Wuyi-Gebirge das Aroma seiner früheren Veicht-Hausmarke, abends trat regelmäßig ein Glas 16-jähriger Lagavulin die Stellvertretung an.

Das Vereinigte Königreich und das Reich der Mitte rahmen mit diesen Getränken meinen Tageslauf ein, dachte Nathan schmunzelnd, und seine Gedanken schweiften kurz zum verbindenden Element: Hongkong. Tja, das war über all die Jahre sein Sehnsuchtsort geblieben; doch jetzt, nach der Zerschlagung jeglicher demokratischen Freiheit für die Menschen in Hongkong, war es zu spät, dorthin zu reisen. Wieder einmal spürte er das Bedauern über Versäumtes.

Seine Gedanken kehrten zu dem reißerischen Artikel einer führenden Münchner Boulevardzeitung zurück: *Rätselhafter Mord an Münchner Buchhändler,* lautete die Schlagzeile. Der Verfasser des Beitrags spekulierte heftig über die Hintergründe der Bluttat und vertrat die These, der Buchhändler sei wegen seines allzu offensichtlichen Eintretens für die deutsche Sprache hingerichtet worden.

Nathan trank einen Schluck seines Rauchtees und schüttelte den Kopf über so viel Unsinn. Neuerdings feierten Verschwörungstheorien leider eine schreckliche Wiederauferstehung und eigneten sich offensichtlich auch zum Ankurbeln der Verkaufszahlen. Trotzdem fesselte ihn der Bericht, weil er eine gewisse Ratlosigkeit der Münchner Mordkommission zum Ausdruck brachte. Das amüsierte und tröstete ihn, denn er hatte seinen bitteren Abschied aus dem Dezernat für Gewaltdelikte immer noch nicht verdaut. Nur weil er den Tod eines Spaziergängers, der nach einer Spuckattacke auf seine Freundin an der Isar erstochen worden war, ergebnislos zu den Akten gelegt und zwei Morde an vermissten Frauen nicht aufgeklärt hatte, war sein Antrag, seine Dienstzeit zu verlängern, abgelehnt und er ohne feierlichen Abschied in den Ruhestand abgeschoben worden. Der sich daran anschließende *horror vacui* dauerte schon ein knappes Jahr.

Verdammt, ärgerte er sich, *da bin ich 62 Jahre alt, im Vollbesitz meiner Kräfte und gehöre zum alten Eisen.* Dabei war Nathans Aufklärungsquote insgesamt ausgezeichnet; gerade einmal eine Handvoll Fälle waren unter seiner Ägide unaufgeklärt geblieben. Allerdings hatte er sich mit seinen manchmal seltsam anmutenden Methoden im Polizeipräsidium einige Feinde gemacht, und ein bequemer Beamter, der den Vorgesetzten nach dem Mund redete, war Nathan nie gewesen.

Mal sehen, ob sich Wolfgang Stöhrl an dem Buchhändler-Fall die Zähne ausbeißt, hoffte Nathan neidisch, denn allzu gern würde er diesen Fall lösen. Bedächtig trank er den nächsten Schluck Tee, fuhr seinen Computer hoch, ging ins Internet und scrollte in der Online-Ausgabe von Münchens seriöser Tageszeitung, bis er auf den Bericht zu dem Mord an dem Buchhändler stieß. Die wenigen bekannten Fakten entsprachen dem reißerischen Boulevardbericht, allerdings wies dieser Artikel darauf hin, dass die Polizei von einer Beziehungstat ausging.

Dann hat es Stöhrl natürlich leicht, grummelte Nathan und widmete sich der Berichterstattung über die Pandemie. Höchst unerfreulich, was er da las, und was in Norditalien geschah, ging zu Herzen. Dieses Virus ließ sich keineswegs mehr als eine andere Form der Influenza abtun. Nathan überlegte, ob er sich persönlich Sorgen machen musste, immerhin litt er seit Jahren unter Übergewicht, Bluthochdruck und Asthma, auch wenn ihn das weniger belastete als das Gefühl, nicht mehr gebraucht zu werden und überflüssig zu sein. Der Einzige, der ihn während dieser Lockdown-Phase vermissen würde, war Ali, der Ober in seiner Stammwirtschaft.

Seit seiner Pensionierung ging Nathan jeden Tag ins Maxl-Bräu zum Mittagessen und ließ sich von Ali Schweinshaxn, Ganserl, Hirschgulasch oder auch Weißwürst' servieren, was die Tageskarte eben hergab, und zum Verdauungsespresso hielten sie dann einen kleinen Plausch. Ali, ein waschechter Türke, aber in zweiter Generation in München und hier geboren, sprach das schönste Münchner Bayerisch, das Nathan je gehört hatte, und war außerdem das wandelnde Lexikon in Sachen Nachbarschaftsgeschichten.

Ja, seufzte Nathan, *Ali wird mich vermissen, aber ich vermisse ihn noch viel mehr.* Er legte eine Hand auf den Bauch, der sich bedenklich vorwölbte, und grübelte, welchen Sport er im Freien ausüben könnte, um einen triftigen Grund zu haben, das Haus zu verlassen.

Nathan hielt sich für fantasiebegabt, aber ein für ihn geeigneter Sport fiel ihm nicht ein. Seit er von den Uniformierten zur Kriminalpolizei gewechselt war, hatte er auf den obligatorischen Dienstsport verzichtet – es war einfach keine Zeit geblieben, notorisch unterbesetzt, wie sein Kommissariat all die Jahre gewesen war.

Er könnte zum Einkaufen gehen und sich an den Regalen des Supermarkts die Zeit vertreiben, sinnierte Nathan, verwarf den Gedanken jedoch als unvernünftig und öffnete stattdessen seine bevorzugte Dating-Plattform; vielleicht hatte sich ja heute Nacht jemand für sein Profil interessiert.

• • •

Wolfgang Stöhrl saß mit der Ermittlergruppe des Kommissariats K11 wieder im großen Besprechungsraum und fasste die Erkenntnisse des vorigen Tages zusammen: »Von Lupfers Nachbarn ist niemandem in den letzten Tagen etwas Verdächtiges aufgefallen und die Spusi hat außer einigen wenigen Fingerabdrücken, die alle dem Opfer zugeordnet werden können, bisher keine verwertbaren Hinweise gefunden. Ob sich aussagekräftiges DNS-Material ergibt, erfahren wir erst in einigen Tagen. Dringend tatverdächtig erscheint mir die Ehefrau. Ihr Alibi ist dünn wie fettarme Hühnerbrühe und sie hat als Einzige ein nachvollziehbares Motiv. Willst du von unserem Besuch bei der Witwe berichten, Nina?«

Lutz streckte ihren Rücken durch und lächelte ihm dankbar zu. Diese Dienstbeflissenheit gefiel Stöhrl an der jungen Kommissarin. Sie war wie die Musterschülerin in der Grundschule, die bei jeder Frage der Lehrerin den Finger hob, aber ruhig wartete, bis sie aufgerufen wurde, im Gegensatz zum verhassten Streber, der ungeduldig mit dem Finger schnippte.

»Als wir Gabriele Lupfer den Tod ihres Mannes mitteilten, schien sie nicht überrascht. Von Trauer keine Spur. Sie war seit Langem mit ihrem Mann zerstritten und froh, als er endlich auszog. Wir waren noch keine zehn Minuten bei ihr, da machte sie eine erstaunliche Bemerkung, nämlich: *Hoffentlich hat er seine Lebensversicherung noch nicht umgeschrieben.* Das werden wir überprüfen; es soll sich um eine halbe Million Euro Versicherungssumme handeln. Außerdem dürfte sie die Erbin sein. Das scheint sich zu lohnen. Wir haben sie gefragt, wo sie vor zwei Tagen war; sie hielt diese Frage für unverschämt und gab an, tagsüber gearbeitet und abends allein daheim gewesen zu sein. Sie war wenig auskunftsfreudig, wortkarg und abweisend, aber es hat sie sehr interessiert, wann die Leiche freigegeben wird, damit ihr Mann schnell unter die Erde kommt. Nach meiner Einschätzung«, beendete Nina Lutz ihren Bericht, »hat Gabriele Lupfer einen ordentlichen Brass auf ihren Mann. Ich würde ihr locker zutrauen, dass sie im Streit total ausrastet.«

»Wir haben bei der Telekom die Auswertung der Gesprächsliste und des Bewegungsprofils von Gabriele Lupfer beantragt, um ihr Alibi zu überprüfen«, ergänzte Stöhrl. »Leider haben wir von unserem Opfer kein Handy gefunden und müssen davon ausgehen, dass der Täter oder die Täterin es mitgenommen und vermutlich entsorgt hat. An der Auswertung von Lupfers Laptop sitzen die Spezialisten im Landeskriminalamt.«

»Chef, was ist eigentlich dran an diesem Artikel unserer Lieblingszeitung?«, fragte Cordula Maier, das dienstälteste Mitglied der Mordkommission. Als Kriminalhauptmeisterin war sie traditionell für die Aufgaben zuständig, welche den Kommissarinnen und Kommissaren eher lästig waren, also zum Beispiel langweilige Nachbarbefragungen oder eben das Durchforsten der Zeitungen nach möglicherweise interessanten Artikeln.

»Vermutlich völlig aus der Luft gegriffen«, antwortete Stöhrl, »aber wenn du magst, begleitest du mich zu Lupfers Geschäftspartner. Wir müssen uns auf jeden Fall über den geschäftlichen Hintergrund von Rolf Lupfer informieren.«

»Sehr gern.« Cordula Maier strahlte.

Ich sollte ihr viel öfter eine Freude machen, überlegte Wolfgang Stöhrl und beendete die morgendliche Runde.

•••

Enttäuscht loggte sich Nathan Weiß von der Dating-Plattform aus. Es hatte sich niemand sein Profil angeschaut, geschweige denn, Kontakt aufgenommen. Ein korpulenter Pensionist ohne sportliche Ambitionen und aufregende Vorlieben lockte in diesen Pandemiezeiten offensichtlich keine Frau hinter dem Ofen hervor. Wenn diese Misserfolgsserie anhielt, würde er sein Profil aufhübschen, das Alter ein wenig nach unten abrunden, den Bauch flacher machen, ein Foto von vor siebzehn Jahren einstellen und das ganze intellektuelle Klavier bedienen. Vermutlich machten das alle Männer seiner Kategorie, denn wer immer älter als fünfzig war, warb mit Freizeitaktivitäten aller Art und tiefgehenden Leidenschaften für Kino, Theater, Oper, Konzerte,

Museen und Literatur. Damit konnte Nathan nicht dienen. Das letzte Konzert, das er besucht hatte, war der Auftritt von Queen in der Olympiahalle mit diesem begabten Freddie-Mercury-Ersatz gewesen, der letzte Kinobesuch galt dem damals neuesten James-Bond-Film – und selbstverständlich würde er in den nächsten Bond gehen, wenn der endlich in die Filmtheater kam. Und ja, mit seiner letzten Freundin war er vor rund sechs Jahren im Volkstheater gewesen und hatte gelangweilt einer Geschichte über irgendeinen dieser englischen Könige zugeschaut, über die Shakespeare seine Dramen geschrieben hatte. Aber diese Freundschaft war nicht nur an seinem Unverständnis für die Bühnenkunst gescheitert, sondern wie alle seine Beziehungen auch und vor allem an seinen unmöglichen Dienstzeiten und seiner Vorliebe, die grausamen Details der Verbrechen, die er aufklären sollte, möglichst blumig auszuschmücken. Dabei war Christine das Beste gewesen, was ihm das Schicksal in den letzten fünfzehn Jahren geschenkt hatte: Sie aß gern und viel, vertrug ordentlich Wein und Whisky und überraschte mit ihrem erotischen Einfallsreichtum; aber sie liebte eben auch Christian Stückls Inszenierungen, Violinkonzerte von Beethoven und Romane von Daniel Kehlmann – und über alles wollte sie gebildet plaudern.

Nathan kannte Stückl nur von der Oberammergauer Passion, Beethoven kam ihm dank des *Tatatataaa* der Fünften bekannt vor, und mit Daniel Kehlmann und all dessen klugen Kollegen wusste er überhaupt nichts anzufangen.

Nathan las am liebsten Fachbücher für Kriminalistik und ab und zu einen Krimi über Serienmörder. Damit konnte er die Frauen scheinbar wenig beeindrucken. Sein wacher Instinkt als Mordermittler sagte ihm, dass er rasch aufflöge, wollte er sein Profil aufpolieren; allein deshalb war er bisher bei der Wahrheit und erfolglos geblieben. *Möglicherweise,* dachte er, *tummle ich mich auf der falschen Plattform.* Er würde sich schlaumachen, mit welchen Kontaktbörsen er mehr Erfolg haben könnte.

Aber nun wollte er seiner Neugier auf den neuesten Mord in München nachgeben, allein schon, weil ihn eine gemeine, aber belebende Hoffnung antrieb, sein Nachfolger Stöhrl könnte die eine oder andere Ermittlungspanne produzieren. Seiner Intuition gehorchend wollte er zunächst den Ansatz des Sensationsreporters verfolgen, und so googelte er Buchhandlungen mit deutschem Profil.

Die Ausbeute war mäßig; immerhin entdeckte er einen Laden in Neuhausen, der damit warb, ein besonderes Augenmerk auf deutsche Schriftsteller zu legen. *Ob das die Buchhandlung des Mordopfers ist,* fragte sich Nathan und überlegte, wie er das am geschicktesten herausfinden konnte. Denn auch wenn die Boulevardzeitung danebenlag: Einen Anknüpfungspunkt für die Verschwörungstheorie würde es geben, denn nur so funktionierten Verschwörungserzählungen: Sie bildeten sich um einen realen Kristallisationspunkt.

• • •

Sie trafen Heinrich Koller im Büro der Buchhandlung *Lesertraum*. Nachdem er sie eingelassen hatte, setzte er sich in einen altmodischen Ohrenbackensessel und blickte Wolfgang Stöhrl und Cordula Maier erwartungsvoll an.

»Danke, dass Sie sich Zeit für uns nehmen«, eröffnete Stöhrl das Gespräch.

»Es muss ein Schock für Sie gewesen sein, Ihren Partner so aufzufinden.«

»Grauenvoll«, flüsterte Koller. Sein hageres Gesicht war aschfahl, seine Mundwinkel zitterten.

»Hatte Herr Lupfer Feinde?«, fragte Cordula mit einfühlsamer Stimme.

»Nicht im wirklichen Leben«, antwortete Koller seltsam tonlos.

»Wie meinen Sie das?«, setzte sie nach.

»Wir sind in den letzten Wochen im Internet angefeindet worden. Wegen einer Werbeaktion, die wir auf unserer Webseite gestartet hatten. Es ging uns darum, mehr deutsche Literatur zu bewerben, da haben uns einige in die rechte Ecke gestellt. Glauben Sie mir, das sind wir nicht.«

»Können wir uns diese Anfeindungen anschauen?«

»Selbstverständlich. An Rolfs Schreibtisch steht sein Laptop; damit hat er immer unsere Facebook-Seite betreut.«

»Am liebsten würden wir ihn mitnehmen und von den Spezialisten im Landeskriminalamt untersuchen lassen. Ginge das?«, übernahm Stöhrl wieder die Gesprächsführung. »Wissen Sie, ob Herr Lupfer ein modernes Handy hatte?«

»Ja, logisch«, antwortete Koller und Stöhrl fragte sich, auf welche seiner beiden Fragen sich dieses Ja bezog. Er ärgerte sich über sich selbst; man stellt keine zwei Fragen auf einmal, das sollte er wirklich wissen.

»Danke«, versuchte er die Situation zu retten. »Dann nehme ich den Rechner mit. Was für ein Handy hatte Herr Lupfer?«

»Ein iPhone11, er liebte es, immer das neueste iPhone zu besitzen.«

Interessant, stellte Stöhrl fest und sah, dass sich Cordula eine Notiz machte. Er nickte ihr zu. Sie verstand und rief die Kollegen an, die den Computer abholen sollten.

»Können Sie mir etwas über Herrn Lupfers Freundeskreis erzählen?«, setzte Stöhrl die Befragung fort.

»Rolf hatte viele Bekannte, das bringt unser Beruf so mit sich. Freunde haben wir wenige, und die gemeinsam. Ich bin – war – sein bester Freund.« Koller schluckte. Das »war« kam ihm schwer über die Lippen, der Tod seines Freundes ging ihm sichtlich nahe.

»Würden Sie mir die Namen der Freunde sagen?«

»Natürlich. Erwin Müller, Florian Hartinger und Andreas Kindinger. Wenn Sie möchten, schreibe ich Ihnen nachher die Telefonnummern und Adressen auf.«

»Das wäre nett – andere Frage: Wie war das Verhältnis von Herrn Lupfer zu seiner Ehefrau?«

»Seit vielen Jahren schwierig. Gabi war von Anfang an die falsche Frau für Rolf. Sie hat keinen Sinn für Bücher. Aber er war diesem oberflächlichen Püppchen lange Jahre verfallen. Gut, dass er sich endlich getrennt hat.«

Stöhrl rief sich das Bild von Gabriele Lupfer in Erinnerung. Sie war ihm nicht attraktiv, sondern unsympathisch erschienen, was vermutlich an ihren Antworten lag. Er hatte in ihr sofort die Verdächtige erkannt, da war kein Platz mehr gewesen für eine differenzierte Wahrnehmung. »Er hat seine Frau verlassen?«

»Zum Schluss konnte er ihre Feindseligkeit nicht mehr ertragen, ja, da ist er ausgezogen – wollte es schon lange, aber er musste warten, bis mein Appartement für ihn frei wurde.«

»Er hat mit der Trennung gewartet, bis Sie ihm Ihre Wohnung vermieten konnten?«, fragte Cordula ungläubig.

Heinrich Koller nickte: »Rolf war immer schon ein Zauderer. Als das Appartement frei war, habe ich ihm gut zugeredet. Dann hat er sich endlich entschieden.«

»Wann war das?«

»Ende Januar.«

»Gab es Affären?«

»Meinen Sie, ob Rolf welche hatte?«

»Ja.«

»Nein, er war bis zum Schluss scharf auf seine Frau, das war ein echtes Drama.«

»Warum?«

»Gabi hat Sex immer als Waffe eingesetzt.« Koller spuckte diesen und den nächsten Satz richtiggehend aus. »Sie ist ein berechnendes Luder.«

»Hatte Frau Lupfer eine Affäre?«

Koller zuckte die Achseln. »Zutrauen würde ich es ihr.«

»Wie geht es nun mit dem Laden weiter?«

»Erst einmal führe ich das Geschäft alleine fort«, antwortete Koller und seine Stimme klang brüchig. »Irgendwann werde ich mir einen neuen Partner hereinholen.«

»Und wirtschaftlich?«, fragte Cordula Maier.

»Das ist kein Problem. Rolf hat seine Lebensversicherung auf mich abgeschlossen.«

•••

Er war rasch fündig geworden und fühlte sich in seiner Vermutung bestätigt: Es gab Anfeindungen seitens selbst ernannter Multikulti-Liberaler, weil die Buchhandlung *Lesertraum* vor zwei Monaten einen Aufruf gestartet hatte, mehr deutsche Autorinnen und Autoren zu lesen. Einige bösartige Kommentare zielten empfindlich unter die Gürtellinie und beschuldigten Rolf Lupfer und dessen Kompagnon Heinrich Koller des Rechtsextremismus. Aus solchen Hassbotschaften ließ sich für einen sensationslüsternen Journalisten durchaus ein Mordmotiv konstruieren. Allein, Nathan Weiß glaubte nicht an diese Fährte. Er durchsuchte den Online-Shop der Buchhandlung nach rechtsextremen Angeboten und fand kein einziges. Nein, diese Spur führte nicht zum Täter.

Trotzdem hätte Nathan gern gewusst, ob sein naiver Nachfolger Stöhrl auf diese taube Nuss hereinfiel. Mehr als ihm lieb war, ärgerte sich Nathan immer noch über die Beförderung Stöhrls zum Leiter seiner früheren Ermittlungsgruppe, des weit über München hinaus legendären Kommissariats K11, das für vorsätzliche Tötungsdelikte, Geiselnahme und Menschenraub zuständig war. Man hatte seiner Meinung nach einen Tauben zum Dirigenten eines ordentlichen Orchesters gemacht. Stöhrl würde die Aufklärung dieses Falls verpatzen, es sei denn, er hatte tatsächlich das Glück, dass es sich um eine Beziehungstat handelte. Nathan wünschte sich einmal mehr, selbst noch aktiv sein zu können und überlegte, ob er dieser Buchhandlung einen Besuch abstatten sollte. Aber jetzt, im Lockdown, war das Geschäft geschlossen. Wie also sollte er dort herumstöbern können?

Nathan fuhr seinen PC herunter, ging in die Küche und brühte sich eine zweite Kanne Tee auf. Die minutenlange Prozedur beruhigte seine Unrast. Er musste endlich im Ruhestand ankommen und akzeptieren, nicht mehr für die Verfolgung von Verbrechen gebraucht zu werden. Langsam zog er mit dem Wasserkocher seine Kreise über dem Teefilter, aus dem es dunkel in die gläserne Kanne tropfte. Das Raucharoma verbreitete sich in der Küche und erinnerte ihn schmerzhaft an den Verzicht auf die Pfeife. Loslassen fiel Nathan unendlich schwer. Er hing an Dingen und Gewohnheiten. Wenigstens hatte er in der Teezubereitung ein Ritual gefunden, mit dem sich die Zeit vertreiben ließ. Erfüllend war es nicht, erfüllend war eigentlich nur die Jagd nach Verbrechern. Er hatte sogar schon ernsthaft versucht, in der Fantasie Morde aufzuklären und an einem Kriminalroman gearbeitet. Es war ein untauglicher Versuch, denn Nathan stand mit dem Erfinden von Geschichten ebenso auf Kriegsfuß wie mit flüssigem Formulieren. Schon als junger Kommissar hatte er seinen Kollegen das Verfassen der Berichte überlassen und sich tagelang gequält, wenn er selbst an die Schreibmaschine musste. Er war eine kreative Niete, solange er nicht die Witterung eines Verbrechers aufnehmen konnte. Dann aber arbeitete sein Kopf wie ein Präzisionsuhrwerk und gebar Idee um Idee, wie er einen Täter dingfest machen konnte. *Ich bin eben eine völlig einseitige Begabung,* sinnierte er resigniert.

Nathan betrachtete die gefüllte Teekanne, nahm den Teefilter heraus und legte ihn auf einen Teller. Da konnten die nassen Blätter noch ein wenig ihren Duft verströmen. Langsam ging Nathan ins Wohnzimmer zurück, schenkte sich eine Tasse ein, nahm einen Löffel Honig und rührte klirrend um.

Rätselhafter Mord an Münchner Buchhändler – die Schlagzeile verfolgte ihn, der reißerische Bericht ließ ihn nicht los. Leider stand so gut wie nichts zum *modus operandi* in dem Artikel. War der Buchhändler erschossen worden? Oder brutal niedergeschlagen? Die Art und Weise, wie ein Opfer ums Leben gebracht wurde, sagte sehr viel über den Täter und seine Beziehung zum Opfer aus. Nathan hatte die Vorgehensweise der Täter immer genau analysiert, oft lag darin der Schlüssel zum Erfolg. Man musste einen Blick dafür haben – *und Stöhrl,* mokierte sich Nathan, *hat diesen Blick nicht.* Verzweifelt nagte der Wunsch in ihm, sein ehemaliger Dezernatsleiter Dr. Pfannerl würde ihn anrufen und um Unterstützung in einer interessanten Ermittlung bitten. Leider wusste Nathan: Das würde nie geschehen, denn der aufgeblasene Kriminaldirektor, ein arroganter Jurist, der von Polizeiarbeit keine Ahnung hatte, mochte ihn nicht. Einzig um ihn zu ärgern, hatte sich Pfannerl für Wolfgang Stöhrl als Leiter der Mordkommission starkgemacht, anstatt den wesentlich qualifizierteren Manfred Wirtz zu befördern. Doch nun durfte sich Nathan darüber nicht mehr ärgern; er musste loslassen und sich eine andere sinnvolle Beschäftigung suchen.

4

Die letzten Tage hatte sie gespannt die Berichterstattung zu dem rätselhaften Mord an einem Münchner Buchhändler verfolgt. Wenn sie den Zeitungen glauben konnte, tappte die Polizei völlig im Dunkeln. Der Boulevard erging sich genüsslich in verschiedenen Theorien, wobei die These, die Witwe habe den Mord begangen, langweilig, und diejenige, es handle sich um ein Attentat aus dem linksextremen Milieu, arg an den Haaren herbeigezogen war. Vermutlich bildete Münchens jüngster Mord für die Zeitungen, die auf die stummen Verkäufer angewiesen waren, einen willkommenen Kontrast zu den vorherrschenden Corona-Schlagzeilen, während Münchens seriöseste Tageszeitung nach drei Tagen das Interesse an der Bluttat verloren hatte. Ehrlicherweise geriet ihr der Tod des Buchhändlers allmählich auch aus dem Fokus. Er hatte erhalten, was er verdient hatte. Einem Mann, der völlig ichbezogen darauf aus war, mit einer wildfremden Frau eine Lack-und-Leder-Nummer zu schieben, musste man keine Träne nachweinen. Es hatte sich gut angefühlt, ihn für seine Lust und Gier zu bestrafen. Tagelang war ihr Zorn danach besänftigt und ihr Wutkissen unbehelligt geblieben. Doch nun rumorte es wieder in ihr, kochte ihr Lebensüberdruss hoch und gab der Wut auf Alles und Jeden neue Nahrung. Letzte Nacht hatte sie erstmals seit dem Buchhändler wieder von ihrem Onkel geträumt. Der hatte damals den gleichen Blick auf sie geworfen wie Rolf, als sie zur Tür hereingekommen war. *Nenn ihn nicht beim Namen,* ermahnte sich Karin scharf. Kein Mitleid, keine Namen, keine menschliche Erinnerung. Gesichtslose Täter, die es nicht verdient hatten, Opfer genannt zu werden. Es wurde Zeit, dem nächsten Frauenverächter eine Falle zu stellen.

Sie legte unter Berücksichtigung aller Vorsichtsmaßnahmen in einer bekannten Dating-App ein neues Profil an und musste nicht lange auf die ersten Zuschriften warten. Mindestens einer dieser offenbar allzeit bereiten Männer schien ein lohnendes Ziel abzugeben. Karin rieb sich die Hände und dachte an ihren Onkel. Schade, dass sie den nicht mehr zwischen die Finger bekam. Aber immerhin, Ähnlichkeit half. Nun würde sie erst einmal diesen Justin – bestimmt ein falscher Vorname, ärgerte sie sich – anfüttern. *Mit Speck fängt man Mäuse,* giftete sie in Gedanken vor sich hin, *und mit erotischen Anzüglichkeiten erlegt man egoistische, geile Männer.*

• • •

Die Verdachtsmomente gegen Gabriele Lupfer hatten sich erhärtet. Ausweislich ihrer Verbindungsdaten hatte sie sich im fraglichen Zeitraum der Ermordung ihres Ehemannes nicht nur ganz in der Nähe seines Appartements befunden, sondern auch mit ihm telefoniert. Von den wenigen Fingerabdrücken, welche die Spurensicherung in der akkurat geputzten Wohnung sichergestellt hatte, gehörten die meisten dem Opfer und wenige andere seiner Ehefrau. Fingerabdrücke dritter Personen fanden sich nicht. Diese Erkenntnisse standen im Widerspruch zu der Aussage Gabriele Lupfers, ihren Mann niemals in dessen Appartement besucht zu haben. Genug Anhaltspunkte jedenfalls für Wolfgang Stöhrl, Frau Lupfer an diesem Freitag zu einer ausführlichen Vernehmung ins Kommissariat zu bestellen. Er nahm sich vor, die keineswegs trauernde Witwe so lange weichzukochen, bis sie ein Geständnis ablegte. Schließlich war es an der Zeit, diesen Fall ratzfatz erfolgreich abzuschließen. Ein knappes Jahr nach seiner Ernennung zum Leiter des Mordkommissariats K11 in der Nachfolge des legendären Mordermittlers Nathan Weiß wollte Stöhrl mit einem raschen Erfolg endlich aus dem langen Schatten seines Vorgängers treten. Viel zu viele im Kollegenkreis hielten ihn für ein Leichtgewicht, und auch das wohlwollend herablassende *lieber Stöhrl* des Gerichtsmediziners Dr. Sander empfand er als Ausdruck minderer Wertschätzung. *Nach acht Jahren bei der Mordkommission habe ich Anerkennung verdient,* sprach er sich gut zu und studierte mit einem gewissen Stolz den Untersuchungsbericht über das Sektglas, das er und nicht die Spurensicherung im Schrank von Rolf Lupfer entdeckt hatte.

Leider überdeckte der Lippenstiftrest eine eindeutige Analyse, und die wenigen Hautpartikel, die haften geblieben waren, ließen eine aussagekräftige DNS-Analyse nicht zu. Immerhin konnte man die Lippenstiftmarke gut bestimmen; nur zwei Hersteller kamen infrage, und gewiss ließe sich feststellen, ob Gabriele Lupfer so einen Lippenstift besaß. Er rieb sich die Hände und ging vergnügt in den Besprechungsraum.

»Guten Morgen«, rief er in die Runde und setze sich auf den Platz am Kopfende des Besprechungstisches. Von Woche zu Woche wurde ihm dieser Platz selbstverständlicher und er hatte allmählich das Gefühl, seinen Chefposten ordentlich auszufüllen. Trotzdem fühlte er sich immer noch unsicher und musterte daher seine Kollegenschar genau, ob in dem einen oder anderen Augenpaar noch etwas zu sehen war von den Vorbehalten, die ihm vor einem knappen Jahr entgegengeschlagen waren, als er Nathan Weiß beerbt hatte. Diesen Eindruck empfand er nicht mehr, und das erfreute ihn. *Alles in allem,* atmete Wolfgang Stöhrl erleichtert auf, *war das heute ein sehr angenehmer Freitagvormittag.*

»Wir müssen jetzt das Verhör von Gabriele Lupfer vorbereiten«, stieg Stöhrl in den morgendlichen Gedankenaustausch ein. »Bemerkenswert ist ja, dass die luxuriöse Uhr, immerhin eine *Audemars Piquet Royal Oak* im Wert von gut 10.000 Euro, an Rolf Lupfers Handgelenk blieb, aber sein iPhone11 verschwunden ist. Der Täter oder die Täterin hatte also definitiv kein Interesse an Wertgegenständen. Auch das spricht gegen Gabriele Lupfer. Was haben wir sonst noch?«

Zu seiner Freude meldete sich Nina Lutz. Ihre Geste, sich eine rotblonde Haarsträhne aus dem Gesicht zu streichen, ehe sie zu sprechen anfing, kannte er bereits zur Genüge, und wenn er ehrlich war, mochte er diesen kleinen Tick der jungen Kommissarin, die erst vor einem halben Jahr zu K11 gestoßen war.

»Die Obduktion hat nicht nur gute Aussagen zum Tatwerkzeug, einem scharfen kurzen Keramikmesser erbracht, sondern auch feinste Spuren von Talkumpuder an Lupfers Oberkörper. Das spricht für die Verwendung von Latexhandschuhen und erklärt, warum wir in dem Appartement kaum Fingerabdrücke gefunden haben. Vermutlich hat der Täter oder die Täterin Schutzkleidung getragen, was sehr ungewöhnlich wäre, es sei denn …« Hier machte Nina Lutz eine Effekt heischende Pause. »Es sei denn, es ist vor der Tat zu erotischen Handlungen gekommen, wofür die heruntergezogene Hose des Opfers ebenso spricht wie die Sekretspuren an Lupfers Penis. Sollte Lupfer mit seiner Mörderin auf Lack-und-Leder gestanden haben, wäre es nicht abwegig, dass die Frau einen Ganzkörperlatexbody getragen hat.«

»Wenn wir nicht noch von irgendwo her Hinweise erhalten, dass Lupfer schwul oder bi gewesen ist, können wir also definitiv von einer Täterin ausgehen«, folgerte Stöhrl zufrieden.

»Keiner der Freunde, mit denen ich gesprochen habe, hat was in Richtung schwul verlauten lassen«, warf Manfred Wirtz ein. »Aber alle meinten, Lupfer sei durchaus an Sex interessiert gewesen.«

Stöhrl dankte dem Hauptkommissar, der sich selbst Hoffnungen gemacht hatte, die Mordkommission leiten zu dürfen und der eindeutig der Favorit von Nathan Weiß auf den Chefposten gewesen war. Wirtz schien diese Zurücksetzung verdaut zu haben, jedenfalls taute er allmählich auf. *Wenn das so weitergeht,* hoffte Wolfgang Stöhrl, *bekommen wir noch ein gutes kollegiales Verhältnis.*

»Das lässt auch darauf schließen, dass seine Frau die Hände im Spiel hat«, nuschelte Cordula Maier hinter ihrer Maske. »Heinrich Koller hat gesagt, Lupfer sei seiner Frau verfallen gewesen. – Sie macht ihm ein Versöhnungsangebot, mal wieder eine richtig heiße Nummer, und wenn er dann vor ihr liegt …« Cordula fuhr sich mit der Handkante über die Kehle, und alle im Raum nickten.

•••

Eher lustlos scrollte Nathan durch die Profile der Dating-Plattform *fresh-adventure*, auf die er durch eine leicht anrüchige Fernsehwerbung aufmerksam geworden war. Viele der Seiten schienen ihm professionell gestaltet; da fragte er sich, ob dies Versuche von Prostituierten waren, trotz des Corona-Lockdowns Kunden zu finden, oder ob es sich um maschinengenerierte Profile handelte, die den unbedarften Lüstling in die Falle von Cyberkriminellen locken sollten.

Vielleicht sollte ich mich auf diesem Gebiet weiterbilden, überlegte Nathan, *und schauen, was ich im Umfeld von Internetkriminalität bewegen könnte.* Da war kriminalistische Expertise erwünscht; vielleicht ließe sich auf diesem Feld ein interessanter Beratervertrag an Land ziehen, und sein Leben im Ruhestand hätte wieder einen Sinn. *Mal schauen,* nahm er sich vor und scrollte weiter, ob sich ein interessantes Profil für einen kleinen Chat fand, denn er gestand sich durchaus sein weiter bestehendes Interesse an der erotischen Begegnung mit Frauen ein.

Als er schon aufgeben wollte, blieb er an einem Profil hängen: *Lack und Leder, zupackend und kräftig, ohne Interesse an einer Beziehung. Hast Du Lust auf eine erfahrene Lady und traust Dir zu, ihr den erwünschten Spaß zu verschaffen? Jede Bildzuschrift wird beantwortet.*

Das Foto zeigte eine vermutlich knapp 50-jährige Frau mit knabenhafter Figur in einem schwarzen Latexanzug. Das hagere Gesicht drückte mit einem bohrenden Blick aus sehr grünen Augen Herausforderung und Verlockung aus und wirkte dabei umwerfend ehrlich. Der bereits leicht faltige Hals zeigte sich in natürlicher Offenheit, das zartbittere Lächeln ungeschminkt, das lockige rote Haar leicht verwuschelt, alles in allem eine Frau, die offensichtlich zu dem stand, was sie war: nicht mehr die Jüngste, aber lebenslustig. Nathan pfiff leise durch die Zähne. *Roxette* wusste, was sie wollte. Er klickte auf die Schaltfläche *Merken*. Obwohl sie optisch nicht sein Typ war, würde er, dem Lack und Leder auch nichts gab, vielleicht einmal auf dieses Profil zurückkommen. *Man weiß ja nie.* Er schaute sich noch einige weitere Profile an, ohne auf einen interessanten Eintrag zu stoßen, schloss die App und griff zum Telefon.

Sein alter Spezl Udo Wackel lachte röhrend durchs Telefon, als Nathan ihn fragte, wie er Programmieren lernen könne.

»Willst jetzt Computerspiele entwickeln oder was, alter Knabe?«, fragte der seit einigen Jahren im Ruhestand befindliche frühere Chef des Sachgebiets Programmierung im Bayerischen Landeskriminalamt. »Kannst dich wohl immer noch nicht damit abfinden, dass du jetzt in Pension bist. Gräm dich nicht, nach einiger Zeit kommt das von allein.«

»Du hast leicht reden«, grummelte Nathan. »Du hast bald mehr um die Ohren als früher. Einfach bei deinem Sohn ins Software-Start-up einsteigen ... Mit so einem Ruhestand wäre ich auch zufrieden. Nein, ich will ein wenig sachkundiger werden im Bereich Computerkriminalität, und da dachte ich, es könnte nicht schaden, von der Programmiererei was zu verstehen.«

»Wenn du meinst, aber eines sage ich dir gleich: Das ist kein Spiel und keine leichte Kost. Wenn du ernsthaft einsteigen willst, heißt das lesen, lesen und noch mal lesen und ganz viel ausprobieren.«

»Klingt schon mal wie eine Gebrauchsanweisung gegen Langeweile.«

Sie plauderten einige Minuten über alte Zeiten, dann versprach Udo, Nathan ein Buch für Einsteiger zu schicken, elektronisch natürlich, und zehn Minuten später war er im Besitz einer PDF-Datei *Java-Programmierung*.

•••

Das Gutachten über die Umweltverträglichkeit der Produktionsanlage zur Herstellung dieser hochkomplexen Chemikalie ging ihr gar nicht von der Hand. Die Unterlagen des mittelständischen Unternehmens wiesen an einigen Stellen Lücken und in mindestens zwei Teilbereichen Unstimmigkeiten auf. Vernünftiges Bewerten war bei der Unschärfe der diversen Angaben unmöglich. Das Unternehmen würde seinen Antrag massiv nachbessern müssen, was ihr zusätzlichen Aufwand bereiten würde, bis das von ihrem Chef als zeitkritisch eingestufte Projekt abgeschlossen war.

Während sie noch überlegte, wie sie den Brief an die Firmenleitung formulieren sollte, spürte Karin den ihre Kehle hochsteigenden Zorn. Mit jedem Tag, den dieser Lockdown andauerte, wuchs ihre Reizbarkeit und lenkte sie von ihrer beruflichen Aufgabe ab. Noch musste sie ihren Job weitermachen, noch brauchte sie das Einkommen, ehe sie sich in ein oder zwei Jahren zur Ruhe setzen konnte, je nachdem, wie lange ihre pflegebedürftige Tante noch lebte. Tante Irma! Im Pflegeheim eingesperrt wie in einem Zuchthaus! Kein Besuch, nichts – das verstand die bald 90-jährige, demente Frau doch nicht! Schon war die Wut im Rachen angekommen. Karin stieß einen schrillen Schrei aus und warf die Unterlagen der Chemiefabrik vom Tisch.

Sie fuhr ihren beruflichen Laptop herunter und schaltete ihren privaten Computer ein. Während der betagte Desktop-PC langsam hochfuhr, mixte sie sich in der Küche mit Wasser, Gurke, Minze und Banane einen erfrischenden Smoothie und kehrte mit dem grün schimmernden Getränk vor den Bildschirm zurück.

Sie loggte sich in die Dating-Plattform *fresh-adventure* ein, auf der sie ihren nächsten Delinquenten ermitteln wollte, und überprüfte, wie oft ihr neues *Roxette*-Profil besucht worden war. Mit zwölf Besuchen in den letzten vier Stunden konnte sie zufrieden sein. Bei drei neuen Bildzuschriften nickte sie, doch die letzte Antwort von Justin elektrisierte sie. Der Knabe kam auf den Punkt und schlug ein Datum für das Lack-und-Leder-Spiel vor. Allerdings wollte er zu ihr kommen. Das ging selbstverständlich gar nicht. Wenn er keinen besseren Vorschlag machte, musste sie ihn vom Haken lassen.

Sie überlegte kurz, wie sie ihm antworten sollte, und entschied sich für die klare und knappe Variante: *Diskretion ist oberstes Gebot. Lass Dir einen passenden Ort einfallen, dann geht das heute noch klar.*

Fertig. Mehr war nicht zu sagen. Wenn der gute Justin seine Ehefrau betrügen wollte, musste er es eben geschickt anstellen. Dabei hoffte sie, er möge eine Lösung finden, denn mit diesem Gesicht war er ein mehr als verdienter Delinquent. Die Ähnlichkeit zu ihrem Onkel war frappierend. Justin für seine Lüsternheit zu bestrafen, würde sie noch mehr befriedigen als die Vollstreckung des Urteils an Rolf. Vielleicht löschte dies ihren brodelnden Zorn. – Das Wutkissen war längst keine Hilfe mehr.

•••

Je länger er sie anschaute, umso bewusster wurde ihm, wie unsympathisch sie ihm war. Die blonden Haare trug sie mädchenhaft lang wie eine Trophäe, das Gesicht versteckte sie unter eine dicken Schicht Make-up, die aufgespritzten Lippen glänzten mit zu viel Lipgloss und der deutliche Ansatz von einem Doppelkinn schwabbelte. Ihr hochgeschlossener Kaschmirpullover betonte eine üppige Oberweite, die sie geschickt in Szene zu setzen versuchte. *Vermutlich hat das bei ihrem Mann gewirkt,* vermutete Wolfgang Stöhrl. Ihn selbst ließ es kalt, und ihr arrogantes Getue regte ihn auf. Er blickte auf die neben ihm sitzende Nina Lutz, schaute ein letztes Mal in den Spanischen Spiegel und drückte die Aufnahmetaste des Diktiergeräts, das in der Mitte des Tisches lag.

»Freitag, 27. März 2020, Dezernat für Gewaltverbrechen, Vernehmungsraum drei, zehn Uhr und«, er schaute auf seine Armbanduhr, »acht Minuten. Anwesend sind Kriminalhauptkommissar Wolfgang Stöhrl, Kriminalkommissarin Nina Lutz und Frau Gabriele Lupfer. Dies ist eine Beschuldigtenvernehmung. Frau Lupfer ist ohne Rechtsbeistand erschienen. Ich kläre Sie hiermit über Ihre Rechte auf: Sie haben das Recht auf die Anwesenheit eines Rechtsanwalts. Sie haben das Recht, zu allen die Sache betreffenden Fragen zu schweigen. Wenn Sie entsprechende Fragen jedoch beantworten, kann Ihre Aussage auch gegen Sie verwendet werden. Haben Sie, Frau Lupfer, diese Belehrung verstanden?«

»Eine Unverschämtheit ist das und eine Zumutung, mich als Beschuldigte zu vernehmen. Ich bin die Ehefrau, schon vergessen, Herr Kommissar?«

»Eben«, knurrte Stöhrl. »Wo waren Sie am Samstag zwischen zwölf und 22 Uhr?«

»Mittags zu Hause, am Nachmittag in der Stadt beim Einkaufen und den Rest des Abends daheim.«

»Allein?«

»Selbstverständlich. Mein Mann hat mich verlassen.«

»Worüber Sie nicht unglücklich waren?«

»Ganz und gar nicht. Wir haben uns schon vor Jahren auseinandergelebt.«

»Wann hatten Sie zuletzt Sex mit Ihrem Mann?«

»Das ist lang her, mindestens zwei Monate. Bringt eine Trennung so mit sich. Schon arg lange, finden Sie nicht?« Sie formte mit ihren zu dicken Lippen einen Schmollmund, als wollte sie Stöhrl zu einer schlüpfrigen Antwort herausfordern.

Du lockst mich nicht aufs Glatteis, ärgerte er sich über ihre Attitüde und schwieg.

»Dann haben Sie«, übernahm Nina die nächste Frage, »unmittelbar vor dem Auszug Ihres Mannes aus der Ehewohnung noch mit ihm geschlafen?«

»Klar. Er sollte nicht notgeil in dem Koller sein Appartement ziehen. Ich wollte vermeiden, dass er zu schnell wieder auf der Matte steht, der alte Bock.«

»Hätte er denn noch Chancen gehabt?«

»Naja, in dem Punkt vielleicht schon. Sonst aber nicht, wirklich nicht. Ehe, das ist nicht mehr!«

Nina beugte sich vor und sprach ganz leise, als ob Stöhrl die Frage nicht hören sollte: »Hatte er denn solche Vorzüge? Oder Vorlieben?«

Gabriele Lupfer lachte. »Bisserl *hard and heavy* und Lack und Leder, da ging schon was, Frau Kommissarin.«

»Dann ging doch auch was zwischendrin«, mischte sich Stöhrl ein und zwinkerte.

Tatsächlich flog ein Hauch von Rot über ihr Gesicht, bevor sie mit breitem Grinsen nickte. »Herr Kommissar sind scharfsinnig, oho.«

»Warum haben Sie dann gerade gelogen?«

»Hören Sie mir mit diesem Vorwurf auf. Schaut doch nicht gut aus, wenn die Ehefrau in Trennung trotzdem ihren Mann drüber lässt, oder?«

»Auch letzten Samstag, geben Sie es zu.« Dabei leckte sich Stöhrl kurz über die Unterlippe.

»Nein, letzten Samstag nicht. Ich war nie in Kollers Appartement.«

»Wie kommen dann ihre Fingerabdrücke in diese Wohnung?«, bellte Stöhrl seine nächste Frage. Er spürte, jetzt konnte er sie in die Enge treiben.

Sie riss ihre zu blauen Augen auf und schwieg.

»Warum hat sich ihr Handy in genau die Funkzelle eingeloggt, in der das Appartement von Herrn Koller liegt? Was hatten Sie mit Ihrem Mann am Samstagnachmittag am Telefon in genau dieser Funkzelle zu besprechen?«

Frau Lupfer rutschte auf ihrem Stuhl hin und her, nestelte am Kragen ihres Kaschmirpullovers und stotterte schließlich: »Ich glaube, ich möchte doch einen Anwalt.«

• • •

Nachdem Nathan die ersten Seiten der Einweisung in die Programmierung mit Java gelesen und im Internet festgestellt hatte, dass er sich das Programm zum Programmieren kaufen musste, stellte er seinen Anlauf auf eine Karriere als Programmierer zumindest vorläufig ein. Anstatt sich mit der komplizierten Materie des *JavaEditors* und eines Quelltextes zu befassen – alles Begriffe, mit denen Nathan nichts anfangen konnte –, schlüpfte er in seine Winterjacke und die Straßenschuhe und ging zum nahe gelegenen Supermarkt. Mit viel Glück träfe er jemanden, mit dem sich auf zwei Meter Distanz einige Minuten quatschen ließe.

Die geringe Hoffnung erfüllte sich nicht, obwohl Nathan sowohl auf dem Hin- als auch auf dem Rückweg einen Abstecher in die Nebenstraße machte, in der sein Freund Ali vom Maxl-Bräu wohnte. Als er bereits vor seinem Hauseingang stand, beschloss er, noch einen Abstecher zum Kirchplatz zu machen. Wenn er es recht im Kopf hatte, fand dort heute der Wochenmarkt statt. Das wäre auch eine Gelegenheit, einen Gesprächspartner zu treffen.

Die Straßen waren wie ausgestorben. Nathan suchte den gegenüberliegenden Gehweg nach Passanten ab, schaute weit voraus und drehte sich mehrfach um, aber es blieb gespenstisch leer auf den Straßen in der Maxvorstadt. So kannte er seine Heimatstadt München nicht.

Vielleicht sollte ich einmal einen ausgedehnten Stadtspaziergang machen, überlegte Nathan, und je näher er dem Kirchplatz kam, umso mehr Gefallen fand er an dieser Idee. Als er erkannte, dass es keinen Wochenmarkt gab, beschloss er, diesen Plan in die Tat umzusetzen.

Es lag keinerlei Absicht dahinter, denn Nathan war ziellos und mit offenen Augen für die Jugendstilhäuser, die vereinzelt die Straßen säumten, durch die Stadt geschlendert, immer in Bereitschaft, einem vorbeikommenden Polizisten zu erklären, dass dies seine sportliche Betätigung, mithin ein zwingender Grund sei, das Haus zu verlassen – aber unvermittelt stand er vor dem Schaufenster der Buchhandlung *Lesertraum*. Die Auslage war drapiert mit Büchern deutscher Autoren, von denen Nathan keinen einzigen kannte – aber wie gesagt, er war auch nicht belesen. In einer Ecke stand ein schwarzer Bilderrahmen mit dem Porträt eines freundlich blickenden Mannes: Rolf Lupfer. Das also war das Mordopfer.

Nathan studierte das Gesicht des Buchhändlers. Eine dominante Knollennase beherrschte die Physiognomie. Die Lippen waren für einen Mann beinahe zu voll, das Kinn rund und konturlos, die Backen gut genährt, die Ohren leicht abstehend und die Augenbrauen buschig. In der fliehenden Stirn zeigten sich zwei Querfalten, die Geheimratsecken waren ausgeprägt. Die Augen schauten wach auf den Betrachter. Alles in allem ein Gesicht, das man sich merken konnte, und keinesfalls ein Antlitz, das beim Betrachten Widerwillen erregte. Wer immer diesen Mann ermordet hatte, musste einen tiefer liegenden Grund gehabt haben, sonst tat man diesem Gesicht nichts Übles an.

Nathan musste schon eine Weile gestanden und das Foto des Getöteten studiert haben, denn er bemerkte im Hintergrund des Ladens, dass ihn ein kleiner, unscheinbarer Mann beobachtete. Nathan deutete auf das Foto. Der Mann im Buchladen kam näher. Nathan deutete auf seinen Mund und schrieb ein Fragezeichen in die Luft. Sein Gegenüber schien unschlüssig, zeigte dann aber auf den Hauseingang rechts neben dem Schaufenster.

Nathan nickte, der Mann verschwand im Hintergrund. Nathan ging zu der schweren Holztür. Bald darauf ertönte der elektrische Türöffner.

Nathan trat ein. Im Hausflur schaltete sich Licht an, oberhalb eines Treppenabsatzes stand der Buchhändler mit fragendem Blick.

»Kann ich mich mit Ihnen unterhalten?«, fragte Nathan.

»Sind Sie von der Presse?«

»Nein, ein einfacher Privatmann. Aber ich hätte einige Fragen zu Herrn Lupfer.«

»Also … eigentlich will ich darüber nicht sprechen«, stotterte der Buchhändler, winkte Nathan aber herbei. »Nun gut, kommen Sie herein und gehen wir in mein Büro.«

»Mein Name ist Nathan Weiß«, stellte er sich vor. »Ich bin Rentner und Zeitungsleser und über den Artikel gestolpert, in dem es hieß, Herr Lupfer sei wegen seines Eintretens für deutsche Literatur ermordet worden. Das glaube ich nicht – Sie?«

»Wer weiß. Das hat mich die Kriminalpolizei auch gefragt. Deswegen sind Sie zu mir gekommen?«

»Ja. Sie müssen wissen, bis zu meinem Ruhestand war ich Leiter der Münchner Mordkommission. Diesen Fall finde ich bemerkenswert und ich …« Nathan beendete den Satz nicht. Er war unsicher, wie er ihn fortführen sollte. Konnte er einfach die Wahrheit sagen? Dass er sich langweilte und außerdem seinem Nachfolger nichts zutraute? Beides sprach nicht unbedingt für ihn. Was sollte dieser Buchhändler von ihm denken? Andererseits, was hatte er schon zu verlieren? »Also, ehrlich gesagt, ich langweile mich im Ruhestand und mein Nachfolger ist eine Pfeife.«

Der Buchhändler lachte trocken. »Ich bin Heinrich Koller, der Mitinhaber von *Lesertraum*. Bisher dachte ich, gelangweilte pensionierte Kommissare gäbe es nur in Kriminalromanen.«

»Nein, ich bin echt«, erwiderte Nathan und lachte nun auch.

»Wir wurden in den letzten Wochen mehrfach in den sozialen Netzwerken wegen unserer Offensive für deutsche Schriftstellerinnen und Schriftsteller angefeindet, aber ich kann mir nicht vorstellen, dass Rolfs Mörder aus der linksideologischen Ecke kommt. Schließlich propagiert *Lesertraum* keine rechte und schon gar keine rechtsextreme Literatur.«

»Dachte ich mir. Wissen Sie, wen Kommissar Stöhrl im Visier hat?«

»Wenn Sie mich fragen, die Ehefrau.«

»Zu Recht?«

»Wer kennt sich schon mit Frauen aus? Zuzutrauen wäre es ihr fast, habgierig und selbstsüchtig, wie Gabriele ist. Aber so ein Blutbad?« Heinrich Koller schüttelte den Kopf. »Nein, so ein Blutbad würde Gabi nie anrichten.«

»Woher wissen Sie ...?«

»Ach so, Sie kennen die Umstände gar nicht.« Koller kratzte sich am Hinterkopf. »Ich habe Rolf gefunden.«

• • •

Wie einfallsreich Männer sein können, wenn es darum geht, ihre Lust zu befriedigen, stellte Karin Fellermayr zufrieden fest, nachdem Justin ihr einen Treffpunkt vorgeschlagen hatte, den sie akzeptieren konnte. Noch blieben ihr zwei Stunden Zeit, alles vorzubereiten. Sie ging ins Schlafzimmer und holte ihren schwarzen Latex-Body, die Handschuhe, Strümpfe und die Perücke mit den leicht verwuschelten roten Haaren aus dem Schrank. Ehe sie sich in *Roxette* verwandelte, sprang sie unter die Dusche. Dann begann das aufwendige Make-up. Kritisch beäugte sie ihr Gesicht, in welches die Schicksalsschläge einbeschrieben waren, die sie durchlitten hatte.

Begonnen hatte alles mit dem viel zu frühen Tod ihrer Mutter. Da war sie sieben Jahre alt gewesen und gerade in die Schule gekommen. Ihr Vater zerbrach am Verlust seiner geliebten Frau und ergab sich dem Suff. Mehr und mehr überließ er Karin der Obhut seiner Schwägerin, bis sie schließlich ganz von Onkel und Tante aufgenommen wurde, die keine eigenen Kinder hatten. Als ihr Körper im Alter von knapp zwölf Jahren zarte weibliche Rundungen entwickelte, fingen die Besuche ihres Onkels an. Er las ihr spannende Kurzgeschichten zum Einschlafen vor, streichelte dabei ihr Gesicht, ihre Arme, bald auch ihre Füße und Schenkel. Er war geduldig, ließ sich Zeit, bis er schließlich ihren Schritt koste und dabei seltsame Empfindungen in Karin auslöste.

»Wie hätte ich mit zwölf Jahren wissen sollen, was er mit mir macht?«, fauchte sie hasserfüllt ihr Spiegelbild an und legte Rouge auf ihre blassen Wangen. Vorsichtig hellte sie die Augenringe auf, ehe sie den schmalen Lippen den Rotton ihrer Perücke verlieh. Jetzt setzte sie die grünen Kontaktlinsen ein. Perfekt. *Roxette* nahm Gestalt an.

Karin testete ihren lasziven Schmollmund. Justin würde bald tun, was sie wollte, und dann bekäme er, was er verdiente. Ihr Hals rötete sich vor Erregung und Vorfreude; sicherheitshalber legte sie auch dort ein wenig Puder auf.

Im Schlafzimmer schlüpfte sie in ihren Latexanzug und setzte die Perücke auf. Sorgsam achtete sie darauf, dass die Übergänge von den Handschuhen und den Strümpfen zum Body weit genug überlappten, wusch sich gründlich die behandschuhten Hände, und rieb mit einem Feuchttuch den oberen Bereich der Strümpfe ab, ebenso den hochgezogenen Abschluss des Anzugs am Hals. Sie musste peinlich darauf achten, keine Kontaktspuren zu hinterlassen. Sie wollte ungestört auf ihren Rachefeldzug gehen, da hieß es geizig sein mit Hinweisen für die Mordermittler. Behutsam zog sie die weinrote Bluse an, schlüpfte in den knöchellangen Rock und besuchte ein letztes Mal den Chatroom, um Justin daran zu erinnern, ihre Konversation zu löschen. Sie würde sich seinen Account zeigen lassen, ehe sie die Bluse auszog.

Nachdem sie die Chatnachricht abgeschickt hatte, stellte sie ihr Profil von *öffentlich* auf *Freunde* um und eliminierte die anderen Kontakte von ihrer Liste. Nur Justin blieb stehen. Er sollte sie noch auf *fresh-adventure* vorfinden, bis sie vor seiner Tür stand, denn einen argwöhnischen Delinquenten wollte sie vermeiden.

•••

Der Anwalt saß nach seiner Besprechung mit Frau Lupfer keine fünf Minuten im Vernehmungszimmer, als Cordula ein Blatt Papier hereinreichte.

Störl dankte und las. Dann schob er das Blatt Rechtsanwalt Hingerl hinüber. Dieser wurde bleich.

»Ich muss mich erneut unter vier Augen mit meiner Mandantin besprechen.«

Stöhrl schmatzte lautstark, stand auf und nahm Nina mit hinaus.

Draußen fragte die junge Kommissarin: »Was steht denn auf dem Zettel, dass der so erschrickt?«

»Wir haben ein Foto seiner Mandantin gefunden – genau in der mutmaßlichen Stunde der Tatbegehung erscheint sie auf der Überwachungskamera eines in unmittelbarer Nähe des Tatorts liegenden Juweliergeschäfts. Daraufhin hat Karl bei der Staatsanwaltschaft den Durchsuchungs- und Beschlagnahmebeschluss beantragt. Der richterliche Beschluss ist soeben eingetroffen.«

»Tja, dann haben wir sie gleich«, freute sich Nina. »Auch einen Kaffee?«

»Gern.« Stöhrl ging zum Spanischen Spiegel und sah interessiert zu, wie Anwalt Hingerl gestikulierend auf seine Mandantin einredete. Doch die schüttelte lediglich den Kopf.

Schließlich stand der Rechtsanwalt auf und kam zur Tür heraus. »Wir können weitermachen«, sagte er.

»Unser Durchsuchungsteam ist bereits zusammengestellt. Sie

haben das Recht, bei der Wohnungsdurchsuchung anwesend zu sein.«

»Meine Mandantin verzichtet auf dieses Recht«, entgegnete der Anwalt achselzuckend.

»Benennen Sie wenigstens eine Person Ihres Vertrauens?«, richtete Stöhrl die nächste Frage direkt an Frau Lupfer.

»Ja. Benachrichtigen Sie bitte Frau Lydia Kleinau«, antwortete sie und diktierte Nina eine Telefonnummer. »Und dann machen wir weiter, damit dieses absurde Theater ein Ende findet.«

»Legen Sie ein umfassendes Geständnis ab, dann sind wir rasch fertig«, knurrte Stöhrl.

»Na, na, na, machen Sie mal halblang«, echauffierte sich Anwalt Hingerl. »Meine Mandantin hat nichts zu gestehen.«

»Schaun mer mal«, erwiderte Stöhrl in breitem Bayerisch und setzte sich wieder auf seinen Stuhl.

»Sie wissen genau, dass Sie meine Mandantin nicht unter Druck setzen dürfen. Ihre Anschuldigungen entbehren jeglicher Grundlage. Im Prinzip könnten wir die Anhörung sofort beenden«, versuchte sich Hingerl an einer forschen Vorwärtsverteidigung.

Sie rang Stöhrl nur ein müdes Lächeln ab.

»Wir bekommen eine Lüge nach der anderen aufgetischt«, ging er in den Angriffsmodus über. »Zur Tatzeit waren Sie in unmittelbarer Nähe des Tatorts. Sie haben kurz vor seinem Tod noch mit Ihrem Mann telefoniert. Sie waren in dem Appartement. Das alles können Sie nicht länger abstreiten. Also, heraus mit der Sprache: Was haben Sie da gemacht?«

Frau Lupfer holte Luft. Ihr Verteidiger legte eine Hand auf ihren Arm und erklärte: »Als Herr Lupfer in das Appartement einzog, hat ihm meine Mandantin geholfen, einige Dinge dorthin zu bringen. Die wenigen Fingerabdrücke lassen sich mithin zwanglos erklären.«

»Das Appartement war pingelig sauber. Herr Lupfer wohnte dort seit neun Wochen. Fingerspuren vom Einzug hat er längst weggewischt. Mit dieser Erklärung, Herr Rechtsanwalt, kommen Sie nicht weit«, blaffte Stöhrl und das Wort *Rechtsanwalt* klang dabei wie ausgespuckt.

»Frau Lupfer, es gibt doch bestimmt eine einfache Erklärung, warum Sie sich letzten Samstag ganz in der Nähe Ihres Mannes aufgehalten haben. Wenn wir das verstehen können, ist die Sache vom Tisch«, brachte sich Nina als *good cop* in die Vernehmung ein.

Stöhrl warf ihr einen anerkennenden Seitenblick zu.

»Es hilft doch nicht, offenkundige Tatsachen zu leugnen. Überwinden Sie sich, sagen Sie die Wahrheit.«

Hingerl hob seine Hand, wollte seiner Mandantin Einhalt gebieten, doch die ließ sich nicht aufhalten.

»Also gut. Ich war in dem Appartement. Am Samstag, so gegen drei Uhr nachmittags. Wir hatten einige Dinge wegen unserer Hausbank zu besprechen. Er wollte nicht zu mir kommen, weil er später noch einen Termin hatte. Nachdem wir die anstehenden Dinge geklärt hatten, bin ich wieder gegangen. So gegen vier Uhr, und da war Rolf quicklebendig.«

»Sehen Sie, das war gar nicht schwer. Wieso haben Sie uns das verschwiegen und stattdessen gelogen?«

»Weil Sie mich wie eine Verdächtige behandelt haben. Da wollte ich kein Öl ins Feuer gießen.«

»Das verstehe ich. Sagen Sie mal«, fuhr Nina mit sanfter Stimme fort, »kam es vielleicht auch zu Zärtlichkeiten zwischen Ihnen?«

»Sie meinen, ob ich Sex mit Rolf hatte?«, brauste Frau Lupfer entrüstet auf. »Wo denken Sie hin? Das ist passé!«

»Immerhin haben Sie bei seinem Auszug noch einmal mit ihm geschlafen, weil Sie nicht wollten, dass er«, Nina machte eine kurze Pause und betonte das folgende Wort, »*notgeil* ist.«

»Damals«, antwortete sie wortkarg; es klang trotzig.

»Unter uns Frauen«, flüsterte Nina und beugte sich vor. »Wie mochte er es am liebsten?«

»Reiten«, verriet sie, ohne mit der Wimper zu zucken. »Er mochte es, geritten zu werden.«

»Auch Lack und Leder?«

»Ja, sagte ich doch schon.«

»Haben Sie solche Utensilien zu Hause?«, mischte sich Stöhrl wieder ein.

»Ein bisserl was«, antwortete Frau Lupfer schnippisch. »Interessiert?«

Anwalt Hingerl legte erneut seine Hand auf den Arm seiner Mandantin.

»Logisch. Vielleicht einen Ganzkörperanzug aus Latex?«

»So ähnlich, warum?«

»Hatten Sie dieses Kleidungsstück am Samstag an?«

»Selbstverständlich nicht, wo denken Sie hin!«

Stöhrl nahm ihr die Entrüstung nicht ab. *Du hast schon zu oft gelogen,* dachte er und wähnte sich seinem Ermittlungserfolg nah.

•••

Aufgewühlt hatte Heinrich Koller berichtet, wie er seinen Geschäftspartner und Freund Rolf Lupfer letzten Montag gefunden hatte. Danach hatten sie einige Minuten geschwiegen. Nathan hatte überlegt, ob so eine grausame und hemmungslose Tat einer Ehefrau wirklich zuzutrauen sei. Nach allem, was Nathan in seinen vielen Ermittlerjahren erfahren hatte, setzte ein Overkill dieses Ausmaßes ein immenses Wutpotential voraus. Rolf Lupfers Ehe müsste danach mehr als gescheitert, sie müsste für die Ehefrau ein Martyrium gewesen sein. Um dies zu ergründen, fragte er Koller nach dem Verhältnis der Eheleute Lupfer zueinander und war wenig überrascht zu hören, dass es in der Ehe zwar seit einigen Jahren knirschte, Rolf Lupfer aber bis zuletzt versucht hatte, seiner Frau ein angenehmes Leben zu bieten.

»Selbst als er auszog, war er eigentlich noch in Gabi verliebt – zumindest in ihre weiblichen Reize, wenn Sie verstehen, was ich meine«, sagte Heinrich Koller und ging zu einem Wandschrank. Dahinter kam eine kleine Hausbar zum Vorschein. »Williams oder Haselnuss?«

»Nein danke, Darjeeling wäre mir lieber.« Es war noch zu früh am Nachmittag für Spirituosen, außerdem wich Nathan ungern von seinen Gewohnheiten ab. »Was für ein Motiv sollte die Ehefrau haben?«, fragte er den Buchhändler.

»Die Polizei geht derzeit wohl noch von Habgier aus, aber Rolfs Lebensversicherung begünstigt mich. Wir haben uns vor vielen Jahren wechselseitig bei den Versicherungen zu Begünstigten eingesetzt, damit unser *Lesertraum* weiterlaufen kann, falls einem von uns etwas geschieht. Ob Gabi das bewusst ist, weiß ich ehrlich gesagt nicht. Was Rolf ansonsten besaß, gehört sowieso ihm und Gabi zur Hälfte, und Rolf war nie knickrig. Also, wenn Sie mich fragen: Habgier scheidet ebenso aus wie Eifersucht. Eher hätte Rolf eifersüchtig sein können, denn Gabi spielt gern mit ihren Reizen, gegenüber anderen Männern und neuerdings auch Frauen.«

»Sie hatte Affären?«

»So genau weiß ich das nicht, vermutlich, weil Rolf es gar nicht wissen wollte; aber vermutlich ja.«

»Könnte es sein, dass Rolf zwischen seiner Frau und einem Liebhaber oder einer Geliebten stand und deswegen verschwinden musste?«

»Nein, er ist ausgezogen und hat sie freigegeben. Außerdem war Rolf selbst auf der Suche nach einem neuen Weg. Er wollte noch etwas ausprobieren in seinem Leben.«

»Was?«

»Schwer zu sagen, aber auf jeden Fall auch andere Frauen.«

»Erfolgreich?«

Koller schüttelte den Kopf. »Die Zeiten sind gerade nicht danach und Rolf war nicht mehr der Jüngste und Attraktivste. Er hat es über einige dieser Single-Börsen und Dating-Plattformen versucht, aber die wenigen Frauen, die Interesse gezeigt haben, waren mehr auf eine Beziehung als auf Erotik aus.«

»Ihm ging es also zuvorderst um Sex?«

»Irgendwie schon.«

»Hat er sich vielleicht mit einer Prostituierten eingelassen – oder gar einem Stricher?«

»Auf keinen Fall, so einer war Rolf nicht.«

•••

Mit nach oben gerecktem Daumen verabschiedete sich Justin Lang von seinem Freund Elmar, der ihm seine Wohnung in der Maikäfersiedlung in Münchens Osten für das Schäferstündchen mit *Roxette* überließ.

»Lass dir Zeit«, hatte sich Elmar verabschiedet, »ich übernachte bei Martina und komme morgen nicht vor Mittag nach Hause. Den Schlüssel wirfst du einfach in den Briefkasten.«

Natürlich würde er dieses Angebot nicht ausreizen. Wenn er die ganze Nacht wegbliebe, hätte er daheim den größten Ehekrach. Nein, Justin plante, spätestens zur Tagesschau wieder zu Hause zu sein, hatte er seiner Frau doch erzählt, er würde mit Elmar bei ein, zwei Edelstoff den sommerlichen Segeltörn in der Ägäis planen. Aber immerhin blieben ihm nun knapp drei Stunden für das Abenteuer mit der erfahrenen Lack-und-Leder-*Roxette*.

Elmar hatte ihm Bettwäsche bereitgelegt, mit der Justin das Bett neu bezog. Dann suchte er einige CDs aus Elmars reichhaltiger Sammlung und lud den CD-Wechsler; er mochte stimmungsvolle Musik beim Sex und hoffte, *Roxettes* Geschmack zu treffen. Das war nicht so einfach, denn sie war ein ganzes Stück älter als er, weshalb er nach 80er-Jahre-Platten griff – die Songs waren für ihn Oldies.

Allmählich wuchs die Anspannung. Es war das erste Mal, dass er sich für seinen obligatorischen Seitensprung, den er sich alle sieben, acht Wochen gönnte, eine ältere Gespielin erkoren hatte. Wie würde es sein, mit einer Frau, die genau zu wissen schien, was sie wollte, ins Bett zu gehen?

Ach ja, fiel ihm ein, *ich muss noch die Chats löschen.* Sie hatte geschrieben, sie würde das überprüfen, denn sie lege Wert auf absolute Diskretion. Das hatte Justin gefallen, denn obwohl er seine Frau schon seit ihrer Hochzeit regelmäßig betrog, liebte er Jaqueline und wollte auf jeden Fall vermeiden, dass sie ihm auf die Schliche kam. Justin öffnete *fresh-adventure* auf seinem Smartphone, scrollte zu *Roxette*, betrachtete noch einmal das Foto dieses zierlichen Vamps, las die letzten anzüglichen Nachrichten ein letztes Mal durch und löschte sie, ehe allein vom Lesen eine Erektion einsetzte. Dann entfernte er *Roxette* aus seinen Favoriten und legte das Handy neben den Sektkühler, damit sie nachher in aller Ruhe nachschauen konnte, ob er sich an die Vereinbarung hielt. Natürlich tat er das, empfand es als wohltuend, dass *Roxette* keinerlei Interesse an Fortsetzung oder Wiederholung hatte. Das nervte ihn an den jungen Frauen, dass sie oft hofften, es würde sich mehr entwickeln aus einem heimlichen Schäferstündchen. Von einer Verehrerin war Justin sogar heftig bestürmt worden, eine richtige Affäre mit ihr einzugehen.

»Du kannst ja verheiratet bleiben«, hatte sie gemeint, »wenn du nur einmal in der Woche mit mir fickst.«

Er hatte grob werden müssen, um sie abzuschütteln. Das würde heute nicht nötig sein, freute er sich und schaltete die Stereoanlage ein.

•••

Stöhrl war drauf und dran, das Verhör zu beenden, als ihn Cordula aus dem Vernehmungsraum holte und die Ergebnisse der Wohnungsdurchsuchung mitteilte.

»Ja«, entfuhr ihm ein Freudenschrei. Jetzt würde er es durchziehen. »Sag Karl, er soll einen Haftbefehl beantragen.«

Cordula nickte und Stöhrl ging zurück zu Frau Lupfer und der Witzfigur eines Anwalts. Hingerl hatte seine Mandantin nicht im Griff, die sich nach und nach um Kopf und Kragen redete und trotzdem immer noch nach dem Schlupfloch suchte, durch das sie als Unschuldslamm entwischen konnte. *Nicht mit mir, du Luder,* putschte sich Stöhrl siegessicher auf.

»Besser Sie hören jetzt mit den Spielchen auf und gestehen«, blaffte er Frau Lupfer an. »Wir haben in Ihrer Wohnung alles gefunden, was wir brauchen.«

»Was soll das?«, mischte sich Hingerl ein. »Sie dürfen uns keine Beweismittel vorenthalten. Zeigen Sie erst das Beschlagnahmeprotokoll – und für heute ist es genug. Wir werden diese Unterredung beenden.«

»Werden Sie nicht«, flüsterte Stöhrl triumphierend. »Wir haben soeben einen Haftbefehl beantragt. Bis zur richterlichen Entscheidung bleibt Frau Lupfer hier.«

»Das ist unerhört«, empörte sich der Anwalt.

»Ganz und gar nicht«, erwiderte Stöhrl und lehnte sich in seinem Stuhl zurück. »Das ist nur eine vorläufige Festnahme.«

»Was haben Sie denn gefunden?«, meldete sich Frau Lupfer selbst zu Wort.

»Wir haben Ihren Latexanzug und wir haben die Tatwaffe. Was sagen Sie dazu?«

»Nix«, entgegnete die Witwe verblüfft.

»Es handelt sich um ein Keramik-Klappmesser mit Acht-Zentimeter-Klinge, *Vanilla Season.* Ist doch ein sinniger Name. Unsere Forensiker werden darauf Blutspuren Ihres Mannes finden, verlassen Sie sich drauf. Dann sind Sie geliefert.«

»Sie werden gar nix finden«, giftete sie »Ich habe meinen Mann nicht umgebracht, verdammt noch mal.«

»Lassen Sie sich helfen«, spielte Nina ein weiteres Mal den *good cop*. »Sie wollten ihn nicht töten. Er wollte Sex, Sie haben gezögert, er wurde massiv, hat sie vielleicht gepackt und gewürgt, Sie wussten sich nicht anders zu helfen, wollten sich wehren, hatten zufällig das Klappmesser zur Hand und haben zugestochen – dann ist der ganze Zorn über sie gekommen. So könnte es doch gewesen sein?«

Frau Lupfer starrte Nina mit offenem Mund an.

»Notwehr«, sagte Nina Lutz sanft und schaute Anwalt Hingerl herausfordernd an. »Das würde doch alles erklären.«

»Ja, so könnte es gewesen sein«, schluchzte Gabriele Lupfer plötzlich, und Stöhrl hoffte, sie würde nun vollends zusammenklappen und alles gestehen. Aber dann reckte sie trotzig ihr Doppelkinn vor und fragte theatralisch: »Warum glaubt mir denn keiner?«

»Jetzt ist es genug«, forderte Rechtsanwalt Hingerl energisch. »Das Verhör ist beendet. Entweder wir gehen jetzt oder Sie erklären formell die vorläufige Festnahme. Dann bleibt meine Mandantin hier. Aber sie steht für keinerlei Gespräch mehr zur Verfügung.«

Frau Lupfer schaute ihren Anwalt an und Stöhrl nahm die Dankbarkeit in diesem Blick wahr. Er versuchte, sich seine Verärgerung nicht anmerken zu lassen. *Höchstens noch eine Stunde,* grummelte er innerlich, *dann hätte sie alles gestanden.* Aber sein Ärger hielt sich in Grenzen, schließlich wusste er, dass er sie am Haken hatte.

»Gut. Frau Lupfer, Sie sind wegen des Verdachts, Ihren Mann am Samstag, den 21. März 2020 getötet zu haben, vorläufig festgenommen und verbleiben bis zur Bekanntgabe der richterlichen Entscheidung über den beantragten Haftbefehl in polizeilichem Gewahrsam.«

Er drehte sich zu Nina und ordnete an: »Bring sie in eine Arrestzelle.«

• • •

Auf dem Heimweg pfiff Nathan leise vor sich hin. Er war gut gelaunt. Stöhrl verfolgte eine falsche Fährte und würde einen Misserfolg vertreten müssen. Das freute Nathan. Aber in Heinrich Koller einen Menschen kennengelernt zu haben, mit dem ihn mehr verband, als er zunächst vermutet hatte, freute Nathan noch mehr. Sie hatten einige Gläser miteinander gekippt, nachdem sie den *Slyrs* in der Schrankbar entdeckt hatten; zu einem heimischen Single-Malt ließ sich Nathan nämlich überreden, und auch wenn das Schlierseer Destillat nicht an Nathans 16-jährigen Lagavulin heranreichte, schmeckte der oberbayerische Whisky erstaunlich gut.

Nach und nach hatte ihr Gespräch den Mord an Rolf Lupfer verlassen und waren sie bei Büchern im Allgemeinen und Kriminalromanen im Besonderen gelandet. Deutsche Kriminalromane stellten ein Spezialsegment von *Lesertraum* dar. Von Anfang an hatten sich Heinrich und Rolf am Münchner Krimifestival beteiligt und seither gute Kontakte vor allem zu den kleinen Independent-Verlagen, die oftmals Nischenkrimis verlegten und seit Jahren auf Regionalkrimis setzten.

»Manchmal brauchen die einen professionellen Berater für ihr Lektorat«, hatte Koller nach dem dritten Glas *Slyrs* angemerkt. »Das wäre doch was für einen rastlosen Mordermittler im Ruhestand.«

Nathan hatte dem zarten Raucharoma des Bayernwhiskys nachgeschmeckt und geschwiegen. Nach dem vierten Glas nickte er als Antwort und meinte: »Darüber lässt sich nachdenken.«

Bis zum sechsten Glas debattierten sie über die Zutaten, die ein guter Thriller brauchte, und Heinrich Koller zeigte sich von Nathans Ansichten sehr angetan. *Daran muss es gelegen haben,* sinnierte Nathan und blieb entgegen seiner Gewohnheit an einer roten Ampel stehen, obwohl kein Auto kam, *dass mir Heinrich angeboten hat, bei ihm im Buchladen einzusteigen.* Mal sehen, was er morgen, und bei Licht betrachtet, von der Sache hielt, aber jetzt, während er pfeifend nach Hause wankte, gefiel ihm diese Idee ausgezeichnet.

•••

Sie hatte danach geduscht, die Dusche gründlich gesäubert, das Sektglas abgespült, sein Handy eingesteckt, sich sorgfältig angezogen und einen letzten Blick auf ihr Werk geworfen. Dann war sie gegangen. Weder im Treppenhaus noch auf dem Weg zwischen der Häuserzeile und den dahinter liegenden Schrebergärten war ihr jemand begegnet. Angefüllt von befreienden Glücksgedanken lief sie an der ersten U-Bahnstation vorbei und beschloss, einen ganz anderen Weg hin zu einer anderen Linie zu nehmen, um die frische kalte Luft und die Befriedigung über die ausgetobte Wut lange auszukosten und ihre Spur bestmöglich zu verwischen. Heute war ein besonders guter Tag gewesen, denn in Justin hatte sich der perfekte Delinquent gefunden.

Diese Ähnlichkeit mit ihrem Onkel: Verblüffend. Nicht nur durch sein Aussehen, sondern auch mit seinem Verhalten hatte Justin ein perfektes Double für ihren Onkel abgegeben, und als sich seine Erregung hin zu einem unstillbaren Verlangen gesteigert hatte, konnte ihr Zorn auf eine nie gekannte Weise befreiend explodieren. Das erste Mal seit vielen Jahren fühlte sich Karin vom Schmerz ihrer Jugend geheilt. Sie bewegte sich mit einer Leichtigkeit über die einsamen Straßen, als wanderte sie durch ein naturbelassenes Tal, das ihr allein geschenkt worden war. In diesem Moment war das Gesicht ihres Onkels ausradiert, als hätte es ihn nie gegeben. Mit jedem Schritt ging Karin einer unbeschwerten, freien Zukunft entgegen.

5

Wolfgang Stöhrl blickte auf seine Armbanduhr. Mitternacht, stellte er verzweifelt fest und kämpfte mit der Müdigkeit beinahe mehr als mit dem Brechreiz, den der Anblick des aufgeschlitzten Unterleibs auf dem blutüberströmten Bett auslöste. Vor einer halben Stunde hatte die Spurensicherung ihre Arbeit beendet, seitdem ließ Stöhrl den Tatort auf sich wirken. Die Ähnlichkeit mit der Situation vor einer Woche verstörte ihn. Wenn das ein und dieselbe Handschrift war, hatten sie es mit einem Serienmörder zu tun und Gabriele Lupfer saß unschuldig in einer Arrestzelle des Polizeipräsidiums München. *Es kann nicht sein, was nicht sein darf,* ärgerte sich Stöhrl, dem der Notruf kurz vor zehn Uhr abends sofort die Laune verhagelt hatte. War die Lupfer nicht unmittelbar vor einem Geständnis gestanden? Er brauchte den Erfolg und sah seine Felle davonschwimmen.

»Wir müssen nach Querverbindungen zwischen Lupfer und Lang suchen«, forderte er Nina auf, die sich zu seiner Freude bereit erklärt hatte, ihn zum Tatort zu begleiten. »Es kann aber sein, dass die beiden Morde nichts miteinander zu tun haben.«

»Um einen Nachahmer kann es sich kaum handeln«, bemerkte die junge Kommissarin. Ihr Selbstbewusstsein gefiel Stöhrl. »Nichts von den Details der Ermordung Rolf Lupfers ist an die Öffentlichkeit gedrungen. Das Aufschlitzen der Kehle, die Raserei am Unterleib ... Ist das nicht eindeutig identisch?«

»Warten wir das Ergebnis der Obduktion ab.«

»Gut so, lieber Stöhrl«, brummte Dr. Simon Sander, der gerade aus dem Schlafzimmer kam. »Aber es wird kaum notwendig sein. Wenn Sie mich fragen: Der gleiche Schnitt mit demselben Messer. Alles andere dann am Montag – habe die Ehre.« Mit diesen Worten schlurfte der Gerichtsmediziner davon.

»Dann haben wir bei uns in München einen Serienmörder«,

flüsterte Nina, und Stöhrl konnte sich des Eindrucks nicht erwehren, dass sich seine junge Kommissarin darüber freute.

Er schüttelte sich und sog ein letztes Mal den Eindruck vom Tatort in sich auf, dann wandte er sich dem Wohnungseigentümer zu. Elmar Biebl saß mit verschränkten Armen und zitternden Händen am Küchentisch und starrte die Wand an.

»Sie haben also Ihre Wohnung Herrn Lang überlassen, um ihm ein Schäferstündchen zu ermöglichen«, stellte Stöhrl mit tadelndem Unterton fest und setzte sich auf den zweiten Stuhl am Küchentisch. Nina blieb im Türrahmen stehen und verfolgte das Gespräch aufmerksam.

Elmar Biebl nickte mechanisch.

»Kam das öfter vor?«

»Nur manchmal.«

»Wissen Sie, wen er hier getroffen hat?«

»Nein, Justin war immer diskret.«

»Eigentlich wollten Sie erst morgen zurückkommen, haben Sie den Kollegen von der Funkstreife gesagt. Warum waren Sie dann doch schon kurz vor zehn hier?«

»Jaqueline hat mich angerufen, ob Justin immer noch mit mir Bier trinke und warum er sein Handy ausgeschaltet habe. Sie meinte, er wollte zur Tagesschau daheim sein. Da war ich beunruhigt und bin hergefahren. Jaqueline habe ich vorgeflunkert, Justin sei erst vor einer Viertelstunde gegangen, schließlich wollte ich meinen Kumpel nicht hängenlassen. Dann habe ich ihn hier so vorgefunden …« Biebl war den Tränen nah.

Wenn er Dreck am Stecken hat, überlegte Stöhrl, *ist er ein verdammt guter Schauspieler.* Aber er verwarf den Gedanken, Biebl zu verdächtigen, gleich wieder. Biebl hatte ein Alibi, war zur vermuteten Tatzeit bei seiner Freundin gewesen; Cordula hatte das bereits überprüft. Außerdem wäre es für Biebl schwierig gewesen, die unvermeidlichen Spuren an seiner Kleidung und seinem Körper bis zum Eintreffen der Polizei komplett zu verwischen. Nein, so einfach war dieser Fall nicht zu lösen, und weit hinten in seinem Kopf pochte ein nagender Gedanke: *Kann ich das, halte ich das aus?*

Das erste Mal seit seiner Ernennung zum Chef der Mordkommission bezweifelte Stöhrl seine eigenen Fähigkeiten. Er wollte es sich nicht eingestehen, aber er ahnte, dass ihn diese Ermittlung überfordern könnte.

»Sie waren also manchmal behilflich, wenn Herr Lang ein amouröses Abenteuer hatte. Wie kam er zu seinen Gespielinnen?«

»Weiß ich nicht genau. Einige hat er übers Internet aufgerissen.«

»Immer Eintagsfliegen?«

Biebl schaute verständnislos. »Wie meinen's das?«

»One-Night-Stands«, assistierte Nina mit ihrer direkten Art.

»Ach so – ja. Da war Justin konsequent. Schließlich liebt er Jaqueline.«

»Deswegen hat er sie also regelmäßig betrogen«, warf Stöhrl ein.

Biebl winkte ab. »Seien Sie kein Moralapostel. Vermutlich sind Sie zu alt, um das zu verstehen.«

Stöhrl schwoll der Hals. Aber es war zu spät, sich wegen so etwas zu streiten, außerdem wäre es unprofessionell. *Sachlich bleiben,* mahnte er sich und fragte so neutral wie möglich: »Wie hat er sein heutiges Gspusi kennengelernt?«

»Übers Internet, da bin ich mir ziemlich sicher.«

»Warum?«

»Weil er so kurzfristig meine Wohnung brauchte.«

»Wissen Sie, welche Plattform er benutzt hat? Das würde uns helfen«, fragte Nina aus dem Hintergrund.

»Am liebsten war Justin bei *fresh-adventure* unterwegs, aber auch bei *Abenteuer24.* Wenn Sie sein Handy überprüfen, sehen Sie die Apps, die er hatte.«

»Leider ist sein Smartphone nicht auffindbar«, brummte Stöhrl. »Aber danke für den Hinweis. Jetzt gehen wir besser schlafen. Brauchen Sie das Kriseninterventionsteam des Präsidiums?«

»Nein, das haben mich die Polizisten schon gefragt. Ich komme allein zurecht.«

»Okay«, brummte Stöhrl, kratzte sich am Hinterkopf und fragte: »Die Ehefrau? Weiß die schon Bescheid?«

Elmar Biebl nickte. »Ich habe sie angerufen, nachdem die Polizei gekommen ist. Sie wollte herkommen, aber das habe ich ihr ausgeredet.«

»Um Gottes willen«, entfuhr es Nina. »Dann bräuchte sie vermutlich das Kriseninterventionsteam.«

»Keine Bange«, beschwichtigte Biebl. »Sie ist zu ihrer Schwester gefahren, dort ist sie gut aufgehoben.«

»Wirklich?«

»Ja«, flüsterte Biebl. »Jaquelines Schwester ist Psychotherapeutin.«

»Geben Sie uns Adresse und Telefonnummer?«

Sie ist aufmerksam, bewunderte Stöhrl seine Kollegin und schrieb sich die Daten ebenfalls in sein kleines Notizbuch.

»Aber lassen Sie ihr heute Nacht ihre Ruhe.«

»Machen wir«, beschwichtigte die Kommissarin.

Als Stöhrl mit Nina im Dienstwagen zurück zum Kommissariat fuhr, fragte er sie, ob er sie bei sich zu Hause absetzen solle, doch sie lehnte dankend ab und meinte, sie würde im Büro noch auf den beiden Dating-Plattformen stöbern.

»Wir haben so einen interessanten Fall, Chef, da kann ich jetzt sowieso nicht schlafen.«

Stöhrl blickte sie ungläubig von der Seite an. »Aber morgen müssen wir fit sein.«

»Sind wir, Chef, sind wir«, sagte sie und lachte. »Wäre doch gelacht, wenn wir unseren ersten Serienmörder nicht bald erwischten.«

»Mörderin«, raunzte Stöhrl.

»Da bin ich mir nicht ganz sicher. Vielleicht braucht der Täter schon etwas Kraft, um seine Opfer zu überwältigen; dann käme ein Mann durchaus in Betracht.«

»Aber irgendwie geht es doch um Sexspiele«, wandte Stöhrl ein. »Welcher Mann geilt sich mit einem Mann auf?«

Nina grinste. »Vielleicht haben wir es mit einem Stricher zu tun, einem Schwulen oder einem Transvestiten, oder mit jemanden, der Vorlieben jenseits des Blümchensex hat.«

»Wie bitte?«

»Naja, einfach einfallsreicher als irgendso *Normalos*. Das Internet ist eine echte Spielwiese für Menschen, die mal was anderes erleben wollen. Ich würde mich beim Geschlecht nicht festlegen.«

»Du scheinst dich ja auszukennen«, grummelte Stöhrl und gähnte.

Nina grinste und schwieg.

• • •

Nach dem Aufstehen warf sich Nathan eine Kopfschmerztablette ein, dann machte er sich auf den Weg zum Bäcker, denn er hatte Lust auf zwei Butterbrezen. Vor dem Ladeneingang schrie der *stumme Zeitungsverkäufer* einer Boulevardzeitung seine Schlagzeile in die Welt: *Wieder brutaler Mord in München!*

Nathan blieb stehen und las rasch die drei fett gedruckten Zeilen unter der Überschrift. An dem Wort *Serienmörder* blieb er hängen. Er öffnete seinen Geldbeutel, stellte fest, dass ihm das nötige Kleingeld für die Box des ungesicherten Zeitungsständers fehlte, und ging zuerst in die Bäckerei; mit dem Wechselgeld würde er die Zeitung kaufen können.

Er war der Dritte in der Warteschlange und nutzte die Zeit,

seine Gedanken zu sortieren. Sie kreisten unentwegt um das Wort *Serienmörder*. Wenn diese Schlussfolgerung der wie stets gut unterrichteten, wenn auch skandalhungrigen Zeitung zutraf, würde sein Nachfolger ernsthafte Probleme bekommen. Auf jeden Fall würde er seine bisherige Hauptverdächtige verlieren, freute sich Nathan und erinnerte sich wohlwollend an den gestrigen Abend mit Heinrich Koller. *Stöhrl kann keine komplexen Ermittlungen,* erinnerte sich Nathan an den letzten großen Fall, an dem sein Nachfolger noch als sein Mitarbeiter mitgewirkt und bei dem er jämmerlich versagt hatte. Leise wuchs die Hoffnung, der Dezernatsleiter würde bei ihm anrufen und seine Unterstützung erbitten, obwohl ihm bewusst war, wie wenig ihn Dr. Pfannerl leiden konnte. Jetzt rächte sich, dass Nathan dem Juristen, der kriminalpolizeiliche Arbeit nur aus Büchern kannte, so oft widersprochen hatte.

»Was darf's denn sein?«, riss ihn die Verkäuferin aus den Gedanken.

»Zwei Brezen – und das Wechselgeld klein, bitte.«

Nathan verließ mit dem Gewünschten die Bäckerei, nahm sich eine Zeitung aus dem Kasten und schlenderte weiter zum Metzger, denn nun bekam er Appetit auf zwei Weißwürste. Auch wenn diese Münchner Spezialität seiner Figur nicht zuträglich war, wollte er sich heute etwas gönnen; immerhin hatte er gestern einen Freund gewonnen und mit dem neuerlichen Gewaltdelikt die leise Hoffnung auf Reaktivierung. Einen besseren Start ins Wochenende hätte er sich gar nicht wünschen können.

Es gibt Münchner, die schwören darauf, nur mit dem sogenannten *Zutzeln* werde die Weißwurst richtig gegessen. Nathan fand diese Methode, bei der man in das vordere Wurstende ein Loch hineinbeißt und dann mit vorsichtigem Biss ein Stück Wurst fixiert, diese aus dem Mund herauszieht und so das hautbefreite Stück im Mund behält, von Kindesbeinen an unappetitlich. Er bevorzugte die *Radlmethode*, bei der man ein Stück Wurst anschneidet, mit der Gabel in dieses Stück einsticht und mit einer geschickten Drehbewegung dieses Radl aus der Haut heraushebt, ehe man es in süßen Senf tunkt und dem Mund zuführt. Gesittet Weißwurst essen. Wer das zu seiner Zeit im Kommissariat nicht konnte, der musste sich etliche Hänseleien gefallen lassen.

Stöhrl gehörte von jeher zu den unkultivierten Weißwurstessern, die der Wurst gleich zu Anfang die ganze Haut abzogen, um sie dann als *Nackerte* zu verzehren, eine Vorgehensweise, die nicht nur Ungeduld bewies, sondern auch die mangelnde Fähigkeit, mit genau aufeinander abgestimmten Verfahrensschritten zum angepeilten Ziel zu gelangen. Genüsslich führte Nathan Stück für Stück der köstlichen Weißwurst zum Mund, und obwohl die Münchner Weißwurst für sich genommen schon einen hohen Fettanteil hat, strich er sich Bissen für Bissen auch noch etwas Butter auf die Breze. Allerdings versagte er sich das eigentlich zum Weißwurstfrühstück gehörende Weißbier; weil Lapsang Souchong unpassend war, trank er klares kaltes Wasser und überlegte, wie er endlich wieder in das Zentrum einer kniffligen Mordermittlung gelangen könnte.

Mehrmals las er den Bericht über den Mord in der Maikäfersiedlung aufmerksam durch. Viel Informationen hatte der Reporter nicht. Immerhin war es ihm gelungen, von einem der Streifenpolizisten, die zuerst am Tatort gewesen waren, in Erfahrung zu bringen, dass es sich um eine sehr blutige Tat mit aufgeschlitzter Kehle und etlichen Messerstichen handelte. Weil das Opfer nach einer Recherche des findigen Reporters – selbstverständlich desselben, der auch über den Fall Lupfer berichtet hatte – Mitglied einer konservativen Burschenschaft war, vermutete der Artikel erneut einen linksextremen Hintergrund. Ausgehend von dieser Annahme vermutete der Journalist einen ideologischen Serienkiller hinter der Tat. Das schien Nathan zu gewagt. Interessant fand er diesen Ansatz trotzdem. Er würde später mit Heinrich darüber diskutieren.

Die Weißwürste hatten seine Lebensgeister und damit seine Sehnsucht nach einer Partnerin geweckt; mit einer netten Frau Weißwürste zu essen, ja, das wünschte er sich. *Es muss auch nicht beim Würstl-Essen bleiben,* schmunzelte er und schaltete, als er mit dem Frühstück fertig war, seinen Computer ein und besuchte die Dating-Seite *fresh-adventure*, auf der er sich gestern das Profil der reiferen Frau, die wusste, was sie wollte, gemerkt hatte.

Nach dem Öffnen des Portals wurden ihm einige Neuzugänge angezeigt, alles durchaus attraktive und erotische Frauen, jedoch nicht im passenden Alter. Die Erfahrung, mit seinem Alter bei Frauen unter 40 abzublitzen, hatte er frühzeitig gemacht, weshalb er es bei den Jüngeren gar nicht mehr versuchte. Daher klickte er nach einigen Minuten auf seine Merkliste, die aktuell drei Einträge von Frauen rund um die 50 enthielt. Er blickte auf die Liste und stutzte: Die Lack-und-Leder-Frau war nicht mehr dabei. Irritiert betrachtete er die Liste, dann setzte er einen Suchfilter und suchte in der *fresh-adventure*-Datenbank nach *Roxette*. Mehr als ein Dutzend abenteuerlustige Damen wurde gelistet, aber die erfahrene Lack-und-Leder-Frau befand sich nicht darunter.

Eigenartig, war die nicht gestern noch als Neuzugang gelistet, und jetzt ist sie bereits vergeben? Naja, attraktiv war sie auf ihre Art gewesen. Vielleicht hätte ich gestern sofort handeln sollen, tadelte er sich, weil er die Enttäuschung spürte, etwas verpasst zu haben. Er verfeinerte seine Suche um eine Historienfunktion, die es erlaubte, zuletzt besuchte Seiten aufzufinden, und freute sich über den nun erfolgenden Treffer, der ihn aber auch nicht zufriedenstellte: *Profil gelöscht* stand da. Aus und vorbei, die Frau, die keine Beziehung wollte, aber einen Mann, der sich zutraute, ihr den gewünschten Spaß zu verschaffen, war unerreichbar geworden.

• • •

Sie hatte lange ausgeschlafen und erwachte so erquickt wie seit Jahren nicht mehr. Langsam atmete sie ein, sog die Luft tief in ihre Lungen und fühlte sich dabei unbeschreiblich frisch. Sie stand auf, öffnete das Fenster und ließ die kühle Frühlingsluft herein. Was für ein Genuss! Übermütig machte Karin Fellermayr zehn Kniebeugen, ehe sich ihre Knie meldeten; seit Jahren kämpfte sie mit einer schleichenden Arthrose, die sie auch in den Bergen behinderte und nun daran erinnerte, dass sie ein Kind der Schattenseite des Lebens war. Doch jetzt wollte sie sich das Hochgefühl nicht zerstören lassen, welches ihr die gestrige Befreiung vom bösen Geist ihres Onkels bescherte. Sie schloss das Fenster wieder und ging ins Bad. Was ihr aus dem Spiegel entgegenblickte, gefiel ihr wesentlich besser als noch vor einer Woche. Die Haut war straffer, die Augen lebendiger, die Tränensäcke weniger ausgeprägt.

Zufrieden wusch sie sich, zog sich an und setzte sich an ihren Computer. Nach dem Hochfahren überprüfte sie die zuletzt benutzte Dating-Plattform. *Roxettes* Profil war ebenso gelöscht wie die zugehörigen Chats. Sie nahm den Link aus ihrer Favoritenleiste, dann löschte sie den Browser. Anschließend führte sie einen Back-up durch und formatierte ihre Festplatte. Von der externen Back-up-Platte installierte sie das Betriebssystem und ihre Programme neu, erst danach konfigurierte sie die Daten, die sie künftig noch benötigte. Als sie damit fertig war, formatierte sie die externe Festplatte und fuhr den Computer wieder herunter.

Nichts erinnerte mehr an ihre Ausflüge in die Welt der notgeilen Männer, die für einen Seitensprung oder einfach zur Befriedigung ihrer Lust von jeder Frau Gebrauch machten, die sich anbot. Diese Männer machten sie wütend, aber im Augenblick fühlte sie sich von ihren bösen Erinnerungen befreit. Aktuell war ihr Zorn besänftigt. Das tat gut. Heute war Karin mit sich und der Welt im Reinen. Justin hatte ihr geholfen, ihre Rache auszuleben. Nun konnte sie nach vorn schauen und durfte das auch, denn sie hatte kaum Spuren hinterlassen, und die wenigen, die es gab, hatte sie geschickt verwischt. Niemand würde ihr jemals auf die Schliche kommen.

•••

Wolfgang Stöhrl war eine halbe Stunde vor der für zehn Uhr angesetzten Teambesprechung im Kommissariat und klopfte an Ninas Bürotür. Von drinnen klang ein müdes »Herein«, also trat er ein.

Die Kommissarin sprang auf und strahlte ihn an.

»Bleib sitzen«, sagte Stöhrl gönnerhaft. »Hast du etwas herausgefunden heute Nacht?«

»Es gibt eine umfangreiche Community von SM und LL, die sich zu durchforsten lohnen könnte«, antwortete Nina und unterdrückte ein Gähnen. »Aber das ist echt mühsam. Spuren von Justin Lang oder Rolf Lupfer habe ich nicht gefunden. Wir müssten bei den Plattformbetreibern nachforschen, ob wir Verbindungsdetails bekommen.«

»Rücken die so was heraus?«

»Natürlich nur auf richterlichen Beschluss. Um den zu bekommen, haben wir verdammt wenig in der Hand.«

»Trotzdem danke für dein Engagement. Schauen wir, was es sonst Neues gibt«, antwortete Stöhrl und ging hinüber in den großen Besprechungsraum.

Cordula saß schon auf ihrem Platz und blickte Stöhrl mit großen Augen entgegen. Ihr Blick verunsicherte ihn. Was erwartete sie? Oder wusste sie etwas, was er nicht wusste? Sie war die Dienstälteste und Rangniedrigste im Team, aber sie war bei Weitem nicht die Dümmste. Stöhrl hatte sich schon oft gefragt, warum sie darauf verzichtet hatte, Karriere zu machen. Insgeheim aber war er froh, in ihr keine Konkurrentin zu haben, und bis Nina so weit war, sich um die Leitung eines Kommissariats zu bewerben, würde er längst im Ruhestand sein, wie jetzt sein Vorgänger Nathan Weiß.

Stöhrl ärgerte sich, dass er schon wieder an seinen Vorgänger dachte, diesen Übermenschen der Mordermittlung, der ihn in all den Jahren nicht für voll genommen hatte, und den es zu überflügeln galt, obwohl seine Fußstapfen eindeutig zu groß waren. Wieder nagte leise ein Selbstzweifel an ihm, und er hoffte, aus dem Kreis der Kollegen Anregungen zu erhalten, wie sie die Ermittlungen vorantreiben konnten.

»Was gibt es Neues, Chef?«, fragte Cordula mit ihrer leicht rauchigen Stimme.

Er zuckte mit den Achseln und setzte sich ans Kopfende des Besprechungstischs.

»Hast du Zeitung gelesen?« Karl Voglers dröhnender Bass konnte Tote aufwecken. »Unser Verschwörungsreporter sieht schon wieder einen linksextremen Mörder.« Mit diesen Worten warf er eine Ausgabe der Boulevardzeitung auf den Tisch. »Möchte bloß wissen, wie der an Informationen kommt, die wir krampfhaft geheim zu halten versuchen.«

»Der spricht mit den Uniformierten«, bemerkte Cordula lapidar und musterte Stöhrl.

Der fühlte sich zunehmend unwohl. Er mochte es nicht, beobachtet zu werden, aber ihm war klar, dass dieser Fall für ihn zum Lackmustest werden würde, ob er es im Kreuz hatte, als Nachfolger von Nathan Weiß die Münchner Mordkommission zu leiten. Bisher hatten sie nur einfach gelagerte Tötungsdelikte aufklären müssen; der aktuelle Fall war eindeutig anders einzustufen. *Wenn ich an diesem Fall scheitere, habe ich im Kollegenkreis verspielt,* fürchtete Stöhrl.

Endlich kam Manfred ins Besprechungszimmer. Sie waren

vollzählig. Stöhrl eröffnete die Sitzung und erteilte Manfred das Wort.

»Kein schöner Anblick«, begann er seinen Bericht aus der Gerichtsmedizin. »Bin ich froh, gestern Abend nicht am Tatort gewesen zu sein. Bei Dr. Sander ist alles schon ein wenig steriler. Doch das wollt ihr nicht wissen, ich weiß. Also, Dr. Sander kommt zu dem Ergebnis, dass wir es mit hoher Wahrscheinlichkeit mit demselben Täter zu tun haben wie bei Rolf Lupfer. Die Stichverletzungen lassen auf das gleiche Messer als Tatwaffe schließen, und der *modus operandi* ist identisch; allerdings wurde Justin Lang auch das Genital verstümmelt, das bei Rolf Lupfer unversehrt geblieben ist. Aus diesem Umstand leitet Dr. Sander derzeit eine gewisse Unsicherheit für sein Ergebnis ab.«

»Ein Nachahmungstäter kann es nicht sein«, grübelte Stöhrl laut. »Aber vielleicht haben wir es trotzdem mit zwei Tätern zu tun. Diese Abweichung halte ich für bemerkenswert. Was wissen wir sonst noch?«

»In der Wohnung gibt es viele unterschiedliche Fingerabdrücke. Es wird mühsam, die alle zuzuordnen. Ob vielleicht auch ein Abdruck des Täters dabei ist, das ist fraglich, aber nicht unmöglich. Am Opfer selbst konnten jedenfalls einige Haare gesichert werden, die nicht zu Justin Lang gehören. Das Labor im Landeskriminalamt wertet die Haare aus.«

»Ha«, rief Stöhrl begeistert, »eine erste verwertbare Spur!«

»Das wird sich zeigen«, erwiderte Manfred und zeigte mit einer für ihn typischen Handbewegung das Ende seines Berichts an.

»Karl und Cordula, bleibt ihr heute in Kontakt mit den Laborratten und überprüft, ob es in der Maikäfersiedlung und rundherum Überwachungskameras gibt. Und dann befragt ihr die Nachbarn, ob sie etwas Verdächtiges bemerkt haben.«

Die beiden nickten missmutig; wieder Klingelputzen

schmeckte ihnen gar nicht, das war Stöhrl schon klar. Aber irgendjemand musste diese Arbeit schließlich machen.

»Nina, wenn du magst, begleitest du mich zu Jaqueline Lang. Mal sehen, was sie uns zu sagen hat.«

»Vergiss nicht, sie nach dem Computer ihres Mannes zu fragen und den am besten mitzunehmen«, warf Manfred ein. »Soll ich mitfahren und das übernehmen?«

Eigentlich wollte Stöhrl den altgedienten Hauptkommissar an diesem Wochenende mit weiteren Aufgaben verschonen, musste sich jedoch eingestehen, dass er das weniger aus Fürsorge denn aus Eifersucht tat; sein früherer Konkurrent um die Leitung des Kommissariats sollte keine entscheidenden Lösungsansätze finden und dann womöglich die Lorbeeren einstecken.

Nach kurzem Zögern antwortete Stöhrl: »Guter Hinweis, hätten wir auf jeden Fall gemacht. Ich werde die Kollegen von der Spusi anrufen, wenn es in der Wohnung von Lang etwas zu holen gibt. Ruh du dich aus, ab Montag wird es stressig genug. Falls ich dich brauche, melde ich mich.«

•••

Nathan Weiß befand sich in diesem zeitlichen Niemandsland nach dem Frühstück, das er schon zu normalen Zeiten nicht mochte, und nun blieb ihm wegen dieser Pandemie nicht einmal die samstägliche Flucht zu einem kleinen Frühschoppen im Maxl-Bräu. Der nachbarschaftliche Ratsch mit Ali fehlte ihm von Tag zu Tag mehr, und mit leichtem Gruseln überlegte Nathan, was er eigentlich mit seinem Leben noch anstellen sollte, wenn man ihn nirgends mehr brauchte. Er schaute aus dem Fenster in einen trüben Frühlingstag und spürte diese lähmende Lustlosigkeit vom Unterbauch heraufsteigen, die ihm allmählich die Kehle zuschnürte. Er riss das Fenster weit auf und atmete tief ein. Es half kaum, immer noch bedrückte ihn das Gefühl, keine Luft zu bekommen.

Die Welt wurde leise um ihn her, das Gesichtsfeld trüb, gar schien es, als würde er durch dichten Nebel schleichen wie ein Luchs auf der Pirsch. Aber anders als die Raubkatze hatte er kein Ziel. Seine Augen wurden feucht. Mit Schwung warf er das Fenster zu, der dumpfe Knall und das leise Klirren holten ihn in die Realität zurück.

Werde jetzt nicht sentimental, alter Knabe, rügte sich Nathan, *und hör auf, dein Schicksal zu beweinen.* Er war selbst schuld an diesem Zustand, an dieser Einsamkeit. Stets hatte er sich auf seinen Beruf fokussiert, daneben gab es kaum Kontakte, die er gepflegt hatte. Obwohl er lebhaftes Interesse an Frauen gehabt hatte, konnte er für sein ganzes Leben die Beziehungen, die er eingegangen war, an einer Hand abzählen; schlimmer noch, keine Liebe war von langer Dauer gewesen. Jetzt war er sogar zu unbeholfen, sich über diese Dating-Plattformen und Single-Börsen eine Frau zu angeln. Weil er nicht schummeln wollte. Sie mussten ihn so, wie er war, anziehend genug finden für eine Verabredung, trotz Schmerbauch und fehlender Kultur- und Sportaffinität. *Vermutlich eine Zumutung,* resignierte Nathan. Jenseits der Kriminalistik war er einfach ein Langweiler. Was also konnte ihm Besseres geschehen, als sich mit Heinrich Koller zusammenzutun? Wenn schon unterhaltsame Bücher, dann Kriminalromane, und mit seiner Erfahrung kleinen Verlagen als Berater beizustehen konnte helfen, die Langeweile des Ruhestands zu vertreiben. Dieser Gedanke entriss ihn der anflutenden Niedergeschlagenheit. Er schaute auf die Uhr. Noch war es zu früh, um loszugehen, aber in zwei Stunden würde er sich auf den Weg machen in Kollers Büro.

Licht am Ende des Tunnels, eine Aufgabe in Sicht, das beflügelte Nathans Lebensgeister. Er fuhr seinen Computer hoch und besuchte die Homepage von *Lesertraum*. Übersichtlich angeordnet fand er die von Heinrich und seinem auf tragische Weise ums Leben gekommenen Partner ausgewählten Leseempfehlungen und klickte sich hinein in den Fundus deutscher Krimiliteratur. An einer Serie über eine Münchner Rechtsanwältin blieb er hängen. Die Trilogie war in einem unabhängigen Kleinverlag erschienen und stellte eine junge Frau in den Mittelpunkt, die mehr oder weniger gegen ihren Willen in drei unterschiedliche Kriminalfälle hineingezogen wurde, die alle etwas mit dem Thema Gerechtigkeit zu tun hatten. Fasziniert entnahm Nathan den Klappentexten das völlige Fehlen von Mord und Totschlag und fragte sich, ob ein Krimi ohne Tote überhaupt funktionieren konnte. Jedenfalls würde er Heinrich später die Trilogie abkaufen; vielleicht ließ sich mit dem Lesen solcher Bücher bei der einen oder anderen Dame bei den *Münchner Singles* Eindruck schinden. Mit diesem Gedanken klickte Nathan die Homepage der Dating-Plattform an und überprüfte seine Besucherinnenliste. Das Ergebnis fiel mager aus, lediglich zwei Frauen hatten an den letzten beiden Tagen sein Profil besucht, und beide erschienen ihm nicht annähernd so unternehmungslustig wie *Roxette* von *freshadventure*. Er schimpfte sich leise für sein Anspruchsdenken und las sich am Profil von *Butterschnitte* fest. Wie die Suchenden nur immer auf ihre Namen kamen?

Nathan schmunzelte, als er feststellte, wie raffiniert sich die Mittfünfzigerin als Verehrerin von Karl Valentin zu erkennen gab. Je länger er die drei Fotos betrachtete, die *Butterschnitte* gepostet hatte, umso besser gefiel sie ihm: modische Kurzhaarfrisur, niedliche Stupsnase, Lachfältchen an Augen und Mundwinkeln, volle natürliche Lippen, ein Grübchen im Kinn und wache grünbraune Augen. *Wir könnten im obersten Stockwerk des Valentin-Museums einen Kaffee oder Tee trinken,* überlegte Nathan und schrieb eine kurze Nachricht: *Bald können wir den Winterzahnstocher weglegen und über einen zurückliegenden Lockdown plaudern, gegenseitig unseren Humor ergründen und überlegen, wer von uns beiden der Wettermacher ist. Hast Du Lust? Dann freue ich mich, wenn wir hier zum Ratschen anfangen.* Kurz zauderte er noch, dann drückte er entschlossen auf *Senden. Mal schauen, was sich daraus ergibt.* Seine Laune hatte sich jedenfalls gebessert.

•••

»Willst du Gabriele Lupfer in Untersuchungshaft lassen?«, fragte Nina auf der Fahrt zu Jaqueline Lang.

»Alle Indizien, die wir im Fall Lupfer bislang ausgewertet haben, belasten seine Ehefrau. Solange wir nicht sicher sein können, dass beide Morde einem einzigen Täter zuzurechnen sind, besteht keine Veranlassung, Frau Lupfer freizulassen.«

»Du hältst also noch an der Möglichkeit von zwei voneinander gänzlich unabhängigen Taten fest?«

»Absolut.«

Stöhrl legte maximale Überzeugungskraft in dieses eine Wort. Er wollte daran glauben, nur dann wäre er der Auflösung des ersten Falles ganz nah. Allerdings bereute er es schon, Manfred für den Rest des Wochenendes freigegeben zu haben. Wer, wenn nicht Wirtz, wäre besser geeignet gewesen, nachzuforschen, ob es zwischen den beiden Opfern einen Zusammenhang gab? Diese Frage mussten sie unbedingt stellen und darauf möglichst schnell eine Antwort finden. Stöhrl ärgerte sich ein weiteres Mal über sich selbst; er hatte schlicht vergessen, rasch in diese Richtung zu ermitteln. *Wenn mir das nur nicht auf die Füße fällt,* hoffte er und beschleunigte den Dienstwagen über die zulässige Geschwindigkeit hinaus.

»Was wohl Nathan Weiß dazu sagen würde?«

Stöhrl zuckte zusammen. Das hatte ihm gerade noch gefehlt, dass seine dienstbeflissene Kommissarin seinen Vorgänger ins Spiel brachte. »Der würde Gabriele Lupfer auf jeden Fall in der Zelle schmoren lassen«, behauptete er im Brustton der Überzeugung und wusste im selben Moment, dass er sich selbst belog. Weiß hätte bereits in der Nacht damit begonnen, nach Verbindungen zwischen den beiden Opfern zu forschen. Weiß hätte keine Minute gezögert, das Umfeld von Lang auszukundschaften. Weiß hätte die Witwe nicht in Ruhe bei ihrer Schwester schlafen lassen, nein, Weiß wäre sofort losgefahren, um mit Jaqueline Lang zu sprechen. Verdammt noch mal, Weiß hatte eben die zupackendere Art. Aber dafür war der pensionierte Mordermittler oft über das Ziel hinausgeschossen und hatte mit seinen seltsamen Methoden die Chefs in Erklärungsnöte gebracht.

Ich handle mit Bedacht und ohne Hast, beruhigte sich Stöhrl, und genau das wurde von ihm erwartet, sonst hätten ihn die Chefs nicht zum Leiter von K11 gemacht. Außerdem war Nathan Weiß auch nicht alles gelungen. Den Spucke-Mörder hatte er ebenso wenig gefunden wie die Mörder der beiden Frauen, die lange Zeit als vermisst gegolten hatten. *Nein, ich muss mich gegenüber Weiß nicht kleiner machen, als ich bin,* munterte sich Wolfgang Stöhrl auf. Doch die Selbstzweifel blieben.

Was für ein anderes Bild als Gabriele Lupfer gab Jaqueline Lang ab, als sie ihr im Wohnzimmer ihrer Schwester gegenübersaßen. Sie brachte kaum einen Ton heraus, und nach jedem zweiten Wort flossen Tränen. Jaqueline Lang zeigte sich bis ins Mark erschüttert vom Tod ihres Mannes und dessen Umständen. Fassungslos stand sie der unleugbaren Tatsache gegenüber, jahrelang betrogen worden zu sein. Sie hatte keine Erklärung, konnte keinen einzigen Hinweis geben, wollte am liebsten die Augen vor der Wahrheit verschließen und wirkte auf Stöhrl wie ein gebrochener Mensch. Im Gegensatz zu Frau Lupfer schien Frau Lang in jeder Hinsicht ein unschuldiges Wesen zu sein. Es tat Stöhrl in der Seele weh, die Trauer dieser Frau miterleben zu müssen. Selbstverständlich gestattete sie der Polizei, den Computer ihres Mannes mitzunehmen, und ihre Schwester bot sich an, Stöhrl und Nina zur Lang'schen Ehewohnung zu begleiten und ihnen Computer und was auch immer auszuhändigen. Stöhrl nahm das

Angebot dankend an und beendete die Befragung so schnell wie möglich.

»Wie konnte er diese Frau nur so betrügen?«, fragte Stöhrl im Auto fassungslos, während sie hinter Langs Schwester herfuhren.

»Ist es dir nicht aufgefallen?«, stellte Nina eine Gegenfrage.

»Was?«

»Jaqueline ist zu unschuldig, zu unbedarft, zu brav. Im Bett mögen das viele Männer nicht. Schau sie dir an: Sie ist eine Frau zum Heiraten, nicht zum Vögeln.«

Stöhrl musste husten, weil er sich bei dieser Bemerkung unwillkürlich verschluckt hatte. So eine derbe Analyse hätte er seiner jungen Kommissarin nicht zugetraut, obwohl er mehr und mehr zur Kenntnis nahm, wie locker und ungezwungen sich Nina zu geben wusste. Im Vergleich dazu fühlte er sich gehemmt, ja, beinahe verklemmt, und unwillkürlich überlegte er schuldbewusst, wie er es in dieser Hinsicht gern halten würde. Aber er brach diese Gedanken ergebnislos ab, denn bisher war ihm keine Frau zum Heiraten begegnet, und was das Bett anbelangte, war seit einigen Jahren auch Fehlanzeige angesagt.

»So also siehst du das«, brachte er mit heiserer Stimme heraus.

»Ja, so sehe ich das, Chef. Und jetzt brauchen wir den Computer«, fuhr Nina lebhaft fort, »und unsere Spezialisten im Landeskriminalamt müssen alle Chats der letzten Monate aus dem Kasten kitzeln. Dann finden wir den Täter oder die Täterin.«

»Und alle diese belastenden Umstände, die gegen Gabriele Lupfer sprechen?«

»Zufall, Chef. So etwas gibt's.«

•••

Bevor er den Computer herunterfuhr, öffnete er noch einmal seine Dating-Plattform und entdeckte angenehm überrascht eine Nachricht von Butterschnitte: *Wärst Du schon mein Lebenspartner, dürfte ich meine Wohnung verlassen und Dich besuchen, um mit Dir zu ratschen. Leider dürfen wir derzeit den Winterzahnstocher noch nicht weglegen. Mir gefällt Deine Zuversicht. Schreib mir mehr aufmunternde und erheiternde Worte, vielleicht vergeht mir dann die Zeit im Lockdown schneller.*

Nathan gefiel, was sie schrieb; er würde ihr heute Abend ausführlich antworten. Jetzt aber schaltete er den Computer aus und machte sich auf den Weg zu Heinrich Koller. Sollte ihn unterwegs ein Polizist anhalten und fragen, warum er seine Wohnung verlassen habe, würde er als triftigen Grund den Gang zur Arbeit angeben – das war es doch schließlich, was ihn antrieb: mit Koller die Buchhandlung betreiben und Krimimanuskripte von Kleinverlagen betreuen.

Nathan schüttelte über sich selbst den Kopf. Wie oft war ihm das in seiner aktiven Zeit begegnet, dieses stets nach einem Schlupfloch und einer Ausrede suchen, und nun tat er es ebenfalls. *Manchmal heiligt der Zweck die Mittel,* beruhigte er sich. Immerhin war Kollers Vorschlag die Chance, dem *horror vacui* des Ruheständlers zu entkommen.

»Hast du dir meinen Vorschlag überlegt?«, fragte Heinrich Koller, nachdem er Nathan eine Tasse Tee serviert hatte.

»Wir können darüber reden. Vorher möchte ich aber gern mehr über Rolf Lupfer erfahren. Darf ich dir Fragen stellen?«

»Nur zu, du sollst schließlich wissen, in wessen Fußstapfen du trittst.«

»Du hast erwähnt, Rolf habe sich auf Kontaktbörsen im Internet umgeschaut, um Frauen kennenzulernen. Hatte er dabei gewisse Vorlieben?«

»Keine Ahnung. Er war eigentlich sehr auf Gabi fixiert, also wird er etwas Ähnliches gesucht haben.«

»Kannst du mir Gabi beschreiben?«

»Sie ist der Prototyp einer drallen Blondine, natürlich ein wenig in die Jahre gekommen, aber auf ihre Art nach wie vor attraktiv, hübsches Null-acht-fünfzehn-Gesicht, üppiges Dekolleté, strammer Hintern und lange Beine, ordentliches Gesamtbild mit fünf Kilo zu viel auf den Rippen.«

»Also für ihr Alter eine Abziehbild-Blondine?«

»Genau.«

»Und du meinst, er hat im Internet den gleichen Typ Frau gesucht?«

»Kann sein, kann aber auch sein, dass er genau das Gegenteil gesucht hat.«

»Leuchtet ein. Sonstige Vorlieben?«

»Tja, Rolf mochte es manchmal ein wenig extravagant, so mit High Heels, Lack und Leder. Jedenfalls gefiel es ihm, wenn so was in einem Krimi vorkam.«

Bei Lack und Leder zuckte Nathan zusammen und dachte an das gelöschte *Roxette*-Profil und daran, wie ihn das auch selbst interessiert hatte. »Hat er sich denn manchmal hier die Zeit vertrieben – am Computer?«

»Eher selten, nur wenn gar nichts los war im Laden.«

»Hat die Polizei den Computer angeschaut?«

Heinrich Koller schüttelte den Kopf und grinste. »Diesen hier nicht. Sie haben nur Rolfs eigenen Laptop mitgenommen. Der hier hat niemand interessiert.«

Nathan rieb sich die Hände vor Schadenfreude. »Darf ich mal reinschauen?«

»Klar, komm mit«, antwortete Koller und ging zum Schreibtisch hinüber. Er berührte eine Taste und der Bildschirm erwachte aus dem Schlafmodus. Rasch gab er ein Kennwort ein, dann überließ er Nathan den Platz auf dem Bürostuhl.

Nathan betrachtete Lupfers Favoritenleiste, fand ganz oben *Abenteuer24* und rief die Seite auf. Rolf Lupfers Profil öffnete sich, war jedoch passwortgeschützt. »Hast du eine Idee, was für ein Passwort er verwendet hat?«

»Versuch es einfach mit *Gabriele20* – so alt war seine Frau, als er sie kennenlernte und so hieß die Reiseschreibmaschine, auf der er als Jungerwachsener seinen ersten und einzigen Krimi getippt hat.«

Nathan füllte die Maske entsprechend aus. »Bingo!«

Er befand sich in Rolf Lupfers Profil und öffnete die Chat-Historie. Der tote Buchhändler hatte mit einigen Frauen geflirtet. Bei zweien ging es erotisch zur Sache, eine Verabredung hatte er jedoch mit keiner getroffen.

»Schade«, sagte Nathan zu Koller gewandt. »Aber einen Versuch war es wert. Vielleicht schaue ich mir das heute Abend noch mal in Ruhe an. Doch jetzt lass uns übers Geschäft reden.«

»Gute Idee«, erwiderte Koller und holte einen Ordner mit Steuerunterlagen heraus. Nathan genügte ein Blick auf den Steuerbescheid, um festzustellen, dass *Lesertraum* ein profitabler Laden war.

•••

»Hast du noch eine Aufgabe für mich, Chef?«, fragte Nina, als sie im Kommissariat zurück waren.

Stöhrl schaute seine fleißige Kommissarin wohlwollend an. Sie war jung, sie war hübsch, sie hatte sich wenigstens ein bisschen was von einem freien Wochenende verdient. Im Augenblick konnten sie sowieso nicht viel machen, mussten die Ergebnisse der Computerauswertung abwarten und auch, ob Karl und Cordula aus der Nachbarschaftsbefragung Erkenntnisse gewinnen konnten. Zudem wollte er ihr etwas Gutes tun, also schüttelte er den Kopf und sagte: »Du kannst gehen. Erhol dich morgen und sei am Montag pünktlich zur Frühbesprechung da.«

»Mach ich, danke.«

Stöhrl zog sich in sein Büro zurück und schrieb ein knappes

Er stand auf und trat ans Fenster. Die Stadt lag in ihrem typischen Dunkel, einem von Straßenlaternen und erleuchteten Wohnungsfenstern erzeugten Dämmerschein, der es nur wenigen Sternen erlaubte zu leuchten.

Vielleicht will ich wieder einmal den Sternenhimmel und die Milchstraße sehen, schoss es ihm durch den Kopf. *Mit einem Menschen an meiner Seite, der mir vertraut und lieb ist.* Wann war das zuletzt? Er musste sich lange zurückerinnern, bis ihm die Fahrradtour mit seiner ersten großen Liebe einfiel. Damals waren sie eine Woche mit Schlafsack und einfachem Zelt unterwegs gewesen, von München ins Oberland, hinüber ins Ostallgäu, am Lech entlang und hinein in die Berge, alles auf kleinen Straßen und Feldwegen, garniert mit etlichen Umwegen, was ihnen egal gewesen war, Hauptsache, sie fuhren und lachten und redeten und fanden versteckte Plätze zum Zelten. Ja, damals hatten sie gemeinsam in den schwarzen Himmel geschaut und, sich liebend, die Sterne gezählt. Unbekümmert war der Weg das Ziel gewesen. Seitdem aber hatte er stets ein definiertes Ziel verfolgt. *Muss das so weitergehen?* Nathan wiegte den Kopf hin und her, unentschlossen zwar, aber doch mit der Gewissheit, dass er sich immer noch wünschte, Ziele zu verfolgen. Es war ihm nicht gegeben, nur im Augenblick zu leben. Er wollte eine Aufgabe haben, er wollte gebraucht werden. Zugleich sehnte er sich nach Zuneigung, und ja, er wünschte sich auch noch Sex, am besten guten Sex.

Wünsche ich mir eine Gefährtin, fragte er sich und kannte die Antwort nicht. *Vielleicht lebe ich schon zu lange allein?* Auf dem Gehsteig gegenüber torkelte eine grau gekleidete Figur einsame Schritte in die ruhiggestellte Stadt; ein trauriger Anblick. *Zu zweit torkelt es sich leichter,* kalauerte Nathan still in sich hinein und sah als lohnendes Ziel dieses eine Foto von *Butterschnitte* vor sich, auf dem sie mit spitzbübisch geschürzten Lippen mit dem linken Auge zwinkerte.

Warum nicht? Einen Versuch ist es wert!

Entschlossen setzte er sich wieder vor den Bildschirm seines Computers, weckte das Display aus dem Ruhemodus auf, und las noch einmal ihre Aufforderung: *Schreib mir mehr aufmunternde und erheiternde Worte, vielleicht vergeht mir dann die Zeit im Lockdown schneller.*

Er schnupperte in das Nosingglas hinein, sog den rauchigen Duft des Whiskys ein und fing zu schreiben an: *Ob ich Dich erheitern und aufmuntern kann, weiß ich nicht. Mein Leben hatte immer viel mit den Schattenseiten des Daseins zu tun, obwohl ich selbst mich auf der Sonnenseite sah. Momentan stochere ich, wie gewiss viele unter uns, im Nebel herum; das ist dem Virus geschuldet, aber mehr noch der Tatsache, dass ich seit einem Jahr im Ruhestand bin und mich immer noch unausgefüllt fühle. Nun überlege ich, etwas ganz Neues zu machen, nämlich Buchhändler zu werden. Bestimmt kann ich fremder Leute Krimis besser verkaufen als mich auf einer Single-Börse. Aber auch das möchte ich versuchen: mit einem Menschen Leben teilen. Wenn's klappt, gibt's eine rosige Zukunft.*

Er las seine wenigen Zeilen zweimal durch, dann klickte er auf *Senden*. »Mal schauen, was die *Butterschnitte* davon hält«, brummte er gut gelaunt vor sich hin und schenkte sich noch einen Lagavulin ein.

6

»Warum?« Karin schrie diese Frage hinaus und traktierte ihr Wutkissen mit Faustschlägen und Fußtritten. »Warum?« Nichts als Leere in ihrem Kopf und diese einzige Frage. *Warum?* Eine Frage, die von so vielen Menschen auf dieser Welt zu so vielen Zeiten auf allen Erdteilen immer und immer wieder gestellt wurde und wird, eine Frage, auf die es ganz oft keine befriedigende Antwort gab und gibt.

Karins Stimme überschlug sich kreischend. In unstillbarem Zorn schlug sie auf das Wutkissen ein. Warum durfte sie ihre Tante Irma nicht im Pflegeheim besuchen? Warum verbot man ihr den Zutritt? Waren das alles Bestien und Unmenschen, die das Heim gegen alles und jeden abriegelten? Dabei lag ihre Tante im Sterben! *Es gibt keine Menschlichkeit auf dieser Welt.* Karin bebte vor Zorn, zitterte am ganzen Körper und schlug erneut auf das Wutkissen ein. Doch das half nicht; nicht mehr, denn sie wusste nun, wie das wirkliche Heilmittel aussah, ihre ungezügelte Wut zu mildern. Wenn ihr doch nur der Leiter des Pflegeheims in die Hände fiele! Liebend gern würde sie ihn unter sich haben, aber er erführe nicht die Gnade des raschen Schnitts durch die Kehle, nein, ihn würde sie leiden lassen, wie er sie hatte leiden lassen.

Sie hatte ihn angefleht, sie ins Heim und auf das Zimmer ihrer Tante gehen zu lassen, doch er hatte sich mit versteinerter Miene hinter seine Vorschriften zurückgezogen: Der Besuch des Heims war ausnahmslos allen verboten. Die Ansteckungsgefahr sei viel zu hoch, man müsse die Heimbewohner schützen. Sogar die Sterbenden!

Karin schrie und drosch auf das Wutkissen ein. *Für jede Sekunde, die er mich abweisend angesehen hat, gehört ihm ein Schnitt durch seine Haut,* geiferte Karin und stellte sich vor, wie seine Schmerzen mit jedem Schnitt zunahmen. Hier ging es um mehr als nur eine finale Bestrafung, hier ging es darum, einem Menschenverächter schon im Diesseits klarzumachen, was im Fegefeuer auf ihn wartete.

So plötzlich, wie der Zorn aus ihr herausgebrochen war, so plötzlich verfiel sie in ein hemmungsloses Schluchzen. Nun zitterte sie vor Trauer und Schmerz und weinte. Sie beweinte ihr Schicksal und ihr verpfuschtes Leben. Seit ihrer Jugend war sie die Gefangene ihrer Vergangenheit und ohne Hoffnung, sich jemals zu befreien. Jetzt würde sie sich nicht einmal von ihrer Tante verabschieden können, die nach dem Tod ihrer Mutter für Karin die Mutterrolle eingenommen hatte. Dafür liebte Karin sie noch immer, obwohl die Tante ihre Augen vor den Taten des Onkels verschlossen hatte. Sie hatte nicht wissen wollen, was geschah, weil nicht sein kann, was nicht sein darf. Zumindest vermutete Karin, dass es so gewesen war. *Vielleicht hätte ich mit Tante Irma darüber sprechen sollen,* überlegte sie und versuchte, sich die Tränen zu trocknen, was misslang. Sie konnte nicht aufhören zu weinen, auch, weil ihr bewusst war, wie sehr sie wenigstens die Zuneigung ihrer Tante hatte erhalten wollen. Was wäre gewesen, wenn sich die Tante im positiven Wissen um dessen Tun hinter den Onkel gestellt hätte? Dann wäre Karins Welt schon damals zusammengebrochen.

Der Onkel hatte ein gutes Timing für seine Übergriffe gehabt, hatte Karin vornehmlich am Freitagabend besucht, wenn Tante Irma sich mit ihrem Frauenkränzchen traf. Während die Freundinnen bei Kuchen und Eierlikör plauderten, Schnittmuster tauschten und die neuesten Trends der Hausfrauenhobbys besprachen, schlich der Onkel zu Karin ins Zimmer und schenkte ihr seine Zärtlichkeiten. Nachdem der Anfang gemacht worden war, gab es keine spannenden Kurzgeschichten mehr, die der Onkel vorlas, sondern ging es gleich zur Sache; schließlich wollte der Onkel die zwei, drei Stunden auskosten, die sich seine Frau außer

Haus befand. Bis Tante Irma wieder daheim war, saß der Onkel längst mit seinem Bier im Ohrenbackensessel vor dem Schwarz-Weiß-Fernseher, und Karin lag wach im Bett und spürte den seltsamen Empfindungen nach, die Onkels streichelnde Hände in ihrem heranwachsenden Körper auslösten. Mit den Jahren wurde die Routine unangenehm, aber der Onkel wusste grob zu werden, wenn sie sich gegen seine Zärtlichkeiten auflehnte.

Nicht nur einmal nahm er sich mit Kraft und Gewalt, was er wollte, und drohte ihr Schläge an, sollte sie jammern oder sich gar beschweren wollen. Tante Irma ahnte von alledem nichts. Oder doch?

Wie gern würde sie die Tante noch fragen, bevor sie aus dem Leben ging und ihre Antworten mit ins Grab nahm. Aber nein – und jetzt gewann der Zorn wieder die Oberhand gegenüber der Trauer und dem Selbstmitleid – dieses Schwein von einem Heimleiter ließ sie nicht zu Tante Irma ins Zimmer. Abgeriegelt wie in einem Hochsicherheitsgefängnis saßen die alten und gebrechlichen Menschen in dieser Einrichtung und wussten nicht, was um sie herum geschah. Einsperren, wegsperren, verrecken lassen – und das alles wegen eines Erkältungsvirus.

»Nein, nein, nein«, schrie Karin und drosch auf das Wutkissen ein.

•••

Habe gelesen, dass es ein triftiger Grund ist, die Wohnung zu verlassen, wenn man seinen Lebensgefährten treffen möchte, schrieb *Butterschnitte. Wollen wir für eine Stunde so tun, als wärst Du mein Lebensgefährte? Bist Du verwegen genug, mich zu besuchen?*

Du gehst ganz schön ran, pfiff Nathan durch die Zähne, als er diese Nachricht las. *Offenbar zieht die Buchhändlernummer,* grinste er in sich hinein und antwortete: *Verwegener Buchhändler liebt Planspiele. Wann und wo?*

Auf was ließ er sich hier ein, fragte er sich und betrachtete angestrengt das Foto, das *Butterschnitte* im Halbprofil zeigte. Von der Seite betrachtet sah sie gut aus, fast zu gut für so eine Single-Börse; diese Frau müsste doch im wirklichen Leben genug Männer kennenlernen, um sich wenigstens für einen näher zu interessieren. Aber nein, ihr Profil gab es schon einige Zeit, und scheinbar war ihr noch keiner begegnet, der ihren Wunsch nach gemeinsamer Freizeit- und Lebensgestaltung erfüllen konnte. Warum? Was war falsch an diesem Profil, wo lag der Fehler?

Ob er es wollte oder nicht, Nathan war voller Argwohn. Von dieser Berufskrankheit würde er wohl nie genesen. Er blickte auf sein eigenes Profilbild, das seine Leibesfülle nicht versteckte. *Welche attraktive Frau will sich mit so einem Möpschen treffen?* Er nahm sich vor, *Butterschnitte* auf den Zahn zu fühlen, und wartete neugierig auf ihre Antwort.

Ein zarter Gong ertönte und die Nachricht blinkte: *Hirschgehege im Hirschgarten, zwei Uhr.*

Nathan sandte sein *Okay*, ging ins Schlafzimmer und stellte sich fragend vor den Kleiderschrank. Was sollte er anziehen? Die Frage amüsierte ihn. Bisher hatte er gedacht, so eine Frage stellten sich nur Frauen vor einem Rendezvous, aber nein, er selbst stand nun vor dem ernsthaften Problem, eine Antwort auf diese Frage finden zu müssen. Er wollte authentisch wirken, aber nicht so uninspiriert gekleidet sein, wie es eigentlich seiner diesbezüglichen Nachlässigkeit entsprach. Bequem im kleinen Bieranzug oder doch etwas mehr herausgeputzt? Nathan betrachtete seinen Trachtenanzug. Konservativ unaufdringlich, aber seit Jahren hing er lediglich im Schrank. Ob die Hose noch passte? Er grummelte. Darauf kam es gar nicht an. Den Anzug hatte er immer dann angezogen, wenn er zum Dezernatsleiter oder zum Polizeipräsidenten gerufen worden war, und diese Termine waren nur in den seltensten Fällen angenehm gewesen. Nein, er wollte sich nicht in von negativen Erinnerungen durchtränkten

Klamotten mit einer Frau treffen; dann lieber der kleine Bieranzug. Also suchte er nach der bequemen Flanellhose, einem einfachen Trachtenhemd und der dezent bayerischen Strickjacke mit den Hirschhornknöpfen. Zufrieden nickend schlurfte er zur Dusche; er wollte frisch gewaschen sein.

Man weiß schließlich nie.

•••

Wolfgang Stöhrl saß dem jungen Oberkommissar in dessen kleiner Kammer neben dem Labor im Keller des Landeskriminalamts gegenüber und hörte mit zunehmender Besorgnis, was der Forensiker zu sagen hatte.

»Zunächst will ich Ihnen die Erkenntnisse unsere IT-Spezialisten mitteilen. Rolf Lupfer hat sich mit seinem Laptop intensiv auf verschiedenen Single-Börsen, Dating-Plattformen und Seitensprung-Homepages aufgehalten. Sein Pornokonsum ging ebenfalls von Woche zu Woche nach oben. Am Schluss waren es bis zu zwei Stunden täglich. Seine Ehefrau muss ihm sehr gefehlt haben oder er ist porno- und sexsüchtig geworden. Jedenfalls ist es auffällig, wie intensiv er sich die letzten Tage vor seinem Tod auf verschiedenen Plattformen um Frauen als Sexualpartnerinnen bemüht hat. Auf einer Plattform, die ausschließlich auf die Anbahnung sexueller Kontakte ausgerichtet ist, hat er intensiv mit einem anderen Profil gechattet – allerdings hat er diese Konversation gelöscht. Leider war es unseren Leuten nicht möglich, die Inhalte zu rekonstruieren und herauszufinden, mit welchem Profil er sich so intensiv ausgetauscht hat. Auch der Plattformbetreiber konnte oder wollte uns nicht weiterhelfen. Insofern ist die Auswertung von Lupfers Laptop ein Fehlschlag. Aber, jetzt kommt's: Auch Justin Lang war vor seinem Tod intensiv auf einer Dating-Plattform zugange, die in erster Linie Singles zusammenbringt, die miteinander Spaß im Bett haben wollen. Auch hier sind die letzten Chats allesamt gelöscht worden und die Partner-Profile nicht identifizierbar. Das ist deshalb interessant, weil es nicht genügt, ein Profil zu deaktivieren oder zu löschen, um es unsichtbar zu machen. Unsere ITler gehen davon aus, dass sich jemand mit erheblichem Aufwand die Mühe gemacht hat, die Profile rückstandsfrei zu entsorgen. Das spricht dafür, dass wir es in beiden Fällen mit einem versierten Täter, vermutlich mit ein und demselben Täter, zu tun haben. Sie suchen also nach einem Serienmörder.«

Diese Schlussfolgerung wollte Wolfgang Stöhrl gar nicht hören. Wenn sie zutraf, stand er vor einem beachtlichen Problem.

»Kann sein, muss aber nicht?«, versuchte er, diesen Verdacht beiseitezuschieben.

»Was die Analyse der beiden Rechner betrifft: Ja. Kann sein, muss aber nicht.«

Na also, dachte Stöhrl und atmete auf. Alles war ihm lieber als ein Serienmörder, zumal er immer noch daran glaubte, in Gabriele Lupfer die Mörderin von Rolf Lupfer dingfest gemacht zu haben.

Doch der junge Oberkommissar raubte ihm diese Hoffnung. »Wir haben Kontaktspuren an Langs Körper gefunden und konnten eine DNS-Analyse durchführen. Jetzt dürfen Sie raten, was wir dabei entdeckt haben.«

»Die DNS ist in Ihrer Datenbank enthalten?«

»Das täte Ihnen so passen«, erwiderte der Oberkommissar schnippisch. »Nein. Auf Langs Körper fanden sich einige Hautzellen von Rolf Lupfer.«

Stöhrl schwieg betreten. Wenn das zutraf, konnte das nur eines bedeuten: Der Täter hatte bei beiden Taten dasselbe an und etwas von Lupfer auf Lang übertragen. Dann war Gabriele Lupfer aus dem Schneider, und er stand vor dem Problem, einen raffinierten Killer suchen zu müssen.

»Was entscheidend sein könnte für Ihre weiteren Ermittlungen, sind die beiden Haare, die wir auf Langs Köper gefunden haben«, fuhr der Forensiker fort.

Stöhrl horchte auf. Kam jetzt ein verlässlicher Anknüpfungspunkt für die weiteren Ermittlungen?

»Es handelt sich um Kunststoffhaare einer Perücke. Wir sind dabei herauszufinden, welche Hersteller in Betracht kommen.«

»Das geht?«

»Manchmal. Es kommt darauf an, wie spezifisch die Kunststoffhaare sind. Manchmal lassen sich die Fasern eindeutig zuordnen, manchmal nicht. Ob wir dazu Genaueres sagen können, wissen wir in einer Woche. Das macht ein Kollege von uns, der hat noch drei Tage Urlaub.«

»Sonst noch etwas?«

»Nein. Ich hoffe, es hilft Ihnen weiter. Jedenfalls haben Sie es mit einem raffinierten Gegner zu tun. Man wird Sie loben, wenn Sie den Fall rasch lösen. Ansonsten müssen Sie einfach den berühmten Nathan Weiß zurückholen«, sagte der junge Forensiker und grinste.

Wolfgang Stöhrl schluckte seinen Ärger hinunter, dankte und ging. Nachdenklich machte er sich auf den Weg ins Kommissariat. Was war als Nächstes zu tun? Er musste Frau Lupfers Entlassung aus der Untersuchungshaft veranlassen, also die Staatsanwaltschaft anrufen und von den neuesten Entwicklungen informieren. Vermutlich war es ratsam, auch dem Dezernatsleiter umgehend Bericht zu erstatten, obwohl Kriminaldirektor Dr. Pfannerl ungern am Wochenende gestört wurde. Außerdem musste er die Aufnahmen der Überwachungskamera des Juweliergeschäfts noch einmal durchgehen; vielleicht fiel ihnen eine verdächtige Gestalt auf. Stöhrl sprach sich Mut zu; ja, das war ein vernünftiger Ermittlungsansatz. Noch ehe er das Kommissariat erreicht hatte, wählte er Cordulas Telefonnummer aus seinen Kontakten und rief bei ihr an.

»Chef?«

»Kannst du auf die Dienststelle kommen? Es gibt Neuigkeiten.«

»Wenn's sein muss.«

»Wäre hilfreich.«

»Gut, bin in einer Stunde da.«

Begeistert hatte Cordula nicht geklungen, aber das war Stöhrl egal. In seinem Büro angekommen, rief er den Dauerdienst der Münchner Staatsanwaltschaft an und schilderte dem Diensthabenden die neuesten Erkenntnisse.

»Ich werde das Nötige in die Wege leiten«, versprach der Staatsanwalt mürrisch und legte auf.

Blieb noch das Gespräch mit dem Dezernatsleiter. Unruhig rutschte Stöhrl auf seinem Stuhl hin und her, dann wählte er die Nummer seines Vorgesetzten. Er ließ es siebenmal anläuten, dann kappte er die Verbindung und atmete tief durch.

»Wo sind die anderen?«, fragte Cordula, kaum hatte sie Stöhrls Büro betreten.

»Zu Hause. Ich wollte das erst mal nur mit dir besprechen.«

»Schau an, Herr Kommissar«, erwiderte Cordula schnippisch. »Was soll denn daraus werden?«

»Sei nicht so. Mir ist deine Meinung wichtig, du bist die Älteste hier im Laden und hast einen guten Riecher.«

»Hör schon auf mit dem Honig ums Maul. Was ist los?«

»Wir haben es mit einem Serienkiller zu tun.«

»Oha«, entfuhr es Cordula, dann setzte sie sich auf den Stuhl an Stöhrls kleinem Besprechungstisch.

»Gerade habe ich die Staatsanwaltschaft informiert. Gabriele Lupfer kommt aus der Untersuchungshaft frei. Wir stehen mit leeren Händen da.«

Stöhrl referierte knapp die Erkenntnisse der Kollegen aus dem Landeskriminalamt und freute sich, dass Cordula seinen Frust teilte. Wenigstens bei ihr konnte er sicher sein, dass sie es nicht auf seinen Stuhl abgesehen hatte. Oder? Nein, Cordula war loyal und freute sich, wenn er sie etwas mehr ins Vertrauen zog.

»Wir müssen die Aufnahmen der Überwachungskamera des Juweliers noch einmal akribisch durchschauen. Wenn wir darauf Gabriele Lupfer entdeckt haben, vielleicht gibt es auch bewegte Bilder unseres unbekannten Täters.«

Cordula nickte. »Haben wir das Material bei uns?«

»Karl hat die Sicherungskopien auf seinem Rechner.«

»Gut, schauen wir uns die drei wesentlichen Stunden an; Arbeit genug. Fifty-fifty, okay? Du musst Karl fragen, wo er die Dateien abgespeichert hat.«

Stöhrl atmete erleichtert auf; wenigstens auf Cordula konnte er sich verlassen.

Sie beide würden jetzt die Kärrnerarbeit leisten, und wenn sie Glück hatten, konnte er morgen in der Frühbesprechung ein Ergebnis verkünden.

»Aber eines scheint mir darüber hinaus wichtig«, merkte Cordula mit einem hörbaren Zögern in der Stimme an.

»Was?«

»Wir bräuchten ein Profil des Täters – und zwar vom besten Profiler der Münchner Polizei, selbst wenn er schon im Ruhestand ist.«

Stöhrl zuckte zusammen. Das war der befürchtete Schlag in die Magengrube. Zum Glück war er mit Cordula allein. Vor versammelter Mannschaft hätte ihn dieser Hinweis, Nathan Weiß zu involvieren, sehr in Verlegenheit gebracht. Alles in ihm schrie Nein, keinesfalls wollte er seinen Vorgänger um Hilfe bitten. Er musste verdammt noch mal, diese Bewährungsprobe allein bestehen, und ahnte doch, dass er es ohne Hilfe von außen nicht schaffen würde.

»Kann sein – schaun mer mal«, presste er heraus und hoffte, dass es nicht so weit kommen musste.

•••

Sie stand in tiefer Dunkelheit. Orientierungslos. Sie fror erbärmlich. Ihr Körper zitterte. Das Atmen fiel ihr schwer. Aus der Ferne erklang ein dumpfes Dröhnen. Vorsichtig setzte sie einen Fuß vor den anderen. Sie bewegte sich langsam auf das Dröhnen zu. Weit hinten erblickte sie einen rötlichen Schimmer. Ihre Kehle war trocken und wie zugeschnürt. Sie fühlte sich an wie unter Strom, dieses Zittern wuchs zu einem unheimlichen Vibrieren. Sie ging schneller dem Schimmer entgegen. Das Dröhnen wurde lauter. Hinter sich hörte sie ein Zischen und Fauchen. Sie wollte sich umschauen, aber ihr Kopf gehorchte ihr nicht. Sie begann zu laufen. Hinter ihr steigerte sich das Zischen zu einem schrillen Klirren. Nun rannte sie, und ihre Haut fing an zu brennen. Vor ihr ein brüllendes Dröhnen, hinter ihr ein fauchendes Klirren. Das Glimmen changierte in ein rotes Lodern. Glitschige Finger fassten von hinten an ihre Schultern. Sie wollte schreien, aber es kam kein Ton aus ihrer Kehle. Krakententakel packten sie um die Hüfte. Mit letzter Kraft versuchte sie zu flüchten, doch 1000 Tentakel nahmen sie gefangen. Ganz nah waren die Flammen nun, das Dröhnen tat in den Ohren weh. Sie wurde auf den Boden geworfen. Ihre Beine wurden auseinandergerissen. Kalt drang etwas in ihren Schoß, kalt legte sich etwas um ihren Hals. Ihr Schoß brannte. Schüttelfrost. Keine Luft mehr zum Atmen. Der letzte Gedanke ein Schrei – kreischend fuhr Karin hoch und blickte verwirrt um sich. Nackt und nass geschwitzt saß sie in ihrem Bett. Orientierungslos.

• • •

Beinahe verloren stand sie am Rand des Hirschgeheges und blickte unsicher in seine Richtung. Sie war zierlicher, als er sie sich vorgestellt hatte. Langsam ging Nathan auf sie zu. Zwei Meter vor ihr blieb er stehen, breitete die Hände aus und faltete sie dann vor der Brust zum indischen Gruß. Sie lächelte und erwiderte diese Geste.

»Was diese Pandemie aus uns macht«, bemerkte Nathan. »Trotzdem: Grüß Gott, *Butterschnitte*. Ich bin Nathan, Nathan Weiß.«

»Ist das dein Ernst? Nathan Weiß, fast wie Nathan der Weise? Hübsch – deine Eltern waren wohl witzig drauf. Ich bin Gudrun, Gudrun Bauer.«

Ihre Stimme klang angenehm tief, sie gefiel ihm.

»Tja, meine Eltern ... Wollen wir eine Runde spazieren gehen?«, fragte Nathan.

»Wenn es in die richtige Richtung geht, gerne«, antwortete sie mit einem Augenzwinkern und wandte sich dem schmalen Fußweg zu, der am menschenleeren Biergarten vorbeiführte. »Haben deine Eltern eine besondere Beziehung zu Lessing gehabt?«

»Früher stand hier immer ein altes Karussell«, lenkte Nathan ab. »Als Kind bin ich öfter damit gefahren. Das war lässig.«

Gudrun Bauer lachte schallend und drohte Nathan schelmisch mit dem Zeigefinger: »Du bist ein raffinierter Lauser. Von Lessing zu lässig – cool.«

»Danke. Aber wenn ich ehrlich bin, dann bin ich vor allem eines: In Sachen Kunst ein ziemlicher Banause.«

»Ach geh«, erwiderte sie mit wegwerfender Handbewegung. »Du willst doch in einer Buchhandlung als Partner einsteigen, oder war das geflunkert?«

»Überhaupt nicht«, und Nathan erzählte ihr, wie es zu dem Angebot von Heinrich Koller gekommen war. Dabei schlenderten sie gemütlich an das östliche Ende des Hirschgartens. Dort angekommen, nahm Gudrun seine Hand und führte ihn aus dem Park auf die große Kreuzung hinaus.

»Komm, jetzt gibt's für meinen Lebensgefährten Tee – hast Lust?«

»Sagen wir mal so«, zierte sich Nathan, »wenn du Lapsang Souchong hast, dann ja.«

»G'schleckert bist du also auch. Das muss wohl so sein für einen interessanten Mann. Für dich gibt's russischen Rauchtee aus dem Samowar, was sagst jetzt?«

»Ich bin dabei.«

Sie saßen in einer gemütlichen Wohnküche. Auf dem deutliche Gebrauchsspuren aufweisenden Biedermeiertisch stand ein silbriger Samowar. Nathan und Gudrun hatten zierliche Porzellantassen vor sich, in welchen der kräftige Rauchtee dampfte. Auf kleinen Tellern lagen schmale Butterschnitten. Nathan hatte auf einer zweisitzigen Wiener Bank Platz genommen, Gudrun ihm gegenüber auf einem modischen Freischwinger. Die Küche war eine gelungene Komposition aus Antiquitäten und modernen Möbeln, die Gegensätze bildeten keinen Widerspruch, sondern eine abrundende Ergänzung. Nathan fühlte sich vom ersten Augenblick an wohl in Gudruns Küche – und in ihrer Nähe. Sie war angenehm humorvoll, ihre wachen Augen blickten lebhaft, ihre Stimme betörte ihn mit einem schmelzenden Timbre. Als sie die Jacke an der Garderobe abgelegt hatte, war ein locker fließender Pullover zum Vorschein gekommen, der ihre Oberweite kaschierte und gut zur Jeans harmonierte. Sie trug keinen Schmuck und war nicht geschminkt. Wohltuend, fand Nathan und gestand sich ein, dass ihm Gudrun auf Anhieb gefiel. Besonders das Grübchen im Kinn und die Lachfältchen um die Augenwinkel hatten es ihm angetan; und natürlich die Stupsnase, wie er heimlich schmunzelnd zugab.

»Kriminaler habe ich mir immer als drahtige, sportliche Superhelden vorgestellt«, neckte ihn Gudrun. »Vermutlich bist du niemals einem Verbrecher hinterhergerannt, oder?«

»Mir war es lieber, wenn sie in meine Fallen getappt sind, auch wenn ich bei vielen Ermittlungen den sportlichen Reiz des Kräftemessens genossen habe, aber hier«, deutete er mit seinem Zeigefinger an seine Stirn. »Doch nun haben wir genug über mich geredet. Was hat sich bei dir so alles getan?«

»Wenn du jetzt auf meine Lebensgeschichte wartest, werde ich dich enttäuschen. Ich bin Krankenschwester und liebe meinen Beruf, trotz der zunehmenden Anstrengung, die er für mich bedeutet – zumal derzeit. Die paar Katastrophen aber, die sich in meinem Leben ereignet haben, sind nicht für die erste Teestunde mit meinem Lebensgefährten geeignet«, sagte sie lachend und biss herzhaft in eine Butterschnitte. Diese ungezwungene, natürliche Art gefiel Nathan. Er nahm sich von dem bestrichenen Vollkornbrot und schwieg. Er musste ihr Raum und Zeit lassen für ihre Geschichte, er wusste, sie würde bald zu erzählen beginnen.

•••

Seit ihrer Jugend wurde Karin von Albträumen geplagt. Sie hatte sich daran gewöhnt, vor allem an die stets wiederkehrenden Bilder eines schmerzhaften, gewaltvollen Eindringens. Gefangene ihrer Vergangenheit, wurde sie zeitlebens diese Belastung nicht los. Selbst eine an die zehn Jahre dauernde Psychoanalyse bei einer überaus einfühlsamen Therapeutin hatte ihr weder die Albträume noch die Verkrampfung nehmen können, mit der sie auf körperliche Zärtlichkeiten reagierte. Später hatte sie es mit einer Gestalttherapeutin versucht, ebenso ergebnislos, wenngleich sich das Wutkissen über viele Jahre als wertvoller Blitzableiter erwiesen hatte. Aber jetzt war alles anders, und dieser Albtraum, der war auch anders: schriller, angsteinflößender. Karin schüttelte sich. Was hatte dieser Traum zu bedeuten? Schritt sie bereits unaufhaltsam auf das Fegefeuer zu? Waren ihr die Schergen der sogenannten Gerechtigkeit schon auf den Fersen? Sie zitterte immer noch am ganzen Körper und fror. In ihr tobte ein Kampf zwischen Trauer und Wut, Angst und Zorn. Hin- und hergerissen fühlte sie sich, zerrissen zwischen den Extremen ihrer Gefühle, die entgleist waren. Noch steckte in ihrem Kopf ein Rest von jener Vernunft, mit der sie die letzten 30 Jahre ihr Leben gemeistert, Chemie studiert und als Gutachterin gearbeitet hatte.

Doch diese Vernunft schmolz dahin wie Schnee in der Märzsonne. Zurück blieb ein Wirrwarr der Gefühle.

Unter der Dusche versuchte sie, den Traum von ihrem Körper zu waschen, sich von der Besudelung zu reinigen, wie sie es als Jugendliche nach jedem Besuch des Onkels in ihrem Zimmer getan hatte. Geholfen hatte es damals nicht, und auch heute half es nicht. Im Wasserdampf der heißen Dusche kondensierte das Gesicht des Onkels zu einem erschreckenden Bild. Unter seiner fliehenden Stirn wölbten sich die Augenbrauen buschig und raubtierhaft, darunter loderten seine dunklen Augen voller Begierde. Er fraß sie mit den Augen, noch ehe er eine Hand an ihren Körper legte. Die teigigen Wangen hingen zum fetten Kinn hinab, die Lippen waren lüstern geschwollen und drohend spitzte die Zunge hervor, mit der er so gern zwischen ihren Beinen spielte, ehe er in sie eindrang. Unmerklich ging das Gesicht des alten Lüstlings über in das Bild des Jüngeren, der schon bei der Begrüßung ihren Körper gemustert hatte wie ein Stück Fleisch in der Auslage des Metzgers. Mit der ersten Sekunde ihrer Begegnung war in ihr die Hitze der Beschämung aufgestiegen, mit der sein begehrender Blick sie übergoss. Immer fühlte es sich wie verbrüht zu werden an, wenn ein Mann ihren Körper zur Befriedigung seiner Lust begaffte.

War sie früher in dieser Beschämung stecken geblieben und hatte Mal für Mal den Missbrauch durch den Onkel aufs Neue durchlitten, wandelte sich nun die Glut der Beschämung in das lodernde Feuer des Zorns. Diese Wut krallte sich in ihrem Brustkorb fest und biss sich in ihre Eingeweide hinein, sie ließ sich nicht abwaschen, egal wie heiß das Wasser war und wie viel Seife sie verwendete. Im Gegenteil, die Wut schwoll von Minute zu Minute an und Karin wusste: Sie brauchte das nächste Opfer.

•••

Seit knapp zwei Stunden starrte Wolfgang Stöhrl gebannt auf den Monitor und beobachtete das Treiben vor der Auslage des Juweliergeschäfts, ohne auf etwas Bemerkenswertes zu stoßen. Beim Betrachten der körnigen Bilder schweiften seine Gedanken mehr und mehr ab, und er ertappte sich dabei, immer wieder an Nina zu denken und sich zu wünschen, dass sie neben ihm säße und die Aufnahmen studierte. Er mochte ihre erfrischende Unbekümmertheit und er schätzte ihren Diensteifer. Sie war unverbraucht, neugierig und – hübsch. *Das darfst du nicht denken,* verbot er sich diesen Gedanken.

Trotzdem drängte sich das Bild der jungen Kommissarin in den Vordergrund, bis die unscharfen Videos endgültig verschwammen. Das Rotblond von Ninas Haaren changierte in das Dunkelblond von Angelikas wallender Mähne. Stöhrl ließ die sentimentale Attacke zu, der sein Gemüt ausgesetzt war, wenn ihm seine frühere Lebensgefährtin in den Sinn kam. Angelika war die einzige Frau, mit der er – immerhin knapp drei Jahre – zusammengelebt hatte. Aus der Saunabekanntschaft war seine große Liebe entstanden, der er um ein Haar seine Polizeikarriere geopfert hätte. Wehmütig erinnerte er sich an die glücklichen Monate, an die heißen Sommer und dieses bezaubernde Bild, wenn sie frühmorgens in dem schwarzen Badeanzug, der ihr so gut stand, aus dem Wasser des Sees herausgeschritten war wie eine Königin der Nacht. Mit wiegenden Hüften war sie auf ihn zugekommen, die Haut zart genoppt von der Morgenkälte, die vollen Lippen ein weiches Versprechen, war näher gekommen und hatte sich zu ihm gebeugt und ihm einen innigen Kuss gegeben. Unauslöschlich eingebrannt in sein Gedächtnis dieses Bild. Wann immer es ging, waren sie morgens die wenigen Minuten hinübergeradelt zum Westufer des Ammersees und eingetaucht in die Kühle des Wassers, er selbst nur für einige Minuten, Angelika mit der Ausdauer der früheren Sportschwimmerin deutlich länger, sodass er stets diesen Anblick hatte genießen können, wie die Fee dem Wasser entstiegen war.

»Du, ich glaube, ich hab was«, rief Cordula, während sie zur Tür hereinstürmte.

Stöhrl zuckte zusammen.

»Hast du etwa geschlafen?«

Er fühlte sich ertappt und fragte mit schuldbewusster Miene: »Auf was bist du gestoßen?«

»Komm mit, ich zeig's dir.«

Stöhrl folgte Cordula in das Büro, das sie sich mit Karl teilte.

»Setz dich und schau«, forderte ihn die altgediente Kriminalhauptmeisterin auf. Sie nahm neben ihm Platz, klickte auf *Play* und deutete auf eine dunkle, zierliche Gestalt, die von rechts ins Bild lief – der Weg zu Rolf Lupfers Hauseingang. Cordula stoppte den Film, als die Gestalt mittig im Bild erschien. Unter einer tief in die Stirn gezogenen Mütze lugten halblange, blonde Haare hervor. Der in der rechten unteren Ecke mitlaufende Timer zeigte 17:43. Cordula vergrößerte den Bildausschnitt mit der Person und druckte die Aufnahme aus.

Dann schob Cordula den Balken am unteren Bildrand einige Zentimeter nach rechts und ließ den Film wieder anlaufen. Es dauerte nicht lange, dann erschien die zierliche Person erneut, diesmal von links. Als die Person wieder in der Bildmitte anlangte, stoppte Cordula den Film erneut, vergrößerte den Ausschnitt und druckte die Aufnahme aus. Auf beiden Ausdrucken waren die halblangen, blonden Haare, die schwarze Mütze und ein dunkler Mantel deutlich zu erkennen; nur das Gesicht war stark verschattet.

»Eine Frau?«, fragte Stöhrl unsicher.

»Möchte man meinen. Aber es könnte genauso gut ein zierlicher Mann sein. Schließlich gehören die Haare vermutlich zu einer Perücke.«

»Wie kommst du darauf?«

»Bei Justin Lang wurden Perückenhaare gefunden. Beide Morde wurden von ein und derselben Person verübt. Wieso sollte der Täter oder die Täterin beim ersten Mal mit den echten Haaren aufkreuzen? Wir haben es mit einem raffinierten Gegner zu tun, Wolfgang, vergiss das nicht.«

»Wie aber kommt es dann zu diesem schrecklichen Overkill?«

»Gute Frage. Das wäre ein geeigneter Ansatz für einen Profiler«, erwiderte Cordula und setzte eine unschuldige Miene auf.

Stöhrl kam die Galle hoch. Zum zweiten Mal an diesem Nachmittag schlug ihm Cordula vor, seinen Vorgänger um Hilfe zu bitten, und zum zweiten Mal rebellierte alles in ihm gegen diesen Vorschlag, vielleicht gerade deshalb, weil es unausweichlich schien, ein Täterprofil erstellen lassen zu müssen. Stöhrl spürte den kritischen Blick, der auf ihm ruhte, aber er konnte sich nicht zu einer Antwort aufraffen.

Cordula legte ihm ihre rechte Hand auf die Schulter. »Es muss nicht Nathan sein. Im LKA gibt es diesen Dr. Mutzenbacher, der soll auch ganz gut sein.«

Stöhrl schenkte ihr einen dankbaren Blick und erwiderte: »Darüber werden wir morgen gemeinsam nachdenken. Jetzt gehen wir heim.«

• • •

Sie wollte den schnellen Erfolg. Deshalb legte sie über eine ihrer Tarnadressen im Darknet ein Profil bei der hochfrequentierten Seitensprung-App an und spielte eine ihrer Trumpfkarten aus: erfahrene Domina. Es erstaunte sie immer wieder, wie viele Männer Lust dabei empfanden, sich im Rollenspiel von der Frau erniedrigen lassen zu dürfen. Karin empfand dafür nichts als blanke Verachtung.

Es war der Abgesang ihres Onkels gewesen. Als sie für ihr Studium das Haus ihrer Zieheltern verließ und der Onkel schon kraftlos geworden was, flehte er sie an, ihn nicht zu verlassen. Ihr war längst klar, wie falsch und verlogen das alles war, und sie ekelte sich vor Onkels Begierde und sein Flehen widerte sie an. So sehr sie sich über seine schwindenden Kräfte freute, so wenig milderte das ihre allmählich aufkommende Wut auf diesen Mann.

Heute traf dieser Zorn alle lüsternen Männer. – Karin brauchte ein Opfer. Es musste sein. Heute würde sie wieder zur Domina werden, zu *Mercedes*, der Gebieterin. Wer immer sich darauf einließ, sich mit ihr zu treffen, den würde sein Schicksal nicht unverdient ereilen. Karin vibrierte vor Freude, bald ihrer Wut freien Lauf lassen zu können.

»Yes«, stachelte sie sich an und stellte *Mercedes* online.

• • •

Draußen dämmerte es bereits. Gudrun hatte zwei Kerzen angezündet und den Samowar nachgefüllt. Die Butterschnitten waren aufgegessen. Der Rauchtee aromatisierte die Luft. Nathan saß gemütlich auf der Wiener Bank und lauschte Gudruns Erzählungen vom Krankenhausalltag. Er spürte, wie es ihr guttat, einmal über das alles zu sprechen, was ihre Arbeit ausmachte, wo die Freuden, wo die Anstrengungen waren. Seit einem Jahr hatte sie keinen Menschen mehr, mit dem sie sich austauschen konnte; damals war ihre Schwester mit dem Fahrrad tödlich verunglückt und in ihrem Trauerjahr hatte sie sich sehr zurückgezogen. Die Single-Börse war ihr Versuch, in ein normaleres Privatleben zurückzukehren. Nathan war ihr erstes Date – vielleicht auch ihr letztes?

An mir soll es nicht liegen, dachte Nathan, während er ihr zuhörte. Gudrun war ihm mehr als sympathisch. In seinem Bauch flatterte ein kleiner Schmetterling. Dieses Gefühl hatte er schon lange nicht mehr erlebt. Er genoss es.

»Genug von der Klinik«, schloss sie ihr Erzählen ab, stand auf und schaltete die Deckenlampe ein. »Wenn du magst, koche ich uns eine Schüssel Pasta. Ein Fläschchen Rotwein müsste sich auch noch finden. Meinen Lebensgefährten kann ich doch jetzt nicht hungrig nach Hause schicken.«

Sie kicherte wie ein junges Mädchen, und am liebsten hätte Nathan sie in diesem Augenblick in den Arm genommen. Aber vermutlich wäre das unschicklich für einen Pensionär, hatte er seine Bedenken und hielt sich zurück.

»Gern«, brummte er stattdessen.

»Während ich mich um Nudelwasser und Soße kümmere, erzähl mir noch ein bisserl von dem Buchladen, in den du einsteigen willst. Wie schaut das Sortiment aus?«

»Ach herrje, du glaubst mir nicht, dass ich ein Banause bin. Ich weiß es nicht, ehrlich. *Lesertraum* versucht, sich hauptsächlich für deutsche Autorinnen und Autoren einzusetzen und verkauft viele Bücher von kleinen Verlagen. Das gefällt mir. Heinrich braucht einen Mitstreiter und lockt mich damit, für kleinere Krimiverlage einen fachkundigen Berater abzugeben – er hat da Beziehungen. In das Geschäft an sich müsste ich mich reinfinden. Ich weiß auch noch nicht, ob ich das kann und mag. Wäre halt so eine Idee, mich sinnvoll zu beschäftigen und drüber hinwegzukommen, dass mich im Dezernat niemand mehr braucht.«

»Wenn du mich fragst, ist das eine gute Idee«, munterte ihn Gudrun auf und füllte den Nudeltopf mit Wasser. Dann nahm sie eine Dose geschälte Tomaten aus dem Schrank, schnitt eine Zwiebel in kleine Würfel, zupfte dunkelgrüne Basilikumblätter von einem stattlichen Kräuterstock und schwitzte die Zwiebel in einer Wok-Pfanne an. »Ansonsten müsstest du halt Privatdetektiv spielen.«

Sie sagte das so leichthin, aber Nathan fuhr es wie ein Blitz in den Bauch. Daran hatte er noch keine Sekunde gedacht. Warum eigentlich nicht?

»Hat es dir die Sprache verschlagen?«, fragte sie neckisch und schüttete die Tomaten zu den Zwiebeln in die Pfanne.

»Ja«, gab Nathan zu, »das hatte ich bisher nicht auf dem Schirm.«

»Kann er halt noch was lernen von der Krankenschwester, der Herr Kommissar«, sagte Gudrun und schaute ihn mit strahlenden Augen an. »Aber wenn er mag, werden wir ihm diesen *horror vacui* schon austreiben.«

7

Gut gelaunt brühte sich Nathan seinen morgendlichen Tee auf, bestrich die Breze mit Butter und schaltete das Radio ein. Gerade lief ein Sonderbericht zur Pandemie. Die Infektionszahlen waren inzwischen erschreckend hoch, aber über Sinn oder Unsinn von Schutzmasken wurde nach wie vor heftig diskutiert. Nathan schmunzelte. Er wusste es seit gestern besser. Gudrun hatte ihm eindringlich geschildert, wie es mit Hygienemaßnahmen in einem großen Krankenhaus ausschaute, und wie selbstverständlich es für das medizinische Personal war, sich und andere durch das Tragen einer OP-Maske oder einer dichten Filtermaske zu schützen.

Nathan wartete, bis die Sondersendung zu Ende war, dann drehte er das Radio aus. Er sog den Duft seines Lapsang Souchong ein, ein zarteres Aroma als der kräftige russische Rauchtee, den Gudrun serviert hatte. Er lehnte sich zurück und ließ den Nachmittag und Abend Revue passieren. Ihre einfache Tomatensoße hatte ihm besser geschmeckt als jede Pasta, die er in den zurückliegenden Monaten irgendwo gegessen hatte, und ihr kräftiger Primitivo hatte perfekt harmoniert. Schön anzusehen war, mit welchem Genuss sie ihre Nudeln aß. Essen war Nathan, und bei diesem Gedanken blickte er etwas geschmerzt auf seinen kugeligen Bauch, beinahe heilig. Nur ein Mensch, der sein Essen genießen konnte, war in seinen Augen ein glücklicher und lebensfroher Mensch. Sie hatten gemütlich die Flasche Wein leergetrunken und sich dann herzlich verabschiedet.

Vielleicht, grübelte Nathan, *hätte ich sie doch umarmen sollen.* Er hatte es wegen dieses Corona-Virus und der strengen Kontaktbeschränkungen unterlassen und jetzt sogar ein schlechtes Gewissen, sich nicht an die Regeln gehalten zu haben. Doch das wischte er rasch beiseite. Wenn es darum ging, Gutes zu erreichen, hatte er sein Leben lang ein flexibles Verhältnis zu solchen Regeln gehabt, die er für nur bedingt durchsetzungswichtig hielt. *Und wer weiß, vielleicht ist Gudrun sowieso bald meine Lebenspartnerin.* Er jedenfalls konnte sich das heute Morgen vorstellen.

Ebenso gut konnte er sich nun vorstellen, bei Heinrich einzusteigen. Gudrun hatte ihn sehr bestärkt, und ja, er musste etwas Neues wagen, um seinem Rentnerdasein einen Sinn zu geben. Die Frage, ob er in seinem weiteren Leben immer noch Ziele benötigte, die er ansteuern wollte, hatte er unbewusst bereits mit einem *Ja* beantwortet. Daher griff er zum Telefon und rief Heinrich an. Erfreut lud dieser ihn ein, noch am Vormittag ins Büro der Buchhandlung zu kommen. Zufrieden legte Nathan auf; nun hatte er für den heutigen Tag ein Ziel, und abends wollte er sich wieder mit Gudrun treffen.

•••

Als sich alle im großen Besprechungsraum versammelt und mit gehörigem Abstand ihre Plätze eingenommen hatten, stand Stöhrl auf, ging zur Pinnwand und zeigte auf die beiden Ausdrucke von der Überwachungskamera des Juwelierladens.

»Das ist vermutlich unsere Zielperson.«

Nina, Karl und Manfred verliehen ihrer Überraschung unterschiedlich Ausdruck. Die junge Kommissarin gab ein helles »Aha« von sich, Karl pfiff durch die Zähne und Manfred schnalzte mit der Zunge, ehe er fragte, wie er das herausgefunden habe. Stöhrl ärgerte sich über den fordernden Ton, nicht aber über die Frage, die er ausführlich über die gestrigen Erkenntnisse referierend beantwortete. Es tat ihm gut zu sehen, wie die Kollegen an seinen Lippen hingen. Er hatte etwas vorzuweisen. Das festigte seinen Status im Kommissariat.

»Wir haben es also mit einem ausgebufften Täter zu tun«, stellte Manfred fest, nachdem Stöhrl seinen Bericht beendet hatte. »Sollten wir da nicht versuchen, ein Täterprofil zu erstellen?«

»Gute Frage, darüber habe ich bereits nachgedacht. Bevor wir uns an den Kollegen Mutzenbacher im Landeskriminalamt wenden, sollten wir jedoch noch weitere Erkenntnisse sammeln. Ich will wissen, ob es zwischen den beiden Opfern Lupfer und Lang eine Verbindung gibt. Dazu müssen wir noch intensiver deren Privat- und Berufsleben durchforsten. Deshalb bitte ich euch, die Kontaktdaten unserer Opfer intensiv zu überprüfen und mit möglichst vielen Freunden und Bekannten zu sprechen. Vielleicht finden wir einen Zusammenhang.«

Stöhrl nahm die Ablehnung in Manfreds Augen wahr, doch dank der allgemein dahingemurmelten Zustimmung verzichtete sein Rivale auf eine Gegenrede. Gerade als Stöhrl ansetzen wollte, die Aufgaben im Detail zu verteilen, kam die Kommissariats-Sekretärin zur Tür herein.

»Einsatz, Kollegen. Männliche Leich' im Glockenbachviertel, Spusi vor Ort.«

»Scheiße«, entfuhr es Stöhrl. »Nina, Adresse und Dienstwagen, ich komme gleich runter.«

Die junge Kommissarin nickte, sprang auf und folgte der Sekretärin ins Vorzimmer.

»Karl und Cordula, würdet ihr beide bitte die Kontakte von Lupfer und Lang übernehmen, und du, Manfred, könntest dich noch mal mit Langs Kupplerfreund unterhalten.«

»Du meinst Elmar Biebl?«

»Genau den, danke.«

Der Kollege von der Spurensicherung reichte ihnen die Plastikschutzanzüge und Schuhüberzieher und meinte: »Ihr könnt aber noch nicht rein, wir brauchen noch einige Minuten.«

»Danke. Was haben wir denn?«, fragte Stöhrl.

»Das Opfer heißt Hubert Kreidl. Der Nachbar, Georg Haumer, hat ihn gefunden. Die bringen sich immer gegenseitig die Frühstücksbrötchen.«

»Kann man mit Herrn Haumer sprechen?«

Der Kollege nickte und wies auf die Tür im Hausflur gegenüber.

»Okay, dann gehen wir da hinüber und ihr ruft uns, wenn wir reinkönnen.«

»Wolfgang«, flüsterte Nina und zupfte ihn am Ärmel.

Stöhrl zuckte kurz zurück. Er war es nicht gewohnt, dass seine Kollegen so vertraulich mit ihm umgingen, aber Nina war eben unkompliziert und auf ihre Art eine Draufgängerin. Ihr verzieh er gern die eine oder andere Distanzlosigkeit.

»Wo wir die Schutzkleidung schon anhaben, sollten wir nicht in eine andere Wohnung gehen«, äußerte die junge Kommissarin leise ihre Bedenken.

Stöhrl ärgerte sich ein weiteres Mal über sich selbst, nickte und sagte: »Der Nachbar kann noch warten. Wir wollen zuerst den Tatort auf uns wirken lassen.«

Insgeheim war er Nina dankbar für ihren Hinweis, und als er sie von der Seite betrachtete, durchströmte ihn eine Welle von Sympathie.

Stöhrl musste das Schlafzimmer nach dem ersten Blick wieder verlassen, der unmittelbar einsetzende Brechreiz war kaum zu unterdrücken. So etwas hatte er noch nie gesehen. Alles in ihm sträubte sich, noch einmal in dieses Zimmer zurückzukehren. Nina blickte ihn besorgt an, aber er entnahm ihrem blassen Gesicht, dass es ihr ähnlich ging.

Er schloss die Augen und atmete langsam ein, zählte bis drei und stieß die Luft sachte aus. Nach drei Wiederholungen ging es ihm etwas besser und er schaute sich im Wohnzimmer um. Die Einrichtung war extravagant, beinahe schrill. Vor einem schreiend rosa Sofa stand ein bunter Tisch aus kleinen Keramikfliesen, ein barocker Sekretär bildete einen Kontrapunkt zu den modernen Deckenstrahlern, deren einer ein in der Ecke hängendes Fischernetz anstrahlte, in dem plastifizierte Fische und Seesterne lagen. An den freien Wandflächen hingen erotische Schwarz-Weiß-Fotos von Männern und Frauen in einer Grauzone zwischen Kunst und Pornografie. Auf dem Keramiktisch stand ein Sektkühler, daneben ein Weinglas.

Das zweite Glas fehlt wieder, stellte Stöhrl fest und ging in die Küche. In der Tat fand er dort ein Glas in einer Abtropfschale. Es war gründlich gesäubert worden. Trotzdem gab er es in einen Beweismittelbeutel und überreichte es dem Kollegen von der Spusi, ehe dieser den Tatort verließ. Allein dieses Detail sprach für den gleichen Täter wie bei Lupfer und Lang, folgerte Stöhrl und war stolz auf seine Beobachtungsgabe.

So gewappnet kehrte er in das Schlafzimmer zurück und nahm mit größtmöglicher Beherrschung seines rebellierenden Magens den schrecklichen Eindruck in sich auf. Das Opfer lag nackt auf einem Gitterbett und war mit Handschellen an Händen und Füßen an die Bettpfosten gefesselt. Zwischen den Füßen lag eine Peitsche. Die Kehle war eine klaffende Wunde, der Körper zeigte sich von wilden Stichen und Schlitzen verstümmelt, der Schoß war eine einzige breiige Masse. Das Werk eines Wahnsinnigen.

Stöhrl wandte sich ab, er hielt den Anblick nicht aus.

»Was haben wir denn heute, lieber Stöhrl?« Der Gerichtsmediziner Dr. Sander stand wie aus dem Nichts neben ihm. »Keine leichte Kost, vermute ich, blass, wie Sie sind.«

»Schauen Sie selbst«, sagte Stöhrl mit belegter Stimme und ging zurück ins Wohnzimmer. Vielleicht fiel ihm noch etwas auf, was bei der Aufklärung dieses Verbrechens helfen konnte.

Nina stellte sich neben ihn. »Schrecklich. Wir müssen dieses Abschlachten stoppen.«

Stöhrl schaute ihr in die Augen und bemerkte eine wilde Entschlossenheit, die ihm schon vor Jahren abhandengekommen war.

»Dazu benötigen wir unbedingt ein Täterprofil, Chef. Ist Mutzenbacher gut genug?«

Stöhrl zuckte ratlos die Achseln.

Nina legte ihm salopp eine Hand auf die Schulter. »Ich weiß, es ist nicht leicht, aber ich habe auf der Polizeifachhochschule deinen Vorgänger in Kriminalistik und Kriminologie gehört – er ist der Beste. Wir müssen ihn bitten, sich die Sache anzuschauen.«

Sie sagte es mit so sanfter Stimme und blicke ihn dabei so einfühlsam an, dass er ihr nicht böse sein konnte. Außerdem wusste er, was alle wussten: Nathan Weiß war der Beste. Nina hatte recht.

»Gleiche Waffe, selber *modus operandi,* alles noch blutiger und gnadenloser«, brummte Dr. Sander, als er ins Wohnzimmer trat. »Da haben Sie einen veritablen Serienkiller zu jagen, lieber Stöhrl. Eintritt des Todes ungefähr um Mitternacht, eine Stunde plus minus.«

»Irgendetwas Besonderes?«

Der alte Gerichtsmediziner schüttelte den Kopf. »Auf den ersten Blick nicht. Angeschnallt, wie er war, konnte er sich ja gar nicht wehren. Wegen der Mikrospuren warten wir die Obduktion ab. Sie können heute gegen fünf Uhr abends gern dabei sein.«

•••

Sie war müde und konnte sich nicht auf die Prüfunterlagen konzentrieren, die ihr von dem Chemiewerk zugesandt worden waren. Irgendwo in den Plänen versteckte sich ein kapitaler Fehler, sie spürte förmlich, dass sie über den Tisch gezogen werden sollte, aber sie sah die Unstimmigkeit nicht. Wieder und wieder studierte sie die Pläne und las die Erläuterungen, und je öfter sie sich die Dinge anschaute, umso untrüglicher wurde ihr Gefühl, einer kapitalen Fehleinschätzung auf der Spur zu sein. Schwarz auf Weiß dingfest machen konnte sie ihre Ahnung nicht.

Anstatt das entscheidende Detail zu identifizieren, starrte sie von Mal zu Mal deutlicher der gestrige Lüstling an. Kaum hatte sie ihre Jacke abgelegt, war ihm das Wasser im Mund zusammengelaufen, und schon nach dem ersten Schluck Sekt bettelte er sie um eine Lektion an. Sie züchtigte ihn zurückhaltend, fragte ihn nach seinen Vorlieben, erfuhr rasch von seiner Neigung für Knaben und knabenhafte Frauen und seiner Leidenschaft für Fesselspiele und SM-Praktiken und erlebte die in ihr selbst aufsteigende Hitze eines unbändigen Zorns. Bald hatte sie ihn so weit, dass er aufs Bett gefesselt werden wollte, und beinahe bedauerte sie seine Wehrlosigkeit. Trotzdem widerstand sie dem Verlangen, ihm zuerst richtige Schmerzen zuzufügen. Sie wollte nicht nachlässig werden, jede Vorsichtsmaßnahme war einzuhalten. Einzig den finalen Schnitt hatte sie diesmal langsam ausgeführt, um die Angst in seinen weit aufgerissenen Augen zu sehen und auszukosten.

• • •

»Also«, sagte Nathan, nachdem er sich im Büro von Heinrich an den Besprechungstisch gesetzt hatte, »wir können die Modalitäten besprechen. Es wird Zeit für Nägel mit Köpfen.«

»Das freut mich«, rief Heinrich begeistert. »Willkommen im *Lesertraum.*«

Er ging zu der kleinen Hausbar und nahm die Flasche Lagavulin heraus, aber Nathan hob abwehrend die Hände: »Kein Bier vor vier. Lieber eine Tasse Tee, wenn es dir nichts ausmacht.«

»Du hast ja recht. Aber mit diesem Lockdown werde ich noch zum Alkoholiker.«

»Schon' deine Leber, diese Pandemie geht vorbei. Sag mir lieber, wie du dir meinen Einstieg vorstellst.«

»Der Laden steht gut da. Du musst also kein Kapital mitbringen, auch wenn eine kleine Liquiditätsspritze nicht schaden könnte. Während wir das Geschäft geschlossen lassen müssen, könntest du dich mit unserem Sortiment, den Lieferanten und meiner Buchungs- und Bestellsoftware vertraut machen. Nach der Wiedereröffnung würde ich mir gern die Vormittage im Geschäft mit dir teilen und Freitagnachmittag und Samstag müssten wir beide für die Kunden da sein. Nach einem halben Jahr Probebetrieb kannst du dann entscheiden, ob du dich einkaufen willst.«

»Und wie funktioniert das mit der Beratung für die Krimimanuskripte?«

»Da können wir demnächst mit einigen Lektoren bei den kleinen Verlagen, die ich im Sortiment habe, sprechen. Ich sehe schon, das hat dich gepackt, stimmt's?«

»Jedenfalls muss das im Gesamtpaket dabei sein«, gab Nathan zu und folgte Heinrich in die kleine Teeküche, als sein Handy klingelte. Er holte es aus der Jackentasche und schaute auf das Display. Eine Mobiltelefonnummer, die ihm seltsam bekannt erschien, aber er kam nicht darauf, welcher Anrufer sich dahinter verbergen mochte. Er überlegte schon, das Gespräch wegzudrücken, doch die Neugierde überwog.

»Weiß!«, meldete er sich.

Er traute seinen Ohren nicht: Wolfgang Stöhrl war am anderen Ende der Leitung und fragte ihn, ob er sich ein paar Fallakten anschauen wolle.

»Meinst du das ernst?«, fragte Nathan ungläubig.

»Ja«, antwortete die blechern klingende Stimme von Stöhrl.

»Gut, dann bin ich in einer Stunde bei dir im Büro.«

Nathan schüttelte den Kopf und steckte das Handy weg. Es kostete ihn Überwindung, nicht vor Freude loszubrüllen. Seit gestern hatte er offensichtlich eine Glückssträhne.

»Was Besonderes?«

»Mein Nachfolger«, beantwortete Nathan Heinrichs Frage. »Ich soll ihm helfen, den Mörder deines Freundes zu fangen.«

•••

»Das also sind die bisher bekannten Fakten«, beendete Stöhrl seinen Bericht. Er blickte Nathan Weiß erwartungsvoll an. Was würde sein Vorgänger, der viel gelobte Profiler und anerkannt schlaue Fuchs, sagen? Jetzt würde sich zeigen, ob es sich gelohnt hatte, den inneren Widerstand zu überwinden und Nathan anzurufen.

»Du hast hier einen ganz schwierigen und schrecklichen Fall zu lösen«, konstatierte der mit nachdenklicher Stimme und kratzte sich hinterm Ohr. »Ob ich dir da helfen kann? Ich weiß es nicht, aber wenn du magst, könnten wir gemeinsam versuchen, uns der Persönlichkeit dieses Schlächters anzunähern. Allein werde ich es nicht schaffen, ein aussagekräftiges Profil zu erstellen. Da brauche ich die Hilfe von dir und allen Kollegen.«

Was sind denn das für Töne, wunderte sich Stöhrl. Früher war Weiß für seine Alleingänge und einsamen Analysen bekannt gewesen. Wurde er als Rentner auf einmal zum Teamplayer?

»Und natürlich muss Pfannerl einverstanden sein«, ergänzte Nathan.

Dieser Satz war dann doch der von Stöhrl erwartete Schlag in die Magengrube. Insgeheim hatte er gehofft, mit Weiß unter vier Augen zu einer Übereinkunft zu gelangen und wenigstens einen Teil des Siegerlorbeers zu ernten. So aber musste er gegenüber seinem Chef eingestehen, ohne Unterstützung von außen nicht voranzukommen. Nun bereute Stöhrl seine Entscheidung, Weiß um Hilfe gebeten zu haben. Doch jetzt war es zu spät.

»Klar, ich rufe ihn gleich an. Geh du schon mal in den Besprechungsraum und verklickere den Kollegen, was du brauchst.«

Nachdem er den Telefonhörer aufgelegt hatte, schüttelte Stöhrl den Kopf über so viel Ignoranz und Eitelkeit. Kriminaldirektor Pfannerl hatte es rundheraus abgelehnt, die Hilfe von Nathan Weiß in Anspruch zu nehmen, ja, er hatte Stöhrl angewiesen, Weiß jede Information zu den Morden vorzuenthalten. Auf den Einwand, das Kommissariat K11 benötige die Hilfe eines Fallanalytikers zur Erstellung eines Täterprofils, hatte Dr. Pfannerl beinahe wütend reagiert. Sollte K11 nicht vorankommen, werde er eine Sonderkommission einsetzen. Die Einbeziehung des Landeskriminalamtes komme keinesfalls in Betracht, schließlich müsse das Kriminaldezernat so einen Fall aus eigener Kraft lösen können.

Stöhrl saß an seinem Schreibtisch und fühlte sich wie ein begossener Pudel. Wie sollte er das nun seinem Team und Nathan Weiß erklären?

Dieser bornierte Jurist hat keine Ahnung von vernünftiger Polizeiarbeit und pflegt auch noch das blödsinnige Konkurrenzdenken zwischen den Dienststellen, fluchte Stöhrl in sich hinein. Am liebsten hätte er sich in irgendein Loch verkrochen. *Reiß dich zusammen,* rief er sich selbst zu, *immerhin hast du Nina mit dem Anruf bei Weiß gezeigt, souverän genug zu sein, Hilfe anzufordern.* Dieser Gedanke richtete ihn ein wenig auf, verstörte ihn jedoch zugleich. Warum nur wollte er Nina gefallen?

Als er den Besprechungsraum betrat, befanden sich alle im lebhaften Gespräch mit Nathan und achteten kaum auf die gebotenen Abstände. Stöhrl räusperte sich. Es dauerte einige Sekunden, dann kehrte Ruhe ein.

»Mein Telefonat mit Pfannerl verlief unerfreulich«, teilte Stöhrl mit belegter Stimme mit und schaute Hilfe suchend in die Runde, ehe er seinen Blick an den wachen Augen von Nina festmachte. »Es tut mir leid, Nathan, aber unser geschätzter Kriminaldirektor hat seine Einwilligung in deine Einbeziehung verweigert. Er hat sogar ausdrücklich angeordnet, dir keinerlei Informationen über die Mordserie zukommen zu lassen. Pflichtschuldigst muss ich dich daher bitten, alles zu vergessen, was ich dir berichtet habe.«

»Das darf doch nicht wahr sein«, entrüstete sich Cordula.

»Spinnt der?«, platzte Karl heraus.

»Unprofessionell, aber typisch Pfannerl«, kommentierte Manfred aus Stöhrls Sicht ungewohnt kritisch, denn mittlerweile hielt er Wirtz für einen Parteigänger des Dezernatsleiters.

Nina erwiderte Stöhrls Blick und enthielt sich der Stimme. Aber Stöhrl vermeinte, in den Augen der Kommissarin Verständnis und Mitgefühl wahrzunehmen, und das tat ihm gut.

»Unser Chef hält gar nichts davon, jetzt einen Fallanalytiker einzuschalten«, fuhr Stöhrl fort. »Er hat mir ebenfalls untersagt, an das LKA heranzutreten. Wenn wir es in K11 nicht schaffen, den Fall aufzuklären, will Pfannerl eine Sonderkommission bilden.«

»Soso, möchte er uns an der Ehre packen«, lästerte Karl. »Soll er seinen Scheiß doch selber machen. Für was reißen wir uns hier den Arsch auf?«

»Im Prinzip wäre eine Sonderkommission nicht schlecht«, belebte Manfred die Diskussion. »Wie es ausschaut, brauchen wir definitiv Unterstützung. Sonst stoppen wir den Wahnsinnigen nicht so schnell.«

»Ach Manfred«, stöhnte Cordula, »willst du wirklich die Flinte ins Korn werfen? Nein, jetzt erst recht. Wolfgang, wir schaffen das!«

»Bravo, Cordula«, klatschte Weiß Beifall. »Wisst ihr, ich bin einfach nicht da und war nie da. Aber wenn du, lieber Wolfgang, magst, können wir ab und zu telefonieren. Habe ich euch übrigens erzählt, dass ich jetzt Buchhändler geworden bin?«

Stöhrl glaubte, sich verhört zu haben. »Was?«

»Erzähle ich euch das nächste Mal. Jetzt geht an die Arbeit, und wir, Wolfgang, telefonieren.« Mit diesen Worten stand Weiß auf, winkte in die Runde und verließ den Besprechungsraum.

Dankbar für diese Worte räusperte sich Stöhrl erneut, setzte sich auf seinen Platz und sagte: »Gut. Fassen wir noch einmal zusammen, was wir bisher wissen. Cordula, magst du beginnen?«

»Alles, was wir in den Kontakten von Rolf Lupfer und Justin Lang durchgekämmt haben, führt zu keinerlei Überschneidungen. Natürlich kann es sein, dass wir im weiteren Verlauf noch fündig werden, ich halte das aber für unwahrscheinlich. So haben die beiden zum Beispiel auf Facebook keinen einzigen gemeinsamen Freund, keinen einzigen gemeinsamen Favoriten und auch kein einziges gemeinsames Hobby. Das Einzige, was wir bei beiden dank der Recherchen der IT-Spezialisten des LKA an Übereinstimmung finden konnten, waren ihre Aktivitäten auf diversen Kontaktbörsen im Internet, auch solche mit klarem Bezug zu erotischen Bekanntschaften wie beispielsweise Tinder.«

»Wir müssen also davon ausgehen«, ergänzte Karl, »dass der Täter zu seinen Opfern keine persönliche Beziehung hatte. Wenn wir als Nächstes die Daten des dritten Toten auswerten, werden wir diese These vermutlich bestätigen können. Umso wichtiger ist es, ein Täterprofil zu erstellen. Gut, Wolfgang, dass du mit Nathan telefonieren wirst. Wir alle kennen unseren früheren Chef: Der hat angebissen, der wird nicht lockerlassen. Ich bin gespannt, was er uns liefern wird.«

• • •

Sie war in der Tat zu müde zum Arbeiten, fuhr den Computer herunter und legte sich ins Bett. Eine lähmende Zufriedenheit deckte ihre Gedanken zu. Sie schlief ein – und lag bald in einem breiten Himmelbett, oben dunkelblauer Samt, an den Seiten zarte milchige Stores, die vier Stangen, welche die Decke trugen, aus edlem Holz, ein Bett, das mit seinen flauschigen Kissen und Decken ein Höchstmaß an Geborgenheit vermittelte. Weich und warm lag sie, hörte Bienen summen und sah Schmetterlinge fliegen. Und was für ein Duft nach Kräutern und Rosen, so betörend und einschmeichelnd.

Himmlisch aufgehoben im Himmelbett schlief sie den Schlaf einer Prinzessin und spürte die sanft streichelnde Hand an ihren Wangen, am Hals und über die Schulter den Arm hinab, von wo das Kosen hinübersprang an ihre Hüfte und hinunter, außen über den Schenkel bis zum Rist und dann sachte und langsam an der Innenseite des sich öffnenden Schenkels hinauf in den Schoß – wo plötzlich kalt und scharf etwas zustieß, dass der gesamte Unterleib brannte. Sie wollte die Beine an den Körper heranziehen, doch die Beine gehorchten nicht, und als sie die Augen aufschlug, sah sie sich an die Bettpfosten gefesselt, die Fußknöchel rechts und links mit Eisenmanschetten an das edle Holz gekettet und ebenso die Arme oben an die Pfosten geschnürt.

Vergeblich versuchte sie, sich aufzubäumen. Kalt und stechend wühlte es in ihrem Schoß, unsagbar die brennenden Schmerzen, die sie empfand – und wie zum Hohn spielte von weiter Ferne her eine Orgel ein Präludium. Bach. Präludium in c-Moll. Bachwerkeverzeichnis 999. Die Melodie wurde lauter und lauter, immer wieder die ersten sechs Takte. – Da riss es Karin Fellermayr aus dem Schlaf.

Es war ihr Telefon, das klingelte. Es war der Rufton, den sie für das Pflegeheim, für ihre Tante Irma eingerichtet hatte. Sie tastete auf ihrem Nachtkästchen nach dem Handy, fand es aber nicht. Benommen von dem Albtraum stand sie auf und schaute sich suchend um. Das Präludium schallte von der Wäschekommode herüber. Sie ging die drei Schritte und wischte den Balken für die Gesprächsannahme, doch es ertönte nur noch das Freizeichen.

Sofort drückte sie den Rückruf-Button: Belegt. Ein Zittern lief von den Beinen ihren Körper hinauf bis zum Hals, zentnerschwer legte sich ein Gewicht auf ihre Brust und benahm ihr den Atem. Sie drückte erneut die Ruftaste: Belegt.

Sie rannte ins Bad, sprang unter die Dusche, drehte das Wasser an, erst kalt, dann heiß, wurde endgültig wach, trocknete sich ab und zog sich an. Sie nahm das graue Kostüm, das verlieh ihr einen geschäftsmäßigen Habitus. Wieder versuchte sie, das Pflegeheim zu erreichen, wieder vergeblich. Sie warf sich die Jacke über und lief die Treppen zum Hinterausgang hinunter. Als sie durch die Tür stolperte, kam ihr eine Nachbarin entgegen. Schaute feindselig, grüßte nicht. Sie lief über den Hinterhof auf die kleine Seitenstraße, in der sie ihren Wagen meist parkte. Mit der Fernbedienung entriegelte Karin ihren Polo, riss die Tür auf, stürzte sich auf den Fahrersitz und ließ den Motor an.

Beeile dich, hämmerte es in ihrem Hinterkopf. Die Reifen quietschten und der Motor heulte auf, als sie losfuhr. Ein von hinten herannahender Wagen hupte. Karin trat auf die Bremse, würgte die Maschine ab. Der Motor sprang nicht sofort wieder an. Sie versuchte es dreimal, dann endlich kam Leben in die Maschine. Sie wollte losfahren, als erneut ein Auto hupend an ihr vorbeischrammte und sie zur zweiten Notbremsung zwang. Karin brüllte ihre Wut hinaus, dann fuhr sie los.

•••

Wolfgang Stöhrl und Nina Lutz klingelten bei Georg Haumer, dem Nachbarn, der Hubert Kreidl am Morgen gefunden hatte. Ein zerzauster, kreidebleicher Mann undefinierbaren Alters öffnete die Wohnungstür einen Spaltbreit. Stöhrl sah die Kette, mit der die Tür gesichert war, zückte seine Dienstmarke und bat um Einlass für ein Gespräch. Georg Haumer nickte mürrisch und schloss die Tür. Es dauerte einige Sekunden, dann hörte Stöhrl, wie die Kette durch die Führung geschoben wurde. Haumer öffnete die Tür und winkte die beiden Kriminalbeamten herein.

»Gehen Sie voraus ins Wohnzimmer«, nuschelte er und legte das Vorhängeschloss wieder ein.

Sie gingen den schummrigen Flur entlang und gelangten in ein helles, geräumiges Zimmer, das kunstvoll und verspielt eingerichtet war. An den Wänden hingen abstrakte Gemälde in grell-bunten Farben, in einer Ecke stand eine alte Jukebox, in der anderen Ecke ein Flipper und zentral vor einem niedrigen Tisch eine breite Ottomane.

»Nehmen Sie Platz«, zeigte Haumer auf das Sofa und goss sich aus einer bauchigen Flasche ein Glas Wein ein. Seine Hände zitterten.

Stöhrl bemerkte aus dem Augenwinkel, dass Nina das genau registrierte.

Haumer trank das Glas fast in einem Zug leer und schenkte nach, ehe er sich auf ein orientalisches Ledersitzkissen setzte.

»Es muss für Sie ein Riesenschock gewesen sein, Herrn Kreidl heute Morgen so aufgefunden zu haben«, begann Nina die Befragung mit sanfter Stimme.

»Mein Gott, der Hubsi – ja, der Wahnsinn – unfassbar – schrecklich, ich kann's immer no' net glauben«, stammelte Haumer und stürzte das nächste Glas hinunter. Dann starrte er zwischen Stöhrl und Nina hindurch aus dem Fenster.

»Sie waren gut befreundet?«, fasste Nina sanft nach.

»Gut befreundet? Wir waren ein Paar«, schluchzte Haumer.

Stöhrl und Nina schauten sich fragend an und schwiegen.

Haumer schnäuzte sich und erläuterte stockend: »Es war eine sehr offene Beziehung. Hubsi war bi und sehr experimentierfreudig, da konnte ich nicht mithalten. Ich habe ihn trotzdem geliebt.«

»Mein Beileid«, flüsterte Nina und legte viel Anteilnahme in diese zwei Worte.

Stöhrl bewunderte sie für ihr Einfühlungsvermögen. Er beschloss, ihr die Regie für die weitere Befragung zu überlassen.

Würde er eingreifen, würde er es vermutlich vermasseln, weil er nicht über seinen Schatten springen und seine Vorbehalte gegenüber Homosexuellen beiseitelassen konnte. Es fiel ihm schwer, mit Haumer mitzufühlen, im Gegenteil: Stöhrl fragte sich, ob Haumer als Täter infrage käme. Motiv? Eifersucht. Die Frage, was Haumer rund um Mitternacht gemacht hatte, brannte ihm auf den Nägeln. Aber er beherrschte sich und nickte Nina zu, die ihn wortlos zu fragen schien, ob sie weitermachen dürfe.

»War die letzten Tage irgendetwas Besonderes, ist Ihnen etwas an Herrn Kreidl aufgefallen?«

Haumer schüttelte den Kopf und strich sich eine Träne aus dem Auge.

»Wussten Sie, was Herr Kreidl gestern vorhatte?«

»Er wollte Besuch bekommen, erotischen Besuch ...« Haumer stockte. Es fiel ihm sichtlich schwer, weiterzusprechen. »Er hat das Internet entdeckt, das faszinierte ihn ... Mein Gott, warum nur?«

»Was hat er im Internet entdeckt?«

»Dass ihm beinahe jeder Wunsch erfüllt wird und er nicht dafür zahlen muss.«

Stöhrl spürte, wie ihm das jüngste Opfer des Mörders immer unsympathischer wurde.

»Hat er denn früher für Sex bezahlt?«, fragte Nina nüchtern.

»Immer wieder mal, wenn er Lust auf etwas Besonderes hatte.«

»Was zum Beispiel?«

»Dominante Spiele, SM, Lack und Leder – so Sachen eben, für die ich ihm zu spießig war«, sagte Haumer.

»Und jetzt ging das nicht mehr wegen Corona«, schlussfolgerte Lutz.

Haumer nickte.

»Wissen Sie, ob er Männer oder Frauen für solche«, Nina Lutz machte eine Pause, ehe sie fortfuhr, »Spiele bevorzugte?«

»Am liebsten hatte er eigentlich *Ladyboys*«, antwortete Haumer und schniefte.

»Und heute Nacht?«

»Weiß ich nicht. Wir hatten die Verabredung, dass er mir keine Einzelheiten von seinen Abenteuern erzählt. Ich wollte nicht eifersüchtig sein.«

»Waren Sie es?«

»Natürlich«, antwortete er und fing an zu weinen.

Jetzt hatte Stöhrl genug, er konnte diese Geschichten nicht mit anhören.

»Wo waren sie heute Nacht zwischen elf und eins?«, fragte er grob und ignorierte Ninas tadelnden Blick.

»Im Bett«, schluchzte Haumer.

»Allein?«

»Selbstverständlich.«

»Nicht zufällig in der Nachbarswohnung, nachschauen, was Ihr Geliebter so treibt?«

»Nein, wo denken Sie hin«, stammelte der trauernde Freund und blickte Hilfe suchend zu Nina.

»Ich glaube Ihnen«, besänftigte sie mit zarter Stimme. »Wir müssen das fragen, verstehen Sie?«

Er nickte, stand auf und schenkte sich Wein nach.

»Sie haben nichts Auffälliges bemerkt in der Nacht, etwas, das uns helfen könnte, den Mörder von Herrn Kreidl zu fassen?« Nina bemühte sich um eine mitfühlende Stimme. Stöhrl sah ein, wie falsch es gewesen war, Haumer hart anzufassen. Er schwieg und überließ der Kommissarin das Feld.

»Ich habe geschlafen, tief und fest«, erwiderte Haumer. »Vielleicht hätte ich wach bleiben, vielleicht hätte ich rübergeh'n sollen ...« Ein Weinkrampf schüttelte ihn. Minutenlang konnte er sich nicht mehr beruhigen.

Schließlich stand Nina auf, legte ihm die Hand auf die Schulter und beendete die Befragung. »Erholen Sie sich und trauern

Sie um Ihren Freund. Wenn Ihnen etwas einfällt, das Sie uns wissen lassen wollen, rufen Sie mich an.« Sie legte ihre Visitenkarte auf den Tisch. »Danke, dass Sie mit uns gesprochen haben. Und noch einmal: Mein herzliches Beileid.«

Stöhrl akzeptierte ihre Entscheidung, stand auf und verließ mit ihr die Wohnung. Kaum hatten sie die Tür hinter sich geschlossen, hörten sie, wie Haumer die Kette vorlegte.

• • •

Endlich stand sie vor dem Eingang des Pflegeheims und begehrte Einlass, doch ein ganz in Schwarz gekleideter Sicherheitsmann ließ sie nicht ein. Sie verlangte umgehend den Chef der Pflegeleitung zu sprechen und tigerte vor dem Heimeingang mit wütenden Schritten auf und ab. Zäh verging Minute um Minute, bis endlich jemand durch die Eingangstür trat. Es war nicht der Chef, sondern eine Pflegerin von Tante Irmas Abteilung. Sie trug eine Schutzmaske im Gesicht und blieb zwei Meter vor Karin stehen.

»Es tut mir leid, dass Sie nicht können hereinkommen«, sagte sie mit deutlich slawischem Akzent. »Strenge Vorschrift, sehr streng. Sie müssen tapfer sein. Ihre Tante ist nicht mehr. Tut mir leid.« Dann drehte sie sich um und verschwand hinter der Tür.

»Das können Sie nicht machen«, schrie Karin außer sich und rannte der Pflegerin hinterher, doch der Security-Mann stellte sich ihr mit vor der Brust verschränkten Armen in den Weg.

»Machen Sie keinen Aufstand«, knurrte er.

»Ihr Unmenschen, Ihr Verbrecher, Ihr Schweine«, brüllte Karin.

»Halts Maul und verschwinde«, drohte der Aufpasser und kam einen Schritt auf sie zu.

Ganz nah kam er ihr und da stellte sie sich vor, wie ihm das Blut aus dem Hals spritzt. *Dich kaufe ich mir,* schwor sie sich und ging zurück zu ihrem Auto.

• • •

Nathan saß zu Hause an seinem Schreibtisch und schrieb sich alles auf, was er von Stöhrl an Informationen erhalten hatte. Dieses Bild deckte sich im Großen und Ganzen mit den Eindrücken, die er aus Heinrichs Erzählungen gewonnen hatte. Gabriele Lupfer war definitiv unschuldig, und die Wahrscheinlichkeit war ganz erheblich, dass sie es mit einem Täter oder einer Täterin ohne persönlichen Bezug zu den Opfern zu tun hatten. Das machte die Suche anspruchsvoll. Noch gab es keine konkreten Hinweise, allerdings ließ sich vermuten, dass die Kontakte über das Internet und hier über möglichst freizügige Kontaktbörsen liefen. In jedem Mord schien sich eine sexuelle Komponente zu manifestieren. Von Mal zu Mal steigerte sich die Raserei.

Wer tat so etwas? Was ging in dem Täter vor? Nathan schloss die Augen und versuchte, sich in den Täter hineinzuversetzen. Tief in seinem Bauch spürte Nathan einen glühenden Zorn. *Ja,* dachte er, *in diesem Täter brodelt eine übergroße Wut. Fragt sich, auf wen oder was? D*as war eine der Schlüsselfragen, die er beantworten musste, wusste Nathan und schrieb diese Frage oben auf ein leeres Blatt Papier. Trotz aller Wut ging der Täter jedoch planvoll und sehr überlegt vor. Nirgends ein Fingerabdruck. An den Tatorten hatte man weder Kontaktspuren noch Haare oder Hautschuppen gefunden. Bisher fand sich schlicht nichts, was zum Täter führen konnte. Die winzigen Reste von Talkum-Puder deuteten auf die Verwendung von Latexhandschuhen hin. Vermutlich trug der Täter auch einen entsprechenden Ganzkörperanzug. Angebote für solche Catsuits gab es im Internet jede Menge. *Ob man trotzdem herausfinden kann, wo jemand so etwas kauft?* Zeigten sich hier sexuelle Vorlieben des Täters oder diente die Kleidung lediglich der Spurenvermeidung? Auch dieser Frage wollte Nathan später noch genauer nachgehen. Jedenfalls war der Täter hinsichtlich der Nutzung elektronischer Medien versiert; dafür sprachen die gelöschten und unauffindbaren Chats der Opfer, die verschwundenen Handys und die nicht nachvollziehbaren Profile; vermutlich bewegte sich der Täter im Darknet. *Wichtiger Punkt,* merkte Nathan an. *Wir suchen einen Menschen mit einer fundierten Schuldbildung, gut möglich mit Studium. Vielleicht sogar Informatik?* Nathan betrachtete seine Notizen und war zufrieden. Jetzt wollte er die Fakten sacken lassen und an etwas anderes denken.

Gerade, als er seinen Computer einschaltete, läutete sein Telefon. Er nahm das Gespräch entgegen; es war Stöhrl mit den Erkenntnissen aus dem Gespräch mit Georg Haumer.

»Sehr interessant, danke«, beendete Nathan das Telefonat und notierte alles auf einem weiteren Blatt Papier. Das Wort *Ladyboy* kringelte er mit einem roten Stift ein. Vielleicht war das die Antwort auf die Frage, ob sie es mit einem Mann oder einer Frau zu tun hatten. Nathan nahm sich vor, später über Transvestiten zu recherchieren. Jetzt aber surfte er durch einige Dating-Websites auf der Suche nach ansprechenden Profilen aus dem Bereich *Lack&Leder.* Auf manchen Seiten verharrte er länger, doch kein einziges Profil klang so fordernd und selbstbewusst wie jene *Roxette*, die nicht mehr auffindbar war.

Seine Nase juckte, ein untrügliches Zeichen. *Wir müssen diese Roxette finden,* grübelte Nathan. Er überlegte, wer ihm dabei helfen könnte, und dachte zunächst an seinen früheren Kollegen Udo Wackel, bei dem er sich längst noch mal wegen des Java-Lehrbuchs melden wollte. Aber dann fiel ihm Felix Drinkaus ein, den Nathan vor Jahren als Kollegen im Landeskriminalamt kennengelernt hatte. Inzwischen betrieb Drinkaus eine eigene IT-Firma, die sich mit allgemeinen Sicherheitsfragen und individualisierten Lösungen für den Schutz von Firmennetzwerken befasste. Wem, wenn nicht Felix, könnte es gelingen, im Darknet nach einem verschwundenen Profil zu stöbern?

»Von dir habe ich ewig nichts mehr gehört«, begrüßte ihn Felix Drinkaus am Telefon. »Was führt dich zu mir?«

»Mein Hobby«, kokettierte Nathan und schilderte Felix sein Anliegen, im Netz ein gelöschtes und vermutlich über das Darknet eingerichtetes Profil auf einer Dating-Plattform zu finden.

»Du machst mir Spaß – ist es die Dame wert?«, entgegnete der pfiffige Programmierer. »Das ist ein mehr als schwieriges Problem, jedenfalls zeitintensiv. Was springt dabei für mich heraus? Du weißt ja: Umsonst ist der Tod, und der kostet das Leben.«

»Was hältst du davon, wenn ich dir im Erfolgsfall eine Kiste mit spannenden deutschen Krimis schenke?«

Felix lachte schallend. »Wie kommst du denn darauf?«

»Ganz einfach – ich werde Buchhändler.«

Nachdem Nathan Drinkaus alle Informationen, die er zu *Roxette* besaß, durchgegeben und das Gespräch beendet hatte, suchte er mit Google Informationen über Transvestiten und kam zu dem Schluss, dass es sich hier um ein komplexes Phänomen handelte. *Irgendetwas ist bisher an mir vorbeigelaufen,* stellte Nathan überrascht fest. *Vermutlich bin ich zu alt für diese Dinge.* Aber diese Ausrede wollte er nicht für sich gelten lassen. Also vertiefte er sich in die Thematik von Transvestitismus, Transsexualität und Transgender und vergaß darüber beinahe die Zeit. Am ehesten konnte er sich noch in die Welt der Transvestiten einfühlen, also in Männer, die nicht im weiblichen Geschlecht leben wollen, sondern sich lediglich beiden Geschlechtern verbunden fühlen und Freude oder Lustgewinn daran haben, sich mehr oder weniger oft als Frauen zu kleiden. Nathan simplifizierte das für sich als eine Art von Rollenspiel, erinnerte sich an die Grand-Prix-Gewinnerin Conchita Wurst und daran, dass er diesen Sänger – oder musste es Sängerin heißen? – durchaus sympathisch und interessant gefunden hatte. *Immerhin bin ich also kein hoffnungsloser Spießer,* lobte sich Nathan für diese Erkenntnis und grübelte über die Probleme, welche die Menschen haben, die sich nicht ihrem biologischen Geschlecht zugehörig fühlen. Im Zentrum steht dabei, so schien es Nathan nach der Lektüre einiger Artikel, die soziale Diskriminierung dieser Menschen, was in vielen Ländern dieser Erde sogar mit strafrechtlichen Sanktionen und Verfolgung einhergeht. Hier wurde es für den Kriminalisten interessant, denn einer Randgruppe zugehörige Menschen können kriminologisch auffällig werden, was wiederum die Diskriminierung verschärfen könnte. *Meine Güte,* seufzte Nathan, *ist das ein schwieriges Feld.* Trotzdem nahm er sich vor, dem Hinweis, dass es sich bei dem Serienmörder um einen *Ladyboy* handeln könnte, intensiv nachzugehen.

»Mal unter uns«, zielte Nathan bei Heinrich im Büro auf weitere Erkenntnisse über die Persönlichkeit von Rolf Lupfer ab, »was für Vorlieben könnte dein Freund Rolf beim Sex noch gehabt haben? Kann es sein, dass er sich auch von Transgenderfrauen oder -männern angezogen fühlte?«

»Du fragst Sachen – ehrlich, keine Ahnung. Jedenfalls hat er mir gegenüber niemals etwas in diese Richtung erwähnt. Wie kommst du darauf?«

»Das dritte Opfer hatte eine solche Vorliebe und traf vermutlich ebenfalls über das Internet auf seinen Mörder. Sollte der Täter also ein sogenannter *Ladyboy* oder ein schwuler Transvestit sein, würde sich die Suche nach ihm wesentlich vereinfachen. Bei der Erstellung eines Täterprofils muss ich jedenfalls die sexuelle Komponente entsprechend berücksichtigen.«

»Du weißt schon, dass diese Menschen bei uns in erster Linie Opfer und nicht Täter sind?«

»Inwiefern?«

»Sie werden in der Porno- und Prostitutionsindustrie ausgenutzt, sind vielfach Objekte im internationalen Menschenhandel und weitgehend diskriminiert und schutzlos. Vor Jahren wurde darüber bereits im *Focus* berichtet – ich suche dir den Artikel gern heraus.«

»Ich weiß nicht – diese sexuelle Komponente, da komm ich eben auf so ein Milieu«, verteidigte sich Nathan etwas blutleer.

»Vielleicht ist der Sex die Falle, in welche die Opfer getappt sind«, bemerkte Heinrich mit trauriger Stimme. »Für Rolf würde ich das jedenfalls so sehen: Er ist Opfer seiner eigenen Sehnsüchte geworden.«

•••

Frustriert studierte Stöhrl seine Notizen. So sehr er sich bemühte, er fand den Schlüssel nicht, um das Rätsel dieses Falls zu lösen. Drei schreckliche Bluttaten, die offenbar miteinander in Verbindung standen, ohne dass es irgendeine Verbindung zwischen den Opfern gab. Das war der Albtraum jedes Ermittlers. Dazu die Blamage, eine fälschlicherweise Verdächtigte verhaftet zu haben. Inzwischen ging Frau Lupfer mit ihrem Anwalt gegen die Verhaftung vor, forderte Schadensersatz und Schmerzensgeld und brachte Kriminaldirektor Pfannerl auf die Palme. War dessen Verbot, mit Nathan zusammenzuarbeiten, lediglich die Strafe für Stöhrls Fehlschlag? Auf was musste er sich bei Pfannerl als Nächstes gefasst machen? Immerhin hatte der Dezernatsleiter seine Drohung nicht wahr gemacht, heute eine Pressekonferenz abzuhalten. Wozu auch? Es gab keinerlei Erfolge zu vermelden. Aber wenn die Presse erst Wind von der dritten Bluttat bekam, wäre eine Pressekonferenz unvermeidbar. Vermutlich morgen.

»Und ich habe nichts in der Hand«, stöhnte Stöhrl und rieb sich die Stirn.

Es klopfte an der Tür. Nina steckte den Kopf herein.

»Komm rein«, lud er sie freudig ein. Beinahe machte sein Herz einen Sprung, als sie auf ihn zukam und an seinem Besprechungstisch Platz nahm. Sie zog die Maske aus und schenkte ihm ein Lächeln.

Es fiel Stöhrl schwer, das nicht persönlich zu nehmen. Er musste sich eingestehen, die Kommissarin gefiel ihm von Tag zu

Tag besser. *Man begehrt, was man sieht – sei kein Narr,* schalt er sich und fragte bemüht neutral: »Was verschafft mir die Ehre?«

»Chef, ich will diesen Fall knacken und habe da eine Idee.« Ihr Gesicht glühte förmlich.

»Schieß los!«

»Darf ich wirklich?«

»Klar.«

»Also, es geht doch immer um Sex, oder?«

Stöhrl spürte, wie er errötete.

»Ist dir das peinlich?« Sie grinste.

Stöhrl schüttelte ärgerlich den Kopf und knurrte: »Heraus mit der Sprache! Was hast du vor?«

»Wir brauchen einen Lockvogel.«

Wie bitte? Stöhrl verstand gar nichts. Was hatte die ehrgeizige Kommissarin vor? Sie schaute ihn mit großen Augen an, wartete auf seine Reaktion, aber ihm fiel einfach nichts Gescheites ein. Also tat er, was er in solchen Situationen immer tat: Er schwieg. Nina hielt es kaum auf ihrem Stuhl aus, Stöhrl sah, wie sehr es sie drängte, ihre Idee hinauszuposaunen, und das tat sie auch auf verblüffende Weise.

»Wir legen ein Profil an und du datest dich mit einigen Frauen!«

Jetzt war Wolfgang Stöhrl sprachlos.

Eine halbe Stunde später saßen sie Seite an Seite und ohne Rücksicht auf das coronabedingte Abstandsgebot vor Stöhrls Computerbildschirm und bastelten an den letzten Einstellungen des Profils von *Lederlackl,* dem Nina mit einem willkürlich aus dem Internet herausgezogenen Foto eines attraktiven Enddreißigers ein optisches Highlight verpasst hatte. Immer wieder sah sie ihn schelmisch von der Seite an und fragte: »Noch Wünsche?«

»Nein«, antwortete Stöhrl und rutschte beim Lesen des Textes unruhig auf seinem Stuhl hin und her.

Lustvoll devot in krasser Lederkombi sucht spielfreudiger Mittvierziger die reife Latexqueen, die ihm zeigt, wo's langgeht, stand in dem Kurzprofil. Stöhrl war mehr als skeptisch, damit jemand hinter dem Ofen hervorzulocken, aber Nina strahlte eine Zuversicht aus, der sich der Hauptkommissar nicht verschließen konnte.

»Gut, dann gehen wir damit online«, beschloss sie und klickte auf den entsprechenden Button.

Stöhrl wusste nicht, was ihn nervöser machte: der Lockvogel-Versuch mit *Lederlackl* oder die Nähe der vor Jagdeifer sprühenden Kommissarin. Als er in der Chatleiste einen maschinengenerierten Willkommensgruß las, stand er auf und setzte sich an seinen Besprechungstisch.

»Willst du deine ersten Erfolge nicht sehen?« Nina formte einen Schmollmund und starrte gespannt auf den Bildschirm.

»Würdest du auf so ein Profil reagieren?«, fragte Stöhrl mit seltsam belegter Stimme.

»Wenn ich Bock auf Domina hätte, dann schon. Hätte doch was, wenn ich meinem Chef so richtig zeigen könnte, wo's langgeht«, gluckste sie und klatschte in die Hände, als ein schriller Gong den Eingang der ersten Nachricht ankündigte. »Wow, das ging aber schnell!«

»Lies vor«, forderte Stöhrl sie auf.

»Wie viel ist es dir wert?«, las Nina mit enttäuschter Stimme vor.

»Nix«, brummte Stöhrl. »Hab dir gleich gesagt, da kommt nix dabei raus.«

»Abwarten und Tee trinken, Chef. Morgen ist auch noch ein Tag.«

»Da hast du recht. Gehen wir nach Hause.«

Stöhrl wohnte in einer kleinen Zweizimmerwohnung in Neuhausen, schräg gegenüber einer Cocktailbar, vor der zu normalen

Zeiten in der Happy Hour reger Betrieb herrschte. Oft setzte er sich nach Dienstschluss ans Fenster und beobachtete das bunte Treiben. Heute aber lag die Straße wie ausgestorben vor seinem Fenster im Hochparterre. Schmerzlich wurde ihm bewusst, wie allein er durchs Leben ging. Das erste Mal seit langer Zeit fühlte er sich einsam. Beinahe sehnsüchtig wanderten seine Gedanken zu Nina. Die Erinnerung an ihre körperliche Nähe ließ ihn wohlig schaudern. Jetzt, im Schutz seines Wohnzimmers, erregte ihn ihre Aura, und er stellte sich vor, er hätte den Arm um ihre Schulter gelegt und sie hätte ihm ihr hübsches Gesicht zugedreht, ihm ihre Lippen ...

Hörst du auf, du alter Depp, verbot er sich die Fortführung dieser Fantasie. Nina war seine Mitarbeiterin, sie war tabu. Er durfte ihre kollegiale Unbekümmertheit und jugendliche Distanzlosigkeit nicht mit etwas anderem verwechseln. Trotzdem kostete es ihn Mühe, seine Gedanken in eine neue Richtung zu lenken. Weil seine Sehnsucht nach einem vertrauten Menschen oder wenigstens einer Frau anschwoll, setzte er sich an sein Laptop und besuchte die Dating-Seite, auf der *Lederlackl* nach einer reifen Frau suchte.

Überrascht stellte er fest, fünf Zuschriften erhalten zu haben. Die erste Nachricht war erneut von einer Frau, die mit *Lederlackls* Neigungen Geld verdienen wollte, doch die anderen Chat-Einträge schienen ernsthafter zu sein.

Einem Lackl tät ich gern amoi zeign, wo's lang geht; vielleicht könnt' ma den Lackl ja noch erziehn – was moanst? Derfst halt koa Angst haben vor mir und meine pfundigen Arm, schrieb *Jodelvroni* in witzigem Bayerisch.

Stöhrl klickte auf ihr Profil und zuckte zusammen. Was er sah, kam weder privat noch dienstlich infrage: *Jodelvroni* wog mindesten 100 Kilo und schaute mit ihrem Mondgesicht satt und zufrieden in die Kamera. Stöhrl konnte sich beim besten Willen nicht vorstellen, dass diese Frau blutige Morde beging. Und für ein privates Date kam sie nicht infrage. Da klang die nächste Zuschrift einladender: *Zeige mir, wie viel Fantasie du mitbringst für ein reizendes Rollenspiel. Wer bist du, was willst du – weißt du, was du willst? Glaube mir, ich nehme das Theater des Lebens ernst und bin mit jeder Faser meines Körpers dabei, aber du musst mir vorher zeigen, dass du mehr bist als ein hohles Versprechen.*

Diese Nachricht von *Dominika63* las Stöhrl mehrfach durch. Was verbarg sich hinter diesem Profil für eine Frau? Das Foto jedenfalls war ansprechend und zeigte eine vermutlich gut 40-jährige Frau mit knabenhafter Figur in einem schwarzen Latexanzug. Das hagere Gesicht drückte mit einem bohrenden Blick ein tiefes Verlangen aus, und doch hatte diese Frau etwas Unschuldiges an sich, etwas von einem jungen Mädchen, das kein Wässerchen trüben kann. War das eine Verbrecherin? Schrieb so eine Mörderin? Oder waren es die Worte einer Frau, die er tatsächlich privat treffen wollte? *Sie drückt sich gepflegt aus, irgendwie zu höflich für diese Dating-Plattform,* überlegte er und erinnerte sich, dass Weiß gemutmaßt hatte, sie könnten es mit einem gebildeten, möglicherweise akademischen Täter zu tun haben. Das Foto könnte ein Kunstfoto sein und schlicht nichts mit der Person zu tun haben, die sich hinter dem Profil versteckte. Stöhrl wurde argwöhnisch. Was, wenn *Dominika63* ihre Zielperson war? *Die merke ich mir,* nahm er sich vor und las die nächste Antwort. Bei der Eindeutigkeit von *Jessi_ca29* wurde er tatsächlich rot, und als er auf ihr Profil ging, wunderte er sich über das freizügige Bikini-Foto. *Das kann kein echtes Foto sein,* argwöhnte er und zog auch diese Person in Betracht. Den Vogel schoss allerdings die letzte Zuschrift ab. *Juliane_39* ging in die Vollen und wollte fesseln und gefesselt werden, bis beide die »Englein singen hören«. Auf ihrem Profil machte sie keinerlei Hehl daraus, worauf sie abzielte. *Ist sie unsere gesuchte Person,* überlegte Stöhrl und stellte verwundert fest, dass er beinahe jedes Profil verdächtig fand. Entmutigt schaltete er seinen Computer aus, schlurfte in die Küche und holte sich eine Flasche Bier aus dem Kühlschrank.

8

Stöhrl winkte Nina herein. Während er auf seinen Computerbildschirm wies, stand er auf und trat drei Schritte zur Seite. Heute sollten sie nicht nebeneinander vor dem Display sitzen, heute wollte er sich nicht ihrer Aura aussetzen. Hatte er früher zu Recht *Führe uns nicht in Versuchung* gebetet? Für einen Kommissariatsleiter galt das allemal, und schließlich hatte man sein Handeln in der eigenen Hand.

Nina schaute ihn leicht irritiert und fragend an, nahm auf seinem Stuhl Platz und brach gleich darauf in Begeisterung aus: »Das ist doch ein klasse Treffer!«

»Meinst du?«

»Logisch! Hast du geantwortet?«

»Natürlich nicht. Das ist doch nicht echt, oder?«

»Hast du eine Ahnung«, erwiderte Lutz. »Diese *Dominika63* würde ich auf jeden Fall testen.«

»Hältst du es für möglich, dass sich unsere Zielperson dahinter versteckt?«

»Möglich ist fast alles. Natürlich stellt sich die Frage, wie wahrscheinlich es ist.« Ihre Stimme klang übermütig, als sie fortfuhr: »Wirst es ausprobieren müssen. Vielleicht ist sie ein fescher Feger.« Dabei zwinkerte sie ihm verschwörerisch zu.

Stöhrl winkte ab. »Schau dir das nächste Profil an: *Jessi_ca29.*«

Nina tat es und pfiff aufgeregt. »Cool, die ist ja noch krasser. Der musst du auch schreiben.«

»Wart erst«, antwortete Stöhrl. »Da gibt es noch eine *Juliane_39.*«

»Echt jetzt?«

»Ja, schau sie dir an.«

Nina las Julianes Text und klickte auf das Profil. »Uff, das ist starker Tobak.«

Stöhrl nickte und fragte: »Mit welcher fangen wir an?«

»Gute Frage – alle drei passen irgendwie«, zeigte sich auch Nina ratlos.

»Sollen wir das mit den Kollegen besprechen?«

»Weiß ich nicht«, antwortete Nina. »Aber wenn du mich so fragst: Mit Nathan sollten wir darüber reden.«

Stöhrl spürte einen kleinen Stich der Eifersucht. Er ignorierte diese Regung und gab ihr recht. Weiß würde wissen, was zu tun war. »Gut, so machen wir's. Aber jetzt packen wir erst einmal die Frühbesprechung an.«

Als sie den großen Besprechungsraum betraten, zuckte Stöhrl zurück. Auf seinem Stuhl saß Kriminaldirektor Dr. Pfannerl. *Auch das noch,* erschrak Stöhrl und bemühte sich vergeblich um einen lockeren Auftritt.

Linkisch trat er auf seinen Chef zu und reichte ihm die Hand, doch der wehrte empört ab: »Abstand, Stöhrl, wir sind im Lockdown!«

»Sorry – ich vergaß«, stammelte Stöhrl und nahm aus dem Augenwinkel heraus Manfreds hämisches Grinsen wahr. In diesem Moment verfluchte er seine Entscheidung, die Nachfolge von Nathan Weiß angetreten zu haben. Angefressen setzte er sich zwei Stühle entfernt von seinem Dezernatsleiter nieder und wartete, was nun kommen würde.

»Ganz München weiß es seit heute Morgen«, begann Pfannerl mit schnarrender Stimme und hielt die drei Boulevardzeitungen der Stadt hoch. »Wir haben einen Serienkiller unter uns. Die Presse verlangt Antworten. Die wollen wir geben, und zwar heute um 14 Uhr. Also, was haben wir?« Er reckte sein spitzes Kinn energisch vor und schaute auffordernd in die Runde.

Manfred hob wie in der Schule den Finger. Pfannerl nickte ihm zu.

»Wir suchen eine kaltblütige und blutrünstige Täterpersönlichkeit, sollten die Details des *modus operandi* jedoch nicht an die Öffentlichkeit geben. Es steht für mich einwandfrei fest, dass es sich bei allen drei Morden um denselben Täter handelt, den wir nach unseren neuesten Erkenntnissen im Strichermilieu vermuten dürfen.«

Stöhrl blickte überrascht auf. Woher hatte Wirtz das? Wie kam er dazu, so etwas zu behaupten, ohne es vorher mit ihm besprochen zu haben? Was lief hier ab? Eine kleine Palastrevolte? Ein abgekartetes Spiel? Verunsicherung und Wut trieben Stöhrls Blutdruck nach oben, doch ihm blieb nichts, außer gute Miene zum bösen Spiel zu machen, als Manfred fortfuhr.

»Der dritte Mord ist der Schlüssel zur Lösung der gesamten Serie. Das Opfer, Hubert Kreidl, ist ein szenebekannter Homosexueller, der regelmäßig die Dienste von Sexarbeitern in Anspruch genommen hat. Das wissen wir nicht nur von seinem Freund und Lebensgefährten Georg Haumer, sondern auch aus einigen Gesprächen, die wir mit den Wirten der einschlägigen Lokale im Glockenbachviertel geführt haben.«

»Wie das?«, fragte der Kriminaldirektor ungläubig. »Es ist doch alles geschlossen.«

»Korrekt. Aber wir kennen schließlich die Betreiber und wissen, wie man sie erreicht. Klinkenputzen ist sogar bei Mord das wichtigste Hilfsmittel der Ermittlung.«

»Schon gut – sehr gut. Weiter!«

»Wir haben im Übrigen die Auswertung der Telefonverbindungen aller drei Opfer beantragt und erhoffen uns da bis heute Nachmittag weitere Erkenntnisse. Bemerkenswert ist, dass der Täter jedes Mal das Handy seines Opfers mitgenommen hat. Wir gehen daher davon aus, dass uns die Telefondaten brauchbare Hinweise liefern. Außerdem werden die Computer aller Opfer vom Landeskriminalamt untersucht; erste Ergebnisse liegen vor. Demnach hatte jedes Opfer mit dem Täter vorab Internetkontakt. Wir wissen auch, dass durch den Lockdown ein Teil der Prostitution auf die Dating-Plattformen ausgewichen ist. Gerade die Stricher betreiben ihr Geschäft derzeit illegal über solche Kontaktbörsen.«

»Gut – die nächsten Schritte?«

»Ich habe bereits eine Liste mit potenziellen Verdächtigen erstellt. Wir werden sie der Reihe nach befragen. Das genaue Vorgehen wollte ich in unserer heutigen Frühbesprechung mit Wolfgang und dem Team klären.«

Stöhrl kochte innerlich vor Wut. Wirtz war und blieb sein Konkurrent, *der alles daransetzte, selbst die Mordkommission zu übernehmen. Dieses Kameradenschwein hat also hinter meinem Rücken Ermittlungen geführt, anstatt weiter die Kontaktdaten der Opfer auf Übereinstimmungen zu untersuchen,* echauffierte sich Stöhrl und musste an sich halten, äußerlich ruhig zu erscheinen.

»Also Leute, auf geht's!«, sprach der Dezernatsleiter, erhob sich und gab Wirtz einen Ellbogengruß, ohne Stöhrl noch eines Blickes zu würdigen. »Gute Arbeit, Manfred!«, lobte er und verließ den Besprechungsraum.

»Super, was du alles herausgefunden hast«, applaudierte Nina mit gekünstelt tiefer Stimme.

Nimmt sie Wirtz auf den Arm oder schleimt sie sich schon ein, fragte sich Stöhrl und sortierte seine Gedanken. Was war dran an Manfreds Ausführungen? Sie klangen plausibel und passten zu den Überlegungen, die er mit Nina auch schon angestellt hatte. Aus seinem Hinterkopf kam ihm noch die Erinnerung zugeflogen, dass Nina neulich erwähnt hatte, es könne sich bei dem Täter auch um einen Transvestiten handeln. Das würde den Kreis der Verdächtigen weiter einschränken. Aber darauf würde er jetzt nicht zu sprechen kommen, diese Fährte würde er im Alleingang verfolgen und sich höchstens mit Nathan austauschen; auch wenn ihr Verhältnis nicht das Beste war. Nathan, der Pensionist, war kein Konkurrent mehr. *Man muss wissen, wo man seine Gegner hat,* knurrte Stöhrl in sich hinein und ergriff das Wort.

»Ein guter Kommissar ist immer für eine Überraschung zu haben – Respekt, Manfred, super Arbeit. Wenn du mich das nächste Mal vor der Besprechung mit dem Chef informierst, bist du perfekt. Und jetzt zeig uns deine Liste, damit wir die Arbeit aufteilen können.«

Mit einem schiefen Grinsen gab Wirtz jedem eine Liste und sagte: »Habe auch Vorschläge draufgeschrieben, wer welchen Kandidaten übernimmt.«

Stöhrl nickte und las die Namen von sieben polizeibekannten schwulen Prostituierten; soweit er es überblickte, war kein einziger Transvestit darunter. Diese Spur konnte er also allein verfolgen.

»Einverstanden, mit einer Ausnahme«, entschied Stöhrl. »Adam Pirkl wird von Karl und Cordula übernommen, Nina muss mich bei einer weiteren Befragung von Georg Haumer unterstützen. Und nun: an die Arbeit.«

• • •

Nathan saß am Fenster und blickte in den trüben Apriltag hinaus. Trotz des Nieselregens und strengen Lockdowns war er gut gelaunt. Am vorigen Abend hatte er wieder drei gemütliche Stunden bei Gudrun genossen. Sie waren sich auf zarte Weise nähergekommen, ohne die Zärtlichkeiten auszutauschen, die zwischen ihnen in der Luft lagen. Es gab keinen Grund zur Eile. Nathan sah dem nächsten Treffen mit der liebenswürdigen Krankenschwester entspannt entgegen. Mosaikstein für Mosaikstein fügte sich zu einem runden Bild ihrer Begegnung. Nathan vertraute darauf: *Es wird gut.* Er mochte ihre Stimme und die Art, wie sie erzählte, vom Klinikum, aus ihrem Leben, unaufgeregt und gleichzeitig nachdenklich. So eine Frau erfüllte seine heimlichen Sehnsüchte nach einer Begleiterin, die das Leben und seine Abgründe kannte. So wie er auch, schließlich hatte er es jahrelang mit bösen und verderbten Menschen zu tun gehabt. Und die abscheulichen Mörder starben nicht aus. *Leider*, bedauerte Nathan und musste sich eingestehen, dass dieses *Leider* eine scheinheilige Komponente hatte: Mit Stöhrl den blutrünstigen Serienkiller zu jagen, gab seinem Rentnerdasein zusätzlichen Sinn und ein naheliegendes Ziel. Außerdem machte es ihm Spaß.

Er stand auf und ging an seinen Schreibtisch. Säuberlich nebeneinander lagen die verschiedenen Blätter, auf denen er sich seine Stichworte notiert hatte, um ein Täterprofil zu erstellen. Im Zentrum seiner Überlegungen stand der Overkill, diese rasende Besessenheit, auf das Opfer einzustechen, die von einer ungeheuren Emotionalität zeugte. Üblicherweise neigten Täter dann zu dieser überschießenden Verletzung, wenn eine große gefühlsmäßige Nähe zum Opfer bestand. Oft war das enttäuschte, in Hass umgeschlagene Liebe; dann fand man den Täter beinahe immer im Umfeld des Opfers. Vorliegend schien dies jedoch nicht der Fall zu sein, was die Aufklärung der Morde sehr erschwerte.

Blutrausch, schrieb Nathan auf einen frischen Zettel. Es gab Täter, die berauschten sich an Blut, gerieten beim Anblick von Blut in Raserei, waren außer sich und handelten beinahe wie in Trance. Das ließ auf eine tiefe psychische Störung schließen, die meist auf ein schweres Trauma zurückzuführen war.

Trauma, notierte Nathan und überlegte, ob ihm hierfür Beispiele einfielen. Soldaten aus Kampfeinsätzen, Unfallopfer, Opfer von Gewaltverbrechen, misshandelte Menschen – alle diese konnten schwer traumatisiert und danach in ihrer Seelenstruktur gestört sein. Wie wahrscheinlich war welcher Grund? Spontan dachte Nathan an einen misshandelten Menschen, und da das Tatgeschehen eindeutig eine sexuelle Konnotation hatte, notierte er: *schwerer sexueller Missbrauch oder sexuelle Misshandlungen.* Vermutlich in jungen Jahren, denn solche Traumata saßen besonders tief und waren oftmals therapieresistent. Nathan nickte. Ja, das war ein wesentlicher Ansatzpunkt.

Er ging in die Küche und brühte sich eine Kanne Lapsang Souchong auf. Seit er im Ruhestand war, liebte er dieses Ritual. Gerührt dachte er an Gudrun, die gestern eigens für ihn statt des kräftigen russischen Rauchtees den zarteren chinesischen Tee gekauft und zubereitet hatte. An diesen kleinen Gesten konnte er sehen, wie ernst sie ihre frische Bekanntschaft nahm. Nathan sah ihre schlanken, gleichwohl kräftigen Hände vor sich, leicht gerötet von dem vielen Desinfektionsmittel, das die Haut Tag für Tag aushalten musste. Schöne Hände, völlig naturbelassen; kein Nagellack, keine langen Fingernägel; einfach nur Hände, wie er sie an einer Frau mochte.

Beinahe andächtig trank er den ersten Schluck seines Tees, schnupperte danach noch am aufsteigenden Dampf und schrieb in sein kleines Notizbuch: *Sexueller Missbrauch in jungen Jahren, bürgerliches Elternhaus, Abitur, Studium (Naturwissenschaften, Informatik?), Alter zwischen 35 und 50. Zierlicher Körperbau, trotzdem kräftig. Geschickt, wendig. Planvoll. – Geschlecht?*

Das war eine zentrale Frage, und auf diese hatte Nathan keine eindeutige Antwort. *Vielleicht ist das Geschlecht nicht eindeutig,* überlegte er und ventilierte erneut den Gedanken, ob es sich um einen Transgender-Menschen handeln könnte. Auch wenn er das aus dem Bauch heraus für unwahrscheinlich hielt – *und ehrlich gesagt, wie viele Transgender-Menschen sind mir bisher begegnet?* – wollte er Stöhrls Gedanken nicht einfach abtun.

Noch gestern Abend hatte Nathan lange über den Artikel nachgedacht, den Heinrich ihm gegeben hatte; es schien in der Tat so, dass *Ladyboys* vielfach Opfer von Menschenhandel, Ausbeutung und sexueller Gewalt wurden. Was, wenn der Täter so ein dramatisches Schicksal erlitten hat? Gequält und geknechtet, im allgemeinen Leben vielfach diskriminiert – konnte sich da so viel Hass und Zorn aufstauen, dass er sich in diesen Gräueltaten entlud? Warum nicht? Das klang logisch, zumindest psychologisch, und Hubert Kreidl hatte sich offensichtlich zu solchen Menschen hingezogen gefühlt. Wie hieß es in dem *Focus*-Artikel aus dem Jahr 2018: *Der Kunde will beides, Penis und Brüste.* Aber traf diese Vorliebe auch auf die anderen Opfer zu, auf Rolf Lupfer und Justin Lang? Stöhrl müsste hier nachsetzen und bei den Ehefrauen und im Freundeskreis recherchieren. Immerhin schien es eine Gemeinsamkeit für alle drei zu geben: Lack und Leder.

Trotzdem sagt das nichts über das Geschlecht des Täters aus, zweifelte Nathan an der willkommenen, aber bequemen Einschränkung des möglichen Täterkreises. *Ich muss in jede Richtung weiterdenken,* ermahnte er sich in Erinnerung an manchen Anfängerfehler, sich vorschnell auf eine These zu konzentrieren. Und war nicht heutzutage, mit diesen Dating-Plattformen und den vielen Online-Möglichkeiten für jeden Menschen Tür und Tor geöffnet, kriminelle Fantasien auszuleben? *Jedenfalls muss Stöhrl gründlicher vorgehen, f*orderte Nathan und wählte Stöhrls Nummer. Nach dem siebten Rufton schaltete sich die Mailbox ein.

»Wolfgang, wir müssen reden. Ruf mich möglichst bald zurück«, bat Nathan und legte auf.

• • •

»Komm, jetzt zeigen wir als Erstes *Dominika63*, dass du mehr bist als ein hohles Versprechen«, setzte sich Nina begeistert an Stöhrls Computer und rief die Dating-Homepage auf. Dabei klopfte sie mit der flachen Hand auf den Stuhl neben sich und bedeutete Stöhrl, an ihrer Seite Platz zu nehmen. »Danach nehmen wir uns auch noch *Jessi_ca29* und *Juliane_39* vor, aber mit *Dominika* fangen wir an.«

Wenn er auf dem Bildschirm etwas sehen wollte, musste er nahe an die quirlige Kommissarin heranrücken. Er tat es mit einem zwiespältigen Unbehagen, doch ihr schien das zu gefallen.

»Schau schön zu, ich beiß nicht«, grinste sie ihn augenzwinkernd an und begann zu schreiben: *Nichts ist ernster und schwerer zu spielen auf den Brettern, die die Welt bedeuten, als eine fulminante Komödie. Genau das will ich, denn ich weiß, was ich will: mich Dir untertan machen und Dir gehorsam sein, aber nach unserer Erfüllung will ich befriedigt mit Dir lachen.*

»Und?«, sah Nina ihn Beifall heischend an. »Ist das eine gute Antwort?«

Stöhrl errötete. »So was würde ich niemals schreiben.«

»Denk ich mir, deshalb schreibe ja auch ich.« Sie knuffte ihn mit dem Ellenbogen in die Seite und drückte den *Senden*-Button. Mit ungebremstem Elan entwarf sie danach schlüpfrige Texte für *Jessi_ca29* und *Juliane_39* und schickte diese, ohne Stöhrls Plazet abzuwarten, auf die digitale Reise.

»So, dann warten wir mal«, sagte sie schließlich und schloss das Dating-Portal, »was die drei Damen antworten. Das kann natürlich dauern. Was machen wir jetzt? Was hältst du von Manfreds These?«

Stöhrl zuckte die Schultern.

»Jedenfalls war er unverschämt und unkollegial. Du hast mir echt leidgetan, Chef.«

»Er wollte auch K11 leiten – so sind wir Männer eben, immer auf Hahnenkämpfe aus.«

»Sind doch gar keine Hennen da«, sagte Nina und knuffte Stöhrl erneut.

Ihm wurde heiß und kalt. Er konnte ihr fröhliches Gesicht nicht unbefangen ansehen; sie gefiel ihm von Tag zu Tag besser. Das durfte nicht sein. Er stand auf, räusperte sich und bemerkte mit kratziger Stimme: »Wir sollten uns die Nachbarn von Kreidl und Haumer vornehmen. Vielleicht ist jemandem etwas aufgefallen.«

»Haben wir eigentlich schon gecheckt, ob es in der Straße Überwachungskameras gibt?«

Stöhrl schüttelte den Kopf. Das war ihm gar nicht in den Sinn gekommen. *Außerdem, was sollte es helfen,* winkte er innerlich ab, schließlich hatten sie mit den Aufnahmen vom Juwelier auch nicht viel anfangen können.

»Das sollten wir bei der Gelegenheit tun«, beharrte Nina auf ihrem Vorschlag und sprang auf. »Gehen wir!«

Ihre Energie wirkte ansteckend, und ob Stöhrl wollte oder nicht: Ihre Gegenwart machte ihn lebendig. »Gehen wir«, bestätigte er und folgte ihr hinunter in die Tiefgarage zum Dienstwagen. Auf dem Weg dorthin fischte er sein Handy aus der Jackentasche und sah einen verpassten Anruf.

»Fahr du«, bat er, warf ihr den Schlüssel zu und hörte seine Mailbox ab. Weiß wollte zurückgerufen werden. *Der fehlt mir gerade noch,* grantelte Stöhrl und steckte das Handy in die Jackentasche zurück. Nach dieser Frühbesprechung hatte er keine Lust auf den nächsten Klugscheißer. Andererseits ...

Stöhrl holte sein Handy wieder hervor und rief Weiß zurück.

»Was wollte er?«, fragte Nina, nachdem Stöhrl das Telefonat beendet hatte.

»Wir sollen bei den Ehefrauen Lupfer und Lang nachfragen, ob ihre Männer Interesse an *Ladyboys* oder Transvestiten gezeigt haben.«

»Keine schlechte Idee, hatte ich auch schon – du erinnerst dich? Aber inzwischen habe ich da meine Zweifel. Aber gut, wir erfragen das, vielleicht bloß, um diese Einengung auf einen sehr speziellen Personenkreis auszuschließen.«

»Äh ... warum das denn?«

»Manfred kapriziert sich auf Stricher und du fokussierst dich immer mehr auf Transen und so«, erwiderte Nina nachdenklich. »Auf dem Lehrgang habe ich gelernt, man soll sich nicht vorschnell auf eine These einlassen. Manfred und du, ihr zielt auf Personen ab, die euch fremd sind. Mensch Chef, sei mal ein bisserl weltoffener!«

»Hm, wie redest du eigentlich mit mir?«, grummelte Stöhrl. »Wenn man so lange im Geschäft ist, hat man seine Erfahrungen mit Randgruppen.«

»Erfahrungen und Vorurteile«, gab Nina keineswegs klein bei. »Vielleicht hast du am Ende recht, aber wer weiß? Ich denke, wir sollten uns nicht vorschnell auf was einschießen.«

Alles in Stöhrl sträubte sich gegen Ninas Ansicht. Seine Idee, in einem überschaubaren Milieu nach dem Täter zu suchen, gefiel ihm viel zu gut. Zugleich wusste er, dass die gewitzte Kommissarin recht hatte. *Ich tappe immer wieder in die Falle einer frühen Festlegung,* ärgerte sich Stöhrl und dachte an den Fehlschlag mit Gabriele Lupfer.

»Was machen wir jetzt?«, fragte er.

»Recherchieren. Wir folgen dem Ratschlag unseres Rentners und rücken der Lupfer noch mal auf die Pelle.«

»Meinst du wirklich? Die hasst mich doch jetzt.«

»Umso besser«, sagte Nina und grinste.

• • •

Verwirrt blickte sich Karin um. Es war taghell und sie lag angezogen mit ihren Turnschuhen auf dem Bett. Ihr Körper fühlte sich seltsam an, nassgeschwitzt und kalt, sonderbar gelähmt und leblos. Im Kopf pochte ein dumpfer Schmerz. Alles war wie in Watte gepackt, sie zweifelte, ob sie überhaupt wach war. Mühsam überlegte sie, welcher Tag heute war, und kam zu keinem Ergebnis. Was war geschehen? Was hatte sie die letzten Stunden gemacht? Sie erinnerte sich, diese Frage bereits gestellt und nicht beantwortet zu haben. Wann? Vor wenigen Minuten, einer Stunde, einem Tag? Sie hob mühsam den Kopf und tastete nach ihrem Handy, fand es jedoch nicht. Sie ließ sich zurückfallen, schloss die Augen, bekam Durst. Liegen bleiben, nichts sehen, nichts hören. Sie wollte abtauchen ins Nirgendwo. Tief in ihr steckte ein Ekel, beinahe Brechreiz, aber anders. Sonderbar. Woher kam dieses Gefühl? Was ging mit ihr vor? Was war geschehen?

Sie musste noch einige Zeit gedöst haben, denn als ihr Bewusstsein klarer wurde, lag eine trockene Zunge in ihrem ausgedörrten Mund. Ihr Schädel schmerzte von zuckenden Lichtblitzen. Angestrengt hob sie den Oberkörper an, blickte verwundert an sich herab und stand ächzend auf. Mit schleppenden Schritten lief sie in die Küche und schenkte sich ein Glas Leitungswasser ein. Die ersten Schlucke taten weh, brennend lief das Wasser die Kehle hinunter. Sie hielt sich mit einer Hand an der Anrichte fest, um das Gleichgewicht zu halten. Ihr war schwindlig und übel. Sie trank langsam. Allmählich kehrte das Leben in ihren Körper zurück, und mit dem Leben die Erinnerung.

•••

»Weißt du denn, ob Rolf Transvestiten oder *Ladyboys* erotisch fand? Fühlte er sich von solchen Menschen angezogen?«

»Ach, Nathan, als ob ich das wüsste. Wir waren ewig befreundet, aber es ist uns gelungen, auf solche Männergespräche zu verzichten. Was ich weiß, ist, dass er Gabi von Anfang an und bis zum Schluss körperlich unheimlich attraktiv fand. Wenn du mich fragst, war er seiner Frau sexuell verfallen. Wo sollte da Platz sein für eine ausgefallene Neigung?«

»Immerhin schien er Lack und Leder zu mögen.«

»Das ist schon etwas anderes, findest du nicht?«

»Wer weiß, Heinrich, wer weiß? Vielleicht wollte er nach der Trennung einfach mal experimentieren? Fantasien ausleben? Ist das so weit hergeholt?«

»Ich weiß es nicht. Ist das für deine Nachforschungen so wichtig?«

»Ja. Ich suche die Verbindung zwischen den drei Opfern. Es geht auf jeden Fall um Sex, vermutlich um Lack und Leder, vielleicht auch um Sado-Maso-Spiele und möglicherweise um *Ladyboys.* Hubert Kreidl jedenfalls stand auf so etwas und nahm wohl öfter die Dienste von Prostituierten aller Geschlechter in Anspruch. Seit dem Lockdown hat sich die käufliche Liebe in die Heimlichkeit des Internets verkrochen. Vielleicht haben auch Rolf und Justin Lang dort ihre besondere Gespielin oder ihren extravaganten Gespielen getroffen. Vieles spricht jedenfalls für diese These. Es ist entscheidend für die Einengung des potenziellen Täterkreises, nach wem man sucht. *Ladyboys* und Transvestiten wird es in München nicht gar so viele geben.«

»Warum habe ich das Gefühl, dass du diese Menschen nicht magst?«

»Mit Mögen hat das nichts zu tun. Zugegeben, diese Welt ist mir fremd, und ja, meine Erfahrungen mit der Sitte sind bescheiden, aber ich verurteile niemand für seine Art, Sexualität zu leben, solange er sich damit im Einvernehmen mit seinem jeweiligen Partner befindet.«

»Trotzdem: Dir kommt der Außenseiter viel eher verdächtig vor als der sogenannte *Normale.*«

»Weil Außenseiter oft anfälliger sind für abweichendes Verhalten. Deswegen.«

»Überzeugt bin ich davon noch nicht, aber vermutlich weißt du das besser als ich, hast schließlich dein Leben lang mit Verbrechern zu tun gehabt. Trotzdem: Ich sage dir, die schlimmsten Verbrecher sind meistens die Wölfe im Schafspelz. So einen solltest du suchen und dich nicht auf Außenseiter festlegen.«

• • •

»Was wollen Sie noch von mir?«, fauchte Gabriele Lupfer, nachdem sie die Wohnungstür geöffnet und Stöhrl gesehen hatte.

»Dürfen wir bitte hereinkommen?«, flötete Nina.

Stöhrl bewunderte sie für ihre Anpassungsfähigkeit.

»Wir bräuchten Ihre Hilfe. Schließlich wollen wir den Menschen finden, der Ihren Mann umgebracht hat.«

»Schmerzensgeld zahlen Sie trotzdem«, erwiderte Frau Lupfer und wies ihnen den Weg in den Flur. »Vorne rechts in die gute Stube.«

»Wir wollen Ihre Zeit nur kurz in Anspruch nehmen«, versuchte Nina die Stimmung weiter aufzuhellen. »Aber eine offene Auskunft in sehr privater Angelegenheit würde uns immens weiterhelfen.«

»Jetzt drucksen's nicht so herum. Was wollen Sie wissen?«

»Ihr Mann …«

»Verstorbener Mann«, korrigierte sie feindselig.

»Ja – also: Hatte er homosexuelle Neigungen?«

Frau Lupfer blieb der Mund offen. Sie schaute Nina entgeistert an. Schließlich lachte sie schallend. »Wie kommen Sie auf so einen Krampf?«

»Vielleicht wollte er was ausprobieren?«, ließ Nina nicht locker.

»G'wiss koa Schwuchtel.«

»Und einen *Ladyboy*?«

»Bloß mit ordentlichen Titten«, sagte sie und lachte. »Deswegen sind sie zu mir gekommen?«

»Das könnte also sein?«, hakte Nina nach.

Die keineswegs trauernde Witwe wurde ernst. Ihre Augen wanderten nach rechts oben, sie schien zu überlegen, was sie antworten sollte.

S*ie kämpft mit der Wahrheit*, dachte Stöhrl und erwartete eine Lüge. Umso erstaunter war er, als sie sagte:

»Wenn er Pornos g'schaut hat, ja, so was manchmal schon.«

»Volltreffer!«, freute sich Stöhrl, als sie wieder in ihren Dienstwagen einstiegen.

»Ich weiß nicht«, gab sich Nina reserviert. »Bloß wegen Pornos …«

»Das sagt mehr über einen Mann aus, als man denkt«, erwiderte Stöhrl.

»Tut es das?«, fragte Nina spitz.

Stöhrl spürte, wie ihm die Schamröte vom Hals ins Gesicht schoss, dabei schaute er solche Filme äußerst selten. *Nina soll keine schlechte Meinung von mir haben,* wünschte er sich und wusste gar nicht, was für die Kommissarin gut oder schlecht war. *Vielleicht bin ich ihr auch zu spießig und sie will mich provozieren?* Er beschloss, ihre Frage zu ignorieren und das Thema zu wechseln.

»Du hast das gut gemacht bei der Lupfer«, lobte er sie.

»Danke«, freute sie sich und knuffte ihn in die Seite.

Stöhrl gefiel das inzwischen, und ohne groß nachzudenken, knuffte er sachte zurück, ehe er entschied: »Fahren wir zu Jaqueline Lang. Je nachdem, was wir von ihr erfahren, informiere ich Nathan.«

Nina ließ wieder die Reifen quietschen. Stöhrl schwieg und beobachtete von der Seite, wie sie lässig durch die fast leere Stadt brauste. Ihr Profil betonte die markante Nase, und jetzt erst fiel ihm auf, wie klein Ninas Ohrläppchen waren, an denen dezente goldene Tropfen hingen. Sein Bauch kribbelte, sein Puls beschleunigte sich. Er wandte den Kopf ab und blickte aus dem Seitenfenster; die Straßen wirkten wie ausgestorben. *Schon seltsam,* dachte er, *dieses Virus.*

»Wahrscheinlich ist es besser, wenn ich mit Frau Lang allein rede«, schlug Nina vor, als sie angekommen waren. »Die war so fassungslos, als sie von den Seitensprüngen ihres Mannes erfuhr, vermutlich hat sie auch sonst keine Ahnung, was er im Bett mochte – und wenn, fürchte ich, würde sie es vor dir nicht sagen.«

»Guter Vorschlag. Ich warte hier.«

»Danke«, jubelte sie und gab ihm überschwänglich einen

flüchtigen Kuss auf die Wange. »Du bist toll«, rief sie begeistert und sprang aus dem Auto.

Irritiert fasste Stöhrl an die Stelle, die ihre Lippen angehaucht hatten. Das hatte sich so verboten gut angefühlt. Sein Herz klopfte plötzlich bis zum Hals, seine Hände zitterten. *Verdammt, reiß dich zusammen,* schimpfte er mit sich, *du darfst ihr das nicht durchgehen lassen.* Was sollte das? Selbst wenn es ein harmloses Bussi gewesen wäre, wie Münchner angeblich gern mit harmlosen Bussis um sich warfen ... *Aber nein,* mahnte sich Stöhrl, *das war kein harmloses Küsschen, da ist etwas im Busch.* Das Schlimme daran war, dass es ihm gefiel. Verwirrt stellte er fest, auf dem besten Weg zu sein, sich in seine Kollegin und Mitarbeiterin zu verlieben, die ihm sichtlich Avancen machte. Mit deutlich beschleunigtem Puls stieg er aus dem Dienstwagen aus und lief auf dem Gehweg auf und ab, bis Nina breit grinsend zurückkam.

»Und?«

»Bingo! Stille Wasser gründen tief. Du darfst Weiß sagen, dass wir es vielleicht mit einem *Ladyboy* zu tun haben. Jedenfalls ziehe ich meine Bedenken von vorhin fürs Erste zurück.«

»Hört, hört«, atmete Stöhrl zuversichtlich auf. »Darf ein alter Knabe also doch mal seinen Vorurteilen vertrauen.«

»Nein, so ist das nicht gemeint. Aber wenn Lang auch auf *Ladyboy*s stand, ist die Wahrscheinlichkeit, dass deine Annahme stimmt, größer.«

»Wenn unser Täter sein Geld mit Sex verdient, müssten wir ihn bald haben«, witterte Stöhrl Morgenluft.

»Jedenfalls musst du dir nicht von Manfred auf der Nase herumtanzen lassen«, schmeichelte ihm Nina und berührte ihn seltsam vertraut am Oberarm.

Verwundert und freudig nahm Stöhrl ihren Kommentar und ihre Geste auf. Es tat ihm gut, wie selbstverständlich sie für ihn Partei ergriff. Natürlich war auch ihr die Rivalität zwischen ihm und Wirtz nicht entgangen. Offenbar hielt sie seinen Konkurrenten nicht unbedingt für den besseren Kommissariatsleiter, obgleich er es, wie sich Stöhrl nach und nach eingestand, vermutlich wäre.

•••

Tante Irma war tot. Sie hatte sie in ihrer letzten Stunde nicht besuchen dürfen. Aus und vorbei, keine Chance mehr, noch einmal miteinander zu reden, über die unselige Vergangenheit zu sprechen, letzte Klarheit zu gewinnen. Tante Irma war einsam und verwirrt gestorben, eingesperrt im Pflegeheim wegen eines Virus, dessen größte Gefährlichkeit vielleicht die Entrechtung der Menschen war. Die Frau, die ihr über all die Jahre eine Mutter gewesen war – nicht immer eine gute, aber trotzdem eine Mutter – diese Frau war nicht mehr. Die letzte Frage wurde nie gestellt. *Was hast du gewusst, liebe Tante? Warst du blind oder hast du dich blind gestellt?* Tante Irma war von ihr gegangen – eigentlich schon vor Jahren, als sie in die Demenz hineingedämmert war. Anfänglich fast unbemerkt, dann zunehmend spürbarer war sie hineingeglitten in die Dämmerung des Vergessens. Aber an den Onkel hatte sie sich bis zuletzt erinnern können. Also hätte sie auch die entscheidende Frage beantworten können: *Hat sie es gewusst?*

Jetzt war es zu spät. Wie unmenschlich, sie nicht ein letztes Mal ins Heim zu lassen, um Abschied zu nehmen! Grausam. Tante Irma war tot.

Karin Fellermayr fühlte sich eingesperrt in einer lähmenden Müdigkeit. Sie hatte keine Tränen, spürte weder Trauer noch Wut. Eine monotone Gleichgültigkeit machte sich breit, mochte geschehen, was wolle, es war ihr egal. Die Kopfschmerzen waren abgeklungen, aber nicht einmal das nahm sie wirklich wahr. Ihre Gedanken kreisten in quälender Langsamkeit immer nur um diesen einen Satz: *Tante Irma war tot.*

Langsam löste sich die Erstarrung ein wenig. Karin ging ins Bad, zog sich aus und betrachtete sich im Spiegel. Was sie sah, missfiel ihr noch immer, obwohl die raspelkurzen Haare besser ausschauten als die fettigen Strähnen, die sie früher getragen hatte. Aber die scharfe Hakennase erinnerte mit dem Höcker unter der steilen Zornesfalte weiterhin an einen Geierschnabel, und die bleistiftstrichdünnen Lippen zeugten von der tiefgreifenden Verbitterung, die sie empfand. Ätzend kam das Selbstmitleid in ihr hoch und sie fragte sich wieder einmal: *Was hat das Leben aus mir gemacht?*

Sie wandte sich von ihrem Spiegelbild ab, ging unter die Dusche und ließ das Wasser lauwarm auf sich herunterrieseln. Sie nahm Duschgel, schäumte sich ein und wusch den Nachtschweiß von der Haut. *Wenn es doch ebenso leicht ginge, sich von all den bösen Erinnerungen freizuwaschen,* dachte sie und verschloss die Augen vor den blutigen Bildern, die zunehmend brutaler auf sie einstürzten. Nein, sie wollte nicht sehen, was ihre zornige Raserei aus ihr gemacht hatte. Und diesen unbändigen Zorn, den wollte sie nicht mehr spüren. Aber er war da. Ganz nah war er, dieser Zorn, jederzeit bereit, wieder aufzuflammen.

Karin drehte den Hebel auf Blau.

•••

»Gut, dann sage ich dir zunächst, lieber Wolfgang: Such nach einem Menschen, der zierlich genug ist, um zu eurer Videoaufnahme zu passen, dessen Alter zwischen 35 und Ende 40 liegt, der mindestens eine höhere Schulbildung, möglicherweise eine akademische Ausbildung und ziemlich viel Ahnung von Computern hat. Wenn du keinen solchen *Ladyboy* in München findest, erweitere deine Suche auf Stricher, wie es Manfred vorgeschlagen hat. Und noch etwas: Bei so viel Overkill würde es mich wundern, wenn der Täter noch nie mit dem Gesetz in Konflikt gekommen wäre. Such nach Vorstrafen aus dem Bereich Körperverletzung, schau aber auch nach, ob du einen *Ladyboy* oder einen Stricher findest, der einmal den Schutz der Polizei gesucht und vermutlich nicht erhalten hat. Wenn das nicht zu einem Ergebnis führt, knöpf dir geeignete Männer vor, und wenn du dann immer noch nicht weiterkommst: such auch nach einer Frau.«

Nathan beendete das Gespräch.

»Aha?«, brummte Heinrich.

»Sie haben herausgefunden, dass alle drei Opfer *Ladyboys* erotisch fanden. Der Täter könnte also aus diesem Umfeld stammen oder eben ein Stricher sein.«

»Wie kamen sie darauf?«

»Sie haben mit den Ehefrauen gesprochen.«

»Na dann«, winkte Heinrich resigniert ab. »Diskriminiert nur wieder die Schwulen, Transsexuellen und queeren Menschen. Das ist fast so schlimm wie dieses *racial profiling*, das die Polizei bestreitet und trotzdem betreibt.«

»Ach, Heinrich, ich kann nichts dafür, dass viele Anzeichen in diese Richtung weisen.«

»Schon gut. Ihr könnt ja in diese Richtung ermitteln. Mich würde es freuen, wenn es dann anders kommt. Nicht jedes Vorurteil muss bestätigt werden – hoffentlich. Wenn du bei mir einsteigst, musst du wissen, dass es im Laden eine Ecke mit Büchern für und über Außenseiter und Randgruppen gibt. Der *Lesertraum* ist liberal und ich bin ein Gegner von Diskriminierungen.«

Nathan klopfte Heinrich auf die Schulter: »Werde bei dir in die Schule gehen. Es fängt an, Spaß zu machen.«

Nachdem er sich noch eine Stunde mit den Geschäftszahlen der Buchhandlung vertraut gemacht hatte, schlenderte Nathan gemächlich durch Neuhausen und ging gedanklich noch einmal alle Hinweise durch, die ihm bisher zu den drei Morden zur Verfügung standen. Punkt für Punkt glich er mit seinem vorläufigen

Täterprofil ab. Mit Ausnahme der Frage nach dem Geschlecht war er mit seinem Ergebnis zufrieden. Für den Moment erschien es ihm schlüssig. *Mal sehen,* schaute er nach vorn, *wie sich die weiteren Ermittlungen gestalten.* Jedenfalls hoffte er, mit seinen Gedanken dazu beitragen zu können, den Täter zu fassen, denn dann hätte er Stöhrl noch einmal gezeigt, wer der Bessere war. Während er sich die Hände rieb, tadelte er sich bereits für diesen kleinlichen Gedanken. Er musste loslassen und mit diesem Konkurrenzdenken aufhören. Doch er wusste, wie schwer ihm das fallen würde.

Sein Handy vibrierte. Nathan zog es aus seiner Hosentasche und blickte aufs Display: Felix Drinkaus rief an.

»Weiß. Felix, bist du's?«

»Du schuldest mir was.«

»Ich höre.«

»Die Dame ist zu 90 Prozent ein Mann. Wenn du in der Rente nicht schwul geworden bist, rettet dich diese Info vor einem enttäuschenden Date«, sagte der Programmierer und lachte.

»Hast du tatsächlich herausgefunden, wer das Profil von *Roxette* erstellt hat?«

»Dein Schlaumeier ist weniger gewieft, als er vermutlich denkt. Auch über *TOR* kann man gewisse Wege rückverfolgen. Jedenfalls ist das Klarprofil, über das *Roxette* erstellt wurde, ein Michael Schustereder, der sich auf Facebook und auf YouTube tummelt.«

»Respekt. Wie bist du draufgekommen?«

»Schustereder ist ein bequemer Kerl. Er will gewisse Zwischenschritte nicht immer wieder von Hand eingeben und hat daher zugelassen, dass eine Historie gespeichert wird. Die ist zwar grundsätzlich verschlüsselt, aber um solche einfachen Schutzmechanismen zu knacken, bin ich schließlich am Markt.«

»Du bist dir sicher?«

»Was Michael Schustereder angeht: hundert pro. Ob er ein Mann ist? 90 Prozent – schließlich kann man auch auf Facebook das falsche Geschlecht angeben, angeblich machen das knapp zehn Prozent der User.«

»Okay, danke. Du bekommst eine Bücherkiste.«

»Eine Flasche Whisky wäre mir lieber. Aber darüber reden wir, wenn dieser blöde Lockdown vorbei ist.«

»Bingo«, erwiderte Nathan und verabschiedete sich.

Es geht eben nichts über alte Freundschaften, freute sich Nathan und loggte sich, kaum zu Hause, auf Facebook ein. Mit der Suchfunktion war Michael Schustereder rasch gefunden. Ein verschwommenes Profilbild – vermutlich Absicht – zeigte einen glatt rasierten Mann von vielleicht 40 Jahren mit weichen Gesichtszügen. *Das könnte passen,* überlegte Nathan und las, was Schustereder in den Infos über sich hinterlegt hatte: Selbstständig, Single, hat in der »Schule des Lebens« studiert, ist in Hamburg zur Schule gegangen, wohnt in München, mag Theater und Kabarett. Viel war es nicht. Etwas enttäuscht schloss Nathan das Facebook-Profil und suchte Michael Schustereder auf YouTube. Auch hier ein mageres Ergebnis: Er hatte nur einen Film hochgeladen: *Magie der Travestie.* Immerhin passte der Film zu Nathans Profil. Nathan nickte. Der könnte es sein. *Schon erstaunlich,* wunderte er sich, *wie schlampig die Leute mit dem Computer umgehen, selbst dann, wenn sie meinen, sie kennen sich aus. Oder ist da was faul, übersehe ich etwas?* Eine alte Skepsis meldete sich in Nathans Hinterkopf, die Skepsis, jedem raschen Erfolg zu misstrauen. Aber zum einen vertraute er auf die Kompetenz von Felix Drinkaus und zum anderen sprach der Umstand, dass das Profil über das Darknet angelegt worden war, dafür, dass Schustereder allen Grund hatte, seine Identität zu verschleiern. *Vermutlich ist ihm seine Bequemlichkeit zum Verhängnis geworden,* dachte Nathan und rief Stöhrl an.

»Wolfgang, ich bin's. Willst du einen heißen Tipp?«

»Klar.«

»Suche einen Michael Schustereder und nimm ihn in die Mangel. Mit etwas Glück ist das dein Mann.«

•••

Sie waren gerade beide Straßenseiten rund um den Eingang von Kreidls Wohnhaus auf der Suche nach Überwachungskameras abgeschritten, als Nathan anrief und den Namen eines möglicherweise Verdächtigen durchgab.

»Wie kommst du auf diesen Namen?«, fragte Stöhrl neugierig.

»Das tut nichts zu Sache, Wolfgang. Nenn es Intuition.« Mit diesen kryptischen Worten legte Weiß auf.

Typisch, ärgerte sich Stöhrl.

»Was hat er gesagt?«, wollte Nina wissen und stellte sich ganz nah vor Stöhrl.

»Er hat einen Namen für uns.«

»Ja?«

»Schustereder, Michael Schustereder.«

»Okay, den check ich gleich mal.« Nina holte ihr Smartphone aus der Tasche, tippte etwas auf dem Display, schaute angestrengt auf den Bildschirm und nickte heftig.

»Schau mal, ist ein YouTuber – mit einem einzigen Film: *Magie der Travestie.* Geil! Das ist unser Mann.«

Stöhrl schaute Nina groß an. »Glaubst du jetzt doch an meine These?«

»Weiß wird wissen, warum er dir diesen Namen gibt. Auf Weiß kann man sich verlassen.«

Stöhrl spürte wieder diesen kleinen Stich in der Brust. Er schluckte die Eifersucht hinunter. Immerhin sah es danach aus, dass er mit seiner Annahme recht behielt. Das baute ihn auf.

»Los, wir brauchen eine Wohnsitzermittlung«, sprudelte Nina aufgeregt und gab ihm einen Stups gegen die Brust.

Eine Viertelstunde später standen Stöhrl und Lutz vor einer verzierten Holztür in einem prunkvollen Jugendstilhaus, keine fünf Gehminuten von Kreidls Wohnhaus entfernt. Sie hörten schlurfende Schritte näherkommen. Die Tür ging auf und ein schlaftrunken wirkender Mann Mitte 40 schaute belustigt auf ihre Dienstmarken.

»Haben sich die Nachbarn beschwert?«, fragte er mit nasaler Stimme und schlang seinen weiten Morgenmantel enger um sich. »So laut waren wir doch gar nicht. Und wieso kommt bei einem lächerlichen Corona-Verstoß die Kripo?«

»Weil wir Ihnen gern einige Fragen stellen würden«, erwiderte Nina schlagfertig. »Dürfen wir reinkommen?«

»Aber ich habe noch nicht aufgeräumt«, entschuldigte sich Schustereder und öffnete die Tür so weit, dass sie eintreten konnten.

»Sind Sie allein in der Wohnung?«

»Jetzt schon. Darf ich vorausgehen?«

Stöhrl und Lutz folgten ihm in ein gut und gern 30 Quadratmeter großes Zimmer, dessen eine Seite komplett verspiegelt war. Auf und neben einem niedrigen Tisch standen unzählige Sektflaschen und vier Sekt-Flöten.

»Sorry«, nuschelte Schustereder. »Was also gibt's?«

»Kennen Sie einen Hubert Kreidl?«

»Den Hubsi, logisch, den kennt im Glockenbachviertel jeder.«

»Jeder?«

»Na ja, jedenfalls jeder aus der Szene«, schränkte Schustereder mit leicht gekünstelter Stimme ein.

»Welche Szene?«

»Hallo, wir sind im Glockenbachviertel …«

»Also Regenbogen?«, fragte Nina nach.

»Sie haben es erfasst, Frau …?«

»Das ist Kriminalkommissarin Nina Lutz, ich bin Kriminalhauptkommissar Wolfgang Stöhrl«, holte Stöhrl die Vorstellung nach. »Danke, dass Sie sich Zeit für uns nehmen. Sagen Sie, sind Sie in München aufgewachsen?«

»Nein, in Hamburg. Meine Mutter ist da nach der Trennung von meinem Vater hingezogen, sozusagen *back to the roots.* Aber mich hat es wieder hierher verschlagen – wenn Sie so wollen, ein doppelter Rittberger, haha.« Sein Lachen klang angestrengt.

Stöhrl taxierte ihn schweigend: Schustereder war rund 1,70 Meter groß und schlank, machte aber einen durchtrainierten Eindruck. Seine unauffällige Kurzhaarfrisur dürfte sich gut eignen, darüber Perücken zu tragen. Sein Gesicht wies keine Besonderheiten auf und wirkte auf Stöhrl leicht feminin. *Eine Tunte ist er nicht, ein Ladyboy auch nicht, aber sein Erscheinungsbild könnte zu unserem Video passen,* überlegte Stöhrl und freute sich bereits: *Du bist mein Mann!*

»Wollen wir uns setzen?«, fragte Schustereder und bot höflich die Plätze auf zwei voluminösen Sesseln an. »Und dann sagen Sie mir, was Sie wirklich von mir wollen. Um meine kleine Corona-Party geht es ja offensichtlich nicht.«

»Wann haben Sie Hubert Kreidl das letzte Mal gesehen?«, ging Stöhrl siegessicher zur Sache.

»Den Hubsi? In unserer Lieblingskneipe, vor dem Lockdown. Warum?«

»Danach nicht mehr?«

»Nein.«

»Kennen Sie Justin Lang?«

»Einen Justin kenne ich, aber wie der mit Nachnamen heißt … keine Ahnung.«

Stöhrl ärgerte sich, dass er keine Fotos der Mordopfer dabeihatte, blieb aber seiner Strategie treu: »Rolf Lupfer, kennen Sie den auch?«

»Nachnamen sind bei uns nicht so wichtig, Herr Kommissar. Und nette Jungs mit Vornamen Rolf kenne ich sogar zwei. Nur, warum Sie mich das alles fragen, weiß ich immer noch nicht. Wollen Sie nicht endlich so höflich sein, mich ins Bild zu setzen?«

Er ist gebildet, geschickt, eloquent, hat das richtige Alter, ist Weiß ins Blickfeld geraten, eindeutig schwul – das ist unser Mann, bekräftigte Stöhrl seine Einschätzung und gab Nina mit einem leichten Kopfnicken zu verstehen, dass sie die Rolle des *good cop* übernehmen durfte.

»Wir sind bei Ihnen, weil wir glauben, dass Sie uns helfen können, den Mord an Hubert Kreidl aufzuklären.«

»Was? Um Gottes willen! Der Hubsi ist tot?«

Gut gespielt, aber du schauspielerst, dachte Stöhrl und war bereits endgültig überzeugt, den richtigen Mann am Haken zu haben.

»Leider«, erwiderte Nina mit sanfter Stimme. »Wissen Sie, ob er in letzter Zeit mit jemandem aus der Szene Streit hatte?«

»Der Hubsi? Nein, der war ein ganz feiner Tausendsassa, wenn Sie verstehen, was ich meine.«

»Lebenslustig, stimmt's?«

»Aber hallo!«

»Könnte es einen verschmähten Liebhaber geben?«

Schustereder schien kurz zu überlegen, dann schüttelte er den Kopf. »Nö, der Hubsi hat alles genommen, was im Angebot war.«

»War er gut im Bett?«

Stöhrl verschluckte sich fast bei dieser Frage. Er schaute Nina an, sie wirkte völlig ruhig und unaufgeregt; das gefiel ihm und er bewunderte sie dafür. So direkt hätte er sich nicht zu fragen getraut.

Schustereder grinste anzüglich und nickte.

»Haben Sie öfter mit Hubsi Sex gehabt?«

Schustereders Augen verengten sich zu schmalen Schlitzen, zwischen seinen gezupften Augenbrauen bildete sich eine steile Falte.

Jetzt wird er gleich lügen, vermutete Stöhrl und ließ den Verdächtigen keine Sekunde aus den Augen.

»Gelegentlich«, lautete die eher beiläufige Antwort.

Stöhrl glaubte ihm nicht. Bald würde der Zeitpunkt kommen, wo er ihn in die Mangel nehmen konnte. Aber noch überließ er die Fragen seiner jungen Kollegin.

»Wie ging denn Georg Haumer mit diesen Aktivitäten seines Freundes um?«

»Ach, der Schorschi – der ist gutmütig und eher ein Stubenhocker. Die beiden hatten eine offene Beziehung.«

»Keinerlei Eifersucht?«

»Nein, glaube ich nicht.«

»Und Sie? Waren Sie mal auf den Hubsi eifersüchtig?«

Stöhrl beobachtete Schustereder genau: Wieder verengten sich dessen Augen, wieder zeigte sich die Furche über der Nasenwurzel. *Jetzt wird er wieder lügen,* erwartete Stöhrl – und so war es seiner Meinung nach auch, als Schustereder mit aufgesetzter Leichtigkeit verneinte. Stöhrl musste sich zurückhalten; eigentlich wollte er sofort mit einer scharfen Nachfrage dreinschlagen, andererseits sollte Nina die Chance haben, noch mehr aus ihm herauszukitzeln.

»Vielleicht war ein anderer eifersüchtig? Haben Sie dazu eine Idee?«

Schustereder zuckte nur mit den Achseln.

»Gehen Sie öfter im Internet auf Partnersuche?«, wechselte Nina das Thema.

Stöhrl sah, wie sich Schustereder versteifte. *Jetzt hat sie dich,* freute er sich über den vermeintlichen Treffer.

»Nein, habe ich nicht nötig«, antwortete Schustereder unwirsch.

»Auch nicht gelegentlich?«

»Nein. Was soll die Frage?«

»Uns liegen Hinweise vor«, mischte sich Stöhrl ein, »wonach Sie auf einschlägigen Dating-Seiten mit Profilen unter Pseudonym Partner für erotische Spiele suchen.«

»Unverschämtheit, wer behauptet so was?«, entrüstete sich Schustereder.

»Da ist doch gar nichts dabei«, versuchte Nina mit sanfter Stimme die Konfrontation herauszunehmen. »Jeder von uns hat doch schon mal getindert. Wer das abstreitet, macht sich doch unglaubwürdig, Herr Schustereder. Wir wollen Ihnen nichts Böses, aber wir brauchen Ihre Kooperation.«

Stöhrl nickte; sie machte das geschickt, wenn sie so weitermachte, hatte sie eine große Karriere vor sich.

»Ach Tinder!« Schustereder machte eine wegwerfende Handbewegung. »Für uns gibt es bessere Plattformen. Aber nein, ich lerne hier im Viertel und über meinen Beruf so viele nette Männer kennen, da muss ich auf keine Dating-App zurückgreifen.«

»Was sind sie denn von Beruf?«

Schustereder stand auf, ging zu einem Sideboard und holte eine Postkarte aus einer Schublade. Stolz hielt er sie Nina vor die Nase: Es war ein Foto von ihm mit langen blonden Haaren in einem aufreizenden schwarzen Latex-Catsuit, schlanke Beine auf High Heels, in perfekter Pose – es war die Autogrammkarte von *Lady Pearl.*

»Na, zufrieden? Wie Sie sehen, bin ich Travestiekünstler und *Drag-Queen,* mal dies, mal das.«

Nina reichte das Foto an Stöhrl. Als er das Kostüm sah, lief es ihm eiskalt den Rücken hinunter: Vor ihm stand ein Serienkiller.

Stöhrl erhob sich, schluckte kurz und erklärte staubtrocken: »Sie sind hiermit vorläufig festgenommen wegen des Verdachts der Tötung von Hubert Kreidl.«

•••

Tante Irma war tot. Diese Erkenntnis war endgültig in ihrem Kopf angekommen, und ihr Herz trauerte. Zwar hatte Karin keine Tränen, aber das trockene Schluchzen, das sich immer wieder Bahn brach, machte die fehlenden Tränen wett. Klar stand das Bild der Tante vor ihren Augen, die sie damals am offenen Grab der Mutter in die Arme genommen und getröstet hatte. Tante Irma, diese zierliche Person mit dem großen Herz, deren Gesicht beinahe eine Kopie des mütterlichen Antlitzes und damit eine stete Erinnerung an Mutter war, hatte Karin aufgefangen, als sie erst die Mama und dann den Papa verlor, der sich dem Suff ergeben hatte. Mit den Jahren verschwamm das Bild der leiblichen Mutter, Tante Irma wurde zu Karins Mama.

Niemals würde Karin den Tag vergessen, an dem sie von Tante Irma ihren heißgeliebten Schnuffi geschenkt bekommen hatte. Es war ein trüber Novembertag. Karin kam mit einer missglückten Rechenprobe nach Hause, eine Fünf in Rechnen; das hatte es noch nie gegeben. Streng war die Lehrerin mit ihr ins Gericht gegangen. Weinend legte Karin die Probe auf den Küchentisch.

Tante Irma umarmte sie und meinte: »Kindchen, das ist doch nicht so schlimm. Man verrechnet sich eben manchmal im Leben, glaube mir, ich weiß das.« Dann unterschrieb sie die Probe und sprach nicht mehr darüber.

Doch am späten Nachmittag klopfte sie an die Kinderzimmertür und kam mit einem großen Karton herein. »Für dich«, sagte sie und stellte den Karton auf den Schreibtisch.

Aufgeregt öffnete Karin den Karton und sah einen kleinen Gitterkäfig. Darin ein Häuschen aus Sperrholz, ein Laufrad und viel Sägespäne. Sonst nichts. Karin hob den Käfig aus dem Karton, Tante Irma nahm den Karton beiseite, Karin stellte den Käfig auf den Schreibtisch zurück. Da spitzte ein kleines Schnäuzchen aus der Tür des Häuschens. Zarte Barthaare vibrierten, dann kamen dunkle Knopfaugen zum Vorschein.

Karin kreischte vor Freude. Sofort verschwand der Goldhamster wieder in seinem Häuschen. Karin öffnete den Käfigdeckel und hob das Häuschen an. Geduckt und verunsichert saß der

Hamster in einer Kuhle aus Sägespänen und Watte, und sein Schnäuzchen schnüffelte in Karins Richtung.

»Ist der süß«, rief sie und umarmte Tante Irma.

So kam ihre erste Liebe in ihr Leben: Schnuffi.

Als Schnuffi starb, begann der Onkel mit dem Vorlesen.

• • •

Dr. Pfannerl schien überrascht und keineswegs erfreut, als ihm Stöhrl mitteilte, einen dringend Tatverdächtigen im Glockenbachviertel festgenommen zu haben.

»Was mache ich jetzt mit der Pressekonferenz?«, blaffte der Kriminaldirektor ins Telefon.

Stöhrl wusste, dass Pfannerl keine Überraschungen liebte, nicht einmal positive.

»Selbstverständlich abhalten und einen ersten Fahndungserfolg mit Hinweis auf die Unschuldsvermutung bekanntgeben«, antwortete Stöhrl ungewohnt selbstsicher.

»Kommen Sie so rasch wie möglich ins Dezernat«, befahl Pfannerl und beendete das Gespräch.

Im Hochgefühl eines sicheren Triumphes setzte sich Stöhrl auf die Rückbank des Dienstwagens neben Michael Schustereder, der sich seiner Festnahme nicht widersetzt, sondern sich anstandslos angekleidet und sie zum Dienstwagen begleitet hatte. Aus Rücksicht auf die Nachbarschaft hatten sie darauf verzichtet, ihm Handschellen anzulegen.

»Fahren wir«, gab Stöhrl Nina am Steuer grünes Licht.

»Ich will einen Anwalt sprechen«, nörgelte Schustereder. »Was Sie hier machen, ist ein Skandal.«

»Wenn wir auf dem Kommissariat angekommen sind, können Sie Ihren Anwalt anrufen«, erwiderte Stöhrl gut gelaunt.

Nina rollte langsam los, fädelte in den spärlichen Verkehr ein und fuhr gemächlich die Münchner *Feierbanane* entlang, die breite Sonnenstraße auf dem Grundriss der früheren Stadtmauer, die wegen ihrer Krümmung Banane und wegen der Vielzahl der dortigen Clubs, Discos und Bars eben *Feierbanane* hieß und die nun beinahe menschenleer im Lockdown vor sich hin döste. Sie näherten sich dem Stachus, vor langer Zeit einmal Europas verkehrsreichster Platz, und konnten ungehindert Richtung Hauptbahnhof abbiegen.

Stöhrl malte sich Manfreds griesgrämiges Gesicht aus, dessen Palastrevolte vom Morgen nun nach hinten losgegangen war. Von heute an würde er, Wolfgang Stöhrl, deutlich fester im Sattel sitzen. Es tat gut zu spüren, wie sich die Selbstzweifel der letzten Tage verflüchtigten. Leicht widerwillig schickte er einen dankbaren Gedanken an Nathan, der ihm den entscheidenden Tipp gegeben und mit seinem Ad-hoc-Täterprofil einen großen Dienst erwiesen hatte. Stöhrl wusste, wie wenig begeistert sein Vorgänger von der Entscheidung des Polizeipräsidiums gewesen war, ihn zum Leiter des Kommissariats K11 zu ernennen; umso höher schätzte er nun die Hilfe des alten Fuchses in diesem wahrlich schwierigen Fall ein. Zu gern allerdings hätte Stöhrl gewusst, wie er auf Schustereder gestoßen war – aber es war bezeichnend für Weiß, dass er manche seiner Methoden für sich behielt. *Irgendwann komme ich ihm vielleicht auf die Schliche,* machte sich Stöhrl Mut, *und dann könnte aus mir noch ein erfolgreicher Mordermittler werden.*

Ganz verschwunden, stellte Stöhrl fest, waren die Selbstzweifel also noch nicht. Aber jetzt wollte er ohne Wenn und Aber seinen Erfolg auskosten.

Die Ampel am Bahnhofsvorplatz sprang auf Rot. Nina bremste ab und brachte den Wagen an der Haltelinie zum Stehen. Stöhrl schaute aus dem Seitenfenster und beobachtete amüsiert, wie einige Tauben einem Obdachlosen Brotkrumen aus der Hand pickten. Unvermittelt und unvermutet riss Schustereder die Tür auf und sprang aus dem Wagen.

»Hey!«, schrie Nina. Mit einem kurzen Ruck hüpfte der

Wagen einen halben Meter nach vorn, dann war der Motor abgewürgt. Sie musste den Fuß von der Kupplung genommen haben. »Stehenbleiben!«, rief die junge Kommissarin und öffnete den Sicherheitsgurt.

Verdutzt blickte Stöhrl dem Flüchtenden hinterher, der bereits über den Trennzaun zwischen Straßenbahngleisen und Bürgersteig geklettert war und soeben im Abgang zu U- und S-Bahn verschwand. Nun riss Nina die Tür auf und sprang auf die Straße. In diesem Augenblick kam von hinten eine Tram herangefahren. Der Fahrer stieg in die Klingel und brachte mit einer Notbremsung seinen Straßenbahnzug neben dem Dienstwagen zum Stehen. Er öffnete die Tür und schimpfte wütend: »Seid ihr alle verrückt geworden?«

Michael Schustereder war verschwunden. Fluchend setze sich Nina wieder ans Steuer. Stöhrl saß reglos auf der Rückbank; er hatte noch nicht einmal seinen Sicherheitsgurt gelöst.

»Wir brauchen sofort eine Fahndung«, rief Nina aufgeregt und schaute im Handschuhfach nach dem Funkgerät. Das Handschuhfach war leer. Hinter ihnen wurde gehupt. Bis Nina den Motor wieder gestartet hatte, sprang die Ampel erneut auf Rot. Die Trambahn setzte sich rechts abbiegend in Bewegung. Auf dem Gehsteig fütterte der Obdachlose immer noch Tauben.

•••

Tante Irma war tot. Schnuffi war schon lange tot. Mit Schnuffis Tod hatte es begonnen, denn Karin hatte getröstet werden wollen, und so hatte sich die Tür für den Onkel geöffnet. Lüstern war er hindurchgegangen, hatte ihr Verlangen nach Trost und Zuwendung ausgenutzt.

Ob Tante Irma wirklich nichts gewusst und nicht einmal was geahnt hat? In die Trauer mischte sich der bittere Geschmack, etwas Unwiederbringliches verpasst zu haben. Auf immer und ewig würde nun der Verdacht wie ein Schatten auf Tante Irma liegen, dass sie es gewusst und geduldet haben könnte. Hatte sie sich niemals gewundert, wie ausgeglichen ihr Mann gewesen war, wenn sie freitags von ihrem Frauenkränzchen nach Hause gekommen war? Hatte sie niemals in den Abfalleimer geschaut, in den der Onkel nach den Schäferstündchen die gebrauchten Kondome geworfen hatte? Hatte sie sich nie gefragt, warum Karin samstags am Frühstückstisch einsilbig und mürrisch war? Fragen über Fragen, alle unbeantwortet, denn: Tante Irma war tot.

• • •

Fassungslos legte Nathan sein Smartphone auf die Küchenanrichte und brühte weiter seinen Tee auf. Wieder und wieder schüttelte er den Kopf über so viel Unprofessionalität seines Nachfolgers. Wie hatte Stöhrl diesen Schustereder nur entkommen lassen können? Es gehörte zum kleinen Einmaleins eines jeden Polizeibeamten, beim Transport einer festgenommenen Person die Kinderverriegelung einzuschalten, und wenn man es mit einem einer Gewalttat Verdächtigen zu tun hatte, sollte man diesem tunlichst Handschellen anlegen. *So einem Dilettanten habe ich also geholfen.* Immerhin konnte man in Schustereders Flucht ein klares Schuldeingeständnis sehen. *Also habe ich recht gehabt,* lobte sich Nathan selbst, nahm die Teekanne und ging ins Wohnzimmer. Zu gern hätte er jetzt der Pressekonferenz beigewohnt, um Zeuge zu werden, wie Kriminaldirektor Dr. Pfannerl den Journalisten die Flucht des dringend Tatverdächtigen verkaufte, denn das war Pfannerl in erster Linie: ein Verkäufer.

Nathan spürte, wie der alte Ärger über den Kriminaldirektor in ihm hochkochte. Seit dieser arrogante Streberjurist Dezernatsleiter geworden war, hatte Nathan mit seinem Kommissariat und seinen manchmal unkonventionellen Methoden einen schweren Stand gehabt, und einzig Pfannerl hatte er letztlich die Entscheidung des Präsidenten zu verdanken, dass seine Dienstzeit nicht verlängert worden war. Nathan nahm die Porzellantasse und trank einen Schluck seines geliebten Lapsang Souchong. Mit dem zarten Raucharoma schluckte er den Ärger hinunter. Jetzt, nachdem er in Heinrich und Gudrun ganz unverhofft zwei wertvolle Menschen kennengelernt hatte, würde sich sein Leben noch einmal zum Guten wenden. Neue Aufgaben warteten auf ihn, sein Leben bekam wieder einen Sinn. Ein kaum noch für möglich gehaltenes Hochgefühl durchströmte Nathan, und er blickte plötzlich mit großer Zuversicht in die Zukunft.

Trotzdem ließ ihn der Fall des Serienmörders nicht los. Was war das für ein Mensch, der sich im Internet seine Opfer suchte und diese auf schreckliche Weise ermordete? Nathan ging hinüber zu seinem Schreibtisch und schaltete den Computer ein. Er gab *Michael Schustereder* in die Suchmaske bei Google ein und erhielt mehrere Treffer. Gleich der erste führte zu einer Rezension eines Travestietheaters in München, in der Michael Schustereder als hinreißende Drag-Queen *Lady Pearl* in einer Show voller Reiz der totalen Verwandlung beinahe hymnisch gefeiert wurde. Daneben machte eine Kleinkunstbühne mit einem Kabarettprogramm von und mit *Lady Pearl* alias Michael Schustereder Werbung, und zu guter Letzt studierte Nathan die Homepage des Künstlers – oder sollte er sagen: der Künstlerin? Allzu viel gab Schustereder hier auch nicht von sich preis, aber die Links auf erfolgreiche Auftritte zeigten, dass *Lady Pearl* ihren Platz im einschlägigen Show-Business gefunden hatte.

Warum wird so ein Mensch zum Killer? Was versteckt sich hinter der glitzernden Fassade? Diese Fragen ließen Nathan nicht los. Es hatte ihn von jeher interessiert, was Menschen dazu brachte, anderen Menschen Gewalt anzutun. Die Suche nach den oftmals tief verborgenen Motiven war stets essenziell gewesen in der Tat- und Täteranalyse. Letztlich machte das die besondere Faszination der Tätigkeit als Mordermittler aus. Wo also lagen die verborgenen Triebkräfte Schustereders? Und warum war er so spektakulär geflüchtet, wo er doch mit großer Wahrscheinlichkeit erkennen musste, wie aussichtslos diese Flucht sein würde? Zu gern hätte Nathan sich ein persönliches Bild von dem Verdächtigen gemacht, dessen Gesicht – natürlich geschminkt, aber trotzdem – eine seltsam sympathische Ausstrahlung hatte. *Klar, selten sieht man einem Mörder an, dass er einer ist,* grübelte Nathan und spürte doch ein befremdliches Unbehagen. Alles passte so gut zusammen, Schustereder lag auf dem Präsentierteller – und gerade das weckte in Nathan einen leisen Zweifel. War Michael Schustereder ihr Mann?

Es gibt da diese Kippbilder, auf die ich manchmal hereinfalle, sinnierte Nathan und sah ein bekanntes Kippbild vor sich: Je nachdem, wie man hinschaute, zeigte es eine junge Frau oder eine alte Hexe. *Lassen mich meine Vorurteile nur die Hexe sehen,* fragte er sich und dachte an Heinrichs Mahnung, keine Randgruppen zu diskriminieren. Aber die Flucht ... ein Schuldeingeständnis, oder?

Nathan ließ der Zweifel nicht los, er wollte sich rückversichern, rief Felix Drinkaus an und fragte ihn, ob er sicher sei, dass das *Roxette*-Profil von Michael Schustereder erstellt worden sei.

»Zu einhundert Prozent kann ich dir bestätigen: *Roxette* wurde von der E-Mail-Adresse von Michael Schustereder über das *Darknet* erstellt. Ob natürlich Michael Schustereder persönlich mit seinem Account aktiv geworden ist, entzieht sich meiner Kenntnis. Dazu müsst ihr ihn schon vernehmen.«

»Wie wahrscheinlich ist es, dass er nicht selbst gehandelt hat?«

»Unwahrscheinlich, aber nicht ausgeschlossen; die Kriminalstatistik für das Jahr 2019 weist rund 10.000 Fälle von Identitätsdiebstahl aus, das Dunkelfeld dürfte deutlich größer sein.«

»Kann man von außen feststellen, ob eine E-Mail-Adresse gekapert worden ist?«

»Normalerweise nein. Das muss der Betroffene in der Regel selber merken.«

Nach diesem Telefonat blieb Nathan verunsichert zurück. Aber warum sollte Schustereder die Flucht ergreifen, fragte sich Nathan erneut, wenn er unschuldig war? Das ergab keinen Sinn. Er schob die aufkeimenden Zweifel beiseite, zumindest so lange, bis Störl oder wer auch immer Schustereder verhören konnte. Dann würde sich die Wahrheit weisen. Sich selbst mahnte Nathan, Abstand zu gewinnen zur alten Tätigkeit; schließlich stand er vor neuen Herausforderungen. Außerdem erwartete ihn Gudrun in zwei Stunden, und das sollte ein Abend ohne Morde im Hinterkopf werden.

•••

Die Pressekonferenz geriet für Stöhrl zu einem einzigen Fiasko. Nachdem Dr. Pfannerl die Journalisten über den Ermittlungserfolg informiert und dabei vor allem Manfred Wirtz lobend erwähnt hatte, bat er um Mithilfe bei der Fahndung nach Michael Schustereder und warf der Regenbogenpresse auf Nachfrage Stöhrl zum Fraß vor, der den Verdächtigen zwar festgenommen, aber auch entkommen lassen habe. Von allen Seiten prasselten Fragen zu dieser spektakulären Flucht auf das Podium ein. Pfannerl zog sich zurück und überließ es Stöhrl, Rede und Antwort zu stehen. Dabei hatte Stöhrl das Blitzlichtgewitter der Presse noch nie gemocht. Er war kein Medienprofi wie der Kriminaldirektor oder Nathan, der es stets geschickt vermocht hatte, sich die Journalisten vom Hals zu halten und trotzdem in der Berichterstattung glänzend dazustehen. Im Trommelfeuer der kritischen Nachfragen kam schließlich Stöhrls dilettantisches Verhalten bei der Festnahme Schustereders in allen Kleinigkeiten ans Tageslicht. Morgen würde sein Versagen in jeder Zeitung nachzulesen sein.

Als er allein in seinem Büro saß, überlegte er, Pfannerl seinen Rücktritt von der Leitung der Mordkommission anzubieten und damit einer Strafversetzung zuvorzukommen. Niedergeschlagen stellte er fest, am Tiefpunkt seiner Karriere angekommen zu sein. Bis auf die Knochen blamiert hatte er bestimmt jeden Rückhalt bei den Kollegen verloren, die ihn sowieso argwöhnisch beäugt hatten, seit er Nathans Nachfolge angetreten hatte. Dieser hatte nie einen Hehl daraus gemacht, wie wenig er von Stöhrls Qualitäten hielt, und in den zurückliegenden Jahren stets Manfred als seinen potenziellen Nachfolger aufzubauen versucht. Vermutlich hat sich Pfannerl nur deswegen nicht für Wirtz entschieden, weil er Weiß zum Ruhestand noch eins hatte auswischen wollen, sinnierte Stöhrl und griff zum Telefonhörer. Er hatte bereits die ersten Ziffern von Pfannerls Nebenstelle getippt, als es an seiner Bürotür klopfte. Er legte auf und knurrte: »Herein!«

Nina stand fragend in der Tür. *Wie hübsch sie aussieht,* schoss es Stöhrl durch den Kopf, und plötzlich brannte es in seiner Kehle. Vor ihr hatte er sich am allermeisten blamiert. Das tat weh. Er winkte sie herein, brachte aber keinen Ton hervor. Der Knödel im Hals schnürte ihm die Luft ab.

Sie trat ein, schloss die Tür hinter sich und ging langsam auf ihn zu. Ihre Augen waren gerötet. Sie hatte offenbar geweint. »Es tut mir so leid«, schluchzte sie. »Ich bin schuld. Ich bin so eine Idiotin. Wie konnte ich nur die Kindersicherung vergessen?«

»Nein«, krächzte Stöhrl. »Mach dir keine Vorwürfe. Schließlich hätte ich dran denken müssen. Außerdem hätte ich ihm Handschellen anlegen sollen. Das geht auf meine Kappe.«

»Ach Chef«, schniefte sie und schenkte ihm einen Augenaufschlag, der ihm die Sprache verschlug. Dann strich sie sich eine Strähne aus der Stirn, kam um seinen Schreibtisch herum, umarmte ihn kurz, flüsterte ihm »Danke« ins Ohr und rannte aus dem Büro.

Verwirrt blieb Stöhrl sitzen und vergaß den Anruf bei seinem Dezernatsleiter. Endlich gestand er sich ein, bis über beide Ohren in die junge Kommissarin verliebt zu sein. Aber durfte er sich Hoffnungen machen? Was ging in Ninas Kopf vor? Man umarmte seinen Vorgesetzten nicht und gab ihm auch keinen Kuss, nicht einmal auf die Wange. Erst recht lief man nicht davon. War es eine Geste der Dankbarkeit, dass er die Schuld auf sich nahm, obwohl er in der Tat auch ihr einen Vorwurf machen konnte? Eigentlich war der Fahrer für die Kindersicherung zuständig, versuchte er eine lahme Entschuldigung vor sich selbst. Aber nein, er wollte ihr keinen Vorwurf machen. Sie war jung und ungestüm, ihr durfte so ein Fehler unterlaufen; ihm nicht. Er musste sie schützen, er musste sich ritterlich vor sie stellen. Das war seine Chance, ihre Zuneigung zu erringen. Durfte er es wagen, an eine zärtliche Zukunft mit dieser bezaubernden Frau zu glauben? *Sei kein Narr,* schüttelte er den Kopf; *sie ist fast 20 Jahre jünger als du und sie ist deine Mitarbeiterin. Hör auf zu träumen, lass die Finger davon.* Stöhrl zwang sich, nüchtern auf seine Verliebtheit zu blicken, aber es gelang ihm nicht. Er hoffte auf Gegenliebe, er hoffte auf ein Happy End. Es war bereits die zweite eindeutige Zärtlichkeit, Nina überschritt die Grenze von sich aus, die ihr dienstliches Verhältnis eigentlich setzen musste. Sie wollte ihm etwas zeigen, sie ging auf ihn zu, während er sich immer noch passiv und zurückhaltend verhielt. *Sie mag mich,* freute er sich und klammerte sich an diesen Strohhalm und befürchtete doch, dass es keine Zukunft für ihn und Nina geben konnte. Was für ein Zwiespalt, was für ein Gefühlswirrwarr, in dem er steckte. Hin- und hergerissen von Sehnsucht und Pflichtbewusstsein, Gefühl und Vernunft, konnte er minutenlang keinen klaren Gedanken fassen. Schließlich überwogen Zweifel und Vernunft, und er brummte: »Du bist ein lächerlicher alter Narr!«

Er griff erneut zum Telefon: Diesmal würde er sich nicht davon abhalten lassen, Pfannerl seine Kapitulation mitzuteilen.

• • •

Auf dem Informationskanal des Rundfunksenders war es im Bayern-Teil die erste Meldung: *Fahndungspanne bei der Münchner*

Kriminalpolizei! Auch wenn sich die Reporterin um einen sachlichen Ton bemühte und auf eine Wertung verzichtete, hörte Nathan die Häme aus ihren Worten heraus. Natürlich war Stöhrls Versagen für die Medien ein gefundenes Fressen, und in diesen grauenhaften Lockdown-Zeiten war die Presse froh, neben Corona ein spannenderes Thema bespielen zu können. Eigentlich hätte er sich über den Misserfolg seines Nachfolgers freuen können, doch inzwischen tat ihm Stöhrl tatsächlich leid. Er empörte sich vielmehr über Pfannerl, der jeden Anstand und Korpsgeiste vermissen ließ, indem er Stöhrl den Journalisten als Schuldigen benannt hatte. *Das tut man nicht,* ärgerte sich Nathan und überlegte, wie er Stöhrl beispringen konnte. Kurzentschlossen griff er zum Telefon und wählte seine alte Büronummer. Er ließ es siebenmal anläuten, aber Stöhrl hob nicht ab.

Allmählich war es auch Zeit, sich auf den Weg zu Gudrun zu machen. Nathan vertrieb die Morde und die Fahndungspanne aus seinen Gedanken und machte sich stattdessen frisch für den Abend.

Heute, dachte er, *würde es geschehen;* heute würden sie ihren ersten intimen Abend miteinander verbringen. *Hoffentlich bin ich nicht zu aufgeregt,* sorgte sich Nathan und überlegte, wann er das letzte Mal mit einer Frau im Bett gewesen war. Jedenfalls lag das viel zu lang zurück, und jetzt, da er sich erinnerte, wuchs seine Nervosität noch. Es war eine Biergartenbekanntschaft gewesen, vor über drei Jahren, und sie hatte nach der zweiten Maß darauf gedrängt, dass er sie mit zu sich nach Hause nahm. Ihr Ungestüm hatte ihn überrumpelt, ihre Zielgerichtetheit hatte ihn überfordert. Da waren keine Zeit und kein Platz für Zärtlichkeit gewesen, und herausgekommen war ein unbefriedigendes Hopplahopp. Damals war Nathan erleichtert gewesen, als sie gegangen war; ihren Namen hatte er einige Tage später schon vergessen gehabt, doch das demütigende Gefühl, das er nach diesem Abenteuer gehabt hatte, hatte ihn lang begleitet. Aber heute, schöpfte er Mut, heute mit Gudrun würde es einfühlsam und zärtlich sein. Er würde nichts beweisen müssen, würde sich nicht überfordert, sondern geliebt fühlen. Gudrun würde in jeder Hinsicht die Frau sein, nach der er sich seit Jahren sehnte. Als er sich rasierte, fing er einen uralten Hit zu summen an: *Love is in the air,* von John Paul Young. Damals war er 16 Jahre alt gewesen und das erste Mal verliebt. *Wie die Zeit verfliegt*, dachte er und grinste sein Spiegelbild an.

• • •

Nachdem sie ihre beruflichen E-Mails durchgelesen hatte, legte sie sich wieder auf ihr Bett und ließ apathisch die Zeit verstreichen. Sie fühlte sich restlos leer. Langsam drängten sich aus ihrem Nacken wieder dumpfe Kopfschmerzen empor Richtung Stirn, und mit den Schmerzen pochten die Erinnerungen an die Tür ihres Bewusstseins. Sie wehrte sich gegen die Bilder, konnte aber nicht verhindern, an ihren Schenkeln die tastende Hand ihres Onkels zu spüren, die sich lüstern den Weg in ihren Schritt bahnte. Tief empfand sie nun den Ekel über dieses undefinierbare Kribbeln, das seine Zärtlichkeiten in ihr ausgelöst hatten, ein sirrendes Zittern, welches das Noch-Kind nicht gekannt und das dem Gerade-nicht-mehr-Kind gefallen hatte. Damals war ihr der eigene Körper noch ein Rätsel gewesen, um nicht zu sagen unheimlich, und wegen der verschwörerischen Art des Onkels, wegen seiner eindringlichen Worte, dies alles müsse unbedingt ihr Geheimnis bleiben, hatte sie es nie gewagt, mit ihrer Tante über die Veränderungen ihres Körpers und ihres Fühlens zu sprechen.

Erst als ihre Klassenkameradinnen erste Erfahrungen mit ihren Freunden sammelten, dämmerte ihr, was es mit Onkels Zärtlichkeiten auf sich hatte. Gern hätte sie diese Erlebnisse auch mit einem der attraktiven Jungs aus den oberen Klassen geteilt, aber zu sehr wirkte die Warnung des Onkels, sich von den Jungs und den Männern fernzuhalten, und später beließ der Onkel es nicht bei Warnungen, sondern drohte ihr: *Wehe, wenn du dich mit einem jungen Mann einlässt!* Sie war 17, als er anfing, sie zu schlagen, wenn sie sich ihm verweigern wollte; seitdem nahm er sich mit Gewalt, worauf er Lust hatte.

Seit sie für das Studium das Haus ihrer Zieheltern verlassen und er sie angefleht hatte, ihm zu Willen zu sein, hatte sie mit der Angst gelebt, er könnte eines Tages vor ihrer Tür stehen und sie zwingen, sich ihm erneut hinzugeben.

Doch sie hatte ihn nie wiedergesehen und hatte am Ende ihres vierten Semesters Tante Irma trösten müssen, denn der Onkel war beim Joggen von einer Straßenbahn überfahren worden. Anfangs war sie über seinen Tod sehr erleichtert gewesen, aber je älter sie geworden war, umso mehr hatte sie es bedauert, sich nicht an ihm rächen zu können.

Das zumindest hatte sie nun nachgeholt. Was für ein Glück, dass es genug Stellvertreter gab! Doch die Befriedigung, die sie gestern noch empfunden hatte, war verflogen. Im Gegenteil: Tief in ihrer Brust regte sich ein Schuldgefühl.

• • •

»Sie werden diese Suppe selbst auslöffeln, die Sie sich mit Ihrer Eselei eingebrockt haben«, zischte Pfannerl. »Wo kämen wir da hin, wenn jeder einfach seinen Rücktritt einreichen könnte, weil er Bockmist gebaut hat? Nein, mein lieber Stöhrl, rücken Sie das gerade und finden Sie Schustereder. Wenn der Fall lückenlos geklärt ist, dann reden wir über Ihre Zukunft.«

»Aber –«

»Nichts aber. An die Arbeit, Stöhrl! Ach, übrigens … Wie sind Sie auf Schustereder gestoßen?«

Stöhrl war schon halb an der Tür, als ihn Pfannerls Frage erreichte. Ertappt zuckte er zusammen, drehte sich schuldbewusst zu seinem Dezernatsleiter um, überlegte fieberhaft, was er antworten sollte, und entschied sich für die Wahrheit. »Nathan Weiß hat mir den Tipp gegeben.«

»Was?«, brüllte Pfannerl. »Hatte ich Ihnen nicht ausdrücklich angeordnet, diesen impertinenten Arrogantling außen vor zu lassen? Was zum Teufel bilden Sie sich ein? Raus jetzt! Wir sprechen uns noch!«

Wie ein begossener Pudel schlich Stöhrl aus dem Büro des Dezernatsleiters und registrierte kaum, dass Manfred mit einem Espresso in der Ecke saß und ihm gelangweilt zuwinkte. Noch war er viel zu sehr mit sich selbst beschäftigt. Erst als er an seinem Schreibtisch saß, fragte er sich, was sein Stellvertreter bei Pfannerl zu suchen hatte. Vermutlich heckten die beiden eine Intrige gegen ihn aus, aber vorher musste er noch die Kastanien aus dem Feuer holen. *Ich habe es nicht besser verdient,* nickte Stöhrl grimmig und ärgerte sich wieder über sich selbst. Er hätte das Angebot, Leiter der Mordkommission zu werden, ausschlagen sollen; er war nicht gemacht für so viel Verantwortung und er war nicht gut genug für diesen Job. Wenn es hart auf hart kam, konnte er nur scheitern.

Resigniert legte er den Kopf auf die Tischplatte. Eigentlich war er immer der Zweite gewesen. Das hätte er bleiben sollen; aber wer ist schon gegen die eigene Eitelkeit gefeit? Vor einem Jahr hatte es ihm gefallen, Nathans Nachfolge angeboten zu bekommen, und es hatte ihn nicht beeinträchtigt, Manfred nur deswegen vorgezogen zu werden, weil dieser der Favorit von Nathan auf den Chefposten gewesen war und Pfannerl Weiß ein letztes Mal in die Suppe hatte spucken wollen.

Wäre ich doch letztes Jahr souveräner gewesen, haderte Stöhrl, *dann hätte ich mir das hier alles ersparen können.* Früher hatte er mit den Kollegen oft und gern über das Peter-Prinzip gespottet, wonach beinahe ein jeder so lange Karriere macht, bis er endlich die Stufe seiner eigenen Unfähigkeit erreicht. Nicht nur einer der Chefs, die Stöhrl im Laufe seiner bald 30 Dienstjahre bei der

Polizei gehabt hatte, schien ein lebendiger Beweis für die Gültigkeit dieser Theorie zu sein – und nun war er selbst ein überzeugendes Beispiel. Seit dem Mord an Rolf Lupfer reihte er Fehler an Fehler. Hatte er nicht allzu störrisch an dessen Frau als Tatverdächtiger festgehalten? Die genaue Analyse der Überwachungskamera des Juweliers hätte er ohne Cordulas Hinweis ebenfalls unterlassen. Ebenso unverzeihlich war, nicht sofort nach dem Mord an Justin Lang Zusammenhänge zwischen den beiden Opfern gesucht zu haben, und vermutlich wäre es auch vernünftiger gewesen, bereits auf die ersten Hinweise seiner Leute, Nathan um die Erstellung eines Täterprofils zu bitten, zu hören. *Immerhin*, klopfte sich Stöhrl matt auf die Schulter, *bin ich da über meinen eigenen Schatten gesprungen. Aber vermutlich nur,* kritisierte er sich sofort wieder selbst, *weil ich Nina beweisen wollte, wie souverän ich mit der Situation umgehe.*

Überhaupt Nina. Wenn er an die junge Kommissarin dachte, tat er dies mit Herzklopfen und einer Mischung aus Zärtlichkeit und Schmerz. Wenn sie ihre rotblonde Strähne aus der Stirn strich, ging ihm das Herz auf, und für jedes Lächeln von ihr gäbe er mindestens eine Flasche Sekt aus. Die Stelle auf seiner Wange, die ihre Lippen berührt hatten, würde er am liebsten wochenlang nicht mehr waschen, von ihren Knuffern in seine Seite konnte er gar nicht genug bekommen, und wie gern würde er einmal einfach nur ihre Hand halten. Es gab nichts zu leugnen: Stöhrl war in sie verliebt. Und es gab nichts zu beschönigen: Diesem Gefühl durfte er nicht nachgeben. Nina war fast 20 Jahre jünger als er, und er war ihr Chef. Es war seine Pflicht, der sich anbahnenden Vertrautheit einen Riegel vorzuschieben, es war seine Verantwortung, die nötige Distanz zu wahren.

Schmerzhaft wurde ihm bewusst, dass er sich umgehend entlieben musste, als das Telefon läutete. Die Nummer auf dem Display kannte er nicht. Er zögerte, das Gespräch entgegenzunehmen, doch die Neugier überwog.

Am Apparat war die Bundespolizei. »Spreche ich mit dem Leiter der Mordkommission München, Kommissariat K11?«

»Ja, Wolfgang Stöhrl am Apparat.«

»Sie haben vor rund zwei Stunden einen Michael Schustereder zur Fahndung ausgeschrieben?«

»Ja, Herr Schustereder steht unter dringendem Mordverdacht.«

»Wir haben Ihren Mann.«

Stöhrls Puls beschleunigte sich. Endlich eine gute Nachricht.

• • •

Sie strahlte, als sie ihm öffnete, und umarmte ihn, kaum hatte er die Tür hinter sich geschlossen. Das fühlte sich gut an. Trotzdem versagte es sich Nathan, dem Impuls nachzugeben und sie zu küssen. Stattdessen schlüpfte er umständlich aus seiner Jacke, ehe er aus seiner Umhängetasche einen leicht zerdrückten Blumenstrauß zog.

»Das ist aber aufmerksam«, freute sie sich und gab ihm unvermittelt einen trockenen Kuss auf den Mund. »Komm herein, ich habe etwas vorbereitet.«

Auf dem Biedermeiertisch spendeten zwei dreiarmige Kerzenständer warmes Licht. Die Flammen spiegelten sich in den tulpenförmigen Weingläsern. Auf dekorativen Platztellern standen flache und tiefe Teller, Besteck war eingedeckt für mindestens drei Gänge, in Serviettenhaltern steckten weiße Leinenservietten – ein festlicher Tisch.

»Deine Blumen passen gut dazu«, bemerkte Gudrun und holte eine Vase aus dem Schrank.

»Hoffentlich harmoniert mein Wein auch«, ergänzte Nathan und zog eine Flasche pfälzischen Riesling aus seiner Tasche.

»Lass mal sehen – gut gewählt.«

»Habe mich beraten lassen.«

»Da kannst du wieder einkaufen, Herr Kommissar.«

Sie füllte die Vase mit Wasser und stellte den bunten Frühlingsstrauß auf den Tisch. Ein heimeliges Gefühl machte sich in Nathans Brust breit, wie er es seit vielen Jahren nicht mehr erlebt hatte.

»Schön«, flüsterte er und ergriff Gudruns Hände. Sie fühlten sich etwas rau an. Ihre grünbraunen Augen leuchteten.

»Danke«, flüsterte sie zurück. »Hoffen wir mal, dass es dir auch schmeckt. Setz dich.«

Nach einer guten Stunde waren sie beim Dessert angelangt, herrlich duftenden Bratäpfeln aus dem Ofen, die Nathan an seine Kindheit erinnerten. Gudrun hatte mit einer klaren Selleriesuppe, Seelachsfilets an Fenchelgemüse und panierten Sellerieschnitzeln mit Bratkartoffeln ein ebenso einfallsreiches wie schmackhaftes Menü serviert, das Nathans Riesling tatsächlich hervorragend begleitet hatte. Über dies und das plaudernd war das Dinner wie im Flug vergangen und dabei in Nathan das wohlige Gefühl des Sich-zu-Hause-Fühlens angewachsen bis zu dem Kulminationspunkt, an dem er nicht mehr anders konnte, als sich spontan zu erheben, Gudrun über die Haare zu streicheln, sich zu ihr hinabzubeugen und ihr einen Kuss zu geben. Zuerst zögerlich, dann bereitwillig öffnete sie ihre Lippen, und als sich ihre Zungenspitzen trafen, peitschte ein Stromschlag durch Nathans Körper, der ihn lichterloh entzündete. Er griff unter Gudruns Achseln, hob sie von ihrem Stuhl hoch, nahm sie fest in die Arme und wusste endlich, was Faust bewegte, als er zum Augenblick meinte sagen zu dürfen: *Verweile doch, du bist so schön!*

Während aber in der weltberühmten Tragödie ein zurücksinkender Held von Lemuren angefasst und auf den Boden gelegt wird, ließen Nathan und Gudrun die letzten Bissen ihrer Bratäpfel auf den Tellern zurück und tranken die letzten Schlucke des pfälzischen Rieslings nicht aus, sondern gingen Hand in Hand aus der Wohnküche hinaus und ins Schlafzimmer hinüber.

9

»Daher gratuliere ich dem gesamten Team, diesen Fall rasch aufgeklärt zu haben«, beendete Kriminaldirektor Pfannerl seine Ansprache an die Mitglieder des Kommissariats K11, stand auf und streckte symbolisch jedem Einzelnen die Hand entgegen. Dann setzte er seine Gesichtsmaske auf und verließ den großen Besprechungsraum.

»Was soll ich dem hinzufügen?«, fragte ein blasser Stöhrl in die Runde. »Schließen wir die Akte und nehmen uns für heute frei.«

Niemand widersprach, aber in keinem der Gesichter sah Stöhrl jene Zufriedenheit, die sich normalerweise zeigte, wenn ein schwieriger Fall aufgeklärt worden war. Mit dem schalen Geschmack im Mund, den er eigentlich nur von Niederlagen kannte, erhob sich Stöhrl von seinem Stuhl und ging schlurfenden Schritts hinüber in sein Büro.

Er saß noch keine Minute am Schreibtisch, als es klopfte und Nina ihren Kopf zur Tür hereinstreckte. »Hast du eine Minute für mich?«, fragte sie kleinlaut.

Stöhrl unterdrückte seine spontane freudige Regung, machte absichtlich ein mürrisches Gesicht und knurrte: »Für dich immer. Was willst du?«

Er hatte die ganze Nacht nicht geschlafen und war angesichts der Ereignisse zu dem Schluss gekommen, sich ein für alle Mal von dieser kindischen Verliebtheit zu distanzieren, die ihn letztlich nur unglücklich machen würde. Zu deutlich hatten sich ihm die Bilder der Vergangenheit aufgedrängt, als ihn Angelika nach drei glücklichen Jahren Knall auf Fall vor die Tür gesetzt und ihn aus seinem Paradies vertrieben hatte. Mehrere Jahre hatte er diesen Verlust betrauert und war beinahe an dem Umstand zerbrochen, wegen eines jüngeren, attraktiveren Mannes verlassen worden zu sein. Gäbe er seiner Verliebtheit nach, stünde ihm selbst dann, wenn ihn Nina zunächst erhören würde, ein noch schmerzhafterer Abschied bevor. Allein aus Selbstschutz, um sich so einen Trennungsschmerz zu ersparen, durfte er sich diese Verliebtheit nicht erlauben. Daneben forderte ein letzter Rest an beruflichem Ethos, seiner Rolle als Vorgesetzter gerecht zu werden, auch wenn er wild entschlossen war, die Leitung von K11 abzugeben. Denn das, was der eitle Kriminaldirektor als Erfolg zu feiern versuchte, und was Pfannerl in einer Stunde der Presse als herausragende Ermittlungsleistung seines Dezernats verkaufen würde, empfand Stöhrl als empfindliche und demoralisierende Niederlage.

»Es tut mir schrecklich leid«, riss Nina ihn aus den Gedanken. »An allem bin ich schuld. Verzeihst du mir?«

»Da gibt es nichts zu verzeihen. Was wollen wir mehr? Der Fall ist gelöst, Pfannerl feiert in einer Stunde vor der Presse einen fulminanten Erfolg und wir haben keine Arbeit mehr damit. Keine mühsamen Vernehmungen, keine aufwendigen Analysen von Computern, Handys und Faserspuren und so weiter – alles geschenkt.«

»Aber wir müssen noch zweifelsfrei aufklären, ob Schustereder wirklich der Täter war«, widersprach Nina.

»Das glaubst du doch selbst nicht. Mit seiner Flucht hat er seine Schuld eingestanden. Spätestens dann, als er am Hauptbahnhof wie ein Wahnsinniger vor der Bundespolizei davongerannt ist.«

»Vielleicht hat er vor etwas ganz anderem Angst gehabt. Und jetzt ist er tot«, flüsterte Nina. Es klang ehrlich betroffen.

Ja, dachte Stöhrl, *wir werden nie erfahren, vor was Schustereder alles Angst gehabt hat.* Aber den Verdächtigen durch einen schrecklichen Unfall zu verlieren, weil er auf der durch Stöhrls eigene Unachtsamkeit ermöglichten Flucht blindlings in einen heranrauschenden ICE gelaufen war, behagte Stöhrl selbstverständlich nicht. Auch deshalb hatte er die ganze letzte Nacht nicht geschlafen.

»Wir müssen mit so einem Mörder kein Mitleid haben, Nina«, versuchte Stöhrl entgegen seinen eigenen Skrupeln, das Thema zu beenden. Er wollte verhindern, dass Nina ein schlechtes Gewissen bekam. Das zumindest war ein Liebesdienst, den er ihr erweisen durfte.

»Und wenn er es nicht war?«

»Er war's, basta!«, wollte Stöhrl die Diskussion beenden, obwohl er selbst Zweifel hatte. Es war lediglich ein Gefühl, das ihn verunsicherte, ein Gefühl, von dem er nicht hätte sagen können, woher es kam. Hatte Ninas Frage diese Zweifel ausgelöst oder nagten die Zweifel in ihm selbst? Waren es die Selbstzweifel, die ihn verunsicherten, weil er glaubte, nicht am richtigen Platz zu stehen als Leiter von K11?

Nina trat nahe an seinen Schreibtisch und schaute ihn mit traurigen Augen an: »Wolfgang, willst du denn die Wahrheit nicht wissen?«

Bei diesem Blick lief es ihm heiß und kalt den Rücken hinunter. Tief in ihm schrie eine Stimme *Nein, nein, nein*. Er musste Abstand halten, er durfte sein Herz nicht öffnen, nicht einmal für diesen eigenartig flehenden Blick, der ihm durch Mark und Bein drang.

»Was ist, wenn er kein Mörder war?«

»Nathan klang sehr überzeugt davon, dass Schustereder der Urheber von *Roxette* war.«

»Ach, Wolfgang, auch Nathan Weiß kann irren.« Sie kam um seinen Schreibtisch herum und stand unmittelbar neben ihm. »Ich habe ein ganz komisches Gefühl.« Sie kniete neben ihm nieder und schluchzte: »Ich habe Angst, dass ich an seinem Tod schuld bin.«

Stöhrl legte ihr den Arm um die Schulter und tat etwas, was er seit vielen Jahren nicht mehr getan hatte: Er betete. *Herr, führe mich nicht in Versuchung!*

»Nicht doch«, flüsterte er. »Du kannst nichts für seinen Tod. Ich verstehe dich ja, und ich finde es gut, dass du dich hinterfragst, aber …« Er zögerte kurz und überlegte, wie er es sagen sollte; dann fuhr er fort: »Aber du bist machtlos, wenn das Schicksal zuschlägt.«

Mit diesen Worten, die ihm bereits beim Aussprechen kitschig vorkamen, streichelte er ihren Kopf. Da erhob sie sich, beugte ihr Gesicht zu seinem und drückte ihre Lippen auf seinen Mund. Die Berührung traf ihn wie ein kleiner Stromschlag, doch ihre Weichheit auf seinem Mund gefiel ihm, und ehe er sich versah, öffnete sie ihren Mund und tupfte mit ihrer Zunge über seine Lippen. Er ließ sich in die Zärtlichkeit dieses Kusses fallen.

•••

Immer noch beseelt von der märchenhaften Nacht schlenderte Nathan durch die fast menschenleere Stadt. Am Friedensengel, der auf seiner schlanken Säule golden in der frühen Sonne glänzte, hatten sie sich einen raschen Abschiedskuss gegeben, dann war Gudrun den restlichen Weg allein zum Klinikum gelaufen, während Nathan, der sie bis dahin zu Fuß begleitet hatte, an der Isar entlang zur Maximiliansbrücke gegangen war und von dieser lange auf die Fischtreppe hinuntergeblickt hatte. Jetzt war er auf dem Weg nach Hause, denn es war Zeit für die zweite Kanne Lapsang Souchong, Zeitunglesen und Radionachrichten.

Auch heute war wieder ein Tag, an dem das Virus die Schlagzeilen beherrschte. Das Nathan bis vor wenige Wochen nicht bekannte Robert-Koch-Institut vermeldete, es handle sich bei der Corona-Pandemie um eine weltweit und in Deutschland *sehr dynamische und ernst zu nehmende Situation.* Die Anzahl der an dieser Krankheit Verstorbenen erreichte die Dimension derer, die üblicherweise in einem Winter in Deutschland an Influenza sterben. *Trotzdem streiten Experten und Politiker immer noch darüber, ob Gesichtsmasken sinnvoll sind oder nicht,* wunderte sich Nathan und las zwei Seiten später, dass die Stadt Jena nun eine Maskenpflicht eingeführt habe. *Und mir hat der Lockdown tatsächlich eine Lebensgefährtin beschert,* amüsierte sich Nathan über die Janusköpfigkeit des Schicksals. *Wer weiß, ob Gudrun in normalen Zeiten überhaupt für ein Treffen mit dem schmerbäuchigen Rentner zu haben gewesen wäre,* sinnierte Nathan und genoss die nachwirkende Herzenswärme der vergangenen Nacht. Mit der nächsten Tasse Tee legte Nathan die Zeitung beiseite und schaltete das Informationsradio seines Lieblingssenders ein. Nach den auch im Radio vorherrschenden Corona-Meldungen hörte Nathan ein Stichwort, das ihn sofort elektrisierte: »Nun zu einer grausamen Verbrechensserie in München und einer tödlichen Gerechtigkeit«, verkündete die Stimme des Nachrichtensprechers. »Die letzten Tage hat die Ermordung von drei Männern in München für Angst und Schrecken gesorgt. Gestern Nachmittag konnte der dringend der Tat verdächtige Michael S. festgenommen werden. Während er zur Vernehmung in die Räume der Mordkommission verbracht werden sollte, gelang ihm in der Nähe des Hauptbahnhofs spektakulär die Flucht aus dem Polizeiwagen. Die sofort ausgelöste Fahndung führte gut zwei Stunden später zum Erfolg. Der Flüchtige wurde von einer Streife der Bundespolizei im Bereich des Münchner Hauptbahnhofs entdeckt. Er widersetzte sich der Aufforderung, sich zu ergeben, und flüchtete über die Gleisanlagen. Dabei rannte er vor einen einfahrenden ICE und wurde von diesem erfasst. Michael S. erlag noch an der Unfallstelle seinen schweren Verletzungen. In wenigen Minuten gibt das Polizeipräsidium München auf einer Pressekonferenz weitere Details zu dem Geschehen und der Aufklärung dieses spektakulären Serienmordes in München bekannt.«

Nathan traute seinen Ohren nicht. *Stöhrl, du Idiot,* fluchte Nathan innerlich, *du hast alles verbockt.* Nichts widerstrebt einem Ermittler mehr, als den Schuldigen vor einem ordentlichen Verfahren zu verlieren und damit die Chance einer umfänglichen Aufklärung zu verpassen. In einem ersten Impuls griff er zum Telefon, um seinen Nachfolger anzurufen, hielt jedoch inne. Wenn es gleich zu einer Pressekonferenz kam, würde Stöhrl gewiss mit auf dem Podium sitzen und durch Pfannerl ein zweites Mal der Presse zum Fraß vorgeworfen werden. Da machte es jetzt keinen Sinn, Stöhrl auf die Pelle zu rücken. Er würde Geduld aufbringen müssen, ehe er sich über die genauen Umstände dieses Unfalls informieren konnte. Zugleich formte sich in seinem Hinterkopf ein unangenehmer Zweifel gerade wegen dieser verpassten Chance, in der Vernehmung der Tat und ihren Motiven auf den Grund gehen zu können. War bereits zweifelsfrei erwiesen, dass Michael Schustereder der Serienkiller war? Zwar hatte Felix Drinkaus keinen Zweifel daran gelassen, dass das Profil von *Roxette* über Schustereders E-Mail-Adresse im *TOR*-Netzwerk erstellt worden war. Und ja, dieses Profil passte perfekt zum vermeintlichen Vorgehen des Mörders, sich im Internet seine Opfer zu suchen. Ebenfalls ja, dass Michael Schustereder einen passgenauen Täter im Lichte von Nathans Fallanalyse abgab. Zu guter Letzt noch die Flucht. Gab es ein naheliegenderes Schuldeingeständnis? Trotzdem nagten die Zweifel an der allzu perfekt klingenden Aufklärung dieses Falls in Nathans Hinterkopf. In seinen langen Jahren als Mordermittler hatte er sich nie mit der Aneinanderreihung von Indizien zufriedengegeben. Stets hatte er eine lückenlose Aufklärung gewollt, am liebsten mit einem Geständnis des Täters. Vermutlich war Schustereder der richtige Mann, aber es waren noch viele Fragen offen. Hatte Schustereder eventuell zu einer oder mehrerer der Tatzeiten ein Alibi? Mit welchen Profilen hat er welches Opfer in seine Falle gelockt? Aus welchem Motiv heraus hat er gehandelt? Fand sich Beweismaterial in Schustereders Besitz? Kleidung, Kontaktspuren, Tatwaffe?

Nathan grübelte. Pfannerl würde vermutlich einen vollen Erfolg verkaufen und dann anordnen, die Akte umgehend zu schließen. Warum noch Aufwand betreiben bei einem geklärten Fall und einem toten Täter? Zögerlich trank Nathan den nächsten Schluck Lapsang Souchong. Es gelang ihm jedoch nicht, den schalen Nachgeschmack hinunterzuspülen, den seine Zweifel hinterlassen hatten.

•••

Sie lag im Bett. Im Zimmer war es dämmrig dank der vorgezogenen schwarzen Vorhänge. Ganz allmählich erwachte sie aus ihrer Lethargie. Tante Irma war tot. Karin konnte das nicht ändern und musste es akzeptieren. Immer noch spürte sie die verzweifelte Trauer und dieses schwer auszuhaltende Bedauern, nicht über diese eine wesentliche Frage mit ihr gesprochen zu haben. Neben der Trauer kroch langsam wieder die Wut empor, dieser kaum noch zu bändigende Zorn auf die Welt, das Schicksal und all diese Männer, die Schuld waren an ihrem Leid, an allem Leid. Männer! War ihr das nie bewusst gewesen, dass sie Männer hasste?

Aus der Dämmerung schälte sich ein Gesicht, kam näher und wurde schärfer. Buschige Brauen über dunkelbraunen Augen, eine zu kurz und zu dick geratene Kartoffelnase, volle Lippen, die beim Lächeln schiefe Zähne entblößten – Walther, ihr erster Freund.

Sie hatte ihn im Chemiepraktikum kennengelernt. Gemeinsam mit einer Reihe von Lehramtsstudenten wollten sie den immer wieder faszinierenden Alu-Brom-Vulkan ausbrechen lassen, ein Versuch, der gewisse Grundfertigkeiten bei der Durchführung verlangt. Karin war unachtsam und spülte ihr verwendetes Reagenzglas unbedacht mit Wasser, wodurch sie eine sie überraschende, heftige Reaktion auslöste und vor Schreck das Reagenzglas fallen ließ. Walther eilte ihr zu Hilfe und machte die Bromreste rasch mit einigen Spritzern Natronlauge unschädlich.

Dankbar nahm sie seine Einladung an, nach dem Praktikum in der Uni-Cafeteria einen Kaffee zu trinken. Rasch erlag sie seinem liebenswürdigen Charme. Sie trafen sich öfter, bildeten eine Lerngemeinschaft, kamen sich menschlich näher.

Walther war geduldig und aufmerksam. Er bedrängte sie nicht. Seine Zärtlichkeiten waren einfühlsam und er gab ihr das Gefühl, alles drehe sich nur um sie. Wie anders fühlten sich seine Fingerkuppen auf ihrer Haut an, ganz anders als die fordernden und rücksichtslosen Hände des Onkels. Mit seinen Zauberhänden entlockte er ihrem Körper Reaktionen, die sie sich nicht einmal in ihren geheimsten Minuten selbst bereiten konnte. Hatten sie sich beim Thema *Zauber der Chemie* kennengelernt, so ergab sie sich Walther schließlich beim *Zauber der Erotik.* Das gesamte fünfte Semester hielt die heilende Wirkung ihrer Liebe zu Walther an, nach und nach verblasste die Erinnerung an den Onkel.

Bis heute konnte Karin nicht sagen, wann die Veränderung begonnen, wann Walther angefangen hatte, über ihr Leben zu bestimmen. Unmerklich herrschte er mehr und mehr nicht nur über ihre gemeinsamen Unternehmungen, sondern auch über Karins Alltag. Er kontrollierte irgendwann jede ihrer Aktivitäten, wachte eifersüchtig darüber, wann sie sich mit wem traf, verhinderte schließlich zunehmend ihre Begegnungen mit ihren Studienfreundinnen, verbot ihr jeglichen Kontakt zu Kommilitonen und begann, sie in ihrer kleinen Studentenbude einzusperren. Am Ende des sechsten Semesters gewahrte sie zu ihrer eigenen Überraschung, dass sie nur noch das tat, was er ihr erlaubte oder vorschrieb. Als er ihr verbot, auf die Geburtstagsparty einer Freundin zu gehen, weil er sie nicht begleiten konnte, sprach sie ihn auf seinen Kontrollzwang an und erhielt statt einer Antwort eine Ohrfeige. Sie weinte, blieb zu Hause, akzeptierte seine Entschuldigung, sehnte sich weiter nach seinen Zauberhänden und unterwarf sich ihm.

Aber ein Damm war gebrochen. Nicht mehr ihr zartes Pflänzchen von Liebe und Lust stand im Mittelpunkt, nein: Er schwang das Zepter und ließ nichts mehr gelten außer seinem fordernden Ich. Beim geringsten Widerspruch schlug er zu, jeden Widerstand brach er mit Gewalt, und ehe das siebte Semester zu Ende gewesen war, hatte es nur noch eine Normalität in ihrer Beziehung gegeben: Walther nahm sie mit brutaler Gewalt.

Nun wurde sein Gesicht zur Fratze. Angeekelt setzte sich Karin auf und versuchte, die Erinnerung abzuschütteln. Es gelang ihr nicht. Aber ihr wurde klar, dass sie spätestens seit der albtraumhaften Trennung von Walther die Männer hasste. Nur damals war ihr das noch nicht bewusst gewesen, sonst hätte es die nächste unsägliche Beziehung zu Norbert nicht mehr gegeben. *Vielleicht hätte mein Leben dann eine andere Wendung genommen,* resignierte Karin und stand auf.

Sie ging in die Küche, schaltete das Radio an und fluchte über die Corona-Nachrichten. Schon wollte sie den Sender wechseln, als sie bei der folgenden Meldung stutzte: »Nun zu einer grausamen Verbrechensserie in München und einer tödlichen Gerechtigkeit«, leitete die Sprecherin den nächsten Beitrag ein.

Von einer Sekunde auf die andere war Karin hochkonzentriert und lauschte fasziniert dem folgenden Bericht. Sie mochte es nicht glauben. Der Mörder der drei lüsternen Männer war gefasst worden, davongesprungen und ein ICE hatte ihn zu Tode gemalmt. Die Ermittlungen waren abgeschlossen. Die Fälle wurden zu den Akten gelegt. Zuerst durchströmte sie ein stiller Triumph, dann schrie sie plötzlich auf und brüllte ein langgezogenes, hysterisches »*Jaaaaaaaaaaaaaa*«.

•••

Nachdem er von Pfannerl nicht zur Pressekonferenz eingeladen worden war, fuhr Stöhrl mit Nina zu Georg Haumer, um ihn ein weiteres Mal zu befragen. Allerdings interessierte ihn diesmal nicht Haumers Verhältnis zu Hubert Kreidl, sondern was Haumer über Michael Schustereder zu sagen hatte. Nina hatte ihn überredet, den Fall nicht sofort zu den Akten zu legen, und wenn sie noch etwas in Erfahrung bringen wollten, mussten sie rasch handeln, ehe Pfannerl den Stopp aller Ermittlungen anordnen konnte.

Diesmal saß Stöhrl am Steuer. Er versuchte, sich auf den Verkehr zu konzentrieren und nicht andauernd zu Nina hinüberzublicken, die ihn dankbar anschaute. Da die Straßen leer waren, schweifte sein Blick aller seiner Bemühungen zum Trotz immer wieder zu seiner Beifahrerin. Wie hübsch sie war. Wie energiegeladen. Wie engagiert. Wie verführerisch. Was sollte jetzt aus alledem werden? Er wusste es nicht, und wenn er ehrlich war, musste er einräumen, selten in seinem Leben so verwirrt gewesen zu sein wie in diesen Minuten. Beruflich gescheitert, privat in ein hoffnungsloses Abenteuer verstrickt, wusste Stöhrl nicht, wo ihm der Kopf stand. Doch dieser eine Kuss war vielleicht schon den Rest seines Lebens wert.

»Kommen Sie herein«, lud Haumer sie mit kratziger Stimme ein und wies in die Richtung des verspielten geräumigen Wohnzimmers, das Stöhrl bereits kannte. »Womit kann ich Ihnen heute helfen? Wissen Sie, ich kann es immer noch nicht fassen, dass Hubsi tot ist.«

Stöhrl setzte sich und hielt etwas Abstand, um Haumers schlechten Geruch nach Schweiß und Alkohol nicht allzu sehr in die Nase zu bekommen. Offensichtlich hatte sich Haumer seit ihrem letzten Besuch nicht gewaschen, hatte sich vermutlich in der Wohnung eingeigelt. Ob er seitdem überhaupt Zeitung gelesen oder Radionachrichten gehört hatte? Wusste er von den jüngsten Vorfällen? Stöhrl überlegte, wie sie das Gespräch beginnen sollten und war erleichtert, als ihm Nina mit einem versteckten Fingerzeichen signalisierte, den Anfang machen zu wollen.

»Es ist schrecklich, den Tod eines geliebten Menschen betrauern zu müssen, lieber Herr Haumer. Glauben Sie mir, ich verstehe Ihr Leid. Viel zu früh habe ich meinen Vater verloren. Jahrelang habe ich daran geknabbert.«

Georg Haumer schaute Nina dankbar an und schenkte sich ein Glas Wein ein.

»In Ihrem Fall ist es besonders schlimm, weil Hubert Kreidl gewaltsam aus dem Leben gerissen wurde. Aber vielleicht ist es ein Trost für Sie zu wissen, dass der Täter seine Strafe erhält.«

»Das bringt mir den Hubsi nicht zurück«, schniefte Haumer und leerte sein Glas auf einen Zug.

»Da haben Sie recht. Trotzdem machen wir immer wieder die Erfahrung, dass es für die Angehörigen der Opfer von Gewaltverbrechen wichtig ist, Gerechtigkeit zu erleben.«

»Kann sein«, erwiderte Haumer leise und schenkte sich nach.

»Kennen Sie eigentlich Michael Schustereder?«, steuerte Nina nun auf den Grund ihres Besuches zu.

»Mike? Das ist doch unsere *Lady Pearl*! Freilich.«

»Was ist das für ein Mensch?«

»Ein Gaudibursch und ein echter Comedian. Die *Lady Pearl* müssen's mal im *Kleinen Theater* anschauen, Sie lachen sich kaputt.«

»Macht er Kabarett?«

»Kabarett und Travestie – göttlich. Wie kommen Sie auf Mike?«

»Er fühlt sich also als Mann, ist kein«, Nina Lutz stockte kurz, ehe sie fortfuhr, »*Ladyboy*?«

»Wir sind hier im Glockenbachviertel, Frau Kommissarin. Da gehorcht nicht alles diesen strengen Einteilungen. Der Mike ist ein bisserl was von allem: Mann, Frau, Transvestit, divers – je nach Laune.«

»Schwul?«

»Das auch, jedenfalls hauptsächlich, aber auch ein bisserl bi. Wieso?«

»Seien Sie mir nicht böse, wenn ich's frage: Hatte er auch einmal ein Verhältnis mit Hubert Kreidl?«

»Verhältnis glaube ich nicht«, schüttelte Haumer den Kopf und trank das nächste Glas leer. »Aber Spaß haben die beiden g'wiss miteinander g'habt.«

»Kann es sein, dass der Mike mehr wollen hätt' von Ihrem Lebensgefährten?«

»Nein«, erwiderte Haumer entschieden. »Der Mike ist doch mit unserer Lisa Fitz zusammen.«

»Der Schauspielerin?«, fragte Nina überrascht.

»Nein – *unserer* Lisa Fitz, eine echte Transvestitin, unser Spatzerl vom Glockenbachviertel. Die hat sich bloß den Spitznamen eingehandelt, weil sie der echten Fitz im G'sicht 'runterg'rissen ähnlich schaut – der jungen natürlich.«

»Und wie heißt die Lisa Fitz im wirklichen Leben?«, fragte Stöhrl.

»Alexander Baum. Wohnt drei Häuser weiter, falls Sie das wissen wollen.«

»Danke«, brummte Stöhrl und überließ Nina wieder das Feld.

»Hatten die beiden auch eine offene Beziehung?«

»Klar, das haben die meisten von uns. Sonst wär's ja spießig.«

»Und da gibt es keine Eifersucht?«

»Na ja, manchmal schon, aber nicht so intensiv, wie Ihr Heteros das wohl empfindet.«

»Und ...« Wieder machte Nina eine Pause. »Gewalt?«

»Meinen Sie Rollenspiele, SM und so?«

»Ja.«

»Jeder, wie er's mag. Meins war's nicht«, antwortete Haumer und schenkte den letzten Rest aus der Weinflasche in sein Glas.

»Wissen Sie, ob dem Schustereder mal was aus dem Ruder gelaufen ist?«

»Nein, weiß ich nicht. Aber jetzt sagen Sie endlich, warum Sie sich so für den Mike interessieren.«

»Wir haben Grund zu der Annahme«, sagte Stöhrl nüchtern, »dass er Ihren Freund Kreidl ermordet hat.«

»Der Mike?« Georg Haumer lachte heiser. »Nie im Leben. Unsere *Lady Pearl* kann keiner Fliege was zuleide tun.«

»Manchmal sind die Harmlosen die Schlimmsten«, merkte Stöhrl ärgerlich an.

»Jedenfalls haben wir Indizien, die auf Schustereder hindeuten. Daher haben wir ihn gestern festgenommen, aber er ist geflüchtet. Ein größeres Schuldeingeständnis gibt es nicht. Und auf der Flucht ist er verunglückt.«

»Um Gottes willen«, schnappte Haumer laut nach Luft. »Schlimm?«

»Er ist tot«, flüsterte Nina und vermied es, Haumer in die Augen zu sehen.

»Und jetzt?«, fragte Nina, als sie unten auf der Straße standen. »Mein mulmiges Gefühl wird immer stärker.«

»Hoffentlich hast du nicht recht, das wäre schrecklich. Aber Nathan war sich sicher.«

»Stell Nathan nicht so auf den Sockel, Wolfgang«, bat sie und drückte zärtlich seine Hand. »Du bist nicht so schlecht, wie du glaubst.«

Stöhrl zuckte zusammen. »Sieht man das?«

»Ja, mein Lieber, Ich seh's. Komm, schauen wir, ob Alexander Baum daheim ist.«

•••

Die vielen ungeklärten Fragen ließen Nathan keine Ruhe, und obwohl er davon ausging, dass Stöhrl an der Pressekonferenz teilnahm, wählte er dessen Handynummer und war überrascht, als sich sein Nachfolger beim dritten Freizeichen meldete.

»Bist du auf der Pressekonferenz?«

»Nein. Pfannerl hat mich nicht eingeladen.«

»Will er diesen fragwürdigen Erfolg allein einheimsen? Sieht ihm ähnlich.«

»Wieso fragwürdig?«

»Weil wir noch zu wenig Beweise haben. Können wir uns treffen?«

»Warte kurz«, antwortete Stöhrl, dann hörte Nathan ihn etwas murmeln, ehe er sagte: »Ja, aber weder im Kommissariat noch auf der Straße.«

»Gut, komm bei mir vorbei.«

»Wir sind zu zweit.«

»Wer?«

»Nina Lutz.«

»Vertraust du ihr?«

»Vorbehaltlos.«

»Okay, dann kommt.«

Er setzte sich in einigem Abstand zu Stöhrl und Lutz auf einen Stuhl und musterte die beiden. Irgendetwas war anders als sonst, stellte Nathan fest und rätselte, was es war. Er hatte Tee aufgebrüht und goss jedem von ihnen eine Tasse ein. Da lag ein Knistern in der Luft, das nicht allein von den offenen Fragen herrührte, welche die drei Morde und den Tod von Michael Schustereder betrafen.

Plötzlich fiel es ihm wie Schuppen von den Augen und Nathan grinste in sich hinein: Zwischen Stöhrl und Lutz herrschte eine besondere, eine neue Vertrautheit. *Die beiden haben was miteinander,* schmunzelte er. *Na wartet, ich werde euch überführen.* Darauf freute er sich jetzt schon, aber zunächst eröffnete er mit leisem Vorwurf: »Wie konnte euch Schustereder entkommen?«

»Meine Schuld«, gestand Lutz und suchte Blickkontakt mit Stöhrl. »Ich habe vergessen, die Kindersicherung einzuschalten.«

»Trotzdem geht das auf meine Kappe«, widersprach Stöhrl und schenkte ihr einen nachsichtigen Blick. »Ich hätte die Verriegelung überprüfen und Schustereder Handschellen anlegen müssen.«

»Dumm gelaufen«, beschwichtigte Nathan. »Seine Flucht wirkt jedenfalls wie ein Schuldeingeständnis. Trotzdem bin ich noch nicht davon überzeugt, dass er der Mörder von Lupfer, Lang und Kreidl war.«

Stöhrl wiegte den Kopf und Lutz nickte beflissen: »Ja, ich habe auch so ein mulmiges Gefühl dabei.«

Dann berichtete Nina von ihrem Gespräch mit Georg Haumer. Diese Schilderung verstärkte Nathans Zweifel. Er kratzte sich nervös am Kinn und fragte, ob sie schon mit Schustereders Lebensgefährten gesprochen hätten.

»Nein«, antwortete Stöhrl, »den haben wir nicht zu Hause angetroffen.«

»Ihr müsst auf jeden Fall sofort Schustereders Computer beschlagnahmen und seine Wohnung nach Beweismitteln durchsuchen.«

Stöhrl und Lutz nickten, dann gab Stöhrl zu bedenken, dass sie dafür einen richterlichen Durchsuchungsbefehl bräuchten. »Ich befürchte, dass Pfannerl die Akte schließen will. Dann bekomme ich niemals den Antrag zur Staatsanwaltschaft durch.«

»Da könntest du recht haben«, brummte Nathan. »Pfannerl ist ein Karrierist und im Übrigen ein blöder Jurist, der keinen Sinn für Polizeiarbeit hat. Ihr werdet alle miteinander noch dem alten Alois Sagreiter nachweinen, der hatte unseren Job wenigstens von der Pike auf gelernt.«

»Ohne Durchsuchungs- und Beschlagnahmebeschluss: Was bleibt uns dann?«

Nathan zuckte die Achseln und beobachtete dabei genau, wie sich Lutz und Stöhrl verhielten: Sie suchten Blickkontakt und hatten offensichtlich Mühe, den korrekten Abstand zwischen sich einzuhalten. Hier saßen nicht nur zwei verbündete Kollegen, hier saß ein frisches Liebespaar vor ihm. Er überlegte, was das für Auswirkungen auf die aktuellen Ermittlungen und die Zukunft des Kommissariats haben würde. Offiziell konnten die beiden ihre Liaison jedenfalls nicht machen. *Der Chef mit der jungen Kommissarin, das geht gar nicht,* war Nathan überzeugt. Und Heimlichkeit war bei den Argusaugen, die Manfred und Cordula hatten, ausgeschlossen. Nathan nickte vor sich hin. Das Team würde zerbrechen, also mussten sie rasch handeln, wenn sie in Sachen Schustereder noch Klarheit gewinnen wollten.

»Wir müssen auf Freiwilligkeit setzen«, sagte Nathan. »Das heißt, wir müssen so schnell wie möglich mit Schustereders Lebensgefährten sprechen. Er wird ein großes Interesse daran haben, dass die Wahrheit – und damit vielleicht Schustereders Unschuld – ans Licht kommt.«

»Vermutlich hast du recht«, antwortete Stöhrl. »Aber erklär mir bitte noch mal, warum du dir wegen Schustereder gestern so sicher warst.«

Nathan berichtete von seiner Zufallsentdeckung *Roxette* und von dem spurlosen Verschwinden dieses Profils nach der Ermordung von Justin Lang, von seinem Misstrauen und von Felix Drinkaus' Nachforschungen im Darknet, die zu Michael Schustereders E-Mail-Adresse geführt hatten. »Und dann«, beendete Nathan seinen Bericht, »passte Michael Schustereder gut zu dem von mir erstellten Profil: Alter, Bildung, Figur – alles, wie ich es mir vorgestellt habe.«

»Das klingt schlüssig«, bestätigte Stöhrl.

»Ja, aber erst in einer intensiven Vernehmung hättet ihr herausfinden können, wie er seine Fallen in den Dating-Netzwerken aufgebaut hat, ob er mit allen drei Tatorten in Verbindung gebracht werden kann, und was ihn zu diesen Taten bewegte. Noch können wir nicht ausschließen, dass sich ein anderer Schustereders elektronischer Identität bemächtigt hat.«

»Wenn es so wäre«, gab Lutz zu bedenken, »warum ist er dann geflohen?«

»Richtig. Das gilt es zu klären«, bestätigte Nathan, den diese Frage auch bewegte. »Wie wollt ihr vorgehen?«

Wie auf Kommando schauten sich die beiden an. Lutz griff nach Stöhrls Hand. Erst, als sich ihre Finger ineinander verschränkten, bemerkten sie ihren Fauxpas und zuckten zurück.

Nathan lachte. »Wie lange schon?«

»Wie bitte?«, stotterte Lutz, während Stöhrl Nathan schweigend in die Augen schaute und errötete.

»Ist noch ganz frisch, stimmt's?«, fasste Nathan nach.

»Heute«, gab Stöhrl mit belegter Stimme zu.

»Hm«, brummte Nathan und hoffte, dabei gutmütig zu klingen. »Wie geht das weiter?«

»Ich werde die Leitung von K11 abgeben und mich versetzen lassen«, flüsterte Stöhrl und drückte den Rücken durch.

Lutz schaute ihn mit großen Augen an, dann beugte sie sich zu ihm und gab ihm einen Kuss.

Wusste ich's doch, dachte Nathan zufrieden, *dass ich euch ertappe.*

•••

Mit diesem Kuss durchströmte Stöhrl ganz unvermutet neue Energie. Ein Hochgefühl erfasste ihn. Er hatte in den letzten Stunden sein Leben völlig umgekrempelt, und das fühlte sich in dieser Minute gut und richtig an. Er sah Nathan verhalten grinsen und nahm das als positives Omen.

»Du solltest nichts überstürzen, Wolfgang.« Nathan sprach ruhig und überlegt.

Ganz der alte Leiter der Mordkommission, erinnerte sich Stöhrl an viele Besprechungen.

»Du weißt, ich habe dich nicht als meinen Nachfolger gesehen, sondern Manfred, und ich bleibe bei meiner Meinung: Manfred ist der Bessere von euch beiden. Trotzdem bist du ein guter Mordermittler. Jetzt hast du noch eine Aufgabe: Löse diesen Fall. Egal wie es ausgeht, wir brauchen Sicherheit. Danach kannst du dir die Versetzung immer noch überlegen.« Er machte eine kurze Pause und kratzte sich am Kinn. »Wenn ihr beide eine Zukunft haben wollt, müsst ihr euch dienstlich trennen. Aber vorher: Löst diesen Fall.«

»Du hast recht, Nathan«, antwortete Stöhrl und war froh über die klaren Worte seines früheren Chefs. »Aber wir brauchen deine Hilfe.«

»Ich bin dabei.«

»Sind wir so leicht zu durchschauen?«, fragte Nina, als sie im Dienstwagen saßen, und strich ihm sanft über die Wange.

»Nathan ist ein perfekter Beobachter, Nina. Dem entgeht nichts.«

»Auf der Dienststelle müssen wir uns zusammenreißen.«

Stöhrl nickte und startete den Motor. »Jetzt versuchen wir es noch einmal bei Alexander Baum.«

In der Tür stand ein zierlicher Mann im Jogginganzug, dessen Gesicht trotz geröteter Augen frappierend an die bayerische Künstlerin Lisa Fitz in ihren jungen Jahren erinnerte. Feindselig starrte er auf die Dienstmarken von Stöhrl und Lutz, ließ sie aber eintreten.

Die nüchterne Einrichtung des kleinen Appartements überraschte Stöhrl, von Schustereders Lebensgefährten hatte er eine ähnlich bunte Wohnung erwartet, aber nein, auf begrenztem Raum schien hier alles funktional, geordnet und peinlich aufgeräumt. Vor einem Fenster stand ein Schreibtisch, und der darauf befindliche Monitor ging in dem Moment, als Stöhrl und Lutz den Raum betraten, in den Bildschirmschonermodus.

Alexander Baum deute auf zwei Stühle an einem kleinen Rundtisch und setzte sich selbst auf den Bürostuhl an seinem Schreibtisch. Stöhrl bemerkte, wie der Unterkiefer Baums mahlte, und fürchtete bereits eine rhetorische Attacke, doch der Mann schien sich perfekt beherrschen zu können.

»Was wollen Sie von mir?«, fragte er in neutraler Tonlage.

»Zuerst will ich Ihnen mein herzliches Beileid aussprechen zum Tod von Herrn Michael Schustereder«, antwortete Nina mit sanfter Stimme.

Sie ist einfach gut, stellte Stöhrl fest und warf ihr einen bewundernden Blick zu.

»Wir bedauern seinen Unfall außerordentlich.«

»Dabei sind Sie dafür verantwortlich. Sie haben einen Unschuldigen in den Tod gehetzt«, bemerkte Baum bitter.

»Warum ist er geflüchtet, wenn er unschuldig war?«

»Sie haben keine Ahnung, wie oft wir diskriminiert und Opfer von Anfeindungen und falschen Anschuldigungen werden. Tief in uns tragen wir eine dumpfe Angst, auch vor so Menschen wie Ihnen. Was ich heute in den Nachrichten gehört habe – mein Mike ein Serienmörder – absolut lächerlich. Ich werde dafür sorgen, dass Michael rehabilitiert wird.«

»Herr Baum, wir wollen die Wahrheit ermitteln. Falls Herr Schustereder unschuldig sein sollte, werden wir das selbstverständlich öffentlich machen. Aber wir benötigen Ihre Mithilfe – bitte.« Nina nahm Blickkontakt mit Alexander Baum auf und sah ihn beinahe flehentlich an.

»Das soll ich Ihnen glauben? Sie haben ihn gestern einfach verhaftet und abgeführt. Er hatte keinen Rechtsbeistand an seiner Seite, konnte sich nicht wehren. Das ist nicht in Ordnung. Ich habe bereits einen Rechtsanwalt eingeschaltet.«

»Nach wie vor gibt es triftige Verdachtsmomente gegen Herrn Schustereder. Leider hat er sich der Befragung entzogen. Selbstverständlich hätte er zur gestrigen Vernehmung einen Anwalt beiziehen können, und ebenso selbstverständlich können wir uns mit dem von Ihnen beauftragten Anwalt unterhalten. Wir wollen die Wahrheit herausfinden. Sie müssen uns dabei helfen.«

»Wie?«

»Wir würden uns gern in Herrn Schustereders Wohnung umschauen und seinen Computer von IT-Spezialisten untersuchen lassen.«

»Wozu das alles? Ich verstehe es nicht.«

»Die E-Mail-Adresse von Herrn Schustereder hat über das *TOR*-Netzwerk Profile in Dating-Börsen erstellt. Ziel waren sexuelle Kontakte. Diese Profile führten zu den Treffen der Mordopfer mit ihrem Täter. Wir müssen also davon ausgehen, dass Herr Schustereder zu den Mordopfern auf diesem Weg Verbindung aufgenommen hat.«

»Das ist absurd. Mike hat von all diesen Dating-Plattformen nichts gehalten. Wir haben eine offene Beziehung, aber jeder von uns lernt genug Menschen kennen. Wir benötigen das Internet nicht, und Mike schon gar nicht. Dem liefen die heißen Jungs auch im Beruf über den Weg.«

»Wenn wir seinen Computer auswerten könnten, ließe sich feststellen, ob Sie mit Ihrer Behauptung recht haben. Das wäre ein wichtiger Baustein, Herrn Schustereders Unschuld zu beweisen«, erklärte Nina.

Stöhrl beobachtete das Gespräch und nahm sich vor, zunächst nicht einzugreifen.

»Warum besorgen Sie sich nicht einfach einen Durchsuchungsbefehl?«, fragte Baum.

»Darf ich ehrlich sein?«

»Das erwarte ich sogar.«

»Unsere Vorgesetzten wollen den Fall als geklärt zu den Akten legen. Dann erhalten wir keinen Durchsuchungsbeschluss mehr. Für die Öffentlichkeit gilt Herr Schustereder als Serienkiller. Gerade das wollen Sie doch vermeiden, oder? Verstehen Sie, warum wir Ihre Hilfe brauchen?«

»Ich will den Anwalt dabeihaben«, forderte Baum.

Stöhrl hörte eine Nachgiebigkeit aus diesen Worten heraus.

»Selbstverständlich. Außerdem wollen wir den schwarzen Catsuit untersuchen lassen, den Herr Schustereder besaß.«

»*Lady Pearls* Markenzeichen. Warum das denn?«

»Wir gehen davon aus, dass der Mörder so einen trug«, gab Nina bereitwillig Auskunft. »Sollten sich an Schustereders Catsuit keine Kontaktspuren finden, würde ihn das ebenfalls entlasten.«

»Verstehe. Aber haben Sie überhaupt schon überprüft, ob Mike für die Tatzeiten ein Alibi hatte?«

»Nein. Er hat sich ja unserer detaillierten Befragung entzogen.«

»Dann fragen Sie doch einfach mal mich. In diesen Corona-Zeiten kann ich vermutlich sehr genau sagen, wo Mike wann war.«

•••

Sie verbot sich das leise aufkeimende Schuldgefühl. Ihr Leben bestand aus unnütz vertändelter Zeit, aus Enttäuschung und Schmerz, da war kein Platz für Mitgefühl. Mochte ruhig ein anderer die Last ihrer Taten tragen, deswegen durfte sie keine Skrupel haben. Immerhin wurde ein Mann als Täter gebrandmarkt, und in ihren Augen gab es keine unbescholtenen Männer mehr. Der Verdächtige war geflohen und in einen Zug gerannt, er hatte sich selbst gerichtet und würde wissen, für was. Sie aber war frei. Es hatte sich ausgezahlt, nicht nur ihre Fährte zu verschleiern, sondern auch eine irreführende Spur zu legen. Das erfüllte Karin mit einem gewissen Stolz, obwohl sie es schon immer gewusst hatte: Der perfekte Mord ist möglich. Leider, bedauerte sie, hatte sie sich das früher nicht zugetraut. Jetzt wünschte sie sich, sie hätte bereits Walther der verdienten Strafe zugeführt. Aber nein, damals war sie trotz mehrerer Vergewaltigungen nicht zur Polizei gegangen und hatte darauf verzichtet, ihn anzuzeigen. Nach dem siebten Semester und einer letzten, besonders brutalen Vergewaltigung hatte sie mit Walther Schluss gemacht und ihm mit einer Anzeige gedroht. Dieses letzte Mal war das eine Mal zu viel an Erniedrigung und Qual gewesen. Sie hatte sich im Krankenhaus behandeln, die Spuren der Gewalt dokumentieren lassen und all ihren Mut zusammengenommen, um Walther aus ihrem Leben zu verbannen. Monatelang hatte er es nicht akzeptieren wollen, hatte ihr nachgestellt, ihr aufgelauert und mit Prügeln und mehr gedroht. Doch sie war entschieden geblieben und weder vor seinen Drohungen eingeknickt noch seinen Schmeicheleien erlegen. Sie hatte ihm schließlich Kopien der Fotos und des Arztberichts ausgehändigt und ihm klargemacht, dass sie mit diesem Material Anzeige erstatten würde, sollte er sie noch ein einziges Mal belästigen. Wider Erwarten hatte das Wirkung gezeigt. Nach Monaten des Stalkings war der böse Spuk von einem auf den anderen Tag vorbei gewesen. Sie hatte es trotzdem über viele Wochen hinweg nicht gewagt, an eine waltherfreie Zukunft zu glauben und noch monatelang mit der Panik gelebt, Walther könne jeden Augenblick auftauchen und ihr Gewalt antun. Für diese Monate der Angst hasste sie ihn beinahe noch mehr als für die Demütigungen, Schläge und Vergewaltigungen davor. Viel würde sie dafür geben, ihn bestrafen zu können.

Immerhin hatte sie Ersatz gefunden. Nein, es gab keinen Grund für Reue, selbst das vorhin aufkeimende Schuldgefühl war deplatziert. Im Gegenteil: All diese Männer, die lüstern und herrschsüchtig dachten, sie könnten Frauen zu Objekten ihrer Lust erniedrigen, sollten die Rache der früh Gedemütigten erfahren. Es war richtig, was sie tat, und während sie Walthers Bild aus ihrer Erinnerung verbannte, trieb der Zorn neue Blüten in ihrem Herzen.

Tante Irma war tot, und der Heimleiter hatte sie nicht mehr zur sterbenden Tante gelassen. Unmenschlich und grausam hatte Tante Irma allein sterben müssen und Karin nicht Abschied nehmen können. Je mehr sie darüber nachdachte, umso größer wurde ihre Wut auf diesen Mann, und schon war der Wunsch geboren, ihn für sein mitleidloses Handeln zu bestrafen.

Mit neuer Energie begann Karin, über den Leiter des Alten- und Pflegeheims zu recherchieren. Seit vier Jahren leitete Simon Vranek das Heim und verantwortete dabei als Betriebswirt auch das wirtschaftliche Ergebnis. Sein Profil bei LinkedIn war nicht sehr aussagekräftig, aber immerhin erfuhr Karin dadurch bereits Vraneks Familienstand (ledig) und Alter (37). Mit seinem Porträtfoto machte sie sich im Internet auf die Suche nach weiteren Treffern und fand zwei Einträge zu Abschlussfeiern sowie einen Verweis auf seinen Facebook-Account. Den fand Karin bereits wesentlich aufschlussreicher. Vranek scheute sich nicht, die Bücher *Shades of Grey* und *Feuchtgebiete* unter seinen Favoriten anzugeben und in der Rubrik »Interessiert an« freimütig *Frauen* zu schreiben.

»Dich krieg ich«, murmelte Karin erfreut und loggte sich in die erste ihrer Standard-Single-Börsen ein. Wenn sie Glück hatte, konnte sie ihn mit derselben Masche ködern wie die letzten drei Lustmolche.

•••

Konsterniert setzte sich Stöhrl ans Steuer des Dienstwagens und wartete darauf, dass Nina auf dem Beifahrersitz Platz nahm. Alexander Baum hatte Michael Schustereder sowohl für die Nacht vom 28. auf den 29. März als auch für den Abend des 3. April ein Alibi verschaffen können. Lediglich zur Sonntagnacht konnte Baum keine Aussage treffen, wo sich Schustereder aufgehalten hatte – wenngleich er vermutete, dass sein Freund einfach zu Hause im Bett gelegen habe. Natürlich konnte man hinterfragen, ob Baum die Wahrheit sagte. Natürlich müsste man dieses Alibi weiter überprüfen. Aber die Wahrscheinlichkeit, dass Michael Schustereder nicht der von ihnen gesuchte

Serienmörder war, wuchs nach dem Gespräch mit Baum erheblich. Der Rest mochte sich in zwei Stunden zeigen, wenn sie gemeinsam mit dem von Baum eingeschalteten Rechtsanwalt Schustereders Wohnung durchsuchten. Jetzt aber musste er zurück ins Kommissariat und seinen Chef von der neuesten Entwicklung unterrichten.

»Fahren wir«, sagte Nina, nachdem sie eingestiegen war und sich angeschnallt hatte. »Wird kein leichter Gang, der Gang zu Pfannerl, gell?«

»Verdammt noch mal, nein.«

»Aber du schaffst das, Wolfgang. Ich drück jedenfalls fest die Daumen.«

»Sind Sie von allen guten Geistern verlassen?«, brüllte Pfannerl außer sich, nachdem Stöhrl seinen Bericht von der Vernehmung Alexander Baums beendet hatte. »Vor zwei Stunden verkünde ich den größten Ermittlungserfolg der Münchner Mordkommission der letzten Dekade und Sie wollen sinnlos weiterermitteln. Der Fall ist abgeschlossen, basta!«

»Aber ...«, versuchte Stöhrl einen sachlichen Einwand vorzubringen, doch Pfannerl war außer sich und schrie: »Kein Aber! Basta, habe ich gesagt. Sie veranlassen nichts weiter und geben keinen Cent für irgendwelche Untersuchungen aus. Ihre persönlichen Konsequenzen werden Sie rasch zu spüren bekommen. Raus jetzt!«

»Sie machen gerade den größten Fehler Ihrer Karriere, Herr Kriminaldirektor«, flüsterte Stöhrl im Hinausgehen.

»Was haben Sie gerade gesagt?«

Stöhrl ignorierte die Frage und schloss die Tür hinter sich. Im Vorzimmer in der Ecke saß, wie neulich auch, Manfred mit einem Espresso und winkte ihm gelangweilt zu. Diesmal nahm Stöhrl sofort von seinem Konkurrenten Notiz. »Der Chef ist jetzt frei. Kannst dich ihm gleich als meinen Nachfolger vorstellen. Viel

Spaß!« Stöhrl amüsierte sich über den dummen Gesichtsausdruck des Kollegen und verließ grußlos den Raum.

»Wie ist es gelaufen?«, bestürmte ihn Nina, kaum hatte er sein Büro betreten.

»So beschissen wie erwartet. Er verbietet jede weitere Ermittlung. Als ich widersprechen wollte, hat er mich hinausgeschmissen. Manfred saß schon im Vorzimmer. Die Sache ist durch, ich bin meinen Job hier los.«

Sie ging auf ihn zu und umarmte ihn. »Noch ist nicht aller Tage Abend. Wenn wir recht behalten, wird Pfannerl seinen Job los sein. Komm, wir fahren zu Nathan und später zu Schustereders Wohnung.« Sie schmiege sich an ihn und gab ihm einen leidenschaftlichen Kuss.

Stöhrl musste sich Mühe geben, seine Erregung im Zaum zu halten. Schließlich schob er sie sanft von sich weg, schaute ihr in die Augen und fragte: »Was willst du eigentlich von mir altem Loser?«

»Eine schöne Zeit, du Dummerchen, und eine rosige Zukunft«, flüsterte sie und kniff ihn ins Ohrläppchen. »Und jetzt machen wir uns auf die Wahrheitssuche.«

•••

Endlich betraten sie gemeinsam mit Alexander Baum und dessen Rechtsanwalt Dieter Bauer die Wohnung von Michael Schustereder. Nathan hatte jeden Anruf, den Stöhrl auf seinem Diensthandy weggedrückt hatte, argwöhnisch registriert und gehofft, dass niemand in Pfannerls Umfeld auf die Idee kam, sie alle hier im Glockenbachviertel zu suchen und möglicherweise diese Aktion zu unterbinden. Nathan war fest davon überzeugt, bei Schustereder auf zielführende Hinweise zu stoßen und damit der Wahrheit auf die Spur zu kommen.

Als Erstes betraten sie das geräumige Wohnzimmer. Felix

Drinkaus, den Nathan alarmiert hatte, setzte sich vor den Computer und fuhr ihn hoch. Innerhalb weniger Sekunden war er im System und checkte dort einige Routinen. Nathan kam es wie Zauberei vor, als Drinkaus feststellte, dass von diesem PC aus vermutlich noch nie – und jedenfalls nicht in den zurückliegenden Wochen – eine Verbindung über das *TOR*-Netzwerk aufgebaut worden sei.

»Sind Sie sicher?«, fragte der Rechtsanwalt.

»Zu 99 Prozent. Trotzdem würde ich die Festplatte gern ausbauen und in Ruhe analysieren, wenn Sie das erlauben.«

»Machen Sie das«, erklärte der Anwalt. »Was kommt als Nächstes?«

»Wir sollten die Kleiderschränke inspizieren«, schlug Nathan vor. »Besonders wichtig wäre der Catsuit.«

Schustereder besaß mehrere dieser erotischen Latexanzüge, darunter einen Ganzkörperbody. Nathan legte unter der Aufsicht des Anwalts jedes Teil einzeln in einen Beweissicherungsbeutel. Danach stöberten sie durch alle Schubladen auf der Suche nach einem Keramikklappmesser, fanden jedoch keines. Nach einer Stunde erklärte Nathan das Ende der Durchsuchung.

»Wir beide fahren nun zum Privatlabor«, sagte Nathan zu Rechtsanwalt Bauer, »und geben die Kleidungsstücke ab. Dann haben wir hoffentlich in zwei Tagen die Ergebnisse. Wolfgang, schreibst du ein kurzes Protokoll?«

»Klar.«

»Gut, dann unterschreiben wir alle die Sicherstellungsliste, die Herr Baum geführt hat«, bat der Rechtsanwalt, und nach Nina Lutz unterzeichneten Felix Drinkaus, Wolfgang Stöhrl, Nathan Weiß, Alexander Baum und Rechtsanwalt Bauer. »Danke schön.«

»Haben Sie eigentlich schon einmal daran gedacht, als Privatermittler zu arbeiten?«, fragte Bauer, als Nathan mit ihm allein in dessen Auto saß. »So einen wie Sie könnten meine Kollegen und ich immer wieder einmal gebrauchen.«

»Ehrlich gesagt nein.«

Ob er das ernst meint, fragte sich Nathan und musterte den Rechtsanwalt von der Seite. Sein sachliches und freundliches Auftreten passte zu dem sympathischen Gesicht. Die Verständigung über die Art und Weise der Wohnungsinspektion war reibungslos und frei von irgendwelchen Schuldzuweisungen gelaufen. Nathan wusste professionelle Arbeit seit jeher zu schätzen. *Vielleicht*, überlegte er, *sollte ich über diese Anregung nachdenken.*

»Sollten Sie aber. Ich allein hätte vermutlich zwei oder dreimal pro Jahr einen Auftrag für Sie, und meine Kolleginnen und Kollegen hätten gewiss auch einigen Bedarf. Heutzutage kann man seine Mandanten in großen Strafprozessen nur optimal vertreten, wenn man einen guten Privatermittler an seiner Seite hat.«

Nathan brummte, aber er spürte bereits den Reiz dieser Aufgabe. Wenn sich das mit einem Teilzeitengagement im *Lesertraum* und der gelegentlichen Betreuung von Manuskripten für Kriminalromane kombinieren ließe, bekäme sein Alltag wieder einen tieferen Sinn. Und für die schönen Stunden gab es Gudrun. Ohne es zu beabsichtigen, fing Nathan an, eine simple Melodie zu pfeifen: *Love is in the air,* von John Paul Young.

»Das bedeutet wohl Zustimmung«, bemerkte Rechtsanwalt Bauer knochentrocken und reichte ihm die rechte Hand. »Willkommen im Team.«

»Abstand halten, Anwalt«, meckerte Nathan ironisch und schlug ein.

•••

Sie klatschte in die Hände. Das sah dem arroganten Mistkerl ähnlich, dass er sich nach einem König der griechischen Mythologie benannte, obwohl sie ihm so viel Bildung gar nicht zugetraut hätte. Auf dem Foto sah er jünger aus, als er war. Der Blickwinkel vorteilhaft gewählt, hatte vermutlich ein Bildbearbeitungsprogramm mitgeholfen, aus *Menelaos* einen megaattraktiven Superhelden zu machen, den jede an ausgefallenen Spielen interessierte Frau beglücken wollte. *Du wirst dich wundern, Simon Vranek, wenn du merkst, dass ich dich entdeckt habe. Aber dann wird es zu spät sein,* frohlockte Karin und überlegte, was sie sich für ein Profil zulegen sollte, um sich den Heimleiter zu schnappen. Eines war klar: Ihr Profil würde *Helena* heißen. Schließlich sollte er von Anfang an wissen, dass diese Frau für ihn gedacht war – und schon daran würde sich zeigen, ob es mit seiner Bildung gut bestellt war. Ein Hindernis könnte seine Vorliebe für *gut gebaute Gespielinnen mit weichen Rundungen sein,* denn eine füllige Venus vermochte Karin aus ihrem zierlichen Körper nicht zu zaubern. Andererseits hatte das den Vorteil, dass er keinen Verdacht schöpfte, wenn er ihr Profil erst mit ihrer Kontaktaufnahme wahrnahm, weil *Helena* durch sein eigenes Suchraster fallen würde. Sie würde den Schwerpunkt auf Bondage legen, vielleicht mit dem Satz: *Ein wahrer Prinz lässt sich von Helena fesseln, denn dann erwartet ihn ein Königreich (der Sinne)*. Warum nicht? Je länger sie diesen Satz anblickte, desto besser gefiel er ihr. Beim Alter würde sie zehn Jahre abziehen, bei den Vorlieben neben SM noch ein oder zwei deftige Praktiken ergänzen und sich im Übrigen *offen für alles* zeigen. Als Foto wählte sie eines mit Oberschenkeln und Becken, das durch einen fast transparenten schwarzen Tanga ein kaum verhülltes, aber noch zulässiges Versprechen abgab. Was für ein Glück, dass man das alles ohne großen Aufwand im Internet finden konnte. Und diese Fotos waren selten urheberrechtlich geschützt.

»So ein Arschloch«, zischte Karin und fühlte die Vorfreude aufsteigen, Simon Vranek zu bestrafen. Aber sie musste mehr als vorsichtig sein, denn er wäre ihr erstes Opfer, zu dem sie im realen Leben eine Verbindung hatte. Sie musste die Entstehung von *Helena* noch besser verschleiern als die von *Roxette* und den anderen.

10

Seine persönlichen Sachen hatten in der Umzugskiste Platz, die ihm der Hausmeister gestern ins Büro gebracht hatte. Pünktlich um acht Uhr an diesem Donnerstag waren Schreibtisch und Schränke im Dienstzimmer des Leiters des Kommissariats K11 von allen privaten Dingen geräumt. Ein Stapel Fallakten von aktuellen Ermittlungen und ungelösten Altfällen fand sich auf dem Rollwagen und würde gleich den Weg zu Cordula finden, die den Auftrag hatte, das Material zu sortieren und auf die Kollegen zu verteilen.

Stöhrls Ersatz hatte sich bereits vor einer halben Stunde zum Dienst gemeldet. Es war Dominik Blaser, ein gemütlicher Hauptkommissar aus dem Nachbarkommissariat, der schon etliche Sonderkommissionen bei Tötungsdelikten begleitet hatte. *Kein schlechter Ersatz für das Team,* dachte Stöhrl und nahm den Umzugskarton hoch, als die Tür aufging.

Cordula hatte ein rotes Blechherz in der Hand, das unschwer als Pralinenschachtel einer bekannten Patisserie in der Innenstadt zu erkennen war. »Zum Abschied«, schluchzte sie und wischte sich eine Träne aus den Augenwinkeln. »Das hast du nicht verdient, Wolfgang. Wirklich nicht. Und ich hoffe, es gibt irgendwann Gerechtigkeit.«

Stöhrl war gerührt. Am liebsten hätte er sie umarmt, aber allein schon wegen der Corona-Vorsichtsmaßnahmen ging das nicht. Er schluckte einen Kloß hinunter und antwortete annähernd wahrheitsgemäß: »Es macht mir nichts aus, Cordula. Herzlichen Dank. Es war eine schöne Zeit mit dir.«

Hinter ihr tauchte Karl auf. Er hielt eine Flasche Sekt in der Hand. »Zum Runterspülen der Pralinen braucht's was Herbes«, behauptete er mit belegter Stimme. »Cordula hat recht: Du hast das nicht verdient, Wolfgang. Mir tut's leid, dass du gehst. Servus,

Spezl.« Damit drückte er ihm die Sektflasche in die Hand und verschwand in seinem Büro.

Stöhrl legte Pralinenschachtel und Sektflasche in die Umzugskiste, nickte Cordula dankbar zu und meinte im Hinausgehen: »Wir sehen uns. Wenn Corona vorbei ist, feiern wir Abschied.«

Manfred ließ sich ebenso wenig blicken wie Kriminaldirektor Dr. Pfannerl. *Gut so,* dachte Stöhrl. Auf die beiden hätte er jetzt sowieso keinen Bock gehabt. Mit Nina hatte er vereinbart, dass sie sich für den Tag seines Auszugs aus der Mordkommission Überstundenausgleich nahm. Später wollte er mit ihr über die dann hoffentlich vorliegenden Ergebnisse aus dem Privatlabor des Rechtsanwalts Bauer sprechen. Deshalb waren sie um zehn Uhr gemeinsam mit Nathan in Bauers Kanzlei verabredet.

Rechtsanwalt Dieter Bauer residierte mit seinen Kolleginnen und Kollegen der international tätigen Kanzlei Schmidtner, Sorgenfrei & Partner in den beiden obersten Stockwerken eines unscheinbaren Geschäfts- und Bürohauses in der Sonnenstraße. Von seinem Büro aus konnte Bauer weit über die Dächer Münchens bis hinüber zu den Zwillingstürmen der Frauenkirche blicken. Allein der Umstand, dass er sein Panoramafenster nach Norden hatte, deutete an, dass er noch nicht auf der obersten Hierarchieebene der Anwaltskanzlei angekommen war.

Als er Stöhrl und Lutz begrüßte, strotzte er vor Selbstbewusstsein. »Schön, Sie zu sehen. Es gibt eindrucksvolle Neuigkeiten, aber wir sollten auf Herrn Weiß warten. Kaffee? Tee?«

Stöhrl nahm Kaffee, Nina bat um Tee. Bauer nickte seiner Sekretärin zu, die leise entschwand und kurz darauf mit einem Tablett, duftenden Tassen und Nathan im Schlepptau wieder hereinkam. *Eine effiziente Kanzlei,* zeigte sich Stöhrl angetan und war neugierig auf die versprochenen Erkenntnisse.

»Willkommen, lieber Herr Weiß«, begrüßte Bauer den alten Mordermittler überschwänglich. »Sie werden Ihre Freude haben, also *medias in res:* Unser Privatlabor hat unter Hochdruck gearbeitet, die ganze Nacht hindurch, um sofort Ergebnisse zu liefern. An keinem der Latexanzüge von Michael Schustereder wurden fremde DNS-Spuren gefunden, lediglich einzelne Partikel, die eindeutig Schustereder zugeordnet werden können, befanden sich auf den Kleidungsstücken. Ich gehe davon aus, dass diese Laborergebnisse gerichtsfest sind.«

Stöhrl reagierte auf diese Nachricht mit gemischten Gefühlen. Einerseits spürte er einen heißen Stich in der Brust, weil er vermutlich einen unschuldigen Menschen festgenommen und dadurch indirekt dessen Unfall verschuldet hatte. Andererseits machte sich klammheimlich Schadenfreude breit, weil damit Pfannerls billiger Triumph zerstört war und er mit seinen Zweifeln recht behalten hatte. Was das für Auswirkungen auf seine dienstliche Zukunft haben würde, erahnte Stöhrl zwar noch nicht, aber er hoffte auf rasche Wiedergutmachung, und das schmeichelte seiner Eitelkeit, wie er sich unverblümt eingestand.

»Es kommt noch besser für meinen Mandanten, der alles daransetzen wird, seinen Lebensgefährten von jedem Verdacht reinzuwaschen. Ihr Computerspezialist, lieber Herr Weiß, hat mich heute Morgen wissen lassen, dass er definitiv ausschließen kann, dass Schustereder mit seinem E-Mail-Account Profile auf Dating-Seiten generiert hat.«

»Wie das?«, fragte Weiß überrascht.

»Herr Drinkaus konnte herausfinden, dass jemand das E-Mail-Konto von Michael Schustereder gehackt und übernommen hat. Schustereder konnte in den zurückliegenden zwei Wochen gar nicht mehr auf dieses Konto zugreifen. Es ist von Schustereders PC kein entsprechender Zugriff mehr erfolgt.«

Stöhrl musste schlucken. Das waren maßgebliche Belege für Schustereders Unschuld, und das bedeutete: Der Mörder lief nach wie vor frei herum und suchte sich vielleicht schon sein nächstes Opfer.

Nathan kratzte sich am Kinn: »Der Täter hat also nicht nur seine Spuren verwischt, sondern uns sogar auf eine falsche Fährte gelockt. Wir haben es mit einem hochintelligenten Menschen zu tun – und er wird weitermorden, gerade weil er sich durch die offiziellen Verlautbarungen über die rasche Aufklärung der bisherigen Morde in Sicherheit wiegen kann.«

Stöhrl nickte und blickte ratlos zu Nina, die Bauers Worte schweigend angehört hatte, sich aber nun räusperte und etwas sagen wollte. Mit einer lässigen Handbewegung forderte der Rechtsanwalt die Kommissarin zum Sprechen auf.

»Die Sache tut mir unendlich leid. Hätte ich doch nur die Kindersicherung eingeschaltet, dann wäre Herrn Schustereder nichts passiert. Vermutlich wollen Sie, Herr Bauer, nun für Ihren Mandanten Schadensersatz erreichen. Ich könnte das gut verstehen. Aber ich bitte Sie, mit den entsprechenden Schritten noch zu warten, bis wir den richtigen Täter haben. Dieser wiegt sich, wie Herr Weiß gesagt hat, nun in Sicherheit. Das gibt uns die Chance, unbemerkt weiterzuermitteln, vor allem weil es sein könnte, dass der Täter unvorsichtig wird.«

Stöhrl warf Nina einen liebevollen und bewundernden Blick zu. Allerdings war er ziemlich skeptisch, ob sich Pfannerl und Wirtz von der Notwendigkeit weiterer Ermittlungen überzeugen ließen, bevor der Serienmörder sein nächstes Opfer gefunden hatte.

»Gestatten Sie mir einen Widerspruch, Frau Kommissarin. Meinem Mandanten kommt es nicht auf Schadensersatz an, sondern auf die Rehabilitierung seines Lebensgefährten. An sich muss das zeitnah erfolgen. Die Beweislage ist eindeutig. Aber ich sehe auch die Notwendigkeit, dem wahren Täter auf die Spur zu kommen. In der Tat ist es eine zusätzliche Chance, ihn zu ermitteln, wenn er sich in Sicherheit wiegt. Allerdings traue ich der Münchner Mordkommission keinen raschen Ermittlungserfolg zu, weil sich Dr. Pfannerl keine Blöße geben mag. Daher werde ich mich heute Nachmittag mit meinem Mandanten besprechen, ob und wie lange wir stillhalten.«

»Was Pfannerl anbelangt«, bemerkte Stöhrl mit leiser Stimme, »haben Sie vermutlich recht. Mir hat er, wie ich Sie gestern bereits wissen ließ, nicht nur weitere Ermittlungen untersagt, sondern auch die Leitung des Kommissariats entzogen. Freiwillig gibt er keinen Fehler zu, zumal er ihn nun nicht mehr auf mich abwälzen kann.«

»Also müssen wir auf eigene Faust ermitteln«, folgerte Nina kämpferisch und schaute in die Runde.

Nathan hob den Daumen der rechten Hand.

»Herr Weiß, heißt das, Sie sind dabei?«, fragte Bauer.

»So ist es. Jagen wir den Schlächter«, bekräftigte Weiß.

»Gut, ich mache mit«, bezog Stöhrl Position und wunderte sich insgeheim über seinen Mut, sich über alle Weisungen seiner Vorgesetzten hinwegzusetzen.

•••

Unschlüssig starrte er auf seine beiden 21-Zoll-Bildschirme. Links räkelte sich eine hübsche Blondine mit aufregenden Kurven, die kaum von dem knappen Bikini verhüllt wurden. Diese *lebhafte und neugierige Susanna* entsprach zu beinahe 100 Prozent einem vorherrschenden Schönheitsideal, sie war ein Versprechen zur Erfüllung aller Männerträume. Eigentlich bedurfte es nicht einer Sekunde Überlegung: Wenn sich diese Frau mit ihm auf einen erotischen Corona-Tanz treffen wollte, musste er sofort zuschlagen. Der einzige Schönheitsfehler in ihrem Profil war die Bemerkung, sie finde Gefallen an *sanften Rollenspielen.* Was auch immer sie darunter verstand, ihm war es hart und heftig lieber.

Rechts lockte ein geheimnisvolles Foto von kräftigen Oberschenkeln und einem verführerischen Becken mit transparentem Tanga, ein äußerst erotisches Versprechen einer nicht mehr ganz so jungen *Helena*, die jedoch versprach, offen für alles zu sein. Bisher hatte er kein Date vereinbart, bei dem er nicht mindestens ein Ganzkörperfoto studieren konnte, doch *Helena* hatte seinen diesbezüglichen Wunsch auf raffinierte Art abgelehnt, indem sie auf die besonderen Reize der überraschenden Begegnung im Keller der Lust hinwies. Die Anspielungen auf die *120 Tage von Sodom* gefielen ihm ebenso wie die Aussicht, seine Fantasien mit einer erfahrenen Frau ausleben zu können.

Rechts oder links, das war die Frage. Simon Vranek konnte sich nicht entscheiden. Dabei war es notwendig, rasch auf andere Gedanken zu kommen und den ersten Todesfall in seinem Alten- und Pflegeheim abzuschütteln. Obwohl Irma Schwegerl bereits am Montag ganz überraschend gestorben war, verfolgte ihn das Antlitz der alten Frau, die er kaum gekannt hatte, noch heute. Er hatte sich von den flehentlichen Bitten der Nichte berichten lassen, die unbedingt Einlass begehrt hatte, und der auf seine Weisung hin das Betreten des Heims verboten worden war. Die Tante war tot und die Sicherheit des Heims und seiner hochbetagten und teils gebrechlichen Bewohner hatte absoluten Vorrang. Er durfte keine Ausnahme zulassen, er musste das strikte Betretungsverbot durchhalten, aber er spürte, wie bedrückend das auf die Angehörigen seiner Bewohner wirken musste.

Seit dem Beginn des Lockdowns vor knapp vier Wochen ging die Stimmung rapide in den Keller, bei den Insassen, den Angehörigen und dem Pflegepersonal. Er hatte gehofft, ohne Todesfall durch die Krise zu kommen, deren Ende noch nicht absehbar war. Vergeblich. Sollten die harten Schutzmaßnahmen umsonst gewesen sein? Er hoffte es nicht, denn er fürchtete sich vor den Konsequenzen, sollte es zu weiteren Todesfällen in seinem Heim kommen. Wer trüge die Verantwortung? Müsste am Ende er selbst den Kopf hinhalten? Das durfte nicht sein, das musste er auf jeden Fall verhindern. Es half nicht: Er musste hart bleiben.

Deshalb musste er sich ablenken, und mehr denn je fand er diese Ablenkung im hemmungslosen Ausleben seiner sexuellen Fantasien. Das brauchte er jetzt, und zwar schnell. Ein letztes Mal wanderte sein Blick über den schönen Körper der jungen Blondine, dann biss er sich an dem verführerischen Schritt der geheimnisvollen *Helena* fest. Ja, das wollte er wagen: Ein überraschendes, grenzenloses Abenteuer.

Die *sanften Rollenspiele* konnten warten.

•••

Sie saßen in einem Besprechungsraum der Kanzlei Schmidtner, Sorgenfrei & Partner und besprachen das weitere Vorgehen. Rechtsanwalt Dieter Bauer hatte ihnen den Raum zur Verfügung gestellt, weil er in seinem Büro einen dringenden Mandantentermin wahrnehmen musste, aber später in Nathans Überlegungen einbezogen werden wollte.

»Wir müssen herausbekommen, ob unser Täter wieder auf der Suche nach einem geeigneten Opfer ist«, legte Nathan die Richtung der Ermittlung fest. »Solange wir keine Verbindung des Täters zu seinen Opfern herstellen können, ist die Recherche in den diversen Dating-Portalen unsere einzige Chance. Felix Drinkaus wird uns helfen, weitere Profile aufzuspüren, die von Schustereders Account aus installiert worden sind.«

»Warum schauen wir uns nicht als Erstes an, ob Dominika, Jessica oder Juliana auf *Lederlackls* letzte E-Mail geantwortet haben?«, fragte Nina.

»Wer ist *Lederlackl*?« Nathan schaute Nina fragend an.

Sie lachte. »Das haben wir dir noch gar nicht erzählt. Wolfgang hat sich ein Profil zugelegt und mit den drei Damen einen Flirt angefangen, aber nicht fortgesetzt, nachdem wir auf Schustereder losgegangen sind.«

»Das sagt ihr mir erst jetzt? Auf geht's, Wolfgang, schau nach, ob du verwertbare Antworten erhalten hast.«

Während sich Stöhrl in seinen Account bei dem Dating-Portal einloggte, telefonierte Nathan mit Felix Drinkaus und bat ihn darum, weitere Profile zu suchen, die von Michael Schustereders E-Mail-Account aus angelegt worden waren. Zwar hatte er nicht viel Hoffnung, auf ein aktuelles Profil zu treffen, doch auch alte Profile konnten ihnen zusätzliche Hinweise auf den Täter liefern. Verwendete er stets die gleiche Masche oder variierte er seine Herangehensweise?

»Wir müssen so schnell wie möglich zusätzliche Informationen über den Täter sammeln«, spornte Nathan seinen alten Spezl an, denn nur so konnte Nathan sein Täterprofil besser spezifizieren. Während er rätselte, wo in seinen bisherigen Überlegungen eine Schwachstelle lag, traf ihn eine völlig andere Erkenntnis wie ein Blitz aus heiterem Himmel: Kontaktsuche via Internet, über Dating-Portale – das gab es schon länger. Was, wenn vor drei Jahren, als sie die Leichen der beiden vermissten Frauen gefunden hatten, deren Tötung er nicht hatte aufklären können …

»Wolfgang!«, rief Nathan und sprang elektrisiert auf.

»Was gibt's?«

»Erinnerst du dich an die beiden Frauen vom Baggersee?«

»Klar, die ungeklärten Fälle. Wieso?«

»Wer sagt uns, dass unser Killer nur auf Männer aus ist?«

»Verstehe nicht, was geht dir denn jetzt durch den Kopf?«

»Diese Dating-Plattformen … das Suchen von Opfern über Fake-Profile … es gab bei den Frauen keinerlei nachvollziehbare Verbindung, keinerlei Hinweise auf Täter im persönlichen Umfeld. Was, wenn auch da das Internet mitgemischt hat? Was, wenn wir es mit ein und demselben Täter zu tun haben?«

»Ach was«, winkte Stöhrl ab.

»Ihr müsst der Sache nachgehen. Es soll kein *cold case* daraus werden, verdammt.«

»Nathan, da bin ich nicht mehr zuständig. Vermutlich findest du mich künftig bei der Kleinkriminalität.«

»Dominika hat geantwortet«, schrie Nina aufgeregt und riss Nathan aus seinen Gedanken.

Er rieb sich die Augen und trat an den Bildschirm. »Zeig her«, bat er.

Nina zeigte mit dem Finger auf drei neue Nachrichten, die *Lederlackl* von *Dominika63* erhalten hatte. Die letzte datierte von heute Morgen.

Was ist jetzt mit der fulminanten Komödie? Ist dem Lederlackl der Schneid abhandengekommen? Bist am Ende bloß ein Aufschneider? Dann servus, Kleiner – falls Du aber Mumm in den Knochen hast, rühr' Dich rasch, denn ich brauche heute ein g'scheites Theater.

»Die geht ordentlich zur Sache«, attestierte Nina und scrollte in *Lederlackls* Postfach nach unten. »Da, schau, Jessica und Juliane sind auch noch an Bord!«

»Da könnte doch jede unsere Zielperson sein«, nörgelte Stöhrl.

»Lass mich mal die Profile anschauen«, bemerkte Nathan und klickte eines nach dem andern an. Plötzlich stutzte er; das Foto kam ihm bekannt vor. *Woher kenne ich dieses Bild,* fragte er sich. Die Antwort lag ihm auf der Zunge, zum Greifen nah, aber es fiel ihm nicht ein. Er gab *Lack&Leder* in die Suchmaske ein, betrachtete einige der Profile, die zum Suchbegriff passten, ging zu *Dominika63* zurück und plötzlich fiel es ihm wie Schuppen von den Augen: *Roxette*! *Dieses hagere Gesicht mit dem bohrenden Blick, die knabenhafte Figur im Latexanzug, wie konnte ich da bloß rätseln,* fragte er sich jetzt. Nein, da war kein Zweifel möglich, das war ihre Zielperson.

»Ich hab's«, rief Nathan.

Stöhrl und Lutz blickten überrascht auf.

»Wir müssen uns auf *Dominika63* konzentrieren, ich kenne das Foto«, erklärte Nathan, blickte Stöhrl an und forderte: »Ran an den Speck!«

Hilfe suchend blickte Stöhrl zu Nina.

»Lass mich mal machen«, nahm sie die Herausforderung an und schrieb: *Sorry, bin schneidig genug, war aber abgelenkt. Nun bin ich bereit, die Rolle auf die Bretter zu bringen, die Du Dir wünschst.*

»In Ordnung so?«, fragte sie.

Nathan und Stöhrl nickten. Nina drückte auf *Senden*. Nathan schickte die Daten von *Dominika63* per Telegram an Felix Drinkaus mit der Bitte zu schauen, wie und von wem dieses Profil erstellt worden war. Dann übernahm er den Platz an der Tastatur und formulierte eine Profilsuche mit den Schlüsselbegriffen *Lack&Leder, Dominanz* und *Fesselspiele.* Er bekam postwendend 17 Treffer. Nach und nach musterte Nina jedes der angezeigten Profile.

»Das ist schlimmer als die Suche nach der berühmten Nadel im Heuhaufen«, stöhnte Stöhrl.

»Da hast du recht«, brummte Nathan unwirsch. »Aber so ist nun mal die Polizeiarbeit, ein mühsames Zusammentragen von Informationen. Wir bräuchten einen weiteren Computer, verdammt.«

»Kuck mal die an«, rief Nina plötzlich aufgeregt und zeigte auf ein erotisches Profilbild. »Interessant – frech, draufgängerisch. Die sollten wir uns genauer anschauen.«

Nathan öffnete *Helenas* Profil: *Ein wahrer Prinz lässt sich von Helena fesseln, denn dann erwartet ihn ein Königreich (der Sinne).*

»Passt dieser Satz wirklich zu dem Profilfoto?«, zweifelte Nathan.

»Etwas verrätselt, wenn du mich fragst, aber Aufmerksamkeit erregend – und schau, die Gute steht auf Fesselspiele«, bemerkte Nina und atmete plötzlich rascher. »Die ist online, die ist online – schnell, wir müssen ihr schreiben!« Ihre Stimme überschlug sich beinahe. Sie rempelte Nathan an. »Mach, rasch, schreib: Kann man das Königreich sehen?«

»Echt?«

»Logisch, mach schon.«

Nathan gehorchte und schickte die Frage ab. *Helena* antwortete nicht. Sie warteten einige Minuten, aber kam keine Reaktion.

»Dein *Lederlackl*-Profil ist wohl nicht sexy genug«, frotzelte Nathan und zeigte Stöhrl einen Schmollmund.

»Oder sie hat meine Nachricht noch nicht gelesen«, erwiderte Stöhrl.

»Doch, hat sie«, stellte Nina fest. »Hier, an dem Häkchen erkennt man, ob die Nachricht gelesen wurde. Praktisch, gell?«

»Was folgern wir daraus?«, fragte Nathan, doch in diesem Moment poppte das Chatfenster auf. Es gab eine Nachricht von *Dominika63: Hast Du Zeit für einen Nachmittagstee?*

»Völlig unsexy ist das Profil wohl nicht«, grinste Stöhrl. »Los, sag Ja.«

Nathan tippte *Ja* und schickte die Antwort ab.

Kaum eine Minute später erschien die Aufforderung: *Dann gib mir Deine Adresse durch.*

Ratlos blickte Stöhrl auf den Text, dann sagte er: »Das kann ich nicht machen. Nein, meine Adresse könnt ihr hier nicht eingeben.«

»Wir müssen uns darauf einlassen«, forderte Nathan. »Schließlich ist der Täter immer zu seinen Opfern gegangen. Wir dürfen nicht kneifen!«

Nathan war überzeugt, dass sie den Köder endgültig auslegen mussten. Schon wollte er seine eigene Adresse eingeben, als Nina anbot: »Nimm meine.«

Nathan ließ sich die Adresse diktieren und schickte sie ab. Gleich darauf kam ein Smiley.

»Okay. Jetzt brauchen wir ein Einsatzteam«, stellte Nathan fest.

»Aber wie? Im Kommissariat darf ich damit nicht auftauchen«, haderte ein sichtlich verwirrter Stöhrl mit der Situation.

»Ich habe noch einen Spezl beim Sondereinsatzkommando«, beruhigte ihn Nathan und zückte sein Handy.

Fünfzehn Minuten später zeigte Nathan mit dem Daumen nach oben.

»Du bekommst drei Personenschützer vor die Wohnung, lieber Wolfgang, da musst du dich vor der hungrigen Domina nicht mehr fürchten. Ich hoffe nur«, sagte er und schaute Nina an, »es ist genug Platz in der Wohnung, dass wir beide«, und dabei deutete Nathan auf sich und Nina, »vor Ort auch auf dich aufpassen können.«

»Ich lebe zwar in einem kleinen Appartement«, antwortete die Kommissarin, »aber wir haben schon Platz.«

»Fein. Dann nutzen wir die verbleibende Zeit und schauen uns noch einmal *Helena* an.«

Doch als Nathan das Profil erneut aufrufen wollte, kam die Meldung: *Nutzer deaktiviert.* Nathan lief es kalt den Rücken hinunter.

• • •

Er hat angebissen, freute sie sich und löschte umgehend das Profil. Allerdings stellte sie bei der Kontrolle eine verbleibende Spur fest, denn es erschien die Meldung *Nutzer deaktiviert.* Das gefiel Karin nicht. Wenn sie ein Profil löschte, musste es völlig verschwinden. Auf manchen Plattformen funktionierte das jedoch nicht, weil die Betreiber dem Nutzer das Hintertürchen aufhalten wollen, doch zurückzukehren und das alte Profil wieder zu aktivieren. Für Karin war dieser gut gemeinte Service der Plattformbetreiber ein Ärgernis. Sie las die Möglichkeiten bei den Kontoeinstellungen durch und sah, dass es keinen Standardbutton für die Löschung gab. Auch der Versuch, ähnlich wie bei Facebook in die Hilfe-Suchmaske *Konto löschen* einzugeben, führte zu keinem Ergebnis. Entnervt gab sie es nach einer halben

Stunde auf. Immerhin würde kaum jemand ihre elektronische Spur aufnehmen können, denn sie hatte sich diesmal übet zwei gehackte Accounts und das *TOR*-Netzwerk abgesichert. Allerdings würde ein IT-Spezialist diesen Trick rasch herausfinden, sodass die wahren Inhaber der E-Mail-Accounts, anders als Michael Schustereder, keinem dringenden Tatverdacht ausgesetzt wären. Aber das hatte sie bewusst in Kauf genommen.

Noch hatte sie zwei Stunden Zeit, sich auf ihr Date vorzubereiten. Sie ging ins Bad, duschte und begann sich zu schminken. Heute legte sie wesentlich mehr Bronze auf und konturierte die Augenpartie stark in eine asiatisch anmutende Richtung. Sie musste so viel Veränderung wie möglich in ihr Gesicht bringen, keinesfalls durfte Vranek sie als Angehörige einer Heimbewohnerin erkennen. Zwar waren sie sich in den zurückliegenden Monaten nur zweimal persönlich begegnet, aber manchmal hatten solche Menschen ein ausgezeichnetes Personengedächtnis. Außerdem lag ihre zweite Begegnung nicht lange zurück, als sie ihn nach dem Beginn der Pandemie angefleht hatte, ihre Tante besuchen zu dürfen. Er durfte sie also auf keinen Fall wiedererkennen.

Geduldig modellierte sie mit ihrem sündhaft teuren Make-up die Tränensäcke unter ihren Augen weg, geschickt glättete sie den Übergang von den etwas zu hohen Wangenknochen in die etwas zu eingefallenen Wangen hinein, und mit kräftigem Lipgloss zauberte sie aus ihren Strichlippen einen erotischen Schmollmund. Nachdenklich betrachtete sie das Ergebnis, dann setzte sie statt der grünen die kräftig blauen Kontaktlinsen ein. Allmählich beschleunigte sich ihr Puls. Sie verließ den Spiegel, ging ins Schlafzimmer und schlüpfte in ihren langärmligen Latex-Catsuit, eine unangenehme Prozedur, denn das Material war kühl und neigte dazu, an allen möglichen und unmöglichen Stellen zu kleben. Sorgfältig zupfte sie den Anzug nach und nach in die passende Position, bis er wie eine zweite Haut saß. Nun drehte sie sich vor dem Ankleidespiegel hin und her, ob sich eventuell irgendwo ein kleiner Riss im Kostüm zeigte, denn das galt es absolut zu verhindern, dass sie wegen eines Defekts oder einer Unachtsamkeit eine auswertbare biologische Spur am Tatort hinterließ. Zufrieden mit der Überprüfung schlüpfte sie in die Latexstrümpfe und anschließend in die knackige Lederhose. Als Nächstes war die Perücke dran. Sie hatte sich für den roten Lockenkopf entschieden, denn dieses Outfit bot die größtmögliche Verfremdung ihres wahren Erscheinungsbildes. Nun raste ihr Puls. So nervös war sie bisher noch nie gewesen. Aber heute gab es auch ein besonderes Treffen, denn mehr als alle anderen hatte Vranek die Höchststrafe verdient.

•••

»Du musst dich auf *VolleLust24* sofort dem Profil *Helena* an die Fersen heften«, schrie Nathan ins Telefon. »Das ist unser Mann. – Warum? – Weil dieses Profil vor einer halben Stunde noch aktiv war und jetzt deaktiviert ist; weil ich ein untrügliches Gefühl habe – Mensch, Felix, bitte – schnapp dir den Verbrecher!« Mit zittrigen Fingern beendete Nathan sein Telefonat mit Felix Drinkaus. Alle Augen waren auf ihn gerichtet. Doch das konnte er jetzt nicht genießen, jetzt ging es darum, einen Mord zu verhindern, der eigentlich nicht zu verhindern war. Wo sollten sie ansetzen? Selbst wenn Felix den Urheber von *Helena* finden würde, ließe sich dieser intelligente Killer kaum rasch demaskieren. Nathan raufte sich die Haare, atmete tief durch und bat schließlich Stöhrl darum, Pfannerl zu informieren.

»Was soll ich ihm sagen – und mit welcher Begründung? Er hat mich gefeuert.«

»Ach Wolfgang, jammer nicht. Das ist doch deine Chance, rehabilitiert zu werden. Los, ruf den Idioten an und sag ihm, dass er alle Hebel in Bewegung setzen muss, einen Mörder zu finden.«

Während Stöhrl versuchte, den Dezernatsleiter Dr. Pfannerl zu erreichen, wandte sich Nathan an Nina: »Was meinst du, sollen wir trotzdem an dem Treffen mit *Dominika63* festhalten?«

Er beobachtete sie genau, bemerkte, wie sich ihre Augen nach rechts oben bewegten. *Gut,* freute sich Nathan, *die junge Kollegin denkt nach.* Er war auf die Antwort gespannt und wurde nicht enttäuscht.

»Ja«, sagte sie, »unbedingt. Denn das *Helena*-Profil könnte auch ein Ablenkungsmanöver oder purer Zufall sein. Und du bist dir doch bei dem Foto sicher, oder?«

»Aus dir kann noch was werden«, nickte Nathan zufrieden. »Aber wir müssen aus dem Date nun einen offiziellen Einsatz machen. Hoffentlich kapiert Pfannerl, um was es hier geht.«

»Nein«, platzte Stöhrl ärgerlich heraus, kaum hatte er sein Telefonat beendet.

»Pfannerl hat mich ausgelacht und das Gespräch grußlos beendet.«

»Dann ruf den Vizepräsidenten an. Und wenn dir der nicht glaubt, reichst du mir das Handy weiter.«

Innerlich schüttelte Nathan den Kopf über Stöhrl, den er zwar für einen schwachen Kommissariatsleiter hielt, von dem er aber trotzdem rasches Zupacken gewohnt war. *Vermutlich hat ihn die anstehende Versetzung aus dem Gleichgewicht gebracht,* versuchte sich Nathan in seinen Nachfolger einzufühlen. Doch jetzt konnte er auf solche Befindlichkeiten keine Rücksicht nehmen, es ging um ein Menschenleben, da war beherztes Handeln gefragt.

•••

Mit einer Atemübung, die sie in den Bergen perfektioniert hatte, gelang es ihr, den Ruhepuls zurückzugewinnen. Sie musste ruhig und besonnen bleiben, darauf kam es heute mehr denn je an. Vranek war ein kräftiger Mann, der zudem darauf abfuhr, selbst zu dominieren. Ihre bisherigen Lüstlinge hatten auf Unterwerfung gestanden, da war es einfacher, im Rollenspiel die Oberhand zu behalten.

Was aber, wenn Vranek von ihr verlangte, sich fesseln zu lassen? Er würde das Messer entdecken. Nicht auszudenken, was dann geschehen würde. Nein, das durfte sie auf keinen Fall zulassen. Sie musste die Initiative übernehmen, ihm von Anfang an klarmachen, wer das Sagen hat und wo es langgeht. Sorgfältig streifte sie sich die schwarzen Latexhandschuhe über und kontrollierte, ob sich irgendwo eine undichte Stelle zeigte, ehe sie in ihre Lederjacke schlüpfte. *Immerhin kann ich mich in der Regel auf die Geilheit der Lüstlinge verlassen,* beruhigte sie sich, zog ihren langen schwarzen Mantel an, hängte sich die Handtasche über und machte sich auf den Weg.

Zum Glück wohnte Vranek ein Stück vom Pflegeheim entfernt in einer ruhigen Wohngegend nahe des Olympiaeinkaufszentrums, das vor vier Jahren durch den ausländerfeindlichen Amoklauf eines 18-jährigen Deutsch-Iraners traurige Berühmtheit erlangt hatte. Obwohl es bequemer gewesen wäre, die U-Bahn zu nehmen, ging Karin zu Fuß zum nächsten S-Bahnhof und stieg am Hauptbahnhof in die S-Bahn nach Moosach um. Dort angekommen, zeigte ein Blick auf die Uhr, dass sie gemütlich zu Fuß gehen und damit ihre Ankunft bei Vranek auf die Minute pünktlich gestalten konnte. Das war heute, am taghellen Nachmittag, besonders wichtig, denn sie durfte niemandem als besonders auffällig im Gedächtnis bleiben. Immerhin musste sie sich in der Wohnsiedlung, in welcher Vranek wohnte, keine Gedanken wegen etwaiger Videokameras machen. Trotzdem wuchs ihre Anspannung, je näher sie ihrem Ziel kam.

Er hatte sich ebenfalls in Schwarz gekleidet. Angeberisch stellte er in der knallengen Lederhose seinen Schritt zur Schau. *Hält sich wohl für gut bestückt, dabei hat er bloß eine mittelmäßige*

Beule, lästerte Karin. Immerhin half er ihr aus dem Mantel. Dann führte er sie einen schmalen Flur entlang, an dessen Ende rechter Hand ein mittelgroßes Wohnzimmer lag. Auf einem niedrigen Couchtisch standen zwei Weingläser und eine Flasche Rotwein. Als Karin einen Blick auf das Etikett erhaschte, ärgerte sie sich; sie kannte den Rotwein. Es war ein einfacher Landwein aus dem Supermarkt, den sie sich selbst schon gekauft hatte. *Nicht mal einen anständigen Sekt bin ich ihm wert,* grummelte sie und spürte, wie die Wut in ihr hochkochte; *mit dir mache ich gleich kurzen Prozess.*

»Du also bist *Helena* und hast ein Königreich zu vergeben«, sprach er mit erstaunlich sanfter Stimme und musterte ihren Körper. »Ehrlich gesagt«, fuhr er fort, »bin ich sehr neugierig, was du zu bieten hast.«

»Mehr, als du dir in deinen kühnsten Träumen erhoffst, *Menelaos*«, erwiderte Karin mit rauer, tiefer Stimme. »Denn es werden nicht meine Rundungen sein, die den König beglücken. Wie denn auch«, konterte sie seinen leicht abschätzigen Blick. »Es ist die Technik, die dir den Himmel öffnet.«

Sie leckte sich lasziv über die Lippen und streckte die Hand aus, um ihm in den Schritt zu fassen. Schon als ihre Hand näher kam, sah sie die Ausbeulung in seiner Hose anschwellen. Er stöhnte, als sie ihn kräftig packte, doch es schien ihm zu gefallen, denn er wurde hart, und in dem Augenblick brach sich in ihrer Brust die zurückgehaltene Wut schlagartig Bahn.

»Komm«, befahl sie barsch, »wir trinken den Wein nach dem ersten Gang.«

•••

Sie brachen gemeinsam zur Wohnung von Nina auf. Nachdem Weiß dem Vizepräsidenten noch einmal mit Nachdruck versichert hatte, dass Schustereder vermutlich nicht der gesuchte Serienmörder war und sie jetzt eine heiße Spur verfolgten, hatte dieser eingewilligt, ein Team des Sondereinsatzkommandos zu Ninas Appartement zu beordern und an alle Streifenwagen einen Fahndungsaufruf herausgegeben, nach Personen mit Perücke Ausschau zu halten.

Stöhrl spürte eine seltsame Unruhe, während sie die menschenleere Straße entlang zum U-Bahnhof Sendlinger Tor gingen. Nina nahm seine Hand, das beruhigte ihn. Weiß ging mit federnden Schritten vorneweg. Stöhrl wusste genau: Sein alter Chef war wieder in seinem Element.

In der U-Bahn waren sie fast allein. Stöhrls Anspannung wuchs von Station zu Station. Schweiß trat ihm auf die Stirn, sein Herz raste. Nein, er war nicht zum Helden geboren, und die Aussicht, in einer Stunde vielleicht einem Serienmörder gegenüberzustehen und zunächst ein Spiel zu spielen, von dem er nichts verstand, verursachte ihm Magenschmerzen. Trotzdem hatte er das Angebot von Weiß ausgeschlagen, die Rolle des Lockvogels zu übernehmen. Vor Ninas Augen wollte er keinesfalls kneifen, und wenn sich ihr Verdacht bestätigte, dass *Dominika63* mit ihrer offensiven Art tatsächlich ihr Täter war, wollte Stöhrl beim Zugriff auch an vorderster Stelle dabei sein. *Hoffentlich geht alles gut,* betete er zwischen der vorletzten und der letzten Haltestelle. Nina und Nathan würden sich in der kleinen Abstellkammer verstecken, über die ihr Appartement verfügte, und ihm zu Hilfe eilen, wenn das Rollenspiel ernst zu werden drohte. Was aber, wenn der Killer rasch zum Messer griff? Würden die beiden rechtzeitig eingreifen können? Und wann, wenn überhaupt, sollte der Zugriff des Sondereinsatzkommandos erfolgen? Nach Stöhrls Geschmack war zu viel bei diesem Einsatz improvisiert. Anstatt den Täter in seinen Vorbereitungshandlungen gewähren zu lassen, hätte Stöhrl ihn lieber sofort nach Betreten des Appartements festgenommen. Alles andere ließe sich dann im Verhör erreichen. Aber Nathan hatte darauf bestanden, mit dem Zugriff möglichst lange zu warten, um eine handfeste Handhabe zu erlangen.

»Mach dir keine Sorgen«, muntere Nathan ihn jetzt auf. »Wir haben das im Griff. Ich stehe per Handy mit dem Kollegen Klauser vom SEK in Verbindung und Kollegin Lutz kann mit ihrer Dienstwaffe umgehen.«

Das sind beruhigende Aussichten, brummte Stöhrl ironisch in sich hinein. Ninas Appartement unter solchen Umständen kennenzulernen: Wer hätte das gedacht?

Sie verließen die U-Bahnstation und gingen zielstrebig auf die Wohnsiedlung zu. Kurz vor Ninas Haus sahen sie den dunkelblauen VW-Bus des Sondereinsatzkommandos parken. Kollegen waren nicht zu sehen, aber die Anwesenheit des Wagens beruhigte Stöhrl. Nina sperrte die Haustür auf. Sie betraten das Treppenhaus und gingen nacheinander in den dritten Stock. Nina vorneweg, dann Stöhrl und zum Schluss Weiß. Nach wenigen Schritten einen schummrigen Flur entlang standen sie vor Ninas Wohnungstür. Sie schloss auf.

»Kommt herein«, sagte sie. Das Appartement war hell und freundlich eingerichtet. »Bewirten kann ich euch jetzt nicht«, bedauerte sie und zeigte auf das von einem Paravent gegen den restlichen Wohnraum abgeschirmte Bett. »Zerwühl es mir nicht allzu sehr«, lachte sie und schaute auf die Uhr. Fünfzehn Minuten noch, dann würde es ernst werden.

•••

Sie warf einen letzten Blick auf sein Gesicht. Langsam nur ebbte der tobende Zorn ab, der ihr die Kraft gegeben hatte, diesen Unmenschen zu überwältigen. Hatte er doch tatsächlich geglaubt, sie würde sich ihm unterwerfen, und war letztlich zu wollüstig gewesen, um sich ihrer zupackenden Art zu entziehen.

Eigentlich hätte sie ihn gern etwas zappeln lassen, aber sie musste die erste Gelegenheit nutzen und ihm aus heiterem Himmel mit ihrem extrascharfen Keramikmesser die Kehle aufschlitzen. Sein Schrei ging im Gurgeln des Blutes unter, und da begann ihre Raserei. Nichts, aber auch nichts hatte sie an ihm heil gelassen, Stich für Stich hatte sie sich für jede Minute gerächt, die er ihr verwehrt hatte, sie mit Tante Irma zu verbringen.

Tante Irma war tot. Tante Irma war gerächt. Zufrieden schaute sie auf seine weit aufgerissenen Augen, drehte sich um und machte sich auf die Suche nach dem Badezimmer. Sie musste sich das Blut nicht nur vom Catsuit waschen, sondern auch von Jacke und Hose, denn entgegen ihren festen Vorsätzen war sie nicht dazu gekommen, ihre Lederbekleidung auszuziehen. Das ärgerte sie jetzt, denn nun konnte es sein, dass die Polizei Kontaktspuren sicherstellte. Das galt es zu vermeiden. Ein feiner Schmerz meldete sich an ihrem linken Arm. Sie betrachtete die Stelle und sah die beiden Schnitte im Latex und das Blut, das aus den Verletzungen tropfte. *Verdammt, ich habe mich in meiner Raserei geschnitten,* schalt sie sich. Wo war ihre Souveränität geblieben? *Viel zu viele Spuren,* ärgerte sie sich. Sie musste den Tatort reinigen. Möglichst gründlich. Das war lästig und gefährlich. Wer weiß, was dieser Mistkerl für den Rest des Abends geplant hatte. Wer weiß, ob ihn irgendjemand vermisste. Zum Glück flaute die Wut ab und machte ihrem klaren Verstand Platz. Überlegt und zielgerichtet reinigte sie ihre Kleidung, hängte sie kurz an die Garderobe, umwickelte den linken Unterarm mit etwas Toilettenpapier und wischte nun, in ihren sterilen Ganzkörperanzug gewandet, den Leichnam mit einem kleinen Handtuch so gut es ging ab. Schließlich war sie mit ihrem Werk zufrieden, suchte nach seinem Handy und steckte es ebenso ein wie das in einer Plastiktüte verstaute blutverschmierte Handtuch.

Mit leicht ausgebeulter Handtasche verließ sie die Wohnung. Das Treppenhaus war leer, auch auf dem Weg zur nächsten Bushaltestelle begegnete sie niemandem – Corona sei Dank. In einigen 100 Metern Entfernung fuhr ein Polizeiwagen vorbei, doch die Insassen nahmen keine Notiz von ihr.

•••

Die Türglocke schellte. Stöhrl drückte den Türöffner und wartete. Eine Minute später klingelte es erneut. Er öffnete die Wohnungstür und erstarrte.

»Du?«, rief die dunkelblonde Frau mit weit aufgerissenen Augen.

Fassungslos blickte Stöhrl auf das Wesen vor ihm, schwer atmend rang er um Worte, bis er schließlich stockend krächzte: »Angelika?«

In diesem Augenblick prustete sie los, lachte und lachte; da brach sich etwas Bahn, das Stöhrl nicht einordnen konnte, während er selbst nur einen einzigen Wunsch hatte: im Erdboden versinken. Vor ihm stand seine frühere Lebensgefährtin, die einzige Frau, mit der er jemals eine ernsthafte Beziehung geführt hatte. Vor ihm standen seine schönsten und zugleich bittersten drei Jahre Leben. Unfassbar.

»Willst du mich nicht wenigstens hereinbitten, du *Lederlackl*?«, gluckste sie immer noch.

Konsterniert trat Stöhrl zur Seite und ließ Angelika in die Wohnung.

»Kein Sekt vorbereitet?«, quengelte sie enttäuscht. »Erst ein Fake-Foto und dann keinen Stil. Wolfgang, du enttäuschst mich.«

»Sorry. Es ist noch schlimmer«, stotterte Stöhrl und öffnete die Tür, hinter der Lutz und Weiß warteten. »Kommt heraus, es gibt keinen Einsatz.«

Angelika drehte sich um und blickte verwirrt auf das ungleiche Pärchen, das nun in der Diele stand.

»Was sollte das werden?«, fragte sie spitz.

»Eine polizeiliche Ermittlung«, erklärte Stöhrl matt. »Das sind Hauptkommissar Weiß und Kriminalkommissarin Lutz, die wollten dich festnehmen.«

»Mich?«

»Na ja«, stammelte Stöhrl, »wir haben mit jemand anderem gerechnet.«

»Ihr scheint euch gut zu kennen«, bemerkte Weiß sarkastisch.

»In der Tat«, flüsterte Stöhrl kleinlaut und fragte sich insgeheim, warum sich die Erde nicht auftat, um ihn zu verschlucken.

»Ich raff es nicht«, schüttelte Angelika den Kopf. »Ich bin in eine Falle der Kripo getappt. Wen wolltet ihr denn fangen?«

»Tut mir leid«, sprang Nathan in die Bresche. »Ermittlungsgeheimnis. Sie können gehen.«

Als sie allein waren, fragte Nina: »Warum haben wir die jetzt weggeschickt?«

Stöhrl kratzte sich am Ohr und überlegte angestrengt, was er antworten sollte. Er entschloss sich zur Wahrheit: »Angelika ist meine Ex«, krächzte er.

Nina lachte und erwiderte: »Das ist ja ein Ding – und deshalb ist sie unschuldig?«

»Na ja«, stotterte Stöhrl, »ich kenne sie gut genug.«

»Immerhin scheint sie es faustdick hinter den Ohren zu haben«, gab Nina nicht klein bei und Stöhrl hatte das Gefühl, dass ihn Nina mit Absicht ein wenig grillte.

»Für den Moment würde ich Wolfgangs Einschätzung vertrauen«, beendete Nathan die Diskussion, und Stöhrl war ihm aufrichtig dankbar.

•••

Nathan klopfte wieder und wieder mit der flachen Hand auf den Tisch. Wut und Verzweiflung über diesen katastrophalen Fehlschlag, den er in einer Stunde auch noch dem Vizepräsidenten persönlich erklären sollte. Stöhrl rang immer noch um Fassung und Nina schien nicht zu wissen, ob sie lachen oder weinen sollte.

Was für eine skurrile Situation, schoss es Nathan durch den Kopf und er schlug ein letztes Mal auf die Tischplatte. Es half nicht, sich über die größte Pleite der letzten Jahre zu ärgern, zumal Nathan überzeugt war, trotz dieses Reinfalls die richtigen Schlüsse gezogen zu haben.

»Mund abwischen«, raunzte er daher, »und nach vorne schauen. Ich bin nach wie vor überzeugt, dass *Helena* eine heiße Spur ist. Wenn wir Pech haben, geschieht gerade ein weiterer Mord. Das werde ich jetzt auch dem Vize so sagen. Auf geht's, fahren wir ins Präsidium.«

»Okay, Chef!« Stöhrl grinste verlegen. »Treten wir meinen Canossa-Gang an.«

»Das ist gewaltig schiefgegangen, meine Herren«, empfing sie der Vizepräsident in seinem bescheidenen Büro. Dann blickte er zu Nina und wedelte mit seiner linken Hand durch die Luft. »Die junge Kollegin war auch dabei. Na ja, dann haben Sie gleich mal gesehen, was es bei einem polizeilichen Zugriff für Pannen geben kann. Bitte, setzen Sie sich. Weiß, sind Sie nicht seit einem Jahr in Pension?«

»Die Katze lässt das Mausen nicht«, antwortete Nathan forsch. »Leider gilt das vor allem für unseren Serienmörder. Ja, wir haben auf das falsche Pferd gesetzt. Das ist bitter, vor allem, weil ich fürchte, dass der Killer bald zuschlägt. Den Fahndungsaufruf an alle Streifenwagen sollten Sie unbedingt aufrechterhalten, Kollege Singer.«

»Ihr Selbstbewusstsein hat unter dem Ruhestand offensichtlich wenig gelitten, Kollege Weiß.« Polizeivizepräsident Singer betonte das Wort *Kollege* ironisch, dann wurde er ernst. »Sie dürfen mir glauben, unser Dr. Pfannerl ist *not amused.* Zum Glück ist der Einsatz des SEK von den Medien nicht beachtet worden. Wir werden also den Mantel des Schweigens über diesen Fehlschlag legen. Wie geht es weiter?«

»Sie müssen eine Sonderkommission einrichten, und wir müssen alle Kräfte bündeln, diese Bestie zu stoppen«, forderte Nathan im Brustton der Überzeugung.

»Dr. Pfannerl ist nach wie vor überzeugt, in diesem verunfallten Herrn Schustereder den Mörder gefunden zu haben.

Ging der entscheidende Hinweis nicht sogar von Ihnen aus, Weiß?«

»Korrekt. Leider war auch das ein Fehlschlag.«

»Bisschen viel Fehlschläge, meinen Sie nicht?«

»Der Ansatz war und ist trotzdem richtig. Warum sich Schustereder der Vernehmung durch Flucht entzogen hat, können wir nur vermuten. Angst vor der Polizei? Vielleicht. Jedenfalls war das eine dramatische Entwicklung und so nicht vorherzusehen. Mittlerweile wissen wir, dass Schustereders E-Mail-Account gehackt worden ist. Übrigens wird der Rechtsanwalt Dieter Bauer der Kanzlei Schmidtner, Sorgenfrei & Partner im Auftrag von Schustereders Lebensgefährten wegen der Rehabilitierung von Schustereder rechtliche Schritte einleiten.«

»Das auch noch«, stöhnte Singer. »Aber jetzt raus mit der Sprache: Was haben Sie für einen Ermittlungsansatz?«

»Der Täter ködert seine Opfer über Dating-Portale im Internet und bevorzugt dabei Foren, die eindeutig auf sexuelle Kontakte zielen. Beim derzeitigen Lockdown haben solche Formate Hochkonjunktur, schließlich sind die Bordelle geschlossen und die Prostitution hat sich in den Untergrund verlagert. Unser Täter hat leichtes Spiel. Wir müssen mit Nachdruck die Internet-Aktivitäten der bisherigen Opfer aufklären und versuchen, bei den Betreibern der einschlägigen Plattformen die relevanten Unterlagen zu erhalten. Daneben müssen wir alle verdächtigen Kontakt-Profile überprüfen und hoffen, einen Treffer zu landen. Außerdem müssen wir mit Nachdruck an einer Perfektionierung der Tat- und Täteranalyse arbeiten. Es braucht eine professionelle zweite Meinung, die zum Beispiel Kollege Mutzenbacher vom LKA einbringen könnte.«

»Also, wenn wir ehrlich sind: Es ist ein Stochern im Nebel. Dr. Pfannerl hat mich gebeten, Sie, Kollege Stöhrl, von Ihren Aufgaben in K11 zu entbinden, und zwar vor allem, weil Sie sich seinen Weisungen widersetzt haben. Ich brauche Ruhe und Disziplin im Dezernat, deshalb habe ich Sie mit Wirkung von heute vorläufig umgesetzt. Trotzdem ermitteln Sie mit Weiß auf eigene Faust?«

»Herr Vizepräsident, wir müssen versuchen, Menschenleben zu retten. Ich hatte keine Wahl, ich musste mich noch um diesen Fall kümmern.«

»Sie sind nach wie vor ein weisungsgebundener Polizist und kein Freigeist wie unser Freund Weiß hier, der beinahe alles machen kann, was er will. Bei Ihnen, Stöhrl, kann ich solche Alleingänge nicht dulden.«

»Aber –«

»Kein aber«, unterbrach ihn Singer. »Wir werden das zu gegebener Zeit diskutieren. Zurück zum aktuellen Fall. Warum ist Schustereder unschuldig?«

»Sein Computer ist hinsichtlich der verdächtigen Profile sauber und er hat für zwei der drei Tatzeiträume ein Alibi«, erläuterte Nathan und nahm damit Stöhrl etwas aus der Schusslinie. »Zudem haben wir keinerlei verwertbare Spuren auf den Catsuits von Schustereder gefunden. Da wir nun wissen, dass sein E-Mail-Account gehackt und missbraucht wurde, können wir Schustereder als Täter mit an Sicherheit grenzender Wahrscheinlichkeit ausschließen.«

»Kennt Dr. Pfannerl diese Argumente bereits?«

»Nein.«

»Dann war es sein gutes Recht, zunächst an seiner Position festzuhalten. Und jetzt zum weiteren Vorgehen: Den Aufruf an die Streifenbesatzungen halten wir heute Nacht aufrecht. Wegen der Datenanalysen der Kontaktbörsen setzen wir uns am Montag mit der Staatsanwaltschaft ins Benehmen. Wir benötigen eine richterliche Anordnung, weil kaum jemand solche Daten freiwillig herausrückt. Ob es einer Sonderkommission bedarf, darüber entscheidet nächste Woche Dezernatsleiter Dr. Pfannerl im Einvernehmen mit mir; ich werde nachher den Präsidenten unterrichten. Sie, Stöhrl, treten am Dienstag beim Kriminaldauerdienst an und werden in dieser Angelegenheit nicht mehr selbstherrlich aktiv. Haben wir uns verstanden?«

Stöhrl nickte mit betretenem Gesicht.

»Gut, Frau Lutz, Herr Stöhrl, Sie können gehen. Weiß, mit Ihnen will ich noch unter vier Augen sprechen.«

Während die beiden anderen den Raum verließen, blieb Nathan sitzen und war neugierig, was ihm der Vizepräsident zu sagen hatte. Er mochte Singer und hatte über viele Jahre ein gutes Verhältnis zu ihm gehabt, schließlich waren sie als Kommissare gemeinsam auf die Jagd nach vermissten Personen gegangen. Singer hatte schon früh einen ehrgeizigen Karriereplan verfolgt, wenig überraschend hatte er schließlich an der Polizeiakademie in Hiltrup den Aufstieg in den höheren Dienst erreichen und sich bald den ersten goldenen Stern auf die Schulterklappen heften können. Trotzdem war Singer immer einer von ihnen geblieben, ein Polizist, der sein Handwerk von der Pike auf gelernt hatte, ganz anders als dieser eingebildete Jurist Dr. Pfannerl, den es sowieso vorwärtsdrängte auf der Karriereleiter und der am liebsten heute statt morgen ins Innenministerium wechseln würde.

»Ich rechne es dir positiv an, dass du mich in Anwesenheit der beiden nicht geduzt hast«, begann Singer, als sie allein waren. »Immerhin zeigt es deinen Respekt vor meinem Amt. Aber deinen privaten Feldzug gegen Pfannerl kann ich trotzdem nicht unterstützen. Ihr könnt euch nicht ausstehen, und das verstehe ich – dazu seid ihr wie Feuer und Wasser. Dein Name ist für Pfannerl ein rotes Tuch. Schlag dir also aus dem Kopf, dass ich dich für die Sonderkommission reaktiviere.«

»Habe ich mir schon gedacht«, antwortete Nathan wenig überrascht. »Aber um mir das zu sagen, hättest du die beiden nicht hinausschicken müssen.«

»Richtig. Ich will auch nicht lange drumherum reden: Bist du dir sicher in der Einschätzung dieser Morde?«

»Absolut.«

»Gut. Dann will ich, dass du an Bord kommst – aber im Hintergrund, sozusagen *pro bono* als Berater.«

»Pro bono?«

»Ehrenamtlich.«

»Ah, so – hm.«

»Jetzt zier dich nicht. Erstens juckt es dich in den Fingern und zweitens brauchen wir dich. Der Fall ist kompliziert und sehr öffentlichkeitswirksam. Solltest du recht behalten und der Täter bald wieder zuschlagen, haben wir Feuer am Dach.«

»Gut. Und wie stellst du dir meine Mitarbeit vor?«

»Du gibst mir eine Liste der Kolleginnen und Kollegen, die du in der Sonderkommission haben willst, und sagst, wer sie offiziell leiten soll. Inoffiziell übernimmst du die Führung, das stelle ich intern klar. Alles, was du an Material und Hintergrund brauchst, bekommst du von mir. Ist das ein Deal?«

»Abgemacht«, nickte Nathan. »Morgen früh hast du meine Liste. Hoffentlich ist es nicht zu spät.«

•••

Tante Irma war gerächt. Während sie sich auszog, empfand sie eine tiefe Befriedigung. Eine erlösende Ruhe breitete sich in ihr aus, jede Anspannung war abgefallen. Sie sehnte sich nach friedlichem Schlaf und stieg summend unter die Dusche, wo sie die letzten Reste der Erinnerung an die zurückliegenden Stunden mit dem Lavendelduft ihrer Seife abwusch. Sanft perlte das warme Wasser über ihre Haut. Sie hob den Kopf, öffnete die Lippen und ließ den warmen Regen in ihren Mund rieseln, schluckte und trank und genoss das Nass, als wäre es bester Champagner. Tante Irma war gerächt. Das fühlte sich unendlich gut an. Langsam frottierte sie sich mit dem flauschigen Handtuch trocken. Sie griff nach ihrem Duftöl und massierte die Wildrose mit kreisenden Bewegungen in ihre Arme und Beine, beträufelte die Brust und den Bauch, schloss die Augen und genoss es, sich duftend zu kosen, bis hinein in den Schritt. Zart und entspannt streichelte sie sich einer anschwellenden Erregung entgegen und erzitterte bald in vibrierender Erlösung.

Als sie die Augen öffnete, wunderte sie sich über sich selbst. Lange, viel zu lange war ihr das nicht mehr gelungen, sich selbst mit dieser Zärtlichkeit anzunehmen und in den Frieden zu kosen. Als ob sich ein Fenster in eine bessere Welt öffnen würde, sah Karin einen Weg ohne Wut und Zorn vor sich, kerzengerade hinein in ein warmes Licht. Beglückt legte sie sich ins Bett, zog die Decke über ihren hageren Körper und schlief ein.

Tante Irma war gerächt.

•••

»Kommst du mit zu mir?«, fragte Nina, nachdem sie gemeinsam das Polizeipräsidium verlassen hatten. »Du kennst dich ja schon bei mir aus.«

Stöhrl schaute ihr in die Augen und ergriff ihre Hand. Er war verwirrt und in ihm tobten die widersprüchlichsten Gefühle. Natürlich wünschte er sich kaum etwas sehnlicher als zärtliche Stunden mit dieser wunderbaren Frau. Aber was würde daraus werden? Würde der Altersunterschied nicht viel zu trennend zwischen ihnen stehen? *Immerhin,* gab sich Stöhrl einen leichten Ruck, *bin ich ab heute nicht mehr ihr Chef.*

Trotzdem fragte er: »Hältst du das für eine gute Idee?«

»Unbedingt. Du musst mir morgen meine Karfreitagsdepression lindern«, zwitscherte sie fröhlich, umarmte ihn und gab ihm einen leidenschaftlichen Kuss. »Jetzt vergessen wir einfach alles, was im Dienst war, und feiern Ostern.«

Stöhrl strich ihr sanft über die Wange. *Wie einfach das Leben sein kann, wenn man jung und unbeschwert ist,* dachte er und versuchte, die jüngsten Erlebnisse zu verdrängen.

•••

Nathan rief Heinrich an und fragte ihn, ob er in der Buchhandlung vorbeikommen könne.

»Natürlich«, antwortete dieser. »Ich sitze im Büro über der Umsatzsteuervoranmeldung, Abwechslung ist mir hochwillkommen.«

Also lenkte Nathan seine Schritte von der Löwengrube Richtung Neuhausen und sortierte im Gehen seine Gedanken. Die Welt war voller eigenartiger Zufälle. Niemals hätte er sich vorstellen können, dass die frühere Lebenspartnerin von Stöhrl auf einer erotischen Dating-Plattform vertreten sein könnte und einen Gespielen für *reizende Rollenspiele* suchte. Das war so skurril, dass sich Nathan kaum noch über den nachmittäglichen Fehlschlag grämte, auch wenn er in großer Sorge war, ob ihr Täter womöglich andernorts zugeschlagen hatte oder in dieser Nacht zuschlagen würde. Nathan vertraute seiner Intuition, die ihm einflüsterte, dass sowohl *Roxette* wie auch *Helena* die erotischen Avatare ihres Mörders waren. Fragte sich nur, wer sich dahinter versteckte. Er würde mit Heinrich darüber sprechen und vermutlich wieder eine Standpauke entgegennehmen müssen, dass er mit seiner Analyse, es müsse sich um einen Transvestiten, einen *Ladyboy* oder einen Stricher handeln, genau diese Menschen diskriminiert habe. *Vielleicht habe ich das auch,* mahnte sich Nathan selbstkritisch, *weil ich diesen Randgruppen mehr negative Motive zutraue als den sogenannten Normalen.* Aber was ist schon normal? Er musste es besser wissen, schließlich hatte er lang genug Ermittlungen geführt und die dunkelsten Seiten des Menschen vielfach in den bürgerlichsten Wohnstuben entdeckt.

Was also, wenn er mit seiner Analyse danebenlag? Was sprach für einen Mann als Täter? In erster Linie die Kraft, die es brauchte, um die Opfer zu überwältigen. Andererseits konnte dies auch einem weniger kräftigen Menschen gelingen, wenn er das Überraschungsmoment voll ausnutzte. Die einzigen Aufnahmen, die sie von dem Täter hatten, zeigten jedenfalls eine eher schmächtige Person. Die Perücke, welche an jedem Tatort winzige Spuren zurückgelassen hatte, ließ nur den Rückschluss auf einen gerissenen Täter zu. Nathan kam mehr und mehr zu der Überzeugung, die Frage nach dem Geschlecht des Täters noch einmal von Anfang an beleuchten zu müssen.

Wo mochte das Motiv des Täters liegen? Eine entscheidende Frage. Jede Tat war mit einem schrecklichen Overkill einhergegangen. Daher lag zunächst der Verdacht einer Beziehung zwischen Opfer und Täter nahe, doch das konnten sie inzwischen ausschließen. Was löste im Täter so einen hasserfüllten Overkill aus?

Es musste sich um eine gedemütigte Seele handeln, also beispielsweise um einen Menschen, der in seinem Leben viel Ausgrenzung und Abwertung erfahren hatte, der eifersüchtig auf Männer war, die ein in seinen Augen normales Leben führten. Oder sie suchten einen Menschen, der misshandelt worden war und nun einen Rachefeldzug gestartet hatte. Dann konnte jeder heterosexuelle Mann der Täter sein, aber genauso gut konnte eine Frau als Täterin infrage kommen.

Je näher Nathan dem *Lesertraum* kam, desto wackliger wurde seine bisherige Annahme zum Täterkreis. *Es war mein Fehler, auf Schwule, Transvestiten, Ladyboys oder Stricher zu tippen,* sah Nathan ein. Als er an Heinrich Bürotür schellte, stellte er fest, mit seiner Analyse wieder am Anfang zu stehen.

11

Näher und näher kam die abscheuliche Fratze, heiß und schleimig drängte sich der Teufel an ihren Körper, brennend drang seine übergroße Keule in sie ein und drohte, sie zu zerreißen. Sie wollte schreien vor Schmerz, doch es nahm ihr den Atem, und aus dem weit aufgerissenen Mund der flammenden Schimäre tönte ihr ein vernichtendes »Nein« entgegen. Dann fuhr ihr das Messer durch die Kehle und alles wurde schwarz. Sie fiel im dunkelsten Dunkel in einen gähnenden Abgrund, lähmende Angst und brüllender Schmerz lähmten sie, ein grässliches Zittern durchlief ihren Körper. Immer noch konnte sie nicht schreien, und sie fiel und fiel, und ihr Leib verbrannte und verblutete. Gleich würde sie sterben, jetzt, in dieser Sekunde – stöhnend schreckte sie hoch und blickte in zaghafte Dämmerung. Verwirrt blickte sie sich um. Nackt lag sie im Bett und roch nach Rosenöl und Urin: Wieder einmal hatte sie eingenässt.

Fluchend und zitternd sprang sie aus dem Bett. Der Friede von gestern war weg, die Verzweiflung, der Zorn und die Wut hatten sie wieder. Sie war am Leben geblieben. Allen Dämonen zum Trotz atmete sie weiter in ihrem erbärmlichen Leben. Sie hatte nicht einmal einen Schrei für dieses Erwachen.

Sie zog das Leintuch vom Bett, zog Decke und Kissen ab und brachte alles zur Waschmaschine. Dann inspizierte sie ihre Lederjacke und ihre Lederhose und fand etliche schlecht abgewaschene Blutspritzer darauf, fluchte, und steckte beides ebenfalls in die Waschmaschine. Es war klar: Danach wären Jacke und Hose unbrauchbar, aber sie musste die Spuren beseitigen.

Gestern war alles so schnell gegangen, sie hatte nicht lange fackeln dürfen. Dafür hatte er ihren grenzenlosen Zorn erfahren, außer sich hatte sie ihn für seine Unmenschlichkeit bestraft. Aber von der Befriedigung, die sie erfüllt hatte, war nichts mehr übrig.

Angewidert schob sie die Wäsche in die Maschine, steckte die Waschpulverkugel hinein und schaltete die 90-Grad-Wäsche an. Später musste sie die Lederklamotten entsorgen, sie wusste nur noch nicht, wo.

•••

Laut erklangen die Worte *Ich weiß, wovon du träumst, ich weiß, was du denkst, ich kenn dich,* ein toller Song von Ich&Ich, in Dauerschleife die ersten Takte von *Universum* und alle 30 Sekunden etwas lauter. Stöhrl schlug die Augen auf und blickte verwirrt um sich. Er sah, wie Nina nach ihrem Handy tastete, es auf ihrem Nachtkästchen fand und auf den roten Button für *Ablehnen* drückte. Sie legte das Smartphone zurück und kuschelte sich an ihn. Er drückte sie an sich. Sie sah bezaubernd aus mit ihrem schlafzerknitterten Gesicht. Als Stöhrl ihr gerade einen zarten Kuss auf die Wange drücken wollte, erklangen die ersten Takte eines Hits aus den 80er-Jahren: *Footloose*, 30 Sekunden, dann wieder von vorne – Stöhrls Klingelton. Allerdings lag sein Handy nicht in greifbarer Nähe. Die Dauerschleife würde rasch nerven, also wühlte er sich aus dem Bett und torkelte zu seiner Hose, zog das Mobiltelefon aus der Gesäßtasche und wollte schon den roten Knopf berühren, als er sah, wer anrief: Manfred Wirtz. Kurz schwankte Stöhrl, dann nahm er das Gespräch entgegen.

»Wir haben ein neues Opfer«, hörte Stöhrl seinen Nachfolger sagen. »Du musst so schnell wie möglich zum Tatort kommen. Okay?«

»Okay«, antwortete Stöhrl und ließ sich die Adresse durchgeben.

Kaum war dieses Gespräch beendet, wusste Ninas Smartphone wieder auf musikalische Weise, *wovon du träumst*; diesmal nahm Nina das Gespräch entgegen. Auch dieses dauerte keine zwei Minuten. Sie stand auf und kam, nackt und schön, wie sie war, auf

Stöhrl zu, umarmte ihn und flüsterte in sein Ohr: »Unser Frühstück holen wir nach.«

• • •

Es war ein niederschmetternder Anblick. Nathan wollte schlucken, aber sein Gaumen war ausgedörrt, und mit ihm geschah etwas, was viele Jahre an unzähligen Tatorten nicht mehr geschehen war: Tränen traten ihm in die Augen. *Welcher Furor richtet so eine Verwüstung an,* fragte er sich und verließ das blutüberströmte Schlafzimmer von Simon Vranek. Im Wohnzimmer standen auf einem Tischchen zwei unberührte Rotweingläser und eine nicht entkorkte Flasche einfachen Rotweins. Offensichtlich hatte es hier kein Vorgeplänkel und keine alkoholische Aufwärmrunde gegeben. Wer immer es war, den Vranek zum erotischen Stelldichein in die Wohnung gelassen hatte, die beiden waren anscheinend sofort zur Sache gekommen. Hatte Vranek seinen Besuch gekannt? Oder war der Druck so groß gewesen?

»Mensch, Nathan, haben sie dich reaktiviert?«, ertönte die vertraute Stimme Dr. Sanders.

Nathan blickte auf und dem altgedienten Forensiker ins Gesicht.

»Schlimm? So schlimm?«

Das mochte Nathan an Sander; er nahm die Gefühlsregungen seines Gegenübers wahr und ging damit einfühlsam um. »Grauenhaft, aber schau es dir selber an.«

Der Rechtsmediziner nickte und schlurfte ins Schlafzimmer. Nathan blickte ihm nach und wischte sich die letzte Träne aus dem Augenwinkel. Bald würde er erfahren, wann Simon Vranek gestorben war, und er würde nicht überrascht sein, wenn es gestern Nachmittag gewesen wäre. Was für ein sinnloser Tod.

Nathan hatte ihn nicht verhindern können, dabei war er überzeugt, den Täter oder die Täterin zu kennen: *Helena* alias

Roxette. Sie mussten schnell Erfolg haben, sonst ging das Morden weiter.

Nathan beobachtete die Mimik von Wirtz und Stöhrl, die sich flüsternd in der hintersten Ecke des Wohnzimmers unterhielten. Beiden sah man die Erschütterung an, aber auch eine gewisse Ratlosigkeit. *Es hilft nicht*, ermutigte sich Nathan selbst, *ich werde die Kommission führen müssen.*

Eine Stunde später saßen sie im großen Besprechungsraum des Dezernats und warteten auf den Auftritt von Kriminaldirektor Dr. Pfannerl. Mit dunklen Ringen unter den Augen trat er an der Seite von Vizepräsident Singer in den Raum und vermied es, den Anwesenden in die Augen zu schauen. Die beiden setzten sich ans Kopfende des Besprechungstischs und mit belegter Stimme ergriff der Dezernatsleiter das Wort: »Wir haben den vierten Mord in einer grausamen Serie zu beklagen. Das zwingt uns zu raschem Handeln. Daher werden wir eine Sonderkommission einsetzen. Herr Vizepräsident, Sie haben das Wort.«

»Danke, Kollege Pfannerl. Kolleginnen und Kollegen, wir stehen vor der schrecklichsten Mordserie, die München jemals erlebt hat – wenn wir diverse Amokläufe und Attentate einmal außen vor lassen. Wer immer diese abscheulichen Bluttaten begeht, diesen Menschen müssen wir stoppen. Dazu werden wir sämtliche verfügbaren Ressourcen bündeln und der *Sonderkommission Keramikmesser* zur Verfügung stellen. Ich bitte Sie ausdrücklich um Ihr umfassendes Engagement, Sie alle sind zentrale Mitglieder dieser Sonderkommission, die von Hauptkommissar Wolfgang Stöhrl geleitet wird.«

Ein leises Raunen ging durch den Raum.

»Unterstützt wird Kollege Stöhrl dabei von unserem Pensionisten Nathan Weiß, der als verantwortlicher Berater fungiert und alle Aktionen steuert. Wie mit mir besprochen, wird Nathan Weiß bis heute Mittag die endgültige personelle Besetzung der

Sonderkommission festlegen. Für die dringend notwendigen Befragungen im Umfeld des jüngsten Mordopfers Vranek sind alle Kolleginnen und Kollegen von K14 und K15 alarmiert; die Verteilung der Aufgaben findet hier in diesem Raum in einer halben Stunde statt. Intern weisungsbefugt ist in allen Angelegenheiten Kollege Weiß, und ich darf Sie bitten, ihn vollumfänglich zu unterstützen. Die hoheitliche Einsatzleitung obliegt dem Kollegen Stöhrl. Zwischenberichte sind alle sechs Stunden an mich persönlich zu richten.«

Wieder durchzog ein leises Raunen den Raum. Kriminaldirektor Pfannerl war ungewöhnlich blass und starrte reglos auf die Tischplatte vor ihm.

»Und jetzt erbitte ich die erste Zusammenfassung der Ereignisse, Kollege Stöhrl.«

»Also«, begann Stöhrl und wirkte dabei ein wenig verlegen, »wir haben grundsätzlich den gleichen *modus operandi* wie bei Lupfer, Lang und Kreidl und müssen eine weitere Zunahme der Verwüstung des Opferkörpers feststellen. Allerdings, und das müssen wir noch analysieren, gibt es eine entscheidende Abweichung: Im Gegensatz zu bisher wurde die Leiche von allem Blut gereinigt; wir haben den wild zerschnittenen Torso frisch gewaschen vorgefunden. Auch Vranek hat seinen Mörder – oder seine Mörderin, wir können dies nicht ausschließen – selbst eingeladen, wofür bereitstehende Weingläser und eine Flasche Rotwein sprechen. Wir gehen davon aus, dass die Kontaktaufnahme über eine Dating-Plattform im Internet lief, diesmal wahrscheinlich über *VolleLust24*. Soweit wir es bisher beurteilen können, wurde das Profil des Täters über das *TOR*-Netzwerk eingerichtet. Wir müssen von einem Täter ausgehen, der sich in IT-Dingen gut auskennt. Eine unserer wesentlichen Aufgaben wird es sein, mit den IT-Spezialisten des LKA alle Bewegungen der Opfer auf den infrage kommenden Dating-Apps zu überprüfen. Der Antrag auf richterlichen Beschluss zur Herausgabe der Daten durch die jeweiligen Plattformbetreiber ist unterwegs zur Staatsanwaltschaft. Wie in den vorangegangen drei Fällen hat die Spusi nach meinen momentanen Kenntnissen vor Ort keine verwertbaren Spuren gefunden. Das Handy von Vranek ist verschwunden, Vraneks PC wurde bereits ins LKA verbracht. Wir müssen vordringlich die Nachbarschaft Vraneks befragen und zudem die Belegschaft des Alten- und Pflegeheims, dessen Leiter Simon Vranek war. Noch können wir nicht ausschließen, ob Vranek seinen Mörder, seine Mörderin kannte. Außerdem müssen wir unsere Anstrengungen verstärken, herauszufinden, ob es zwischen den vier Opfern eine Verbindung gibt, und sei sie noch so vage. Äußerst wichtig ist es im Übrigen, die letzten Tage in Vraneks Leben zu rekonstruieren. Hier haben wir auch bei Lupfer, Lang und Kreidl noch Ermittlungsbedarf. Daher benötigen wir die Unterstützung von allen verfügbaren Kollegen in K. Das wär's fürs Erste von mir.«

»Wir müssen recherchieren, ob es in der Nähe der Tatorte weitere Überwachungskameras gibt«, nahm Nathan den Faden auf, »und wir müssen alle Aufnahmen der im Umkreis gelegenen U-Bahn- und S-Bahnstationen überprüfen. Wir suchen einen eher zierlichen Menschen mit rund 1,70 m Körpergröße, der dank der Perücken wie eine Frau aussieht. Alter vermutlich zwischen Mitte 30 und Ende 40. Manfred, würdest du dich bitte der Überwachungskameras annehmen? Du bekommst drei Kollegen vom Kriminaldauerdienst. Du, Cordula, schnappst dir zwei Kolleginnen von K15 und befragst Vraneks Nachbarschaft. Jede noch so kleine Beobachtung kann wichtig sein. Karl, du übernimmst gemeinsam mit Nina das Heim. Ihr befragt jeden, den ihr zwischen die Finger bekommt. Und wir, lieber Wolfgang, stellen jetzt den Rest der Truppe zusammen. An die Arbeit, Freunde!«

Es fühlte sich unendlich gut an, die Leitung einer umfassenden Ermittlung zu übernehmen.

•••

Draußen die Straßen menschenleer; Karfreitag und Lockdown, was für eine traurige Kombination. Jedenfalls kein geeigneter Tag, um sich missliebigen Abfalls zu entledigen. Karin überlegte, wie groß die Gefahr war, Lederjacke und Lederhose in einer Abfalltonne der eigenen Wohnanlage zu entsorgen. Die Müllabfuhr kam jeden Mittwoch, das hieß, momentan waren die Tonnen ziemlich leer und ihr Müllbeutel würde weit unten landen, was gut war. Die nächste Leerung gab es erst in fünf Tagen, was schlecht war. Über die Feiertage würden die Tonnen übervoll werden, was wiederum gut war. Außerdem ging sie davon aus, innerhalb der nächsten Woche nicht ins Fadenkreuz der Ermittler zu geraten, ja, eigentlich ging sie davon aus, überhaupt nicht im Blickfeld der Polizei zu erscheinen. Die Kripo würde gewiss rätseln, was sie von Vraneks Ermordung halten sollte; immerhin hatten die Behörden mit Michael Schustereder einen Schuldigen für die ersten drei toten Lüstlinge gefunden, für gestern musste also ein anderer verantwortlich sein. Den Kommissaren würde die gleichartige Weise der Tatbegehung auffallen. Das dürfte sie verunsichern. Diese Schlussfolgerung beruhigte Karin, die keine Lust verspürte, entdeckt zu werden. Nein, tief in ihrem Herzen regte sich der Stolz darauf, perfekte Verbrechen zu begehen, obwohl es gestern nicht optimal gelaufen war. Ihre Oberbekleidung zu besudeln war ein echtes No-Go, aber leider unvermeidbar gewesen.

Schlimmer war, dass sie nicht beim obligatorischen Gläschen hatte überprüfen können, ob er ihre Chats gelöscht hatte. Wie sie später seinem Handy entnommen hatte, hatte er das nicht getan. Nun war es zu spät; die IT-Spezialisten der Kriminalpolizei würden rasch erkennen, dass *Helena* auf *VolleLust24* als Täter infrage kam. Gewiss, sie hatte ihre elektronischen Spuren raffiniert verschleiert; aber wer weiß, mit welchen Methoden die Kripo im *Darknet* ermittelt. Wenn sie auf Nummer sicher gehen wollte, musste sie ihren Router und ihr Laptop entsorgen; danach sollte es beinahe unmöglich werden, sie zu identifizieren und ihre Geräte mit den Taten in Verbindung zu bringen.

Nun war sie am Ende dieser Überlegungen angelangt und beschloss, Lederhose und Lederjacke in einer der Mülltonnen ihrer Wohnanlage zu entsorgen. Sie steckte die Kleidungsstücke in einen schwarzen Müllbeutel und kippte den Restmüll ihres Küchenabfalleimers ebenso darüber wie den des Abfallbehälters aus dem Badezimmer, schüttelte das Ganze noch einige Male hin und her, dass einem allzu Neugierigen nicht sofort auffiel, was sich in der Mülltüte befand. Dann schlüpfte sie in die Turnschuhe und ging die Treppen hinunter zum Innenhof, an dessen gegenüberliegender Seite die Mülltonnen in einem abgeschlossenen Raum standen. Sie sperrte die Schiebetür auf und ließ den Schlüssel stecken. Mit ihrem Abfall schritt sie zur hintersten Restmülltonne, hob den Deckel an und warf den Müllsack hinein. Als sie den Deckel schloss und sich umdrehte, stand ein dunkel gekleideter Mann hinter ihr. Karin stieß vor Schreck einen spitzen Schrei aus.

»Was ist denn mit dir los, Mädchen?«, fragte eine unnatürlich hohe Stimme. »Ich tu dir doch nichts.«

Jetzt erst erkannte sie das Gesicht des uralten Mannes aus dem Erdgeschoß des Nachbareingangs. Sie entspannte sich und erwiderte ironisch: »Am Karfreitag bin ich immer schreckhaft.«

Der alte Mann wieherte, winkte ab und machte ihr ein Zeichen, sie solle den Deckel der Tonne anheben. Sie tat, was er erwartete. Er warf seine Mülltüte hinein und dankte. Sie ließ ihm den Vortritt, verließ nach ihm den Müllraum und schloss wieder ab. Während sie die Treppen hinaufging, schlotterten ihr die Knie. Wieder in ihrer Wohnung verriegelte sie die Eingangstür, zog sich bis auf die Unterwäsche aus und legte sich ins Bett. Sie zitterte am ganzen Körper. Eine Kälte ergriff von ihr Besitz, als säße sie seit etlichen Minuten im eisigen Tauchbecken einer Sauna. Karin wurde schwarz vor Augen.

•••

»Sie haben also die Polizei gerufen, weil Sie sich in Ihrer Feiertagsruhe gestört fühlten?«, fragte Nathan den Wohnungsnachbarn von Simon Vranek.

»Ja. Um sechse in da Fruah hot da Wecka vom Vranek 's dudeln og'fangt. Und mit da Zeit is' dös oiwei schlimma wor'n.«

»Inwiefern?«

»Ja, lauda hoid, am Schluss hob i mei eigens Wort nimma vastand'n.«

»Also, die Musik, die der Wecker spielte, wurde zunehmend lauter.«

»Freili. Und dös is' ja oiwei dös gleiche Gedudel, imma wieda von vorn – zum narrisch werd'n.«

»Dann haben Sie irgendwann die Polizei gerufen?«

»Net glei'. Z'erst hab i an 'd Wand g'haut, nachad hab' i drauß'n gega sei Tür pumpert – aba der Hundling hat sie net g'rührt. Dann hob' i d' Polente o'gruafa.«

»Mochten Sie den Herrn Vranek?«

»Ja mei, was woas i? War a komischer Heini, hab'n kaum mitnand g'redt.«

Nathan grinste, dankte dem Nachbarn und erlaubte ihm, zu gehen. Als Nächstes holte er sich den Streifenpolizisten ins Zimmer, der Vraneks Wohnungstür geöffnet und die Leiche entdeckt hatte.

»Sie sind also der Kollege Coste? Polizeimeister?«

»Der bin ich, ja.«

»Was ist heute Morgen geschehen?«

»Wir sind wegen einer häuslichen Ruhestörung in die Wohnsiedlung gerufen worden. Da hat uns ein verärgerter Nachbar, der Herr Bunsel, empfangen. Aus der Tür des Herrn Vranek drang überlaute Musik, ein Song von Queen, also eigentlich nur der Anfang eines Songs in Endlosschleife. Ich habe geklingelt, aber es gab keine Reaktion. Bestimmt fünf Minuten habe ich immer wieder geläutet, und dabei ist die Musik gefühlt noch lauter geworden – es war echt unerträglich laut. Da habe ich mit meinem Multipick die Tür geöffnet. Sie war nur ins Schloss gefallen, nicht zugesperrt. Ich bin dann in die Wohnung, Kollege Durm hinter mir hat gesichert. Ich bin in Richtung der Musik gegangen und ins Wohnzimmer gekommen, wo ein Radiobooster geplärrt hat. Ich habe ihn ausgeschaltet, schlagartig war Ruhe. Da habe ich nach Herrn Vranek gerufen, aber keine Antwort erhalten. Dann habe ich noch ins Schlafzimmer geschaut und da hat es mich fast umgeschmissen. Glauben Sie mir, so etwas habe ich noch nie gesehen. Es tut mir leid, dass ich mich an der Tür übergeben musste.«

»Schon gut«, beschwichtigte Nathan. »Ist Ihnen irgendetwas aufgefallen?«

»Nein, ich bin hinausgerannt und hab Durm gesagt, er muss sofort die Kripo anrufen. Dann haben wir im Treppenhaus die Wohnung gegen unbefugtes Betreten gesichert. Das war alles.«

»Danke, Kollege Coste. Schlimmer Morgen, versteh' ich gut. Sie dürfen nach Hause gehen. Wenn Ihnen noch irgendetwas einfällt, melden Sie sich bitte.«

Zwei Stunden später waren die Befragungen der Nachbarn in Vraneks Wohnhaus abgeschlossen, und für Nathan zeichnete sich ein diffuses Bild des vierten Mordopfers ab. Simon Vranek lebte ruhig und zurückgezogen, wurde von den Nachbarn als zurückhaltend und verschlossen geschildert; jemand, den man eher mürrisch als freundlich antraf, falls man ihm überhaupt einmal begegnete. Er ging früh aus dem Haus und kam in der Regel spät zurück. Eine ältere, offensichtlich neugierige Nachbarin, wusste immerhin zu berichten, dass Vranek oft Damenbesuch von meist wechselnden Frauen hatte. *Ein Womanizer, das passt zu unseren anderen Opfern,* überlegte Nathan. *Mal schauen, was die Kollegen berichten, die die Heimbelegschaft befragen.*

•••

You are my sunshine, my only sunshine – die rauchige Stimme von Johnny Cash, begleitet von klaren Gitarrenakkorden, holte sie aus ihrem traumlosen Schlaf zurück ins Halbdunkel des Schlafzimmers. Benommen öffnete sie die Augen und starrte in Norberts lüsternes Gesicht. Er wackelte mit seiner weit herausgestreckten Zunge knapp über ihrem Mund und zwickte mit Daumen und Zeigefinger schmerzhaft ihre Brustwarze. Karin schrie und schreckte hoch. Sie war allein, natürlich war sie allein, Norbert war lang schon Vergangenheit. Aber das Bild wurde sie nun nicht mehr los. Nun verfolgte sie dieses lang gezogene Gesicht mit der hohen Stirn, wie glühende Nadeln brannten sich die lodernden Augen in ihren Körper, und es war, als sei er da, rücksichtslos und brutal und allgegenwärtig.

Dabei hatte auch diese Beziehung so romantisch angefangen: *You are my sunshine, my only sunshine.* Das Lied hatte er aufgelegt, als sie ihn das erste Mal besucht hatte. Er ließ es in unterschiedlichen Interpretationen vom Tonband laufen. Am besten gefiel ihm und ihr die Gitarrenversion von Johnny Cash. Er bewohnte ein heimeliges Hexenhäuschen in einer abgelegenen Seitenstraße in Obermenzing, der verwilderte Garten mit uralten Apfelbäumen war ein Paradies inmitten der Stadt, und der alte gusseiserne Kanonenofen strahlte eine so wohltuende Wärme ab, dass sich Karin von der ersten Minute an bei Norbert daheim fühlte.

You are my sunshine, my only sunshine. Wochenlang dieses Lied, wochenlang eine schier unglaubliche Zärtlichkeit. Norbert schien ihr jeden Wunsch von den Lippen abzulesen, wie überhaupt Lesen eine seiner großen Stärken war. Wenn sie es sich nach dem Abendessen in seiner kanonenofenwarmen Stube gemütlich machten, zog er ein Buch hervor und las ihr vor. Seine Stimme klang einschmeichelnd, sie konnte ihm stundenlang zuhören. Was er vorlas, wählte er mit Bedacht. Anfangs las er ihr romantische Texte vor. Unvergessen war der lange Abend mit der *historia calamitatum,* wo Karin am Ende der Geschichte in Tränen aufgelöst das Schicksal von Heloise beinahe als selbst erlebt nachempfand und Norbert als ihr kastrierter Mönch Abaelard auf jede erotische Annäherung verzichtete, sondern in inniger Umarmung mit ihr einschlief wie der unschuldigste Mann aller Männer.

Pah! Von wegen unschuldig! Später hatte er sich als der Schlimmste aller Teufel entpuppt und jetzt, während sie sich mit kaltem Wasser das Gesicht wusch, starrte er sie züngelnd und immer noch lüstern, gierig und sadistisch an. Gleich würde er zuschlagen, gleich würde das Martyrium erneut beginnen.

Aber sie war ihm längst verfallen gewesen, als er sein wahres Ich entblättert hatte. Was für Abende, während derer er ihr *Naokos Lächeln* vorlas und sie mit ihm eintauchte in die poetische Welt eines ihr unbekannten Japaners. Unvergessliche Abende voll Tränen und Glück waren es gewesen, und wie anrührend, als Norbert Aitmatows Liebesroman *Dshamilja* von seinen Stöbereien in einem Antiquariat mit nach Hause brachte und dem 15-jährigen Said seine wohlklingende Stimme lieh. Er lullte sie ein und als er seine Vorlesungen auf Henry Miller erstreckte, fand sie sogar die obszönen Passagen in *Sexus* romantisch. Norbert war auf seine Art unglaublich geduldig, führte sie tiefer und tiefer in ihre Abhängigkeit von der Magie seiner Stimme, und als sie bei den *120 Tagen von Sodom* angekommen waren, fand sie nichts Schlimmes dabei, dass er liebevoll und spielerisch versuchte, einige Praktiken nachzuempfinden.

Anfangs begriff sie gar nicht, dass es ihre Schmerzen waren, die ihn erregten, doch so war es: Lag die knabenhaft-unschuldig aussehende Frau romantisch verklärt auf dem Bett, fiel es diesem Wüstling nicht schwer, den Abaelard zu geben. Aber wehe, wenn er ihren Schmerz fühlen konnte, dann kehrte sich die Impotenz ins Gegenteil, und als er sie das erste Mal mit dem Messer geritzt hatte, hatte er seinen besten Orgasmus erlebt.

»Lass mich, du Monster!«, schrie Karin unwillkürlich und blickte erschrocken in ihr Spiegelbild. »Du bist nicht hübscher geworden«, giftete sie sich an und verfluchte ihre scharfe Hakennase, die mit dem Höcker unter der steilen Zornesfalte an einen Geierschnabel erinnerte. Ihre bleistiftstrichdünnen Lippen zeigten ebenso ihren Verdruss wie die hängenden Mundwinkel, und ihr dünner, faltiger Hals legte Zeugnis über ihr wahres Alter und ein verpfuschtes Leben ab. Und wer trug die Schuld daran?

Drei diabolische Männer: Der Onkel, Walther und Norbert.

»Ich hasse euch alle!«, schrie Karin und schlug auf den Spiegel ein. Klirrend zerbrach das Glas.

•••

Aufgeregt lief Stöhrl in das Bereitschaftszimmer hinüber, in welchem für Nathan spontan ein Büro eingerichtet worden war. Noch in der Tür wedelte er mit dem Aktendeckel, den er vor wenigen Minuten erhalten hatte. Endlich ein erster greifbarer Anhaltspunkt, endlich ein Lichtpunkt am Ende des dunklen Tunnels. Kam nach dem privaten Glück auch die Wende im Dienst? Noch wagte er es nicht, sich allzu sehr zu freuen, und tief in seinem Bauch arbeitete es weiter in ihm, ob er dem Dezernat nicht endgültig den Rücken kehren sollte. Ja, er hatte heute Morgen gespürt, dass ihm der Vizepräsident mehr Vertrauen schenkte als Kriminaldirektor Dr. Pfannerl, und das hatte seiner geschundenen Seele gutgetan. Aber letztlich machte er sich nichts vor: Er war nicht die ideale Besetzung für die Leitung der Mordkommission. Dagegen würde Nina in K11 den ihr gemäßen Platz finden. *Also muss ich sowieso weichen,* entschied er und schaute erwartungsvoll zu Nathan. Dieser blickte von seinen Notizen auf.

»Was gibt's, Wolfgang?«, fragte er.

»Die Spusi hat eine verwertbare Spur sichern können – hier, schau.« Stöhrl legte Weiß den geöffneten Aktendeckel hin. »Ein Schuhabdruck, Größe 39, ein zierlicher Winterstiefel mit

Profilsohle, mehrfach getragen mit einem individualisierbaren Merkmal. Vor der Wohnungstür, mit Folie gesichert – wahrscheinlich gerichtsverwertbar.«

»Super, hätte ich nicht gedacht. Der Spusi-Kollege vor Ort hat davon heute Morgen nichts gesagt.«

»Sie wollten keinen voreiligen Erfolg vermelden, sondern sich die Spur in Ruhe im Labor anschauen. Wenn wir Glück haben, finden sie sogar die Schuhmarke heraus, dann hätten wir einen klasse Anknüpfungspunkt.«

»Sehr gut. Wann könnten die ein Ergebnis haben?«

»Voraussichtlich Anfang nächster Woche. Kommt darauf an, ob über die Feiertage jemand aus dem Bereitschaftsdienst arbeitet.«

»Das wollen wir hoffen. Jedenfalls passt ein zierlicher Winterstiefel gut zu unserem bisherigen Täterbild«, bemerkte Nathan. »Allerdings, Wolfgang, bin ich mittlerweile gar nicht mehr überzeugt, dass wir einen Transvestiten oder Stricher suchen.«

»Warum das?«

»Heinrich hat mir noch einmal ins Gewissen geredet. Er meint, ich würde Menschen, die anders sind als ich, tendenziell diskriminieren.«

»Echt?«

»Ja. Und weißt du, was schlimm daran ist?«

»Nein.«

»Er hat recht. Mir ist Homosexualität fremd und mit diesen Transgender-Geschichten kann ich nichts anfangen. Ich kann mich einfach nicht genug in diese Menschen hineinversetzen, außer, wenn ich mir dahinter ein schweres Trauma vorstelle – also eine beschädigte, gequälte Seele. Und das führt mich manchmal vielleicht auf die falsche Fährte.«

»Dass du so was zugibst ...«

»Es ist einfach so: Unzulänglichkeiten muss man sich eingestehen. Jetzt müssen wir beide diesen Fall lösen. Und danach gibst du erhobenen Hauptes die Leitung von K11 ab und machst dir ein ruhigeres Leben im Dienst. Anders wird das nichts mit dir und Nina, das weißt du doch hoffentlich?«

»Natürlich, aber –«

»Nichts aber. Wir lösen diesen Fall und dazu brauchen wir beide einen unvoreingenommenen Kopf.«

Stöhrl wunderte sich immer mehr über seinen früheren Chef. So kannte er Weiß nicht. Nathan war stets darauf bedacht gewesen, sein eigenes Ding zu machen. Nicht, dass er unkollegial gewesen wäre, im Gegenteil, aber einige entscheidende Überlegungen hatte er immer für sich behalten, war oft die letzten Schritte in einer Ermittlung allein gegangen und hatte mit manchmal eigenwilligen Aktionen Erfolg gehabt. Und jetzt? Jetzt ließ er ihn an seinen Überlegungen teilhaben. Bemerkenswert.

»Unvoreingenommenen Kopf«, murmelte Stöhrl. »Was heißt das für uns in der jetzigen Situation?«

»Komm, mach die Tür zu und setz dich«, forderte Weiß ihn auf. Als Stöhrl saß, fuhr Weiß fort: »Warum kamen wir auf die Idee, wir könnten es mit einem Transvestiten oder *Ladyboy* zu tun haben?«

»Sag du's mir.«

»Erstens: Weibliches Erscheinungsbild, zierlich, nicht allzu groß, aber vermutlich kräftig, um sich durchsetzen zu können. Zweitens: Immer war eine Perücke im Spiel, also Verkleidung. Drittens: Jedes Mal eindeutig sexueller Konnex, wobei das dritte Opfer Kreidl bi und an *Ladyboys* interessiert war. Viertens: Lack und Leder als verbindendes Element, oft mit SM und Bondage kombiniert. – Das alles passt gut zu Transen und *Ladyboys*.«

Stöhrl verstand nicht, worauf Weiß hinauswollte.

»Damit bin ich aber genau in eine Vorurteilsfalle getappt. Nichts davon sind Punkte, die exklusiv auf diese Gruppierungen zutreffen. Was, Wolfgang, spricht gegen einen stinknormalen Mann oder gegen eine Frau als Täterin?«

»Bei Frauen vielleicht die Kraft.«

»Richtig. Aber bei diesem *modus operandi,* was braucht der Täter am wenigsten?«

»Kraft?«, fragte Stöhrl unsicher.

»Richtig!« Weiß klatschte in die Hände. »Jedes Opfer wurde mit einem tiefen Schnitt durch die Kehle getötet. Alle anderen Verletzungen wurden den Opfern *post mortem* zugefügt. Entscheidend war daher in jedem Fall das Überraschungsmoment. Zudem lagen die Opfer immer auf dem Rücken, waren mehr oder weniger entkleidet, Kreidl und Vranek waren gefesselt. Alle vier wiesen deutliche Spuren hoher sexueller Erregung auf. Sogar ein Federgewicht, wenn es beherzt und skrupellos handelt, kann diese Tatausführung zum Erfolg führen.«

Stöhrl musste sich seine Verwirrung eingestehen. Weiß konnte so überzeugend argumentieren, dass man ihm in der einen Minute eine These und in der nächsten Minute die Antithese glaubte. Was denn nun? Sollten sie vielleicht plötzlich nach einer Frau fahnden?

Während er noch überlegte, ob er sich mit dieser Frage blamieren würde, klatschte Weiß erneut in die Hände und sagte: »Weißt du, Wolfgang, ich glaube, wir müssen auch eine Frau in Betracht ziehen.«

»Dann können wir bei der Täteranalyse wieder von vorne beginnen«, brummte Stöhrl.

»Leider ja«, gab Nathan zu. »Ich würde gern Kollegen Mutzenbacher um seine Einschätzung bitten. Er schaut da unvoreingenommen drauf.«

Was ist nur in meinen alten Chef gefahren, wunderte sich Stöhrl. *Er gibt Fehler zu und will von einem Fachkollegen Rat.*

•••

Sie hatte sich die beiden Schnitte an ihrem Arm frisch verbunden und sich danach an den Computer gesetzt. Ziellos surfte sie durch die diversen Plattformen, las mal hier, mal dort ein Profil und war zunehmend angeekelt von den verlogenen Selbstanpreisungen der kontaktfreudigen Herren. Jede Wette würde sie eingehen, dass auch auf diesen tendenziell auf Beziehungen abzielenden Dating-Apps mindestens jeder zweite Mann letztlich nur an einem Bett-Abenteuer interessiert war, aber es eben auf die romantische Tour versuchte. Vermutlich fielen Hunderte Frauen darauf herein und wunderten sich, wenn sie nach der ersten Nacht abserviert wurden. Trotzdem sprang ihr über Stunden hinweg kein einziges Profil ins Auge; nein, bei diesen Beischlafschwindlern fand sich kein Delinquent. Diese Männer konnte sie verachten, aber sie musste sie nicht bestrafen. Letztlich war das sowieso sinnlos. Sie konnte die Welt nicht ändern, konnte sie nicht von den wüsten Lüstlingen befreien, dazu gab es viel zu viele. Aber sie konnte nicht zurück zu ihrem Wutkissen und zu ihrer Therapeutin. Das war keine Lösung mehr, ihren Zorn zu besänftigen und ihren Hass abzureagieren. Wenn sie könnte, würde sie alles kurz und klein schlagen und alle, aber auch wirklich alle bestrafen. Sie bedauerte es, lediglich ein paar Exempel statuieren zu können.

Karin schaltete den Bildschirm in den Ruhemodus und versuchte, sich nüchtern und sachlich Rechenschaft abzulegen über ihr Leben. Ein verkorkstes Leben war das, von Anfang an zum Scheitern verurteilt, ein Leben, das, wenn sie ehrlich war, besser gar nicht gelebt worden wäre. Überwiegend hatte sie ein freudloses Leben gelebt, und viele Augenblicke, die sich ihr zunächst als freudvoll präsentiert hatten, hatten sich später als Täuschung entpuppt. Sie fühlte sich wie eine Touristin in der Wüste, die felsenfest glaubte, eine Oase aus 1001 Nacht gesehen zu haben, bis sie wahrhaben musste, dass es nichts als eine Fata Morgana gewesen war.

Ihr Arm schmerzte, ihre Reise durch ihr Leben schmerzte noch heftiger. Sie schüttelte sich, wollte sich hüten vor dem

Selbstmitleid, das oft diesem aufbrausenden Zorn vorausging, der zunehmend ihr Leben beherrschte. Über das Leid, das ihr der Onkel, dann Walther und schließlich Norbert zugefügt hatten, konnte sie nicht mehr weinen; längst nicht mehr. Dieses Leid und diese Ohnmacht, die sie erlebt hatte, waren lange schon der Quell dieses Zorns, den sie nicht mehr im Zaum halten konnte – wollte! Der Onkel hatte ihre Seele vergiftet, Walther und Norbert hatten ihr Herz aufgefressen. *Zu dritt haben sie mein Leben zerstört,* bilanzierte Karin und trank einen Schluck von ihrer warmen Honigmilch. Das beruhigte.

Darauf kam es ihr im Moment auch an: Sie musste sich beruhigen, denn sie musste sich vor den zunehmenden Albträumen und aufsteigenden Ängsten schützen, die ihr zeigten, dass sie einem Ende entgegenging – vermutlich keinem guten. Wie auch sollte ein Leben, das früh vom Tod der Mutter gezeichnet worden war, dem Suff des Vaters und dem Missbrauch durch den Onkel, wie sollte sich so ein Leben hin entwickeln zu einem Happy End?

Die Goldmarie kam nur im Märchen vor, Karin jedenfalls war Frau Holle nicht begegnet. Umso mehr spürte sie die Angst vor dem, was kommen würde. Dreimal war es perfekt gelaufen, doch gestern hatte sie ihren Plan nicht fehlerfrei umsetzen können. Vielleicht kam sie trotzdem davon, aber was würde als Nächstes geschehen? *Jeder Krug geht so oft zum Brunnen, bis er bricht.* Sie war nicht dumm genug, um an die immerwährende Unentdecktheit zu glauben. *Sie werden mich schnappen,* bedauerte sie. *Früher oder später haben sie mich.*

Und dann ginge dieses Leben zu Ende, auf das sie in einer Mischung aus Trauer und Selbstmitleid zurückblickte: Trotz der in einer Katastrophe endenden Beziehung zu Walther war es ihr gelungen, das Chemiestudium mit dem Diplom abzuschließen und, beinahe wider Erwarten, in einem kleinen Betrieb eine Anstellung als Gutachterin für chemische Industrieanlagen zu finden. Sie war eine gründliche Analytikerin, ihre Gutachten wurden allseits geschätzt, und so behielt sie diesen Job über all die Jahre, obwohl sie in der Belegschaft stets die Außenseiterin blieb und auch zur Chefetage ein unterkühltes Verhältnis hatte.

Nachdem Norbert ihr endgültig alle Hoffnungen auf Lebensglück zerstört hatte, zog sie sich in der Arbeit auf eine Halbtagstätigkeit und beinahe völlig aus dem sozialen Leben zurück. Etwas Frieden und Zufriedenheit fand sie in den Bergen. Wann immer es ihre Zeit erlaubte, wanderte sie in den Alpen, suchte sich einsame Wege und nach und nach größere Herausforderungen, bis aus ihr eine respektable Bergsteigerin geworden war, der kaum ein Weg zu weit oder zu gefährlich war. Nur vom eigentlichen Klettern ließ sie die Finger, denn die Vorstellung, ihr Leben einem Seil und einem Kletterpartner auszuliefern, ließ sie erschaudern. Einzig mit Tante Irma hatte sie regelmäßigen Kontakt, ansonsten begann sie sozial zu vereinsamen. Aber sie spürte das lange nicht, litt nicht darunter, bis sie erstmals in eine Phase großer Wut hineingeriet. Es gab keinen Auslöser, kein Ereignis, über das sie sich geärgert hätte, nein, von einem Tag auf den anderen war da diese Wut und wühlte in ihr wie ein Maulwurf im Garten. Überrascht und hilflos kämpfte sie gegen die Wut an, die sich über Wochen hin immer stärker an absoluten Kleinigkeiten entzündete. Damals zertrümmerte sie zum ersten Mal ihren Badezimmerspiegel und zog sich tiefe Schnittwunden an der rechten Hand zu. Eine alte, erfahrene und einfühlsame Ärztin in der Notaufnahme des Klinikums rechts der Isar verband nicht nur ihre Hand, sondern gab ihr nach der gründlichen Anamnese den wohlmeinenden Rat, eine Psychologin zu kontaktieren. Karin nahm diesen Ratschlag an, dem zu folgen die Vernunft gebot. Sie begann eine zehn Jahre andauernde Psychoanalyse.

Nach und nach tauchte sie in ihre eigene Vergangenheit ein: Der Onkel wurde lebendig, und sie durchlebte ihre Schändung erneut, um sie zu überwinden und die Verletzungen zu heilen.

Doch die Verletzungen waren nicht geheilt.

Karin saß an ihrem Küchentisch und weinte. Zu viele und zu schmerzhafte Erinnerungen waren auf sie eingeprasselt, nun hatte sie das Selbstmitleid überrollt, und sie badete in ihren eigenen Tränen.

• • •

Stöhrl setzte sich zu Nina und Nathan in dessen provisorisches Büro und wartete neugierig darauf, was Nina zu berichten wusste.

»Wenn wir nicht davon ausgehen müssten, dass Vranek das vierte Opfer eines Serienmörders ist«, begann Nina, »hätten wir vermutlich gute Chancen, den Täter oder die Täterin in seinem Umfeld zu finden. Die meisten, mit denen ich gesprochen habe, haben sich über ihn beklagt. Effektivität und Rentabilität waren seine Leitmotive. Unbezahlte Überstunden waren an der Tagesordnung. Wertschätzung erlebten die Mitarbeiterinnen und Mitarbeiter selten. Auch mit den Heimbewohnern und deren Angehörigen gab es diverse Auseinandersetzungen, vor allem seit dem Lockdown, denn er scheint das Besuchsverbot radikal durchgesetzt zu haben; selbst schwer kranke Heimbewohner durften in den letzten Wochen keinen Besuch empfangen und einer Angehörigen wurde der Besuch sogar unmittelbar vor dem Tod ihrer Verwandten verwehrt. Außerdem scheint er ein ziemlicher Womanizer gewesen zu sein; jedenfalls waren hübsche Pflegerinnen nicht vor zweifelhaften Komplimenten sicher, und bei mindestens einer Pflegerin hat er wohl versucht, seine Stellung für ein amouröses Abenteuer auszunutzen. Weil die einen eifersüchtigen Freund hat, kam es beinahe zum Eklat. Wie gesagt, wenn wir hier in einem Einzelfall ermitteln würden, könnte ich euch mindestens einen Tatverdächtigen präsentieren.«

»Danke. Vielleicht sollten wir diesen Aspekt nicht außer Acht lassen«, bemerkte Weiß und kratzte sich am Kinn.

Stöhrl überlegte, wie der alte Fuchs das meinte. Bei der Art und Weise der Tatbegehung schien es ihm ausgeschlossen, einen anderen Täter als bei den ersten drei Morden vermuten zu dürfen, und dann machte es überhaupt keinen Sinn, Vraneks Umfeld vertieft auszukundschaften.

»Hast du den Namen des eifersüchtigen Freundes?«, fragte Weiß. »Und um welchen Angehörigen geht es bei der verstorbenen Heimbewohnerin?«

»Gestorben ist letzten Montag eine Frau Irma Schwegerl«, beeilte sich Nina, Weiß' Frage zu beantworten. »Ihre einzige Angehörige ist eine Nichte, deren Namen die Pflegerin, mit der ich mich unterhalten habe, nicht wusste. Doch das lässt sich herausfinden, wenn die Verwaltung besetzt ist – also am Dienstag. Der eifersüchtige Freund heißt Winfried Jäger und wohnt im Glockenbachviertel.«

»Im Glockenbachviertel?«, rief Stöhrl überrascht. Vielleicht lohnt es sich doch, mit ihm zu reden, überlegte er und war gespannt, wie Weiß mit dieser Nachricht umgehen würde.

»In der Tat, Wolfgang, ist das bemerkenswert«, sagte Weiß. »Wollen wir uns den Herrn anschauen?«

Stöhrl nickte und bewunderte seinen früheren Chef dafür, sich von jeder Art von Vorfestlegung fernzuhalten. Weiß war bekannt für seine Intuition und von Weiß stammte der oft zitierte Satz: *Besser zehnmal zu viel geredet als einmal falsch geschwiegen.* Selbstkritisch gestand sich Stöhrl ein, dass er diese mehr als vage Spur nicht verfolgt hätte.

»Gut.« Weiß schaute auf seine Armbanduhr. »Gehen wir, noch ist Zeit.«

Nina erhob sich freudig und wollte sich den beiden Kommissaren anschließen, aber Weiß schüttelte den Kopf. »Nein, das mache ich mit Wolfgang allein. Von dir will ich so schnell wie möglich den Namen dieser Nichte haben. Fahr noch einmal ins Pflegeheim und schau, ob du jemand findest, der das weiß. Ich würde ungern bis Dienstag warten.«

Stöhrl nahm die kurz aufblitzende Enttäuschung in Ninas Augen wahr und zwinkerte ihr aufmunternd zu. Sie registrierte es mit einem verschmitzten Lächeln und verließ das Zimmer.

»Lass uns zu Fuß gehen«, forderte Weiß Stöhrl auf, kaum hatte Nina den Raum verlassen. »Dann kann ich dir meine Überlegungen noch mal ausführlich darlegen, warum ich am Zweifeln bin, ob wir bisher auf dem richtigen Weg waren.«

»Du meinst, warum du jetzt eine Täterin suchen willst?«

»Genau.«

»Warum gehen wir dann überhaupt zu diesem Winfried Jäger?«

»Weil wir ergebnisoffen und frei von einengenden Thesen vorgehen wollen. Das ist jetzt entscheidend, Wolfgang – keine Denkverbote mehr.«

Der Mann öffnete ihnen im Schlafanzug und schien reichlich nervös, als Stöhrl ihm seine Dienstmarke entgegenhielt.

»Wir würden uns mit Ihnen gern über Herrn Vranek unterhalten«, erklärte Weiß ihr Erscheinen. »Dürfen wir hereinkommen?«

Winfried Jäger errötete bei der Nennung dieses Namens, was Stöhrl aufmerksam registrierte.

»Wüsste nicht, warum«, erwiderte Jäger nach kurzem Nachdenken. »Warum sollte ich Sie wegen diesem Arschloch hereinlassen?«

»Vielleicht, weil Herr Vranek tot ist?«

Stöhrl rutschte der Satz ohne Überlegen heraus. Ein seitlicher Blick auf Weiß zeigte ihm, wie wenig erfreut sein früherer Chef darüber war. Doch jetzt war es sowieso schon zu spät, dachte Stöhrl und fasste nach: »Das scheint Sie nicht sonderlich zu überraschen.«

»Was ist – wollen wir uns hier im Hausflur weiterunterhalten?«, fragte Weiß und deutete auf die im Halbdunkel hinter Jäger liegende Wohnung.

»Äh, nein, kommen Sie herein«, gab Jäger nun seinen Widerstand auf und öffnete die Tür ganz.

Es faszinierte Stöhrl immer noch, wie unterschiedlich die Menschen auf die Polizei vor ihrer Wohnungstür reagierten. Viele schienen beim Anblick eines Polizisten sofort ein schlechtes Gewissen zu haben, manchen las man das Schuldbewusstsein von der Stirn, als sei ihre Schuld dort mit einem Feuermal eingestanzt. An Jäger konnte Stöhrl das Unbehagen riechen: Jäger roch nach Angst.

Er betrat die Diele und bemerkte das Schuhregal links an der Wand; neben zwei Turnschuhpaaren standen dort unter anderem zierlich wirkende Stiefel.

»Was für eine Schuhgröße haben Sie?«, fragte er unvermittelt.

»Meistens einundvierzig, manchmal vierzig, wieso?«

»Darf ich diese Stiefel mal anschauen?« Stöhrl ging auf Jägers Frage nicht ein, sondern griff bereits nach den Stiefeln. Sie hatten ein rautenförmiges Profil, jedenfalls ähnlich dem von der Spurensicherung aufgenommenen Schuhabdruck. Stöhrls Puls beschleunigte sich. Aus den Augenwinkeln heraus nahm er das Signal von Weiß wahr, langsam zu machen. *Okay,* erkannte Stöhrl, *ich muss dem Alten die Regie überlassen.* Ohne ein weiteres Wort folgte er Weiß und Jäger in eine aufgeräumt wirkende Küche. Auf dem schmalen Tisch stand eine halb volle Kaffeetasse.

»Wollen Sie auch einen Kaffee?«

Weiß und Stöhrl verneinten.

»Und was verschafft mir jetzt die Ehre?«

»Wie standen Sie zu Herrn Vranek?«, fragte Weiß und setzte sich.

Wieder errötete Jäger, dann bellte er: »Ein Arschloch ist das. Er hat Glück, dass ich ihn nicht vermöbelt habe.«

»Wieso wollten Sie Herrn Vranek verprügeln?«, fragte Weiß mit einlullend sanfter Stimme.

»Er hat sich an Dagmar rangemacht, meine Freundin, hat ihr alles Mögliche versprochen, wenn sie ihn besucht, und nicht nur einmal hat er sie begrapscht. Da habe ich ihn mir vorgeknöpft.«

»Wie darf ich das verstehen?«

»Ich habe ihn abgepasst und ihm meine Meinung gegeigt. Da war ich nicht zimperlich. Auf jeden Fall hat er meine Daggi dann in Ruhe gelassen.«

»Wann war das?«

»Irgendwann vor Weihnachten.«

»Hatten Sie danach noch Kontakt mit Herrn Vranek?«

»Nein.«

»Wo waren Sie gestern zwischen drei Uhr Nachmittag und neun Uhr abends?«

»Hier. Zu Hause.«

»Allein?«

Stöhrl registrierte das Zögern von Jäger, ehe er nickte. »Ja.«

»Der Kerl hat gelogen«, sagte Stöhrl, nachdem sie wieder auf der Straße standen und langsam zum Dezernat zurückgingen.

»Ich weiß«, erwiderte Weiß. »Aber er ist nicht unser Mann.«

»Woher weißt du das?«

»Er ist Linkshänder – hast du nicht gesehen, wie er die Kaffeetasse genommen hat?«

Genau deshalb warst du so gut, dachte Stöhrl und nickte.

• • •

»Bist du jetzt wieder glücklich, mein Sherlock Holmes?«, neckte ihn Gudrun, nachdem er seine Jacke an ihre Garderobe gehängt hatte. »Komm herein, ich habe uns Wirsing und Bratkartoffeln gemacht. Du hast hoffentlich Hunger.«

Nathan umarmte und küsste sie zärtlich. *Es fühlt sich herrlich normal an, bei ihr anzukommen,* freute er sich und folgte ihr in die gemütliche Küche.

»Wie war es bei dir?«, fragte er.

»Soll ich ehrlich sein?«

»Bitte.«

»Anstrengend und traurig. Wir haben heute zwei Patienten verloren, um die wir seit über einer Woche kämpfen.«

»Corona?«

»Ja – beide sind an einer Lungenentzündung gestorben. Diese Krankheit ist grausam.«

»Wie alt?«

»Der eine 86, der andere 79. Aber beide hätten noch ein paar Jahre genießen können, wenn dieses fiese Virus nicht zugeschlagen hätte.«

»So leben wir beide mit unseren Mördern und irgendwie sind beide unsichtbar und heimtückisch.«

»Du bist also nicht vorangekommen?«

Nathan wiegte den Kopf, ehe er bedächtig antwortete: »Nicht im Konkreten. Aber ich weiß jetzt, dass ich einen Fehler korrigieren muss.«

12

Nathan hatte die komplette Sonderkommission im großen Besprechungsraum versammelt und bedankte sich bei allen für ihr Erscheinen. »Ich weiß es zu schätzen, Sie am frühen Nachmittag dieses Ostermontags hier zu sehen. Wir müssen die bisherigen Erkenntnisse austauschen und die morgigen Aufgaben verteilen. Leider sind schon wieder zwei Tage ohne konkreten Ermittlungserfolg ins Land gegangen. Trotzdem bin ich zuversichtlich, und das liegt in erster Linie an den Kollegen Georg Weinert und Günther Selb vom LKA und unserem früheren Kollegen Felix Drinkaus. Sie werden uns etwas Nachhilfeunterricht in Computer-Forensik geben.«

»Es ist überraschend schnell gelungen«, begann Weinert seine Ausführungen, »von *VolleLust24*, *fresh-adventure* und *Abenteuer24* die gespeicherten Chatdaten der letzten vier Wochen zu erhalten. In einem ersten Schritt konnten wir auf *fresh-adventure* die Chats zwischen *Roxette* und *Justin* identifizieren. Ja, Justin Lang hat tatsächlich seinen Vornamen als Profilnamen bei *fresh-adventure* benutzt, und ja, die Vermutung von Kollegen Weiß hinsichtlich *Roxette* hat ins Schwarze getroffen.«

»Aus der Korrespondenz von *Justin* und *Roxette*«, fuhr Selb fort, »erschloss sich bereits ein Muster: *Roxette* machte rasch deutlich, dass es ihr nur um einen One-Night-Stand ging. Der Interessent musste das akzeptieren und vor einem Treffen alle Daten, also das Profil aus den Favoriten und den gesamten Chat-Verlauf löschen. *Roxette* machte zudem klar, dass sie das überprüfen würde; die Devise lautete also: Ohne Löschung kein Sex. Justin Lang hat sich an diese Vorgabe gehalten. Im Anschluss an die Tat hat *Roxette* ihr Profil ebenfalls gelöscht. Vermutlich geht der Täter davon aus, dass damit das entsprechende Profil völlig aus der Datenbank der Plattform verschwindet. Zum

Glück ist das nicht der Fall, denn zwar ist so ein Profil für alle Nutzer der Plattform unsichtbar, in der Betreiberdatenbank bleiben die Daten jedoch in der Regel noch ein halbes Jahr erhalten. Daher konnten wir dank des richterlichen Beschlusses auf diese Daten zugreifen.«

»Besonders deutlich wird aus den Chats auch *Roxettes* Strategie, sich ihre Opfer zu suchen«, erläuterte Georg Weinert. »Sie sucht Männer mit Vorlieben für *Lack&Leder, SM, Hard&Heavy* und *Bondage*. Die Männer mussten deutlich machen, dass sie zum einen lediglich an One-Night-Stands interessiert und zum anderen extrem geil waren. Kurz gesagt: *Roxette* suchte gezielt nach sexbesessenen Männern mit besonderen Vorlieben.«

»Hier müssen wir als Fallanalytiker einhaken«, meldete sich Nathan zu Wort.

»Dir, lieber Kollege Mutzenbacher, ein herzliches Dankeschön für deine Bereitschaft, dich einzubringen. Möchtest du uns deine ersten Erkenntnisse mitteilen?«

»Wir fahnden nach jemand, der anonym nach seinen Opfern sucht. Die Opfer müssen spezielle Merkmale aufweisen. Darauf kommt es dem Täter an. Schauen wir zunächst auf das Erfordernis One-Night-Stand: Diese Anforderung ermöglicht es dem Täter, alle oberflächlichen Spuren zu verwischen, sowohl auf der jeweiligen Dating-Plattform als auch im persönlichen Umfeld, denn die wenigsten werden im Familien-, Freundes- und Bekanntenkreis groß über solche Einmal-Abenteuer berichten, jedenfalls nicht im Vorfeld – und danach schweigen sie für immer. Das zeigt uns eine überdurchschnittliche Intelligenz des Täters. Unterstrichen wird dies durch die Art und Weise, wie der Täter die jeweiligen Profile anlegt, nämlich über das Darknet. Außerdem ergibt diese One-Night-Stand-Anforderung zusätzlichen Sinn: Der Täter will tatsächlich Opfer, denen es ausschließlich auf Sex ankommt. Welchen Sex? Es muss um Fetisch und Dominanz gehen. Was schließen wir daraus? Der Täter hat einen Bezug zu Fetischen. Das heißt aber nicht, dass er das auslebt – zumal die Spurenlage den Schluss zulässt, dass es dem Täter nicht auf Sex ankommt.«

»Wie meinst du jetzt das?«, fragte Stöhrl.

»Na ja«, platzte Nina vorlaut dazwischen, »der Täter hatte Lust zu morden, aber keine Lust auf Sex.«

Mutzenbacher reckte den Daumen nach oben. »So ist es. Aber einen Bezug zu dem Thema dürfte der Täter haben. Wichtiger scheint mir das Thema Dominanz. Das passt zum *modus operandi,* dem Ausnutzen des Überraschungseffekts, und das funktioniert am besten aus einer dominanten Situation heraus. Da alle Taten einen massiven Overkill zeigen, dürfte es dem Täter um Rache gehen. Daher glaube ich, dass wir einen Täter suchen, der ein tiefgreifendes Trauma erlebt hat. Wir suchen, Kolleginnen und Kollegen, einen Täter, der vermutlich bereits in jungen Jahren schweren sexuellen Missbrauch erfahren hat.«

»Nachdem die Statistik ausweist, dass rund 90 Prozent aller Opfer von sexuellem Missbrauch Frauen sind, müssen wir entgegen meiner ursprünglichen Annahme in Betracht ziehen, es mit einer Täterin zu tun zu haben«, ergänzte Nathan. »Dafür sprechen auch die beiden Aufnahmen der Überwachungskamera vor dem Haus von Rolf Lupfer. Wir suchen eine circa eins siebzig große, zierliche Person mit dem äußeren Erscheinungsbild einer Frau. Meine frühere Annahme, es möglicherweise mit einem *Ladyboy*, einem Transvestiten oder einem Stricher zu tun zu haben, halte ich inzwischen nicht mehr für überzeugend.«

»Das heißt nicht«, ergänzte Mutzenbacher, »dass wir diese Gruppe nun gänzlich ausschließen. Aber wir sollten uns auf infrage kommende Frauen konzentrieren.«

»Damit kommt auf uns eine mühevolle, arbeitsintensive Ermittlungsaufgabe zu. Um die Suche etwas einzuschränken, benötigen wir noch einige Kriterien, und dazu können uns unsere

Computer-Forensiker ein paar weitere Erkenntnisse mit auf den Weg geben«, erläuterte Nathan.

»Zunächst danke, dass ich mal wieder für meine alte Wirkungsstätte arbeiten darf«, begann Felix Drinkaus seinen Bericht. »Wir suchen eine hochintelligente Person mit viel Expertise im IT-Bereich. Sie arbeitet über das *TOR*-Netzwerk und nutzt gehackte E-Mail-Accounts. Damit verwischt sie ihre Spuren im Netz und legt falsche Fährten. So kam es leider zu der Verdächtigung von Michael Schustereder und in dieser Folge zu dem tragischen tödlichen Unfall. Heute kann ich sicher sagen: Michael Schustereder hat mit dem Täterprofil *Roxette* nichts zu tun. Aus der Art und Weise, wie die Person ihre Spuren verwischt, konnte ich aber erkennen, dass sie bevorzugt mit Java arbeitet, aber auch Kenntnisse von Maschinenprogrammierung, vermutlich Assembler, beherrscht. Das spricht für jemand, der mindestens Mitte 30, vermutlich sogar eher 50 Jahre alt ist. Unser Täter oder unsere Täterin scheint nicht mit allen Untiefen von Plattformdatenbanken vertraut zu sein; auch das spricht für Informatikkenntnisse aus der Zeit vor 2.0. Langer Rede kurzer Sinn: Ihr müsstet eine Person zwischen 45 und 55 Jahren suchen.«

»Soweit wir die Chats auf den anderen Plattformen bereits analysieren konnten«, berichtete Weinert, »geht unsere Zielperson fast immer nach dem gleichen Muster vor. Sie stellt ein Profil mit entsprechenden Reizwörtern und einem erotischen Foto, das mit Sicherheit aus dem Netzt heruntergeladen ist und nichts mit ihr persönlich zu tun hat, in der Kontaktbörse ein und wartet auf Zuschriften. Die interessanten Zuschriften werden kontaktiert und die Chats so lange geführt, bis sich ein Favorit herauskristallisiert. Dann wird das Lockprofil privat geschaltet und ist nur noch für den Favoriten einsehbar. Definitiv ein planvolles Vorgehen.«

»Bemerkenswert ist jedoch«, rundete Selb die Datenauswertung ab, »dass *Helena* zuletzt proaktiv auf *Menelaos* zuging.«

»Wie ist das zu verstehen?«, fragte Stöhrl.

»Das letzte Opfer wurde gezielt ausgesucht.«

• • •

Zwei Tage hatte sie sich dem Selbstmitleid ergeben und tränenreich ihr verkorkstes Leben an sich vorüberziehen lassen. Doch heute Morgen hatte sie ihre depressive Selbstbetrachtung abgeschüttelt. Sie wollte nach vorn schauen und ihrem Leben einen Sinn geben. Da gab es nur einen Weg: Sie musste fortfahren, Exempel zu statuieren, und sie musste dafür sorgen, dass ihre Strafexpedition die richtige Wahrnehmung erfuhr. Dafür musste sie ein weiteres Mal in ihrem Leben versuchen, vorhandene Ängste zu überwinden. Karin beschloss, diese Herausforderung anzunehmen.

• • •

Nachdem alle Aufgaben verteilt waren, verließen die Mitglieder der Sonderkommission den Besprechungsraum und machten sich an die Arbeit. Stöhrl folgte Weiß in dessen provisorisches Büro, und während er seinem früheren Chef hinterherlief, bewunderte er ihn für seine Effektivität. Acht Kolleginnen und Kollegen würden nun alles Material über Missbrauchsanzeigen in den 80er- und 90er-Jahren durchforsten in der Hoffnung, Geschädigte zu finden, die man würde befragen können. Zwei Kollegen stellten Listen zusammen, welche Schuhgeschäfte und Kaufhäuser mit Schuhabteilungen ab morgen angerufen werden konnten, um vielleicht Erkenntnisse über die Käuferinnen von Winterstiefeln der Marke *ECCO Sartorelle 25 Tailored Derby* zu gewinnen, denn mit hoher Wahrscheinlichkeit hatte ein Kollege des Landeskriminalamts die Schuhspur vom Tatort Vranek diesem Stiefeltyp zugeordnet. Nina sollte noch einmal ihr Glück im Pflegeheim versuchen, ob jemand die Nichte der verstorbenen Irma Schwegler kannte. Alle diese Aufgaben hatte Weiß innerhalb weniger Minuten verteilt; präzise würde das Räderwerk der Ermittlungen ineinandergreifen. Mit etwas Glück fanden sie in den nächsten 24 Stunden einen erfolgversprechenden Ermittlungsansatz.

Störl gestand sich ein, dass er selbst diese Aufgabe wohl nicht so gut bewältigt hätte. Das grämte ihn aber nicht mehr, denn die Entscheidung, das Dezernat endgültig zu verlassen, war für ihn seit gestern unumstößlich. Zu beglückend hatten sich die letzten Tage und Nächte mit Nina entwickelt, da musste er seine Karriere hintanstellen, um dem Privaten eine Chance zu geben.

»Was meinst du?«, fragte Weiß, kaum saßen sie an seinem Besprechungstisch. »Sind wir einen Schritt weiter?«

»Zwei sogar. Was hast du als Nächstes vor?«

»Jetzt rufen wir Singerl an und bringen ihn auf den neuesten Stand.«

Stöhrl konnte sich ein hämisches Grinsen nicht verkneifen, denn immerhin war seit Freitag Kriminaldirektor Dr. Pfannerl ausgebootet, und das ließ Stöhrl seine persönliche Niederlage leichter ertragen.

• • •

Mehr als drei Stunden pirschte sie nun schon durch die drei Portale, für die sie sich heute Morgen entschieden hatte. Mit ihrem kunstvoll angelegten Profil als *AnaSteel47* lockte sie etliche Jünger von *Fifty Shades of Grey* an, und allmählich schälte sich ein geeigneter Delinquent heraus. *LanzeLot83* war auf der Suche nach einer *Schwarzen Witwe* für *Bondage in höchster Qualität,* und was er in seiner Anfrage formulierte, bewies ein hohes Maß an Strafwürdigkeit.

»Wenn Du meine Schwarze Witwe sein willst, wenn Du mit mir die Ekstase der bedingungslosen Unterwerfung erleben willst, wenn Du zur Befriedigung meiner Lust erschaffen bist und bereit bist, jede Grenze zu überschreiten, will ich auf der Stelle

Dein eifrigster Diener sein – für ein paar einmalige Stunden«, schrieb er in seiner letzten Mail.

Einmalige Minuten kannst du haben, freute sich Karin und fragte ihn, wann und wo sie ihn treffen könne. Im Gegensatz zu anderen Interessenten versuchte er nicht, sich bei ihr zu treffen, sondern akzeptierte vorbehaltlos, dass sie ihn besuchen käme.

»Damit es bei einer einzigen diskreten Begegnung bleibt«, schrieb *LanzeLot83,* »musst Du unseren Chat löschen, bevor Du mich besuchst. Diskretion gehört zu unserem Spiel. Du siehst das hoffentlich genauso.«

Und ob ich das genauso sehe, pflichtete Karin bei und rieb sich die Hände. *Da bin ich ja fast auf einen Gleichgesinnten gestoßen,* schmunzelte sie. *Aber du wirst dich noch wundern!* Im sicheren Gefühl, einen hervorragenden Blitzableiter für ihren anschwellenden Zorn gefunden zu haben, antwortete Karin: »Selbstverständlich. Wo treffe ich Dich?«

»Nimm die S-Bahn vom Hauptbahnhof, ich hole Dich um 16:58 Uhr am S-Bahnhof Fasanerie ab. Du wirst mich erkennen.«

»Perfekt.«

Ihr blieben noch gut zwei Stunden, um sich vorzubereiten. Der Treffpunkt an einem S-Bahnhof bereitete ihr Kopfzerbrechen, denn die Bahnhöfe waren videoüberwacht. Sollte *LanzeLot83* in der Nähe des Bahnhofs wohnen, könnte ihr die Polizei auf die Spur kommen, zumal sie vermutlich die S-Bahn auch für die Heimfahrt nutzen musste. *Feiertag und Lockdown, also wenige Menschen unterwegs – das spielt den Ermittlern in die Hände,* konkretisierte sie ihre Bedenken. Dieses Risiko schien ihr zu groß; sie musste eine Alternative finden.

Sie griff nach ihrem Falk-Stadtplan und studierte die Situation rund um den S-Bahnhof in der Fasanerie. In unmittelbarer Nachbarschaft befand sich ein Supermarkt mit Parkplatz, aber sie konnte nicht erkennen, ob es dort eine Überwachungskamera gab. Sie beschloss, einen längeren Fußweg in Kauf zu nehmen, den Parkplatz am Fasaneriesee zu benutzen und ausnahmsweise mit dem Auto zu fahren. So konnte sie weit vor der vereinbarten Zeit vor Ort sein und ihren Delinquenten vorab beobachten. Wenn sie Glück hatte, erkannte sie ihn aufgrund des Fotos, das er ihr vor einer Stunde geschickt und das sie in besondere Erregung versetzt hatte, denn die Ähnlichkeit mit Norberts Gesicht war unverkennbar. Norbert! Auch an ihm hatte sie sich nicht richtig gerächt, obwohl sie ihn wegen der Schnitte mit dem Messer angezeigt hatte. Über den Strafbefehl, den Norbert erhalten und akzeptiert hatte, eine Geldstrafe von 900 Euro, hatte sie damals hysterisch gelacht. So wenig war ihre unversehrte Haut also wert. Immerhin hatte sie Norbert danach nie wiedergesehen, nur von seiner bösartigen Visage träumte sie nach wie vor regelmäßig. Doch auch diese Erinnerung würde sie heute auslöschen, denn wenn *LanzeLot83* ihrem früheren Peiniger ähnlich sah, würde sie ihm das Gesicht zerschneiden und damit dem Ausdruck ihres Zorns eine weitere Facette hinzufügen.

• • •

Aufgeregt rief Nina ins Telefon, sie habe im Pflegeheim Erfolg gehabt. Nathan stellte das Telefon auf laut, damit Stöhrl, der bei ihm saß, zuhören konnte.

»Ich habe eine ältere Pflegerin getroffen, die Frau Schwegler gut kannte und mir sagen konnte, wie die Nichte heißt, die neulich per Telefon über den Tod ihrer Tante unterrichtet wurde«, berichtete Nina.

»Und?«, fragte Nathan ungeduldig.

»Karin Fellermayr.«

»Sehr gut. Und wo wohnt sie?«

»Irgendwo in Sendling, in der Nähe vom Harras. Die genaue Adresse wusste die Pflegerin leider nicht.«

»Das kriegen wir rasch raus«, sagte Nathan und nickte Stöhrl zu. »Gut gemacht. Du kannst zurückkommen.«

»Wollen wir nicht gleich hinfahren?«

»Erst brauchen wir die Anschrift, dann machen wir eine Personenabfrage und danach entscheiden wir«, antwortete Nathan, legte auf und lobte: »Sie kann was, deine Nina. Gut, dass wir sie losgeschickt haben. Bist du schon im System?«

Stöhrl hatte sich bereits in die Datenbank der Meldebehörde eingeloggt und tippte *Karin Fellermaier.* Kein Treffer.

»Wie schreibt man die denn?«

»Probier alle Meier durch.«

Stöhrl nickte und tippte, schüttelte den Kopf, brummte, tippte, schüttelte den Kopf, brummte – und schrie plötzlich auf: »Da ist sie, eine ay-Maier ohne E. Wohnt in der Hansastraße.«

»Super. Pflüg gleich mal durch unsere Datenbanken, ob wir was über die Dame haben.«

Nathan griff zum Telefon und bat zwei Kollegen vom Kriminaldauerdienst, sich für eine Fahrt nach Sendling bereitzuhalten. Er spürte das altvertraute Ziehen in der Magengegend: Das Jagdfieber hatte ihn gepackt.

• • •

Sie wählte die pechschwarze Perücke mit dem Pagenkopf-Schnitt. Nun war die Schwarze Witwe perfekt. Ein letztes Mal überprüfte sie ihre Handtasche und den Sitz der Handschuhe, dann schlüpfte sie in die schwarzen Runners, zog die dunkle Jacke und darüber ihren Mantel an und verließ die Wohnung. Als sie das Wohnhaus durch den Hintereingang verließ, schaute sie nach rechts und nach links und stellte beruhigt fest, dass sie allein unterwegs war. Ihren unscheinbaren VW Polo hatte sie einige Straßen weiter geparkt, doch obwohl sie fünf Minuten Fußweg zu absolvieren hatte, begegnete sie keinem Menschen. Sie setzte sich hinters Steuer und startete den Motor. Er sprang sofort an.

Langsam rollte sie die schmale Nebenstraße entlang, bog auf die vierspurige Straße ein und fuhr gemütlich zum mittleren Ring. Erst hier nahm der Verkehr etwas zu. Aufmerksam hielt sie sich an die Geschwindigkeitsbeschränkung, um keinesfalls das Risiko einzugehen, in eine Radarfalle zu tappen. Sie hatte genug Zeit und konnte es sich leisten, einen Umweg zu fahren, mit dem sie von außerhalb der Stadt zu ihrem Zielparkplatz gelangte und somit sicher sein konnte, keiner Überwachungskamera vor die Linse gefahren zu sein.

•••

Auf Stöhrls Wink hin setzte sich Nathan vor den Bildschirm und las atemlos, auf was sein glückloser Nachfolger gestoßen war. Im Jahr 2002 war ein Strafbefehl gegen einen gewissen Norbert Kaspeizer wegen Körperverletzung rechtskräftig geworden. Die Geschädigte war Karin Fellermayr, die im Dezember 2001 Strafanzeige gegen ihren damaligen Lebensgefährten erstattet hatte. Die Akte selbst war seit mehr als fünfzehn Jahren gesperrt, der Vorfall durfte nicht mehr gegen Norbert Kaspeizer verwendet werden. Nur gut, dass die polizeiliche Datenbank darauf als internes Informationsmedium keine Rücksicht nahm. Nathan stand auf und schlug Stöhrl auf die Schulter: »Gratuliere. Wir haben eine Verdächtige.«

»Fahren wir hin?«

»Logisch. Und wir nehmen Begleitschutz mit.«

Stöhrl trat von einem Bein auf das andere, öffnete den Mund und schloss ihn wieder. *Er hat was auf der Zunge,* argwöhnte Nathan und forderte ihn auf: »Spuck's aus. Ich seh doch, dir liegt was im Magen.«

»Könnten wir auf Nina warten und sie mitnehmen?«

Nathan musste lachen. *Wolfgang ist tatsächlich bis über beide Ohren in die junge Kommissarin verliebt.* »Machen wir, sie hat es verdient. Bis sie da ist, schauen wir, ob die Fellermayr eine eigene Akte hat.«

Stöhrl nickte freudig und tippte den Namen hastig in eine neue Suchmaske ein. Sekunden später erschien auf dem Bildschirm: *Keine Einträge.*

»Ein unbeschriebenes Blatt«, murmelte Nathan.

»Wir fahren trotzdem?« Stöhrl klang unsicher.

»Selbstverständlich. Haben wir nicht oft genug erleben müssen, wie brave Menschen austicken und zu schlimmsten Taten fähig sind? Ich habe da so ein Gefühl ...« Nathan ließ den Satz in der Luft hängen. Es war immer eines der großen Rätsel in seinem Beruf geblieben, wie manchmal ein einziges Vorkommnis einen Menschen radikal verändern konnte. Dieser berühmte letzte Tropfen, der ein Fass zum Überlaufen brachte, war der geheimnisvolle Schlüssel zur Aufklärung mancher Straftat. Leider hatte er in dem Fall des niedergestochenen Spaziergängers an der Isar diesen Schlüssel nie gefunden, und bei den beiden Frauen vom Baggersee auch nicht. Das nagte immer noch an ihm. Umso wichtiger war es ihm, den jetzigen Fall zu lösen.

»Auf jeden Fall könnte die Fellermayr eine interessante Auskunftsperson sein«, begründete Nathan abschließend die Entscheidung, sich unverzüglich auf den Weg nach Sendling zu machen.

•••

Auf dem Parkplatz standen drei Fahrzeuge. Karin parkte entfernt von ihnen in einer Ecke, stieg aus und ging über eine Böschung hinüber zu dem Baggersee am Rande der Gartensiedlung, die weniger ein großstädtisches denn ein ländliches Gepräge hatte. Sie war eine halbe Stunde zu früh, Zeit genug, in der frühlingslauen Luft am Ufer einmal auf und ab zu gehen.

Sie war aufgeregt. Warum, wusste sie nicht. War es, weil sein Foto sie stark an Norbert erinnerte? Weil sie in der aufwallenden Wut eine zügellose Lust spürte, Norbert endlich zu bestrafen? Wäre ihr Leben anders verlaufen, hätte sie Norbert nie kennengelernt? Was, wenn ihr stattdessen ein Mann begegnet wäre, der sie wirklich geliebt und als das angenommen hätte, was sie war? Eine geschundene, gequälte und misshandelte Frau ohne Selbstvertrauen auf der Suche nach Zuneigung war sie gewesen und damit ein ideales Opfer für einen herrsch- und kontrollsüchtigen Mann: Norbert, diese Fratze aus ihren Albträumen. Norbert, dessen Gesicht sie heute zerstückeln würde.

Sie spürte das anschwellende Zittern ihres Zorns. Ihr Herz schlug heftig, ihre Aufregung wuchs und beherrschte die Atmung. *Vorsicht*, rief sie sich zu, als sie bemerkte, dass sie hyperventilierte. Sie musste zur Ruhe kommen, sie durfte nicht riskieren, dass *LanzeLot83* Verdacht schöpfte. Kühl und überlegt sollte ihr Handeln sein, nur so füllte sie die Rolle des Racheengels perfekt aus. Sie war am Ufer stehengeblieben und schaute hinaus auf den kleinen See. Als sich ein einzelner Mann näherte, drehte sie sich um und ging Richtung Bahnhof Fasanerie.

• • •

Als Nina auf dem Kommissariat eintraf, gab Nathan den Kollegen beim Dauerdienst frei. Es genügte, wenn er mit Lutz und Stöhrl nach Sendling fuhr, um Karin Fellermayr zu befragen. Zu dritt glitten sie im Lift hinunter in die Tiefgarage und nahmen dort ihre Gesichtsmasken wieder ab.

»An diese Art von Maulkorb werde ich mich nie gewöhnen«, stöhnte Stöhrl.

Nathan nickte. »Wenn wir statt des Aufzugs den Paternoster hätten, den manche Fernsehzuschauer aus unserem Präsidium kennen, bräuchten wir den Lappen nicht.«

»Wir sollten die Mordkommission ins Städtische Hochhaus verlegen«, witzelte Stöhrl. »Dann dürfte sogar unsere Kundschaft Paternoster fahren.«

»Ihr seid ja vielleicht Technik-Freaks«, sagte Nina. »Wusste gar nicht, dass es in München zwei Paternoster gibt.«

»Drei«, korrigierte Nathan. »Im Patentamt läuft auch noch einer, aber nur der Aufzug im Städtischen Hochhaus ist öffentlich zugänglich.«

Die kurze Abwechslung tat gut, aber schon standen sie vor dem Dienstwagen. Stöhrl drückte der Kommissarin den Autoschlüssel in die Hand, dann setzte er sich mit Nathan auf die Rückbank.

»Du hast das sehr gut gemacht«, lobte er Nina. »So müssen wir nicht mehr auf die Heimverwaltung warten. Manchmal lohnt es sich, am Ball zu bleiben. Nun schauen wir einmal, ob wir eine heiße Spur aufgenommen haben.«

»Eigentlich wäre das zu viel des Glücks«, äußerte sich Stöhrl zurückhaltend.

»Glück hat auf Dauer nur der Tüchtige«, sagte Nathan. »Warten wir ab. Es ist einen Versuch wert. Jedenfalls kitzelt es mich im Bauch, und das ist ein gutes Zeichen.«

»Wieso sollte sich unser Täter plötzlich ein Opfer suchen, zu dem es eine persönliche Verbindung gibt?«

»Die Nichte hatte ein enges Verhältnis zu ihrer Tante, hat mir die Pflegerin anvertraut«, meldete sich Nina zu Wort, während sie den Dienstwagen aus der Tiefgarage steuerte. »Sie soll sich furchtbar darüber aufgeregt haben, dass sie ihre Tante neulich nicht besuchen durfte.«

»Rache und Wut können Menschen blind machen. In wenigen Minuten werden wir sehen, ob an dieser Spur etwas dran ist. Könnte ja sein, dass Frau Fellermayr eine eins neunzig große Dame mit Schuhgröße dreiundvierzig und Linkshänderin ist.«

»Sie soll klein und zierlich, aber sportlich sein«, ergänzte Nina und befeuerte damit Nathans Jagdfieber.

Sein Bauchgefühl suggerierte ihm, auf einer heißen Spur zu sein, und auch wenn er sich in seinen langen Berufsjahren als Mordermittler meist auf seinen analytischen Verstand verlassen hatte, war es oftmals dieses kleine Quäntchen Intuition gewesen, das ihn zum Erfolg geführt hatte. Nur beim Spucke-Mörder an der Isar hatten Analyse und Intuition versagt, denn selbst eine hochmoderne DNS-Analyse konnte keine durchschlagenden Erkenntnisse liefern, solange der Täter nicht wegen eines anderen Delikts in den Datenbanken auftauchte.

Nathan wischte die Gedanken an seinen tragischsten ungelösten Fall beiseite und konzentrierte sich aufs Hier und Heute, während Lutz den Wagen ruhig über die leeren Straßen steuerte und schräg gegenüber dem pinkfarbenen Wohnhaus, in dem Fellermayr wohnte, in eine Parklücke rangierte.

Sie klingelten bei Fellermayr, doch die Gegensprechanlage blieb stumm. Nachdem sie es dreimal erfolglos versucht hatten, schellten sie daneben bei Körner.

»Wer ist da?«, fragte eine helle Stimme.

»Polizei«, antwortete Nathan. »Dürfen wir heraufkommen, wir hätten ein paar Fragen.«

Der Türöffner summte.

Sie traten ein. Das Haus besaß keinen Aufzug. Also machten sich zu Fuß auf den Weg in das dritte Stockwerk. Während Nina bei Fellermayr läutete, wandte sich Nathan der Nachbarin zu, die durch den Spalt der leicht geöffneten, mit einer Sperrkette gesicherten Tür blickte. Stöhrl zückte seine Dienstmarke.

»Kriminalpolizei. Ich bin Hauptkommissar Stöhrl, das ist mein Kollege Weiß und dort steht Frau Kommissarin Lutz«, stellte Stöhrl sie vor. »Dürfen wir uns mit Ihnen unterhalten?«

»Um was geht es denn?« Die Stimme gehörte offenbar einer jungen Frau.

»Wir suchen Frau Fellermayr.«

»Ach die …« Der Spalt schloss sich.

Nathan hörte, wie die Sperrkette zur Seite gezogen und nun die Tür geöffnet wurde. »Kommen Sie herein.«

Überrascht blickte Nathan auf eine weißhaarige, zierliche, mindestens 80 Jahre alte Frau mit wachen blauen Augen.

»Wohl niemand da«, stellte Nina enttäuscht fest und folgte Weiß und Stöhrl, welche die Einladung der Nachbarin annahmen und deren Wohnung betraten. Die alte Dame führte sie in ein geräumiges Wohnzimmer und forderte sie auf, Platz zu nehmen. Dann holte sie aus einer Glasvitrine vier Schnapsgläser und eine Flasche Eierlikör. Ohne auf die ablehnenden Handbewegungen der Kriminaler zu achten, schenkte sie den Eierlikör aus und bemerkte stolz: »Den mache ich seit 60 Jahren selber. Prost.«

Nathan hob das Gläschen und trank es aus.

»Prima, vielen Dank. Wenn Sie uns jetzt noch ein wenig über Frau Fellermayr erzählen können, sind wir glücklich.«

•••

Sie war 15 Minuten zu früh am Bahnhof und hielt sich vom Bahnsteig fern. Nun kam es ihr zugute, dass sie an der Seite der stadteinwärts fahrenden Züge ankam, denn so konnte sie vom beschrankten Bahnübergang aus auf den gegenüberliegenden Bahnsteig blicken und nach *LanzeLot83* Ausschau halten. Doch der Bahnsteig war leer. Sie bog rechts ab und lief langsam eine schmale Straße neben den Bahngleisen entlang. Die Luft roch nach Frühling. Sie atmete tief ein und aus, um ihre innere Unruhe zu bezähmen. Jetzt wollte sie noch nicht an das denken, was kam, aber zunehmend deutlicher schälte sich Norbert aus den Nebeln der Vergangenheit heraus. Mit seinem Gesicht kam der Zorn, mit dem Zorn wuchs die Vorfreude, endlich Rache zu nehmen. Acht Minuten noch, dann würde die S-Bahn einfahren.

Karin drehte um und spazierte gemächlich, aber mit sich beschleunigendem Puls, auf den Bahnhof zu. Dabei behielt sie den Bahnsteig fest im Blick, und als sie nah heran war und der Uhrzeiger auf die 55. Minute sprang, da sah sie ihn.

Groß und schlank stand er am äußersten Ende des Bahnsteigs, eingehüllt in einen langen grauen Mantel. Er stand hinter dem letzten Laternenpfahl der Bahnsteigbeleuchtung und damit vermutlich außerhalb des Sichtfeldes der dort angebrachten Kamera, die den Bahnsteig überwachte.

Karin überquerte die Gleise und bog nach links in die kleine Straße ein, die jenseits der Hecke an dem Bahnsteig entlanglief. Über diese Straße konnte sie bis ans Ende des Bahnsteigs gelangen, ohne von einer Kamera erfasst und ohne von *LanzeLot83* gesehen zu werden. Sie würde ihn von hinten überraschen. *Mal sehen, wie es dann weitergeht,* überlegte sie und nahm Notiz von einem am Ende der Straße geparkten Audi. Er würde mit ihr also im Auto zu seinem Liebesnest fahren. *Bestimmt ist er verheiratet,* dachte sie. *Umso mehr wird er seine Strafe verdienen.*

• • •

Stöhrl konnte nicht umhin, die Souveränität zu bewundern, mit der Weiß die Atmosphäre lockerte. Er selbst hatte den Eierlikör eher widerwillig getrunken und war froh, sich nicht begeistert äußern zu müssen, aber Frau Körner strahlte den alten Kommissar bereits an, als wäre sie seit Jahren Weiß' Fan. Ein zärtlicher Seitenblick auf Nina zeigte ihm, dass sie auch vom Geschick des früheren Mordkommissionschefs angetan war. *Ja,* gab er zu, *von ihm kann sie noch viel lernen,* und war selbst überrascht, bei diesem Gedanken keinen Neid zu empfinden. Wenn es ihnen gelang, diese bedrückende Mordserie aufzuklären, konnte er mit sich selbst im Reinen die Mordkommission verlassen und sich weniger aufreibenden Aufgaben zuwenden. Stöhrl spürte, wie ihn dieser Gedanke entspannte. Gleichzeitig wuchs die Neugier, was Fellermayrs Nachbarin zu sagen hatte.

»Ja mei, die Fellermayr«, begann die alte Dame lebhaft zu erzählen, »ist eigentlich eine ganz Brave, außer – außer, sie hat ihre g'spinnerten fünf Minuten. Aber dann, sag' ich Ihnen, dann geht die Post ab da drüben. Ich krieg' das alles mit, schließlich liegen unsere Schlafzimmer Wand an Wand. Was die schreien und brüllen kann, wenn sie auf ihr Wutkissen eindrischt, ja mei, da hilft bei mir bloß: Radio laut aufdrehen.«

Oha, das ist interessant, dachte Stöhrl und beobachtete Weiß genau. Der kratzte sich am Kinn und schwieg.

»Doch sonst ist die Fellermayr eine angenehme Nachbarin. Meistens krieg' ich von der nix mit. Das ist viel besser wie früher, als ich ein ziemliches Früchterl als Nachbarin hatte, die beinahe jede Nacht einen Tschamsterer ang'schleppt hat.«

»Einen was?«, platzte Nina heraus.

Die Nachbarin lachte. »Der Tschamsterer ist halt ein Liebhaber, ein Gspusi, wenn S' so wollen. Jedenfalls, die Fellermayr bringt nie einen heim, ich glaub', die Fellermayr hat's nicht mit den Männern, und das ist gut, denn so ist's in der Nacht da drüben meistens ruhig – wie g'sagt: Außer den g'spinnerten fünf Minuten.«

»Hat sie es dann mit Frauen?«, fragte Nina spontan nach.

»Iwo, nein, die lebt allein und recht zurückgezogen, bloß mit ihrer Tante, die wo neulich g'storben ist, mit der hat sie viel Kontakt g'habt, und dass die Tante gehen musste, das hat die Fellermayr arg gebeutelt.«

»Hat Frau Fellermayr jemand die Schuld am Tod der Tante gegeben? Woran ist die Tante gestorben?«, wollte Weiß wissen.

»Das muss mit diesem Corona zu tun haben, aber genau weiß man's nicht. Die Fellermayr durfte ihre Tante ja gar nicht mehr besuchen. Da war sie vielleicht sauer, sag' ich Ihnen. Auf den Heimleiter hat s' g'schimpft wie ein Rohrspatz.«

»Ist Ihnen in letzter Zeit eine Veränderung an Frau Fellermayr aufgefallen?«, fragte Weiß.

»Traurig und zornig war sie wegen ihrer Tante, aber sonst ...« Sie stockte und überlegte, wobei sie ein angestrengtes Gesicht machte. Dann hellte sich ihre Miene auf und sie sagte: »Hübscher, in letzter Zeit hat sie sich öfter mal hübsch gemacht. Und wissen S', diese Perücken: Das steht ihr.«

•••

Die S-Bahn fuhr pünktlich ein. Karin hatte einen guten Blick auf den Bahnsteig. Aus dem hinteren Zugteil stiegen zwei Personen aus und orientierten sich Richtung Bahnübergang. Das Piepen der sich schließenden Türen ertönte, die Bahn fuhr an. Groß und schlank, im langen grauen Mantel stand er da und blickte ungläubig, dann steckte er die Hände in die Manteltaschen und verschwand hinter der Hecke, nur um gleich darauf am Kopfende der kleinen Straße zu erscheinen. *LanzeLot83* wirkte missmutig und enttäuscht.

Karin drückte sich noch etwas näher in die Büsche an ihrer Seite. Sie wollte ihr heutiges Opfer noch kurz beobachten. Die Situation war anders als bisher, und sie war aufgeregter als sonst. Sollte sie Gnade vor Recht ergehen lassen? Da erhaschte sie den ersten Blick auf sein Gesicht und erkannte es doppelt wieder. Zum einen von seinem Profil, denn er hatte tatsächlich ein Foto von sich verwendet, zum anderen aus der Erinnerung, denn es ähnelte der verhassten Visage von Norbert. Die Augen lagen tief und über der Nasenwurzel grub sich eine steile Falte ein, die Lippen wirkten herrisch, das kantige Kinn verhieß Durchsetzungsvermögen. *Nein*, schüttelte Karin den Kopf, *der hat keine Gnade verdient. S*ie würde ihre Rache ausleben können. Köstlich.

»Weiß *LanzLot* nicht, wie wichtig es einer Domina ist, alles im Griff zu haben?«, fragte sie mit gekünstelt dunkler Stimme und trat auf ihn zu, als er gerade dabei war, die Fahrertür seines Wagens zu öffnen. Er zuckte kurz, dann blickte er sie mit kalten Augen an.

»Wenn Du bereit bist, jede Grenze zu überschreiten, will ich Dein Diener sein«, zitierte er sich selbst und zeigte ihr dabei ein bösartiges Grinsen. »Steig ein!«

Du bist es, bekräftigte Karin ihre Einschätzung, *du bist ein perfekter Delinquent.*

»Dann zeig mir, was du kannst«, erwiderte sie, ging hinten um den Wagen herum und stieg auf der Beifahrerseite ein.

»Den Rücksitz«, herrschte er sie an.

Sie gehorchte. Corona, Abstand halten – richtig, auch sie wollte nicht von einer Polizeistreife angehalten werden.

Er startete den Motor und rollte auf die Hauptstraße zu. Dort bog er rechts ab und fuhr langsam aus der Stadt hinaus.

»Du stehst zum Rest unserer Abmachung?«, fragte er, als er in Feldmoching über eine Nebenstraße auf ein altes Gehöft zurollte.

»Selbstverständlich. Schließlich will ich mit dir meinen Spaß haben«, erwiderte Karin wahrheitsgemäß und wehrte sich nun nicht mehr gegen den sich beschleunigenden Herzschlag. Vor ihr am Steuer saß zweifellos ein frauenverachtendes Arschloch. Schade nur, dass er so rasch sterben und den Rest der Strafe nicht mehr erleben würde.

•••

Sie hatten noch ein zweites Gläschen Eierlikör mit Frau Körner getrunken und sich freundschaftlich von Fellermayrs Nachbarin verabschiedet. Sie schellten ein letztes Mal bei Fellermayr, dann stiegen sie schweigend die Treppen hinab und gingen zu ihrem Dienstwagen.

»Jetzt?«, fragte Nina.

»Wir brauchen die Fellermayr, und zwar hurtig«, antwortete Stöhrl.

»Seit die Körner das mit den Perücken gesagt hat, sitze ich auf Kohlen. Was meinst du, Nathan?«

»Bin ganz bei dir, Wolfgang. Du musst jetzt die Kollegen vom Dauerdienst herbeordern, dann knobeln wir drei aus, wer hier die erste Wache schiebt.«

»Du willst den Hauseingang überwachen?«

»Ja, und zwar vorne und hinten. Wenn die Fellermayr auftaucht, sprechen wir mit ihr.«

»Das könnte spannend werden«, warf Nina ein.

Das hast du gut erkannt, dachte Nathan anerkennend und gab Stöhrl die nächste Anweisung: »Wolfgang, lass sofort feststellen, was die Fellermayr für ein Auto hat. Das geben wir den Funkstreifenbesatzungen durch. Wer den Wagen findet, soll ihn kontrollieren.«

»Begründung?«

»Verkehrskontrolle, einfach und plausibel, gerade jetzt, wo sich niemand ohne triftigen Grund vor die Haustür begeben soll.«

Stöhrl nickte und klemmte sich ans Telefon. Nathan war zufrieden und bat Nina, fürs Erste am Hintereingang Stellung zu beziehen. Er wollte über die weiteren Schritte mit Stöhrl beraten. Sie waren ihrem Ziel nah, sie durften jetzt keine Fehler mehr machen. Möglicherweise war die Fahndung nach Fellermayrs Auto der endgültige Schlüssel zum Erfolg, vielleicht war es aber auch das Warten vor diesen Haustüren. Jedenfalls sprach einiges dafür, Karin Fellermayr der Morde an Rolf Lupfer, Justin Lang, Hubert Kreidl und Simon Vranek zu verdächtigen. Lediglich die Abfolge der Opfer und ihre Auswahl bereiteten Nathan noch Kopfzerbrechen. Gab es vielleicht doch eine Verbindung zwischen den Opfern und der Täterin? Oder führte tatsächlich der Zufall in den Kontakt-Foren Regie?

»Die Kollegen sind unterwegs«, meldete Stöhrl, »und der Wagen wird in wenigen Minuten ermittelt sein, dann läuft die Fahndung an.«

»Sehr gut. Was müssen wir als Nächstes tun? Wir dürfen nichts vergessen.«

»Sollen wir eine Fahndung nach Fellermayr vorbereiten?«

»Wäre vermutlich zielführend. Aber dafür haben wir zu wenig an der Hand. Leider erlaubt unser Rechtssystem nicht ohne Weiteres die Fahndung nach der berühmten *person of interest.*«

»Manchmal haben wir ein Rechtssystem, das die Täter mehr schützt als die Opfer«, pflichtete Stöhrl bei.

• • •

Nach drei Seiten war das Gehöft durch hohe Hecken geschützt, lediglich die Zufahrtsseite lag offen da und gewährte einen Blick auf den Hof zwischen dem Schuppen und dem L-förmigen Wohn- und Wirtschaftshaus. Das alte Gemäuer wirkte düster, obwohl die Südfassade efeuumrankt war. Die Fenster waren klein und teilweise milchig, die Eingangstür niedrig. In dem schmalen Gang roch es modrig, eine nackte Glühbirne spendete diffuses Licht.

Karin fühlte sich unbehaglich. Das Haus war unbewohnt und heruntergekommen, taugte eigentlich nicht als Liebesnest. *Andererseits*, urteilte sie, *ein durchaus geeigneter Ort für das, was folgen sollte.*

LanzeLot83 ging wortlos voraus und öffnete am Ende des Flurs eine Tür, die in den Keller führte. Karin zögerte kurz. Sie griff in ihre Handtasche, tastete nach ihrem Keramikmesser und klappte es geschickt auf. Sie war drauf und dran, das Messer zu ziehen und *LanzeLot83* an die Gurgel zu gehen, doch sie unterdrückte den spontanen Impuls und folgte ihm in die Tiefe.

»Komm nur«, forderte *LanzeLot83*, »hier unten ist alles bereitet für unsere lustvollen Stunden.«

Das zum Einsatz bereite Messer vermittelte ihr genug Sicherheit. Der richtige Zeitpunkt würde erst kommen. Sein Ton nährte ihren Zorn. Was bildete sich dieser Lüstling ein? *Stunden, pah,* grummelte sie, spürte die Mordlust in sich hochsteigen und die Vorfreude wachsen. Sie folgte ihm in einen hell erleuchteten Gang hinab. Unten ging es um eine Ecke, dann stand sie unvermutet in einem großen Raum. Im vorderen Drittel befand sich ein gedeckter Tisch mit zwei Stühlen, Kandelaber, Sektkübel, Gläsern, Tellern, angerichteter Wurst- und Käseplatte und einem Körbchen mit diversen Brotsorten. Überrascht schaute sie *LanzeLot83* an. So viel Stil hätte sie ihm nicht zugetraut.

»Gefällt es dir? Selbst wir Söhne des Marquis' lieben das edle Vorspiel und den wohlschmeckenden Genuss.« Seine Stimme klang einschmeichelnd und sanft. Er trat hinter sie. »Du darfst deinen Mantel ablegen.«

Galant half er ihr aus dem Mantel, zog auch seinen eigenen aus, hängte beide Mäntel an einen Garderobenhaken neben der Tür und schloss diese. Karin stellte ihre Handtasche ab und ließ ihn nicht aus den Augen. Sie fröstelte leicht. Er kam an den Tisch zurück und zündete die sieben Kerzen des Kandelabers an. Gekonnt entkorkte er die Flasche und zeigte ihr stolz das Etikett: *Heuqc Pere & Fils, Cuvée Originel.* Ein Champagner, offensichtlich edel, denn sein Gesicht strahlte vor widerlichem Stolz. Jetzt, da sie ihn bei guter Beleuchtung anschauen konnte, fielen ihr die Ähnlichkeiten mit Norbert besonders deutlich auf. Diese schmalen Lippen mit dem herrischen Zug um die Mundwinkel, das beinahe rechteckige Kinn, die Furche über der Nasenwurzel – lauter gute Gründe, diese Visage zu hassen.

Noch vor dem ersten Schluck des perlenden Getränks spürte sie die belebende Wirkung ihres überschäumenden Zorns. Ihre Vorfreude auf das, was kommen würde, wuchs, denn allzu verlockend stand im hinteren Teil des Raums ein breites Bett mit kunstvollen schmiedeeisernen Gittern an Kopf- und Fußende, perfekt für Fesselspiele. Und sehr wohl nahm Karin wahr, mit welcher Begierde sein Blick auf ihr ruhte, mit welcher Lüsternheit er ihre Formen taxierte – und abstoßend geil begann er nach seinen ersten Schlucken mit der Zunge zu wackeln. Norbert! Genau für diese Geste hatte er den Tod verdient.

Ihre Ungeduld wuchs, am liebsten hätte sie es wie bei Vranek gehalten und auf all dieses Geplänkel im Vorfeld des angestrebten Aktes verzichtet, doch irgendetwas an seinem Blick hielt sie zurück. Dieses Mahl schien ihm wichtig zu sein. Er neigte seinen Kopf leicht zur Seite, nahm ein Vollkornhörnchen aus dem Brotkorb, brach es in der Mitte und reichte ihr eine Hälfte.

»Nimm und iss«, flüsterte er und leckte sich lasziv über die Oberlippe. »Zügle deine Ungeduld. Ich sehe, dass du brennst, das ist gut. Doch koste vorher diesen einfachen Genuss, damit du bereit bist für die Steigerungen, die kommen werden.«

Was er sagte, klang in Karins Ohren wie eine Beschwörungsformel, beinahe wie ein sakrales Ritual. Er machte das hier nicht zum ersten Mal, nein, *LanzeLot83* war offenbar ein geübter Könner im Reich von *Shades of Grey*.

»Mach mir die Freude«, bat er mit dunkler Stimme, »und öffne den Reißverschluss deiner Jacke.«

Willst dich also schon beim Essen aufgeilen, du lüsterner Bock, dachte Karin grimmig. Aber sie tat ihm den Gefallen, denn sie hoffte, dann schneller mit ihm ins Bett gehen und ihn fesseln zu können. Wenn er erst unter ihr lag ... Ihre Vorfreude wuchs mit der anschwellenden Wut auf diesen Mann und seine offenkundigen Wünsche. Im Bauch wurde ihr heiß, ihr Puls begann zu rasen. Sie atmete schnell und flach.

»So erregt?«, fragte er. Es klang geringschätzig.

Er erhob sich, schenkte in jedes Glas einen Schluck Champagner nach, trat hinter Karin, strich ihr über den Kopf und streichelte ihren Hals. Es fühlte sich ekelhaft an und im ersten Reflex wollte sie ihn zurückstoßen, beherrschte sich aber, denn jetzt, das fühlte sie, durfte sie den Zauber nicht zerstören.

Da legten sich seine Hände wie ein Schraubstock um ihren Hals und drückten zu. Sie bäumte sich auf, doch unter seinen kräftigen Händen erlahmte ihr Widerstand rasch. Bald darauf wurde ihr schwindlig. Sie verlor das Bewusstsein.

• • •

Es wurde dunkel. Karin Fellermayr tauchte nicht auf. Nachdem Nathan zwei Stunden den Hintereingang des Wohnhauses im Auge behalten hatte, ließ er sich von einem Kollegen des Kriminaldauerdienstes ablösen und ging auf die Vorderseite. Stöhrl hatte dort die Stellung gehalten, nahm aber nun sichtlich erfreut die Ablösung an. Nina war bereits ins Dezernat zurückgefahren.

»Lass uns die Gegend noch einmal nach Fellermayrs Wagen absuchen«, schlug Nathan vor.

Er wusste, dass die Kollegen das bereits gemacht hatten, aber er wollte auf Nummer sicher gehen, ob Fellermayr tatsächlich mit ihrem Auto unterwegs war. Irgendwie passte das nicht in seine Überlegungen. Nathan war stets davon ausgegangen, dass sich ihr Täter zu Fuß oder mit öffentlichen Verkehrsmitteln in der Stadt bewegte, denn das garantierte in diesen Zeiten des Lockdowns mehr Anonymität, schließlich nahmen die uniformierten Kollegen etliche Straßenkontrollen vor, um sicherzustellen, dass niemand ohne triftigen Grund spazieren fuhr. Natürlich konnte er mit dieser Annahme ebenso danebenliegen wie mit seiner ursprünglichen Vermutung, den Täter im Kreis von Transvestiten, *Ladyboys* oder Strichern suchen zu müssen. Was aber hatte es zu bedeuten, wenn Fellermayr jetzt das Auto benutzte? Änderte sie ihre Auswahl der Opfer? War sie mit Vranek dazu übergegangen, persönliche Rechnungen zu begleichen? Es stand außer Frage, dass diese Frau über ein Potenzial an Wut und Zorn verfügte, das zerstörerisch war. Wenn die Wurzel in früher erlittenen Misshandlungen lag, waren vielleicht die damaligen Täter in Gefahr?

»Wir müssen Norbert Kaspeizer ausfindig machen«, entfuhr es Nathan und er packte Stöhrl am Arm. »Rasch, lass uns ins Dezernat fahren.«

»Wie kommst du darauf?«

»Die Fellermayr hat ihre Zielgruppe gewechselt. Verdammt, Wolfgang, wir sind ganz nah dran, aber wenn wir Pech haben, filetiert sie gerade ihr nächstes Opfer.«

»Und was hat das mit Kaspeizer zu tun?«

Nathan schluckte eine harte Antwort hinunter. Jetzt wusste er wieder, warum er Stöhrl nie für einen geeigneten Nachfolger gehalten hatte. Gut, dass Amor mithalf, Schicksal zu spielen und K11 in andere Hände zu legen. Stöhrl fehlte es einfach an der nötigen Kreativität, die ein Mordermittler in leitender Funktion seiner Meinung nach unbedingt benötigte.

»Sie ist mit Vranek dazu übergegangen, persönliche Rechnungen zu begleichen. Bei den ersten drei Opfern hat sie lediglich geübt – daher liegt es nahe, dass sie sich jetzt Kaspeizer vorknöpft. Zumindest ist das ihr einziger Peiniger, den wir kennen.«

»Nathan, du bist einfach genial. Ja, fahren wir.« Er setzte sich hinters Steuer.

Nathan nahm am Beifahrersitz Platz und rief Nina an. Sie meldete sich nach dem zweiten Klingeln. *Aus der wird noch was,* stellte Nathan fest und gab ihr seinen Arbeitsauftrag durch.

•••

Als sie wieder zu sich kam, lag sie auf dem Bett. Ihre Hände steckten rechts und links, an das Gitter des Kopfendes gefesselt, in mit flauschigem Stoff umhüllten Handschellen. Ihre Füße waren mit Kabelbindern an die beiden Bettpfosten gebunden. Er hatte ihr die Jacke und die Hose ausgezogen. Im eng anliegenden Latex-*Cateuit* lag sie vor ihm. Er hielt ihr Keramikmesser in der Hand.

»Schön scharf. Was hattest du damit vor?« Seine Stimme schneidend. »Du hast das wohl wörtlich genommen mit der *Schwarzen Witwe,* hm?« Er drehte das Messer hin und her und näherte sich ihrer Kehle.

Karin schluckte. War das noch Teil des Spiels? Oder ... Ihr Magen krampfte. Sie hatte Angst.

»Weißt du«, dabei beugte er sich vor und kitzelte mit der scharfen Klinge ihren Hals, »das erhöht in der Tat meinen Spaß mit dir. Ich hatte schon so eine Ahnung, dass es mit dir eine besondere Freude wird. Glaube mir, nur deshalb gab es heute Champagner. Deine Vorgängerinnen mussten mit Rotkäppchen vorliebnehmen.«

Unvermittelt holte er aus und versetzte ihr eine schallende Ohrfeige. »*The game will start*«, rief er euphorisch und verpasste ihr mit dem Handrücken die zweite Ohrfeige.

13

Karin Fellermayr war die ganze Nacht nicht zu Hause erschienen. Entsprechend frustriert trafen sich die Mitglieder der Sonderkommission am Dienstagmorgen im großen Besprechungsraum. Stöhrl blickte in die Runde, dann auf seine Armbanduhr; sie waren bereits fünf Minuten über der Zeit, aber Nathan fehlte.

»Geben wir unserem früheren Chef noch einige Minuten«, zögerte Stöhrl den Beginn der Besprechung hinaus. »Pensionäre leben offenbar nicht mehr mit der strengen Uhr.«

Stöhrl wollte nicht ohne den alten Fuchs beginnen; vielleicht hatte Weiß noch eine besondere Idee, was nun alles zu erledigen war.

Endlich ging die Tür auf und Nathan trat ein. Ihm folgte zu aller Überraschung der Vizepräsident Singer.

»Bleiben Sie sitzen, Kolleginnen und Kollegen«, bat der Vizepräsident, als alle anfingen, sich zu erheben. »Ich will einer von Ihnen sein, nicht mehr, aber auch nicht weniger. Wir arbeiten an einem schwierigen Fall, den wir rasch lösen müssen.«

Mit diesen Worten nahm er auf einem Stuhl zwischen zwei jungen Kommissaren des Kriminaldauerdienstes Platz, während Nathan nach vorn ging und sich neben Stöhrl setzte.

»Die schlechte Nachricht«, bemerkte Wolfgang Stöhrl, »wissen bereits alle: Von Karin Fellermayr fehlt jede Spur. Jetzt geht es darum, möglichst viele Indizien zusammenzutragen, um den Verdacht gegen sie zu erhärten.«

Bei diesen Worten blickte Stöhrl zu Weiß; er suchte die Bestätigung bei seinem Vorgänger. Weiß nickte.

»Dank der Kollegen im Labor des Landeskriminalamts«, fuhr Stöhrl fort, »konnten wir die Hersteller der Perücken identifizieren, welche die Täterin bei den Morden an Lupfer, Lang, Kreidl und Vranek getragen hatte. Wir müssen wohl oder übel ins Kleinklein der polizeilichen Ermittlungsarbeit und alle Geschäfte abklappern, in denen diese Perücken verkauft werden.«

»Wie soll das denn gehen?«, fragte Cordula Maier. »Im Lockdown haben die Geschäfte geschlossen.«

»Leider zunächst nur über das Telefon. Zum Glück haben wir eine relativ gute Beschreibung von Fellermayr und ein ordentliches Passfoto. Wenn jemand meint, einer möglicherweise passenden Frau eine der fraglichen Perücken verkauft zu haben, können wir das Foto per E-Mail schicken – vielleicht landen wir so einen Treffer. Daneben müssen wir die Internetshops durchforsten und hoffen, dass wir über den Zahlungsweg an Informationen kommen.« Stöhrl erteilte vier Kolleginnen und Kollegen den Auftrag, sich mit den Perücken zu befassen, ehe er fortfuhr: »Zudem müssen wir die Suche nach Fellermayrs Auto intensivieren. Alle Streifenbesatzungen wurden gebeten, nach dem Wagen Ausschau zu halten. Cordula und Manfred, ihr beide haltet euch bereit, sofort gemeinsam mit der Spusi zu dem Auto zu fahren, sollte es gefunden werden.« Mit einer gewissen Schadenfreude nahm Stöhrl das Naserümpfen von Manfred wahr, der in Anwesenheit des Vizepräsidenten jedoch darauf verzichtete zu protestieren. »Als Nächstes benötigen wir vier Teams, die mit Fellermayrs Passfoto die Nachbarn aller unserer Mordopfer abklappern – vielleicht erkennt sie jemand.«

Als auch diese Aufgabe verteilt war, atmete Stöhrl erleichtert auf und bat Weiß um Ergänzungen.

»Es mag euch überraschen, liebe Kolleginnen und Kollegen, aber wir brauchen zwei Teams, die alle Vermisstenfälle der letzten drei Jahre durchforsten, und zwar danach, ob es Anhaltspunkte zu Kontaktanbahnungen auf Plattformen gibt, die in erster Linie für erotische Treffen bekannt sind. In unserer Täteranalyse sind Kollege Mutzenbacher und ich zu der Überzeugung gelangt, dass es nicht ausgeschlossen ist, dass unsere Täterin bereits früher aktiv war, aber erst jetzt ihre Opfer auf gewisse Weise zur Schau stellt. In diesem Zusammenhang schauen wir uns auch noch einmal die Akten der beiden Frauenleichen vom Baggersee an. Nicht auszuschließen, dass sie ebenfalls Opfer von Fellermayr geworden sind.«

In der Tat, dachte Stöhrl und warf einen bewundernden Seitenblick auf seinen Vorgänger, *schafft er es immer wieder, zu überraschen; vielleicht gelingt ihm sogar noch die Aufklärung seiner unerledigten Fälle.*

• • •

Sie fror. Es war dunkel. Allmählich kehrte die Erinnerung an den Abend zurück, und mit der Erinnerung die Schmerzen. Sie versuchte, sich zu bewegen, doch die gefesselten Hände und Füße behinderten fast alles. Sie drehte ihren Körper nach rechts und nach links, hob Becken und Kreuz etwas an, fiel aber rasch ermattet zurück. Es war unheimlich still. Sie war allein. Soweit sie es spüren konnte, trug sie noch ihren kompletten Latexanzug. Er hatte sie also nicht missbraucht. Ging es ihm überhaupt um Sex? Oder nur um Erniedrigung? Ihr Schmerz zuzufügen schien ihm Spaß zu machen, aber mehr noch hatte er sich an ihrer wachsenden Angst gelabt. Was war er für ein Mensch? Worauf lief diese Gefangenschaft hinaus? Und wie, um Himmels willen, hatte sie in diese Situation geraten können?

Sie rüttelte mit den Händen an den Handschellen, aber die saßen fest. Vorsichtig prüfte sie mit den Füßen den Halt der Kabelbinder. Die schnitten schnell ein, und sie unterließ weitere Versuche, die Füße zu lockern. Sie würde sich nicht befreien können. Ihr Atem ging hektisch und flach, mühsam unterdrückte sie den Reflex, komplett zu hyperventilieren. Ebenso mühte sie sich, Angst und Wut zu kontrollieren. Sie zwang sich zum Nachdenken. Was könnte ihren Peiniger dazu bewegen, sie von ihren Fesseln zu befreien? Worauf wollte *LanzeLot83* hinaus?

Er hatte sie mit krankhaftem Interesse über ihre Vergangenheit ausgefragt und ihr jedes Mal, wenn er mit einer Antwort nicht zufrieden war, eine Ohrfeige verpasst.

Warum sie im Internet auf der Suche nach Sexualpartner war, wollte er wissen, und wie lange sie schon auf *Bondage*, SM und Domina-Spiele abfuhr. Wie viele Männer sie über die Plattformen bereits kennengelernt, mit wie vielen sie ihr Vergnügen gehabt habe. Immer wieder fragte er dazwischen nach dem Messer, was es damit auf sich habe, was sie damit anstellen wollte. Ihren Beteuerungen, das Messer habe gar nichts mit dem Treffen mit ihm zu tun, schenkte er keinen Glauben. *Ich werde es herausfinden,* hatte er ihr mehrfach gedroht und, als sie bei ihrer Behauptung geblieben war, ihr einen Schnitt in die rechte und einen Schnitt in die linke Wange verpasst. Nicht tief, trotzdem schmerzhaft.

Sie spürte jetzt noch das leichte Brennen. Sie spürte jetzt aber auch ein drängendes Ziehen im Unterleib. Sie musste auf die Toilette und würde es nicht mehr lange aushalten. Sie fröstelte, und das nicht nur, weil sie fror. Mit dem zunehmenden Schmerz im Unterleib, weil sie krampfhaft das Wasser zurückhielt, kroch die Angst aus der Mitte ihres Leibes empor und schnürte ihr die Kehle zu. Nicht einmal um Hilfe zu schreien wagte sie, denn wenn sie hier jemand fand, war nicht auszuschließen, dass die gewiss herbeigerufene Polizei sie einem mehr als gründlichen Verhör unterziehen würden.

Karin saß in der Falle.

Plötzlich musste sie lachen. Während sie ihre Blase entleerte, verfiel sie in ein hysterisches Lachen. Oberschenkel und Po wurden nass und warm, und Karin lachte und lachte. *Es musste so enden,* dachte sie schließlich und hätte sich gern die Tränen aus den Augen gewischt, von denen nun nicht mehr klar war, ob sie noch vom Lachen oder schon vom Weinen kamen. Jetzt jedenfalls schluchzte sie hemmungslos.

Ihr Leben verkorkst, Tante Irma tot, eingesperrt in ein kaltes Verlies – was wollte Karin noch vom Leben? Das Streben nach Glück hatte sie längst aufgegeben und die unbändige Wut, die sie die letzten Wochen angetrieben hatte, ging gerade im Elend der Gefangenschaft unter. *Wann ist der letzte Knacks gekommen,* fragte sie sich. Was hatte sie aus der Spur geworfen? Es waren die Besuchsverbote. Seit sie Tante Irma nicht mehr im Alten- und Pflegeheim hatte besuchen dürfen, war ihr Zorn ins Unermessliche gestiegen.

Die vertrauten Stunden mit Tante Irma waren als Ausgleich und letzter emotionaler Anker weggefallen. Karin sah sich neben der gebrechlichen und dementen Tante sitzen und ihre Hand halten. Jeden Tag hatte Karin ihrer Tante von ihrem Tag erzählt, von ihrem Ärger, von ihren kleinen Sorgen und Nöten, hatte auch die Wut nicht verschwiegen – lediglich zum Grund dieser Wut und zu Onkels Verhalten hatte sie stets geschwiegen. Aber egal, was Karin erzählte, die Tante freute sich und begann, je länger Karin erzählte, umso mehr von innen heraus zu strahlen, und manchmal, in ihren lichten Momenten, erzählte Tante Irma Geschichten aus Karins Kindheit, erzählte voll Freude und Herzenswärme, und das gab Karin so etwas wie Geborgenheit. Tante Irma war der Anker in rauer See, Tante Irma war wie das ewige Licht in der Kirche, ein kleiner Halt im Leben und ein flackerndes Flämmchen der Hoffnung, dass vielleicht doch noch alles gut werden würde.

Urplötzlich waren Karin diese Stunden genommen worden, und dann war Tante Irma tot gewesen. Karin war verloren in einem Meer von Wut und Zorn. Rache im Herzen hatte sie vorangetrieben. Aber hier, im kalten Dunkel dieses Kellers, schmeckte die Rache schal und leer. Karin dämmerte das Unrecht, das sie begangen hatte, aber sie spürte keine Reue. Ihre Opfer taten ihr nicht leid – sie tat sich nur selbst leid.

•••

Nathan saß in seinem provisorischen Büro und studierte die Akten der Vermisstenfälle, die ihm vorgelegt worden waren. Es handelte sich um fünf Frauen, alle im Alter zwischen Anfang 30 und Anfang 40. Sie hatten die Leichen von zwei Frauen am Baggersee gefunden, aber nie einen Anknüpfungspunkt, wo der Täter oder die Täterin zu suchen war. Jede der Frauen war Single, jede der Frauen war auf mindestens einer Dating-Plattform unterwegs und brachte zum Ausdruck, etwas Neues, Aufregendes kennenlernen zu wollen und nicht in erster Linie an einer Beziehung interessiert zu sein. Alle Frauen waren dunkelhaarig und mit knabenhafter Figur. Jede der Frauen war zuletzt in einer S-Bahn oder auf einem Bahnsteig von Zeugen gesehen worden, was die Aufnahmen von Überwachungskameras bestätigten. Danach verloren sich ihre Spuren. Bei keiner der Frauen waren bisher die Chatverläufe in den Dating-Apps überprüft worden. Das ärgerte Nathan nun. Heute lag es für ihn auf der Hand, dass man bei diesen virtuellen Flirts versuchen musste, die Spur aufzunehmen. Aber die Kollegen in der Vermisstenabteilung waren überlastet und konnten Erwachsenen nicht intensiv nachforschen, solange es keine Anhaltspunkte für ein Gewaltverbrechen gab.

Und bei den beiden Baggerseeleichen, bedauerte Nathan seinen eigenen Fehler, *haben wir zu oberflächlich recherchiert.* Das galt es zu korrigieren. Sie würden die Computer der Vermissten auswerten und möglicherweise mit den Plattformbetreibern Kontakt aufnehmen müssen. Ob diese Recherchen auch zu Karin Fellermayr führen würden? Nathan war unschlüssig, aber überzeugt, auf eine wichtige Spur gestoßen zu sein.

In den nächsten beiden Stunden brachten ihm die Kollegen vier weitere Akten mit vermissten Frauen. Auffällig war, dass zwischen jedem Vermisstenfall rund zehn Wochen lagen und sich bei den sieben nun auf Nathans Schreibtisch liegenden Fällen eine klare zeitliche Abfolge ergab. Nathan kratzte sich nachdenklich am Hinterkopf. Er spürte ein Kribbeln im Bauch und ahnte, dass er auf einer heißen Spur war.

Stöhrl kam ins Zimmer. »Wie kommst du voran?«, fragte er.

»Meine Nase juckt wie verrückt«, antwortete Nathan. »Diese Frauen, ich fürchte, sie sind alle tot – und unsere Baggerseeleichen sind lediglich die Spitze eines Eisbergs.«

»Du meinst – das alles – hat die Fellermayr angerichtet?«, fragte Stöhrl.

»Hm, manches zwickt. Ich weiß nicht – vielleicht, vielleicht auch nicht.«

Stöhrl schaute Nathan fassungslos an. »Am Schluss haben wir in München noch einen Serienmörder!«

»Könnte sein. Wenn, dann schon seit über zwei Jahren.«

»Das wäre zu deiner aktiven Zeit gewesen.«

»Richtig. Da habe ich versagt. Umso wichtiger ist es, die Fälle jetzt aufzuklären.«

In diesem Moment stürzte Karl ins Zimmer. »Fellermayrs Wagen wurde gefunden!«

•••

Karin hörte Schritte. Sofort stellten sich ihre Nackenhaare auf. Ein Schlüssel wurde im Schloss gedreht, die Tür geöffnet und das Licht ging an. Sie blinzelte und musste die Augen schließen. Sie hörte ihn näherkommen. Ein Schauder durchlief ihren Körper.

»Schau mich an!«

Seine Stimme war kratzig und barsch. Als sie nicht sofort gehorchte, schlug er ihr links und rechts ins Gesicht. Sie schrie auf.

»Schau mich an!«

Sie tat es und blickte in ein teuflisch grinsendes Gesicht. »Ich habe viel Zeit mitgebracht. Du wirst mir alle deine Geheimnisse verraten. Da freue ich mich drauf. Hast du Durst?«

»Ja«, flüsterte sie.

Er ging zu einem Stahlspind in der Ecke und holte eine Flasche Mineralwasser. Bevor er an ihr Bett trat, schloss er die Tür von innen ab. Dann öffnete er die Handschelle ihrer linken Hand und gab ihr die Wasserflasche.

»Trink, aber mach keinen Unsinn.«

Karin führte die Flasche dankbar an ihren ausgedörrten Mund und überlegte, ob sie diese als Waffe einsetzen konnte. Sie verwarf den Gedanken. Erstens setzte er sich nun außerhalb ihrer Reichweite auf einen Stuhl, und zweitens war er viel kräftiger als sie. Sie trank in kleinen Schlucken, dann setzte sie die Flasche ab. Er nahm sie wieder an sich.

»Kommen wir zu deinem hübschen Klappmesser«, begann er sein Verhör. »Was hattest du damit vor?«

»Nichts, gar nichts. Das ist immer in meiner Handtasche«, versuchte sie es mit derselben harmlosen Antwort, die sie ihm gestern gegeben hatte.

Er holte das Messer aus seiner Jackentasche, klappte es auf, fuhr mit der Kuppe seines linken Daumens über die Schneide und schnalzte mit der Zunge. »Schön scharf. Willst du es wieder ausprobieren?«

Die Messerspitze näherte sich ihrem Gesicht. Karin zuckte zurück. »Nein.«

»Dann erzähl …«

»Es gibt nichts zu erzählen.«

Ehe sie sich versah, fuhr er mit dem scharfen Messer einmal quer über ihre Stirn. Der Schnitt brannte fürchterlich. Karin biss die Zähne aufeinander, um nicht zu schreien. Aber sie konnte die Tränen nicht verhindern. Gleich darauf rann der erste Tropfen Blut über ihre Augenbraue. *LanzeLot83* leckte sich mit der Zunge über die Lippen, dann wackelte er mit der Zunge. Wie Norbert! Eine Welle des Hasses durchströmte ihren Körper. Sie bäumte sich auf und schrie. Er lachte ein meckerndes Lachen, packte ihr Ohrläppchen und schnitt es ab.

Karin brüllte vor Schmerz.

»Hör auf«, herrschte er sie an und schlug ihr ins Gesicht. »Sonst schneide ich dir gleich das ganze Ohr ab.«

Sie zitterte und biss sich auf die Zunge. Der metallische Geschmack beruhigte sie erstaunlicherweise, und ihr Hass schwoll so stark an, dass sie die Schmerzen nicht mehr spürte.

»Was wolltest du mit dem Messer tun?«

»Dir die Kehle aufschlitzen, du Monster!« Sie spuckte ihm diesen Satz entgegen.

»Dachte ich mir«, sagte er tonlos. Wie in Zeitlupe setzte er das Messer an ihren Hals, fuhr sachte hinunter zu dem Grübchen unter dem Kehlkopf, drückte die scharfe Spitze in das Latex und fuhr mit dem Messer hinunter bis zu ihrem Schamhügel. Der Catsuit platzte auf.

Karin starrte ihn hasserfüllt an und nässte ein.

•••

Sie standen zu fünft um den hellgrauen Polo. Die beiden Kollegen von der Spurensicherung nahmen gerade einen Schuhabdruck neben der Fahrertür auf, der sich in die leicht feuchte, sandig-lehmige Erde eingedrückt hatte. Stöhrl sah auf den ersten Blick, dass es sich nicht um den gleichen Abdruck wie in Vraneks Wohnung, sondern um die Sohle eines Sportschuhs handelte. Zunächst also ein Indiz weniger, das gegen Fellermayr sprach; andererseits: Die Schuhgröße schien identisch zu sein. *Immerhin ein passender Anhaltspunkt,* befand Stöhrl und bemerkte dies mit gesenkter Stimme zu Nina, der die Aufregung anzusehen war. Nathan dagegen stand gelassen und wie unbeteiligt drei Meter abseits und ließ seinen Blick über das Wäldchen und das freie Feld schweifen. Stöhrl hätte viel darum gegeben, die Gedankengänge des alten Mordermittlers verfolgen zu können. Ihm ging die Fantasie ab, was sie hier suchen und finden sollten, außer natürlich Fingerabdrücke und DNS-Spuren von Karin Fellermayr, die im weiteren Verlauf der Ermittlungen hilfreich sein konnten. Den Antrag auf den Durchsuchungs- und Beschlagnahmebeschluss hatten sie vor allem damit begründet, in dem Auto möglicherweise Tatwerkzeuge oder Kontaktspuren der vier Mordopfer zu finden, aus Stöhrls Sicht eine gewagte, wenngleich vertretbare These. Stöhrl war skeptisch: Bei der Gründlichkeit, mit der die Täterin an den Tatorten vorgegangen war, würden sich in ihrem Wagen keine Kontaktspuren der Opfer finden. Trotzdem sollte die Spusi in Ruhe arbeiten, man durfte nichts außer Acht lassen. Aber was taten sie hier? Warteten sie auf den Fund des Tatwerkzeugs? Auf irgendeine Sensation?

Ja, wir sind alle äußerst angespannt, gestand sich Stöhrl ein, schließlich war er auch von der Idee begeistert gewesen, sofort hierher an den Fasaneriesee zu fahren und den Wagen in Augenschein zu nehmen. Jetzt aber stand er unschlüssig herum und bedauerte, im Dienst nicht einmal nach Ninas Hand greifen zu dürfen. Wie hübsch sie aussah!

»Da steckt eine Strategie dahinter«, brummte Weiß unvermittelt und winkte Stöhrl herbei. »Die ist hier nicht joggen gegangen, Wolfgang. Die hat hier geparkt, um sich ihrem eigentlichen Ziel unbemerkt anzunähern. Dieser Parkplatz ist ein Versteck.«

»Was hatte sie vor?«, fragte Nina.

»Sie wollte sich mit jemand treffen – hier in der Nähe. Wo lagen die anderen Tatorte?«

»Alle mitten in der Stadt«, sprudelte Nina hervor. »Hier draußen ist es einsamer.«

»Genau. Sie wollte es nicht riskieren, mit der S-Bahn zu fahren und auf dem menschenleeren Bahnsteig von der Überwachungskamera erfasst zu werden. Der Lockdown, Leute, der Lockdown – deshalb nimmt sie für dieses Treffen das Auto. Aber sie kann natürlich nicht vor dem Haus ihres Opfers parken.«

»Sie plant sorgfältig«, pflichtete Stöhrl bei und ahnte, worauf Weiß hinauswollte.

»Wir werden jetzt ein wenig spazieren gehen, meine Lieben. Die Spusi kann ihre Arbeit ohne uns.«

Zielstrebig lief Weiß auf den Weg, der zum See führte und blieb, als sie freie Sicht über die ruhig daliegende Wasserfläche hatten, stehen. Hinter dem See lag eine kleine Schrebergartenanlage, dahinter die Hochhäuser der Lerchenau, abgetrennt von der Gartensiedlung der Fasanerie durch die Bahnlinie, die sich soeben durch einen vorbeifahrenden Regionalexpress bemerkbar machte.

»Entweder«, überlegte Weiß laut, »liegt ihr Ziel dort drüben in einem der Wohnhäuser – oder ...« Er stockte und schaute dem in die Innenstadt gleitenden Zug hinterher. »Oder sie wollte zum Bahnhof.«

»Aber was sollte sie am Bahnhof?«, fragte Stöhrl. Bisher hatte die Mörderin ihre Opfer stets in deren Wohnung beziehungsweise in deren Liebesnest aufgesucht. Warum sollte sie ihre Vorgehensweise ändern?

»Ganz einfach«, erläuterte Weiß seinen Gedankengang. »Sich mit ihrem Opfer treffen.«

»Sie ändert ihre Vorgehensweise?«, sprang Nina Stöhrl mit einer Nachfrage bei.

»Nicht freiwillig«, erwiderte Weiß. »Ihr Blind-Date – so sagt man doch heutzutage, oder? – wird das vorgeschlagen haben. Erscheint nachvollziehbar, oder? Will man, wenn man sich übers Internet verabredet, gleich seine Adresse preisgeben? Wie unvorsichtig das sein kann, haben Lupfer, Lang und Kreidl erfahren müssen. Ein vorsichtiger Mann schlägt daher einen neutralen Treffpunkt vor. In diesen Corona-Zeiten ist das nicht einfach, warum sich also nicht an dem Bahnhof treffen, auf dem die potenzielle Gespielin ankommen dürfte?«

Einmal mehr bewunderte Stöhrl die gewundenen Gedankengänge seines früheren Chefs. Ja, diese Idee gefiel ihm, und nun folgte er mit Nina dem alten Fuchs auf dem Weg zum S-Bahnhof. Kaum waren sie weit genug vom Parkplatz entfernt, griff Nina nach seiner Hand. Sie strahlte ihn an.

»Wir schaffen das. Wir lösen den Fall«, flüsterte sie ihm ins Ohr und hauchte ihm einen Kuss auf die Wange.

Stöhrl bekam vor Freude eine trockene Kehle und musste husten. Er konnte sein Glück immer noch nicht fassen.

•••

»Ich genieße es, mit dir anstellen zu können, was immer ich mag«, flüsterte er in ihr Ohr und spielte dabei mit der Messerspitze an ihrer Ohrmuschel. »Endlich liegt eine Schwarze Witwe auf meinem Bett. Du glaubst gar nicht, wie lange ich mich schon danach gesehnt habe.« Er richtete sich auf und blickte auf sie herab. »Du schaust jämmerlich aus, meine Liebe.« Jetzt klang seine Stimme verächtlich. »Wie soll ich dich anfassen, wenn du dich so besudelt hast?«

»Du sollst mich gar nicht anfassen, du Schwein«, giftete Karin und wünschte sich nichts sehnlicher, als dass Blicke töten könnten. Den Schmerz der nächsten Ohrfeige ignorierte sie. Zorn und Hass machten sie unempfindlich für diese Schmerzen. Aber sie wusste, es würde bald schlimmer kommen. Noch stemmte sie sich mit aller Macht gegen die Mutlosigkeit. Sie wollte kämpfen, sie wollte sich noch nicht aufgeben. Da näherte sich wieder das Messer ihrer Brust. Diesmal stach er in das weiche Fleisch, und als er kreisend ihre Mamille herausschnitt, fiel sie in dunkle Ohnmacht.

•••

Sie standen auf dem Bahnsteig des S-Bahnhofs. Nathan hielt nach den Überwachungskameras Ausschau und entdeckte eine am vorderen Ende. Deren Aufnahmen müssten den gesamten Bahnsteig zeigen, überlegte er.

»Wir brauchen die Aufnahmen. Wolfgang, kannst du das in die Wege leiten?«

Stöhrl griff zum Telefon.

Wenn man ihm sagt, was zu tun ist, kann man auf ihn zählen, Eigeninitiative ist weniger sein Ding, urteilte Nathan über seinen Nachfolger und war froh über die Entscheidung Stöhrls, sich von der Leitung des Kommissariats K11 zurückzuziehen. Dies umso mehr, als er im Verlauf der letzten Tage zunehmend Sympathie für Stöhrl entwickelt hatte und ihm sein privates Glück mit Nina Lutz gönnte. Für einen kurzen Moment erlaubte sich Nathan die Erinnerung an die letzte, ziemlich kurze Nacht mit Gudrun. Zärtlich und mit sanfter Leidenschaft hatte sie ihn von seinen Ermittlungen abgelenkt, bis sie beide ermattet in enger Umschlingung eingeschlafen und am frühen Morgen von Gudruns unbarmherzigen Wecker geweckt worden waren. Er war mit ihr aufgestanden und hatte Tee zubereitet, während sie geduscht hatte. Für ihn war es eine völlig neue Erfahrung, mit einer Frau die Nacht zu verbringen, die morgens rasch aus dem Haus musste, während er sich zurücklehnen und Zeitung lesen konnte.

Immerhin, kehrte er mit seinen Gedanken an den Bahnsteig zurück, *habe ich momentan eine sinnvolle Aufgabe.*

»In einer Stunde können wir die Aufnahmen bei den Kollegen im LKA anschauen«, meldete Stöhrl Vollzug.

»Gut. Dann fahren wir in die Maillinger Straße.«

Die Aufnahmen zeigten eine erstaunlich gute Qualität, aber einen beinahe durchgehend leeren Bahnsteig.

»Halt!«, rief Nina und deutete auf eine Frau, die am Bahnübergang über die Gleise schritt und dabei die ganze Zeit den stadtauswärtigen Bahnsteig beobachtete. »Die ist es, die ist es!«

Nathan spürte die Aufgeregtheit der engagierten Kommissarin und gab ihr recht.

»Können wir die Frau herausvergrößern?«

»Logisch«, beantwortete der Spezialist des Landeskriminalamts Nathans Frage und zoomte die einsame Person heran, bis sie grobkörnig in Großaufnahme auf dem Bildschirm erschien.

»Schwer zu erkennen und als Fahndungsfoto wohl ungeeignet, aber das könnte Karin Fellermayr sein. Was meint ihr?«, wandte sich Nathan an Lutz und Stöhrl. Beide nickten. »Gut, lassen wir den Film weiterlaufen.«

Die Frau überquerte die Bahngleise und verschwand aus dem Bild.

»Schaut fast so aus, als ob sie hinter der Hecke abbiegt. Da war doch diese kleine Sackgasse, oder?«, kommentierte Nina, was sie sah.

Sie hat gute Augen und beobachtet sehr scharf, aus der wird etwas, urteilte Nathan und reckte ihr den erhobenen Daumen entgegen.

Einige Minuten geschah nichts mehr, bis sich die Schranken schlossen und die von der Innenstadt kommende S-Bahn einfuhr. Als die Bahn hielt, stiegen aus dem hinteren Zugteil zwei Personen aus und orientierten sich Richtung Bahnübergang. Dann fuhr der Zug an. Der Bahnsteig war wieder leer.

»Da ist was.« Nina deutete auf einen Schatten am linken Bildschirmrand.

»Da ist jemand weggegangen. Bitte noch mal in Zeitlupe.«

Sie starrten zu dritt auf das Display. In der Tat: Nachdem der Zug ausgefahren war, gab es einen wandernden Schatten am Bildschirmrand. Es musste sich jemand hinter der Kamera befunden haben.

Nathan bewunderte Lutz' Beobachtungsgabe, denn ihm wäre diese winzige Veränderung nicht aufgefallen. »Dann schauen wir uns die nächsten Minuten auch noch an«, forderte er und heftete seinen Blick auf den Bildschirmrand. Es schien so, als gäbe es schemenhaft Bewegung, doch vermutlich bildete er sich das ein.

Die Minuten vergingen. Dann aber erschien von links ein Wagen und überquerte nach rechts, also aus der Stadt hinaus, den Bahnsteig.

»Stopp!«

Der Film hielt an.

Nathan deutete auf das Fahrzeug. »Bitte herausvergrößern. Dieser Wagen kam aus der Sackgasse. Das ist Fellermayrs Date!«

Das Auto wurde größer und größer.

»Ein Audi«, mutmaßte Stöhrl, der bisher geschwiegen hatte. »Vermutlich ein A4.«

»Leider kann man das Kennzeichen nicht sehen«, bedauerte Nina. »Und bei der Farbe müssen wir raten, grau oder silbern oder so.«

Nathan hatte sich die in die Aufnahme eingeblendeten Zeiten notiert und stellte fest: »Die beiden waren also für die S-Bahn um 16:58 Uhr verabredet. Fellermayr war schlau genug, mit dem Auto zu kommen, ihr Date wiederum hat sich bewusst außerhalb des Sichtfelds der Überwachungskamera aufgehalten. Was sagt uns das?«

»Da haben zwei Blind-Date-Profis zueinandergefunden«, folgerte Nina und sah Nathan Beifall heischend an.

Nathan klatschte lautlos in die Hände und spürte ein Kitzeln in der Magengegend. Irgendetwas war hier merkwürdig, aber er konnte nicht sagen, was. Als Stöhrl den Mund aufmachte, um einen Kommentar abzugeben, hob Nathan die Hand. Er wollte nicht gestört werden, er musste nachdenken. Was war hier eigenartig? Warum meldete sich sein Bauchgefühl? Er stand unmittelbar davor, den Schlüssel zu finden, mit dem sich die Tür zum Ermittlungserfolg aufsperren ließe, aber er sah ihn nicht.

»Wir müssen diesen Audi finden«, platzte Stöhrl in seine Gedanken.

Ach, Wolfgang, ärgerte sich Nathan, *jetzt hast du meine Gedanken zerstört.*

•••

Sie fror. Sie litt Schmerzen. Sie spürte Hunger. Sie fühlte sich elend. Sie hatte Angst.

Noch war ihr Lebenswille nicht gebrochen, aber die Flamme flackerte.

•••

Mit den Worten *Jetzt macht ihr mal schön eure Hausaufgaben* hatte Nathan Weiß den Videoraum verlassen. Stöhrl blickte ihm irritiert hinterher, dann bat er den Kollegen um Ausdrucke von der Frau am Bahnübergang und von dem Audi. Als er die Fotos in Händen hielt, gab er Nina ein Zeichen und dankte dem Kollegen. Auf dem Weg zum Dienstwagen händigte er Nina den Schlüssel aus und hing auf der Fahrt ins Kommissariat seinen Gedanken nach. Nina streichelte ihm zweimal mit den Fingerkuppen über die Wange, schenkte ihm ein bezauberndes Lächeln und schwieg.

•••

Der Weg vom Landeskriminalamt zum *Lesertraum* war zu kurz, um eine Lösung des Rätsels zu finden. Schritt für Schritt zermarterte sich Nathan den Kopf, wo der Schlüssel lag und auf was ihn seine Intuition hinweisen wollte, doch er kam nicht darauf. Er würde mit Heinrich darüber sprechen müssen. Vielleicht half das gemeinsame Teetrinken.

•••

Matt und mutlos lag sie in der Dunkelheit, abgestumpft gegen Schmerz und Hunger. Nur der Durst wurde allmählich unerträglich. Gehörte das alles zum Plan dieses Sadisten?

Karin zwang sich, eine Summe zu ziehen aus ihren gelebten Jahren. Sie verbot sich das Selbstmitleid, das immer wieder aufflackerte. *Es war wie es war,* sagte sie sich wie ein Mantra vor und bemühte sich um eine nüchterne Bilanz. Sie hatte vielen Widrigkeiten zum Trotz ihr Universitätsdiplom in Chemie errungen und mit ihren Gutachten der Industrie wie der Umwelt manchen guten Dienst erwiesen. Wenigstens das sollte sie auf der Haben-Seite verbuchen.

Nach den üblen Misshandlungen durch Norbert hatte sie den Mut aufgebracht, zur Polizei zu gehen und ihn anzuzeigen; auch das eine positive Tat. Über viele Stunden hinweg hatte sie in den Bergen die Natur genossen und der Schöpfung ihre Ehrerbietung erwiesen. Die hohen Berge und die tiefen Täler, die sanften Almwiesen und die schroffen Felsen hatten sie Demut gelehrt und ihr zu ein wenig Frieden verholfen. Sie schrieb es auf *Haben.* Doch dann kam das *Soll.* Sie hatte Tante Irma beim Sterben nicht die Hand gehalten. Zudem dieses Versäumnis, die Tante über all die Jahre nicht nach der Wahrheit, nicht danach gefragt zu haben, ob sie es gewusst hatte. Sie war zu feige gewesen, die Frage zu stellen, ob Tante Irma von den Übergriffen ihres Ehemannes Kenntnis gehabt hatte; sie hatte stets Angst vor der Antwort gehabt, denn hätte die Tante es gewusst, wäre die einzige Liebe zerstört worden, die Karin in den letzten Jahren noch empfunden hatte. Sie hatte sich an diese Liebe geklammert und dafür den mehr und mehr anschwellenden Zorn in Kauf genommen. Schwer wog das auf der *Soll*-Seite ihrer Bilanz.

Es gab kein Gegengewicht im *Haben* zu diesem Zorn. Dieser Zorn, diese abgrundtiefe Wut, dieser in ihr gewachsene Hass auf Männer wog unendlich schwer auf der negativen Seite ihrer Lebensabrechnung. *Bleib sachlich,* mahnte sie sich und schluckte heftig mit ihrer ausgedörrten Kehle, denn dieser Hass hatte sie vier Männer töten lassen. *Aber ich habe es schnell gemacht, jedes Mal mit einem glatten, sauberen Schnitt,* entschuldigte sie sich.

Die Wut, diese rasende Wut hatte sie dann erst an den Toten ausgetobt. Aber minderte das die Schuld? Nein, gestand sie sich ein und fühlte trotzdem keinerlei Reue. Verschlimmerte das ihre Bilanz zusätzlich? Vermutlich ja, und sie überlegte, ob sie ihre Taten wieder begehen würde, wenn sie die Zeit um einige Wochen zurückdrehen könnte. Ihre Gedanken zerfaserten bei dieser Frage, verunklarten sich und fransten aus – es war, als fürchtete sie sich vor der Antwort. Aber dann brach aus ihr ein letztes Mal die Wut heraus und sie schrie:

»Ich hasse euch! Ihr habt es verdient!«

Es war nur noch ein heiseres Krächzen.

•••

Karin Fellermayr war immer noch nicht in ihrer Wohnung aufgetaucht. Nach der Behandlung durch die Spurensicherung stand ihr Polo wieder wie unberührt auf dem Parkplatz am Fasaneriesee und wurde von einem Kollegen aus der Ferne beobachtet, aber niemand kam, um das Fahrzeug abzuholen.

»Irgendetwas läuft hier gewaltig schief«, bemerkte Stöhrl zu Nina gewandt und schaltete seinen Computer aus. »Wenn sich bis morgen Nachmittag nichts rührt, werden wir einen Durchsuchungsbefehl für Fellermayrs Wohnung beantragen, aber bis dahin sind uns die Hände gebunden.«

»Gehen wir heim und machen uns einen schönen Abend«, flüsterte Nina und knuffte Stöhrl in die Seite.

•••

»Gut, dass ihr nun eine Frau sucht«, stellte Heinrich zufrieden fest und schlürfte an seinem Rauchtee. Seit sie sich kannten, trank auch Koller Lapsang Souchong und fand zunehmend Gefallen daran; so ließ sich der erste Schluck Lagavulin hinausschieben, und das bekam schließlich seiner Leber besser. »Es macht meine Erinnerung an Rolf einfacher, wenn ich mir vorstellen kann, dass er seine letzten Minuten mit einer Frau verbracht hat, und es tut meiner liberalen Einstellung gut, weil es keine Randgruppe diskriminiert. Wenn ihr Rolfs Mörderin dingfest macht, ist mein Gerechtigkeitsempfinden befriedigt.«

»Leichter gesagt als getan«, antwortete Nathan und erzählte Heinrich, was sich seit gestern Abend alles ereignet hatte. Schließlich beendete er seinen Bericht mit der Bemerkung: »Ich weiß, ich stehe unmittelbar vor einem entscheidenden Schlüssel zur Lösung des Rätsels, aber ich sehe gerade den Wald vor lauter Bäumen nicht.«

Heinrich rührte klingelnd mit dem Teelöffel in der Tasse, obwohl er den Lapsang Souchong gar nicht süßte. Nathan kannte Heinrich inzwischen ein wenig und wusste: Dies war eine Übersprungshandlung, welche die Intensität anzeigte, mit der Heinrich nachdachte.

Nathan entspannte sich. Langsam trank er Schluck für Schluck von seinem geliebten Rauchtee und spürte die Vorfreude auf den Abend erwachen; bald würde Gudrun aus der Klinik nach Hause kommen und für sie beide etwas Leckeres kochen. Wenn er durch ihre Tür trat, war das bereits wie ein Nach-Hause-Kommen.

»Fellermayrs Date«, holte ihn Heinrich in die Gegenwart zurück, »hat sich mit voller Absicht hinter die Überwachungskamera gestellt. Der Mann kennt den Bahnhof. Der Mann ist vorsichtig und berechnend. Warum? Der fürchtet keine eifersüchtige Ehefrau, denn eine eifersüchtige Ehefrau erhält niemals Zugriff auf die archivierten Aufnahmen der Bahn-Kameras. Der fürchtet die Polizei. Nathan, schau nach, ob dir bei den Recherchen zu den Vermisstenfällen schon einmal der Bahnhof Fasanerie begegnet ist. Kann sein, muss nicht. Aber Bahnhöfe sind die Treffpunkte. Das ist der Umstand, der dich im Bauch kitzelt.«

Vom Unterleib her flutete die Hitze bis in den Nacken herauf, und Nathan ballte die Fäuste. Genau das war es. Fasaneriesee. Vermisste Frauen, zuletzt an Bahnhöfen oder in deren Nähe gesichtet. Die beiden Leichen vom Baggersee. Ihre schlampigen Ermittlungen damals, weil der aufsehenerregende Spucke-Mord in den Fokus gerückt war. Jetzt zeigte sich ein Zusammenhang. Aber welcher?

Nathan witterte die Lösung des Rätsels. »Ja«, rief er und sprang auf. »Ich glaub, ich hab's!« Es fiel ihm wie Schuppen von den Augen. Nina hatte den Finger auf die Wunde gelegt mit ihrer Bemerkung: *Da haben zwei Blind-Date-Profis zueinandergefunden.* Sie suchten nicht nur einen Täter, sie suchten zwei.

•••

Nina stand an ihrem Herd und rührte die Tomatensoße für die Spaghetti um. Stöhrl stand hinter ihr und massierte ihr zärtlich den Nacken und die Schultern.

»Du hast wunderbare Ideen eingebracht heute«, flüsterte er ihr ins Ohr. »Aus dir wird einmal eine fantastische Mordermittlerin. Wenn du noch ein wenig von Nathan lernen kannst, wirst du eines Tages in seine Fußstapfen treten.«

Nina schnurrte, und Stöhrl genoss es, sie zu massieren. Langsam lösten sich ihre Verspannungen, nach und nach fiel der Tag von ihnen beiden ab. Mit Daumen und zwei Fingern holte Nina etwas Salz aus einem altmodischen Krug und streute es über die Soße, rührte weiter, pflückte einige Basilikumblätter ab und warf sie in den Topf. Sie kostete mit einem Teelöffel und schnurrte zufrieden. Dann hob sie eine Nudel hoch, tastete den Biss und meinte: »Wir können in einer Minute essen.«

Da erklangen die ersten Takte von *Footloose.*

»Das darf doch nicht wahr sein.« Stöhrl schaute auf das Display. »Es ist Nathan. Soll ich …?«

»Geh ran, Schatz. Bestimmt hat er was entdeckt.« Nina klang aufgeregt, goss aber routiniert die Nudeln ab.

»Wir müssen uns sofort im Kommissariat treffen«, hörte Stöhrl seinen alten Chef.

»Gib uns eine halbe Stunde«, bat Stöhrl. »Wir müssen noch rasch Spaghetti essen.«

»Guten Appetit – und bring Nina mit!«

• • •

Jegliches Zeitgefühl war verloren gegangen. Sie dämmerte vor sich hin, ihr Körper ein einziger dumpfer Schmerz. Es war dunkel und kalt. Manchmal kroch ein trockener Husten ihren Hals hinauf, dann platzte ein kratziges Bellen aus ihren spröden Lippen und schreckte sie auf. In diesen luziden Momenten stieß es ihr bitter auf, wie sinnlos ihr Leben gewesen war. Aber sie hatte keine Tränen mehr, nicht einmal mehr für Selbstmitleid. Selbst der Hass und der Zorn stumpften ab. Der einzige Fehler war, dass sie *LanzeLot* nicht sofort umgebracht hatte. Das, aber auch nur das bereute sie.

14

Die Wohnung war in einem akkurat sauberen Zustand, zu dem der Fäulnisgeruch aus dem braunen Bio-Abfall-Eimer kontrastierte. Über den Obst- und Gemüseresten lag eine dünne Schicht Schimmel. Im Gegensatz zum Restmülleimer war der Biomüll lange nicht mehr geleert worden. Das war aber das einzige Anzeichen, dass die Bewohnerin seit Tagen nicht mehr zu Hause gewesen war. In Schlaf- und Wohnzimmer waren die Fenster gekippt, das Bad sah frisch gereinigt aus, die Glasscheiben der Duschkabine waren schlierenfrei abgezogen. Karin Fellermayr war offensichtlich eine Perfektionistin. In der untersten Schublade ihres Kleiderschranks fand sich ein schwarzer Latex-Catsuit neben einem Paar schwarzer Latex-Handschuhe und ebensolchen Strümpfen. Diese Teile wanderten in Beweissicherungsbeutel, ebenso das Paar *ECCO Sartorelle 25 Tailored Derby*. Ansonsten fand kaum etwas die Aufmerksamkeit der Spurensicherer. Allerdings wurden beide PCs und das Laptop von den Kollegen des Landeskriminalamts mitgenommen, damit die IT-Spezialisten möglichst umfassend Fellermayrs Internet-Aktivitäten nachvollziehen konnten. Mit etwas Glück würden sie in wenigen Stunden wissen, ob Karin Fellermayr die Messermörderin war.

Nathan nahm die beiden Leitzordner an sich, in denen Fellermayr ihre Bankunterlagen aufbewahrte. Sie würden rasch überprüfen müssen, ob es seit Ostermontag Kontobewegungen gegeben hatte oder ob Karin Fellermayr tatsächlich spurlos verschwunden war.

Hier in der Wohnung war zunächst nichts mehr zu tun. Die Ausbeute schien mager. Nathan stand unschlüssig in der Tür und überlegte, ob sie irgendetwas vergessen hatten. Einer spontanen Eingebung folgend rief er: »Der Müll!«

»Was meinst du?«, fragte Stöhrl verwundert.

»Wolfgang, der Müll. Die Bioabfälle quellen fast über, alle anderen Abfalleimer aber sind fein säuberlich geleert. Die Fellermayr hat etwas weggeworfen, was wir vielleicht gut gebrauchen könnten. Schnell, wir müssen nach den Mülltonnen schauen.«

»Oh nein«, entfuhr es Stöhrl.

Nathan grinste in sich hinein, denn er konnte sich denken, was Stöhrl ahnte: Falls die Tonnen noch nicht geleert waren, gab es üble polizeiliche Knochenarbeit – Mülltonnen durchsuchen. Nathan eilte die Treppe hinunter und durch den Hinterausgang in den Innenhof. Mit einem Blick erfasste er, was vor sich ging. Die schwarzen Restmülltonnen standen aufgereiht bereit für die Müllabfuhr; Fellermayrs Abfall war noch vor Ort. Innerlich jubelte Nathan, obwohl es ihn vor der anstehenden Arbeit grauste.

»Wolfgang, wir brauchen Unterstützung – am besten einen ganzen Zug der Bereitschaftspolizei. Nina, du lässt die Müllabfuhr nicht in den Innenhof und rufst die Spusi zurück. Ich schaue mir schon mal die Tonnen an.«

»Wir suchen da die Nadel im Heuhaufen«, lamentierte Stöhrl, während er sein Handy zückte, um die Einsatzzentrale anzurufen.

»Nein«, schüttelte Nathan den Kopf. »Schwarze Müllbeutel. Fellermayrs Perfektionismus wird uns helfen. Auf geht's!«

Zwei Stunden später hatte eine der größten Mülldurchsuchungsaktionen der Münchner Polizei zu einem bemerkenswerten Erfolg geführt: Eine schwarze Lederhose und eine schwarze Lederjacke, eingeschrumpelt durch unsachgemäßes Waschen, mit deutlichen Spuren von Blut. Während die beiden Kleidungsstücke im Labor des Landeskriminalamts untersucht wurden, saß Nathan mit den Kolleginnen und Kollegen der Sonderkommission im großen Besprechungsraum und erläuterte das weitere Vorgehen.

•••

Dunkel, kalt und still – sie nahm es nicht mehr wahr. Jegliches Zeitgefühl war ihr verloren gegangen. Jetzt spürte sie ihren Körper nicht mehr. In ihrem Kopf gab es auch keine Gedanken mehr. Vor langer Zeit war sie eingeschlafen, bewusstlos hatte ihr Leib überdauert. Was für ein Leib? Wer war sie noch? Ein flach atmendes, erkaltendes Wesen ohne Gefühl und Verstand.

Dann brannte sich urplötzlich mit der Gewalt eines apokalyptischen Flammenschwerts ein Schmerz in ihre Brust, ein Schmerz von nie gekannter Intensität, den sie hinausschreien wollte. Doch da war keine Luft für einen Schrei, nicht einmal für ein Röcheln war Luft. Zitternd in tausend Blitzen kamen rasiermesserscharfe Klingen auf sie zu. Hinter den Klingen tauchten Gesichter auf. Zerstörte Gesichter, verstörende Fratzen. Da rückten die lüsternen Lippen des Onkels immer näher; während er unten hart und heftig in sie eindrang, wollte er sie küssen – doch aus seinem Mund quollen schleimige Maden. Und wieder zuckten die Messerklingen über ihrem Gesicht. Nun schälte sich aus dem Dunkel ein anderes Gesicht heraus, kam näher und wurde schärfer. Buschige Brauen über dunkelbraunen Augen, eine zu kurz und zu dick geratene Kartoffelnase, volle Lippen, die sich gierig öffneten, um nach ihr zu schnappen – doch der stinkende Mund entließ eine Schar von Kakerlaken, die mit brennenden Beinen über ihren Körper tanzten. Wieder wollte sie schreien, doch ihr Hals blieb stumm. Mit verzehrender Glut fraß sich ein bitterer Hass durch ihren Unterleib und vertrieb Walthers Gesicht. Näher und näher tanzten nun die blitzenden Messer über ihrem Gesicht, und dann beugte sich Norbert über sie und stach ihr die Augen aus.

Es wurde schwarz um sie her und still, unendlich still; und es war kein Schmerz mehr da, kein Gefühl, keine Wahrnehmung. Es war nichts mehr da. Nichts.

15

Nathan saß mit Stöhrl und Nina in seinem provisorischen Büro und nippte an seinem Tee. Vor ihnen auf dem Besprechungstisch lagen die mit einer neuartigen Methode erstellten Gutachten über die DNS-Analysen zu der Lederhose und der Lederjacke aus der Mülltonne. Aufgrund diverser Hautpartikel konnten beide Kleidungsstücke zweifelsfrei Karin Fellermayr zugeordnet werden. Die selbst durch das schonungslose Waschen nicht vernichteten Spuren von Blut an den Kleidungsstücken ließen sich ebenso eindeutig Simon Vranek zuordnen. Damit war der Mordfall Vranek geklärt, und aufgrund des übereinstimmenden *modus operandi* bei Rolf Lupfer, Justin Lang und Hubert Kreidl konnte Nathan auch hier von Fellermayrs Täterschaft ausgehen. Hinsichtlich der Ermordung von Justin Lang ergab die Auswertung von Fellermayrs PC bereits beweiskräftige Anknüpfungspunkte. Auf der Dating-Plattform *fresh-adventure* hatte Fellermayr tatsächlich das *Roxette*-Profil installiert und kurz aber heftig mit *Justin* gechattet. Was die Anbahnung der Kontakte zu Lupfer und Kreidl anging, waren die Spezialisten des Landeskriminalamts noch bei der Auswertung, doch Nathan würde jetzt schon jede Wette eingehen, dass auch hier die Zuordnung zu Fellermayr gelingen würde.

»Also«, stellte Nathan fest, »diese Mordserie ist aufgeklärt. Jetzt sollten wir nur noch die Täterin fassen.«

»Mysteriös genug ist ihr Verschwinden«, bemerkte Nina. Es klang frustriert.

In der Tat fand Nathan das spurlose Verschwinden von Karin Fellermayr äußerst rätselhaft, zumal sich aus der Auswertung ihres Computers eindeutig ergeben hatte, dass sie am Ostermontag am S-Bahnhof Fasanerie mit ihrem nächsten vermeintlichen Opfer verabredet war. *AnaSteel47* wollte sich mit *LanzeLot83* treffen. Wer war dieser *LanzeLot83*? Was war aus diesem Treffen geworden?

Bisher war ihre Suche nach dem grauen Audi A4 ergebnislos geblieben – was Nathan nicht wunderte; zu dünn waren ihre Anhaltspunkte, und vor der Aufgabe, alle in München und Umgebung zugelassenen Audi A4 zu überprüfen, schreckten sie momentan zurück.

»Wir müssen *LanzeLot83* finden«, wiederholte Nathan das naheliegende Ziel, das er bereits vor Tagen ausgegeben hatte. Sein Bauchgefühl war eindeutig: Am Ostermontag um 16:58 Uhr hatten sich in der Fasanerie eine Mörderin und ein Mörder getroffen. Da es seitdem keine Spur mehr von Karin Fellermayr gab, ahnte Nathan ihr Schicksal. Er wusste, welche Irrungen und Wirrungen ein Lebensweg nehmen konnte, und paradoxerweise fürchtete er mit echtem Bedauern, mit seiner Ahnung recht zu behalten. Jeder Tod war ein Sterben, und je älter er wurde, desto mehr schätzte er das Leben, sein eigenes und das anderer. Selbst eine Mörderin verdiente zu leben – Nathan war von jeher ein strikter Gegner der Todesstrafe. Außerdem sagte ihm sein Gerechtigkeitsgefühl, dass selbst ein Mörder seine Strafe erleben musste – darin lag die Buße gegenüber der Gesellschaft. Sollte Karin Fellermayr tot sein …

•••

Inzwischen war es Freitagnachmittag geworden und Nathan trommelte die Sonderkommission zu einer Wochenabschlussbesprechung zusammen. Seitens des Landeskriminalamts lagen die gesamten Auswertungen von Fellermayrs Computer vor. Damit konnten ihr alle vier Morde zugeordnet werden. Mit Ausnahme von Simon Vranek, den sie vermutlich dafür verantwortlich gemacht hatte, dass sie ihre Tante vor deren Tod nicht mehr im Alters- und Pflegeheim hatte besuchen dürfen, gab es zu keinem der Opfer eine Verbindung jenseits der Internet-Bekanntschaft, was Nathan nach wie vor über die Motivlage Fellermayrs rätseln ließ. Weder mit ihrer Kreditkarte noch über EC-Karten konnte man Zahlungsvorgänge seit Ostermontag feststellen. Ihr Handy war am Ostermontag am S-Bahnhof Fasanerie vom Netz gegangen und hatte sich seitdem nicht mehr eingeloggt. Es blieb dabei: Karin Fellermayr war wie vom Erdboden verschwunden.

Auch zu *LanzeLot83* gab es Erkenntnisse, allerdings keine, die ihre Suche nach ihm unterstützen konnten, im Gegenteil. Das Profil war über das Darknet konfiguriert worden, der Autor perfekt verschleiert. Sie mussten also einen versierten User suchen und hatten kaum Anhaltspunkte, obwohl sich die Vermutung verdichtete, dass er hinter mindestens neun Vermisstenfällen steckte. Mithilfe einer vom amerikanischen FBI entwickelten Software versuchten die Kollegen vom Landeskriminalamt, *LanzeLots* Wohnort anhand der verschiedenen Treffpunkte zu lokalisieren; schließlich werden Wiederholungstäter meist in einem überschaubaren Umkreis ihres Wohnorts tätig. Doch die Orte, an denen die vermissten Frauen jeweils zuletzt gesehen worden waren, lagen extrem über gesamt München verstreut, sodass vermutlich jede Straße der Stadt als potenzieller Wohnort infrage kam. Mutzenbacher folgerte in einem ersten, äußerst groben Täterprofil, *LanzeLot83* könnte ein gebildeter, sportlicher Mann im Alter von 30 bis 50 Jahren mit sehr guten IT-Kenntnissen sein, möglicherweise ein unauffälliger Biedermann mit Familie, der über ein Ferienhaus oder zumindest einen Unterschlupf verfügte, wo er unbeobachtet handeln konnte. Ihn zu finden würde sich als schwierig erweisen, und so beschlossen sie, von der Zulassungsstelle die Liste aller in München und Umland zugelassenen Audi A4 anzufordern. Dann könnten sie nächste Woche mithilfe einer Hundertschaft Bereitschaftspolizisten Halter für Halter überprüfen – und selbst bei dieser polizeilichen Ochsentour benötigten sie das Glück des Tüchtigen, um einen Verdächtigen herauszufiltern.

»Liebe Kolleginnen und Kollegen, ich danke euch für euren Einsatz. Wir müssen hier einen Riesenbrocken stemmen und stochern ziemlich im Nebel. Jeder von uns braucht jetzt etwas Abstand und Erholung. Lasst uns ins Wochenende gehen. Am Montag um acht Uhr treffen wir uns wieder«, beendete Nathan die Sitzung.

16 Stühle scharrten über den Boden, dann verließ einer nach dem anderen den Besprechungsraum. Zuletzt waren Nathan, Stöhrl und Nina allein.

»Geht heim, ihr zwei, und genießt die Tage. Ich werde noch bei Singer vorbeischauen und ihn auf dem Laufenden halten.«

16

Vizepräsident Singer hatte am Freitagnachmittag vor der schieren Menge der in und um München zugelassenen Audi A4 kapituliert und seine Zustimmung zu diesem Mammuteinsatz verweigert. Er trug sich stattdessen mit dem Gedanken, den Fall in der beliebten Fernsehsendung zu den ungelösten Fällen vor ein großes Publikum zu bringen und fürs Erste die Sonderkommission aufzulösen. Da auch am Montagmorgen keine weiterführenden Erkenntnisse vorlagen, verabschiedete Nathan die Kolleginnen und Kollegen, die zurück in ihre angestammten Kommissariate gingen. Die weiteren Ermittlungen wurden der Mordkommission K11 übertragen. Stöhrl, dem Nathan noch einen Vier-Augen-Termin bei Singer verschafft hatte, wechselte mit sofortiger Wirkung auf eigenen Wunsch in den Bereich der Vermögensdelikte; im dortigen Kommissariat hatte er vor knapp 15 Jahren seine Laufbahn als Kriminalbeamter begonnen, dort fühlte er sich zu Hause und wurde freundlich aufgenommen. Wie von Kriminaldirektor Dr. Pfannerl gewünscht, übernahm nun mit Manfred Wirtz Nathans Favorit auf den Posten die Leitung von K11, und Montagmittag kehrte im Kriminaldezernat 1 wieder der Alltag ein.

»Wenn sich etwas ergibt«, versprach Manfred Nathan unter vier Augen, »werde ich dich informieren.«

Nathan nickte und verließ seine ehemalige Dienststelle. Jetzt begann wohl endgültig sein Ruhestand. Aber er hatte eine Aufgabe: Heinrich im *Lesertraum* zählte auf ihn, und das erste Manuskript, für das er beratend tätig werden durfte, lag schon bereit.

• • •

Den Montagabend verbrachte Nathan bei Gudrun, die es sich nicht nehmen ließ, eine leckere Mahlzeit auf den Tisch zu zaubern aus Bratkartoffeln, gebratenem Zwiebeltofu und mit Zwiebeln angeschwitztem Wirsing. Dazu tranken sie jeder ein leichtes Weißbier. Gudrun lauschte Nathans Kriminalerzählung und berichtete aus dem Klinikum, das nach wie vor sehr unter den vielen Corona-Patienten litt. Nathan bewunderte den Gleichmut, mit welchem Gudrun den Stress und die Anspannung auf ihrer Station ertrug. Sie war in der Tat eine *Heldin des Alltags* und ganz nebenbei eine wunderbare Frau voller Lebenslust und dem Herz am rechten Fleck. *Wahrscheinlich,* dachte Nathan dankbar, *war ich in meinem ganzen Leben nicht so verliebt wie jetzt.* Und als sie nach dem Essen ins Bett gingen, war von dem *horror vacui,* der ihn fast ein Jahr geplagt hatte, nichts mehr zu spüren.

•••

Dienstagvormittag. Nathan saß im Büro des *Lesertraums* und las die ersten Kapitel eines Kriminalromans, in dem sich eine junge Sterneköchin zur privaten Ermittlerin aufschwang. Dabei nahm ihre Profession breiteren Raum ein, als Nathan lieb war. Die Köchin – oder besser: das Manuskript – verlor sich in seitenlangen Schilderungen von mehrgängigen Menüs und ausgefallenen Zutaten, und das aufzuklärende Vergehen aus dem Bereich der Vermögensdelikte riss Nathan ebenfalls nicht vom Hocker. Wenigstens war die Köchin eine sympathische und auch ein wenig tragische Figur, die bei einem Küchenbrand ihren Lebensgefährten verloren hatte und nun auf der Suche nach einem neuen Lebensglück zu sein schien. Nach einigen Dutzend Seiten nahm die Geschichte Fahrt auf und bekamen plötzlich sogar die vorher geschilderten Kochrezepte einen tieferen Sinn. Seite um Seite wurde das Manuskript appetitanregender, schon zeichnete sich ein nahendes Gewaltverbrechen ab, und ehe sich Nathan versah, tummelte sich der Krimi in Nathans angestammtem Milieu. Nun fand er Gefallen an seinem Beraterjob, als sein Telefon klingelte.

Er schaute aufs Display: Es war Nina Lutz. Er nahm das Gespräch entgegen.

»Kannst du so schnell wie möglich nach Feldmoching kommen?«

• • •

Stöhrl stand am Absperrband und wartete auf Nathan Weiß. Der fuhr mit einem Taxi vor, ließ sich eine Quittung geben, stieg aus und kam auf Stöhrl zu.

»Was habt ihr so Dringendes?«

»Schau es dir selbst an«, antwortete Stöhrl und hob das Absperrband hoch, damit Weiß durchgehen konnte. »Wir werden die DNS-Analyse abwarten müssen, um Sicherheit zu erhalten, aber ich bin mir ziemlich sicher, dort drüben im Keller liegt Karin Fellermayr.« Stöhrl ging neben seinem früheren Chef her und fuhr fort: »Es ist kein schöner Anblick, und es stinkt furchtbar.« Als sie das alte Gehöft betraten, wies Stöhrl den Flur entlang nach hinten: »Da geht es hinunter. Sei nicht böse, wenn ich dich nicht begleite.«

• • •

Als sich Nathan der Treppe näherte, stieg ihm der unverwechselbare Verwesungsgeruch in die Nase. Gern hätte er jetzt das kleine Döschen Pfefferminzsalbe zur Hand, das während seiner aktiven Zeit zu seiner Standardausrüstung gehört hatte. Er atmete noch einmal tief aus und ein, dann stieg er die düstere Treppe hinunter. Mit jeder Stufe wurde der Geruch penetranter. Unten ging es um die Ecke in einen weiteren Flur, an dessen Seite nach einigen Metern eine Tür hell erleuchtet war. Er ging darauf zu und trat in einen großen Raum ein.

Was er sah, hatte er so nicht erwartet. Ein gespenstisches Szenario. Neben der Tür einige Garderobenhaken, daran hingen ein Mantel, eine schwarze Lederhose und eine schwarze Lederjacke ähnlich den Kleidungsstücken, die sie in Fellermayrs Abfall entdeckt hatten. Einige Meter vom Eingang entfernt stand ein gedeckter Tisch mit zwei Stühlen. Hinten in der Ecke sah Nathan ein großes Doppelbett mit schmiedeeisernem Kopf- und Fußteil. Das weiße Laken war großflächig rotbraun eingefärbt. Mit Händen und Füßen an die jeweiligen Bettpfosten gekettet lag ein zierlicher, verwesender Körper in einem aufgeschlitzten schwarzen Catsuit.

Nathan schluckte und zwang sich, dieses Bild der Grausamkeit in sich aufzunehmen. Nachdenklich musterte er das entstellte Gesicht und erkannte allmählich die Ähnlichkeit zu einem Foto, das er vor knapp drei Wochen betrachtet hatte: hager, grüne Augen, leicht faltiger Hals. Die Haare passten nicht, aber er wusste ja inzwischen, dass sie immer Perücke trug. Vor ihm, dessen war sich Nathan gewiss, lag *Roxette*.

»Kein schöner Anblick, lieber Weiß«, murmelte Dr. Sander und drehte sich zu Nathan. »Sie ist vermutlich seit einer Woche tot – verdurstet und unterkühlt. Ein schrecklicher Tod.«

•••

Stöhrl stand vor dem alten Bauernhaus und kämpfte mit seinem rebellierenden Magen. Er konnte den Bruder des Eigentümers verstehen. Dieser war, nachdem er die Leiche im Keller entdeckt und die Polizei alarmiert hatte, kollabiert. Die uniformierten Kollegen fanden ihn halb bewusstlos vor und verständigten einen Krankenwagen, der Rüdiger Probst ins Münchner Klinikum gebracht hatte. Das war nun Stöhrls nächste Aufgabe, ins Krankenhaus zu fahren und diesen wichtigen Zeugen befragen. Doch das wollte er nicht ohne Nina tun, die tapfer im Keller auf Nathan gewartet hatte. Und ja, am liebsten wäre es Stöhrl, wenn der alte Fuchs mitkäme zu dieser entscheidenden Zeugeneinvernahme. Seit Stöhrl mit dem Thema *Leitung der Mordkommission* abgeschlossen hatte, empfand er gegenüber Weiß keinerlei

Rivalität mehr; im Gegenteil: Nicht nur seine fachliche Hochachtung gehörte dem früheren Mordermittler, sondern inzwischen auch seine Sympathie. Er rechnete es Weiß hoch an, von ihm keinen einzigen kritischen Ton wegen seiner Beziehung zu Nina gehört zu haben, und die Anmerkung, dass er nicht Chef seiner Freundin sein konnte, war mehr als berechtigt gewesen. Letztlich empfand Stöhrl es als eine persönliche Befreiung, die Mordkommission verlassen zu haben. Es mit einem Ermittlungserfolg tun zu können, hob seine Laune zusätzlich, und davon ging Stöhrl zuversichtlich aus: Die grausamen Messermorde waren aufgeklärt. Den Mord an Karin Fellermayr wiederum konnte im Zweifel Manfred zu Ende ermitteln. Doch vielleicht gelang ihm gemeinsam mit Weiß und Nina auch noch die Lösung dieses Rätsels.

• • •

Als sie im Klinikum München in Schwabing ankamen, hatte sich Rüdiger Probst bereits auf eigene Verantwortung entlassen. Es dauerte über eine halbe Stunde, bis Stöhrl von einem Oberarzt endlich die Adresse Probsts in Erfahrung brachte. Nathan verfluchte in diesen Minuten einmal mehr die deutsche Bürokratie und den manchmal unbegreiflichen Wahnsinn des Datenschutzes. Er brannte darauf, den Bruder des Mannes zu sprechen, in dessen Keller sie diesen grausigen Fund gemacht hatten und von dem er das Schlimmste annahm. Was sich während seiner Zeit als Leiter der Mordkommission kein einziges Mal zugetragen hatte, schien nun in grauenhafter Doppelung Wirklichkeit geworden zu sein: Sie standen davor, zwei Mordserien durch zwei Serienmörder aufzuklären. Dabei war zu befürchten, dass die Mordserie an den vermissten Frauen jahrelang nicht aufgefallen war. Wenn das an die Presse ging, konnte sich die Münchner Kriminalpolizei auf deftige negative Schlagzeilen gefasst machen. Das wiederum ging an Nathan nicht spurlos vorbei, schließlich fiel der Beginn dieser Mordserie in seine aktive Zeit. *Ich habe einiges übersehen,* gestand er sich ein und konnte es kaum erwarten, mit Stöhrl und Lutz nach München-Moosach zu fahren, wo Rüdiger Probst wohnte.

Ein schmiedeeiserner Zaun trennte das Grundstück von der ruhigen Seitenstraße ab. Das pink gestrichene Einfamilienhaus im typischen Stil der 50er-Jahre mit einem modernen Carport als Anbau wirkte einladend. Als Stöhrl dreimal den Klingelknopf gedrückt hatte, ertönte aus dem Haus wütendes Gebell, und als sich die Tür öffnete, stürzte ein kräftiger Dobermann auf das Gartentor zu. Mit gesträubtem Nackenhaar knurrte der Hund gefährlich.

»Rasso, herein!«, rief eine helle Frauenstimme. Der Hund gehorchte umgehend. In der Tür erschien eine zierliche Frau mittleren Alters. Langsam stieg sie die drei Treppenstufen herab und näherte sich dem Tor.

Nathan beobachtete ihre geschmeidigen Bewegungen, während Stöhrl seine Dienstmarke aus der Hosentasche zog. *Da kommt ein Raubtier,* schoss es Nathan durch den Kopf. Obwohl die Frau lächelte, blickten ihre blaugrauen Augen eiskalt auf die drei Menschen am Gartentor.

»Kriminalpolizei, ich bin Hauptkommissar Wolfgang Stöhrl«, stellte sich Stöhrl vor, wies auf Nina und Nathan und wollte weitersprechen, als die Frau mit klirrender Stimme unterbrach: »Mein Schwager kann jetzt nicht mit Ihnen reden. Er ist völlig geschockt. Kommen Sie morgen wieder.«

»So einfach geht das nicht. Bitte haben Sie Verständnis«, schmeichelte Nathan mit der sanftesten Stimme, derer er fähig war. »Wir benötigen einige Informationen. Jetzt.«

Nathan nahm das Blitzen in ihren Augen wahr. *Gleich wird sie die Krallen ausfahren,* befürchtete er und wappnete sich.

Aber zu seiner Überraschung antwortete ihm Probsts Schwägerin freundlich: »Nehmen Sie doch mit mir vorlieb. Vermutlich kann ich Ihnen geben, wonach Sie suchen.« Mit diesen Worten fasste sie in ihre Hosentasche, zog ein streichholzschachtelgroßes Kästchen hervor, drückte einen kleinen Knopf und öffnete mit einem leisen Sirren die Gartentür. »Treten Sie ein und folgen Sie mir.«

Sie führte Nathan, Stöhrl und Lutz in einen lichtdurchfluteten Wintergarten und bat sie, auf in großem Abstand positionierten Stühlen Platz zu nehmen.

»Sie sehen es mir nach, dass ich Ihnen in Zeiten der Pandemie keine Getränke anbiete. Mein Name ist Melanie Probst. Ich bin die Ehefrau von Stephan Probst, dem Eigentümer des Anwesens in Feldmoching, und die Schwägerin von Rüdiger Probst, der heute Vormittag diesen grausigen Fund gemacht hat. Stellen Sie Ihre Fragen.«

»Wie kam es dazu, dass Ihr Schwager heute auf das Gehöft Ihres Mannes gefahren ist?«, wollte Nathan wissen.

»Ich habe ihn darum gebeten.«

»Warum das?«

»Mein Mann hat in der Vergangenheit immer wieder Futter für Rasso in Feldmoching eingelagert. Da der alte Hof nun in das Eigentum meines Schwagers übergeht, habe ich ihn gebeten, nachzusehen, ob noch Hundefutter in den Kühltruhen liegt.«

»Warum tut das nicht Ihr Mann?«

»Stephan ist tot. Wissen Sie das nicht?«

• • •

Nein, hatte sie gesagt, auf dem Feldmochinger Anwesen sei sie seit über zehn Jahren nicht mehr gewesen. Sie habe den Wunsch ihres Mannes respektiert, das elterliche Gehöft als Rückzugsort für sich allein zu haben. Alle sechs bis acht Wochen habe er dort ein Wochenende verbracht, ab und zu habe er sich auch unter der Woche dort aufgehalten. Was er dort gemacht habe, wisse sie nicht und es interessiere sie auch nicht. Sie hätten eine sehr offene Beziehung gelebt.

Als Stöhrl mit Nina und Nathan wieder in Nathans provisorischem Büro saß, blickten sie sich gegenseitig verständnislos an. Keiner von ihnen war aus dieser Frau schlau geworden, doch auch Stöhrl hatte begriffen, dass Melanie Probst aalglatt und eiskalt war. Als Nathan gefragt hatte, ob sie einverstanden sei, dass die Polizei die Computer ihres verstorbenen Mannes sicherstelle und untersuche, war ihre Freundlichkeit schlagartig einer kühlen Sachlichkeit gewichen. Dazu müsse sie sich erst mit dem Rechtsanwalt der Familie beraten, den sie auch bei weiteren Gesprächen mit der Kriminalpolizei hinzuziehen wolle. Damit war die Unterhaltung mit Melanie Probst beendet gewesen.

»Was sollen wir von dem Ganzen halten?«, fragte Stöhrl.

Nina zuckte mit den Achseln. Sie wirkte immer noch gedämpft; der Anblick im Feldmochinger Keller hatte sie sichtlich mitgenommen. Nathan wiegte den Kopf hin und her. War auch der alte Fuchs ratlos?

Stöhrl war froh, diesen Fall nicht mehr aufklären zu müssen. Wenn die gerichtsmedizinischen Untersuchungen abgeschlossen waren und sich, wie zu erwarten, herausstellen sollte, dass sie heute Karin Fellermayrs Leiche gefunden hatten, könnte er die Messermorde noch persönlich als geklärt zu den Akten legen und seine Zukunft bei den Vermögensdelikten beginnen.

»Manfred wird dieses Anwesen akribisch durchsuchen müssen«, überlegte Nathan laut. »Da darf kein Stein auf dem anderen bleiben. Ich fürchte, dort werden einige Scheußlichkeiten an den Tag kommen. Für die Ehewohnung der Probstens und die Geschäftsräume von Stephan Probst brauchen die Kollegen von K11 einen richterlichen Durchsuchungs- und Beschlagnahmebeschluss. Wir beide, Wolfgang, sind jetzt aus dem Schneider. Du, Nina, kannst dir bei Manfred weiteren Lorbeer verdienen.«

»Du glaubst also an die endgültige Aufklärung der Messermorde?«, fragte Nina. »Karin Fellermayr ist unsere Mörderin und sie ist es, die in Feldmoching tot im Keller lag?«

»Morgen werden wir Gewissheit haben – aber ja, genau das glaube ich. Du hast tatkräftig mitgeholfen, diesen Fall zu lösen, Nina. Respekt.«

»Ist es nicht verrückt, dass Fellermayr in die Fänge eines sadistischen Mörders gerät und dieser zwei Tage nach Fellermayrs Verschwinden bei einem Baustellenunfall ums Leben kommt?«

»Doch«, antwortete Nathan. »Selten ist mir etwas Verrückteres begegnet. Aber so ist das Leben: Es schreibt die unmöglichsten Geschichten.«

Nachwort

Karin Fellermayr ist völlig frei erfunden, ihre zorngeleitete Raserei ist eine schreckliche und erschreckende Überreaktion – letztlich auf Lebensumstände, denen sie sich hilflos ausgeliefert fühlt. Der früh erfahrene sexuelle Missbrauch verdunkelt dieses Leben; die meisten Missbrauchsopfer reagieren jedoch nicht mit Hass und Zorn, sondern ziehen sich traumatisiert in sich zurück und sind oft ein Leben lang tief verunsichert – sie bleiben Opfer und werden selten Täter. Damit aber sind sie in der öffentlichen Wahrnehmung vielfach wenig sichtbar. Wir schauen mehr auf die Täter als auf die Opfer. Wenn die Kunstfigur Karin Fellermayr das Interesse des Lesers weckt, weil sie zur Täterin wird, macht sie auf drastische Weise auf das Schicksal der Opfer von sexueller Gewalt aufmerksam.

»Zwei neuere deutsche repräsentative Studien kommen zu dem Ergebnis, dass etwa jeder siebte bis achte Erwachsene in Deutschland in seiner Kindheit oder Jugend sexuelle Gewalterfahrungen machen musste.«

Unabhängiger Beauftragter für Fragen des sexuellen Kindesmissbrauchs

»In vielen Fällen besteht ein Vertrauensverhältnis [zwischen Täter und Opfer] ... Dieses Nähe- und Vertrauensverhältnis wird vom Täter [...] ausgenutzt, die meisten Mädchen oder Jungen sind arglos – sie spüren zunächst keine Gefahr und können sich deshalb kaum schützen.«

Unabhängiger Beauftragter für Fragen des sexuellen Kindesmissbrauchs

»Fest steht: der sexuelle Missbrauch ist ein häufig traumatisches und damit lebensbestimmendes Ereignis. [...] ... Auch Suchtprobleme, Essstörungen sowie Identitätsstörungen (Borderline-Syndrom) treten auf.«

Psychische Folgen von sexuellem Missbrauch,
Neurologen-und-Psychiater-im-Netz.org

Danksagung

Mein erster Dank gilt Ihnen, liebe Leserinnen und liebe Leser für Ihre Begleitung von Nathan Weiß, dem Mann, der Angst vor seinem Ruhestand hatte.

Sie werden nicht überrascht sein, dass dieser »horror vacui« sich in Zukunft auch dadurch auflöst, dass Nathan Weiß in weiteren Fällen ermitteln wird. Sie sind herzlich eingeladen, ihn dabei zu begleiten.

Mein zweiter Dank gilt meinen Testleserinnen und Testlesern, die mir manchen Hinweis gegeben haben, wie der Roman tauglicher werden könnte für die Luftmatratze am Baggersee. *Merci!*

Einen schmerzhaften Dank schulde ich einer früheren Bergkameradin, die Opfer der Pandemie geworden ist; es ist erschreckend, wie dieses Corona-Virus in seinen diversen Erscheinungsformen unsere Gesellschaft verändert hat – neben mancher Freiheit haben wir in diesen Zeiten an freundschaftlichem Umgang eingebüßt und sind mit teils unversöhnlichen Gegensätzen konfrontiert worden. Hoffen wir auf ein künftig verständnisvolleres Miteinander.

Meiner Frau Jeannine danke ich einmal mehr für ihre liebevolle Begleitung; sie muss meinen »horror vacui« aushalten, wenn mir die Ideen ausgehen und am Abend das Blatt Papier leer geblieben ist.

Kein Manuskript ist gut genug für ein Buch, es braucht Korrektorat und Lektorat. Letzteres verdanke ich Johanna Gerhard, die mit Akribie, Leidenschaft und Einfühlungsvermögen dem Manuskript den Feinschliff verpasst. Ohne sie wäre Nathans erster

Fall nicht zu dem geworden, was er nun ist: ein toller Krimi! Danke, Johanna Gerhard! Für die unermüdliche Jagd nach dem Fehlerteufel danke ich Andreas März.

Dann braucht es einen kreativen Feingeist, der das Buch verlegt und somit erst den Leserinnen und Lesern schenkt. Das ist Burkhard P. Bierschenk, mein Verleger. Selbst Maler und Literat, fördert er mit seinem unabhängigen Bookspot-Verlag Autorinnen und Autoren. Danke!

Im Verlag gibt es ein Team von begeisterten und begeisternden Frauen, die mithelfen, so einen Roman Buch werden zu lassen. Mit Liebe zum Detail und Freude an der Kreativität bilden Dr. Martina Kliem, Jara Dressler, Martina Stolzmann, Nele Schütz und Yvonne Schmotz die Bookspot-Familie; ob Covergestaltung, Klappentext oder Werbemaßnahmen, all das verantworten diese dienstbaren Geister und machen das Buch und das Büchermachen bei Bookspot für mich als Autor zu einem beglückenden Erlebnis. Herzlichen Dank dafür!

München, im Herbst 2022
Georg Brun

Georg Brun

Bodenloser Fall

Edition 211, ein Imprint des
Bookspot Verlags
ISBN 978-3-95669-164-5
288 Seiten
Klappenbroschur mit Lesezeichen
14,80 Euro
Auch als E-Book erhältlich!

Pflichtmandate hatte Olga Swatschuk schon viele, doch dieses ist anders: Der neueste Mandant der jungen Rechtsanwältin ist schuldig – und ist es doch nicht. Es geht um eine Million Euro, die veruntreut wurde. Gemeinsam mit dem routinierten Privatdetektiv Alex beginnt Olga, eigene Ermittlungen anzustellen, und gerät in ein Dickicht von Bestechung und Verleumdung. In dessen Zentrum steht das Prestigeprojekt Münchens: die Sanierung des Europäischen Theaters.

Als das Duo an seine Grenzen stößt, erhält es unerwartete Hilfe. Olgas Zufallsbekanntschaft Sonja erweist sich nicht nur als talentierte IT-Spezialistin, sondern gibt Olga auch den Halt, den sie seit langem gesucht hat. Gemeinsam wagen sie sich an die herausforderndste Gratwanderung ihres Lebens.

»Ein raffinierter Plot mit unvorhersehbaren Wendungen und interessanten Figuren, die einen so schnell nicht mehr loslassen!« V. S. Gerling

»Dieser Krimi hat es in sich: Das faszinierende Verwirrspiel beruht auf einem wahren Fall.« Buchjournal

München im Jahr 2022

Im Gegensatz zu Märchen beginnen im 21. Jahrhundert Romane zu Recht nicht mit den Worten *Es war einmal* – denn manches ist eben noch nicht Vergangenheit. Die nachfolgende Geschichte weist daher Ähnlichkeiten mit Geschehnissen der Zeit- und Medizingeschichte auf, ist aber trotzdem frei erfunden. Sollten sich gleichwohl Missverständnisse ergeben, wird dies bedauert.

In der Tat gab es vor Jahren an einigen Kliniken in Deutschland schwerwiegende Probleme im Bereich der Versorgung mit Spenderorganen, die medial als *Transplantationsskandale* begleitet wurden. Jedoch führten in Bayern verortete missliche Umstände an betroffenen Universitätskliniken zur Rehabilitation der verantwortlichen Chefärzte. An Münchner Kliniken wird nach dem Kenntnisstand des Autors hervorragende Arbeit im anspruchsvollen Bereich der Maximalversorgung geleistet, die höchste Anerkennung verdient.

Weltweit allerdings gibt es immer noch Missstände bei der Versorgung mit Spenderorganen. Der globale illegale Organhandel ist kaum empirisch fassbar, da er sich im Dunkeln abspielt; eine Ausarbeitung aus dem Jahr 2017 des Deutschen Bundestags (WD 7 - 3000 - 023/17) kommt zu folgender Feststellung: »Der illegale Handel mit Organen ist in den letzten Jahren zu einem globalen Phänomen und Problem geworden. Beschränkte sich dieses früher noch hauptsächlich auf den indischen Subkontinent und Südostasien, so betrifft es heutzutage jeden Kontinent und damit auch Europa.«

1

Sie schlich aus dem Schlafzimmer hinaus auf die Dachterrasse. Nach dem nächtlichen Gewitter roch die Luft frisch. Der Himmel war klar, und im Osten erhellte ein lila-roter Streifen die Dächer der Stadt. Von weit her tönte das Grundrauschen des Mittleren Rings, untermalt von den Rufen des Amselhahns schräg gegenüber, der unermüdlich den Tag begrüßte. Olga genoss diese ruhigen Minuten, wenn der Tag erwachte, besonders auf Sonjas Dachterrasse. Dieser Ort in Höhe der Giebel der Jahrhundertwendehäuser – der vorletzten Jahrhundertwende, um genau zu sein – war ein magischer Ort und ein Geschenk des Schicksals. Ohne Sonja, die noch tief und fest schlief, wäre Olga niemals in den Genuss dieses morgendlichen Augenblicks gekommen. *Wie rasch sich ein Leben ändern kann*, dachte Olga und erinnerte sich lächelnd an den entscheidenden Abend mit Sonja, der gerade eine Woche zurücklag. Gestern vor einer Woche hatten sie sich beim Italiener zum Dinner getroffen und danach die Nacht miteinander verbracht. In dieser Nacht hatte sich ihr Leben verändert, im wahrsten Sinn von heute auf morgen. Olga konnte es immer noch nicht fassen. Tief in ihrem Herzen spürte sie noch eine gewisse Verunsicherung, nach vielen Jahren mit Liebesbeziehungen zu Männern plötzlich die Liebe mit einer Frau zu erleben. *Man krempelt nicht von einer Stunde auf die nächste sein Leben um, ohne darüber nachzudenken,* beruhigte sich Olga. Außerdem hatte sie sich in den Menschen Sonja verliebt, in dieses lebendige Geschöpf, das so viel Zärtlichkeit und Geborgenheit schenken konnte. Nicht die körperliche Anziehung, sondern die seelische Zugewandtheit ließ das Gefühl erblühen, das mit Verliebtheit unzulänglich umschrieben war. Jede Stunde mit Sonja war bisher mit Freude erfüllt und gab Olgas Leben zusätzlichen Sinn. Denn das suchte sie trotz ihrer inzwischen 32 Jahre leidenschaftlich: den Sinn ihres Lebens.

Der wiederum war gestern Abend in anderem Zusammenhang infrage gestellt worden. Von klein auf beschäftigte sie das Thema Gerechtigkeit, aber sie musste wieder einmal erfahren, wie schlecht es darum bestellt war, in der Realität zu gerechten Ergebnissen zu gelangen, weil bei ihrem letzten Fall die beiden hauptsächlichen Übeltäter voraussichtlich straffrei davonkommen würden. *Man lebt nicht von Luft und Liebe allein,* bekräftigte Olga vor sich selbst und beschloss, im Kampf für Gerechtigkeit weiterhin einen Sinn ihres Lebens zu sehen.

Im Osten verbreiterte sich der helle Saum, das Rot changierte in Rosa, das Lila verblasste, und mit der aufziehenden Dämmerung spottete der Amselhahn lauthals über die erwachende Stadt. Die Dächer zeigten ihre Farben, vielfach das Rostrot der traditionellen Dachziegel, dazwischen der Grünspan zweier Kupferdächer, sowie das Grau moderner Aluminiumverkleidungen. Ein Potpourri von Giebel- und Flachdächern bot sich ihrem Blick. Olga genoss diese Schau über Münchens Dächer. So bemerkte sie erst mit der sanften Berührung an ihrer Schulter, dass sich Sonja neben sie gestellt hatte.

»Ein schöner Morgen«, flüsterte sie, »nach einer kurzen Nacht. Hast du gut geschlafen?«

»Wunderbar«, antwortete Olga und wandte Sonja ihr Gesicht zu. Weich trafen sich ihre Lippen zu einem zarten Kuss. »Aber mit dem Ergebnis unserer Diskussion bin ich nicht zufrieden.«

Sonja nahm Olga in den Arm und strich über ihren Hinterkopf. Es lag mehr als Trost in dieser Bewegung. Noch ehe Sonja sprach, spürte Olga Aufmunterung und Mut.

»Wir finden eine Lösung«, versprach die Computerexpertin, »die meine Anwältin zufriedenstellt. Ich habe da eine Idee.«

»Wirklich?«

Sonja nickte und fuhr fort: »Du musst Geduld haben. Zuerst müssen wir Alex helfen, diesen verschollenen Arzt zu finden.«

»Ich sehe schon«, sagte Olga und gähnte, »ihr versteht euch.«

»Alex ist ein spannender Typ, und ihr zwei habt mir mit eurem Fall Appetit auf Ermittlungsarbeit gemacht. Mein Leben wird aufregend, seit du aufgetaucht bist.« Sonja hauchte Olga einen weiteren Kuss auf den Mund, nahm sie bei der Hand und zog sie in die Wohnung.

Während Olga zwei Crema vorbereitete, schnitt Sonja Banane, Erdbeeren und Apfel in zwei Schalen, goss Joghurt darüber, und zerkrümelte einige Walnüsse. Nebenbei erhitzte sie die Pfanne mit einem Stück Butter und schlug vier Eier auf. *Sunny side up* mit krossem Eiweißrand, so mochten sie beide das Spiegelei am liebsten. *Es tut gut, jemanden beim Frühstück am Tisch zu haben,* gestand sich Olga ein. Viel zu lange war sie seit Marcos Tod allein gewesen und hatte sich morgens nachlässig ernährt. *Wie sich das Leben verändern kann,* sinnierte sie und setzte sich an den Küchentresen.

Sonja jagte zwei Birnen und einige Karotten durch den Entsafter, dann nahm sie neben Olga Platz und prostete ihr schelmisch zu. »Auf dein Wohl, Gerechtigkeitsengel!«

»Ist doch wahr«, erwiderte Olga. »Kaum auszuhalten, dass Horbacher und Schusternagel ungestraft fette Beute machen, während andere für zumindest teilweise vorgetäuschte Vergehen in den Knast wandern.«

»Wart' nur, die kriegen ihr Fett schon ab. Doch zunächst will ich mit Alex den Arzt aufspüren. Findest du das nicht aufregend, was er uns erzählt hat?«

Olga nickte und hörte Alex von der türkischen Frau erzählen, die gestern Nachmittag in seiner Detektei erschienen war und um Hilfe gebeten hatte, ihren spurlos verschwundenen Mann zu finden. Zwei Umstände hielt Olga in diesem Zusammenhang für bemerkenswert: Zum einen die Nähe des Arztes zu dem Moscheenverband DITIP, zum anderen die Empfehlung des weit über München hinaus bekannten Rechtsanwalts Presselt, Frau Atasoy solle sich an Alex Sorger wenden. Wie kam diese Frau an so einen Prominentenanwalt? Ihr Mann war als Oberarzt noch kein Kaliber vom Format üblicher Mandanten Presselts, der zudem nicht dafür bekannt war, sich für Ausländer zu exponieren. Berührungen zu einem umstrittenen Moscheenverband wären dem Staranwalt vermutlich mehr als unangenehm, und die dürfte es geben, weil der im Januar neu gewählte Generalsekretär über zwei Ecken mit dem Vermissten verwandt war.

»In den Computern dieses Verbandes herumzustöbern, macht mich jedenfalls total an«, unterbrach Sonja Olgas Erinnerungen. »Von diesem Verein hat man ja schon einiges gelesen, und man will sich nicht unbedingt mit diesen Herrschaften anlegen – aber genau das finde ich reizvoll.«

»Lieber wäre mir, du hättest etwas Geduld. Vielleicht löst sich das Rätsel rasch und unkompliziert. Hat Alex nicht gesagt, in mehr als der Hälfte solcher Fälle steckt eine andere Frau dahinter?«

»Das liegt an seiner Stammklientel – untreue Ehemänner. Aber nein, dieser Doktor Atasoy wird nicht wegen einer anderen Frau davonlaufen. Da steckt mehr dahinter.«

»Wir werden sehen. Wann triffst du dich mit Alex?«

»Früher Nachmittag. Danach geht er ins Theater.«

»Felix Krull, ich weiß.« Olga lachte. »Seine Dorothee macht ihm ganz schön Beine.«

2

Er tastete sich einen dunklen Korridor entlang, hinter sich ein schabendes Geräusch. Er drehte sich um, konnte jedoch im Düstern nichts erkennen. Wo war er? Er fühlte sich orientierungslos und zunehmend hilflos. Obwohl er immer schneller ging, kam das Geräusch näher. Geradeaus, nur geradeaus verlief der Weg, die Dunkelheit wurde beinahe schwarz. Nun musste er die Arme nach vorn strecken. Es war stockfinster und er sah nichts mehr. Das Geräusch kam näher, wurde lauter, klang wie das Kratzen von Metall auf Steinboden, eher schleifend als klackernd. Unheimlich. Besorgniserregend. Ihm brach der Schweiß aus, er lief los, hinein in ein Nachtschwarz, wie er es nicht kannte. Arme voraus, rennen, atmen, kurzatmig werden. Angst. Laut nun das Geräusch, unmittelbar hinter ihm. Ein kalter Lufthauch …

Schreiend wachte Alex Sorger auf. Wie immer, wenn er diesen Traum erleiden musste. Dabei träumte er diese Szene seit vielen Jahren so regelmäßig, dass er sich nach dem Aufwachen mittlerweile fragte, warum ihn diese surreale Situation so ängstigte. Sein Leben als Privatermittler hielt kaum Aufregendes bereit. Weder war er in den letzten zehn Jahren in eine tätliche Auseinandersetzung verwickelt gewesen noch in eine Verfolgungsjagd. Seine Waffe war neuerdings eine Canon EOS RP mit bestechender Bildqualität, leicht und kompakt, und der blitzschnelle Autofokus half ungemein bei den Schnappschüssen auf die abenteuerlustigen Männer, denen er im Auftrag der betrogenen Ehefrauen auflauerte. *Mal sehen,* dachte Alex und schälte sich aus dem zerwühlten Bett, *ob es sich bei Bülent Atasoy um einen Durchschnittskunden handelt oder ob sein spurloses Verschwinden einen ernsteren Hintergrund aufweist.*

Während er duschte, erinnerte er sich an den Besuch der verängstigten Ehefrau, die ein idealisiertes Bild ihres Gatten gezeichnet hatte, sowie daran, dass seine erste, oberflächliche Recherche an Atasoys Arbeitsplatz zu keiner Erkenntnis geführt hatte. Wobei er bisher lediglich einen kleinen Rundgang durch die Chirurgische Klinik hatte unternehmen können, ehe er sich mit Olga und Sonja hatte treffen müssen. Beim Gedanken an Olga, die junge Anwältin, die ihn vor drei Jahren in einem Verfahren wegen Hausfriedensbruchs herausgehauen hatte und mit der er seitdem befreundet war, lächelte er. Sie hatte ihn gestern Abend damit überrumpelt, ihm Sonja als ihre Freundin vorzustellen. Aber irgendwie war er kaum überrascht: Er hatte schon seit längerem das Gefühl gehabt, dass sie nicht übermäßig an Männern interessiert war. Zumindest nicht, seit ihr Lebensgefährte und Kletterpartner Marco, den er leider nie persönlich kennengelernt hatte, auf tragische Weise verunglückt war.

Sonja schien ein außergewöhnlicher Mensch zu sein, in den man sich durchaus verlieben, den man aber auf jeden Fall sympathisch finden konnte. So war es gestern nicht bei einem Kirschweizen in Olgas Lieblingsgrillbar in der Maxvorstadt geblieben. Als sie sich kurz vor Mitternacht verabschiedet hatten, hatte Alex den Überblick über die genossenen Alkoholika verloren, aber interessante Einsichten gewonnen. Einerseits waren sie sich einig geworden, das Ergebnis ihrer aktuellen Recherchen über Horbacher und Schusternagel nicht tatenlos im Raum stehen zu lassen, sondern der Gerechtigkeit auf die Sprünge zu helfen. Andererseits waren sie zu einer zukunftsweisenden Übereinkunft für eine nachhaltige Zusammenarbeit gelangt: Sowohl Sonja als auch Olga wollten ihn im Fall des vermissten Bülent Atasoy unterstützen.

Beschwingt stieg er aus der Dusche, zog sich an und machte sich auf den Weg in sein Büro in der Innenstadt. ...

Die Bonus-Seite

Ihr Vorteil als Käufer dieses Buches

Auf der Bonus-Webseite zu diesem Buch finden Sie zusätzliche Informationen und Services. Dazu gehört auch ein kostenloser **Testzugang** zur Online-Fassung Ihres Buches. Und der besondere Vorteil: Wenn Sie Ihr **Online-Buch** auch weiterhin nutzen wollen, erhalten Sie den vollen Zugang zum **Vorzugspreis**.

So nutzen Sie Ihren Vorteil

Halten Sie den unten abgedruckten Zugangscode bereit und gehen Sie auf **www.galileodesign.de**. Dort finden Sie den Kasten **Die Bonus-Seite für Buchkäufer**. Klicken Sie auf **Zur Bonus-Seite / Buch registrieren**, und geben Sie Ihren **Zugangscode** ein. Schon stehen Ihnen die Bonus-Angebote zur Verfügung.

Ihr persönlicher **Zugangscode**

mezs-kuq9-gx7t-v2cj

Robert Klaßen

Adobe Photoshop CS5

Der professionelle Einstieg

Galileo Press

Liebe Leserin, lieber Leser,

Sie wollen schnell in Photoshop CS5 einsteigen und dabei trotzdem alle wichtigen Grundlagen und Techniken kennenlernen? Dann haben Sie das richtige Buch in der Hand! Unser Autor Robert Klaßen schafft es dank seines lockeren Schreibstils und zahlreicher Workshops mühelos, Ihnen komplizierte Werkzeuge und Funktionen ganz nebenbei und mit viel Enthusiasmus und Spaß beizubringen – und zwar so, dass Sie am Ende nicht nur wissen, welche Einstellungsmöglichkeiten die jeweilige Photoshop-Funktion hat, sondern auch, wie Sie sie ganz praktisch anwenden können. Sie wollen wissen, wie man ein Landschaftsfoto in Schwarzweiß umwandelt? Dann schlagen Sie doch einfach im gleichnamigen Workshop nach. Oder wollen Sie Störungen aus Ihren Fotos entfernen? Auch hier finden Sie eine Anleitung. Alle Beispielbilder aus den Workshops finden Sie natürlich auf der DVD des Buchs. Und wenn Ihnen doch einmal Fachwissen fehlen sollte, so können Sie im Fachkundekapitel oder im ausführlichen Glossar nachschlagen.

Praktisch sind übrigens auch die Checklisten am Ende der Workshops. Sie zeigen Ihnen, wie Sie das Vorgehen auch auf andere Fotos übertragen. Ich wette, dass Sie es spätestens jetzt gar nicht mehr erwarten können, endlich mit Photoshop CS5 loszulegen. Nur einen Hinweis habe ich noch für Sie: Schauen Sie auch unbedingt einmal in den Ordner VIDEO-LEKTIONEN auf der Buch-DVD. Dort finden Sie ausgewählte Video-Lektionen und können Ihrem persönlichen Trainer bei der Arbeit über die Schulter schauen.

Nun bleibt mir noch, Ihnen viel Spaß mit Photoshop CS5 und diesem Buch zu wünschen.

Katharina Geißler
Lektorat Galileo Design
katharina.geissler@galileo-press.de

www.galileodesign.de
Galileo Press • Rheinwerkallee 4 • 53227 Bonn

Auf einen Blick

Der Name Galileo Press geht auf den italienischen Mathematiker und Philosophen Galileo Galilei (1564–1642) zurück. Er gilt als Gründungsfigur der neuzeitlichen Wissenschaft und wurde berühmt als Verfechter des modernen, heliozentrischen Weltbilds. Legendär ist sein Ausspruch *Eppur si muove* (Und sie bewegt sich doch). Das Emblem von Galileo Press ist der Jupiter, umkreist von den vier Galileischen Monden. Galilei entdeckte die nach ihm benannten Monde 1610.

Lektorat Katharina Geißler
Korrektorat Petra Bromand, Düsseldorf
Herstellung Iris Warkus
Einbandgestaltung NIESNERDESIGN
Fotos © 2010 Robert Klaßen und Lizenzgeber. Alle Rechte vorbehalten.
Alle in diesem Buch und auf dem beiliegenden Datenträger zur Verfügung gestellten Bilddateien sind ausschließlich zu Übungszwecken in Verbindung mit diesem Buch bestimmt. Jegliche sonstige Verwendung bedarf der vorherigen, ausschließlich schriftlichen Genehmigung des Urhebers.
Satz SatzPro, Krefeld
Druck Himmer AG, Augsburg

Dieses Buch wurde gesetzt aus der Linotype Syntax (9,25 pt/13 pt) in Adobe InDesign CS4. Gedruckt wurde es auf matt gestrichenem Bilderdruckpapier (115 g/m²).

Gerne stehen wir Ihnen mit Rat und Tat zur Seite:
katharina.geissler@galileo-press.de
bei Fragen und Anmerkungen zum Inhalt des Buches

service@galileo-press.de
für versandkostenfreie Bestellungen und Reklamationen

julia.bruch@galileo-press.de
für Rezensions- und Schulungsexemplare

Bibliografische Information der Deutschen Nationalbibliothek
Die Deutsche Nationalbibliothek verzeichnet diese Publikation in der Deutschen Nationalbibliografie; detaillierte bibliografische Daten sind im Internet über *http://dnb.d-nb.de* abrufbar.

ISBN 978-3-8362-1561-9

1. Auflage 2010, 1. Nachdruck 2011

Inhalt

HOLZ
MICHEL

Anhang

Workshops

Farbkorrekturen

Grundlagen des Arbeitens mit Camera Raw

Nachbearbeitung und Retusche

Transformieren

Pfade

Text im Bild

Automatisierung

Ausgabe

Fachkunde

Video-Lektionen

Als Ergänzung zum Buch möchten wir Ihnen relevante Lehrfilme aus dem Video-Training »Adobe Photoshop CS5. Die Grundlagen« (ISBN 978-3-8362-1569-5) zur Verfügung stellen. So haben Sie die Möglichkeit, dieses neue Lernmedium kennen zu lernen und gleichzeitig Ihr Wissen um Photoshop CS5 zu vertiefen. Sie schauen dem Trainer bei der Arbeit zu und verstehen intuitiv, wie man die erklärten Funktionen anwendet.

Kapitel 1: Grundlagen

1.1 Digitale Farbenlehre (05:48 Min.)
1.2 Auflösung und Bildgröße (03:26 Min.)
1.3 Das Ebenenprinzip verstehen (03:40 Min.)
1.4 Ebenentypen (07:43 Min.)

Kapitel 2: Auswahlen & Transformationen

2.1 Kante verbessern (05:49 Min.)
2.2 Farbbereich auswählen (03:42 Min.)
2.3 Transformationen (06:59 Min.)

Kapitel 3: Bildbearbeitung

3.1 Bilder analysieren (08:53 Min.)
3.2 Die Tonwerte korrigieren (06:20 Min.)
3.3 Gradationskurven anpassen (06:19 Min.)

Checklisten

Vorwort

Photoshop feiert 20. Geburtstag! Hurra und herzlichen Glückwunsch! – So, genug der Ehre, denn Sie wollen bestimmt gleich loslegen und haben überhaupt keine Lust auf ellenlanges Vorgeplänkel, oder? Und dass Photoshop in der Version CS5 eine native 64-Bit-Unterstützung liefert, ist zwar wichtig, soll uns aber nicht vom Wesentlichen abhalten – nämlich davon, Photoshop von der Pike auf zu lernen. – Gut, dann wollen wir auch gleich einsteigen – nein, nicht ab Kapitel 1, sondern direkt hier im Vorwort!

Starten Sie bitte Photoshop CS5. Während sich die Anwendung bereitmacht, zwei kurze Hinweise: Das Buch ist sowohl für Windows- als auch für Mac-User geeignet. Daher sind **Tastaturkürzel** auch für beide Plattformen angegeben. Vor dem Schrägstrich steht jeweils die Windows-Taste, dahinter die Mac-Taste. Beispiel gefällig? Drücken Sie Strg/⌘+X. Das bedeutet für Windows Strg+X und für Mac ⌘+X. Total einfach, oder?

Außerdem möchte ich noch kurz dieses Zeichen ansprechen: ■ Immer wenn Sie so etwas sehen, sollten Sie nämlich nach einem Kasten neben dem Fließtext Ausschau halten. Hier erhalten Sie nämlich wichtige Zusatzinfos, auf die Sie nicht verzichten sollten. Immerhin ist es *Ihr* Buch – und da dürfen Sie es natürlich komplett lesen.

Ich bin ein Kasten

Das Symbol im Fließtext bedeutet: Ich habe wichtige Hinweise für Sie, die im direkten Bezug zum Thema stehen. Sie sollten mich also nach Möglichkeit nicht übersehen.

Ist Photoshop zwischenzeitlich geöffnet? Gut. Dann legen Sie doch die DVD zum Buch ein, und kopieren Sie den Ordner BILDER auf Ihren Desktop. Dann müssen Sie nicht jedes Mal auf den Datenträger zugreifen.

Die Fotos habe ich natürlich nicht alle selbst gemacht. Deshalb möchte ich die Gelegenheit nutzen, um mich ganz herzlich bei Renate Klaßen, Leszek Schluter sowie den Usern von *Pixelio.de* und *Fotolia.de* zu bedanken, die diesen Datenfundus auf beeindruckende Weise erweitert haben. Sie werden sehen: Es macht richtig Spaß, damit zu arbeiten.

Ach ja, eine Frage hätte ich da noch: Mögen Sie eigentlich Tastaturkürzel? Ja? Dann überspringen Sie doch bitte den folgenden Absatz.

Nein? Was gefällt Ihnen nicht daran? Dass man sie erst auswendig lernen muss oder dass der einhändige Griff nach mehreren Tasten eher an Freddy Kruegers Schlitzer-Hände erinnert? Dennoch meine Bitte: Lassen Sie sich darauf ein, denn es bringt nicht nur einen enormen Zeitvorteil, sondern macht zudem richtig Spaß. Dieses Buch unterstützt Sie nach Kräften dabei.

◂ **Abbildung 1**
Der Bilder-Ordner ist vollgepackt mit Beispielfotos.

Ich möchte Sie noch kurz auf die **technischen Erklärungen** von Kapitel 16, »Fachkunde«, aufmerksam machen. Wenn im Buch beispielsweise vom RGB-Farbraum oder von anderem technischem Schnickschnack die Rede ist, finden Sie an relevanter Stelle ein entsprechendes Symbol und können die thematischen Hintergründe dem Fachkunde-Kapitel entnehmen. Cool, oder?

▴ **Abbildung 2**
Dieses Symbol deutet auf technische Erklärungen hin, die im letzten Kapitel zu finden sind.

▲ **Abbildung 3**
Dieses Zeichen weist auf Neuerungen in Photoshop CS5 hin.

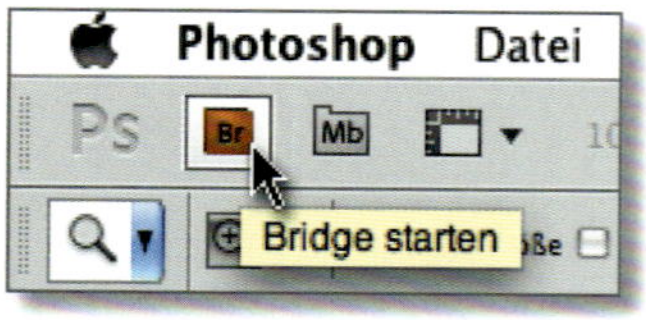

▲ **Abbildung 4**
Öffnen Sie Bridge mit einem Klick auf das entsprechende Icon.

▼ **Abbildung 5**
Doppelklicken Sie auf den Ordner BILDER, um seinen Inhalt im aktuellen Fenster zu öffnen.

Und dann wären da noch die **Neuerungen**. Adobe wartet natürlich auch diesmal wieder mit einer Menge neuer Features auf. Und damit Sie gleich sehen können, wo jene Dinge stehen, die ein Novum darstellen, gibt es auch dafür ein Icon.

Aber ich verplaudere mich ... Bestimmt ist der Kopiervorgang auch längst beendet. Gut, dann klicken Sie in Photoshop auf den Button BRIDGE STARTEN. Er befindet sich ganz oben links in der Kopfleiste der Anwendung.

Das dauert einen Moment, weshalb ich jetzt noch kurz die Checklisten am Ende vieler Workshops ansprechen möchte. Diese zeigen noch einmal stichwortartig die Schritte der letzten Übung auf. Das ist vor allem dann interessant, wenn Sie sich später einmal fragen: »Wie war das denn noch?« Außerdem sind sie universell einsetzbar, da sie sich zumeist nicht nur für diesen einen Workshop eignen. Sie sehen schon: Sie werden Photoshop anhand zahlreicher Praxis-Workshops erlernen.

Jetzt dürfte Bridge mittlerweile offen sein. Markieren Sie links den Eintrag DESKTOP ❶ bzw. SCHREIBTISCH. Im mittleren Bereich des Fensters sollte jetzt auch der BILDER-Ordner ❷ angezeigt werden, den Sie soeben kopiert haben. Doppelklicken Sie darauf, damit sein Inhalt in der Bridge angezeigt werden kann.

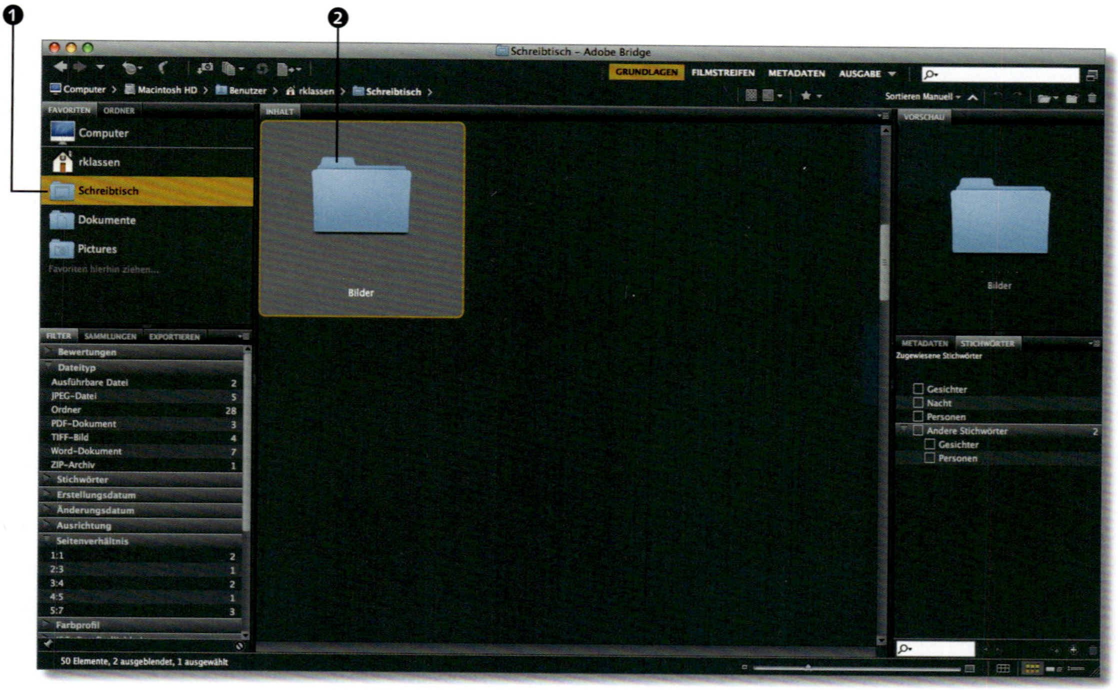

Damit wären sämtliche Vorbereitungen getroffen, und Sie können im ersten Kapitel gleich mit dem Arbeiten beginnen. Gut, dass Sie das Vorwort nicht überblättert haben, was?

Und nun wünsche ich Ihnen viel Erfolg und jede Menge Spaß mit diesem Buch und Photoshop CS5. ■

Robert Klaßen
info@dtpx.de, www.dtpx.de

Risiken und Nebenwirkungen ...

Achtung: Das Lesen dieses Buches kann zu unkontrollierbaren Bewusstseinserweiterungen auf dem Gebiet der digitalen Bildbearbeitung führen. Dadurch bedingtes Auftreten von Retuschierwünschen an Fotos ist keine Seltenheit. Vereinzelt neigen Leser später zu Überempfindlichkeitsreaktionen beim Sichten von Unschärfen oder Farbstichen. Dem dringenden Wunsch, massenhaft Dateien mit nur wenigen Mausklicks zu verarbeiten, sollte nachgegeben werden. Beim Auftreten dieser Nebenwirkungen stellen Sie bitte unverzüglich den Kontakt zu Photoshop her.

Kapitel 1

Die Arbeitsumgebung

Blitzeinstieg und Programmübersicht

- Wie wird eine Spiegelung realisiert?
- Wie funktionieren Arbeitsfläche, Werkzeuge und Paletten?
- Was hat es mit dem Protokoll auf sich?
- Wie erstelle ich einen Schnappschuss?

1 Die Arbeitsumgebung

Wenn Sie ohne große Umwege in Photoshop einsteigen, werden Sie sehen, wie effizient die Tools Ihrer Bildbearbeitungssoftware sind. Dabei sollen Ihnen die technischen Hintergründe keinesfalls verborgen bleiben. Denn je besser Sie mit Paletten, Toolbox (Werkzeugleiste) und Menü umgehen können, desto effektiver werden Sie natürlich auch beim Handling Ihrer Bilder – Fun-Faktor inklusive. Aber wie versprochen: Zunächst sind »Sie« dran ...

1.1 Vollgas-Einstieg

Nur rein sicherheitshalber: Haben Sie das *Vorwort* gelesen? Falls nicht, holen Sie das jetzt unbedingt nach. Die aufmerksamen Von-Anfang-an-Leser haben nämlich bereits einige Vorbereitungen getroffen, die für den folgenden Workshop unerlässlich sind.

Mehrere Dateien öffnen

Wenn Sie in einem Arbeitsgang mehrere Bilder gleichzeitig bereitstellen wollen, markieren Sie das erste Bild und anschließend das letzte, während Sie [⇧] gedrückt halten. Die dazwischen befindlichen Bilder werden dann ebenfalls markiert. Möchten Sie mehrere Bilder öffnen, die nicht nebeneinanderstehen, klicken Sie die betreffenden Dateien an, während Sie [Strg]/[⌘] gedrückt halten.

1.1.1 Bilder in Photoshop öffnen

Ich kann Sie nicht überreden, noch einmal ein paar Seiten zurückzublättern? Dann sollten Sie aber auf jeden Fall die Bilddatei »Moewe.tif« aus dem Ordner Bilder in Photoshop bereitstellen, denn damit werden Sie jetzt arbeiten. Betätigen Sie zum Öffnen des Bildes [Strg]/[⌘]+[O] (nicht die Zahl Null, sondern O wie Open), oder wählen Sie aus dem Menü Datei • Öffnen. Klicken Sie sich dann durch, bis Sie im Ordner Bilder gelandet sind, und markieren Sie die betreffende Datei. Ein anschließender Klick auf Öffnen sorgt für einen unverbauten Blick auf die Beispieldatei direkt aus Photoshop heraus. ■

Schritt für Schritt: Eine Spiegelung erzeugen

Bilder/Moewe.tif

In diesem Workshop wollen wir gleich eine Spiegelung realisieren, also eine kleine Komposition erschaffen. Sie werden zusätzlich noch erfahren, wie Sie eine Ebene duplizieren. Was es genau mit Ebenen auf sich hat, wird in Kapitel 6 noch ausführlich ergründet. Damit aber nicht genug: In diesem Workshop werden Sie das Duplikat außerdem noch spiegeln, verschieben und dessen Deckkraft ändern.

© Marion/PIXELIO

◄ **Abbildung 1.1**
Diese Datei wird Sie während der ersten Schritte in Photoshop begleiten.

Kompliziert? Nein, gar nicht. Sie werden sehen. Machen Sie sich bitte zum gegenwärtigen Zeitpunkt noch keine Gedanken um die Techniken dieser Übung. Hier geht es nämlich zunächst einmal darum, dass Sie einen ersten Eindruck von der Arbeitsweise mit Photoshop bekommen. Deshalb möchte ich zu diesem Zeitpunkt auch noch auf Ausführungen zum »Warum« verzichten. Das gilt aber nur für diesen einen Workshop – versprochen.

1 Bildebenen duplizieren

Schritt eins besteht darin, die Bildebene zu duplizieren. Wir benötigen die Möwe nämlich zweimal. Am schnellsten erreichen Sie eine Verdopplung, indem Sie Strg/⌘+J drücken. Wer sich lieber durch das Menü hangelt, der wählt Ebene • Ebene duplizieren • OK. Am Bild selbst werden Sie dadurch aber keinerlei Veränderungen feststellen. Der Grund: Die Kopie liegt jetzt deckungsgleich über dem Original.

2 Bildebene spiegeln

Jetzt wird es spannend: Stellen Sie die Bildebene auf den Kopf, indem Sie Bearbeiten • Transformieren • Vertikal spiegeln auswählen.

3 Das richtige Werkzeug einstellen

Aktivieren Sie jetzt das Verschieben-Werkzeug. Sie finden es an oberster Position innerhalb der Werkzeugleiste. Wählen Sie es aus, indem Sie es einmal anklicken.

▲ **Abbildung 1.2**
Zunächst einmal benötigen Sie ein Werkzeug, mit dessen Hilfe Sie Bildbereiche verschieben können.

4 Bildebene verschieben

Jetzt wollen wir die gespiegelte Bildebene nach unten verschieben. Wenn Sie exakt arbeiten wollen, benutzen Sie für diesen Schritt ausschließlich die Tastatur. Halten Sie [⇧] gedrückt, und betätigen Sie so oft [↓], bis die gespiegelte Bildebene den nicht gespiegelten Vogel komplett freigegeben hat. Wenn Ihnen das nicht schnell genug geht, klicken Sie ganz oben auf das gespiegelte Bild und ziehen es mit gedrückter Maustaste nach unten. Damit Sie verhindern, dass sich die Ebene dabei auch nach links oder rechts bewegen kann, sollten Sie während des Ziehens noch [⇧] gedrückt halten. Am Ende lassen Sie zuerst die Maustaste und erst im Anschluss [⇧] los.

5 Alles einblenden

Jetzt ist natürlich fast die gesamte gespiegelte Ebene verschwunden – oder doch nicht? Gehen Sie doch einmal in das Menü, und betätigen Sie BILD • ALLES EINBLENDEN. Ah, da ist sie ja.

Abbildung 1.3 ▸
Plötzlich ist das Foto viel größer als zu Beginn.

6 Gesamtes Bild darstellen

Jetzt kommt etwas ganz Wichtiges! Das sollten Sie sich bereits jetzt merken: Das Bild wird derzeit zu groß dargestellt, weshalb Sie möglicherweise noch immer nicht alles sehen können. Wann immer das der Fall ist, drücken Sie [Strg]/[⌘]+[0]. (Zahl Null! Nicht Buchstabe O!) Das führt nämlich stets dazu, dass das Foto in der Ansicht komplett dargestellt wird – unabhängig davon, wie groß das Bild in Wirklichkeit ist.

7 Weichzeichnung anwenden

Die Hauptarbeit ist damit erledigt. Damit das Ganze aber noch ein wenig realistischer aussieht, sollten Sie noch eine Weichzeichnung verwenden. Klicken Sie dazu auf den Menüeintrag FILTER, und entscheiden Sie sich in der Liste für WEICHZEICHNUNGSFILTER • GAUSSSCHER WEICHZEICHNER. Bewegen Sie den einzigen zur Verfügung stehenden Schieberegler, RADIUS, so weit nach rechts, bis darüber ein Wert von 8,8 Pixel angezeigt wird. Danach bestätigen Sie die Einstellung mit einem Klick auf OK.

▲ **Abbildung 1.4**
Der Gaußsche Weichzeichner

8 Höhe korrigieren

Offenbar ist durch die Weichzeichnung jetzt eine helle Linie zwischen Original und gespiegelter Ebene entstanden. Die muss natürlich weg. Drücken Sie daher so oft [↑], bis dieser unschöne Effekt verschwunden ist.

◀ **Abbildung 1.5**
Die Unterbrechung (links) gleichen Sie durch Verschiebung des Spiegelbildes wieder aus (rechts).

9 Foto freistellen

Da der Bildausschnitt jetzt mehr als unglücklich gewählt ist (die Möwe muss sich nämlich keinesfalls komplett spiegeln), aktivieren Sie das Freistellungswerkzeug. Dazu reicht ein Druck auf [C] auf Ihrer Tastatur. Setzen Sie das Werkzeug ganz oben links am Bild an, und ziehen Sie mit gedrückter Maustaste langsam nach rechts sowie etwas nach unten. Führen Sie die Maus bis ganz an den rechten Rand, wobei Sie allerdings vertikal am Ende des zweiten Drittels stoppen sollten. Lassen Sie die Maustaste los, und vergleichen Sie Ihr Ergebnis mit der folgenden Abbildung.

◀ **Abbildung 1.6**
Ziehen Sie den Rahmen so auf, wie hier gezeigt.

10 Freistellung bestätigen

Nun bestätigen Sie das Ganze noch, indem Sie [↵] drücken. Solange Sie das nicht machen, ist der Rahmen nämlich noch aktiv, und Sie können die Aktion nicht abschließen.

11 Bilddateien speichern

Zuletzt sollten Sie das Werk noch für die Nachwelt sichern. Wenn Sie jetzt aber lediglich Datei • Speichern betätigen würden, hätte das zur Folge, dass Ihr Originalbild »Moewe.jpg« überschrieben würde. Speichern Sie Ihr neues Werk besser unter einem neuen Namen. Entscheiden Sie sich daher jetzt für Datei • Speichern unter. (Wer bereits jetzt Tastaturkürzel-Fan ist, wählt [Strg]/[⌘]+[⇧]+[S].)

Vergeben Sie im Folgedialog einen aussagekräftigen Namen, und suchen Sie sich einen Speicherort aus. Damit Ihre Bilder in ein verlustfreies Speicherformat konvertiert werden können, sollten Sie sich unter Format entweder für das Photoshop-eigene PSD oder für TIF entscheiden, ehe Sie auf Speichern klicken.

Die nachfolgende Dialogbox, die Sie noch einmal darauf hinweist, dass ebenenbasierte Bilder mehr Speicherplatz benötigen, bestätigen Sie bitte mit OK. Damit ist die Datei endgültig gesichert.

Wenn Sie das Ganze nicht sichern wollen, ist es auch nicht weiter schlimm. Die fertige Datei finden Sie nämlich im Ordner Ergebnisse unter dem Namen »Moewe_fertig.tif«.

▲ **Abbildung 1.7**
Der Vorher-nachher-Vergleich des ersten Workshops. So schnell entsteht eine Spiegelung im Wasser. ■

Das war doch gar nicht schwierig, oder? Da Sie zur Erstellung einer solchen Spiegelung prinzipiell auch mit allen anderen Bildern Ihrer Wahl so vorgehen können, wollen wir die Schritte noch einmal zusammenfassen.

Checkliste: Erstellen einer Spiegelung

1. Öffnen Sie das Bild.
2. Duplizieren Sie die Ebene über [Strg]/[⌘]+[J].
3. Spiegeln Sie das Duplikat mithilfe des Menüs BEARBEITEN • TRANSFORMIEREN • VERTIKAL SPIEGELN.
4. Ziehen Sie das Duplikat mit gedrückter Maustaste oder mit den Pfeiltasten Ihrer Tastatur an die gewünschte Stelle. Wenn Sie dabei eine Verschiebung ausschließlich in horizontaler oder vertikaler Richtung realisieren wollen, halten Sie zusätzlich [⇧] gedrückt.
5. Entscheiden Sie sich jetzt für BILD • ALLES EINBLENDEN.
6. Zum Weichzeichnen können Sie (neben anderen geeigneten Filtern) FILTER • WEICHZEICHNUNGSFILTER • GAUSSSCHER WEICHZEICHNER verwenden. Im Folgedialog bewegen Sie den Schieberegler an die gewünschte Position und bestätigen mit OK.
7. Sollte zwischen Ursprungsbild und Spiegelung jetzt eine sichtbare Linie entstanden sein, bewegen Sie die Spiegelung etwas nach oben ([↑]).
8. Zuletzt aktivieren Sie das Freistellungswerkzeug ([C]) und ziehen damit einen Rahmen auf. Bildelemente jenseits dieses Rahmens werden daraufhin entfernt. Bestätigen Sie den Vorgang mit [↵].
9. Speichern Sie die Datei ab, indem Sie DATEI • SPEICHERN UNTER wählen bzw. [Strg]/[⌘]+[⇧]+[S] drücken. ■

Neue Namen vergeben

Der Vollständigkeit halber: Wenn Sie den Befehl SPEICHERN für Ihre Bilder verwenden, wird die Originaldatei überschrieben. Das hat jedoch den Verlust des ursprünglichen Bildes zur Folge. Benutzen Sie daher für alle Workshop-Ergebnisse stets den Befehl DATEI • SPEICHERN UNTER, und geben Sie einen neuen Namen (oder zumindest einen neuen *Speicherort*) an. Dadurch wird eine zweite Datei erzeugt, und das Original bleibt unangetastet.

1.2 Die Arbeitsoberfläche

Nach diesem kleinen Ausflug in die Welt der Montagen dürfen Sie sich nun genüsslich zurücklehnen und die Arbeitsoberfläche von Photoshop CS5 kennenlernen. Es ist nämlich wichtig, dass Sie sich mit dem Handling der »kleinen Helferlein am Rand« vertraut machen. Sie werden dadurch imstande sein, Ihr Bildbearbeitungsprogramm optimal zu bedienen.

▲ **Abbildung 1.8**
Die Arbeitsoberfläche von Adobe Photoshop CS5 auf dem Mac ...

▲ **Abbildung 1.9**
... und unter Windows

1.2.1 Dokumente als Registerkarten

Wenn Sie mehr als ein Foto öffnen, werden Sie feststellen, dass Photoshop CS5 Registerkarten für Ihre Fotos anlegt. Das bedeutet, dass immer nur ein Foto sichtbar ist. Die anderen liegen dahinter und müssen über einen Klick auf das jeweilige Register oben links aktiviert werden.

© Renate Klaßen

◂ **Abbildung 1.10**
Klicken Sie auf das Register ❶, dessen Foto Sie im Vordergrund sehen wollen.

Prinzipiell trägt das Ganze ja dazu bei, dass die Übersicht auf der Arbeitsoberfläche erhalten bleibt und Sie bei vielen geöffneten Fotos nicht lange hin und her schieben müssen, um an das gewünschte Bild zu kommen. Allerdings ist es mitunter sinnvoll, auf die Register zu verzichten und jedes Foto in einem eigenen Rahmen bzw. Fenster zu präsentieren (beispielsweise, wenn Sie Elemente eines Fotos auf ein anderes ziehen wollen). Zudem eignet sich die Register-Ansicht erst, wenn Sie mit vielen Fotos gleichzeitig arbeiten – und das wird in diesem Buch eher selten der Fall sein.

Falls Sie sämtliche Fotos beim Öffnen in separate Rahmen stellen wollen, gehen Sie auf Bearbeiten/Photoshop • Voreinstellungen • Benutzeroberfläche. Etwa in der Mitte des Dialogs finden Sie die Checkbox Dokumente als Registerkarten öffnen (im Frame Bedienfelder und Dokumente). Für die Darstellung in separaten Rahmen sollten Sie das Häkchen wegnehmen.

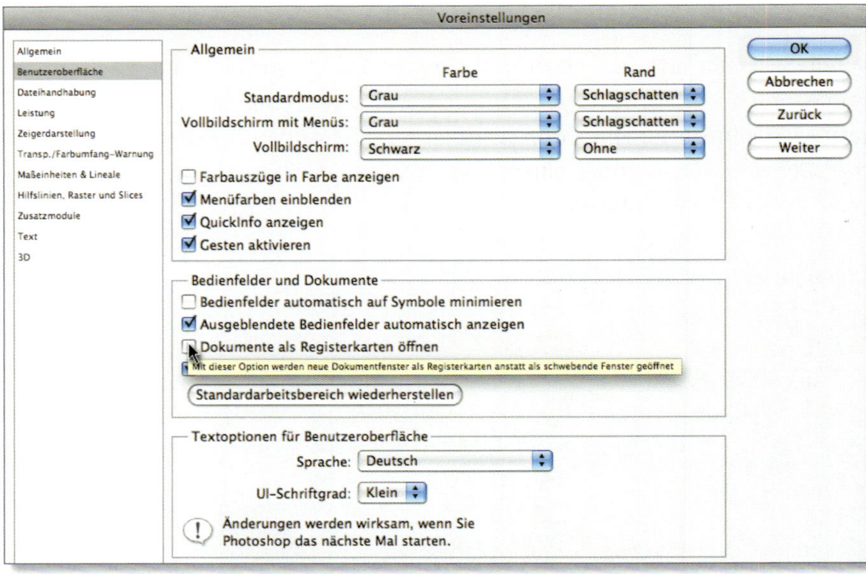

Abbildung 1.11 ▲
Schalten Sie die Register-Option ganz einfach aus.

Bestätigen Sie anschließend mit einem Klick auf OK. Allerdings wirkt sich die Änderung erst auf Dateien aus, die neu geöffnet werden. Wenn Sie vorhandene Register auflösen wollen, müssen Sie den Reiter des Fotos per Drag & Drop herausziehen und ein Stück unterhalb wieder fallen lassen.

Abbildung 1.12 ►
Lösen Sie vorhandene Register per Drag & Drop auf.

1.2.2 Die Werkzeugleiste

Am linken Rand der Oberfläche befindet sich die Werkzeugleiste (auch *Werkzeugpalette* oder *Toolbox* genannt). Diese haben Sie ja im vergangenen Workshop bereits kennengelernt. Bevor Sie irgendwelche Arbeiten an Ihrem Bild durchführen, werden Sie hier zunächst das richtige Werkzeug aussuchen müssen.

Aktivieren Sie das jeweils gewünschte Werkzeug mit einem einfachen Mausklick. Machen Sie sich bitte noch keine Gedanken über die einzelnen Funktionen – denen werden wir uns später innerhalb der Workshops ausführlich widmen.

Falls Sie die Werkzeugleiste zweispaltig darstellen wollen, klicken Sie auf den Doppelpfeil ❶, der oben rechts im Kopf der Werkzeugleiste angebracht ist. Ein erneuter Klick bringt Sie zurück zur einspaltigen Ansicht.

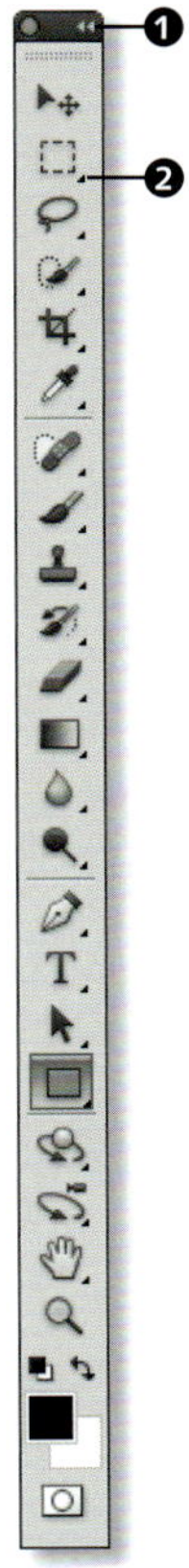

▲ **Abbildung 1.13**
Ehe Sie Veränderungen an Ihren Bildern vornehmen, müssen Sie das korrekte Werkzeug auswählen.

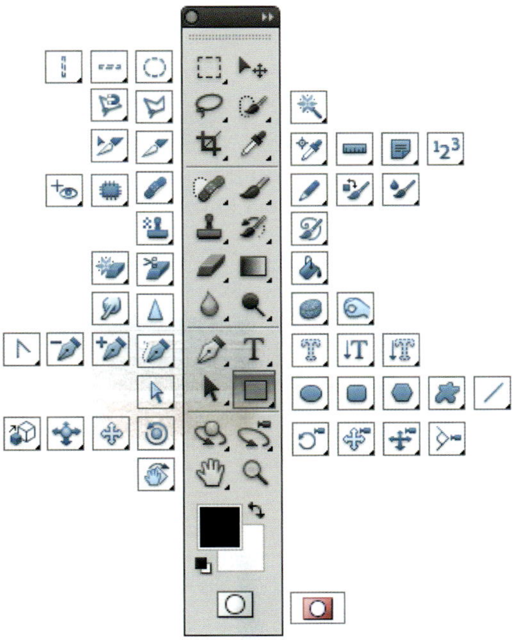

◀ **Abbildung 1.14**
Die zweispaltige Ansicht

Hinter einigen Werkzeugen verbergen sich noch weitere, ähnliche Werkzeuge, die aktuell aber nicht sichtbar sind. Wenn verborgene Tools existieren, wird das durch ein kleines schwarzes Dreieck ❷ unten rechts auf der Schaltfläche verdeutlicht. Um nun an die »untergeordneten« Tools heranzukommen, klicken Sie die Schaltfläche an und halten die Maustaste einen Moment lang gedrückt. Ein Flyout-Menü fördert die versteckten Werkzeuge zutage.

Abbildung 1.15 ▸
Hinter dem Bereichsreparatur-Pinsel befinden sich weitere Tools, die bei gehaltener Maustaste sichtbar werden.

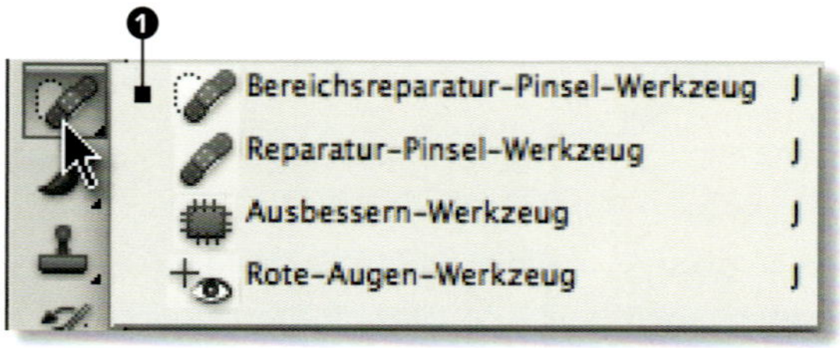

Ausgewähltes Werkzeug

Das ausgewählte Tool ist stets mit einem vorangestellten schwarzen Quadrat ❶ markiert. Wechseln Sie das Werkzeug, wird auch das Quadrat an die Stelle des aktiven Werkzeugs verschoben.

Sobald das Flyout-Menü geöffnet ist, können Sie die Maustaste loslassen und das gewünschte Tool mit erneutem Klick auswählen. Die Liste klappt daraufhin wieder ein. Sie müssen dabei aber bedenken, dass nun nicht mehr das ursprüngliche, sondern das neu selektierte Tool in der Werkzeugleiste sichtbar ist. Um wieder zum ursprünglichen Werkzeug zu wechseln, müssen Sie nun wieder das Flyout-Menü aufrufen. ■

Werkzeug	Symbol	Tastenkürzel
Abgerundetes-Rechteck-Werkzeug		U
Abwedler		O
Anmerkungen-Werkzeug		I
Ansichtdrehung-Werkzeug		R
Ausbessern-Werkzeug		J
Auswahlellipse		M
Auswahlrechteck		M
Bereichsreparatur-Pinsel		J
Bildschirmmodus ändern		F
Buntstift		B
Direktauswahl		A
Dokumente anordnen		–
Eigene-Form-Werkzeug		U

Werkzeug	Symbol	Tastenkürzel
Ellipse		U
Extras anzeigen		–
Farbaufnahme-Werkzeug		I
Farbe-ersetzen-Werkzeug		B
Freiform-Zeichenstift		P
Freistellungswerkzeug		C
Füllwerkzeug		G
Hand		H
Hintergrund-Radiergummi		E
Im Standard-/Maskierungsmodus bearbeiten		Q
Kopierstempel		S
Kunstprotokoll-Pinsel		Y
Lasso		L

Werkzeug	Symbol	Tastenkürzel
Lineal		I
Linienzeichner		U
Magischer Radiergummi		E
Magnetisches Lasso		L
Mischpinsel-Werkzeug		B
Musterstempel		S
Nachbelichter		O
Pfadauswahl		A
Pinsel		B
Pipette		I
Polygon-Lasso		L
Polygon-Werkzeug		U
Protokollpinsel		Y
Radiergummi		E
Rechteck		U
Reparatur-Pinsel		J
Rote-Augen-Werkzeug		J
Scharfzeichner		–
Schnellauswahl		W
Schwamm		O
Slice		C
Slice-Auswahlwerkzeug		C
Standardfarben für Vordergrund und Hintergrund		D
Textmaskierungswerkzeug (horizontal/vertikal)		T
Text-Werkzeug (horizontal/vertikal)		T
Verlaufswerkzeug		G
Verschieben-Werkzeug		V
Vorder- und Hintergrundfarbe vertauschen		X
Weichzeichner		–
Wischfinger		–
Zählungswerkzeug (nur Extended)		I
Zauberstab		W
Zeichenstift		P
Zoom		Z
3D-Objekt-drehen-Werkzeug (nur Extended)		K
3D-Kamera-kreisen-Werkzeug (nur Extended)		K

▲ **Tabelle 1.1**
Werkzeuge und ihre Tastenkürzel ■

Werkzeug-Tastenkürzel in der Klappe des Buches

Übrigens finden Sie die gängigen Shortcuts übersichtlich in der hinteren Klappe des Buches aufgelistet.

Shortcuts zur Aktivierung von Werkzeugen

Es ist anzuraten, zum Wechsel eines Werkzeugs stets die Tastatur zu benutzen. Immerhin wird dazu jeweils nur eine einzige Taste benötigt. Die zugeordneten Shortcuts werden in der Quick-Info (hinter dem Werkzeugnamen) ❶ angezeigt. Diese Methode bietet einen nicht zu unterschätzenden Komfort, denn Sie können Werkzeuge wechseln, ohne dass Sie die Maus während der Bildbearbeitung von Ihrem Bild nehmen müssen.

Dem Einsteiger verraten die Symbole der einzelnen Tools mitunter noch nicht allzu viel. Lassen Sie sich über eine *Quick-Info* den Namen anzeigen, indem Sie den Mauszeiger einen kurzen Moment auf der gewünschten Schaltfläche verweilen lassen. ■

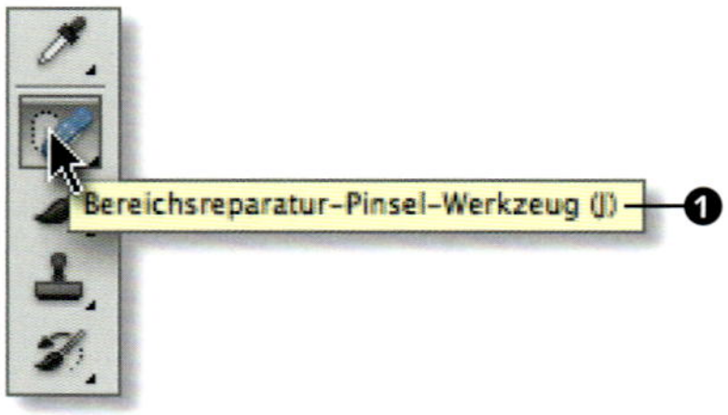

▲ **Abbildung 1.16**
Eine Quick-Info verrät mehr über das Tool, auf dem der Mauszeiger steht.

1.2.3 Die Optionsleiste

Ganz wichtig im Zusammenhang mit den Werkzeugen ist die Optionsleiste ❷ unterhalb der Menüleiste. (Die Optionsleiste wird auch *Werkzeugmenüleiste*, *Symbolleiste* oder *Steuerelementleiste* genannt.) Wählen Sie doch einmal verschiedene Werkzeuge an, und beobachten Sie dabei, wie sich die Optionsleiste individuell verändert. Sie sehen, dass jedes Tool hier gewissermaßen seine eigene Leiste mitbringt. Mit den Steuerelementen dieses Bereichs stellen Sie Ihr Werkzeug auf die individuellen Anforderungen ein.

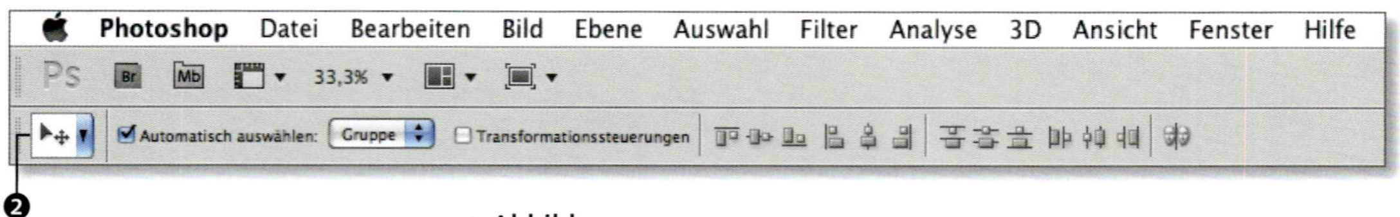

▲ **Abbildung 1.17**
Die Optionsleiste des Verschieben-Werkzeugs

1.2.4 Die Paletten

An der rechten Seite befinden sich die unterschiedlichsten Paletten, die sogenannten Bedienfelder. Auch hier gilt, dass sie mit einem Doppelklick auf die dunkelgraue Kopfleiste ❸ (bzw. einem Klick auf den Doppelpfeil ❹) ein- und wieder ausgeklappt werden können.

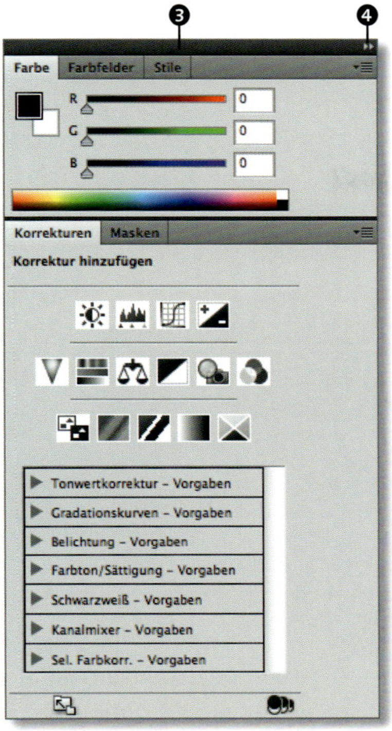

◂◂ **Abbildung 1.18**
Die Bedienfelder sind voll geöffnet.

◂ **Abbildung 1.19**
So erscheinen die Felder bereits abgespeckt.

> **Werkzeugwechsel für Shortcut-Fans**
>
> Wenn Sie den vorangegangenen Workshop gemeistert haben, wissen Sie es schon: Sie können die versteckten Tools auch ohne Maus erreichen. Drücken Sie einfach die Taste, die in der jeweiligen Quick-Info in Klammern angezeigt wird. Wenn Sie innerhalb der Gruppe wechseln wollen, halten Sie ⇧ gedrückt und betätigen die jeweilige Taste erneut.

Um das Bedienfeld wieder zugänglich zu machen, müssen Sie lediglich die Bezeichnung anklicken. Ein erneuter Klick darauf verbirgt das Bedienfeld dann wieder. Sie können aber noch mehr Platz sparen, indem Sie auch noch die Bezeichnungen ausblenden – übrig bleiben dann nur noch kleine Symbole. Dazu ziehen Sie den linken Rand ❺ mit gedrückter Maustaste nach rechts und lassen die Maustaste los, wenn die Darstellung automatisch auf die kleinere Größe umspringt. Das Öffnen und Schließen der Bedienfelder erfolgt dann, wie gehabt, mit einem Klick auf das entsprechende Symbol.

▴ **Abbildung 1.20**
Sämtliche Bedienfeld-Buttons können auf Symbole beschränkt werden.

1.2.5 Paletten automatisch verbergen

Zwar schließt sich ein geöffnetes Bedienfeld wieder, sobald Sie eine andere Palette markieren, allerdings bleibt immer eine Palette geöffnet und beeinträchtigt somit den Blick auf das Bild. Und das bedeutet: Die gewonnene Platzersparnis ist leider nur von kurzer Dauer. Aber mal ehrlich: Ist es nicht recht unkomfortabel, die Palette jedes Mal von Hand schließen zu müssen? Photoshop müsste das selbsttätig machen. Sie ahnen es: Das geht auch – Sie müssen es der Anwendung nur sagen! Klicken Sie doch einmal mit rechts auf die dunkelgraue Kopfleiste ❶ der geöffneten Palettengruppe, und entscheiden Sie sich im Kontextmenü für den Eintrag BEDIENFELDER AUTOMATISCH AUF SYMBOLE MINIMIEREN.

Abbildung 1.21 ▸
Das Aktivieren dieses Eintrags führt dazu, dass sich Bedienfelder automatisch schließen, sobald Sie das zu bearbeitende Foto anklicken.

Nun werden Sie bemängeln, dass die letzte Palette immer noch geöffnet bleibt. Stimmt, aber das ist nur so lange der Fall, bis Sie das aktive Werkzeug anwenden, also auf Ihr Bild klicken, oder ein anderes Werkzeug auswählen.

Noch besser wird es, wenn Sie einmal kurz [⇆] auf Ihrer Tastatur betätigen. Nun ist alles ausgeblendet – auch die Paletten-Miniaturen und die Werkzeugleiste. Wenn Sie diese bedienen wollen, fahren Sie schlicht an den rechten oder linken Rand der Anwendung und verweilen dort einen Moment. Kurz darauf zeigen sich die Paletten bzw. Bedienfelder von ganz alleine wieder. Um die ausgeblendeten Elemente dauerhaft wieder einzublenden, drücken Sie abermals [⇆]. ■

Werkzeugleiste erhalten

Oftmals ist es erwünscht, dass die Werkzeugleiste permanent erhalten bleibt, während nur die Bedienfelder ausgeblendet werden sollen. Diese Darstellungsform aktivieren bzw. deaktivieren Sie über [⇧]+[⇆].

1.2.6 Paletten neu anordnen

Unterhalb der Kopfleiste einer Palette befinden sich sogenannte *Reiter*. Klicken Sie einen der Reiter an, um die dazugehörige Registerkarte in den Vordergrund zu stellen. Im Beispiel in Abbildung 1.22 ist die Registerkarte STILE im Vordergrund, während die Karten FARBE und FARBFELDER verborgen dahinter liegen. Sie sehen also: Eine Palette besteht im Allgemeinen aus mehreren Registern bzw. Reitern.

Nun wäre aber Photoshop nicht Photoshop, wenn nicht auch diese Bereiche individuell anzupassen wären. Klicken Sie eine Registerkarte an, und ziehen Sie diese mittels Drag & Drop aus

▴ **Abbildung 1.22**
Die rechte der drei Registerkarten ist aktiv.

der Palette heraus. Im folgenden Beispiel soll der Reiter FARBE herausgelöst werden. Solange Sie die Maustaste nicht losgelassen haben, wird der bewegte Reiter noch teilweise transparent dargestellt.

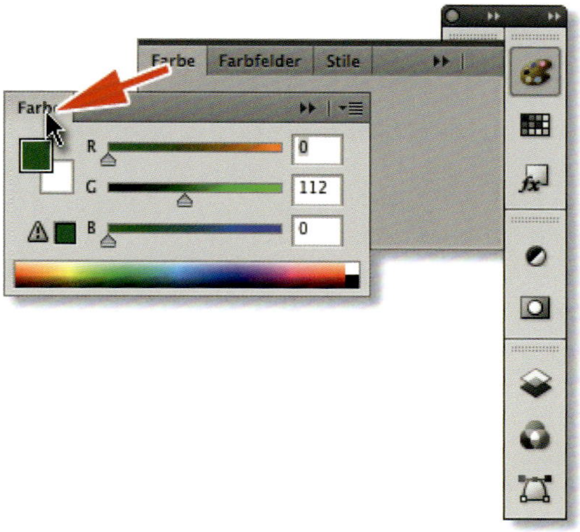

◂ **Abbildung 1.23**
Lösen Sie den Reiter FARBE doch einmal aus der Palette heraus.

Wenn Sie eine geeignete Position auf Ihrer Arbeitsoberfläche gefunden haben, lassen Sie die Maustaste los. Sie sehen, dass sich aus diesem Register eine eigene Palette gebildet hat, die sich nun individuell verschieben lässt, indem Sie auf ihre Kopfleiste klicken und dann ziehen.

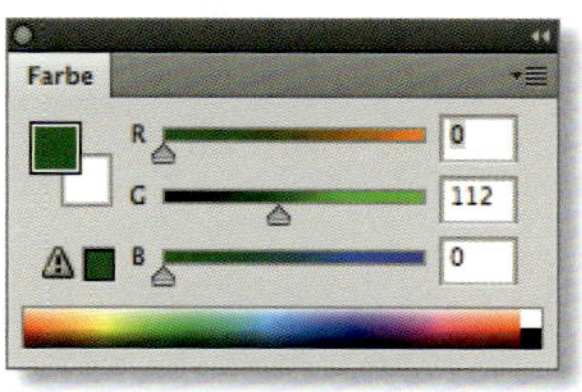

▴ **Abbildung 1.24**
Aus dem Reiter FARBE ist eine eigenständige Palette geworden.

▴ **Abbildung 1.25**
Die ursprüngliche Gruppe besteht jetzt nur noch aus zwei Registern.

Ebenso könnten dieser neuen Palette nun weitere Registerkarten hinzugefügt werden. Lassen Sie diese einfach über der neu entstandenen Palette fallen. Sobald sich die gezogene Registerkarte einfügen lässt, wird im Innenraum der Palette eine farbige Umrandung angezeigt. Das ist Ihr Zeichen: Jetzt können Sie die Palette fallen lassen.

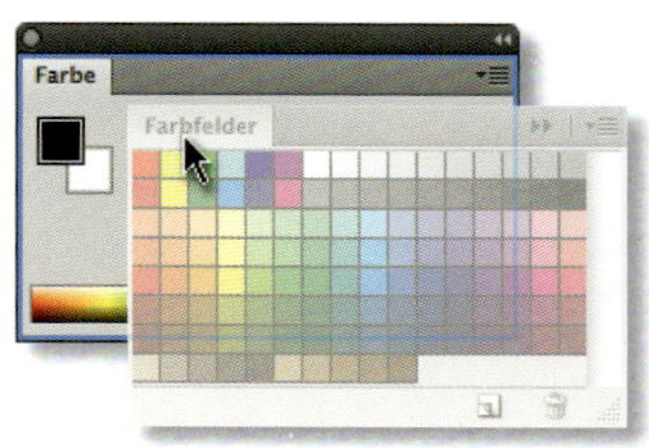

▴ **Abbildung 1.26**
Sobald der Rahmen sichtbar ist, lassen Sie die Maustaste los.

1.2.7 Reiter in der Palette sortieren

Photoshop gestattet es übrigens auch, die Registerkarten per Drag & Drop umzusortieren. Wenn Sie beispielsweise den zuletzt hinzugefügten Reiter FARBFELDER lieber ganz links hätten, ziehen Sie ihn einfach herüber und lassen ihn dann neben dem Reiter FARBE fallen.

1.2.8 Palettenpositionen wiederherstellen

»Genug!«, sagen Sie? Sie wünschen sich, nachdem Sie alles kreuz und quer durcheinandergebracht haben, die ursprüngliche Positionierung der Paletten zurück? Dann müssen Sie nichts weiter tun, als die den Bereich angebende Schaltfläche oben rechts zu markieren (dort steht entweder GRUNDELEMENTE oder GRUNDARBEITSBEREICH).

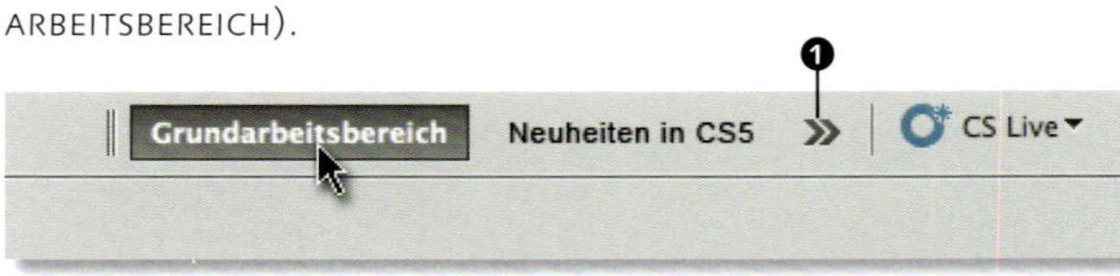

Abbildung 1.27 ▸
Hier geht es zurück zum alten Interface.

> **CS Live**
>
> 
> CS Live ist eine Neuerung in Photoshop CS5. Hier erhalten Sie Zugang zu einem Online-Service rund um Adobe-Produkte. Um sich mit diesem Angebot vertraut zu machen, sollten Sie zunächst einmal auf das Symbol CS LIVE oben rechts klicken und aus dem Untermenü den Eintrag CS LIVE-SERVICES ENTDECKEN einstellen.

Dabei wird allerdings die ursprüngliche Größe der Bedienfelder (geöffnet) nicht wieder berücksichtigt. Wenn Sie genau das aber wollen, sollten Sie aus dem Menü FENSTER • ARBEITSBEREICH • GRUNDELEMENTE ZURÜCKSETZEN einstellen. Dann nämlich befindet sich alles wieder in der Ausgangsstellung. ■

1.2.9 Eigene Arbeitsbereiche einrichten

Möglicherweise möchten Sie für unterschiedliche Arbeiten, die Sie mit Photoshop verrichten, auch unterschiedliche Arbeitsbereiche einrichten. Damit Sie aber nun die Paletten nicht jedes Mal neu verschieben müssen, bietet die Anwendung die Möglichkeit, Arbeitsbereiche zu definieren und diese bei Bedarf einzustellen.

Der erste Schritt besteht darin, den gewünschten Arbeitsbereich auf die zuvor beschriebene Weise einzurichten und die Paletten nach Wunsch zu ordnen. Im nächsten Schritt gehen Sie auf die Schaltfläche oben rechts ❶ und entscheiden sich für den Listeneintrag ARBEITSBEREICH SPEICHERN (Sie finden diesen Eintrag übrigens auch im Menü, und zwar unter FENSTER • ARBEITSBEREICH). Vergeben Sie hier einen nachvollziehbaren Namen, und entscheiden Sie, ob auch bereits vergebene Tastaturbefehle (dazu später mehr) oder Änderungen in Menüs mit aufgenommen werden sollen, ehe Sie auf SPEICHERN klicken.

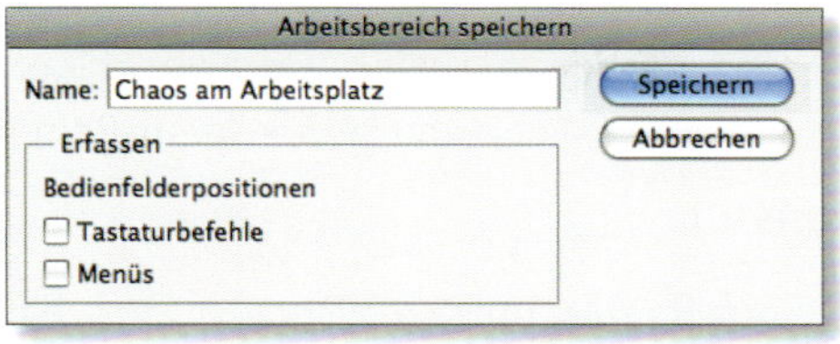

◂ **Abbildung 1.28**
Sichern Sie Ihren Arbeitsbereich.

Wenn Sie anschließend noch einmal auf den Button ARBEITSBEREICH in der Optionsleiste klicken, werden Sie ganz oben in der Liste den zuvor vergebenen Namen wiederfinden. Wenn Sie also diese Interface-Ansicht benötigen, klicken Sie darauf, und die Paletten werden so angeordnet, wie Sie es zuvor definiert haben.

Benötigen Sie einen Arbeitsbereich nicht mehr in der Liste, wählen Sie aus der Liste ARBEITSBEREICH den Eintrag ARBEITSBEREICH LÖSCHEN, stellen im Folgedialog den entsprechenden Namen ein und klicken auf LÖSCHEN. Nun müssen Sie nur noch die anschließende Kontrollabfrage mit JA bestätigen.

1.2.10 Paletten skalieren

Nun wollen wir noch einen Blick auf die Skalierbarkeit von Paletten werfen. Es ist nämlich möglich, jede Palette an der unteren rechten Ecke (wie könnte es anders sein: natürlich mittels Drag & Drop) sowohl horizontal als auch vertikal zu skalieren ❸.

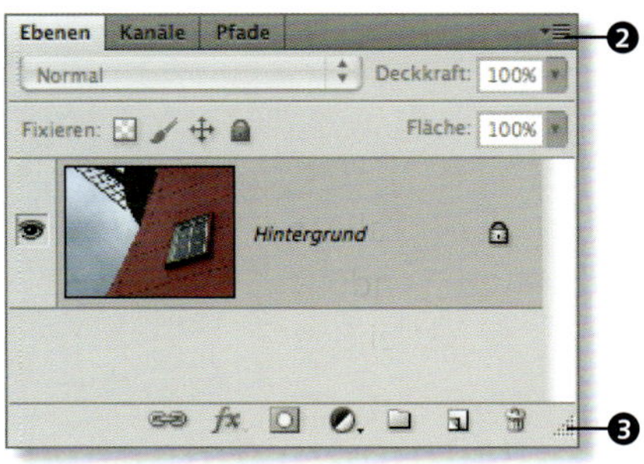

◂ **Abbildung 1.29**
Bringen Sie die Palette auf die gewünschte Größe.

1.2.11 Palettenmenü

Jetzt muss noch das Palettenmenü erwähnt werden. An der oberen rechten Ecke befindet sich eine kleine Schaltfläche mit einem Listen-Symbol ❷. Klicken Sie darauf, um ein Flyout-Menü

Abgedeckte Register

Bedenken Sie, dass die abgedeckten Register (wie zum Beispiel Kanäle und Pfade hinter dem Ebenen-Register) nicht mit einem Häkchen versehen sind. Wenn Sie also im Fenster-Menü auf den Reiter Pfade klicken, hat das zur Folge, dass die gleichnamige Registerkarte innerhalb der Palettengruppe in den Vordergrund gestellt wird. Gleichzeitig bedeutet das aber auch, dass das Häkchen vor Ebenen (innerhalb des Fenster-Menüs) entfernt wird.

anzeigen zu lassen, das je nach aktivierter Registerkarte individuelle Menüeinträge bereithält. Wenn Sie hier mit der Maus den gewünschten Eintrag selektieren, wird die Aktion ausgeführt und das Menü wieder eingeklappt.

1.2.12 Das Menü »Fenster«

Schauen Sie doch einmal auf Ihre Menüleiste. Dort ist auch ein Eintrag mit dem Namen Fenster aufgelistet. Öffnen Sie es, um Zugang zu sämtlichen Registerkarten zu erhalten, die auf der Oberfläche von Photoshop ein- bzw. ausgeschaltet werden können. Dort steht nun ein Häkchen vor sämtlichen Einträgen, deren Register sich zum gegenwärtigen Zeitpunkt im Vordergrund der Anwendung befinden. Wenn Sie einen Registereintrag markieren, der bereits angehakt ist, hat dies zur Folge, dass die gesamte Palettengruppe (inklusive der beiden verdeckten Register) auf der Oberfläche von Photoshop ausgeblendet wird. Umgekehrt können Sie hierüber jederzeit Paletten sichtbar machen, die sich gerade nicht auf Ihrer Arbeitsoberfläche befinden. ■

Abbildung 1.30 ▸
Hier werden die Paletten aufgeführt, die in Photoshop CS5 bereitgestellt werden können.

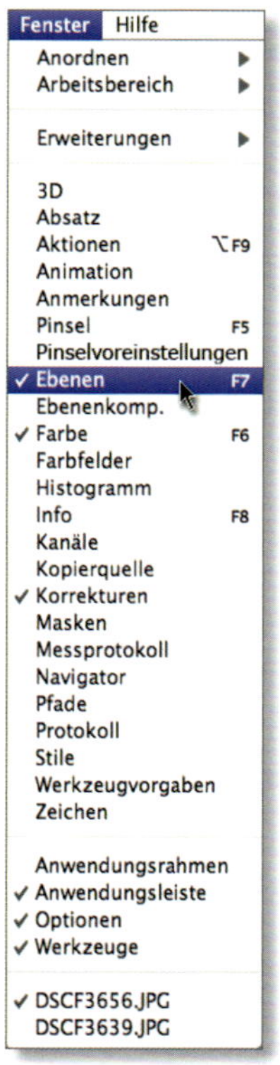

Abbildung 1.31 ▸▸
Nach der Anwahl dieses Befehls werden neue Features in den Menüs blau hinterlegt.

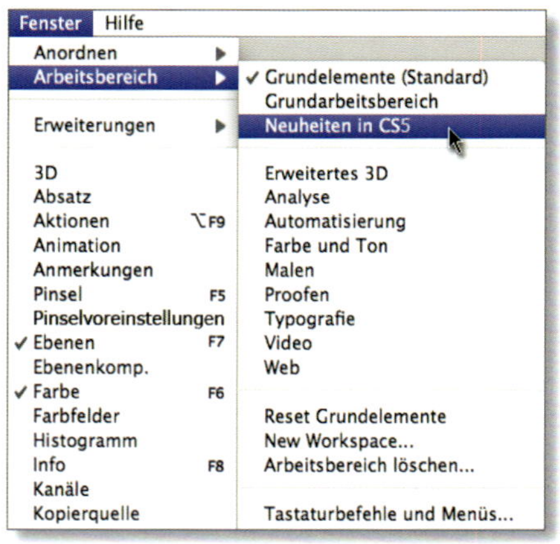

1.2.13 Tastaturbefehle und Menüs einstellen

Sie wissen ja längst, dass Tastaturbefehle eine tolle Sache sind. Adobe ist sehr entgegenkommend und stellt Ihnen über FENSTER • ARBEITSBEREICH • TASTATURBEFEHLE UND MENÜS Möglichkeiten zur Verwaltung und Erstellung solcher Tastenkombinationen zur Verfügung.

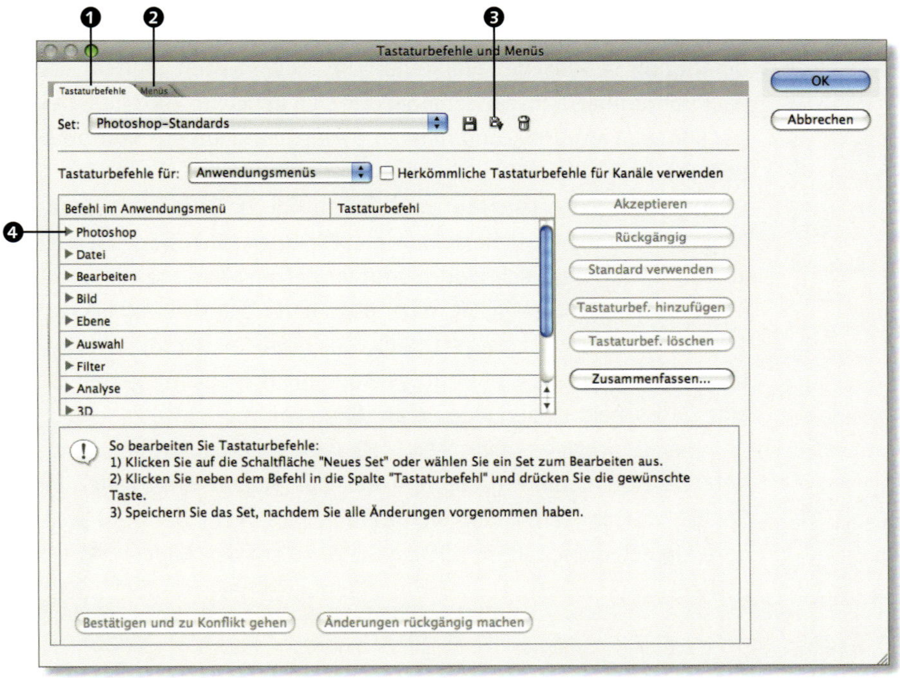

▲ **Abbildung 1.32**
Über die vorangestellten Dreieck-Symbole haben Sie Zugang zu den jeweiligen Menübefehlen.

Oben links befinden sich zwei Register, TASTATURBEFEHLE ❶ und MENÜS ❷. Aktivieren Sie das linke, um die Tastenkombinationen neu definieren zu können. Markieren Sie in der Bildmitte eines der kleinen Dreieck-Symbole vor der betreffenden Menübezeichnung ❹. Sobald Sie in der untergeordneten Liste eine der Reihen anklicken, können Sie für diesen Bereich einen Tastaturbefehl eingeben. Drücken Sie dazu die gewünschte Kombination. Sollten Sie eine Eingabe machen, die nicht gültig ist, weist die Anwendung darauf hin. Sollten Sie hingegen eine Tastenkombination angeben, die bereits in Verwendung ist, wird ebenfalls eine Meldung ausgegeben. Nun obliegt es Ihnen, die Kombination mit TASTATURBEFEHL HINZUFÜGEN zu übernehmen. Mit BESTÄTIGEN UND ZU KONFLIKT GEHEN gelangen Sie zu dem Befehl, der bislang über diese Kombination eingestellt werden konnte.

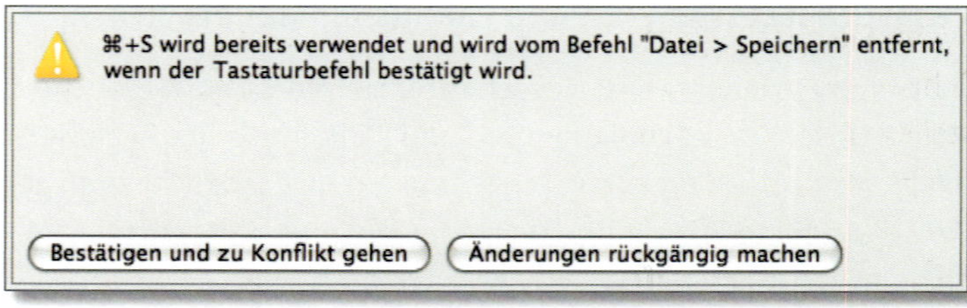

Abbildung 1.33 ▸
Ungültige oder bereits reservierte Kürzel für Tastaturbefehle werden sofort moniert.

Sets löschen

Wählen Sie ein zu löschendes Set zunächst aus dem Pulldown-Menü SET aus, und klicken Sie anschließend auf den Papierkorb, um das Set zu entfernen.

Ich möchte Ihnen das aber nicht empfehlen, da die Tastenkombinationen seitens des Herstellers im Allgemeinen logisch und nachvollziehbar sind. Entscheiden Sie sich lieber für ÄNDERUNGEN RÜCKGÄNGIG MACHEN, und denken Sie sich eine andere Kombination aus.

Über den SPEICHERN-Button können die aktuellen Set-Änderungen nun abgespeichert werden. Darüber hinaus ist es aber auch denkbar, dass sich jeder Benutzer der Anwendung sein eigenes Set anlegt. Klicken Sie dazu auf NEUES SET AUS AKTUELLEM TASTATURBEFEHLSSATZ ERSTELLEN ❸. Das neue Set wird dann künftig im Pulldown-Menü SET aufgelistet. Im Folgedialog geben Sie einen aussagekräftigen Namen an. ■

Über die Registerkarte MENÜS ❶ lassen sich auch die Menübefehle individuell verwalten. Über das Augen-Symbol in der Spalte SICHTBARKEIT lassen sich Befehle, die nicht benötigt werden, einfach ausschalten. Klicken Sie dazu auf das Auge.

Abbildung 1.34 ▾
Das Ausschalten der Menübefehle ist hier kein Problem.

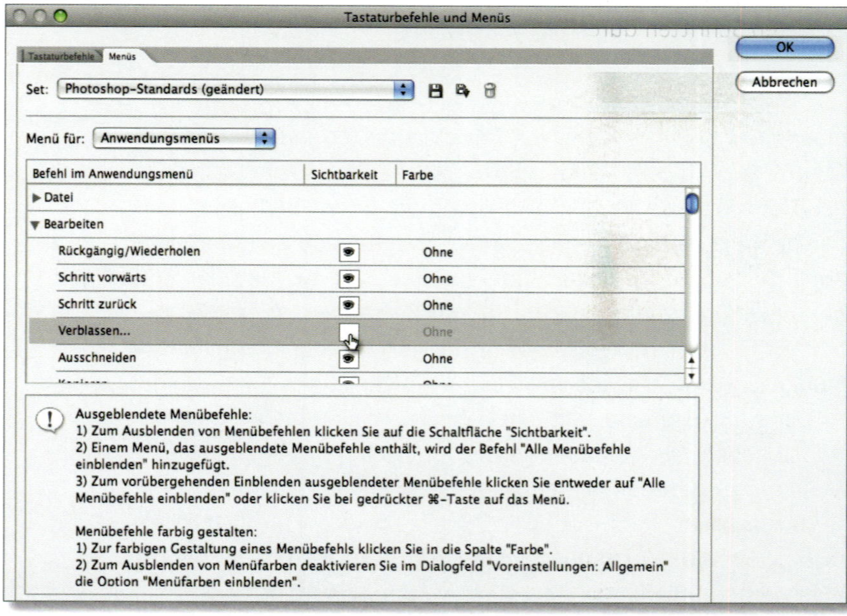

Wenn Sie auf die Bezeichnung OHNE klicken, haben Sie die Möglichkeit, Ihre wichtigsten Menübefehle noch farblich herauszustellen. Dies soll Ihnen das Auffinden eines Befehls erleichtern. ■

1.3 Navigation, Zoom und Ansichten

Auch bei diesem wichtigen Thema kommen wir um etwas Theorie leider nicht herum. Allerdings sollten Sie diesen Abschnitt keinesfalls überspringen, da er Ihnen zeigt, wie Sie den Inhalt Ihrer Dokumente vergrößern und verkleinern können.

1.3.1 Die Navigator-Palette

Wenn Sie komfortabel durch Ihre Bilder navigieren möchten, bietet sich zunächst einmal das Register NAVIGATOR an, das sich ebenfalls über das Fenster-Menü aktivieren lässt. In der Mitte gibt es eine kleine Vorschaufläche. Ein roter Rahmen zeigt an, welchen Bereich Sie derzeit von Ihrem Bild sehen können. Darunter befindet sich ein kleiner Schieber, mit dem Sie zoomen, also einen bestimmten Ausschnitt des Bildes näher betrachten können.

Stellen Sie den Schieber mittels Drag & Drop nach links (zum Verkleinern) oder nach rechts (zum Vergrößern). Durch Markieren der Symbole links und rechts daneben werden Skalierungen in festen Schritten durchgeführt. ■

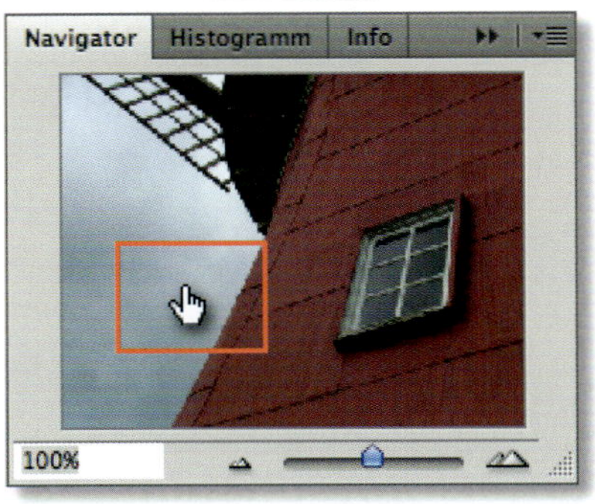

▲ **Abbildung 1.35**
Durch Verschieben des Rahmens ist die komfortable Navigation innerhalb eines stark vergrößerten Dokuments möglich.

Falls das aktive Bild aufgrund der Skalierung nicht komplett angezeigt werden kann, zeigt der rote Rahmen, welcher Ausschnitt

Menüs zurücksetzen

Es soll ja vereinzelt unliebsame Kollegen geben, die gern die eine oder andere Option deaktivieren – natürlich nur, um dem Gepeinigten bei der Neuinstallation der Software zuschauen zu können. Sollte ein Menüeintrag irgendwann nicht mehr zu finden sein (vielleicht zufälligerweise sogar direkt nach der Mittagspause), dann stellen Sie im Pulldown-Menü SET die PHOTOSHOP-STANDARDS wieder ein. Am besten tun Sie das, während Sie frohen Mutes ein Liedchen trällern. Danach dürfte der Kollege von seinem »Heldenstück« nicht mehr so ganz überzeugt sein.

Eingabe des Vergrößerungsfaktors

Doppelklicken Sie auf das Eingabefeld unten links, lässt sich der Faktor der Größendarstellung über die Tastatur eingeben. Hierbei sind maximale Vergrößerungen von 3.200% möglich. Legen Sie einen Wert größer als 3.200% fest, gibt Photoshop eine Fehlermeldung aus und vergrößert anschließend auf das Maximum.

Navigation auf der Bilddatei

Um Verschiebungen auf einem eingezoomten Bild realisieren zu können, müssen Sie aber nicht extra auf die Navigator-Palette ausweichen. Die Maus kann auf dem Bild bleiben. Halten Sie einfach die Leertaste gedrückt. Nachdem der Mauszeiger zur Hand geworden ist, halten Sie auch die Maustaste gedrückt und verschieben den Ausschnitt mit dem Zeigegerät in die gewünschte Richtung.

derzeit sichtbar ist. Stellen Sie den Mauszeiger in diesen Rahmen, um ihn zu verschieben. Dazu halten Sie einfach die Maustaste gedrückt und bewegen das Zeigegerät in die gewünschte Richtung. ■

1.3.2 Navigation mit der Lupe

Jetzt ist es an der Zeit, sich mit der Lupe vertraut zu machen. Um es korrekt zu formulieren: mit dem *Zoomwerkzeug*. Es befindet sich ganz unten in der Werkzeugleiste und wird durch Anklicken oder mittels Z auf Ihrer Tastatur aktiviert. Klicken Sie damit auf Ihr Bild, um Vergrößerungen zu erreichen. Halten Sie Alt/⌥ gedrückt, und führen Sie anschließend einen Mausklick aus, um herauszuzoomen (sprich: zu verkleinern). Die maximale Vergrößerung beträgt 3.200 %.

Die Möglichkeit des stufenlosen Zooms direkt auf dem Bild ist neu in Photoshop CS5 integriert worden. Dabei gehen Sie folgendermaßen vor: Klicken Sie auf die Stelle des Fotos, die Sie gern vergrößert betrachten wollen, und halten Sie die Maustaste gedrückt. Sobald Sie nahe genug dran sind, lassen Sie die Maustaste los. Zum Auszoomen (Verkleinern) halten Sie gleichzeitig Alt/⌥ gedrückt. In diesem Zusammenhang ist noch zu erwähnen, dass Sie sogar nahtlos zwischen Ein- und Auszoomen umschalten können, ohne die Maustaste loslassen zu müssen. Entscheiden Sie einfach während des Zoomens, ob Sie Alt/⌥ gedrückt halten wollen oder nicht.

Eine weitere Neuerung in Photoshop CS5 ist die Funktion Rauer Zoom. Die gleichnamige Checkbox finden Sie in der Optionsleiste. Aktivieren Sie das Kästchen, können Sie den Ausschnitt vergrößern, indem Sie auf das Foto klicken und die Maus mit gedrückter linker Taste nach rechts schieben. Dabei wird die Klickstelle automatisch als Mittelpunkt beibehalten. Das Auszoomen funktioniert entsprechend, wobei Sie die Maus dann allerdings nach links bewegen müssen.

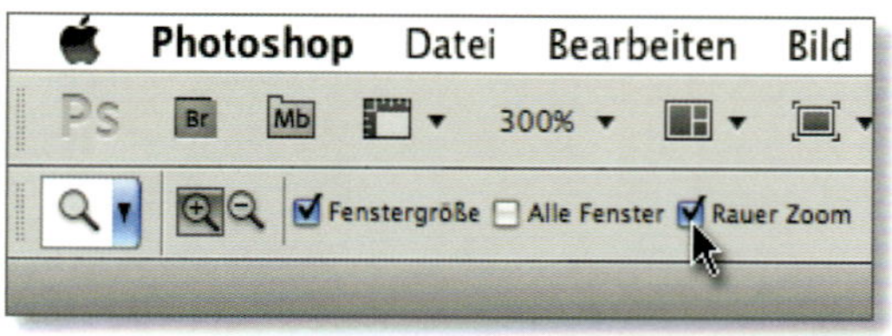

Abbildung 1.36 ▸
Diese Checkbox ist ein Novum in CS5.

Möchten Sie einen bestimmten Ausschnitt vergrößern? Dann stellen Sie die Lupe auf das Bild und ziehen mit gedrückter Maustaste einen Rahmen auf. Wenn Sie die Maustaste loslassen, wird der Bereich innerhalb des Rahmens vergrößert dargestellt. Das funktioniert allerdings nur, wenn die Funktion RAUER ZOOM deaktiviert ist.

Abschließend sei in diesem Zusammenhang noch das Tastaturkürzel Strg/⌘+0 (Null) erwähnt, das das Bild stets komplett auf der zur Verfügung stehenden Arbeitsfläche darstellt.

◂ **Abbildung 1.37**
Grenzen Sie mit dem Rahmen einen Bereich ein, der vergrößert werden soll.

1.3.3 Pixelraster

Dank der GPU-Unterstützung ist jeder Vergrößerungsfaktor gestochen scharf. Zudem lässt sich bei starker Vergrößerung ein Pixelraster erkennen. Erhöhen Sie die Darstellung auf mehr als 500 %, damit Sie das Raster sehen können.

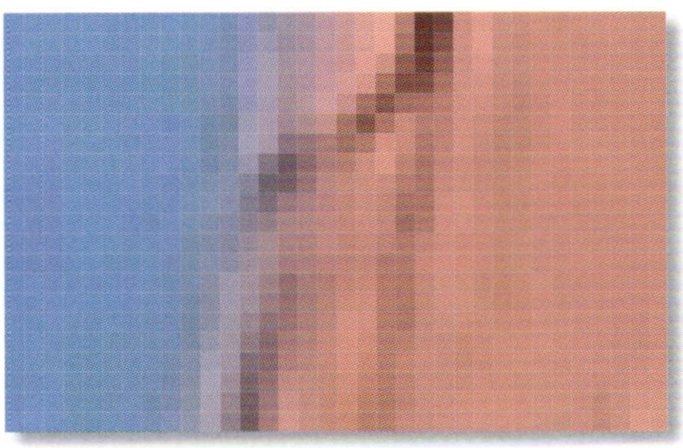

◂ **Abbildung 1.38**
Photoshop bringt Ihre Pixel ganz groß raus!

1.3.4 Vorübergehend auszoomen

Wenn Sie sich erst einmal mit den Grundlagen der Anwendung vertraut gemacht haben, werden Sie des Öfteren nach folgendem Muster vorgehen: Zur Nachbearbeitung bestimmter Bildteile zoomen Sie stark ein. Während der Nachbearbeitung wird es aber mitunter interessant sein, einmal kurz das gesamte Foto anzusehen – und den kleinen Ausschnitt vorübergehend zu verlassen. Wenn Sie jetzt aber [Strg]/[⌘]+[0] drücken, ist dieser Ausschnitt weg, und Sie müssten ihn anschließend wieder neu einstellen. »Viel zu aufwendig!«, haben sich da die Photoshop-Programmierer gedacht und [H] auf Ihrer Tastatur mit einer Zusatzfunktion ausgestattet. Wenn Sie diese Taste gedrückt halten, mutiert das derzeit eingestellte Werkzeug zur Hand. Wenn Sie jetzt noch einen Mausklick ausführen (und die Maustaste ebenfalls gedrückt halten), können Sie das gesamte Bild sehen. Lassen Sie Maus und [H] wieder los, wird das zuletzt eingestellte Tool wieder aktiviert, und Sie befinden sich wieder genau im zuvor gewählten Bildausschnitt. Cool, oder?

Tabelle 1.2 ▸
Tastenkürzel für Ansichten

Ansicht	Werkzeug/Menüeintrag
Fenstergröße anzeigen	Doppelklick auf das Hand-Werkzeug oder ANSICHT • GANZES BILD
Darstellung 100 %	Doppelklick auf die Lupe oder ANSICHT • TATSÄCHLICHE PIXEL
Standardansicht/Vollbildmodus mit und ohne Menüleiste	[F] drücken

1.3.5 Unterschiedliche Ansichtsmodi wählen

Wie sich ein Bild auf Ihrer Arbeitsoberfläche darstellt und wie viel Platz dafür zur Verfügung gestellt werden soll, können Sie ebenfalls individuell entscheiden. Klicken Sie doch einmal auf die Schaltfläche über der Optionsleiste.

▾ Abbildung 1.39
Die unterschiedlichen Anzeigemodi verbergen sich hinter der Schaltfläche BILDSCHIRMMODUS.

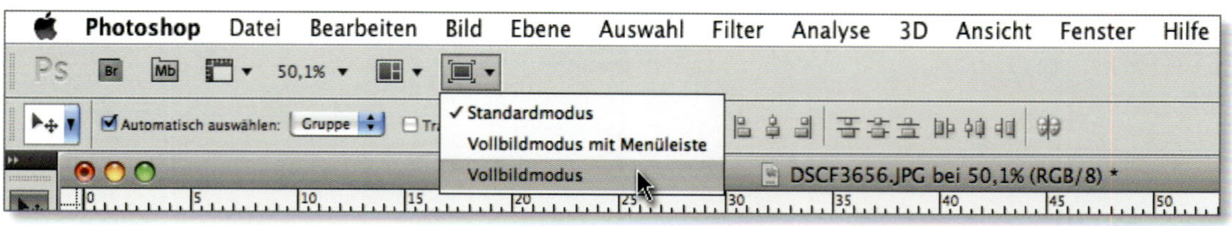

Besonders hervorzuheben ist hier der Eintrag VOLLBILDMODUS, der das aktuelle Foto bildschirmfüllend anzeigt. Allerdings müssen Sie nach der Anwahl dieses Befehls zunächst noch eine Kontrollabfrage überwinden – zumindest beim allerersten Mal. Wenn Sie nämlich NICHT WIEDER ANZEIGEN aktivieren, ehe Sie auf Vollbildschirm klicken, bleibt die Meldung fortan aus. ■

Auch in diesem Modus können Sie natürlich die Werkzeuge und Bedienfelder erreichen. Dazu stellen Sie die Maus an den linken (Werkzeugleiste) oder rechten (Bedienfelder) Rand und verweilen einen Moment. – Den Vollbildmodus verlassen Sie, indem Sie Esc drücken. Sie können zwischen den verschiedenen Ansichten auch wechseln, indem Sie mehrfach F drücken – bis Sie Ihre favorisierte Ansicht vorfinden. Das erspart Ihnen dann sogar noch den Weg über die Optionsleiste.

Warndialoge zurücksetzen

Die Checkbox NICHT WIEDER ANZEIGEN wird Ihnen in Warndialogen noch öfter begegnen. Durch Aktivierung des Kästchens werden diese in Zukunft nicht mehr angeboten. Was aber, wenn Sie sich irgendwann doch dafür entscheiden, die Dialoge wieder sichtbar zu machen? Dann gehen Sie in das Menü PHOTOSHOP/BEARBEITEN • VOREINSTELLUNGEN • ALLGEMEIN (Strg/⌘+K) und klicken ganz unten auf ALLE WARNDIALOGFELDER ZURÜCKSETZEN.

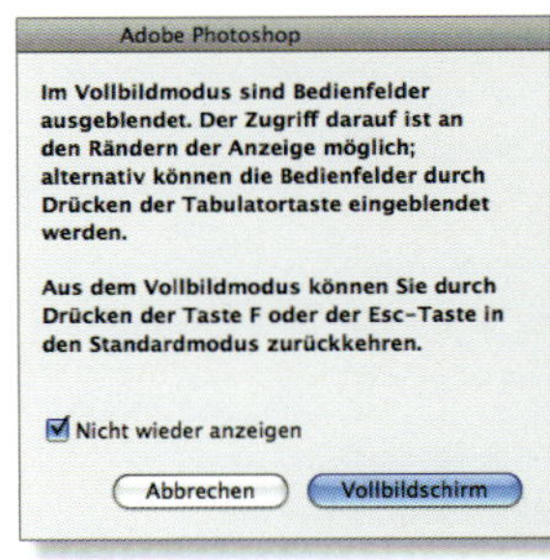

▲ **Abbildung 1.40**
Hier ist noch eine Kontrollabfrage zwischengeschaltet.

1.3.6 Fensteranordnung

Bei mehreren geöffneten Fotos können Sie auch bestimmen, wie diese angeordnet werden sollen. Das machen Sie über den Button links daneben, DOKUMENTE ANORDNEN. ■

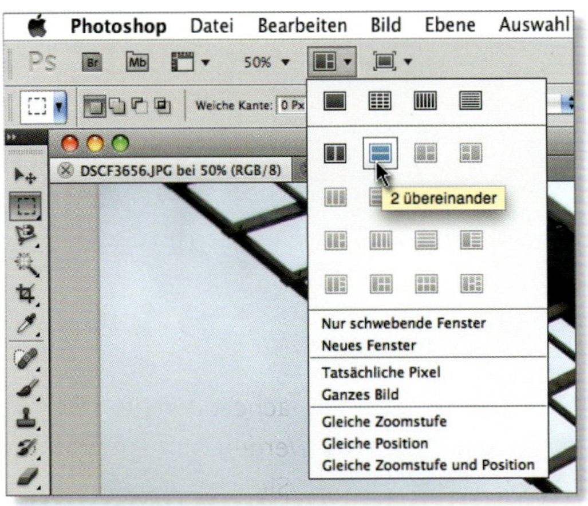

▲ **Abbildung 1.41**
Mit dieser Schaltfläche lassen sich zwei geöffnete Fotos nebeneinander anzeigen.

Anwählbarkeit der Buttons

Sie sehen, dass im Buchbeispiel nicht alle Schaltflächen anwählbar sind. Das liegt im konkreten Fall daran, dass in der Anwendung nur zwei Fotos geöffnet sind. Würden Sie ein drittes Bild öffnen, stünde auch 3 ÜBEREINANDER zur Disposition.

1.3.7 Lineale aktivieren

Mitunter ist es durchaus sinnvoll, an den Bildrändern oben und links Lineale einblenden zu lassen. Am schnellsten erreichen Sie

Reihenfolge beachten

Das Hinzuschalten der Lineale wirkt sich zunächst einmal nur auf das aktuelle Foto aus. Sollten weitere Fotos offen sein, werden diese nicht mit Linealen ausgestattet. Anders ist das bei Fotos, die Sie erst nach der Anwahl des Befehls öffnen. Diese erhalten dann nämlich ebenfalls gleich die gewünschten Lineale.

dies über Strg/⌘+R. Über das Menü geht es allerdings auch, indem Sie Ansicht • Lineale einstellen. Wiederholen Sie den Vorgang, um die Lineale wieder auszublenden. ■

Standardmäßig wird die Maßeinheit Zentimeter (cm) angeboten. Wenn Sie stattdessen aber lieber eine andere Einheit (z. B. Millimeter, Punkt oder Pixel) wünschen, können Sie das über das oberste Steuerelement des Fensters Bearbeiten/Photoshop • Voreinstellungen • Masseinheiten und Lineale umstellen.

Abbildung 1.42 ▸
Horizontal und vertikal werden Lineale eingeblendet.

1.4 Das Protokoll

Abschließend wollen wir uns noch der äußerst wichtigen Protokollfunktion widmen, die Ihnen die Arbeit mit Photoshop beträchtlich erleichtern wird.

1.4.1 Protokollliste

Dass Photoshop die übertragenen Aufgaben mit erstaunlicher Zuverlässigkeit verrichtet, ist hinlänglich bekannt. Das Interessante an dieser Tatsache ist aber, dass jeder einzelne Schritt akribisch protokolliert wird. Die Anwendung registriert (fast) jede Ihrer Aktionen und listet sie in der Protokoll-Palette auf. Davon ausgenommen sind lediglich programmspezifische Funktionen wie das Ändern der Farbe oder der Grundeinstellungen, Werkzeugwechsel, das Öffnen und Schließen von Paletten und Ähnliches. Funktionen, die Auswirkungen auf Ihre Bilddatei haben, werden korrekt gesammelt. ■ Das Protokoll lässt sich über Fenster • Protokoll auf die Oberfläche bringen.

Standardmäßig listet die Anwendung die letzten 20 Schritte untereinander auf. Das bedeutet: Wenn Sie den 21. Schritt durchführen, wird der erste aus der Protokoll-Palette entfernt. Diese Vorgehensweise erlaubt es Ihnen nun, innerhalb dieser 20 Schritte zurückzuspringen. Markieren Sie dazu mittels Mausklick einen Eintrag weiter oben.

Solange sich das Protokoll so darstellt, dass die unterhalb angeordneten Schritte noch schwach grau erhalten sind, lässt sich auf diese Punkte noch zugreifen. In dem Moment aber, in dem Sie eine neue Aktion ausführen, werden alle darunter befindlichen Schritte unwiederbringlich gelöscht. Diese Aktion lässt sich dann nicht wieder rückgängig machen.

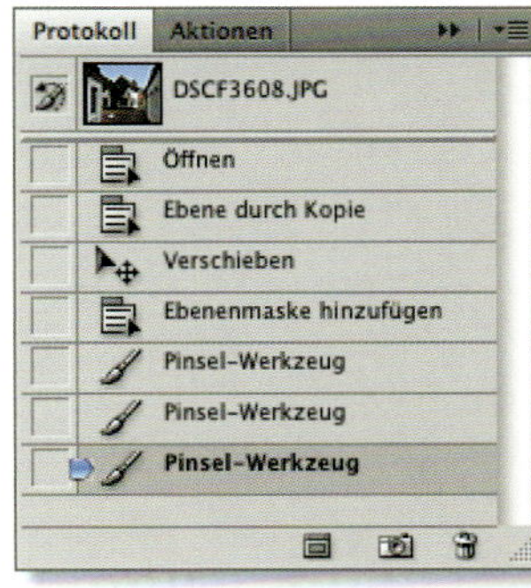

▲ **Abbildung 1.43**
Photoshop schreibt mit – die Protokoll-Palette.

> **»Ein-Schritt«-Aktionen**
>
> Beim Protokoll-Listing werden bestimmte Ausführungen zu einem Schritt zusammengefasst. Wenn Sie beispielsweise ein Objekt mehrmals hintereinander verschieben, wird die gesamte Verschiebung lediglich als *ein* Programmschritt ausgewiesen.

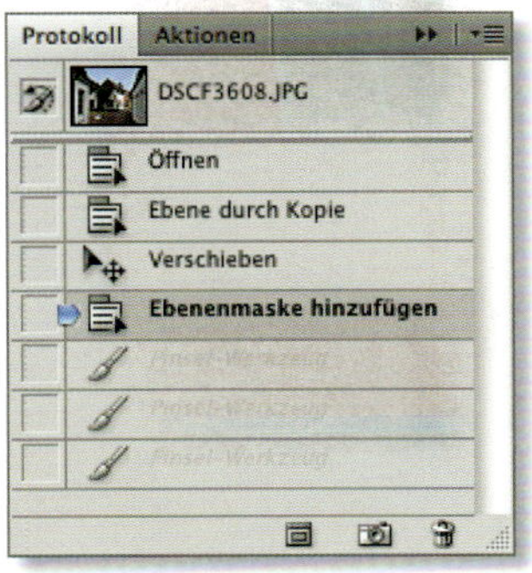

▲ **Abbildung 1.44**
Hier wurde der Zustand des Bildes bis auf den Einsatz der Ebenenmaske zurückgestuft.

▲ **Abbildung 1.45**
Nach dem Markieren der Zeile »Ebenenmaske hinzufügen« wurde eine neue Aktion ausgeführt. Alle Schritte, die sich in der Liste darunter befanden, wurden somit gelöscht.

1.4.2 Schnappschuss erstellen

Anders sieht es aus, wenn Sie von Zeit zu Zeit einen Schnappschuss erstellen. Diese Funktion kann man sich wie einen *Zwischenspeicher* vorstellen, der im oberen Bereich des Fensters den aktuellen Zustand des Bildes absichert.

▲ **Abbildung 1.46**
Fertigen Sie einen Schnappschuss an, zu dem Sie immer wieder zurückkehren können.

Fertigen Sie – falls Sie sich nicht hundertprozentig sicher sind, ob Sie auf die letzten Schritte verzichten können – zuvor einen Schnappschuss an. Führen Sie weitere Arbeiten an Ihrem Dokument aus. Wenn Sie nach einiger Zeit feststellen, dass die Schnappschuss-Version doch die bessere war, markieren Sie einfach den Eintrag »Schnappschuss 1«, und Sie erhalten die Version des Bildes zurück, die *vor* dem Löschen der Schritte aktuell war. Finden Sie das nicht auch äußerst praktisch?

1.4.3 Protokollobjekte löschen

Ziehen Sie den obersten Eintrag der nicht mehr benötigten mittels Drag & Drop auf das Papierkorb-Symbol rechts neben der Schnappschuss-Taste. Das hat zur Folge, dass dieser Eintrag und alle unterhalb befindlichen gelöscht werden. ■

Löschen mit Kontrollabfrage

Prinzipiell ist es möglich, den zu löschenden Eintrag zu markieren und anschließend das Papierkorb-Symbol anzuklicken. Dabei fragt Photoshop aber sicherheitshalber noch einmal nach, ob der Eintrag wirklich gelöscht werden soll. Mit der Methode Drag & Drop wird die Abfrage umgangen. Diese Vorgehensweise gilt im Übrigen auch für alle anderen Paletten.

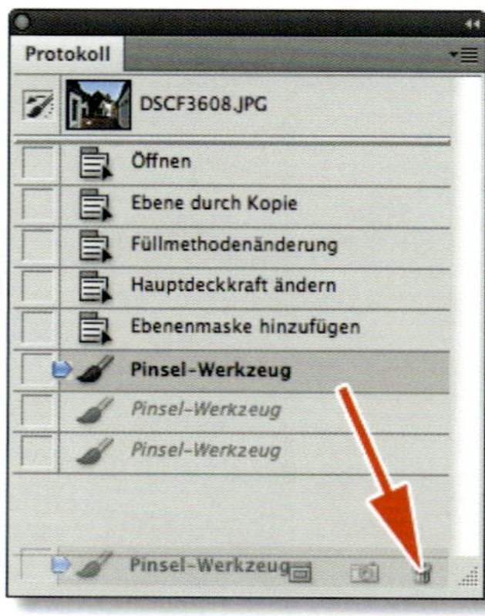

▲ **Abbildung 1.47**
So werden die letzten Arbeitsgänge komfortabel rückgängig gemacht.

1.4.4 Datei duplizieren

Eine weitere Möglichkeit, die den Erhalt des ursprünglichen Protokolls garantiert, besteht darin, eine Kopie des Bildes über das linke der drei unteren Icons zu erstellen. Dort können Sie dann frohen Mutes weiterarbeiten, ohne das Protokoll des Originals zu verlieren.

Kapitel 2

Importieren und verwalten

Bilder anlegen, sortieren und suchen mit Adobe Bridge und Mini Bridge

- Wie werden einzelne und mehrere Dateien geöffnet?
- Wie kann ich über Adobe Bridge Dateien finden?
- Wie funktioniert die Mini Bridge?
- Wie kann ich Fotos kennzeichnen?
- Wie finde ich Fotos in großen Bildersammlungen?

2 Importieren und verwalten

Dass sich Bilddateien über Datei • Öffnen bereitstellen lassen, muss wirklich nicht feierlich verkündet werden. Falls Sie sich aber fragen, warum ein ganzes Kapitel zu Themen wie der Bridge und dem Handling von Bildern geschrieben werden muss, kann die Antwort nur lauten: »Weil Sie es unbedingt wissen müssen!« Es bleibt abzuwarten, ob Sie nach diesem Kapitel genauso darüber denken. Alles andere als ein »Wirklich gut zu wissen!« wäre recht verwunderlich …

2.1 Der Öffnen-Dialog

»Öffnen« unter Windows

Praktisch: Sie erreichen den Öffnen-Dialog bequem, indem Sie auf eine freie Stelle des Arbeitsbereichs doppelklicken.

Mit dem bereits erwähnten Pfad (Datei • Öffnen) lassen sich in einem Arbeitsgang mehrere Bilder bereitstellen. Um mehrere Dateien zu selektieren, die alle beisammen liegen, markieren Sie zunächst die oberste Datei und danach mit gedrückter [⇧]-Taste die unterste. Liegen die Dateien nicht beisammen, markieren Sie die erste und anschließend mit gedrückter Taste [Strg]/[⌘] die anderen. ■

▲ **Abbildung 2.1**
Mehrere Fotos lassen sich in einem einzigen Arbeitsgang öffnen.

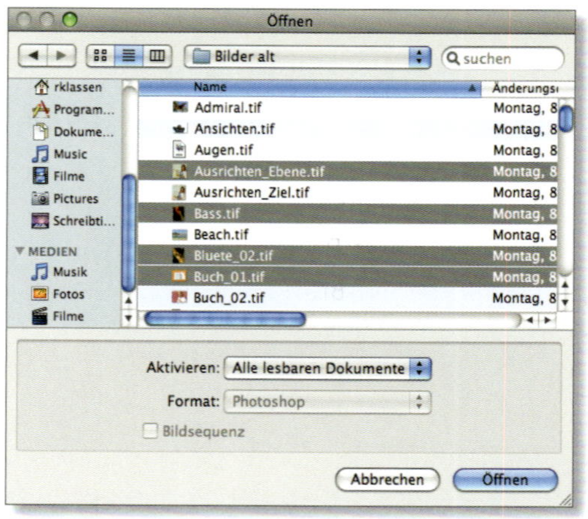

▲ **Abbildung 2.2**
Das gilt auch für Fotos, die nicht direkt beisammen liegen.

Sollten Sie versehentlich eine Datei ausgewählt haben, die nicht geöffnet werden soll, markieren Sie diese erneut, während Sie [Strg]/[⌘] festhalten. Das hat dann zur Folge, dass nur diese wieder abgewählt wird, während alle anderen markiert bleiben.

Eine weitere nützliche Option beim Öffnen von Bildern: Treffen Sie eine Vorauswahl, damit nur Bilder eines bestimmten Typs angezeigt werden. Beispielsweise lassen Sie sich darüber alle Bilder eines Ordners anzeigen, die das Dateiformat TIFF haben. Verwenden Sie dazu das Steuerelement FORMAT (Macintosh) bzw. DATEITYP (Windows).

Über DATEI • LETZTE DATEIEN ÖFFNEN wird die Liste der zehn zuletzt verwendeten Bilddateien gespeichert. ■ Wählen Sie das gewünschte Bild, um es abermals zu öffnen. Die Liste bleibt auch dann bestehen, wenn Photoshop zwischenzeitlich geschlossen wurde. Selbst nach einem Neustart des Rechners weiß die Anwendung noch immer, welche Bilder zuletzt in Gebrauch waren. Aber Vorsicht: Verschieben Sie eine dieser Dateien manuell, wird das in Photoshop natürlich nicht berücksichtigt. Das Öffnen der Datei über die Liste schlägt dann fehl. Wenn Sie die Liste nicht mehr benötigen, können Sie diese leeren, indem Sie DATEI • LETZTE DATEIEN ÖFFNEN • LETZTE DATEIEN LÖSCHEN selektieren.

Umfang der Dateiliste verändern

Standardmäßig »merkt« sich Photoshop die letzten zehn verwendeten Dateien. Wollen Sie diesen Wert verändern, erreichen Sie das, indem Sie das Eingabefeld LISTE DER LETZTEN DATEIEN UMFASST [X] DATEIEN entsprechend ändern. Dieses Steuerelement finden Sie unter BEARBEITEN/PHOTOSHOP • VOREINSTELLUNGEN • DATEIHANDHABUNG. Die Alternative zum Gang über das Menü: einmal [Strg]/[⌘]+[K] drücken und anschließend den Eintrag auf der linken Seite markieren.

2.2 Bridge und Mini Bridge – Übersicht

CS5

Häufig (vor allem, wenn sich bereits Berge von Bildern auf Ihrem Rechner angehäuft haben) werden Sie Bridge zu schätzen wissen. Adobe Bridge ist eine eigenständige Applikation zum Verwalten von Dateien. Das Programm erweist sich unter anderem als zuverlässiger Archivar, da es die Suche nach Bildern durch Miniaturansichten (und nicht nur dadurch) erheblich vereinfacht.

Hinzu kommt, dass Photoshop in der Version CS5 durch eine funkelnagelneue Mini Bridge ergänzt wurde. Das erspart in vielen Fällen den direkten Wechsel zu Bridge und bedeutet: Sie können jetzt direkt von der Photoshop-Oberfläche aus auf Ihre Bildarchive zugreifen. In diesem Abschnitt werden Sie beide Bereiche kennenlernen.

2.2.1 Mini Bridge

CS5

Wenn Sie Photoshop erstmals öffnen, sollten Sie die gleichnamige Palette auf der rechten Seite der Anwendung sehen. Ist das nicht der Fall, betätigen Sie das entsprechende Symbol in der Optionsleiste oder den Taster MINI BRIDGE im Palettenbereich.

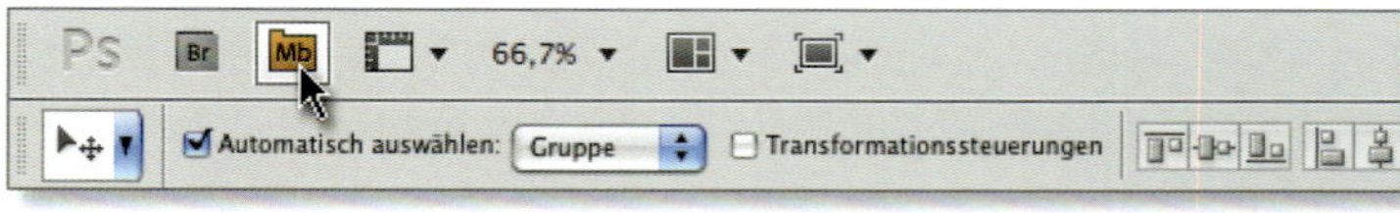

▲ **Abbildung 2.3**
Das zweite Symbol in der obersten Leiste bringt Sie zur Mini Bridge.

▲ **Abbildung 2.4**
Das Bedienfeld der Mini Bridge sieht zunächst wenig hilfreich aus.

Betätigen Sie doch einmal den Button BEDIENFELDANSICHT ❷, und wählen Sie aus dem sich öffnenden Pulldown-Menü den Eintrag NAVIGATIONSFENSTER.

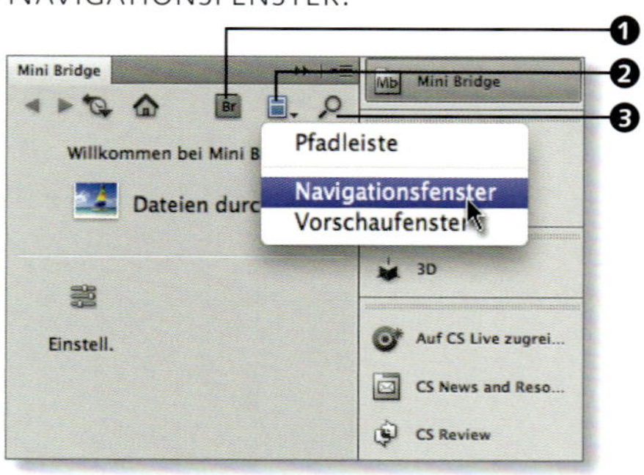

▲ **Abbildung 2.5**
Nach der Umstellung haben Sie die Möglichkeit, Festplatten wie im Explorer (Windows) oder Finder (Mac) zu durchforsten.

Zur Bridge wechseln oder suchen

Die Schaltfläche BRIDGE ❶ gestattet den Wechsel von Photoshop aus zur großen Bridge. Hier erhalten Sie dann sämtlichen Komfort, den Sie bei der Fotoarchivierung benötigen. Klicken Sie auf die Lupe ❸, können Sie den Rechner (bzw. bestimmte Ordner) gezielt nach Dateien durchsuchen.

Damit Sie etwas mehr Platz gewinnen, sollten Sie das Bedienfeld am linken Steg sowie am unteren rechten Anfasser etwas aufziehen. Nun steht der Bildersuche nichts mehr im Weg. Klicken Sie einfach die Ordner an, die Sie zugänglich machen wollen (im Bereich INHALT müssen Sie doppelklicken), und freuen Sie sich darüber, dass sämtliche Bildinhalte wie offene Bücher vor Ihnen liegen. ■

Nun ist die Ansicht natürlich keinesfalls fest vorgegeben. Zum einen lässt sich die Miniaturgröße mithilfe des Schiebereglers ❹ nahezu stufenlos verändern, zum anderen können Sie ein Foto auch vergrößert betrachten ❺, nachdem Sie es markiert haben. Wie die einzelnen Miniaturen innerhalb des Bedienfelds dargestellt werden, bestimmen Sie mit dem Button ANSICHT ❻.

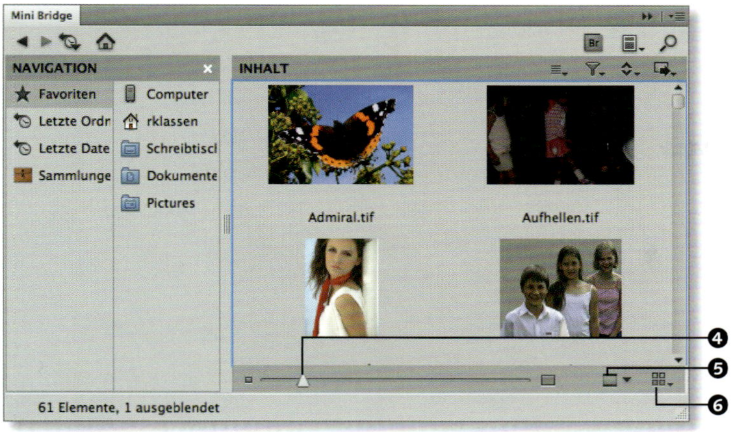

◂ **Abbildung 2.6**
In den Ordnern befindliche Fotos werden als Miniaturen angezeigt.

Zur Auswahl bestimmter Fotos lässt sich übrigens auch das kleine Menü ❼ verwenden. Interessanter ist allerdings der Trichter ❽. Dieser offenbart nämlich die Möglichkeit, die aktuelle Bildanzeige zu filtern (z.B. nach Bewertungen oder Beschriftungen). Außerdem lässt sich die Reihenfolge der angezeigten Bildminiaturen beeinflussen, sofern Sie ❾ betätigen. Dem letzten Button in dieser Reihe ❿ kommt eine besondere Bedeutung zu. Hierüber lässt sich nämlich bestimmen, was im Weiteren mit dem Foto geschehen soll. – Und wie wird nun ein solches Foto zur weiteren Bearbeitung an Photoshop übergeben? Ganz einfach mit einem Doppelklick.

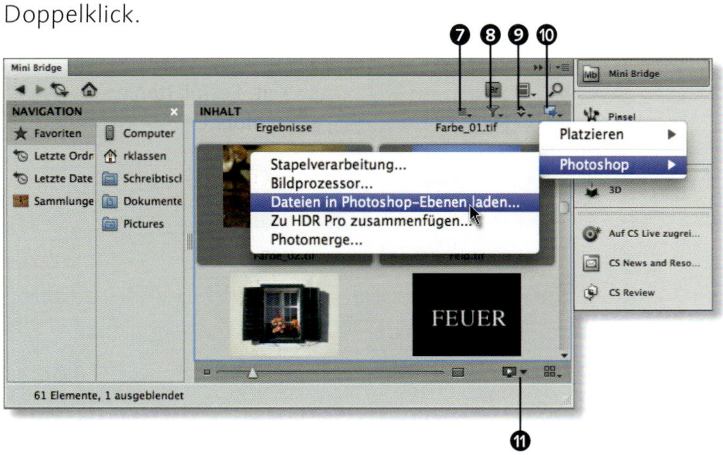

◂ **Abbildung 2.7**
Die Schaltfläche ❿ stellt weitere Verwendungsmöglichkeiten zur Verfügung.

2.2.2 Mini Bridge Diashow

Möchten Sie die Fotos als Diashow präsentiert bekommen? Dann sollten Sie zunächst einmal sämtliche Bilder markieren, die dafür infrage kommen. (Wenn Sie das nicht machen, werden alle Fotos

Betrachtungsmodus

Betätigen Sie den kleinen Pfeil ⓫, und entscheiden Sie sich für BETRACHTUNGSMODUS, so können Sie sämtliche Bilder in einer Art interaktiver Präsentation betrachten und bearbeiten. Das ist eine wirklich sehr interessante Funktion der großen Bridge, die löblicherweise auch in der Mini Bridge zur Verfügung steht. Weitere Hinweise dazu finden Sie in Abschnitt 2.2.9, »Fotos im Betrachtungsmodus ansehen«.

innerhalb des Ordners dazu herangezogen.) Anschließend klicken Sie auf den kleinen Pfeil ⓫ und wählen DIASHOW aus dem Menü. Am Ende stoppt die Präsentation automatisch, und die Anwendung kehrt zur ursprünglichen Ansicht zurück. Wenn Sie die Diashow vorzeitig abbrechen wollen, betätigen Sie [Esc]. Die Präsentation selbst lässt sich übrigens auch noch an die Bedürfnisse des Betrachters anpassen. Wählen Sie dazu den obersten Eintrag im Menü ⓫, und legen Sie die gewünschten Parameter fest. ■

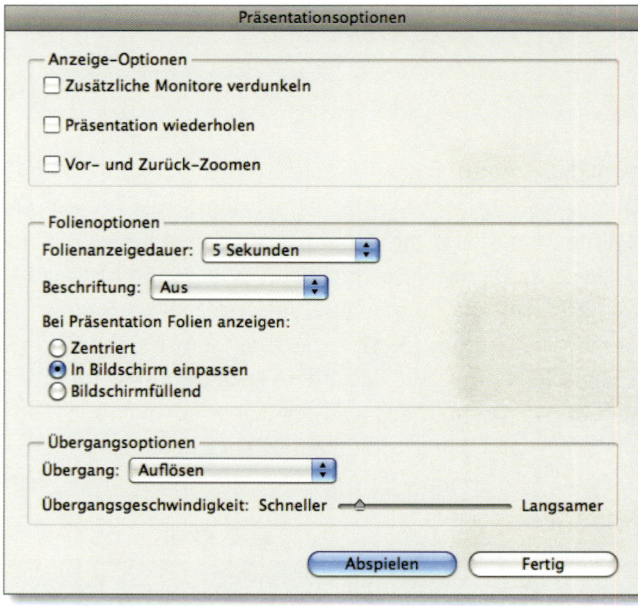

Abbildung 2.8 ▸
Nehmen Sie Einfluss auf die Art der Präsentation.

2.2.3 Adobe Bridge

Für den schnellen Zugriff auf Fotos sowie deren Begutachtung reicht Mini Bridge allemal aus. Wenn Sie jedoch Ihre Bildarchive komfortabel einrichten, platzieren und sortieren wollen, sollten Sie auf die Bridge zurückgreifen und die Arbeitsoberfläche von Photoshop verlassen. Den Button in der Optionsleiste von Photoshop haben Sie ja bereits kennengelernt (oder haben Sie etwa das Vorwort überblättert?).

Abbildung 2.9 ▸
Nur einen Mausklick entfernt – Adobe Bridge

2.2.4 Die Ansichtsoptionen

Nach einer Selektion der Registerkarte FAVORITEN ❶ oben links können Sie sich auf der mittleren Arbeitsfläche durchklicken, bis Sie den relevanten Ordner gefunden haben. Wenn Ihnen zur Vorauswahl die Explorer-Ansicht mehr liegt, entscheiden Sie sich für ORDNER ❷.

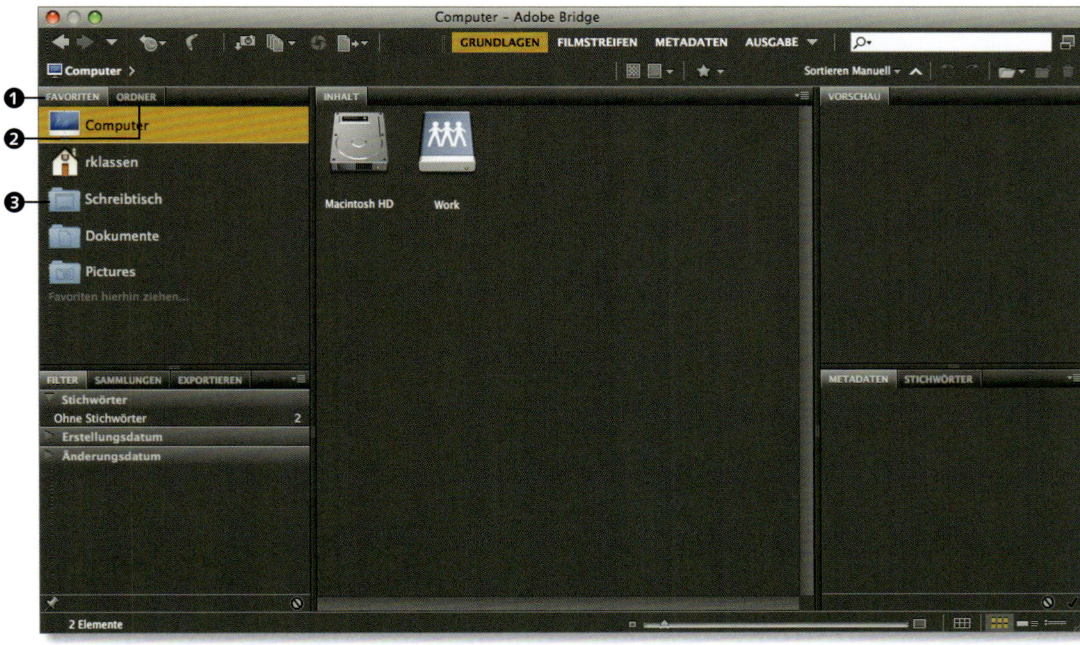

▼ **Abbildung 2.10**
Bridge präsentiert sich zunächst recht unscheinbar.

Wir möchten nun die Dateien zur Buch-DVD auflisten. Dazu reicht ein Klick auf SCHREIBTISCH ❸ (Mac) bzw. DESKTOP (Windows) und ein anschließender Doppelklick auf den rechts daneben angezeigten Ordner mit den Beispielfotos. (Voraussetzung ist natürlich, Sie haben diesen Ordner tatsächlich auf den Desktop gelegt. Ist das nicht der Fall, navigieren Sie zu der Position, an der Sie den Ordner abgelegt haben.) Kurze Zeit später sollten im zentralen Fenster der Anwendung die zahlreichen Miniaturen zu sehen sein. Die Größe der Miniaturen können Sie über den Schieberegler im Fuß der Anwendung verändern.

Wenn Sie ein Foto suchen und das geeignete gefunden haben, können Sie darauf doppelklicken, woraufhin es in Photoshop zur Verfügung gestellt wird. Aber auch ein einfacher Mausklick offenbart bereits hier eine Menge über das Bild. Werfen Sie dazu einen Blick in die rechte Spalte der Anwendung. ■

Ein weiteres Bridge-Fenster öffnen

Vielleicht haben Sie gerade einige Fotos ausgesucht und möchten in einen anderen Ordner gehen, ohne die aktuelle Bridge-Ansicht zu verlieren. Kein Problem: Drücken Sie [Strg]/[⌘]+[N]. Dann erzeugt die Anwendung ein neues Fenster, während das alte erhalten bleibt.

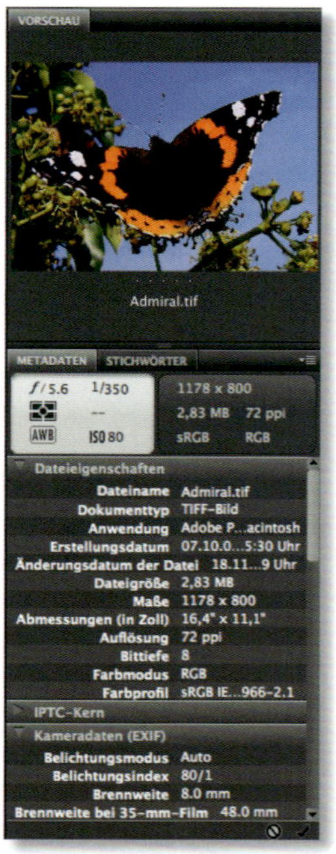

▲ **Abbildung 2.11**
Navigieren Sie zum Bildordner mit den zahlreichen Beispielfotos.

▲ **Abbildung 2.12**
Hier bleibt nichts mehr verborgen. Sie haben Zugriff auf sämtliche Bilddaten.

2.2.5 Darstellung ändern

In der Kopfleiste der Anwendung finden Sie vier Einträge (GRUNDLAGEN, FILMSTREIFEN, METADATEN, AUSGABE), über deren Anwahl Sie das Erscheinungsbild der Bridge nach Wunsch ändern können. Das ist vor allem dann interessant, wenn Sie Bilder beispielsweise anhand eines Erstellungsdatums oder der Dateigröße ausfindig machen wollen. Klicken Sie doch einmal auf METADATEN. Danach reicht ein Klick auf GRUNDLAGEN, um wieder zur vorherigen Ansicht zu wechseln.

2.2.6 Fotos drehen

Ihre Bilder lassen sich auch gleich hier in Bridge drehen. Wählen Sie dazu eine der Schaltflächen ❶. Die linke bewirkt eine Drehung um 90° gegen den Uhrzeigersinn, der rechte Button dreht das Bild um 90° nach rechts. Nachdem Sie ein Bild markiert haben, können Sie es aus dem Ordner löschen, indem Sie auf den kleinen Papierkorb ❷ klicken.

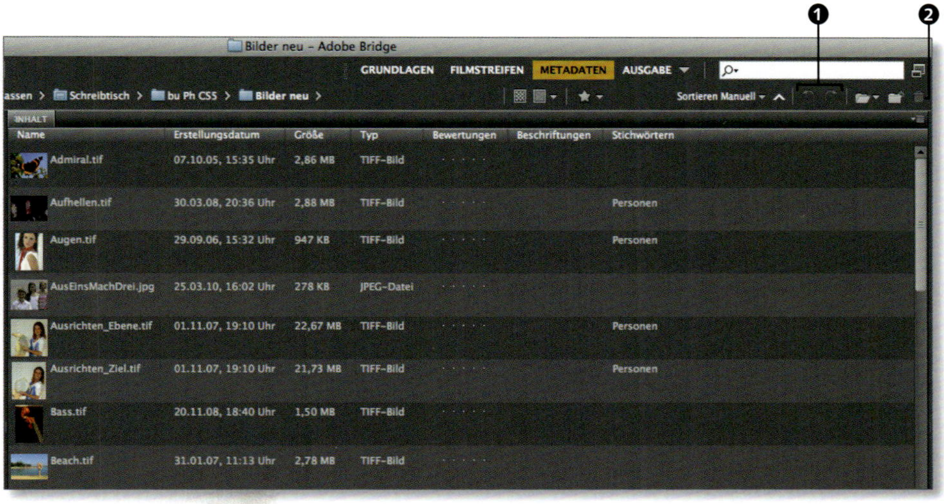

▲ **Abbildung 2.13**
Jetzt werden die Fotos in einer Liste präsentiert.

2.2.7 Kompakt- und Ultrakompaktmodus

Häufig werden Sie Bridge komplett geöffnet lassen. Wenn Sie allerdings Platz sparen wollen, können Sie die Anwendung ordentlich verjüngen. Dazu klicken Sie ganz oben rechts auf In Kompaktmodus wechseln ❸.

◂ **Abbildung 2.14**
Sie können Bridge in den Kompaktmodus versetzen.

Ist Ihnen auch der Kompaktmodus noch zu groß? Dann klicken Sie auf die Schaltfläche links daneben, und Sie erhalten den Ultrakompaktmodus ❹.

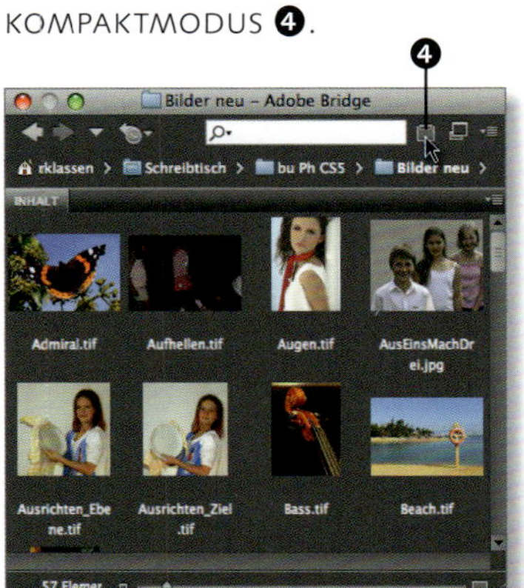

▲ **Abbildung 2.15**
Vom Kompaktmodus aus geht es tatsächlich noch kleiner.

▲ **Abbildung 2.16**
Bridge ultrakompakt – da kommt ja nicht mal mehr die Mini Bridge mit.

Doch das wirklich Interessante ist, dass sowohl im Kompakt- als auch im Ultrakompaktmodus Adobe Bridge stets im Vordergrund bleibt – egal, in welcher Anwendung Sie sich gerade befinden. So können Sie, wann immer Sie wollen, schnell auf Bridge zugreifen.

Präsentationsoptionen festlegen

Natürlich läuft eine solche Präsentation nicht einfach nur so ab – Sie kennen doch Adobe-Software. Es wäre einfach untypisch, wenn Sie hierzu nicht auch individuelle Einstellungen festlegen könnten. Das Ganze finden Sie unter ANSICHT • PRÄSENTATIONSOPTIONEN.

2.2.8 Fotos als Präsentation ansehen

Die Bilder des Ordners, in dem Sie sich gerade befinden, lassen sich auch prima als Präsentation im Vollbildmodus ansehen. Wählen Sie dazu ANSICHT • PRÄSENTATION, oder gehen Sie über [Strg]/[⌘]+[L]. Hier geht es dann weiter mit den allseits beliebten und geschätzten Tastaturbefehlen. Drücken Sie die Leertaste, um die Präsentation anzuhalten. Jetzt können Sie mit den Pfeiltasten manuell weiterspringen. Für das nächste Bild wählen Sie [↓] oder [→]. Mit [↑] bzw. [←] gelangen Sie jeweils ein Bild zurück. Ein erneuter Druck auf die Leertaste startet die Präsentation wieder. Und verlassen können Sie die Präsentation mit [Esc]. ■

2.2.9 Fotos im Betrachtungsmodus ansehen

In Bridge CS4 wurde der Überprüfungsmodus neu eingeführt. Jetzt heißt er Betrachtungsmodus und erlaubt jede Menge Interaktivität. Dabei ist vor allem wichtig, ob Sie vorab Fotos markiert haben. Das bietet sich dann an, wenn Sie nur einzelne Fotos innerhalb des aktiven Ordners begutachten wollen. Verzichten Sie darauf, werden alle Fotos präsentiert. Nach dieser Auswahl drücken Sie [Strg]/[⌘]+[B] oder entscheiden sich für ANSICHT • BETRACHTUNGSMODUS.

© Robert Klaßen

Abbildung 2.17 ▸
Die Fotos werden in einer interaktiven Ansicht präsentiert.

Klicken Sie beispielsweise auf eine der Miniaturen im Hintergrund, wird dieses Foto nach vorne gestellt. Nun gibt es unten links und unten rechts Tasten, mit denen Sie das Ganze bedienen können. Da ich Ihnen aber versprochen hatte, dass wir verstärkt Tastaturkürzel einsetzen wollen, drücken Sie doch einmal [H]. Daraufhin erscheint eine Overlay-Palette, die Ihnen verrät, wie Sie den Überprüfungsmodus auch komfortabel per Tastatur bedienen können. Ein erneuter Druck auf [H] fährt die Palette wieder ein. Den Modus selbst verlassen Sie, indem Sie [Esc] betätigen.

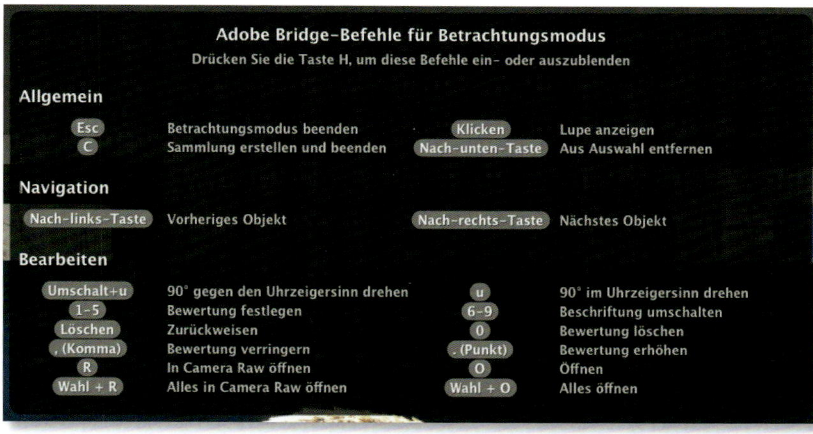

◂ **Abbildung 2.18**
Die Tastaturoptionen werden in einer Overlay-Palette angezeigt.

Wollen Sie einmal ein besonderes Detail ansehen? Dann klicken Sie auf das vorderste Foto. Daraufhin wird die Stelle vergrößert angezeigt. Ein erneuter Klick auf den vergrößerten Bereich beendet diese Ansicht wieder. Cool, oder? ■

Ausschnitt verschieben

Oftmals bietet es sich an, den Ausschnitt ein wenig zu bewegen, damit auch benachbarte Bildelemente in der Vergrößerung betrachtet werden können. Klicken Sie dazu auf die Vergrößerung, und halten Sie die Maustaste gedrückt. Bewegen Sie nun die Maus, wird die Vergrößerung entsprechend folgen.

◂ **Abbildung 2.19**
Auch Details können hier prima betrachtet werden.

2.2.10 Eine Sammlung erstellen

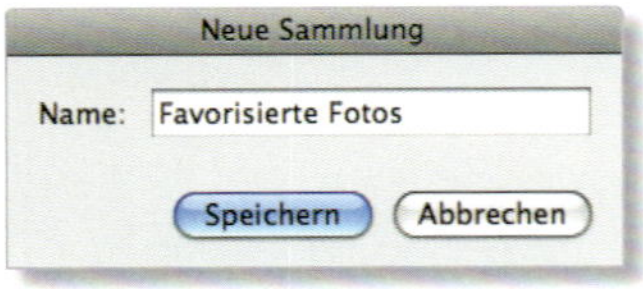

▲ **Abbildung 2.20**
Dieser Dialog erscheint automatisch, sobald Sie C drücken.

Der Sinn und Zweck der Arbeit im Betrachtungsmodus ist nicht zuletzt auch das Zusammenstellen von Sammlungen. So können Sie jetzt beispielsweise mit → Bild für Bild ansehen. Wenn Sie ein Foto nicht in der Auswahl haben wollen, drücken Sie ↓ und fahren fort. Das Foto wird dann übrigens nicht aus der Bridge entfernt, sondern nur aus der aktuellen Auswahl. Am Ende drücken Sie C (oder benutzen den mittleren der drei Buttons unten rechts), geben der Sammlung einen Namen und klicken auf SPEICHERN.

Werfen Sie auch einmal einen Blick auf die Zeile unterhalb der Kopfleiste. Hier finden Sie den Speicherort der soeben angelegten Sammlung ❶. Wie zu sehen ist, wurde das Benutzerkonto dazu herangezogen.

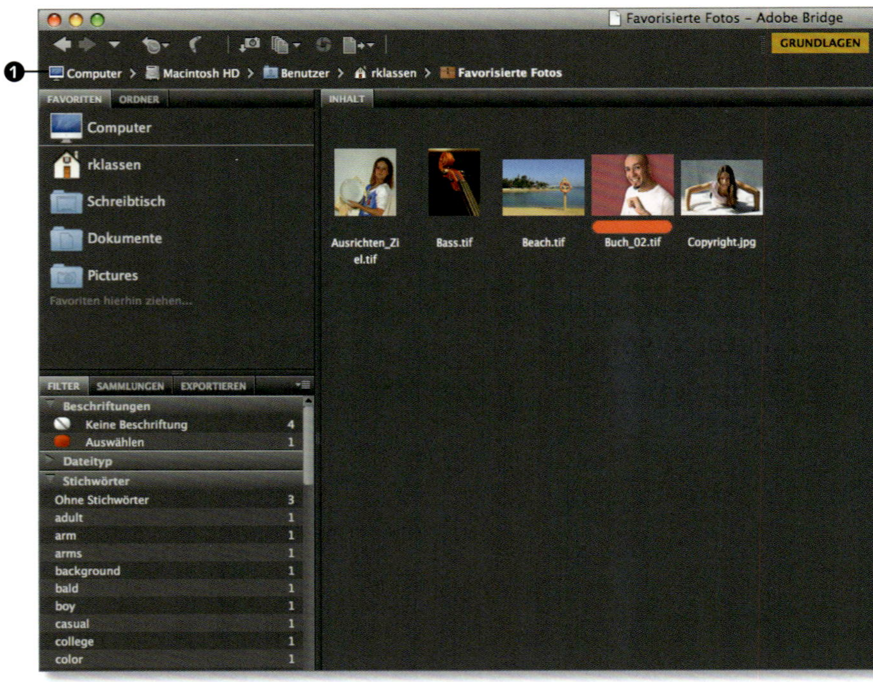

Abbildung 2.21 ▶
Erstellen Sie Ihre Sammlungen nach diesem Muster.

Aus Favoriten entfernen

Um den Ordner wieder aus der Favoritenliste zu verbannen, markieren Sie ihn mit Rechtsklick und wählen AUS FAVORITEN ENTFERNEN.

2.2.11 Favoriten

Falls Sie einen der Ordner zu Ihren Favoriten erklären wollen, können Sie das tun. Ziehen Sie ihn einfach auf den Text FAVORITEN HIERHIN ZIEHEN... und lassen ihn dort fallen. Fortan ist dieser Ordner fester Bestandteil der Registerkarte FAVORITEN. ■

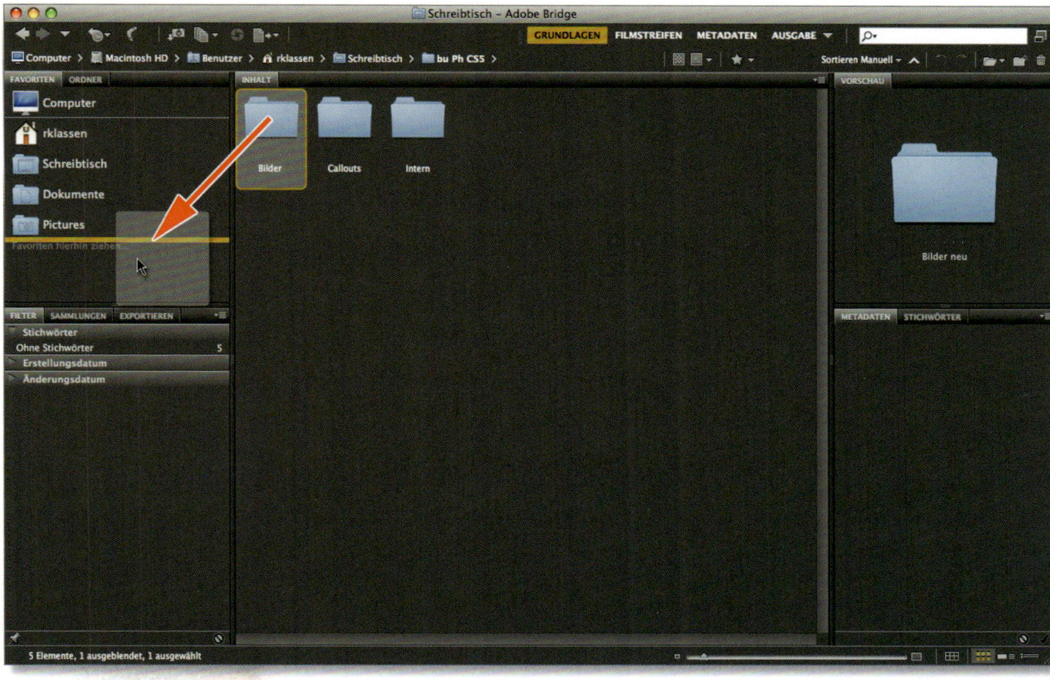

▲ **Abbildung 2.22**
Damit ist der BILDER-Ordner Bestandteil der Favoriten.

2.3 Dateien sortieren und filtern

2.3.1 Dateien sortieren

Jetzt können Sie die einzelnen Fotos natürlich auch sortieren, das heißt, die Reihenfolge innerhalb des Ordners verändern oder die Fotos sogar in andere Ordner verschieben. Das alles passiert schlicht per Drag & Drop.

Des Weiteren stellt die Anwendung Ihnen diverse Sortieroptionen zur Verfügung. Dazu gehen Sie über ANSICHT • SORTIEREN und wählen die relevante Einstellung aus der Liste aus.

Noch einfacher wird die Liste zugänglich, wenn Sie rechts oben im Fenster auf die Listenschaltfläche klicken ❷ und die Maustaste gedrückt halten. Fahren Sie jetzt innerhalb des Overlay-Menüs auf den relevanten Eintrag, und lassen Sie die Maustaste über dem gewünschten Eintrag los. Kehren Sie die Ansichtsreihenfolge um, indem Sie ❸ betätigen.

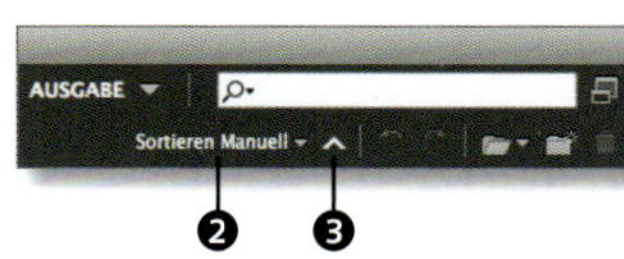

▲ **Abbildung 2.23**
Dateien nach bestimmten Kriterien sortieren

2.3.2 Dateien filtern

Markieren Sie doch, wenn der Inhalt des Ordners BILDER angezeigt wird, einmal den Eintrag JPEG-DATEI ❶. Sofort werden im Fenster INHALT nur noch die Fotos angezeigt, für die der Filter zutrifft.

Seine wirklichen Stärken offenbart das Filterfenster aber erst, wenn es darum geht, verschiedene Filterfunktionen gemeinsam zu nutzen. Dazu müssen Sie nämlich nacheinander nur auf die Einträge klicken, die Sie in die Filterung aufnehmen wollen. Suchen Sie doch einmal nach TIFF-Bildern ❷, deren Seitenverhältnis dem Kleinbildformat 2:3 ❸ entspricht. Danach sollten Sie die Sucheinträge allerdings wieder verwerfen. Um die Filterung aufzuheben, drücken Sie auf das kleine Halt-Symbol unten rechts ❺. ■

Filter sperren

Damit die derzeit aktuellen Filteroptionen nicht dadurch entfernt werden, dass Sie zu einem anderen Ordner wechseln, aktivieren Sie FILTER BEIM DURCHSUCHEN BEIBEHALTEN ❹.

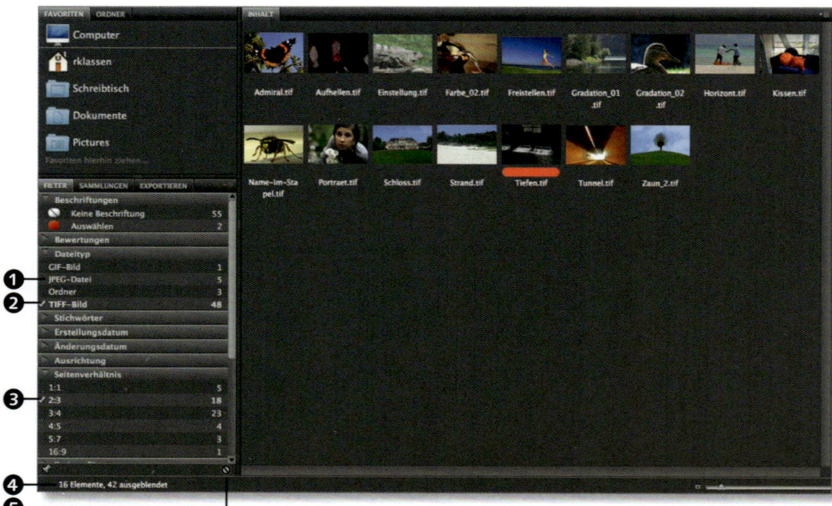

▲ **Abbildung 2.24**
Diese zwei Suchkriterien begrenzen die Auswahl der Beispielbilder beträchtlich.

▲ **Abbildung 2.25**
Die Sortierfunktionen des Filter-Bedienfelds

2.4 Dateien suchen

Nun ist die oben erwähnte Suchmethode lediglich dazu geeignet, Fotos aus dem aktuell gewählten Verzeichnis ausfindig zu machen. Wenn Sie aber einmal in Ihrem gesamten, unerschöpflichen Fundus nach bestimmten Dateien fahnden müssen (beispielsweise auf der Festplatte), hilft Adobe Bridge mit einer cleveren Suchfunktion weiter. Dazu werden Suchkriterien definiert, um Treffer möglichst einzugrenzen.

Schritt für Schritt: Bilder suchen

Bilder/(Alle Bilder dieses Ordners)

Ich möchte die Datei »Buch_02.tif« finden. Klar: Bis eben wusste ich noch, dass die Datei im Bilder-Ordner der DVD zu diesem Buch gelegen hat. Plötzlich jedoch, ein lauter Knall – und die Synapsen melden: »Betriebsstörung«. Was tun? Ich habe sowohl den Speicherort als auch den Dateinamen vergessen. Shit happens ...

1 Die Suchmaske starten

Glücklicherweise kann ich mich noch an das Tastaturkürzel Strg/⌘+F (Finden) erinnern, weil das ja in jeder Anwendung zum Starten der Suchmaske verwendet wird. (Bearbeiten • Suchen hätte im Übrigen auch funktioniert.)

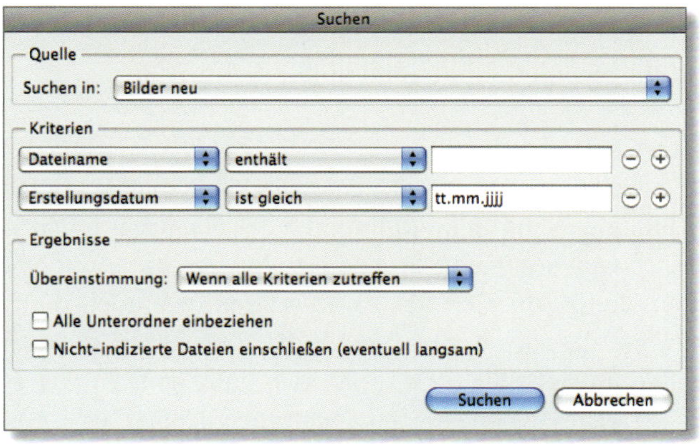

◂ **Abbildung 2.26**
Der Suchen-Dialog hilft auch in schwierigen Situationen weiter.

2 Speicherort wählen

Da ich den Speicherort vergessen habe, stelle ich ganz oben unter Suchen in die Festplatte ein, von der ich vermute, dass sie sich noch in meinem Rechner befindet.

3 Quelle festlegen

Vorsichtshalber wähle ich auch Alle Unterordner einbeziehen ❻ aus, damit wirklich jeder Ordner auf der Platte durchsucht wird. Nicht-indizierte Dateien einschliessen (eventuell langsam) ❼ lasse ich deaktiviert, denn irgendwie habe ich das Gefühl, ich hätte das gesuchte Foto schon einmal in Bridge aufgenommen.

4 Erstes Suchkriterium festlegen

Im Frame Kriterien kann ich nun alles das festlegen, was mich irgendwie weiterbringt – zum Beispiel den Dateinamen. Da ich

Bilder oft im Format TIFF speichere, lege ich das in der ersten Zeile nun fest, weshalb ich Dokumenttyp – ist gleich – TIFF-Bild einstelle.

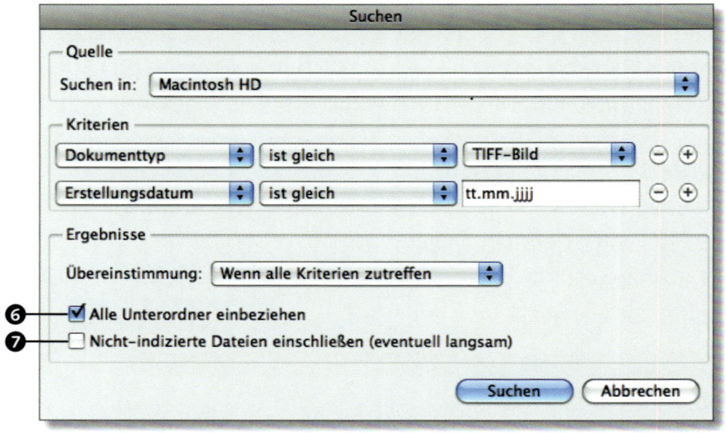

Abbildung 2.27 ▸
Die erste Suchzeile ist formuliert. Damit ist die Aktion aber noch nicht abgeschlossen.

5 Weitere Kriterien festlegen

Nun hilft jeder Punkt weiter, der irgendwie Rückschlüsse auf die Datei zulässt, denn mit dem TIFF-Kriterium allein würde ich ja nicht wirklich weit kommen. Um nun ein weiteres Kriterium hinzuzufügen, widme ich mich der zweiten Zeile (eventuell durch einen Klick auf das kleine Plus-Symbol, das sich neben meinem ersten Kriterium befindet). Ich weiß noch ganz genau, dass es sich um eine recht kleine Datei gehandelt hat – kleiner als 1 MB, glaube ich. Also lege ich den zweiten Suchsatz entsprechend an: Dateigrösse – ist kleiner als – 1024 KB.

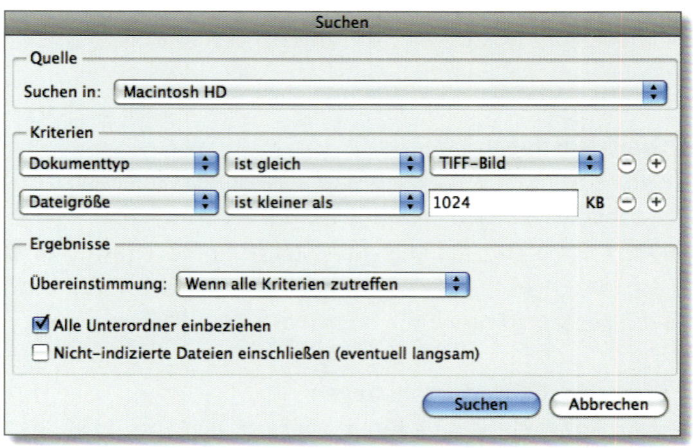

Abbildung 2.28 ▸
Zwei Suchoptionen dürften das Auffinden des Fotos bereits beträchtlich vereinfachen.

Ich muss das Foto irgendwann im Jahr 2006 erstellt haben. Aber wenn ich wenigstens den Monat noch wüsste! Normalerweise frage ich in solchen Fällen ja meine Frau. Die weiß so etwas – immer. Sie vergisst das auch nicht. Aber wehe, ich vergesse mal ein Datum ... Okay, das führt wohl zu weit. Außerdem ist meine Frau gerade nicht da, weshalb ich mich mit 2006 zufriedengeben muss. Mein dritter Satz heißt also: ERSTELLUNGSDATUM – IST GRÖSSER ALS – 31.12.2005. Sollte kein dritter Satz angezeigt werden, muss ich natürlich zuvor wieder auf das kleine Plus am Ende der zweiten Zeile klicken.

Zuletzt eröffne ich noch einen vierten Satz, der da lautet: ERSTELLUNGSDATUM – IST KLEINER ALS – 01.01.2007. Wenn diese vier Kriterien noch nicht reichen, können Sie weitere hinzufügen. Sie müssen dann aber zunächst das Plus-Symbol in der vierten Zeile anklicken.

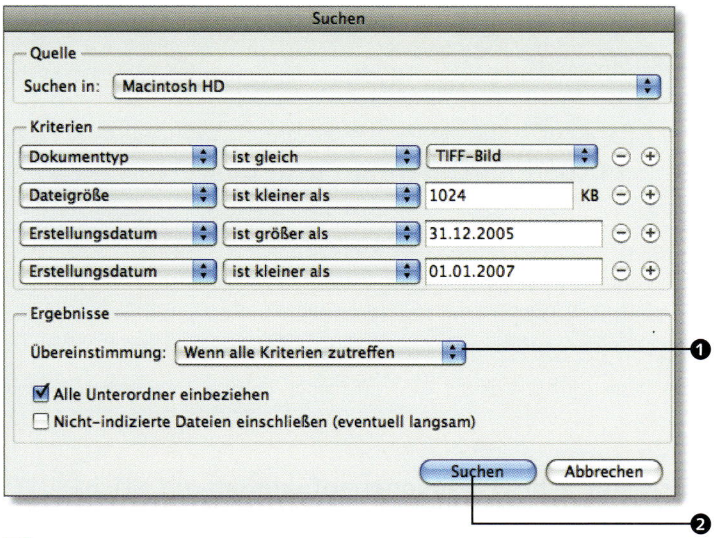

◂ **Abbildung 2.29**
Diese vier Kriterien sollten reichen.

6 Übereinstimmung festlegen

Am Schluss ist aber noch das Steuerelement ÜBEREINSTIMMUNG wichtig. Prüfen Sie, dass hier WENN ALLE KRITERIEN ZUTREFFEN ❶ aufgelistet ist. Anderenfalls müsste nämlich nur eine der vier Optionen erfüllt sein, und das würde wohl eine Flut von Resultaten bringen. Zum Schluss klicken Sie auf SUCHEN ❷.

Na, bitte! Die Ansicht ist in null Komma nichts auf wenige Bilder reduziert worden. Das gesuchte Foto ist dabei, und ich bin wirklich froh darüber. Das vergesse ich aber gleich wieder, weil die Synapsen ja noch immer ziellos umherschwirren.

Abbildung 2.30 ▶
Jetzt werden nur noch Fotos gelistet, die allen vier Suchoptionen entsprechen.

7 Suchergebnis löschen

Nachdem die Suche erfolgreich verlaufen ist, wollen sie natürlich wieder zur Standardansicht zurückkehren. Das können Sie erledigen, indem Sie auf das kleine Kreuz ❷ klicken oder mit dem Pfeil ❶ zurückspringen.

Abbildung 2.31 ▼
Aufgabe erledigt – zurück zur Standardansicht!

2.5 Fotos kennzeichnen und bewerten

Selbstverständlich haben nicht alle Bilder den gleichen Stellenwert. Ein Bewertungsschema hilft hier weiter und vereinfacht eine spätere Anzeige oder Suche enorm. Außerdem lassen sich die Dateien mit Schlüsselwörtern versehen, um diese später isoliert von den anderen anzeigen zu können.

Schritt für Schritt: Personenaufnahmen mit Stichwörtern kennzeichnen

Bilder/(Alle Bilder dieses Ordners)

In diesem Mini-Workshop sollen Sie all jene Fotos des Beispielordners BILDER individuell markieren, auf denen Personen abgebildet sind.

1 Bilder markieren

Klicken Sie mit gedrückter Taste [Strg]/[⌘] alle Fotos an, auf denen Sie Personen ausfindig machen können. Die Miniaturen werden blau umrandet dargestellt und in der Vorschau oben rechts gesammelt.

2 Stichwort vergeben

Setzen Sie jetzt die unten rechts in Bridge befindliche Registerkarte STICHWÖRTER ❸ nach vorne, und klicken Sie auf die Bedienfeldmenü-Schaltfläche ❹. Im erscheinenden Flyout-Menü entscheiden Sie sich für den Eintrag NEUES STICHWORT. Alternativ drücken Sie ❻. Geben Sie PERSONEN ein, und bestätigen Sie mit ↵. Danach aktivieren Sie das vorangestellte Häkchen ❺. Alle aktuell markierten Bilder werden jetzt mit diesem Suchwort ausgestattet.

▲ **Abbildung 2.32**
Die markierten Fotos tauchen im Bedienfeld VORSCHAU auf.

▲ **Abbildung 2.33**
Zunächst muss das Personen-Stichwort erzeugt werden.

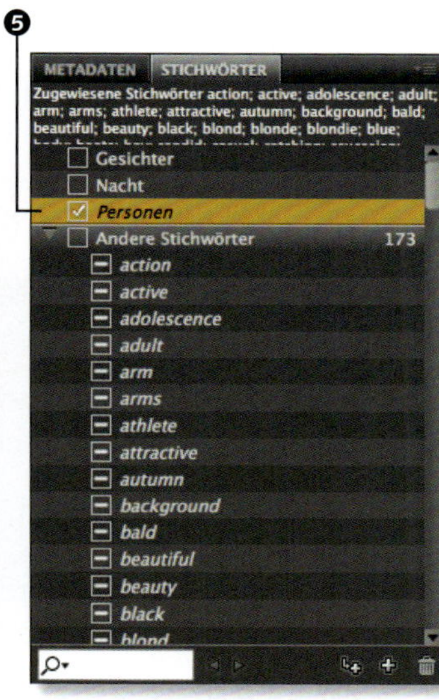

▲ **Abbildung 2.34**
Aktivieren Sie das Häkchen vor PERSONEN.

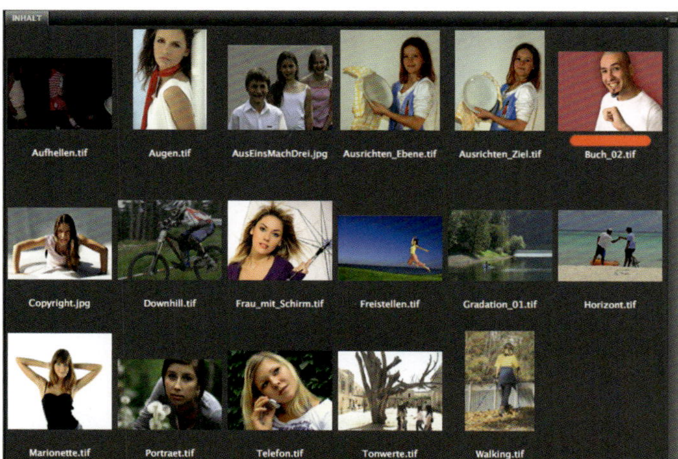

◀ **Abbildung 2.35**
Alle Personen-Fotos der Beispieldateien ■

2.5.1 Fotos bewerten

Sie können einzelne oder mehrere Bilder gemeinsam markieren und anschließend Sterne vergeben. Die guten Bilder erhalten natürlich fünf Sterne, die schlechten nur einen oder gar keinen. Das machen Sie, indem Sie nach der Anwahl des jeweiligen Fotos [Strg]/[⌘]+[1]–[5] (für die Anzahl der Sterne) drücken. Mit [Strg]/[⌘]+[,] kann ein Stern abgezogen, mit [Strg]/[⌘]+[.] einer hinzugefügt werden. [Strg]/[⌘]+[0] würde vorhandene Sterne wieder komplett entfernen.

Alternativ können all diese Funktionen auch im Menü BESCHRIFTUNG eingestellt werden. Übrigens können Sie auch die unterhalb der Miniatur befindlichen Punkte (= keine Sterne) direkt markieren, um die entsprechende Anzahl Sterne zu vergeben. Klicken Sie vergebene Sterne an, werden diese wieder entfernt.

Abbildung 2.36 ▼
Die Bilder wurden mit Sternen versehen.

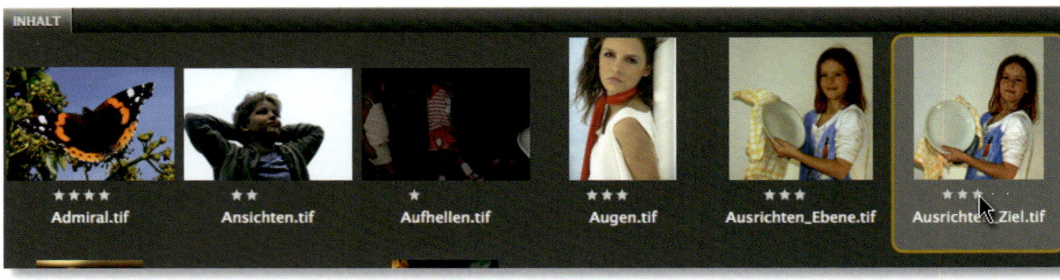

2.5.2 Fotos markieren

Nicht zuletzt lassen sich Bilder auch noch farbig auszeichnen. Das macht vor allem dann Sinn, wenn Sie eine Fülle von Bildern durchsehen müssen und das eine oder andere später weiterverarbeiten wollen.

Sie können ein Foto beispielsweise rot markieren, indem Sie [Strg]/[⌘]+[6] drücken. Die gleiche Markierung erreichen Sie, indem Sie BESCHRIFTUNG • AUSWÄHLEN einstellen.

▲ **Abbildung 2.37**
Die rote Markierung sagt beispielsweise aus, dass das Foto noch nachbearbeitet werden muss.

2.6 Fotos stapeln

Mit der Zeit wird das Archiv aus allen Nähten platzen. Dann kann es der Übersicht dienlich sein, wenn sämtliche zusammengehörigen Bilder gestapelt werden. Sie sehen dann in der Bridge nur eine einzige Miniatur, wobei sich alle anderen Fotos darunter befinden. Sie können den Stapel aber auch in die Hand nehmen und die Fotos nebeneinanderlegen – und wieder zusammenschieben. Und genau wie im richtigen Leben geht das auch in Bridge. Nur natürlich viel schneller.

2.6.1 Stapel erzeugen

Markieren Sie alle Fotos, die Sie zu stapeln gedenken. Klicken Sie mit der rechten Maustaste auf eines der markierten Bilder, und entscheiden Sie sich im Kontextmenü für STAPEL • ALS STAPEL GRUPPIEREN. Alternativ erledigen Sie das über das Menü oder indem Sie [Strg]/[⌘]+[⇧]+[G] drücken. Was übrig bleibt, ist ein etwas veränderter Miniaturrahmen mit einem Hinweis auf die Anzahl der im Stapel befindlichen Fotos an der oberen linken Ecke der Miniatur. Dabei wird das Foto, das Sie zuerst markiert haben, den Stapel als oberstes Bild repräsentieren. ■

Oberstes Stapelfoto ändern

Sie möchten ein anderes Foto zuoberst haben, das den geschlossenen Stapel repräsentiert? Dann öffnen Sie den Stapel, wählen das gewünschte Bild an, öffnen das Kontextmenü (per Rechtsklick) und wählen STAPEL • ANS OBERE STAPELENDE.

▲ **Abbildung 2.38**
Zwei Fotos sind zu einem Stapel zusammengewachsen.

2.6.2 Stapel öffnen, schließen und auflösen

Klicken Sie jetzt mit [Alt]/[⌥] auf einen solchen Stapel, können Sie den gesamten Inhalt im Fenster VORSCHAU sehen. Des Weiteren lässt sich ein markierter Stapel aber auch öffnen, indem Sie auf die Ziffer oben links klicken (sie besagt im Übrigen, aus wie vielen Fotos der Stapel besteht). Ein erneuter Mausklick auf die Ziffer schließt den Stapel wieder.

Möchten Sie einen Stapel auflösen? Dann markieren Sie ihn und gehen über STAPEL • AUS STAPEL-GRUPPIERUNG LÖSEN. Entsprechendes funktioniert über das Kontextmenü. Danach stehen alle enthaltenen Dateien wieder als einzelne Bilder zur Verfügung.

2.6.3 Automatisierung aus Bridge

Über WERKZEUGE • PHOTOSHOP und die gewünschte Anschlussaktion können Sie direkt aus Bridge heraus Automatisierungsfunktionen anwenden. Dazu sind zuvor die entsprechenden Bilder zu markieren. Mehr zu Automatisierungsfunktionen erfahren Sie in Kapitel 14, »Automatisierung«.

Kapitel 3

Drehen, skalieren, Größe ändern

Wie Sie Ihre Bilder optimal zurechtrücken

- Wie werden Bilder freigestellt?
- Wie kann ich mehrere Bilder auf gleiche Größe freistellen?
- Wie kann die Arbeitsfläche verändert werden?
- Wie lässt sich ein Bild durch Freistellen begradigen?
- Wie werden Bilder per Messung begradigt?
- Wie kann ich Bilder auf Übermaß freistellen?
- Wie drehe ich Bilder und ändere die Größe?

3 Drehen, skalieren, Größe ändern

Passt, wackelt und hat Luft ... Leider lässt sich diese Aussage auch auf so manches Foto anwenden. Ist die Bildgröße, mit der Sie arbeiten möchten, zu klein geraten? Oder benötigen Sie für Ihre nächste Collage einfach nur eine größere Bildfläche? Präsentiert sich der letzte Scan wie ein Schnappschuss mit Seitenwind-Faktor zehn? Dann muss gezerrt, gedreht und erweitert werden. Was auch immer dazu beitragen soll, das Ergebnis zu verbessern – für Photoshop ist es kein Problem und für Sie nicht mehr als ein weiterer Arbeitsgang ...

3.1 Bilder freistellen

Wie groß war doch einst das gemeinsame Glück! Seit der bitteren Trennung jedoch wird die verflossene ehemals bessere Hälfte mit Konsequenz und Schere des Bildes verwiesen. Sicher mögen Sie es kaum glauben, aber selbst in solch schwierigen Lebenssituationen hilft Photoshop weiter: *Freistellen* heißt die Methode, die aus ganzen Bildern halbe Bilder und aus glücklosen Paaren fröhliche Singles macht. Das Freistellen ist aber auch unabhängig von Beziehungsdramen eine nützliche Technik, wie der folgende Workshop zeigt.

Abbildung 3.1 ▸
Und tschüss! Ein Fall für Photoshop.

Schritt für Schritt: Bild freistellen und gleichzeitig Horizont begradigen

Bilder/Freistellen.tif

Das Beispielfoto hinterlässt einen starken Eindruck. Es repräsentiert Wohlbefinden, Reinheit, Ruhe. Dieser positive Eindruck wird durch das Zusammenspiel zwischen der Frau und der Landschaft erreicht. Dennoch gibt es etwas zu bemängeln. Das Panorama befindet sich nämlich leider in Schieflage – und das trübt den ansonsten perfekten Gesamteindruck. Gleichen wir den Mangel also aus.

1 Datei bereitstellen

Lassen Sie das Foto in der maximal darstellbaren Gesamtansicht anzeigen. Sie erreichen das bekanntermaßen mit Strg/⌘+0.

© IKO/Fotolia

◂ Abbildung 3.2
Der schiefe Horizont muss begradigt werden.

2 Bild duplizieren

Wenn Sie das Original erhalten wollen, fertigen Sie zunächst eine Kopie des Fotos an. Das geht ganz einfach, indem Sie BILD • DUPLIZIEREN auswählen. Die Anwendung meldet sich daraufhin mit einem Abfragedialog. Hier haben Sie die Möglichkeit, einen anderen Namen einzugeben. Für unsere Arbeit ist das jedoch nicht erheblich, so dass Sie den Dialog mit OK verlassen können. Das Originalfoto (»Freistellen.tif«) können Sie jetzt wieder schließen. ■

Automatische Namensvergabe

Wenn Sie von der Option der manuellen Namensvergabe keinen Gebrauch machen, nummeriert Photoshop die Dateien automatisch durch. Die erste Datei heißt dann »Freistellen Kopie.tif«, die zweite »Freistellen Kopie 2.tif« usw.

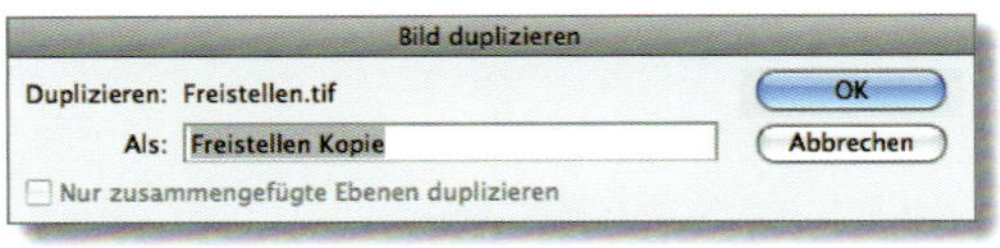

◂ Abbildung 3.3
Erstellen Sie eine Kopie des Bildes.

3 Freistellungsrahmen aufziehen

Aktivieren Sie das Freistellungswerkzeug, indem Sie es in der Werkzeugleiste markieren oder (was wesentlich komfortabler ist) [C] auf Ihrer Tastatur drücken. Setzen Sie das Werkzeug oben rechts außerhalb der Person auf das Bild ❶. Klicken Sie diese Stelle an, halten Sie die Maustaste gedrückt, und ziehen Sie die Maus nach unten links ❷. Dadurch wird ein rechteckiger Rahmen präsent. Orientieren Sie sich an der folgenden Abbildung, wobei Sie nicht exakt den gleichen Ausschnitt herstellen müssen – sondern nur ungefähr. Die genaue Anpassung des Rahmens nehmen wir gleich noch vor.

Abbildung 3.4 ▸
Keine Sorge – das ist noch nicht der endgültige Ausschnitt!

Der Rahmen, den Sie jetzt sehen, nennt sich Freistellungsrahmen. Er grenzt alles das ein, was letztlich vom Bild noch übrig bleiben soll. Die beiden inneren Linien (je zwei horizontale und vertikale) stellen eine Hilfe beim Ausrichten des Rahmens dar. Aber dazu gleich mehr. ■

Deckkraft einstellen

Sobald der Freistellungsrahmen aufgezogen ist, ändert sich abermals der Inhalt der Optionsleiste. Etwa in der Mitte befindet sich ein Steuerelement mit dem Namen DECKKRAFT. Hier können Sie die Intensität der Abdeckung außerhalb des Rahmens festlegen. 100% bedeutet dabei »undurchsichtig«; bei 0% findet keine Abdeckung statt. In unserem Beispiel wurde übrigens eine Abdeckung von 85% verwendet.

4 Auswahlrahmen drehen

Zunächst müssen wir den Rahmen noch etwas verändern. Und das machen Sie so: Positionieren Sie die Maus etwas außerhalb des Rahmens. Wenn Sie weit genug entfernt sind, mutiert das Symbol zu einem 90°-Doppelpfeil. (Wenn Sie stattdessen einen geraden Doppelpfeil erhalten, befinden Sie sich zu dicht an einem der Eckpunkte. Gehen Sie in diesem Fall noch etwas mehr nach außen.)

Klicken Sie, und halten Sie die Maustaste gedrückt. Jetzt drehen Sie den Rahmen, indem Sie das Zeigegerät leicht nach oben, zur Seite oder nach unten bewegen. Wenn Sie die gewünschte Position gefunden haben, lassen Sie los. Dabei sollten Sie versuchen, eine der horizontalen Linien parallel zum Horizont laufen zu lassen.

◂ **Abbildung 3.5**
Der Rahmen wurde gedreht, damit der Horizont im späteren Bildausschnitt begradigt wird.

Rahmen ausrichten

Solange Sie den Freistellungsrahmen noch nicht bestätigt haben, lassen sich die vier Seiten noch per Drag & Drop verziehen. So können Sie den Rahmen genau anpassen.

Proportionale Freistellung

Halten Sie während des Ziehens [⇧] gedrückt, wenn Sie erreichen wollen, dass sich die Proportionen (Verhältnis von Breite zu Höhe) nicht mehr verändern.

5 Rahmen verziehen

Sollte sich keine der horizontalen Linien nah genug am Horizont befinden, können Sie auch den gesamten Rahmen vorübergehend verschieben. Das machen Sie, indem Sie die Maus in den Rahmen hineinstellen, klicken und den gesamten Rahmen mit gedrückter Maustaste nach Wunsch verschieben. ■

Jetzt folgt die eigentliche Wahl des Bildausschnitts. Stellen Sie dazu die Maus auf eine der vier Ecken (die kleinen Quadrate sind Anfasser), und klicken Sie mit der Maus darauf. (Die korrekte Position ist erreicht, wenn sich der Mauszeiger in einen geraden Doppelpfeil verwandelt!) Halten Sie die Taste gedrückt, und ziehen Sie die Ecken nach Wunsch in Form. Im konkreten Fall sollten Sie mehr Augenmerk auf die Person lenken und deshalb die Rahmenbegrenzungen näher an die Frau heranstellen. ■

◂ **Abbildung 3.6**
Jetzt wird der Rahmen in Form gebracht.

6 Freistellung bestätigen

Sie können natürlich auch die Anfasser benutzen, die sich jeweils in den Mitten der Seitenbegrenzungen befinden. Damit würden

▲ **Abbildung 3.7**
Die Freistellung können Sie auch per Klick auf das Häkchen bestätigen.

Sie dann nur eine Seite verziehen. Achten Sie aber stets darauf, dass sich beim Verziehen der gerade Pfeil und nicht der 90°-Doppelpfeil zeigt. Denn damit würden Sie das Bild ja wieder drehen. Wenn Sie mit dem Bildausschnitt zufrieden sind, drücken Sie ↵ oder klicken auf das Häkchen in der Optionsleiste.

7 Optional: Freistellung verwerfen

Falls Sie mit dem ausgewählten Bereich nicht zufrieden sind, können Sie einen noch offenen Freistellungsvorgang mit Esc oder einem Klick auf das Halt-Symbol in der Optionsleiste verwerfen (neben dem Häkchen).

▲ **Abbildung 3.8**
Geht doch – gerader Horizont und ausdrucksstarker Bildausschnitt! ■

Die fertige Datei finden Sie übrigens im Ordner ERGEBNISSE. Sie heißt »Freistellen_fertig.tif«.

Checkliste: Freistellen und drehen

Auch hier möchte ich Ihnen eine Zusammenfassung der Schritte anbieten, die zu einer solchen Freistellung gehören:

1. Aktivieren Sie über die Taste C das Freistellungswerkzeug.
2. Ziehen Sie einen Rahmen auf.
3. Drehen Sie (falls gewünscht) den Rahmen, indem Sie die Maus außerhalb der Umrandung verschieben.
4. Verschieben Sie (falls gewünscht) den kompletten Rahmen, indem Sie den Mauszeiger in den freigestellten Bereich bringen und den Rahmen mittels Drag & Drop verschieben.
5. Bestätigen Sie mit ↵ oder dem Häkchen in der Symbolleiste, um den Zuschnitt abzuschließen. (Mit Esc verwerfen Sie ihn.)

3.1.1 Zoomen und Verschieben während der Freistellung

Falls Sie in einem solchen Freistellungsvorgang einmal etwas genauer hinsehen oder den Bildausschnitt skalieren oder gar verschieben wollen, ist das leider auf die herkömmliche Art nicht von Erfolg gekrönt. Solange Sie die Freistellung noch nicht bestätigt haben, können Sie nicht auf ein anderes Werkzeug (beispielsweise die Lupe oder die Hand) umschalten. Sie können allerdings mittels Tastatur zoomen: Strg/⌘+ + vergrößert die Ansicht. Zum Auszoomen wird Strg/⌘+ - benutzt. Verschieben können Sie das Bild, indem Sie die Leertaste gedrückt halten und mit ebenfalls gedrückter Maustaste die Bildfläche nach Ihren Wünschen verschieben. Na also – geht doch!

3.1.2 Nach Drittelregel freistellen

CS5

Oftmals erreichen Sie eine besonders ansprechende Bildaufteilung, wenn Sie die sogenannte Drittelregel in Anwendung bringen. Diese sagt aus, dass sich der bildrelevante Inhalt nicht, wie man vielleicht vermuten sollte, genau in der Mitte, sondern eher auf einer Drittelteilung des Fotos befinden soll. Zu diesem Zweck ist der Freistellungsrahmen auch mit den bereits erwähnten zusätzlichen Linien ausgestattet (übrigens ein Novum in Photoshop CS5). Diese Linien teilen das Bild in je drei Drittel horizontal und vertikal. Im konkreten Beispiel würde das bedeuten, dass sich das Gesicht der jungen Frau idealerweise auf der oberen rechten Drittelteilung befinden sollte.

◂ **Abbildung 3.9**
Das Foto in der Drittelteilung

Aber warum oben rechts? Nun, die untere horizontale Linie scheidet aus. Immerhin würde dadurch der Rumpf abgeschnitten. Oder aber die Person wäre so klein, dass sie den Bildinhalt nicht mehr dominierte. Bleiben die Vertikalen: Hier geben wir der rechten Linie den Vorzug, da im Beispielfoto eine Bewegung nach links stattfindet. Und in Bewegungsrichtung sollte mehr Platz sein als hinter dem Objekt. Prinzipiell könnte man hier also sagen: Wir lassen die Frau in den freien Raum springen und nicht in Richtung Bildrand.

Wohl gemerkt: Die Drittelregel ist kein Dogma! Aber in den meisten Fällen erreicht man damit eine wesentlich interessantere Bildaufteilung als mit mittig platzierten Objekten. Im vorangegangenen Workshop haben wir das etwas vernachlässigt, da die Frau ihren linken Arm und das linke Bein sehr stark nach hinten streckt. Deswegen darf die Person dann auch ruhigen Gewissens ein wenig mehr zur Mitte hin platziert werden.

Maßeinheiten ändern

Welchen Zahlenwert Sie auch immer eintragen – Photoshop verwendet hier Zentimeter. Wollen Sie stattdessen lieber *Pixel*, *Punkt* oder *Millimeter* verwenden, müssen Sie die Maßeinheiten mit angeben. Wollen Sie eine Breite von 500 Pixeln festlegen, geben Sie »500 px« ein. Die Maßeinheit *Punkt* kürzen Sie mit *pt* ab. Kombinationen sind durchaus möglich (z. B. Breite »500 px« und Höhe »35 mm«).

3.1.3 Auf feste Größe freistellen

Die zuvor beschriebene Technik ist immer dann interessant, wenn Sie sich nicht an einheitliche Maße halten müssen. Was aber, wenn all Ihre Fotos die gleiche Größe und identische Seitenverhältnisse aufweisen sollen? Möglicherweise benötigen Sie eine derartige Übereinstimmung ja, um einen Bildband oder eine Webseite zu produzieren. Dann müssen Sie einen Schritt weiter gehen.

Mit C aktivieren Sie ja nicht nur das Freistellungswerkzeug, sondern ändern auch die Steuerelemente innerhalb der Optionsleiste. Damit lässt sich das Tool nun an die individuellen Bedürfnisse anpassen.

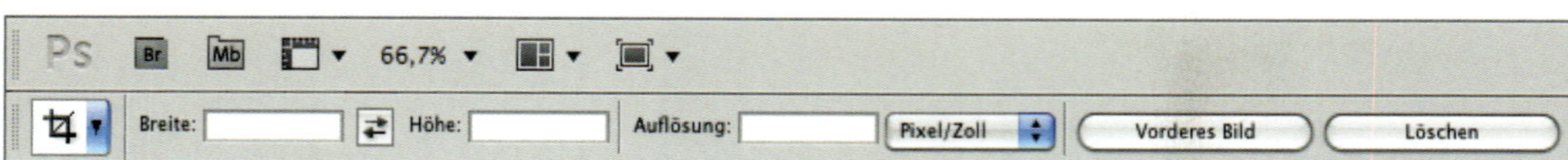

▲ **Abbildung 3.10**
Die Optionsleiste des Freistellungswerkzeugs

Und das geht so: Tragen Sie die gewünschte Breite in das erste Eingabefeld ein. Standardmäßig verwendet Photoshop dabei die Maßeinheit Zentimeter. ■

Springen Sie mit Tab in das zweite Eingabefeld, und legen Sie dort die Höhe fest. Im Anschluss daran können Sie den Rahmen wie zuvor beschrieben auf dem Bild aufziehen. Dabei werden Sie jedoch feststellen, dass sich dieser nicht mehr frei skalieren lässt. Mit der Auflösung legen Sie fest, wie viele *Pixel pro Inch* Ihr Bild nach der Freistellung aufweisen soll. Wenn Sie eine andere Maßeinheit als Zentimeter zum Standard erklären möchten, müssen Sie dies in den Voreinstellungen entsprechend ändern. Nähere Hinweise hierzu finden Sie in Kapitel 16, »Fachkunde«.

Video-Training
Mehr über Bildgröße und Auflösung erfahren Sie auch in Lektion 1.2 auf der Buch-DVD.

Schritt für Schritt: Freistellung mit Mustermaß

Bilder/AusEinsMachDrei.jpg

Möglicherweise ist das tatsächliche Maß gar nicht so interessant für Sie, oder? Immerhin wollen Sie doch lediglich erreichen, dass alle Bilder die gleichen Abmessungen bekommen. Und ob das nun 5 cm oder 700 px sind, ist doch dann unerheblich, finden Sie nicht auch?

1 Duplikate anlegen

Schließen Sie alle Bilder, und öffnen Sie stattdessen »AusEinsMachDrei.jpg«. Schauen Sie sich das Foto an. Wir wollen aus diesem Gruppenbild drei Porträts erzeugen, die allesamt gleich groß sind. Aktuell sind nämlich alle drei Köpfe unterschiedlich groß. Immerhin stehen die jungen Leute hintereinander.

© Stephanie Hofschlaeger/PIXELIO

◂ **Abbildung 3.11**
Diese drei Gesichter sollen jetzt freigestellt werden.

2 Datei duplizieren

Zunächst einmal müssen Sie dafür sorgen, dass Sie drei Fotos bekommen. Sie müssen das Original also zweimal duplizieren.

Wählen Sie zunächst BILD • DUPLIZIEREN, und bestätigen Sie die folgende Kontrollabfrage mit OK. (Es ist nicht erforderlich, einen anderen Namen als den vorgeschlagenen zu vergeben.) Wiederholen Sie diesen Schritt anschließend einmal.

3 Erste Freistellung durchführen

Lassen Sie uns mit dem letzten Duplikat beginnen, da es ohnehin an vorderster Stelle positioniert ist. Wir entscheiden uns für das Mädchen ganz hinten (rechts), da deren Kopf am kleinsten abgebildet ist. Das ist vor allem deswegen interessant, weil die beiden anderen Gesichter dann während der Freistellung nicht vergrößert, sondern verkleinert werden. (Somit schließen Sie Qualitätsverluste nahezu aus.) Aktivieren Sie das Freistellungswerkzeug, und erzeugen Sie einen Rahmen, der das Gesicht des hinteren Mädchens großzügig umschließt. Danach bestätigen Sie mit [↵].

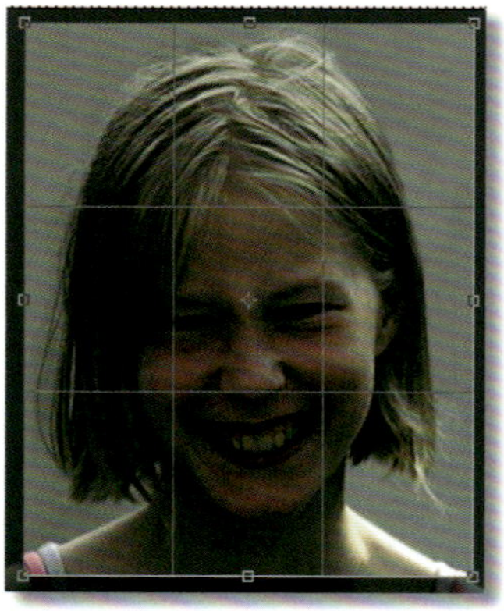

▲ **Abbildung 3.12**
So oder zumindest so ähnlich sollte der Rahmen vor Bestätigung der Freistellung aussehen.

4 Abmessungen übernehmen

Dieses war der erste Streich. Jetzt sollten Sie Photoshop anweisen, die Abmessungen der ersten Freistellung zu übernehmen. Klicken Sie dazu in der Optionsleiste auf den Button VORDERES BILD ❶. Dadurch werden die Abmessungen an die Steuerelemente des Freistellungswerkzeugs übergeben. Ihre Eingabefelder sollten daraufhin selbsttätig gefüllt werden. ■

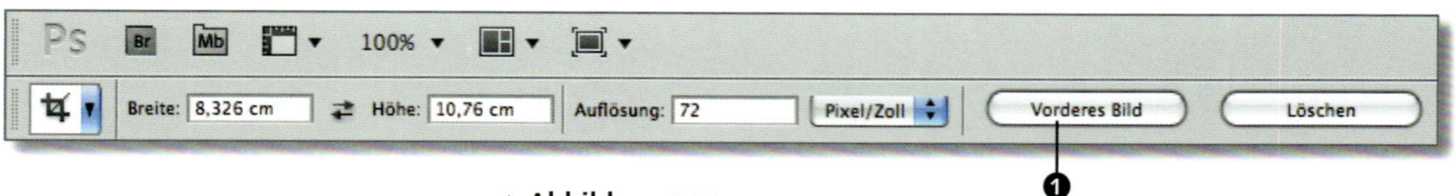

▲ **Abbildung 3.13**
Die bei Ihnen aufgeführten Abmessungen sind garantiert andere.

Aktives Bild

Bitte achten Sie bei der Übernahme der Abmessungen unbedingt darauf, dass das soeben freigestellte Bild ausgewählt ist. Wenn Sie ein anderes Bild markieren, werden natürlich die Werte dieses Bildes übernommen.

5 Mit vorhandenen Werten freistellen

Aktivieren Sie nun die erste Kopie des Fotos, und ziehen Sie dort einen weiteren Rahmen über dem Gesicht des Mädchens in der Mitte auf. Sie merken schon, dass der Rahmen beim Ziehen beschränkt ist. Sie können nämlich das Seitenverhältnis jetzt nicht verändern. Das ist ja auch gewollt so, damit alle drei Fotos am Ende gleich groß sind. Richten Sie den Freistellungsrahmen aus, drehen Sie ihn, falls gewünscht, und bestätigen Sie am Schluss mit [↵]. Wiederholen Sie diesen Schritt auch auf dem Original, wobei Sie zuletzt den Kopf des Jungen im Vordergrund freistellen.

6 Ergebnisse vergleichen

Stellen Sie doch einmal alle drei Ergebnisse nebeneinander, indem Sie FENSTER • ANORDNEN • NEBENEINANDER einstellen. Vergleichen Sie die Größen. Zur Kontrolle ist auch der jeweilige Zoomfaktor ❷ interessant, der unten links an jedem Bild aufgeführt ist. Dort sollten jetzt beide Dateien bei gleich großer Darstellung auch die gleichen Zoomwerte aufweisen (im Beispiel 100 %). ■

Einen Wert vorgeben

Wenn Sie ein bestimmtes Maß vorgeben wollen, tragen Sie dieses ein, bevor Sie auf VORDERES BILD klicken. Die anderen Abmessungen werden dann entsprechend angepasst. Doch Vorsicht: Dadurch kommt es auch zur Auflösungsänderung. Deshalb ist zu empfehlen, die AUFLÖSUNG (72 ppi) ebenfalls vorzugeben.

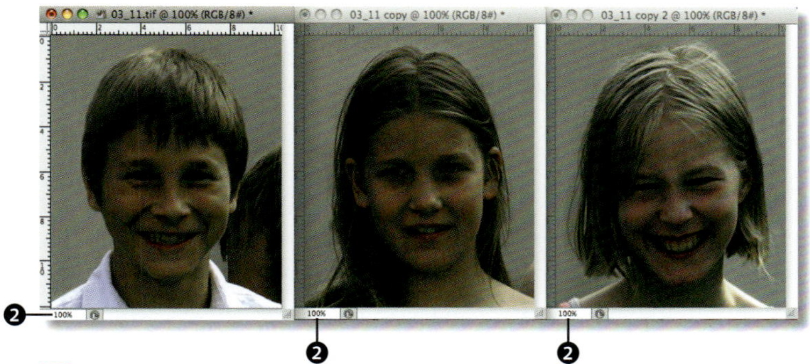

◂ **Abbildung 3.14**
So passt es – alle drei Porträts sind exakt gleich groß.

7 Werte löschen

Sie haben gesehen, dass die Werte in der Leiste manifestiert sind. Mit diesen Parametern könnten Sie nun unentwegt weitere Bilder mit den gleichen Abmessungen freistellen – allerdings nie wieder andere Maße verwenden. Äußerst ungünstig! Glücklicherweise existiert aber eine LÖSCHEN-Schaltfläche. Ein Klick darauf bereinigt sämtliche Steuerelemente – und Sie können quasi bei null anfangen.

◂ **Abbildung 3.15**
Die Maße müssen weg! ■

Checkliste: Freistellen nach Maß

Noch einmal auf die Schnelle – das ist zu tun, wenn Sie mehrere Bilder auf Mustermaß freistellen möchten:

1. Fertigen Sie über BILD • DUPLIZIEREN so viele Kopien an, wie Sie benötigen.
2. Aktivieren Sie das Freistellungswerkzeug, und stellen Sie die erste Kopie frei.
3. Klicken Sie in der Optionsleiste auf VORDERES BILD.
4. Stellen Sie jetzt alle anderen Bilder mit diesem Maß frei.
5. Klicken Sie am Ende in der Optionsleiste auf LÖSCHEN.

3.2 Die Arbeitsfläche verändern

3.2.1 Arbeitsfläche vergrößern

Mitunter müssen Sie die Arbeitsfläche eines Bildes verändern. Dabei wird das Bild selbst in der Größe nicht verändert, wohl aber die Fläche, auf der es sich befindet. Die Auflösung ist von derartigen Veränderungen ausgenommen; Sie sorgen mit einer solchen Aktion lediglich für mehr Raum.

Schritt für Schritt: Arbeitsfläche für eine Collage vergrößern

Bilder/Bluete_02.tif

Wir werden nun eine weitere Bildmontage anfertigen. Dabei soll es vor allem auf die Veränderung der Arbeitsfläche ankommen. Sie werden aber noch zwei weitere interessante Funktionen kennenlernen, nämlich das exakt parallele Verschieben von Bildteilen und das Verbinden zweier Fotos per Drag & Drop. Sie werden garantiert Spaß daran haben.

Unser Ziel soll es sein, die Arbeitsfläche in der Breite zu verdoppeln, ohne jedoch die Höhe zu verändern. ■

Mehr Komfort mit Ebenen-Handling

Ich möchte Ihnen nicht vorenthalten, dass es über die Ebenen eine andere, komfortablere Möglichkeit gibt, Bilder derart zu verarbeiten. Diese soll allerdings zu diesem Zeitpunkt noch außer Acht gelassen werden, damit der Umgang mit unterschiedlichen Dateien deutlicher wird.

1 Bild duplizieren

Fertigen Sie jetzt eine Kopie der Datei über BILD • DUPLIZIEREN an. Für diesen Workshop benötigen Sie nämlich zweimal das gleiche Motiv.

© Leszek Schluter

Abbildung 3.16 ▸ Dieses Foto soll dupliziert werden.

2 Breite des Bildes ermitteln

Wählen Sie über die Menüleiste BILD • ARBEITSFLÄCHE aus. Zuallererst können hier die Maße des Bildes abgelesen werden.

Doch das ist nicht alles, denn das Dialogfenster enthält zwei Frames. Der obere Frame ist mit Aktuelle Grösse, der untere mit Neue Grösse betitelt – ein Indiz dafür, dass die Arbeitsfläche hier auch verändert werden kann.

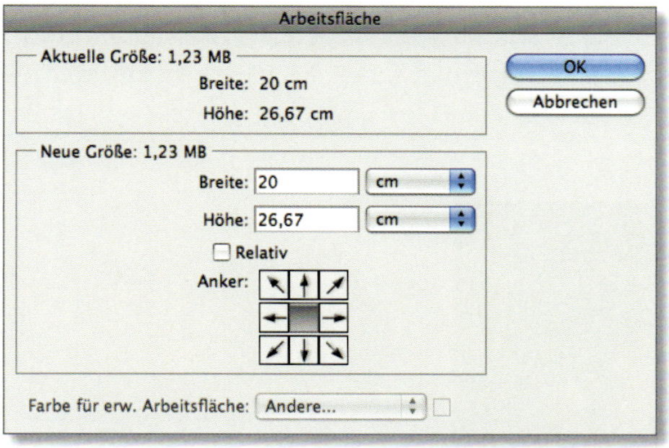

◂ **Abbildung 3.17**
Der Dialog Arbeitsfläche verrät eine Menge über die Bildabmessungen.

3 Neue Breite festlegen

Dem Eingabefeld Breite des unteren Frames ist zu entnehmen, dass das Bild exakt 20 cm breit ist. Dieses Maß gilt es zu erhöhen. Klicken Sie nun doppelt in das Eingabefeld, und legen Sie »40« fest. Klicken Sie noch nicht auf OK!

4 Anker festlegen

Das grafische Steuerelement Anker spielt noch eine wesentliche Rolle. Es zeigt eine dunkelgraue Fläche, umgeben von acht Pfeilschaltflächen. Jetzt kommt etwas ganz Wichtiges: Diese dunkelgraue Fläche spiegelt die Position Ihres ursprünglichen Bildes auf der neuen (erweiterten) Arbeitsfläche wider. Standardmäßig ist diese Position immer mittig angeordnet. Das heißt: Vergrößerungen der Arbeitsfläche würden sich zu allen Seiten gleichmäßig auswirken.

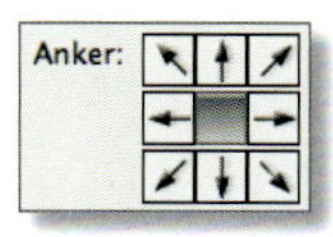

▴ **Abbildung 3.18**
»Verankern« Sie die Position des Bildinhaltes.

Sie haben zuvor bereits 40 cm als neue Breite festgelegt. Jetzt bestimmen Sie noch, in welche Richtung sich die Änderung auswirken soll. Ließen Sie das Steuerelement unverändert, würden links und rechts neben dem Bild jeweils 10 cm eingefügt. Wir wollen jedoch nur rechts vom Bild Erweiterungen zulassen. Welchen Pfeil müssten Sie markieren? Genau, den linken in der mittleren Zeile. Nach dem Klick auf diesen Button wird nämlich eine Ausdehnung nur noch nach rechts möglich. Im Anschluss klicken Sie auf OK.

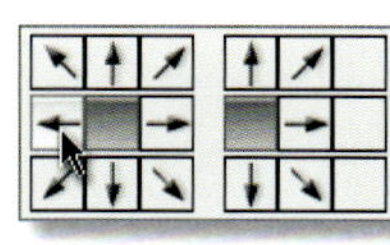

▴ **Abbildung 3.19**
Die Arbeitsfläche soll nur nach rechts erweitert werden.

Der Anker symbolisiert zwar, dass auch eine Ausdehnung nach oben und unten erfolgen kann, das wird jedoch erst dann relevant, wenn Sie das Maß für die Höhe verändern. ■

5 Darstellungsgröße ändern

Möglicherweise können Sie jetzt nicht mehr das gesamte Bild inklusive der hinzugewonnenen Arbeitsfläche sehen. Drücken Sie [Strg]/[⌘]+[0], um die neue Fläche komplett darstellen zu lassen.

▲ **Abbildung 3.20**
Auf dem leeren Feld entsteht gleich eine Spiegelung des Originals.

6 Bilder verbinden

Natürlich soll die unschöne grau-weiß karierte Fläche ■ nicht erhalten bleiben. Also füllen wir sie mit einem gespiegelten Duplikat unseres Ausgangsbildes. Dazu verwenden wir jetzt die Originaldatei.

Aktivieren Sie das Verschieben-Werkzeug über [V], und klicken Sie auf das Originalbild. Klicken Sie erneut auf das Bild, wobei Sie aber jetzt die Maustaste gedrückt halten. Drücken Sie zusätzlich noch [⇧], und halten Sie auch diese Taste gedrückt. Jetzt ziehen Sie das gesamte Bild auf die Kopie mit der erweiterten Arbeitsfläche. ■ Dort angekommen, lassen Sie zunächst die Maustaste, danach [⇧] wieder los. Die [⇧]-Taste bewirkt, dass das Bild sowohl horizontal als auch vertikal mittig auf dem Zielbild abgelegt wird. Hätten Sie die Datei ohne diese Taste herübergezogen, wäre es nicht mittig platziert worden.

Relative Größenänderung

Sobald Sie das Steuerelement RELATIV aktivieren, werden Breite und Höhe nicht mehr mit dem Originalmaß, sondern mit 0 cm angegeben. Sie können jetzt anstelle der neuen Abmessung gleich den Zuwachs eingeben, um den sich das Bild vergrößern soll.

Schachbrettmuster

Das grau-weiße Karomuster ist nichts weiter als die grafische Darstellung einer Transparenz – Inhaltslosigkeit also. Das bedeutet: Wo in Photoshop solche Karos auftauchen, ist in Wirklichkeit nichts. Das Muster wird demzufolge auch nicht mit ausgedruckt.

Ebenenduplikate

Für derartige Aktionen bietet sich auch die komfortable Methode der Ebenenduplikation an. Nähere Hinweise finden Sie in Kapitel 6, »Ebenen«. Zum gegenwärtigen Zeitpunkt wollen wir uns aber mit der Methode Drag & Drop begnügen.

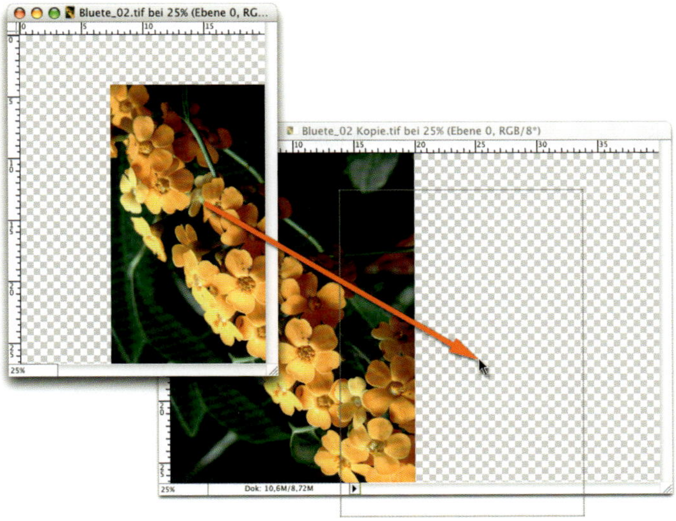

◂ **Abbildung 3.21**
Ziehen Sie das Original auf das Duplikat.

7 Bild horizontal verschieben

Aber die [⇧]-Taste kann noch mehr. Halten Sie sie gedrückt, während Sie das neu hinzugewonnene Bildelement nach rechts auf die karierte Fläche ziehen. Durch Halten von [⇧] wird nämlich die Bewegungsmöglichkeit auf horizontal, vertikal oder 45° diagonal (je nach Zugrichtung) beschränkt. So unterlaufen Sie das unbeabsichtigte Verschieben in eine andere Richtung als die Horizontale.

8 Bildebene spiegeln

Um einen harmonischeren Gesamteindruck zu erzielen, soll die rechte Bildhälfte jetzt nur gespiegelt werden. Das erreichen Sie, indem Sie BEARBEITEN • TRANSFORMIEREN • HORIZONTAL SPIEGELN einstellen.

◂ **Abbildung 3.22**
Das erste Teilergebnis ist erreicht.

9 Feinabstimmung mit den Pfeiltasten

Sollte zwischen den Bildhälften nun eine kleine weiße Linie sichtbar sein, deutet das darauf hin, dass die Hälften nicht exakt aneinanderliegen. Verwenden Sie in diesem Fall die Pfeiltasten Ihrer Tastatur, um die Lücke zu schließen. ■

Schritt für Schritt: Collage vertikal erweitern

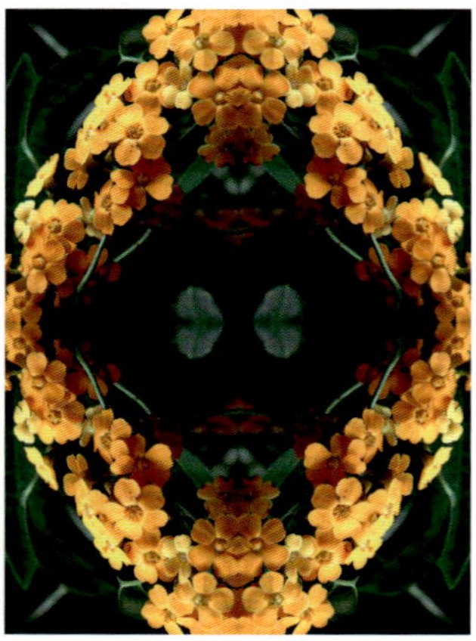

▲ **Abbildung 3.23**
Dieses Kaleidoskop soll nun erzeugt werden.

Wie wäre es (zur Vertiefung der Arbeitsvorgänge), wenn Sie das folgende Bildmuster darstellen würden? Die Hälfte davon haben Sie ja bereits im vorangegangenen Workshop erledigt.

1 Arbeitsfläche vertikal erweitern

Zunächst ist natürlich wieder eine Erweiterung der Arbeitsfläche angezeigt – nur diesmal in vertikaler Richtung. Wählen Sie BILD • ARBEITSFLÄCHE, und geben Sie in das Feld HÖHE »53,3« ein ❶. Beachten Sie aber, dass die Ausdehnung nur nach oben stattfinden darf ❷.

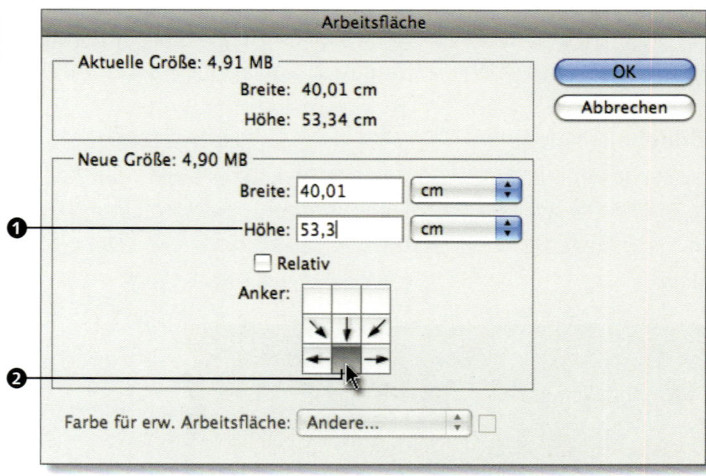

Abbildung 3.24 ▸
Achten Sie darauf, dass der Anker nun unten angeordnet wird.

2 Beide Bildhälften markieren

Achten Sie jetzt bitte noch einmal auf die Optionsleiste des Verschieben-Werkzeugs. Für den nächsten Schritt muss dort nämlich unbedingt AUTOMATISCH AUSWÄHLEN angehakt sein. Dies ermöglicht es uns nämlich, beide vorhandenen Bildhälften gemeinsam zu markieren. Klicken Sie zunächst auf das linke Bild. Anschließend markieren Sie, während Sie ⇧ gedrückt halten, die rechte gespiegelte Ebene.

◀ **Abbildung 3.25**
Aktivieren Sie AUTOMATISCH AUSWÄHLEN.

3 Duplikate mit der Maus anfertigen

Jetzt kommt eine ganz interessante Sache: Drücken Sie Alt/⌥, und beobachten Sie dabei den Mauszeiger, der sich jetzt auf einer der beiden Bildseiten befinden sollte. Die schwarze Pfeilspitze wird um eine weiße erweitert – ein Indiz dafür, dass Sie nun per Drag & Drop duplizieren können. Halten Sie Alt/⌥ gedrückt, und ziehen Sie das Bild nach oben. Sie fertigen in diesem Moment ein Duplikat beider Bildseiten an. Lassen Sie die Maustaste nicht los!

4 Richtungseinschränkung aktivieren

Halten Sie während des Ziehens zusätzlich noch ⇧ gedrückt. Dadurch wird – Sie wissen es längst – eine Verschiebung nur in einer Richtung (in diesem Fall vertikal) möglich. Stoppen Sie, wenn Sie am oberen Bildrand angelangt sind, und lassen Sie zuerst die Maustaste, danach ⇧ los.

5 Beide Seiten vertikal spiegeln

Im Menü wählen Sie danach BEARBEITEN • TRANSFORMIEREN • VERTIKAL SPIEGELN. Nehmen Sie die Feinabstimmung mit den Pfeiltasten auf Ihrer Tastatur vor.

»Bluete_02_fertig.tif« im Ordner ERGEBNISSE zeigt noch einmal das Endergebnis. ■

3.2.2 Korrekturen mit dem Linealwerkzeug

Die folgende Technik ist wirklich cool – und soll zudem eine Alternative zum ersten Workshop dieses Kapitels darstellen. Sie können damit ganz einfach Ablichtungsfehler beheben. Hand aufs Herz – waren Sie nicht auch schon einmal derart überwältigt vom Panorama, dass Sie glatt vergessen haben, auf den Horizont zu achten? Lesen Sie in diesem Workshop, wie Sie das mit wenigen Mausklicks im wahrsten Sinne des Wortes »ins Lot bekommen«. ■

Stürzende Kanten

Wenn real lotrecht verlaufende Kanten wie z. B. Hauswände auf dem Foto trapezförmig dargestellt werden, spricht man von stürzenden Kanten. Der Effekt wirkt auf einem Foto störend und sollte nach Möglichkeit korrigiert werden. Entsprechendes gilt für eine schiefe Horizontlinie.

Schritt für Schritt: Bilder per Lineal begradigen

Bilder/Horizont.tif

Um bei Bildern wie »Horizont.tif« nicht für alle Ewigkeit mit einer schiefen Horizontlinie leben zu müssen, gibt es einen ganz einfachen Trick. Linie aufziehen – fertig! Mehr ist wirklich nicht nötig, und so geht's:

© Renate Klaßen

Abbildung 3.26 ▸
Schiefe Horizonte machen sich selbst in der Karibik nicht gut.

1 Linealwerkzeug aktivieren

Photoshop hält ein Linealwerkzeug bereit, mit dem sich bestimmte Strecken Ihres Bildes berechnen lassen. Es befindet sich in guter Gesellschaft mit dem Pipette- und Farbaufnahme-Werkzeug. Es lässt sich bequem durch mehrmaliges Drücken von ⇧+I auswählen. Von Hand geht das natürlich auch.

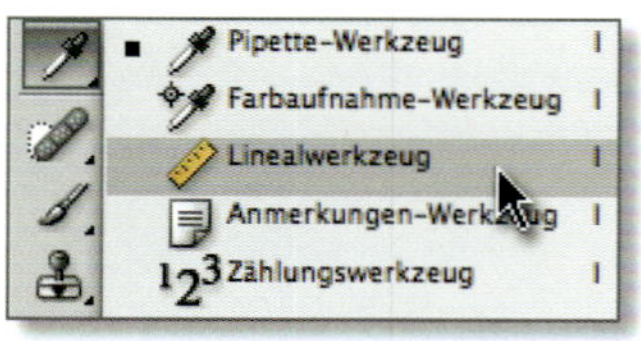

▴ Abbildung 3.27
Das Linealwerkzeug

2 Horizont messen

Setzen Sie das Linealwerkzeug ziemlich weit links auf den Horizont ❶. Achten Sie darauf, dass das Fadenkreuz dabei genau auf den Horizont zeigt, und klicken Sie. Halten Sie dabei aber die Maustaste gedrückt. Danach ziehen Sie nach rechts (Maustaste weiterhin gedrückt halten) und stellen das Fadenkreuz auch auf der rechten Seite des Bildes exakt auf den Horizont ❷. Wenn Sie auch diesen zweiten Punkt genau getroffen haben, lassen Sie die Maustaste los.

Abbildung 3.28 ▸
Anfangs- und Endpunkt der Linie sollten exakt auf dem Horizont sitzen.

3 Bild begradigen

CS5

Sie sehen, dass nun eine Linie erzeugt wurde. Eigentlich dient sie wie bereits erwähnt zum Messen einer bestimmten Strecke. In unserem Beispiel ist aber das Maß vollkommen unerheblich – jedenfalls für uns. Widmen Sie sich der Optionsleiste, und klicken Sie auf den Button GERADE AUSRICHTEN ❸. Das war's.

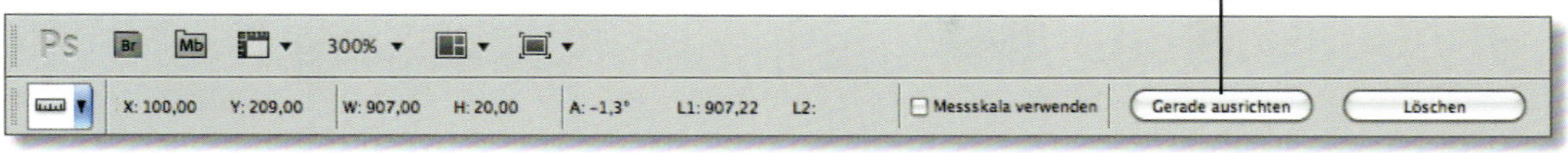

▲ **Abbildung 3.29**
Ein Klick auf den Button reicht, um das Foto zu begradigen.

4 Optional: Beschneidung widerrufen

Bei dieser Aktion wird das Bild übrigens nicht nur gerade gerückt, sondern gleichzeitig auch am Rand beschnitten. (Immerhin werden durch das Drehen ja unschöne Randbereiche verursacht.) Wenn Sie das Bild jedoch auf gar keinen Fall beschneiden wollen, gehen Sie in der Protokoll-Palette ganz einfach einen Schritt zurück. Wie sich dort ablesen lässt, sind durch die vorangegangene Aktion zwei Schritte ausgeführt worden (drehen und freistellen). Betätigen Sie die vorletzte Zeile, werden die beschnittenen Bereiche wieder sichtbar. Aber dieser Schritt ist, wie gesagt, nur anzuwenden, wenn Sie die Arbeitsflächengröße des Fotos unbedingt erhalten wollen.

▲ **Abbildung 3.30**
Im Protokoll werden zwei zusätzliche Einträge gelistet.

▲ **Abbildung 3.31**
Machen Sie den letzten Schritt rückgängig, werden die Randbereiche mit der aktuell eingestellten Hintergrundfarbe gefüllt.

▲ **Abbildung 3.32**
Horizont begradigt – Ziel erreicht! ■

Begradigung mit älteren Photoshop-Versionen

Auch mit älteren Photoshop-Versionen lässt sich das Foto komfortabel ausrichten. Nachdem Sie die Linie aufgezogen haben, entscheiden Sie sich für BILD • BILDDREHUNG • PER EINGABE. Sie müssen jetzt nichts weiter tun, als mit OK zu bestätigen. Der zur Begradigung erforderliche Winkel wurde automatisch an den Dialog übergeben. Bestätigen Sie mit OK. Die Freistellung zur Entfernung der Randbereiche müssen Sie daraufhin allerdings noch selbst übernehmen.

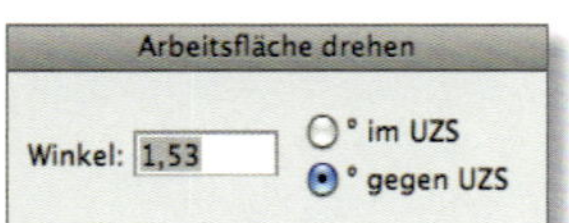

▲ **Abbildung 3.33**
Der Winkel wurde von Photoshop ermittelt.

Checkliste: Arbeitsfläche mit dem Linealwerkzeug begradigen

1. Aktivieren Sie das Linealwerkzeug [I].
2. Ziehen Sie mit gedrückter Maustaste über die Linie, die gerade ausgerichtet werden soll.
3. Betätigen Sie GERADE AUSRICHTEN in der Optionsleiste. ■

3.2.3 Bilder auf Übermaß freistellen

Nun kann es ja vorkommen, dass Sie die Arbeitsfläche erweitern möchten – beispielsweise um eine Postkarte zu entwerfen. Dann muss Raum um das eigentliche Bild erzeugt werden. Sicher können Sie gemäß der Schritt-für-Schritt-Anleitung von Seite 86 vorgehen. Wenn es aber gar nicht so hundertprozentig genau sein muss, hilft eine andere, schnellere Technik weiter.

Schritt für Schritt: Arbeitsfläche durch Freistellung vergrößern

Dieser Workshop zeigt, wie Sie ein Foto ganz schnell mit einem Rahmen versehen können. Ach, übrigens: Habe ich Sie eigentlich schon für Tastaturkürzel begeistern können? Falls nicht, sehe ich große Chancen, dass sich das in den nächsten Minuten ändern wird. Dieser Workshop ist nämlich eine nicht zu verachtende Übung für angehende Tasten-Freaks – ich freue mich schon. Öffnen Sie die Datei »Beach.tif«, und trocknen Sie Ihre Tränen (falls auch Sie in absehbarer Zeit noch keinen Urlaub machen können).

© Renate Klaßen

Bilder/Beach.tif

◂ **Abbildung 3.34**
Das Foto soll mit einem Rahmen ausgestattet werden.

1 Ansichtsgröße verändern

Drücken Sie Z (Zoom), und kontrollieren Sie die Optionsleiste. Die Checkbox FENSTERGRÖSSE darf jetzt nicht aktiv sein. Halten Sie danach Alt/⌥ gedrückt, und klicken Sie einmal auf das Bild, um die Darstellungsgröße zu verkleinern. Jetzt reicht ein Druck auf F (das umgibt die Bilddarstellung mit einem mittelgrauen Montagerand). ■

2 Hintergrundfarbe einstellen

Unser Bild soll einen weißen Rand bekommen. Daher stellen Sie nun die Hintergrundfarbe ein. Ohne großen Schnickschnack geht das über D (setzt die Farben in der Werkzeugleiste auf Schwarz und Weiß). Kontrollieren Sie doch eben, ob die Farbeinstellungen mit Ihren übereinstimmen. Falls Weiß vorne steht, drücken Sie X (das vertauscht Vorder- und Hintergrundfarbe miteinander).

3 Freistellungsrahmen erzeugen

Lassen Sie souverän einen Finger auf C niedergleiten (aktiviert das Freistellungswerkzeug), und ziehen Sie einen Freistellungsrahmen auf, der die gesamte Bildfläche umrahmt.

4 Rahmen ausdehnen

Photoshop weigert sich dabei beharrlich, über die Grenzen des Bildes hinauszugehen, selbst dann, wenn Sie bereits außerhalb des Bildes mit dem Rahmen beginnen. Das macht rein gar nichts, denn wenn dieser erst einmal erzeugt ist, ziehen Sie ihn einfach an den Flanken oben und unten über die Bildbegrenzung hinaus.

Bildrahmengröße exakt einstellen

Statt der im Folgenden beschriebenen Methode mit dem Freistellungsrahmen können Sie für den Bildrahmen auch exakte Abmessungen verwenden. Dazu wählen Sie BILD • ARBEITSFLÄCHE, aktivieren die Checkbox RELATIV und geben in den Feldern BREITE und HÖHE die Abmessungen ein, um die das Foto vergrößert werden soll. Das Ganze geht sogar schneller, bringt Sie aber um den Vorteil, den Rahmen optisch individuell anpassen zu können.

▴ **Abbildung 3.35**
Kontrollieren Sie unten in der Werkzeugleiste die Vorder- und Hintergrundfarbe.

Orientieren Sie sich an der folgenden Abbildung. Übrigens: Wenn Sie beim Verziehen [Alt]/[⌥] gedrückt halten, wird die gegenüberliegende Seite gleich mit aufgezogen. Wiederholen Sie den letzten Schritt auch für die horizontale Ausdehnung.

Abbildung 3.36 ▶
Der Rahmen ist größer als das Bild selbst.

Drücken Sie noch [↵], um die Freistellung zu bestätigen. Nun sagen Sie doch – macht das Spaß mit den Tasten? Hier sehen Sie noch das Ergebnis in der Vorher-nachher-Ansicht.

Abbildung 3.37 ▲▶
So kommen Rahmen um das Bild.

Checkliste: Übermaß-Freistellung

Falls Sie die Erweiterung nicht über den ARBEITSFLÄCHE-Dialog einstellen wollen, gehen Sie wie folgt vor.

1. Ansicht optimieren: [Z] drücken und mit [Alt]/[⌥] auf das Bild klicken, gefolgt von [F].
2. Farbe einstellen: [D] drücken und gegebenenfalls mit [X] Vorder- und Hintergrundfarbe vertauschen.
3. Freistellen: [C] aktivieren und Rahmen über das gesamte Bild ziehen.
4. Freistellung erweitern: Rahmen per Drag & Drop über die Bildbegrenzung ziehen. Eventuell mit [Alt]/[⌥] gleichzeitig die gegenüberliegende Seite mitskalieren.
5. Freistellung bestätigen: [↵] drücken.
6. Zur Normalansicht zurückkehren: dreimal [F] drücken.
7. Frust bekämpfen: Kalender rausholen und Tage bis zum Urlaub zählen.

3.3 Bilder drehen und Größe ändern

Die richtige Größe zum richtigen Bild – was dahintersteckt, ist umfangreicher, als es auf den ersten Blick scheinen mag. Neben zahlreichen Optionen, die bei Bildgrößen für die jeweilige Verwendung zu beachten sind (z.B. Druck oder Internet), ist häufig aber nur die Ausgabegröße entscheidend – das Bild soll kleiner oder größer werden.

Schritt für Schritt: Arbeitsfläche drehen und Abmessungen verändern

Das Bild »Rose.tif« hat zwar direkt keinen Makel, allerdings wollen wir die Blume aufrichten, also senkrecht anordnen. Zudem soll das Foto gedehnt werden – allerdings ohne den bildrelevanten Inhalt mit zu dehnen. Und das soll gehen? Na klar, warten Sie es ab.

Bilder/Rose.tif

1 Arbeitsfläche drehen

Drücken Sie zunächst [Strg]/[⌘]+[0] (die Zahl Null), damit das Foto in der größtmöglichen vollständigen Darstellung präsentiert wird. Widmen Sie sich danach der Drehung. Die Datei ist um 90°

verdreht – ein Umstand, mit dem wir häufig beim Import von der Digitalkamera konfrontiert werden. Über BILD • BILDDREHUNG werden verschiedene Optionen angeboten. Unsere Blüte muss um 90° GEGEN UZS (Uhrzeigersinn) gedreht werden.

Abbildung 3.38 ▼
Rechts wurde das Foto um 90° gedreht.

2 Datei speichern

Damit wäre der erste Schritt getan. Speichern Sie das Ergebnis, so Sie es denn wünschen, unter einem eindeutigen Namen ab. Damit das Original nicht überschrieben wird, nehmen Sie den Befehl DATEI • SPEICHERN UNTER. Vergeben Sie den gewünschten Namen, und legen Sie den Speicherort fest. So bleibt das Original wieder unangetastet.

3 Berechnungsmethode ändern

Als Nächstes soll die Datei aber noch verkleinert werden. Dazu wählen Sie BILD • BILDGRÖSSE. Kontrollieren Sie hier zunächst, dass INTERPOLATIONSVERFAHREN aktiviert ist. Das macht nämlich eine Größenänderung im Verhältnis zur Auflösung überhaupt erst möglich. Da Sie das Foto verkleinern wollen, schalten Sie unterhalb dieser Checkbox zudem noch auf BIKUBISCH SCHÄRFER um. (Wollten Sie das Foto vergrößern, würden Sie BIKUBISCH GLATTER wählen.)

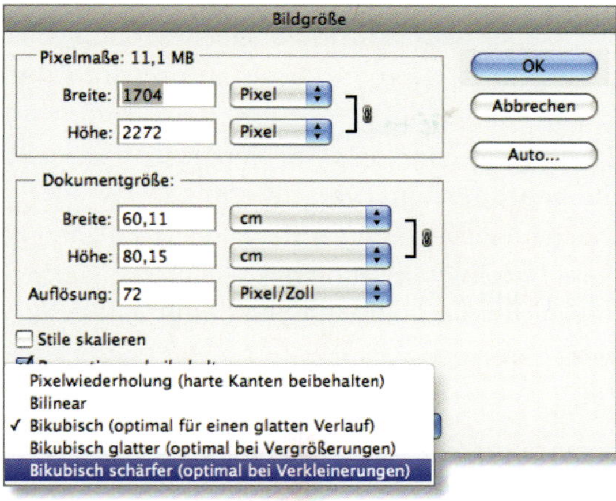

◂ **Abbildung 3.39**
Bikubisch schärfer eignet sich prima zur Verkleinerung von Fotos.

Anschließend können Sie sich um die eigentliche Verkleinerung kümmern. Dazu lässt sich die aktuelle Größe entweder im oberen Bereich Pixelmasse oder im unteren Bereich Dokumentgrösse ablesen. Welchen dieser Werte Sie nun ändern, ist unerheblich. Im Beispiel wollen wir mit der Dokumentgrösse arbeiten. Prüfen Sie, ob rechts neben den Eingabefeldern die Maßeinheit Zentimeter (cm) steht. Sollte hier eine andere Einheit aufgeführt sein, ändern Sie dies, noch ehe Sie neue Abmessungen eintragen. Doppelklicken Sie danach in das Eingabefeld Breite, und geben Sie dort »30« ein.

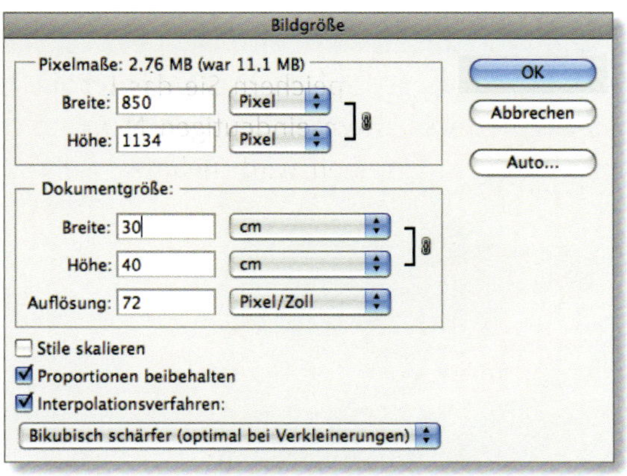

◂ **Abbildung 3.40**
Über die Breite wird die Größe des Bildes geändert.

4 Bild proportional verkleinern

Bevor Sie aber nun auf OK klicken, sollten Sie noch einen Blick auf weitere Steuerelemente dieses Fensters werfen. Sie sehen nämlich, dass sich der Wert im Eingabefeld Höhe ebenfalls verändert hat, obwohl Sie dort keine Änderungen vorgenommen haben.

Das macht Photoshop automatisch. Diese Maßnahme soll sicherstellen, dass sich das Bild stets proportional (also im korrekten Seitenverhältnis) verändert.

5 Optional: Bild unproportional vergrößern

Zur Info: Wollten Sie das Bild verzerren (z. B. nur die Höhe ändern, dabei aber die Breite beibehalten), müssten Sie vor der Eingabe das Häkchen vor PROPORTIONEN BEIBEHALTEN entfernen. In diesem Fall verschwinden auch die kleinen Ketten-Symbole neben den Eingabefeldern.

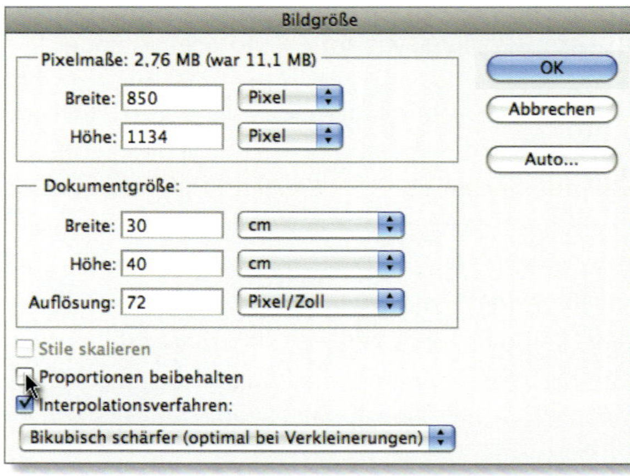

Abbildung 3.41 ▸
Hier können Sie bestimmen, dass das Foto unproportional verzerrt wird.

Das ist aber in diesem Workshop ausdrücklich nicht gewollt, da das Foto dabei in die Breite gezogen würde. Das bedeutet auch: Die Rose wird ebenfalls gestreckt. Das Ganze sähe dann so aus:

Abbildung 3.42 ▸
Eine solche Verzerrung sieht einfach nicht mehr gut aus.

Lassen Sie also bitte Proportionen beibehalten aktiv, und ändern Sie die Breite auf »30«, ehe Sie mit OK bestätigen. Damit wurde das Bild insgesamt verkleinert, und die Proportionen stimmen.

6 Hintergrund umwandeln

Um jetzt das Bild in die Breite strecken zu können, ohne dass die Rose mit gedehnt wird, müssen Sie zunächst einmal den Hintergrund in eine Ebene umwandeln. Was es genau damit auf sich hat, werden Sie im Ebenen-Kapitel (Kapitel 6) noch in Erfahrung bringen. Jetzt sollten Sie es dabei bewenden lassen, Ebene • Neu • Ebene aus Hintergrund auszuwählen. Die Benennung ist unerheblich, weshalb Sie gleich auf OK drücken können. Die Umwandlung in eine Ebene ist übrigens erforderlich, weil der nächste Schritt sonst nicht funktioniert.

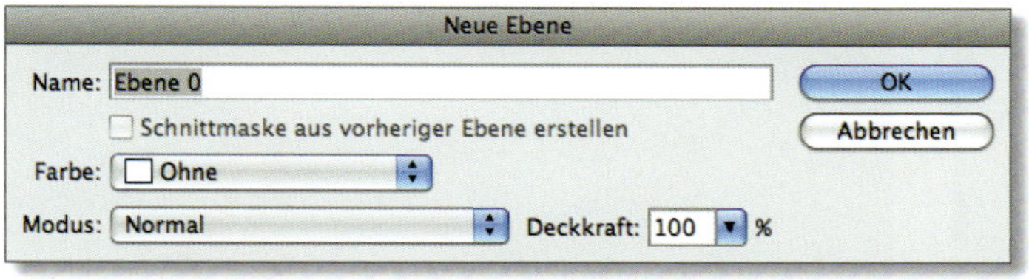

◂ **Abbildung 3.43**
Bestätigen Sie diesen Dialog ganz einfach.

7 Inhalt bewahren

Mit Bearbeiten • Inhaltsbewahrendes Skalieren können Sie das Bild nun strecken, ohne dass die Rose mit gestreckt wird. (Das wäre übrigens bei Bearbeiten • Transformieren • Skalieren anders: Hier würde alles gestreckt, auch die Rose.) Greifen Sie also den mittleren Anfasser auf der linken Begrenzungslinie, und ziehen Sie ihn weit nach außen.

◂ **Abbildung 3.44**
Schon beim Ziehen sehen Sie, dass sich die Rose kaum verändert.

8 Alles einblenden

Ziehen Sie jetzt auch den gegenüberliegenden Anfasser nach außen. Am Schluss bestätigen Sie mit ↵. So weit, so gut, aber wo ist nun der gestreckte Inhalt? Den sehen Sie, wenn Sie BILD • ALLES EINBLENDEN wählen. Ist das nicht wirklich eine interessante Funktion?

Abbildung 3.45 ▼
Der Hintergrund wurde gestreckt, während die Blüte fast genauso aussieht wie vorher.

3.3.1 Zu guter Letzt: Probleme beim Skalieren

Sie müssen wissen, dass sich bei jeder Skalierung (prinzipiell sogar beim Verkleinern) Qualitätseinbußen ergeben. Wenn Sie die Abmessungen geringfügig verändern, sind diese Verschlechterungen meist nicht wirklich dramatisch, da optisch kaum wahrnehmbar. Wenn Sie jedoch eine Briefmarke auf Postergröße hochrechnen wollen, werden Unschärfe und Farbverfälschungen die Folgen sein. Achten Sie in diesem Zusammenhang auch auf die Hinweise in Kapitel 16, »Fachkunde«.

Kapitel 4

Auswahlen und Füllungen

Bildbereiche einfangen

- Welche Auswahlformen gibt es?
- Wie werden die Auswahlwerkzeuge eingesetzt?
- Wie werden Flächen und Konturen gefüllt?
- Wie können Auswahlen nachträglich geändert werden?
- Wie werden Lasso und Zauberstab angewendet?
- Wie können Auswahlen gespeichert werden?

4 Auswahlen und Füllungen

Eine Auswahl zu erstellen ist weit mehr, als nur einen Rahmen aufzuziehen und eine Fläche zu füllen. Entdecken Sie die Möglichkeiten, die sich durch die Verwendung von Auswahlen ergeben, und setzen Sie diese Techniken anschließend effektiv in sämtlichen Bereichen der digitalen Bildbearbeitung ein. Sie werden sehen ...

4.1 Die verschiedenen Auswahlformen – Überblick

Was eine Auswahl eigentlich ist, haben Sie ja bereits im vorangegangenen Kapitel beim Thema »Freistellen« erfahren. Dort haben Sie bestimmte Bereiche des Bildes »ausgewählt«. Durch Auswahlen lassen sich aber auch einzelne Teile eines Bildes verändern, ohne dass die außerhalb befindlichen Bereiche davon betroffen sind.

4.1.1 Auswahlwerkzeuge

Die erste Schaltfläche der Werkzeugleiste (bzw. zweite in der einspaltigen Ansicht) stellt vier Auswahlwerkzeuge zur Verfügung. Mit ihnen fertigen Sie sogenannte Standardauswahlen an. Die Namen der einzelnen Tools sind Programm, denn sie beschreiben schon recht gut, wozu sich das jeweilige Tool einsetzen lässt.

- Auswahlrechteck-Werkzeug: Ziehen Sie rechteckige oder quadratische Rahmen auf.

- Auswahlellipse-Werkzeug: Erzeugen Sie Ovale oder exakte Kreise.

- Auswahlwerkzeug: Einzelne Zeile: Klicken Sie auf Ihr Bilddokument, um eine einzelne Pixelreihe horizontal auszuwählen.

- Auswahlwerkzeug: Einzelne Spalte: Ein Mausklick auf das Bild reicht, um eine Reihe einzelner senkrechter Pixel zu markieren.

4.1.2 Lasso-Werkzeuge

Damit haben Sie aber nur einen Teil der Auswahl-Tools kennengelernt, denn Photoshop stellt noch mehr zur Verfügung. Wenn Rechtecke, Kreise oder einzelne Zeilen nicht reichen, um das gewünschte Objekt zu umranden, muss ein Lasso her.

- Lasso-Werkzeug: Kreisen Sie mit diesem Tool Objekte ein, die keine einheitliche Struktur aufweisen.

- Polygon-Lasso-Werkzeug: Erzeugen Sie Auswahlpunkte, die durch Geraden miteinander verbunden werden.

- Magnetisches-Lasso-Werkzeug: Dieses wirklich interessante Tool orientiert sich an kontrastierenden Kanten innerhalb des Bildes.

Wie diese Werkzeuge genau funktionieren, werden wir uns im nächsten Abschnitt ansehen. Die wichtigste Eigenschaft von Lasso-Tools: Sie sind frei von festen geometrischen Formen.

4.1.3 Zauberstab

▲ **Abbildung 4.1**
Der Zauberstab befindet sich in einer Gruppe mit dem Schnellauswahlwerkzeug.

Mit dem Zauberstab erzeugen Sie eine Auswahl in Abhängigkeit zur Pixelfarbe. Anders als mit dem magnetischen Lasso, mit dem Sie das Auswahlobjekt umkreisen, werden mit dem Zauberstab Farbbereiche markiert. Halten wir fest: Mit dem Zauberstab-Werkzeug erzeugen Sie eine Auswahl farbähnlicher Pixel.

4.1.4 Schnellauswahlwerkzeug

Das Schnellauswahlwerkzeug ist beim Finden von Kanten behilflich. Zeichnen Sie mit gedrückter Maustaste über den auszuwählenden Bereich, werden Sie sehen, dass sich die Auswahl fast wie von selbst an geeigneten Kanten orientiert.

4.2 Arbeiten mit Auswahlen

4.2.1 Auswahlwerkzeuge einstellen

Nun wissen Sie aber bereits, dass es mit der bloßen Selektion eines Tools lange noch nicht geschehen ist. Einmal mehr ist auch hier die Optionsleiste von großer Bedeutung, mit der Sie letztendlich das Werkzeug an Ihre individuellen Bedürfnisse anpassen. Je nach gewähltem Werkzeug werden unterschiedliche Steuerelemente zur Verfügung gestellt. Grundsätzlich gleich sind aber die Elemente, die Auswahlkombinationen zulassen.

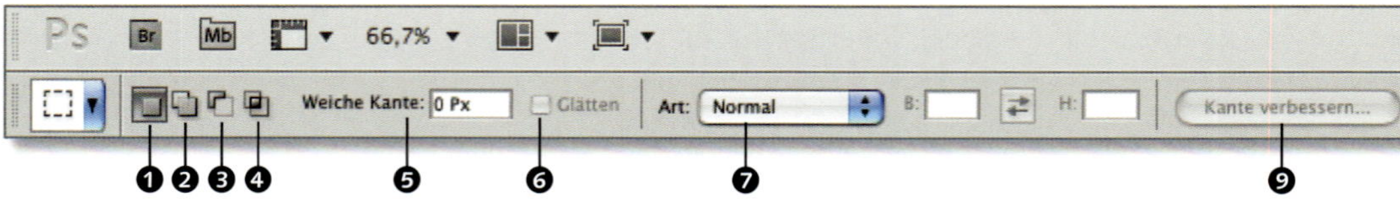

▲ **Abbildung 4.2**
Mit der Optionsleiste passen Sie das Auswahl-Tool Ihren Bedürfnissen an.

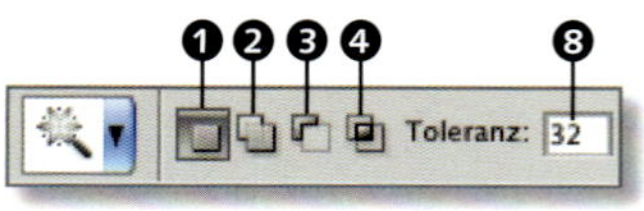

▲ **Abbildung 4.3**
Die Einstellung der Toleranz beim Zauberstab

❶ NEUE AUSWAHL: Es kann nur eine einzelne Auswahl erzeugt werden. Ziehen Sie einen zweiten Rahmen auf, wird der erste gelöscht.

❷ DER AUSWAHL HINZUFÜGEN: Erzeugen Sie mehrere Auswahlen durch Kombination verschiedener Auswahlbereiche.

❸ VON AUSWAHL SUBTRAHIEREN: Entfernen Sie einzelne Bereiche einer bereits vorhandenen Auswahl.

❹ SCHNITTMENGE MIT AUSWAHL BILDEN: Erzeugen Sie durch eine zweite Auswahl einen Bereich, der nur aus dem Überlappungsbereich der beiden Auswahlen besteht.

❺ WEICHE KANTE (nicht Zauberstab): Erzeugen Sie eine Auswahl, die zum Rand hin zunehmend transparent wird.

❻ GLÄTTEN: Diese Option glättet den Übergang zwischen zwei Kanten, so dass er weicher erscheint.

❼ ART (nicht Lasso und nicht Zauberstab): Stellen Sie eine feste Größe (Höhe × Breite) oder ein festes Seitenverhältnis (z. B. 4:3) ein.

❽ TOLERANZ (nur Zauberstab): Legen Sie fest, wie groß der Farbunterschied zwischen markierten Pixeln und angrenzenden Farbwerten sein darf.

❾ KANTE VERBESSERN: Passen Sie die erzeugte Auswahl individuell an, und verfeinern Sie diese.

4.2.2 Auswahlen aufziehen

Für alle Auswahlformen gilt: Ohne Zuhilfenahme der Tastatur werden die Formen nicht geometrisch exakt aufgezogen. Um ein Rechteck oder eine Ellipse zu erzeugen, ist das auch nicht unbedingt erforderlich. Möchten Sie jedoch exakte Kreise oder Quadrate erzeugen, führt kein Weg an der Tastatur vorbei. Wie das genau vonstattengeht, soll der folgende Workshop zeigen.

Taste	bewirkt
ohne Tasten	Erzeugen Sie geometrisch nicht exakte Formen, wobei alle Elemente von einer Ecke aus erzeugt werden.
⇧	Erzeugen Sie mit dem Auswahlrechteck-Werkzeug ein geometrisch exaktes Quadrat und mit dem Auswahlellipse-Werkzeug einen exakten Kreis.
Alt/⌥	Erzeugen Sie geometrisch nicht exakte Figuren aus ihrer Mitte heraus.
Alt/⌥+⇧	Erzeugen Sie geometrisch exakte Figuren aus ihrer Mitte heraus.
↑, ↓, ←, →	Bewegen Sie die Auswahl nach Fertigstellung mit den Pfeiltasten in die gewünschte Richtung.
↑/↓/←/→+⇧	Bewegen Sie die Auswahl nach Fertigstellung in großen Schritten in die gewünschte Richtung.

◂ **Tabelle 4.1**
Tasten für die spezielle Auswahlerzeugung

Schritt für Schritt: Eine Auswahlkombination aus Kreis und Rechteck erstellen

1 Neue Datei erstellen

Erzeugen Sie über Strg/⌘+N bzw. über Datei • Neu eine neue, leere Bilddatei. Entnehmen Sie die Parameter bitte der folgenden Abbildung. ■

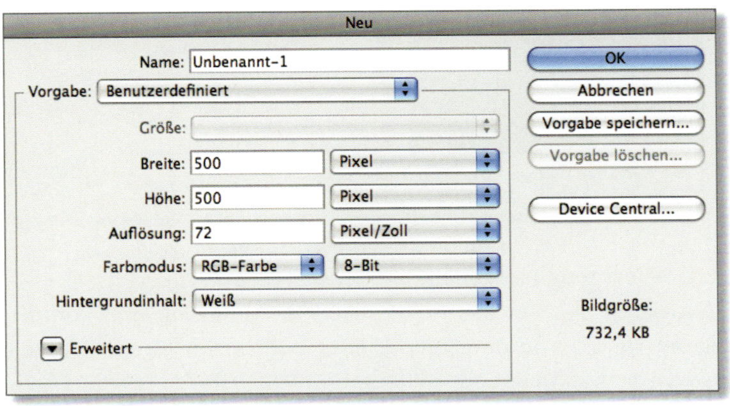

◂ **Abbildung 4.4**
Eine Größe von 500 × 500 Pixel in 72 Pixel/Zoll reicht.

Vorgabe speichern

Wenn Sie häufig wiederkehrende Bildformate nutzen möchten, ist es sinnvoll, sich der Funktion Vorgabe speichern zu bedienen. Nach einem Klick auf den gleichnamigen Button lässt sich die Vorgabe logisch benennen. Wenn Sie künftig den Neu-Dialog öffnen, steht das gesicherte Format im Flyout-Menü Vorgabe zur Verfügung.

Sehen Sie sich die folgende Grafik an, und versuchen Sie, diese zu erzeugen. Überlegen Sie, mit welchen geometrischen Figuren die Erstellung gelingen wird. Falls Sie sich zum gegenwärtigen Zeitpunkt noch keine Gedanken darüber machen wollen, wenden Sie die folgenden Schritte an.

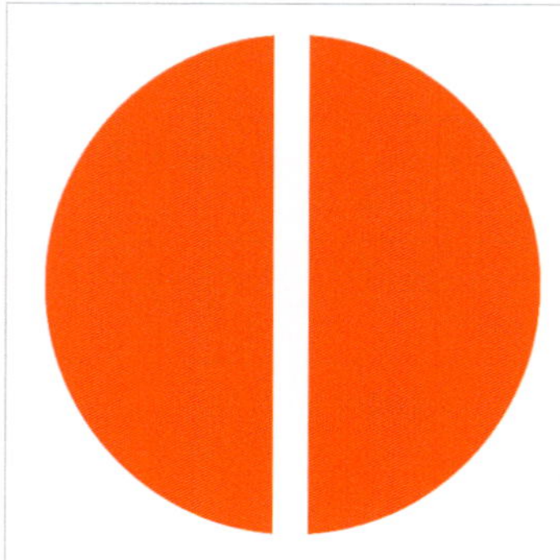

Abbildung 4.5 ▶
So soll das Objekt am Ende des Workshops aussehen.

2 Vordergrundfarbe einstellen

Klicken Sie in der Werkzeugleiste auf den Button VORDERGRUNDFARBE EINSTELLEN ❶. Im Farbwähler stellen Sie ein sattes Rot ein, indem Sie in das Eingabefeld R ❷ einen Wert von »255« und in G und B jeweils »0« eintragen. Bestätigen Sie mit OK.

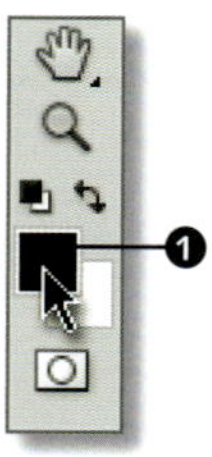

▲ Abbildung 4.6
Zunächst betätigen Sie das Vordergrund-Farbfeld.

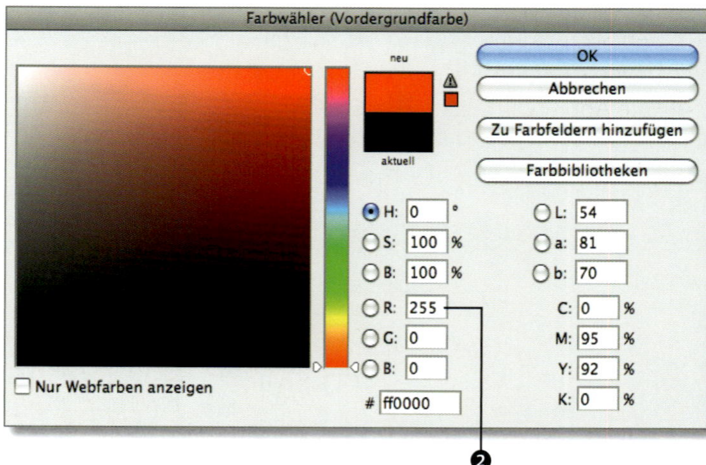

Abbildung 4.7 ▶
Anschließend stellen Sie die gewünschte Farbe ein.

3 Werkzeug einstellen

Aktivieren Sie nun das Auswahlellipse-Werkzeug, und kontrollieren Sie, dass in der Optionsleiste der Button NEUE AUSWAHL aktiv ist. WEICHE KANTE sollte auf »0 Px« stehen, da eine glatte, saubere Außenkante erzeugt werden soll.

◂ **Abbildung 4.8**
So sollten die Optionen eingestellt sein.

4 Ellipse aufziehen

Stellen Sie das Fadenkreuz des Mauszeigers auf die Bildmitte. Klicken Sie einmal, und halten Sie die Maustaste anschließend gedrückt. Halten Sie zusätzlich noch [Alt]/[⌥] und [⇧] gedrückt, ehe Sie die Maus Richtung Bildrand bewegen. Lassen Sie die Maustaste los, wenn der Kreis groß genug ist (siehe Abbildung 4.9).

5 Position der Ellipse korrigieren

Nun sollten Sie versuchen, den Kreis genau in die Bildmitte zu bringen. Benutzen Sie dazu die Tasten [←], [↑], [↓] und [→]. Die Alternative: Solange in der Optionsleiste noch NEUE AUSWAHL aktiv ist, kann die vorhandene Auswahl mittels Drag & Drop bewegt werden. Der Mauszeiger muss sich dazu aber innerhalb der Auswahl befinden.

6 Rechteck von der Auswahl entfernen

Aktivieren Sie jetzt das Auswahlrechteck-Werkzeug, und markieren Sie anschließend den Button VON AUSWAHL SUBTRAHIEREN in der Optionsleiste. Ziehen Sie (diesmal, ohne die Tastatur zu Hilfe zu nehmen) ein schmales Rechteck durch den gesamten Kreis. Beachten Sie, dass das Fadenkreuz nun mit einem kleinen Minuszeichen versehen ist. Wählen Sie ❸ als Start- und ❹ als Endpunkt (siehe die Abbildung 4.10).

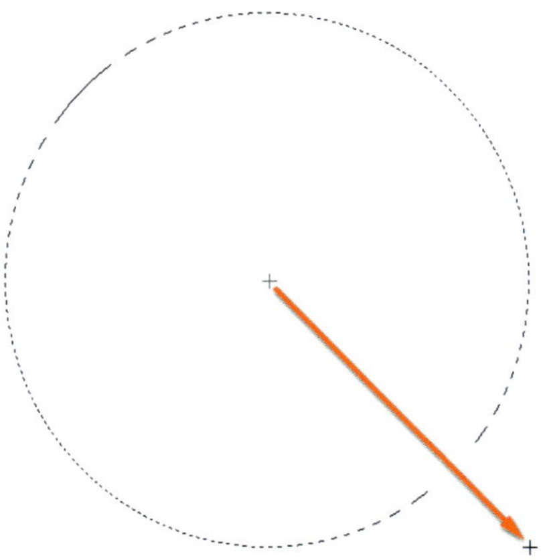

▴ **Abbildung 4.9**
So ziehen Sie in Schritt 4 den Kreis auf.

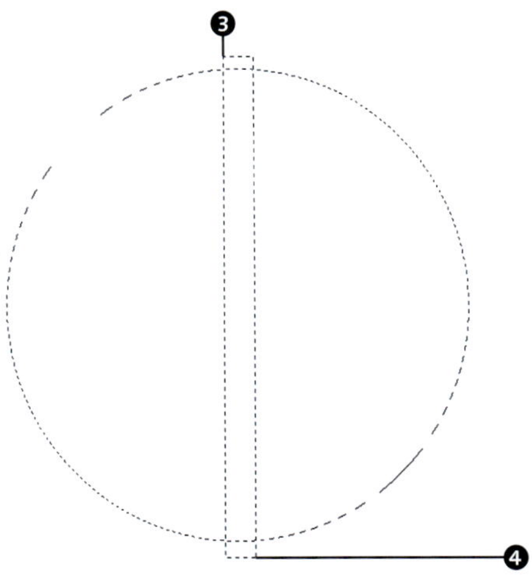

▴ **Abbildung 4.10**
So wird das Rechteck aus Schritt 6 aufgezogen.

7 Auswahl einfärben

Das war es eigentlich schon. Damit die Auswahl nun auch farbig wird, wählen Sie lediglich BEARBEITEN • FLÄCHE FÜLLEN oder drücken [⇧]+[F5]. Unter VERWENDEN stellen Sie VORDERGRUNDFARBE ein und belassen den MODUS auf NORMAL und die DECKKRAFT bei 100%. (Alternativ ließe sich eine Fläche auch mit dem Füllwerkzeug [G] einfärben.)

8 Auswahl aufheben

Nun möchten Sie auch bestimmt diese blinkenden Auswahllinien wieder loswerden, oder? Nichts leichter als das: Mit [Strg]/[⌘]+[D] bzw. über AUSWAHL • AUSWAHL AUFHEBEN gehören die Striche der Vergangenheit an. ■

Verfügbarkeit der Befehle

Die Optionen FLÄCHE FÜLLEN und KONTUR FÜLLEN stehen auch zur Verfügung, wenn keine Auswahl aktiv ist. In diesem Fall wird Photoshop die aktive Ebene (FLÄCHE FÜLLEN) oder deren Randbegrenzung (KONTUR FÜLLEN) mit Farbe versehen.

Neue Auswahl ohne Umstellung erzeugen

Solange keine Auswahl aufgezogen ist, kann diese immer erzeugt werden – egal welche Aktion in der Optionsleiste gewählt ist. Das bedeutet, dass Sie auch dann eine neue Auswahl aufziehen können, wenn beispielsweise VON AUSWAHL SUBTRAHIEREN aktiv ist. Erst wenn Sie eine zweite Auswahl erstellen, wäre VON AUSWAHL SUBTRAHIEREN relevant.

4.2.3 Flächen und Konturen füllen

Sie haben gesehen, dass sich Auswahlen mithilfe des Befehls FLÄCHE FÜLLEN mit Farbe versehen lassen. Hätten Sie vorab keine Auswahl aufgezogen, wäre die gesamte Bildfläche mit der Farbe gefüllt worden.

Erzeugen Sie doch einmal eine Auswahl, und wenden Sie anstelle von FLÄCHE FÜLLEN die Option BEARBEITEN • KONTUR FÜLLEN an. ■ Auf diese Weise sollte Ihnen dann auch die Konstruktion der folgenden Abbildung keinerlei Schwierigkeiten bereiten, oder?

◂ **Abbildung 4.11**
Erzeugen Sie eine Kombination aus gefüllter Fläche und gefüllter Kontur.

Und so geht's: Erzeugen Sie zunächst ein Rechteck. Mit der Funktion VON AUSWAHL SUBTRAHIEREN ■ entfernen Sie anschließend die untere rechte Ecke und füllen die verbliebene Fläche mit der eingestellten Vordergrundfarbe. Heben Sie die Auswahl danach auf, und erzeugen Sie das kleine Rechteck, dessen Kontur Sie nun füllen (BEARBEITEN • KONTUR FÜLLEN).

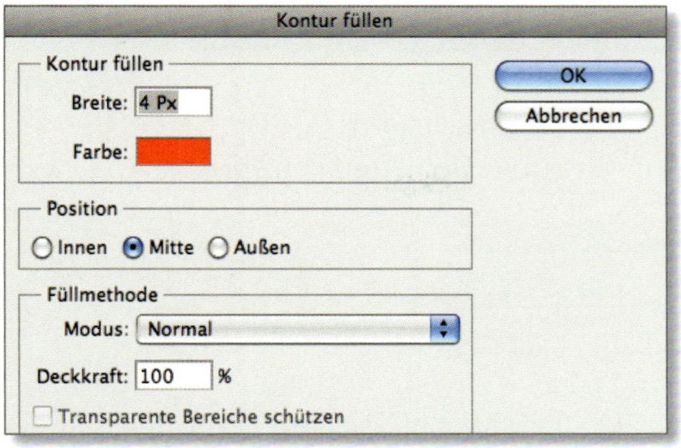

◀ **Abbildung 4.12**
Wie stark die Kontur sein soll, legen Sie im Feld BREITE fest.

Achten Sie bei diesem Dialog darauf, dass Sie entscheiden können, ob die Mitte der gestrichelten Auswahllinie als Kontur dienen soll oder ob die Farbe außerhalb bzw. innerhalb der Auswahl aufgetragen wird. Legen Sie im Frame POSITION als Option INNEN, MITTE oder AUSSEN fest.

4.2.4 Weiche Auswahlkanten

Sie wünschen sich eine weiche Auswahlkante, in der Vorder- und Hintergrund weich ineinander übergehen? Nichts leichter als das: Dazu ist lediglich zu bedenken, dass das Steuerelement WEICHE KANTE *vor* der Erzeugung der Auswahl eingestellt werden muss.

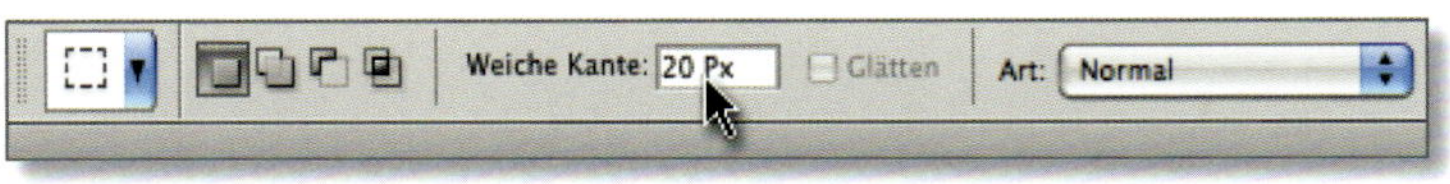

◀ **Abbildung 4.13**
Stellen Sie die Größe des weichen Übergangs ein.

4.2.5 Auswahlen nachträglich ändern

Sollten Sie bereits eine Auswahl aufgezogen haben und erst im Anschluss den Wert WEICHE KANTE ändern, hat dies keinerlei Einfluss mehr auf die Auswahl. Dennoch besteht die Möglichkeit, bestehende Auswahlen nachträglich zu verändern.

- AUSWAHL • ALLES AUSWÄHLEN: Erzeugen Sie aus der kompletten Bildfläche eine Auswahl.
- AUSWAHL • AUSWAHL UMKEHREN (Strg/⌘+⇧+I): Ausgewählte und nicht ausgewählte Bereiche werden miteinander vertauscht. Wenn Sie eine Auswahl erzeugen und anschließend diese Option benutzen, sind alle Bereiche mit Ausnahme des zuvor selektierten Bereichs ausgewählt.

- Auswahl • Auswahl verändern • Rand: Außerhalb der erzeugten Auswahl wird ein Rahmen (ähnlich der Kontur) erzeugt, der als neue Auswahlfläche definiert ist. Die Bereiche innerhalb der ursprünglichen Auswahl sind nun abgewählt.

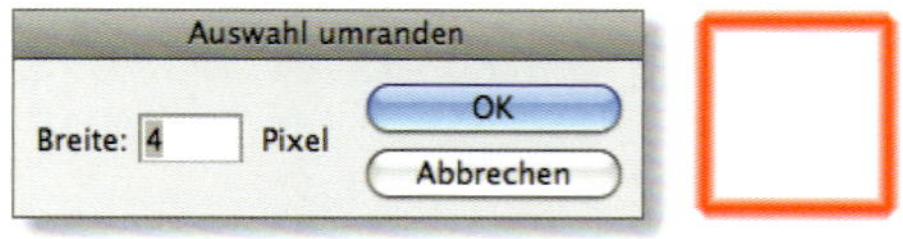

- Auswahl • Auswahl verändern • Abrunden: Die Ecken der Auswahl werden abgerundet. Dabei ändert sich der Wert der weichen Kante nicht.

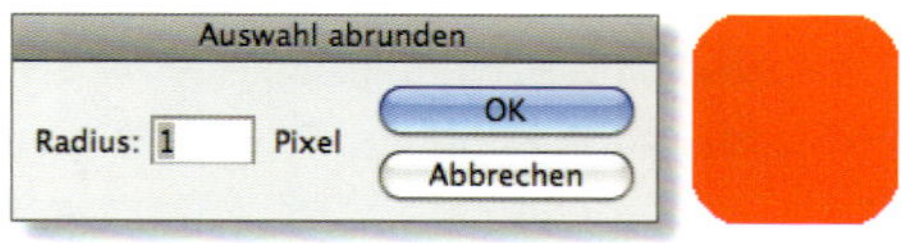

- Auswahl • Auswahl verändern • Erweitern: Die bestehende Auswahl kann entsprechend der Eingabe vergrößert werden. Der Maximalwert ist dabei auf 100 Pixel beschränkt.
- Auswahl • Auswahl verändern • Verkleinern: Die bestehende Auswahl kann entsprechend der Eingabe verkleinert werden. Sollte der angegebene Wert größer sein als die eigentliche Auswahl, erscheint eine Fehlermeldung.

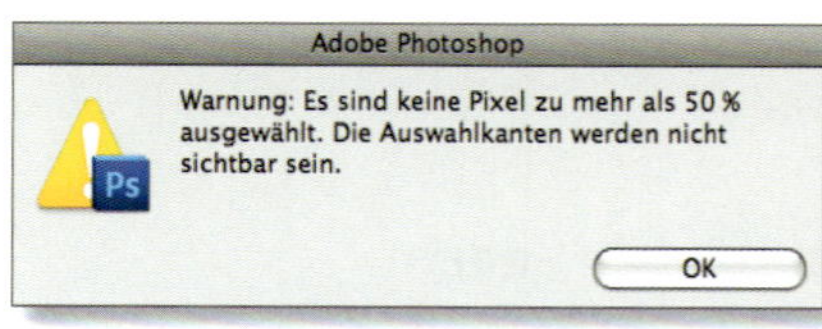

- Auswahl • Auswahl verändern • Weiche Kante (Strg/⌘+⇧+D): Mit diesem Befehl vergeben Sie nachträglich noch eine weiche Auswahlkante. Stellen Sie im Dialog die entsprechende Größe ein.

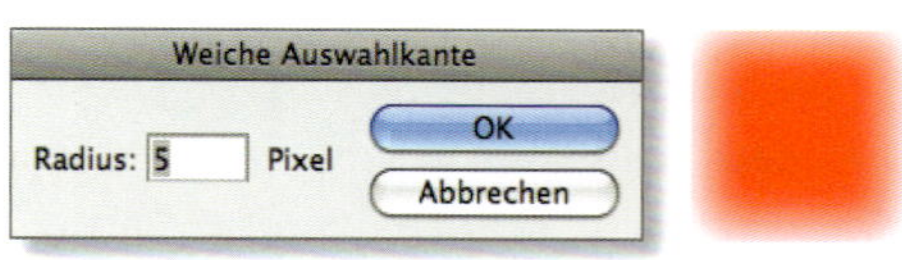

- Auswahl • Auswahl vergrössern: Ähnliche (angrenzende) Farbwerte werden in die bestehende Auswahl aufgenommen.

- AUSWAHL • AUSWAHL TRANSFORMIEREN: Die vorhandene Auswahl wird um einen Skalierrahmen erweitert und kann an den Anfassern nun nach Wunsch skaliert werden.
- AUSWAHL • AUSWAHL SPEICHERN: Möglicherweise benötigen Sie angelegte Auswahlen für einen späteren Arbeitsgang erneut. Speichern Sie die Auswahl, um sie zu erhalten. Im Folgedialog vergeben Sie einen Namen. Anschließend kann die Auswahl aufgehoben werden.
- AUSWAHL • AUSWAHL LADEN: Aktivieren Sie eine zuvor über AUSWAHL SPEICHERN gesicherte Auswahl. Wurde zuvor keine Auswahl gespeichert, steht dieser Befehl nicht zur Verfügung.

4.2.6 Auswahl manuell skalieren

Zuletzt darf ein wichtiger Hinweis nicht fehlen: Photoshop erlaubt es nämlich auch, eine aktive Auswahl ganz individuell per Drag & Drop zu verändern. Dazu müssen Sie lediglich erneut in das Menü AUSWAHL gehen und dort AUSWAHL TRANSFORMIEREN einstellen. Die Auswahlkante wird daraufhin mit einer zusätzlichen Umrandung versehen, die mit den bereits bekannten, quadratischen Anfassern ausgestattet ist. Wenn Sie die Maus dort hineinstellen, lässt sich das gute Stück prima hin und her schieben. Ja, und wenn Sie daran ziehen, können Sie die Auswahl nach Wunsch strecken, ziehen, stauchen, ja sogar drehen!

Zum Neigen verziehen Sie die Anfasser (am besten einen Eckpunkt), während Sie [Strg]/[⌘] gedrückt halten. ■

Auswahl gleichmäßig verziehen

Im Transformationsstatus lässt sich eine Auswahl auch gleichmäßig verziehen. Das funktioniert wie beim Freistellungsrahmen. Halten Sie [⇧] gedrückt, bleiben die Proportionen (Breite zu Höhe) beim Ziehen erhalten. Bei der Verwendung von [Alt]/[⌥] erreichen Sie, dass sich die Auswahl gleichmäßig zu allen Seiten ausdehnt, sofern Sie einen der Eckanfasser betätigen. Ergreifen Sie stattdessen nur einen Seitenanfasser, wird lediglich die gegenüberliegende Seite mit skaliert. Denken Sie daran, dass Sie am Schluss grundsätzlich zuerst die Maustaste und erst danach die Taste Ihrer Tastatur loslassen dürfen.

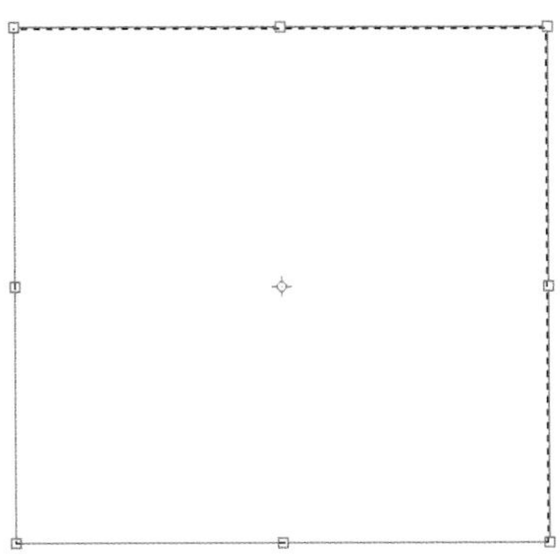

▲ **Abbildung 4.14**
Der Auswahlrahmen wird um einen Transformationsrahmen erweitert.

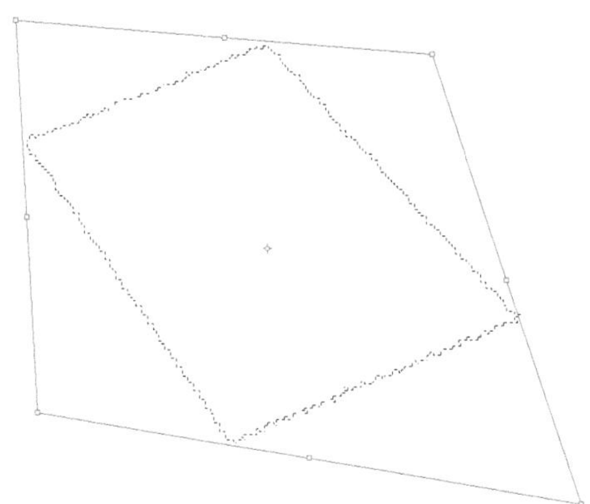

▲ **Abbildung 4.15**
Diese Auswahl wurde im ersten Arbeitsgang gedreht und im zweiten transformiert.

4.3 Auswahlpraxis

4.3.1 Lasso-Auswahlen

Sicher haben Sie in diesem Kapitel bereits genug Theorie über sich ergehen lassen müssen, oder? Daher wollen wir uns nun auch wieder in die Praxis stürzen. Die Lasso-Werkzeuge unterstützen Sie bei der Selektion mehr oder weniger willkürlicher Konturen. Allen voran spielt das magnetische Lasso hier eine entscheidende Rolle. Die große Stärke der Lasso-Werkzeuge ist, dass sie sich während der Arbeit kombinieren lassen.

Schritt für Schritt: Hintergrundfarbe ändern (Lasso-Methode)

Bilder/Schneckenhaus.tif

Sie kennen diese Technik aus jedem Produktkatalog. Der Hintergrund des Objekts wurde entfernt bzw. ist stark kontrastierend eingefärbt. Wenn Sie die Datei »Schneckenhaus.tif« betrachten, werden Sie schnell feststellen, dass zur Erzeugung einer Auswahl mit den klassischen Rechteck- bzw. Ellipsenformen nicht viel zu machen ist. Hier müssen andere Tools die Arbeit übernehmen.

© Leszek Schluter

▲ **Abbildung 4.16**
Hier wird es nicht so leicht sein, die Kanten zu finden.

1 Lasso über die Tastatur aktivieren
Aktivieren Sie das Magnetisches-Lasso-Werkzeug. Drücken Sie dazu [L]. Sollte sich ein anderes Lasso eingestellt haben als das magnetische, drücken Sie so lange [⇧]+[L], bis das gewünschte Tool in der Werkzeugleiste erscheint. So können Sie innerhalb einer Werkzeuggruppe prima wechseln.

2 Lasso einstellen
Auch hier gilt wieder: Zunächst muss das Lasso eingestellt werden. Entnehmen Sie die Werte der Abbildung. Falls Sie seit der Installation der Anwendung noch keine Änderungen vorgenommen haben, sollten die Werte bereits übereinstimmen. ■

Kontrast einstellen

Mit KONTRAST wird festgelegt, wie groß die Farbunterschiede zwischen benachbarten Pixeln sein dürfen. Daraus lässt sich ableiten: Je höher der Wert eingestellt ist, desto größer ist auch der Bereich, der als »ähnliche Farbe« mit in die Auswahl aufgenommen wird.

▲ **Abbildung 4.17**
Die ursprünglichen Werte sind optimal, um im Folgenden eine Auswahl zu erstellen.

Setzen Sie nun das Tool auf das Bild, wobei Sie eine Kante zwischen Objekt und Hintergrund wählen. Ich habe mich bei dieser Übung für ❶ entschieden. Setzen Sie dort einen Mausklick, und fahren Sie anschließend die Kontur des Schneckenhauses ab (die Maustaste ist dabei nicht gedrückt).

3 Frequenzpunkt setzen

Lassen Sie sich Zeit bei der Umrandung, und fahren Sie das Objekt langsam ab. Wenn Sie merken, dass sich die Linie von der Kontur wegbewegt (❷ ist ein kritischer Bereich), gehen Sie mit dem Lasso ein Stück zurück, bis Sie sich wieder auf der Kontur befinden. Platzieren Sie anschließend dort einen Mausklick. ■

Frequenzwert

Die Frequenz regelt, mit welcher Häufigkeit automatisch Zwischenpunkte in die Lassolinie eingefügt werden. Je höher die Frequenz ist, desto mehr Punkte (Quadratflächen auf der Auswahllinie) werden platziert. Demnach gilt auch: Je größer der Frequenzwert ist, desto öfter stellt Photoshop eine Prüfung der kontrastierenden Kanten an.

◂ **Abbildung 4.18**
Fahren Sie die Kontur des Schneckenhauses ab.

4 Lasso-Auswahl schließen

Sicher haben Sie bereits zu diesem Zeitpunkt gesehen, dass Sie die Auswahl nicht verlassen können. Sie müssen also den Kreis zunächst schließen, ob es Ihnen gefällt oder nicht. Achten Sie also darauf, dass Sie in schwach kontrastierenden Bereichen (❸ ist problematisch) möglichst viele Zwischenpunkte setzen. Falls die Auswahl nicht hundertprozentig gelingt, muss sie im Anschluss korrigiert werden.

Sobald Sie wieder am ersten Punkt der Lasso-Auswahl angelangt sind, klicken Sie erneut, um die Auswahl zu schließen.

5 Optional: Auswahl nachträglich korrigieren

Möglicherweise müssen Sie jetzt die Auswahl noch bereinigen, da Sie zu viel oder zu wenig mit eingeschlossen haben. Schalten Sie

Vom Lasso kurzzeitig zum Polygon-Lasso wechseln

Halten Sie [Alt]/[⌥] gedrückt. Danach lassen Sie die Maustaste los, wodurch das POLYGON-LASSO aktiv wird. Zurück auf das Lasso schalten Sie so: Klicken Sie abermals, halten Sie nun die Maustaste gedrückt, und lassen Sie [Alt]/[⌥] los.

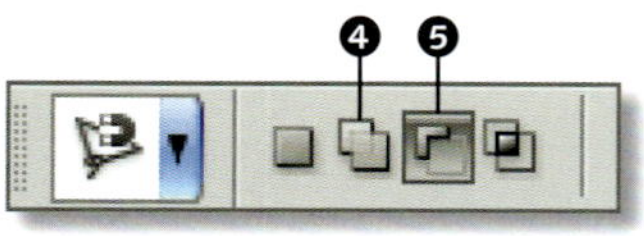

▲ **Abbildung 4.19**
Von der Auswahl subtrahieren

auf das Polygon-Lasso oder das Freihand-Lasso um. ■ Des Weiteren aktivieren Sie, falls Bereiche des Schneckenhauses fehlen, in der Optionsleiste DER AUSWAHL HINZUFÜGEN ❹ und grenzen den fehlenden Bereich zusätzlich ein.

Sollten Sie teilweise den Hintergrund mit eingefangen haben, müssen Sie entsprechend VON AUSWAHL SUBTRAHIEREN ❺ aktivieren und eine Lasso-Auswahl um alle Bereiche legen, die nicht zum Schneckenhaus gehören und entfernt werden müssen.

Beachten Sie aber in beiden Fällen, dass Sie unbedingt einen in sich geschlossenen Auswahlkreis erzeugen müssen, ehe der zuletzt definierte Bereich hinzugefügt bzw. subtrahiert werden kann.

Abbildung 4.20 ▶
So soll die Auswahl am Schluss aussehen.

6 Auswahl umkehren

Da wir aber nicht das Schneckenhaus, sondern den Hintergrund färben wollen, muss die Auswahl zunächst umgekehrt werden. Drücken Sie dazu [Strg]/[⌘]+[⇧]+[I], oder wählen Sie AUSWAHL • AUSWAHL UMKEHREN aus dem Menü. Die Folge: Alle Bildbereiche mit Ausnahme der Schnecke sind nun ausgewählt.

7 Hintergrund einfärben

Entscheiden Sie sich nun für BEARBEITEN • FLÄCHE FÜLLEN (alternativ drücken Sie [⇧]+[F5]) und füllen die Auswahl mit der Vordergrundfarbe. Rot dürfte ja noch eingestellt sein, sofern Sie den letzten Workshop durchgeführt haben. Anderenfalls führen Sie vorab den Schritt 2, »Vordergrundfarbe einstellen«, aus dem letzten Schritt-für-Schritt-Workshop durch. Zuletzt heben Sie die

Auswahl auf ([Strg]/[⌘]+[D] bzw. AUSWAHL • AUSWAHL AUFHEBEN). Hier sehen Sie das Ergebnis in der Vorher-nachher-Ansicht.

▲ **Abbildung 4.21**
Im Schneckentempo zum roten Hintergrund ■

4.3.2 Zauberstab-Auswahlen

Eine Alternative zu Auswahlen mit dem Lasso stellt der Zauberstab dar. Dieser nimmt keine Bereiche, sondern Ansammlungen von farblich ähnlichen Pixeln auf. Die Vorgehensweise ist recht effektiv.

Schritt für Schritt: Hintergrundfarbe ändern (Zauberstab-Methode)

Bilder/Schneckenhaus.tif

Sie werden bei diesem Workshop ganz eindeutig sehen, wo die Grenzen dieses ansonsten so effektiven Tools liegen – gerade deshalb lohnt es sich, die Übung nachzuvollziehen. Sie werden nämlich dadurch erfahren, wann es sinnvoll ist, den Zauberstab gegen das Lasso einzutauschen.

Sofern Sie den vorangegangenen Workshop ausgeführt haben, machen Sie bitte alle Schritte über die Protokoll-Palette rückgängig. Anderenfalls stellen Sie die Datei »Schneckenhaus.tif« zur Verfügung.

1 Zauberstab einstellen

Auch hier ist wieder der erste Schritt: Werkzeug einstellen. Drücken Sie [W], um den Zauberstab zu aktivieren, und widmen Sie sich der Optionsleiste. Dort stellen Sie zunächst DER AUSWAHL HINZUFÜGEN ❶ ein, da mehrere Bereiche aufgenommen werden müssen. Legen Sie den Wert für die TOLERANZ ❷ auf »32« fest, und aktivieren Sie BENACHBART ❸. ■

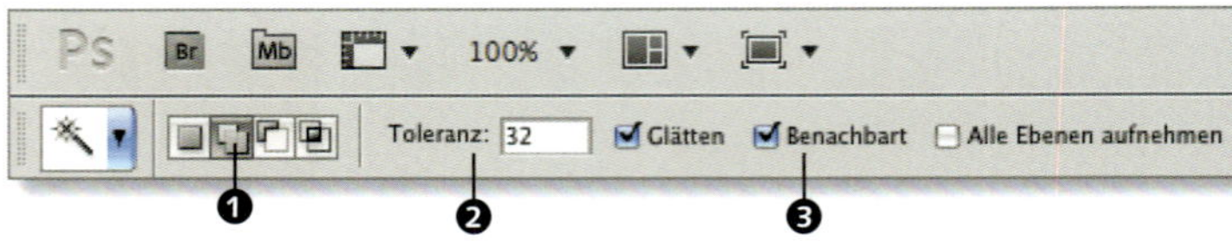

Abbildung 4.22 ►
Wichtig ist, dass BENACHBART angewählt bleibt.

Benachbart

Ist diese Option aktiviert, werden nur Pixel in die Auswahl einbezogen, die an die aufgenommene Stelle angrenzen. Wählen Sie die Funktion ab, wenn alle Pixel des Bildes, die dem Toleranz-Wert entsprechen, in die Auswahl aufgenommen werden sollen.

2 Auswahl erzeugen

Klicken Sie nun in den Bereich des Hintergrunds, um eine erste Pixelaufnahme zu realisieren. Das sieht doch schon einmal gut aus, finden Sie nicht auch?

Abbildung 4.23 ►
Der erste Klick hat für eine weitreichende Aufnahme des Hintergrunds gesorgt.

3 Auswahl erweitern

Anschließend klicken Sie auf den Hintergrundbereich rechts neben dem Schneckenhaus, der noch keinen Schatten aufweist. Spätestens dann jedoch, wenn Sie auf den Schatten selbst klicken, werden Sie feststellen, dass auch Bereiche des Objekts aufgenommen werden. Drücken Sie in diesem Fall [Strg]/[⌘]+[Z], oder machen Sie den letzten Schritt über die Protokoll-Palette rückgängig.

4 Auswahl korrigieren

Um den Schattenbereich isoliert vom eigentlichen Objekt einfangen zu können, werden Sie nun die TOLERANZ heruntersetzen müssen. Geben Sie »10« ein, und versuchen Sie, den Schatten nun mit in die Auswahl einzubeziehen. Aber auch hier kommen Sie schnell an die Grenzen, denn einige Bereiche der Schatten lassen sich nur noch mit einer TOLERANZ um »3« isoliert vom Objekt einfangen. Das hat aber zur Folge, dass auch die aufgenommenen Bereiche immer kleiner werden.

Spätestens jetzt wäre es anzuraten, das Lasso mit der Funktion DER AUSWAHL HINZUFÜGEN einzusetzen, sofern Sie nicht gewillt sind, Einzelpixel in mühsamer Kleinarbeit aufzulesen.

◂ **Abbildung 4.24**
Jetzt wird eine Auswahl mit dem Zauberstab schwierig. ■

4.3.3 Wann den Zauberstab verwenden?

Setzen Sie die Zauberstab-Methode nur dann ein, wenn Objekt und Hintergrund eindeutig unterschiedliche Farben aufweisen. Ansonsten dürften die Lasso-Werkzeuge die erste Wahl sein. Beachten Sie in diesem Zusammenhang auch die Hinweise in Kapitel 12, »Pfade«.

Die Datei »Notebook.tif« im Verzeichnis BILDER der Buch-DVD z. B. bietet sich für Zauberstab-Auswahlen geradezu an. Nach dem Öffnen markieren Sie einfach den weißen Hintergrund und färben den ausgewählten Bereich über BEARBEITEN • FLÄCHE FÜLLEN (oder [⇧]+[F5]) mit der aktuellen Vordergrundfarbe. Heben Sie anschließend die Auswahl über [Strg]/[⌘]+[D] auf.

4.3.4 Das Schnellauswahlwerkzeug

Neben dem Zauberstab und dem Lasso existiert noch ein weiteres Tool, das dem Bildbearbeiter das Leben erleichtern soll – das Schnellauswahlwerkzeug.

Schritt für Schritt: Den Hintergrund mit dem Schnellauswahlwerkzeug verändern

Bilder/Kuerbis.tif

Mithilfe des Schnellauswahlwerkzeugs soll nun der Hintergrund von »Kuerbis.tif« entfernt werden. Hier wird die Auswahl mit dem Lasso nämlich zur Qual – und mit dem Zauberstab geht gar nichts mehr.

© Bolliger Hanspeter/PIXELIO

Abbildung 4.25 ▸
Dieser kräftige Kerl soll jetzt ausgeschnitten werden.

1 Schnellauswahlwerkzeug aktivieren

Zunächst aktivieren Sie das Schnellauswahlwerkzeug, indem Sie [W] drücken. Sollte jetzt der Zauberstab aktiviert worden sein, betätigen Sie einmal [⇧]+[W].

2 Werkzeug einstellen

Öffnen Sie das Pulldown-Menü PINSEL ❶ in der Optionsleiste, und stellen Sie hier eine GRÖSSE ❷ von etwa »30 Px« sowie eine HÄRTE ❸ von »100 %« ein. Der ABSTAND ❹ soll 25 % betragen.

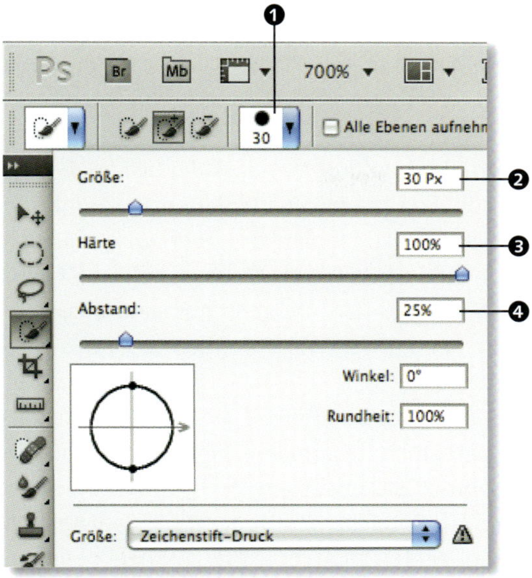

◂ **Abbildung 4.26**
Hier können Sie die Spitze des Schnellauswahlwerkzeugs individuell anpassen.

3 Vorauswahl treffen

Danach stellen Sie den Mauszeiger ganz oben auf den Strunk des Kürbisses und übermalen diesen langsam, während Sie die Maustaste gedrückt halten. Versuchen Sie, dabei die Ränder nicht zu berühren. Auf diese Art und Weise sollte es möglich sein, jetzt auch große Teile der Frucht selbst einzukreisen.

◂ **Abbildung 4.27**
Langsam »wächst« die Auswahl heran.

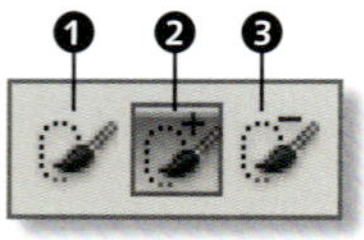

▲ **Abbildung 4.28**
Der mittlere Button muss aktiv sein.

4 Auswahlbereiche hinzufügen

Zwischendurch dürfen Sie ruhig einmal absetzen (Maustaste loslassen) und danach die Auswahl mit erneutem Mausklick fortsetzen. Dabei müssen Sie nicht befürchten, dass die bisherige Auswahl aufgehoben würde. Das haben Sie der Automatik-Funktion innerhalb der Optionsleiste zu verdanken. Hier wird nämlich automatisch DER AUSWAHL HINZUFÜGEN ❷ eingestellt. (Mit der ersten Schaltfläche ❶ könnten Sie übrigens nur eine allererste Auswahl erzeugen, die beim erneuten Anwenden des Tools wieder verworfen würde.)

Mit DER AUSWAHL HINZUFÜGEN sollten Sie jedenfalls versuchen, die Frucht weiter aufzunehmen. Übermalen Sie auch den unteren Bereich. Bei Bedarf zoomen Sie etwas ein (Strg/⌘+[+]). Sollten Sie versehentlich auch Bereiche des Hintergrunds aufgenommen haben, ist das nicht weiter tragisch. Diesen Mangel beheben Sie im nächsten Schritt.

Abbildung 4.29 ▶
Hier wurde etwas zu viel aufgenommen.

5 Auswahlbereiche entfernen

Aktivieren Sie jetzt VON AUSWAHL SUBTRAHIEREN ❸ (oder halten Sie zwischenzeitlich Alt/⌥ gedrückt), und versuchen Sie, aufgenommene Hintergrundbereiche mit kurzen Mausklicks zu überfahren, sprich: zu markieren. Dadurch werden diese wieder von der Auswahl entfernt. Auf diese Weise sollte sich schon eine annähernd zufriedenstellende Auswahl erzeugen lassen. Kontrollieren Sie die gesamte Auswahl.

6 Optional: Gespeicherte Auswahl verwenden

Sollte die Erstellung der Auswahl beim ersten Mal noch nicht so recht gelungen sein, macht das rein gar nichts. Der Workshop ist damit für Sie keinesfalls beendet. Drücken Sie in diesem Fall einfach [Strg]/[⌘]+[D] (das hebt die vorhandene Auswahl auf), und laden Sie anschließend die Auswahl, die ich Ihnen parallel zum Foto mit abgesichert habe. Ja, so etwas geht. Sie müssen jetzt nämlich nichts weiter tun, als AUSWAHL • AUSWAHL LADEN einzustellen und im folgenden Dialogfenster auf OK zu klicken. ■

Schwierige Auswahlen speichern

Anspruchsvolle Auswahlen sollten Sie stets speichern. Wie das funktioniert, erfahren Sie am Ende dieses Kapitels.

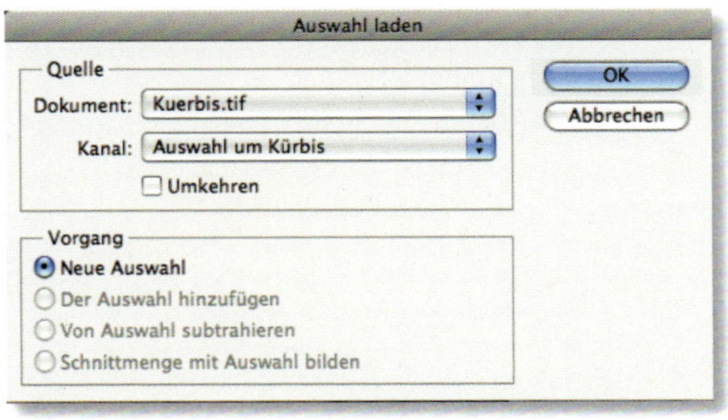

◂ **Abbildung 4.30**
Greifen Sie auf die Auswahl zu, die zuvor in dieses Foto integriert wurde.

7 Kanten-Dialog öffnen

Klicken Sie jetzt auf die Schaltfläche KANTE VERBESSERN innerhalb der Optionsleiste. Mithilfe dieses Dialogfensters können Sie nun versuchen, Ihre Auswahlkante noch mehr zu verfeinern. Aber das wirklich Interessante ist: Das Objekt der Begierde wird im Bild bereits freigestellt präsentiert, obwohl es noch gar nicht vom Hintergrund gelöst wurde. So können Sie die Freistellung natürlich vorab begutachten.

▴ **Abbildung 4.31**
Sofort wird der Kürbis alleine dargestellt.

8 Optional: Ansicht ändern

Standardmäßig präsentiert sich der Hintergrund jetzt in Weiß, wobei es sich dabei aber lediglich um eine Anzeige handelt, die es Ihnen erleichtern soll, die Trennung zwischen Auswahl und nicht ausgewähltem Bereich besser beurteilen zu können. Ihr Hintergrund wird am Ende nicht zwangsläufig weiß sein. Diese Anzeigeform können Sie in der Darstellung noch ändern – und zwar, indem Sie das oberste Pulldown-Menü ❻ öffnen (dazu nach dem Workshop mehr). Für unser Beispiel eignet sich ein schwarzer

Hintergrund sehr gut, weshalb Sie im Pulldown-Menü auf AUF SCHWARZ umschalten sollten oder kurzerhand [B] betätigen.

▲ **Abbildung 4.32**
Die Auswahl um den Kürbis wird sauber, ...

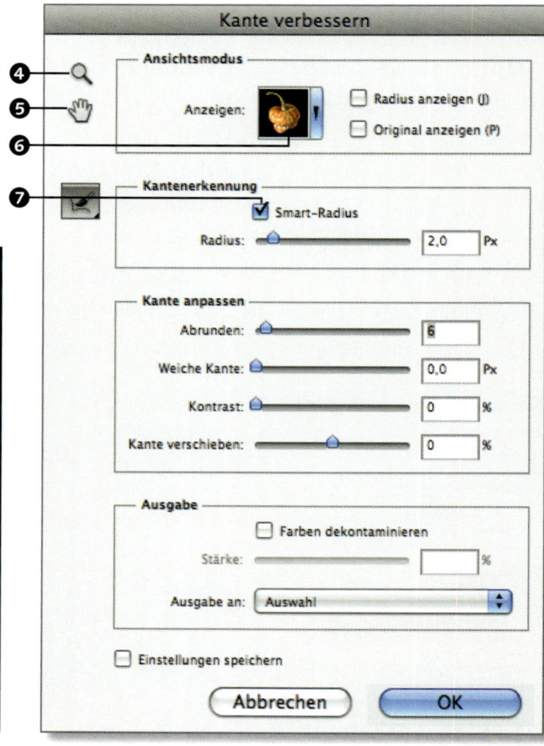

▲ **Abbildung 4.33**
... wenn Sie den SMART-RADIUS auf 2 Pixel erhöhen.

9 Ansichtsgröße verändern

Der Bildausschnitt lässt sich übrigens mit Zoomwerkzeug ❹ und Hand ❺ individuell anpassen – selbst bei geöffnetem Kante-verbessern-Dialog. (Das ist in vielen anderen Dialogboxen nicht möglich.) Sie dürfen die Auswahl also zur Kontrolle stark vergrößern (Zoom) und den Bildausschnitt individuell verschieben (Hand). Auf diese Weise lässt sich dann der gesamte Übergangsbereich Stück für Stück sichten.

10 Kante verfeinern

CS5

Nun wollen wir uns aber endlich um das Bild kümmern. Aktivieren Sie die Checkbox SMART-RADIUS ❼, und ziehen Sie den unterhalb befindlichen Schieber auf etwa 2,0 Px. Diese Einstellung optimiert den Radius in einer Region von 2 Pixeln entlang der Auswahlkante. Das war es schon. Sie dürfen den Dialog mit OK verlassen. Was die weiteren Steuerelemente bewirken, erfahren Sie im Anschluss an diesen Workshop.

11 Auswahl umkehren

Auf dem Foto sehen Sie jetzt lediglich die Auswahlkante. Geändert hat sich hier noch nichts. Da das erklärte Ziel ist, den Hintergrund zu verändern, müssen Sie die Auswahl jetzt noch umkehren. Am schnellsten gelingt das – Sie ahnen es – mit einem Tastaturkürzel: [Strg]/[⌘]+[⇧]+[I]. Das geht viel schneller als AUSWAHL • AUSWAHL UMKEHREN. Damit ist der gesamte Hintergrund ausgewählt und eben nicht der Kürbis.

12 Hintergrund löschen

Wählen Sie jetzt im Menü BEARBEITEN • LÖSCHEN, und heben Sie anschließend die Auswahl auf. Das machen Sie entweder mit [Strg]/[⌘]+[D] oder über AUSWAHL • AUSWAHL AUFHEBEN. Und hier sehen Sie dann das Endergebnis.

◂ **Abbildung 4.34**
Der Kürbis wurde vom Hintergrund befreit. ■

Beachten Sie, dass alle Einstellungen, die Sie innerhalb des Dialogs KANTE VERBESSERN vorgenommen haben, im Protokoll als *ein* Schritt aufgeführt werden. Einzelne Einstellungen lassen sich also nicht rückgängig machen, sondern nur der gesamte Arbeitsschritt.

4.3.5 Kante verbessern

CS5

Einige Funktionen des Dialogs haben Sie bereits im Workshop kennengelernt. Hier noch einmal die Arbeitsweise aller Steuerelemente. Im Übrigen wird dieses Thema im Workshop »Einen Körper verbiegen I (Vorbereitungen)« in Abschnitt 11.6 noch einmal aufgegriffen. Wenn Sie also mehr Routine im Umgang mit Kante verbessern erlangen wollen, sollten Sie diese Übung nicht verpassen.

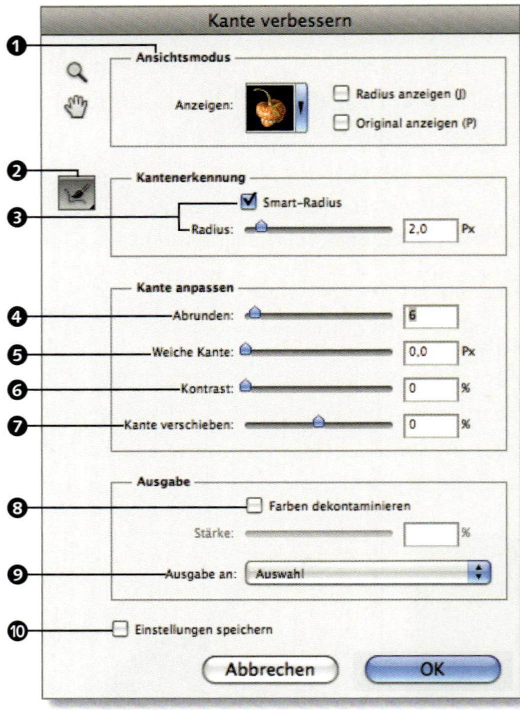

Abbildung 4.35 ▸
Der Dialog Kante verbessern

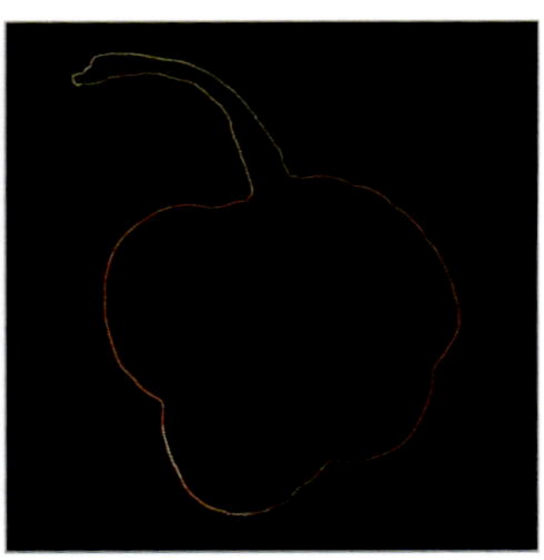

▴ **Abbildung 4.36**
Der Radius wird sichtbar.

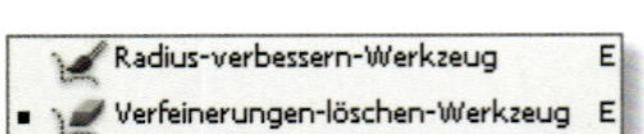

❶ Ansichtsmodus: Lassen Sie die ausgewählten und nicht ausgewählten Bereiche des Fotos in unterschiedlichen Darstellungen erscheinen, um die Trennung beider Bereiche besser beurteilen zu können. Wenn Sie zudem Radius anzeigen einschalten, wird der Bildbereich entlang der Auswahl sichtbar. Schalten Sie Smart-Radius ein, und erhöhen Sie den Wert Radius ein wenig. Original anzeigen präsentiert den ausgewählten Bereich wieder als geschlossene Form.

❷ Radius-verbessern-Werkzeug: Verbessert den Übergang besonders im Bereich feiner Linien, wie z. B. Haare. (Weitere Infos dazu im Workshop »Einen Körper verbiegen I (Vorbereitungen)«, in Abschnitt 11.6.)

❷ Verfeinerungen-löschen-Werkzeug: Sollten Bereiche mit aufgenommen worden sein, die eigentlich nicht mit aufgenommen werden sollten, schalten Sie auf dieses Tool um. Danach wischen Sie erneut über die gewünschte Stelle. Bei aktiviertem Verbessern-Werkzeug können Sie auch kurzzeitig auf das Löschen-Tool umschalten, indem Sie [Alt]/[⌥] gedrückt halten

❸ SMART-RADIUS und RADIUS: Lassen Sie sich bei der Optimierung der Auswahl von Photoshop unterstützen. Die Anwendung sucht nach Übergängen im Bereich der Auswahlkante und optimiert diese. Vergrößern Sie den Radius, wenn Sie es mit detailreichen oder weichen Übergängen zu tun haben.

❹ ABRUNDEN: Die Auswahl wird an eckigen, ausgefransten Stellen rundlicher und erscheint damit mehr geglättet.

❺ WEICHE KANTE: Der Übergang zwischen ausgewähltem und nicht ausgewähltem Bereich wird weicher dargestellt.

❻ KONTRAST: Die Auswahlkante wird schärfer und auftretende Störungen werden entfernt (insbesondere wenn Sie mit größeren Radien arbeiten).

❼ KANTE VERSCHIEBEN: Wenn Sie den Schieber nach links bewegen, verschiebt sich die Auswahlkante nach innen, und der ausgewählte Bereich wird kleiner. Nach rechts hin wird der Auswahlbereich mehr und mehr ausgedehnt. Im Bereich von »0« ist die Auswahl unverändert.

❽ FARBEN DEKONTAMINIEREN: Diese Checkbox sorgt dafür, dass Farbveränderungen (ausgefranste Farbbereiche) entlang der Auswahlkante durch jene Farben ersetzt werden, die sich etwas weiter innerhalb der Auswahl befinden. Dadurch wird Farbverfälschungen entlang der Kante entgegengewirkt. Nach der Anwahl der Checkbox kann der Grad der Beeinflussung mithilfe des unterhalb befindlichen Reglers eingestellt werden.

❾ AUSGABE AN: Bestimmen Sie, was nach dem Klick auf OK mit dem ausgewählten Bereich geschehen soll. Dieser lässt sich beispielsweise als eigene Ebene, als Maskenebene oder sogar als neues Bilddokument ausgeben. (Beachten Sie zum Thema »Ebenen« auch die Hinweise in Kapitel 6.)

❿ EINSTELLUNGEN SPEICHERN: Wenn Sie KANTE VERBESSERN zu einem anderen Zeitpunkt erneut ausführen, befinden sich sämtliche Schieberegler wieder in Ausgangsposition. Wenn Sie jedoch die aktuellen Werte beibehalten wollen, aktivieren Sie diese Checkbox, ehe Sie den Dialog verlassen.

Video-Training

Den Dialog KANTE VERBESSERN zeigt auch Lektion 2.1 auf der Buch-DVD im Detail.

4.3.6 Auswahlkante vorübergehend ausblenden

Mitunter ist es wirklich störend, wenn die Auswahlkanten fröhlich vor sich hin blinken. Sie können dann nämlich nicht zweifelsfrei erkennen, ob die Auswahl auch einen sauberen Übergang zum Hintergrund bildet. In diesem Fall empfiehlt es sich, die Auswahlkante vorübergehend unsichtbar zu machen, indem Sie [Strg]/[⌘]+[H] drücken. Bedenken Sie dabei aber unbedingt, dass die Auswahl immer noch aktiv ist – sie ist ja lediglich unsichtbar. Am Schluss Ihrer Arbeit sollten Sie die Tastenkombination erneut betätigen, um die Auswahl wieder sichtbar zu machen.

4.3.7 Auswahlen speichern

Falls Sie eine aufwendige Auswahl erzeugt haben, ist es immer ratsam, diese über AUSWAHL • AUSWAHL SPEICHERN zu sichern. Wenn sich später herausstellt, dass Sie doch noch Änderungen vornehmen müssen, ist die ursprüngliche Form gleich verfügbar, indem Sie AUSWAHL • AUSWAHL LADEN anwählen.

Darüber hinaus lassen sich viele Auswahlformate auf weitere Bilddateien anwenden. Die Auswahl selbst kann mittels Drag & Drop auf eine andere Datei übertragen werden. (Dabei muss NEUE AUSWAHL in der Optionsleiste aktiv sein.) Wichtig ist, dass Sie Dateien, die Auswahlen enthalten, immer als PSD- oder TIFF-Dokument sichern. Andere Formate (wie JPEG oder BMP) unterstützen diese Funktion nämlich nicht. ■

Auswahl verschwunden

Noch ein Tipp zum Schluss: Die Auswahl hat sich wie von selbst aufgelöst? Das passiert vielleicht unbeabsichtigt, nachdem Sie einen falschen Befehl ausgeführt haben. Öffnen Sie einfach das Menü AUSWAHL, und klicken Sie auf ERNEUT AUSWÄHLEN.

Kapitel 5

Zeichnen, pinseln, färben

Malwerkzeuge und Farben-Handling

- Wie werden Werkzeugspitzen eingestellt?
- Welche Arbeitstechniken gibt es?
- Wie werden Vorder- und Hintergrundfarbe eingestellt?
- Wie arbeiten Farbregler und Farbfelder?
- Wie lege ich Verläufe an?

5 Zeichnen, pinseln, färben

Video-Training
Eine kurze Einführung in die Welt der Farben erhalten Sie in Lektion 1.1 auf der Buch-DVD.

Schnelles und effizientes Arbeiten mit Photoshop setzt auch den gewandten Umgang mit Werkzeugen, Pinselspitzen und Farben voraus. Wenn Sie einmal die Kniffe heraushaben (und die sind gar nicht so schwer), werden Sie zu jeder Aufgabenstellung nicht nur eine gute Idee, sondern auch immer das richtige Werkzeug zur Hand haben. Der Arbeitstakt erhöht sich damit beträchtlich ...

5.1 Malwerkzeuge

5.1.1 Werkzeugspitzen einstellen

Zunächst einmal müssen Sie wissen, dass Sie viele Werkzeuge innerhalb der Werkzeugleiste mit einer Spitze nach Wahl ausstatten können. Denken Sie an normale Malpinsel. Auch dort gibt es unterschiedliche Größen. Einige Pinsel sind weich, andere hart. In Photoshop ist ein schier unerschöpfliches Sortiment mit an Bord.

Aktivieren Sie doch, um die nachfolgenden Schritte exakt nachvollziehen zu können, das Pinsel-Werkzeug [B]. Die Auswahl des Werkzeugs ist ja, wie Sie längst wissen, *immer* der erste Schritt.

Abbildung 5.1 ▼
Wählen Sie für diese Tools individuelle Spitzen.

Als Nächstes muss das Werkzeug angepasst werden. Öffnen Sie dazu das Flyout-Menü Pinselvorgaben in der Optionsleiste über die kleine Dreieck-Schaltfläche ❶. Hier gilt es, eine Pinselform zu wählen ❺. Dazu reicht ein einzelner Mausklick. Die selektierte Spitze wird daraufhin mit einem kleinen schwarzen Rahmen versehen. Zunächst sollten Sie in der ersten Zeile bleiben. Hier finden Sie nämlich die harten (scharfkantigen) und die weichen Pinsel (softer Kantenübergang). Die Spitzen ab Zeile 2 schauen wir uns gleich noch genauer an. ■

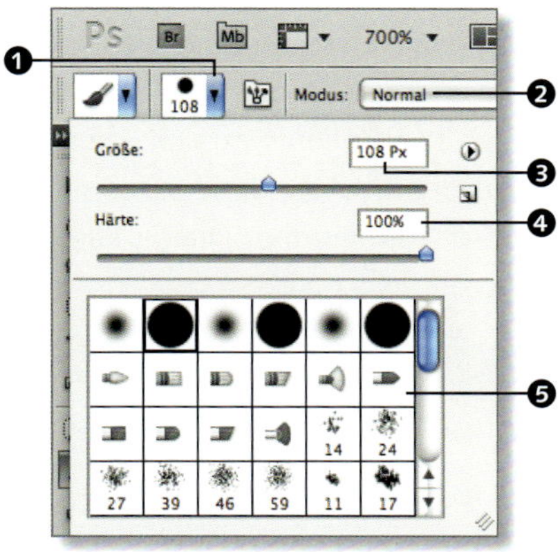

◂ **Abbildung 5.2**
In der ersten Zeile finden Sie im Wechsel von links nach rechts weiche und harte Spitzen.

Stellen Sie nun den Durchmesser der Spitze ein ❸. Standardmäßig werden Sie sich bereits hier festlegen, ob eine weiche oder harte Spitze verwendet werden soll. (Harte Pinsel sorgen für eine scharfe Kante zwischen Pinselstrich und Hintergrund; weiche Pinsel erzeugen einen fließenden Übergang.) ■ Nachträgliche Korrekturen sind aber über den Schieber Härte ❹ noch einstellbar. (Übrigens lässt sich dieser Dialog auch jederzeit über einen Rechtsklick auf dem Foto darstellen – allerdings nur, wenn auch einer der Pinsel gewählt ist.)

◂ **Abbildung 5.3**
Der Punkt links wurde mit einer Härte von 100 % erzeugt, der rechte mit 0 %. Dabei haben beide Werkzeugspitzen den gleichen Durchmesser.

Ändern Sie gegebenenfalls den Modus ❷ Ihrer Pinselspitze. Dieser sagt etwas über die Kombination mit der darunter befindlichen Ebene aus. Nähere Hinweise dazu finden Sie in Kapitel 6, »Ebenen«. In den meisten Fällen werden Sie den Modus aber auf Normal stehen lassen – zumindest sofern Farben aufgetragen werden sollen.

Hot-Text-Steuerelemente

Viele der Steuerelemente sind sogenannte Hot-Text-Steuerelemente. Bei diesen reicht es, auf den Namen zu klicken und durch Verschieben der Maus nach links bzw. rechts die Werte zu verändern (siehe Deckkraft und Fluss in der Optionsleiste). Um die Pinselgröße einzustellen, müssen Sie allerdings das Flyout-Menü öffnen.

Spitzendurchmesser per Tastatur verändern

Oftmals ergibt es sich, dass während des Zeichnens der Durchmesser der Pinselspitze verändert werden muss. In diesem Fall ist es nicht erforderlich, die Maus vom Bild wegzunehmen und die Einstellung über das Flyout-Menü zu korrigieren. Drücken Sie [Ö], um die Spitze zu verkleinern. Mit [#] vergrößern Sie das Werkzeug.

Abbildung 5.4 ▸
Die Optionsleiste ist auch bei den Pinseln außerordentlich wichtig.

5.1.2 Pinselspitzen speichern und laden

Möglicherweise werden Sie bestimmte Pinselformen und -größen immer wieder verwenden. Damit Sie aber von immer wiederkehrenden Vorabeinstellungen befreit sind, empfiehlt es sich, diese Spitzen zu speichern. Klicken Sie auf den Button Neue Vorgabe aus diesem Pinsel erstellen ❷. Im nachfolgenden Dialog kann die Spitze entsprechend benannt werden.

Abbildung 5.5 ▸
Die richtige Benennung macht das spätere Auffinden zum Kinderspiel.

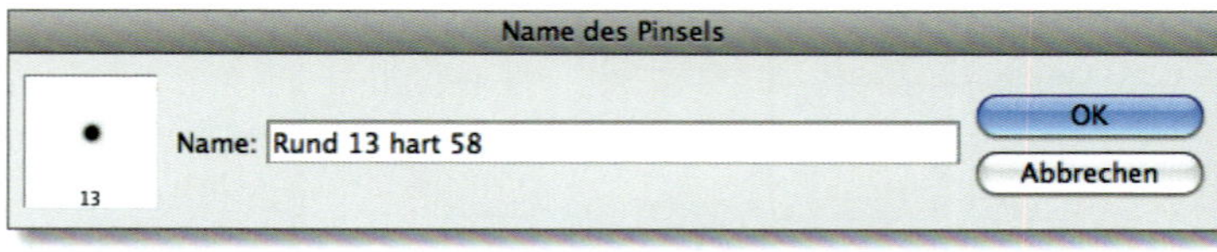

Das Sortiment an Pinseln ist ja nicht zu verachten. Wem das aber nicht reicht, der findet im Palettenmenü ❶ noch jede Menge weiterer Sätze, die allesamt hinzugeladen werden können.

Abbildung 5.6 ▸
Freie Auswahl für freie Künstler – die Sortimente der mitgelieferten Spitzen

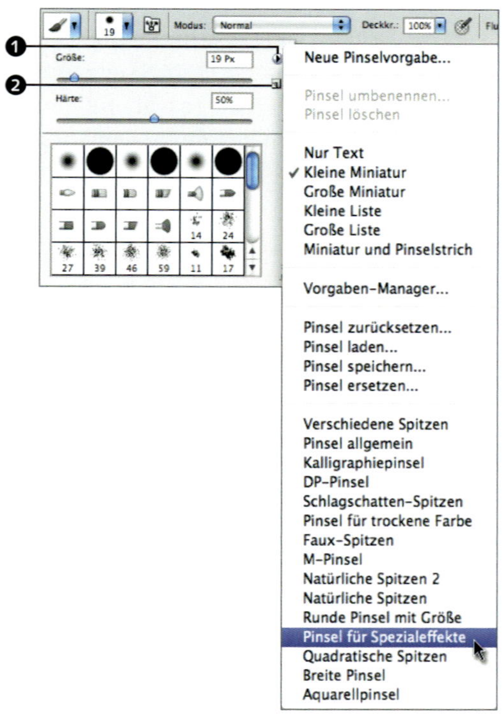

5.1.3 Pinsel-Palette

In diesem Zusammenhang wird es Sie interessieren, wie Sie Ihrer Pinselspitze zahllose Attribute zuordnen können – über die Pinsel-Palette. Hier kommen dann auch die Pinselspitzen zum Tragen, die Sie in der zweiten und dritten Zeile des Pinselvorgaben-Dialogs finden. Diese Spitzen, die grafisch am ehesten einem Pinsel entsprechen, verfügen noch über eine weitere Besonderheit.

CS5

Verwenden Sie zum Öffnen die Taste F5, oder wählen Sie Pinsel aus dem Menü Fenster.

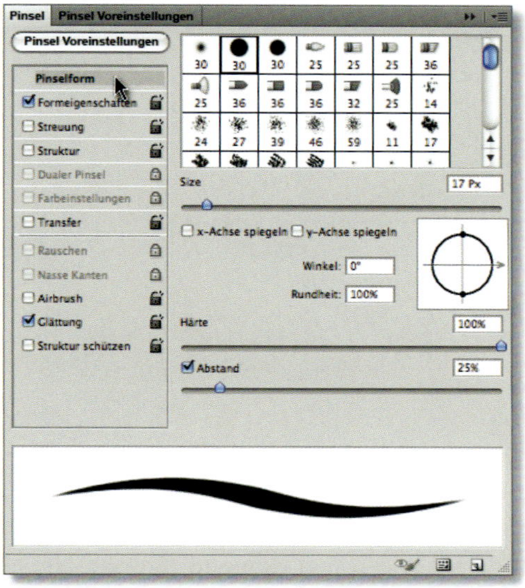

▲ **Abbildung 5.7**
So stellt sich die Palette dar, wenn der oberste Eintrag, Pinselform, eingestellt ist.

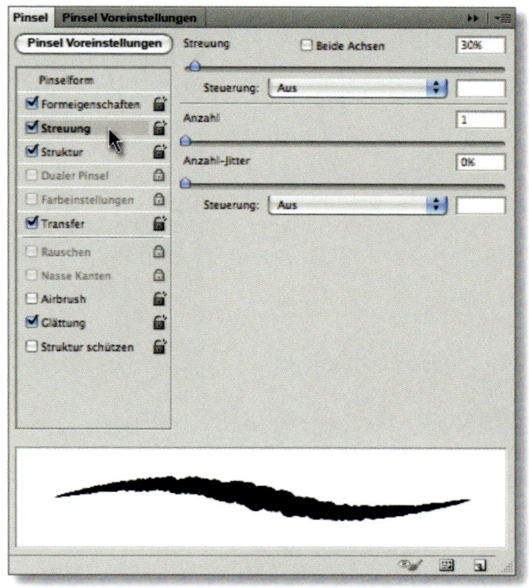

▲ **Abbildung 5.8**
Ein Klick auf den Namen einer Pinselvorgabe (nicht auf die Checkbox!) bringt rechts daneben die entsprechende Steuerelementgruppe zur Anzeige. Hier wurde beispielsweise Streuung ausgesucht.

Im Bereich Pinselform lassen sich zahlreiche Parametergruppen anwählen, indem Sie die jeweilige Checkbox vor dem Listeneintrag aktivieren. Um jedoch die zugehörigen Steuerelemente rechts daneben anzeigen zu lassen, klicken Sie bitte nicht auf die Checkbox, sondern direkt auf den Namen der Gruppe.

5.1.4 Pinselvorschau

Eine herausragende Neuerung in Photoshop CS5 ist die Möglichkeit, die Pinselspitze in Form einer Vorschau anzeigen zu lassen.

CS5

Das macht die Einstellung eines Pinsels noch wesentlich intuitiver. Allerdings funktioniert das nur dann, wenn auch ein Foto geöffnet ist. Wenn Sie jetzt einen Pinsel anwählen, dessen Symbol auch grafisch einem Pinsel ähnelt (z. B. die Pinsel aus Zeile 2), finden Sie auf dem Foto eine entsprechende Voransicht des Werkzeugs in der oberen linken Ecke.

Abbildung 5.9 ▸
Oben links ist die Spitze zu sehen.

▴ Abbildung 5.10
Die geänderten Einstellungen werden sofort angezeigt.

Nun können Sie den Pinsel mithilfe der Steuerelemente, die sich auf der Pinsel-Palette befinden, nach Wunsch einstellen. Während Sie das tun, wird die Pinselspitze synchron verändert. Das ist ein wirklich unschlagbarer Komfort. Und wem das noch nicht reicht, der klickt ganz einfach mal auf die Vorschau und kann sich dann den Pinsel sogar von allen Seiten anschauen.

Und es geht noch mehr: Während die Maus über dem Foto schwebt, ist nämlich zusätzlich noch eine kleine Leiste links oberhalb der Spitzenminiatur zu sehen, mit der die Voransicht auch verschoben ❶, verkleinert ❷ oder komplett geschlossen werden kann ❸.

5.1.5 Das Mischpinsel-Werkzeug

CS5

Der Photoshop-Version CS5 wurde außerdem noch ein neues Tool verpasst, nämlich der sogenannte Mischpinsel. Er befindet sich in einer Gruppe mit den bereits erwähnten Pinseln und hat die Besonderheit, dass sich mit ihm verschiedene Muster zusammenfügen lassen. Sie müssen sich das vorstellen wie bei einem Stempel. Zunächst einmal müssen Sie die Farbe (aus dem Stempelkissen) aufnehmen. Wenn Sie jetzt noch ein weiteres Stempelkissen hätten (mit einer anderen Farbe), könnten Sie auch daraus eine Aufnahme folgen lassen. So würde sich eine Mischstruktur aus beiden Quellen ergeben.

Und wie funktioniert das nun in Photoshop? Halten Sie [Alt]/[⌥] gedrückt, und klicken Sie anschließend auf einen Bereich des Bildes, den Sie aufnehmen möchten. Danach lassen Sie [Alt]/[⌥] los. Nun klicken Sie mit der Maus dorthin, wo Sie sich das neue Muster wünschen. Weitere Infos zu dieser Technik entnehmen Sie bitte dem Workshop »Objekte mit dem Kopierstempel klonen« in Abschnitt 10.1.4.

Kombinationen aus Füllmethode und Pinsel

Der Mischpinsel lässt sich auch zum reinen Malen verwenden. Dabei sollten Sie vor allem auf die Möglichkeiten im Pulldown-Menü in der Mitte der Optionsleiste achten. Legen Sie darüber fest, wie sich die aufzutragende Farbe im Zusammenwirken mit dem Untergrund verhalten soll.

▲ **Abbildung 5.11**
Sie sehen (von oben nach unten) die Wirkungsweise der Methoden TROCKEN, FEUCHT und NASS.

5.2 Arbeitstechniken

Nachdem der Pinsel nun eingestellt ist, werden Sie den Wunsch verspüren, ihn auch zum Malen zu benutzen. Erzeugen Sie eine neue Datei, und malen Sie drauflos. Wechseln Sie die Pinsel nach Belieben aus, und stellen Sie sie neu ein.

5.2.1 Pinselgröße und -härte auf dem Foto einstellen

CS5

Was aber, wenn Sie während des Zeichnens nicht gleich zu einem neuen Pinsel greifen wollen, sondern vielleicht nur dessen Durchmesser verändern möchten? Dann können Sie das jederzeit direkt auf dem Bild erledigen. Sie müssen also nicht extra auf die Optionsleiste gehen. Halten Sie unter Windows lediglich [Alt] und unter Mac OS [⌘] gedrückt. Klicken Sie anschließend mit der rechten Maustaste auf das Foto. Halten Sie auch die rechte Maustaste gedrückt. Jetzt bestimmt die Richtung der Mausverschiebung, wie die Pinselspitze verändert wird. Dabei gilt:

- Nach links = Pinselspitze wird kleiner
- Nach rechts = Pinselspitze wird größer
- Nach oben = Pinselspitze wird härter
- Nach unten = Pinselspitze wird weicher

5.2.2 Farbauftrag

Mit der Einstellung des Pinsels ist aber längst noch nicht alles zum Thema Pinsel gesagt. Werfen Sie noch einmal einen Blick auf die Optionsleiste des Pinsels. Dort kann nämlich neben der Deckkraft auch der Fluss bestimmt werden. Oder wollen Sie lieber »airbrushen«?

- Deckkraft: Bestimmen Sie, mit welcher Intensität die Farbe aufgetragen werden soll. Bei 100% Deckkraft wird die Farbe mit maximaler Intensität aufgetragen. Verringern Sie die Deckkraft, ist entsprechend auch die Intensität der Farbe geringer – darunter befindliche Objekte bleiben sichtbar.
- Fluss: Hier legen Sie fest, mit welcher Geschwindigkeit die Farbe auf das Bild gebracht wird. Bei verringertem Fluss-Wert tritt die Farbe langsamer aus.

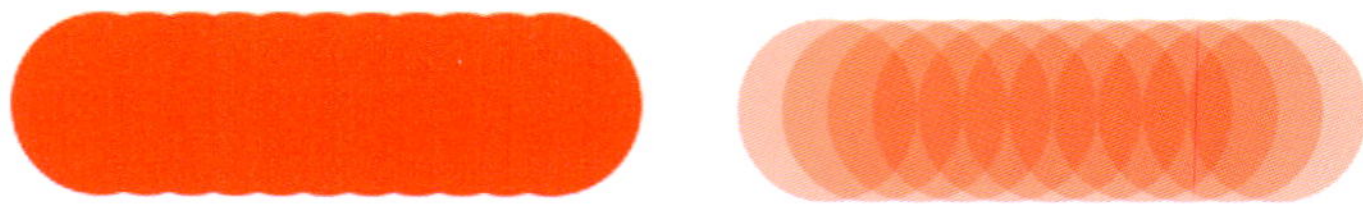

Abbildung 5.12 ▶
Zeichnen mit 100% (links) und 25% Fluss

- Airbrush: Aktivieren Sie Airbrush, um die gleichen Funktionen nutzen zu können, die auch mit einer Sprühpistole erreicht werden. Je länger Sie die Maustaste gedrückt halten, desto mehr Farbe wird aufgetragen. Falls die Funktion deaktiviert ist, hat die Dauer, wie lange die Maustaste gedrückt bleibt, keine Auswirkung auf das Ergebnis.

Abbildung 5.13 ▶
Je länger die Maustaste gedrückt wird, desto mehr Farbe tritt aus.

5.2.3 Wie wird gemalt und gezeichnet?

Die einfachste Form des Malens ist folgende: Ziehen Sie eine freie Form, indem Sie die Maustaste gedrückt halten. Lassen Sie die Taste los, wenn die gewünschte Figur erzeugt ist.

Abbildung 5.14 ▶
Freies Malen (links), einzelne Geraden (Mitte) und verbundene Geraden (rechts)

Wenn Sie die [⇧]-Taste zum Zeichnen verwenden, erzeugen Sie gerade Linien. Und das geht so: Klicken Sie zunächst auf die Arbeitsfläche, halten Sie dann die Maustaste gedrückt, ohne jedoch eine Bewegung auszuführen. Nun halten Sie [⇧] gedrückt und bewegen die Maus. Damit erreichen Sie exakt horizontal oder vertikal angeordnete gerade *Linien*.

Halten Sie [⇧] während des gesamten Zeichenvorgangs gedrückt, und klicken Sie dann mehrmals kurz auf unterschiedliche Stellen der Arbeitsfläche, um Verbindungen zwischen den Zeichenpunkten zu erzeugen.

5.3 Farbwahl

Glücklicherweise sind Ihnen auch in Bezug auf die Farbwahl fast keine Grenzen gesetzt. Bei über 16,7 Millionen Möglichkeiten (im RGB-Modell) sollte die Selektion der gewünschten Farbe nun wirklich keine Schwierigkeiten bereiten.

5.3.1 Vorder- und Hintergrundfarbe

Die Werkzeugleiste gibt Auskunft über die aktuell eingestellten Farben. Dabei wird grundsätzlich zwischen Vorder- und Hintergrundfarbe unterschieden.

- VORDERGRUNDFARBE EINSTELLEN ❷: Stellen Sie hier die aktuelle Mal- und Füllfarbe ein.
- STANDARDFARBEN FÜR VORDERGRUND UND HINTERGRUND ❶: Setzt die Vordergrundfarbe auf Schwarz und die Hintergrundfarbe auf Weiß. Dieser Funktion ist der Shortcut [D] zugewiesen.
- VORDER- UND HINTERGRUNDFARBE VERTAUSCHEN ❸: Macht die aktuell eingestellte Vordergrundfarbe zur Hintergrundfarbe und umgekehrt. Dieser Funktion ist der Shortcut [X] zugewiesen.
- HINTERGRUNDFARBE EINSTELLEN ❹: Stellen Sie die aktuelle Hintergrundfarbe ein.

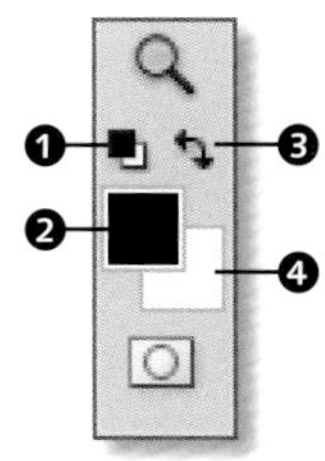

▲ **Abbildung 5.15**
Vorder- und Hintergrundfarbe werden im Fuß der Werkzeugleiste eingestellt.

5.3.2 Farbwähler

Um die Vorder- oder Hintergrundfarbe zu verändern, reicht ein Klick auf das entsprechende Farbfeld. Im Farbwähler kann dann der Ton selektiert werden. Dazu gibt es, wie sollte es anders sein, mehrere Möglichkeiten.

Abbildung 5.16 ▸
Der Farbwähler zur Selektion der Vorder- oder Hintergrundfarbe

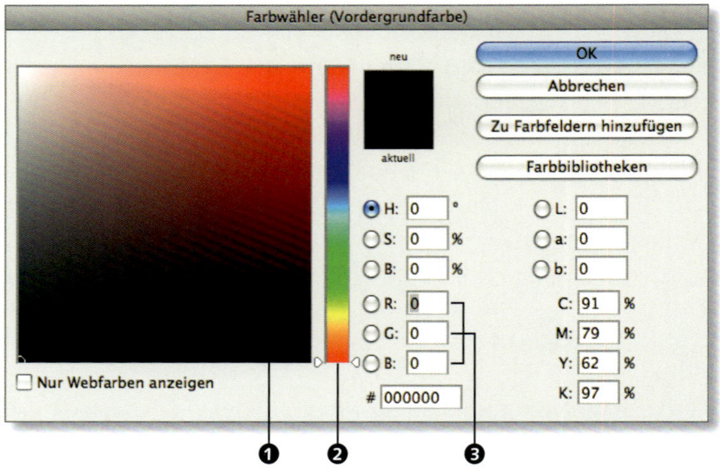

Nur Webfarben anzeigen

Falls Sie Dateien für einen Internetauftritt anfertigen, markieren Sie vor der Farbwahl die Checkbox Nur Webfarben anzeigen. Dadurch ist gewährleistet, dass Sie immer eine Farbe wählen, die in Standardbrowsern korrekt angezeigt wird. Legen Sie jetzt die Farben aber nicht über die RGB-Werte, sondern mittels Mausklick fest. Bedenken Sie, dass damit die Anzahl der verfügbaren Farben drastisch reduziert ist.

Zunächst die einfachste Möglichkeit: Geben Sie über die RGB-Eingabefelder ❸ die gewünschten Werte ein. Dabei erstreckt sich das Spektrum auf Werte zwischen 0 und 255 (0 = Farbe nicht vorhanden, 255 = Farbe in voller Güte vorhanden). Für reines Rot geben Sie unter R demnach 255 ein, wobei G (= Grün) und B (= Blau) jeweils 0 sein sollten. Der Vorteil dieser Methode: Sie ist die genaueste! Außerdem lässt sie sich durch die Tatsache, dass das erste Eingabefeld beim Öffnen des Dialogs schon vorselektiert ist (die Einfügemarke blinkt dort), ruck, zuck mittels Tastatur anwenden. Mit [⇆] können Sie übrigens komfortabel von Eingabefeld zu Eingabefeld springen.

Die zweite Möglichkeit: Treffen Sie mittels Mausklick eine Vorauswahl im kleinen Farbfeld ❷, um dann im großen ❶ die Feinjustierung vorzunehmen. ■

In beiden Fällen verlassen Sie den Dialog anschließend mit OK.

5.3.3 Farbfelder

Nicht benötigte Farben löschen

Sind Sie der Meinung, dass die eine oder andere Farbe derart schäbig ist, dass sie es einfach nicht länger verdient hat, Mitglied Ihrer elitären Farbfelder-Riege zu sein? Dann weg damit! Ziehen Sie das Farbfeld auf den Papierkorb unten rechts in der Fußleiste ❺.

Falls Ihnen der Farbwähler nicht sonderlich zusagt (das soll es vereinzelt geben), können Sie sich auch für die Farbfelder-Palette entscheiden. Hier sind zahlreiche Standardfarben aufgelistet, die sich prima per Mausklick übertragen lassen. ■

Die Farbfelder-Palette (zuschaltbar über Fenster • Farbfelder) hat aber noch eine wesentlich sinnvollere Eigenschaft, als nur eine

Alternative für Farbwähler-Unwillige zu sein. Häufig benutzte Farben lassen sich nämlich hier einfach speichern ❹. ■

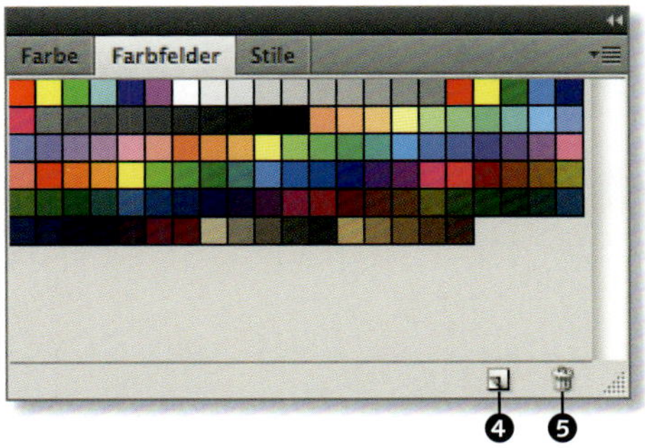

◂ **Abbildung 5.17**
Verändern Sie durch einen einfachen Mausklick auf eines der Quadrate die aktuelle Vordergrundfarbe.

5.3.4 Die Palette »Farbe«

Aktivieren Sie den Farbregler, indem Sie den gleichnamigen Reiter anklicken (alternativ: FENSTER • FARBE). Dort lassen sich Farben ganz einfach über die drei Schieberegler in der Mitte der Palette einstellen. Auch hier wird der aktuelle Wert auf die Vordergrundfarbe in der Werkzeugleiste übertragen, sofern in der Palette der Button für die Vordergrundfarbe ❻ aktiv ist. Sie sehen, dass Sie hier auch gleich die Hintergrundfarbe definieren können. Dazu klicken Sie zunächst auf den gleichnamigen Button ❼ und stellen anschließend die gewünschte Hintergrundfarbe ein. ■

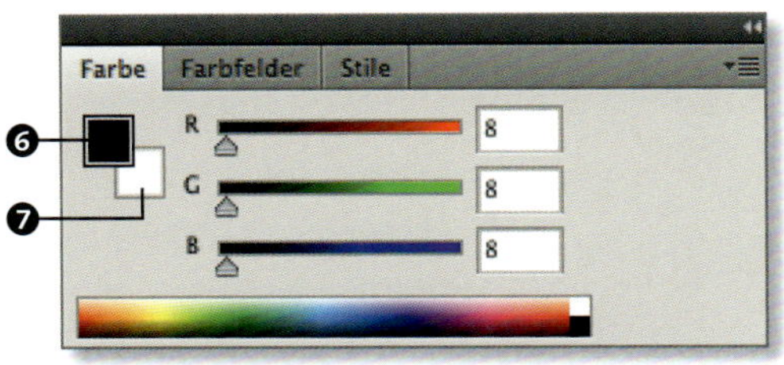

▴ **Abbildung 5.18**
Verwenden Sie, falls gewünscht, zur Vorauswahl den Spektralbalken ganz unten.

Falsche Farbe gelöscht?

Wenn Sie versehentlich der falschen Farbe den Garaus gemacht haben, öffnen Sie das Paletten-Menü und wählen den Eintrag FARBFELDER ZURÜCKSETZEN. Bedenken Sie aber, dass Sie selbst erstellte Farben verlieren, sofern Sie im Folgedialog nicht ANFÜGEN wählen. Doppelte Farben müssen Sie danach leider manuell entfernen. Sollten Sie keine eigenen Farben definiert haben, wählen Sie im Folgedialog LÖSCHEN.

Farbumfang-Warnungen

Sowohl im Farbwähler als auch im Farbregler werden mitunter kleine Dreiecke mit Ausrufezeichen sichtbar. Diese sind immer ein Indiz dafür, dass Sie gerade eine Farbe verwenden, die im Vierfarbdruck nicht korrekt wiedergegeben werden kann. Beachten Sie dazu auch die Hinweise in Kapitel 16, »Fachkunde«.

5.4 Verläufe

Die Theorie geht langsam zu Ende. Zum Abschluss gibt es noch etwas über Verläufe. Zunächst gilt auch hier wieder: Werkzeug einstellen! Wählen Sie daher das Verlaufswerkzeug [G]. Es bildet mit dem Füllwerkzeug eine Gruppe.

▴ **Abbildung 5.19**
Verlaufswerkzeug und Füllwerkzeug bilden eine Gruppe.

Danach lässt sich der Verlauf individuell einstellen, indem Sie auf das Verlaufsfeld ❶ der Optionsleiste klicken. Falls Sie sich mit den Verläufen begnügen möchten, die standardmäßig in Photoshop beigelegt sind, reicht auch ein Klick auf die nebenstehende Dreieck-Schaltfläche ❷.

Abbildung 5.20 ▼
Auch die Verläufe werden über die Optionsleiste eingestellt.

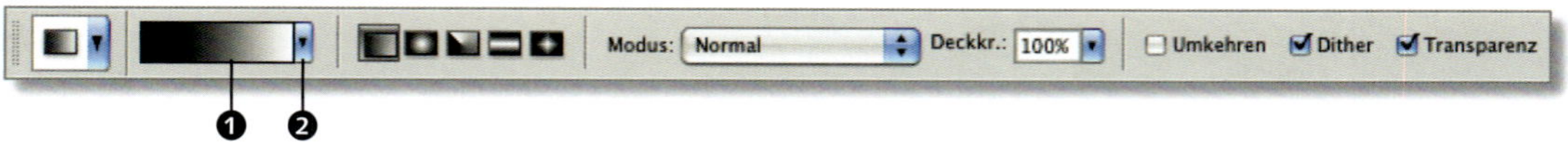

5.4.1 Farbunterbrechungen

> **Farben aus dem Verlauf entfernen**
>
> Wenn Sie eine Farbe aus dem Verlauf entfernen möchten, ziehen Sie das Symbol einfach per Drag & Drop nach oben bzw. unten. Bedenken Sie aber, dass die Symbole ganz links und ganz rechts nicht entfernt werden können, da Start und Ende des Verlaufs natürlich generiert sein müssen.

Stellen Sie die Maus doch einmal unter den Spektralbalken im unteren Drittel des Dialogfensters. Führen Sie dort einen Mausklick aus, wird ein Farbsymbol platziert, das die Verlaufsfarbe an dieser Position entsprechend ändert. ■ Sie haben damit eine sogenannte *Farbunterbrechung* ❹ eingefügt. Doppelklicken Sie auf dieses Symbol, können Sie die gewünschte Farbe über den Farbwähler ändern.

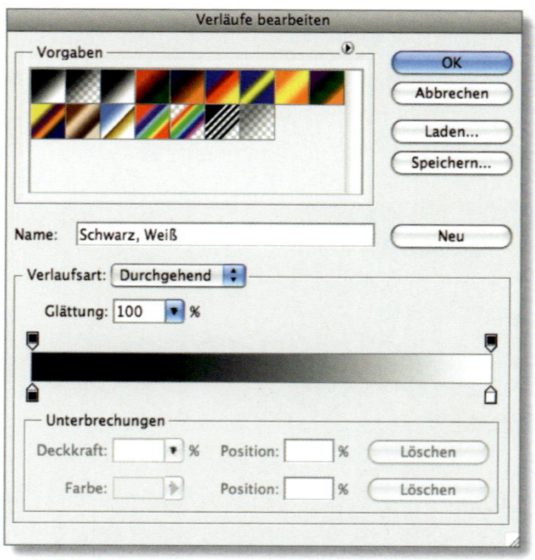

Abbildung 5.21 ►
Platzieren Sie so viele Farbunterbrechungen, wie Sie benötigen.

Verschieben Sie das Symbol, um die Farbe entsprechend im Spektralbereich des Verlaufs anzuordnen. In der Mitte zwischen diesen Symbolen befinden sich die sogenannten *Farbmittelpunkte* ❸. Diese werden nach der Platzierung einer Unterbrechung automatisch hinzugefügt. Je mehr Sie diese an eine Farbunterbrechung heranführen, desto härter wird der Übergang. Der Verlauf wird außerdem zur gegenüberliegenden Seite weicher.

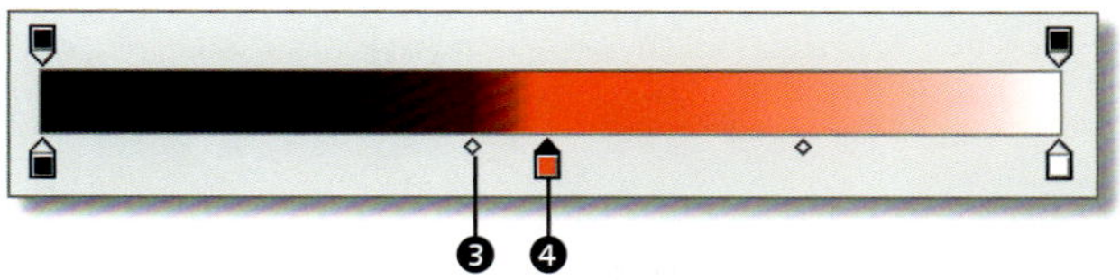

◀ **Abbildung 5.22**
Unterhalb des Balkens werden die Farbunterbrechungen und deren Übergänge beeinflusst.

5.4.2 Deckkraftunterbrechungen

Während Sie unterhalb des Spektralbalkens Farben hinzufügen, ändern und verschieben können, lassen sich oberhalb des Spektralbalkens Deckkraftunterbrechungen einsetzen, die den Verlauf in dessen Deckkraft punktuell beeinflussen. Das ist vor allem dann interessant, wenn Bildbereiche unterhalb eines Verlaufs weiterhin sichtbar bleiben sollen. Nachdem Sie also einen Mausklick oberhalb des Farbbalkens platziert haben, erscheint dort ebenfalls ein »Häuschen« ❺, das sich anschließend noch verschieben lässt. Außerdem sind auch hier zwei kleine Rauten auszumachen ❻, die die Funktion haben, die Übergänge zwischen den unterschiedlichen Deckkräften härter oder weicher zu gestalten. Auch hier reicht das bloße Verschieben.

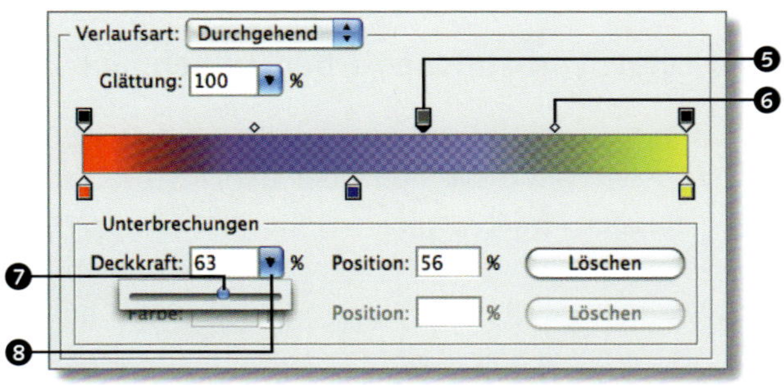

◀ **Abbildung 5.23**
Oberhalb des Balkens wird die Deckkraft des Verlaufs angepasst.

Und wie wird nun die eigentliche Deckkraft eingestellt? Indem Sie zunächst den kleinen Dreieck-Button ❽ betätigen, um den Schieberegler ❼ zugänglich zu machen. Durch Bewegen dieses Reglers nach links kann die Sichtbarkeit der Farbe dann verringert werden. Es erscheint zudem ein Schachbrettmuster, das stets auf Transparenzen hindeutet (siehe dazu auch Kapitel 6, »Ebenen«). ■

Verläufe sichern

Sichern Sie interessante Verläufe, indem Sie auf SPEICHERN klicken. Fortan wird Ihr Verlauf in der Auswahlliste aufgeführt.

5.4.3 Verläufe anwenden

Die Übertragung eines eingestellten Verlaufs funktioniert, indem Sie mit dem Verlaufswerkzeug eine Linie über den gewünschten Bereich ziehen. Bevor Sie das tun, wählen Sie in der Menüleiste noch, welcher Verlaufstyp angewandt werden soll. ■

Mehr über Verläufe

Spezielle Hinweise zu Verlaufstechniken und typische Anwendungsbeispiele finden Sie in Kapitel 13, »Text im Bild«.

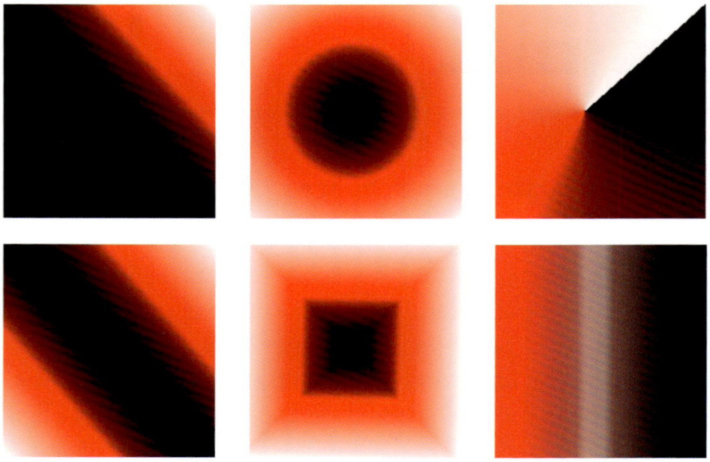

Abbildung 5.24 ▸
Oben (v. l. n. r.): Linearer Verlauf, Radialverlauf, Verlaufswinkel – unten (v. l. n. r.): Reflektierter Verlauf, Rauteverlauf, Verlauf mit Deckkraftunterbrechung

Farbe in der Praxis

Farbe in der Praxis: Wer nach all der vielen Theorie auch endlich einmal etwas Praktisches machen möchte, dem sei der Workshop »Malen anno 2010« auf der Buch-DVD ans Herz gelegt. Sie finden ihn im Ordner WORKSHOPS.

5.4.4 Zu guter Letzt: Vorhandene Farben aufnehmen

Pipette.gif

Sie werden des Öfteren eine Farbe aus einem vorhandenen Bild verwenden wollen. Wenn Sie diese nun über den Farbwähler manuell einstellen müssten, wäre allenfalls ein ungefährer Wert erreichbar.

Stellen Sie das Werkzeug PIPETTE [I] ein, und klicken Sie auf den Bereich, der als Farbe definiert werden soll. Im Anschluss daran wird der gleiche Ton als Hintergrundfarbe definiert.

Bei derartigen Farbaufnahmen müssen Sie allerdings einiges beachten: Stellen Sie auch hier zunächst das Werkzeug über die Optionsleiste ein. Mit AUFNAHMEBEREICH definieren Sie, ob einzelne oder mehrere nebeneinander befindliche Pixel den Farbton ergeben sollen. Falls Sie sich für einen der anderen Einträge entscheiden, werden Durchschnittswerte des Aufnahmebereichs ermittelt.

Die Anwendung wartet neben 1, 3 × 3 und 5 × 5 Pixeln auch noch mit größeren Durchschnittswerten auf, die es auf komfortable Weise ermöglichen, neutrale Mischfarben zu finden und so die Stimmung innerhalb einer Bildkomposition zu verbessern. Der größte Aufnahmebereich liegt jetzt bei 101 × 101 Pixel.

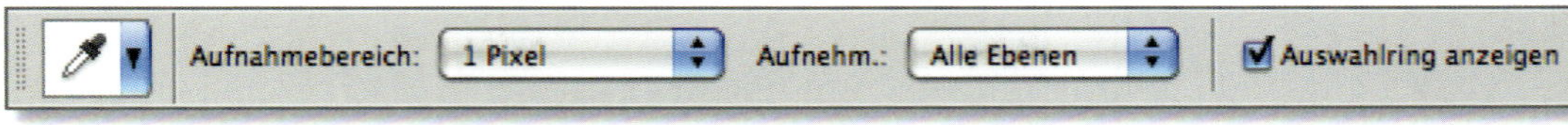

▲ **Abbildung 5.25**
Vergrößern Sie den Aufnahmebereich der Pipette.

Ein größerer Auswahlbereich als 1 wird in den meisten Fällen die bessere Wahl sein, da das Ergebnis immer einen repräsentativen Wert des Aufnahmebereichs liefert. Schauen Sie sich die folgenden Abbildungen an. Wenn Sie Pixel genau am Übergang zwischen weißer und roter Fläche aufnehmen, werden Sie im 1-Pixel-Modus entweder die weiße oder die rote Farbe ❶ erwischen. Stellen Sie aber auf 3 × 3 oder 5 × 5 Pixel um, wird Photoshop einen Durchschnittswert aus Weiß und Rot als Ergebnis liefern ❷.

▲ **Abbildung 5.26**
Wenn Sie im 1-Pixel-Modus genau auf den Übergang klicken, wird entweder Rot oder Weiß aufgenommen.

▲ **Abbildung 5.27**
Im Modus »5 × 5 Pixel« wird das Resultat eine Mischfarbe sein.

Welche Farbe Sie getroffen haben, verrät Ihnen der Farbring, der im Übrigen eine interessante Neuerung in Photoshop CS5 darstellt. Die Pipette wird zum Zeitpunkt des Mausklicks nämlich von einem mehrfarbigen Ring umgeben – zumindest dann, wenn Auswahlring anzeigen in der Optionsleiste aktiv ist. Von Bedeutung ist der innere, zweifarbige Kreis. Darin lässt sich stets der Vergleich zwischen zuletzt aufgenommener Farbe bzw. aktueller Vordergrundfarbe (unten) und neu selektierter Farbe ziehen (oben). Falls Sie sich also noch Gedanken über den aufzunehmenden Farbton machen wollen, halten Sie den oberen Halbkreis im Auge, lassen Sie die Maustaste nach dem Klick noch nicht los, und

Ring deaktivieren

Sollte der Ring stören, deaktivieren Sie ihn ganz einfach über die Checkbox AUSWAHLRING ANZEIGEN in der Optionsleiste. Durch erneute Anwahl des Häkchens schalten Sie ihn wieder ein.

verschieben Sie das Zeigegerät ein wenig. Dabei wird der obere Halbkreis permanent aktualisiert. Erst wenn die gewünschte Farbe auftaucht, lassen Sie los. ■

Auch noch gut zu wissen: Bei der Farbaufnahme sind Sie keinesfalls an das aktive Bild gebunden. Sie können durchaus auch Farben eines anderen Bildes aufnehmen und danach auf das gerade aktive Bild übertragen. Schließlich arbeiten Sie ja mit Photoshop.

Kapitel 6

Ebenen

Das Fundament aller Bildmontagen

- Wie wird mit Ebenen gearbeitet?
- Was sind Ebenengruppen?
- Wie können Ebenen verkettet und fixiert werden?
- Wie funktioniert das Masken-Bedienfeld?
- Was sind Füllmethoden?
- Wie arbeite ich mit Smart-Objekten und Smartfiltern?
- Wie kann ich unterschiedliche Varianten meines Bildes speichern?

6 Ebenen

Ohne Ebenen geht gar nichts! – Kaum eine andere Technik hat seinerzeit die elektronische Bildbearbeitung derart revolutioniert. Mit nur wenigen Mausklicks waren plötzlich effektvolle Arrangements möglich, die zuvor kaum denkbar gewesen wären. Im Laufe der Jahre wurde dieses Instrumentarium immer mehr erweitert. Ebenenmasken, -kompositionen und Füllmethoden sorgen heute für grenzenlose Vielfalt in der Pixelwelt …

6.1 Wie funktionieren Ebenen?

Zuallererst müssen zwei Begriffe näher erläutert werden: *Ebenen* und *Masken*. Was hat es damit auf sich? Stellen Sie sich Ebenen wie übereinander angeordnete Transparenzfolien vor. Sie können so viele Folien übereinanderlegen, wie Sie möchten. Sie können nun durch alle Folien von oben nach unten hindurchsehen – bis auf den Schreibtisch, auf dem sie liegen.

Des Weiteren lassen sich auf jeder einzelnen Ebene verschiedene Objekte auftragen – als wenn die Folien mit einem Stift bemalt oder beschrieben würden. Die Flächen lassen sich umsortieren – Sie können also deren Reihenfolge verändern. Außerdem können Sie wie mit einem Radiergummi bestimmte Elemente der jeweiligen Folie wieder entfernen – das sind die Masken. ■ Doch das Beste ist: Sie bestimmen selbst, mit welcher Intensität die jeweilige Folie dargestellt wird, d. h., wie stark sie sichtbar wird.

Masken

Besonders Einsteiger haben großen Respekt vor der Masken-Thematik. Das ist aber eigentlich unbegründet, da das Handling im Prinzip sehr einfach ist. Es wird in diesem Kapitel noch genauer erläutert. Bedenken Sie, dass Maskierungen für die effektvolle Bildbearbeitung elementar sind. Sie sollten nicht darauf verzichten!

© Robert Klaßen

Abbildung 6.1 ▶ Die übereinander angeordneten Folien ergeben das Gesamtbild.

Schritt für Schritt: Einen Tunnel begradigen

Bilder/Tunnel.tif

Hinein ins kalte Wasser! Wie das mit den Ebenen funktioniert, werden Sie bereits am Ende dieses Workshops verinnerlicht haben. Auch was mit duplizierten Ebenen so alles machbar ist, zeigt dieser Workshop. Unser Ziel soll es nämlich sein, das Motiv »Tunnel.tif« noch imposanter darzustellen, als es eh schon ist – durch Spiegelung der Ebene. Am Ende wird es aussehen, als wenn zwei Tunnelröhren zu einer zusammenliefen.

◂ **Abbildung 6.2**
Dieser Tunnel ist noch nicht futuristisch genug.

1 Montage vorbereiten

Drücken Sie zunächst einmal auf [F], damit das Bild von einem mittelgrauen Montagerahmen umgeben wird (Vollbildmodus mit Menüleiste). Sollte sich dieser nicht zeigen, könnte es daran liegen, dass die Datei auf Ihrer Arbeitsfläche zu groß dargestellt wird. Verkleinern Sie die Darstellung in diesem Fall etwas (z. B. indem Sie [Strg]/[⌘]+[-] drücken).

2 Hilfslinie einsetzen

Als Nächstes markieren Sie mit einer vertikalen Hilfslinie die Position, an der das Bild getrennt werden soll. ■ Dazu müssen Sie zunächst einmal, falls das nicht bereits geschehen ist, die Lineale einschalten ([Strg]/[⌘]+[R] oder Ansicht • Lineale). Klicken Sie anschließend an einer beliebigen Stelle auf das vertikale Lineal, das sich am linken Rand des Bildfensters befindet. Halten Sie die Maustaste gedrückt, und ziehen Sie nach rechts herüber. Falls die Werkzeugleiste im Weg sein sollte, setzen Sie diese vorher zur Seite. Klicken Sie danach auf das Lineal ❶. Positionieren Sie die Hilfslinie so, dass rechts von ihr noch ein kleines Stück von der Fahrbahn erhalten bleibt ❷.

Hilfslinien

Hilfslinien sind bei der Bearbeitung von Vorteil, da Sie beispielsweise Objekte oder Auswahlrahmen an ihnen ausrichten können. Die Hilfslinien sind nicht Bestandteil des eigentlichen Fotos. Beim Druck werden die Hilfslinien nicht mit ausgegeben.

Abbildung 6.3 ▸
Hier soll eine vertikale Hilfslinie platziert werden.

3 Auswahlwerkzeug anwählen und einstellen

Drücken Sie jetzt M auf Ihrer Tastatur, und vergewissern Sie sich, dass das Auswahlrechteck ausgewählt ist. Wenn das nicht der Fall ist, drücken Sie ⇧+M. Mit Auswahlen kennen Sie sich ja bereits bestens aus. Deshalb hier nur in aller Kürze: Kontrollieren Sie, dass in der Optionsleiste eine Weiche Kante von »0 Px« eingestellt ist und dass die Art mit Normal definiert ist.

4 Auswahl erzeugen

Setzen Sie jetzt das Auswahlwerkzeug ganz oben links (etwas außerhalb des Fotos) ❸ an, und ziehen Sie mit gedrückter Maustaste bis in die untere rechte Ecke, an der sich die Hilfslinie befindet ❹. Sie werden feststellen, dass der Auswahlrahmen an die Hilfslinie heranspringt. Jetzt lassen Sie los.

Abbildung 6.4 ▸
Die linke Seite des Bildes ist komplett eingerahmt.

5 Ebene aus Auswahl erzeugen

Jetzt müssen Sie aus der aktuellen Auswahl eine neue Ebene erzeugen. Am schnellsten geht das, indem Sie [Strg]+[J] drücken; alternativ können Sie auch EBENE • NEU • EBENE DURCH KOPIE auswählen. Werfen Sie anschließend einmal einen Blick auf die Ebenen-Palette [F7]. Dieser lässt sich nämlich entnehmen, dass jetzt aus dem zuvor definierten Auswahlbereich eine neue Ebene erzeugt wurde (EBENE 1), die deckungsgleich über der Original-Ebene (HINTERGRUND) liegt. Deshalb sehen Sie auch im Bild selbst keine Veränderungen, außer dass die Auswahl soeben selbstständig aufgehoben wurde.

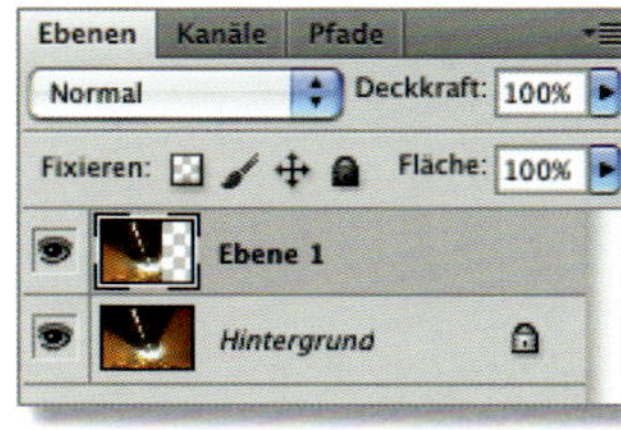

▲ **Abbildung 6.5**
Die Ebenen-Palette wurde soeben erweitert.

6 Ebene spiegeln und verschieben

Im nächsten Schritt wird die Ebene gespiegelt. Dazu entscheiden Sie sich für BEARBEITEN • TRANSFORMIEREN • HORIZONTAL SPIEGELN. Drücken Sie jetzt [V] (wählt das Verschieben-Werkzeug aus), klicken Sie ziemlich weit links auf das Bild, halten Sie die Maustaste gedrückt, und ziehen Sie die kopierte Ebene nach rechts. Noch nicht loslassen! Halten Sie jetzt zusätzlich noch [⇧] gedrückt. Das sorgt nämlich dafür, dass Sie die Ebene nur in horizontaler Richtung bewegen können. So wird gewährleistet, dass sich während des Ziehens keine Höhenveränderungen zwischen den beiden Ebenen ergeben. Wenn Sie mit der linken Begrenzung der kopierten Ebene an der Hilfslinie angelangt sind, lassen Sie zuerst die Maustaste und danach [⇧] wieder los. ■

Wirkungsweise der Umschalttaste

Wenn Sie beim Ziehen [⇧] gedrückt halten, können Sie Objekte nur in eine Richtung bewegen. Das kann entweder horizontal, vertikal oder diagonal sein, jedoch ist eine Verschiebung über zwei Achsen dabei grundsätzlich nicht möglich.

◂ **Abbildung 6.6**
So langsam kann man erkennen, wo die Reise hingeht.

7 Hilfslinie löschen

Die Hilfslinie wird nun nicht länger benötigt. Entfernen Sie sie, indem Sie die Linie entweder zurück in das vertikale Lineal ziehen

Video-Training
Das Funktionsprinzip der Ebenen wird auch in Lektion 1.3 auf der Buch-DVD erklärt.

(die richtige Position zum Ziehen haben Sie erreicht, wenn der Mauszeiger zum Doppelpfeil mutiert ist) oder im Menü Ansicht • Hilfslinien löschen wählen.

8 Alles einblenden

Das sieht doch schon recht ansprechend aus, oder? Es bleibt allerdings zu bemängeln, dass jetzt nicht mehr das gesamte Foto zu sehen ist. Deshalb sollten Sie jetzt noch Bild • Alles einblenden selektieren. Sollte jetzt noch nicht das gesamte Foto sichtbar sein, drücken Sie doch einmal [Strg]/[⌘]+[0]. Verlassen Sie den Vollbildmodus, indem Sie zweimal [F] drücken.

▲ **Abbildung 6.7**
Aus einer Röhre sind plötzlich zwei geworden. ■

Checkliste: Ebenen duplizieren und spiegeln

1. Legen Sie eine Auswahl über den Bereich, den Sie duplizieren wollen.
2. Drücken Sie [Strg]/[⌘]+[J], um den Inhalt der Auswahl auf eine neue Ebene zu übertragen.
3. Spiegeln Sie die Ebene über Bearbeiten • Transformieren • Horizontal spiegeln.
4. Verschieben Sie die Ebene mit dem Verschieben-Werkzeug [V]. Wenn Sie die Verschiebung nur horizontal, vertikal oder diagonal zulassen wollen, halten Sie zusätzlich [⇧] gedrückt.

Schritt für Schritt: Ebenenbereiche durch Demaskierung freilegen

Bilder/Haende.jpg, Platine.jpg

Jetzt steht die erste Bildmaskierung an. Diese Technik wird Ihnen gefallen, da Sie mit ihr ganz frei die ansprechendsten Kompositionen erzeugen können. Öffnen Sie die beiden Beispielbilder.

▲ **Abbildung 6.8**
Dieses Bild dient als Grundlage.

▲ **Abbildung 6.9**
Dieses Foto wird auf das erste »montiert«.

1 Dateien vorbereiten

Stellen Sie beide Fotos nebeneinander. Sollten sich beide Aufnahmen nach dem Öffnen in »einem« Fensterrahmen befinden, ziehen Sie eines der Fotos an dessen Register aus dem Rahmen hinaus. Alternativ entscheiden Sie sich für FENSTER • ANORDNEN • NUR SCHWEBENDE FENSTER.

2 Dateien verbinden

Ziehen Sie das Bild »Platine.jpg« mit dem Verschieben-Werkzeug [V] auf das Hände-Foto. Step by Step bedeutet dies: [V] drücken – auf »Platine.jpg« klicken – Maustaste gedrückt halten – Maus auf »Haende.jpg« stellen – Maustaste loslassen – fertig. Danach kann das Platinen-Bild schon wieder geschlossen werden.

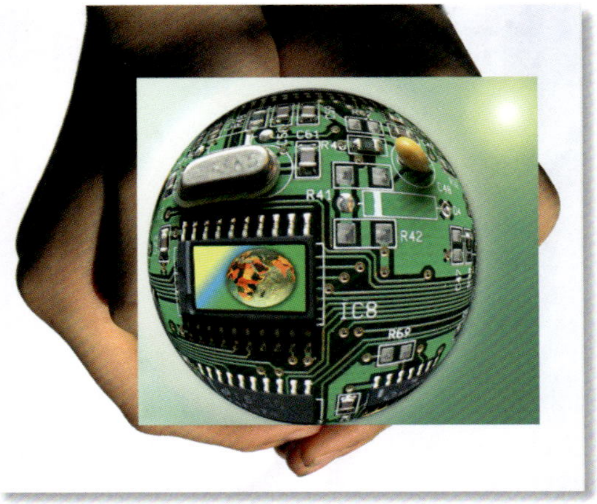

◄ **Abbildung 6.10**
Von jetzt an arbeiten Sie nur noch auf dem Grundlagen-Foto. Beide Fotos wurden miteinander vereint.

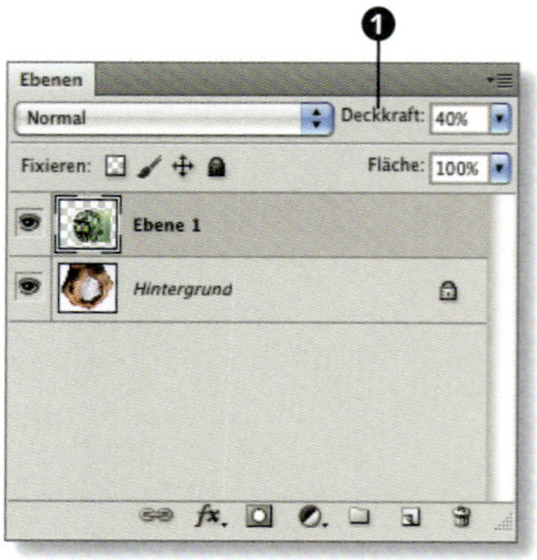

▲ **Abbildung 6.11**
Die Deckkraft der oberen Ebene wurde auf 40% reduziert.

3 Deckkraft verringern

Sie müssen jetzt den Durchmesser des Platinenkreises etwas besser auf den Durchmesser der Glaskugel anpassen. Da das obere Foto aber das untere verdeckt, müssen Sie zunächst die Deckkraft des oberen etwas absenken. Dazu stellen Sie den Mauszeiger auf den Begriff DECKKRAFT ❶ innerhalb der Ebenen-Palette, klicken mit der Maus darauf und schieben das Zeigegerät langsam nach links. Beobachten Sie dabei das nebenstehende Eingabefeld. Wenn es etwa 40% zeigt, lassen Sie die Maustaste wieder los.

4 Obere Ebene transformieren

Damit ist der Weg frei, die eigentliche Größenanpassung vorzunehmen. Wählen Sie daher BEARBEITEN • FREI TRANSFORMIEREN aus dem Menü, oder drücken Sie [Strg]/[⌘]+[T]. Photoshop präsentiert daraufhin einen Transformationsrahmen mit den bereits bekannten, quadratischen Anfassern. Ergreifen Sie einen der Eckanfasser. Bevor Sie diesen jedoch verschieben, halten Sie zusätzlich noch [⇧] gedrückt. Das sorgt dafür, dass sich die Proportionen des oberen Bildes nicht verändern können – denn schließlich wollen Sie das Foto ja nicht verzerren, sondern lediglich verkleinern. Wenn Sie fertig sind oder unterbrechen wollen, lassen Sie stets zuerst die Maustaste los und erst im Anschluss [⇧].

Abbildung 6.12 ►
Verkleinern Sie die obere Bildebene, ohne dabei die Proportionen zu verändern.

5 Ebene verschieben

Sicher müssen Sie die obere Bildebene (Platine) noch verschieben, damit sie auch wirklich mittig über der Glaskugel liegt. Das können Sie machen, indem Sie in den Transformationsrahmen hineinklicken und das Bild dann per Drag & Drop nach Wunsch bewegen. Am Ende bestätigen Sie die Transformation mit einem Klick auf das Häkchen in der Optionsleiste oder indem Sie [↵] betätigen. Übrigens müssen Sie nicht 100%ig exakt arbeiten, da der Rand nicht explizit bearbeitet wird. Wenn die obere Kugel also »in etwa« der unteren entspricht, haben Sie den Job optimal erledigt.

◂ **Abbildung 6.13**
So ist die Transformation durchaus in Ordnung.

6 Deckkraft erhöhen

Wenn Sie die Transformation bestätigt haben, sollten Sie die Deckkraft der oberen Ebene wieder auf 100 % erhöhen. Setzen Sie die Maus also wieder auf die Bezeichnung Deckkraft in der Ebenen-Palette, und ziehen Sie mit gedrückter Maustaste nach rechts. Die Platine deckt daraufhin die Glaskugel wieder vollständig ab.

7 Ebenenmaske anlegen

Jetzt müssen Sie die oberste Ebene mit einer Maske versehen. Dadurch haben Sie nämlich die Möglichkeit, bestimmte Bereiche dieser Ebene nachträglich zu entfernen. Sie haben jetzt zwei Möglichkeiten.

- **Möglichkeit 1**: Klicken Sie auf das Symbol Ebenenmaske hinzufügen ❸ in der Fußleiste der Ebenen-Palette. Dabei müssen Sie aber darauf achten, dass auch wirklich die oberste Ebene (Ebene 1) markiert, sprich grau hinterlegt ist ❷. Wenn das nicht der Fall sein sollte, klicken Sie die Ebene innerhalb der Ebenen-Palette vorab einmal kurz an.

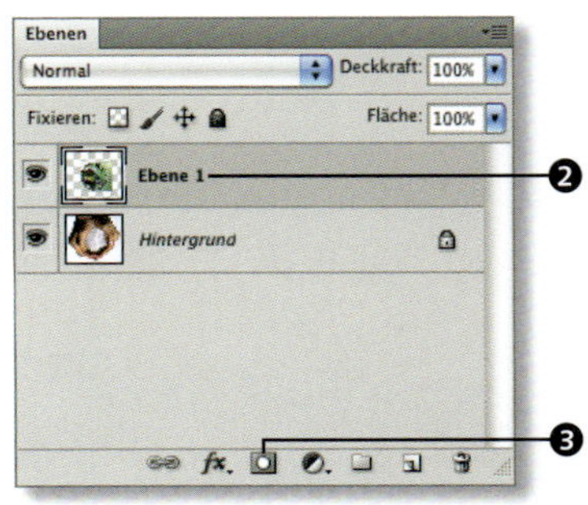

▴ **Abbildung 6.14**
Fügen Sie eine Ebenenmaske hinzu.

- **Möglichkeit 2**: Alternativ zum vorangegangenen Schritt können Sie auch das Bedienfeld Masken (Fenster • Masken) nach vorne stellen und hier die Schaltfläche Pixelmaske auswählen ❶ anklicken.

Abbildung 6.15 ▸
Photoshop bietet eine eigene Palette für Masken.

8 Pinsel auswählen

Nachdem Sie die Maske erstellt haben, erscheint innerhalb der Ebenen-Palette auch gleich ein Masken-Symbol ❷. ■

Transparente Bereiche

Transparente Bereiche werden in Photoshop wie auch in vielen anderen Anwendungen grau-weiß kariert dargestellt. Das deutet auf Inhaltslosigkeit hin und dient nur der Visualisierung. Im Druck beispielsweise wird das Muster nicht mit ausgegeben.

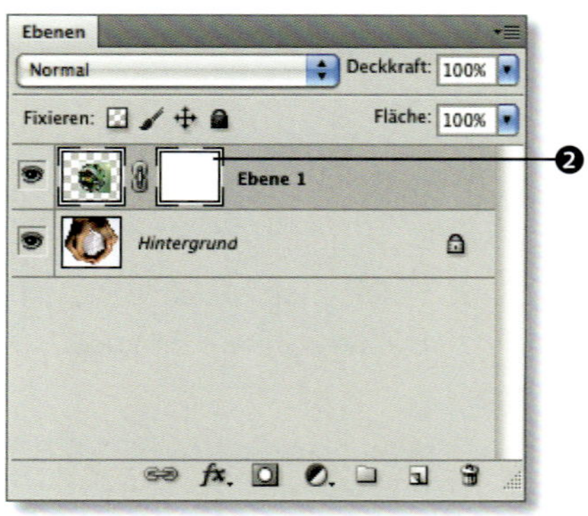

▴ **Abbildung 6.16**
Die Maske wurde hinzugefügt.

9 Maske umkehren

Die weiße Miniatur neben dem Bild symbolisiert, dass der Ebene eine Maske hinzugefügt wurde. Die Ebene ist komplett sichtbar. Das wollen wir umkehren, sie also komplett unsichtbar machen. Sie erreichen das, indem Sie Strg/⌘+I (für *Invertieren*) drücken. Die Maskenminiatur färbt sich daraufhin schwarz. (Warum das so ist, werden Sie gleich erfahren.) Aber noch viel wichtiger ist, dass Sie die obere Ebene nun komplett ausgeblendet haben.

10 Werkzeug einstellen

Jetzt müssen Sie noch das Werkzeug einstellen, mit dem Sie maskieren wollen. Wir benutzen dazu einen Pinsel. Drücken Sie [B], und stellen Sie sicher, dass auch wirklich der Pinsel ausgewählt ist. Sollte ein anderes Tool gelistet sein, betätigen Sie so oft [⇧]+[B], bis sich das gewünschte Tool in der Werkzeugleiste zeigt.

In der Optionsleiste wählen Sie zudem eine weiche Pinselspitze ❹ mit einem Durchmesser von etwa »180 Px« ❸. Die weiteren Einstellungen innerhalb der Optionsleiste lauten: Modus Normal sowie Deckkraft und Fluss jeweils »100 %«.

▲ **Abbildung 6.17**
Für die folgende Aktion benötigen Sie den Pinsel, …

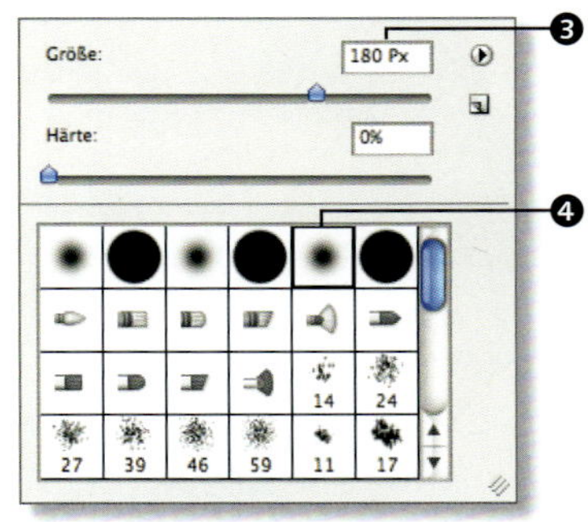

▲ **Abbildung 6.18**
… der natürlich vorab noch eingestellt werden muss.

11 Pinsel und Maskierungsfarben einstellen

Jetzt kommt etwas sehr Wichtiges: Sie müssen nämlich noch die Vorder- und Hintergrundfarbe umstellen. Um Bildbereiche verschwinden zu lassen, müssen Sie innerhalb einer Maske grundsätzlich mit Schwarz malen, während Weiß für das Hinzufügen bereits verdeckter Bereiche verwendet wird. Das müssen Sie immer beherzigen, wenn Sie maskieren bzw. demaskieren wollen. Deshalb sind auch Schwarz und Weiß innerhalb von Photoshop als Standardfarben definiert. (Und genau deshalb ist das Bild auch verschwunden, als Sie die Maske invertiert hatten.) Um diese Standardfarben einzustellen, gibt es wieder einmal zwei Alternativen: Entweder Sie drücken [D] auf Ihrer Tastatur, oder Sie klicken auf das Symbol Standardfarben für Vorder- und Hintergrund ❺ innerhalb der Werkzeugleiste.

Dadurch wird die Vordergrundfarbe ❻ mit Weiß und die Hintergrundfarbe ❽ mit Schwarz angegeben. Wenn Sie beide Farben miteinander vertauschen wollen, drücken Sie entweder [X] oder klicken auf den 90°-Doppelpfeil mit dem klangvollen Namen Vorder- und Hintergrundfarbe vertauschen ❼.

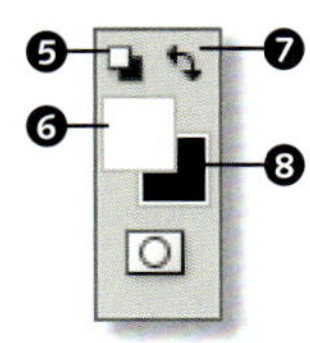

▲ **Abbildung 6.19**
Für die Maskierung benötigen Sie die Standardfarben für Vorder- und Hintergrund.

12 Ebene demaskieren

Für Ihre weiteren Schritte müssen Sie dafür sorgen, dass Weiß als Vordergrundfarbe definiert ist. (Sie wollen ja Bereiche der Ebene wieder sichtbar machen.) Wischen Sie nun langsam über die Glaskugel. Das bewirkt, dass sich die Platine nach und nach zeigt.

13 Maske korrigieren

Wischen Sie die Platine nach und nach frei, wobei Sie aber darauf achten sollten, dass Sie nicht zu dicht an die Hände gelangen. Sollte das dennoch passieren, ist das kein Beinbruch. Drücken Sie in diesem Fall einfach [X] auf Ihrer Tastatur (daraufhin wird Schwarz zur Vordergrundfarbe), und wischen Sie mit gedrückter Maustaste über den Bereich, den Sie zuvor versehentlich freigelegt hatten. Danach drücken Sie abermals [X] (jetzt wird wieder Weiß als Vordergrundfarbe definiert), und legen Sie die Platine weiter frei. Und noch eine Info: Dadurch, dass Sie zuvor eine weiche Pinselspitze eingestellt hatten, werden die Übergänge zwischen den beiden Ebenen weich gehalten.

▼ **Abbildung 6.20**
Durch das Wischen wird die Platine nach und nach freigelegt.

▲ **Abbildung 6.21**
Der weiße Saum zwischen den Händen und der Platine darf durchaus erhalten bleiben. So wirkt das Bild ein wenig mystischer.

Farbe auf der Ebenenmaske

Die Ebenenmaske (rechte Miniatur in der Ebenen-Palette) repräsentiert grundsätzlich, was von der Ebene sichtbar (weiß) und was verdeckt (schwarz) ist. Wenn Sie mit Schwarz über das Bild malen, werden diese Bereiche auf dem Foto entfernt, erscheinen aber in der Maskenminiatur als Schwarz.

14 Maskenminiatur vergrößern

Achten Sie auch auf die Maskenminiatur der obersten Ebene innerhalb der Ebenen-Palette ❷. Sie sehen hier nämlich auch sehr schön, dass die von Ihnen übermalten Bereiche weiß (also demaskiert) angezeigt werden. Falls Ihnen die Miniatur zu klein ist, öffnen Sie doch einfach einmal das Bedienfeldmenü ❶ und wählen aus der Liste den Eintrag BEDIENFELDOPTIONEN an. Danach klicken Sie im Bereich MINIATURGRÖSSE auf den untersten Radiobutton ❸ und bestätigen mit OK. ■

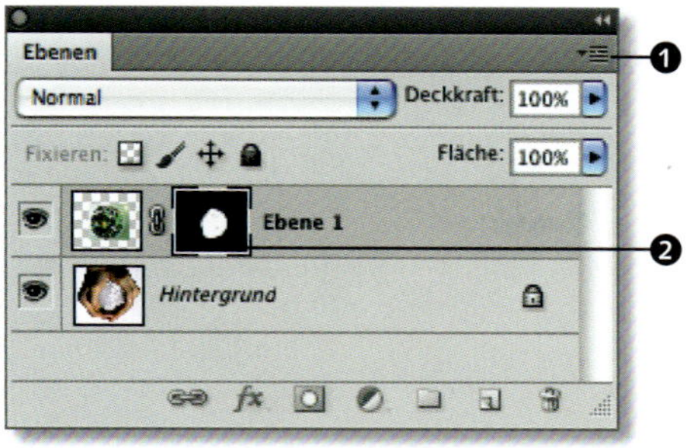

◄ **Abbildung 6.22**
Die weißen Bereiche zeigen, welche Teile demaskiert wurden.

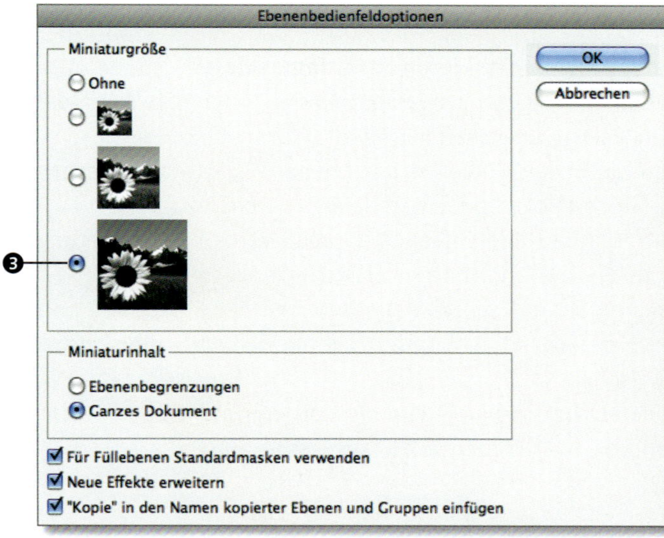

▲ **Abbildung 6.23**
Vergrößern Sie die Miniaturen in den Bedienfeldoptionen.

▲ **Abbildung 6.24**
Jetzt lässt sich die Maskenminiatur doch wesentlich besser erkennen, oder?

15 Auf Hintergrundebene reduzieren

Gehen Sie jetzt noch einmal in das Bedienfeldmenü ❶, und wählen Sie den Eintrag Auf Hintergrundebene reduzieren. Das hat den Vorteil, dass die Dateigröße geringer wird (je mehr Ebenen, desto größer das Dateivolumen). Einen Nachteil hat das aber auch: Die Maskierung wird dadurch aufgelöst, und Sie können sie danach nicht weiter ausgestalten. Machen Sie diesen Schritt also bitte nur dann, wenn Sie genau wissen, dass die Maskierung nicht noch einmal korrigiert werden muss. Ich habe die Ergebnisdatei »Haende_fertig.tif«, die Sie wie gewohnt im Ordner Ergebnisse finden, jedoch nicht auf die Hintergrundebene reduziert, damit Sie auch die Maske selbst noch begutachten können.

Abbildung 6.25 ▶
Die fertige Montage ■

Checkliste: Ebenen maskieren bzw. demaskieren

1. Aktivieren Sie die zu maskierende Ebene, indem Sie sie in der Ebenen-Palette anklicken (sie ist jetzt farbig hinterlegt).
2. Klicken Sie in der Fußleiste der Ebenen-Palette auf Ebenenmaske hinzufügen, oder betätigen Sie Pixelmaske auswählen im Masken-Bedienfeld. Dadurch werden Schwarz und Weiß als Vorder- und Hintergrundfarbe eingestellt.
3. Übermalen Sie mit Schwarz die Bereiche der Ebene, die entfernt werden sollen, bzw. mit Weiß die Bereiche, die sichtbar werden sollen.
4. Optional: Drücken Sie [X], um die Vordergrundfarbe zu wechseln und die Maskierung so zu korrigieren.

6.1.1 Maskenminiatur aktivieren

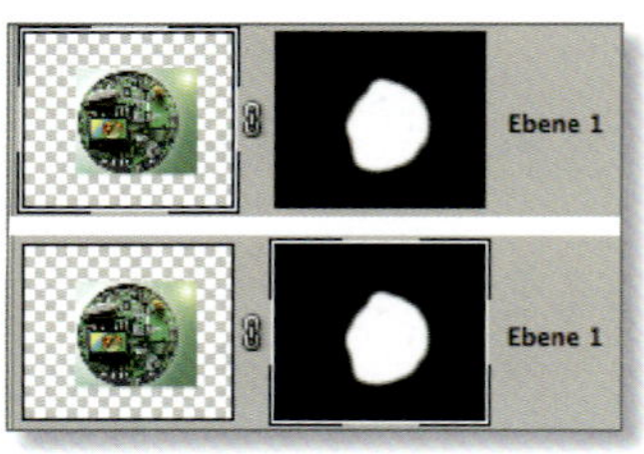

▲ **Abbildung 6.26**
Es ist nur bei genauerem Hinsehen auszumachen, wann lediglich die Ebene (oben) oder die Ebenenmaske (unten) ausgewählt ist.

In diesem Zusammenhang ist noch eines ganz besonders wichtig: Möglicherweise werden Sie, nachdem Sie eine Maskierung vorgenommen haben, eine andere Ebene innerhalb der Ebenen-Palette markieren. Eventuell müssen ja auch noch andere Ebenen nachbearbeitet werden. Sollte Ihnen später jedoch auffallen, dass Sie die Maske doch noch einmal korrigieren müssen, reicht es nicht aus, nur die Ebene anzuwählen. Sie müssen explizit die Ebenenmaske anwählen, also die rechte Miniatur der Ebene. Diese wird daraufhin auch mit einem kleinen Rahmen versehen. Erst danach können Sie sich der Maskierung bzw. Demaskierung zuwenden.

6.1.2 Ebenenbasierte Fotos speichern

Sie können selbstverständlich Fotos speichern, die aus mehreren Ebenen bestehen. Damit die Ebenen weiterhin zu editieren sind und auch deren Masken erhalten bleiben, müssen Sie das Ganze als TIFF oder PSD sichern. Andere Formate wie z. B. JPEG oder BMP unterstützen keine Ebenen-Technologien. Da sich jedoch bei solchen Fotos die Dateigröße erhöht, gibt Photoshop vorsichtshalber beim Speichern eine Warnmeldung aus – und zwar jedes Mal! Das nervt! Deswegen sollten Sie NICHT WIEDER ANZEIGEN mit einem Häkchen versehen, ehe Sie mit OK bestätigen.

▲ **Abbildung 6.27**
Photoshop warnt vor erhöhten Dateigrößen.

6.2 Mit Ebenen arbeiten

Im Folgenden wollen wir uns die Arbeit mit Ebenen einmal etwas näher ansehen. Öffnen Sie dazu einmal die Beispieldatei »Ebenen.tif«. Sie besteht aus zahlreichen unterschiedlichen Ebenen. Am besten lösen Sie die Ebenen-Palette einmal komplett heraus. (Sie wissen ja: Kopfleiste der Ebenen-Palette auf einen freien Bereich der Arbeitsfläche ziehen und dort fallen lassen.)

Bilder/Ebenen.tif

© Robert Klaßen

▲ **Abbildung 6.28**
Diese Montage besteht aus zahlreichen Ebenen.

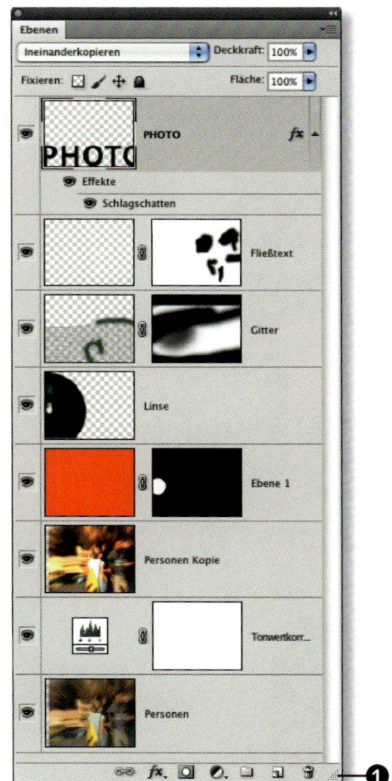

▲ **Abbildung 6.29**
Wenn Sie die Ebenen-Palette am Anfasser 1 unten rechts etwas aufziehen, können Sie alle Ebenen sehen.

6.2.1 Ebenen markieren

Grundsätzlich muss die Ebene, mit der Sie arbeiten wollen, innerhalb der Ebenen-Palette markiert sein. Dazu klicken Sie diese einfach an. Sie wird daraufhin grau hinterlegt dargestellt.

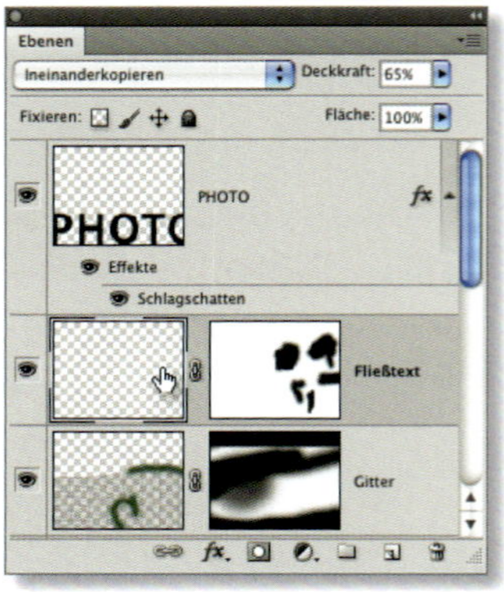

▲ **Abbildung 6.30**
Die Ebene FLIESSTEXT wurde per Mausklick ausgewählt.

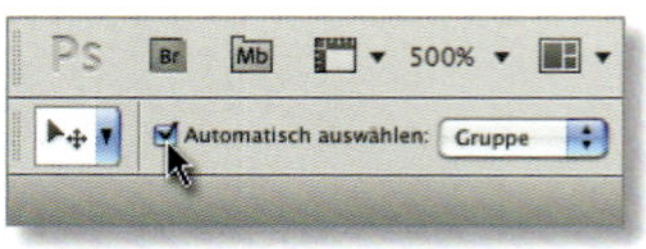

▲ **Abbildung 6.31**
Danach lassen sich Ebenen auch direkt im Bild anwählen.

Wenn Sie das Verschieben-Werkzeug aktiviert und in der Optionsleiste zudem AUTOMATISCH AUSWÄHLEN angewählt haben, können Sie die Ebene auch auswählen, indem Sie deren Inhalt direkt im Foto markieren. Bei wenigen Ebenen ist das kein Problem. Im Beispielfoto könnte das jedoch schwierig werden, und Sie sollten grundsätzlich prüfen, ob die Ebene auch in der Ebenen-Palette grau angezeigt wird.

6.2.2 Mehrere Ebenen markieren

Falls Sie einmal mehrere Ebenen markieren wollen (beispielsweise, um diese gemeinsam auf der Bildfläche zu verschieben), klicken Sie die erste wie gewohnt mit der Maus an. Halten Sie jetzt Strg/⌘ gedrückt, und klicken Sie damit auf weitere Ebenen. Dadurch lassen sich zahlreiche Ebenen markieren, die nicht direkt übereinander angeordnet sind (Abbildung 6.32, links). Möchten Sie mehrere übereinanderliegende Ebenen markieren, reicht es, wenn Sie zunächst die oberste anklicken, dann ⇧ gedrückt halten und jetzt die unterste Ebene per Mausklick selektieren. In diesem Fall werden alle dazwischenliegenden Ebenen ebenfalls selektiert (Abbildung 6.32, rechts).

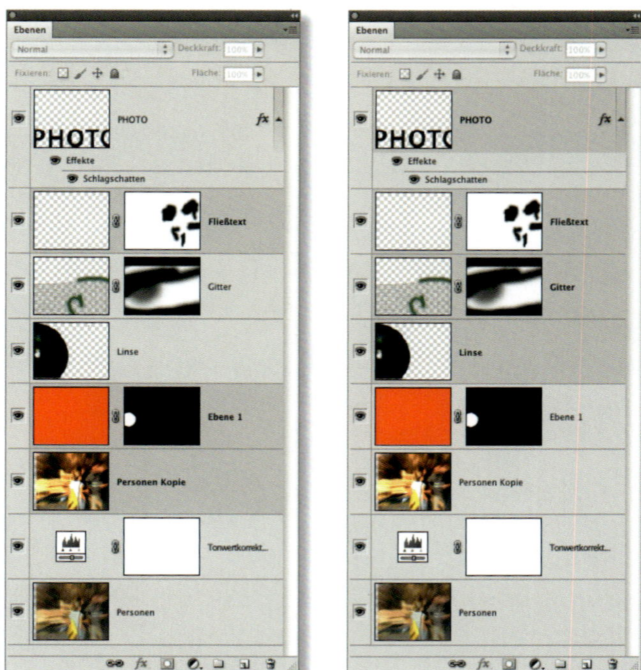

Abbildung 6.32 ▶
Sie dürfen auch durchaus mehrere Ebenen auswählen.

6.2.3 Die Ebenen-Palette im Detail

Es ist an der Zeit, sich etwas intensiver mit der Ebenen-Palette zu beschäftigen. Skalieren Sie die Palette, falls erforderlich, doch etwas, indem Sie ein wenig am Anfasser der unteren rechten Ecke ziehen.

Video-Training
Die verschiedenen Ebenentypen lernen Sie in Lektion 1.4 auf der Buch-DVD kennen.

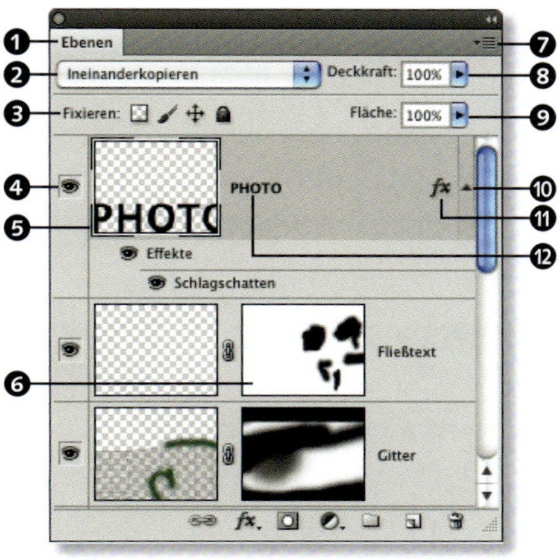

◄ **Abbildung 6.33**
Lernen Sie zunächst einmal die Steuerelemente der Ebenen-Palette kennen.

Die einzelnen Steuerelemente:

❶ Registerkarte der Ebene
❷ Füllmethode der Ebene
❸ Fixiermöglichkeiten (Sperren und vor unbeabsichtigter Bearbeitung schützen)
❹ Sichtbarkeit der Ebene (Ein- und Ausblenden)
❺ Ebenenminiatur
❻ Ebenenmasken-Miniatur
❼ Palettenmenü
❽ Gesamtdeckkraft der Ebene
❾ Flächendeckkraft
❿ Ebenenstile ein- und ausklappen
⓫ Zugewiesener Ebenenstil
⓬ Aktivierte Ebene

Viele Ebenen ein- und ausblenden

Wenn Sie es mit zahlreichen Ebenen zu tun haben, können Sie die Maustaste nach dem Markieren des ersten Auges gedrückt halten und dann über die anderen Augen-Symbole fahren. So deaktivieren Sie zahlreiche Ebenen »mit einem Wisch«. Das Wiedereinschalten funktioniert genauso.

6.2.4 Ebenensichtbarkeit

Sind Ihnen schon die Augen-Symbole vor jeder Ebene aufgefallen? Hier können Sie eine Ebene sichtbar oder unsichtbar machen, ohne sie entfernen zu müssen. Vereinfacht gesagt: Auge = sichtbar; kein Auge = unsichtbar. Ein Mausklick auf das Symbol genügt. ■

▲ **Abbildung 6.34**
Die Ebenen können auch deaktiviert werden.

6.2.5 Auswahl aus Ebeneninhalt erzeugen

Klicken Sie einmal, während Sie Strg/⌘ gedrückt halten, auf die Miniatur einer Ebene. Achten Sie darauf, dass Sie unbedingt die Miniatur erwischen – also weder den Namen noch die graue Fläche daneben. Wenn Sie die richtige Position erreicht haben, wird der Mauszeiger (Hand) um ein kleines Rechteck ❶ erweitert. Mit einem Klick auf die Ebenenminiatur bei gedrückter Taste Strg/⌘ werden daraufhin nämlich alle Pixel der Ebene, die nicht transparent sind, als Auswahl geladen. So können Sie schnell komplexe Auswahlen aus Ebeneninhalten erzeugen. Nützlich, oder? Eine solche Auswahl heben Sie übrigens wieder auf, indem Sie Strg/⌘+D drücken – aber das wissen Sie ja längst.

Abbildung 6.35 ▼
Hier werden die Ebeneninhalte als Auswahl geladen. Dazu reicht Strg/⌘ und ein Klick auf die Maskenminiatur.

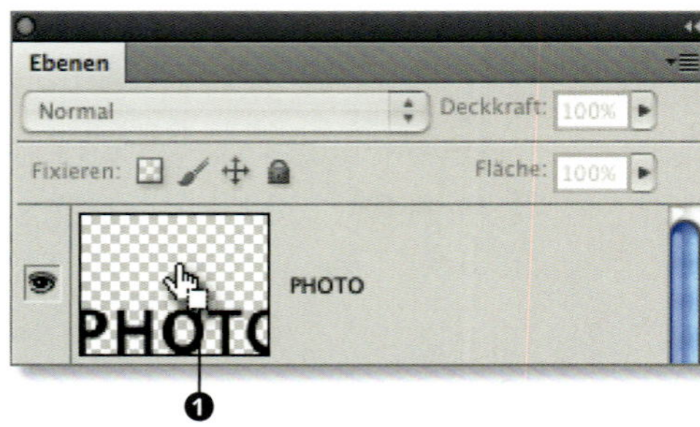

Kontrollabfrage umgehen

Möchten Sie auf die Kontrollabfrage verzichten, halten Sie während des Löschvorgangs Alt/⌥ gedrückt. Die Ebene wird jetzt ohne vorherigen Warndialog in die ewigen Jagdgründe befördert. Entsprechendes gilt, wenn Sie die Ebene auf den Papierkorb ziehen und dort fallen lassen.

6.2.6 Ebene löschen

Natürlich können Sie sich auch von nicht benötigten Ebenen trennen. Markieren Sie diese dazu, und klicken Sie anschließend auf das Papierkorb-Symbol ❸.

Gründlich, wie Photoshop nun einmal ist, startet die Anwendung gleich eine Kontrollabfrage. ■ Bestätigen Sie diese, ist die Ebene entfernt. Die Ebene Hintergrund ist allerdings von der Löschoption ausgenommen. Um sich von ihr zu trennen, muss sie vorab in eine Ebene umgewandelt werden. Nähere Hinweise dazu entnehmen Sie bitte dem Infokasten »Hintergrund umwandeln« auf der nächsten Seite. ■

6.2.7 Neue Ebene erstellen

Gleich neben dem Papierkorb findet sich die Schaltfläche Neue Ebene erstellen ❷, mit deren Hilfe es möglich ist, dem Bild eine neue Ebene mit transparentem Inhalt hinzuzufügen. Dabei ist zu beachten, dass die neue Ebene stets oberhalb der markierten eingefügt wird (im Beispiel über der Ebene LINSE).

Hintergrund umwandeln

Hintergrundebenen sind durch ein kleines Schloss-Symbol gekennzeichnet. Aus gutem Grund, denn sie können nur bedingt bearbeitet werden. Doppelklicken Sie auf die Ebene in der Ebenen-Palette (nicht auf den Namen klicken!), um aus dem Hintergrund eine voll bearbeitbare Ebene zu machen.

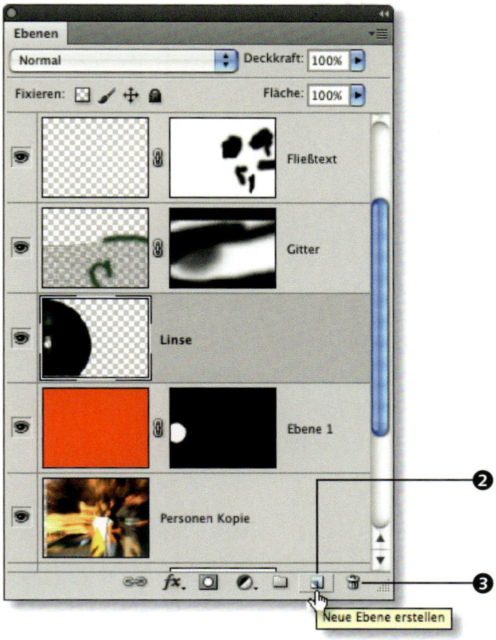

◂ **Abbildung 6.36**
Oberhalb der Ebene LINSE wird gleich eine weitere Ebene erscheinen.

6.2.8 Ebenen aus anderen Bildern hinzufügen

Wenn Sie dem aktuellen Bilddokument eine Ebene aus einem anderen Foto hinzufügen wollen, können Sie das ganz fix per Drag & Drop erledigen. Stellen Sie dazu beide Fotos nebeneinander. Aktivieren Sie im Quellfoto jene Ebene, die Sie in das Zielfoto integrieren wollen. Wählen Sie das Verschieben-Werkzeug aus, und deaktivieren Sie gegebenenfalls AUTOMATISCH AUSWÄHLEN in der Optionsleiste. (Anderenfalls wird stets die oberste Ebene selektiert.) Bevor Sie nun auf das Quellbild klicken und mit dem Ziehen beginnen, können Sie noch eine Ebene im Zielfoto markieren. Das bewirkt dann, dass die neu zu integrierende Ebene oberhalb der markierten eingefügt wird.

CS5

Auf diesem Wege lassen sich sogar Fotos als Ebene integrieren, die aktuell in Photoshop gar nicht geöffnet sind. Auch das funktioniert simpel per Drag & Drop, und zwar sowohl aus einem Ordner heraus als auch direkt vom Desktop/Schreibtisch. Ziehen Sie die Bilddatei mit gedrückter Maustaste auf das in Photoshop geöffnete Bild, und lassen Sie es dort fallen. Schwupps haben Sie das Foto als eigenständige Ebene integriert.

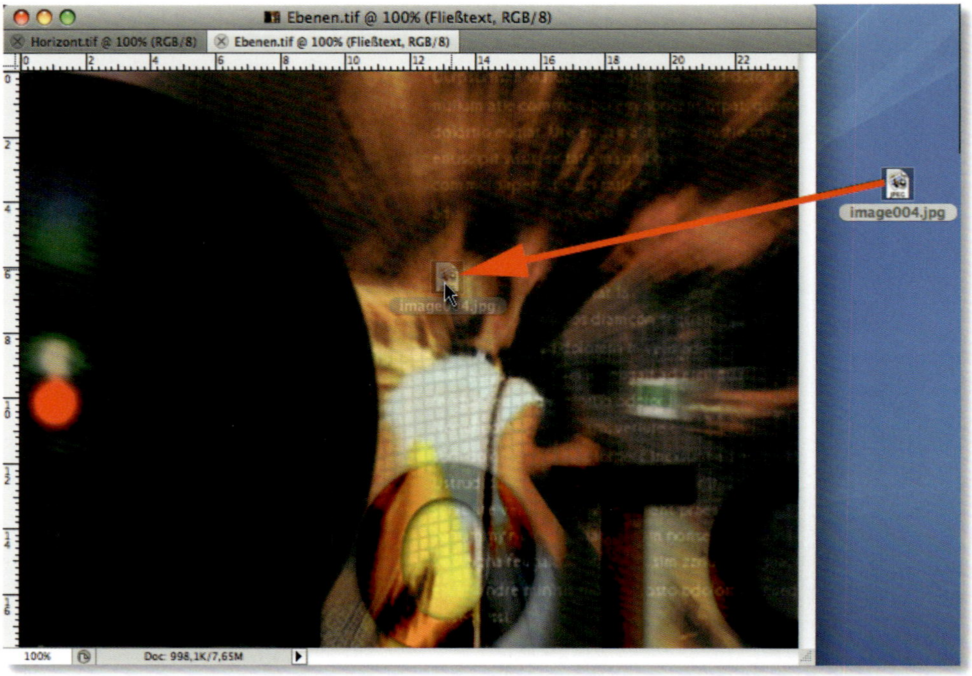

▲ **Abbildung 6.37**
Hier wird ein komplettes Foto auf eine geöffnete Bilddatei gezogen.

6.2.9 Ebenen benennen

Benennen Sie die Ebene gleich neu, sobald Sie sie erstellt haben. Dazu reicht ein Doppelklick auf den Namenszug. Beenden Sie die Eingabe mit [↵].

Abbildung 6.38 ▶
Nach dem Doppelklick wird der Name über die Tastatur eingegeben.

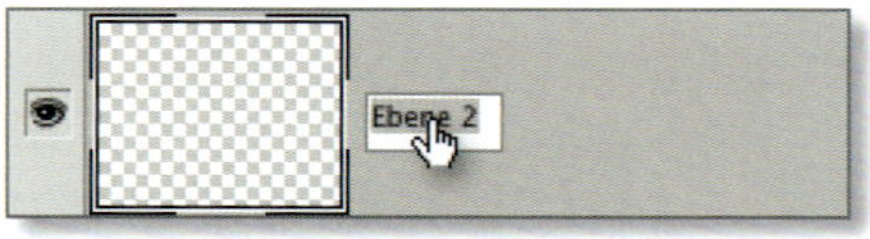

6.2.10 Ebenen verbinden

Nun kann es sein, dass Sie mehrere Ebenen generell miteinander verbinden möchten. Denkbar ist zum Beispiel, dass ab sofort nur noch beide Ebenen gemeinsam verschoben werden dürfen –

auch dann, wenn nur eine der beiden Ebenen markiert ist. Dazu markieren Sie zunächst eine der gewünschten Ebenen. Halten Sie anschließend [Strg]/[⌘] bzw. [⇧] gedrückt (je nachdem, ob die Ebenen zusammenliegen oder nicht), und klicken Sie auf die Ebenen, die mit der zuerst ausgewählten verbunden werden sollen. Danach betätigen Sie die Kettensymbol-Schaltfläche unten links in der Fußleiste.

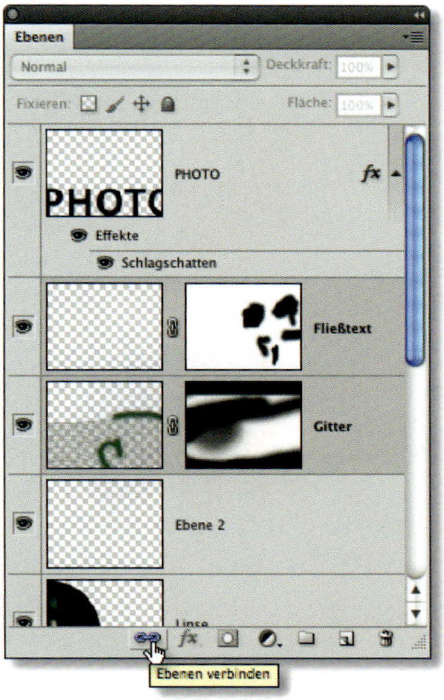

▲ **Abbildung 6.39**
Gleich sind die Ebenen miteinander verbunden.

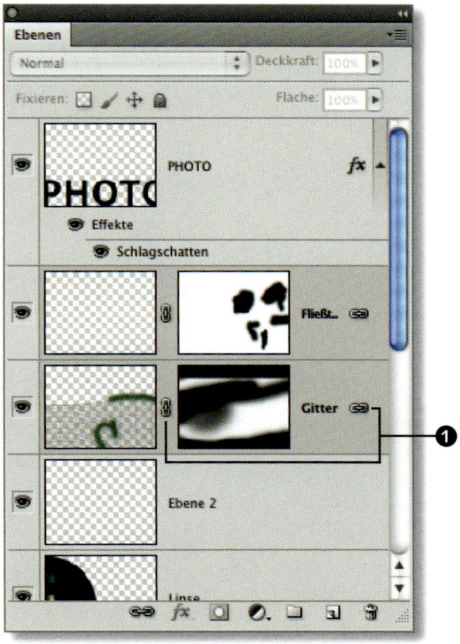

▲ **Abbildung 6.40**
Die Verkettungen werden durch entsprechende Symbole ❶ auf der Ebene angezeigt.

Um derartige Verbindungen wieder aufzuheben, markieren Sie eine der verbundenen Ebenen und klicken im Anschluss erneut auf das Ketten-Symbol in der Fußleiste.

6.2.11 Ebenen verschieben

Die Ebenenanordnung spielt ja für die Bildkomposition eine ausschlaggebende Rolle. Der Umsortierung von Ebenen ist dabei keine Grenze gesetzt (mit Ausnahme der gesperrten Hintergrundebenen). Ziehen Sie dazu einfach die Ebene, und lassen Sie sie zwischen zwei anderen fallen.

Abbildung 6.41 ►
Das Umsortieren von Ebenen ist kein Problem.

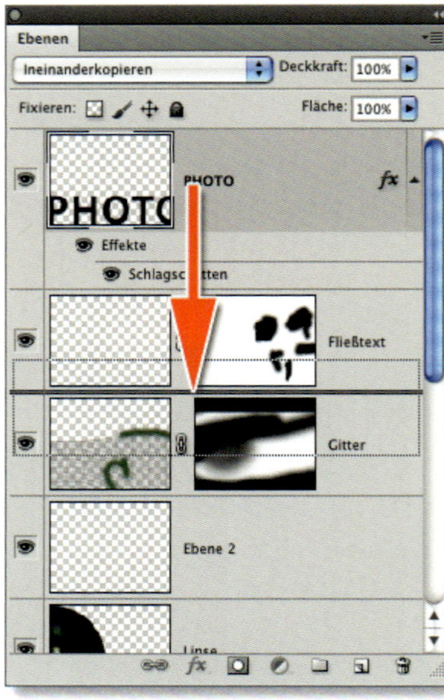

> **Gruppen benennen**
>
> Wie auch bei Ebenen sollte bei Gruppen von Beginn an eine Namensvergabe erfolgen. Doppelklicken Sie dazu auf den Namen der Gruppe, und bestätigen Sie Ihre Eingabe mit ↵.

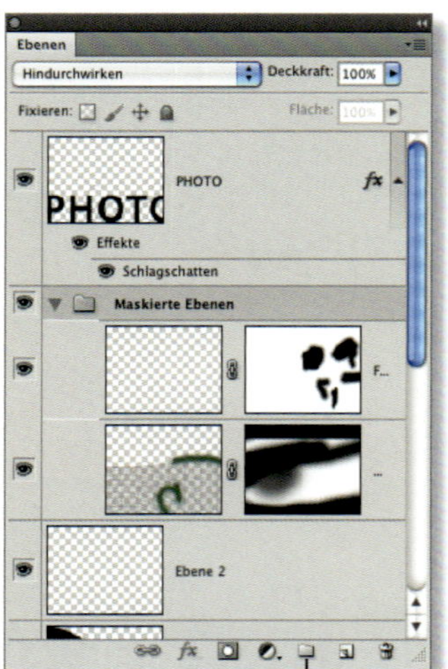

❶

▲ **Abbildung 6.42**
Zwei Ebenen wurden dem Ordner zugewiesen und werden jetzt leicht eingerückt dargestellt.

6.2.12 Ebenen gruppieren

Ebenen, so weit das Auge reicht. Irgendwann verliert auch der gewandteste Bildgestalter die Übersicht. Ordnen Sie daher Ihre Ebenen in Gruppen. Über NEUE GRUPPE ERSTELLEN (das Ordner-Symbol in der Fußleiste) ❶ erzeugen Sie einen Ordner, den Sie dann mit Ebenen füllen können, indem Sie sie einfach auf den neuen Ordner ziehen. ■ Über das kleine vorangestellte Dreieck kann der Ordner geöffnet bzw. geschlossen werden. Alternativ können Sie eine Ebenengruppe auch über EBENE • EBENEN GRUPPIEREN anlegen, nachdem Sie diese markiert haben.

Eine weitere Alternative hierzu: Klicken Sie mehrere Ebenen mit Strg/⌘ an, um diese zusammen mit der aktuell gewählten selektieren zu können. Liegen die Ebenen direkt übereinander, markieren Sie die erste und letzte mit ⇧. Hierüber können Sie sich nun sogar den Aufwand sparen, vorab eine Ebenengruppe anzulegen. Markieren Sie alle gewünschten Ebenen, und drücken Sie anschließend Strg/⌘+G. Sofort befinden sich alle diese Ebenen in einem neuen Ordner, den Sie jetzt einfach umbenennen können. Ist das nicht grandios?

Eine Ebenengruppe lässt sich übrigens auch wieder auflösen, und zwar über EBENE • EBENENGRUPPIERUNG AUFHEBEN.

6.2.13 Ebenen zusammenfügen

Wenn einzelne Ebenen nicht mehr separat bearbeitet werden müssen, bietet es sich an, Ebenen miteinander zu verbinden. Eine »kleine« Verbindung gehen dabei Ebenen ein, die direkt übereinander angeordnet sind. Markieren Sie die obere, und entscheiden Sie sich im Palettenmenü für MIT DARUNTER LIEGENDER AUF EINE EBENE REDUZIEREN. [Strg]/[⌘]+[E] bewirkt das Gleiche, macht die Sache aber wesentlich einfacher, wie ich meine. ■

Wollen Sie mehrere Ebenen in einem Arbeitsgang verbinden, sollten Sie zunächst alle Ebenen unsichtbar schalten, die nicht verbunden werden sollen. Markieren Sie anschließend eine noch sichtbare Ebene, und entscheiden Sie sich für SICHTBARE AUF EINE EBENE REDUZIEREN. Alternativ können Sie auch lässig die Tasten [Strg]/[⌘]+[⇧]+[E] betätigen.

Auf Hintergrund reduzieren

Dateien, die aus mehreren Ebenen bestehen, beanspruchen mehr Speicherplatz. Daher ist es sinnvoll, fertige Bilder zu reduzieren. Im Palettenmenü schlummert die Funktion AUF HINTERGRUNDEBENE REDUZIEREN. Beachten Sie aber, dass Transparenzen der untersten Ebene dann zugunsten der aktuell eingestellten Hintergrundfarbe geschluckt werden. Außerdem sind die Ebenen dann miteinander verschmolzen und können nicht mehr separat bearbeitet werden.

6.3 Das Masken-Bedienfeld

Im vorangegangenen Workshop haben Sie das Masken-Bedienfeld vielleicht schon einmal benutzt (Sie hatten ja die Wahl zwischen der herkömmlichen und einer neuen Methode). Werfen Sie noch einmal einen Blick auf dieses Bedienfeld. ■

Zum einen sehen Sie auch hier auf der Palette, wie sich die Maske langsam formt ❷. Das verkleinerte Abbild wird nämlich ständig aktualisiert. Auch hier gilt: Weiß = sichtbar, Schwarz = unsichtbar.

Maske aktivieren!

Bitte bedenken Sie, dass grundsätzlich die Ebenenmasken-Miniatur im Ebenen-Bedienfeld aktiv sein muss, damit Sie die hier angesprochenen Funktionen nutzen können. Falls erforderlich, klicken Sie diese Maskenminiatur kurz an. Sie wird daraufhin von einem kleinen Rahmen umgeben.

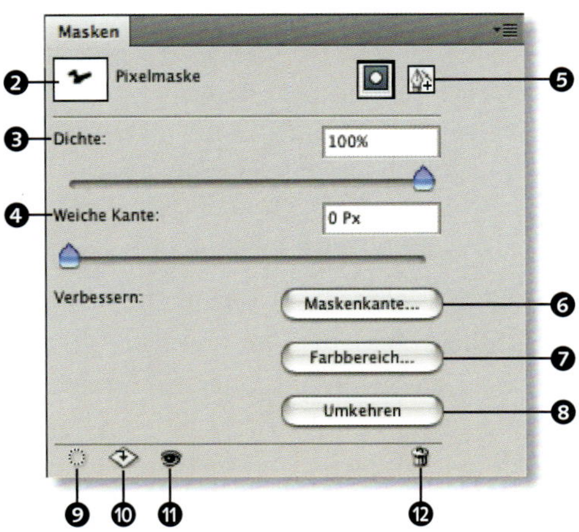

◂ **Abbildung 6.43**
Das Masken-Bedienfeld ist wirklich interessant.

6.3.1 Maskendichte ändern

Allerdings können Sie hier zusätzlich noch die Dichte der Maske verändern ❸. Das wirkt dann so, als hätten Sie die Maske mit einem deckkraftverminderten Pinsel erzeugt. So können Sie festlegen, dass die Maske nur zum Teil sichtbar ist – und dass sie somit Teiltransparenzen zwischen oberer und unterer Ebene erzeugt –, und zwar zu jeder Zeit, auch nach der Produktion der Maske.

Außerdem dürfen Sie jetzt auch nachträglich noch die Kantenschärfe der Maske ändern. Dazu ein Beispiel: Sie haben mit einer harten Pinselspitze gearbeitet und müssen jetzt feststellen, dass der Übergang eigentlich viel weicher sein müsste. Dann ziehen Sie einfach den Regler Weiche Kante ❹ nach rechts, bis Ihnen der Übergang gefällt.

▲ **Abbildung 6.44**
Bei verringerter Dichte wirkt die Maske nicht vollständig.

▲ **Abbildung 6.45**
Die Maskenkante kann auch nachträglich noch »abgesoftet« werden.

Weitere Masken-Optionen

- Maskenkante ❻: Hiermit lässt sich das Dialogfeld Maske verbessern öffnen. Es gestattet eine Optimierung der bisher erzeugten Maske. Die Steuerelemente sind identisch mit denen im bereits bekannten Dialog Kante verbessern (siehe Abschnitt 4.3.5).
- Farbbereich ❼: Hierüber kann eine bestimmte Farbe oder ein Farbbereich per Pipette aus dem Bild aufgenommen und als Maske verwendet werden.

- UMKEHREN ❽: Eine Maske wird dahingehend umgekehrt, dass sichtbare Bereiche unsichtbar und unsichtbare Bereiche sichtbar werden. Prinzipiell werden hier Schwarz und Weiß miteinander vertauscht.
- AUSWAHL AUS MASKE LADEN ❾: Erzeugen Sie aus der aktuellen Maske (schwarze Bereiche) eine Auswahl.
- MASKE ANWENDEN ❿: Beim Klick auf diese Schaltfläche wird die Maske direkt auf die Ebene angewendet. Die Ebenenmaske selbst wird dabei aufgehoben.
- MASKE AKTIVIEREN/DEAKTIVIEREN ⓫: Lassen Sie die oberste Ebene vorübergehend unmaskiert anzeigen. Ein erneuter Klick auf das Auge macht die Maske wieder sichtbar.
- MASKE LÖSCHEN ⓬: MASKE LÖSCHEN verwirft die gesamte Maskierung und löscht zudem die Ebenenmaske selbst.
- VEKTORMASKE HINZUFÜGEN ❺: Hier lassen sich Masken mithilfe der Pfad-Werkzeuge generieren. (Weitere Informationen zu Pfaden erhalten Sie in Kapitel 12.)

6.4 Ebenenstile hinzufügen

Ebenenstile (auch Ebeneneffekte genannt) werden stets auf die gesamte Ebene angewendet. Dabei stehen dem Anwender wirklich mächtige Tools und umfangreiche Optionen zur Verfügung.

Wenden Sie zum Beispiel einen Schlagschatten auf eine Ebene an (in Abbildung 6.40 die Ebene mit dem Photo-Schriftzug), sieht es so aus, als fiele der Schatten auf die unterhalb angeordneten Ebenen. In Wahrheit ist der Schatten aber Bestandteil der Ebene, auf die er angewendet wurde.

Um einen Ebenenstil zuzuweisen, gibt es folgende Möglichkeiten: Entweder Sie entscheiden sich im Menü EBENE • EBENENSTIL für einen der folgenden Einträge, oder Sie doppelklicken auf die gewünschte Ebene innerhalb der Ebenen-Palette. Damit allein ist aber noch kein Effekt zugewiesen. Sie müssen nämlich den gewünschten Effekt zunächst per Checkbox anwählen. Prinzipiell dürfen das übrigens auch mehrere Effekte sein. Wie wäre es, wenn Sie der Schriftzug-Ebene (Photo) neben dem SCHLAGSCHATTEN auch ABGEFLACHTE KANTE UND RELIEF zuweisen würden?

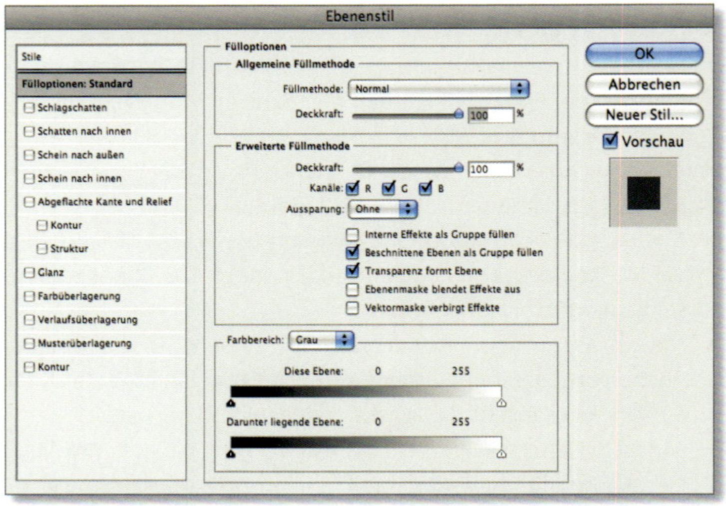

Abbildung 6.46 ▸
Weisen Sie die Effekte zu, indem Sie die Checkboxen aktivieren.

Wie gesagt: Um den Effekt zuzuweisen, klicken Sie lediglich die vorangestellte Checkbox an. Wollen Sie jedoch die dazugehörigen Stilparameter ändern, markieren Sie den Namen des Effekts, da ansonsten auf der rechten Seite des Dialogs die Steuerelemente nicht angezeigt werden.

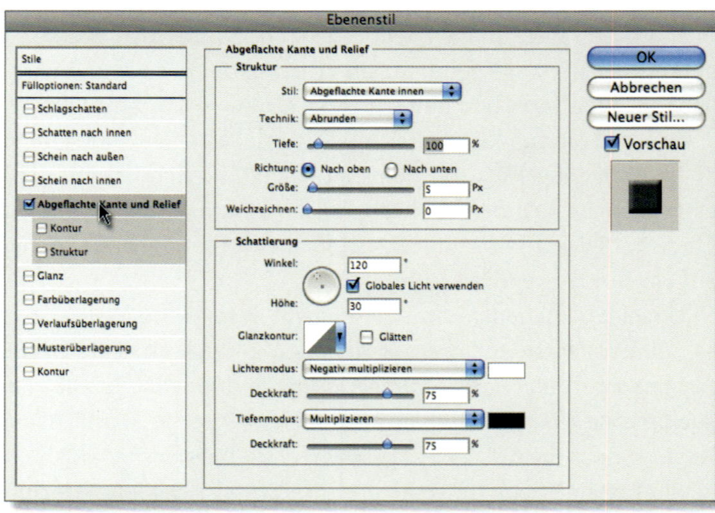

Abbildung 6.47 ▸
Die Steuerelemente werden erst zugänglich, nachdem Sie die Effekt-Bezeichnung angeklickt haben.

Jetzt könnten Sie die Steuerelemente rechts (z. B. Grösse) verwenden, um den Effekt noch genauer zu bearbeiten.

6.5 Füllmethoden

Füllmethoden gehören sicherlich zu den anspruchsvolleren Themen rund um die Bildbearbeitung. Bei der Anwendung von Füllmethoden werden die Farb- und/oder Helligkeitsinformationen zweier oder mehrerer Ebenen miteinander verrechnet. Das hört sich kompliziert an, oder? Und leider ist es das auch – zumindest auf den ersten Blick. Einziger Trost: Ist Ihnen das System, das dahintersteckt, erst einmal in Fleisch und Blut übergegangen, werden Sie mit Füllmethoden einzigartige Bildkompositionen erstellen. Dann macht das Anwenden dieser befremdlich klingenden Ebenenvarianten richtig Spaß.

6.5.1 Das Füllmethoden-Prinzip

Wenn zwei Ebenen übereinanderliegen, deckt die obere die untere ab – zumindest an den Stellen, an denen die obere Ebene nicht transparent ist. Dort, wo sich zu 100% deckende Pixel befinden, sind die Pixel der darunterliegenden Ebene im Bild nicht zu sehen. Das ist ja nicht wirklich neu, oder?

Neu ist aber, dass Sie meist die Abdeckwirkung der oberen Ebene in dem Moment aufheben, in dem Sie sich für eine andere Füllmethode als NORMAL entscheiden. Die obere Ebene bildet mit der darunterliegenden dann eine Mischung – das Resultat ist ein »Gesamtbild« aus beiden Ebenen, so wie beispielsweise die Photo-Ebene im Bild »Ebenen.tif«. Sie steht auf INEINANDERKOPIEREN ❶. Ändern Sie das doch einmal.

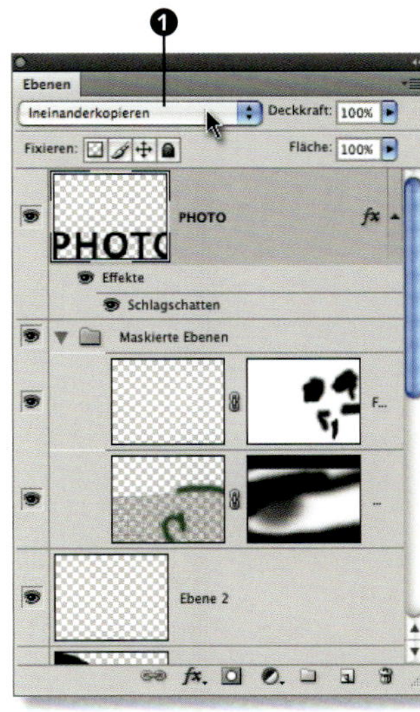

▲ **Abbildung 6.48**
Klicken Sie das Menü an, und verändern Sie die Füllmethode.

6.5.2 Füllmethode: Multiplizieren

Grundsätzlich können Sie zwei beliebige RGB-Dateien miteinander verbinden, indem Sie das eine Bild per Drag & Drop auf das andere ziehen (mit einer einzelnen Ebene funktioniert das im Übrigen auch). Im folgenden Beispiel habe ich mich jedoch für die Datei »Haende_fertig.tif« aus dem ERGEBNISSE-Ordner entschieden. Hier ist ja bereits eine derartige Komposition enthalten. Ändern Sie danach die Füllmethode der oberen Ebene, indem Sie auf das gleichnamige Pulldown-Menü klicken und dort MULTIPLIZIEREN einstellen.

Dadurch mischen sich beide Ebenen. Diese interessante Konstellation ist nur möglich, weil die Farbwerte beider Ebenen mit-

Deckkraft der Füllebene ändern

Nun erreichen Sie ein unabänderliches Resultat, wenn Sie lediglich die Füllmethode ändern. Bedenken Sie aber, dass sich in diesem Zusammenhang auch die Deckkraft der oberen Ebene noch absenken lässt. Dadurch kann der Effekt gewissermaßen stufenlos eingestellt werden. (Mehr Informationen darüber finden Sie in den Kapiteln 7 und 8.)

einander verrechnet werden. Jetzt sind also beide Ebenen anteilig sichtbar. Das Resultat ist bei dieser Methode übrigens immer dunkler als das Original. Dabei gilt auch: Beim Multiplizieren einer Farbe mit Schwarz bleibt Schwarz erhalten, und beim Multiplizieren mit Weiß bleibt die Ergebnisfarbe unverändert. Deshalb ist der weiße Hintergrund jetzt auch nicht mehr zu sehen. ■

6.5.3 Füllmethode: Negativ multiplizieren

Die Umkehrwirkung dieser Füllmethode wäre Negativ multiplizieren. Hier werden die Farben im Ergebnis stets heller sein. Und wie verhält sich das hier mit Schwarz und Weiß? Wenden Sie die umgekehrte Multiplikation auf Schwarz an, ist die Ergebnisfarbe heller. Und was passiert nun, wenn Sie eine Farbe mit Weiß negativ multiplizieren? – Richtig, das Ergebnis ist Weiß.

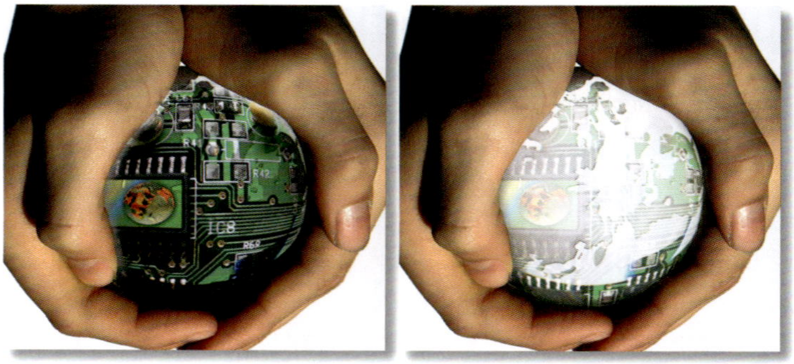

Abbildung 6.49 ▸
Hier wird der Unterschied besonders deutlich: Beim Multiplizieren (links) ist das Resultat beider Ebenen dunkler; beim negativen Multiplizieren (rechts) wirken beide Ebenen gemeinsam heller.

6.5.4 Füllmethode: Ineinanderkopieren

Diese Füllmethode ist sehr interessant, da sie in Abhängigkeit von der Ausgangsfarbe eine Multiplikation oder Negativ-Multiplikation durchführt. Dabei bleiben die Tiefen und Lichter der Ausgangsfarbe (unten) erhalten, während die Farben (oben) überlagert werden.

6.5.5 Wozu Füllmethoden?

Wenn Sie jetzt die Frage stellen, wozu Füllmethoden überhaupt benötigt werden, sollten Sie unbedingt weiterlesen. In den kommenden Workshops werden diese nämlich immer wieder angewendet, um interessante Kompositionen zu erzeugen. Selbst in der Beleuchtungskorrektur kann diese Art der Bildmanipulation

Verwendung finden. Welche Füllmethode für welches Ergebnis die bessere ist, kann aber nicht pauschal gesagt werden. Das hängt nämlich immer von den Farb- und Luminanzwerten der einzelnen Ebenen ab. ■

6.5.6 Weitere Füllmethoden im Überblick

- Sprenkeln: Bei dieser Methode wird per Zufall generiert, welche Pixel der oberen Ebene erhalten bleiben. So entsteht der Eindruck, als seien die Inhalte der Ebene »aufgesprüht« worden.
- Abdunkeln: Anhand der Kanalinformationen wird die jeweils dunklere Farbe zur Ergebnisfarbe. Hellere Pixel werden dabei ersetzt, dunklere bleiben unverändert erhalten.
- Aufhellen: Anhand der Kanalinformationen wird die jeweils hellere Farbe zur Ergebnisfarbe. Dunklere Pixel werden ersetzt, hellere bleiben unverändert erhalten.
- Weiches Licht: Die Farben werden je nach Farbe der oberen Ebene aufgehellt oder abgedunkelt. Bei hellen Farben der oberen Ebene ist auch das Ergebnis heller, bei dunkleren Farben ist das Ergebnis dunkler.
- Farbton: Hier sorgen Luminanz und Sättigung für die Farbgebung des Ergebnisses.
- Sättigung: Die Luminanz der oberen sowie der Farbton der unteren Ebene sorgen für das Ergebnis.

Effekt verstärken oder abschwächen

Bei vielen Füllmethoden lässt sich eine Verstärkung des Effekts erzielen, indem die Ebene, auf die die Füllmethode angewendet wurde, dupliziert wird (Strg/⌘+J). Zur Abschwächung des Effekts reicht oftmals das Herabsetzen der Deckkraft.

6.6 Smart-Objekt-Ebenen

Die Technik rund um Smart-Objekte ist nicht nur sehr interessant, sondern bringt auch einen unverzichtbaren Nutzen in Sachen Individualität. Bevor es jedoch ins Detail geht, fassen wir noch einmal zusammen: Was passiert, wenn Sie Änderungen an einer Ebene vornehmen? Natürlich: Die Inhalte der Ebene werden entsprechend geändert. Wenn Sie später entscheiden – sagen wir einmal, so nach hundert weiteren Bearbeitungsschritten –, eine an der Ebene durchgeführte Änderung doch wieder zu verwerfen, dann geht das nicht mehr. Sie können nicht mehr so viele Schritte rückgängig machen. Und selbst wenn – dann hätten Sie alle Bearbeitungsschritte, die Sie im Anschluss vorgenommen haben, ebenfalls wieder verloren.

Genau hier kommen Smart-Objekte ins Spiel. Smart-Objekte sind nämlich keine festen Bestandteile des Fotos, sondern Referenzierungen auf externe Inhalte. Was ist denn das nun schon wieder? Stellen Sie sich vor, Sie arbeiten an einem Bild, das aus fünf verschiedenen Fotos und somit aus fünf Ebenen besteht. Aber nur vier davon sind tatsächlich Bestandteil des Fotos. Beim fünften Foto verweisen Sie lediglich auf das Original. Und da Sie stets den Zugriff auf das unveränderte Quellmaterial aufrechterhalten, können Sie die Reihenfolge oder die Einstellparameter jederzeit wieder ändern, deren Füllmethoden ändern oder die Filter einzeln ein- oder ausblenden. Ein wenig Geduld noch, bitte. Sie werden gleich damit arbeiten.

6.6.1 Smart-Objekt-Ebenen erzeugen

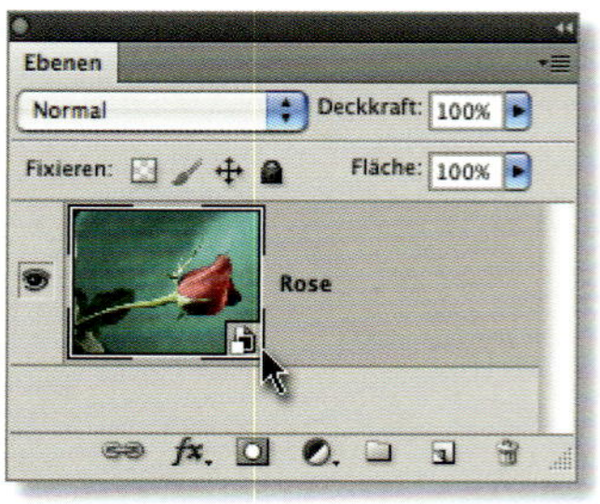

▲ **Abbildung 6.50**
Smart-Objekte sind in der Ebenenminiatur stets gekennzeichnet.

Der Unterschied zum normalen Import von Ebenen ist der, dass Sie die Ebene im Regelfall bereits zu Beginn als Smart-Objekt definieren. Sie können also statt des herkömmlichen Öffnen-Dialogs den Befehl Datei • Als Smart-Objekt öffnen anwählen. Danach sollten Sie einen Blick auf die Ebenen-Palette werfen. Die untere rechte Ecke der Ebenenminiatur deutet nämlich darauf hin, dass es sich dabei um ein Smart-Objekt handelt.

6.6.2 Ebenen in Smart-Objekt konvertieren

Das ist aber nicht die einzige Möglichkeit, um aus einer herkömmlichen Ebene ein Smart-Objekt zu machen. Auch wenn das Bild bereits auf normalem Wege geöffnet wurde, können Sie es noch entsprechend umwandeln. Das machen Sie über Ebene • Smart-Objekte • In Smart-Objekt konvertieren.

6.6.3 Smartfilter

Richtig interessant wird die Arbeit mit Smart-Objekten durch das Prinzip der Smartfilter. Dazu noch einmal ein kleines bisschen Theorie.

Wenn Sie einen Filter anwenden, dann wenden Sie ihn direkt auf eine Ebene an. Sie können einen zweiten Filter hinzufügen, der dann aber auf Grundlage des ersten hinzugerechnet wird. Sie wenden Filter zwei also rein theoretisch nicht nur auf die Ebene, sondern auf die Ebene plus bereits zugewiesene Filter an. Das ist mit den Smartfiltern anders. Sie erinnern sich: Smart-Objekte sind Referenzen auf Quelldateien! Jetzt können Sie mehrere Filter anwenden, diese immer wieder bearbeiten (auch noch nach Hunderten von Zwischenschritten) und sogar deren Reihenfolge tauschen. Das wäre ohne Smartfilter nicht möglich. So, genug Theorie gepaukt – jetzt sind Sie wieder dran.

Schritt für Schritt: Ein Bild mit Smartfiltern bearbeiten

Bilder/Smartfilter.tif

In diesem Workshop geht es darum, die Beispieldatei mit zwei Filtern zu versehen. Dazu allein bräuchten Sie natürlich noch keine Smartfilter. Wenn Sie sich aber über die Reihenfolge der Filter noch nicht so ganz im Klaren sind oder beide in Kombination einstellen wollen, ist es sinnvoller, das Foto zuerst in ein Smart-Objekt zu konvertieren.

© Verena N./PIXELIO

◂ **Abbildung 6.51**
Dieses Foto ist ein Fall für die Smartfilter.

1 Bild konvertieren

Wandeln Sie das Foto zunächst um. Das machen Sie über Ebene • Smart-Objekte • In Smart-Objekt konvertieren. Beachten Sie, dass die Ebene jetzt entsprechend ausgezeichnet ist.

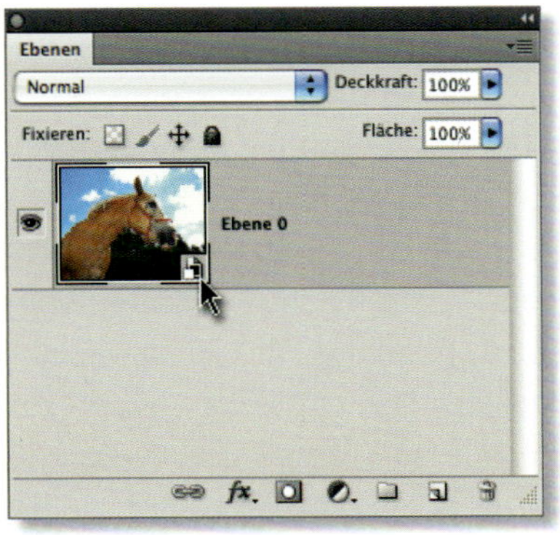

◂ **Abbildung 6.52**
Das Foto wurde in ein Smart-Objekt konvertiert.

2 Ersten Filter zuweisen

Entscheiden Sie sich zunächst für einen Malfilter. Gehen Sie im Menü auf FILTER • MALFILTER • KREUZSCHRAFFUR. Im folgenden Dialog ziehen Sie die STRICHLÄNGE zunächst auf etwa »16«. Verwenden Sie für die BILDSCHÄRFE den Wert »6«, und ziehen Sie die STÄRKE auf »3«, ehe Sie den Dialog mit OK verlassen.

Abbildung 6.53 ▼
Das Ergebnis ist ziemlich verzerrt.

3 Zweiten Filter zuweisen

Danach gehen Sie noch einmal in das Menü und wählen FILTER • WEICHZEICHNUNGSFILTER • GAUSSSCHER WEICHZEICHNER. Legen Sie über den Schieberegler RADIUS einen Wert von etwa 2,2 Pixel fest, und bestätigen Sie mit OK.

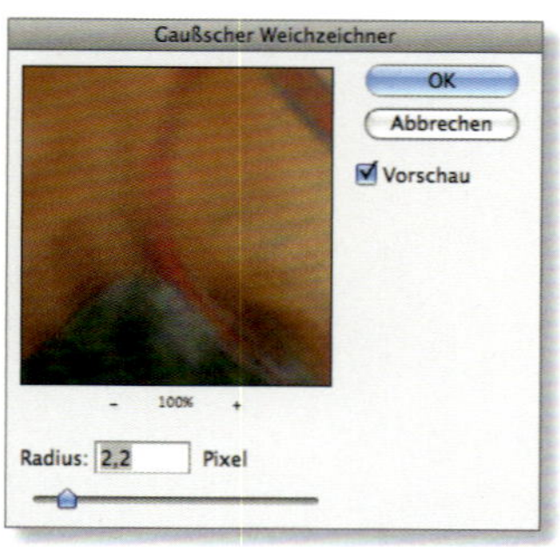

▲ **Abbildung 6.54**
Der zweite Filter ist ein Weichzeichner.

4 Ergebnis begutachten

Schauen Sie auf die Ebenen-Palette. Sie sehen, dass es jetzt hier eine Maske gibt – ähnlich einer Ebenenmaske. Wir wollen uns aber zunächst den Einträgen unterhalb zuwenden – den Filtern.

Achten Sie bitte darauf, dass Sie jetzt entweder beide Filter über das Augen-Symbol ❶ oder jeden Filter einzeln über die Symbole vor den Filtern (❷ und ❸) unsichtbar machen könnten. Aber nicht nur das. Sie können die Reihenfolge der Filter auch umkehren. Und Sie können sich vorstellen, dass es für das Bildergebnis nicht unerheblich ist, ob Sie nun zuerst weichzeichnen und danach erst schraffieren oder umgekehrt. Probieren Sie es aus, indem Sie den Eintrag GAUSSSCHER WEICHZEICHNER mit gedrückter Maustaste unter die Zeile KREUZSCHRAFFUR ziehen. Eine horizontale, schwarze Linie symbolisiert, wann Sie loslassen können.

▲ **Abbildung 6.55**
Die Reihenfolge der Filter lässt sich ändern.

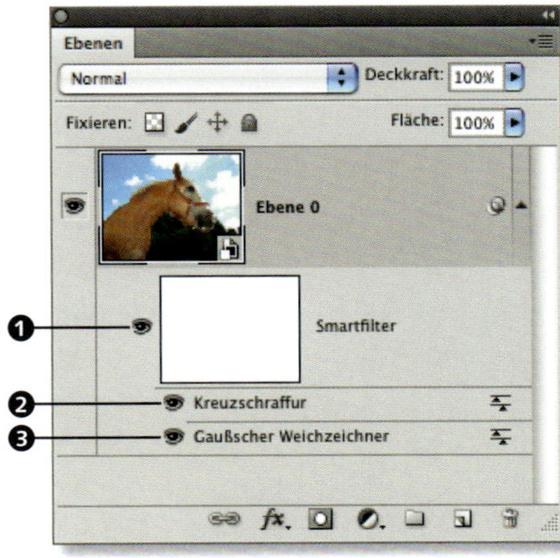

▲ **Abbildung 6.56**
Jetzt sind die Filter vertauscht.

5 Filter löschen

Dieser Schritt wäre unmöglich, wenn Sie das Foto zuvor nicht in ein Smart-Objekt konvertiert hätten. Aber es geht noch mehr. So können Sie einzelne Filter über das vorangestellte Augen-Symbol vorübergehend deaktivieren oder den Filter bearbeiten, indem Sie den Eintrag mit rechts markieren und SMARTFILTER BEARBEITEN wählen. Aber Sie können sich glücklicherweise auch von einem Filter trennen; und das sollten Sie jetzt auch tun. Markieren Sie den Filter KREUZSCHRAFFUR mit rechts, und entscheiden Sie sich für SMARTFILTER LÖSCHEN.

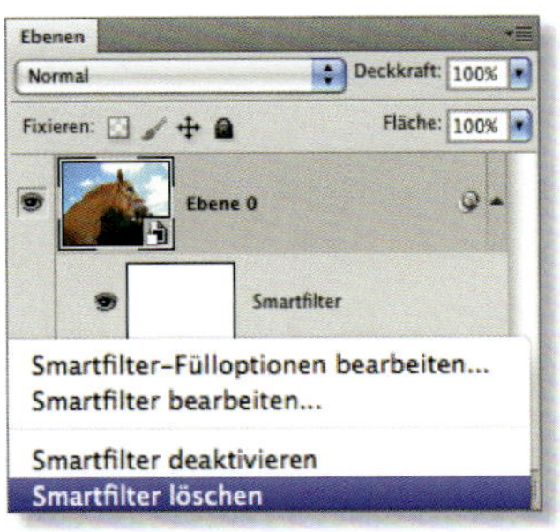

◄ **Abbildung 6.57**
Werfen Sie die Kreuzschraffur einfach weg! Sie sollte lediglich verdeutlichen, wie sich die Reihenfolge von Filtern auf das Bild auswirkt.

Bitte gedulden Sie sich noch einen Moment. Das Ergebnis wird im folgenden Workshop noch optimiert. ■

Schritt für Schritt: Smartfilter-Ebenen maskieren

Bilder/Smartfilter_Teil_2.tif

Zuletzt wollen wir noch einmal auf die Maskenminiatur innerhalb der Ebenen-Palette zurückkommen. Diese spielt nämlich eine wesentliche Rolle. Sollten Sie übrigens den vorangegangenen Workshop nicht gemacht haben, können Sie auch die Datei »Smartfilter_Teil_2.tif« verwenden.

1 Maske markieren

Jetzt besteht die Möglichkeit, bestimmte Bereiche des Bildes nachträglich von der Weichzeichnung auszuschließen. Auch das wäre ohne eine Smart-Objekt-Ebene nicht ohne Weiteres machbar. Im konkreten Fall wollen wir das Pferd wieder scharfzeichnen und nur den Hintergrund weich lassen. Damit Sie jetzt aber überhaupt Bereiche des Fotos maskieren können, müssen Sie zunächst einmal die Maskenminiatur anklicken. Sie wird daraufhin mit einem kleineren Rahmen versehen.

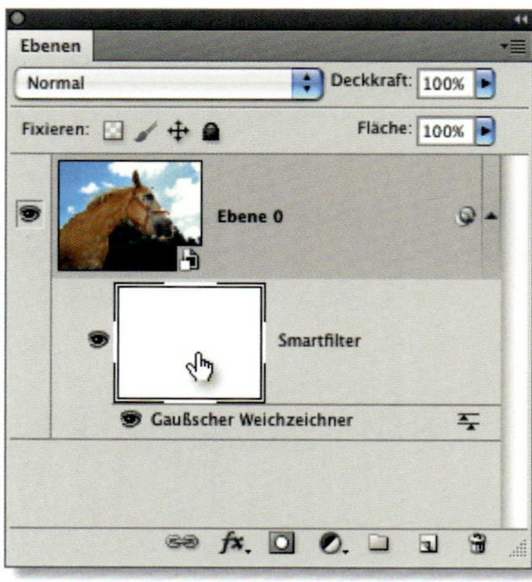

Abbildung 6.58 ▸
Ein Klick auf die Maskenminiatur reicht.

2 Ebene maskieren

Sobald Sie die Miniatur ausgewählt haben, werden in der Toolbox wieder Schwarz und Weiß als Standardfarben definiert. Und Sie wissen ja: Mit schwarzer Farbe können Sie maskieren – und das bedeutet im konkreten Fall, dass Sie mit Schwarz den Weichzeichnungsfilter entfernen. Aktivieren Sie also den Pinsel [B], und malen Sie mit einer weichen Spitze über das Pferd. Wenn Sie den Hintergrund erwischen, drücken Sie [X] und malen noch einmal darüber. Ein erneuter Druck auf [X] lässt Sie dann weiter mit Schwarz malen. Sie werden feststellen, dass Sie noch nicht einmal allzu exakt arbeiten müssen, um ein zufriedenstellendes Resultat zu erzielen. – Gönnen Sie sich doch einen Vorher-nachher-Vergleich, indem Sie das Augen-Symbol vor GAUSSSCHER WEICHZEICHNER kurzzeitig deaktivieren.

◂ **Abbildung 6.59**
Schalten Sie den Filter kurz aus.

Bleibt nur noch die Frage: Warum kann ich nicht jedes Foto gleich als Smart-Objekt öffnen? Ja, das wäre schön. Nur leider können Sie die Datei dann nicht mehr wie gewohnt nachbearbeiten. Nach der Konvertierung ist beispielsweise kaum noch ein Befehl aus dem Menü BILD • KORREKTUREN ausführbar – das ist der Preis für die ansonsten tolle Bearbeitungsmöglichkeit. Allerdings lässt sich eine Smart-Ebene jederzeit zurückkonvertieren. Dazu stellen Sie EBENE • SMART-OBJEKTE • RASTERN ein. Daraufhin stehen dann auch wieder sämtliche Korrekturoptionen zur Verfügung.

▾ **Abbildung 6.60**
An den Bäumen im Hintergrund ist die Weichzeichnung am besten auszumachen.

6.7 Ebenenkompositionen

Standardmäßig finden Sie ganz rechts im Palettenbereich eine Palette mit dem schönen Namen EBENENKOMP.

Mit Ebenenkompositionen können verschiedene Zustände eines Bildes gesichert werden. Dies ist vor allem dann sinnvoll, wenn Sie noch nicht genau wissen, wie das Endergebnis aussehen soll. Für jede Variante, die Ihnen gefällt, legen Sie eine eigene Ebenenkomposition an und können so später im Vergleich die beste heraussuchen. Der Button zum Speichern einer Komposition steht jedoch nur dann zur Verfügung, wenn Sie bereits Arbeiten an Ihrem Bild vorgenommen haben.

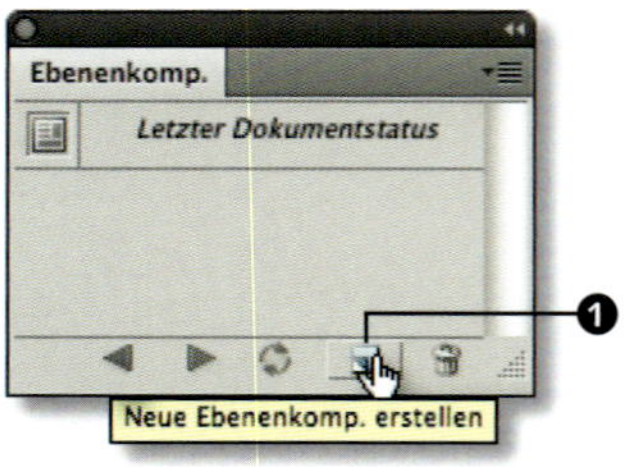

▲ **Abbildung 6.61**
Erstellen Sie eine neue Ebenenkomposition mithilfe der gleichnamigen Palette.

Kommentare hinzufügen

Im unteren Eingabefeld lassen sich Kommentare einfügen, mit denen Sie die Eigenschaften der Komposition näher beschreiben können. Machen Sie davon bitte unbedingt Gebrauch, denn bei einer Fülle von unterschiedlichen Kompositionen verliert man schnell den Überblick. Ebenso sollte der Name der Komposition eindeutig sein.
Wenn Sie später den Kommentar ansehen wollen, klicken Sie auf der Registerkarte EBENENKOMP. die vorangestellte Dreieck-Schaltfläche an. Hier wird jedoch nur die erste Kommentarzeile angeboten. Wenn Sie rechts neben der Kompositionsbezeichnung doppelklicken, zeigt Photoshop den gesamten Dialog.

Ebenenkompositionen können aber auch individuell weiterbearbeitet werden. Das ist das Kriterium, das diese Methode so interessant macht. Vergleichen Sie Ebenenkompositionen deshalb bitte nicht mit den Schnappschüssen, bei denen ja lediglich Zwischenergebnisse gesichert werden. Selbst wenn Sie schon mehrere Kompositionen erstellt haben, können Sie nämlich jede nachträglich wieder aktivieren, um daran Änderungen vorzunehmen. Doch zunächst klicken Sie auf NEUE EBENENKOMP. ERSTELLEN ❶, um die Attribute festzulegen, die mit der Komposition gesichert werden sollen.

Die SICHTBARKEIT der Ebene ist standardmäßig angewählt. Hierüber wird lediglich festgelegt, ob die Ebene ein- oder ausgeschaltet ist. Entscheiden Sie, ob Sie auch die POSITION der Ebene und das AUSSEHEN (EBENENSTIL) (gemeint sind Ebeneneffekte, Stile und dergleichen) mit in die Komposition aufnehmen wollen. Die Kompositionen werden nun in der Reihenfolge ihrer Erstellung von oben nach unten aufgelistet. ■

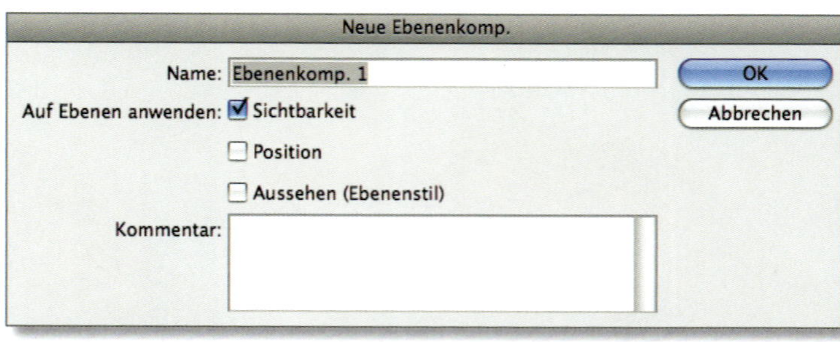

▲ **Abbildung 6.62**
Entscheiden Sie, welche Attribute aufgenommen werden sollen.

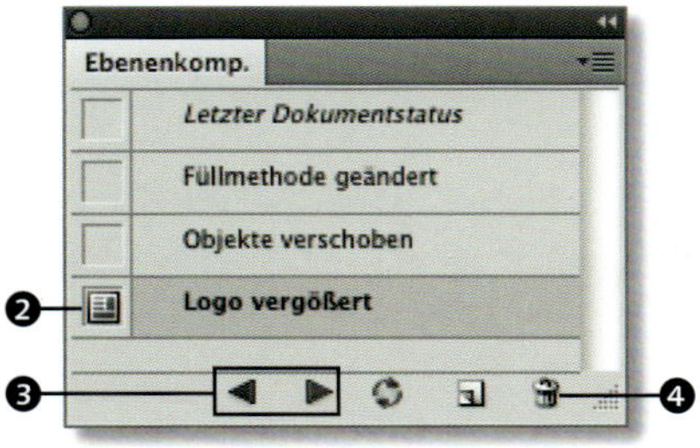

◂ **Abbildung 6.63**
Die Kompositionen werden nacheinander aufgelistet.

Sie können nun entscheiden, an welcher Komposition Sie weiterarbeiten möchten. Dazu klicken Sie auf das jeweilige Feld der ersten Spalte ❷ oder verwenden die Pfeilschaltflächen ❸. Hierbei werden die Kompositionen dann in der Reihenfolge ihrer Bearbeitung selektiert. ■

Kompositionen löschen

Wenn Sie eine Komposition nicht mehr benötigen, markieren Sie diese zunächst und klicken dann auf den LÖSCHEN-Button ❹.

6.7.1 Ebenenkompositionen bearbeiten

Wenn Sie eine ähnliche Variante einer bereits vorhandenen Komposition erzeugen möchten, bietet es sich an, diese zunächst zu duplizieren und anschließend die gewünschten Änderungen auf das Duplikat anzuwenden. Den Befehl erreichen Sie über das Palettenmenü ❺.

Wenn Sie grundlegende Änderungen an den Ebenen vorgenommen haben, werden Aktualisierungen erforderlich. Das ist z. B. dann der Fall, wenn Ebenen entfernt wurden. Photoshop verdeutlicht anhand kleiner Warnsymbole, welche der Kompositionen jetzt aktualisiert werden müssen. In diesem Fall markieren Sie die Kompositionen ■ und klicken auf den Aktualisierungsbutton ❻.

Mehrere Kompositionen aktualisieren

Markieren Sie mehrere Ebenenkompositionen, während Sie [Strg]/[⌘] gedrückt halten. Zur Anwahl aller Kompositionen markieren Sie die erste, halten [⇧] gedrückt und klicken nun auf die letzte. Danach muss EBENENKOMP. AKTUALISIEREN nur einmal betätigt werden.

◂ **Abbildung 6.64**
Houston, wir haben ein Problem. Die markierten Ebenenkompositionen müssen aktualisiert werden.

6.7.2 Zu guter Letzt: Ebenen fixieren

Beachten Sie die Möglichkeiten, Ebenen gegen unbeabsichtigte Bearbeitungen schützen zu können. Die Funktionen sind wirklich sehr hilfreich und ersparen das Restaurieren unabsichtlich veränderter Bildbereiche:

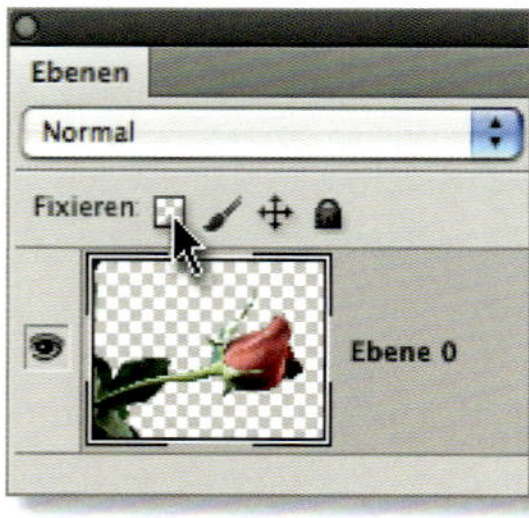

Abbildung 6.65 ▸
Ein Schutzschild für Ihre Ebenen – die Fixieroptionen

- Transparente Pixel fixieren: Alle transparenten Bereiche der Ebene bleiben vor Bearbeitungen geschützt. Die Funktion ist hilfreich, wenn Sie beispielsweise Farbe nur auf vorhandene Objekte auftragen wollen.
- Bildpixel fixieren: Die Ebene ist vor der Bearbeitung mit Malwerkzeugen geschützt. Optionen wie das Verschieben der Ebene bleiben erhalten.
- Position sperren: In der Umkehrwirkung zu Bildpixel fixieren kann die Ebene hier nicht bewegt, wohl aber mit Malwerkzeugen bearbeitet werden.
- Alle sperren: Die Ebene ist gegen sämtliche Bearbeitungen geschützt. Wenn Sie versuchen, eine fixierte Ebene zu bewegen, gibt Photoshop eine Warnmeldung aus.

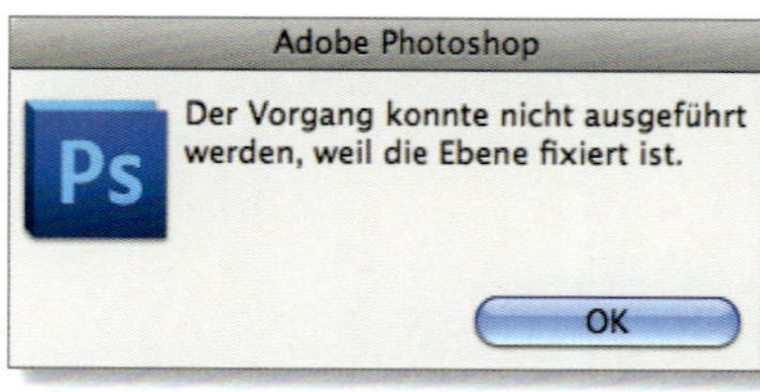

Abbildung 6.66 ▸
Hilfsbereit wie immer – die Anwendung informiert auch gleich, warum das Verschieben nicht möglich ist.

Beachten Sie, dass die Ebenen innerhalb der Ebenen-Paletten dennoch verschoben werden können – egal, welche Schutzfunktion aktiv ist.

Kapitel 7

Licht und Schatten korrigieren

Effektive Belichtungskorrekturen

- Wie werden Tiefen und Lichter korrigiert?
- Wie werden Bildteile aufgehellt?
- Wie funktioniert die Tonwertkorrektur?
- Wie funktionieren Einstellungsebenen?

7 Licht und Schatten korrigieren

Mal ehrlich – zu dunkle Abzüge landen doch meist im Schuhkarton oder fristen ihr digitales Dasein im Bildordner VERSCHIEDENES. *Lediglich der Bildinhalt (also das Motiv selbst) hat die Schnappschüsse bis heute vor dem »Tod durch Papierkorb« retten können. – Doch das Schattendasein hat ein jähes Ende. Geben Sie Ihren Bildern die Erleuchtung, die sie verdienen.*

7.1 Fotos aufhellen

Video-Training
Vor der Retusche steht die Bildanalyse. Lektion 3.1 auf der Buch-DVD zeigt, worauf Sie achten müssen.

Ist ein Bild dunkel geraten, bietet Ihnen Photoshop verschiedene Möglichkeiten, dem entgegenzuwirken. Eine besonders schnelle Methode ist dabei die Arbeit mit Füllmethoden, die allerdings nicht bei jedem Bild funktioniert.

7.1.1 Mit Füllmethoden aufhellen

Die erste Frage, die Sie sich bei jeder Korrektur neu stellen müssen, lautet: Ist mein Bild komplett zu dunkel (bzw. zu hell) oder müssten nur Teile aufgehellt (bzw. abgedunkelt) werden? Wie ist das zum Beispiel bei Landschaftsaufnahmen? Hier ist oft der Himmel ausreichend hell, während die Objekte zu dunkel geworden sind – die klassische Gegenlichtaufnahme also. In geschlossenen Räumen ist es aber häufig so, dass das Foto komplett zu dunkel ist. Wie Sie in diesem Fall vorgehen können, zeigt der folgende Workshop.

Schritt für Schritt: Innenaufnahmen aufhellen

Bilder/Aufhellen.tif

»Aufhellen.tif« zeigt spielende Kinder, denen eine Höhlenwanderung einfach zu langweilig geworden ist. Das Foto ist insgesamt zu dunkel, obwohl der Aufhellblitz eingesetzt wurde.

© Renate Klaßen

◂ **Abbildung 7.1**
Die Kinder haben keine Lust mehr auf eine Höhlenwanderung im Dunkeln.

1 Kameradaten abrufen

Jetzt denken Sie: Der Klaßen kann ja viel erzählen, von wegen Aufhellblitz und so. Sie können das aber selbst nachprüfen, indem Sie auf Datei • Dateiinformationen gehen und die Registerkarte Kameradaten nach vorne stellen. Schauen Sie einmal in der Zeile Blitz nach.

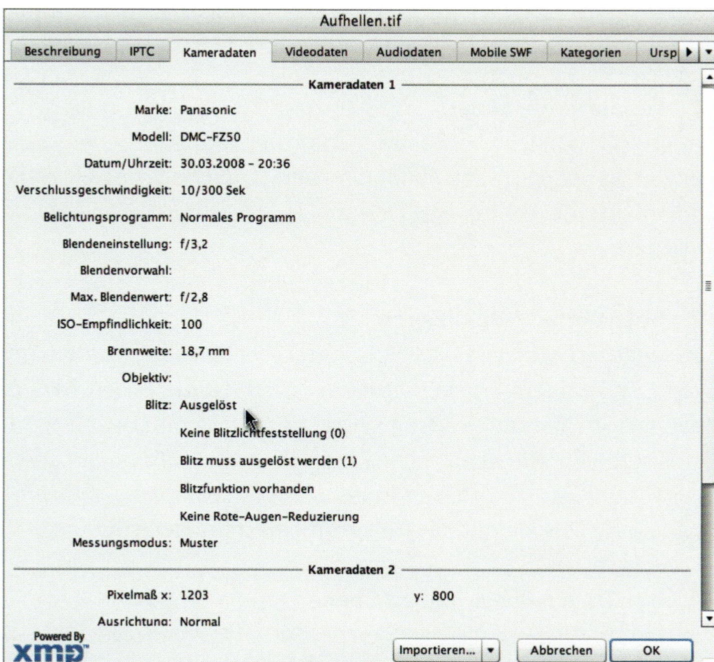

◂ **Abbildung 7.2**
Erstaunlich, was mit einem Foto so alles mitgespeichert wird, oder?

2 Ebene duplizieren

Brechen Sie den Dialog ab, und duplizieren Sie den Hintergrund innerhalb des Ebenen-Bedienfelds. Das können Sie machen, indem Sie Strg/⌘+J drücken. Alternativ geht auch der Weg über das Menü, indem Sie Ebene • Neu • Ebene durch Kopie auswählen. Für Drag-&-Drop-Fans: Ziehen Sie den Hintergrund im Ebenen-Bedienfeld auf den Button Neue Ebene erstellen (das Blatt-Symbol), und lassen Sie die Maustaste los. Je nachdem, für welche Methode Sie sich entschieden haben, heißt die übergeordnete Ebene jetzt »Hintergrund Kopie« oder »Ebene 1«, was aber für die weitere Vorgehensweise vollkommen unerheblich ist.

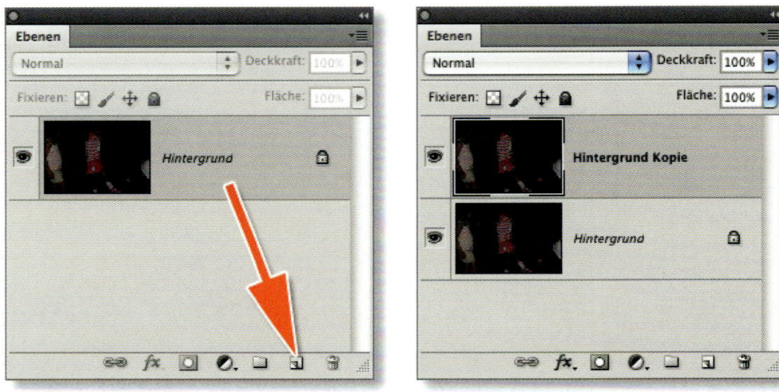

Abbildung 7.3 ►
Ziehen Sie den Hintergrund auf das Blatt-Symbol.

3 Füllmethode ändern

Ändern Sie danach die Füllmethode der oberen Ebene. Dazu müssen Sie lediglich das Pulldown-Menü innerhalb des Ebenen-Bedienfelds öffnen und von Normal auf Negativ multiplizieren umschalten.

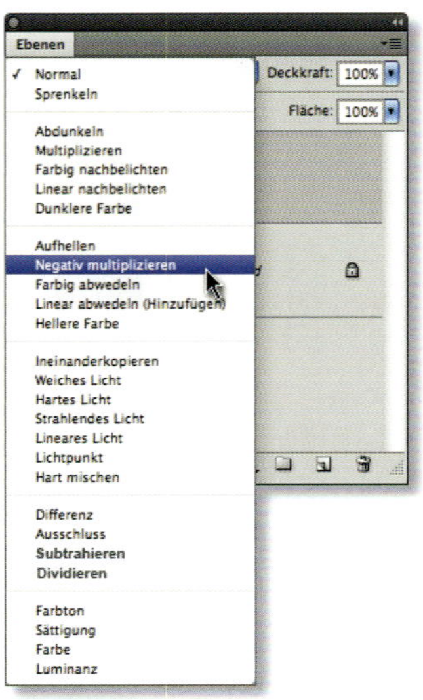

▲ **Abbildung 7.4**
Schalten Sie auf Negativ multiplizieren um.

4 Ebene erneut duplizieren

Sie sehen schon, dass das Foto merklich heller geworden ist. Wenn Sie mit dem Ergebnis zufrieden sind, ist die Arbeit bereits beendet. Im Beispiel müssen wir aber noch einmal nachlegen. Duplizieren Sie die obere Ebene einfach erneut, indem Sie abermals Strg/⌘+J drücken (und, wenn es sein muss, noch einmal – so oft, bis Sie mit der Helligkeit einverstanden sind).

5 Der Trick mit der halben Ebene

Vor diesem Problem werden Sie nur allzu oft stehen: Nach sagen wir mal zwei Ebenenduplikaten ist das Bild noch immer zu dunkel, aber nach drei ist es plötzlich zu hell. Eine halbe Ebene müsste her.

Und das machen Sie so: Duplizieren Sie die Ebene einmal mehr als nötig, und reduzieren Sie danach die Deckkraft der obersten Ebene entsprechend, indem Sie das Steuerelement oben rechts im Ebenen-Bedienfeld verstellen. Bei 50% Deckkraft wäre genau eine halbe Ebene erreicht. Im Beispiel ist das aber zu viel, weshalb die oberste Ebene 15% Deckkraft erhalten sollte. (Das kann natürlich an Ihrem Monitor anders aussehen.)

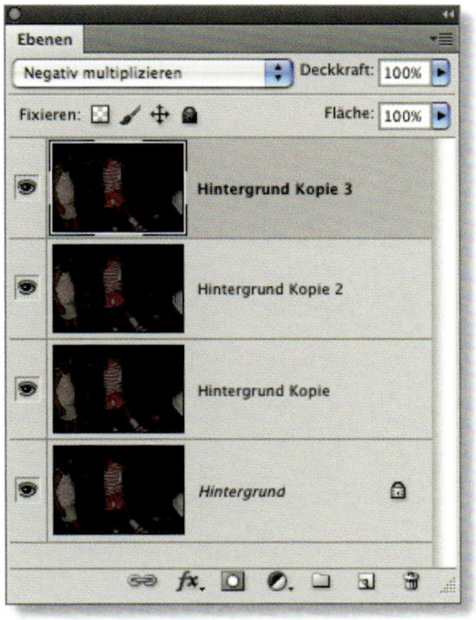

▲ **Abbildung 7.5**
Mit jeder Kopie wird das Foto heller.

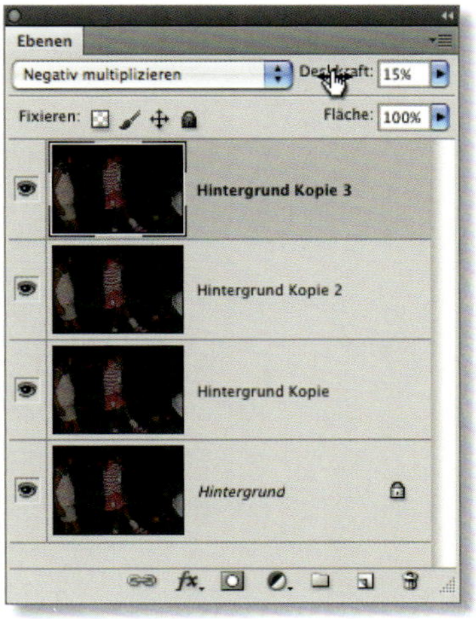

▲ **Abbildung 7.6**
Jetzt passt es. Die Deckkraft der obersten Ebene wurde reduziert.

6 Bild reduzieren

Da die Dateigröße durch das permanente Hinzufügen von Ebenen jetzt aber beträchtlich angewachsen ist, wäre eine Reduzierung anzuraten. Wählen Sie aus dem Bedienfeldmenü der Ebenen-Palette den Eintrag Auf Hintergrundebene reduzieren, ehe Sie die Datei speichern. Das reduzierte Bild finden Sie, wie gewohnt, im Ordner Ergebnisse (»Aufhellen_fertig.tif«).

▼ **Abbildung 7.7**
Langsam wird es heller in der Höhle.

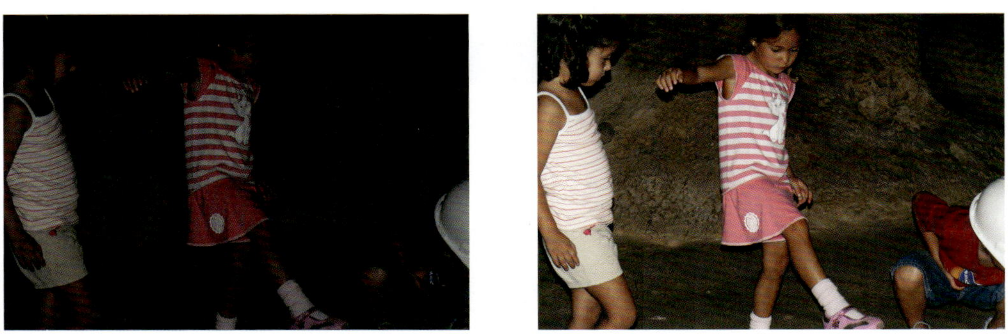

Checkliste: Bilder aufhellen im Schnelldurchlauf

1. Duplizieren Sie den Hintergrund (Strg/⌘+J).
2. Ändern Sie die Füllmethode auf NEGATIV MULTIPLIZIEREN.
3. Duplizieren Sie die Ebene so oft, bis das Bild gerade eben zu hell erscheint.
4. Reduzieren Sie die Deckkraft der obersten Ebene, bis die Helligkeit ausreichend ist.
5. Wählen Sie aus dem Bedienfeldmenü AUF HINTERGRUNDEBENE REDUZIEREN, ehe Sie die Datei speichern.

7.1.2 Außenaufnahmen aufhellen

Bleiben noch die Außenaufnahmen, bei denen ja eine Aufhellung meist nur punktuell und eben nicht im gesamten Foto angewendet werden muss. Technisch gesehen sind oft nur die dunklen Pixel (sie nennen sich »Tiefen«) zu dunkel, während die hellen (die sogenannten »Lichter«) völlig in Ordnung sind. Würden Sie nun alle Pixel des Bildes gleichmäßig aufhellen, wären die Tiefen zufriedenstellend, die Lichter aber viel zu hell. Daher ist es möglich, dunkle Pixel losgelöst von den hellen anzuheben.

© Robert Klaßen

Abbildung 7.8 ▸
Dieses Foto soll jetzt heller gemacht werden.

Schritt für Schritt: Tiefen aufhellen

Bilder/Tiefen.tif

Wenn Sie bei »Tiefen.tif« nach der zuvor beschriebenen Methode vorgehen, werden die Beleuchtungsverhältnisse im Foto nicht mehr stimmen. Das Wasser, das Haus im Hintergrund und letztendlich auch die Rasenfläche auf der kleinen Insel werden am Ende erheblich zu hell sein.

◂ **Abbildung 7.9**
Das war wohl nix. Das Foto ist viel zu hell!

1 Optional: Schritte verwerfen

Falls Sie soeben die Methode NEGATIV MULTIPLIZIEREN angewendet haben, machen Sie bitte zunächst Ihre Schritte mithilfe des Protokoll-Bedienfelds (Menü: FENSTER) rückgängig. Die Technik, die Sie jetzt anwenden, lässt Sie nämlich selbst entscheiden, was dunkel ist und was nicht. Genauer gesagt: Sie sagen Photoshop, wie dunkel ein Pixel sein muss, um als dunkel angesehen zu werden.

2 Tiefen/Lichter-Dialog öffnen

Öffnen Sie den Dialog TIEFEN/LICHTER, den Sie über BILD • KORREKTUREN erreichen. Betrachten Sie die Auswirkungen auf das Bild, indem Sie mehrmals das Steuerelement VORSCHAU ❶ ab- und wieder anwählen. Standardmäßig bietet Photoshop nämlich eine Erhöhung der Tiefen (also der dunklen Bildbereiche) um 35% – und das soll zunächst auch einmal reichen. Bitte noch nicht mit OK bestätigen!

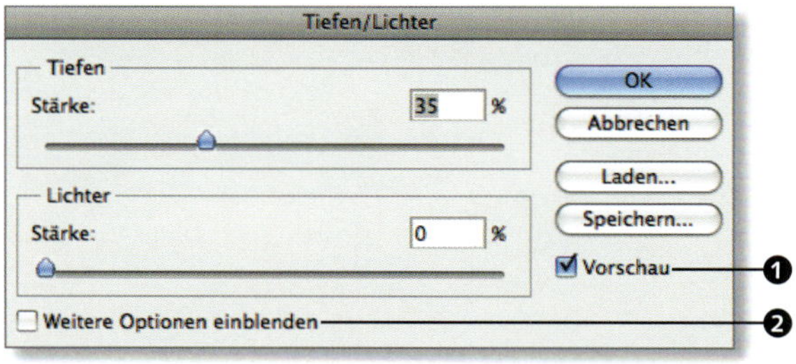

◂ **Abbildung 7.10**
Mit dieser Einstellung wird das Foto merklich heller.

3 Erweiterte Einstelloptionen

Aber in diesem Dialogfeld gibt es noch weit mehr einzustellen. Photoshop offeriert nämlich freiwillig weit weniger, als zu einer guten Tiefenkorrektur nötig wäre. Wählen Sie daher die Checkbox WEITERE OPTIONEN EINBLENDEN ❷ an. Das Dialogfenster wird daraufhin eine umfangreiche Erweiterung erfahren. Die TONBREITE belassen Sie bei 50 %, und der RADIUS soll 30 Px betragen. Schalten Sie mehrfach die VORSCHAU ein und aus, um die Änderungen zu begutachten. Danach bestätigen Sie mit OK.

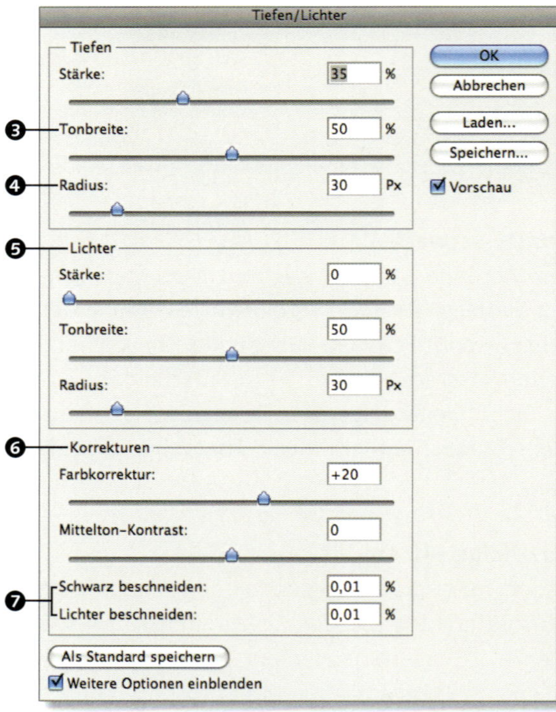

Abbildung 7.11 ▶
Vergleichen Sie die Werte, bevor Sie mit OK bestätigen.

▼ Abbildung 7.12
So sieht's doch besser aus, oder?

Sehen wir uns die Einstellungen im Dialog TIEFEN/LICHTER jetzt noch einmal genauer an:

- TONBREITE ❸: Bestimmen Sie, wie stark sich die Tonwertveränderungen auf die Tiefen auswirken sollen. Je höher der Wert ist, desto weniger werden die Veränderungen auf die wirklich dunklen Pixel beschränkt. Halten Sie den Wert also klein, wenn die Tiefen wirklich sehr dunkel sind; erhöhen Sie ihn, wenn die Tiefen nicht sehr dunkel sind.
- RADIUS ❹: Hier stellen Sie ein, was als dunkel betrachtet werden soll und was nicht. Je größer der Wert ist, desto mehr wird die Aufhellung auch auf hellere Bildpixel ausgedehnt.
- KORREKTUREN ❻: Hier ließen sich zusätzlich noch Farben im Bereich der veränderten Tiefen korrigieren. Das Problem, dass mitunter bei einer Lichter/Tiefen-Veränderung auch die Farben leicht variieren, kann damit kompensiert werden.
- SCHWARZ BESCHNEIDEN und LICHTER BESCHNEIDEN ❼: Hier können Sie festlegen, wie stark die Tiefen und Lichter das durch die Korrektur neu festgesetzte reine Schwarz und reine Weiß im Bild beschneiden sollen. Je höher der Wert ist, desto mehr Kontrast gibt es; je niedriger der Wert ist, desto geringer wird der Kontrast. Achten Sie jedoch darauf, keine zu hohen Werte einzugeben, da ansonsten Details in den Tiefen oder Lichtern abgeschnitten werden.

Veränderungen im Frame LICHTER ❺ wirken nach dem gleichen Prinzip, wobei sich die Werte auf die hellen Bildbereiche beziehen – und dann natürlich keine Aufhellung, sondern eine Abdunklung entsteht. ■

Lichter abdunkeln

Gewissermaßen als Umkehrwirkung könnten zu helle Bereiche eines ansonsten gut ausgeleuchteten Bildes beeinflusst werden. Stellen Sie dazu die Stärke für die TIEFEN vorab auf 0. Nun bleiben dunkle Bereiche unverändert, und zu helle können über die Steuerelemente im Frame LICHTER abgedunkelt werden.

7.2 Tonwertkorrektur

Bevor es weitergeht, greifen wir noch einmal die Begriffe *Tiefen* und *Lichter* auf. Tiefen sind die dunklen Bildbereiche, Lichter die hellen. Die neutralen Bereiche (also die dazwischen) werden als *Mitteltöne* bezeichnet. Die Spanne zwischen dem dunkelsten und dem hellsten Bereich eines Bildes stellt den *Tonwertumfang* dar. Im Idealfall ist der dunkelste Ton Schwarz, der hellste erstrahlt in reinem Weiß.

Leider ist das die Theorie. Wenn der dunkelste Punkt nicht schwarz und der hellste nicht weiß ist, wirken Bilder flau und matt

Video-Training

Auch Lektion 3.2 auf der Buch-DVD zeigt eine Tonwertkorrektur.

– ihnen fehlt die *Zeichnung*. Doch Photoshop wäre nicht Photoshop, gäbe es nicht auch dafür eine Lösung: die Tonwertkorrektur.

Schritt für Schritt: Eine einfache Tonwertkorrektur

Bilder/Tonwerte.tif

Tonwertkorrekturen können Sie auch dann vornehmen, wenn ein Foto ausgewaschen, gräulich anmutet – so wie das in der Datei »Tonwerte.tif« der Fall ist. Dieses Bild weist die typischen Beschränkungen in der Tonwertspreizung auf – und darum soll es nun gehen. Kitzeln wir doch etwas mehr Zeichnung aus dem Bild heraus.

© Renate Klaßen

Abbildung 7.13 ▸
Die dunklen Bildbereiche sind eher grau als schwarz.

1 Dialog öffnen

Öffnen Sie den Dialog Tonwertkorrektur, indem Sie [Strg]/[⌘]+[L] drücken. Nur der Ordnung halber muss noch erwähnt werden, dass Sie rein theoretisch auch den Weg über Bild • Korrekturen • Tonwertkorrektur gehen könnten.

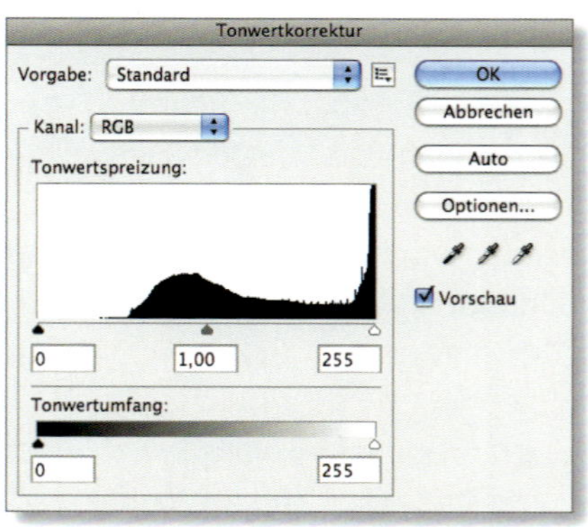

Abbildung 7.14 ▸
So sieht das Histogramm des Fotos aus.

2 Histogramm interpretieren

Was da als schwarze Wellenlinie erscheint, ist ein Histogramm. Es zeigt, welche Tonwerte wie oft im Bild vorhanden sind. Je höher die Kurve nach oben ragt, desto öfter ist ein Tonwert im Bild vorhanden. Die Tiefen befinden sich dabei ganz links; nach rechts hin finden sich zunehmend die hellen Pixel – bis hin zu reinem Weiß. Damit sehen Sie nun auch grafisch, was Sie schon längst gewusst haben: Es sind keine wirklichen Tiefen im Bild vorhanden, dafür aber umso mehr Lichter.

3 Tonwertspreizung vornehmen

Im Idealfall würde das Histogramm ganz links beginnen und ganz rechts enden. Zudem würde die Kurve noch von der rechten und linken Begrenzung aus langsam ansteigen. Das ist hier aber nicht so, also müssen wir selbst Hand anlegen.

▲ **Abbildung 7.15**
Hier fehlt etwas – nämlich eine Histogrammerhebung.

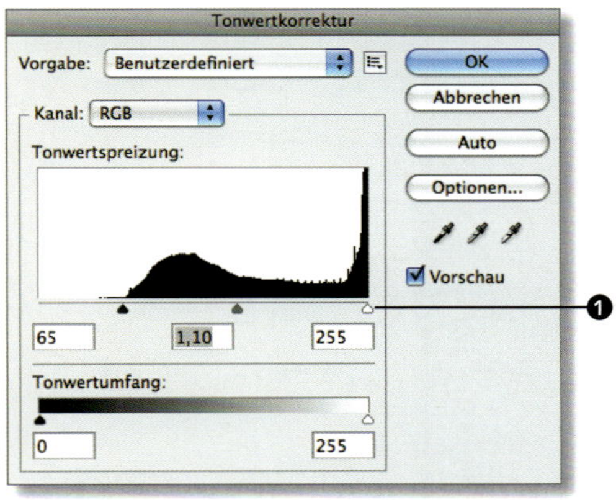

▲ **Abbildung 7.16**
So sollten die Schieberegler angeordnet werden.

Schauen Sie sich die kleinen Dreiecke ❶ unterhalb des Histogramms an. Das sind Schieberegler. Bewegen Sie nun den linken (schwarzen) nach rechts. Stoppen Sie, wenn der Beginn der Histogrammerhebung erreicht ist. Das dürfte bei etwa »65« der Fall sein. Das linke der drei Eingabefelder unterhalb des Histogramms zeigt ja während des Verstellens permanent einen anderen Wert an, der jetzt repräsentiert, dass Sie die vorhandenen (grauen) Bildbereiche mehr und mehr in Richtung Schwarz verschieben. Fassen Sie danach den mittleren (grauen) Schieberegler an, und stellen Sie ihn etwas nach links. Behalten Sie dabei das mittlere Eingabefeld im Auge, und stoppen Sie, wenn Sie bei etwa »1,10«

angelangt sind. Das hat zur Folge, dass die Mitteltöne im Bild, die durch Verstellung des schwarzen Reglers mit abgedunkelt wurden, wieder etwas erhellt werden. ■

Falls die VORSCHAU rechts im Dialogfenster angewählt ist, sehen Sie die Auswirkungen direkt im Bild. Bestätigen Sie mit OK. Das sieht doch schon wesentlich besser aus, oder?

▲ **Abbildung 7.17**
So wirkt sich die Tonwertkorrektur im Vergleich aus.

Auto-Tonwertkorrektur

Hinter BILD • KORREKTUREN finden Sie auch den Befehl AUTO-TONWERTKORREKTUR. Die Tastenkombination dazu ist [Strg]/[⌘]+[⇧]+[L]. Wenn Sie diese Option einsetzen, regelt Photoshop die Tonwertkorrektur automatisch. Bedenken Sie aber, dass Auto-Funktionen niemals das kritische Auge des Betrachters ersetzen können.

Durch das Verschieben des mittleren (grauen) Reglers haben Sie die Mitteltöne ausgerichtet. Als Faustregel sollte dabei gelten: Versuchen Sie immer, den grauen Regler so einzustellen, dass sich links und rechts von ihm eine gleich große schwarze Histogrammfläche befindet – sofern es sich um eine Aufnahme handelt, die nicht von besonderen Höhen oder Tiefen lebt. Nacht- oder Gegenlichtaufnahmen haben natürlich ihre eigenen Regeln. Verlassen Sie sich bei solchen Bildern lieber auf Ihr »Augenmaß«.

Checkliste: Tonwertkorrektur mittels Histogramm

1. Öffnen Sie den Dialog TONWERTKORREKTUR.
2. Richten Sie die Tiefen aus: Bewegen Sie den schwarzen Schieberegler nach rechts bis zum Beginn der Histogrammerhebung.
3. Richten Sie die Lichter aus: Schieben Sie den weißen Schieberegler nach links, ebenfalls bis zum Beginn der Histogrammerhebung.
4. Richten Sie die Mitteltöne aus: Schieben Sie den Regler mittig zwischen Tiefen- und Lichterregler.

Schritt für Schritt: Eine professionelle Tonwertkorrektur

Bilder/Downhill.tif

Der letzte Schritt aus der vorangegangenen Schritt-für-Schritt-Anleitung war die Arbeit »fürs Grobe«. Oft reicht eine solche Korrektur schon aus. Wenn Sie es aber ganz genau wissen wollen und vielleicht noch analysieren möchten, wo denn der dunkelste oder hellste Punkt des Fotos zu finden ist, dann gehen Sie folgendermaßen vor.

1 Aufnahme begutachten

Öffnen Sie »Downhill.tif«, und begutachten Sie das Bild. Zu wenig Zeichnung? Da schließe ich mich an. Die Farben leuchten nicht, das Foto hat einen Grauschleier.

© Lothar Wandtner/PIXELIO

◂ Abbildung 7.18
Leider ist dieses Foto ziemlich grau.

2 Schwellenwert benutzen

Zunächst muss der Schwarzpunkt (dunkelster Bereich der Tiefen) gefunden werden. Denn genau diesen Bereich wollen wir als Schwarz definieren. Aber welcher Bildbereich sollte das sein? Vielleicht die Hose des Radlers? Oder die Reifen? Der Rahmen des Rades? Schwer zu sagen. Wenn der Schwarzpunkt nicht eindeutig zu ermitteln ist, bedienen Sie sich eines einfachen Tricks. Wählen Sie Bild • Korrekturen • Schwellenwert. ■ (Zu meiner Bestürzung muss ich Ihnen mitteilen, dass es dafür gar keine Tastenkombination gibt.)

Schwellenwert

Bei Anwendung der Schwellenwert-Methode werden alle im Bild befindlichen Pixel auf Schwarz und Weiß reduziert. Je mehr der Schieber unterhalb des Histogramms nun nach links verschoben wird, desto mehr Pixel werden nach Weiß umgewandelt. Eine Verstellung nach rechts bedeutet, dass zunehmend schwarze Pixel eingerechnet werden.

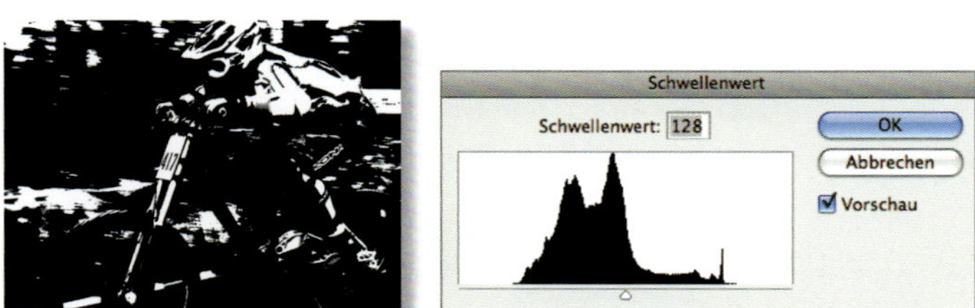

◂ Abbildung 7.19
Der recht überschaubare Schwellenwert-Dialog verwandelt das Foto in reales Schwarzweiß.

Reflexionen ignorieren

Bei der Aufnahme des Weißpunktes soll ja immer der hellste Punkt des Bildes ermittelt werden. Dabei gilt aber: Lassen Sie stark reflektierende oder extreme Helligkeiten heraus. Das Innere einer hell erleuchteten Glühlampe sollten Sie ebenso wenig zum Weißpunkt-Abgleich heranziehen wie Sonnenreflexionen oder die chromblitzende Stoßstange eines Autos. Anderenfalls würde das Bild zu dunkel – und solche Punkte *sollen* ja überstrahlen.

3 Schwarzpunkt ermitteln

Achten Sie auf das Histogramm im SCHWELLENWERT-Dialog. Dort stellen Sie nämlich den darunter befindlichen Schieber zunächst ganz nach links. Daraufhin dürfte das Foto komplett weiß sein. Regeln Sie nun vorsichtig zurück nach rechts, und stoppen Sie, sobald die ersten Konzentrationen schwarzer Bildelemente auftauchen.

Aber welche Stelle ist das nun? Anhand der wenigen Bildinformationen kann man das ja gar nicht genau sagen. Schalten Sie deshalb VORSCHAU im Dialogfeld mehrmals kurzzeitig aus. Aha, es handelt sich also um den Rahmen des Bikes.

4 Weißpunkt ermitteln

Nachdem Sie nun wissen, wo der dunkelste Punkt des Bildes ist, ermitteln Sie den hellsten (den Weißpunkt). Dazu bewegen Sie den Schwellenwert-Schieber ganz nach rechts. Eine anschließende Feinjustierung (nach links zurück) fördert das Ergebnis zutage: das Trikot des Sportlers. ■ Merken wir uns diesen Punkt also.

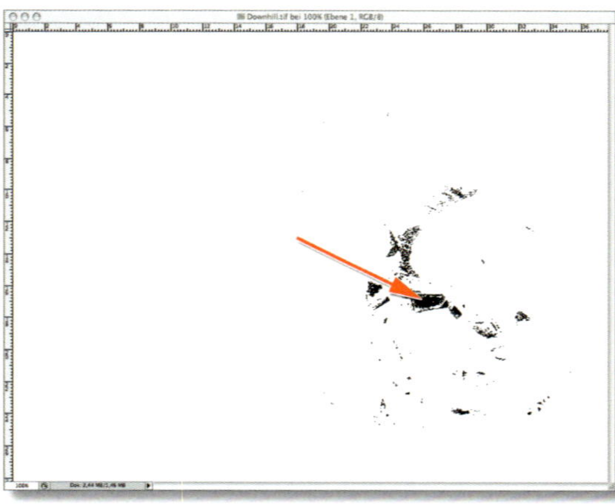

▲ **Abbildung 7.20**
Hier sollten die ersten schwarzen Bildbereiche sichtbar werden.

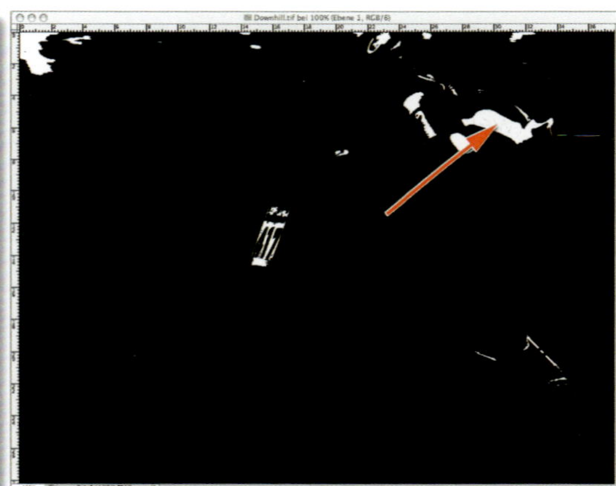

▲ **Abbildung 7.21**
Der hellste Punkt des Fotos

5 Schwellenwert-Dialog abbrechen

So seltsam es sich anhört: Der wichtigste Schritt ist nun, auf ABBRECHEN zu klicken. Ansonsten wäre eine Rückgewinnung der Bildinformationen im weiteren Verlauf ausgeschlossen (von Rückgängig-Funktionen einmal abgesehen).

6 Schwarzpunkt setzen

Öffnen Sie den Dialog TONWERTKORREKTUR (Strg/⌘+L). Rechts sehen Sie drei kleine Pipetten. Klicken Sie die linke (schwarz gefüllte) an, und markieren Sie den Punkt, der soeben als Schwarzpunkt definiert wurde.

◂ **Abbildung 7.22**
Dieser Mausklick wird das Foto enorm kräftigen.

Punkte korrigieren

Falls Sie versehentlich einmal einen falschen Punkt angewählt haben, klicken Sie einfach erneut auf die richtige Stelle. Möchten Sie zum ursprünglichen Zustand zurückkehren, ohne den TONWERTKORREKTUR-Dialog verlassen zu müssen, halten Sie einfach Alt/⌥ gedrückt. Dadurch wird die Schaltfläche ABBRECHEN zu ZURÜCK.

7 Weißpunkt setzen

Schalten Sie anschließend im TONWERTKORREKTUR-Dialog auf die rechte (weiß gefüllte) Pipette um, und klicken Sie auf den zuvor ermittelten Weißpunkt des Bildes ■, also das Shirt des Fahrers.

◂ **Abbildung 7.23**
Setzen Sie einen Mausklick auf diese Stelle.

8 Graupunkt setzen

Den folgenden Schritt sollten Sie nur dann machen, wenn Sie sicher sind, dass Sie eine Stelle im Foto ausfindig machen können, die exakt neutral grau ist. Wenn Sie nämlich hier statt eines neutralen Grautons eine Farbe erwischen, bringen Sie einen Farbstich ins Bild. Und das kann ja unmöglich Sinn und Zweck einer Korrektur sein.

Aktivieren Sie die mittlere Pipette, und klicken Sie damit auf den Schoner am Ellenbogen des Fahrers. Schauen Sie sich dazu die Abbildung an. Bestätigen Sie anschließend mit OK. (Sollten Sie jetzt einen Farbstich herbeigeführt haben, wiederholen Sie den Mausklick an einer leicht versetzten Stelle.)

Abbildung 7.24 ▸
Jetzt wird sogar noch die Farbe korrigiert.

▴ **Abbildung 7.25**
Hier sehen Sie das Ergebnis im direkten Vorher-nachher-Vergleich. ■

Checkliste: Tonwertkorrektur mittels Schwarz- und Weißpunkt

1. Ermitteln Sie den Schwarzpunkt.
2. Sollten Sie sich nicht sicher sein, öffnen Sie den Schwellenwert-Dialog über BILD • KORREKTUREN • SCHWELLENWERT.
3. Verschieben Sie den Regler ganz nach links und dann langsam zurück. Der erste Bildpunkt, der erscheint, ist der Schwarzpunkt.
4. Ermitteln Sie den Weißpunkt.
5. Sollten Sie sich nicht sicher sein, öffnen Sie den Schwellenwert-Dialog über BILD • KORREKTUREN • SCHWELLENWERT.
6. Verschieben Sie den Regler ganz nach rechts und dann langsam zurück. Der erste Bildpunkt, der erscheint, ist der Weißpunkt.
7. Klicken Sie im Dialog SCHWELLENWERT auf ABBRECHEN.
8. Öffnen Sie den Dialog TONWERTKORREKTUR.
9. Klicken Sie auf die linke, schwarze Pipette, und setzen Sie den Schwarzpunkt.
10. Klicken Sie auf die rechte, weiße Pipette, und setzen Sie den Weißpunkt.
11. Optional: Klicken Sie auf die mittlere Pipette, und setzen Sie einen Graupunkt.
12. Klicken Sie auf OK.

7.2.1 Messpunkte setzen

Die beiden so wichtigen Punkte innerhalb des Fotos hätten Sie übrigens auch vorab markieren können. Deshalb möchte ich kurz aufzeigen, wie das vonstattenginge. Allerdings gibt es noch eine Schwierigkeit dabei: Sie können nämlich keine Punkte setzen, während der SCHWELLENWERT-Dialog geöffnet ist. Deshalb erhalten Sie in der nächsten Schritt-für-Schritt-Anleitung einen nützlichen Tipp.

Schritt für Schritt: Tonwertkorrektur mit Messpunkten

Machen Sie die letzten Schritte noch einmal rückgängig, oder speichern Sie das Ergebnis unter einem anderen Namen. Danach öffnen Sie das Original »Downhill.tif«.

Bilder/Downhill.tif

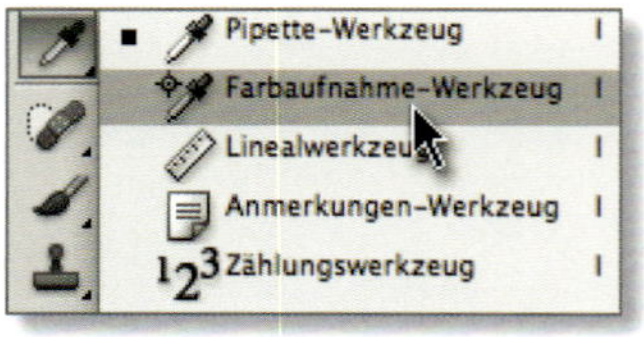

▲ **Abbildung 7.26**
Dieses Tool erzeugt Markierungen auf dem Foto.

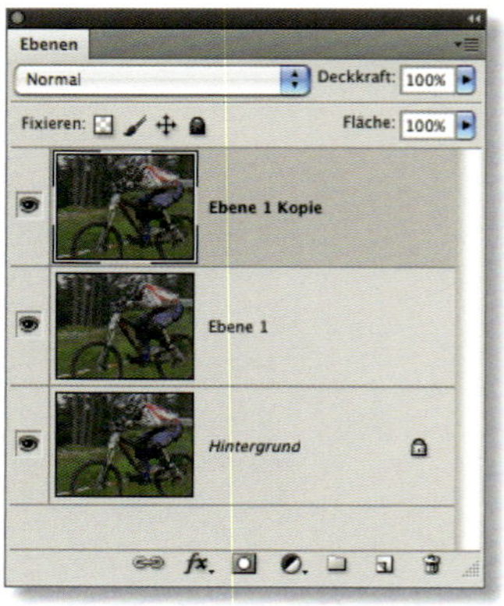

▲ **Abbildung 7.27**
Das Foto besteht aus drei gleichen Ebenen.

1 Farbaufnahme-Werkzeug einstellen

Aktivieren Sie in der Werkzeugleiste das Farbaufnahme-Werkzeug [I]. Es befindet sich in einer Gruppe mit dem Pipette-Werkzeug.

Duplizieren Sie die Ebene zweimal. Das geht am schnellsten, indem Sie zweimal [Strg]/[⌘]+[J] betätigen. Jetzt befinden sich drei Ebenen im Ebenen-Bedienfeld.

2 Schwellenwert anpassen

Gehen Sie in das Menü, und stellen Sie BILD • KORREKTUREN • SCHWELLENWERT ein. Danach suchen Sie auf die zuvor beschriebene Weise den Schwarzpunkt. Sie wissen ja: Regler nach links und dann langsam wieder nach rechts, bis die ersten Konzentrationen schwarzer Pixel auftauchen. Diesmal beenden Sie das Ganze aber mit OK.

3 Schwarzpunkt markieren

Markieren Sie jetzt die unterste Ebene (HINTERGRUND) innerhalb des Ebenen-Bedienfelds, und klicken Sie mit dem Farbaufnahme-Werkzeug auf die schwarzen Konzentrationen im Foto. Ein kleines Fadenkreuz wird sichtbar. (Den Hintergrund mussten Sie markieren, damit der Punkt nicht auf der Schwellenwert-Ebene landet. Diese wird nämlich im nächsten Schritt gelöscht.)

Abbildung 7.28 ▶
Der Schwarzpunkt ist markiert.

4 Ebene löschen

Löschen Sie jetzt die oberste Ebene im Ebenen-Bedienfeld, indem Sie diese mit gedrückter Maustaste auf den Papierkorb in der Fußleiste ziehen. Danach sollten noch der HINTERGRUND und EBENE 1 übrig sein.

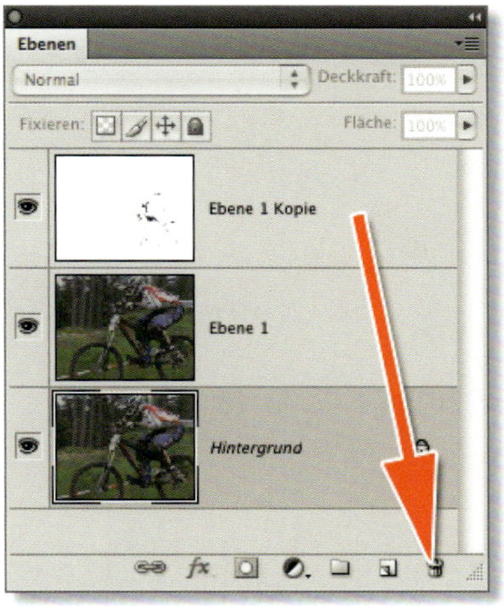

▲ **Abbildung 7.29**
Trennen Sie sich von der Schwellenwert-Ebene.

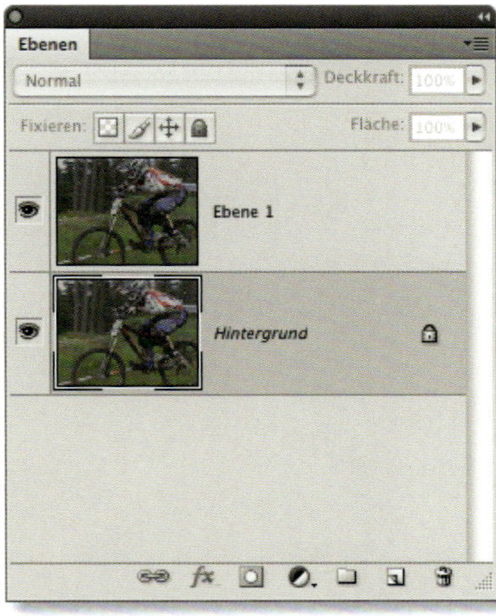

▲ **Abbildung 7.30**
Die Arbeitsdatei besteht jetzt noch aus Hintergrund und Ebene 1.

5 Weißpunkt markieren

Markieren Sie jetzt die oberste Ebene, und weisen Sie erneut den Schwellenwert zu. Suchen Sie hier den Weißpunkt, und bestätigen Sie ebenfalls mit OK. Jetzt aktivieren Sie wieder die unterste Ebene (Hintergrund) und platzieren auch hier wieder einen Pipetten-Punkt an der gewünschten Stelle.

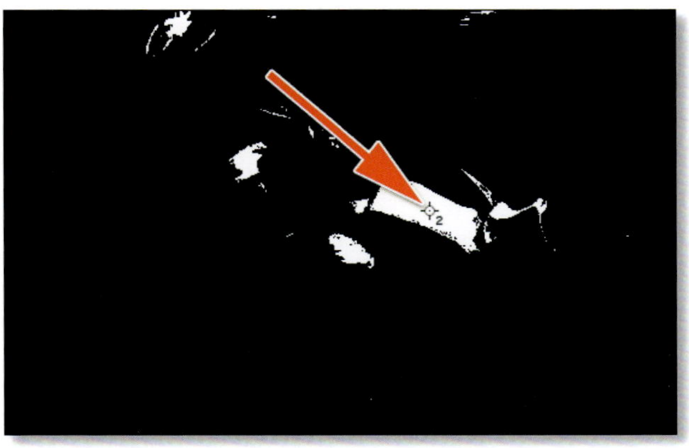

◄ **Abbildung 7.31**
Der zweite Messpunkt wird platziert.

6 Ebene löschen

Damit hat auch diese Schwellenwert-Ebene ihren Dienst verrichtet und kann gelöscht werden. Ziehen Sie sie dazu einfach auf den Papierkorb in der Fußleiste der Ebenen-Palette. Übrig bleibt der Hintergrund – nebst zwei Markierungen. Jetzt können Sie auf die zuvor beschriebene Weise mit der Tonwertkorrektur fortfahren.

Abbildung 7.32 ▸
Die Messpunkte vereinfachen das Auffinden der relevanten Stellen.

7 Aufnahmepunkte löschen

Sicher möchten Sie jetzt noch wissen, wie Sie die Farbaufnahme-Kreise wieder loswerden, oder? Nichts leichter als das: Ein Klick auf LÖSCHEN in der Optionsleiste macht ihnen den Garaus.

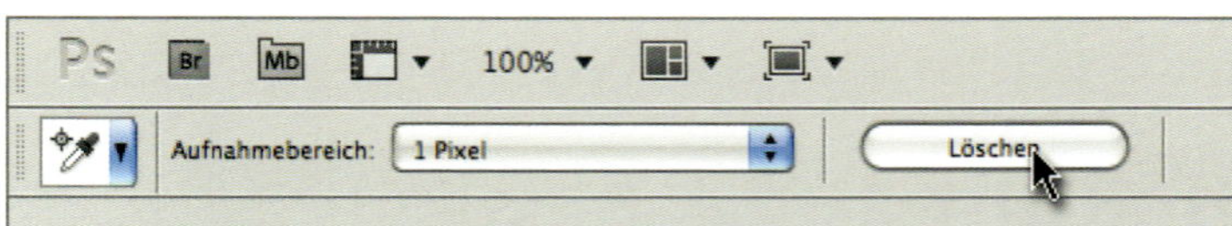

Abbildung 7.33 ▸
Die Punkte werden entfernt.

Checkliste: Tonwertkorrektur mit dem Farbaufnahme-Werkzeug

1. Aktivieren Sie das Farbaufnahme-Werkzeug [I].
2. Erzeugen Sie zwei Ebenen-Duplikate.
3. Wenden Sie auf die oberste Ebene den Modus SCHWELLENWERT an, und suchen Sie erste schwarze Pixelkonzentrationen. Bestätigen Sie mit OK.

4. Markieren Sie den Hintergrund, und setzen Sie ein Farbaufnahme-Kreuz.
5. Löschen Sie die oberste Ebene.
6. Wenden Sie auf die oberste Ebene den Modus SCHWELLENWERT an, und suchen Sie erste weiße Pixelkonzentrationen. Bestätigen Sie mit OK.
7. Markieren Sie den Hintergrund, und setzen Sie das zweite Farbaufnahme-Kreuz.
8. Löschen Sie die oberste Ebene.
9. Öffnen Sie den Dialog TONWERTKORREKTUR über [Strg]/[⌘]+[L].
10. Aktivieren Sie die Schwarz-Pipette, und klicken Sie damit auf das zuerst gesetzte Farbaufnahme-Kreuz.
11. Aktivieren Sie die Weiß-Pipette, und klicken Sie damit auf das zuletzt gesetzte Farbaufnahme-Kreuz.
12. Optional: Setzen Sie einen Graupunkt über die Grau-Pipette, sofern sich neutral graue Pixel im Bild ausmachen lassen.

7.3 Einstellungsebenen

Sie haben in den vorangegangenen Workshops bereits erfahren, wie Sie Tonwerte, Tiefen und Lichter sowie Schwellenwerte direkt beeinflussen können. Das Problem ist aber, dass diese Korrekturen tatsächlich »direkt« auf das Bild wirken.

7.3.1 Probleme bei der direkten Korrektur

Stellen Sie sich vor, Sie müssten das Foto jetzt doch noch einmal nachkorrigieren. Vielleicht haben Sie etwas übersehen, oder Sie bearbeiten das Foto für einen Auftraggeber, der nun einwendet, dass ihm die Korrektur doch ein wenig zu stark sei. Dann stehen Sie jetzt vor dem Problem, dass Sie eine erneute Korrektur auf Grundlage des bisherigen Ergebnisses machen müssten – und leider nicht auf Grundlage des Originals. Das bedeutet aber, dass Sie ein Foto korrigieren müssen, das schon längst nicht mehr über alle Bildinformationen verfügt. Die Qualität wäre dahin. Dazu ein Beispiel: Öffnen Sie doch einmal »Downhill.tif«. Drücken Sie [Strg]/[⌘]+[L], um den TONWERTKORREKTUR-Dialog zu öffnen, und betrachten Sie das Histogramm. Danach machen Sie das Gleiche mit »Downhill_fertig.tif« aus dem ERGEBNISSE-Ordner.

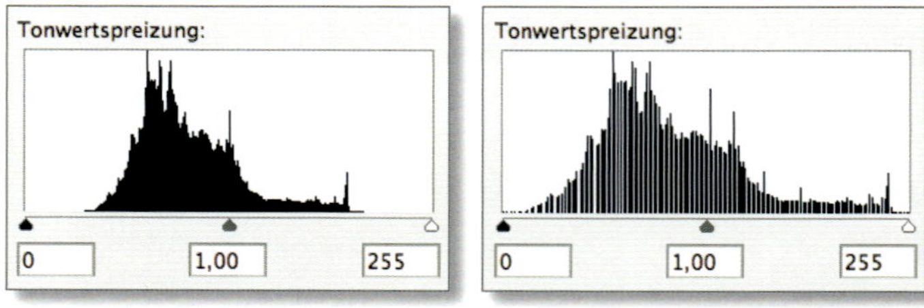

Abbildung 7.34 ▸
Das Histogramm des Originals (links) und des nachbearbeiteten Fotos (rechts).

Nun sehen Sie im rechten Histogramm (es repräsentiert das nachbearbeitete Foto) vertikal verlaufende weiße Linien. Diese sind ein Indiz dafür, dass es durch die Korrektur (die Tonwertspreizung) zu Bildverlusten gekommen ist. Diese Informationen sind jetzt verloren. Und Sie können sich denken, was passiert, wenn Sie eine erneute Korrektur vornehmen: Es kommt abermals zu Verlusten.

7.3.2 Einstellungsebenen statt Direktkorrektur

Genau hier greifen die Einstellungsebenen. Bei einer derartigen Korrektur werden die Einstelloptionen nämlich nicht direkt an das Bild übergeben, sondern in einer separaten Ebene gespeichert. Dadurch bleibt das Bild im Original unangetastet – und wirkt erst durch Hinzufügen einer Einstellungsebene entsprechend. Das sehen wir uns am besten mal in einem Workshop an.

Schritt für Schritt: Mit Einstellungsebenen korrigieren

Bilder/Einstellung.tif

Öffnen Sie das Beispielbild »Einstellung.tif«, und begutachten Sie es. Klar, es wirkt gräulich und trägt keine wirkliche Dynamik in sich.

▴ **Abbildung 7.35**
Hier muss eine Tonwertkorrektur her.

1 Einstellungsebene erstellen

Nun sind Einstellungsebenen prinzipiell in Photoshop ein alter Hut. Sie konnten Einstellungsebenen schon immer einsetzen, indem Sie das kleine Icon Einstellungsebene erstellen in der Fußleiste des Ebenen-Bedienfelds markiert haben (das schwarzweiße Kreis-Symbol).

Seit Photoshop CS4 ist das aber nicht mehr up to date, da die Anwendung seither eindrucksvoll um das Bedienfeld Korrekturen erweitert wurde (Fenster • Korrekturen). Klicken Sie doch einmal auf die zweite Schaltfläche. Sie ist in der QuickInfo mit NEUE TONWERTKORREKTUR-EINSTELLUNGSEBENE ERSTELLEN betitelt.

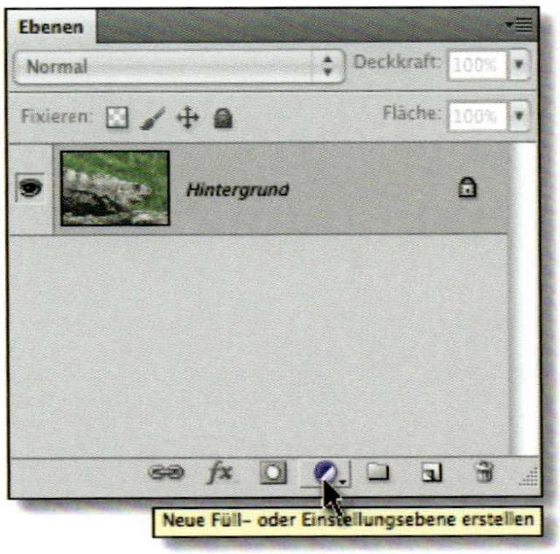

▲ **Abbildung 7.36**
Der ursprüngliche Weg führte über das Ebenen-Optionsfeld.

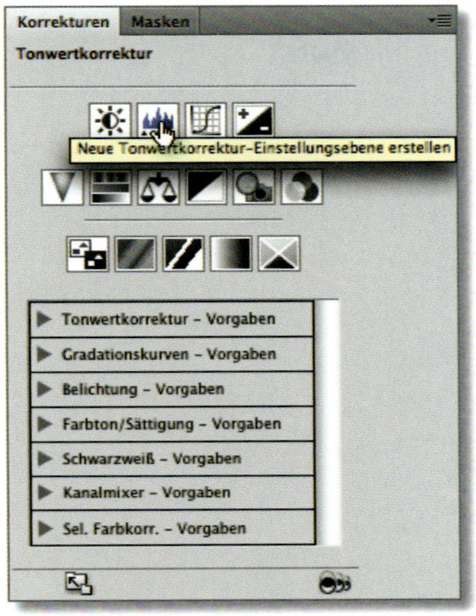

▲ **Abbildung 7.37**
Das KORREKTUREN-Bedienfeld ist gefüllt mit Korrekturoptionen.

Werfen Sie auch mal einen Blick auf das Ebenen-Bedienfeld. Hier wurde jetzt eine neue Ebene, die Einstellungsebene, hinzugefügt.

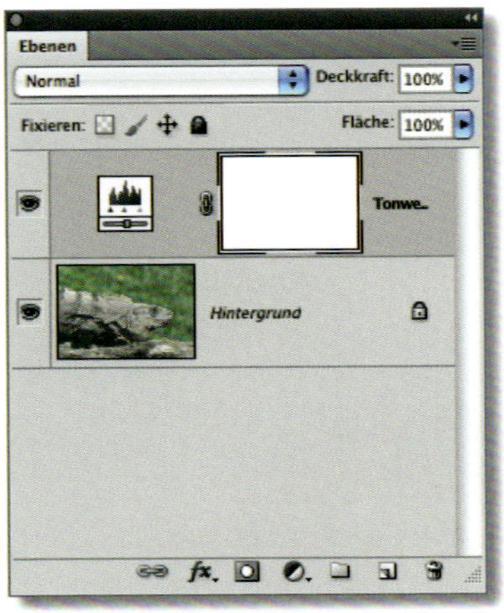

◄ **Abbildung 7.38**
Die Einstellungsebene TONWERTKORREKTUR wurde hinzugefügt.

2 Tonwerte einstellen

Das Korrekturen-Bedienfeld hat sich ebenfalls geändert. Hier sehen Sie jetzt nämlich ebenfalls ein Histogramm und die drei bereits bekannten Schieberegler (Schwarz, Weiß und Grau)

Histogramm aktualisieren

Das Histogramm repräsentiert die Werte, die tatsächlich im Foto vorhanden sind. Diese können noch einmal optimiert werden, sobald das Foto geöffnet ist. Dazu reicht ein Klick auf den Button ❶. Das Histogramm könnte sich dadurch noch ein wenig verändern.

unterhalb. Und damit lässt sich die Korrektur vornehmen. Schieben Sie den schwarzen Regler an das Histogramm heran. ■

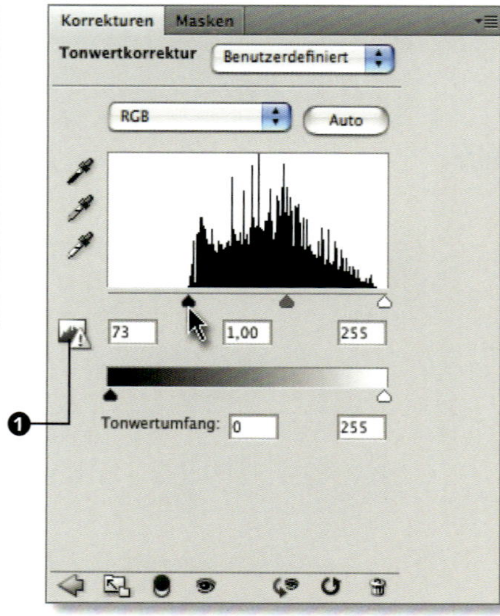

Abbildung 7.39 ▶
Das Foto wird direkt im Korrekturen-Bedienfeld eingestellt.

3 Graupunkt einstellen

Jetzt bewegen Sie noch den Graupunkt etwas nach links. Ein Wert um »1,20« sollte ausreichen. Das war's schon. Weitere interessante Optionen folgen im Anschluss. Einen Vorher-nachher-Vergleich können Sie übrigens erhalten, indem Sie das Augen-Symbol der Einstellungsebene kurzzeitig deaktivieren.

▼ **Abbildung 7.40**
So soll es sein: kräftige Kontraste für kräftige Reptilien.

7.3.3 Keine Bildverluste

Markieren Sie doch jetzt einmal die Ebene unterhalb der Einstellungsebene. Danach gehen Sie in BILD • KORREKTUREN • TONWERTKORREKTUR. Wie Sie sehen, ist dieses Histogramm trotz der Korrektur vollkommen unverändert. Das bedeutet: Auch das Foto selbst ist prinzipiell unverändert.

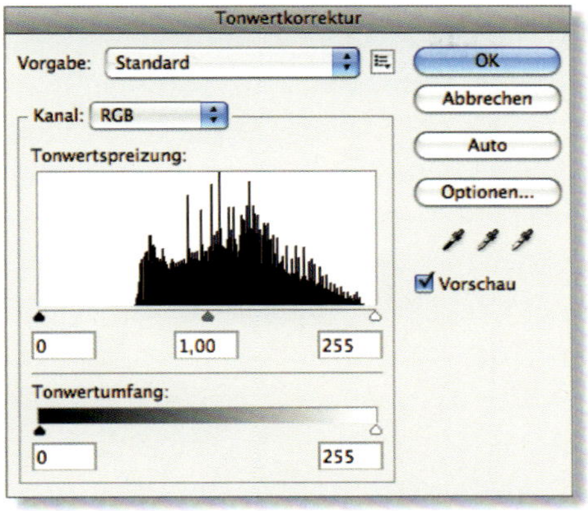

◂ **Abbildung 7.41**
Es haben keinerlei Veränderungen stattgefunden.

Wenn Sie jetzt noch einmal nachkorrigieren wollen, müssen Sie nichts weiter tun, als die Tonwertkorrektur-Ebene im Ebenen-Bedienfeld zu markieren – und schon steht Ihnen im Korrekturen-Bedienfeld wieder das Histogramm zur Verfügung. Und dort können Sie fortan verlustfrei korrigieren, so oft Sie wollen.

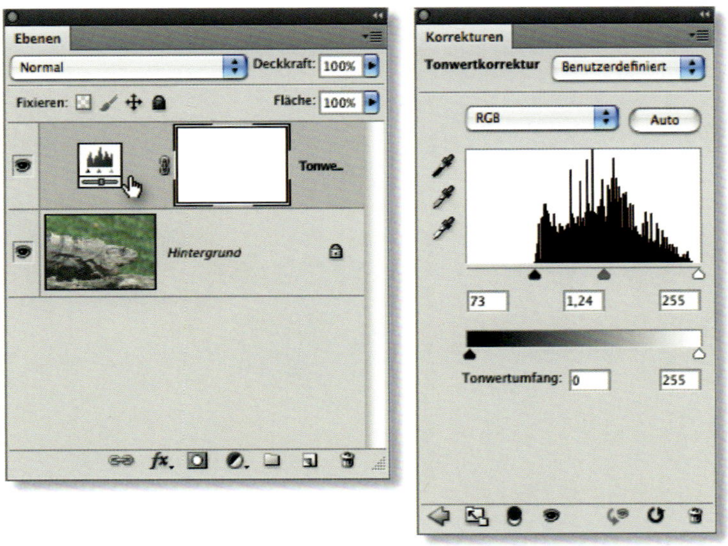

◂ **Abbildung 7.42**
Bei aktivierter Tonwertkorrektur-Ebene kann die Einstellung nachjustiert werden.

7.3.4 Einstellungsebene vs. Direktkorrektur

Aber warum soll nun ein Foto nicht immer mit einer Einstellungsebene korrigiert werden? Das Ganze funktioniert natürlich nur so lange, wie Sie auch ein Dateiformat benutzen, das Ebenen unterstützt (PSD, TIFF). Wenn keine Ebenen unterstützt werden, können auch keine Einstellungsebenen erhalten bleiben. Deshalb könnten Sie Folgendes daraus ableiten: Wenn Sie noch nicht genau wissen, ob Sie das Foto noch einmal nachjustieren müssen, sollten Sie auf jeden Fall eine Einstellungsebene verwenden. Wenn Sie das Foto hingegen definitiv nicht mehr nachkorrigieren werden, ist der direkte Weg über die Menü-Korrekturen empfehlenswert. Prinzipiell lässt sich aber auch mit einer Einstellungsebene arbeiten und das Foto anschließend über das Bedienfeld-Menü der Ebenen-Palette Auf Hintergrundebene reduzieren. (Alternativ geht es auch über das Menü Ebene • Auf Hintergrundebene reduzieren.) Das löst die Einstellungsebene auf und übergibt die Werte direkt an das Foto.

7.3.5 Einstellungsebenen maskieren

Mit Einstellungsebenen haben Sie aber noch eine zweite, herausragende Möglichkeit in petto. Sie können nämlich die Einstellungen maskieren, die soeben vorgenommen wurden. Das bedeutet: Sie bestimmen, wo die Korrektur greifen soll und wo nicht. Dazu markieren Sie zunächst die weiße Fläche auf der Einstellungsebene (Maskenminiatur).

▲ **Abbildung 7.43**
Für die punktuelle Bearbeitung muss die Maske angewählt sein.

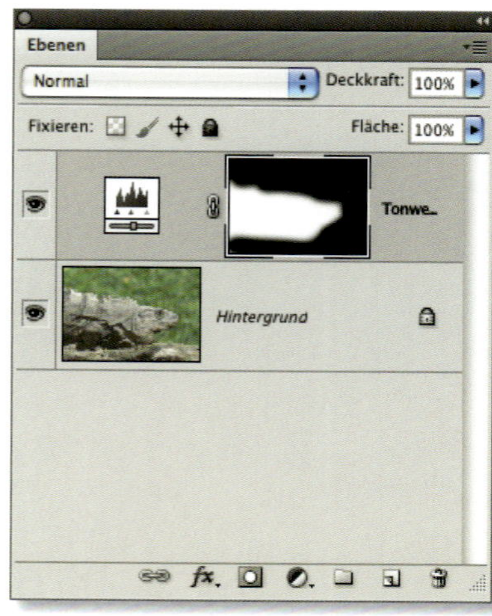

▲ **Abbildung 7.44**
Wo Tonwertkorrekturen greifen sollen, bestimmen Sie mit einer Maske.

Jetzt aktivieren Sie einen Pinsel [B] und malen mit schwarzer Vordergrundfarbe (zuerst [D], dann [X]) über alle Bereiche des Fotos, die nicht mit der soeben eingestellten Tonwertkorrektur versehen werden sollen (z. B. über den Stein und den Rasen hinter der Echse). Sollten Sie einmal zu viel übermalt haben, wissen Sie ja, was zu tun ist: [X] drücken, die Stelle noch einmal übermalen, erneut [X] drücken und weiter maskieren.

7.3.6 Korrekturen begrenzen

Wichtig ist noch zu wissen, dass sich die Korrektur jetzt auf alle Ebenen auswirkt, die sich unterhalb der Tonwertkorrektur-Ebene befinden. Wenn Sie also eine Komposition erstellt haben, auf der mehrere Ebenen sichtbar sind, wirkt sich die Einstellung auf das gesamte Bild aus. Wenn Sie das unterbinden wollen und eine Einstellungsebene nur Gültigkeit für die darunter befindliche Ebene haben soll, dann müssen Sie das folgendermaßen einstellen: Klicken Sie auf das Symbol mit den beiden Kreisen in der Fußleiste des Korrekturen-Bedienfeldes. Im Ebenen-Bedienfeld wird daraufhin die Tonwertkorrektur-Ebene eingerückt – ein Indiz dafür, dass sie jetzt nur auf die direkt darunter befindliche Ebene wirken kann.

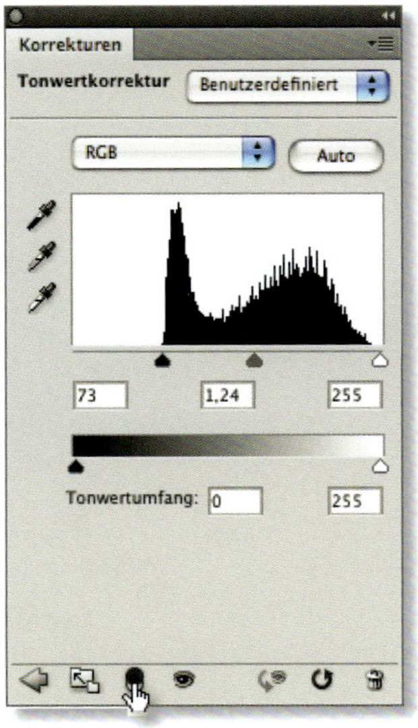

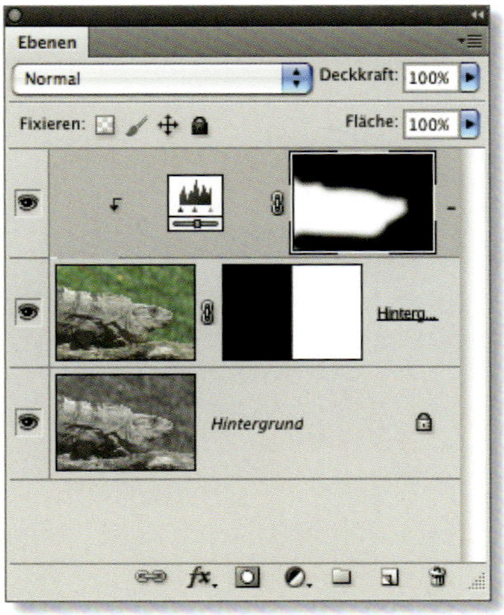

▲ **Abbildung 7.45**
Mal ehrlich – noch mehr Individualität bei der Bildkorrektur geht doch gar nicht, oder?

7.4 Helligkeit und Kontrast korrigieren

Als Kontrast bezeichnet man die Spanne zwischen dem hellsten und dem dunkelsten Punkt eines Bildes. Fotos mit hohem Kontrastumfang sind natürlich wesentlich ansprechender. Allerdings war es nicht immer unproblematisch, Helligkeits- und Kontrastveränderungen an einem Bild vorzunehmen. Gerade bei der Erhöhung von Kontrasten bestand oft die Gefahr, dass Details im Bild (wie z. B. dünne Äste und Ähnliches) verloren gingen. Da dem Ganzen aber mittlerweile ein veränderter Umrechnungsmodus zugrunde liegt, können Sie ruhig auch einmal mit HELLIGKEIT/KONTRAST nachhelfen – aber bitte nur dann, wenn der Korrekturbedarf insgesamt nicht allzu groß ist.

Schritt für Schritt: Bildkontraste verbessern

Bilder/Walking.tif

1 Bild duplizieren

Nachdem Sie das Beispielfoto »Walking.tif« geöffnet und begutachtet haben, sollten Sie es einmal duplizieren. Wir wollen nämlich zwei verschiedene Methoden anwenden und beide anschließend miteinander vergleichen. Entscheiden Sie sich deshalb für BILD • DUPLIZIEREN.

Abbildung 7.46 ▸
Auch dieses Foto vermittelt eher Waschküchen-Stimmung.

2 Helligkeit/Kontrast korrigieren

Klicken Sie im Korrekturen-Bedienfeld bitte einmal auf das schwarzweiße Sonnen-Symbol, also den ersten Button. Ziehen Sie den Schieberegler KONTRAST im Korrekturen-Bedienfeld ganz nach rechts. Sie sehen, dass Sie nicht mehr grenzenlos viel verstellen können. Helfen Sie mit einer Absenkung der HELLIGKEIT noch ein wenig nach.

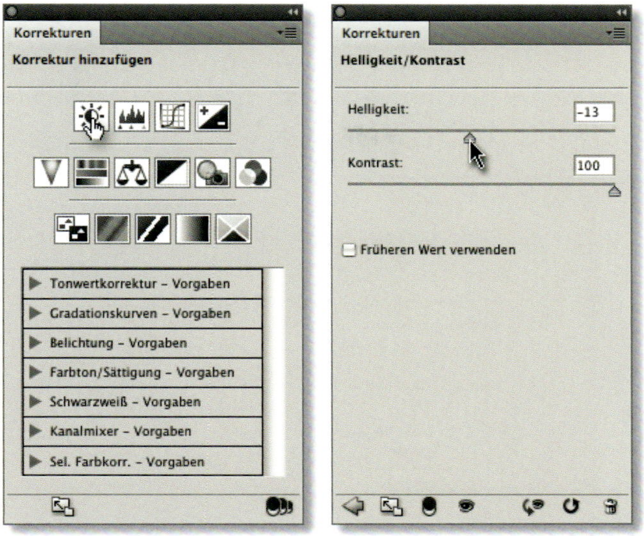

◂ **Abbildung 7.47**
Senken Sie die Helligkeit noch etwas ab.

3 Früheren Wert verwenden

Nur zur Info: Nun findet sich hier auch eine Checkbox mit dem klangvollen Namen Früheren Wert verwenden. Wenn Sie diese aktivieren würden, könnten Sie viel mehr nachregulieren. Aber das Ganze ist deshalb problematisch, weil jetzt wieder Details im Bild verloren gehen. Sie können das gern einmal ausprobieren. Achten Sie auf das Geäst im Hintergrund und die Streben des Geländers. Hier gehen Details verloren. Keine gute Funktion also, weshalb Sie Früheren Wert verwenden lieber abwählen und die Einstellparameter des vorangegangenen Schrittes wieder anwenden sollten.

◂ **Abbildung 7.48**
Mit zunehmender Korrektur-Intensität verschwinden die Details im Geäst.

4 Kontrast kanalweise verbessern

Jetzt markieren Sie bitte das andere Foto, das Sie im ersten Schritt erstellt haben, und gehen hier über das Menü Bild • Kor-

REKTUREN • TONWERTKORREKTUR. Klicken Sie hier einmal auf den Button OPTIONEN. Im folgenden Dialog entscheiden Sie sich für den Radiobutton KONTRAST KANALWEISE VERBESSERN. Verlassen Sie beide Dialoge mit einem Klick auf OK.

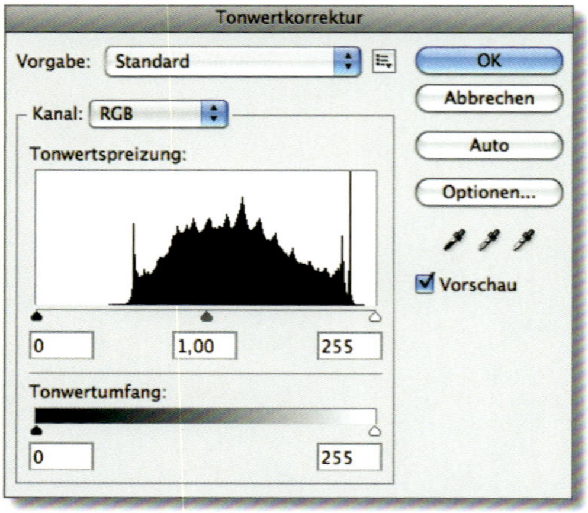

▲ **Abbildung 7.49**
Der TONWERTKORREKTUR-Dialog wartet noch mit einem eigenen Optionsdialog auf.

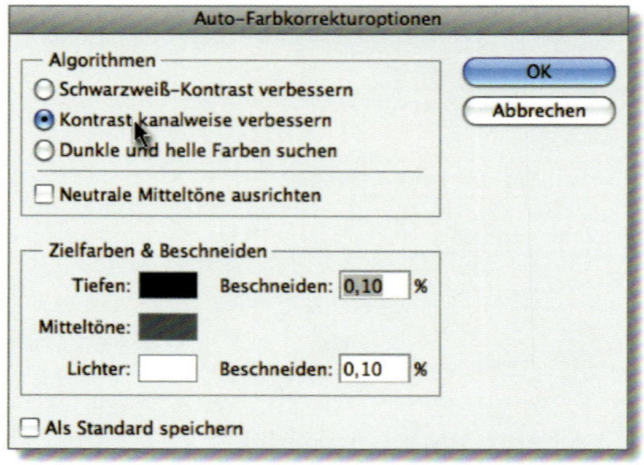

▲ **Abbildung 7.50**
Hier lassen sich die Kontraste automatisch und zudem kanalweise verbessern.

Na, welches der beiden korrigierten Fotos gefällt Ihnen besser? Die letzte Datei ist mit »Walking_fertig.tif« betitelt und befindet sich im ERGEBNISSE-Ordner.

▲ **Abbildung 7.51**
Ein Foto, drei Ergebnisse: links das Original, in der Mitte die Kontrastkorrektur, rechts die kanalweise Kontrastkorrektur. ■

7.5 Abwedeln und Nachbelichten

Neben den klassischen Korrekturmöglichkeiten hält Photoshop auch Werkzeuge bereit, die sich direkt auf das Bild anwenden lassen. Damit können Sie dann die Belichtung ganz individuell steuern und geradezu auf das Bild »auftragen«.

Schritt für Schritt: Belichtung punktuell verbessern

Das Foto »Nachbelichten.tif« soll jetzt punktuell bearbeitet werden.

Bilder/Nachbelichten.tif

1 Ebene duplizieren

Öffnen Sie das Beispielfoto, und stellen Sie ein Duplikat der Ebene her, indem Sie Ebene • Neu • Ebene durch Kopie wählen. (Obwohl es ja eigentlich schneller über Strg/⌘+J ginge.) Die Kopie ist zwar für das Ergebnis nicht erforderlich, aber so erhalten Sie später einen komfortablen Vorher-nachher-Vergleich.

© Bernd Sterzl/PIXELIO

◂ **Abbildung 7.52**
Hier werden jetzt Abwedler und Nachbelichter eingesetzt.

2 Nachbelichter aktivieren

Suchen Sie in der Toolbox das Nachbelichter-Werkzeug aus. Es befindet sich standardmäßig hinter dem Abwedler.

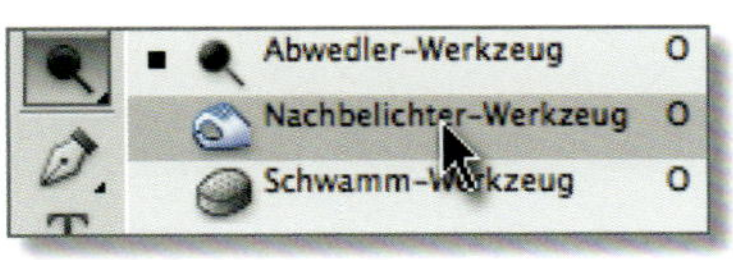

◂ **Abbildung 7.53**
Mit dem Nachbelichter geht es weiter.

3 Werkzeug einstellen

Der Nachbelichter erlaubt es, Fotos stellenweise abzudunkeln. Und genau das sollten Sie jetzt mit dem Moos machen. Zunächst müssen Sie das Tool aber in der Optionsleiste einstellen. Nehmen Sie eine weiche Pinselspitze von etwa 80 Px. Stellen Sie zudem die Mitteltöne ein, und verwenden Sie eine Belichtung von 50% (dies regelt die Intensität des Werkzeugs). Achten Sie darauf, dass Tonwerte schützen aktiv ist. Das sorgt dafür, dass die Beschneidung von Tiefen und Lichtern bei der anschließenden Korrektur möglichst gering gehalten wird. So bleiben die Strukturen erhalten.

Abbildung 7.54 ▸
So sollte der Nachbelichter eingestellt sein.

4 Abwedeln und nachbelichten

Wischen Sie jetzt vorsichtig über das Moos, das daraufhin dunkler wird. Wenn Sie das Holz im Gegenzug etwas aufhellen wollen, schalten Sie auf den Abwedler um, und benutzen Sie auch hier eine weiche Spitze. Allerdings sollten Sie die Belichtung auf maximal »30%« heruntersetzen. Der Abwedler reagiert ansonsten zu stark. Wischen Sie damit über die Kopffläche des Baumstamms.

5 Bilder vergleichen

Einen Vorher-nachher-Vergleich erhalten Sie, indem Sie die oberste Ebene vorübergehend ausschalten. Am Schluss sollten Sie einmal Strg/⌘+E drücken, damit beide Ebenen zu einer verschmolzen werden.

▾ Abbildung 7.55
So lässt sich die Belichtung steuern.

Kapitel 8

Farbkorrekturen

Korrekturen und Verfremdungen

- Wie verändere ich Gradationskurven?
- Wie wird Farbe in Bildern durch eine andere ersetzt?
- Wie korrigiere ich die Sättigung?
- Wie kann ich Farben verfremden?
- Wie werden die Farben eines Bildes auf ein anderes übertragen?
- Wie wird koloriert?
- Wie kann ich die Farbe aus Bildern entfernen?

8 Farbkorrekturen

Tonwertspreizung? Gradationskurven? Sättigung? Da kann einem ja schwindelig werden! Es besteht aber überhaupt kein Grund, vor diesen Begriffen zurückzuschrecken. Sie werden sehen, dass die Bezeichnungen selbst viel befremdlicher sind als die Anwendung dieser Funktionen. Wetten, dass Sie am Ende des Kapitels genauso denken? Mit diesen seltsam klingenden Techniken holen Sie nämlich aus Ihren Bildern das Allerletzte heraus – und erreichen Ergebnisse, die sich wirklich sehen lassen können.

8.1 Farben über Gradationskurven sättigen

Video-Training
Wie Gradationskurven funktionieren zeigt auch Lektion 3.3 auf der Buch-DVD.

Bei der Veränderung durch die Tonwertkorrektur (siehe das vorangegangene Kapitel) haben Sie Einfluss auf zwei wesentliche Punkte eines Bildes – den Schwarz- und den Weißpunkt. Falls neutrales Grau vorhanden ist, können Sie auch noch auf diesen Punkt einwirken. Das hat natürlich intern auch Auswirkungen auf die Farben und Farbkanäle. Ähnlich verhält es sich mit der Gradation. Allerdings gewinnt man bei einer Veränderung der Gradation noch mehr den Eindruck, die Farben würden gekräftigt. Hier wird nämlich der gesamte Tonwertbereich der Farbkanäle beeinflusst. Das heißt, die Farben können intensiviert werden und kommen somit satter heraus.

8.1.1 Gradation im gesamten Foto anheben

Nun ist es überhaupt nicht schlimm, wenn das blaue Meer etwas blauer, die grüne Palme etwas grüner und der goldgelbe Sand etwas goldgelber ist. Aber soll die rote Haut noch etwas röter werden? Das geht doch nicht. Daher wollen wir den Gebrauch der Gradationskurven anhand zweier Beispiele vertiefen. Beginnen wir mit der »Mehr-Farbe-ist-toll-Variante«.

Schritt für Schritt: Gradation im gesamten Foto verbessern

Die Beispieldatei »Gradation_01.tif« könnte ein wenig Aufarbeitung vertragen. Die Zeichnung fehlt, und die Farben dürften ebenfalls etwas kräftiger erscheinen.

Bilder/Gradation_01.tif

© Robert Klaßen

◂ **Abbildung 8.1**
Hier sind kräftige Farben leider Fehlanzeige.

1 Einstellungsebene erzeugen

Prinzipiell lassen sich die Gradationskurven über Strg/⌘+M oder Bild • Korrekturen • Gradationskurven aktivieren. Dabei werden die Korrekturen aber direkt an das Bild übergeben. Damit Sie aber auf Veränderungen auch nachträglich noch effektiv zugreifen können, wollen wir hier mit einer Einstellungsebene arbeiten. Immerhin sorgen Korrekturen mit Einstellungsebenen dafür, dass das Originalfoto selbst nicht verändert wird. Die eigentliche Korrektur erfolgt auf einer separaten Ebene, die ihrerseits das Erscheinungsbild des Fotos ändert – nicht jedoch das Foto selbst. Entscheiden Sie sich deshalb für den dritten Button des Korrekturen-Bedienfelds, Gradationskurven. Sollte das Korrekturen-Bedienfeld nicht sichtbar sein, wählen Sie aus der Menüleiste Fenster • Korrekturen.

▴ **Abbildung 8.2**
Zunächst erzeugen Sie eine Gradationskurven-Einstellungsebene.

2 Histogramm bereinigen

Setzen Sie anschließend einen Mausklick auf den kleinen Button unten links ❶. Sie wissen ja, dass dadurch das Histogramm zunächst bereinigt, sprich: auf den aktuellen Stand gebracht wird. Daraufhin verschwindet dieser Button übrigens.

Gradation mit Pipetten

Zunächst fällt auf, dass auch hier Pipetten zur Verfügung stehen. Sie sind also imstande, die Gradation nach dem gleichen Muster durchzuführen, wie in Abschnitt 7.2, »Tonwertkorrektur«, beschrieben. In der Praxis bietet sich aber nicht selten die hier beschriebene S-Kurven-Methode an.

Die S-Kurve ist Trumpf

Sie sollten sich das mit der S-Kurve gut merken, denn sie lässt sich auf alle Bilder anwenden, bei denen es nicht darum geht, Farbstiche zu korrigieren. Wenn Sie also ein farbharmonisches Bild aufwerten möchten, versuchen Sie es immer zuerst mit einer S-Kurve.

Grundlinienansicht

Sie sehen, dass trotz Verstellung der Kurve die ursprüngliche Diagonale als Referenz erhalten bleibt. Sie wird weiterhin schwachgrau im Hintergrund angezeigt. Verantwortlich dafür ist die Checkbox GRUNDLINIE, die über den Eintrag KURVENANZEIGEOPTIONEN (im Fenstermenü) zu erreichen ist.

3 Gradationskurve erzeugen

Nachdem Sie die Hinweise im Kasten gelesen haben ■, wollen wir uns Gedanken über die Kurve machen ... Kurve? Welche Kurve? Stimmt, derzeit handelt es sich lediglich um eine Diagonale, die sich über die Anzeigefläche erstreckt. Aber klicken Sie die Linie doch einmal im oberen rechten Drittel an, und ziehen Sie sie etwas nach oben, ehe Sie die Maustaste loslassen. Gehen Sie hier aber bitte vorsichtig zu Werke, und orientieren Sie sich an Abbildung 8.3.

Wiederholen Sie den Vorgang, indem Sie die Tangente im unteren linken Drittel anklicken und etwas nach unten ziehen. Sie erreichen so eine S-Kurve – eine typische Methode, um Bilder satter zu machen. ■ Hier dürfen Sie auch ruhig etwas mehr ziehen.

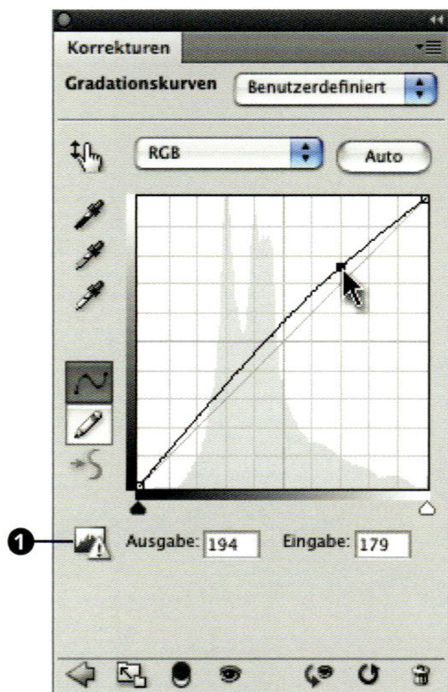

▲ **Abbildung 8.3**
Die erste Anhebung der Gradation

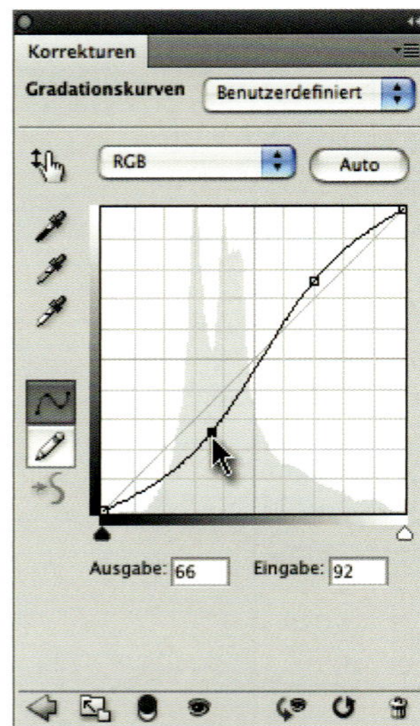

▲ **Abbildung 8.4**
Formen Sie eine S-Kurve – die klassische Methode, um Gradationen merklich anzuheben. ■

4 Blau-Kanal aktivieren

Bevor Sie aber nun auf OK klicken, stellen Sie doch im Flyout-Menü RGB noch BLAU ein. Da wir einmal dabei sind, sollten wir auch gleich den recht hohen Blau-Anteil im Foto etwas reduzieren. Sie werden sehen, dass dadurch auch das leuchtende Grün viel besser zur Geltung kommt.

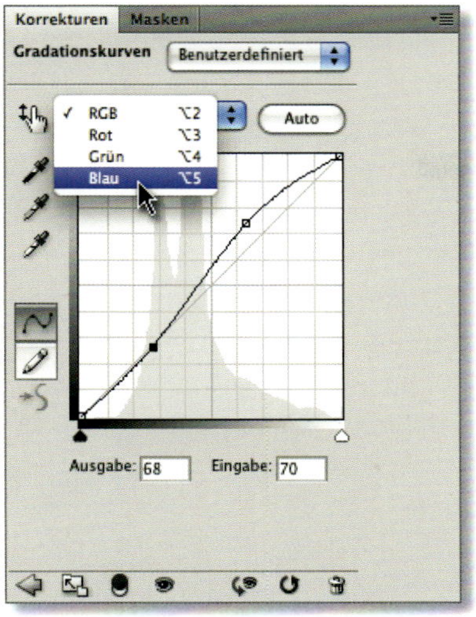

◂ **Abbildung 8.5**
Wechseln Sie auf den Blau-Kanal.

5 Farbbereich ermitteln

Bisher haben Sie ja alle Farbbereiche im Bild bearbeitet (RGB): Jetzt soll nur ein Kanal verändert werden – aber nicht irgendein Ton darin, sondern ein ganz bestimmter. Schalten Sie deshalb oben links den Direkt-Button ❷ ein. Dieser ermöglicht die Änderung der Gradation direkt im Foto.

Raster verändern

Klicken Sie, während Sie Alt/⌥ gedrückt halten, in das große, weiße Feld in der Mitte (nicht auf die Diagonale). Das Raster wird dadurch verfeinert. Führen Sie den Schritt erneut aus, um wieder zum groben Raster zu gelangen.

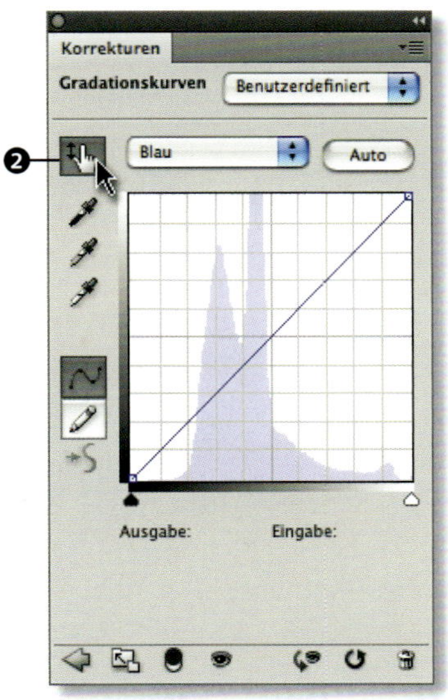

▴ **Abbildung 8.6**
Schalten Sie den Direkt-Button ein.

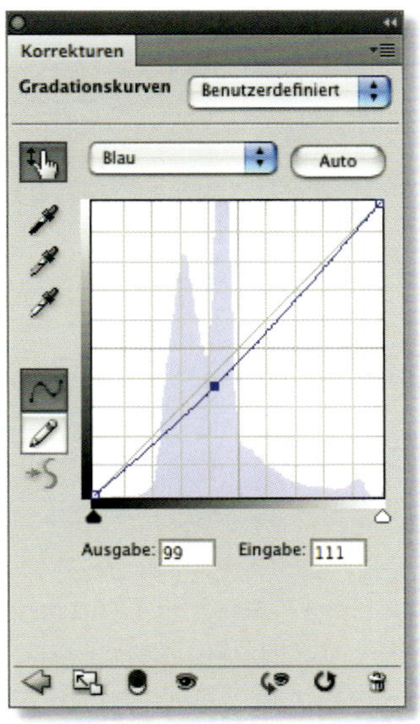

▴ **Abbildung 8.7**
Sobald Sie im Bild etwas ändern, fügt Photoshop automatisch einen Punkt hinzu und verschiebt ihn.

Dieser tolle Button macht es möglich, in das Bild hineinzuklicken und dort (also in dem Farbbereich, auf den Sie geklickt haben) direkt die Farbe zu verändern. Für dieses Workshop-Beispiel bedeutet das: Klicken Sie auf einen Bereich des Gewässers, der ziemlich gleichmäßig ist, halten Sie die Maustaste gedrückt, und bewegen Sie die Maus vorsichtig nach unten. Damit reduzieren Sie den Blau-Anteil, während Sie ihn mit einer Bewegung nach oben erhöhen würden. Schauen Sie sich an, wie sich die Farben im Foto verändern. Aber nicht nur das – auch die Gradationskurve für den Blau-Kanal ändert sich (siehe Abbildung 8.7).

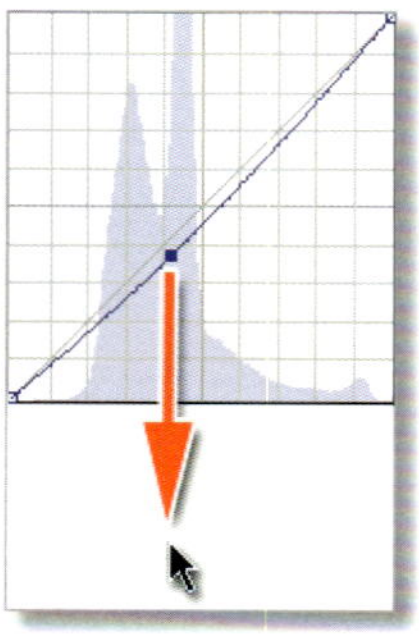

▲ **Abbildung 8.8**
Fehlerhafte Kurvenpunkte werden einfach aus dem Gradationskurven-Feld herausgezogen.

6 Optional: Änderung korrigieren

Nun kann es ja durchaus einmal passieren, dass sich das gewünschte Ergebnis nicht einstellt – weil Sie beispielsweise eine falsche Position im Bild markiert haben. Meist wäre ein Farbstich die Folge. In diesem Fall klicken Sie einfach auf das kleine Quadrat, das der Gradationskurve hinzugefügt wurde, halten die Maustaste gedrückt und ziehen diese Markierung einfach aus dem Gradationskurven-Feld heraus. Wenn Sie die Maustaste außerhalb des Kurvenfelds loslassen, ist der Punkt verschwunden und die letzte Einstellung verworfen.

▲ **Abbildung 8.9**
Und hier sehen Sie das Ergebnis der umfangreichen Korrekturbemühungen. ■

Checkliste: Farben in Landschaftsaufnahmen verbessern

1. Erstellen Sie über das Bedienfeld KORREKTUREN eine Einstellungsebene GRADATIONSKURVEN.
2. Um Bilder farblich satter wirken zu lassen, erstellen Sie eine S-Kurve: Die Tangente im unteren Drittel ziehen Sie nach unten, die Tangente im oberen Drittel nach oben.

3. Wenn Sie eine spezielle Farbe bearbeiten möchten, aktivieren Sie den jeweiligen Kanal (im Beispiel Blau).
4. Schalten Sie die Direkt-Schaltfläche ein.
5. Markieren Sie eine Stelle innerhalb des Bildes, deren Farbe verändert werden soll. Halten Sie die Maustaste gedrückt, und verschieben Sie die Maus nach oben oder unten.

8.1.2 Sättigung partiell anheben

Hat Ihnen die »Mehr-Farbe-ist-toll-Methode« gefallen? Dann sollten Sie auch noch die »Mehr-Farbe-an-den-richtigen-Stellen-ist-toll-Methode« kennenlernen. Sie werden damit nämlich nicht das komplette Bild, sondern nur einzelne Bereiche anheben.

Schritt für Schritt: Gefieder sättigen

Bilder/Gradation_02.tif

Die Aufnahme in »Gradation_02.tif« ist farblich eigentlich ganz in Ordnung. Allerdings könnte man das Gefieder noch ein wenig kräftigen, was meinen Sie? Das Problem dabei ist nur, dass dann auch der Hintergrund gekräftigt würde. Und das kann das Foto nicht mehr vertragen.

© Robert Klaßen

◂ **Abbildung 8.10**
Bei diesem Foto soll nur das Gefieder gekräftigt werden.

1 Gradationskurve erzeugen
Nachdem Sie zunächst das Histogramm wieder bereinigt haben (siehe Schritt 2 des vorangegangenen Workshops), aktivieren Sie wieder den dritten Button innerhalb des Korrekturen-Bedienfelds. Erzeugen Sie eine S-Kurve. Wie das geht, haben Sie ja im letzten Workshop in Erfahrung gebracht.

Nun kann das Foto eine Kräftigung ganz gut vertragen. Ziehen Sie die Punkte also ruhig etwas weiter auseinander als im vorangegangenen Workshop. Sie sollten sich zudem zu keiner Zeit am Hintergrund, sondern ausschließlich am Gefieder orientieren.

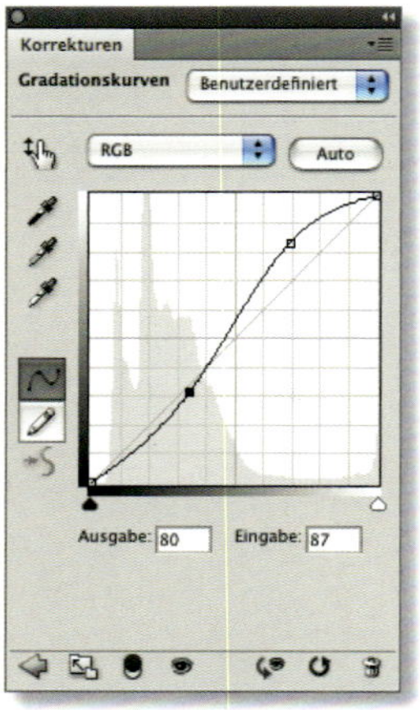

▲ **Abbildung 8.11**
Auch hier muss wieder eine S-Kurve her.

▲ **Abbildung 8.12**
Jetzt ist das Foto eigentlich viel zu kräftig und zu dunkel.

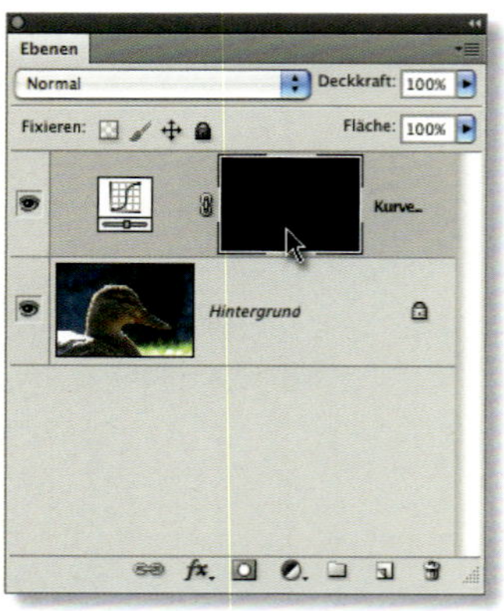

▲ **Abbildung 8.13**
Wenn die Maske schwarz ist, erscheint die Änderung der Gradation nicht mehr im Bild.

2 Maskenfarbe umkehren

Widmen Sie sich jetzt dem Ebenen-Bedienfeld. Die Maskenminiatur der oberen Ebene (Einstellungsebene) ist jetzt komplett weiß. Das bedeutet: Alles auf der Ebene ist sichtbar. Somit können Sie die Auswirkungen der Gradationsveränderung auch direkt im Bild sehen. Das ändert sich, wenn Sie einmal Strg/⌘+I drücken. Alternativ dazu können Sie auch einmal auf den Button UMKEHREN innerhalb des Masken-Bedienfelds klicken. Dadurch wird die Maskenminiatur schwarz, und die gesamte Gradationsveränderung ist aus dem Bild verschwunden.

3 Ebene demaskieren

Jetzt sorgen Sie dafür, dass Weiß als Vordergrundfarbe eingestellt wird (drücken Sie D), und nehmen einen Pinsel (B drücken) zur Hand. Sollte der Buntstift eingestellt sein, drücken Sie zweimal ⇧+B. Stellen Sie die weiche Spitze mit einer GRÖSSE von etwa »100 Px« im Modus NORMAL bei 100% DECKKRAFT und 100% FLUSS ein. Malen Sie damit über das Gefieder und den Schnabel des Tiers.

4 Maske korrigieren

Wenn Sie Bereiche des Hintergrunds erwischen, drücken Sie X (das wählt Schwarz zur Vordergrundfarbe) und malen erneut über diese Stelle. Das sollten Sie übrigens auch mit dem Auge machen, da es ansonsten zu dunkel wird. Danach betätigen Sie abermals [X], um mit der Demaskierung fortfahren zu können. Mit der Zeit sollte die Maske auch im Ebenen-Bedienfeld Formen annehmen.

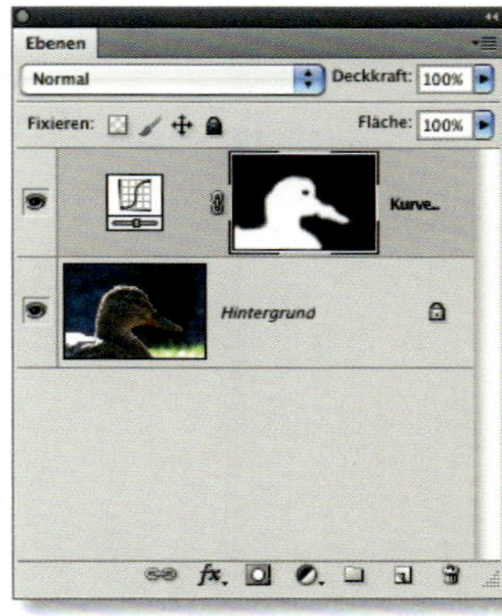

▲ **Abbildung 8.14**
Die Maske formt sich langsam.

5 Optional: Ebene duplizieren

Nun gibt es drei Möglichkeiten:

- Möglichkeit 1: Sie sind mit der Arbeit zufrieden. Dann drücken Sie noch [Strg]/[⌘]+[E], damit die Einstellungsebene aufgelöst wird. Somit ist der Workshop hier für Sie erledigt.
- Möglichkeit 2: Die Färbung des Gefieders ist zu stark geworden. In diesem Fall reduzieren Sie schlicht die Deckkraft der Einstellungsebene etwas.
- Möglichkeit 3: Die Färbung ist zu schwach geworden. Dann betätigen Sie [Strg]/[⌘]+[J], damit die Einstellungsebene erneut kopiert und somit in der Wirkung hinzugerechnet wird. Falls erforderlich, können Sie jetzt die Deckkraft der obersten Ebene herabsetzen. Reduzieren Sie am Schluss aber sämtliche Ebenen auf den Hintergrund. Sie wissen ja: Das gelingt mit [Strg]/[⌘]+[E] oder Ebene • Auf Hintergrundebene reduzieren.

▼ **Abbildung 8.15**
Das Gefieder wurde gekräftigt, ohne dass der Hintergrund eine Farbveränderung erfahren hat.

Checkliste: Farben in Bildbereichen mittels Gradation verbessern

1. Wenden Sie die Gradationskurven über das Korrekturen-Bedienfeld an.
2. Erzeugen Sie eine S-Kurve.
3. Wandeln Sie die Maske der Einstellungsebene mit [Strg]/[⌘]+[I] um.

4. Aktivieren Sie den Pinsel [B].
5. Malen Sie über alle Bildbereiche, die von der Gradation betroffen sein sollen.

8.2 Farben im Bild austauschen

Sie haben bisher erfahren, wie Sie Farben aufwerten und einzelne Bereiche herausarbeiten können. Das Ziel war in jedem Fall eine Kräftigung der Originalfarben. Farbverfremdung ist aber ebenfalls eine Stärke von Photoshop.

Schritt für Schritt: Kissen umfärben

Bilder/Kissen.tif

Also gut – das Ambiente ist behaglich. Aber rote Kissen sind nun mal nicht jedermanns Sache. Deshalb wollen wir versuchen, die Kissen umzufärben.

© RainerSturm/PIXELIO

Abbildung 8.16 ▸
Rote Kissen sind nicht jedermanns Geschmack.

1 Ebene duplizieren

Zunächst benötigen Sie ein Duplikat der Ebene. Möglicherweise müssen Sie am Schluss ein wenig maskieren, damit alles passt. Drücken Sie deshalb einmal [Strg]/[⌘]+[J].

2 Farbton/Sättigung aufrufen

Prinzipiell ist es ja nicht schwer, die Farben im Bild anzupassen. Denn Sie könnten über Bild • Korrekturen • Farbton/Sättigung gehen und schlicht den Regler Farbton verschieben. Aber mal ehrlich: Dass dabei die gesamte Wohnung in Mitleidenschaft gezogen wird, ist nicht sonderlich professionell. Und ein grünes Sofa? Dann doch lieber rote Kissen, oder? Brechen Sie den Dialog deshalb gleich wieder ab.

◄ **Abbildung 8.17**
Ein solches Depri-Ambiente geht gar nicht.

3 Farbton einstellen

Gehen Sie abermals in das Menü BILD • KORREKTUREN • FARBTON/SÄTTIGUNG. Sie können dazu übrigens auch [Strg]/[⌘]+[U] drücken, damit Sie noch schneller am Ort des Geschehens sind. Diesmal werden Sie jedoch nicht gleich den FARBTON-Regler verschieben, sondern zunächst einmal eine Farbe definieren. Schalten Sie deshalb im Pulldown-Menü STANDARD auf ROTTÖNE um.

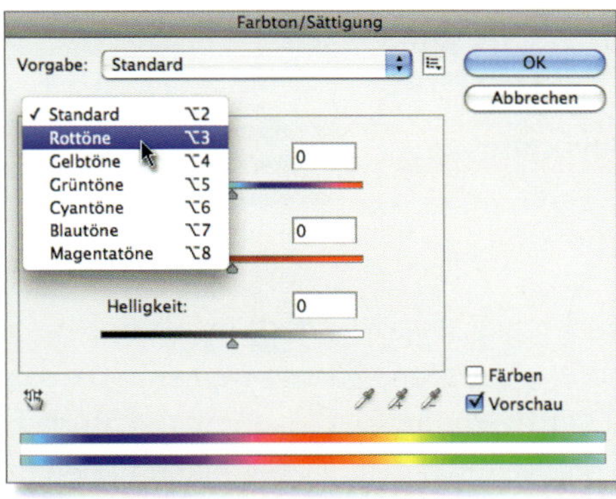

◄ **Abbildung 8.18**
Wählen Sie den Eintrag ROTTÖNE aus.

4 Grundfarbton aufnehmen

Durch diese Aktion wurde die linke der drei Pipetten unten rechts aktiviert. Damit können Sie das Rot, das geändert werden soll, genauer bestimmen. Stellen Sie dazu die Maus auf das Bild (der Mauszeiger mutiert zur Pipette), und klicken Sie mit deren Spitze einmal auf das vorderste Kissen.

5 Weitere Farbtöne aufnehmen

Aktivieren Sie jetzt die kleine Plus-Pipette neben der derzeit aktiven. Damit klicken Sie mehrmals auf unterschiedliche Rottöne der Kissen. So erweitern Sie die Rot-Auswahl noch etwas. Ganz unten im Farbspektrum sehen Sie, welche Rot-Bereiche nun eingefangen sind (alles zwischen ❷ und ❸) und welche Farbbereiche beim Umfärben ebenfalls noch leicht in Mitleidenschaft gezogen werden (alles zwischen ❶ und ❷ sowie zwischen ❸ und ❹).

Abbildung 8.19 ▸
Diese Bereiche wurden aufgenommen.

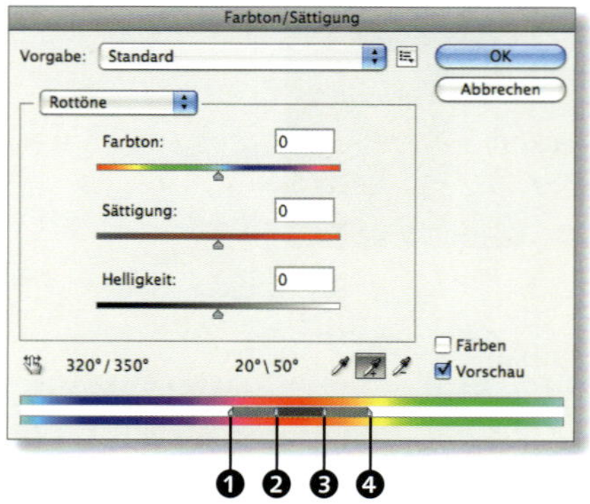

6 Farbtonbereich eingrenzen

Versuchen Sie, den Übergang in Richtung Orange ein wenig einzudämmen, indem Sie den rechten Regler ❹ etwas weiter nach links schieben. Das grenzt Orange etwas mehr aus.

Abbildung 8.20 ▸
Orange soll weitgehend außen vor bleiben.

7 Farbe ändern

Jetzt ziehen Sie den Schieberegler FARBTON nach rechts auf etwa »+120« (natürlich nur, sofern Sie grüne Kissen mögen). Da das Grün aber jetzt etwas zu kräftig kommt und dadurch unnatürlich wirkt, empfiehlt es sich, die HELLIGKEIT noch anzuheben. Ziehen Sie den Regler auf ca. »+35«, und bestätigen Sie mit OK.

▾ Abbildung 8.21
Die Kissen wurden bereits umgefärbt.

8 Ebenenmaske erzeugen

So weit, so gut. Wenn Sie aber zwischenzeitlich mehrfach das Augen-Symbol vor der obersten Ebene deaktivieren und wieder aktivieren und dabei das Foto betrachten, fällt schnell auf, dass der Hintergrund ebenfalls leicht mit eingefärbt wurde. Das sollten Sie noch maskieren. Betätigen Sie deshalb bei aktivierter oberster Ebene den Button EBENENMASKE HINZUFÜGEN in der Fußleiste des Ebenen-Bedienfelds, oder klicken Sie auf PIXELMASKE AUSWÄHLEN im Masken-Bedienfeld.

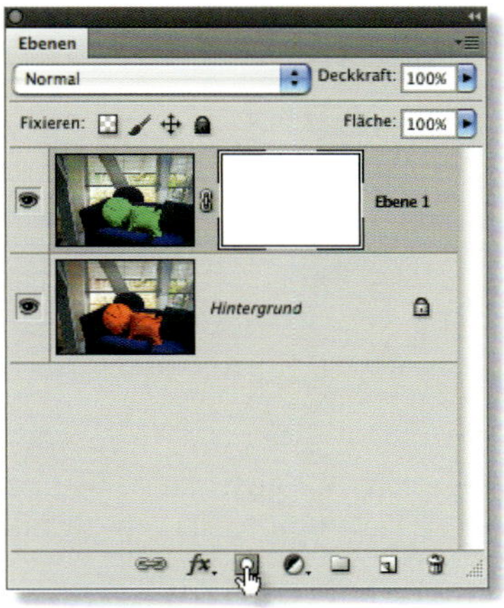

◂ **Abbildung 8.22**
Erzeugen Sie eine Maske.

9 Maske umkehren

Jetzt drücken Sie einmal [Strg]/[⌘]+[I]. Sie wissen ja: Das kehrt eine Maske um. Allerdings hat das zur Folge, dass die ganze schöne Arbeit umsonst gewesen ist. Das Foto sieht nämlich wieder genauso aus wie vorher – mit roten Kissen.

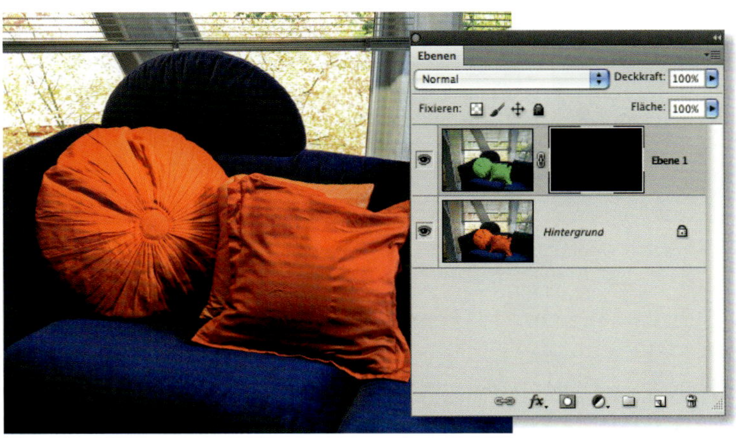

◂ **Abbildung 8.23**
Alles umsonst. Die Kissen sind wieder rot!

10 Kissen demaskieren

Aber so schnell geben wir natürlich nicht auf. Aktivieren Sie einen Pinsel mit weicher Spitze, und drücken Sie einmal D, damit Weiß zur Vordergrundfarbe wird. Malen Sie jetzt über die Kissen, und bringen Sie so die grüne Farbe wieder zum Vorschein.

Abbildung 8.24 ▸
Jetzt kommt das Grün ins Bild zurück.

Bei der ganzen Aktion müssen Sie sich übrigens keine Mühe geben, mit dem Pinsel auf den Kissen zu bleiben. Sie dürfen ruhig die Couch mit überpinseln. Hier kommt es nicht zur Farbveränderung. Am Ende sollten Sie allerdings noch Strg/⌘+E drücken, um alles auf eine Hintergrundebene zu reduzieren.

Abbildung 8.25 ▾
Umgefärbte Kissen. Aus Rot wird Grün.

Schritt für Schritt: Einen Schmetterling umfärben

Bilder/Admiral.tif

Im zweiten Beispiel wird es etwas schwieriger. Wir wollen diesem stolzen »Admiral« eine neue Farbe verpassen.

© Verena N./PIXELIO

◀ **Abbildung 8.26**
Jetzt wird dieser Falter umgefärbt.

1 Farbe-ersetzen-Dialog öffnen

Diesmal werden Sie über einen anderen Dialog gehen, der aber prinzipiell mit ähnlichen Steuerelementen aufwartet. Betätigen Sie BILD • KORREKTUREN • FARBE ERSETZEN.

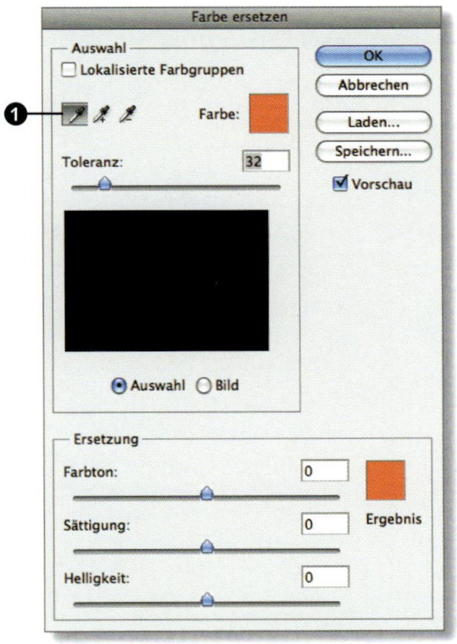

◀ **Abbildung 8.27**
Das Dialogfeld FARBE ERSETZEN

2 Grundfarbe aufnehmen

Werfen Sie einen Blick auf die drei Pipetten oben links. Das sind doch alte Bekannte, nicht wahr? Sie benötigen jetzt zuerst die linke ❶, die Ihnen die Aufnahme der Grundfarbe gestattet. Sie ist auch schon aktiv. Klicken Sie damit auf eine der orangefarbenen Flächen des Falters – und zwar direkt auf dem Foto. Achten Sie anschließend auch einmal auf die Miniaturvorschau im FARBE ERSETZEN-Dialog. Während dieser eben noch komplett schwarz

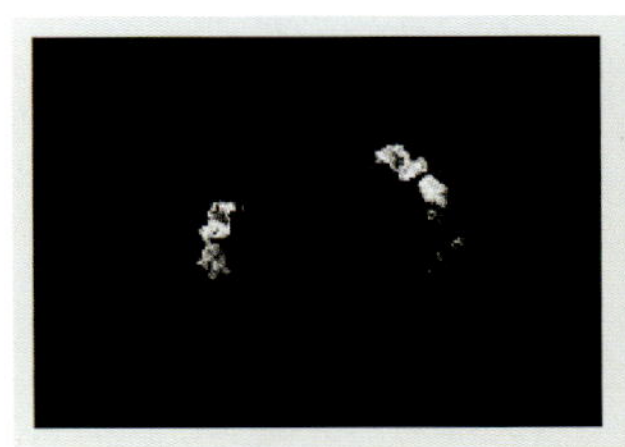

▲ **Abbildung 8.28**
Die ersten Aufnahmebereiche werden sichtbar.

war, tauchen jetzt weiße Bereiche darin auf. Erinnern Sie sich? Schwarz ist grundsätzlich maskiert, und Weiß ist ausgewählt. ■

3 Farben hinzufügen

Die Aufnahme der Grundfarbe können Sie auch hier nur ein einziges Mal machen. Wenn Sie nämlich mit der gleichen Pipette erneut auf einen anderen Bereich des Bildes klicken, wird dieser zwar ausgewählt, gleichzeitig wird jedoch der zuvor selektierte Bereich wieder abgewählt. Deshalb müssen Sie jetzt die Plus-Pipette auswählen (die mittlere). Mit dieser können Sie beliebig oft klicken. Dabei werden Sie feststellen, dass dem bisherigen Aufnahmebereich (Weiß) immer mehr Bereiche hinzugefügt werden. ■

Sie müssen schon recht häufig auf das Orange klicken, damit die Maske immer weiter anwächst. Dabei sollten Sie auch einmal auf besonders helle und besonders dunkle Orangetöne klicken. Vermeiden Sie jedoch dabei unbedingt schwarze und weiße Bereiche. Das würde zu komplett verfälschten Aufnahmebereichen führen.

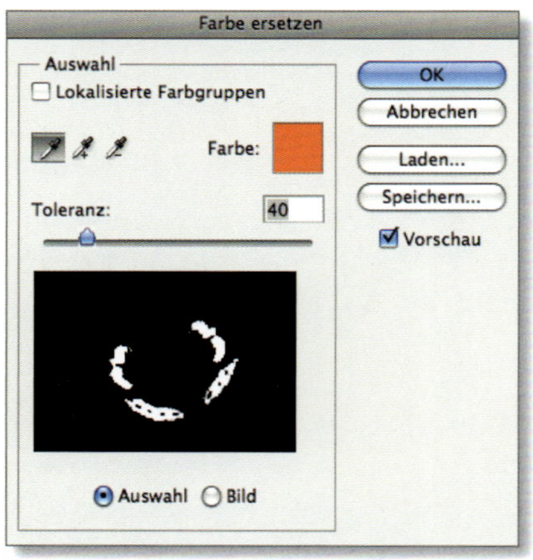

▲ **Abbildung 8.29**
Die Maske wächst und wächst.

4 Optional: Farben entfernen

Sie ahnen es schon: Hätten Sie jetzt Bereiche mit ausgewählt, die nicht umgefärbt werden sollen, könnten Sie die dritte Pipette (Minus) aktivieren und damit auf die zu viel gewählten Bereiche klicken. Diese würden dann von der Auswahlmaske wieder abgezogen. ■

Bild oder Auswahl?

Sollte sich in der Mitte des Dialogfensters anstelle der schwarzen Fläche eine Miniatur des Bildes zeigen, ist unterhalb der Radiobutton BILD anstelle von AUSWAHL aktiv. Schalten Sie in diesem Fall entsprechend um.

Ort der Farbaufnahme

Falls die Grenzen der Farbbereiche im Bild nicht eindeutig zu erkennen sind, können Sie sich mit der Schwarzweiß-Vorschau begnügen. Auch dort können Bereiche mit der Pipette aufgenommen werden.

Minus-Pipette

Sollten Sie versehentlich eine falsche Farbe markiert haben, die nicht umgefärbt werden soll, aktivieren Sie zunächst die Minus-Pipette (rechts). Klicken Sie erneut auf den falsch selektierten Bereich, der daraufhin wieder von der Farbauswahl subtrahiert wird. Zum Fortsetzen der Farbaufnahme müssen Sie dann die Plus-Pipette wieder aktivieren.

5 Graustufen-Ansicht

Nun lässt sich anhand der Maskenminiatur nicht zweifelsfrei erkennen, ob Sie nun wirklich alle Orange-Bereiche aufgenommen haben. Deshalb sollten Sie sich eines Tricks bedienen: Schieben Sie den Regler SÄTTIGUNG ganz nach links. Dadurch werden nämlich alle bereits aufgenommenen Bereiche innerhalb des Fotos in Graustufen dargestellt. Damit wissen Sie genau, was noch nicht aufgenommen wurde, z. B. die Ränder.

◂ **Abbildung 8.30**
Aufgenommene Bereiche werden in Graustufen dargestellt.

Wenn Sie diese Ränder nun noch einmal mit der Spitze der Hinzufügen-Pipette (Plus-Pipette) anklicken, wird die Entfärbung an diesen Stellen weiter voranschreiten. Geben Sie sich hierbei besondere Mühe. Und bedenken Sie, dass die Farbaufnahme stets an der Spitze der Pipette stattfindet. Zoomen Sie erforderlichenfalls etwas ein. Erst wenn alle Orangetöne entfärbt sind, sollten Sie fortfahren.

◂ **Abbildung 8.31**
Alle orangefarbenen Flächen sind aufgenommen.

6 Toleranz verändern

Versuchen Sie jetzt, mit dem Regler TOLERANZ zu arbeiten. Dabei sollten Sie derart vorgehen, dass Sie den Regler nach links schieben, wenn zu viele Hintergrundbereiche in der Maskierung sichtbar sind. Gehen Sie nach rechts, wenn noch Randbereiche des Orange sichtbar sind. Danach schieben Sie die Sättigung wieder auf »0«. Mit der Toleranz bestimmen Sie nämlich, welche angrenzenden Farbbereiche, also ähnliche Farben, dem aufgenommenen Farbbereich noch hinzugefügt bzw. von ihm abgezogen werden sollen.

7 Aufnahmebereich umfärben

Die eigentliche Umfärbung nehmen Sie jetzt über den Schieberegler Farbton vor. Natürlich können Sie hier die Farbe frei wählen. Sie sind ja stolzer Besitzer eines Buches, das Ihnen keine Entscheidungen diktieren möchte. Dennoch darf ich Ihnen mitteilen, dass ich mich für ein kräftiges Rot entschieden habe, das bei etwa »–22« zu finden ist. Wenn schon die Kissen nicht mehr rot sind, soll es wenigstens der Schmetterling sein.

8 Ebene maskieren

Da im Bereich des Strauches ebenfalls eine leichte Rotfärbung stattgefunden hat, sollten Sie jetzt die oberste Ebene wieder maskieren und anschließend alles auf die Hintergrundebene reduzieren. Wie das geht, haben Sie ja bereits im letzten Workshop erfahren.

Abbildung 8.32 ▼
Sie bestimmen, welche Farben der Schmetterling haben soll.

Checkliste: Farbe ersetzen

1. Rufen Sie den Farbe-ersetzen-Dialog über Bild • Korrekturen auf.
2. Nehmen Sie die zu verändernde Farbe mit der ersten Pipette auf.
3. Nehmen Sie zusätzliche Bereiche mit der Plus-Pipette auf.

4. Falls Sie kontrollieren wollen, ob alle Farbbereiche aufgenommen wurden, ziehen Sie den Regler SÄTTIGUNG kurzzeitig ganz nach links.
5. Stellen Sie im Bereich ERSETZUNG den Zielfarbton ein.
6. Klicken Sie auf OK.

8.3 Farben übertragen

Mit allen bisher angesprochenen Funktionen wurden in irgendeiner Weise Farben eines Bildes verändert. Wenn das alles so gut klappt, dann müsste es doch eigentlich auch möglich sein, Farben von einem Bild auf ein anderes zu übertragen, oder? Auch das geht natürlich, und es ist noch nicht einmal Hexerei ...

Photoshop verfügt über eine sehr ansprechende Funktion, die mit GLEICHE FARBE betitelt ist. Eigentlich ist der Befehl selbst wenig aussagekräftig. Zumindest offenbart der Name nicht gleich, was wirklich in ihm steckt.

Video-Training
Ähnlich wie FARBE ERSETZEN funktioniert auch FARBBEREICH AUSWÄHLEN, das in Lektion 2.2 vorgestellt wird.

Schritt für Schritt: Bilder farblich angleichen

Bilder/Farbe_01.tif und Farbe_02.tif

Versetzen Sie sich doch einmal in folgendes Szenario: Sie wollen eine Fotoserie präsentieren und müssen leider feststellen, dass viele Fotos rein farblich nicht so gut zueinanderpassen. Dann müssen Sie diese Bilder natürlich aufeinander abstimmen. Was Sie dazu benötigen? Ein Referenzbild! Dessen Farbinformationen übertragen Sie dann ganz einfach auf alle anderen Fotos.

© Gerd Altmann (geralt)/PIXELIO

▲ **Abbildung 8.33**
Die Farbstimmung dieses schönen Fotos ...

© Tina/PIXELIO

▲ **Abbildung 8.34**
... soll auf dieses Foto übertragen werden.

1 Ansicht optimieren

Stellen Sie die Dateien »Farbe_01.tif« und »Farbe_02.tif« in Photoshop bereit. Vergleichen Sie beide Aufnahmen miteinander. Am besten gelingt Ihnen das, indem Sie in der Optionsleiste festlegen, dass beide Fotos nebeneinander angezeigt werden sollen.

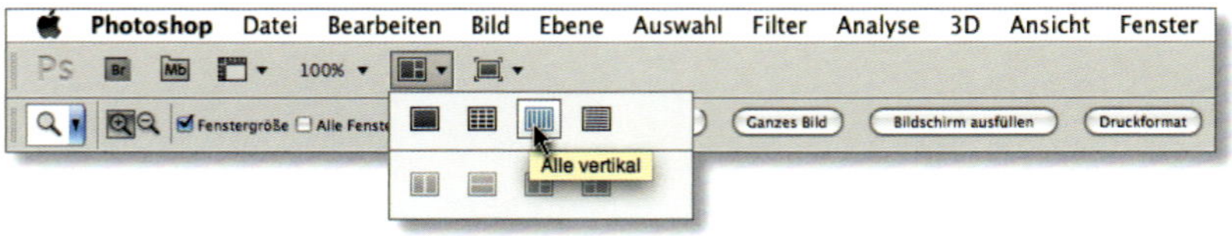

Abbildung 8.35 ▸
Hier können Sie die Fotos nebeneinander anordnen.

2 Bilder analysieren

Ganz klar: Während die Referenzaufnahme (»Farbe_02.tif«) von warmen, harmonischen Farbtönen lebt, wirkt die Zielaufnahme (»Farbe_01.tif«) eher gelblich und insgesamt kühler. Also liegt es nahe, dieses Foto mit einer ebenso ausdrucksstarken Farbgebung zu versehen wie sein Pendant.

3 Gleiche-Farbe-Dialog öffnen

Markieren Sie »Farbe_01.tif« per Mausklick, und öffnen Sie den Dialog Gleiche Farbe über Bild • Korrekturen.

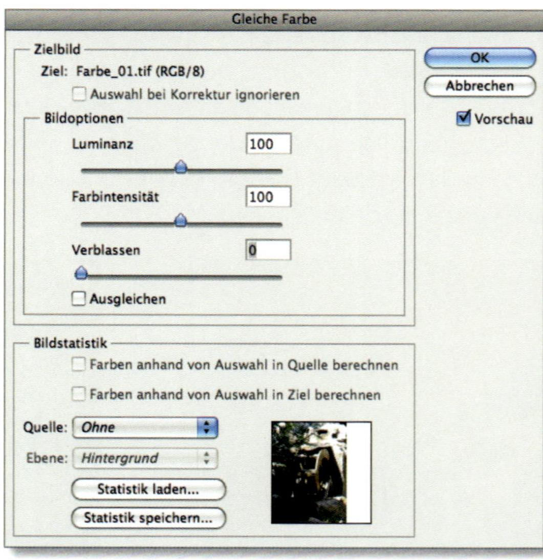

Abbildung 8.36 ▸
Mit Gleiche Farbe werden die Fotos aufeinander abgestimmt.

4 Quelle bestimmen

Widmen Sie sich zunächst dem unteren Frame Bildstatistik, und stellen Sie unter Quelle den Namen des Bildes ein, von dem die

Farbe übertragen werden soll. Im konkreten Fall entscheiden Sie sich für das Bild »Farbe_02.tif«. Sie sehen, dass sich daraufhin sofort etwas tut und die Farben der Datei verändert werden.

◂ **Abbildung 8.37**
Die Farbübertragung ist im Moment noch viel zu stark.

5 Farbübertragung verblassen lassen

Die Änderung der Farbgebung lässt aber noch zu wünschen übrig, finden Sie nicht auch? Drosseln Sie deshalb die Wirkung etwas. Sie können nämlich das Original und die neuen Farbwerte miteinander vermischen, indem Sie VERBLASSEN ❶ wählen. Je mehr Sie den Schieber nach rechts bewegen, desto mehr wird vom Originalfoto sichtbar. Gehen Sie hier auf etwa »35«. ■

Ausgleichen

Mit AUSGLEICHEN könnten Sie einem Farbstich entgegenwirken, sofern dieser bei der Farbübertragung in das Zielfoto hineinprojiziert wurde.

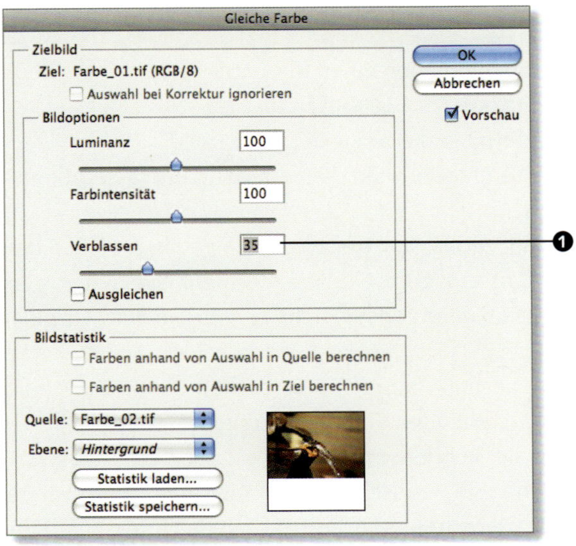

◂ **Abbildung 8.38**
Mischen Sie das Original mit den neuen Farbabstimmungen.

6 Farbübertragung abschließen

Reduzieren Sie auch die LUMINANZ etwas, indem Sie den Schieberegler nach links bis auf etwa »80« ziehen. Auch die FARBINTENSITÄT sollten Sie zurücknehmen. Streben Sie einen Wert um »90« an. Bestätigen Sie jetzt mit OK.

Abbildung 8.39 ▼
Hier sehen Sie den Vorher-nachher-Vergleich.

8.3.1 Gleiche-Farbe-Optionen

Werfen wir abschließend noch einen Blick auf die einzelnen Steuerelemente des Dialogfelds GLEICHE FARBE:

- LUMINANZ: Ändern Sie die Helligkeit im Zielbild.
- FARBINTENSITÄT: Verändern Sie die Farbsättigung (Leuchtkraft) des Zielbildes.
- VERBLASSEN: Mit Verblassen »mischen« Sie gewissermaßen das angeglichene Bild mit dem Original. Je mehr Sie den Regler nach rechts verschieben, desto mehr kehren Sie zum Original zurück.
- AUSGLEICHEN: Hiermit können Sie versuchen, einen durch die Angleichung entstehenden Farbstich zu neutralisieren.
- BILDSTATISTIK: Sie können im Quellbild zuvor eine Auswahl erzeugen. Wenn Sie wünschen, dass nur der ausgewählte Bereich in die Berechnungen zur Farbabgleichung mit ein-

fließen soll, aktivieren Sie Farben anhand von Auswahl in Quelle berechnen. Jetzt werden Farbbereiche jenseits der Quellbild-Auswahl ignoriert. Umgekehrt können Sie vor dem Öffnen des Dialogs eine Auswahl im Zielbild erzeugen. Wenn Sie danach Farben anhand von Auswahl in Ziel berechnen wählen, werden nur die Farben angeglichen, die sich innerhalb der Zielbild-Auswahl befinden.

- Statistik speichern und Statistik laden: Falls Sie beabsichtigen, eine Fülle von Bildern anhand der gleichen Quellinformationen zu bearbeiten, empfiehlt es sich, die entsprechenden Werte bei der ersten Korrektur zu speichern, indem Sie Statistik speichern wählen. Mit Statistik laden können Sie zu einem späteren Zeitpunkt wieder auf diese Werte zugreifen.
- Ebene: Wenn Sie mit Fotos arbeiten, die aus mehreren Ebenen bestehen, können Sie hier festlegen, aus welcher Ebene die Quellfarbgebung übernommen werden soll.

8.4 Kolorieren

Jetzt wird es noch individueller. Was ist, wenn gar keine Farbe im Bild vorhanden ist? Dann hilft nur das Kolorieren weiter. Stellen Sie zunächst über Bild • Modus sicher, dass es sich um ein RGB-Bild handelt. Ist das nicht der Fall, wählen Sie zunächst den Eintrag RGB-Farbe.

Natürlich existieren zahllose Beispiele für den sinnvollen Einsatz von Kolorationen. Denken Sie nur an die Uralt-Aufnahmen, zu deren Entstehungszeit das Einfangen von Farben auf Fotos noch undenkbar war. Aber auch Farbaufnahmen können ab und zu eine Aufwertung vertragen. Gerade Innenaufnahmen, die bei Kunstlicht (Leuchtstoffröhren) geschossen wurden, sind mitunter wahre Farben-Killer.

Schritt für Schritt: Eine Schaufensterpuppe kolorieren

Bilder/Puppe.tif

In diesem Workshop verwenden wir die Aufnahme einer (noch) recht farblosen Schaufensterpuppe. Kein Zweifel – der Effekt, sie farbarm zu gestalten, war von den Schöpfern sicher gewollt. Immerhin wird so ein Maximum an Aufmerksamkeit auf die Kleidung gelenkt, mit der das stumme Modell behangen ist. Darum

© Robert Klaßen

▲ **Abbildung 8.40**
Hier muss ein wenig Farbe angebracht werden.

soll es jedoch nicht gehen. Unser Ziel lautet: Farbe ins Gesicht! Stellen Sie dazu die Datei »Puppe.tif« bereit.

1 Neue Ebene erstellen

Wichtig bei einer derartigen Koloration ist, für jedes Element eine eigene Ebene zu erschaffen. Klicken Sie daher zunächst im Ebenen-Bedienfeld auf NEUE EBENE ERSTELLEN, oder wählen Sie aus dem Menü EBENE • NEU • EBENE. Tastatur-Fans begnügen sich im Übrigen mit Strg/⌘+⇧+N. Vergeben Sie den Namen »Lippen«.

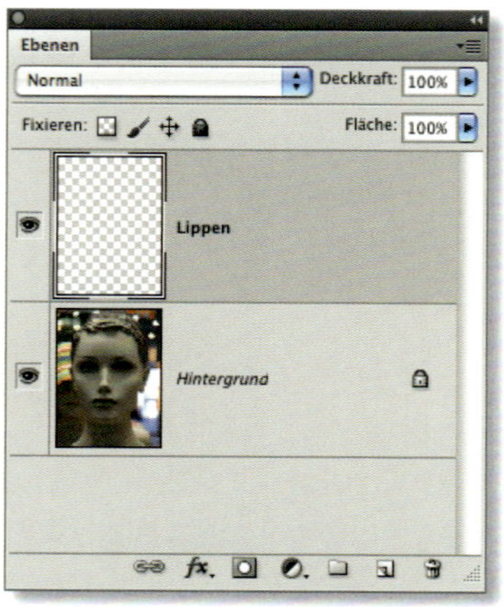

Abbildung 8.41 ▶
Eine zweite Ebene wurde hinzugefügt.

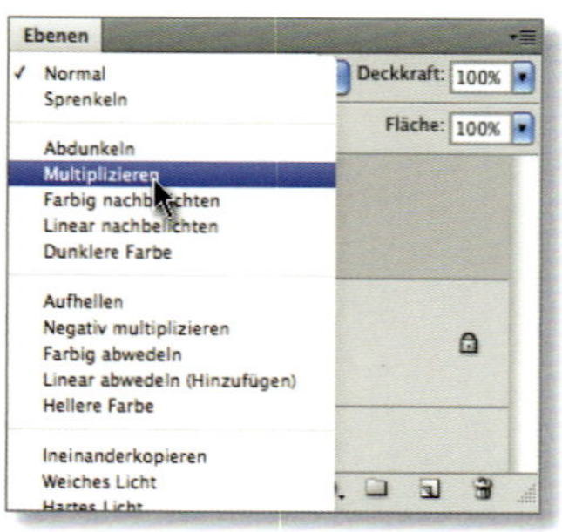

▲ **Abbildung 8.42**
Die Füllmethode wird geändert.

2 Füllmethode ändern

Bevor Sie die Lippenfarbe auftragen, sollten Sie noch die Füllmethode ändern. Stellen Sie sie auf MULTIPLIZIEREN um. Dazu müssen Sie das oberste Pulldown-Menü im Ebenen-Bedienfeld öffnen. Die Farbwerte der Ebene werden daraufhin zum Hintergrund hinzugerechnet, ohne jedoch den Hintergrund vollständig abzudecken. Das Resultat werden Sie gleich sehen. Der Sinn und Zweck dieser Vorgehensweise ist, dass Sie sehen können, wo Farbe hin muss und wo nicht. Bei der Füllmethode NORMAL würde die Farbe decken, und Sie könnten die Konturen der Puppe nicht mehr erkennen. Wenn die Farbe aufgetragen ist, wird die Füllmethode übrigens noch einmal geändert.

3 Lippenfarbe einstellen

Klicken Sie in der Werkzeugleiste auf den Button für die Vordergrundfarbe, und stellen Sie über den Farbwähler ein sattes Rot ein. Wenn Sie reines Rot haben wollen, doppelklicken Sie in das

Eingabefeld neben Rot (R:) und tragen dort »255« ein. Springen Sie mit ⇥ ins nächste Feld (G:), und legen Sie hier »0« fest. Wiederholen Sie den Vorgang für Blau (B:), und bestätigen Sie mit OK.

▲ **Abbildung 8.43**
Klicken Sie zunächst auf die Vordergrund-Farbfläche.

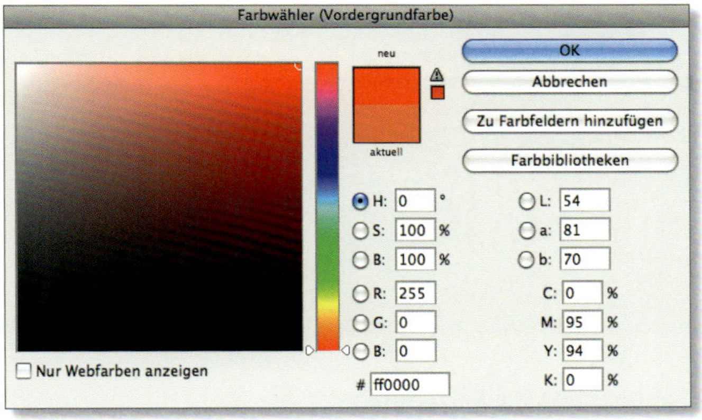

◄ **Abbildung 8.44**
Im Farbwähler stellen Sie ein sattes Rot ein.

4 Lippenfarbe auftragen

Aktivieren Sie das Pinsel-Werkzeug [B], und stellen Sie eine weiche Spitze ein, deren Größe bei etwa 25 Px liegen sollte. Beginnen wir mit dem Nachzeichnen der Lippen. Tragen Sie die Farbe großzügig auf. Es ist nichts dagegen einzuwenden, über die Lippen hinauszuzeichnen. Am besten vergrößern Sie das Bild etwas.

5 Ebenenmaske erstellen

Nun müssen wir die Kontur der Lippen exakter herausarbeiten. Dazu bieten sich mehrere Methoden an. Nehmen wir zunächst die Masken-Methode. Erzeugen Sie eine Ebenenmaske.

▲ **Abbildung 8.45**
Das sieht ja merkwürdig aus – aber gleich nicht mehr.

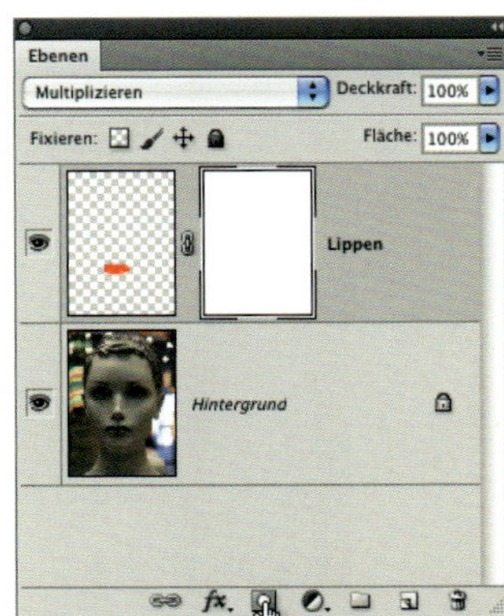

▲ **Abbildung 8.46**
Der obersten Ebene wird eine Maske hinzugefügt.

6 Lippen maskieren

Stellen Sie sicher, dass in der Werkzeugleiste SCHWARZ als Vordergrundfarbe gewählt ist. Ist das nicht der Fall, drücken Sie [D], gefolgt von [X]. Überzeichnen Sie mit einer etwas verkleinerten Werkzeugspitze (ca. 10 Px) alle Bereiche, die nicht zu den Lippen gehören. ■

Abbildung 8.47 ▸
Die Lippen werden langsam, aber sicher in Form gebracht.

> **Deckkraft heruntersetzen**
>
> Mitunter ist es sinnvoll, die Deckkraft der maskierten Ebene vorübergehend etwas herunterzusetzen. So lässt sich die Hintergrundebene besser einsehen. Zeigen Sie dazu im Ebenen-Bedienfeld auf das Wort DECKKRAFT, und bewegen Sie die Maus mit gedrückter Taste nach links. Eine Reduktion auf etwa 60% sollte reichen.

7 Optional: Maske korrigieren

Sollten Sie versehentlich etwas zu viel von den Lippen entfernt haben, drücken Sie [X]. Dadurch wird WEISS als Vordergrundfarbe eingestellt. Nun können Sie die versehentlich editierten Bereiche durch erneutes Übermalen wieder hinzufügen. Drücken Sie abermals [X] (SCHWARZ wird Vordergrundfarbe), um mit dem Entfernen der Ebenenbereiche fortfahren zu können. Das Ergebnis sollte in etwa wie in Abbildung 8.48 aussehen.

▴ **Abbildung 8.48**
Jetzt passt der Lippenstift.

▴ **Abbildung 8.49**
Beim INEINANDERKOPIEREN mit verringerter Deckkraft sieht die Lippenfarbe nicht ganz so kräftig aus.

8 Füllmethode erneut ändern

Nun gibt es zwei Möglichkeiten. Entweder Sie belassen es bei diesem kräftigen Rot – dann müssen Sie an dieser Stelle nichts weiter unternehmen. Oder aber Sie stellen die Füllmethode noch einmal um, und zwar auf INEINANDERKOPIEREN. In diesem Fall sollten Sie allerdings die DECKKRAFT der Ebene (im Ebenen-Bedienfeld) noch auf »50%« reduzieren (siehe Abbildung 8.49). Sie sehen: Auch eine nachträgliche Änderung der Füllmethode ist überhaupt kein Problem.

9 Augen färben

Finden Sie nicht auch, dass blaue Augen unserer Puppe gut zu Gesicht stünden? Dann erzeugen Sie zunächst wieder eine neue Ebene, die Sie mit »Augen« betiteln, und stellen Sie als Vordergrundfarbe Blau ein (R = »0«, G = »0«, B = »255«). Stellen Sie die Füllmethode zunächst wieder auf MULTIPLIZIEREN.

Aktivieren Sie wieder den Pinsel, stellen Sie eine harte Pinselspitze ein (Größe ca. 70 Px), und überzeichnen Sie die Iris damit. Sie dürfen auch hier wieder ähnlich großzügig sein wie zuvor bei den Lippen.

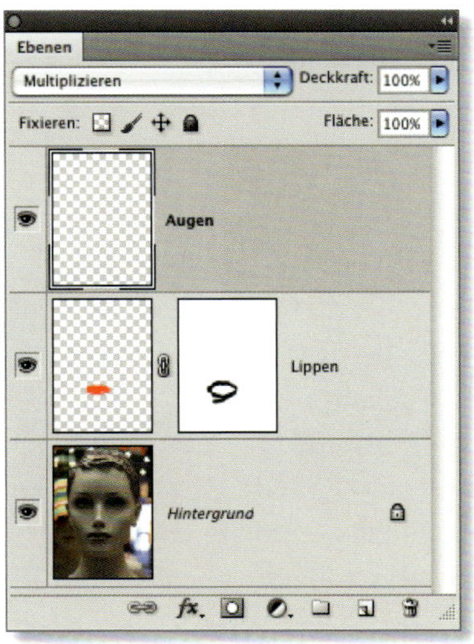

▲ **Abbildung 8.50**
Die dritte Ebene ist für die Augen vorgesehen.

▲ **Abbildung 8.51**
Das reicht zunächst – die Feinarbeiten folgen.

10 Einzoomen

Zoomen Sie zunächst stark auf eines der Augen ein. Eine Vergrößerung von ca. 800% ist durchaus in Ordnung. Reduzieren Sie die

Radieren vs. Ebenenmaske

Zwar funktioniert der Radiergummi ähnlich komfortabel wie der Pinsel, doch ist zu bedenken, dass radierte Bereiche nicht wie bei einer Maskierung nachträglich wieder hinzugefügt werden können. Korrekturen sind hier also nur möglich, wenn der letzte Schritt mittels [Strg]/[⌘]+[Z] rückgängig gemacht wird. Sollte das Radieren nicht wunschgemäß funktionieren, können Sie natürlich auch hier eine Ebenenmaske verwenden.

DECKKRAFT der Augen-Ebene auf etwa 40–50 %, damit Sie die Iris besser erkennen können.

11 Ebeneninhalte radieren

Diesmal wollen wir zur Feinarbeit auf der Ebene keine Maske verwenden, sondern als Alternative den Radiergummi [E] einsetzen. ■ Verwenden Sie für dieses Tool eine weiche Spitze, deren Größe Sie auf etwa »15 Px« setzen. Entfernen Sie alle Bereiche, die nicht unmittelbar der Iris zuzurechnen sind. Machen Sie das aber bitte erst, nachdem Sie auch die beiden folgenden Schritte gelesen haben. Danach verfahren Sie mit dem anderen Auge entsprechend.

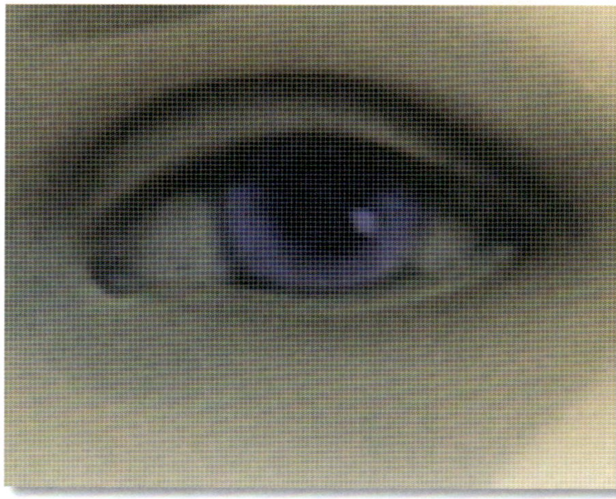

Abbildung 8.52 ▸
Bei dieser Vergrößerung können Sie exakt arbeiten.

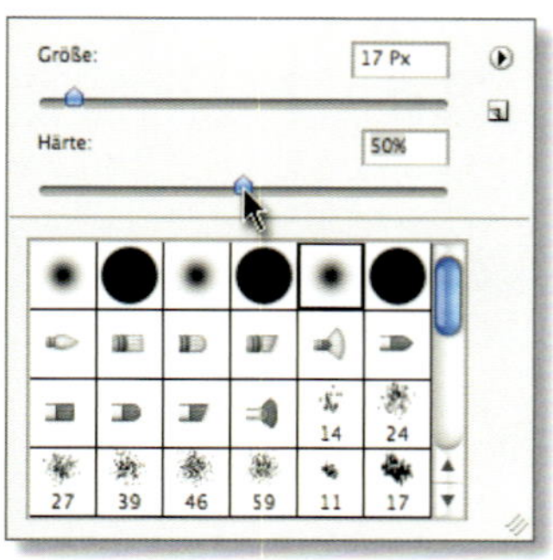

▴ Abbildung 8.53
Die Werkzeugoptionen können während der Korrektur verändert werden – ohne dass Sie das Foto verlassen müssen.

12 Optional: Härte verändern

Im vorliegenden Fall kann es interessant sein, die Härte der Pinselspitze etwas zu erhöhen. Der weiche Übergang ist nämlich für derartig präzise Arbeiten ein wenig zu groß. Klicken Sie deshalb an der Position, an der Sie sich gerade befinden, mit rechts auf das Foto. Dadurch werden die Werkzeugoptionen eingeblendet. Ziehen Sie den Regler HÄRTE etwa bis zur Mitte, und fahren Sie anschließend mit dem Entfernen der Farbe fort.

13 Optional: Pixelraster deaktivieren

Die kleinen Karos, die bei starker Vergrößerung auftauchen, sind sogenannte Pixelraster. Diese sollen die Arbeit bei starker Vergrößerung erleichtern. Allerdings können sie auch manchmal hinderlich sein. Falls sie stören, schalten Sie die weißen Linien einfach aus, indem Sie auf Ansicht • Einblenden • Pixelraster gehen. Wiederholen Sie den Vorgang, wenn Sie das Raster anschließend wieder aktivieren wollen. ■

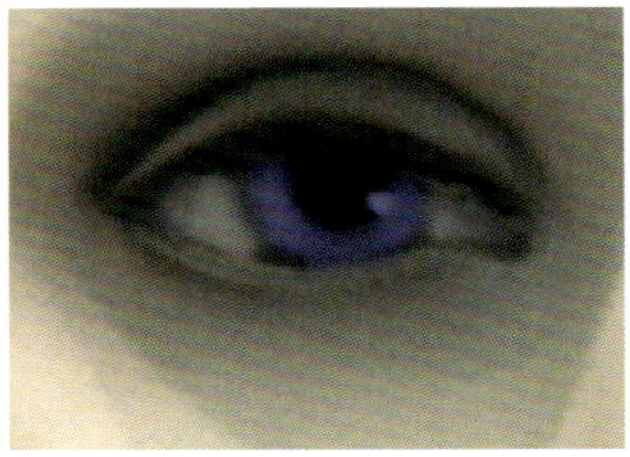

▲ **Abbildung 8.54**
Das Pixelraster kann auch deaktiviert werden.

14 Deckkraft einstellen

Wenn Sie mit dem Entfernen der überflüssigen blauen Bereiche fertig sind, zoomen Sie wieder aus und begutachten die Deckkraft der Blaufärbung. Bestimmt ist es sinnvoll, damit im Ebenen-Bedienfeld noch etwas herunterzugehen. Ein Wert um 35 % sollte vollkommen ausreichen.

Ansichtsoptionen

Beachten Sie, dass Änderungen an Ansichtsoptionen, wie z. B. das Ein- und Ausblenden eines Rasters, keine »Schritte« im herkömmlichen Sinne darstellen und entsprechend auch nicht im Protokoll aufgeführt werden.

◂ **Abbildung 8.55**
Damit wären auch die Augen gefärbt.

15 Haut färben

Nun soll unser Plastikmodell noch einen etwas menschlicheren Teint bekommen. Erzeugen Sie abermals eine neue Ebene, die Sie mit »Haut« betiteln, und stellen Sie als Vordergrundfarbe einen hautähnlichen Ton ein: R = »200«, G = »130« und B = »110«. Das macht sich doch ganz gut, oder?

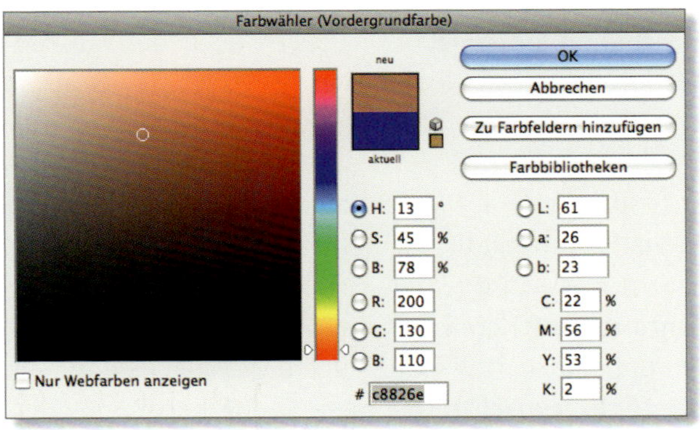

◂ **Abbildung 8.56**
Jetzt geht's auf die Sonnenbank.

16 Fläche füllen

Mittels ⇧+F5 oder über das BEARBEITEN-Menü erreichen Sie den Dialog FLÄCHE FÜLLEN. Stellen Sie VERWENDEN auf VORDERGRUNDFARBE, und wählen Sie TRANSPARENTE BEREICHE SCHÜTZEN ab. Ansonsten würde nämlich gar keine Farbfüllung stattfinden. Belassen Sie den MODUS der Füllmethode bei NORMAL und die DECKKRAFT auf 100%.

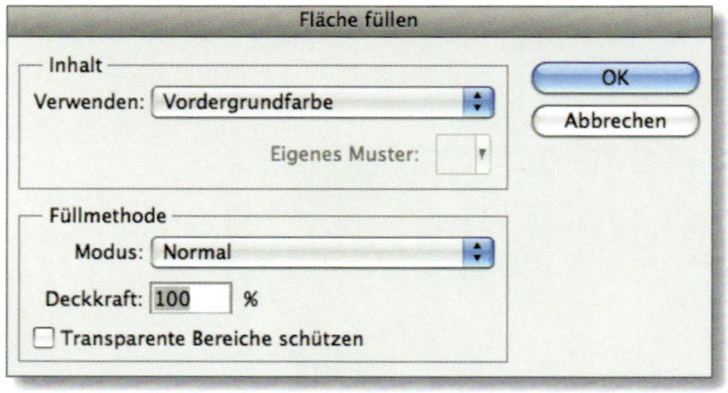

▲ **Abbildung 8.57**
Dieser Dialog sorgt dafür, dass die Ebene mit Farbe gefüllt wird.

▲ **Abbildung 8.58**
Die Haare dürfen Sie mit überpinseln.

17 Hautpartien maskieren

Die folgenden Schritte kennen Sie bereits. Gehen Sie so vor wie bei der Färbung der Lippen. Zuerst ändern Sie die FÜLLMETHODE der Ebene auf MULTIPLIZIEREN und vergeben anschließend eine Ebenenmaske. Entfernen Sie alle Bereiche, die nicht gebräunt werden sollen – vielleicht mit Ausnahme des Mundes. Achten Sie besonders auf die Augen. Auch diese Bereiche müssen entfernt werden. Bei den Augen empfiehlt es sich, zunächst etwas mehr zu maskieren und anschließend die Grenzbereiche wieder hinzuzufügen (mit Weiß als Vordergrundfarbe!). Arbeiten Sie mit einer weichen Pinselspitze.

Alternativ können Sie zunächst natürlich auch die Masken-Auswahl wieder umkehren, indem Sie Strg/⌘+I drücken und dann mit Weiß alle Bereiche übermalen, die gebräunt werden sollen.

Am Schluss sollten Sie auf jeden Fall auch hier die Deckkraft etwa um die Hälfte verringern.

▲ **Abbildung 8.59**
Zwei kräftige Kleckse sorgen für ein wenig Wangenrouge.

18 Wangenrouge auftragen

Nun soll die Puppe noch etwas lebendigere Wangen bekommen. Klar, dass auch hier zunächst eine neue Ebene her muss. Nennen Sie sie doch »Rouge«. Tragen Sie auf den Wangen etwas rote Farbe auf, wobei Sie eine große, weiche Spitze verwenden (ca. 100 Px).

Nur der Vollständigkeit halber bleibt noch zu erwähnen, dass auch hier die Füllmethode wieder Multiplizieren heißen muss. Diesmal sollte aber die Deckkraft der Ebene drastisch gesenkt werden, wenn das Ergebnis möglichst realistisch anmuten soll. Stellen Sie nicht mehr als »8 %« ein. Zum Vergleich sehen Sie hier noch einmal das komplette Ebenen-Bedienfeld.

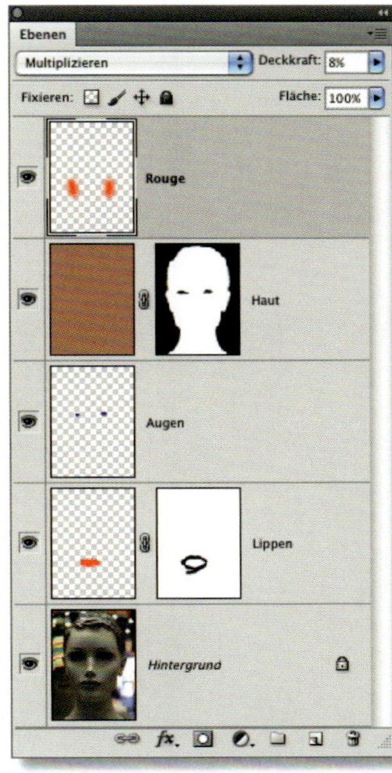

▲ **Abbildung 8.60**
Vier Ebenen überlagern den Hintergrund.

▲ **Abbildung 8.61**
So sieht die Puppe am Schluss aus. ■

Checkliste: Kolorierung
Hier noch einmal das Wichtigste in Kürze. Diese Schritte gelten für jede neue Farbebene:

1. Neue Ebene erzeugen
2. Ebene benennen
3. Farbe auftragen
4. Füllmethode ändern (Multiplizieren)
5. Ebenenmaske erzeugen
6. Maske bearbeiten (Schwarz = Bereiche entfernen, Weiß = Bereiche hinzufügen)
7. Deckkraft im Ebenen-Bedienfeld reduzieren

8.5 Arbeiten in Schwarzweiß

Was ist, wenn Sie aus einem Farbfoto die Farbe verbannen möchten? Stimmungsvolle Graustufen-Aufnahmen haben ja nicht nur in der Porträtfotografie etwas Besonderes an sich.

8.5.1 Herkömmliche Methoden der Farbentfernung

Hier bieten sich schon seit diversen Photoshop-Versionen folgende Möglichkeiten an:

1. Zunächst können Sie natürlich den Modus ändern. In diesem Fall stellen Sie Bild • Modus • Graustufen ein. Die anschließende Kontrollabfrage bestätigen Sie mit OK.
2. Wählen Sie Bild • Korrekturen • Sättigung verringern.
3. Über Bild • Korrekturen • Farbton/Sättigung schieben Sie den Regler für die Sättigung ganz nach links.
4. Über Bild • Korrekturen • Kanalmixer aktivieren Sie die Checkbox Monochrom.

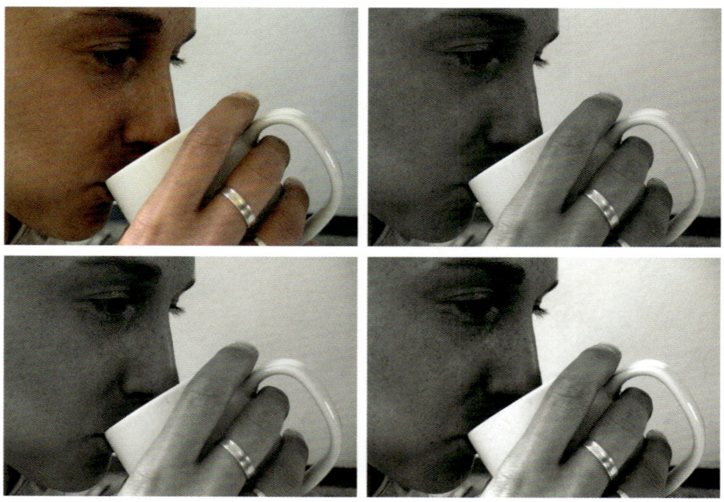

Abbildung 8.62 ▸
Von oben links nach unten rechts: RGB-Farbe, Modusumwandlung, Verringerung der Sättigung, Monochrom.

Alle Methoden differieren minimal im Ergebnis. Welche dieser Vorgehensweisen die beste ist, kann nicht pauschal gesagt werden, weil das natürlich vom gewünschten Ergebnis abhängt. Falls die Dateigröße eine entscheidende Rolle spielt, sollten Sie die Modusumwandlung vorziehen, da diese die Farbkanäle verwirft und somit die Dateigröße schrumpft.

8.5.2 Schwarzweiß für Landschaft und Porträt

In Photoshop gibt es einen eindrucksvollen Dialog, der beim Herstellen von Graustufenbildern hilfreich und intuitiv zugleich ist. Schwarzweiß heißt das Zauberwort, das Ihnen bei der Erstellung von Bildern ohne Farbe behilflich ist. Nun gibt es auch mit dieser neuen Methode keine allein gültige Regel, wie ein Bild auszusehen hat. Denn in der Graustufendarstellung sind die Freiheiten mitunter noch größer als in der Farbgebung. Letztendlich wird das Motiv selbst darüber entscheiden, wie Sie vorgehen.

Schritt für Schritt: Beeindruckende Landschaftsaufnahmen in Schwarzweiß

Bilder/Schwarzweiss.tif

Im ersten Workshop geht es darum, der Aufnahme die Farbe zu entziehen, dabei einen möglichst hohen Kontrast zu erzielen und die bis dahin dominante Farbe besonders hell darzustellen. Sicher lässt sich auf diesem Wege eine interessante Schwarzweiß-Darstellung erzeugen.

Nachdem Sie die Datei »Schwarzweiss.tif« geöffnet haben, entscheiden Sie sich für Bild • Korrekturen • Schwarzweiss oder drücken schlicht Strg+Alt+⇧+B bzw. am Mac ⌘+⌥+⇧+B. Allein das Aktivieren des Dialogs reicht schon, um Ihr Foto als Graustufenbild darzustellen, denn der Dialog präsentiert voreingestellte Schieberegler.

© Rainer Sturm/PIXELIO

◀ **Abbildung 8.63**
Bereits nach dem Öffnen des Dialogfelds ist die Farbe verschwunden.

1 Vorgabe ändern

Photoshop präsentiert im Schwarzweiß-Dialog voreingestellte Schieberegler, die der sogenannten Standardvorgabe entsprechen. Diese müssen Sie natürlich keinesfalls übernehmen. Da die

Aufnahme an sich recht hell ist und zudem sehr dramatische Kontraste eingestellt werden sollen, wird ganz oben im Pulldown-Menü VORGABE zunächst auf MAXIMALES SCHWARZ umgeschaltet. Das Foto wird daraufhin scheinbar abgedunkelt, und die Schieberegler springen allesamt auf »0«.

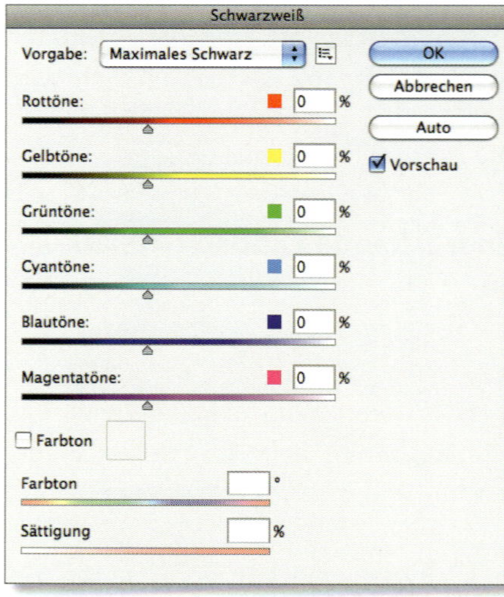

Abbildung 8.64 ▶
Die Regler stehen auf 0%.

2 Farbton ermitteln

Nun können Sie anhand der sechs Farbton-Regler die einzelnen Kanäle individuell weiter bearbeiten. Das wäre bei diesem Bild auch angebracht. Schauen Sie doch einmal auf die Fassaden. Diese sind wohl am ehesten im Bereich der Gelbtöne zu finden. Wenn Sie das noch einmal überprüfen wollen, schalten Sie die VORSCHAU kurz aus. Ziehen Sie den Regler GELBTÖNE ruhigen Gewissens bis 200% hoch.

Abbildung 8.65 ▶
Damit werden die Fassaden kräftig aufgehellt.

3 Berge heller machen

Damit sich nun die Häuser mehr vom Hintergrund abheben, sollten die Berge noch ebenso stark aufgehellt werden. Dazu benutzen Sie am besten den Schieber CYANTÖNE. Stellen Sie hier etwa »200%« ein. Es ist durchaus beabsichtigt, dass diese Bereiche danach kaum mehr zu erkennen sind.

4 Grüntöne abdunkeln

Zum Schluss ziehen Sie den Schieberegler GRÜNTÖNE noch nach links, bis ein Wert von etwa »–40« erreicht ist. Das macht die Rasenflächen dunkler. So stechen die hellen Fassaden dann schon fast isoliert von allen anderen Bildbereichen hervor. Bestätigen Sie mit OK. ■

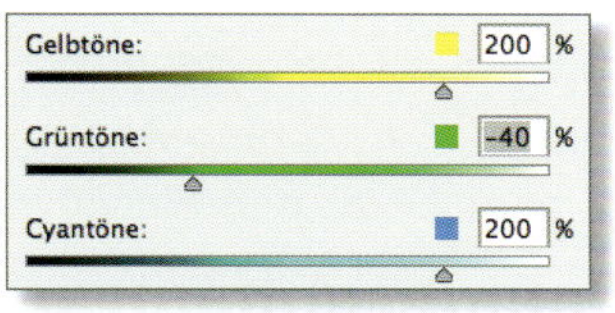

◂ **Abbildung 8.66**
Zuletzt regeln Sie Grün zurück.

Vorgaben speichern

Wenn Sie die getroffenen Einstellungen sichern wollen, klicken Sie vor der Bestätigung des Dialogs noch auf den Button VORGABEOPTIONEN, der sich rechts neben dem Pulldown-Menü VORGABE befindet. Hier könnten Sie sämtliche Einstellungen sichern. Die Parameter werden dann in einer Datei mit der Endung ».blw« abgelegt (Black and White). Wenn Sie diese später wieder benötigen, gehen Sie abermals auf VORGABEOPTIONEN und wählen dann VORGABE LADEN.

▴ **Abbildung 8.67**
Mit den Farbreglern ist eine individuelle Schwarzweiß-Entwicklung möglich. ■

Schritt für Schritt: Beeindruckende Porträts in Schwarzweiß

Bilder/Telefon.tif

Bei der Schwarzweiß-Bearbeitung von Porträts sind Sie nicht immer ganz so frei in der Gestaltung wie bei Objektfotos. Hier müssen Sie vor allem dafür sorgen, dass der Teint nicht zu hell,

▲ **Abbildung 8.68**
Vorsicht bei Porträts! Hier dürfen die Gesichter nicht fleckig werden.

zu dunkel oder gar fleckig wird. Versuchen Sie es einmal mit der Datei »Telefon.tif«.

1 Darstellung der Hautfarbe beeinflussen

Öffnen Sie den Dialog SCHWARZWEISS (über BILD • KORREKTUREN). Bei der Vorgabe STANDARD (im obersten Pulldown-Menü) bleibt die Haut recht neutral. Sie hat noch dunkle Elemente und überstrahlt nicht. Allerdings sieht sie gräulich aus; und dem sollten Sie entgegenwirken. Zusätzlich kann es sehr interessant sein, die Hauttöne bewusst etwas heller darzustellen.

Nun gibt es verschiedene Möglichkeiten: Sie können die Rottöne anheben (Gesichter enthalten generell viel Rot), und/oder Sie versuchen es einmal mehr mit den Gelbtönen. Das würde auch gleichzeitig die Helligkeit der Haarfarbe etwas erhöhen. Wir benutzen in diesem Beispiel einfach beide Schieber. Ziehen Sie deshalb zunächst die Rottöne hoch. Gehen Sie für den Anfang einmal bis auf 130%. Dann kommt es nämlich zu den eingangs erwähnten Flecken.

Abbildung 8.69 ►
Solche Flecken im Gesicht sollten Sie bei der Schwarzweiß-Umwandlung vermeiden.

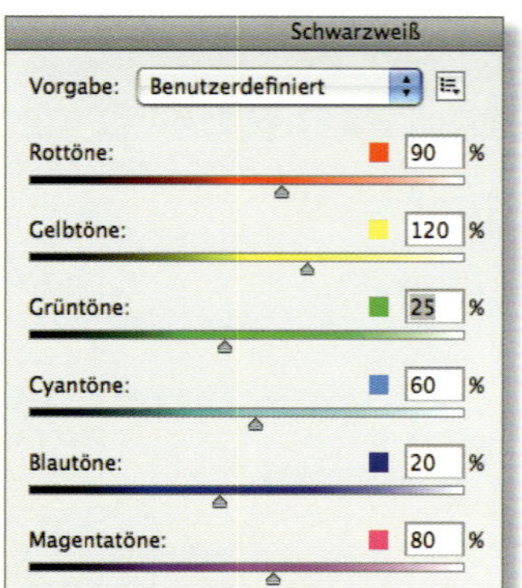

▲ **Abbildung 8.70**
Stellen Sie diese Werte ein, ehe Sie den Dialog verlassen.

2 Farbtöne weiter verändern

Das ist natürlich nicht zu empfehlen, weshalb Sie mit den ROTTÖNEN wieder auf etwa 90% zurückgehen sollten. Arbeiten Sie zusätzlich mit den GELBTÖNEN, und erhöhen Sie diese auf etwa 120%. Senken Sie die GRÜNTÖNE zudem noch auf ca. 25% ab, damit der Kontrast zum Hintergrund noch ein wenig erhöht wird, ehe Sie mit OK bestätigen.

▲ **Abbildung 8.71**
Das Gesicht ist hell, ohne jedoch zu überstrahlen. Auch die störenden Flecken sind verschwunden. ■

Schritt für Schritt: Alte Aufnahme simulieren

Bilder/Telefon.tif

Über den gleichen Dialog (BILD • KORREKTUREN • SCHWARZWEISS) können Sie übrigens auch den beliebten Sepiaton in ein Bild hineinbringen und so den Look alter Aufnahmen simulieren. Dazu aktivieren Sie zunächst die Checkbox FARBTON im unteren Frame des Dialogfensters.

1 Optional: Sepiaton ändern

Achten Sie darauf, dass der FARBTON bei 42° und die SÄTTIGUNG bei 20% liegen. Nun können Sie beide Regler nach Belieben verstellen. Jedoch möchte ich generell davon abraten, den FARBTON zu ändern, wenn das Ziel Sepia heißen soll. Ziehen Sie lieber die SÄTTIGUNG etwas herauf, bis rund 30% erreicht sind.

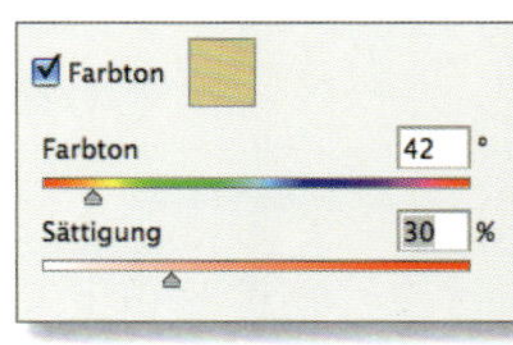

▲ **Abbildung 8.72**
Der Sepiaton soll kräftiger werden.

2 Farbtöne verändern

Jetzt sollten Sie das Gesicht noch etwas aufhellen. Dazu stellen Sie die ROTTÖNE auf ca. 50% (bei der Sepiafärbung reicht das) und die GELBTÖNE wieder auf 90%, ehe Sie die Werte mit OK an das Foto übergeben.

3 Rauschen hinzufügen

Zwar passen Handys natürlich nicht in die »gute alte Zeit«, aber wir wollen den Alt-Look dennoch optimieren. Deshalb sollten Sie jetzt noch ein gewisses Grundrauschen hinzufügen, indem Sie

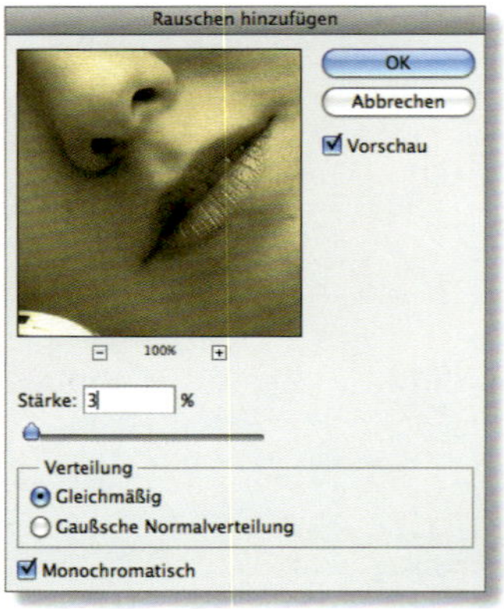

▲ **Abbildung 8.73**
Etwas Bildrauschen sollte sein.

Filter • Rauschfilter • Rauschen hinzufügen einstellen. Aktivieren Sie zunächst die Checkbox Monochromatisch, ehe Sie eine Stärke von 3 % festlegen. Da es sehr schwer ist, die 3 % mit dem Schieber einzustellen, tragen Sie den Wert gleich über die Tastatur ein. Sie müssen das Eingabefeld dazu noch nicht einmal markieren, da es nach dem Öffnen des Dialogs bereits ausgewählt ist. (Monochromatisch bedeutet übrigens, dass die Störungen nicht farbig dargestellt werden.)

Abbildung 8.74 ►
Das fertige Foto finden Sie im Ergebnisse-Ordner unter dem Namen »Telefon_Sepia.tif«.

8.5.3 Zu guter Letzt: Stufenlose Regulierung

Wenn Sie bis zum gewünschten Ergebnis noch ein wenig experimentieren möchten, sollten Sie immer zunächst die Bildebene duplizieren und die Veränderungen auf die obere Ebene anwenden. Ist Ihnen der Effekt zu schwach, duplizieren Sie die Ebene und ändern die Füllmethode. Wenn der Effekt zu stark ist, reduzieren Sie einfach die Ebenendeckkraft. So lässt sich jede Veränderung stufenlos regeln.

Kapitel 9

Grundlagen des Arbeitens mit Camera Raw

Fotobearbeitung professionell

- Wie kontrolliere ich das Raw-Plug-in?
- Wie kann ich Beleuchtung mit Camera Raw bearbeiten?
- Wie kann ich Farbe mit Camera Raw bearbeiten?
- Welche Reparaturmöglichkeiten stehen mir zur Verfügung?

9 Grundlagen des Arbeitens mit Camera Raw

In der professionellen Fotografie ist Camera Raw längst ein unverzichtbarer Standard geworden. Bei diesem Verfahren werden Rohdaten (englisch »raw« = roh) gespeichert. Diese können ohne Qualitätsverluste in Photoshop nachbearbeitet werden.

Die Daten der Kamera wurden im Raw-Zustand noch nicht komprimiert, wie das z. B. beim Speichern von herkömmlichen Kameradaten passiert. Die meisten Kameras stauchen das Foto nämlich beträchtlich zusammen, damit Speicherplatz gespart werden kann und dadurch mehr Fotos auf der Speicherkarte untergebracht werden können. Die Fotos liegen dann gewöhnlich im Format JPEG vor. Dieses Kompressionsverfahren ist aber verlustbehaftet. Das ist beim Raw-Format anders. Die Bildinformationen liegen dort in hoher Güte vor: prinzipiell so, wie das Objektiv der Kamera das Bild »gesehen« hat.

Aber es gibt noch ein weiteres herausragendes Merkmal: Sie können beim Öffnen der Datei direkten Einfluss auf die Entwicklung nehmen – ohne Qualitätsverlust: ein Komfort, der bei anderen Formaten nicht möglich ist. Das liegt daran, dass die Einstellungen, die zum Zeitpunkt der Aufnahme gültig waren, separat zur Datei gespeichert, aber noch nicht unwiderruflich angewendet wurden. Beim Öffnen der Raw-Datei erscheint ein Dialogfenster, das Ihnen sämtliche Einstelloptionen zur Verfügung stellt, die der Profi braucht.

▲ **Abbildung 9.1**
Die Plug-in-Version kann in Photoshop angezeigt werden.

9.1 Plug-in kontrollieren

Grundsätzlich wird beim automatischen Update von Photoshop auch das aktuelle Plug-in für Camera Raw mit installiert. Dennoch können Sie zu jeder Zeit kontrollieren, ob das aktuellste Plug-in auch auf Ihrem Rechner läuft. Zudem lässt sich das Plug-in manuell installieren, sofern Sie nicht bis zum nächsten automatischen Update warten wollen. Sehen Sie doch einmal nach, welches Plug-in derzeit auf Ihrem Rechner installiert ist. Gehen Sie dazu auf HILFE/PHOTOSHOP • ÜBER ZUSATZMODUL • CAMERA RAW. Hier finden Sie auch die Versionsbezeichnung Ihres installierten Plug-ins ❶. Damit die Anzeigetafel verschwindet, klicken Sie einfach mit der Maus darauf. ■

Um künftig auf dem Laufenden zu bleiben und um vielleicht auch zu prüfen, welche Kameras überhaupt von Photoshop unterstützt werden, lohnt sich ein Besuch der Adobe-Homepage unter *http://www.adobe.com/de/products/photoshopcameraraw.html*. Prüfen Sie hier, ob eine aktuellere Raw-Version als die erhältlich ist, die sich auf Ihrem Rechner befindet ❷. Scrollen Sie dazu etwas nach unten. Die unterstützten Kameras finden Sie im Übrigen auch auf dieser Seite ❸. ■

Raw-Dateiformate

Camera Raw ist zwar ein mehr oder weniger einheitlicher Standard, jedoch verwenden unterschiedliche Hersteller auch unterschiedliche Formate. Entsprechend sind auch die Dateiendungen unterschiedlich: Sie weisen mehr oder weniger klangvolle Namen wie CRW, JPE, NEF, RAF oder ähnlich auf. Das Handling ist allerdings prinzipiell identisch.

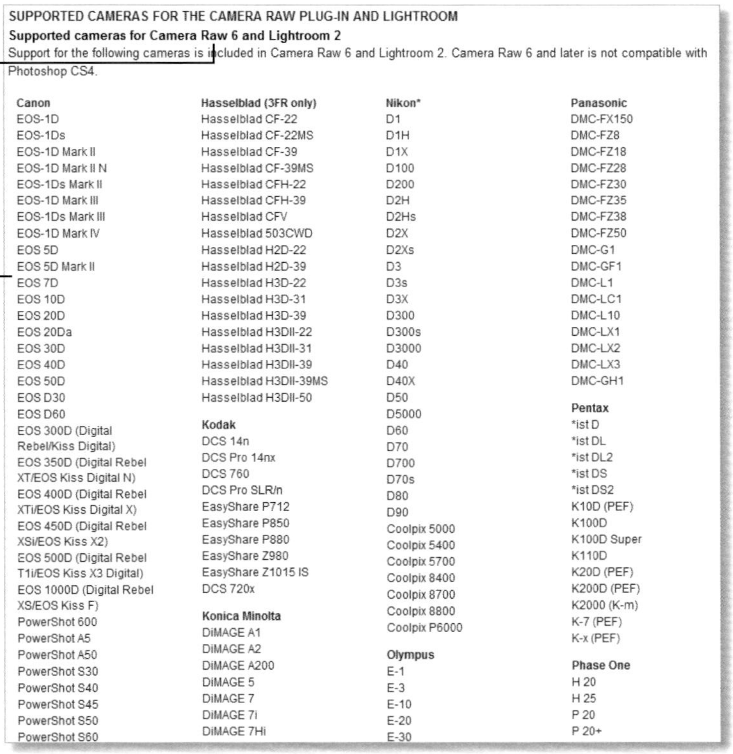

SUPPORTED CAMERAS FOR THE CAMERA RAW PLUG-IN AND LIGHTROOM

Supported cameras for Camera Raw 6 and Lightroom 2

Support for the following cameras is included in Camera Raw 6 and Lightroom 2. Camera Raw 6 and later is not compatible with Photoshop CS4.

Canon
EOS-1D
EOS-1Ds
EOS-1D Mark II
EOS-1D Mark II N
EOS-1Ds Mark II
EOS-1D Mark III
EOS-1Ds Mark III
EOS-1D Mark IV
EOS 5D
EOS 5D Mark II
EOS 7D
EOS 10D
EOS 20D
EOS 20Da
EOS 30D
EOS 40D
EOS 50D
EOS D30
EOS D60
EOS 300D (Digital Rebel/Kiss Digital)
EOS 350D (Digital Rebel XT/EOS Kiss Digital N)
EOS 400D (Digital Rebel XTi/EOS Kiss Digital X)
EOS 450D (Digital Rebel XSi/EOS Kiss X2)
EOS 500D (Digital Rebel T1i/EOS Kiss X3 Digital)
EOS 1000D (Digital Rebel XS/EOS Kiss F)
PowerShot 600
PowerShot A5
PowerShot A50
PowerShot S30
PowerShot S40
PowerShot S45
PowerShot S50
PowerShot S60

Hasselblad (3FR only)
Hasselblad CF-22
Hasselblad CF-22MS
Hasselblad CF-39
Hasselblad CF-39MS
Hasselblad CFH-22
Hasselblad CFH-39
Hasselblad CFV
Hasselblad 503CWD
Hasselblad H2D-22
Hasselblad H2D-39
Hasselblad H3D-22
Hasselblad H3D-31
Hasselblad H3D-39
Hasselblad H3DII-22
Hasselblad H3DII-31
Hasselblad H3DII-39
Hasselblad H3DII-39MS
Hasselblad H3DII-50

Kodak
DCS 14n
DCS Pro 14nx
DCS 760
DCS Pro SLR/n
EasyShare P712
EasyShare P850
EasyShare P880
EasyShare Z980
EasyShare Z1015 IS
DCS 720x

Konica Minolta
DiMAGE A1
DiMAGE A2
DiMAGE A200
DiMAGE 5
DiMAGE 7
DiMAGE 7i
DiMAGE 7Hi

Nikon*
D1
D1H
D1X
D100
D200
D2H
D2Hs
D2X
D2Xs
D3
D3s
D3X
D300
D300s
D3000
D40
D40X
D50
D5000
D60
D70
D700
D70s
D80
D90
Coolpix 5000
Coolpix 5400
Coolpix 5700
Coolpix 8400
Coolpix 8700
Coolpix 8800
Coolpix P6000

Olympus
E-1
E-3
E-10
E-20
E-30

Panasonic
DMC-FX150
DMC-FZ8
DMC-FZ18
DMC-FZ28
DMC-FZ30
DMC-FZ35
DMC-FZ38
DMC-FZ50
DMC-G1
DMC-GF1
DMC-L1
DMC-LC1
DMC-L10
DMC-LX1
DMC-LX2
DMC-LX3
DMC-GH1

Pentax
*ist D
*ist DL
*ist DL2
*ist DS
*ist DS2
K10D (PEF)
K100D
K100D Super
K110D
K20D (PEF)
K200D (PEF)
K2000 (K-m)
K-7 (PEF)
K-x (PEF)

Phase One
H 20
H 25
P 20
P 20+

◀ **Abbildung 9.2**
Infos zu Camera Raw erhalten Sie direkt von der Adobe-Website. (Hier die englische Version, die zur Drucklegung des Buchs die aktuelleren Informationen anbot.)

Falls Sie eine aktuellere Version gefunden haben, gehen Sie im Menü HILFE auf AKTUALISIERUNGEN. Später werden Sie angewiesen, alle Adobe-Anwendungen zu schließen. Nach dem erneuten Öffnen sollte dann auch das aktuelle Plug-in betriebsbereit sein.

Camera Raw 6 nicht abwärtskompatibel

Falls Sie es einmal mit einer Vorgänger-Version von Photoshop CS5 zu tun bekommen, beachten Sie bitte, dass das aktuelle Camera Raw 6-Plug-in nicht abwärtskompatibel ist. Sie benötigen für dieses Modul die Version CS5.

9.2 Raw-Bilder bearbeiten und speichern

Falls Sie selbst nicht im Besitz einer Raw-fähigen Kamera sind oder noch keine eigenen Raw-Dateien erzeugt haben, benutzen Sie »DSCF0514.RAF« aus den Beispieldateien.

Schritt für Schritt: Farbtemperatur korrigieren und als digitales Negativ speichern

Bilder/DSCF0514.RAF

Im diesem Workshop soll das Foto zunächst korrigiert werden. Am Schluss erfahren Sie noch, wie Sie das Bild im Austauschformat DNG (Digitales Negativ) speichern können.

1 Raw-Fotos öffnen

Zunächst sollten Sie eine Raw-Datei Ihrer Digitalkamera auf den Rechner übertragen und sie in Photoshop öffnen. Klicken Sie die Datei mit der rechten Maustaste an, und entscheiden Sie sich im Kontextmenü für Öffnen mit, gefolgt von Photoshop CS5.

▲ Abbildung 9.3
Das Foto wird nicht in der herkömmlichen Arbeitsumgebung geöffnet.

2 Bild skalieren

Die Ansicht der Datei können Sie verändern, indem Sie die Steuerelemente + und – sowie die Prozentangabe ❺ unterhalb des Bildes nutzen. Danach werden Sie nur noch einen Ausschnitt des Bildes sehen. Auch hier funktioniert übrigens der viel zitierte Doppelklick auf das Zoom-Werkzeug zur 100%-Darstellung.

3 Vorschau aktivieren

Wenn Sie eine Vollbild-Vorschau des Raw-Bildes wünschen, markieren Sie den Button ❶, der sich neben der Checkbox Vorschau befindet. Letztere sollte natürlich zum Zeitpunkt der Bearbeitung aktiv sein, damit Sie die Veränderungen gleich im Bild begutachten können. Sie können das Häkchen von Zeit zu Zeit kurz deaktivieren, um sich einen Vorher-nachher-Vergleich zu genehmigen.

4 Weißabgleich einstellen

Zunächst einmal ist das Steuerelement Weissabgleich ❸ innerhalb der Grundeinstellungen erwähnenswert. Sollte dieser Bereich nicht angezeigt werden, klicken Sie bitte auf das Register Grundeinstellungen ❷. Lassen Sie Wie Aufnahme stehen, werden die Einstellungen verwendet, die zum Zeitpunkt der Aufnahme gültig waren – also die Originaldaten. Eine Veränderung können Sie jedoch herbeiführen, indem Sie auf Tageslicht umstellen. Sie werden dadurch erste markante Unterschiede feststellen, nämlich dahingehend, dass die Farben etwas wärmer werden. Betrachten Sie dieses Steuerelement als Voreinstellung in Sachen Farbtemperatur. Schalten Sie mehrfach hin und her, und beobachten Sie, wie sich die unterhalb befindlichen Regler Temperatur und Farbton dabei verändern. Die Werte sind hier übrigens in Kelvin angegeben und können unabhängig von der gewählten Einstellung beim Weißabgleich noch verstellt werden. Grundsätzlich werden die Farben nach rechts hin wärmer, während sie sich nach links hin abkühlen. ■

5 Belichtung erhöhen

Nun könnte das Foto etwas aufgehellt werden. Widmen Sie sich deshalb dem Schieberegler Belichtung. Ziehen Sie ihn auf etwa »+0,75«.

▲ **Abbildung 9.4**
Schalten Sie auf Tageslicht um.

Einstellungen verwerfen

Um bereits angewendete Einstellungen widerrufen zu können, halten Sie [Alt]/[⌥] gedrückt. Der Button Abbrechen wird dadurch zur Zurücksetzen-Schaltfläche. Wenn Sie darauf klicken, bevor Sie [Alt] wieder loslassen, werden alle vorgenommenen Änderungen verworfen.

Abbildung 9.5 ▸
Jetzt ist das Foto schon merklich heller geworden.

6 Kontrast erhöhen

Die Aufnahme zeichnet sich ja nicht gerade durch Kontrastreichtum aus. Deshalb müssen Sie hier noch ein wenig nachhelfen. Ziehen Sie den Regler KONTRAST nach rechts, bis ein Wert von ca. »+40« erreicht ist. Auch den darüber befindlichen Regler SCHWARZ können Sie vorsichtig bis auf »+9« anheben. Damit verschieben Sie dunkle Bildinformationen mehr in Richtung Schwarz. Je weiter nach rechts Sie mit dem Regler gehen, desto mehr werden auch Bildpixel, die nicht sehr dunkel sind, in Richtung Schwarz verschoben.

7 Dynamik erhöhen

Der Regler DYNAMIK sollte ebenfalls noch nach rechts verschoben werden. Streben Sie »+30« an. Schwach gesättigte Farben werden so etwas mehr gesättigt als Farben, die bereits über eine ausreichende Sättigung verfügen.

Abbildung 9.6 ▸
Jetzt wird das Raw-Foto langsam ansehnlich.

8 Datei speichern

Ihr nächster Schritt sollte sein, die Datei zu speichern. Klicken Sie deshalb auf den Button BILD SPEICHERN ❹ (siehe Abbildung 9.3). Warum es sinnvoll ist, Raw-Fotos als DNG zu speichern, erfahren Sie im Anschluss an diesen Workshop.

Entscheiden Sie sich für den Button ORDNER AUSWÄHLEN ❶, und bestimmen Sie danach, in welchem Ordner das Negativ abgelegt werden soll. Wenn Sie hingegen wollen, dass es den gleichen Speicherort wie das Raw-Original einnimmt, müssen Sie hier nichts ändern.

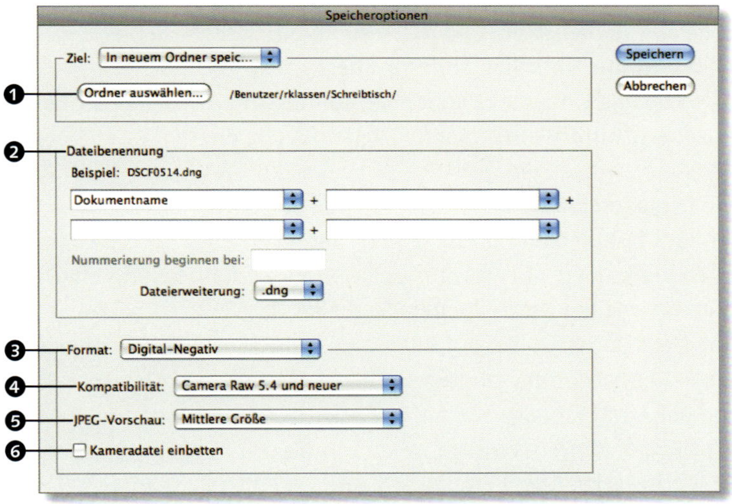

◂ **Abbildung 9.7**
Die Speicheroptionen des DNG-Dialogs

9 Datei benennen

Nun haben Sie die Möglichkeit, einen Namen zu vergeben. Das machen Sie über das erste Pulldown-Menü im Frame DATEIBENENNUNG ❷. Wenn Sie die Liste allerdings öffnen, werden Sie feststellen, dass lediglich der Dokumentname, die Seriennummer, Folgebuchstaben oder das Datum festgelegt werden können. Allerdings können Sie das Feld (in dem standardmäßig DOKUMENTNAME steht) auch direkt überschreiben und dann Ihre bevorzugte Bezeichnung eingeben.

10 Format festlegen

Im untersten Frame, FORMAT ❸, belassen Sie es bei DIGITAL-NEGTIV. Das war ja das erklärte Ziel. Im Pulldown-Menü KOMPATIBILITÄT ❹ kann zudem noch festgelegt werden, dass auch Benutzer älterer Plug-in-Versionen mit der Datei noch arbeiten können.

Auch hier müssen Sie in der Regel nichts ändern, es sei denn, Sie wollen das Photo an jemanden weitergeben, der noch mit einer veralteten Raw-Version unterwegs ist. KAMERADATEI EINBETTEN ❻ sorgt dafür, dass die Ursprungsdatei (also das Raw-Bild) mit in die DNG-Datei eingebettet wird. Im konkreten Beispiel lassen wir das aber weg, da ja lediglich ein DNG ausgegeben werden soll.

11 JPEG-Vorschau erzeugen

Damit Sie auch in anderen Anwendungen sehen, um welches Bild es sich handelt, sollten Sie eine JPEG-Vorschau integrieren ❺. Das hat keinen Einfluss auf die Qualität der eigentlichen Datei, sondern liefert lediglich ein Bild zur Ansicht mit. Stellen Sie hier OHNE ein, wird keine Vorschau abgespeichert.

Das fertige Dokument finden Sie auf der Buch-DVD im Ordner ERGEBNISSE unter dem Namen »Digitalnegativ.dng«.

▲ **Abbildung 9.8**
Die Datei wird als DNG im Zielordner abgelegt.

12 Dialog schließen

Der Raw-Dialog bleibt übrigens geöffnet. Das bedeutet: Sie könnten das Foto jetzt noch weiter bearbeiten. Zudem ließen sich die vorgenommenen Einstellungen direkt an das Raw-Foto übergeben. Dazu müssten Sie auf FERTIG klicken. Möchten Sie jedoch eine Kopie in der gewohnten Photoshop-Umgebung bearbeiten (und danach beispielsweise als TIFF speichern), ginge es über BILD ÖFFNEN. Für diesen Workshop klicken Sie allerdings auf ABBRECHEN, damit das Foto geschlossen wird und die Einstellungen des Originals nicht verändert werden. ■

9.2.1 Warum DNG?

DNG ist ein kostenlos erhältlicher Konverter, der ebenfalls von Adobe bereitgestellt wird. Er lässt sich über *http://www.adobe.com/de/products/dng* herunterladen. Der Sinn und Zweck dieses Konverters ist es, der Flut unterschiedlicher Raw-Formate entgegenzuwirken. Außerdem benötigen Sie zum Bearbeiten von Raw-Fotos auch eine entsprechende Software. Und die wiederum bekommen Sie entweder separat vom Kamerahersteller, oder Sie haben Photoshop installiert. Was tun Sie aber, wenn Sie ein solches Foto einmal weitergeben wollen? Dann benötigt der Empfänger lediglich noch den DNG-Konverter.

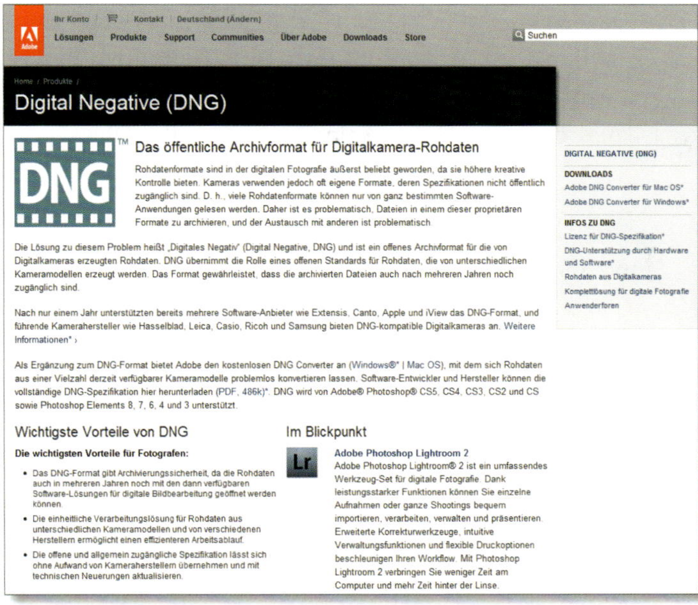

◂ **Abbildung 9.9**
Der DNG-Konverter ist kostenlos erhältlich.

9.2.2 Einstellungen der Raw-Bilder speichern

Wenn Sie eine Raw-Datei im Format Raw belassen wollen, klicken Sie im Anschluss an die Nachbearbeitung auf FERTIG (unten rechts im Raw-Dialog). Dann werden die geänderten Einstellungen übernommen und separat zum Bild gesichert. Öffnen Sie das Bild später erneut, präsentiert sich das Foto mit den aktualisierten Einstellungen, wobei diese dann abermals angeglichen werden könnten – und zwar jedes Mal verlustfrei.

Dabei ist allerdings von Bedeutung, wo Sie die Einstellungen ablegen wollen. Hier gibt es nämlich zwei Möglichkeiten. Sie können dem Bild ein XMP-Dokument mitgeben oder es in der Camera-Raw-Datenbank ablegen. Um eine entsprechende Auswahl treffen zu können, klicken Sie in der Symbolleiste des Raw-Dialogs auf VOREINSTELLUNGEN-DIALOGFELD ÖFFNEN und öffnen anschließend das Pulldown-Menü BILDEINSTELLUNGEN SPEICHERN IN.

◂ **Abbildung 9.10**
Öffnen Sie zunächst die Voreinstellungen.

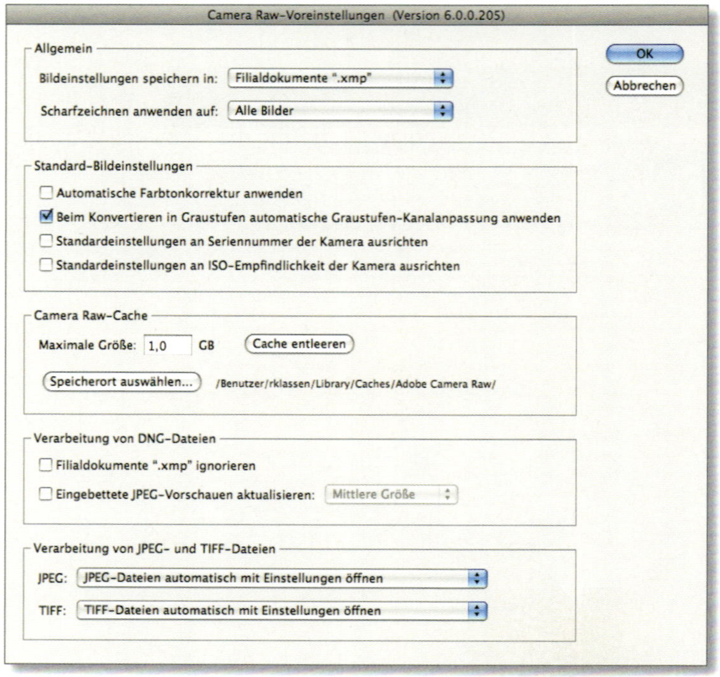

Abbildung 9.11 ▶
Danach bestimmen Sie, ob eine XMP-Datei hinzugefügt werden soll.

9.3 Raw-Fotos überprüfen

Rohdaten-Bilder können im Raw-Konverter prima bearbeitet werden. Allerdings haben Sie hier auch die Möglichkeit, die Einstellungen direkt von Photoshop überprüfen zu lassen. Das ist besonders dann wichtig, wenn Sie ein Raw-Foto für den Druck vorbereiten wollen.

Schritt für Schritt: Raw-Bilder für den Druck aufbereiten

Bilder/IMG_1418.cr2

Die Datei »IMG_1418.cr2« zeigt eine zwar sehr hübsche, aber leider etwas zu dunkle Fassade. Hier sollten Sie Einfluss auf die Beleuchtung nehmen. Öffnen Sie das Bild, und widmen Sie sich dem Raw-Dialog.

1 Optional: Kameradaten ablesen

Sie können übrigens hier eine Menge über die verwendete Kamera, die Blendenöffnung, die Belichtungszeit und Ähnliches in Erfahrung bringen. Zum einen wird der Kameratyp in der Dialog-Kopfleiste angezeigt, zum anderen finden Sie unterhalb des Histogramms die Einstellungen zum Zeitpunkt der Aufnahme. Das Objektiv war demzufolge (aufgrund des Gegenlichts) nur eine fünfhundertstel Sekunde lang offen ❶.

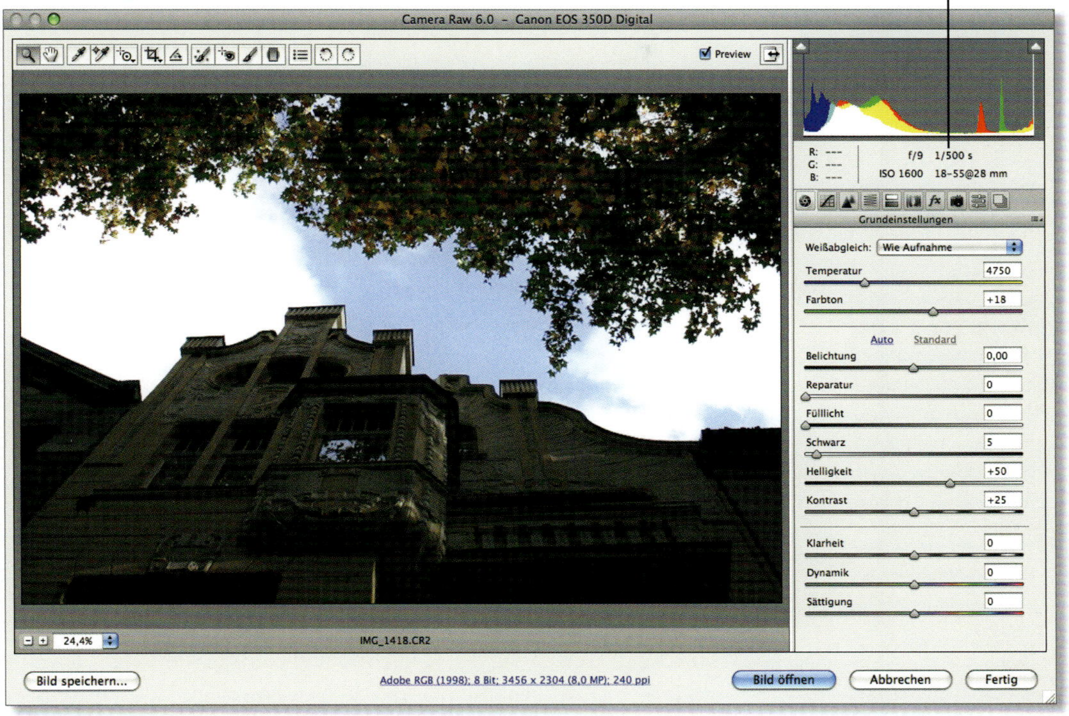

▲ **Abbildung 9.12**
Hier ist eine klassische Gegenlicht-Situation vorhanden.

2 Belichtungszeit erhöhen

Die Folge: Die Bereiche der Fassade sind leider ein wenig zu dunkel geraten. Im Raw-Dialog haben Sie aber die Möglichkeit, die Tiefen aufzuhellen, wie Sie das aus dem Tiefen/Lichter-Dialog des Standard-Editors kennen.

Dazu müssen Sie zunächst das Register Gradationskurve ❷ öffnen. Schieben Sie danach den Regler Tiefen ❹ etwas nach rechts. So bei etwa »+60« sollte die Fassade in einer annehmbaren Helligkeit erstrahlen. Beobachten Sie dabei auch, wie sich die Kurve ❸ oberhalb der Regler verändert. Sie sehen also, dass Sie mit dieser Methode lediglich dunkle Bereiche sprichwörtlich »nach oben ziehen«, während die Lichter unverändert bleiben.

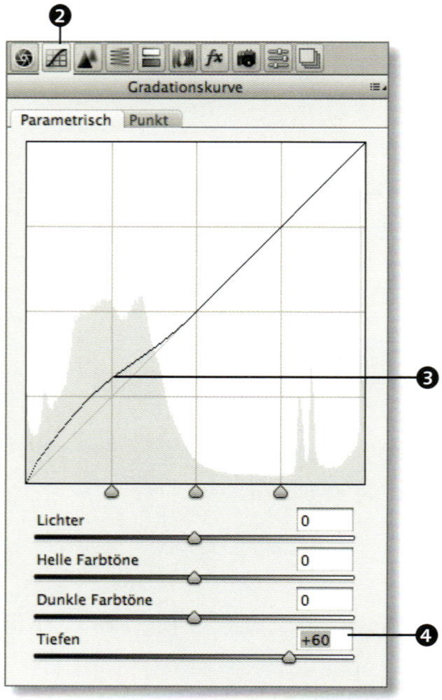

Abbildung 9.13 ▸
Das Aufhellen von Tiefen ist auch im Raw-Dialog möglich.

3 Tiefenwarnung aktivieren

Zu helle, rein weiße bzw. zu dunkle, schwarze Flächen können im professionellen Vierfarbdruck zu Problemen führen. Wenn Sie die Datei also für derartige Zwecke aufbereiten wollen, sollten Sie unbedingt die Grenzwertigkeit überprüfen. Um die Tiefen zu kontrollieren, schalten Sie die WARNUNG ZUR TIEFENBESCHNEIDUNG ein, indem Sie den gleichnamigen Button im Histogramm anklicken ❺. Alternativ drücken Sie [U]. Sie sehen, dass es in diesem Bild Probleme gibt (die Bereiche werden mit blauer Farbe dargestellt).

Abbildung 9.14 ▸
Blaue Einfärbungen deuten auf zu viel Farbe hin.

4 Schwarz minimieren

Wechseln Sie kurzzeitig auf das erste Register, GRUNDEINSTELLUNGEN, und ziehen Sie den Schieber SCHWARZ vorsichtig so weit nach links, bis die blauen Punkte verschwunden sind. Bei etwa »2« dürfte das der Fall sein. Danach kehren Sie zurück zum Register GRADATIONSKURVE. ■

5 Lichterwarnung aktivieren

Aber wie sieht es mit den Lichtern aus? Zu helle Bereiche werden beim Druck nicht mit Farbe versehen. Das sieht dann unter Umständen im Ergebnis löchrig aus. Drücken Sie einmal [O], oder klicken Sie auf WARNUNG ZUR LICHTERBESCHNEIDUNG ❻.

Welch grausiges Bild! Alles rot! Aber nicht verzagen – auch das können Sie glücklicherweise schnell beheben.

Tiefen- und Lichterwarnung

Photoshop kennzeichnet die Stellen mit Rot, an denen es nicht mehr zum Farbauftrag und somit zu unnatürlichem Weiß kommt (Lichterwarnung). Schalten Sie dagegen die Tiefenwarnung ein, werden problematische (zu dunkle) Stellen in Blau angezeigt. Dort wird dann beim Drucken zu viel Farbe aufgetragen, und die Stelle wirkt möglicherweise im Ergebnis wie ein Klecks.

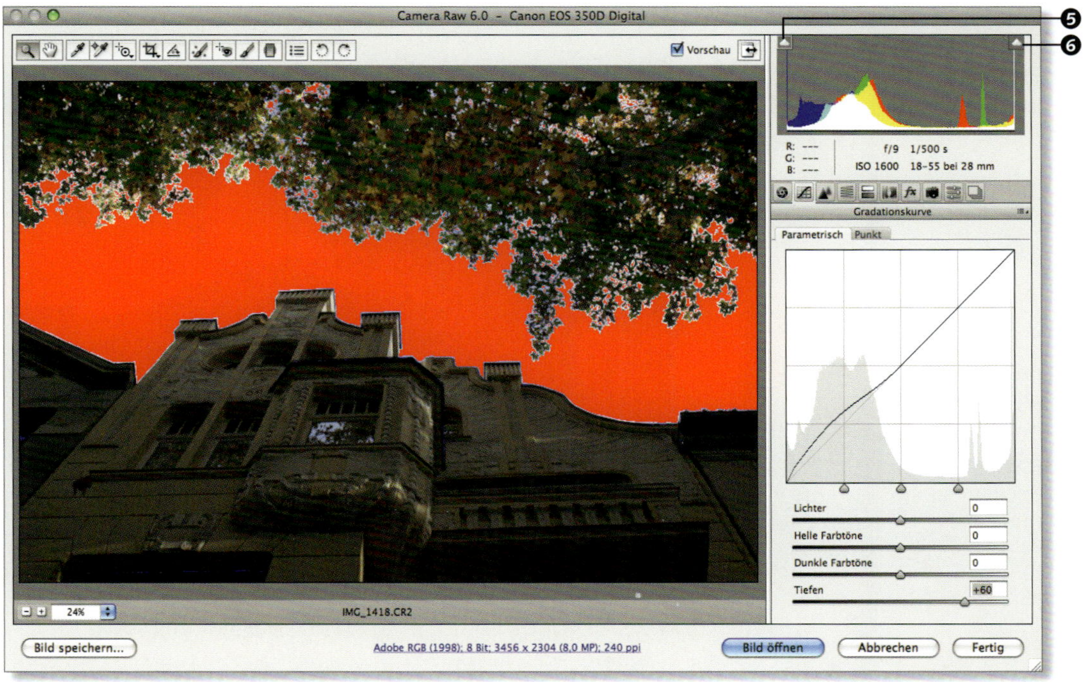

▲ **Abbildung 9.15**
Der Himmel wird komplett bemängelt.

Leider würde es nicht viel nutzen, wenn Sie den Regler LICHTER direkt unterhalb der Kurvenanzeige nach links verschieben würden. Sie würden damit allenfalls den mittleren Teil des Himmels reparieren können. Klicken Sie deshalb auf das Register PUNKT ❶. Jetzt finden Sie eine Gradationskurve vor, die Sie direkt beeinflussen können. Greifen Sie das Quadrat oben rechts ❷, und ziehen Sie es minimal senkrecht nach unten. Damit sollte der rote Bereich innerhalb des Bildes, der die Lichterwarnung repräsentiert, komplett entfernt worden sein.

6 Feineinstellung über Pfeiltasten

Sie können diesen Punkt jetzt sogar in kleinsten Schritten per Tastatur bewegen. Er ist markiert (schwarz gefüllt) und kann mit [↑] und [↓] vertikal verschoben werden. Achten Sie jedoch darauf, dass Sie nach jeder Bewegung einen kurzen Moment warten, damit Sie der Anwendung Gelegenheit geben, auf die Veränderungen zu reagieren.

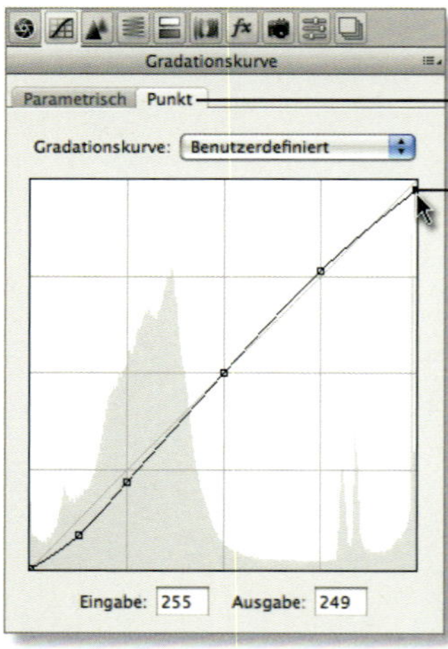

▲ **Abbildung 9.16**
Eine minimale Korrektur behebt den Fehler.

▲ **Abbildung 9.17**
Jetzt ist der Himmel wieder blau.

7 Blitz simulieren

Übrigens lässt sich nachträglich noch ein Blitz integrieren. Gehen Sie wieder zurück in das Menü GRUNDEINSTELLUNGEN, und wählen Sie im Pulldown-Menü WEISSABGLEICH den Listeneintrag BLITZ. Jetzt können Sie die HELLIGKEIT erhöhen, ohne befürchten zu müssen, dass es zur erneuten Lichterwarnung in den hellen Bildbereichen kommt. Ziehen Sie den Regler HELLIGKEIT auf etwa »90«.

◂ **Abbildung 9.18**
Die fertige Datei finden Sie als TIFF im ERGEBNISSE-Ordner. Sie heißt »IMG_1418_cr2_fertig.tif«.

8 Als Raw-Datei speichern

Diesmal wollen wir das Bild mit den geänderten Einstellungen speichern und im Raw-Format belassen. Klicken Sie deshalb auf FERTIG. Wenn Sie das Bild abermals öffnen, finden Sie es bearbeitet vor. Schauen Sie einmal am Speicherort der Raw-Datei nach. Dort werden Sie nämlich auch eine gleichnamige .xmp-Datei vorfinden (zumindest, sofern Sie Entsprechendes in den Camera-Raw-Voreinstellungen veranlasst haben).

▴ **Abbildung 9.19**
Falls Sie die Einstellungen verwerfen wollen, reicht es, wenn Sie die XMP-Datei entsorgen. ■

9.3.1 Wichtige Raw-Grundeinstellungen im Überblick

- BELICHTUNG: Verändert nachträglich die Blendenöffnung, um die Belichtung des Bildes anzupassen.
- REPARATUR: Hiermit wird versucht, verschwindende Details in hellen Bereichen wiederherzustellen. Dabei wird mindestens ein Farbkanal abgeschnitten und weiß dargestellt.
- FÜLLLICHT: Hierdurch werden Details in dunklen Bereichen besser herausgestellt. Dabei wird mindestens ein Farbkanal abgeschnitten und schwarz dargestellt.
- SCHWARZ: Hiermit legen Sie fest, welche Tonwertbereiche schwarz dargestellt werden sollen. Dunkle Bildbereiche werden weiter abgedunkelt, wenn Sie den Regler weiter nach rechts stellen.
- HELLIGKEIT: Verändert die Helligkeit des Bildes insgesamt.

- Kontrast: Verändert das Gefälle zwischen hellen und dunklen Bereichen des Bildes. Die Einstellungen wirken sich somit vorwiegend auf die Mitten aus.
- Sättigung: Hebt die Leuchtkraft der Farbe an.

9.4 Reparatur und Retusche in Camera Raw

Das ist wirklich schick: Mit dem Raw-Konverter von Photoshop können Sie sogar kleinere Retuschen vornehmen!

Schritt für Schritt: Retusche im Raw-Konverter

Bilder/DSCF0513.RAF

1 Bild öffnen

Öffnen Sie das Beispielfoto »DSCF0513.RAF«. Gehen Sie doch dazu diesmal über Datei • Öffnen in der Standardansicht von Photoshop. Das geht natürlich auch.

© Robert Klaßen

Abbildung 9.20 ▸
Diesmal verzichten Sie auf eine Korrektur.

2 Pinsel aktivieren

Aktivieren Sie, sofern noch nicht aktiv, das Zoom-Werkzeug [Z] und klicken Sie damit zwei- bis dreimal auf den kleinen, hellen Stromkasten gleich rechts neben der bewachsenen Mauer. Danach drücken Sie [B], um die Bereichsreparatur auszuwählen und stellen auf der rechten Seite (per Schieberegler) einen Radius von etwa 8 Pixeln ein. Stellen Sie den Mauszeiger (er ist mittlerweile zu einem blauen Kreis mutiert) auf den Stromkasten.

◂ **Abbildung 9.21**
Der Kasten muss weg!

3 Aufnahmestelle kennzeichnen

Nachdem Sie auf das Foto geklickt haben, tauchen ein rot-weißer sowie ein grün-weißer Kreis auf. Dabei ist alles das, was retuschiert werden soll, im roten Kreis zu finden. Mit der Position des grünen Kreises bestimmen Sie, von welcher Bildposition Pixel zur Reparatur »herangeholt« werden sollen. Zudem können Sie beide Kreise per Drag & Drop verschieben, indem Sie die Maus in einem der Kreise platzieren und den Kreis mit gedrückter Maustaste neu anordnen. Stellen Sie auf diese Weise den grünen Kreis auf die dunkle Stelle oberhalb des Stromkastens.

◂ **Abbildung 9.22**
Retusche ist auch in Camera Raw kein Problem.

▴ **Abbildung 9.23**
Der Kasten ist bereits jetzt nicht mehr zu sehen.

4 Kreis vergrößern

Damit hat sich der obere Teil des Kastens bereits in Luft aufgelöst. Da das allein aber noch nicht ausreicht, muss der Kreis vergrößert werden. Und auch das geht per Drag & Drop. Stellen Sie den Mauszeiger auf die Begrenzung des roten Kreises. Wenn Sie die richtige Position gefunden haben, wird der Mauszeiger zum Doppelpfeil. Ziehen Sie den Kreis mit gehaltener Maustaste etwas größer auf. Danach positionieren Sie ihn erneut (er sollte mittig auf dem Stromkasten stehen) und lassen los. Na, hat's geklappt?

▲ **Abbildung 9.24**
Das Ergebnis heißt »DSCF0513_RAF_fertig« und ist wie gewohnt als TIFF-Datei im ERGEBNISSE-Ordner zu finden. ■

9.5 Nicht-Raw-Fotos im Raw-Dialog bearbeiten

Der Raw-Dialog bietet herausragende Möglichkeiten, wenn es darum geht, Fotos schnell und präzise nachzubearbeiten. Dabei müssen Sie sich übrigens keineswegs mit Raw-Formaten beschei-den. Es ist nämlich auch möglich, JPEG- oder TIFF-Bilder mit Camera Raw zu bearbeiten.

Schritt für Schritt: Vignettierung verstärken

Bilder/Farbe_02.tif

Beispielhaft wollen wir uns ein weiteres Mal mit der Datei »Farbe_02.tif« befassen. Hier soll die Vignettierung mithilfe des Raw-Dialogs ein wenig bearbeitet werden. ■ Dabei handelt es sich übrigens um eine Neuerung in Photoshop CS5.

1 Bild in Camera Raw öffnen
Suchen Sie in der Bridge nach dem Foto, das Sie an den Raw-Dialog übergeben wollen (im Beispiel »Farbe_02.tif«), markieren Sie es dort mit der Maus, und betätigen Sie anschließend Strg/

⌘+R. Wem das Menü auch jetzt noch lieber ist, der wählt DATEI • IN CAMERA RAW ÖFFNEN. Danach wird das Foto in der Rohdaten-Umgebung erscheinen.

2 Optional: Foto vorab speichern

Jede Nachbearbeitung am Foto bedeutet, dass die Einstellungen abgesichert werden. Wenn Sie das nicht wollen (um das Original zu schützen), müssen Sie bereits jetzt einen Speichervorgang in die Wege leiten (siehe Schritt »Bild speichern« weiter unten).

3 Priorität der Vignettierung festlegen

Betätigen Sie anschließend das Register EFFEKTE ❶. Im oberen Bereich hätten Sie die Möglichkeit, dem Bild eine Körnung zu verpassen. Weiter unten geht es um die Vignettierung. Im Bereich ART ❷ legen Sie zunächst fest, ob die Helligkeit (Lichterpriorität), die Farbintensität (Farbpriorität) oder die Farbüberlagerung im Foto verändert werden soll. Belassen Sie es bei LICHTERPRIORITÄT.

4 Ecken abdunkeln

Solange der Regler STÄRKE noch nicht bewegt wurde, sind alle unterhalb befindlichen Schieber noch ausgegraut dargestellt. Das ändert sich, wenn Sie STÄRKE bewegen. Ziehen Sie nach links bis auf etwa »–50« ❸.

Vignettierung

Vignettierung ist eine Verdunklung bzw. Erhellung von Bildern zu deren Ecken hin. Eine Vignettierung kann als unerwünschter Effekt beim Fotografieren auftreten (vereinfacht gesagt: hervorgerufen dadurch, dass das Licht durch mehrere runde Öffnungen fällt). Hier schafft man meist Abhilfe, indem man die Randbereiche erhellt. Ebenso kann ein Foto aber auch gezielt mit einer Vignettierung versehen werden – beispielsweise um noch mehr Aufmerksamkeit auf das eigentliche Objekt zu lenken.

CS5

Abbildung 9.25 ▼
Die Ecken des Fotos werden abgedunkelt.

5 Bild speichern

Das war's schon. Sie können das Foto jetzt speichern. Dazu betätigen Sie BILD SPEICHERN unten links. Stellen Sie ganz oben zunächst das Ziel ein. Ganz wichtig: Wenn Sie nicht wieder eine DNG-Konvertierung wünschen, müssen Sie in der Mitte des Dialogs DATEIERWEITERUNG auf TIFF stellen, ehe Sie mit SPEICHERN bestätigen.

6 Optional: Bild an Photoshop übergeben

Eine weitere Option, anstelle des vorangegangenen Schrittes, wäre die direkte Weitergabe an Photoshop. Das bietet sich vor allem dann an, wenn Sie das Foto anschließend noch weiter bearbeiten wollen. In diesem Fall klicken Sie auf BILD ÖFFNEN. Hier müssten Sie das Foto allerdings am Ende noch separat abspeichern. Das fertige Foto finden Sie im Ordner ERGEBNISSE. Es heißt »Farbe_Raw_fertig.tif«.

▲ **Abbildung 9.26**
So sieht das Foto vor und nach der Vignettierung im Raw-Dialog aus.

Wenn Sie ein Foto im Raw-Dialog nachbearbeiten, werden die Einstellungen, wie Sie ja bereits wissen, separat mit abgesichert. Sie erkennen ein derartiges Bild übrigens in der Bridge an dem kleinen Icon ❶ in der oberen rechen Ecke.

Abbildung 9.27 ▶
Oben rechts wird angezeigt, dass Bildeinstellungen vorhanden sind.

Kapitel 10

Nachbearbeitung und Retusche

Kopieren, reparieren, restaurieren

- Wie kann ich komplexe Objekte aus Bildern entfernen?
- Wie werden Objekte geklont?
- Wie kann ich die Haut im Porträt bearbeiten?
- Wie entferne ich den Rote-Augen-Effekt?
- Wie lässt sich Bildrauschen reduzieren?

10 Nachbearbeitung und Retusche

Es gibt doch immer etwas zu tun! Kaum ein Bild, das auf Anhieb perfekt ist. Das niemals zufriedene Auge des Designers findet ständig Verbesserungswürdiges und Stellen, die repariert oder aufgewertet werden müssten. Irgendwie nimmt das gar kein Ende. Da aber gerade für die Retusche der Grundsatz »Weniger ist mehr!« gilt, kann die Devise für eine Fehlerkorrektur nur lauten: Finden – wegmachen – fertig! Und Bereiche, die nicht korrigiert werden müssen, bleiben unangetastet. So macht die Umsetzung dann auch Spaß.

10.1 Bildbereiche entfernen und klonen

10.1.1 Bildbereiche reparieren

Photoshop bietet mit dem Bereichsreparatur-Pinsel ein leicht und effektiv anzuwendendes Tool. Benutzen Sie ihn, um Bereiche innerhalb eines Bildes zu entfernen bzw. zu retuschieren.

Schritt für Schritt: Objekte aus Bildern entfernen

Bilder/Strand.tif

Die Anwendung des Tools ist wirklich denkbar einfach. Kurz gesagt, zeichnen Sie einfach über den Bereich, den Sie entfernen wollen. Die Datei »Strand.tif« zeigt einen menschenleeren Strand. Menschenleer? Nein! Die beiden Personen aus der Bildmitte sollen verschwinden.

1 Werkzeug einstellen und anwenden

Zunächst sollten Sie stark auf die Stelle einzoomen, die Sie retuschieren wollen. Aktivieren Sie anschließend das Werkzeug Bereichsreparatur-Pinsel J, und stellen Sie eine Pinselgröße von etwa »50 Px« ein. Aktivieren Sie zudem Näherungswert in der Optionsleiste. Platzieren Sie die Pinselspitze so, dass die beiden Personen vollständig vom Kreis der Spitze umschlossen werden. Danach klicken Sie einmal kurz.

▲ **Abbildung 10.1**
Wir wollen den Strand ganz für uns alleine haben!

▲ **Abbildung 10.2**
Da sind die beiden Eindringlinge, …

▲ **Abbildung 10.3**
… doch ein Mausklick reicht, um sie loszuwerden.

2 Optional: Reparatur korrigieren

Wenn die Stelle gut retuschiert wurde, sind Sie bereits fertig. Möglicherweise sind aber die Übergänge ein wenig hart geworden. In diesem Fall drücken Sie [Strg]/[⌘]+[Z] und versuchen es erneut. Des Weiteren kann es interessant sein, den Mausklick ein wenig versetzt noch einmal zu wiederholen. Damit wird abermals retuschiert, und der Übergang verbessert sich. Am Ende sollten die Personen auf jeden Fall aus dem Bild verschwunden sein.

Abbildung 10.4 ▶
Hier deutet nichts mehr auf Zivilisation hin.

Werkzeuge direkt auf dem Bild einstellen

In Photoshop ist es möglich, das jeweilige Tool, sofern es über eine Werkzeugspitze verfügt, direkt auf dem Foto einzustellen. Dazu müssen Sie nichts weiter tun, als mit rechts auf das Bild zu klicken. Im Kontextmenü werden dann die Einstelloptionen sichtbar.

So einfach ist das! Und da Sie schon einmal dabei sind: Wie wäre es, wenn Sie die Werkzeugspitze ein wenig verkleinern und den Strand noch von Halmen, Steinen und Geäst befreien? Zum Vergrößern von Werkzeugspitzen benutzen Sie nämlich einfach [#], während zum Verkleinern [ö] gedrückt wird. Zudem dürfen Sie größere Retuschestellen auch gern mit gedrückter Maustaste überfahren. Versuchen Sie es! Sollten Sie wider Erwarten mit einer Stelle nicht zufrieden sein, fahren Sie einfach erneut über den Bereich. ■

Abbildung 10.5 ▼
So soll ein Strand aussehen, oder?

10.1.2 Inhaltssensitives Retuschieren

CS5

Leider geht es nicht immer so glatt. Eigentlich war die Vorgehensweise im vorangegangenen Workshop schon grenzwertig. Möglicherweise haben Sie beim Ausprobieren gesehen, dass das Bild eine abenteuerliche Pixelwiederholung aufwies oder an der zu retuschierenden Stelle extrem unscharf wurde. Okay, aber jetzt wissen Sie, wie das Werkzeug vor Photoshop CS5 gearbeitet hat. Grundsätzlich eignet sich die zuvor genannte Methode nur für kleinere Retuschestellen oder wenn Sie einen gleichmäßigen Hintergrund vorfinden.

Photoshop CS5 wartet allerdings mit einem komplett neuen Algorithmus auf, der Fehler fast schon unmöglich macht. Deshalb sollten Sie in der Optionsleiste stets INHALTSSENSITIV angewählt lassen. Dann nämlich gelingen Ihnen auch aufwendigere Retuschen im Handumdrehen.

Schritt für Schritt: Einen Zaun verschwinden lassen

Öffnen Sie die Datei »Zaun.jpg«. Ein interessantes Foto. Was ein bisschen stört, sind die Pfähle. Sollen wir sie verschwinden lassen?

Bilder/Zaun.jpg

© Grace Winter/Pixelio.de

◂ **Abbildung 10.6**
Freiheit für Bäume! Weg mit dem Zaun!

1 Alte Methode anwenden

Lassen Sie uns zunächst mal einen Blick darauf werfen, was der altgediente Algorithmus aus dem schönen Foto machen würde. Aktivieren Sie daher den Bereichsreparatur-Pinsel, und stellen Sie die Pinselspitze auf eine Größe von etwa »20 Px« ein. Zudem aktivieren Sie NÄHERUNGSWERT. Wischen Sie danach über die Pfosten. Na, gefällt Ihnen das Resultat? Sicher nicht …

Abbildung 10.7 ▸
Das erzeugte Muster ist alles andere als zufriedenstellend.

2 Pfosten erneut entfernen

Machen Sie die letzten Schritte bitte wieder rückgängig. Versuchen Sie es danach erneut, wobei Sie aber vorab auf INHALTSSENSITIV umstellen. Wenn Sie jetzt über die Pfosten wischen, werden diese allesamt verschwinden.

3 Drähte entfernen

Etwas schwieriger wird es mit den quer gespannten Drähten. Wenn Sie allerdings eine etwas kleinere Spitze verwenden (etwa 8 Px) und jeweils nur kurze Strecken überpinseln, wird das sicher sehr gut funktionieren. Wenn etwas nicht so aussieht, wie Sie sich das wünschen, drücken Sie [Strg]/[⌘]+[Z] und erneuern die letzte Aktion. Noch ein Tipp: Vermeiden Sie es, dem Gras zu nahe zu kommen. Das könnte ungewünschte Muster hervorrufen. Beim Baum hingegen sollte es keine Probleme geben.

Abbildung 10.8 ▾
Der Zaun ist verschwunden!

Sie haben soeben selbst erlebt, wie schön es ist, mit diesem neuen Tool zu arbeiten. Dennoch kann es mitunter zu Problemen kommen – besonders dann, wenn unterschiedliche Muster sehr dicht beieinanderliegen. Deshalb möchte ich an dieser Stelle auf die Korrektur mithilfe des Kopierstempels hinweisen. Was es damit auf sich hat, erfahren Sie im anschließenden Abschnitt. Doch jetzt wollen wir uns noch mit einer erweiterten Form der inhaltssensitiven Korrektur befassen.

10.1.3 Große Objekte inhaltssensitiv retuschieren

CS5

Sie haben sich davon überzeugen können, dass sich kleinere Retusche-Arbeiten prima mit dem Werkzeug erledigen lassen. Was ist aber, wenn Sie große Objekte entfernen wollen, die einen wesentlichen Platz im Bild einnehmen?

Schritt für Schritt: Einen Baum inhaltssensitiv entfernen

Bilder/Zaun_2.tif

Nachdem es uns gelungen ist, den Zaun zu entfernen, könnten wir uns doch eigentlich auch einmal an den Baum heranwagen. Als Grundlage soll das Ergebnis des vorangegangenen Workshops herhalten. Sie können alternativ auch auf »Zaun_2.tif« zurückgreifen. – Nun muss ich gleich zu Beginn verraten, dass Sie den gesamten Baum mit bloßem Drüberwischen nicht entfernen können – selbst dann nicht, wenn Sie eine riesige Spitze verwenden. Das Ergebnis sähe so oder so ähnlich aus:

◂ **Abbildung 10.9**
So etwas geht ja nun gar nicht!

1 Auswahl erzeugen
Aktivieren Sie stattdessen lieber das Auswahlwerkzeug, und umkreisen Sie den gesamten Baum großzügig. Denken Sie daran,

dass Sie ruhig mehrere Auswahlen zu einer kombinieren können. Am Ende sollte die Auswahl in etwa so aussehen:

Abbildung 10.10 ▸
Der Baum ist großzügig umrahmt.

2 Fläche füllen

Nun gibt es drei Möglichkeiten: Entweder Sie entscheiden sich für BEARBEITEN • FLÄCHE FÜLLEN, oder Sie drücken ⇧+F5. Oder aber (und das wird Sie begeistern) Sie betätigen schlicht Entf auf Ihrer Tastatur. Wie dem auch sei, Sie werden am Ende einen Dialog vorfinden, der Ihnen die schwierige Entscheidung abverlangt, was Sie denn VERWENDEN wollen. Hier stellen Sie jetzt um auf INHALTSSENSITIV, gefolgt von OK. Zuletzt müssen Sie lediglich die Auswahl aufheben (Strg+D oder AUSWAHL • AUSWAHL AUFHEBEN).

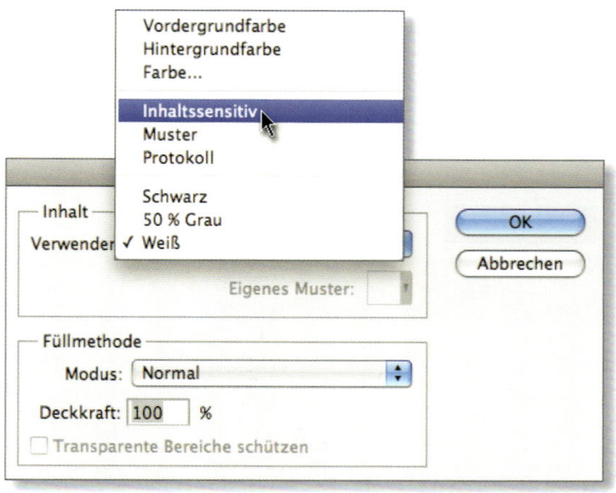

Abbildung 10.11 ▸
Der Eintrag INHALTSSENSITIV im Dialog FLÄCHE FÜLLEN macht das Photoshop-Leben noch ein bisschen einfacher.

▲ **Abbildung 10.12**
Der Bereich innerhalb der Auswahl wurde mit der Struktur des Hintergrunds gefüllt. ■

10.1.4 Bildbereiche mit dem Kopierstempel duplizieren

Mit dem Reparatur-Pinsel und dem Kopierstempel lassen sich Bildkorrekturen vornehmen. Mit beiden Tools werden Pixel aufgenommen und an anderer Stelle reproduziert. Während es in den vorangegangenen Workshops stets darum gegangen ist, etwas verschwinden zu lassen, wollen wir jetzt Bildelemente hinzugewinnen, sprich: reproduzieren. Und dazu eignet sich der Kopierstempel ausgezeichnet.

Schritt für Schritt: Objekte mit dem Kopierstempel klonen

Bilder/Feld.tif

Werfen Sie einmal einen Blick auf »Feld.tif«. Das Ziel dieser Übung soll es nun sein, den rechten Baum zu klonen und ein wenig weiter nach rechts versetzt abermals zu platzieren. Das hört sich schwieriger an, als es ist.

◂ **Abbildung 10.13**
Ein Baum mehr kann nicht schaden.

Option: Ausgerichtet

Wenn Sie die Checkbox Ausgerichtet deaktivieren, wird während der Reproduktion die Aufnahmestelle bei jedem Mausklick wieder an die ursprüngliche Aufnahmestelle gesetzt. Aktivieren Sie die Option, »wandert« die Aufnahmestelle mit. Zur Reproduktion komplexer Objekte ist dies erforderlich.

1 Pinsel einstellen

Zoomen Sie zunächst etwas auf den rechten Baum ein. Danach wählen Sie den Kopierstempel [S] und stellen eine weiche Werkzeugspitze mit einer Größe von etwa »50 Px« im Modus: Normal bei je 100% Deckkraft und Fluss ein. Durch die weiche Spitze werden die Übergänge zwischen dem gestempelten Bereich und dem Original fließender. Den Regler für die Größe erreichen Sie über die kleine Dreieck-Schaltfläche im Bereich Pinsel ❶. Achten Sie darauf, dass Ausgerichtet ❷ aktiviert ist. ■

Mit der Funktion Alle Ebenen im Pulldown-Menü Aufnehmen ❸ könnten Sie, wie der Name schon sagt, Pixel aus allen im Bild vorhandenen Ebenen aufnehmen. Da dies aber für die Beispieldatei unerheblich ist (das Bild besteht nur aus dem Hintergrund), müssen Sie hier keine Änderungen vornehmen. Hier darf also ruhig Aktuelle Ebene stehen. (Bei mehreren Bildebenen würde nur die aktivierte bei der Bearbeitung berücksichtigt, während alle anderen Ebenen von der Aufnahme verschont blieben.)

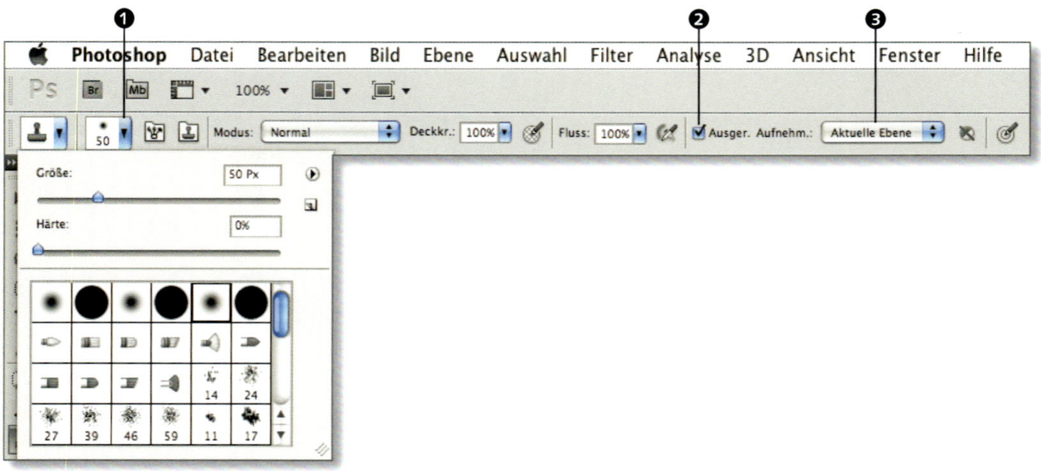

▲ **Abbildung 10.14**
Der erste Schritt besteht wieder einmal darin, das Werkzeug einzustellen.

2 Aufnahmebereich definieren

Jetzt geht es darum, den Aufnahmebereich zu definieren, also jene Stelle, die reproduziert werden soll. Dazu ist es sinnvoll, am Übergang zwischen Baum und Gerstenfeld zu beginnen. Positionieren Sie die Maus also bitte so, wie es in der Abbildung zu sehen ist.

◂ **Abbildung 10.15**
Hier entsteht die Aufnahme der Pixel.

Klicken Sie nun, während Sie [Alt]/[⌥] gedrückt halten, einmal auf diese Stelle des Fotos. Damit ist der Aufnahmebereich definiert, und der Kopierstempel ist gewissermaßen »geladen«.

3 Reproduzieren

Nun setzen Sie den Kreis des Mauszeigers nach rechts. Dadurch, dass sich ein Overlay der geklonten Stelle zeigt, sind Sie nun imstande, die obere Begrenzung des Gerstenfeldes genau an das Bild anzupassen. Mit einem Mausklick reproduzieren Sie jetzt diesen Aufnahmepunkt. Dort, wo Sie hinklicken, wird der zuvor aufgenommene Bereich eingefügt.

◂ **Abbildung 10.16**
Die Grundposition des Klons wird festgelegt.

Da die Funktion AUSGERICHTET aktiv ist, wird nun ein weiterer, etwas versetzter Mausklick bewirken, dass die Aufnahmestelle in derselben Richtung mitläuft.

Abbildung 10.17 ▸
Hier »wächst« ein Baum.

Abbildung 10.18 ▾
Die finale Datei heißt »Feld_fertig.tif«.

Sie können nun ganz entspannt stempeln, bis der zweite Baum fertig ist. Bewegen Sie die Maus dazu etwas nach oben, und lassen Sie dabei zahlreiche Mausklicks folgen.

10.1.5 Die Palette »Kopierquelle«

Photoshop hält eine interessante Palette bereit: das Kopierquelle-Bedienfeld. Dieses öffnen Sie über FENSTER • KOPIERQUELLE.

Zunächst einmal haben Sie die Möglichkeit, mehrere unterschiedliche Kopierquellen zu definieren und die damit verbundenen Parameter an einen der fünf Buttons in der obersten Reihe zu übergeben. Sie können also die Pixelaufnahme jetzt von unterschiedlichen Aufnahmepositionen realisieren.

Das funktioniert übrigens sogar bildübergreifend, was bedeutet, dass Sie den Aufnahmebereich des Kopierstempels ❶ auf Bild A legen, während der Stempel ❷ seine Pixel aus Bild B bezieht. Das Ganze vervielfältigen Sie dann auf Bild C.

Und so funktioniert die Zuweisung der Kopierquelle: Aktivieren Sie in der Palette den Kopierquelle-Button, den Sie programmieren möchten. Danach klicken Sie mit [Alt]/[⌥] an die Position, an der im Folgenden Pixel aufgenommen werden sollen. Aktivieren Sie jetzt den zweiten Kopierquelle-Button, und klicken Sie (erneut mit [Alt]/[⌥]) auf die Aufnahmestelle des anderen Bildes. Danach können Sie beginnen, auf dem Zielbild zu stempeln. ■

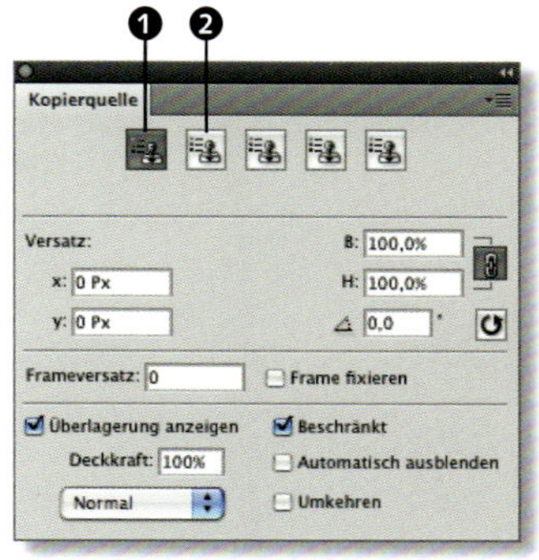

▲ **Abbildung 10.19**
Ein interessantes Feature – die Kopierquelle-Palette

Die Kopierquelle-Palette kann innerhalb der Einzelbildbearbeitung sehr nützlich sein, jedoch wird das größte und effektivste Einsatzgebiet wohl im Bereich der Bearbeitung von Video- und Animationsframes liegen (nur Photoshop Extended).

Die Kopierquelle-Palette ist aber noch mit weiteren interessanten Funktionen ausgestattet:

- Frameversatz: Mit den hier zur Verfügung stehenden Steuerelementen können Sie die Aufnahmestelle horizontal und vertikal zur Stempelstelle versetzen, skalieren oder drehen.
- Überlagerung anzeigen: Bei aktivierter Funktion können Sie das Quellbild während der Reproduktion leicht transparent anzeigen lassen (Overlay), wenn diese Funktion aktiviert ist. Kleiner Tipp: Auch bei inaktiver Funktion können Sie das Overlay-Bild kurzzeitig sichtbar machen, indem Sie [Alt]/[⌥]+[⇧] gedrückt halten.
- Deckkraft: Bestimmen Sie, mit wie viel Deckkraft das Overlay-Bild (siehe Überlagerung anzeigen) dargestellt werden soll.
- Beschränkt: Die Overlays werden damit auf den aktuell ausgewählten Pinsel beschränkt.
- Automatisch ausblenden: Unterdrückt das Overlay-Bild, solange der Mauszeiger auf dem Zielbild gedrückt ist und der eigentliche Kopiervorgang stattfindet.
- Umkehren und Normal: Kehrt die Farben des Qverlay-Bildes um und erlaubt es, die Füllmethode für das Overlay-Bild zu ändern.

Kopierquellen auch für Reparatur-Pinsel

Die Funktionen der Kopierquellen sind nicht auf den eigentlichen Kopierstempel beschränkt. Die gleichen Möglichkeiten stehen Ihnen nämlich auch bei der Nutzung des Reparatur-Pinsels zur Verfügung.

10.2 Einzelne Bereiche reparieren

10.2.1 Hautkorrekturen

Besonders in der Porträtretusche sollte dem Reparatur-Pinsel der Vorzug gegenüber dem Kopierstempel gegeben werden. Aufgrund der bereits erwähnten Vorteile, dass sich der aufgenommene Bereich besser an die Zielstelle anpasst, werden Hauttöne und Schattierungen besser interpretiert. Tabu ist der Kopierstempel aber dennoch nicht.

Schritt für Schritt: Die Haut glätten

Bilder/Portraet.tif

Die Datei »Portraet.tif« soll jetzt ein wenig aufgebessert werden.

Abbildung 10.20 ▶
Hier kann noch ein wenig verbessert werden.

1 Werkzeug einstellen

Zoomen Sie nun das Bild etwas auf, um die Stellen besser einsehen zu können, die bearbeitet werden sollen. Das sind vor allem die Regionen unterhalb der Augen. Bringen Sie die Größe des Bereichsreparatur-Pinsels auf etwa »10 Px«. Danach markieren Sie größere Sommersprossen mit einzelnen Mausklicks. Bitte retuschieren Sie aber nicht alles weg, da das Gesicht ansonsten zu statisch wirken würde.

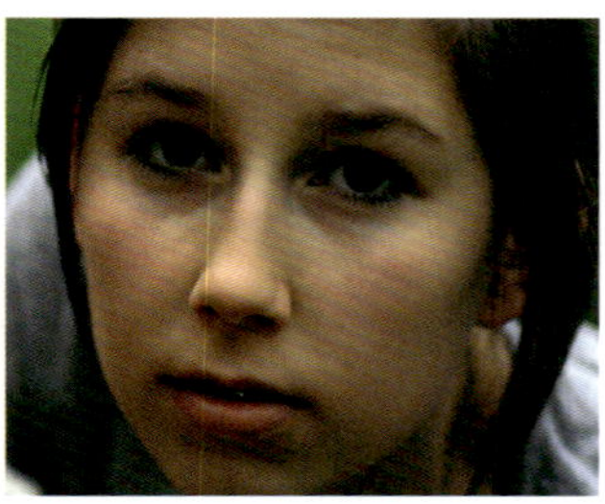

▲ **Abbildung 10.21**
Damit sind die Reparaturpinsel-Arbeiten bereits abgeschlossen.

2 Neuen Kopierstempel wählen

Nun sind die Bereiche unter den Augen ein wenig zu dunkel. Das sollten Sie korrigieren. Aktivieren Sie dazu wieder den Kopierstempel, und öffnen Sie das Kopierquelle-Bedienfeld. Aktivieren Sie Pinsel Nummer 2. So können die Strukturen aus dem ersten

Workshop erhalten bleiben. Zuletzt sollten Sie auch noch Überlagerung anzeigen deaktivieren. Ein Overlay stört in den folgenden Schritten nur.

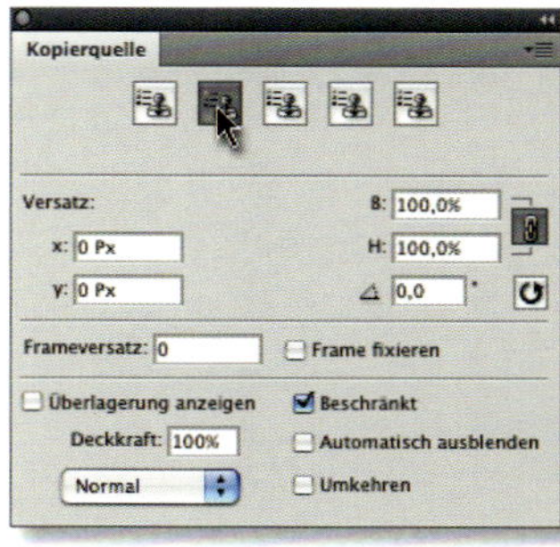

▲ **Abbildung 10.22**
Jetzt wird der zweite Kopierstempel eingesetzt.

▼ **Abbildung 10.23**
So ist der Kopierstempel richtig eingestellt.

3 Werkzeug einstellen

Wählen Sie in der Optionsleiste eine weiche Spitze mit einer Grösse von etwa »40 Px«. Allerdings sollten Sie den Modus jetzt auf Aufhellen stellen. Das hat zur Folge, dass an der zu retuschierenden Stelle nur die Pixel ersetzt werden, die dunkler sind als die der Aufnahmestelle. So lassen sich die Strukturen prima erhalten, und die Haut wird an dieser Position heller. Da das Tool aber sehr stark reagiert, müssen Sie jetzt noch die Deckkraft des Pinsels auf ca. »10%« herabsetzen. Wählen Sie zudem Ausgerichtet ab, damit die Pixel immer von derselben Position aufgenommen werden.

4 Hautstellen aufhellen

Klicken Sie jetzt, während Sie Alt/⌥ gedrückt halten, einmal auf eine besonders helle Stelle des Gesichts (z.B. (1)). Danach setzen Sie zahlreiche Mausklicks auf die Bereiche unterhalb des rechten Auges. ■

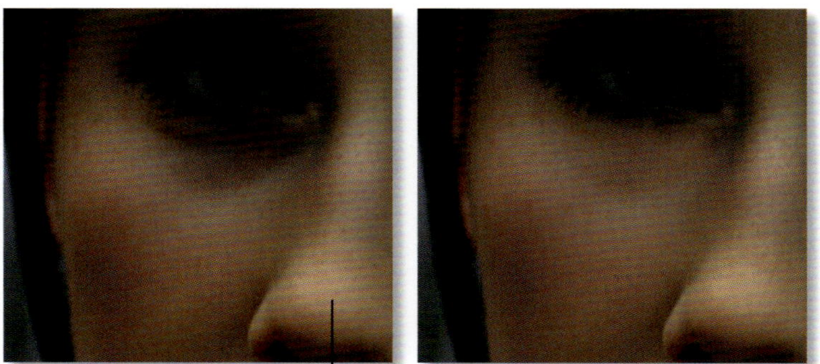
(1)

▲ **Abbildung 10.24**
So entfernen Sie nach und nach die dunklen Stellen.

Tipp zur Retusche

Bei der Retusche kleiner Stellen reicht ein einzelner Mausklick, um die aufgenommenen Pixel zu übertragen. Prinzipiell können Sie den Pinsel aber auch mit gedrückter Maustaste über einen größeren Bereich führen. Achten Sie jedoch darauf, dass die Strecke nicht zu lang wird, da ansonsten unschöne Pixelveränderungen auftreten können.

5 Hautstelle markieren

Grundsätzlich sollten Sie beide Augen auf die gleiche Art und Weise korrigieren. Dennoch möchte ich ausnahmsweise für das linke Auge eine andere Methode wählen. Sie sollen nämlich das **Ausbessern-Werkzeug** kennenlernen, das für derart große Korrekturstellen sehr geeignet ist. Aktivieren Sie es (es befindet sich übrigens in einer Gruppe mit dem Bereichsreparatur-Pinsel), und umfahren Sie die zu reparierenden Bereiche mit gedrückter Maustaste. Sobald Sie loslassen, wird eine Auswahl erzeugt.

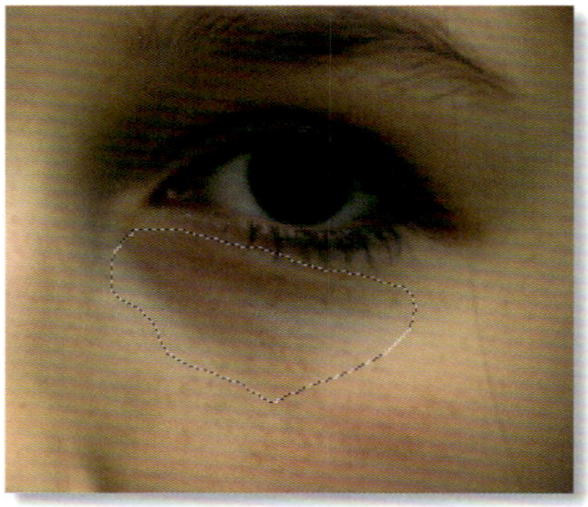

Abbildung 10.25 ▸
Diese Stelle soll jetzt korrigiert werden.

6 Hautstelle ausbessern

Wechseln Sie jetzt nicht das Werkzeug, sondern klicken Sie einmal in die Auswahl hinein. Halten Sie dabei die Maustaste gedrückt, und ziehen Sie die Maus langsam nach unten. Stoppen Sie, wenn Sie sich mit der neuen Auswahl, die daraufhin erscheint, unterhalb der alten befinden. Jetzt dürfen Sie die Maustaste loslassen.

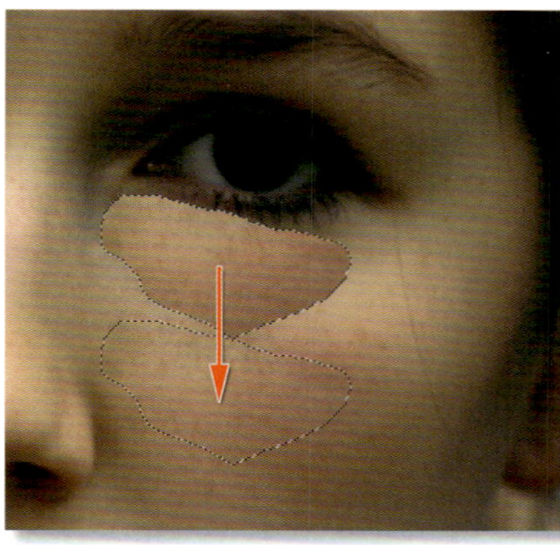

Abbildung 10.26 ▸
Ziehen Sie die Stelle nach unten.

Sobald Sie loslassen, wird alles, was sich in der ursprünglichen Auswahl befunden hat, von Photoshop automatisch ausgebessert. Cool, oder?

▲ **Abbildung 10.27**
Die Retusche-Werkzeuge leisten auch bei der Bearbeitung von Porträts gute Dienste. ■

10.2.2 Der Reparatur-Pinsel

Wie der Kopierstempel wird auch der Reparatur-Pinsel zuvor per Mausklick geladen. Die so aufgenommenen Pixel können anschließend auf der gewünschten Stelle mit einem einzelnen Klick reproduziert werden. Achten Sie aber bei diesem Werkzeug darauf, dass der Aufnahmebereich und die Kopierstelle möglichst dicht beieinanderliegen. Ein Mausklick reicht, um die reparaturbedürftigen Stellen auszugleichen. Prinzipiell eignet sich der Reparatur-Pinsel für größere Stellen. Kleiner Tipp: Versuchen Sie es zunächst mit dem Bereichsreparatur-Pinsel. Erst wenn das nicht gelingt, machen Sie den Schritt rückgängig und setzen den Reparatur-Pinsel ein.

10.2.3 Unerwünschte Musterbildung beheben

Nun können Sie auch alle weiteren Stellen korrigieren. Wenn Sie feststellen, dass Sie Bereiche klonen, die nicht übertragen werden sollen, machen Sie den letzten Schritt rückgängig und nehmen einen neuen Bereich in der Nähe auf (mit [Alt]/[⌥]). So etwas passiert häufig, wenn Sie sich mit dem Werkzeug in Randbereichen befinden. Plötzlich liegt die Aufnahmestelle dann im Bereich der Haare oder im Hintergrund, und die Retuschestelle wird mit diesem Muster versehen.

Schritt für Schritt: Rote-Augen-Effekt korrigieren

Bilder/Augen.tif

Photoshop bringt auch ein sogenanntes Rote-Augen-Werkzeug mit. Der Name legt den Verdacht nahe, dass man damit wunderschöne rote Augen erzeugen könnte. Das wäre aber recht albern, oder was meinen Sie? Für rote Augen sorgt nämlich der Kamerablitz – und zwar bereits zur Entstehungszeit des Fotos. Das Blitzlicht wird dabei von der Netzhaut reflektiert. Genau dieser Effekt kann aber korrigiert werden.

Abbildung 10.28 ►
Der Rote-Augen-Effekt soll entfernt werden.

1 Pupillengröße einstellen

Nachdem Sie die Datei »Augen.tif« geöffnet haben, aktivieren Sie das Rote-Augen-Werkzeug [J]. In der Optionsleiste finden Sie nur zwei Steuerelemente. Mit der PUPILLENGRÖSSE legen Sie – wer hätte das gedacht? – die Größe der Pupille fest. Hier ist natürlich ein Schätzwert gefragt. Das Werkzeug wird jedoch in den allermeisten Fällen ein zufriedenstellendes Ergebnis liefern – auch wenn Sie diesen Wert nicht verändern. Justieren Sie erst nach, wenn das Ergebnis nicht Ihren Wünschen entspricht.

2 Verdunklungsbetrag einstellen

Der VERDUNKLUNGSBETRAG spielt hier schon eine wesentlich größere Rolle. Anstelle des Rotbereichs wird nach Anwendung des Tools nämlich ein neutrales Grau verwendet. Wie dunkel dieses Grau interpretiert wird, legen Sie über dieses Steuerelement fest. Ein Wert von 1% liefert ein sehr helles Grau, während 100% für Dunkelgrau sorgt.

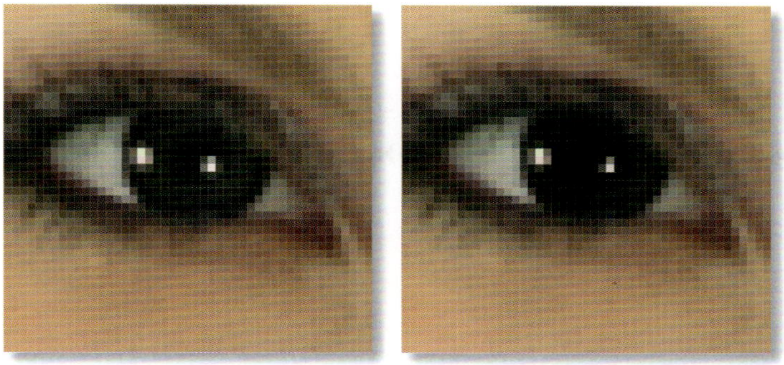

◂ **Abbildung 10.29**
Unterschiedliche Verdunklungsbeträge (links 1%, rechts 100%)

3 Werkzeug anwenden

Die Verwendung des Tools ist nun wirklich ganz einfach. Klicken Sie nur auf jede der rot gefärbten Pupillen, und der Rote-Augen-Effekt ist Geschichte.

▾ **Abbildung 10.30**
Das Ergebnis heißt »Augen_fertig.tif«.

Möchten Sie noch wissen, nach welchem Muster das Tool arbeitet? Dann klicken Sie doch einfach einmal auf den roten Schal.

◂ **Abbildung 10.31**
Rote Bereiche im Foto werden kreisrund entfärbt.

10.3 Rauschen aus Bildern entfernen

Einzelne, scheinbar willkürlich angeordnete Farbpixel innerhalb einer Digitalfotografie werden als **Rauschen** bzw. **Bildrauschen** bezeichnet. Diese Störungen treten vor allem dann auf, wenn die Lichtverhältnisse schwach waren. Die Korrekturmöglichkeiten sind begrenzt, aber geringfügige Verbesserungen lassen sich meist dennoch erzielen.

Schritt für Schritt: Störungen aus Bildern entfernen

Bilder/Rauschen.tif

Störungen innerhalb eines Bildes können unterschiedliche Ursachen haben. Allein die Tatsache, dass das Objekt nicht ausreichend beleuchtet war, kann schon für unliebsames Farbrauschen verantwortlich sein. Der Filter RAUSCHEN REDUZIEREN vereint hier bewährte Techniken in einem Dialog. Anhand der Beispieldatei lässt sich das gut nachvollziehen.

© Leszek Schluter

Abbildung 10.32 ▸
Hier kommt es zu unschönen Störungen.

1 Störungen in Augenschein nehmen

Zunächst einmal sollten Sie herauszufinden versuchen, welcher Art die vorliegenden Störungen sind. Das können Sie am besten, indem Sie das Bild auf 200% vergrößern (Z und Klick). Stimmen Sie mir zu, dass es sich eindeutig um Farbrauschen handelt?

2 Optional: Rauschen entfernen

Öffnen Sie jetzt zunächst einmal den Dialog RAUSCHEN ENTFERNEN über FILTER • RAUSCHFILTER. Das Rauschen ist damit ein Stück weit eliminiert – aber längst nicht genug. Zudem hat das Foto derart an Schärfe verloren, dass es nicht mehr akzeptabel ist.

3 Rauschen reduzieren

Bei der Methode RAUSCHEN ENTFERNEN überlassen Sie es der Anwendung, wie und in welchem Umfang die Störungen entfernt werden – ohne dass Sie selbst Einfluss nehmen können. Keine durchweg geeignete Methode also. Machen Sie den letzten Schritt rückgängig (Strg/⌘+Z), und stellen Sie FILTER • RAUSCHFILTER • RAUSCHEN REDUZIEREN ein. ■

4 Reduktion ausschalten

Stellen Sie zunächst den Regler STÄRKE ❹ auf »0«. Er sagt aus, wie stark die Reduktion insgesamt angewendet werden soll. Wenn Sie jetzt auch noch die Regler FARBSTÖRUNG REDUZIEREN ❻ und DETAILS SCHARFZEICHNEN ❼ bis auf »0« zurückregeln, bedeutet das, dass am Bild prinzipiell keine Veränderungen vorgenommen werden. Aus dieser Position heraus lassen sich die Einstellungen jetzt besser begutachten. Dass der Regler DETAILS ERHALTEN mittlerweile vollständig verschwunden ist, sollte Sie nicht beunruhigen.

Vorschau ansehen

Über die Checkbox VORSCHAU ❶ haben Sie die Möglichkeit, das Ergebnis Ihrer Korrektur gleich im Originalbild anzeigen zu lassen. Durch mehrmaliges Ein- und Ausschalten können die Änderungen sehr gut beurteilt werden.

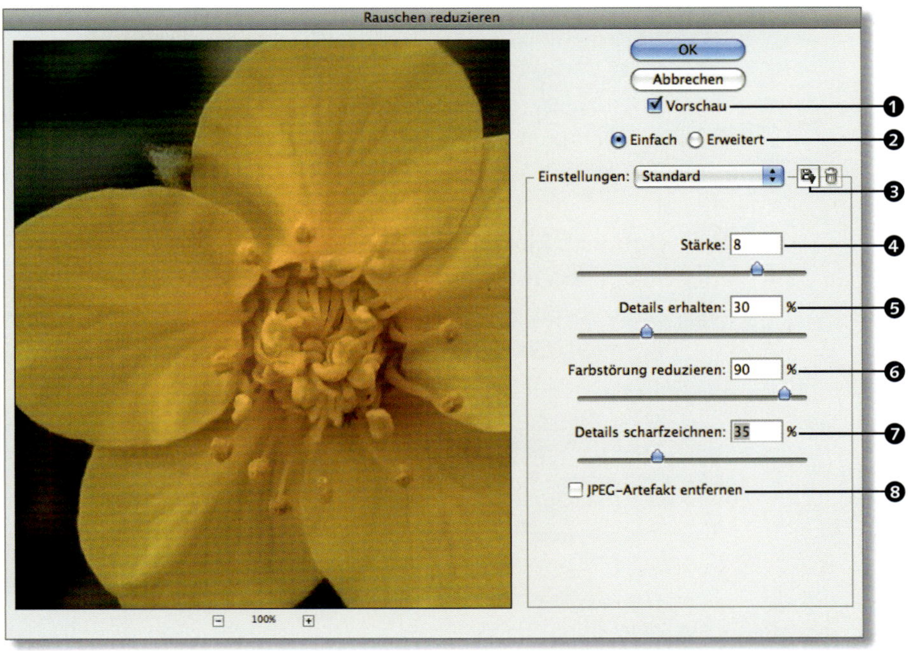

▲ **Abbildung 10.33**
Diese Parameter verhelfen dem Foto zu weniger Störungen.

5 Details erhalten

Stellen Sie jetzt die STÄRKE (also die Intensität der Rauschentfernung) auf »8«. Je höher Sie danach DETAILS ERHALTEN ❺ einstellen, desto geringer fällt die Weichzeichnung aus. Leider werden dann aber auch die Störungen nicht so brillant reduziert. 30% sollten bei diesem Foto für einen guten Kompromiss zwischen Reduktion und Restschärfe sorgen.

6 Farbstörung reduzieren

Die eigentliche Intensität der Reduktion regeln Sie jetzt über FARBSTÖRUNG REDUZIEREN. Das Bild hat eine erhebliche Aufwertung nötig, weshalb hier ein Wert von bis zu 90% eingestellt werden sollte.

7 Details scharfzeichnen

Zuletzt sorgen Sie noch dafür, dass die Details im Bild nicht zu schwammig werden, indem Sie diese mit DETAILS SCHARFZEICHNEN etwas klarer konturieren. Legen Sie hier etwa 35% fest.

8 JPEG-Artefakt entfernen

Bei der JPEG-Kompression von Bildern kommt es häufig zu sogenannten Artefakten. Diese unschönen, schwammigen Pixelanordnungen können generell durch das Aktivieren der Checkbox ❽ kompensiert werden. Im Bildbeispiel wollen wir jedoch darauf verzichten, da es sich zum einen nicht um JPEG handelt und zum anderen die Kompression des Original-JPEGs seinerzeit nicht sehr drastisch ausgefallen ist.

9 Optional: Einstellungen speichern

Über den kleinen SPEICHERN-Button ❸ lassen sich die aktuellen Einstellungen für künftige Anwendungen sichern. Vergeben Sie im folgenden Dialogfeld einen aussagekräftigen Namen, und bestätigen Sie mit OK.

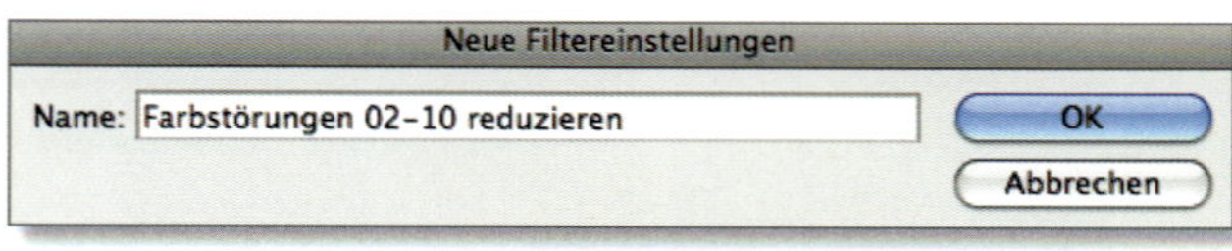

Abbildung 10.34 ▸
Die Einstellungen lassen sich auch speichern.

Im Flyout-Menü EINSTELLUNGEN wird der Eintrag fortan gelistet und kann durch Selektion schnell auf andere Bilder übertragen werden. ■

10.3.1 Rauschen kanalweise reduzieren

Wenn Sie im Dialog RAUSCHEN REDUZIEREN einmal den Radiobutton ERWEITERT ❷ betätigen, erscheinen oberhalb der Schieberegler zwei Registerkarten.

Die erste Registerkarte (GESAMT) zeigt das Dialogfeld so, wie Sie es im vorangegangenen Workshop vorgefunden haben. Wenn Sie aber jetzt PRO KANAL anklicken, haben Sie Gelegenheit, die einzelnen Farbkanäle (Rot, Grün und Blau) separiert voneinander zu reduzieren. Klicken Sie dazu im Pulldown-Menü KANAL auf den Bereich, in dem Sie die meisten Störungen vermuten (im Bildbeispiel Rot), und regeln Sie anschließend STÄRKE und DETAILS nach Wunsch. Die Einstellungen wirken sich jetzt ausschließlich auf den selektierten Farbkanal aus. Stellen Sie doch die Maus anschließend einmal auf die Graustufen-Miniatur, und verschieben Sie diese leicht mit gehaltener Maustaste. Dann sehen Sie (so lange, wie Sie die Maustaste festhalten), wie umfangreich die Störungen in diesem Kanal tatsächlich waren.

Und noch etwas: Wenn Sie nicht ganz sicher sind, in welchem der drei Kanäle das größte Rauschen zu finden ist, schalten Sie alle drei Kanäle einmal nacheinander an. Die hellste Miniatur verrät zugleich: Hier sind die größten Anteile der jeweiligen Grundfarbe zu finden.

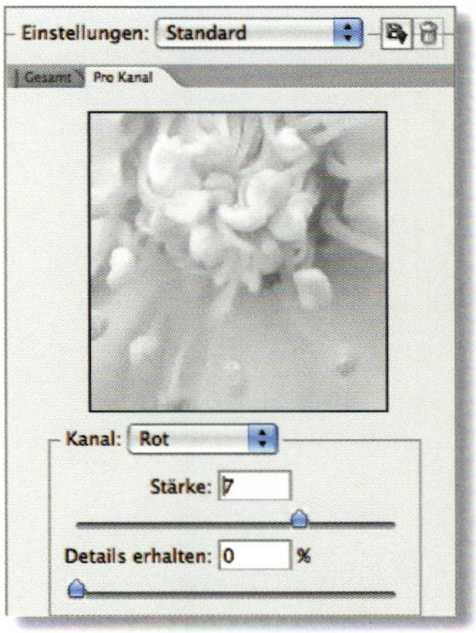

▲ **Abbildung 10.35**
Der Rot-Kanal wird noch einmal zusätzlich entstört.

◄ **Abbildung 10.36**
Die Störungen auf den glatten Flächen sind weitgehend verschwunden.

10.3.2 Zu guter Letzt: Wenn nichts mehr geht

Wenn die Entstördienste der Anwendung nicht mehr greifen, hilft meist nur noch ein Weichzeichner weiter. Gerade stark verrauschte Fotos können so oft noch ganz gut geglättet werden. Dazu sollten Sie die Ebene zunächst duplizieren und im Anschluss einen Weichzeichner, wie z. B. MATTER MACHEN, anwenden (FILTER • WEICHZEICHNUNGSFILTER). Dieser auch bei Porträts sehr beliebte Effekt kann noch eine Menge herausholen. Im Anschluss sollten Sie dann aber die weichgezeichnete Ebene und die darunter befindliche Originalebene aneinander angleichen. Und wie das funktioniert, wissen Sie ja: Setzen Sie einfach die Deckkraft der obersten Ebene im Ebenen-Bedienfeld entsprechend herab – fertig.

Abbildung 10.37 ▸
Auch der Filter MATTER MACHEN kann zur Rauschreduzierung verwendet werden.

Kapitel 11

Transformieren

Spezielle Bearbeitungsmöglichkeiten

- Wie werden »stürzende Kanten« entzerrt?
- Wie kann ich ein Bild perspektivisch anordnen?
- Wie werden Bilder verkrümmt?
- Wie funktioniert das »Verflüssigen«?
- Wie kann ich Objekte effektvoll spiegeln?
- Wie wird mit Fluchtpunkten gearbeitet?
- Wie können Ebenen automatisch ausgerichtet werden?
- Wie kann ich Personen mit dem Formgitter verbiegen?

11 Transformieren

Kompanie! ... Richt' euch! ... So leicht geht es, wenn der Hauptfeldwebel der Bundeswehr das Bedürfnis verspürt, die gesamte Kompanie in null Komma nichts in eine geometrisch perfekte Aufstellung zu bringen. Aber Schreien bringt ja bekanntlich nichts; deshalb sollten Sie zur Verformung Ihrer Fotos lieber auf die zahlreichen Anwendungstools zurückgreifen, die für jedes Pixelproblem eine adäquate Lösung bieten.

11.1 Verzerren

11.1.1 Perspektive korrigieren

Video-Training
Eine Einführung in die Transformation mit Photoshop gibt auch Lektion 2.3 auf der Buch-DVD.

Ein markanter Schwachpunkt bei der Fotografie von Gebäuden ist die Perspektive. Was das menschliche Auge gar nicht mehr bewusst registriert, wird von der Kamera gnadenlos dargestellt – die stürzenden Kanten.

Bei Architekten und Maklern kommen daher häufig Objektive zum Einsatz, die dieses Manko ausgleichen. Doch solche technischen Errungenschaften sind nicht nur beeindruckend, sondern leider auch enorm teuer. Daher muss Photoshop es meist wieder richten.

Schritt für Schritt: Haltung annehmen! – Wie ein Kirchturm zurechtgerückt wird

Bilder/Kirchturm.tif

Die Datei »Kirchturm.tif« zeigt ganz eindeutig, was für eine Kamera »normal« ist. In der Nähe Befindliches ist groß und weiter Entferntes logischerweise kleiner. So auch hier. Von unten nach oben geknipst, weist das Gebäude zwei klare Haltungsschäden auf. Es ist nicht nur nach oben hin verzerrt, sondern auch seitlich. Der Grund: Die Aufnahmeposition war nicht frontal zum Gebäude. Diese Schwachstellen wollen wir korrigieren.

◂ **Abbildung 11.1**
Ganz schön windschief, der Kirchturm.

1 Hintergrund umwandeln

Die Bilddatei besteht nur aus einem Hintergrund, wie die Ebenen-Palette zeigt. Hintergründe können aber nicht verzerrt werden, so dass Sie diesen Hintergrund zunächst einmal in eine Ebene umwandeln müssen. Sie wissen schon: Der Doppelklick auf eine freie Stelle zwischen Hintergrund und Schloss-Symbol reicht. Für Menü-Fans: EBENE • NEU • EBENE AUS HINTERGRUND.

2 Arbeitsumgebung vorbereiten

Klicken Sie einmal mit der Lupe [Z] auf das Bild, wobei Sie [Alt]/[⌥] gedrückt halten. Für Aktionen wie die folgende benötigen Sie Platz außerhalb des Bildes. Danach wird einmal [F] auf Ihrer Tastatur betätigt, um für ausreichend Arbeitsfläche jenseits des Bildes zu sorgen. Alternativ dazu schalten Sie in der Optionsleiste um auf VOLLBILDMODUS MIT MENÜLEISTE.

▾ **Abbildung 11.2**
Diese Einstellung fügt der Bildfläche einen Montagerahmen hinzu.

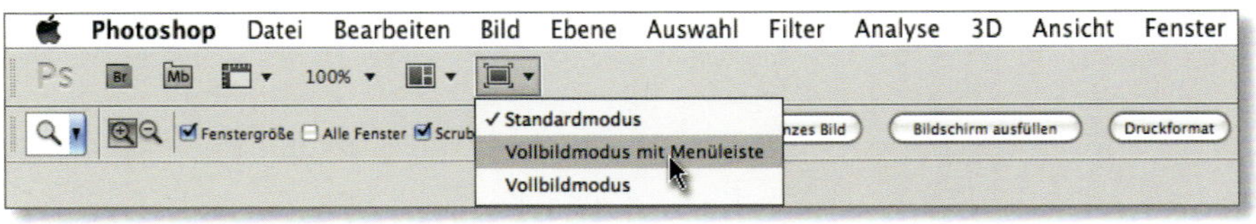

3 Werkzeuge und Bedienfelder ausblenden

Jetzt drücken Sie noch bitte [Tab]. Das bewirkt, dass alle Bedienfelder nebst Toolbox ausgeblendet werden. Sie werden vorerst nicht benötigt.

4 Verzerren

Über BEARBEITEN • TRANSFORMIEREN finden sich verschiedene Optionen, die Bildverzerrungen auf unterschiedliche Arten zulassen. Benutzen Sie zunächst die Option PERSPEKTIVISCH. Mit ihr werden im Gegensatz zu VERZERREN beide gegenüberliegenden Seiten in einem Arbeitsgang bewegt. Wenn der Auswahlrahmen sichtbar geworden ist, greifen Sie einen der quadratischen Anfasserpunkte oben rechts oder links ❶ und ziehen ihn mit gedrückter Maustaste nach außen.

Abbildung 11.3 ▸
Der Kirchturm kann oben in der Breite gedehnt werden.

5 Verzerrung abschließen

Mit dem mittleren Anfasser ❷ lässt sich das Bild komplett nach links und rechts neigen. Orientieren Sie sich beim Ausrichten des Bildes an den Senkrechten des unteren Gebäudeteils, und versuchen Sie, diese parallel zum Bildrand anzuordnen. Wenn Sie zufrieden sind, drücken Sie [↵]. Bitte lassen Sie derzeit noch außer Acht, dass das Bild nun vertikal »gestaucht« ist. Darum werden wir uns im Anschluss kümmern.

6 Optional: Verzerrung verwerfen

Sie sind nicht zufrieden mit dem Ergebnis und möchten lieber noch einmal von vorne beginnen? Dann drücken Sie [Esc] und wenden erneut Bearbeiten • Transformieren • Perspektivisch an. Das geht natürlich nur, solange Sie die Transformation noch nicht bestätigt haben.

7 Vertikal verzerren

Dass das Bild vertikal gestaucht wurde, gleichen Sie so aus: Wählen Sie erneut Bearbeiten • Transformieren, wobei Sie diesmal aber Skalieren einstellen. Ergreifen Sie den oberen mittleren Anfasser des Rahmens, und ziehen Sie ihn nach oben. Bei diesem Bild können Sie sich sehr gut an den Rundungen auf dem Kirchturm (z. B. der Uhr oder Rose) orientieren.

Der Platz reicht nicht? Sie müssten den Rahmen höher ziehen, was aber nicht mehr möglich ist? Dann lassen Sie den Rahmen kurz los und drücken [Strg]/[⌘]+[-]. Dann sollte es gehen. Wenn Sie der Meinung sind, das Bild sei nun auch vertikal »entzerrt«, drücken Sie erneut [↵]. ■

Ausrichten auf eine Richtung begrenzen

Wenn Sie einzelne Anfasserpunkte senkrecht verziehen, ergibt sich möglicherweise auch eine Änderung in der Waagerechten. Möchten Sie dies unterbinden, müssen Sie während des Verzerrens [⇧] drücken. So lassen sich die Bilder nur in eine Richtung ziehen.

◂ **Abbildung 11.4**
So wird der Turm gestreckt.

8 Einseitig verzerren

Irgendwie scheint die Kirche aber immer noch etwas linkslastig zu sein, finden Sie nicht auch? Also müssen wir ein drittes Mal Hand anlegen. Richten Sie über BEARBEITEN • TRANSFORMIEREN • VERZERREN nun nur den Punkt oben rechts aus. Ziehen Sie ihn nach oben, bis Ihnen die Proportionen gefallen. Drücken Sie erneut [↵].

Abbildung 11.5 ▸
Jetzt wird einseitig verzerrt.

9 Arbeitsumgebung wiederherstellen

Wenn Sie zufrieden sind (abgesehen davon, dass wir derzeit noch den Verlust der Kirchturmspitze zu beklagen haben), drücken Sie zweimal [F] und anschließend einmal [⇥]. Danach sollte Photoshop wieder in gewohnter Umgebung erscheinen.

10 Arbeitsfläche erweitern

Unser letzter Schritt ist das Erweitern der Arbeitsfläche. Sie wissen ja bereits, dass auch der außerhalb des Bildes liegende Teil nicht verloren ist – noch nicht einmal dann, wenn Sie die Datei speichern und schließen. Letzteres gilt allerdings nur, wenn sie als TIFF oder PSD gespeichert wird. Wie dem auch sei: Wir wollen vom Kirchturm natürlich alles sehen. Wählen Sie deshalb BILD • ALLES EINBLENDEN.

◂ **Abbildung 11.6**
Da ist ja der Rest des Kirchturms.

11 Bild freistellen

Der Rest wäre eine normale Freistellung (C), die ja mittlerweile Routine sein dürfte. Versuchen Sie auf diese Weise, die überflüssigen Ränder zu entfernen. Das Ergebnis kann sich sehen lassen, oder?

◂ **Abbildung 11.7**
So macht das Gebäude etwas her.

11.1.2 Gestalten mit Verzerrung

Das war der Korrekturteil zum Thema Verzerren – man könnte sagen: Das war das »Entzerren«. Ich möchte aber auf gar keinen Fall versäumen, Ihnen noch die Möglichkeit vorzustellen, Bilder absichtlich zu verzerren. Eigentlich macht ja erst so etwas eine wirkliche Verzerrung aus. Die Technik ist zwar vom Prinzip her ähnlich, erfordert jedoch eine andere Vorgehensweise, wie der folgende Workshop beweist.

Schritt für Schritt: Verzerren: Das künstliche Monitorbild

Bilder/Notebook.tif und Frau_mit_Schirm.tif

Mal ehrlich: Hätten Sie das neue Notebook auch dann gekauft, wenn die attraktive Dame nicht so charmant vom Monitor heruntergelächelt hätte? Bestimmt hätten Sie das. Da sich aber nicht jedermann so verhält, lässt sich die Werbeindustrie so einiges einfallen. Montagen sind da ganz hoch im Kurs.

▲ **Abbildung 11.8**
Diese freundliche junge Dame …

▲ **Abbildung 11.9**
… soll auf dieses schlichte Notebook montiert werden.

1 Dateien bereitstellen

Zur Erzeugung eines künstlichen Monitorbildes benötigen Sie zunächst drei Dinge: 1. die Datei »Notbook.tif«, 2. die Datei »Frau_mit_Schirm.tif« und 3. diese beneidenswerte »Ja-ich-will«-Einstellung, die Sie schon das ganze Buch hindurch begleitet. Warum sage ich das? Keine Ahnung – vielleicht weil ich irgendwie das Gefühl nicht loswerde, dass Sie die Technik auch später noch einige Male anwenden werden: mit Ihren eigenen

Bildern, bei zahlreichen Gelegenheiten und mit immer wieder neuer Begeisterung. Nicht weil es eine so irrsinnig überzeugende Technik ist, sondern weil es einfach irrsinnig viel Spaß macht, sie anzuwenden.

2 Bilder verbinden

Bringen Sie zunächst beide Bilder zusammen, indem Sie die Frau auf das Notebook-Foto ziehen – das machen Sie natürlich mit dem Verschieben-Tool [V]. Stellen Sie das Bild so groß wie möglich dar, indem Sie [Strg]/[⌘]+[0] drücken. Schließen Sie das Porträtfoto.

▲ **Abbildung 11.10**
Beide Fotos sind bereits jetzt vereint.

Skalieren während des Verzerrens

Solange die Verzerrung noch nicht abgeschlossen ist, sind andere Tools und Funktionen inaktiv. Falls Sie dennoch das Bild währenddessen größer darstellen möchten, drücken Sie [Strg]/[⌘]+[+]. Das Auszoomen gelingt über [Strg]/[⌘]+[-]. Auch das Verschieben des Bildausschnitts per Hand (Leertaste) ist möglich. So sollte die exakte Anordnung des Verzerrungsrahmens keine Probleme bereiten.

3 Ebenendeckkraft reduzieren

Für den folgenden Schritt müssen Sie die gesamte Bildschirmfläche des Notebooks einsehen können. Daher empfiehlt es sich, die Deckkraft der oberen Ebene zu reduzieren; etwa 75 % sind in Ordnung ❶.

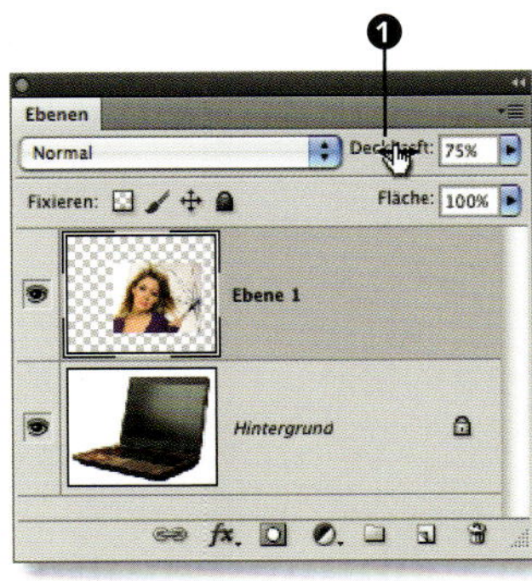

▲ **Abbildung 11.11**
Die oberste Ebene wird teiltransparent dargestellt.

4 Bild verzerren

Jetzt werden wir den eigentlichen Verzerrungsvorgang durchführen. Dazu wählen Sie Bearbeiten • Transformieren • Verzerren aus. Ziehen Sie die quadratischen Anfasser der Ecken (und nur die) nacheinander auf die Ecken des Laptop-Monitors. ■ Abbildung 11.12 zeigt die Anpassung der Ecken oben links und oben rechts.

Abbildung 11.12 ►
In diesem Arbeitsgang wird das Foto in Form gebracht.

Platzieren Sie die Ecken im ersten Arbeitsgang grob, danach noch einmal genauer. Bleiben Sie mit dem Begrenzungsrahmen etwas innerhalb der Monitorfläche. Drücken Sie anschließend [↵], oder klicken Sie auf das Häkchen (TRANSFORMIEREN BESTÄTIGEN) ganz rechts in der Optionsleiste. Danach setzen Sie die Deckkraft der Ebene wieder auf »100%«.

Abbildung 11.13 ►
Die Geometrie stimmt bereits.

5 Effekt anwenden

Irgendwie fehlt der Montage aber noch der letzte Tick Realismus. Deshalb werden wir noch einen Effekt auf die oberste Ebene anwenden. Durch einen Schatten heben sich Fotografie und Laptop dann noch etwas mehr voneinander ab. Und das geht so:

EBENE • EBENENSTIL • SCHATTEN NACH INNEN heißt die Zauberformel. Im Frame STRUKTUR stellen Sie die DECKKRAFT auf »75 %« und den WINKEL auf »130°«. Darüber hinaus soll der Schatten einen ABSTAND von »4 Px« und eine GRÖSSE von »9 Px« aufweisen. Vergleichen Sie die weiteren Einstelloptionen mit der Abbildung, und bestätigen Sie mit OK.

▼ **Abbildung 11.14**
So soll der Effekt eingestellt sein.

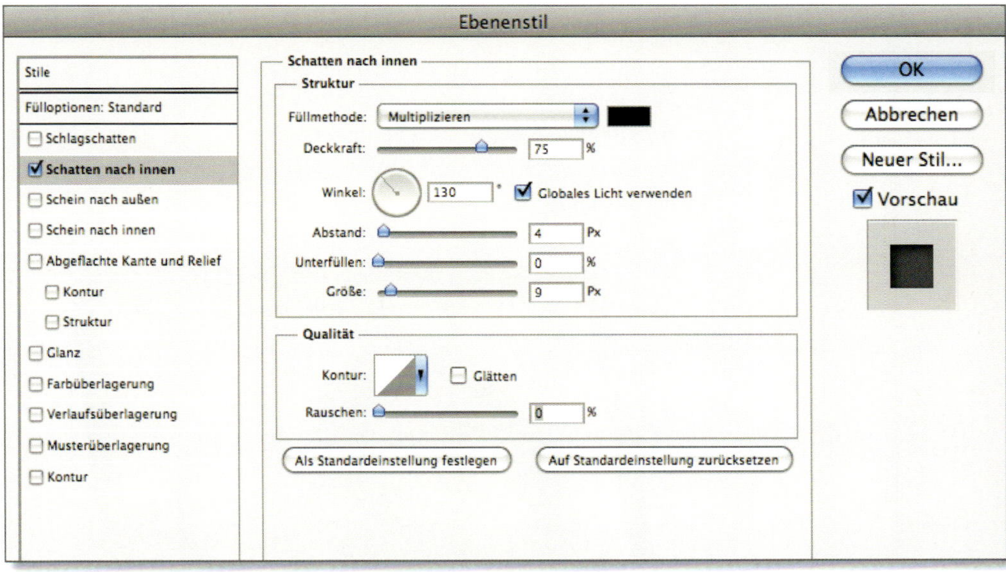

◄ **Abbildung 11.15**
Hier sehen Sie unser Notebook nach der Montage. ■

Checkliste: Bilder verbinden und verzerren

1. Ziehen Sie das Bild, das auf dem Monitor platziert werden soll, mit dem Verschieben-Werkzeug auf das Montagebild.
2. Reduzieren Sie die Deckkraft der neuen Ebene auf etwa »50%«.
3. Wählen Sie BEARBEITEN • TRANSFORMIEREN • VERZERREN, und platzieren Sie die Eckpunkte des Rahmens entsprechend.
4. Erhöhen Sie die Ebenendeckkraft wieder auf »100%«, und weisen Sie den Ebenenstil SCHATTEN NACH INNEN zu.

Auf eine Problematik bleibt noch hinzuweisen: Das Anordnen der Ecken kann nur einmal so komfortabel erfolgen wie im zurückliegenden Beispiel. Warum? Weil die erneute Aktivierung der Funktion einen Transformationsrahmen erzeugen würde, der mit den Ecken des Bildes nicht mehr übereinstimmt.

Abbildung 11.16 ▸
Es ist klar, dass sich die erneute Platzierung der Eckpunkte jetzt etwas schwieriger gestaltet. Achten Sie auf die Eckanfasser des Rahmens!

11.2 Verkrümmen

Beim Verzerren werden die Anfasser am Rahmen verstellt. Wenn es aber darum geht, plastische Verformungen zu erzeugen, kommen Sie mit dieser Funktion nicht weiter. Hier ist die Funktion »Verkrümmen« zu empfehlen. Auch wenn die Arbeit in diesem Modus etwas gewöhnungsbedürftig ist, liefert die Funktion doch tolle Ergebnisse.

Schritt für Schritt: Ein Bild im Buch erneuern

Bilder/Buch_01.tif und Buch_02.tif

Gefallen Ihnen die Bilder eines bestimmten Buches nicht? Dann tauschen Sie diese doch einfach aus. Allein die Vorstellung, dass Sie sich dabei für genau dieses Buch entscheiden könnten, würde Verlag und Autor ziemlich bestürzen. Das einzig Beruhigende an diesem Gedanken ist, dass Sie dann die weiteren Schritte nicht mehr lesen könnten. Glück gehabt! Nehmen Sie also lieber ein anderes Buch. Und damit sich der Gedanke, das vorliegende Buch zu verwenden, endgültig verflüchtigt, sind sogar zwei adäquate Dateien beigelegt. »Buch _ 01.tif« und »Buch _ 02.tif« eignen sich nämlich ganz hervorragend.

▲ Abbildung 11.17
Jetzt soll dieser freundliche junge Herr ...

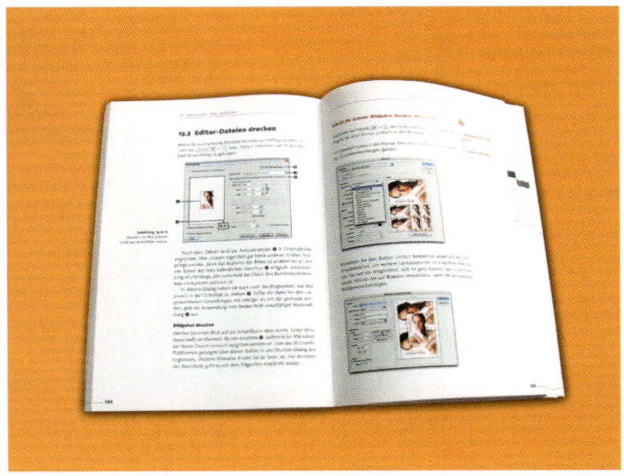

▲ Abbildung 11.18
... auf dieses schöne Buch montiert werden.

Beginnen wir (wie immer) mit der Problemstellung: Das Porträtbild ist gerade; die Buchseiten sind es nicht. Also müsste das auszuwechselnde Foto die gebogene Form der Buchseiten annehmen. Und das geht so:

1 Bilder vereinen und skalieren

Zunächst ziehen Sie das Porträt mit dem Verschieben-Tool auf das Buch-Foto. Senken Sie danach die Deckkraft über das Ebenen-Bedienfeld wieder etwas ab (auf ca. »75 %«). Schalten Sie TRANSFORMATIONSSTEUERUNGEN in der Optionsleiste ein, und skalieren Sie das Porträt (halten Sie ⇧ gedrückt) an einer der Ecken so weit herunter, dass es etwas größer ist als das obere Bild der rechten Buchseite. Bestätigen Sie die Transformation über ↵.

Abbildung 11.19 ▶
Das überlagernde Foto wurde proportional verkleinert.

Arbeitsgänge teilen

Nach der soeben durchgeführten Skalierung wäre es gleich möglich gewesen, ohne Bestätigung mit dem Verkrümmen zu beginnen. Es empfiehlt sich aber, die beiden Aktionen voneinander zu trennen. Falls Sie das Verkrümmen nämlich abbrechen, müssen Sie nicht erneut skalieren.

2 Verkrümmen aktivieren

Stellen Sie den Mauszeiger nun irgendwo auf den Begrenzungsrahmen der Porträt-Ebene. (Denken Sie daran: Sie sehen die Linien nur, wenn die TRANSFORMATIONSSTEUERUNGEN des Verschieben-Werkzeugs aktiv bleiben.) Wenn Sie die richtige Position gefunden haben, wird der Mauszeiger zum Doppelpfeil. Ein Klick reicht, um die Optionsleiste des Verschieben-Tools komplett zu ändern. Vergleichen Sie die Leisten vor und nach dem Mausklick. ■

▼ Abbildung 11.20
So sieht die Optionsleiste vorher aus, ...

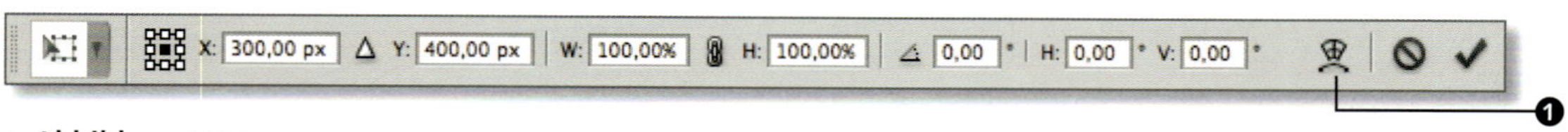

▲ Abbildung 11.21
... und so präsentiert sie sich bei aktivierter Verzerrung.

Anschließend reicht ein Klick auf den Button mit dem wunderschönen Namen ZWISCHEN DEN MODI ›FREI TRANSFORMIEREN‹ UND ›VERKRÜMMEN‹ WECHSELN ❶. Das Ergebnis: Der Begrenzungsrahmen wird in neun Rechtecke aufgeteilt.

Wenn Sie lieber das Menü benutzen, können Sie auch BEARBEITEN • TRANSFORMIEREN • VERKRÜMMEN wählen. Dann ersparen Sie sich sogar das vorherige Markieren des Rahmens und müssen noch nicht einmal die Transformationssteuerung aktiviert haben.

◂ **Abbildung 11.22**
Mittlerweile ist ein Gitter zu sehen.

3 Eckpunkte anordnen

Zunächst geht es nun darum, die vier quadratischen Eckanfasser zu positionieren. Stellen Sie diese in etwa auf das Originalbild des Buches.

◂ **Abbildung 11.23**
Die Eckpunkte wurden entsprechend positioniert.

4 Linke und rechte Seite angleichen

Die beiden Linien, die nun aus jedem der Eckpunkte herausragen, sind dazu da, die Tangenten zu korrigieren. Was es genau damit auf sich hat, erfahren Sie im folgenden Kapitel. Für die Verkrümmung ist lediglich wichtig, dass Sie die Anfasser, die nach links und rechts herausstehen, an den runden Endpunkten greifen und mit gedrückter Maustaste an den Rahmen des Buch-Fotos heranschieben, und zwar so weit, bis das Gitter des Verkrümmungsrahmens links und rechts gerade ist. So kann die gewölbte Kante des Originalbildes entsprechend nachempfunden werden.

Abbildung 11.24 ▶
So richten Sie die Tangenten aus.

5 Mitte korrigieren

Zuletzt müssen Sie noch die vier Fadenkreuze verschieben, die sich im Inneren des Bildes befinden. Ziehen Sie die Punkte ❶ und ❷ etwas nach oben. Verfahren Sie entsprechend mit den Punkten ❸ und ❹. Orientieren Sie sich am Radius der oberen und unteren Begrenzung, und versuchen Sie, dieser Linie zu entsprechen.

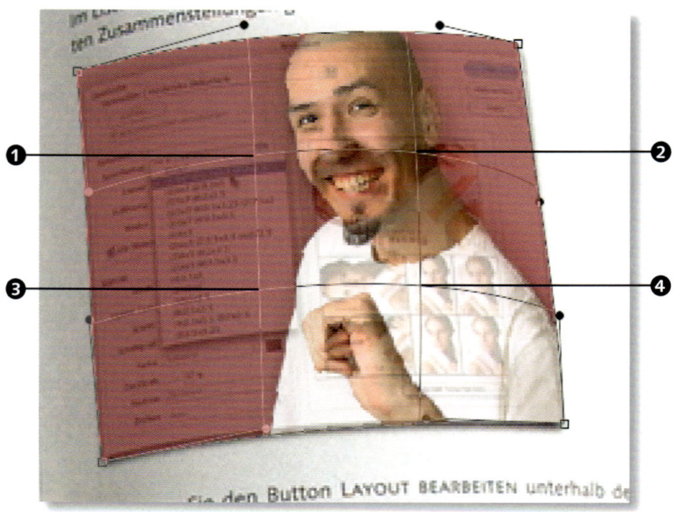

Abbildung 11.25 ▶
Die mittleren Kreuze müssen ebenfalls noch in Form gebracht werden.

6 Punkte erneut korrigieren

Natürlich sind alle Punkte voneinander abhängig. Das bedeutet: Verschieben Sie einen Punkt, verändert sich auch der benachbarte etwas. Deshalb müssen Sie eventuell mehrfach nachkorrigieren. Besonders die zuerst veränderten Eckpunkte könnten sicher eine Nachbesserung vertragen, oder?

7 Verkrümmung bestätigen

Wenn Sie mit dem Verkrümmungsrahmen zufrieden sind, drücken Sie [↵]. Stellen Sie danach die Deckkraft des Bildes wieder auf »100%«. Das Resultat ist in »Buch_fertig.tif« zu sehen. ■

Nur einmal verkrümmen

Wie beim Verzerren gilt auch hier: Der Rahmen lässt sich nur einmal mit diesem Komfort bedienen. Bestätigen Sie die Verkrümmung nämlich und aktivieren diesen Modus anschließend erneut, stimmen die Umrisse nicht mehr mit dem Rahmen überein.

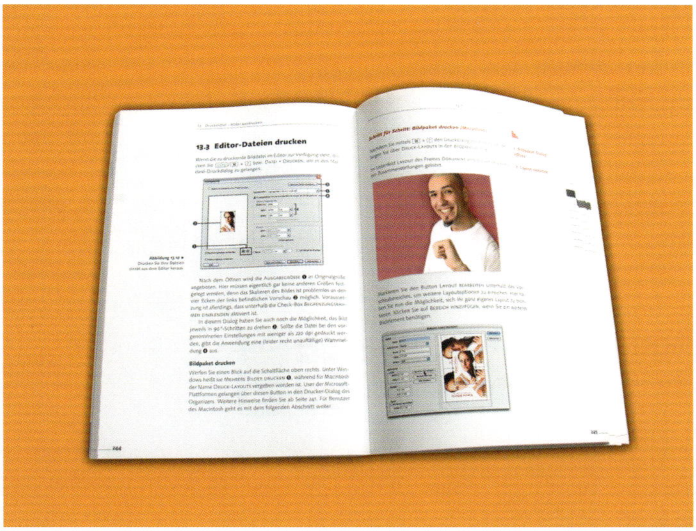

◄ **Abbildung 11.26**
So einfach können Bilder im Buch ausgetauscht werden. ■

Checkliste: Verkrümmen im Schnelldurchgang

1. Verbinden Sie beide Bilder, indem Sie das Porträt mit dem Verschieben-Werkzeug auf die Buch-Datei ziehen.
2. Schalten Sie Transformationssteuerungen ein, und skalieren Sie das Bild entsprechend.
3. Setzen Sie die Deckkraft so weit herunter, dass sich die untere Ebene gut sehen lässt.
4. Klicken Sie auf den Transformationsrahmen, und aktivieren Sie das Verkrümmen-Symbol in der Optionsleiste.
5. Bringen Sie die Ecken in Übereinstimmung zum Hintergrundbild.

6. Ziehen Sie die vier Anfasser, die links und rechts herausragen, in Richtung Bildmitte. Stoppen Sie, wenn die Seiten des Gitters mit denen des Hintergrunds übereinstimmen.
7. Formen Sie anhand der nach oben herausragenden Anfasser die Biegung nach.
8. Heben Sie die Fadenkreuze entsprechend der oberen und unteren Biegung an.
9. Bestätigen Sie mit [↵].
10. Setzen Sie die DECKKRAFT wieder herauf.

11.3 Verflüssigen

Mit den Verflüssigen-Funktionen sind Sie in der Lage, Bilder im wahrsten Sinne des Wortes zu verformen und Pixel zu modellieren. Schieben und ziehen Sie die Bildinhalte »in Form«, und legen Sie in Sachen Gestaltung noch einen Schritt zu.

Learning by Doing heißt die Devise, weshalb wir auch gleich wieder mit einem Workshop einsteigen wollen.

Schritt für Schritt: Am Anfang war das Feuer – brennende Lettern

Bilder/Feuer.tif

Dieser Workshop ist wirklich »heiß«! Setzen Sie Ihre Lettern unter Feuer. Sie benötigen keine Beispieldateien, sondern werden das Bild komplett in Photoshop erzeugen. Das hört sich doch gut an, oder?

Falls Sie mit der Erstellung von Texten lieber warten, bis das Text-Kapitel an der Reihe ist, benutzen Sie jetzt die Datei »Feuer.tif« als Ausgangsmaterial. Dort sind die ersten Schritte schon vorbereitet. Fahren Sie in diesem Fall mit Schritt 5, »Ebene duplizieren«, fort. Wer es sich nicht nehmen lassen möchte, von Anfang an alles selbst zu erledigen, beginnt natürlich gleich hier.

1 Farben einstellen

Drücken Sie zunächst [D], um die Standardfarben für Vordergrund und Hintergrund einzustellen (Schwarz und Weiß). Danach drücken Sie [X], um beide Farben miteinander zu vertauschen (Schwarz im Hintergrund).

2 Datei erstellen

Erzeugen Sie eine neue Datei (Datei • Neu bzw. [Strg]/[⌘]+[N]), und wählen Sie unter Vorgabe den Eintrag Web aus. Im Pulldown-Menü Grösse entscheiden Sie sich anschließend für »800 × 600«. Die Auflösung soll bei 72 ppi im Modus RGB liegen. Als Hintergrundinhalt wird Hintergrundfarbe eingestellt. ■

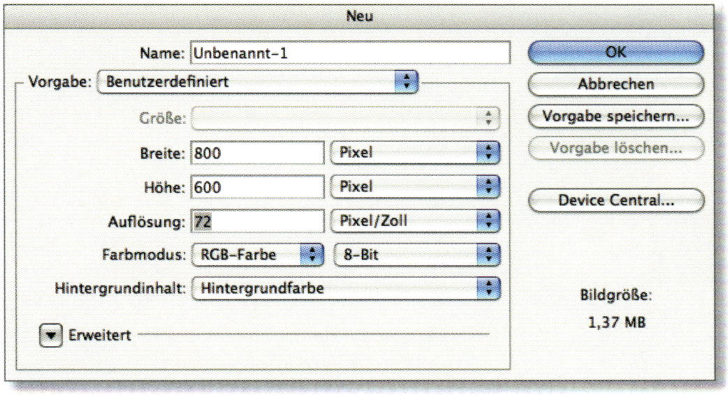

◀ **Abbildung 11.27**
Verwenden Sie diese Einstellungen, um die neue Datei anzulegen.

Ebeneninhalte umkehren

Sollten Sie zuvor Schwarz und Weiß nicht miteinander vertauscht haben, lässt sich das mit einer Tastenkombination ruck, zuck nachholen. Mit [Strg]/[⌘]+[I] wandeln Sie schwarze Inhalte einer Ebene in weiße und weiße in schwarze um.

3 Ebene umwandeln

Wandeln Sie den Hintergrund in eine Ebene um (Doppelklick auf die Ebene in der Ebenen-Palette).

4 Text eingeben

Danach wechseln Sie auf das Horizontale Text-Werkzeug [T] und schreiben »FEUER«. Wählen Sie eine Serifen-Schrift wie z. B. Times. Drücken Sie, nachdem Sie mit [↵] bestätigt haben, auf Ihrer Tastatur [V], und schalten Sie über die Optionsleiste die Funktion Transformationssteuerungen ein. Skalieren Sie den Text entsprechend der folgenden Abbildung. Der Text selbst sollte in der Mitte des Bildes platziert sein.

◀ **Abbildung 11.28**
So sieht die Datei »Feuer.tif« aus.

5 Ebene duplizieren

Anschließend duplizieren Sie die Textebene (Strg/⌘+J), schalten die oberste Ebene über das Augen-Symbol der Ebenen-Palette aus und markieren die darunter befindliche Ebene.

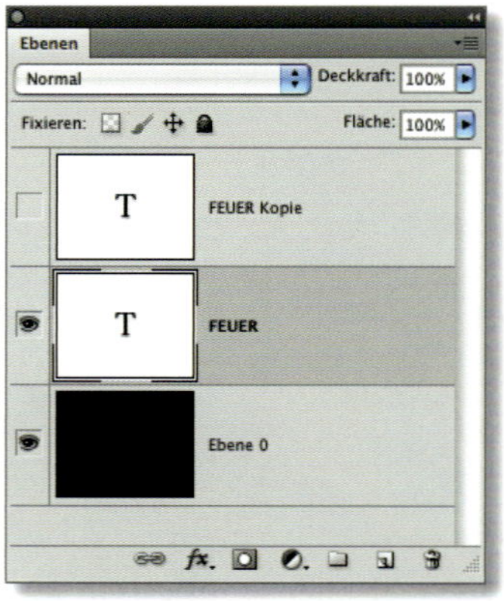

Abbildung 11.29 ▸
Die mittlere Ebene muss markiert werden.

6 Arbeitsfläche drehen

Nun muss die Arbeitsfläche um 90° gedreht werden. Wählen Sie Bild • Bilddrehung • 90° im UZS. Warum das? Sind Sie damit einverstanden, dass ich die Erklärung für diesen Schritt nachliefere?

7 Ebene reduzieren

Reduzieren Sie diese Textebene, indem Sie im Bedienfeldmenü des Ebenen-Bedienfelds den Eintrag Mit darunter liegender auf eine Ebene reduzieren (alternativ: Strg/⌘+E) wählen. ■ Damit ersparen Sie sich auch das Rastern des Textes. Was aber viel entscheidender für diesen Schritt ist: Wir benötigen auch jenseits der Schrift die schwarzen Pixel der untersten Ebene, um den folgenden Filter wirkungsvoll anbringen zu können.

Alternative zur Reduzierung

Es soll nicht verschwiegen werden, dass Sichtbare auf eine Ebene reduzieren (bzw. Strg/⌘+⇧+E) das gleiche Ergebnis brächte, da die oberste Ebene ja ausgeblendet ist. Einziger Unterschied: Die Ebene trüge dann nicht mehr den Namen Ebene 0, sondern Feuer.

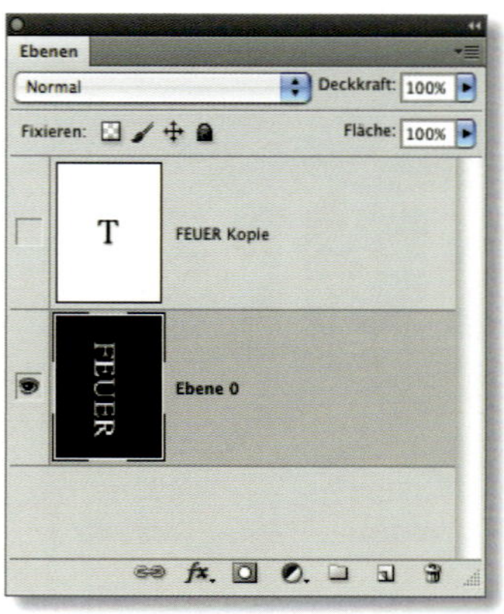

Abbildung 11.30 ▸
Die untere Textebene ist mit dem schwarzen Hintergrund verschmolzen.

8 Windeffekt-Filter anwenden

Ohne Sauerstoff gibt es kein Feuer! Sorgen wir also für ausreichend Luft. Stellen Sie FILTER • STILISIERUNGSFILTER • WINDEFFEKT ein. Kontrollieren Sie, ob die METHODE: WIND und die RICHTUNG mit LINKS angegeben ist. Falls nicht, ändern Sie das entsprechend. ■

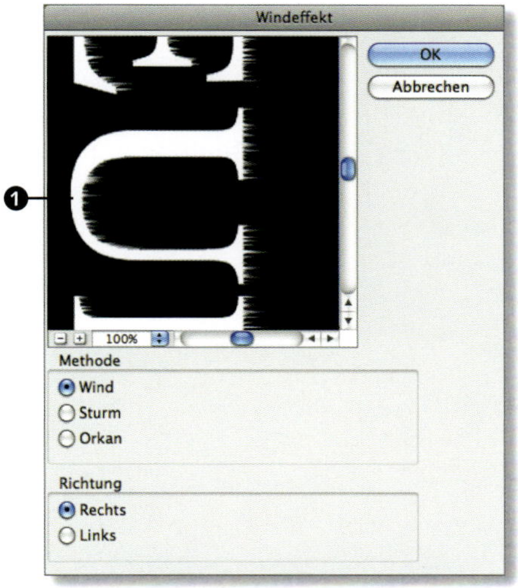

◂ **Abbildung 11.31**
Ganz schön windig – einer der zahlreichen Photoshop-Effekte.

◂ **Abbildung 11.32**
Jetzt wirkt der Windeffekt sogar vertikal.

Das einmalige Zuweisen des Effekts ist aber noch nicht genug. Wiederholen Sie den Windeffekt noch dreimal. Danach wählen Sie BILD • BILDDREHUNG • 90° GEGEN UZS aus, und das Bild ist wieder korrekt eingestellt.

Miniatur skalieren

Oben im Dialogfenster ist eine Miniatur der Bildebene zu sehen. Dort können Sie die Wirkungsweise des Effekts begutachten. Falls gewünscht, skalieren Sie die Ansicht ❶ mithilfe der unterhalb befindlichen Tasten + und –. Skalierte Ausschnitte lassen sich per Drag & Drop verschieben. Stellen Sie den Mauszeiger dazu auf die Miniatur.

Filter wiederholt anwenden

Nach einmaligem Anwenden eines Filters wird dieser in der Liste FILTER zuoberst gelistet. Mit diesem Eintrag kann der gleiche Filter nun erneut angewendet werden. Noch einfacher geht es über die Tastenkombination [Strg]/[⌘]+[F]. Zuvor eingestellte Parameter werden dabei übernommen.

Ach ja: Ich schulde Ihnen ja noch die Erklärung für das Drehen der Arbeitsfläche. Aber sicher wissen Sie es schon: Der Windeffekt lässt sich ausschließlich in horizontaler Richtung anwenden. Dies machte das vorherige Drehen der Textebene erforderlich. ■

9 Weichzeichnen

Im nächsten Schritt soll die Ebene weicher werden. Dies erreichen Sie über FILTER • WEICHZEICHNUNGSFILTER • GAUSSSCHER WEICHZEICHNER. Verstellen Sie den Schieber, bis ein RADIUS von etwa 5,0 Pixel angezeigt wird, und bestätigen Sie mit OK.

Abbildung 11.33 ►
Der Gaußsche Weichzeichner sorgt für drastische Unschärfen auf der Ebene.

10 Färben

Mit BILD • KORREKTUREN • FARBTON/SÄTTIGUNG aktivieren Sie zunächst das Ankreuzkästchen FÄRBEN, ehe Sie den FARBTON auf »40« und die SÄTTIGUNG auf »100« stellen. Bestätigen Sie auch hier mit OK. ■

Flammenfarbe verändern

Wünschen Sie eher rötliche Flammen, dann sollten Sie den Schieber FARBTON noch etwas weiter nach links stellen.

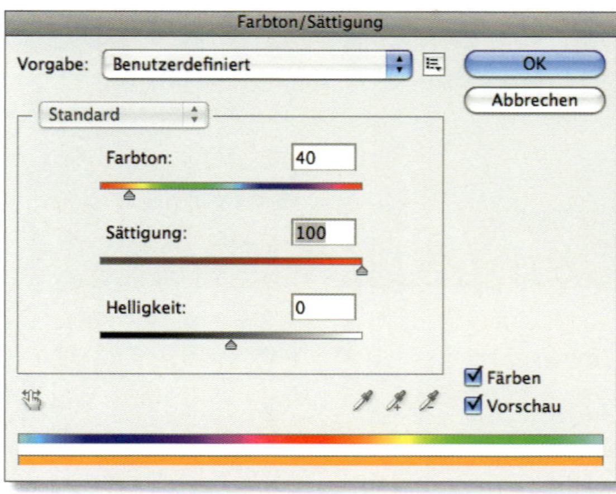

Abbildung 11.34 ►
Jetzt bringen Sie Farbe ins Spiel.

11 Ebene erneut duplizieren

Duplizieren Sie die Ebene (Strg/⌘+J), und stellen Sie für das Duplikat in der Ebenen-Palette die Füllmethode FARBIG ABWEDELN ein.

12 Ebenen verbinden

Reduzieren Sie die Deckkraft der aktiven Ebene (EBENE 0 KOPIE) über die Ebenen-Palette auf 75%, und verschmelzen Sie diese Ebene mit der darunterliegenden (Strg/⌘+E). Danach erfolgt dann der individuell kreative Teil dieser Übung. Es geht darum, die Flammen zu modellieren.

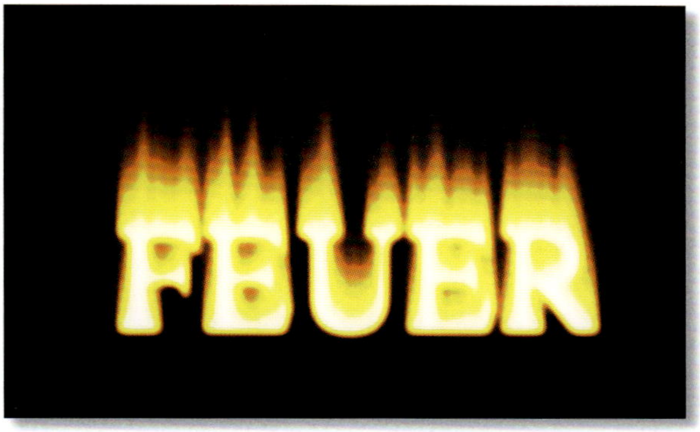

◂ **Abbildung 11.35**
So sieht die Datei an dieser Stelle des Workshops aus.

Pinseldruck einstellen

Je höher der Pinseldruck eingestellt ist, desto mehr Auswirkungen haben die Mausbewegungen auch auf die Verformung der Elemente. Wenn Sie also nur Nuancen bearbeiten möchten, regeln Sie den Druck zuvor entsprechend herunter.

13 Verflüssigen

Über FILTER • VERFLÜSSIGEN erreichen Sie ein wirklich beeindruckendes Dialogfenster. Rechts finden Sie die Werkzeugoptionen. Stellen Sie dort eine PINSELGRÖSSE von ca. »50« und einen PINSELDRUCK ■ von etwa »80« ein.

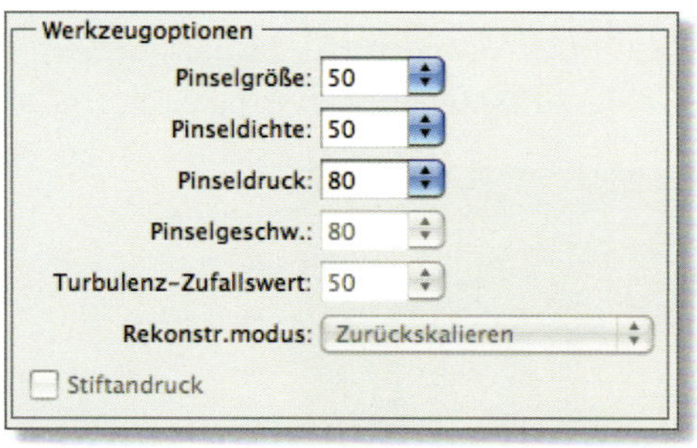

◂ **Abbildung 11.36**
Das Werkzeug wird auf der rechten Seite eingestellt.

Die Tools an der linken Seite sind ja zum größten Teil schon alte Bekannte für Sie. Erforderlichenfalls wechseln Sie zwischenzeitlich auf das Zoom-Werkzeug, um die Schrift näher heranzuholen.

Aktivieren Sie danach auf jeden Fall wieder das Vorwärts-krümmen-Werkzeug (das oberste in der Toolbox des Dialogs). Ziehen Sie mit gedrückter Maustaste von den Lettern aus nach oben, wobei Sie die Maus leicht hin und her bewegen. »Modellieren« Sie auf diese Weise die Flammen. Wenn Sie mit Ihrem Ergebnis zufrieden sind, klicken Sie auf OK.

Abbildung 11.37 ▸
Die Flammen werden nach Wunsch geformt.

14 Textfarbe ändern

Markieren Sie die oberste Textebene innerhalb der Ebenen-Palette, und machen Sie diese sichtbar, indem Sie das vorangestellte Auge (jetzt noch unsichtbar) wieder einschalten. Markieren Sie die Ebene zudem im Ebenen-Bedienfeld. Färben Sie die Lettern schwarz. Und das geht so:

- Möglichkeit 1: Wählen Sie Bearbeiten • Fläche füllen, nachdem Sie Ebene • Rastern • Text eingestellt haben. Achten Sie aber darauf, dass Sie Transparente Bereiche schützen, da ansonsten die komplette Ebene geschwärzt würde.
- Möglichkeit 2: Drücken Sie [T], um das Text-Werkzeug zu aktivieren, und stellen Sie die Textfarbe auf Schwarz. Dazu müssen Sie ja lediglich auf die Farbfläche in der Optionsleiste klicken und den Farbwähler entsprechend einstellen.

Abbildung 11.38 ▸
Mittlerweile ist auch die schwarze Schrift wieder sichtbar.

Duplizieren Sie die Feuer-Ebene, indem Sie [Strg]/[⌘]+[J] drücken (vergessen Sie nicht, vorher die Ebene in der Ebenen-Palette zu markieren!), und stellen Sie die Kopie an die oberste Stelle innerhalb der Ebenen-Palette. Danach erzeugen Sie im Masken-Bedienfeld eine Ebenenmaske, indem Sie den Button PIXELMASKE HINZUFÜGEN anklicken.

Aktivieren Sie den Pinsel [B], und versehen Sie ihn mit einer weichen Spitze in der Größe von etwa 45 Px. Übermalen Sie nun den unteren Bereich der Ebene, und ziehen Sie den Pinsel an den Stegen der Buchstaben etwas nach oben. Die Textebene wird dadurch am Fuß der Schrift wieder sichtbar.

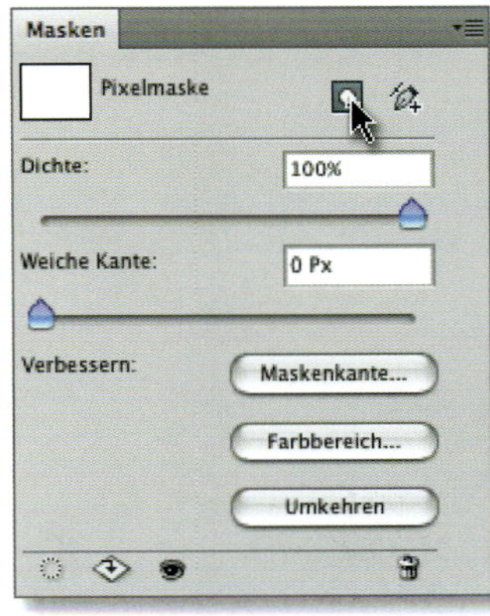

▲ **Abbildung 11.39**
In diesem Schritt wird eine Ebenenmaske erstellt.

◄ **Abbildung 11.40**
Die Ebenenmaske sorgt für eine stellenweise Freilegung der Text-Ebene.

Falls Sie es wünschen, können Sie am Schluss noch auf die mittlere Textebene umschalten und diese nach Aktivierung des Verschieben-Werkzeugs mit den Pfeiltasten etwas nach unten bewegen. So verschwinden die gelben Flammen unterhalb der Buchstaben. Das sieht dann noch etwas realistischer aus.

◄ **Abbildung 11.41**
Damit ist der erste Teil des Workshops beendet. Sie finden die Datei im ERGEBNISSE-Ordner unter »Feuer_fertig.tif«.

Falls Sie es wünschen, verfeinern Sie doch das Bild ein wenig. Es bringt einen zusätzlichen Effekt, wenn Sie die oberste Ebene abermals verflüssigen. Ziehen Sie die weißen Bereiche noch etwas herauf.

Das war das ganze Geheimnis in Sachen Feuermachen. Wenn Sie Spaß daran gefunden haben und nun den Effekt noch etwas erweitern möchten, ist der folgende Workshop ebenfalls dringend zu empfehlen.

Schritt für Schritt: Effektvolle Textspiegelung realisieren

Bilder/Ergebnisse/
Feuer_fertig.tif

Wie wäre es, wenn sich die brennenden Buchstaben im Boden spiegeln würden? Das ist keine große Kunst, sondern ein ganz schnell realisierter Effekt.

1 Ebenen reduzieren

Stellen Sie SICHTBARE AUF EINE EBENE REDUZIEREN ein. Natürlich verwenden Sie für solche Kleinigkeiten Tastaturkürzel: Strg/⌘+⇧+E.

2 Auswahl anlegen

Ziehen Sie eine Rechteckauswahl über den oberen Teil des Bildes. Lassen Sie die Auswahl geringfügig unterhalb der Buchstaben enden, und achten Sie darauf, dass alle relevanten Bildinhalte eingeschlossen sind.

Abbildung 11.42 ▶
So sollte die Auswahl »sitzen«.

3 Auswahl duplizieren

Duplizieren Sie die Ebene über [Strg]/[⌘]+[J]. Verwenden Sie hier auf keinen Fall die Option EBENE • EBENE DUPLIZIEREN, da Sie ansonsten die komplette Ebene und nicht nur den zuvor ausgewählten Bereich duplizieren würden. Die Alternative über das Menü wäre: EBENE • NEU • EBENE DURCH KOPIE.

4 Ebene spiegeln

Nun muss die Ebene noch gespiegelt werden. BEARBEITEN • TRANSFORMIEREN • VERTIKAL SPIEGELN sorgt dafür, dass unser Duplikat im wahrsten Sinne des Wortes kopfsteht.

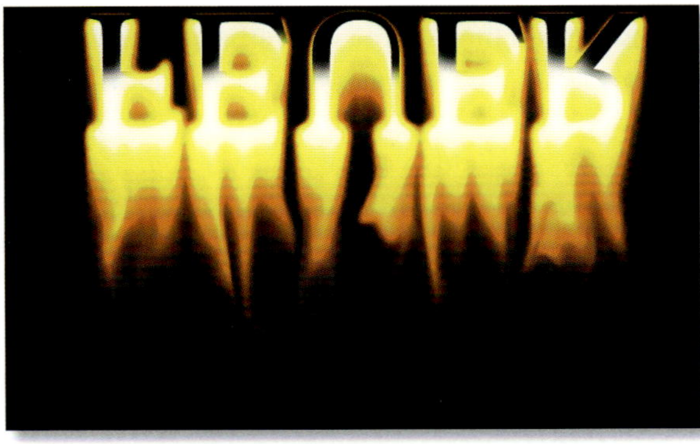

◄ **Abbildung 11.43**
Einen Moment noch; der »Kopfstand« wird gleich korrigiert.

Ziehen Sie die Spiegelung nun noch mit dem Verschieben-Tool an die richtige Position (halten Sie [⇧] gedrückt, damit Sie die Ebene nicht horizontal verschieben), und fertig ist das gute Stück. Oder wollen Sie die Deckkraft noch etwas reduzieren? 30% sollten auf jeden Fall reichen, was meinen Sie?

◄ **Abbildung 11.44**
Das Endergebnis nennt sich »Feuer_gespiegelt.tif«.

Verflüssigen

Mehr zum Thema Verflüssigen: Mit dem VERFLÜSSIGEN-Dialog steht dem Photoshop-User ein derart leistungsstarkes Tool zur Verfügung, dass es sich lohnt, auf die einzelnen Optionen näher einzugehen. Wer also mehr darüber wissen will, schaut sich den Workshop auf der Buch-DVD im Ordner WORKSHOPS an. Außerdem empfehle ich Ihnen auch den letzten Workshop dieses Kapitels. Hier wird diese Technik ein weiteres Mal besprochen.

11.4 Ebenen automatisch ausrichten

Eine ebenfalls interessante Form der Bildmanipulation wird mit »Ebenen automatisch ausrichten« erreicht. Mithilfe dieser Vorgehensweise gelingt es jetzt nämlich mit wenigen Handgriffen, aus zwei Fotos eines zu machen – und dabei auch noch den interessantesten Ausschnitten aus beiden Fotos den Vorzug zu geben. Aber bevor ich ins Schwärmen gerate: Wie wäre es, wenn Sie sich das gleich einmal anhand eines Beispiels ansehen würden?

Schritt für Schritt: Gesichter austauschen

Bilder/Ausrichten_Ebene.tif und Ausrichten_Ziel.tif

Jetzt wird's magisch! Öffnen Sie die beiden Beispielfotos, und stellen Sie sie nebeneinander. Das rechte Foto ist, wie ich finde, insgesamt etwas besser gelungen. Das mache ich daran fest, dass das Mädchen sich ein wenig entspannter zurücklehnt und dass der Teller durch die fast senkrechte Anordnung besser ausgeleuchtet ist.

Abbildung 11.45 ▸
Zwei ähnliche Fotos sollen zu einem verschmolzen werden.

Dafür ist aber das Gesicht auf dem linken Foto besser getroffen. Ach, man müsste beides miteinander kombinieren können. Aber wie sollen wir die Gesichter deckungsgleich übereinander bekommen? Das ist wirklich keine leichte Aufgabe – oder doch? »Schaun mer mal …«

1 Bilder verbinden

Als Grundlage soll die Datei »Ausrichten_Ziel.tif« herhalten. Ziehen Sie deshalb »Ausrichten_Ebene.tif« mit dem Verschieben-Werkzeug [V] herüber. Dazu müssen Sie ja nichts weiter tun, als das erste Bild anzuklicken und mit gedrückter Maustaste auf das andere zu ziehen. Dort lassen Sie es fallen. Wo genau das überlagernde Bild liegt, ist wirklich schnurzpiepegal.

◄ **Abbildung 11.46**
Beide Fotos liegen jetzt irgendwie übereinander.

2 Ebenen markieren

Danach können Sie »Ausrichten_Ebene.tif« bereits wieder schließen. Nun sollte Ihre volle Aufmerksamkeit der Ebenen-Palette gelten. Sie müssen jetzt nämlich beide Ebenen gemeinsam auswählen. Aktuell ist aber nur die oberste Ebene markiert, weshalb Sie jetzt [⇧] gedrückt halten und auf die Ebene Hintergrund klicken. Daraufhin werden beide Ebenen grau hinterlegt angezeigt.

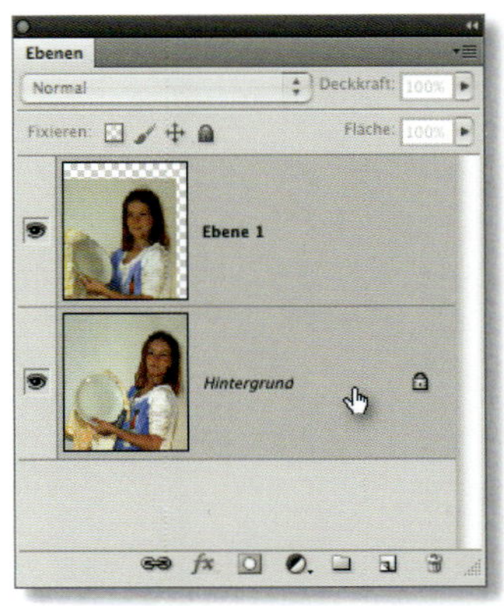

▲ **Abbildung 11.47**
Für den nächsten Schritt müssen unbedingt beide Ebenen markiert sein.

3 Ebenen ausrichten

Das eigentliche Ausrichten der Ebenen, also die Suche nach identischen Strukturen in beiden Ebenen, übernimmt Photoshop für Sie. Gehen Sie in das Menü Bearbeiten, und entscheiden Sie sich dort für den Eintrag Ebenen automatisch ausrichten. Im Fol-

> **Weitere Projektionsmöglichkeiten**
>
> Grundsätzlich lässt sich EBENEN AUTOMATISCH AUSRICHTEN auch für Panoramafotos und ähnliche Bilder verwenden. Dabei benötigen Sie Fotos, die sich zum Teil überschneiden. Verwenden Sie PERSPEKTIVISCH, um eine Wölbung nach innen zu erzeugen, während ZYLINDRISCH für eine Wölbung nach außen sorgt. Und REPOSITIONIEREN beispielsweise bringt die verwendeten Fotos lediglich zusammen, ohne eine Verformung zu erzeugen.

gedialog müssen Sie zunächst sicherstellen, dass AUTO aktiv ist. ■ Ganz wichtig ist aber noch, dass Sie die beiden Checkboxen VIGNETTIERUNGSENTFERNUNG und GEOMETRISCHE VERZERRUNG im Bereich OBJEKTIVKORREKTUR anhaken. Bleiben die Checkboxen leer, funktioniert das Anordnen nicht wunschgemäß. Schließen Sie die Aktion mit einem Klick auf OK ab.

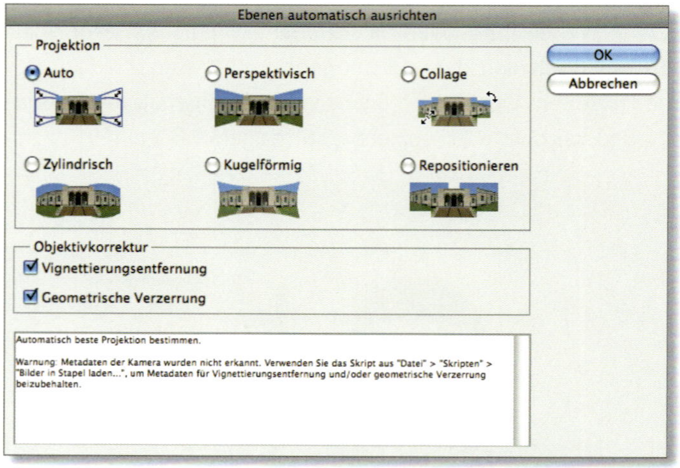

Abbildung 11.48 ▸
Lassen Sie die angebotenen Objektivkorrekturen zu.

Nach kurzer Zeit ist das »Wunder« schon geschehen. Photoshop hat die Gemeinsamkeiten in beiden Ebenen erkannt und diese übereinander angeordnet. Dabei wurde auch gleich die Arbeitsfläche erweitert, was Sie am Karomuster (Transparenz im Hintergrund) erkennen können. Durch mehrmaliges Ein- und Ausschalten der obersten Ebene (Augen-Symbol im Ebenen-Bedienfeld) können Sie sich nun davon überzeugen, dass die Gesichter tatsächlich übereinanderliegen.

Abbildung 11.49 ▸
Die Ebenen wurden aneinander ausgerichtet.

4 Ebenenmaskierung einrichten

Der Rest ist Masken-Arbeit. Fügen Sie der oberen Ebene eine Maske hinzu. Dazu müssen Sie diese aber noch einmal innerhalb des Ebenen-Bedienfelds markieren, damit die Hintergrundebene (sie heißt jetzt EBENE 0) abgewählt wird. EBENE 1 ist jetzt alleine grau markiert, was es nun auch möglich macht, das Symbol EBENENMASKE ERSTELLEN in der Fußleiste zu markieren.

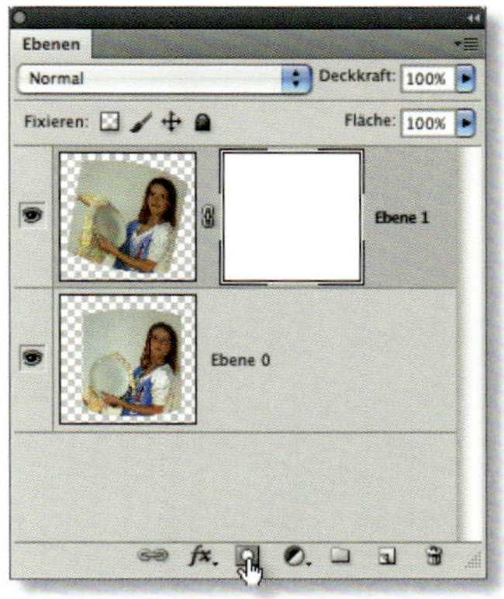

▲ **Abbildung 11.50**
Die oberste Ebene muss maskiert werden.

5 Obere Ebene maskieren

Drücken Sie zunächst [Strg]/[⌘]+[I]. Das hat zur Folge, dass die komplette obere Ebene maskiert wird (unsichtbar). Nun drücken Sie [D]. Sie wissen ja längst, dass Sie damit Weiß als Vordergrundfarbe (und Schwarz als Hintergrundfarbe) definieren. Jetzt nehmen Sie einen Pinsel [B] mit weicher Spitze und einer GRÖSSE von etwa »250 Px« im MODUS: NORMAL bei 100% DECKKRAFT und FLUSS.

Danach beginnen Sie, über das Gesicht des Mädchens zu wischen und damit nach und nach die obere Ebene zu demaskieren. Wischen Sie auch über die Haare, da ansonsten die Verzerrung auffällt. Achten Sie aber besonders auf die Übergänge zwischen Haaren und Schultern. Am besten wird sein, Sie verkleinern die Spitze und demaskieren bei starker Vergrößerung.

◀ **Abbildung 11.51**
So fällt die kleine Montage gar nicht auf.

6 Bild freistellen

Zuletzt müssen Sie das Foto noch freistellen [C]. Dabei sorgen Sie natürlich dafür, dass sämtliche transparenten Pixel ausgegrenzt werden. Fertig ist die Fotomontage.

▲ **Abbildung 11.52**
Einen Vorher-nachher-Vergleich erhalten Sie, wenn Sie die oberste Ebene kurzzeitig aus- und wieder einschalten. ■

11.5 Mit Fluchtpunkten arbeiten

Diese Errungenschaft, die seinerzeit mit Photoshop CS2 ins Leben gerufen wurde, hat schon bei ihrer ersten offiziellen Präsentation für reichlich Begeisterung (und viel Applaus) gesorgt. Zu Recht – denn mit den Fluchtpunkt-Optionen realisieren Sie binnen Sekunden, was zuvor oft Stunden gedauert hat. Glauben Sie mir – es macht richtig Laune, damit zu arbeiten. Und jetzt kann es passieren, dass Sie »eben schnell« noch ein Objekt mit Fluchtpunkten ausstatten wollen ... und dann noch eins ... und noch eins ... und noch eins ...

Schritt für Schritt: Perspektive erzeugen

Bilder/Fenster.tif und Wuerfel.tif

Einer unserer Kunden möchte für seine Produktpräsentation ein Foto auf einem Würfel platziert haben – und zwar perspektivisch angeordnet. Die in Wirklichkeit zweidimensionalen Dateien stehen uns natürlich zur Verfügung. Auf geht's ...

© Robert Klaßen

▲ **Abbildung 11.53**
Der Würfel dient als Grundlage.

© Michael Jurman/PIXELIO

▲ **Abbildung 11.54**
Dieses Bild soll auf den Würfel aufgebracht werden.

1 Eine neue Ebene erstellen

Zunächst sollten Sie auf der Datei »Wuerfel.tif« eine neue, leere Ebene erstellen. Diese ist zwar zur Erzeugung einer Perspektive nicht unbedingt erforderlich, gibt Ihnen aber letztendlich noch die Möglichkeit, kleinere geometrische Korrekturen vorzunehmen. Außerdem ließe sich bei Bedarf noch die Füllmethode ändern. Würden Sie keine Ebene verwenden, lägen das Foto und der Würfel auf einer Ebene und wären somit nicht mehr editierbar. Klicken Sie also auf den Button NEUE EBENE ERSTELLEN in der Fußleiste der Ebenen-Palette.

2 Bild in die Zwischenablage kopieren

Wenn später der Perspektiv-Dialog geöffnet ist, kann die Standardoberfläche von Photoshop nicht mehr bedient werden. Deshalb müssen wir bereits jetzt die Zwischenablage mit unserem Bild füllen. Markieren Sie daher das Foto, und drücken Sie [Strg]/[⌘]+[A], um den gesamten Bildinhalt zu markieren. (Alternativ könnten Sie sich auch für AUSWAHL • ALLES AUSWÄHLEN entscheiden.) ■

Drücken Sie jetzt [Strg]/[⌘]+[C], oder entscheiden Sie sich für BEARBEITEN • KOPIEREN. Danach können Sie das Foto schließen.

Warum sollten Sie eine Auswahl erstellen?

In Photoshop können nur ausgewählte Bereiche an die Zwischenablage übergeben werden. Wenn Sie keine Auswahl erstellen, steht der Kopierbefehl nicht zur Verfügung.

3 Fluchtpunkt-Dialog öffnen

Markieren Sie nun die Datei »Wuerfel.tif«, und wählen Sie FILTER • FLUCHTPUNKT. Dass Adobes Programmierer alternativ auch ein Tastaturkürzel vergeben haben, ist wirklich ein Genuss ;-) ([Strg]+[Alt]+[V] bzw. [⌘]+[⌥]+[V]).

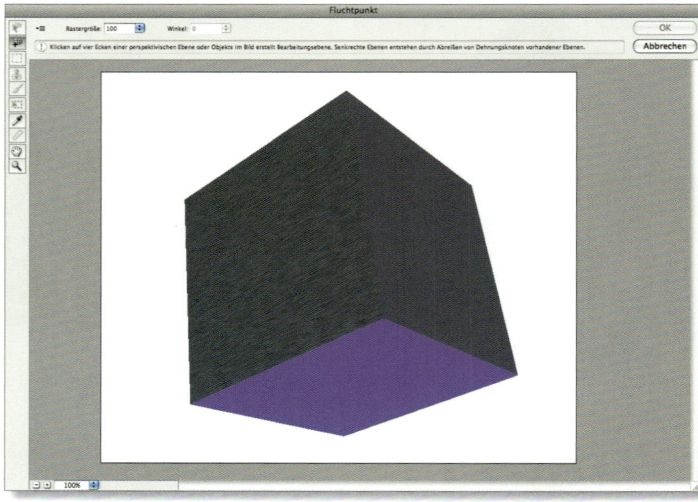

Abbildung 11.55 ▶
Der Fluchtpunkt-Dialog wartet auf Ihre Aktionen.

4 Perspektivraster erzeugen

Standardmäßig ist das Ebene-erstellen-Werkzeug [C] aktiv. Damit müssen Sie jetzt zunächst das Raster erstellen. So geben Sie Photoshop an, wie die erste Perspektive auszusehen hat.

Eine solche Perspektive wird stets von vier Punkten bestimmt. Setzen Sie nacheinander die Punkte ❶, ❷, ❺ und ❸. Sobald Sie den vierten Punkt ❸ gesetzt haben, sollte sich der Rahmen aus mehreren Rauten zusammensetzen. Jetzt können Sie die Eckpunkte noch durch Ziehen mit der Maus bewegen. Achten Sie darauf, die Punkte so anzuordnen, dass sich am Schluss ein blauer Rahmen zeigt. Das ist ein Indiz dafür, dass die Winkel stimmen.

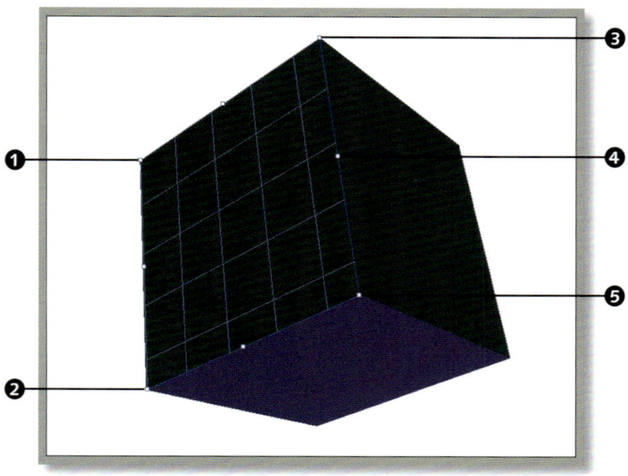

Abbildung 11.56 ▶
Das erste Raster ist fertig.

5 Perspektivraster erweitern

Im nächsten Schritt soll das Raster »um die Ecke« gezogen werden. Halten Sie Strg/⌘ gedrückt, und fassen Sie den mittleren Anfasser auf der rechten Seite des Perspektivrasters ❹ an. Ziehen Sie das Raster heraus, und führen Sie es bis an den Rand der rechten Würfelseite (siehe Abbildung 11.57). Anschließend lassen Sie los.

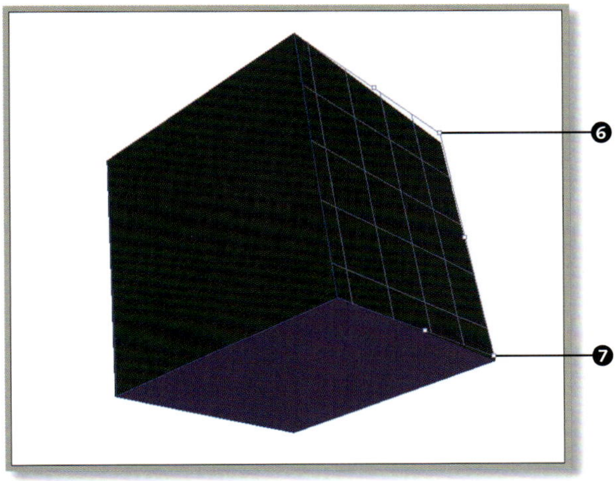

◀ **Abbildung 11.57**
Das Raster erstreckt sich jetzt über die zweite Fläche.

6 Raster korrigieren

Jetzt könnten Sie das Steuerelement WINKEL ❽ bedienen und die Winkelung des zweiten Rasters nach Wunsch verstellen. Das dürfte aber bei der doch recht symmetrischen Anordnung der Würfelflächen nicht erforderlich sein. Sie sollten aber die beiden Ecken (❻ und ❼) noch kontrollieren und diese gegebenenfalls an den Würfel heranführen. ■

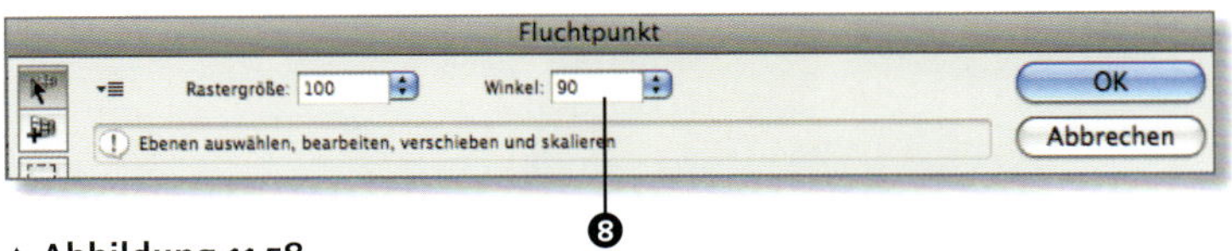

▲ **Abbildung 11.58**
Korrigieren Sie, falls erforderlich, den Winkel.

Raster neu aufnehmen

Beim Ausrichten der Eckpunkte kann es leicht passieren, dass Sie einmal danebenklicken. Das hat aber zur Folge, dass das Raster abgewählt wird und sich die Punkte nicht mehr verschieben lassen. In diesem Fall klicken Sie einfach mitten auf die Position, an der sich normalerweise das Raster befindet. Damit wird es wieder angewählt. Entsprechendes gilt, wenn Sie später das erste Raster noch einmal nachjustieren wollen.

Falls Sie weitere Korrekturen am Raster vornehmen wollen, müssen Sie das Werkzeug wechseln. Aktivieren Sie das Ebene-bearbeiten-Werkzeug V, und klicken Sie zunächst auf das Raster,

Perspektivisch messen

Photoshop macht es auch möglich, ein Raster perspektivisch auszumessen. Dazu schalten Sie auf das Mess-Werkzeug [R] um und ziehen mit gedrückter Maustaste eine Linie über die zu messende Strecke. Sobald Sie die Maustaste loslassen, werden die Länge in der Mitte der Linie und der Winkel am Linienanfang ausgewiesen.

das Sie nachbearbeiten wollen. Sie könnten jetzt sogar weitere Raster produzieren, die unabhängig von den ersten beiden sind – eine komplett neue Rasterebene also. Dazu müssen Sie aber dann vorab auf das Ebene-erstellen-Werkzeug [C] umschalten. Aber das alles ist für unseren Workshop gar nicht erforderlich. ■

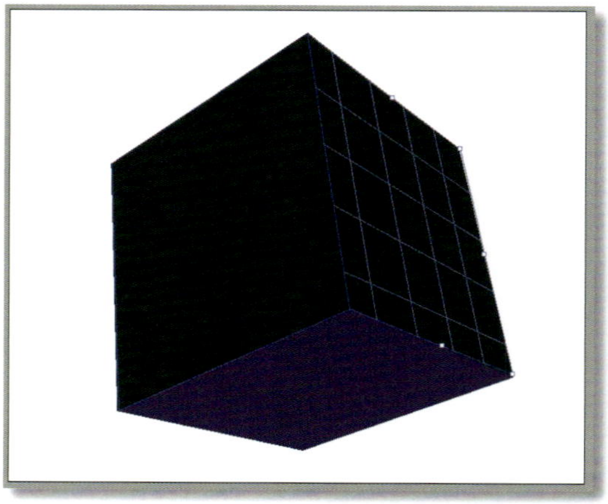

Abbildung 11.59 ▸
Zuletzt müssen die Eckpunkte des zweiten Rasters korrigiert werden.

7 Foto einfügen und skalieren

Wenn das Raster fertig ist, fügen Sie das Foto ein. Da dieses sich ja noch in der Zwischenablage befindet, drücken Sie einfach [Strg]/[⌘]+[V]. Danach sollten Sie auf das Transformieren-Werkzeug [T] umschalten und das Foto noch etwas verkleinern. Halten Sie dazu [⇧] gedrückt, damit das Bild nicht unproportional verzerrt werden kann, und ziehen Sie an einem der Eckanfasser.

Abbildung 11.60 ▸
So hat das Foto die richtige Größe.

8 Foto positionieren

Klicken Sie jetzt auf das Foto, und ziehen Sie es mit gedrückter Maustaste auf die linke Seitenfläche des Würfels. Ordnen Sie es nach Wunsch an. Auch hier können Sie übrigens noch skalieren und verschieben, wie Sie wollen. So sollte sich das Bild auf jeden Fall ohne Probleme anordnen lassen.

◂ **Abbildung 11.61**
Das erste Foto »sitzt«.

9 Foto kopieren

Wenn Sie bereits jetzt von diesem Tool mächtig beeindruckt sind, warten Sie noch einen Moment. Es kommt nämlich noch viel besser. Halten Sie [Alt]/[⌥] gedrückt, und klicken Sie auf das soeben platzierte Foto. Halten Sie auch die Maustaste gedrückt, und ziehen Sie eine Kopie auf die rechte Seite des Rasters. Jetzt gleicht Photoshop nämlich sofort die Winkelung an. Genial – finden Sie nicht auch? Lassen Sie zuerst die Maustaste und danach [Alt]/[⌥] los. Wenn alles passt, bestätigen Sie mit OK.

◂ **Abbildung 11.62**
Das zweite Bild wird perspektivisch korrekt angeordnet.

10 Optional: Foto nachbearbeiten

Schauen Sie sich noch an, warum es interessant war, zuvor eine Ebene zu erzeugen. Jetzt könnten Sie das Ganze nämlich noch individuell nachbearbeiten. Diese Option stünde nicht zur Verfügung, wenn das Foto nicht aus zwei Ebenen bestehen würde.

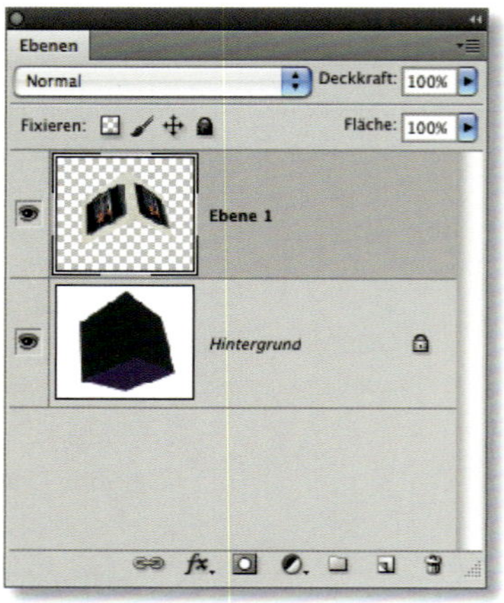

▲ **Abbildung 11.63**
Die zweite Ebene lässt eine individuelle Bearbeitung auch nach der Fluchtpunkt-Anwendung zu.

▲ **Abbildung 11.64**
Damit ist das Foto auf beiden Flächen perspektivisch gewinkelt. ■

Echte 3D-Objekte erzeugen

Wenn Sie stolzer Besitzer von Photoshop Extended sind, können Sie auf eine Vielzahl von 3D-Funktionen zugreifen. Auf der Bonus-Seite zum Buch finden Sie ein Zusatzangebot zu diesem Thema.

Checkliste: Perspektive korrigieren mittels Fluchtpunkt

1. Erzeugen Sie auf dem Zielbild eine neue Ebene.
2. Kopieren Sie den Inhalt des Bildes, das Sie einfügen wollen, mit Strg/⌘+C in die Zwischenablage.
3. Öffnen Sie den Fluchtpunkt-Dialog (Filter • Fluchtpunkt).
4. Fertigen Sie eine Rasterseite an, indem Sie vier Eckpunkte setzen, und ziehen Sie anschließend (sofern eine zweite Fluchtpunktseite erzeugt werden soll) einen der mittleren Anfasser mit Strg/⌘ heraus. Damit erzeugen Sie die zweite Seite.
5. Korrigieren Sie den Winkel und die Rastergröße mit den Reglern oberhalb der Montagefläche bzw. durch Verschieben der Eckpunkte.
6. Drücken Sie Strg/⌘+V, um den Inhalt der Zwischenablage einzufügen.

7. Ziehen Sie das Objekt mit dem Auswahl- oder Transformieren-Werkzeug auf das Raster.
8. Optional: Duplizieren Sie das Objekt, indem Sie es mit gedrückter Taste Alt/⌥ auf das zweite Perspektivraster ziehen.
9. Bestätigen Sie mit OK, und bearbeiten Sie die oberste Ebene nach, falls hier noch Änderungen vorgenommen werden sollen.

11.6 Formgitter

CS5

Am Ende dieses Kapitels müssen Sie unbedingt noch das neuartige Formgitter kennenlernen. Damit können Sie Ihre Fotos im wahrsten Sinne des Wortes »zurechtbiegen«. Und das haben wir doch schon immer gewollt, oder? – Aber damit noch nicht genug, werden Sie in den folgenden beiden Workshops noch eine Fülle von weiteren Informationen erhalten: Sie werden noch einmal die Kante verbessern, erfahren in der Praxis, was es mit Smart-Radius & Co. auf sich hat und werden zudem noch Unschärfen korrigieren und Objekte verflüssigen. Betrachten Sie diesen Abschnitt daher auch als Wiederholung und Vertiefung bereits erworbener Kenntnisse. Auf geht's ...

Schritt für Schritt: Einen Körper verbiegen I (Vorbereitungen)

Bilder/Marionette.tif

Bevor Sie loslegen noch ein Hinweis: Sollten Sie keine Lust auf die hier zunächst beschriebenen Vorbereitungen haben, können Sie gleich zum nächsten Workshop springen. Dort geht es dann nur um die eigentliche Verbiegung. – Wenn Sie jedoch von Anfang an mitmachen wollen, dann sind Sie hier genau richtig: Öffnen Sie die Beispieldatei »Marionette.tif«. Wir wollen der Dame auf dem Foto einige Leibesübungen zuteilwerden lassen. Das ist auch gut für den Rücken.

Im ersten Teil werden wir dafür sorgen, dass Vorder- und Hintergrund voneinander getrennt werden. Das ermöglicht das Drehen des Körpers vor dem weißen Hintergrund. Das Formgitter funktioniert nämlich nur bei Ebenen, nicht jedoch bei Hintergründen.

▲ **Abbildung 11.65**
Die junge Dame wird sogleich verbogen!

1 Auswahl erzeugen

Da der Hintergrund ebenmäßig weiß ist, bietet es sich an, diesen zunächst aufzunehmen. Aktivieren Sie daher das Zauberstab-Werkzeug. Sorgen Sie dafür, dass die TOLERANZ auf etwa »24« steht, und aktivieren Sie zudem BENACHBART. Jetzt klicken Sie einmal auf den weißen Hintergrund. Nun fehlen noch die Bereiche zwischen den Armen. Deshalb ist es jetzt erforderlich, auf DER AUSWAHL HINZUFÜGEN zu klicken, ehe Sie beide weißen Bereiche, die noch fehlen, mit jeweils einem Mausklick selektieren. Zuletzt drücken Sie Strg/⌘+⇧+I oder entscheiden sich im Menü für AUSWAHL • AUSWAHL UMKEHREN, damit statt des Hintergrunds die Person gewählt ist.

▲ **Abbildung 11.66**
Vor dem zweiten Mausklick muss das Werkzeug neu eingestellt werden.

◄ **Abbildung 11.67**
Die Auswahllinien sitzen schon recht gut.

2 Kante verbessern

Betätigen Sie jetzt die Schaltfläche KANTE VERBESSERN in der Optionsleiste. Dieser Dialog wurde in CS5 auf beeindruckende Weise erweitert. Öffnen Sie doch einmal das oberste Pulldown-Menü (das mit der Bildminiatur), und entscheiden Sie sich hier für SCHWARZWEISS. Alternativ drücken Sie [K].

CS5

▲ **Abbildung 11.68**
Photoshop CS5 kommt mit einer Fülle neuer Ansichten daher.

▲ **Abbildung 11.69**
Im Foto sollte es jetzt nur noch Schwarzweiß geben.

3 Smart-Radius anzeigen

Führen Sie nacheinander folgende Schritte durch: [J] drücken oder Checkbox Radius anzeigen ❶ aktivieren – Checkbox Smart-Radius ❷ aktivieren – darunter befindlichen Schieberegler ❸ auf etwa »1,5« ziehen.

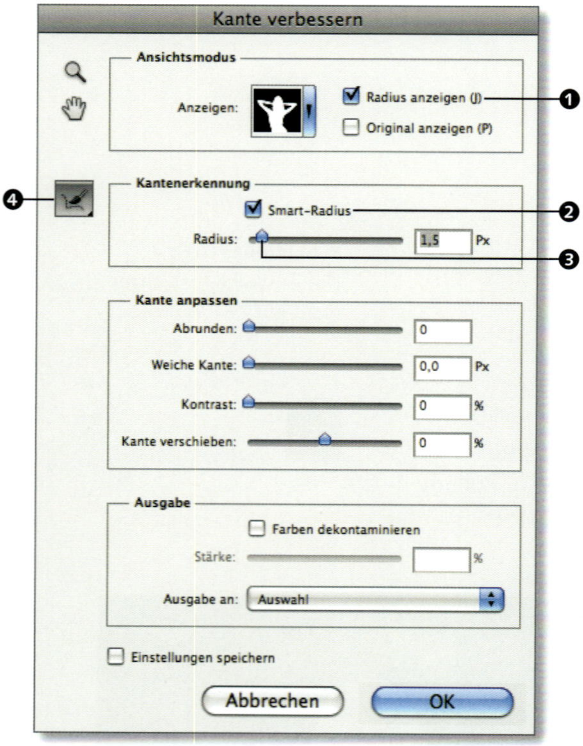

▲ **Abbildung 11.70**
So lässt sich die aktuell ausgewählte Kante darstellen.

▲ **Abbildung 11.71**
Im Foto stellt sich das alles als Outline dar.

4 Auswahl optimieren

Damit Sie nun besser sehen können, an welchen Stellen die Maske eventuell noch nachgearbeitet werden muss, empfiehlt es sich, zunächst den Radius wieder auszublenden (oberste Checkbox, oder [J] drücken). Aktivieren Sie zudem das Radius-verbessern-Werkzeug ❹. Damit können Sie jetzt über den ausgewählten (weißen) Bereich wischen, wobei Sie ruhigen Gewissens auch den schwarzen Hintergrund berühren dürfen. Dadurch werden auch feinere Details, wie zum Beispiel die Haare, besser vom Hintergrund getrennt.

◂ **Abbildung 11.72**
Verbessern Sie die Details im Foto. ■

Bereiche entfernen

Feine Bereiche lassen sich editieren, indem Sie zunächst einen langen Mausklick auf das Radius-verbessern-Werkzeug setzen. Im Pulldown-Menü, das sich daraufhin zeigt, wählen Sie das unterste der beiden Tools und fahren dann so fort, wie nebenstehend beschrieben. Dabei werden dann feine Bereiche wieder aus der Auswahl herausgenommen.

5 Ausgabe festlegen

Bevor Sie nun mit OK bestätigen, aktivieren Sie bitte die Checkbox Farben dekontaminieren und schalten das darunter befindliche Pulldown-Menü Ausgabe an um auf Neue Ebene. Das sorgt dann dafür, dass sämtliche Bereiche, die sich zuvor innerhalb der Auswahl befunden haben, anschließend auf einer eigenen Ebene platziert sind. Zudem ist der Hintergrund ausgeblendet. Achten Sie in diesem Zusammenhang bitte auch auf die Ebenen-Palette.

▴ **Abbildung 11.73**
Im Foto selbst ist der Hintergrund jetzt nicht mehr zu sehen.

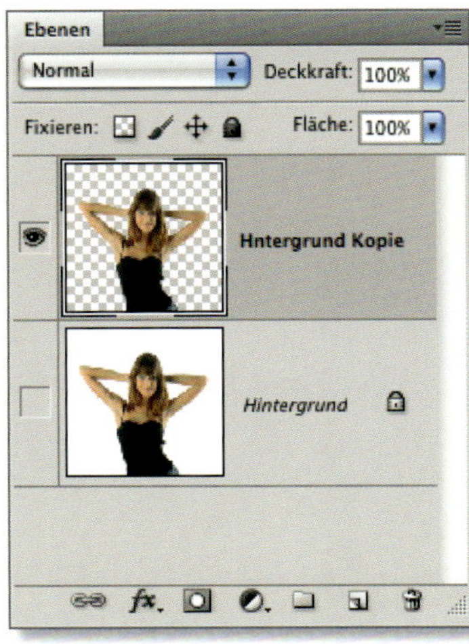

▴ **Abbildung 11.74**
Der Auswahlbereich befindet sich auf einer eigenen Ebene. Die darunter befindliche ist ausgeblendet.

6 Hintergrund füllen

Bevor es nun an die eigentliche Verkrümmung geht, müssen wir noch einen letzten Schritt erledigen. Immerhin befindet sich die Person nicht nur auf der oberen Ebene, sondern zusätzlich immer noch auf dem Hintergrund. Würden wir die obere Ebene anschließend verbiegen, käme der Körper auf der unteren zum Vorschein. Damit das nicht passiert, deaktivieren Sie zunächst das Augen-Symbol der obersten Ebene. Aktivieren Sie anschließend das Augen-Symbol der Hintergrundebene. Klicken Sie auf die Hintergrund-Miniatur, damit diese ausgewählt wird. Entscheiden Sie sich im Menü für BEARBEITEN • FLÄCHE FÜLLEN, und stellen Sie im Pulldown-Menü VERWENDEN den Listeneintrag WEISS ein, ehe Sie mit OK bestätigen. Zuletzt wählen Sie die oberste Ebene per Mausklick aus und aktivieren auch das dazugehörige Augen-Symbol wieder.

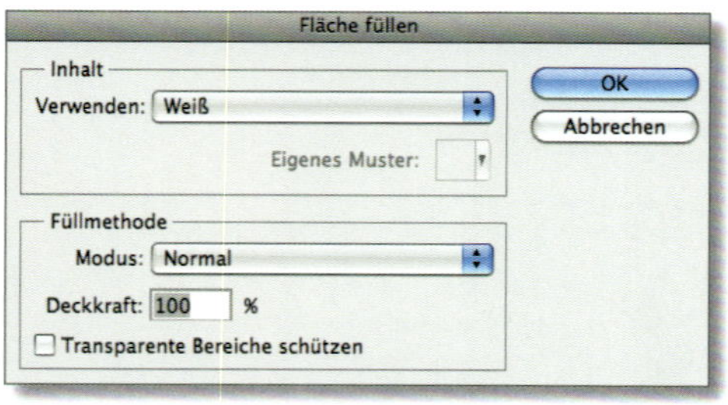

▲ **Abbildung 11.75**
Der Hintergrund wird mit Weiß gefüllt.

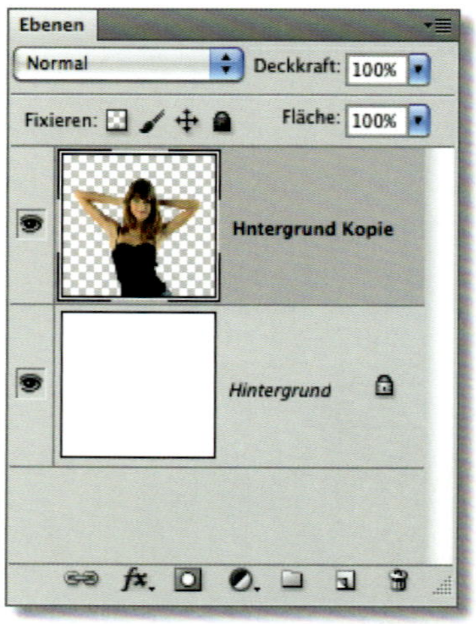

▲ **Abbildung 11.76**
Am Ende dieses Workshops sollte Ihre Ebenen-Palette genauso aussehen. ■

Schritt für Schritt: Einen Körper verbiegen II

Bilder/Ergebnisse/
Marionette_Teil1.tif

So weit zu den Vorbereitungen. Jetzt können wir uns der Verkrümmung widmen. Wer den vorangegangenen Workshop nicht erledigt hat, kann jetzt im ERGEBNISSE-Ordner auf die Datei »Marionette_Teil1.tif« zurückgreifen. Was für ein Service, gell?

1 Formgitter deaktivieren

Es ist ganz besonders wichtig, dass jetzt die oberste Ebene aktiviert ist (ansonsten funktioniert dieser Schritt nicht). Gehen Sie in das Menü BEARBEITEN, und entscheiden Sie sich dort für FORMGITTER. Wenn Sie diesen Befehl erstmals aktivieren, werden Sie ein Gitternetz vorfinden, das sich über den gesamten Inhalt der obersten Ebene erstreckt. Dieses Gitternetz ist jedoch nicht erforderlich, weshalb Sie die Checkbox GITTERNETZ EINBL. deaktivieren sollten.

2 Fixpunkte setzen

Sie müssen jetzt Gelenkpunkte hinzufügen, an denen eine Verbiegung bzw. Verkrümmung ermöglicht werden soll. Klicken Sie deshalb zunächst einmal mit dem Werkzeug auf den Bauchnabel der Frau. Das ist unser erster Fixpunkt. Platzieren Sie nun einen zweiten Punkt auf dem Hals (etwa in Höhe des Kettchens). Achten Sie darauf, den Punkt wirklich auf die Haut zu setzen, und nicht etwa auf die Haare, die den Hals an dieser Stelle teilweise verdecken.

◂ **Abbildung 11.77**
Die beiden Fixpunkte sind gesetzt.

3 Verkrümmungspunkte setzen

Zuletzt fügen wir den Punkt ein, um den die eigentliche Drehung erfolgen soll. Platzieren Sie also einen weiteren Mausklick etwas unterhalb des zweiten, auf dem Dekolleté der jungen Dame.

Abbildung 11.78 ▸
Der letzte Punkt ist gewissermaßen die Achse.

4 Person verkrümmen

Die Verkrümmung nehmen Sie jetzt folgendermaßen vor: Setzen Sie einen Mausklick auf den obersten der drei Punkte, wobei Sie die Maustaste bitte nicht loslassen. Schieben Sie diesen Punkt jetzt horizontal nach links, bis Sie eine Position erreicht haben, die der folgenden Abbildung nahekommt. Dass der rechte Ellenbogen des Mädchens nun aus dem Bild herausläuft, soll uns zum gegenwärtigen Zeitpunkt nicht wirklich belasten.

Abbildung 11.79 ▸
Neigen Sie den Körper nach links.

5 Verkrümmung korrigieren

Wenn Sie mit der Position zufrieden sind, betätigen Sie [↵] oder klicken auf das Häkchen in der Optionsleiste. Da der Ellenbogen derzeit nicht sichtbar ist, gehen Sie auf BILD • ALLES EINBLENDEN. Sollte der rechte Arm des Mädchens jetzt etwas zu lang erscheinen, schieben Sie ihn ganz einfach zurück. Dazu wählen Sie abermals BEARBEITEN • FORMGITTER und platzieren zunächst zwei Punkte auf Achsel und Handgelenk. Einen dritten setzen Sie auf den Ellenbogen. Diesen schieben Sie dann etwas nach oben und nach rechts. Am Schluss müssen Sie erneut mit [↵] bestätigen.

◂ **Abbildung 11.80**
Hier erfolgt ebenfalls eine Verkrümmung.

6 Ebene scharfzeichnen

Möglicherweise ist das Foto insgesamt ein wenig unscharf geworden. Dem lässt sich entgegenwirken, indem Sie FILTER • SCHARFZEICHNUNGSFILTER • UNSCHARF MASKIEREN wählen. Im Folgedialog entscheiden Sie sich für eine STÄRKE von etwa »65 %« und einen RADIUS von ungefähr »0,7«. Den SCHWELLENWERT belassen Sie bei »0«. Verlassen Sie den Dialog mit OK.

Abbildung 11.81 ▸
Bringen Sie die Schärfe zurück ins Bild.

7 Bild freistellen

Zwei Dinge gibt es jetzt noch zu tun: eine Freistellung und eine Fehlerkorrektur. Erledigen Sie zunächst die Freistellung, und achten Sie darauf, dass Sie die freie Stelle ganz unten sorgfältig mit abschneiden.

8 Verflüssigen

Schauen Sie sich einmal die linke (von Ihnen aus rechte) Kontur des Mädchens an. Da stippt noch eine Stelle aus der Bekleidung, die bei der neuen Körperhaltung eigentlich unrealistisch ist. Diese Stelle soll nachbearbeitet werden. Dazu stellen Sie FILTER • VERFLÜSSIGEN ein. Mit diesem Dialog kennen Sie sich ja bereits etwas aus. Vergrößern Sie die Ansicht zunächst, indem Sie mit dem Zoom-Werkzeug mehrfach auf das Bild klicken (Z). Danach stellen Sie auf das Vorwärts-verkrümmen-Werkzeug (W) um und geben die PINSELGRÖSSE mit ca. »35« an. Schieben Sie den überstehenden Stoff schrittweise zurück. Sie sollten das nicht in einem Arbeitsgang, sondern lieber in mehreren kleinen Schiebebewegungen versuchen. Auch hier bestätigen Sie am Schluss mit OK.

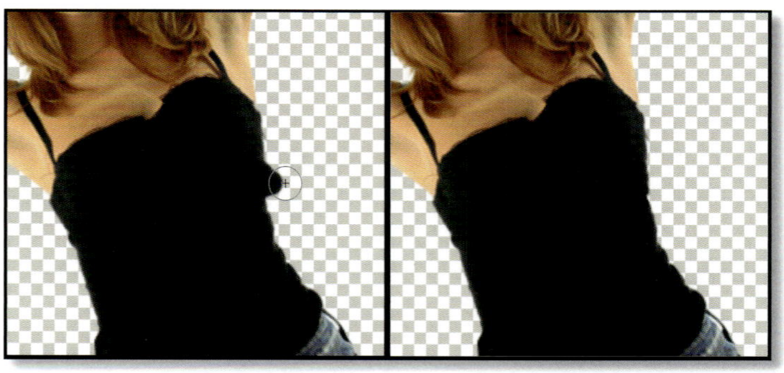

Abbildung 11.82 ▸
Der überstehende Stoff (links) wird ganz einfach zurückgeschoben, bis er nicht mehr sichtbar ist (rechts).

Haben Sie eine Vorstellung davon, wie die Profis mit dem »Hüftgold« der Prominenz umgehen? Genauso werden nämlich kleine bis mittlere Rettungsreifen bearbeitet. Es ist eben nichts wie es scheint – Photoshop sei Dank. Bevor Sie das Ergebnis speichern, sollten Sie das Foto über das Menü EBENE noch AUF HINTERGRUNDEBENE REDUZIEREN.

▼ **Abbildung 11.83**
Der Vorher-nachher-Vergleich

11.6.1 Formgitter in der Übersicht

Nachdem Sie BEARBEITEN • FORMGITTER angewählt haben, sollten Sie einen Blick auf die Optionsleiste werfen. Dort stehen nämlich noch einige Einstellmöglichkeiten bereit, die einer Erwähnung wert sind.

▼ **Abbildung 11.84**
Die Optionsleiste des Formgitters

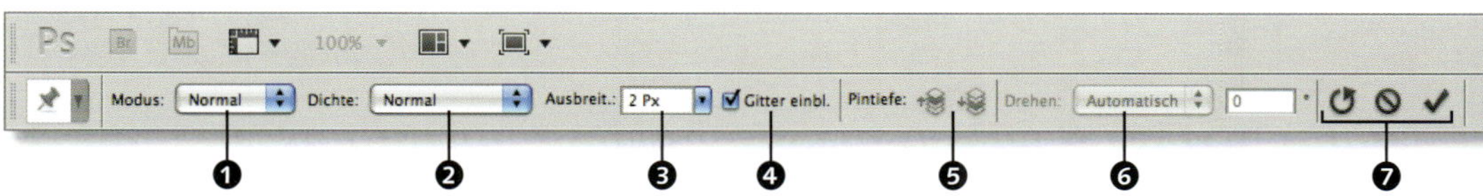

❶ MODUS: Dieses Steuerelement nimmt Einfluss auf die Art der Biegung. Damit gemeint ist die Elastizität des Verkrümmungsgitters (GITTER EINBL.). STARR führt eine starre Biegung aus, während NORMAL für eine weichere, rundlichere Kurve sorgt. VERZERREN erzeugt eine recht freizügige Verformung. Im Bereich der Endpunkte wird der Körper dadurch aufgebläht.

❷ DICHTE: Die Funktion ist bei eingeschaltetem Gitter sehr viel besser nachzuvollziehen. Das Formgitter wird dichter (die Abstände der Gitterpunkte kleiner), wenn Sie MEHR PUNKTE aktivieren. Die Umkehrwirkung, also größere Maschen werden mit Weniger Punkte erzielt.

❸ Ausbreit.: Hiermit lassen sich die Außenkanten des Gitters zusammenziehen (kleiner Wert) oder nach außen dehnen (größerer Wert).

❹ Gitter einbl.: Diese Checkbox macht das Verkrümmungsgitter sichtbar bzw. unsichtbar.

❺ Pintiefe: Diese beiden Steuerelemente kommen generell dann zum Einsatz, wenn Gitterteile durch Verschiebung einzelner Pins übereinanderliegen. Mit dem linken Button werden verdeckte Maschen nach oben gestellt (Button mehrmals betätigen). Der rechte Button hingegen bewegt die Maschen Stück für Stück nach unten.

❻ Drehen: Diese Steuerelemente werden interessant, wenn Sie beabsichtigen, Maschen des Gitters rund um einen Pin zu verdrehen. Sie erreichen so besonders enge Biegungen. Sie können so etwas aber auch wesentlich komfortabler direkt auf dem Foto machen. Dazu müssen Sie [Alt]/[⌥] gedrückt halten und ein wenig neben den Pin klicken. Ein Drehkreis verdeutlicht, wo Sie anfassen müssen. Doch Vorsicht: Wenn Sie während dieser Aktion versehentlich auf den Pin klicken, wird dieser gelöscht. Halten Sie also stets ein wenig Abstand.

❼ Bestätigen oder Verwerfen: Die drei kleinen Steuerelemente ganz rechts sind nur dann zu sehen, wenn Sie sich in einer aktiven Verkrümmung befinden. Mit dem linken Button entfernen Sie alle zuvor platzierten Punkte, wobei der Verkrümmungsvorgang geöffnet bleibt. Betätigen Sie das Halt-Symbol, oder drücken Sie [Esc], wird die aktuelle Verkrümmung abgebrochen. Um den Vorgang zu bestätigen, klicken Sie auf das Häkchen oder drücken [↵].

Kapitel 12

Pfade

Die Zeichenwerkzeuge

- Wie wird ein Pfad erstellt?
- Wie wird eine Grafik aus Pfaden erstellt?
- Was sind Formebenen?

12 Pfade

Zeichenwerkzeuge bieten außerordentlichen Komfort bei der Erstellung von Masken und Auswahlen. Durch die Erzeugung vektorbasierter Linien und Tangenten sind wesentlich genauere, zugleich aber auch flexiblere Arbeiten möglich. Kein Zweifel – die Technik ist gewöhnungsbedürftig. Aber wenn Sie den Dreh erst einmal heraushaben, werden Sie die Arbeit damit genießen – garantiert.

Weiterführende Information

Wenn Sie sich erstmals mit dem Thema Pfade auseinandersetzen, möchte ich Ihnen empfehlen, vorab einen Blick in das Kapitel 16, »Fachkunde«, zu werfen. Hier finden Sie wichtige Ausführungen zu Pixel- und Vektordateien. Die sollten Sie vorab kennen.

12.1 Pfade erstellen

In der Werkzeugleiste warten insgesamt fünf Zeichenstift-Tools auf ihren Einsatz. Nur die obersten beiden sind mit Shortcuts (P) ausgestattet; zur Aktivierung der übrigen ist der Mausklick vonnöten. Das ist auch nicht weiter schlimm, da Sie diese während Ihrer allgemeinen Photoshop-Arbeiten doch eher selten benutzen werden. ■

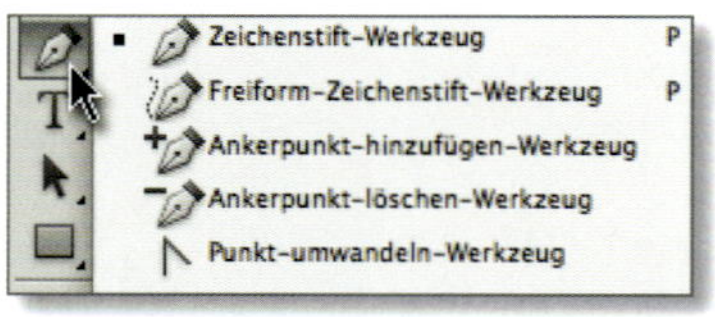

Abbildung 12.1 ▸
Fünf leistungsfähige Zeichenstifte erlauben die Erstellung und Bearbeitung von Vektoren.

Schritt für Schritt: Einen einfachen Pfad zeichnen

Wollen wir erste Zeichenversuche wagen? Zunächst wollen wir es bei einer einfachen Kurve belassen, da der Umgang mit den Zeichenwerkzeugen doch etwas gewöhnungsbedürftig ist.

1 Neue Datei erstellen

Erstellen Sie eine neue Datei. Die Größe spielt eigentlich keine besondere Rolle. Achten Sie lediglich darauf, dass der Hintergrund weiß ist. Erzeugen Sie anschließend eine neue Ebene (über den Button Neue Ebene erstellen innerhalb der Ebenen-Palette oder im Menü über Ebene • Neu • Ebene).

2 Eine Gerade erzeugen

Aktivieren Sie das Zeichenstift-Werkzeug , indem Sie [P] drücken. Setzen Sie irgendwo auf Ihre Arbeitsfläche einen Punkt. Dies ist dann die erste Koordinate. Fügen Sie einen zweiten Punkt etwas weiter entfernt ein. Zwischen beiden Punkten wird eine Gerade gezogen.

3 Eine Kurve erzeugen

Wenn Sie nun etwas weiter entfernt den dritten Punkt setzen, lassen Sie die Maustaste noch nicht los, sondern ziehen das Zeigegerät etwas vom Koordinatenpunkt weg. Erst wenn Sie sich etwas vom Punkt wegbewegt haben, lassen Sie los. Sie ziehen nun eine Kurve. Wie Sie sehen, können so auch ganz einfach gerundete Formen erzeugt werden.

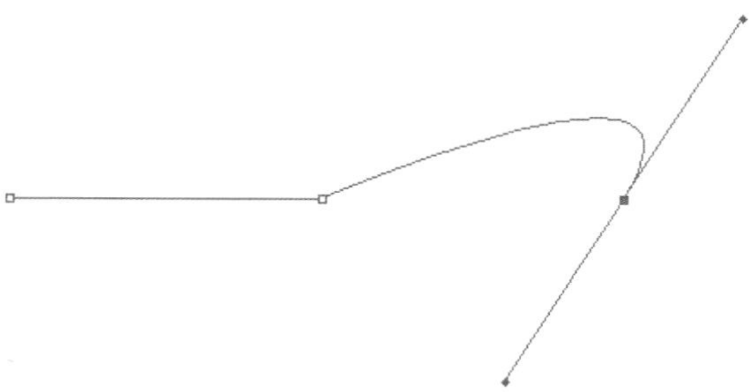

◂ **Abbildung 12.2**
Die Kurve wird mit gedrückter Maustaste erzeugt.

Die beiden geraden Linien, die nun aus dem Punkt herausragen, sind die sogenannten »Anfasser«. Mit ihnen können Sie Form und Radius Ihrer Kurve später noch verändern. Das gesamte Gebilde, das Sie nun erzeugt haben, wird als »Pfad« bezeichnet.

4 Den Pfad schließen

Setzen Sie auf diese Art und Weise zusätzliche Punkte. Den letzten Mausklick führen Sie jedoch auf dem Ausgangspunkt aus (das ist der Punkt, den Sie zuerst gesetzt haben). Diese Vorgehensweise nennt sich »Pfad schließen«. Die Zeichenfeder wird, sobald Sie sich nahe genug am ersten Punkt befinden, um ein kleines Kreis-Symbol erweitert. Dadurch zeigt Photoshop an, dass der Pfad geschlossen werden kann.

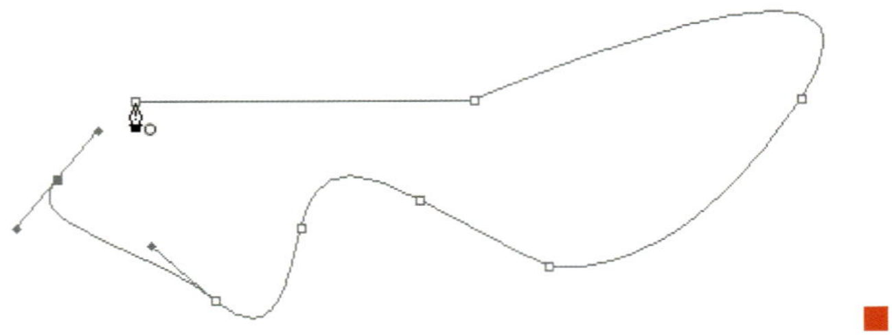

Abbildung 12.3 ▶
Achten Sie auf die Erweiterung im Mauszeiger-Symbol.

12.1.1 Pfadrichtung festlegen

Bestimmt haben Sie während der ersten Zeichenversuche bereits festgestellt, dass der Anfasser in Konturrichtung »vor« dem Ankerpunkt die Richtung der gezeichneten Kontur angibt. Solange die Maustaste noch gedrückt bleibt, formen Sie ja die »dahinter« liegende Tangente. Um nun bereits die nächste Richtung vorzugeben und somit auch Richtungswechsel zu ermöglichen, halten Sie die Taste [Alt]/[⌥] gedrückt. Nun kann der vordere Anfasser allein bewegt werden und gibt die Richtung der nächsten Kurve vor. Dabei gilt auch: Je länger der Anfasser ist, desto größer ist der Kurvenradius. Schieben Sie ihn also bei Bedarf wieder »in den Punkt hinein«, um einen kleineren Radius zu ziehen.

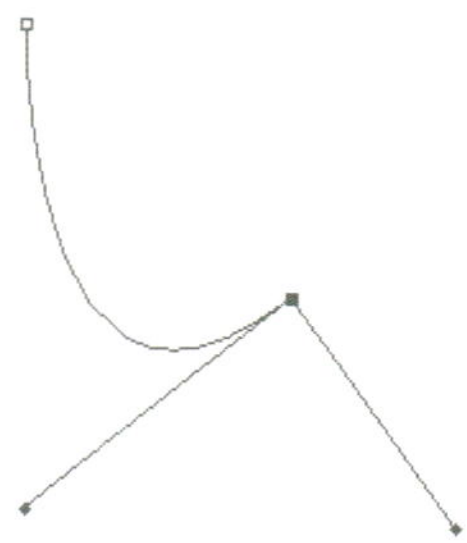

Abbildung 12.4 ▶
Die nach unten rechts weisende Tangente gibt die Richtung für die nächste Kurve vor.

12.1.2 Pfade korrigieren

Die gezeichneten Linien und Punkte lassen sich, solange der Pfad noch nicht geschlossen ist, prima korrigieren. Klicken Sie einfach (ohne Werkzeugwechsel) auf einen vorhandenen Punkt, um diesen zu entfernen. ■ Die Zeichenfeder wird dabei um ein Minus-Symbol erweitert. Das funktioniert bei allen Punkten mit Ausnahme des zuletzt gezeichneten Punktes und des Startpunktes.

Möchten Sie Punkte hinzufügen, klicken Sie (ebenfalls ohne das Werkzeug zu wechseln) auf eine Linie und fügen mittels

Letzten Punkt löschen

Wollen Sie den zuletzt gezeichneten Punkt löschen, benutzen Sie einfach die Rückgängig-Palette oder drücken [Strg]/[⌘]+[Z].

Mausklick dort einen Punkt ein. Das Zeichenfeder-Symbol wird auf einer Linie um ein Plus-Symbol erweitert. ■

Punkte in einer Linie anordnen

Mit gedrückter [⇧]-Taste lässt sich der jeweils nächste Punkt exakt auf einer Linie (horizontal, vertikal oder diagonal) zum vorangegangenen anordnen. Lassen Sie die Taste erst dann los, wenn der Punkt gesetzt wurde.

12.1.3 Punkte umwandeln

Sie haben ja bereits erfahren, dass Sie mit gedrückter Maustaste die Anfasser (Tangenten) aus einem Punkt herausziehen und somit aus einer Geraden eine Kurvenlinie zeichnen können. Man spricht in diesem Fall von einem *Kurvenpunkt*. Wenn Sie keine Anfasser herausziehen, erzeugen Sie einen *Eckpunkt*. Nun kann es durchaus vorkommen, dass Sie aus einem Kurven- einen Eckpunkt machen möchten. Halten Sie dazu einfach [Alt]/[⌥] gedrückt, und klicken Sie den Punkt anschließend an.

Auf diese Weise wird ein Kurvenpunkt in einen Eckpunkt umgewandelt. Wollen Sie aus einem Eckpunkt einen Kurvenpunkt machen? Dann klicken Sie den Punkt ebenfalls an, halten die Maustaste aber gedrückt und ziehen die Tangenten aus dem Punkt heraus.

▲ **Abbildung 12.5**
Der unten befindliche Kurvenpunkt wurde in einen Eckpunkt umgewandelt.

◀ **Abbildung 12.6**
Aus dem Eckpunkt wurde anschließend wieder ein Kurvenpunkt geformt.

12.1.4 Punkte verschieben

Nun kann es sein, dass Sie während des Zeichnens feststellen, dass ein Punkt nicht an der richtigen Position ist. Unterbrechen Sie einfach Ihre Arbeit, und markieren Sie den gewünschten Punkt mit [Strg]/[⌘]. Sofort verändert der Mauszeiger sein Aussehen und lässt das »Markieren« eines Punktes zu. ■ Wenn Sie nun abermals auf den Punkt klicken, wobei Sie die Maustaste gedrückt halten, können Sie den Punkt in sämtliche Richtungen verschieben.

Sie ahnen es schon: Mit [Strg]/[⌘] und unter Zuhilfenahme von [⇧] lassen sich auch noch mehrere Punkte gemeinsam anwählen.

Markierte und nicht markierte Punkte

Wenn ein Punkt markiert (also bearbeitbar) ist, wird er gefüllt dargestellt. Nicht markierte Punkte werden mit weißem Inhalt angezeigt. Grundsätzlich können nur markierte Punkte bearbeitet werden.

Sobald verschiedene Punkte markiert sind, lassen Sie [⇧] los und klicken erneut auf einen dieser Punkte. Schon verschieben sich alle anderen (markierten) Punkte entsprechend Ihrer Mausbewegung mit.

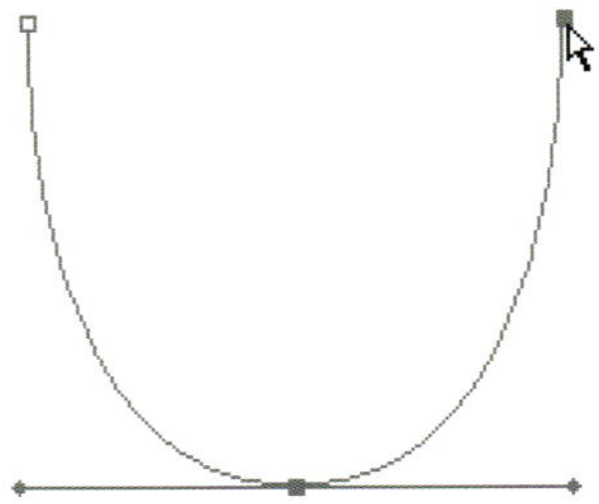

Abbildung 12.7 ▶
Die Punkte unten und oben rechts sind markiert. Mit dem Verschieben eines Punktes wandert der andere entsprechend mit.

Schritt für Schritt: Ein Herz für Vektoren

▲ **Abbildung 12.8**
Eine Übung mit Herz

Sie haben lange genug Theorie gepaukt, oder? Wie wäre es mit einer kleinen Übung? Wir wollen ein Herz zeichnen. Das Herz ist eine gute Einsteigerübung. Aber ich möchte Sie vorwarnen, denn die meisten Illustrationsdebütanten bewerkstelligen diese auf den ersten Blick »simple« Form nicht auf Anhieb. Lassen Sie sich daher nicht entmutigen, wenn der erste Versuch danebengeht. Oftmals erinnern die »Einsteiger-Herzen« an zertretene Cola-Dosen, und die Rückgängig-Funktionen stehen hoch im Kurs. Dennoch darf ich Ihnen aus vollem Herzen viel Spaß dabei wünschen.

1 Datei vorbereiten

Wählen Sie eine nicht zu kleine Arbeitsfläche (z. B. 600 × 600 Px mit 72 ppi Auflösung), deren Hintergrund Sie mit Weiß festlegen. Aktivieren Sie das Zeichenstift-Werkzeug [P]. Machen Sie sich zum gegenwärtigen Zeitpunkt bitte noch keine Gedanken über die Füllung. Dazu kommen wir später. Wichtig ist zunächst, dass Sie die Kontur hinbekommen.

2 Das Herz ohne Anleitung zeichnen

Wollen Sie es vorab einmal ohne Anleitung probieren? Dazu rate ich Ihnen, denn Sie lernen so die Tücken der Pfaderstellung prima kennen. Versuchen Sie, die Kontur zu finden und die Tangenten entsprechend ihren Radien auszugestalten. Ich bin überzeugt, dass Sie Ihren Spaß daran haben werden. Lesen Sie erst dann weiter, wenn Sie glauben, dass es ohne Anleitung nicht geht.

3 Das Herz mit Anleitung zeichnen – Pfad anlegen

Es existieren zahllose Möglichkeiten, dieses Herz zu gestalten. Die einfachste ist wohl folgende: Setzen Sie im oberen linken Drittel des Bildes einen Punkt. Halten Sie ⇧ gedrückt, und setzen Sie etwa in der Bildmitte einen zweiten Punkt. Platzieren Sie noch etwas weiter rechts (mit immer noch gehaltener ⇧-Taste) den dritten. Insgesamt sollten zwischen den Punkten in etwa die gleichen Abstände bestehen. Die Punkte befinden sich (bedingt durch das Halten der Taste) alle auf einer Höhe.

◂ **Abbildung 12.9**
Es beginnt mit einer Geraden.

Lassen Sie ⇧ los, und ziehen Sie im Lot zum mittleren Punkt einen weiteren Punkt etwas tiefer.

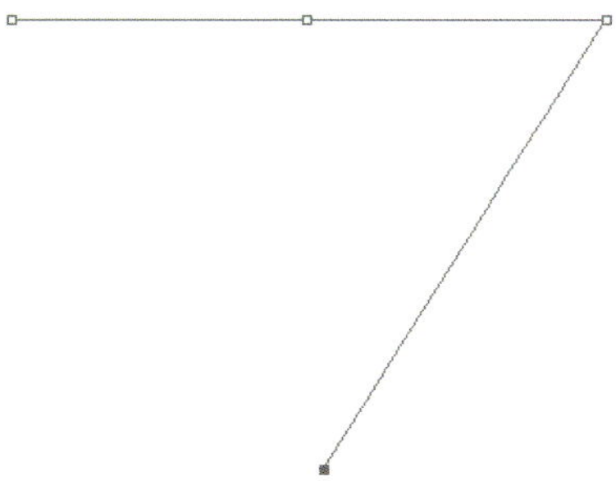

◂ **Abbildung 12.10**
Richtungsänderung

Schließen Sie den Pfad, indem Sie nun erneut auf den ersten Punkt klicken.

4 Pfad bearbeiten

Da es sich bei diesem dreieckigen Gebilde nicht im Entferntesten um ein Herz handelt, werden wir die Punkte (alle vier sind ja Eckpunkte) umwandeln und deren Tangenten entsprechend bearbeiten. Der Einfachheit halber wählen Sie zunächst das Punkt-umwandeln-Werkzeug aus der Werkzeugleiste.

Klicken Sie jetzt irgendwo auf den Pfad, damit alle Eckpunkte angezeigt werden. Markieren Sie den oberen, mittleren Punkt, halten Sie die Maustaste gedrückt, und ziehen Sie die Anfasser zur Seite heraus. Wenn Sie zusätzlich noch ⇧ drücken, verziehen Sie auch die Anfasser nur horizontal. Stoppen Sie, wenn sich

▲ **Abbildung 12.11**
Diese Anfasser sind sehr wichtig.

▲ **Abbildung 12.12**
Langsam ist zu erkennen, was es werden soll.

die Köpfe der Anfasser etwa in der Mitte zwischen zwei Punkten befinden.

Greifen Sie nun jeden der beiden Anfasser-Köpfe, und ziehen Sie sie senkrecht nach oben bis an den oberen Bildrand.

Die beiden seitlichen Punkte müssen nun ebenfalls durch Anklicken und Herausziehen der Tangenten in Kurvenpunkte umgewandelt werden. Sollte der Pfad eine Schleife bilden, kehren Sie die Zugrichtung (ohne die Maustaste loszulassen) um 180° um. Halten Sie dabei ebenfalls [⇧] gedrückt, damit die Tangenten nur in vertikaler Richtung verschoben werden können.

5 Punkte verschieben

Möglicherweise werden Sie den unteren Punkt noch verschieben wollen. Halten Sie [Strg]/[⌘] gedrückt, und korrigieren Sie dessen Position mit gedrückter Maustaste – fertig!

6 Gesamte Zeichnung verschieben

Möchten Sie das gesamte Herz auf die Mitte der Arbeitsfläche verschieben? Dann ziehen Sie nun mit gedrückter Maustaste einen Rahmen um das gesamte Herz. Danach klicken Sie auf den Pfad und positionieren die gesamte Zeichnung neu.

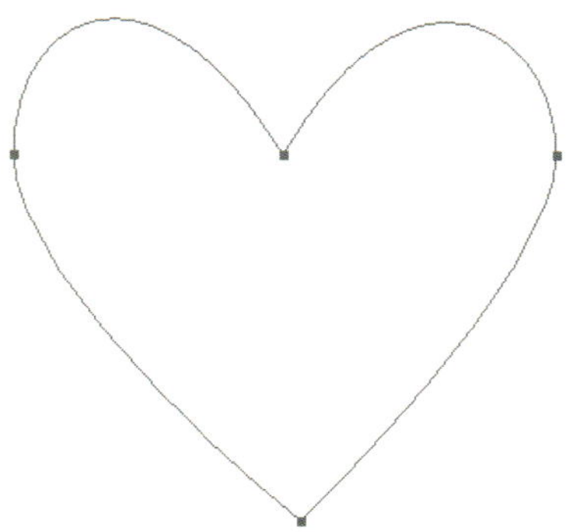

▲ **Abbildung 12.13**
Wer hätte gedacht, dass diese Form zuvor eckig war?

So kann das Herz doch gut geformt werden, oder? Wenn Sie versuchen, Punkte zu setzen und gleich auch die Tangenten zu bearbeiten, werden Sie in den seltensten Fällen zum gewünschten Resultat kommen. ■

12.2 Auswahl aus einem Pfad erzeugen

Ein Pfad lässt sich zwar in Photoshop bearbeiten, doch zum Füllen der Fläche oder der Kontur bedarf es einer Auswahl. Für diesen Zweck stehen entsprechende Möglichkeiten zur Verfügung, um Pfade in Auswahlen umwandeln zu können. Die folgenden Schritte sollen Ihnen diese grundlegende und im Prinzip immer gleiche Technik näherbringen.

Schritt für Schritt: Pfad und Kontur mit Farbe füllen

Nun wollen Sie das Herz ja sicherlich auch farbig gestalten. Das geht in Photoshop schnell und unkompliziert. Stellen Sie zunächst in der Werkzeugleiste als Vordergrundfarbe Rot ein. Dazu klicken Sie auf das Farbfeld VORDERGRUNDFARBE EINSTELLEN in der Werkzeugleiste und bestimmen den gewünschten Ton.

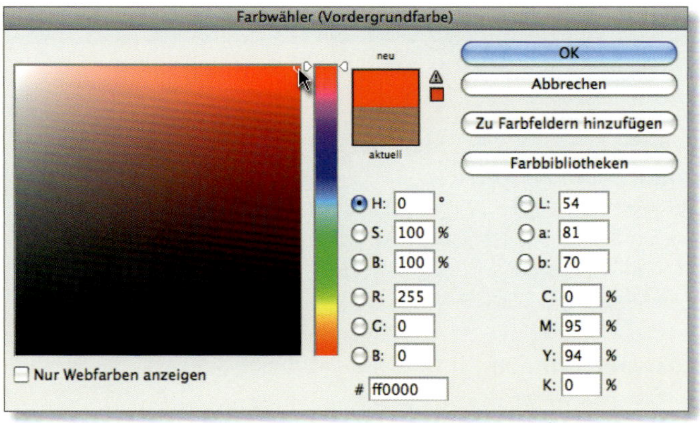

◂ **Abbildung 12.14**
Sattes Rot soll es sein.

1 Pfad umwandeln

Danach gilt es, den Pfad in eine Auswahl umzuwandeln. Stellen Sie in der Ebenen-Palette die Registerkarte PFADE nach vorne. Alternativ wählen Sie PFADE aus dem Menü FENSTER. Klicken Sie auf den Button PFAD ALS AUSWAHL LADEN.

▴ **Abbildung 12.15**
Aus Pfaden können Auswahlkanten erzeugt werden.

2 Fläche füllen

Wählen Sie BEARBEITEN • FLÄCHE FÜLLEN, und stellen Sie im Listenfeld VERWENDEN den Wert VORDERGRUNDFARBE ein. Wählen Sie als FÜLLMETHODE den MODUS »Normal« und eine DECKKRAFT von »100 %«.

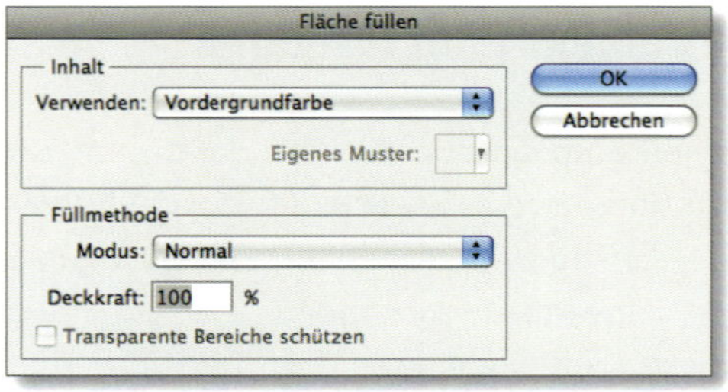

Abbildung 12.16 ▸
Der Fläche füllen-Dialog

3 Kontur füllen

Jetzt geht es an die Kontur. Wählen Sie erneut das Menü Bearbeiten, wobei Sie sich dort aber nun nicht für Fläche füllen, sondern für Kontur füllen entscheiden. Die Breite soll »8 Px« betragen. Klicken Sie auf das Feld Farbe, und wählen Sie im Folgedialog Schwarz, gefolgt von OK. Zuletzt stellen Sie die Position auf Mitte. Kontrollieren Sie, ob alle weiteren Angaben der folgenden Abbildung entsprechen. Drücken Sie dann OK oder [↵].

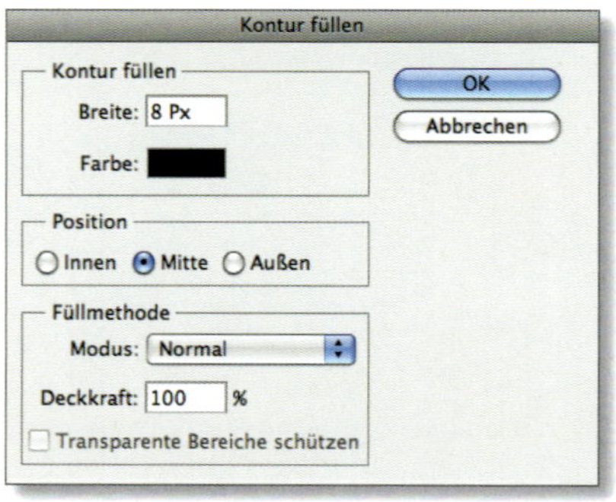

Abbildung 12.17 ▸
Zum Schluss muss die Kontur mit Farbe versehen werden.

4 Auswahl aufheben

Heben Sie nun noch die Auswahl auf, indem Sie [Strg]/[⌘]+[D] drücken oder im Menü Auswahl • Auswahl aufheben betätigen.

Abbildung 12.18 ▸
Das gefüllte Herz

12.2.1 Zu guter Letzt: Formebenen vs. Pfade

Achten Sie darauf, welche Option in der Optionsleiste eingestellt ist. Falls Sie nämlich einen Pfad zeichnen möchten, müssen Sie zuvor PFADE ❷ in der Optionsleiste anwählen. Sollte dort FORMEBENE ❶ aktiv sein, werden Sie eine Form erstellen, deren Inhalt sich mit der aktuellen Vordergrundfarbe füllt.

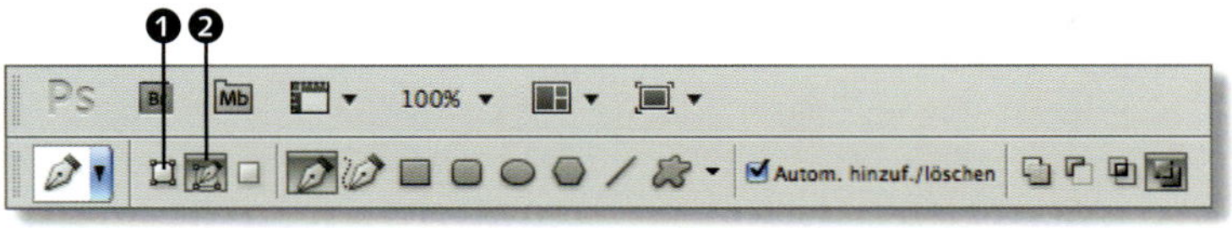

▲ **Abbildung 12.19**
Die ersten beiden Taster der Optionsleiste sind besonders wichtig. Der erste ist für Formebenen, der zweite für Pfade gedacht.

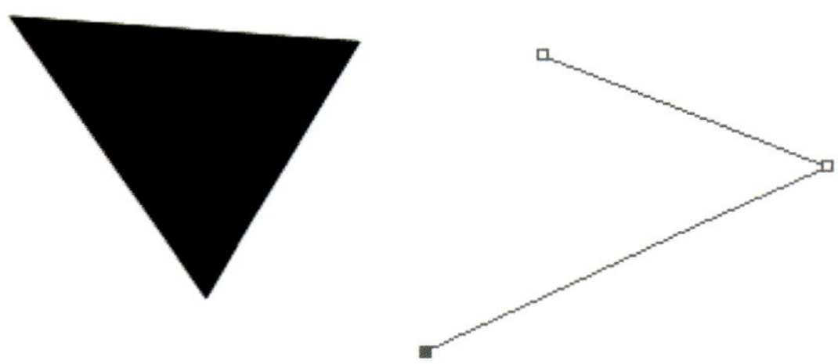

◄ **Abbildung 12.20**
So sieht es aus, wenn die Funktion FORM angewählt ist (links). Der Inhalt wird mit der Vordergrundfarbe (Schwarz) gefüllt. Um einen Pfad zu erzeugen (rechts) muss der zweite Button aktiviert werden.

Kapitel 13

Text im Bild

Effektive Textbearbeitung

- Wie werden die Text-Werkzeuge angewendet?
- Wie kann ich Text verkrümmen?
- Wie erzeuge ich eigene Texturmuster?
- Wie wende ich einen Chromeffekt auf meine Schrift an?
- Wie schütze ich meine Bilder vor »Grabbing«?

13 Text im Bild

Solange es Schrift gibt, existiert auch der Wunsch, ausdrucksstarke Mittel zu ihrer Präsentation einzusetzen. In Gutenbergs Bibel war jedes Initial ein Kunstwerk – und auch im Zeitalter von Publishing, PostScript und PDF ist die Visualisierung von Schrift ungebrochen attraktiv.

13.1 Text-Werkzeuge und Textoptionen

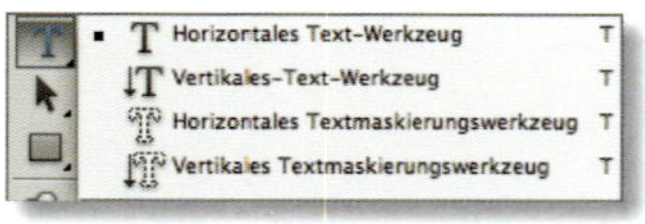

▲ **Abbildung 13.1**
Die Text-Werkzeuge

Photoshop hält verschiedene Text-Werkzeuge bereit. Mit Anwahl eines der beiden ersten Tools verändern Sie lediglich die Anordnung der Buchstaben (horizontal oder vertikal). Diese Unterscheidung wird auch bei den Textmaskierungswerkzeugen vorgenommen, wobei hier besonders zu erwähnen ist, dass Sie anstelle von Lettern gleich eine Auswahl anlegen.

Das am häufigsten verwendete Tool dürfte das Werkzeug für horizontalen Text sein. Markieren Sie es durch Anklicken in der Werkzeugleiste oder über die Taste [T].

Wenn ein anderes als das Horizontale Text-Werkzeug eingestellt ist, halten Sie [⇧] gedrückt und betätigen so lange die [T]-Taste, bis das richtige Instrument in der Werkzeugleiste angezeigt wird.

Betrachten wir nun die Optionsleiste der Text-Werkzeuge. Sie verändert sich nicht, wenn Sie auf irgendein anderes Text-Werkzeug umschalten. Ganz links wird das derzeit aktive Werkzeug ❶ präsentiert. Über die kleine Dreieck-Schaltfläche ❷ lässt sich das Tool auch hier wechseln.

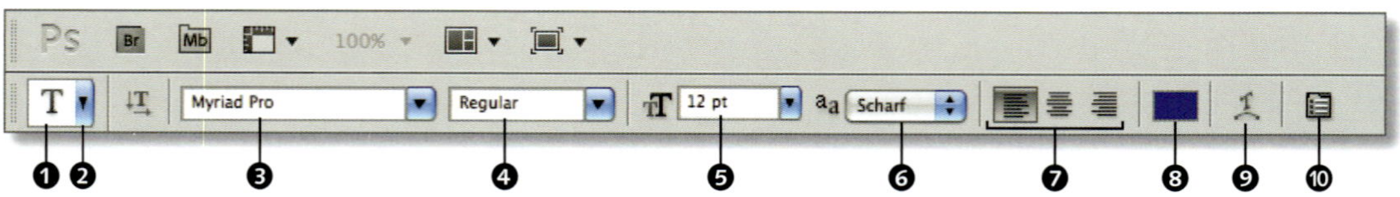

▲ **Abbildung 13.2**
Die Optionsleiste für Text-Werkzeuge

13.1.1 Schrift festlegen (Schriftschnitt)

Im Menü Schriftfamilie einstellen ❸ stellen Sie die Schriftart ein. Einige Schriften bieten lediglich einen einzigen Satz an, andere wiederum erlauben den Zugriff auf abgewandelte Zeichensätze, die in der nächsten Dropdown-Liste Schriftschnitt einstellen ❹ bestimmt werden können. Das sind also die sogenannten *Schriftschnitte*.

Anhand der Schrift Frutiger werden die Unterschiede recht deutlich.

Der normale Schnitt einer Schrift wird als *Roman* bezeichnet, während *Italic* eine Kursivschrift ist. *Bold* wiederum ist eine Fettschrift, in der sich die Lettern ausgeprägter darstellen, als dies bei der Roman der Fall ist. Der Schriftschnitt *Light* setzt sich aus sehr feinen Buchstaben zusammen. Bei einer *Condensed* wurden schließlich die Breiten der Lettern verringert.

▲ **Abbildung 13.3**
Die Frutiger bietet hier acht verschiedene Schriftschnitte an.

13.1.2 Schriftgrad

Die Größe der Schrift ❺ wird in *Punkt* (pt) angegeben. Dabei entspricht ein Punkt der Größe von *0,35275 mm*. In Layoutprogrammen wie zum Beispiel Adobe InDesign oder QuarkXPress werden Sie oft auf das Maß *4,233 mm* stoßen. Damit ist ein Maß in der Größe von *12 pt* gemeint.

13.1.3 Glätten

Beim Glätten ❻ werden Übergänge in den Randbereichen der Schrift erzeugt. Wie Sie vielleicht wissen, besteht ein Bild aus Pixeln, während Schriften stets Vektorgrafiken sind (siehe auch Kapitel 16, »Fachkunde«). Diese Grafiken werden beim Konvertieren in ein Bildformat wie z. B. JPEG, TIFF oder BMP »gepixelt«. Beim Glätten werden nun die Kanten der Buchstaben weicher gestaltet. Je nach Verwendungszweck kann die Glättung bessere, leider aber auch schlechtere Ergebnisse bringen. Photoshop bietet hier verschiedene Glättungsoptionen an. Im Einzelfall kommen Sie an einer Prüfung nicht vorbei.

▲ **Abbildung 13.4**
Schrift ohne Glättung (oben) wirkt zwar »pixeliger«, ist aber in der Kontur schärfer als geglätteter Text (unten).

13.1.4 Ausrichtung

Legen Sie fest, ob der Text linksbündig, zentriert oder rechtsbündig ausgerichtet werden soll ❼.

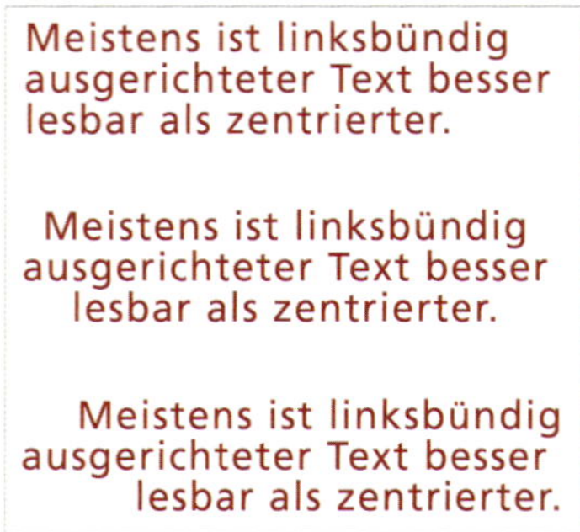

Abbildung 13.5 ▶
Textausrichtung linksbündig (oben), zentriert (Mitte) und rechtsbündig (unten)

13.1.5 Weitere Funktionen

Ändern Sie die Zeichenfarbe durch einen Klick auf das Farbfeld ❽. Hierüber wechseln Sie in den Farbwähler.

Zur Verkrümmen-Funktion ❾ kommen wir im Folgenden. Der Button steht im Übrigen nur dann zur Verfügung, wenn bereits Text erzeugt wurde.

Photoshop hält eine Zeichen- und eine Absatz-Palette bereit, mit deren Hilfe Sie schnell auf die unterschiedlichsten Funktionen zugreifen können ❿.

▲ **Abbildung 13.6**
Die Zeichen-Palette

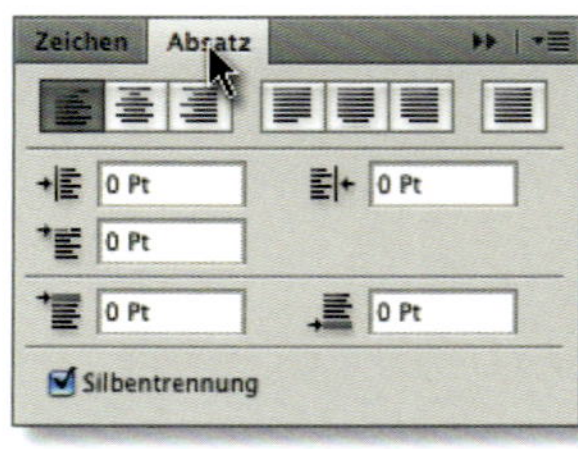

▲ **Abbildung 13.7**
Die Ausrichtungsoptionen werden zugänglich, wenn Sie das Register ABSATZ nach vorne stellen.

Allgemeine Änderungen

Wenn Sie Textattribute verändern möchten, machen Sie dies bitte entweder vor der Eingabe des Textes oder nachdem Sie diese mit dem Häkchen in der Optionsleiste bestätigt haben. Änderungen während der Texteingabe hätten lediglich zur Folge, dass der Text ab der aktuellen Cursorposition geändert würde.

Neben einem Klick auf das Häkchen in der Symbolleiste werden Eingaben aller Art ja auch mit ↵ bestätigt. Eine Ausnahme bilden hier nur die Text-Werkzeuge. Das Drücken der Eingabetaste hätte hier lediglich eine Zeilenschaltung zur Folge. Wenn Sie dennoch die Bestätigung über die Tastatur bevorzugen, drücken Sie Strg/⌘+↵. ■

13.1.6 Text verkrümmen

Mit der Eingabe und Farbänderungen ist aber das Ende der Fahnenstange noch lange nicht erreicht. Nach der Erstellung und Übergabe an die Anwendung geht es meist erst richtig los. Um die Möglichkeiten gleich umzusetzen, bietet sich hier ein kleiner Workshop an.

Schritt für Schritt: Textaussage visualisieren

Verleihen Sie Ihrem Text durch Formgebung mehr Individualität. Die Lettern werden für den Betrachter interessanter, wenn Formen das wiedergeben, was die Schrift aussagen soll.

1 Dokument anlegen

Erzeugen Sie im Editor eine Neue Datei mit Strg/⌘+N, und übertragen Sie die folgenden Werte. Aus der Liste Vorgabe selektieren Sie dazu Web und aus dem Pulldown-Menü Grösse »800 × 600«. Im Anschluss setzen Sie dann aber die Auflösung herauf, denn zu geringe Auflösungen bringen meist schlechtere Resultate. Wie wäre es mit 300 Pixel/Zoll für eine professionelle Druckvorbereitung? Bestätigen Sie mit OK.

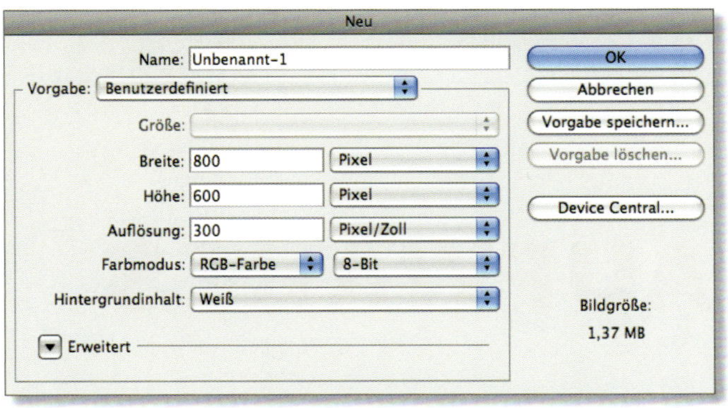

◂ **Abbildung 13.8**
Diese Parameter sollten Sie an die neue Datei übergeben.

2 Schrift einstellen

Stellen Sie eine Fettschrift ein (z.B. Arial Black, Arial Bold o.ä.). Die Schriftgröße soll »24 Pt« betragen; als Ausrichtung wählen Sie Zentriert. Verwenden Sie eine prägnante Schriftfarbe (weder Weiß noch Schwarz). Für welche Farbe Sie sich entscheiden, spielt keine Rolle.

3 Laufweite ändern

Blenden Sie die Zeichen-Palette ein, und vergeben Sie eine Laufweite von »50«. Damit werden die Abstände zwischen den einzelnen Lettern vergrößert. ■

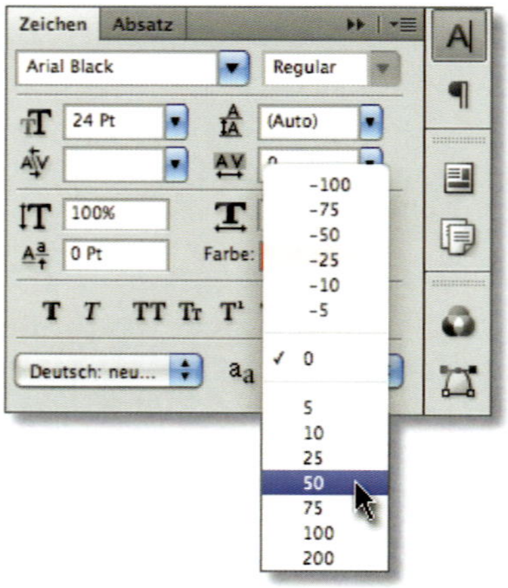

Abbildung 13.9 ▶
Die 50er-Laufweite erhöht die Buchstaben-Zwischenräume.

> **Sprache kontrollieren**
>
> Bei der Gelegenheit könnten Sie auch noch kontrollieren, ob im unten links angeordneten Pulldown-Menü die korrekte Sprache angewählt ist. Das ist nämlich sowohl für die Rechtschreibprüfung als auch für die Silbentrennung von großer Bedeutung. Selbst für die reformierte Rechtschreibung stehen jetzt mehrere Einträge zur Verfügung – und die schöne Schweiz ist natürlich auch mit von der Partie.

4 Text schreiben

Klicken Sie mit dem Horizontalen Text-Werkzeug in die Mitte der Arbeitsfläche, und schreiben Sie in Versalien (Großbuchstaben) das Wort »AUFWÄRTS«. Richten Sie es so aus, dass es im oberen Drittel des Dokuments liegt.

Abbildung 13.10 ▶
Achten Sie auf die Positionierung des Textes.

5 Ebenenkopie erstellen

Duplizieren Sie die Ebene entweder in der Ebenen-Palette oder über das Menü EBENE • EBENE DUPLIZIEREN. Den Dialog bestätigen Sie einfach mit OK. ■ Alternativ drücken Sie Strg/⌘+J. Wählen Sie das Verschieben-Werkzeug V, und schalten Sie in der Optionsleiste AUTOMATISCH AUSWÄHLEN ab. Dadurch ist gewährleistet, dass Sie zum Verschieben nicht genau den Textbereich markieren müssen. Klicken Sie auf das Dokument, und halten Sie die Maustaste gedrückt. Nun halten Sie zusätzlich noch ⇧ gedrückt und ziehen die kopierte Ebene nach unten.

Namen für Textebenen

Es ist nicht erforderlich, beim Duplizieren von Textebenen Namen zu vergeben. Wenn der Inhalt geändert wird, überträgt sich dies auch auf den Namen der Ebene.

◂ **Abbildung 13.11**
Gleich unterhalb entsteht ein Duplikat.

6 Text ändern

Aktivieren Sie erneut das Horizontale Text-Werkzeug, und markieren Sie mit gedrückt gehaltener Maustaste den kompletten Text. Er ist jetzt schattiert dargestellt. Sobald Sie nun eine neue Eingabe machen, wird der alte Text gelöscht.

◂ **Abbildung 13.12**
Der untere Text ist markiert.

Verkrümmen-Wirkungen

Testen Sie bei Gelegenheit doch einmal die verschiedenen Wirkungen des Text-verkrümmen-Effekts. Beachten Sie auch die Symbole vor den jeweiligen Namen, die in groben Zügen die Verformung wiedergeben. Die endgültige Verkrümmung legen Sie anschließend über die Schieber fest.

7 Laufweite erneut ändern

Schreiben Sie »BEWEGUNG«. Markieren Sie erneut die komplette zweite Zeile, und ändern Sie die Laufweite über die Zeichen-Palette auf »0«. Dadurch passt sich der Inhalt der zweiten Zeile optisch an die Breite der ersten an.

Klicken Sie auf den Button Verkrümmten Text erstellen in der Optionsleiste. Nun öffnen Sie das Flyout-Menü Art und stellen dort Ansteigend ein. Verlassen Sie den Dialog noch nicht! ■

◄ **Abbildung 13.13**
Der Text soll ansteigend verkrümmt werden.

Einstellungen widerrufen

Wenn Sie [Alt]/[⌥] gedrückt halten, während das Dialogfenster noch geöffnet ist, wird die Abbrechen-Schaltfläche zum Zurücksetzen-Button. Klicken Sie ihn an, um die vorgenommenen Einstellungen zu widerrufen und von vorne zu beginnen, ohne das Dialogfeld verlassen zu müssen.

8 Verkrümmungen einstellen

Sobald diese Option angewählt wurde, schließt sich das Menü wieder. Nun werden die Einstellparameter verändert. Die Biegung steht standardmäßig auf »+50 %«. Sollte dort ein anderer Wert stehen, ändern Sie dies bitte. Bewegen Sie den mittleren Schieber mit dem Namen Horizontale Verzerrung nach rechts, bis ein Wert um »90 %« erreicht wird. Die Vertikale Verzerrung belassen Sie bei 0 %. Nun können Sie beherzt auf OK klicken. ■

Abbildung 13.14 ►
Legen Sie die horizontale Verzerrung fest.

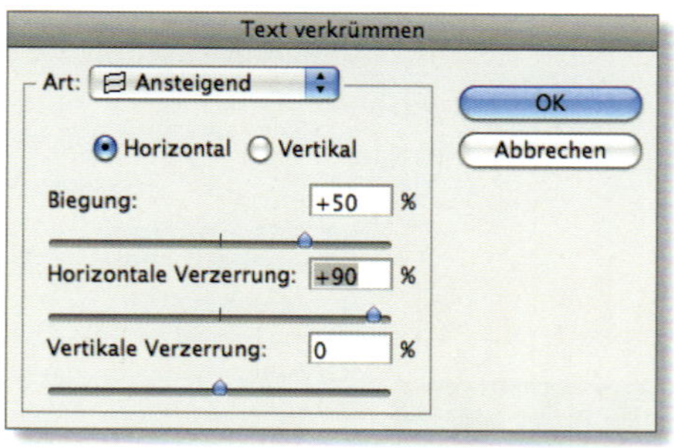

Markieren Sie nun die Ebene Aufwärts in der Ebenen-Palette, und öffnen Sie erneut den Dialog Verkrümmen.

Unter ART selektieren Sie erneut ANSTEIGEND. Nun müssen Sie lediglich noch die HORIZONTALE VERZERRUNG auf »–90%« setzen und mit OK bestätigen. Die fertige Datei finden Sie auch auf der Buch-DVD im Ordner ERGEBNISSE unter dem Titel »Aufwaerts.psd«.

◂ **Abbildung 13.15**
Am Ende soll es so aussehen.

Der VERKRÜMMEN-Dialog hält natürlich noch eine Fülle weiterer Optionen für Sie bereit. Experimentieren Sie ein wenig mit den verschiedenen Optionen, und entdecken Sie die Möglichkeiten der Textgestaltung. ■

13.2 Texte und Texturen: Metall & Chrom

Texturen und Muster machen ein Bild erst so richtig lebendig. Prinzipiell haben Sie dazu zwei Möglichkeiten: Entweder nutzen Sie eine vorhandene Textur oder erstellen sie komplett selbst. Letzteres werden wir gleich hier in einem Workshop ausprobieren. Wenn Sie wissen möchten, wie Sie eines der zahlreichen vorinstallieren Muster nutzen, finden Sie auch dazu einen Workshop auf der Buch-DVD im Ordner WORKSHOPS.

Text in Holz stanzen

Schritt für Schritt: Einen Chromeffekt erzeugen

Bei diesem Workshop handelt es sich um einen echten Klassiker, der deutlich macht, wie unterschiedlich eine Schattenwirkung ausfallen kann.

1 Neue Datei erzeugen
Erzeugen Sie eine neue Datei im RGB-Modus mit 220 ppi, und verwenden Sie die Abmessungen 800 × 600 Pixel. Der Hintergrund soll weiß sein.

2 Schrift erzeugen

Schreiben Sie den gewünschten Text, und skalieren Sie ihn entsprechend auf (hier wurde COPPERPLATE GOTHIC (BOLD) mit einer Größe von 36 Pt verwendet).

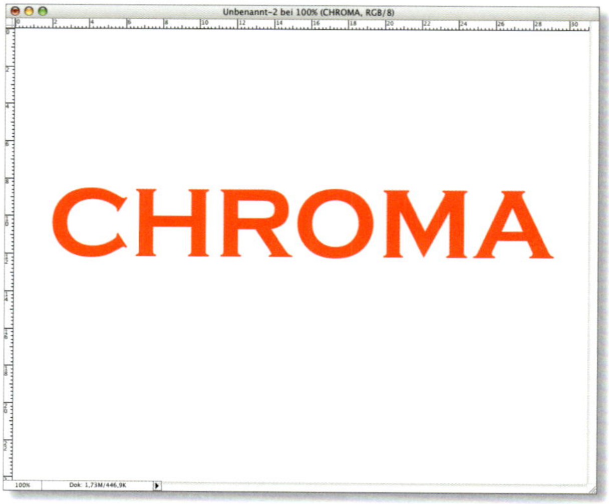

Abbildung 13.16 ▸
So sollte Ihr Text ungefähr aussehen.

3 Text rastern

Rastern Sie den Text, indem Sie bei aktiviertem Text-Werkzeug mit der rechten Maustaste direkt im Bild auf den Text klicken und den Eintrag TEXT RASTERN im Kontextmenü selektieren.

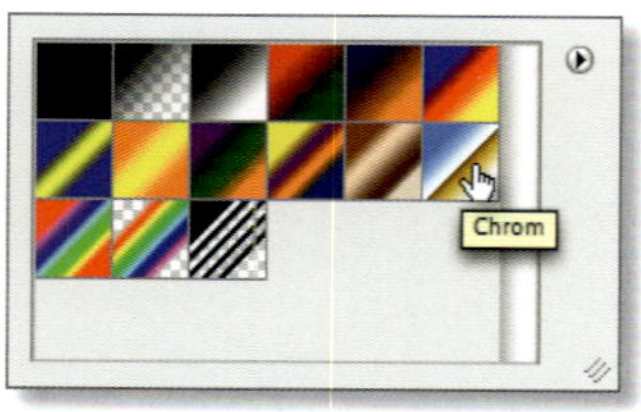

▴ Abbildung 13.17
So schnell kann man die vorhandenen Verläufe erreichen.

4 Verlauf einstellen

Aktivieren Sie das Verlaufswerkzeug, und drücken Sie [↵]. In der daraufhin präsentierten Auswahlliste an der Toolbox entscheiden Sie sich für den Button CHROM.

5 Verlauf bearbeiten

Der Verlauf beinhaltet bereits alle Farben, die für diesen Workshop benötigt werden. Ein Makel bleibt aber dennoch. Finden Sie nicht auch, dass der Übergang von Weiß nach Braun etwas hart ist? Öffnen Sie daher das Dialogfenster VERLÄUFE BEARBEITEN (klicken Sie auf die Verlaufsfläche in der Optionsleiste), und ziehen Sie die weiße Farbunterbrechung ❶ etwas nach links. Gleich rechts daneben wird nun auch der Farbmittelpunkt ❷ sichtbar. Diesen schieben Sie etwas nach rechts. Das sieht doch schon wesentlich harmonischer aus, oder? Wenn Sie möchten, speichern Sie den neuen Verlauf unter einem anderen Namen.

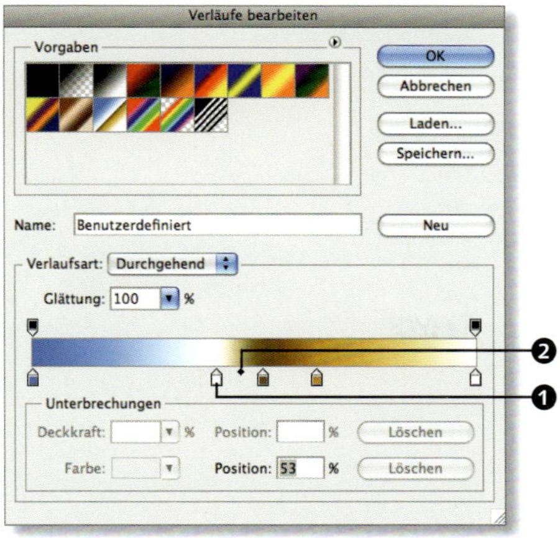

◂ **Abbildung 13.18**
Anspruchsvolle Verläufe sollten gespeichert werden.

6 Verlauf anwenden

Bevor Sie nun den Verlauf zuweisen, aktivieren Sie in der Ebenen-Palette noch die Funktion TRANSPARENTE PIXEL FIXIEREN. Schließlich soll ja nur die Schrift und nicht die komplette Ebene einen Verlauf erhalten. Danach ziehen Sie mit gedrückter [⇧]-Taste von oben nach unten eine Linie über das mittlere Drittel der Lettern. Sobald Sie loslassen, wird der Verlauf aufgezogen. Heben Sie TRANSPARENTE PIXEL FIXIEREN anschließend wieder auf.

◂ **Abbildung 13.19**
Der Verlauf erstreckt sich jetzt nur auf die Lettern.

7 Effekte zuweisen

Sie kennen das ja schon. Der Rest ist die Zuweisung von Effekt-Parametern, obwohl es diesmal etwas mehr ist. Öffnen Sie zunächst über EBENE • EBENENSTILL • ABGEFLACHTE KANTE UND RELIEF, und entnehmen Sie die Werte für den Frame STRUKTUR der folgenden Abbildung. Danach aktivieren Sie RING im Flyout-Menü GLANZKONTUR. Bestätigen Sie Ihre Auswahl noch nicht mit OK!

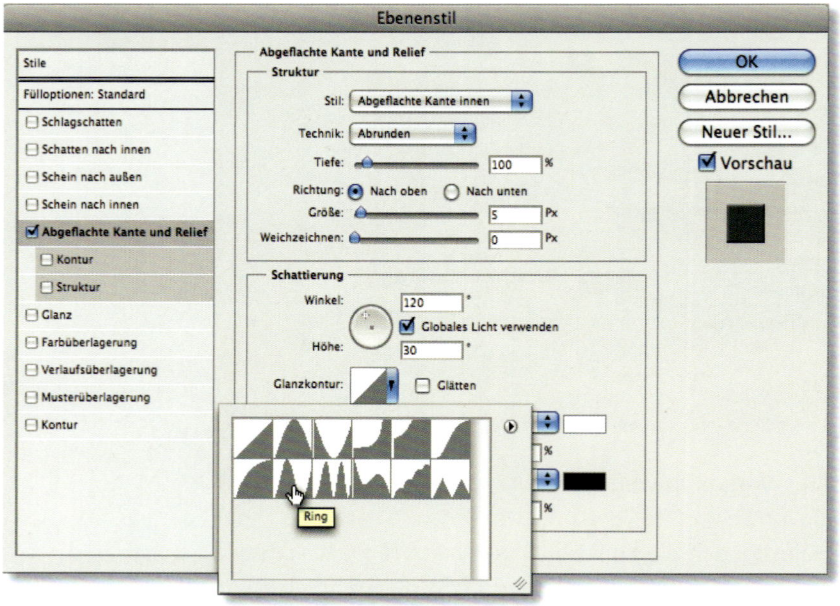

▲ **Abbildung 13.20**
Diese Kontur soll es sein.

Gleich unterhalb von Abgeflachte Kante und Relief (linker Frame des Dialogs) klicken Sie nun auf den Schriftzug Kontur. Öffnen Sie rechts das Flyout-Menü Kontur, und legen Sie Runde Stufen fest.

Klicken Sie ganz unten in der Liste auf der linken Seite nun noch Kontur an, und lassen Sie es mit einer Größe von »3 Px« bewenden.

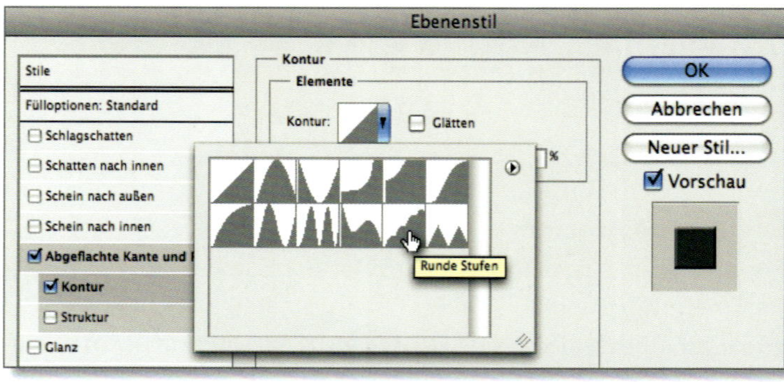

▲ **Abbildung 13.21**
Runde Stufen? So etwas taugt natürlich nur für Ebenenstile.

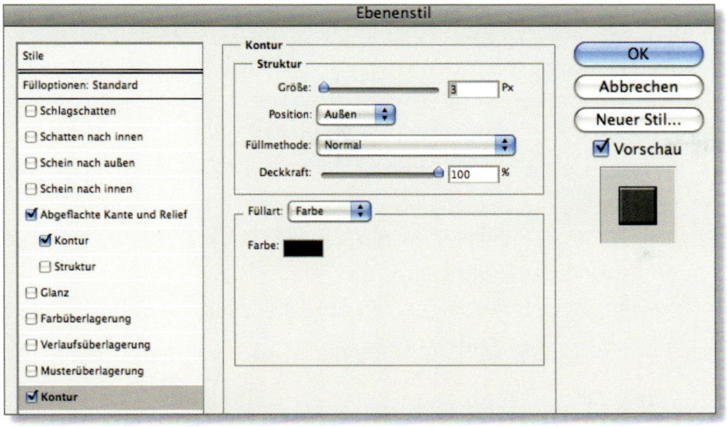

◂ Abbildung 13.22
Die Größe der Struktur sollte 3 Px betragen.

> **Stil speichern**
>
> Bei solch aufwendigen Einstellungen empfiehlt es sich, den Stil abzuspeichern. Klicken Sie dazu auf NEUER STIL, und vergeben Sie einen aussagekräftigen Namen. Soll der Effekt erneut angewendet werden, finden sich alle Einstellungen in Form eines Buttons in der Palette STILE wieder. Klicken Sie einfach diesen Button an, oder ziehen Sie ihn auf die Zielebene.

Zuletzt kommt der Schlagschatten. Wie bei allen zuvor genannten Optionen müssen Sie auch hier das Wort (nicht die Checkbox!) anklicken und die Steuerelemente folgendermaßen einstellen: ABSTAND etwa »4 Px«, ÜBERFÜLLEN ca. »40 Px«, GRÖSSE ca. »13 Px«. Den Schieberegler RAUSCHEN ziehen Sie zuletzt noch auf etwa »20%«. (Dieser ist übrigens für die gesprenkelte Darstellung des Schattens verantwortlich.) Bestätigen Sie mit OK. ■

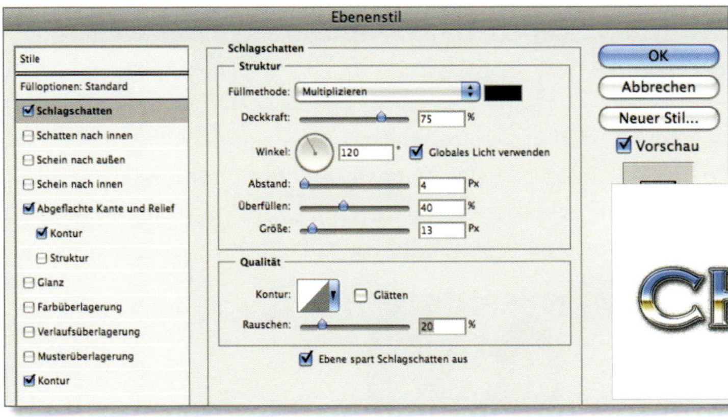

◂ Abbildung 13.23
Damit wäre auch der letzte Schritt erledigt.

▴ Abbildung 13.24
Die fertige Datei wartet auf Sie im ERGEBNISSE-Ordner und heißt »Text_Chrom_fertig.tif«. ■

13.2.1 Effekte auf andere Dateien anwenden

Wenn Sie erst einmal einen aufwendigen Effekt erzeugt haben, müssen Sie ihn nicht für jedes Bild neu einstellen. Speichern Sie sowohl den Verlauf als auch die Ebenenstile auf die im Hinweiskasten beschriebene Art.

Stile lassen sich zwar auf Texte anwenden, Verläufe jedoch nicht. Daher ist das Rastern der Textebene erforderlich. So gehen Sie vor, um wiederkehrende Effekte auf andere Schriften anzuwenden:

1. Erzeugen Sie die Datei, und erstellen Sie den Text.
2. Rastern Sie die Textebene, und fixieren Sie transparente Pixel.
3. Weisen Sie den gespeicherten Verlauf durch Ziehen einer Linie mit dem Verlaufswerkzeug zu.
4. Weisen Sie den gespeicherten Stil zu, indem Sie den Button in der Palette STILE markieren.

13.2.2 Copyright für Ihre Bilder: Schutz gegen Grabber

Wenn Sie Fotos weitergeben, vielleicht sogar ins Netz stellen, kann es sinnvoll sein, diese entsprechend zu schützen. Im Internet sind viele Zeitgenossen unterwegs, die so ziemlich alles kopieren und zweckentfremden, was irgendwie nach Foto aussieht. Die Lösung: Ein Logo im Bild. Im folgenden Workshop wollen wir dazu nun ein Sonderzeichen effektvoll einsetzen.

Schritt für Schritt: Ein individuelles Wasserzeichen erzeugen

Copyright.jpg

Setzen Sie der Bilderpiraterie ein Ende, und platzieren Sie Ihr Logo, Ihren Text oder Ihr Zeichen direkt auf dem Bild. Vor allem bei Personenaufnahmen, wie der Datei »Copyright.jpg«, kann das vor unerwünschter Verwendung schützen.

© Stephanie Hofschlaeger/PIXELIO

Abbildung 13.25 ▸
Besonders bei Personenaufnahmen kann ein Wasserzeichen schützen.

1 Sonderzeichen einstellen

Wählen Sie das Eigene-Form-Werkzeug aus. Es befindet sich mit dem Linienzeichner in einer Gruppe und kann über mehrmaliges Drücken von ⇧+U eingestellt werden. Stellen Sie im Flyout-

Menü FORM der Optionsleiste das Symbol VERBOTSSCHILD ein. Das ist ein Kreis mit diagonalem Querstrich.

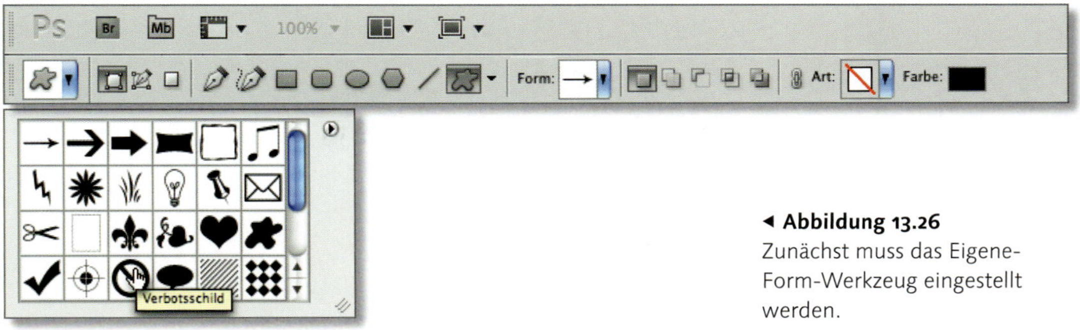

◄ **Abbildung 13.26**
Zunächst muss das Eigene-Form-Werkzeug eingestellt werden.

2 Sonderzeichen einfügen

Ziehen Sie an gewünschter Stelle mit ⇧ einen Rahmen über dem Bild auf. Die Umschalttaste sorgt dafür, dass das Zeichen seine Proportionen während der Erzeugung behält. Lassen Sie aber unbedingt zunächst die Maustaste und erst danach ⇧ wieder los. Welche Farbe Sie verwenden, spielt im Übrigen keine Rolle. Im Buchbeispiel wurde Schwarz verwendet.

3 Zeichen verschieben

Bewegen Sie jetzt das Verbotszeichen mit dem Verschieben-Werkzeug (V) an die gewünschte Position. Dabei sollten Sie das Symbol zum einen nicht über dem Gesicht stehen lassen, es aber auch nicht zu weit vom Gesicht entfernen. Immerhin wollen Sie ja einen wirksamen Schutz erreichen. Orientieren Sie sich am besten an der Abbildung.

◄ **Abbildung 13.27**
Diese Position ist für ein Wasserzeichen geeignet.

4 Form in eine Auswahl umwandeln

Mit dem Aufziehen des Sonderzeichens haben Sie übrigens ganz automatisch eine Vektormaske erzeugt. Und diese beinhaltet einen Pfad. Man sieht das sowohl in der Ebenen- als auch in der Pfade-Palette. Aus diesem Pfad muss nun eine Auswahl erzeugt werden. Und dazu gibt es wieder einmal mehrere Möglichkeiten: Entweder Sie klicken in der Fußleiste der Pfade-Palette auf PFAD ALS AUSWAHL LADEN, oder Sie setzen, während Sie Strg/⌘ gedrückt halten, einen Mausklick auf die rechte Miniatur der oberen Ebene (innerhalb der Ebenen-Palette).

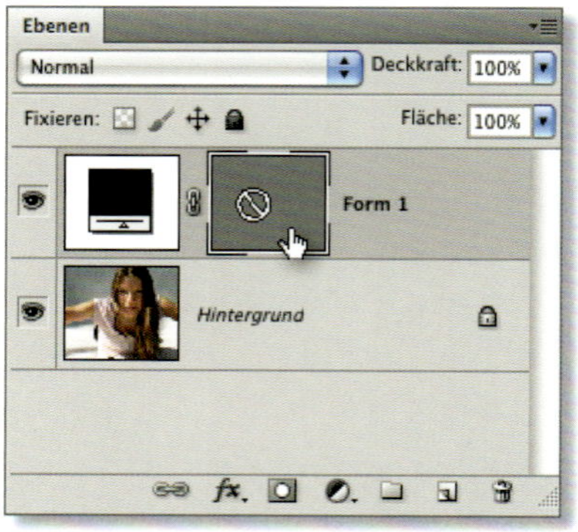

▲ **Abbildung 13.28**
Wenn Sie mit Strg/⌘ auf diese Miniatur klicken, entsteht aus der Vektormaske eine Auswahl.

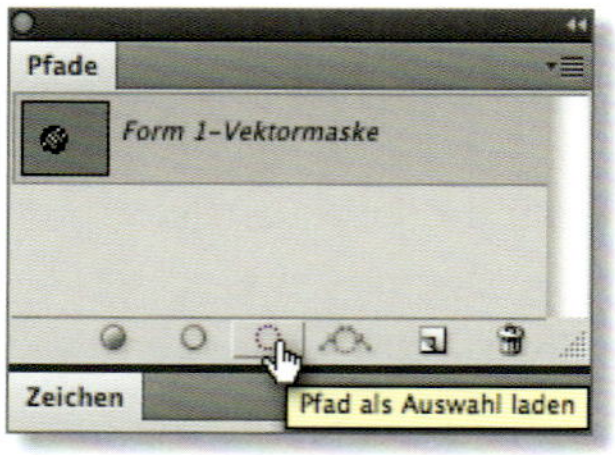

▲ **Abbildung 13.29**
Die Alternative ist ein Button innerhalb der Pfade-Palette.

5 Zeichenebene löschen

Bevor Sie weitermachen, müssen Sie sich noch einmal um die Ebenen-Palette kümmern. Ziehen Sie die obere Ebene (FORM 1) auf das Papierkorb-Symbol (im Fuß der Ebenen-Palette), um diese zu löschen. Da wir aus der Maske bereits eine Auswahl erzeugt hatten, wird diese Ebene nämlich nicht mehr benötigt. Die Aktion hat zudem den Vorteil, dass die Bildebene (HINTERGRUND) automatisch ausgewählt wird. Ihre Ebenen-Palette sollte danach wie in Abbildung 13.30 aussehen.

▲ **Abbildung 13.30**
Die Formebene ist verschwunden.

6 Ebene duplizieren

Jetzt duplizieren Sie den Hintergrund, indem Sie EBENE • NEU • EBENE DURCH KOPIE wählen oder Strg/⌘+J drücken. Damit wird nur jener Ausschnitt kopiert, der innerhalb der vorhandenen Auswahl liegt. Damit die folgenden Schritte anschaulicher sind und Sie sehen können, dass lediglich die Bildbereiche innerhalb der Auswahl kopiert wurden, sollten Sie den Hintergrund über das Auge in der Ebenen-Palette ausblenden.

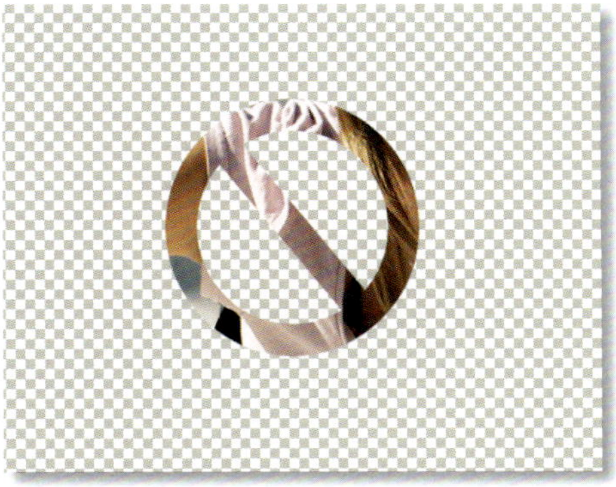

◂ **Abbildung 13.31**
In der duplizierten Ebene sind nur noch jene Bildinhalte vorhanden, die sich zuvor innerhalb der Auswahl befunden hatten.

7 Textmaskierung einfügen

Jetzt zu Ihrem Namen. Dieser soll unterhalb des Symbols auftauchen. Aktivieren Sie das horizontale Textmaskierungswerkzeug, und stellen Sie eine serifenlose Fettschrift (z. B. VERDANA BOLD) mit einer Größe von ca. »48 Pt« ein. Die Ausrichtung stellen Sie auf ZENTRIERT. Setzen Sie die Textmaske genau unterhalb des Verbotsschildes an.

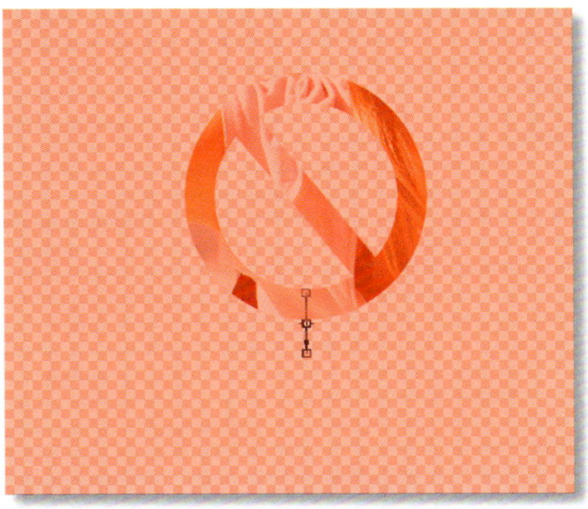

◂ **Abbildung 13.32**
Hier beginnen Sie mit dem Text.

8 Text erzeugen und verkrümmen

Schreiben Sie einen Text Ihrer Wahl. Bei Ihren eigenen Bildern böte sich hier Ihr Nachname oder beispielsweise die URL Ihrer Webseite an. Bestätigen Sie die Texteingabe bitte noch nicht, sondern klicken Sie in der Optionsleiste auf VERKRÜMMTEN TEXT ERSTELLEN. Im Feld ART stellen Sie BOGEN ein. Wie weit nun die BIEGUNG eingestellt werden muss, hängt von der Länge und Größe

Ihres Textes ab. In jedem Fall müssen Sie aber mit dem Wert Biegung in den Minusbereich gehen, um eine Wölbung nach unten zu realisieren.

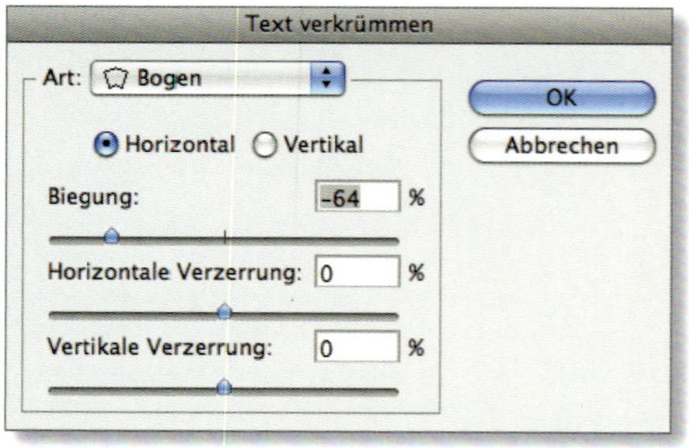

▲ **Abbildung 13.33**
Der Text sollte jetzt noch gebogen werden.

▲ **Abbildung 13.34**
So sieht das schon ganz gut aus.

Im Anschluss klicken Sie auf OK und bestätigen auch die Texteingabe über das Häkchen in der Optionsleiste.

9 Auswahl verschieben

Stellen Sie eines der Auswahlwerkzeuge ein (z. B. Auswahlrechteck oder Auswahlellipse), und korrigieren Sie die Position der Auswahl mit den Pfeiltasten. Falls Sie das lieber mit Drag & Drop erledigen wollen, achten Sie darauf, dass in der Optionsleiste Neue Auswahl aktiv ist. Ansonsten funktioniert es nicht.

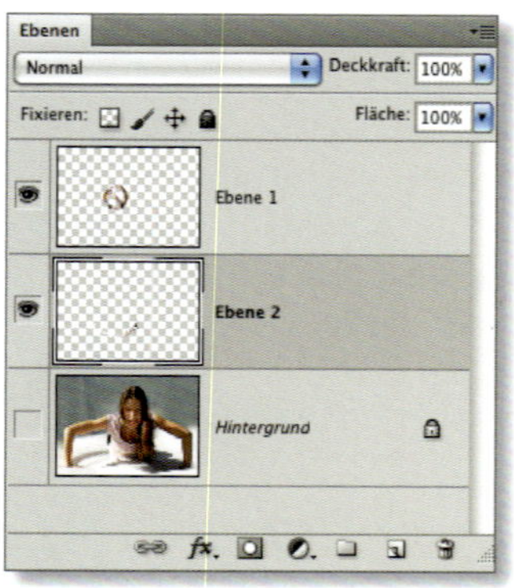

▲ **Abbildung 13.35**
Ebene 2 beinhaltet den Bereich des Fotos, der sich zuvor innerhalb der Auswahl befunden hatte.

10 Ebene erneut duplizieren

Aktivieren Sie den Hintergrund in der Ebenen-Palette (ohne ihn derzeit über das Augen-Symbol wieder sichtbar zu machen), und drücken Sie abermals Strg/⌘+J. Das hat zur Folge, dass auch aus diesem Ausschnitt eine Ebene erzeugt wird. Damit ist zugleich die mittlere (neue) Ebene markiert.

11 Ebenen verbinden

Der Hintergrund sollte jetzt noch immer ausgeblendet sein. Machen Sie ihn erst wieder sichtbar, nachdem Sie im Fenstermenü Sichtbare auf eine Ebene reduzieren eingestellt haben.

Alternativ reicht auch das Drücken der Tastenkombination [Strg]/[⌘]+[⇧]+[E].

12 Stil zuweisen

Jetzt ist es aber an der Zeit, die Hintergrundebene wieder einzuschalten. Klicken Sie auf das zugehörige Augen-Symbol, wobei die oberste Ebene (EBENE 2) unbedingt aktiviert bleiben muss. – Damit kommen wir zum spannenden Finale: Mit aktivierter oberer Ebene wählen Sie EBENE • EBENENSTIL • ABGEFLACHTE KANTE UND RELIEF. Stellen Sie den Regler TIEFE ❶ auf etwa »220%« und die GRÖSSE ❷ auf »1 Px«. Danach bestätigen Sie mit OK.

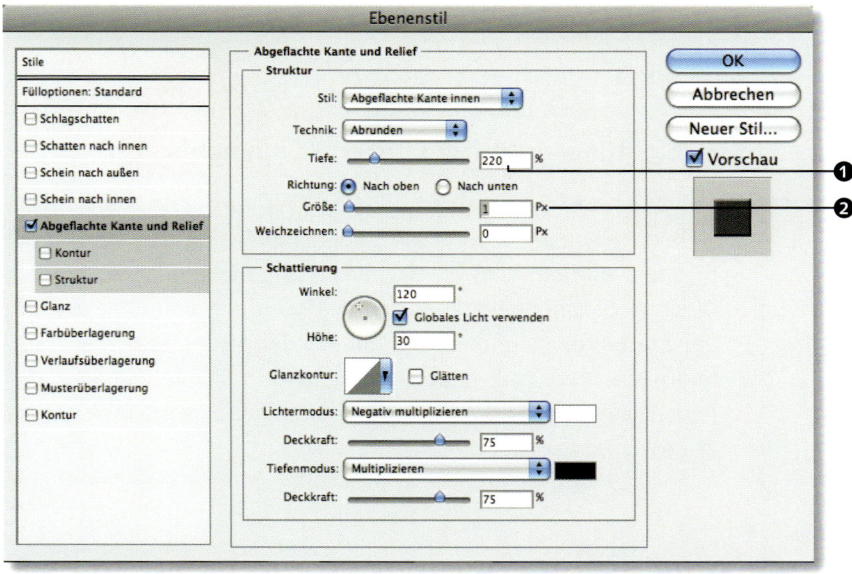

◂ **Abbildung 13.36**
Die ABGEFLACHTE KANTE macht das Zeichen auffälliger.

13 Bild reduzieren

Wenn Sie das Foto anschließend als JPEG abspeichern (um es im Internet zu verwenden), müssen Sie nichts weiter veranlassen. Die Ergebnisdatei ist geschützt. Sollten Sie das Foto allerdings in einem Format weitergeben wollen, das Ebenen unterstützt (z. B. TIFF oder PSD), müssen Sie noch einen wichtigen Schritt folgen lassen. Immerhin könnte der Empfänger die oberste Ebene derzeit noch entfernen und erhielte ein ungeschütztes Bild. Das unterbinden Sie, indem Sie das Foto noch AUF HINTERGRUNDEBENE REDUZIEREN. Den gleichnamigen [⌘] finden Sie im Fenstermenü der Ebenen-Palette. Tasten-Freaks begnügen sich mit [Strg]/[⌘]+[E].

Abbildung 13.37 ▸
Das Endergebnis finden Sie unter »Copyright_fertig.tif«.

13.2.3 Hinweis: Automatisierte Copyrights

Hat Ihnen der Copyright-Workshop gefallen? Das ist erfreulich! Haben Sie Hunderte von Fotos, bei denen Sie das ebenfalls gerne machen würden? Das ist wiederum ärgerlich! – In diesem Fall möchte ich Ihnen allerdings den Workshop »Namen mit der Stapelverarbeitung einfügen« empfehlen, den Sie im folgenden Kapitel in Abschnitt 14.2 finden. Dieser zeigt nämlich, wie Sie dabei jede Menge Zeit und Arbeit sparen können. Das ist doch wieder erfreulich, oder? ■

Dateiinformationen

Über DATEI • DATEIINFORMATIONEN erreichen Sie ein Fenster, das Ihnen die Angabe weiterer Hinweise in Bezug auf die Urheberschaft ermöglicht (Register: BESCHREIBUNG). Die dort festgelegten Infos bleiben erhalten, wenn Sie das Foto via DATEI • SPEICHERN UNTER ausgeben. Das funktioniert bei TIFFS oder PSDs ebenso gut wie mit JPEGs. Wenn Sie zur Ausgabe allerdings den Dialog FÜR WEB UND GERÄTE SPEICHERN benutzen (nähere Hinweise dazu finden Sie in Kapitel 15, »Ausgabe«), gehen die angehängten Dateiinformationen verloren.

Kapitel 14

Automatisierung

Alles läuft von selbst

- Wie wird ein Panoramafoto erzeugt?
- Wie kann ich mehrere Befehle auf viele Dateien anwenden?
- Wie bringe ich meinen Namen auf die Bilder?
- Was ist ein Droplet?
- Was ist eine »bedingte Modusänderung«, und wie wende ich sie an?
- Wie kann ich Fotos automatisch freistellen und gerade ausrichten?
- Wie kann ich ein Bild automatisch in eine bestimmte Größe einpassen?

14 Automatisierung

Ganz sicher: Es wird Ihnen mächtig Spaß bereiten, sich nach getaner Arbeit genüsslich zurückzulehnen und der Anwendung dabei zuzusehen, wie sie in kürzester Zeit Unmengen von Arbeitsschritten für Sie erledigt. Photoshop führt in wenigen Minuten Aufgaben aus, für die Sie manuell etliche Stunden nötig hätten. Wenn Sie auf die Automatisieren-Funktionen verzichten, könnten Sie genauso gut den Motor Ihres Wagens aus lassen – weil Sie heute ja eh nur ins Tal fahren wollen ...

14.1 Photomerge: Panoramafotos erzeugen

Panoramabilder erfreuen sich schon seit Langem großer Beliebtheit. Mittlerweile lassen sich derartige Montagen bereits als Postkarten, Poster oder Kalender erstehen. Sogar auf Webseiten hält das Panorama mehr und mehr Einzug. Um ein Panorama zu erzeugen, werden mehrere überlappende Fotomotive nachträglich zu einem breitformatigen Bild verschmolzen. Photomerge heißt diese nicht mehr ganz neue, aber dennoch wirkungsvolle Technik.

14.1.1 Aufnahmebedingungen

Vorab muss ganz klar Folgendes gesagt werden: Wenn die Voraussetzungen nicht gegeben sind, wird es einfach nichts mit dem Panorama-Genuss. Deshalb müssen Sie schon zur Entstehungszeit auf eine ordnungsgemäße Aufnahmetechnik achten. Beherzigen Sie unbedingt folgende Hinweise:

- Fotografieren Sie immer vom Stativ aus.
- Verändern Sie zwischen den Aufnahmen niemals die Position des Stativs.
- Drehen Sie den Stativkopf in horizontaler, nicht jedoch in vertikaler Richtung.

- Fertigen Sie die Einzelaufnahmen zügig hintereinander an. Bereits minimale Unterschiede der Lichtverhältnisse werden später sichtbar.
- Achten Sie darauf, dass sich die Bildbereiche um 15–40% überlappen.
- Verändern Sie nicht die Brennweite (Zoom).
- Schalten Sie automatische Belichtungsfunktionen zuvor aus.
- Verwenden Sie keine Verzerrungslinsen.

Schritt für Schritt: Ein Panorama erstellen I

Sie werden in diesem Workshop insgesamt sechs Bilder aneinandermontieren. Beobachten Sie genüsslich, wie Photoshop für Sie »ackert«.

Bilder/Panorama 01/
001.tif bis 006.tif

1 Layout wählen

Bei der Panorama-Erzeugung müssen Sie noch nicht einmal Bilder vorab öffnen. Gehen Sie direkt auf den entsprechenden Menübefehl Datei • Automatisieren • Photomerge. Auf der linken Seite (Layout) sollte der Radiobutton Auto aktiv sein. In diesem Fall entscheidet Photoshop nämlich selbstständig, wie das Panorama ausgerichtet wird – je nachdem, was besser passt. (Weitere Hinweise hierzu finden Sie im Anschluss an diesen Workshop.) Klicken Sie noch nicht auf OK!

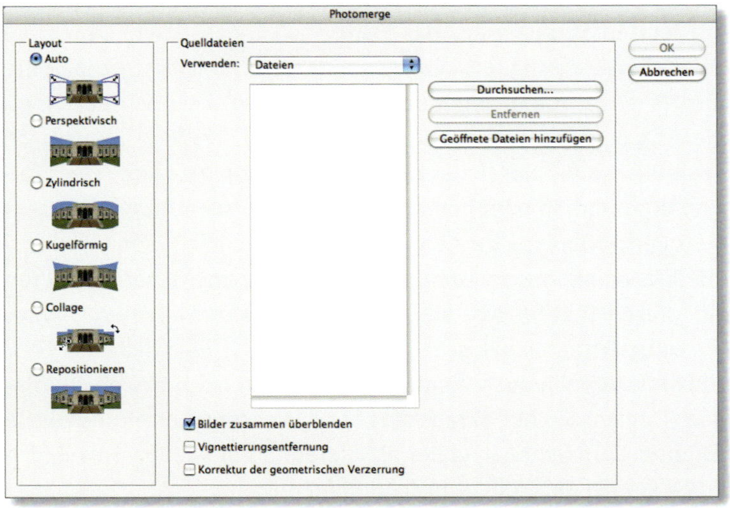

◂ **Abbildung 14.1**
Entscheiden Sie sich für das Layout Auto.

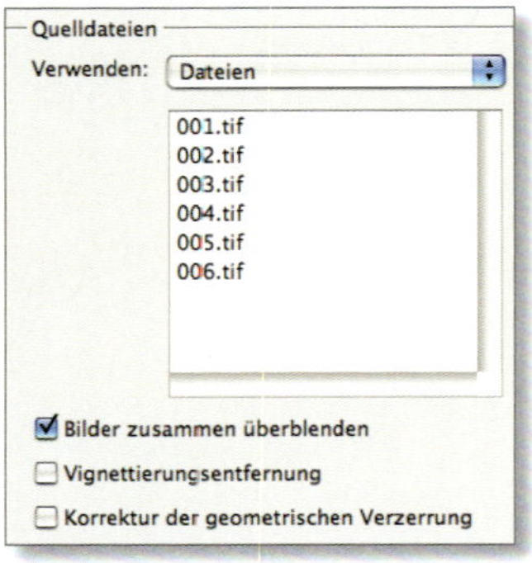

▲ **Abbildung 14.2**
Die Fotos sind namentlich aufgeführt.

2 Fotos hinzufügen

Klicken Sie jetzt auf die Schaltfläche DURCHSUCHEN, und navigieren Sie zum Ordner PANORAMA 01, den Sie in den Beispieldateien finden. Selektieren Sie alle sechs darin enthaltenen Fotos, und klicken Sie auf den ÖFFNEN-Button. Daraufhin sollten die Bilder »001.tif« bis »006.tif« in der Dialogmitte aufgelistet werden.

3 Weitere Optionen festlegen

Schauen Sie einmal auf die Checkboxen weiter unten. Hier sollte auf jeden Fall BILDER ZUSAMMEN ÜBERBLENDEN angewählt sein. Die beiden anderen Schaltflächen können Sie inaktiv lassen. (Weitere Hinweise hierzu finden Sie im Anschluss an diesen Workshop.) Danach bestätigen Sie mit OK. Jetzt müssen Sie die Anwendung ein wenig rechnen lassen, ehe das zusammengesetzte Breitformatfoto präsentiert wird. Hierbei handelt es sich übrigens um eine Perspektive (LAYOUT).

© Robert Klaßen

▲ **Abbildung 14.3**
Das Panorama ist bereits nach kurzer »Entwicklungszeit« fertiggestellt.

4 Foto freistellen

Im letzten Schritt wäre das Foto noch freizustellen. Immerhin sind durch die neue Anordnung der Einzelbilder transparente Bereiche am Rand entstanden. Die sollten Sie noch abschneiden. Da Sie allerdings mit dem Freistellungswerkzeug [C] ziemlich dicht an die Ränder heranmüssen, gibt es ein Problem: Der Freistellungsrahmen wird nämlich »magisch« an den Rahmen herangezogen – »Snapping« nennt sich diese Technik. Wenn dadurch die Erzeugung des Freistellungsrahmens schwierig wird, schalten Sie diese Funktion kurz aus, indem Sie ANSICHT • AUSRICHTEN AN • DOKUMENTBEGRENZUNGEN wählen. Danach lässt sich der Freistellungsrahmen auch dicht am Bildrahmen noch frei positionieren. Denken Sie nur daran, dass Sie das ansonsten sehr nützliche Snapping am Schluss wieder aktivieren. Dazu wählen Sie einfach noch einmal den zuletzt beschriebenen Menüeintrag.

▲ **Abbildung 14.4**
Das auf den Hintergrund reduzierte Ergebnis finden Sie im ERGEBNISSE-Ordner (»Panorama_01.tif«). ■

Checkliste: Panoramafoto erzeugen

1. Aktivieren Sie PHOTOMERGE über DATEI • AUTOMATISIEREN.
2. Stellen Sie AUTO im Bereich LAYOUT ein.
3. Klicken Sie DURCHSUCHEN an, und selektieren Sie anschließend alle Bilder, aus denen ein Panorama erzeugt werden soll.
4. Klicken Sie auf den OK-Button.
5. Stellen Sie das Foto anschließend noch frei.

14.1.2 Die Photomerge-Layouts

Wie Sie gesehen haben, werden im Photomerge-Dialog verschiedene Optionen angeboten:

- AUTO: Hier überlassen Sie es Photoshop, zu entscheiden, ob ein Panorama perspektivisch, zylindrisch oder kugelförmig angeordnet wird. Entscheidend dafür ist das bessere Kompositionsergebnis nach einer entsprechenden Analyse der Einzelbilder.
- PERSPEKTIVISCH: Eines der in der Mitte liegenden Einzelbilder wird als Referenzfoto verwendet. Alle anderen Fotos werden entsprechend verzerrt und positioniert.
- ZYLINDRISCH: Die Fotos sehen so aus, als seien sie auf einen Zylinder aufgebracht (siehe dazu auch den folgenden Workshop).
- KUGELFÖRMIG: Die Fotos wirken, als seien sie auf der Innenseite einer Kugel angebracht. Diese Methode ist vor allem für 360°-Panoramen geeignet.
- COLLAGE: Die Einzelbilder werden aneinander ausgerichtet, wobei aber nur *eines* der Fotos als Quellbild angesehen und auch nur dieses transformiert wird.
- REPOSITIONIEREN: Die Fotos werden aneinander ausgerichtet, ohne dass es zu Transformationen kommt.

14.1.3 Die Photomerge-Quelldatei-Optionen

In Photoshop werden außerdem noch drei Quelldatei-Optionen angeboten:

- BILDER ZUSAMMEN ÜBERBLENDEN: Die Übergänge zwischen den Einzelfotos werden individuell anhand der Bildinformationen erzeugt (individuelle Ebenenmasken). Zudem werden die Bilder farblich aufeinander abgestimmt.
- VIGNETTIERUNGSENTFERNUNG: Falls die Ecken der Fotos dunkler sind (Vignettierung), wird dies bei der Panorama-Erstellung automatisch korrigiert.
- KORREKTUR DER GEOMETRISCHEN VERZERRUNG: Tonnen–, Kissen- und Fischaugen-Verzerrungen werden automatisch korrigiert.

Schritt für Schritt: Ein Panorama erstellen II

Bilder/Panorama 02/ 001.jpg bis 006.jpg

Auch diesmal werden wieder sechs Fotos aneinandermontiert. Diesmal werden Sie allerdings sehen, wie Photoshop automatisch für eine zylindrische Ausrichtung sorgt. Das ist nämlich gerade bei Fassaden wie auf unseren Beispielfotos sehr interessant.

1 Photomerge starten

Entscheiden Sie sich wieder für DATEI • AUTOMATISIEREN • PHOTOMERGE. Belassen Sie das LAYOUT auf AUTO, und stellen Sie diesmal unter VERWENDEN den Eintrag ORDNER ein. Navigieren Sie zum Beispielordner PANORAMA 02. Markieren Sie diesen Ordner. Anschließend klicken Sie auf AUSWÄHLEN. Danach müssen Sie nur noch den OK-Button betätigen.

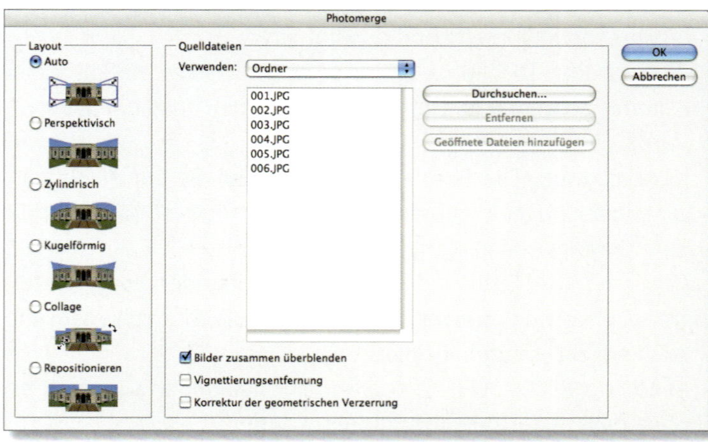

Abbildung 14.5 ▸
Auch das zweite Panorama wird im AUTO-Layout erzeugt.

2 Panorama erzeugen

Hier müssen Sie der Anwendung einen Moment mehr Zeit geben, da die Fotos größer und vielleicht auch schwieriger auszurichten sind. Photoshop meldet sich insgesamt zweimal mit Fortschrittsbalken.

◂ **Abbildung 14.6**
Haben Sie einen Moment Geduld, ...

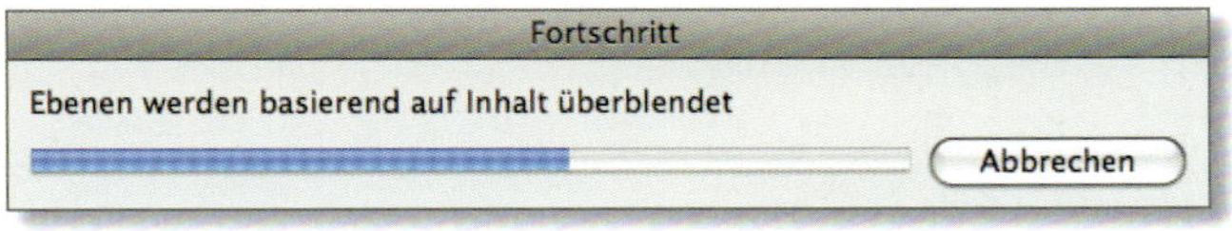

◂ **Abbildung 14.7**
... gleich ist es so weit.

▴ **Abbildung 14.8**
Hier sehen Sie sehr gut die zylindrische Verzerrung.

3 Ansicht optimieren

Stellen Sie das Foto am Ende noch frei, und reduzieren Sie alle Ebenen auf den Hintergrund (Ebene • Auf Hintergrundebene reduzieren). Wenn Sie jetzt stark einzoomen und den Bildausschnitt mit dem Hand-Werkzeug verschieben, sehen Sie, was das Besondere an der zylindrischen Verzerrung ist. Versuchen Sie es einmal.

◂ **Abbildung 14.9**
Verschieben Sie den Bildausschnitt.

▾ **Abbildung 14.10**
Hier ist das Foto in der gesamten Breite zu sehen.

14.2 Stapelverarbeitung und Aktionen

Ein praxisnahes Beispiel: Sie möchten Ihre Dateien an potenzielle Kunden weitergeben. Da Sie aber auf die Anbringung Ihres Namens nicht verzichten möchten, müssen Sie alle Bilder entsprechend nachbearbeiten. Wenn Sie nun aber die einzelnen Schritte, die dazu erforderlich sind, einige hundert Mal wiederholen müssten, wären sicher etliche Stunden vergangen – ganz zu schweigen davon, dass schwindende Konzentrationsfähigkeit mit der Zeit für zusätzliche Fehler sorgen würde. In solchen Fällen sollten Sie auf die Stapelverarbeitung vertrauen.

Schritt für Schritt: Namen mit der Stapelverarbeitung einfügen

Bilder/Name-im-Stapel.tif

Ihr Name (oder was auch immer Sie für angemessen erachten) soll teiltransparent im unteren Bereich des Bildes auftauchen. Um dies etliche Male zu realisieren, müssen wir Photoshop einmal »vormachen«, wie es geht, und danach eine Stapelverarbeitung einleiten. Wenn Sie gerade keine Bilddatei zur Hand haben, nehmen Sie »Name-im-Stapel.tif« – aber selbstverständlich nur zur Einrichtung des Namenszuges. Diesen sollten Sie nämlich grundsätzlich nur auf Ihren eigenen Fotos unterbringen.

© Tschi-Em/PIXELIO

Abbildung 14.11 ▸
Ein und derselbe Schriftzug soll auf zahlreichen Fotos erscheinen.

Optionale Schritte

Die nebenstehenden Schritte sind optional. Wählen Sie andere Funktionen, sofern Ihnen diese mehr zusagen. Der Zusammenstellung von Aktionen sind prinzipiell keine Grenzen gesetzt.

1 Die Schritte im Überblick

Bevor wir uns an die Arbeit machen, wollen wir einmal die einzelnen Schritte auflisten, die für eine entsprechende Signierung der Bilder erforderlich sind: ■

1. Text einfügen
2. Auswahl vom Text erstellen
3. Textebene löschen
4. Hintergrundebene auf die Auswahl beschränkt duplizieren (Strg/⌘+⇧+J)
5. Ebenenstil zuweisen (ABGEFLACHTE KANTE UND RELIEF)
6. Ebenen auf Hintergrund reduzieren

(Wie das im Einzelnen funktioniert, haben Sie ja im Workshop, »Ein individuelles Wasserzeichen erzeugen«, in Abschnitt 13.2.2 erfahren.)

2 Aktion vorbereiten

Um für diesen Workshop nun nicht Hunderte von Dateien berechnen zu lassen, empfiehlt es sich, einige Dateien zur Simulation zu kopieren. Erzeugen Sie einen Ordner auf dem Desktop, und geben Sie ihm den Namen STAPEL. Danach ziehen Sie einige Fotos in diesen Ordner hinein. Wie Sie wissen, geht das ja prima über die Zwischenablage (Strg/⌘+C – Strg/⌘+V). Anschließend öffnen Sie die Datei, die Sie als Musterdatei verwenden wollen (in unserem Beispiel also das Insekten-Foto). Die Fotos im Desktop-Ordner müssen Sie nicht extra öffnen.

▲ **Abbildung 14.12**
Zunächst wird eine neue Aktion ins Leben gerufen.

3 Aktion einleiten

Die einzelnen Schritte müssen Photoshop nun vorgegeben werden. Dazu werden sogenannte Aktionen aufgezeichnet. Öffnen Sie das Bedienfeld AKTIONEN (FENSTER • AKTIONEN). In der Fußzeile der Anwendung verbirgt sich ein Button mit dem Namen NEUE AKTION ERSTELLEN.

4 Aktion benennen

Im folgenden Dialogfeld sollten Sie die Aktion sinnvoll benennen. Klicken Sie dann auf AUFZEICHNUNG BEGINNEN ❷. ■

▲ **Abbildung 14.13**
Die Aktion erhält einen Namen.

Aktionsdatei

Zur Aufzeichnung der Aktion ist es nicht erforderlich, eines der Bilder zu verwenden, die als Stapel verarbeitet werden sollen. Da der Vorgang nur zur Aufzeichnung der einzelnen Aktionen dient, kann auch jede andere Datei dazu herangezogen werden.

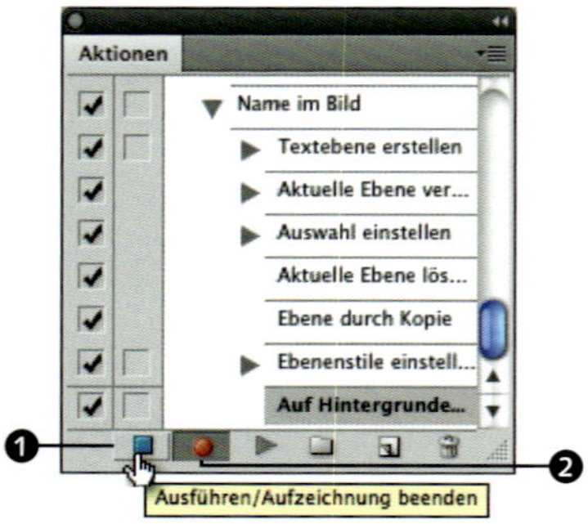

▲ **Abbildung 14.14**
Damit ist die Aufzeichnung beendet.

Nachdem Sie alle Schritte nacheinander ausgeführt haben, die wiederkehrend auf alle Bilder angewendet werden sollen (Text einfügen – Text verschieben – Auswahl aus Text laden – oberste Ebene entfernen – Ebene duplizieren – Ebenenstil erzeugen – Auf Hintergrundebene reduzieren), klicken Sie auf AUSFÜHREN/ AUFZEICHNUNG BEENDEN ❶. Damit hat das geöffnete Bild seinen Dienst verrichtet und kann geschlossen werden. Die Abfrage, ob Sie die Änderungen am Foto übernehmen wollen, beantworten Sie mit NICHT SPEICHERN.

5 Aufzeichnung beenden

Die gewünschte Aktion ist definiert, denn Sie haben Photoshop soeben vorgemacht, was zu tun ist, wenn die Stapelverarbeitung NAME IM BILD aktiviert wird. Werfen Sie einen Blick auf die Palette AKTIONEN. Ganz unten werden Sie die zuvor benannte Aktion mit ihren einzelnen Schritten wiederfinden.

6 Stapelverarbeitung einleiten

Nun ist der Zeitpunkt gekommen, die einzelnen Schritte der Aktion auf die anderen Fotos zu übertragen. Mit DATEI • AUTOMATISIEREN • STAPELVERARBEITUNG erreichen Sie den Dialog, der dazu nötig ist.

7 Aktion wählen

Sie sehen schon – ein mächtiges Fenster wartet auf Ihre Eingaben. Wichtig ist aber vor allem, dass im Flyout-Menü AKTION jetzt auch NAME IM BILD eingestellt ist ❸. Das sollte die Anwendung übrigens auch ohne Ihr Eingreifen bereits selbst erledigt haben. (Über dieses Steuerelement ließe sich übrigens auch jede andere in Photoshop integrierte Aktion aktivieren.)

8 Quellordner festlegen

Im Frame QUELLE ❹ sollte ORDNER eingestellt sein, da die kopierten Dateien ja zuvor in einem Ordner auf dem Desktop abgelegt wurden. Über den Button WÄHLEN gelangen Sie zum Dialog ORDNER FÜR STAPELVERARBEITUNG WÄHLEN, über den Sie den Pfad zum Quellordner (STAPEL) festlegen. Bestätigen Sie mit AUSWÄHLEN.

9 Zielordner festlegen

Im Frame ZIEL ❺ stellen Sie abermals ORDNER ein und klicken auch hier auf WÄHLEN. Hier erstellen Sie nun bitte einen NEUEN

Ordner (ebenfalls auf dem Desktop), den Sie beispielsweise mit Stapel fertig betiteln. Danach reicht ein Klick auf Auswählen, und der Zielordner ist definiert.

10 Fehlerdatei erzeugen

Beachten Sie noch den untersten Frame, Fehler ❻. Photoshop kann nämlich von der Stapelverarbeitung ein Protokoll anfertigen. Die ganze Aktion sollte aber bei einem Fehler keinesfalls anhalten, sondern lediglich Fehler in Protokolldatei schreiben. Klicken Sie auf Speichern unter, und geben Sie einen sinnvollen Namen an. Legen Sie als Speicherort ebenfalls den Desktop fest. ■

Fehler in Protokolldatei

Photoshop erzeugt im Falle eines oder mehrerer Fehler eine Textdatei (.txt) mit der Beschreibung des Fehlers. Nun kann es passieren, dass Sie einen Quellordner erwischen, der zusätzlich noch Dateien beinhaltet, die von Photoshop nicht gelesen werden können (z. B. Word-Dokumente oder Systemdateien). In diesem Fall sollte Sie der Fehler keineswegs beunruhigen, da er ja für die eigentliche Automation überhaupt nicht interessant ist. Sie sehen, warum es sinnvoll ist, die Automation nicht bei einem Fehler anhalten zu lassen.

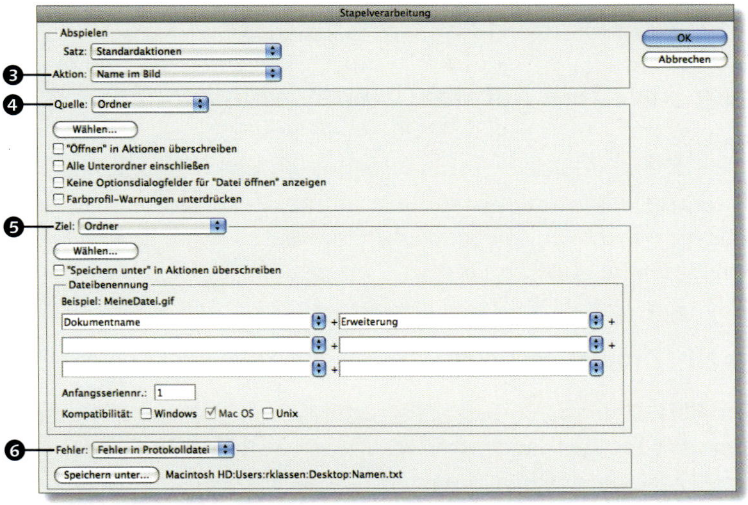

◂ **Abbildung 14.15**
Am Schluss sollte der Dialog so aussehen.

11 Stapelverarbeitung starten

Klicken Sie auf OK, und genießen Sie, mit welcher Geschwindigkeit und Präzision Ihr virtueller Kollege die Dateien nach und nach abarbeitet – eine Augenweide, oder?

12 Abschlusskontrollen durchführen

Öffnen Sie den Ordner Stapel fertig, und kontrollieren Sie die Dateien. Anschließend können Sie auch noch die Protokolldatei ansehen. Wenn alles glattgelaufen ist, dürfte sich die Textdatei so darstellen:

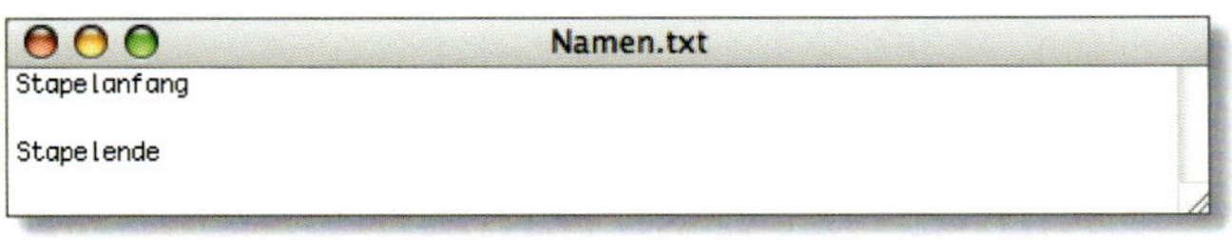

◂ **Abbildung 14.16**
Hier ist alles ohne Probleme abgelaufen. ■

Checkliste: Stapelverarbeitung

1. Starten Sie die Aufzeichnung einer Aktion über den Button NEUE AKTION im Aktionen-Bedienfeld.
2. Geben Sie der Aktion im folgenden Dialog einen sinnvollen Namen.
3. Führen Sie alle gewünschten Schritte an einer Musterdatei durch.
4. Beenden Sie die Aufzeichnung über den Button AUSFÜHREN/AUFZEICHNUNG BEENDEN.
5. Leiten Sie die Stapelverarbeitung über DATEI • AUTOMATISIEREN ein, und stellen Sie die gewünschten Parameter ein.
6. Kontrollieren Sie die Zieldateien.

14.3 Weitere Automatisierungsfunktionen

Die Stapelverarbeitung ist die vielleicht wichtigste und am häufigsten benutzte Automatisierungsart. Aber es gibt noch einige weitere Funktionen, die an dieser Stelle kurz Erwähnung finden sollen.

14.3.1 Droplet erstellen

Droplets sind ausführbare Programmdateien, die sich mittels Drag & Drop bedienen lassen. Die zuvor festgelegten Optionen werden in dem Moment ausgeführt, in dem Sie eine Bilddatei auf einem entsprechenden Droplet fallen lassen. Das ist ganz einfach und zugleich äußerst effektiv – wie Sie gleich sehen werden ...

Schritt für Schritt: Droplet erstellen

Stellen Sie sich ein Droplet als Erweiterung zur Stapelverarbeitung vor. Legen Sie, wie in Abschnitt 14.2, »Stapelverarbeitung und Aktionen«, beschrieben, eine Aktion an, und öffnen Sie anschließend den Droplet-Dialog.

1 Speicherort definieren

Betätigen Sie zunächst ganz oben den Button WÄHLEN, und legen Sie den Speicherort für Ihr Droplet fest. Wie wäre es mit dem Desktop? Vergeben Sie einen Namen, und klicken Sie auf SPEICHERN.

2 Abspielart einstellen

Im Frame ABSPIELEN legen Sie die Aktion fest, die mit diesem Droplet verbunden werden soll (im Beispiel: NAME IM BILD aus dem vorangegangenen Workshop).

3 Ziel festlegen

Zwar ist gegen die Verwendung eines Ordners als Ziel nichts einzuwenden – doch werden Sie ein Droplet meist verwenden, um Zeit zu sparen und einzelne Dateien schnell zu bearbeiten. Deshalb bietet sich im Frame ZIEL der Parameter SPEICHERN UND SCHLIESSEN geradezu an. Das bedeutet: Wenn Sie später ein Bild auf das Droplet ziehen, wird die Aktion ausgeführt, die Änderungen werden gespeichert, und die Datei wird anschließend geschlossen – schnell eben, wie ein Droplet sein sollte.

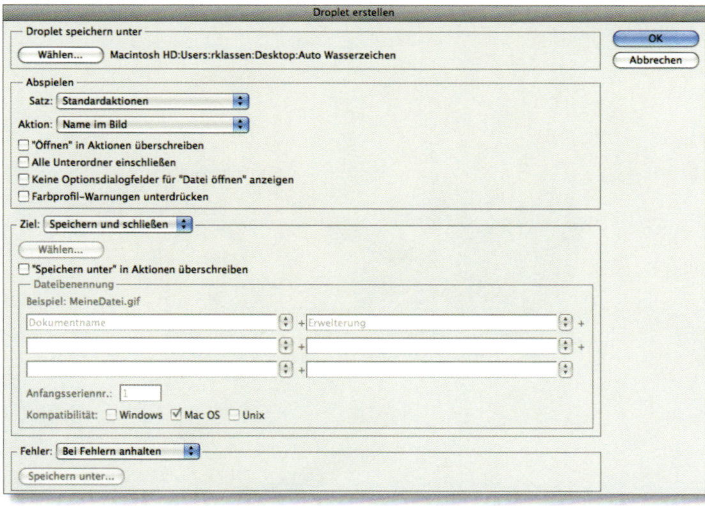

◄ **Abbildung 14.17**
Die Droplet-Parameter sind erstellt.

▲ **Abbildung 14.18**
Das fertige Droplet-Icon liegt auf dem Desktop.

4 Droplet ausführen

Nachdem Sie mit OK bestätigt haben, wird sich nicht allzu viel tun – außer dass Ihr Desktop um ein Icon für das Droplet erweitert wurde.

Dies ist jedoch nun der Schlüssel für alle weiteren Bearbeitungen. Wenn Sie nun nämlich die zuvor festgelegte Aktion auf eines Ihrer Bilder anwenden möchten, ziehen Sie das Bild einfach auf das Icon und lassen es dort fallen. So könnten Sie dann manuell jedes Bild, das Sie später noch z. B. mit Ihrem NAME IM BILD versehen möchten, in Windeseile und mit nur einer einzigen Drag-&-Drop-Aktion umwandeln – genial, oder?

▲ **Abbildung 14.19**
Fotos, die mit der Droplet-Aktion bearbeitet werden sollen, müssen jetzt nur noch auf das Icon gezogen werden. ■

14.3.2 Fotos freistellen und gerade ausrichten

Der Name dieser Automatisierungsfunktion spricht für sich. Bilder werden ausgerichtet und Ränder entsprechend abgeschnitten. Wenn Sie mit einem Bild arbeiten, das über mehrere Ebenen verfügt, ist jedoch ausschlaggebend, welche der Ebenen innerhalb des Ebenen-Bedienfelds markiert ist.

Somit ist also zu beachten, dass stets die markierte Ebene den Bildausschnitt bestimmt. Doch was passiert, wenn mehrere Bildebenen übereinanderliegen? Im folgenden Beispiel sind zwei Bildebenen enthalten.

Abbildung 14.20 ▸
Die obere Ebene sorgt für den Bildausschnitt.

Wenn die oberste Ebene (Frau mit Lippenstift) markiert ist, wird diese Ebene begradigt und entsprechend den Abmessungen dieser Ebene freigestellt. Die untere Ebene bleibt in der Kopie des Bildes als Fragment erhalten. Doch was passiert, wenn die untere der beiden Fotoebenen markiert wird? Das Ergebnis sehen Sie in der folgenden Abbildung. Die obere Bildebene bleibt innerhalb der Abmessungen der unteren Ebene erhalten.

◂ **Abbildung 14.21**
Die untere Ebene bestimmt den Ausschnitt, erhält aber einen Teil der oberen Ebene.

14.3.3 Bedingte Modusänderung

Bei der bedingten Modusänderung werden Dateien umgewandelt, wenn sie einem vorgegebenen Kriterium entsprechen – und anderenfalls nicht. Dazu ein Beispiel: Stellen Sie sich vor, Sie müssen aus RGB-Bildern CMYK-Dateien (zur Weitergabe an die Druckerei) erzeugen. Natürlich könnten Sie alle Bilder über die Stapelverarbeitung umwandeln. Das Problem ist aber: Wären in diesen Ordnern auch Graustufenbilder, würden auch diese während der Stapelverarbeitung in den Modus CMYK konvertiert – und das ist natürlich nicht gewünscht.

Sie müssen Photoshop also sagen: »Schau dir den Bildordner an, und wandle alle RGB-Dateien in CMYK-Dateien um. Solltest du aber auf ein Graustufenbild stoßen, lass die Finger davon!«

Anders ausgedrückt bedeutet das: Wenn die Voraussetzung erfüllt ist, dass es sich um eine RGB-Datei handelt, dann wird sie umgewandelt. Ist die Voraussetzung nicht erfüllt, passiert gar nichts. Die Voraussetzung selbst wird im Frame QUELLMODUS festgelegt. Hier entscheiden Sie sich für mindestens eine Bedingung, die gegeben sein muss, damit eine Modusänderung stattfindet. Öffnen Sie den Dialog über DATEI • AUTOMATISIEREN • BEDINGTE MODUSÄNDERUNG.

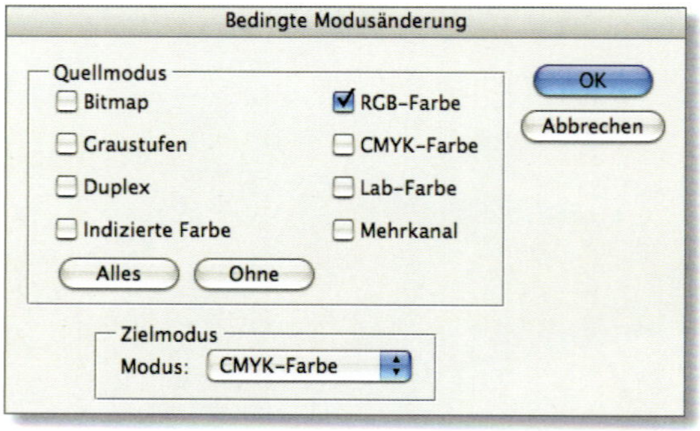

Abbildung 14.22 ▸
Legen Sie die Bedingungen fest, die für eine Modusänderung erfüllt sein müssen.

Photoshop wendet jetzt den Schritt auf alle Dateien an, die im RGB-Modus vorliegen. Stößt das Programm jedoch auf andere Modi (z. B. ein Graustufenbild), wird die Modusänderung nicht ausgeführt.

14.3.4 Bild einpassen

Wählen Sie innerhalb einer Aktionsaufzeichnung DATEI • AUTOMATISIEREN • BILD EINPASSEN, und geben Sie das Maß ein, in das die Bilder einer Stapelverarbeitung eingepasst werden sollen. Besonders zu erwähnen ist, dass dabei keine proportionale Veränderung stattfindet, sondern die durch BILD EINPASSEN zur Verfügung gestellte Fläche optimal ausgenutzt wird.

Dazu ein Beispiel: Sie veranlassen über BILD EINPASSEN eine Abmessung von 400×400 Pixeln. Wenn nun ein Bild mit den Abmessungen 600×300 geöffnet wird, skaliert Photoshop die größte Seite auf 400 und reduziert die kürzere Seite entsprechend proportional. Das Bild hätte nach dem Stapeldurchlauf die Abmessungen 400×200.

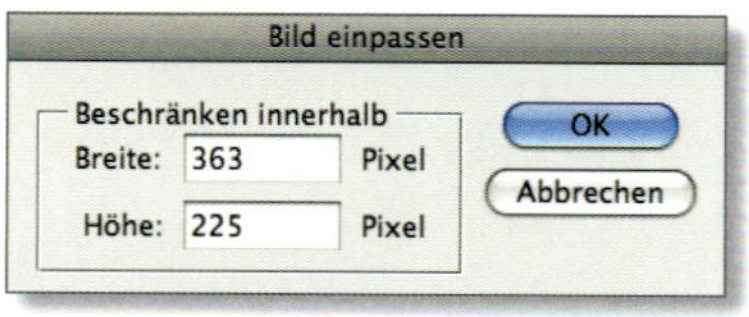

Abbildung 14.23 ▸
Dadurch, dass keine festen Maße, sondern »Beschränkungen« festgelegt werden, wird eine unproportionale Verzerrung ausgeschlossen.

Kapitel 15

Ausgabe

Dateien drucken und für das Web vorbereiten

- Wie werden Bilder auf dem Tintenstrahldrucker ausgegeben?
- Wie setze ich die Farbumfangwarnung ein?
- Wie werden meine Bilder für die Verwendung im Internet vorbereitet?
- Wie halte ich GIF-Dateien möglichst klein?
- Wie können große Bilddateien für das Internet vorbereitet werden?

15 Ausgabe

Raus damit! – Klar, dass Sie nach allen Strapazen der modernen Bildbearbeitung Ihr Endprodukt individuell ausgeben wollen. Wenn Sie Ihren Dateien einen Platz im World Wide Web gönnen, geht kein Weg am Dialog Für Web speichern vorbei. Nach wie vor attraktiv sind aber auch die klassischen Papierabzüge. »Da hat man wenigstens etwas in der Hand«, ist man geneigt zu sagen. Damit aber am Ende Ihre Photoshop-Arbeiten würdig präsentiert werden, muss auch beim Druck alles stimmen. Alles andere hieße sonst »Endstation Papierkorb«.

15.1 Dateien mit dem Tintenstrahldrucker ausgeben

CMYK-Bilder drucken

Wenn Sie Ihre Bilder bereits in Photoshop in das CMYK-Format umwandeln, ist zu erwarten, dass der Druck wesentlich schlechter wird. Natürlich gilt das nur für den Druck am heimischen Tintenstrahl- bzw. Farblaserdrucker. In der professionellen Druckvorbereitung ist die Umwandlung in CMYK ein Muss – es sei denn, Ihre Druckerei kümmert sich selbst um die Druckvorbereitung des Fotos.

Für die Ausgabe von Druckdateien mit dem heimischen Tintenstrahl- oder Farblaserdrucker sollten Sie Ihre Farbbilder grundsätzlich in RGB belassen. Zwar verwendet der Drucker ebenfalls das CMYK-Farbmodell (immerhin wird auch dort mit Cyan, Magenta, Gelb und Schwarz gearbeitet), doch sollten Sie das Farbmanagement lieber Ihrem Drucker überlassen. ■ Der macht das nämlich ganz von selbst und kann das nebenbei auch noch richtig gut.

15.1.1 Schnell drucken

Wenn Sie keine Einstellungen vornehmen, sondern einfach nur ruck, zuck etwas drucken wollen, entscheiden Sie sich für Datei • Eine Kopie drucken (alternativ: Strg/⌘+Alt/⌥+⇧+P), gefolgt von ↵). Dann kommt die Datei gleich zu Papier – es sei denn, das Bild ist größer als das maximal druckbare Format Ihres Druckers. In diesem Fall gibt die Anwendung einen Warnhinweis.

Jetzt haben Sie zwei Möglichkeiten: Entweder Sie klicken auf Abbrechen und verkleinern das Bild anschließend manuell in Photoshop, oder Sie nehmen in Kauf, dass die Ränder abgeschnitten werden, wenn Sie auf Fortfahren drücken.

◂ **Abbildung 15.1**
Wenn Sie jetzt FORTFAHREN, werden Randbereiche der Datei nicht mit gedruckt.

15.1.2 Der Drucken-Dialog

Natürlich ist es nicht zu empfehlen, ein Foto gleich zu Papier zu bringen, denn dabei haben Sie ja keinerlei Einstellmöglichkeiten. In den meisten Fällen werden Sie eher daran interessiert sein, Qualitätsausdrucke zu erzeugen – und dann sollten Sie die Möglichkeiten nutzen, die Photoshop in seinem Druckdialog zur Verfügung stellt.

Schritt für Schritt: Dateien mit dem Photoshop-Dialog drucken

Bilder/Druck.tif

Falls Sie die hier erwähnten Schritte eins zu eins nachvollziehen möchten, verwenden Sie bitte die Datei »Druck.tif« aus dem Ordner BILDER. Über DATEI • DRUCKEN bzw. die Tastenkombination [Strg]/[⌘]+[P] öffnen Sie den Druckdialog.

▾ **Abbildung 15.2**
Der DRUCKEN-Dialog wirkt zunächst recht übersichtlich.

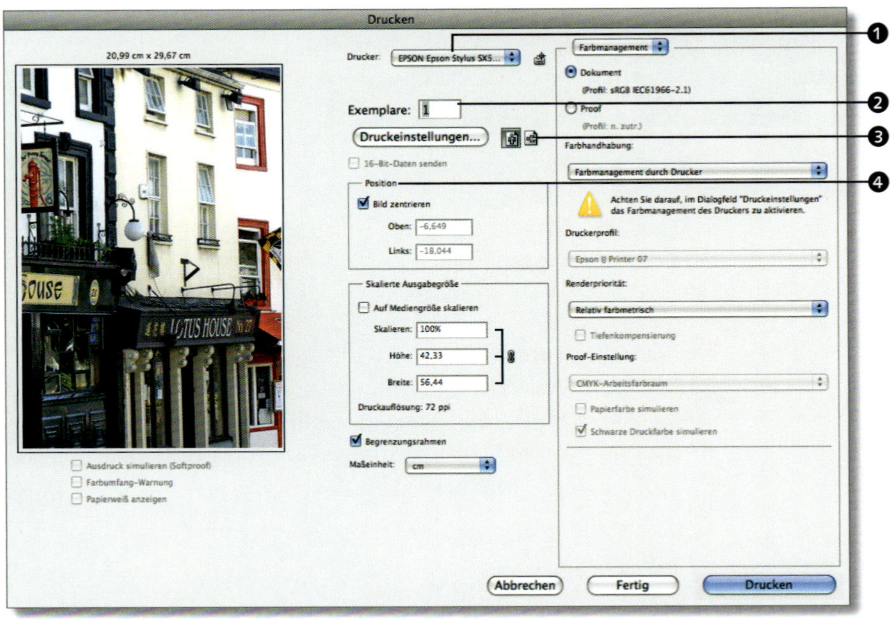

1 Drucker auswählen

Photoshop wird im obersten Pulldown-Menü ❶ standardmäßig den installierten Drucker anbieten. Wenn dem System aber mehrere Drucker zur Verfügung stehen, können Sie hier den geeigneten auswählen. Gleich unterhalb wird dann die Anzahl der Ausdrucke festgelegt (EXEMPLARE) ❷.

2 Seite einrichten

Möchten Sie wie in unserem Beispiel nur ein einziges Mal auf Querformat umstellen, benutzen Sie den rechten der beiden Buttons, die sich neben der Schaltfläche DRUCKEINSTELLUNGEN zeigen ❸, um die Anordnung des Druckmediums entsprechend zu ändern. Sobald Sie den rechten Button anklicken, wird auch die Vorschau auf der linken Seite entsprechend geändert.

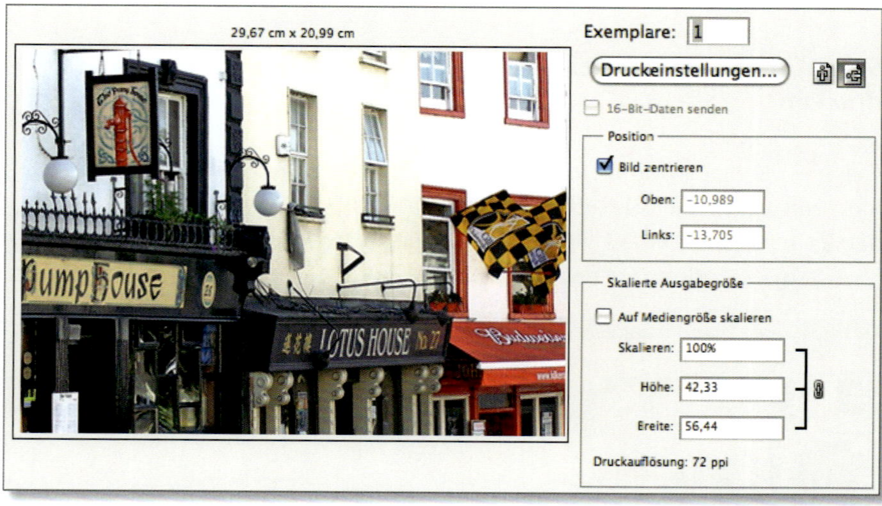

▲ **Abbildung 15.3**
Die Ansicht wurde gedreht und zeigt sich nun im Querformat.

3 Drucker einstellen

Der Button DRUCKEINSTELLUNGEN ist zudem sehr wichtig. Er ermöglicht nämlich die Einstellung Ihres Druckers, ohne den Druckdialog von Photoshop verlassen zu müssen. Hier würden Sie beispielsweise den gewünschten Bedruckstoff (z. B. Fotopapier) einstellen.

◂ **Abbildung 15.4**
Je nach verwendetem Betriebssystem und Drucker unterscheiden sich die Dialoge gewaltig, die Sie über den Button DRUCKEINSTELLUNGEN erreichen können.

4 Zentrierung aufheben

Etwas darunter befindet sich der Frame POSITION ❹. Hier können Sie die Anwendung veranlassen, die automatische Zentrierung des Ausdrucks auf dem Druckbogen aufzuheben. Wenn Sie das Häkchen aus der Checkbox BILD ZENTRIEREN entfernen, werden die Steuerelemente darunter anwählbar. Im Anschluss daran können Sie die gewünschte Position angeben, indem Sie auf das Eingabefeld OBEN doppelklicken, den gewünschten Wert eingeben und anschließend mit [⇥] in das Feld LINKS springen. ■

Achten Sie aber darauf, dass Sie für den nicht druckbaren Bereich direkt am Rand etwas Platz einhalten – sofern Sie nicht randlos drucken wollen. Entscheiden wir uns doch in beiden Fällen für »2 cm«. Die Druckbogen-Voransicht wird dabei laufend aktualisiert.

Achten Sie auf negative Vorzeichen!

Achten Sie darauf, dass beide Zahlen im Beispiel negative Vorzeichen haben. Das liegt daran, dass das Bild derzeit noch viel zu groß ist, um auf DIN A4 ausgedruckt werden zu können. Wenn Sie auf die Eingabefelder HÖHE und BREITE doppelklicken, werden jetzt lediglich die Ziffern und Kommata markiert, nicht jedoch die Minuszeichen. Um auch die Vorzeichen zu selektieren, müssen Sie dreifach klicken.

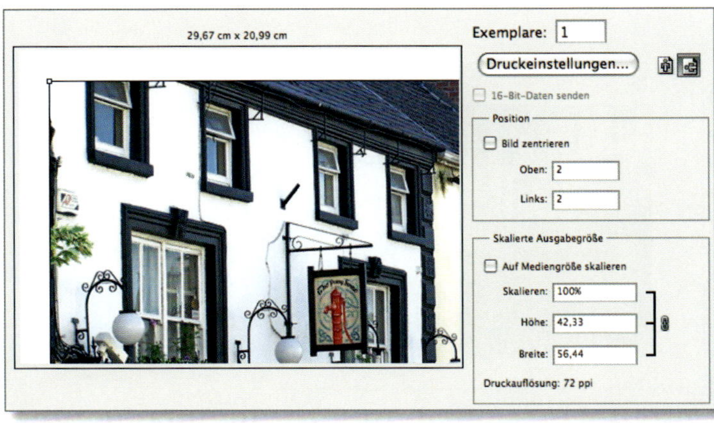

◂ **Abbildung 15.5**
Das Foto wird mit jeweils 2 cm Abstand von der oberen linken Ecke des Druckbogens ausgegeben.

5 Auf Mediengröße skalieren

Falls Sie sich jetzt fragen, warum wir uns nicht stattdessen für die Funktion darunter, Auf Mediengrösse skalieren ❶, entschieden haben (immerhin würde das Bild doch dann an den Druckbogen angepasst), lassen Sie mich so argumentieren: Zum einen sollten Sie das nur dann machen, wenn Sie randlos drucken wollen (Sie können nämlich dann keinen Rand mehr definieren), zum anderen würde das Bild nur mit einer Druckauflösung von etwa 150 ppi ❷ gedruckt.

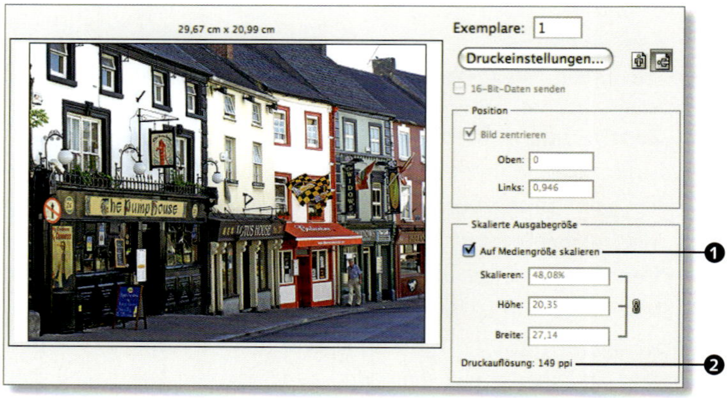

Abbildung 15.6 ►
Bei der automatischen Skalierung auf Mediengröße wird das Foto nur mit ca. 150 ppi ausgegeben.

Das können Sie kontrollieren, indem Sie Auf Mediengrösse skalieren anwählen und dann unterhalb die Auflösung ablesen. (Beachten Sie dazu bitte die Hinweise in Kapitel 16, »Fachkunde«.) Anschließend müssen Sie die Checkbox Auf Mediengrösse skalieren leider wieder abwählen und den Wert im Eingabefeld Skalieren ändern. Legen Sie doch hier zunächst einmal »40%« fest.

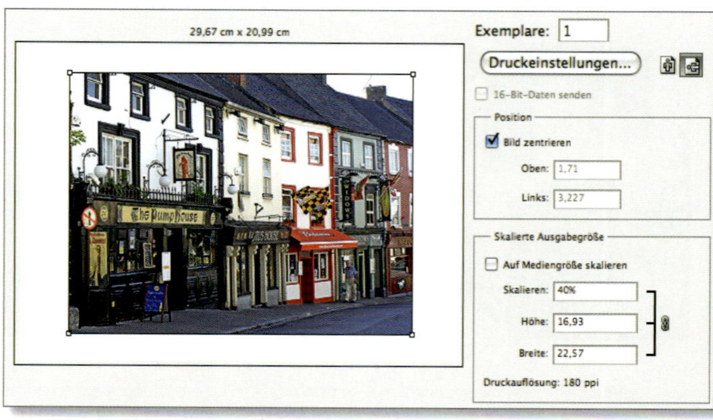

Abbildung 15.7 ►
Zum ersten Mal ist das Foto kleiner als der Druckbogen.

Nun ergibt sich, dass 40% immer noch zu groß ist, um das Foto qualitativ hochwertig auszugeben. Immerhin benötigen Sie für einen anständigen Druck auf Fotopapier mindestens 220 ppi. Damit Sie das Bild an diese Anforderung anpassen können, sollten Sie einen der Eckanfasser in der Vorschauminiatur bewegen und so das Bild nach und nach von Hand skalieren ■, bis die Druckauflösung mit mindestens 220 ppi angegeben ist. Das dürfte bei etwa 32,6% der Fall sein.

Begrenzungsrahmen

Die Skalierung von Hand ist nur dann möglich, wenn weiter unten BEGRENZUNGSRAHMEN angewählt ist. Dies ist standardmäßig auch der Fall. Sollten jedoch keine Rahmen angezeigt werden, kontrollieren Sie, ob die Checkbox aktiv ist.

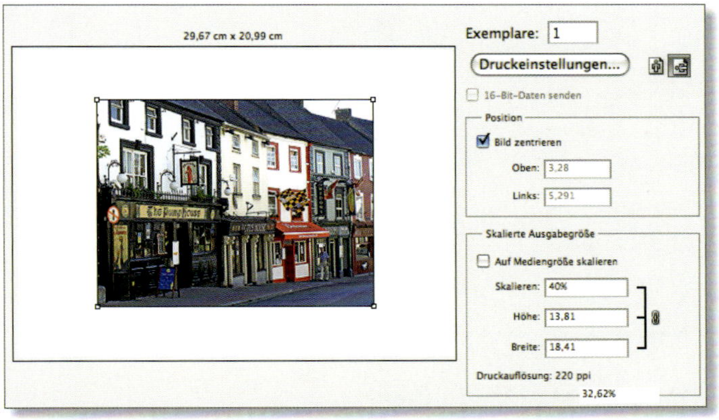

◂ **Abbildung 15.8**
Damit sind die Mindestanforderungen für den Fotodruck erreicht.

6 Optional: Foto umpositionieren

Sie könnten übrigens das Foto auch auf dem Druckbogen umpositionieren, indem Sie die Maus auf die Bildminiatur stellen und diese per Drag & Drop verschieben. Das geht natürlich nur, wenn zuvor BILD SKALIEREN deaktiviert wurde.

7 Farbmanagement festlegen

Für den Ausdruck auf dem Tintenstrahler gilt: Lassen Sie die Farbverwaltung vom Drucker übernehmen! Der kann das wirklich gut. Widmen Sie sich deshalb dem rechten Frame, und lassen Sie im Pulldown-Menü FARBHANDHABUNG den Eintrag FARBVERWALTUNG DURCH DRUCKER stehen. (Achten Sie aber auch später im Dialogfeld des Druckers darauf, dass die Farbverwaltung dort aktiviert ist.)

Wenn Sie im Flyout-Menü RENDERPRIORITÄT den Wert RELATIV FARBMETRISCH stehen lassen, wird ein Weißabgleich durchgeführt, der die Farben geringfügig verschieben kann. Damit ist die Farbverbindlichkeit zwar nicht mehr absolut gegeben, doch sind die Ergebnisse absolut zufriedenstellend. Sie sollten diese Einstellung beibehalten.

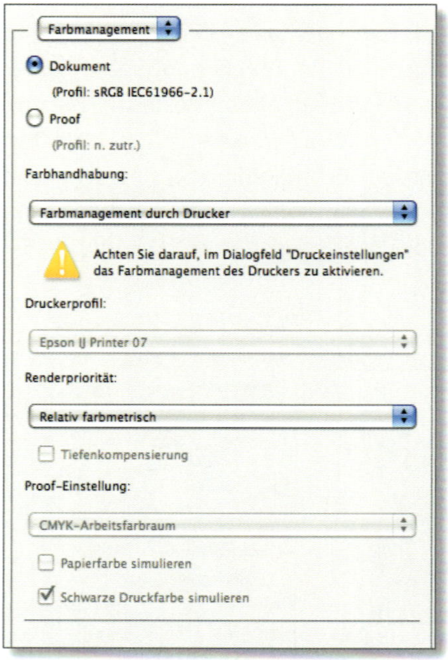

Abbildung 15.9 ▶
Überlassen Sie das Farbmanagement dem Drucker.

8 Optional: Marken drucken

Wenn Sie zusätzlich noch Schnittmarken, Passermarken oder Ähnliches mit auf den Druckbogen bringen wollen, schalten Sie das Pulldown-Menü oben rechts auf AUSGABE um. Die Objekte, deren Checkboxen Sie aktivieren, werden in der Druckbogenminiatur ebenfalls angezeigt.

Abbildung 15.10 ▼
In der rechten Spalte lässt sich anhaken, was mit ausgegeben werden soll.

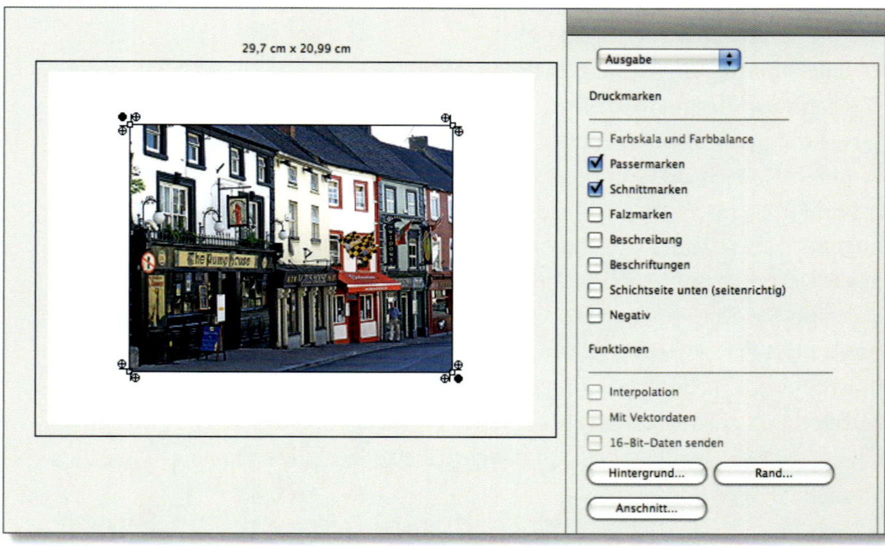

9 Optional: Anschnitt definieren

Prinzipiell werden Sie derartige Funktionen beim Tintenstrahl-Ausdruck vernachlässigen, da diese doch eher in die Rubrik der professionellen Druckvorbereitung fallen. Dennoch könnten zumindest die Schnittmarken interessant werden, falls Sie nämlich später ein Foto auf dem Schneidebrett ausschneiden wollen. In diesem Fall aktivieren Sie die Checkbox SCHNITTMARKEN und klicken anschließend auf den Button ANSCHNITT. Über den Dialog können Sie jetzt festlegen, wie weit die Schnittmarken vom Bildrand aus nach innen gerückt werden sollen. ■ Jetzt müssen Sie nur noch auf DRUCKEN klicken, und der Druck beginnt! ■

▲ **Abbildung 15.11**
Durch diese Einstellungen werden die Schnittmarken um 3 mm nach innen versetzt.

15.2 Dateien für den professionellen Druck vorbereiten

Wenn Sie Dateien erzeugen möchten, die auf einer Druckmaschine ausgegeben werden sollen, ist es sinnvoll, einige grundlegende Vorgehensweisen zu beherzigen. Nun soll und kann an dieser Stelle kein komplettes Druckvorbereitungsmanagement erläutert werden. Einige markante Eckpunkte sollen dennoch Erwähnung finden.

Keine Randdefinition

Wenn Sie jetzt die naheliegende Vermutung hegen, im Dialog ANSCHNITT einfach einen negativen Wert eingeben zu können, um die Schnittmarken so weit nach außen zu setzen, dass um das Foto herum ein hübscher Rand entsteht, der später beim Schneiden erhalten bleibt, werden Sie enttäuscht sein. Minuszeichen nimmt Photoshop hier leider nicht an. So etwas sollten Sie deshalb über die Taste RAND definieren.

Schritt für Schritt: Professionelle Druckvorbereitung

Stellen Sie zunächst die Beispieldatei »Druck.tif« in Photoshop zur Verfügung. Falls der DRUCKEN-Dialog aus dem vorangegangenen Workshop noch geöffnet ist, brechen Sie ihn bitte ab.

Bilder/Druck.tif

1 Farbumfang prüfen

Zunächst einmal sollten Sie sich ansehen, wo sich in Ihrem Bild mögliche Probleme beim Vierfarbdruck ergeben könnten. Es sind nämlich längst nicht alle Farben druckbar, die im RGB-Modus angezeigt werden können. Die Anzeige schalten Sie über ANSICHT • FARBUMFANG-WARNUNG oder über Strg/⌘+⇧+Y ein. Jetzt werden im Zielbild alle Bereiche grau angezeigt, in denen es beim Konvertieren Farbabweichungen geben wird. Im Klartext: Sie sehen, welche Bildbereiche nach einer Umwandlung in CMYK nicht mehr so aussehen werden wie zuvor. Aber dazu später mehr.

Abbildung 15.12 ►
Hier sind zwei markante Punkte, die bei aktivierter Farbumfangwarnung bemängelt werden.

2 Andere Farbe einstellen

Je nach Quellbild ist Grau als Warnfarbe möglicherweise nicht so gut geeignet. Ändern Sie in diesem Fall die Farbe für die Farbumfangwarnung. Gehen Sie dazu über Bearbeiten/Photoshop • Voreinstellungen • Transparenz & Farbumfang-Warnung. Klicken Sie auf das Farbfeld im Frame Farbumfang-Warnung, und ändern Sie die Farbe wunschgemäß über den sich öffnenden Farbwähler.

Abbildung 15.13 ▼
Hier können Sie die Farbe einstellen, die zur Farbumfangwarnung angezeigt werden soll.

3 Farbeinstellungen

Spätestens jetzt sollten Sie sich um die grundsätzlichen Farbeinstellungen innerhalb von Photoshop kümmern. Nun gibt es an dieser Stelle jedoch zwei unterschiedliche Wege. Es kommt nämlich darauf an, ob Sie Photoshop als Einzelapplikation oder innerhalb einer Creative Suite betreiben.

4 Farbeinstellungen nur in Photoshop

Wenn Sie lediglich Photoshop betreiben, gehen Sie jetzt auf Bearbeiten • Farbeinstellungen. Öffnen Sie das oberste Pulldown-

Menü, und legen Sie hier EUROPA, UNIVERSELLE ANWENDUNGEN 3 fest; es sei denn, Ihre Druckerei gibt etwas anderes vor. Bestätigen Sie mit OK.

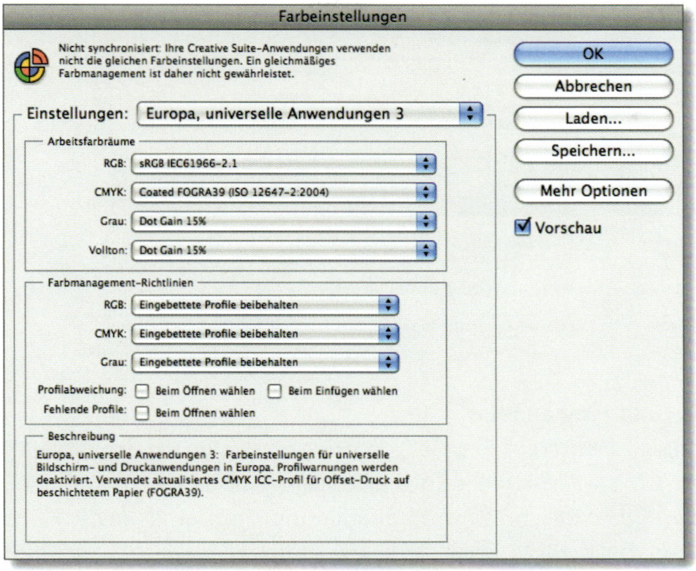

◂ **Abbildung 15.14**
Hier lassen sich die Photoshop-Farbeinstellungen vornehmen.

5 Farbeinstellungen innerhalb einer Creative Suite

Sollten Sie Photoshop nicht als einzelne Anwendung, sondern innerhalb einer Creative Suite betreiben, finden Sie in der oberen linken Ecke des Dialogs einen kleinen Farbkreis. Dieser zeigt an, ob die gesamte Suite dasselbe Profil verwendet (der Kreis ist geschlossen) oder ob innerhalb der Suite-Applikationen auf unterschiedliche Farbeinstellungen zurückgegriffen wird (ein Viertel des Kreises tritt heraus).

Nun ist es angezeigt, die Farbeinstellungen innerhalb der Bridge vorzunehmen. Dort haben Sie nämlich die Möglichkeit, die Einstellungen auf sämtliche Suite-Applikationen gleichermaßen wirksam werden zu lassen. (Machen Sie das in Photoshop, sind die gewählten Einstellungen auch nur dort wirksam.) Wechseln Sie zu Bridge, und gehen Sie auf BEARBEITEN • CREATIVE SUITE-FARBEINSTELLUNGEN. Wählen Sie aus der Mitte das gewünschte Farbprofil per Mausklick aus, und betätigen Sie ANWENDEN. Nach einem Neustart der Anwendungen verfügt die gesamte Suite über die gleichen Farbeinstellungen, und der Farbkreis oben links wird synchronisiert (geschlossen) dargestellt.

Abbildung 15.15 ▸
Nehmen Sie Farbeinstellungen für die gesamte Suite in Bridge vor.

6 Bild umwandeln

Zurück zu unserem Beispielfoto: Hier muss eine Umwandlung in den CMYK-Farbraum erfolgen (Bild • Modus • CMYK-Farbe), sofern das Belichtungsstudio oder die Druckerei keine RGB-Daten bevorzugt. Dass die Umwandlung in ein Vierfarbfoto gelungen ist, sehen Sie zum einen an der Kopfleiste, zum anderen am Kanäle-Bedienfeld (Fenster • Kanäle). Hier gibt es jetzt nämlich kein RGB mehr, sondern CMYK.

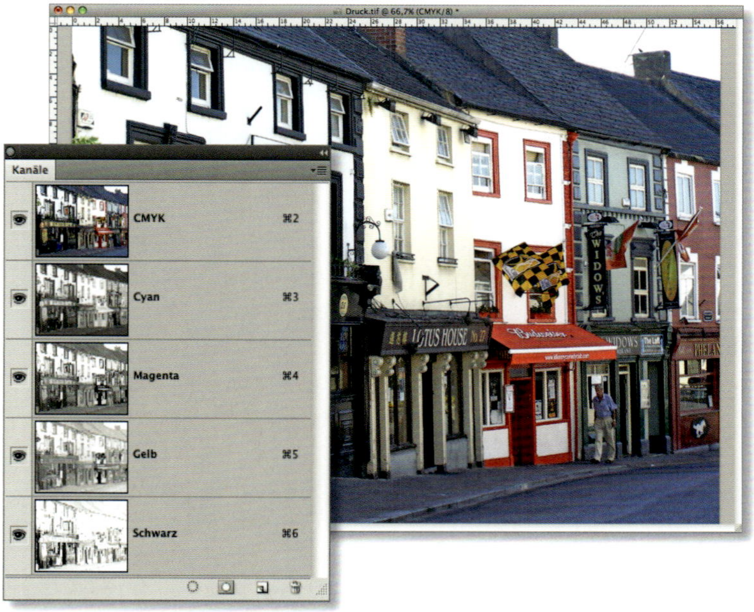

Abbildung 15.16 ▸
Das Foto wurde konvertiert …

Abbildung 15.17 ▸
… und verfügt jetzt über vier Farbkanäle.

7 Platten-Vorschau anzeigen

Über Ansicht • Proof einrichten • [X]-Platte Arbeitsfarbraum können Sie sich nun eine Vorschau der einzelnen Druckplatten anzeigen lassen. Entsprechendes geht aber auch, wenn Sie kurzzeitig nur eines der vier Augen-Symbole im Kanäle-Bedienfeld aktivieren.

◄ **Abbildung 15.18**
Dort, wo schwarze Bildelemente vorhanden sind, kommt es in der jeweiligen Farbe zum Farbauftrag Cyan (oben links), Magenta (oben rechts), Yellow (unten links) und Schwarz (unten rechts).

8 Farbauftrag begutachten

Für den Farbauftrag gibt es Grenzwerte, die generell nicht überschritten werden sollen. So ist es zum Beispiel nicht sinnvoll, eine Farbe zu 100% aufzutragen. Wie viel maximal aufgetragen werden darf, ist nicht zuletzt auch vom Bedruckstoff abhängig. Gestrichenes (beschichtetes) Papier verträgt gewöhnlich viel mehr Farbe als saugstarkes Zeitungspapier. Ihre Druckerei wird Ihnen hier entsprechende Informationen geben.

Damit Sie aber bereits im Vorfeld selbst prüfen können, ob es an problematischen Bildstellen zu hohen Farbaufträgen kommt, sollten Sie das Bedienfeld Info einmal öffnen. Sie finden einen entsprechenden Eintrag im Menü Fenster. Jetzt stellen Sie die Maus auf das Foto (beispielsweise auf das blaue Schild) und lesen die Werte ab, die in der Info-Palette gezeigt werden. In diesem Fall ist zu erwägen, ob Sie die Farben entsprechend nachbearbeiten (z. B. über die Gradationskurven).

▲ **Abbildung 15.19**
Das Blau des Schildes ist ja eingangs bereits durch die Farbumfangwarnung negativ in Erscheinung getreten.

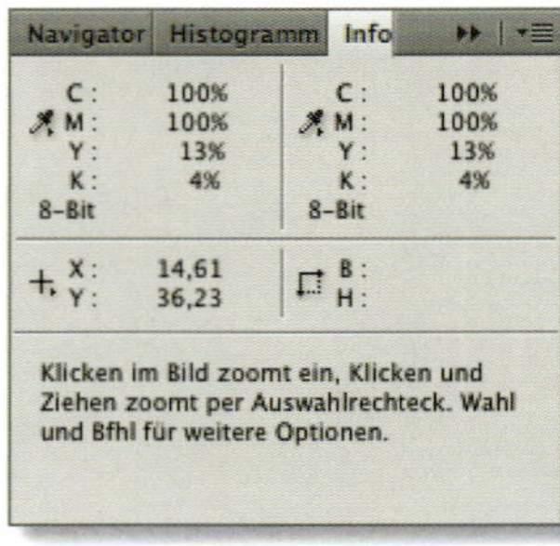

▲ **Abbildung 15.20**
Der Grund: Es kommt sowohl im Cyan- als auch im Magenta-Kanal zu jeweils 100% Farbauftrag. ■

15.3 Dateien für das Web speichern

Auch im Zeitalter von DSL gilt: Webbilder müssen klein sein. Denn je kleiner ein Bild ist, desto weniger Ladezeit wird benötigt. Auch heute noch müssen Sie noch an Modem-User denken. Wenn Ihre Homepage-Besucher warten müssen, weil die Bilddateien zu groß sind, surfen sie weiter, ehe sich Ihre Seite aufgebaut hat.

Schritt für Schritt: Ein Bild für den Internet-Einsatz vorbereiten

Bilder/Druck.tif

Die JPEG-Kompression macht schon einiges möglich. Dateien werden richtig schön klein, und der Qualitätsverlust hält sich in Grenzen. Trotzdem ist an der Beispieldatei »Druck.tif« noch einiges zu verbessern, denn das Original ist immerhin knapp 5,5 MB groß (im Modus RGB). Das können Sie übrigens gut im Fuß des Bildfensters oder im Bildgrösse-Dialog ablesen. – Falls Sie den vorigen Workshop nachvollzogen haben, machen Sie jetzt bitte die Konvertierung in CMYK wieder rückgängig.

1 Web-Dialog öffnen

Wählen Sie DATEI • FÜR WEB UND GERÄTE SPEICHERN, oder entscheiden Sie sich für die Tastenkombination [Strg]+[Alt]+[⇧]+[S] bzw. auf dem Mac [⌘]+[⌥]+[⇧]+[S]. Vorsicht! Dieses Kürzel verlangt Ihnen besonders am Mac die Akrobatik einer asiatischen Fingertänzerin ab.

▼ **Abbildung 15.21**
Das Foto wird im Web-Dialog dargestellt.

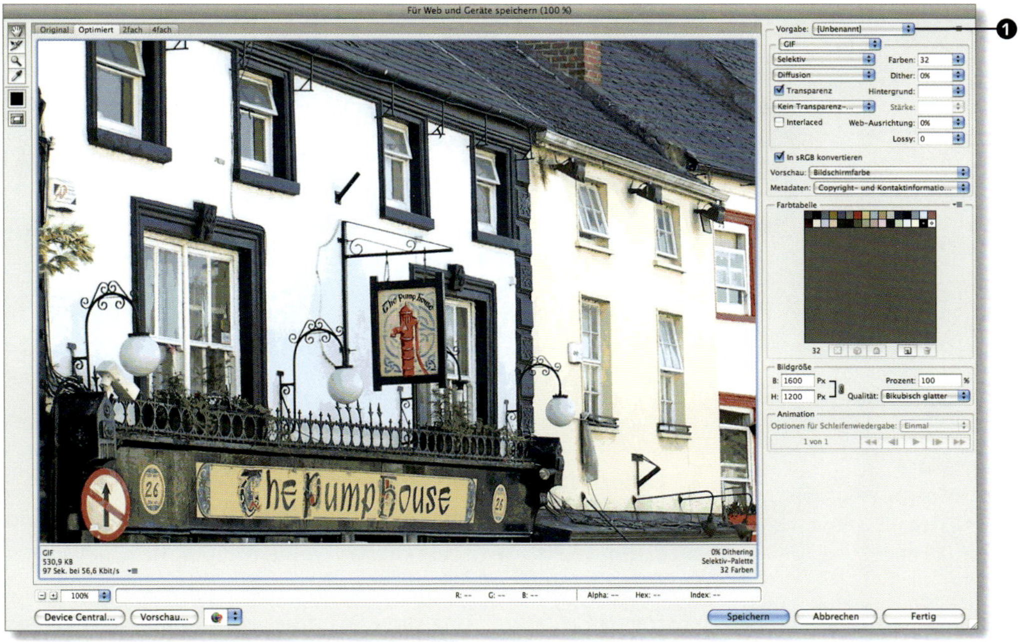

Der Dialog sieht doch gar nicht sonderlich spektakulär aus, oder was meinen Sie? Das wird sich aber gleich ändern.

2 Format wählen

Öffnen Sie zunächst das oberste Pulldown-Menü, VORGABE ❶, und stellen Sie das Format JPEG HOCH ein. Dies ist das geeignete Format für Bilder. Wenn Sie hingegen mit Grafiken arbeiten, die aus ebenmäßigen Flächen bestehen, sollten Sie hier GIF wählen. ■

PNG-Format

Das Format PNG ist ein ähnlich leistungsstarkes Kompressionsverfahren wie JPEG oder GIF. Dabei ist PNG-8 prinzipiell vergleichbar mit GIF, während PNG-24 eine Alternative zu JPEG darstellt.

3 Ansicht ändern

Wenn Sie ganz oben links auf die Registerkarte 4FACH ❷ klicken, werden Ihnen vier Vergleichsalternativen angeboten. Unterhalb der Bilder lassen sich dann auch gleich die Dateigrößen ❸ ablesen. Vergleichen Sie das Original mit dem JPEG (oben rechts). Die Datei ist also in diesem Format schon wesentlich kleiner.

Abbildung 15.22 ▲
Die Dateigröße schrumpft bei Verwendung der JPEG-Kompression beträchtlich.

4 Ladezeitanzeige ändern

In der dritten Zeile werden die Ladezeiten angezeigt, die das Bild benötigen würde. Ausgehend von einem 56,6-Kbit/s-Modem betrüge diese also satte 100 Sekunden.

Derartige Modems sind durchaus noch im Umlauf, weshalb es sinnvoll ist, sich an diesem Wert zu orientieren. Sollten Sie allerdings wissen, dass Ihre Besucher über DSL verfügen, können Sie die Ladezeitanzeige entsprechend ändern. Klicken Sie dazu auf die kleine Listen-Schaltfläche rechts neben diesem Wert.

Abbildung 15.23 ▸
Falls es erwünscht ist, lässt sich die Ladezeitvorgabe ändern.

5 Bildgröße verändern

Jetzt sollten Sie sich auf die BILDGRÖSSE ❺ konzentrieren. Hier sollten Sie die Abmessung ändern, da das Foto ja für die Darstellung auf einer Webseite viel zu groß ist. Für die Präsentation als Beiwerk wäre unser Bild mit einer Breite von 400 Px ausreichend groß. Wenn Sie dieses Maß eingeben, verändert sich die Höhe proportional mit (im Beispiel: 300 Px). ■ Im Anschluss müssen Sie den Wert aber explizit an Photoshop übergeben. Drücken Sie dazu [⇥], um das Breiten-Eingabefeld zu verlassen. Die Anwendung reagiert sofort.

Abmessungen unproportional verändern

Wenn Sie ein Maß ändern, verändert sich das andere Maß proportional mit. Eine unproportionale Veränderung können Sie einstellen, wenn Sie zuvor auf das Ketten-Symbol klicken.

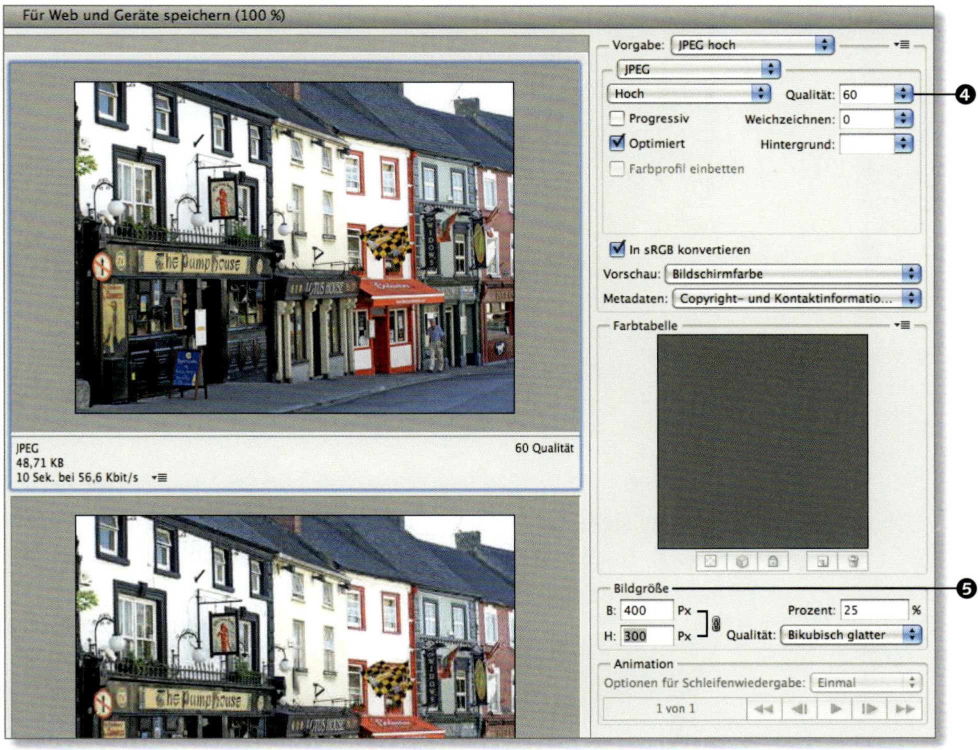

▲ **Abbildung 15.24**
Das Foto wird sofort kleiner dargestellt; die Dateigröße ist ebenfalls enorm geschrumpft.

Sie sehen, dass das Bild in Qualität »60« ❹ jetzt weniger als 49 KB groß ist und dass die Ladezeit mit dem 56,6-Kbit/s-Modem nur noch 10 Sekunden betrüge.

6 Qualität reduzieren

Nun sollten Sie noch versuchen, die QUALITÄT zu reduzieren. Wenn Sie auf »0« gehen, haben Sie zwar die kleinstmögliche Dateigröße erreicht, die JPEG-Artefakte werden allerdings nicht gerade ein zufriedenstellendes Ergebnis liefern. Schalten Sie oben links einmal auf 2FACH um, und zoomen Sie mit der Lupe auf der linken Seite etwas ein.

Abbildung 15.25 ▶
Hier ist von Qualität keine Rede mehr!

Erhöhen Sie jetzt den Wert QUALITÄT langsam, bis Ihnen die Darstellung gefällt. Mit einer Qualitätseinstellung um »30« sollte bei 100% Darstellung (Doppelklick auf das Zoom-Werkzeug) ein noch akzeptables Resultat erzielt werden.

Abbildung 15.26 ▶
Das kann man gelten lassen.

7 Browser einrichten

Wenn Sie vorab begutachten möchten, wie sich Ihre Datei im Standardbrowser macht, müssen Sie diesen zunächst einrichten. Klicken Sie dazu unten rechts im Fenster auf die kleine Dreieck-Schaltfläche (neben der Weltkugel mit dem Fragezeichen). In der Liste entscheiden Sie sich für LISTE BEARBEITEN.

Im nächsten Dialog klicken Sie auf HINZUFÜGEN und stellen dort den Browser ein, dem Sie den Vorzug geben möchten. Mit ÖFFNEN wird dieser hinzugefügt. Bevor Sie nun mit OK bestätigen, klicken Sie auf ALS STANDARD FESTLEGEN.

8 Foto erzeugen

Danach können Sie das Ganze einmal in Ihrem Standardbrowser ansehen, wenn Sie unten links auf VORSCHAU klicken. Photoshop präsentiert dann gleich auch noch einige Zusatzinformationen nebst Quellcode.

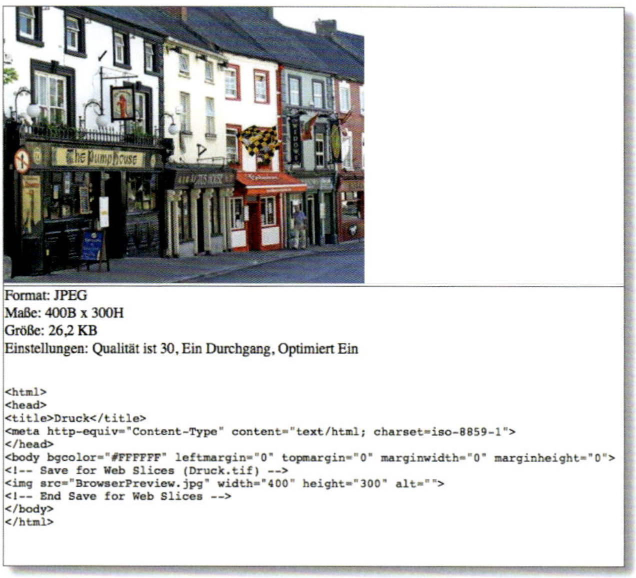

◀ **Abbildung 15.27**
So wird das Foto im Standardbrowser dargestellt.

Zum Schluss klicken Sie auf die SPEICHERN-Schaltfläche. Das Resultat der Kompression heißt »Web.jpg« und weist eine Dateigröße von unter 30 KB auf. Und noch etwas: Sie haben jetzt eine komplett neue Datei aus einem TIF-Bild erzeugt. Denken Sie daran, dass das soeben gewonnene JPEG und die Originaldatei nichts gemeinsam haben. Die Originaldatei bleibt bei dieser Vorgehensweise vollkommen unverändert. ■

15.3.1 Grafiken im Format GIF speichern

Wenn Sie ein Bild erzeugt haben, in dem hauptsächlich farbige Flächen oder Texte vorkommen (z. B. ein Logo), also weder Verläufe noch exorbitante Schatten vorhanden sind, dann bietet sich das Format GIF an. Hier lassen sich die Dateien vor allem über eine Verringerung der verwendeten Farben verkleinern. Markieren Sie dazu eine Farbe, die Sie entfernen wollen, und klicken Sie anschließend auf das Papierkorb-Symbol. Die Dateigröße schrumpft mit jeder Farbe, die Sie entfernen.

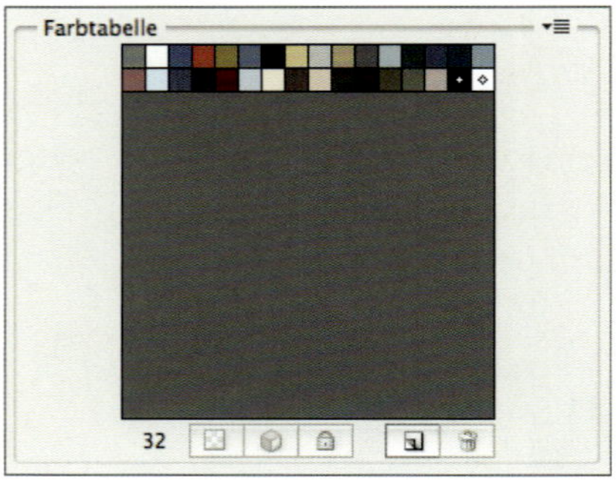

Abbildung 15.28 ▸
Die Farbtabelle einer GIF-Datei

Wenn Sie oben statt SELEKTIV entweder ADAPTIV oder RESTRIKTIV einstellen, werden unterschiedliche Farbtabellen verwendet, die mitunter zu erheblichen Änderungen der Dateigröße bei (fast) gleichbleibender Qualität sorgen.

Kapitel 16

Fachkunde

Hinter den Kulissen (nichts ist, wie es scheint)

- Welche wichtigen Voreinstellungen gibt es?
- Welche unterschiedlichen Farbsysteme gibt es?
- Was ist Farbseparation?
- Was bedeuten »dpi« und »ppi«?
- Wie werden Bilder optimal skaliert?
- Welche Dateiformate sind wichtig?

16 Fachkunde

Nicht nur im Bereich der Voreinstellungen ist Hintergrundwissen gefragt. Etwas Fachkunde erleichtert nämlich ebenfalls den täglichen Umgang mit Photoshop. Haben Sie keine Angst vor der Theorie – Sie werden sehen, dass auch dieser Bereich ganz interessant sein kann. Hier erfahren Sie, was es mit Farbräumen, Interpolationsmethoden & Co. auf sich hat.

16.1 Voreinstellungen – die Schaltzentrale in der Bildbearbeitung

Um die Voreinstellungen bedienbar zu machen, muss nicht, wie sonst üblich, ein Bild geöffnet sein, damit Dialogboxen erreichbar sind. Die Voreinstellungen betreffen allesamt das Programm selbst und können folglich auch direkt nach dessen Start aktiviert werden.

Wir wollen uns die wichtigsten Voreinstellungen ansehen. Während Windows-Anwender über BEARBEITEN zu den VOREINSTELLUNGEN gelangen, wählen Macintosh-Benutzer das Menü PHOTOSHOP.

16.1.1 Allgemeine Voreinstellungen

Wählen Sie im folgenden Dialog zunächst ALLGEMEIN. Falls Sie Tastaturbefehle bevorzugen, erreichen Sie die allgemeinen Voreinstellungen auch über [Strg]/[⌘]+[K]. Das ist auch die einzige Möglichkeit, per Tastatur einen der zahlreichen Voreinstellungsdialoge aufzurufen. Für alle anderen Bereiche ist Durchblättern angesagt. Dazu dienen die Buttons ZURÜCK und WEITER rechts im Dialogfenster.

Erinnern Sie sich an die Skalierung von Fotos? Sie haben dort erfahren, dass bei der flächenmäßigen Vergrößerung einer Bilddatei Pixel hinzugefügt werden. Grundsätzlich haben Sie im Dialog BILD • BILDGRÖSSE die Möglichkeit, eine der hier angebotenen

Optionen zu wählen. Welche dieser Optionen Ihnen aber beim Öffnen des Dialogfensters standardmäßig angeboten werden, legen Sie unter INTERPOLATIONSVERFAHREN fest.

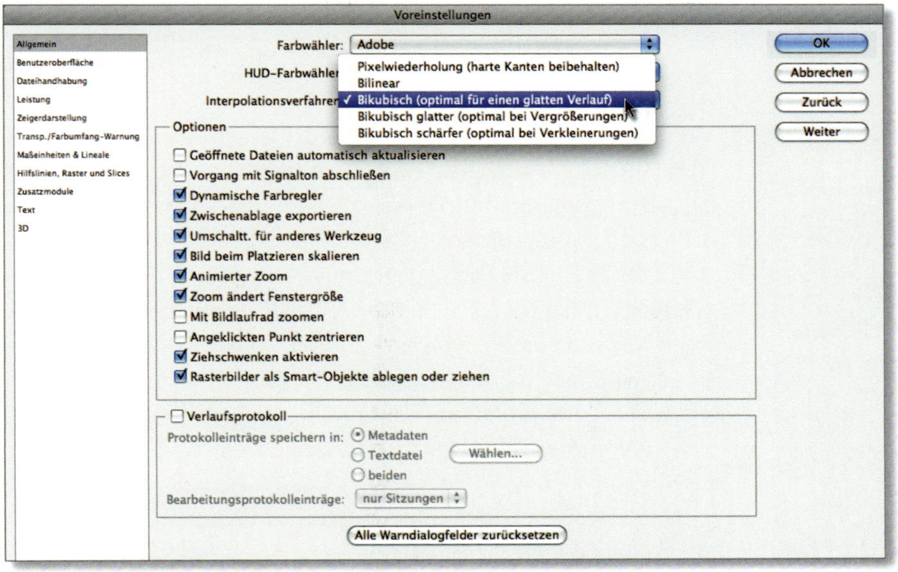

Auf alle Steuerelemente im Frame OPTIONEN gesondert einzugehen, ist sicher müßig, da die Erklärungen in den Quick-Infos zur Funktionsbeschreibung durchaus ausreichen. Lassen Sie die Maus kurz auf einem der Elemente verweilen, um einen entsprechenden Erklärungstext zu sehen.

▲ **Abbildung 16.1**
Standardmäßig ist das Interpolationsverfahren BIKUBISCH voreingestellt.

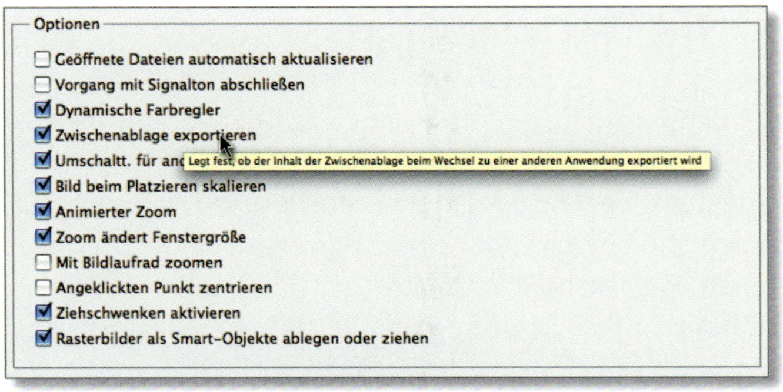

◄ **Abbildung 16.2**
Zeigen Sie kurz auf einen der Einträge, um eine Quick-Info anzeigen zu lassen.

Sie benötigen eine Dokumentation all Ihrer Arbeiten in Photoshop? Setzen Sie zunächst das Häkchen bei VERLAUFSPROTOKOLL, und vergeben Sie anschließend über WÄHLEN einen Namen und Speicherort für die Protokolldatei.

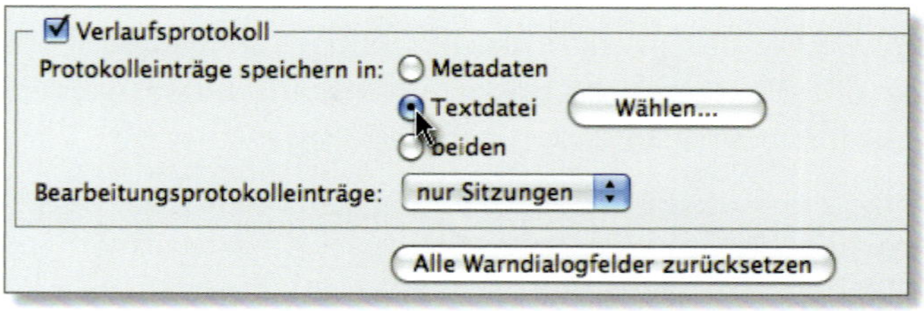

Abbildung 16.3 ►
Vergeben Sie einen Namen für das Protokoll.

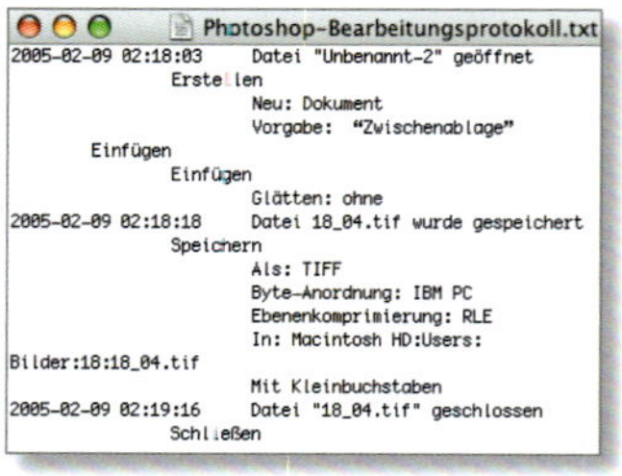

▲ **Abbildung 16.4**
Photoshop glänzt durch akribisch angelegte Protokolle.

Mit BEARBEITUNGSPROTOKOLLEINTRÄGE lassen sich auch detaillierte Aktionen aufzeichnen. Es ist ja durchaus möglich, dass Ihr Auftraggeber anhand einer solchen Liste Ihren tatsächlichen Arbeitsaufwand protokolliert haben möchte.

Als Sie (um ein Beispiel zu nennen) Ihr erstes TIFF-Dokument gespeichert haben, das Ebenen enthielt, gab die Anwendung einen Hinweis aus. Sie wurden darauf hingewiesen, dass die Datei größer wird, wenn Ebenen gespeichert werden. In diesem Dialogfeld war ein Steuerelement vorhanden, das NICHT MEHR ANZEIGEN hieß. Wenn Sie es aktiviert hatten, blieb diese Meldung fortan aus.

Wenn Sie nun mit dem untersten Button ALLE WARNDIALOGFELDER ZURÜCKSETZEN die Hinweise in ihre Ausgangsposition zurückversetzen, werden diese ab sofort wieder angezeigt – zumindest so lange, bis Sie sie abermals von der Bildfläche verbannen. Diese Funktion ist dann nützlich, wenn Sie einmal »versehentlich« eine der Meldungen eliminiert haben, die eigentlich doch besser angezeigt werden sollten.

16.1.2 Leistung

Kommen wir nun zu den Protokollobjekten auf der Seite LEISTUNG. Photoshop gibt unter VERLAUF UND CACHE vor, dass 20 Schritte innerhalb des Protokoll-Bedienfelds abgelegt werden. Das bedeutet auch: Die letzten 20 Schritte lassen sich nachträglich noch editieren. Ihr Bildbearbeitungsprogramm ist prinzipiell auch bereit, weit mehr Schritte aufzuzeichnen. Dabei sollten Sie aber berücksichtigen, dass Ihr System bei längeren Bearbeitungsroutinen unweigerlich in die Knie gehen wird. 20 Schritte sind zwar eine ganze Menge; wenn jedoch feststeht, dass Sie ausschließlich geringe Dateigrößen bearbeiten (z.B. Bilder für das Internet), ist gegen die Erhöhung prinzipiell nichts einzuwenden, falls Sie über ein System verfügen, das up to date ist – und Sie nicht gleichzeitig noch zehn weitere Programme aktiviert haben.

16.1.3 Zeigerdarstellungen

Standardmäßig werden von Photoshop die Pinselspitzen in Form eines Kreises dargestellt, der den Durchmesser der Pinselspitze repräsentiert. Falls Sie jedoch lieber mit einem Fadenkreuz arbeiten, können Sie das hier einstellen. Auch die Werkzeuge lassen sich hier als Fadenkreuz darstellen.

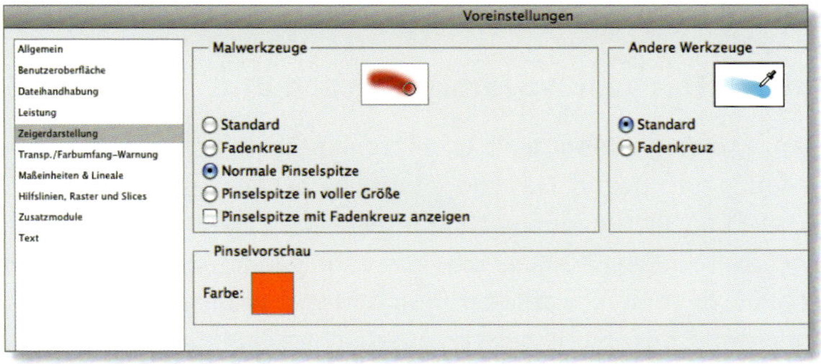

▲ **Abbildung 16.5**
Tool oder Fadenkreuz? Hier stellen Sie es ein.

16.1.4 Maßeinheiten und Lineale

Besonders zu erwähnen ist, dass die Einheiten in den Dialogfenstern umgestellt werden können. Im ursprünglichen Zustand verwendet Photoshop für die Lineale ZENTIMETER. Wären Ihnen andere Maße lieber?

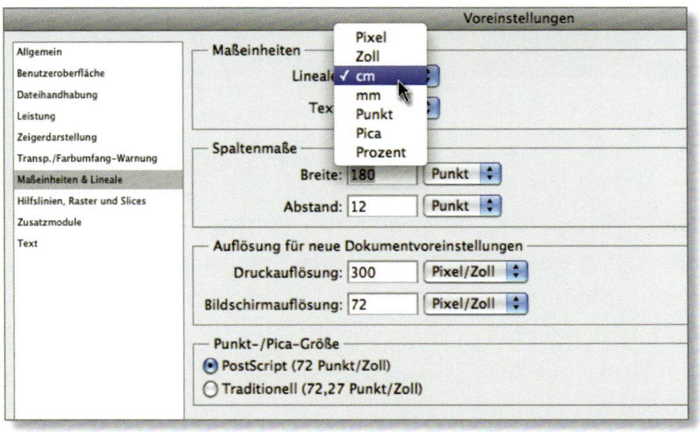

▲ **Abbildung 16.6**
Die Lineale zeigen Zentimeter an.

16.2 Farbe

Allein der Bereich Farbmanagement ist derart gewaltig, dass ganze Regale von Büchern damit gefüllt sind. Selbstverständlich kann es hier nicht gelingen, die Materie komplett darzustellen. Dennoch dürfte ein kleiner Exkurs in die Welt der Farben lohnend sein.

16.2.1 Das additive Farbsystem und RGB

▲ **Abbildung 16.7**
Die Grundfarben Rot, Grün und Blau bilden den additiven Farbkreis.

Am Monitor und in der Digitalfotografie kommt stets der *RGB*-Modus zum Tragen. Das Bild setzt sich dort aus Anteilen von Rot, Grün und Blau zusammen. Jede einzelne dieser drei Grundfarben stellt einen *Farbkanal* dar. Nun kann wiederum jeder der drei Kanäle mit unterschiedlicher Intensität vorhanden sein. Bei einem Wert von 0 ist die jeweilige Farbe nicht existent. Der Maximalwert eines Kanals beträgt 255, wobei in diesem Fall die Farbe voll vorhanden ist. Daraus ist abzuleiten, dass jeder Kanal in 256 unterschiedlichen Farbabstufungen dargestellt werden kann (255 plus Farbe nicht vorhanden = 256 Möglichkeiten).

Jetzt wird es mathematisch: Da drei Kanäle vorhanden sind (Rot, Grün und Blau), gibt es 256 × 256 × 256 (also 16.777.216) mögliche Werte.

Alle drei additiven Grundfarben ergeben zusammen reines Weiß. Ist keine der drei Farben vorhanden, liegt reines Schwarz vor.

Abbildung 16.8 ▼
Das Spektrum der Additivfarben

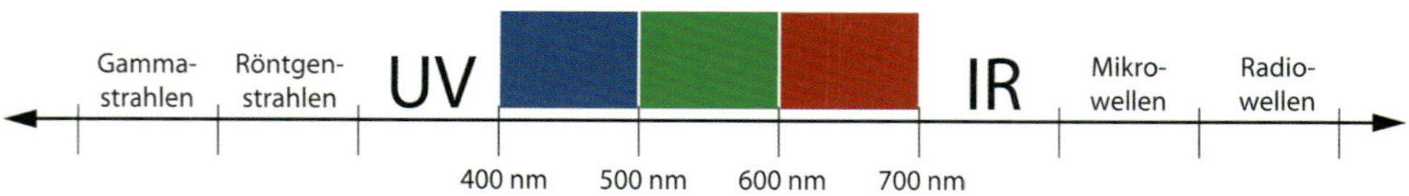

Am besten wird es sein, Sie öffnen den Farbwähler in Photoshop und versuchen, die Gegebenheiten einmal nachzuvollziehen. Markieren Sie wie gewohnt eine der Farbflächen in der Werkzeugleiste, und stellen Sie Farbwerte im Bereich RGB ein.

Geben Sie für alle drei RGB-Farben »0« ein, erhalten Sie reines Schwarz; der Maximalwert (255) für alle drei Farben ergibt Weiß. Jeder nur erdenkliche Wert, bei dem alle drei Grundfarben in gleicher Intensität vorliegen, ergibt Grau. Der einzige Unterschied: Niedrige Werte ergeben ein dunkles, hohe ein helles Grau. Achten Sie darauf, dass die Funktion Nur Webfarben anzeigen nicht aktiv ist, da Photoshop ansonsten Ihre Eingaben selbstständig auf Farben begrenzt, deren Darstellung im Internet möglich ist.

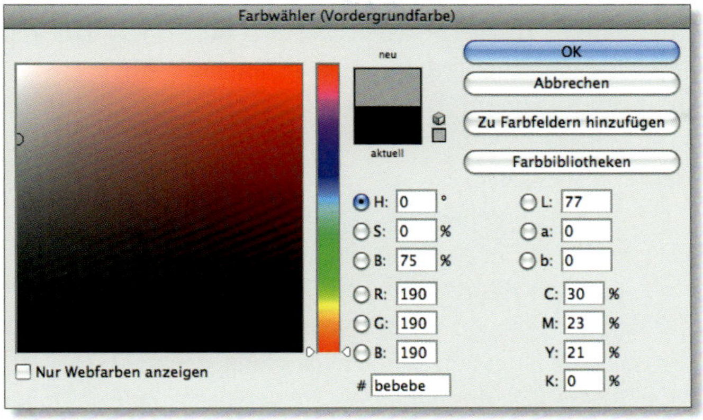

▲ **Abbildung 16.9**
Je höher der Wert ist, desto heller ist das Grau.

Licht

Praktisch, gar wissenschaftlich gesehen, liegt jede der drei Grundfarben, auch *Spektralfarben* genannt, im Bereich bestimmter elektromagnetischer Wellenlängen. Kommen alle drei Spektralfarben in höchster Intensität vor, ist ein Maximum an Licht vorhanden; die Lichtfarbe ist Weiß. Die soeben erwähnten elektromagnetischen Wellen werden vom Menschen unterschiedlich wahrgenommen. Das Auge erfasst dabei nur einen verhältnismäßig geringen Teil als Farbe, nämlich einen Bereich von etwa 400 bis 700 nm (nm = 1 Millionstel Millimeter). Die Voraussetzung für die Wahrnehmbarkeit von Farben ist Licht! Ohne Licht gibt es keine Farbe.

16.2.2 Das subtraktive Farbsystem und CMYK

Im Druckbereich wird das subtraktive Farbsystem verwendet. Die Farben, die mithilfe eines Druckkopfes oder etwas Ähnlichem auf den *Bedruckstoff* (meist Papier) aufgetragen werden, sind lasierend (durchsichtig). Je mehr Licht nun von einem Bedruckstoff zurückgegeben (reflektiert) werden kann, desto heller wird die Farbe wahrgenommen.

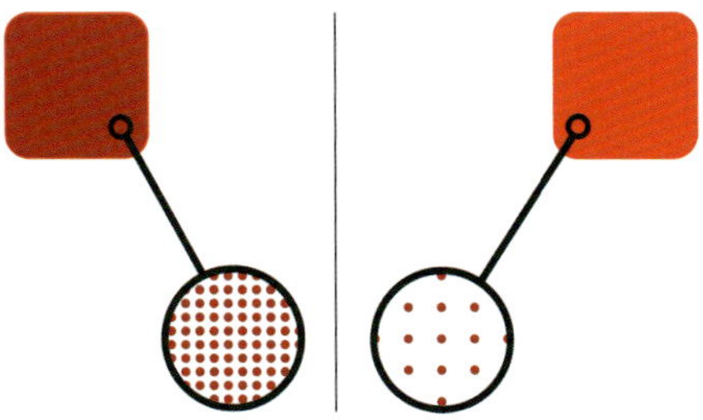

◀ **Abbildung 16.10**
Je dunkler die Farbe ist, desto dichter liegen die Punkte beieinander.

Optisch erscheint die Farbe heller, je weiter die Punkte auseinanderstehen. Die Punkte selbst haben dabei exakt die gleiche Farbe. Je konzentrierter das Punktraster auftritt, desto dunkler wirkt der Ton. Das subtraktive Farbsystem setzt sich aus den Grundfarben Cyan, Magenta und Gelb zusammen – ergänzt durch Schwarz. ■

Was bedeutet CMYK?

Die aus dem Englischen stammende Abkürzung bezeichnet die drei subtraktiven Grundfarben C = Cyan, M = Magenta, Y = Yellow sowie Schwarz als K = Key.

Wertebereich im CMYK-Modus

Während sich die Angaben bei RGB über einen Wertebereich von 0 bis 255 ziehen, werden die Intensitäten der einzelnen Farben im CMYK-Farbkreis in Prozent von 0 bis 100 angegeben.

Als Grundfarben werden hier aber nur die drei erstgenannten bezeichnet (ohne Schwarz). Im Gegensatz zum additiven Farbsystem ergibt sich hier reines Weiß, wenn keine Farbe aufgetragen wird. Liegen alle drei Grundfarben zu 100% an, ergibt sich – zumindest in der Theorie – reines Schwarz. ■

Weil die drei Grundfarben aber leider nur »theoretisch« Schwarz ergeben, kommt in der Praxis als vierte Farbe Schwarz hinzu. Der Fachbegriff für diese Abweichung von Theorie und Praxis lautet *Spektralmängel*. In der Praxis kommt bei allen drei Farben gemeinsam allenfalls ein schmutzig wirkendes Braun heraus.

Starten Sie doch in Photoshop einmal diesen Test, indem Sie auf eines der Farbfelder innerhalb der Werkzeugleiste doppelklicken und über die RGB-Eingabefelder Schwarz festlegen (R+G+B = 0). Bestätigen Sie mit OK, und schließen Sie den Farbwähler, ehe Sie ihn mit einem Doppelklick auf das nun schwarze Feld der Werkzeugleiste erneut öffnen. Legen Sie jetzt für C, M und Y jeweils 100% fest, und stellen Sie den Wert K auf »0«. Betrachten Sie das Ergebnis, und vergleichen Sie es mit Schwarz.

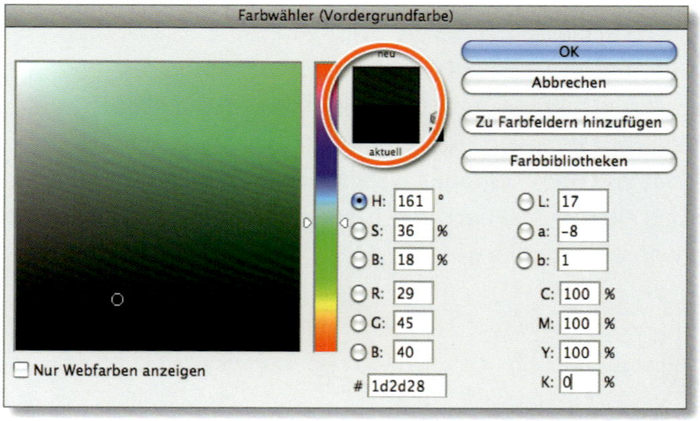

▲ **Abbildung 16.11**
Mit Cyan, Magenta und Gelb erhalten Sie kein Schwarz.

Rein technisch ist ein Farbauftrag von jeweils 100% im Druck nicht möglich. Das subtraktive Farbsystem ist also stark eingeschränkt, und in der Praxis lässt sich nur ein verschwindend geringer Teil des RGB-Farbraums drucktechnisch wirklich darstellen.

16.2.3 RGB-Dateien in CMYK umwandeln

Zum Druck werden RGB-Bilder in das CMYK-Format umgewandelt. Photoshop realisiert dies über BILD • MODUS • CMYK-FARBE. Sollte die Datei aus mehreren Ebenen bestehen, wird eine Zwischenabfrage gestartet. Wenn Sie anschließend keine Änderungen an einzelnen Ebenen mehr vornehmen möchten, wählen Sie REDUZIEREN – anderenfalls NICHT REDUZIEREN. Ersteres hält die Dateigrößen merklich kleiner. ■

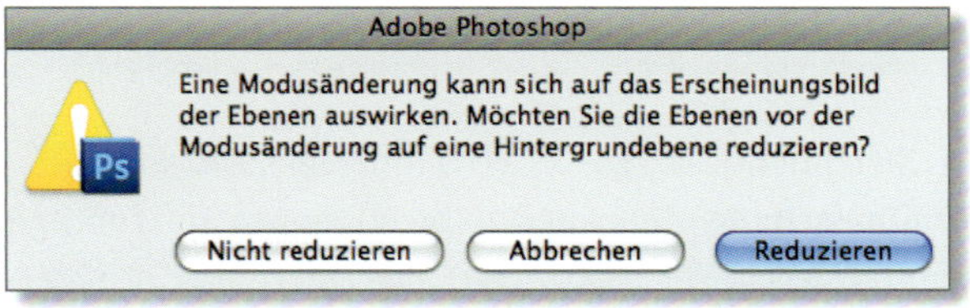

◄ **Abbildung 16.12**
Mit der Modusänderung lassen sich alle Ebenen auf eine reduzieren.

Deaktivierte Ebenen

Falls Sie Ebenen über das Augen-Symbol deaktiviert haben, stellt die Anwendung die Frage, ob die verborgenen Ebenen gelöscht werden sollen. Betrachten Sie anschließend erneut das Kanäle-Bedienfeld, und schalten Sie auch hier wieder einzelne Kanäle ein und aus, um die Unterschiede erkennbar werden zu lassen.

16.2.4 Volltonfarben

Vielleicht sind Ihnen schon die teils herben Farbverluste aufgefallen, die eine Umwandlung von RGB in CMYK nach sich zieht. Bestes Beispiel: Das satte Rot bricht glatt zusammen, und heraus kommt ein Schleier, vor dem uns die Waschmittelwerbung allzu häufig warnt. In solchen Situationen ist die Zeit gekommen, Volltonfarben einzusetzen. Im Gegensatz zu den Prozessfarben (C, M, Y) handelt es sich dabei um vordefinierte Farben, die anhand einer Farbnummer identifiziert werden.

Die Hersteller sorgen für eine gleichbleibende Qualität und geben anhand von (teils sündhaft teuren) Farbfächern und Farbmusterkarten vor, wie die Farbe aussehen wird. Auch Photoshop unterstützt natürlich die Einbindung von Volltonfarben. Klicken Sie im Farbwähler auf den Button FARBBIBLIOTHEKEN, um an die Spezialfarben heranzukommen.

Im hiesigen Raum kursieren vorwiegend *HKS* und *Pantone*. Bei der Auswahl der Farbe müssen Sie allerdings unbedingt darauf achten, dass der richtige Bedruckstoff ausgewählt ist. Je nach Papierqualität schwanken nämlich auch hier die Bezeichnungen. So sagt beispielsweise der letzte Buchstabe einer HKS-Farbe etwas über diesen Bedruckstoff aus:

- HKS E = Endlospapier
- HKS K = Kunstdruckpapier (gestrichene Papiere)
- HKS N = Normalpapier (ungestrichene Papiere)
- HKS Z = Zeitungspapier

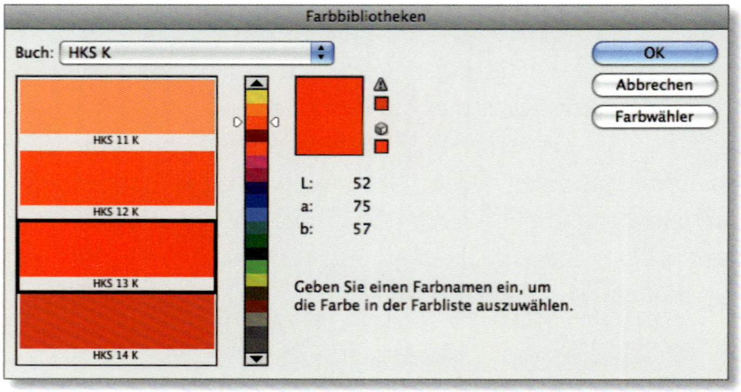

Abbildung 16.13 ▸
Hier verbergen sich Unmengen von Farbtafeln.

Das Problem: Sie müssen vorab wissen, auf welchem Bedruckstoff Ihre Schmuckfarbe landen soll. Vielfach werden aufwendige Drucke (z. B. Lebensmittelverpackungen) also über den normalen *Vierfarbdruck* hinaus noch mit einer fünften und sechsten Farbe versehen. Das soll unter anderem gewährleisten, dass die »lila Kuh« auch immer gleich lila bleibt. Sie können sich vorstellen, dass so etwas natürlich die Druckkosten beträchtlich erhöht.

Unter bestimmten Voraussetzungen können jedoch gerade wirtschaftliche Faktoren den Einsatz von Sonderfarben interessant machen. Denken Sie nur an Briefbögen. Hier kann der Druck mit Schwarz und einer Volltonfarbe durchaus günstiger sein als ein Drei- oder gar Vierfarbdruck. Bleiben wir beim Lila. Die Farbe ist (wenn überhaupt) nur mit einem Gemisch aus Cyan, Magenta und Gelb zu Papier zu bringen. Mit der vierten Farbe (Schwarz) werden die Texte gedruckt. Nehmen Sie stattdessen Schwarz und eine Volltonfarbe (beispielsweise HKS 37), wird der Geldbeutel des Auftraggebers merklich entlastet.

16.2.5 Die Farbseparation

Damit nun die Farben einer CMYK-Datei in den jeweiligen Druckwerken der Druckmaschine einzeln aufgetragen werden können, müssen Farben »separiert« werden. Dabei wird im Prinzip nichts anderes gemacht, als die vier Farben Cyan, Magenta, Gelb und Schwarz voneinander zu trennen. Kämen zusätzlich Volltonfarben zum Einsatz, würde auch dafür ein eigener Kanal erzeugt.

Doch bleiben wir beim Vierfarbdruck. Bei einer RGB-Vorlage werden die additiven Grundfarben Rot, Grün und Blau in Cyan, Magenta, Gelb und Schwarz aufgeteilt. Die Ergebnisse liefern dann die Vorlagen für die jeweiligen Druckplatten. Mit diesen

Platten werden die Grundfarben nacheinander auf den Bedruckstoff aufgetragen, wodurch sich am Schluss wieder das farbige Gesamtbild ergibt. ■

Keine farbigen Druckplatten?

Sie wundern sich, warum die einzelnen Kanäle nicht farbig dargestellt werden? – Weil das für den Druckprozess selbst nicht mehr relevant ist. Welche Farbe mit der jeweiligen Platte aufgetragen wird, erkennt der Drucker an Zusatzinformationen, die auf der Platte vermerkt sind. Und die separierten Kanäle haben ja keine andere Aufgabe, als zu zeigen, wo eine bestimmte Farbe aufgetragen wird und wo nicht.

◂ **Abbildung 16.14**
Das Originalbild in CMYK

◂ **Abbildung 16.15**
Die Farbkanäle Cyan (o. l.), Magenta (o. r.), Gelb (u. l.) und Schwarz (u. r.)

Jede Platte symbolisiert also: Wo Schwarz ist, kommt die jeweilige Farbe zum Einsatz; wo Weiß ist, wird keine Farbe verwendet. Vereinfacht gesagt, sind die Platten so beschaffen, dass sie an schwarzen Stellen Farbe annehmen, während sie in weißen Bereichen »farbabweisend« wirken.

Zu den Sonderfarben: Sollte eine fünfte Farbe benutzt werden, muss natürlich auch eine fünfte Druckplatte angefertigt werden. Photoshop zeigt übrigens alle *Kanäle* im gleichnamigen Bedienfeld an.

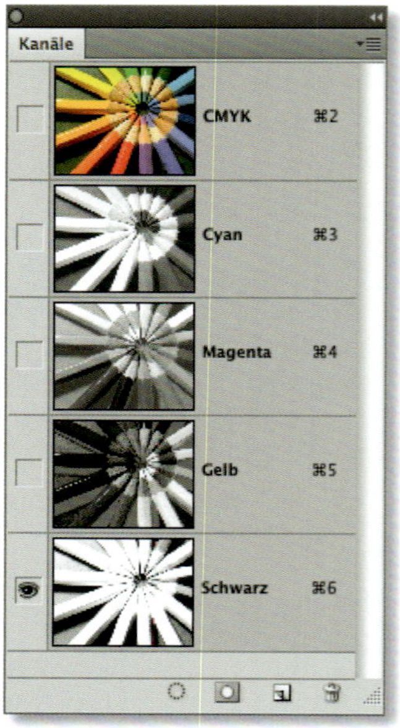

▲ **Abbildung 16.16**
Durch Anklicken des Kanals im Bedienfeld lassen sich einzelne Kanäle auch im Foto betrachten.

16.2.6 Der Lab-Farbraum

Der Lab-Farbraum umfasst den gesamten RGB- und CMYK-Farbraum und alle existierenden Gerätefarbräume; er wird daher als *geräteunabhängiger Farbmodus* bezeichnet. Die Farben werden durch einen Kanal für die Helligkeit (L für *Lightness*) und zwei Buntheitskomponenten (Kanal a von Grün bis Magenta und Kanal b von Blau bis Gelb) dargestellt. Im Farbwähler können Werte zwischen +127 und –128 eingestellt werden. Der dritte Wert »L« macht diesen Farbraum besonders interessant für kanalweise Bildkorrekturen. Die Änderung erfolgt über BILD • MODUS • LAB-FARBE.

16.3 Auflösung

16.3.1 dpi und ppi

dpi? ppi? Wo ist der Unterschied? Es gibt keinen! Na, das ist natürlich nur die halbe Wahrheit. Greifen wir zunächst den Begriff ppi auf. Der in *pixels per inch* angegebene Wert bestimmt, wie viele Pixel auf einer Strecke von einem Inch angeordnet sind. Ein *Inch* wiederum entspricht 2,54 cm, also einem Zoll.

Abbildung 16.17 ▶
Wie viele Pixel erstrecken sich über einen Bereich von 2,54 cm?

Beim Maß dpi, *dots per inch*, verhält es sich genauso. Allerdings liegt der Unterschied im ersten Wort. Bei Monitor, Scanner und Kamera setzt sich das Bild aus Pixeln zusammen, während der Drucker Dots ausgibt. Wenn Sie also ein Bild verwenden, das über eine Auflösung von 72 ppi verfügt, werden auch 72 Dots pro Inch ausgedruckt, sofern die Seitenverhältnisse nicht geändert werden.

16.3.2 Neuberechnung

Nun sind 72 ppi absolut ausreichend, wenn es um die Darstellung am Monitor geht. Der Druck würde aber in dieser Auflösung eher mäßig ausfallen. Deshalb muss das Bild für diesen Zweck neu berechnet werden. Diese Neuberechnung geht aber leider nicht verlustfrei vonstatten.

Stellen Sie sich vor, Sie verdoppeln die Auflösung (von 72 auf 144 ppi). Dann macht die Software nichts anderes, als zwischen vorhandenen Pixeln weitere einzufügen. Dazu arbeitet beispielsweise die *bilineare Wiederholung* mit einem Mittelwert, der aus beiden Pixeln errechnet wird. Bei glatten, einfarbigen Flächen stellt uns das nicht vor ein Problem. Aber wie sieht das an kontrastierenden Kanten aus? Betrachten Sie zwei aneinander angrenzende Flächen.

◄ **Abbildung 16.18**
Links: die angrenzenden Flächen in der Originalauflösung. Rechts: die Kanten nach der Hinzurechnung von Pixeln.

Wenn nun an einer kontrastierenden Kante Pixel hinzugerechnet werden, wird das Ergebnis zwangsläufig an Schärfe verlieren. Die Kante hebt sich nicht mehr so eindeutig vom Hintergrund ab.

Eine Möglichkeit ist aber, bei Erhöhung der Auflösung im gleichen Maße die Abmessungen des Bildes herunterzurechnen. Der Erfolg: Die Anzahl der Pixel bleibt gleich, und der Verlust ist nichtig.

Nehmen Sie eine qualitativ hochwertige Digitalfotografie. Hier liegt ein Seitenverhältnis von etwa 80 cm × 60 cm vor – mit einer Auflösung von 72 ppi. Wenn Sie nun einen professionellen Druck dieses Bildes anfertigen wollen, dann benötigen Sie eine Auflösung von 300 dpi. Man kann also sagen, dass die Auflösung etwa viermal so hoch sein muss wie beim Originalfoto. Wenn Sie jetzt gleichzeitig die Abmessungen des Bildes auf ein Viertel reduzieren, werden Sie ein optimales Ergebnis präsentieren können. Das Bild wäre jetzt noch 20 × 15 cm groß und könnte mit 300 dpi gedruckt werden.

Damit aber die neuen Werte keine Schätzergebnisse liefern, bedienen wir uns einer Formel:

$$\text{Neue Seite} = \frac{\text{Seite} \times \text{Vorhandene Auflösung}}{\text{Gewünschte Auflösung}}$$

Im vorliegenden Beispiel bedeutet das: Sie nehmen eine Seite des Bildes, multiplizieren diesen Wert mit der aktuellen Größe und dividieren anschließend durch die Zielgröße. Damit hätten Sie das neue Maß für die berechnete Seite.

Schritt für Schritt: Die Druckauflösung für ein Digitalfoto einstellen

Berechnen wir die Dateigröße eines Digitalfotos (80 cm × 60 cm, 72 ppi), das auf dem heimischen Tintenstrahldrucker ausgegeben werden soll. Sie wissen ja, dass hier 220 dpi absolut ausreichend sind. Wie groß kann das Bild ausgegeben werden?

1 Ausgangswerte ermitteln

Zunächst einmal müssen die Werte über Bild • Bildgrösse ermittelt werden. Nehmen Sie vorzugsweise die längere Seite. Das ist das Breitenmaß von 80 cm. (Die Rundungstoleranzen sind zu vernachlässigen.)

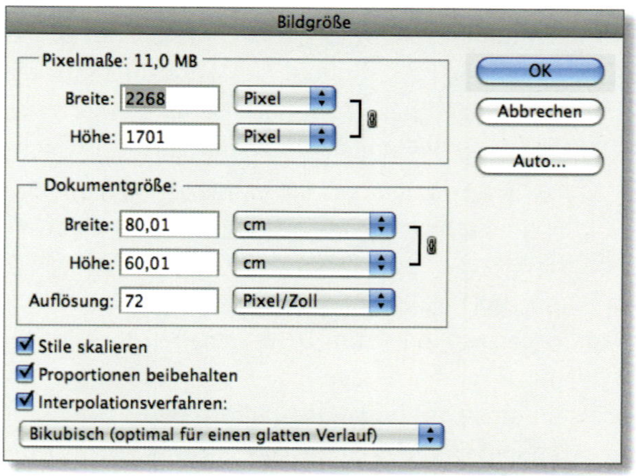

Abbildung 16.19 ▶
Die Breite ist hier das größere Maß.

2 Formel erstellen

$$\text{Neue Seite} = \frac{80 \times 72}{220}$$

3 Neue Werte übergeben

Demnach ergibt sich eine neue Breite von knapp 26,2 cm. Aber das müssen Sie selbst gar nicht ausrechnen, denn das erledigt Photoshop für Sie. Wir wollen lediglich kontrollieren, ob das auch zu unserer Zufriedenheit erledigt wird. Zunächst müssen Sie sicherstellen, dass INTERPOLATIONSVERFAHREN abgewählt ist, denn nur das ermöglicht eine Erhöhung der Auflösung bei gleichzeitiger Verringerung der Bildgröße. Tragen Sie anschließend den Wert »220« in das Feld AUFLÖSUNG ein, und verlassen Sie den Dialog mit OK. Immerhin könnten Sie dieses Foto noch fast in A4-Größe ausgeben. Zudem ist der von Photoshop errechnete Wert für die Breite mit unserem identisch.

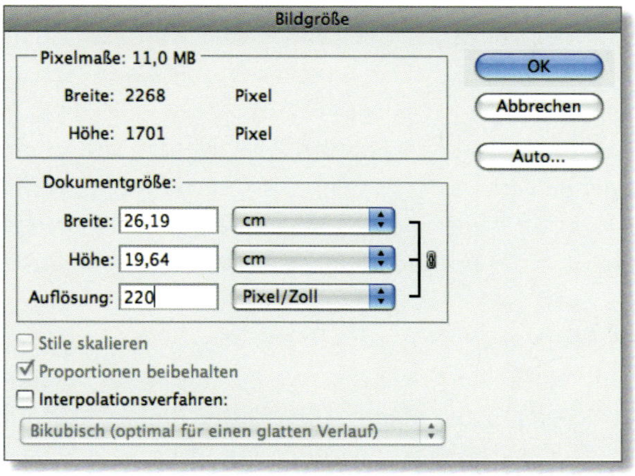

◄ **Abbildung 16.20**
Das Foto wurde in der Auflösung erhöht.

16.3.3 Interpolation

Und wenn dennoch eine Größenänderung unumgänglich ist? Dieses Problem stellt sich ja, wenn Sie kleine Bilder haben, die höher aufgelöst werden müssen. Dann sollten Sie sich für die jeweilige Interpolation entscheiden. Hier muss allerdings dann INTERPOLATIONSVERFAHREN angewählt sein.

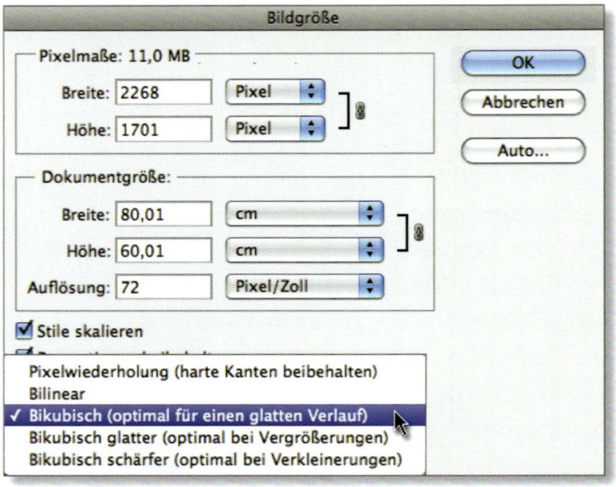

Abbildung 16.21 ▶
Wählen Sie die geeignete Interpolationsmethode.

- Pixelwiederholung: Die Pixel werden dupliziert. Es kommt dabei zur Treppenbildung und zu gezackten Linien. Die Methode ist nicht sehr präzise und eignet sich lediglich für Grafiken.
- Bilinear: Bei der Hinzurechnung von Pixeln werden Durchschnittswerte hinzugefügt. Das Ergebnis ist mit einem Schärfeverlust behaftet.
- Bikubisch: Die Werte benachbarter Pixel werden analysiert und mit weichen Farb- bzw. Tonwertabstufungen versehen.
- Bikubisch glatter: Hier werden die Übergänge zusätzlich glatter. Diese Art der Interpolation ist auch zur Vergrößerung geeignet.
- Bikubisch schärfer: Diese Methode eignet sich vor allem zur Verkleinerung von Bildern, bei der zwangsläufig Pixel herausgerechnet werden müssen. Auch das Herausrechnen führt zum Schärfeverlust, der jedoch häufig durch die bikubische Schärfung kompensiert werden kann.

16.4 Pixel vs. Vektoren

Photoshop ist von jeher eine pixelorientierte Anwendung. Ein *Pixel* ist der kleinste Teil einer Bilddatei und im Normalfall quadratisch. Die Einheit ppi (= pixels per inch) regelt, wie viele dieser Pixel auf einer Fläche von 2,54 cm × 2,54 cm (2,54 cm = 1 Inch) vorhanden sind. Man spricht hier von der *Auflösung* bzw. *Bildauflösung*. Daraus lässt sich Folgendes ableiten: Je höher die Auflösung ist (also je mehr Pixel auf einem Inch vorhanden sind), desto größer ist der Detailreichtum des Bildes.

Da Pixel aber im Bereich der Bildbearbeitung normalerweise quadratisch sind ■, werden sie natürlich bei starker Auflösung sichtbar. Die in normaler Auflösung rund erscheinenden Kanten offenbaren nun ein unschönes Treppenmuster – schließlich handelt es sich bei Pixeln ja wie erwähnt um Quadrate.

Rechteckige Pixel

Dass Pixel quadratisch sind, trifft auf die Bildbearbeitung zu. Sollten Sie sich im Bereich Videoschnitt betätigen, werden Sie es jedoch auch mit rechteckigen Pixeln zu tun bekommen. Wenn Sie eine neue Datei erzeugen (Datei • Neu) und auf den Button Erweitert klicken, kann im Menü Pixel-Seitenverhältnis die gewünschte Form der Pixel festgelegt werden.

◀ **Abbildung 16.22**
Bei geringer Auflösung bleiben die Pixelbildungen nicht verborgen.

Um den Unterschied zwischen Pixeln und Vektoren klar herauszustellen, müssen wir noch einen Schritt weiter gehen, indem wir uns Gedanken über die Art und Weise machen, mit der *Pixeldateien* gespeichert werden. Prinzipiell wird hierbei für jede dieser quadratischen Flächen eine x- und eine y-Koordinate gespeichert. Damit weiß der Rechner etwas über die Position des Pixels. Damit auch die Farbe dieses Pixels wiedergegeben werden kann, müssen noch die Kanalinformationen hinzugefügt werden. Bei einem RGB-Bild wird also zusätzlich noch der Farbwert für Rot, Grün und Blau mit gespeichert.

Bei *Vektoren* sieht das komplett anders aus. Hier werden bei einer normalen Kurve die Positionen von Start- und Endpunkt sowie Informationen über die Tangenten festgehalten.

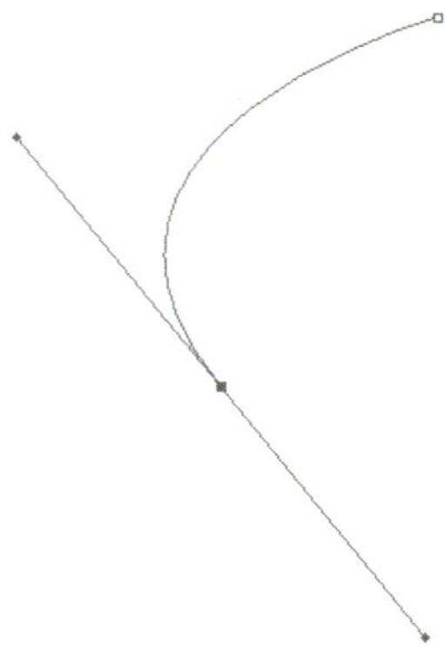

Abbildung 16.23 ▸
Eine Vektorenlinie in Photoshop

Das bedeutet: Auch bei maximaler Vergrößerung einer Vektordatei wird deren Rundung immer glatt sein. Daraus ergibt sich ein klarer Vorteil zugunsten der Vektordatei: Sie kann ohne Qualitätsverlust beliebig skaliert werden. Und das heißt auch: Mit zunehmender Bildgröße bleibt die Vektordatei dennoch immer gleich groß. Bei Pixelbildern wächst hingegen mit zunehmender Bildgröße auch die Dateigröße gewaltig an.

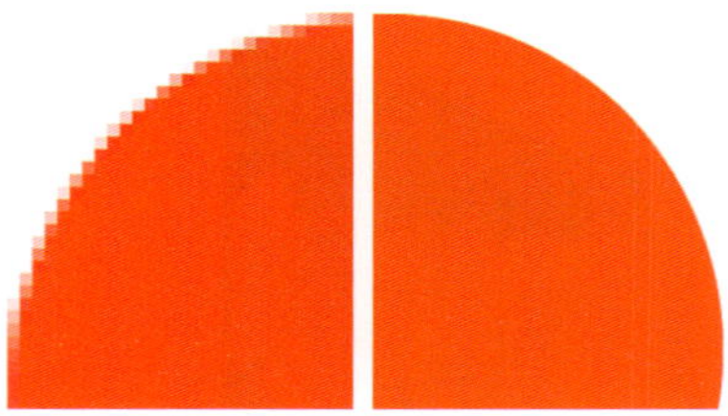

Abbildung 16.24 ▸
Links: Pixeldatei (auf 1.600 % vergrößert). Rechts: Vektordatei (mit einem Vergrößerungsfaktor von 6.400 %).

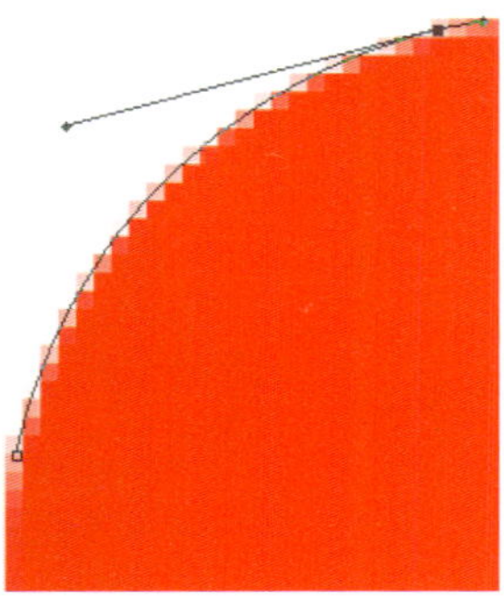

▲ **Abbildung 16.25**
Vektorkurve, angeordnet auf einer Pixeldatei

Noch deutlicher wird der Unterschied zwischen Pixeln und Vektoren, wenn eine Vektorkurve über die Pixeldatei gelegt wird. Während die Pixel ihre Treppen erkennen lassen, bleibt die Vektorenform stets rund.

Selbst bei maximaler Vergrößerung kommt es nicht zur Treppenbildung. Wenn Sie in einer vektororientierten Illustrationsanwendung (z. B. Adobe Illustrator) arbeiten, wird es zu keinerlei Treppenbildungen in den Vektortangenten kommen. Wenn Sie dennoch den Eindruck gewinnen, bei Maximalzoom Abstufungen zu erkennen, darf ich Sie beruhigen. Für diese Ungenauigkeiten ist einzig und allein Ihr Monitor verantwortlich. Nicht einmal der ist nämlich imstande, Vektoren mit hundertprozentiger Genauigkeit wiederzugeben. Ihre Grafik jedoch ist garantiert richtig schön rund.

16.5 Dateiformate

Photoshop stellt zum Speichern von Dateien eine Fülle von Formaten zur Verfügung. Weitere Dateiformate lassen sich in Form von Plug-ins hinzufügen. Im Folgenden finden Sie eine Übersicht über einige Formate (alphabetisch) und deren Eigenschaften:

BMP | *Bitmap*. Hierbei handelt es sich um ein Windows-Standardformat, das aber normalerweise auch unter Macintosh OS verarbeitet werden kann. Dieses Format eignet sich besonders für Desktop-Bilder und dergleichen.

DNG | *Adobe Digital Negative*. DNG ist ein Dateiformat, das Rohdaten der Digitalkamera enthält. Dieses Verfahren wurde entwickelt, um die Kompatibilität der unterschiedlichen Camera-Raw-Formate zu erhöhen. Sie können Ihre Raw-Dateien aus dem Camera-Raw-Dialog heraus als DNG speichern.

EPS | *Encapsulated PostScript*. In diesem Format können Vektordaten verarbeitet werden. Es eignet sich bestens für die Weitergabe an Druckereien. Nachteil: Um PostScript-Dateien drucken zu können, benötigen Sie auch ein PostScript-fähiges Ausgabegerät. Drucken Sie die Datei dennoch, wird eine niedrig auflösende Datei wiedergegeben.

GIF | *Graphics Interchange Format*. In diesem Format speichern Sie Grafiken für die Verwendung im World Wide Web. In GIF-Dateien können Transparenzen erhalten werden.

JPEG | *Joint Photographic Experts Group*. Dabei handelt es sich um das gängige Dateiformat zur Ansicht von Fotos im Internet. Das Verfahren zeichnet sich besonders durch seine geringen Dateigrößen aus, ist jedoch verlustbehaftet.

JPEG 2000 | *JPEG 2000* bringt grundsätzlich bessere Ergebnisse als JPEG. Es ist zum gegenwärtigen Zeitpunkt jedoch nur mit Einschränkungen zu empfehlen, da das Plug-in im Browser des Betrachters installiert sein muss, damit der Browser JPEG 2000-Dateien anzeigen kann.

PDF | *Portable Document Format.* Dieses Format zeichnet sich vor allem dadurch aus, dass es plattformunabhängig ist. Die Dateien können mit Adobe Reader angezeigt werden. Beim PDF-Format handelt es sich um eine sogenannte Seitenbeschreibungssprache, die auf PostScript beruht. Schriften, Grafiken und Layouts bleiben erhalten. Der Hersteller Adobe verbessert die Interaktivität der Bedienelemente von Version zu Version auf recht umfangreiche und beeindruckende Art und Weise. Schon allein deshalb ist es zu empfehlen, stets die neueste Version des kostenlosen Readers auf seinem Rechner bereitzuhalten.

Photoshop 2.0 | (Für Macintosh) In diesem Dateiformat werden Ebeneninformationen verworfen.

Photoshop DSC 1.0 und 2.0 | *Desktop Color Separations.* Photoshop DSC entspricht weitgehend dem EPS-Format. Es ist möglich, Farbseparationen von CMYK-Bildern zu speichern. DCS 2.0 unterstützt Kanäle mit Volltonfarben. Die Ausgabe dieser Dateien erfordert einen PostScript-Drucker.

PNG | *Portable Network Graphics.* Dieses patentfreie Format stellt eine Alternative zu GIF (PNG-8) bzw. JPEG (PNG-24) dar.

PSD | Das ist das »hauseigene« Photoshop-Format. Es unterstützt Ebenen und Transparenzen und zeigt seine Stärken hauptsächlich im Workflow mit der *Creative Suite.* Photoshop-Dateien lassen sich in die Anwendungen dieses Bundles problemlos integrieren. Ebenfalls sehr wichtig ist, dass sich die Kompatibilität über einen Dialog maximieren lässt. Damit kann das Dokument dann auch in älteren Versionen von Photoshop verwendet werden.

TIFF | *Tagged Image File Format.* TIFF ist ein verlustfreies Kompressionsverfahren, das im Allgemeinen auch Ebenen und Transparenzen unterstützt. Darüber hinaus eignet es sich besonders zum Austausch von Dateien zwischen unterschiedlichen Programmen und Plattformen. Bei Verwendung in bestimmten Anwendungen kann die Ebenenfunktion jedoch verloren gehen. Ansonsten ist dieses Format zur Weitergabe qualitativ hochwertiger Dateien das beste.

Anhang

A Häufig verwendete Begriffe

- **Bedienfeldmenü** – An der oberen rechten Ecke jedes Bedienfeldes (vormals Palette genannt) befindet sich eine Listen-Schaltfläche. Klicken Sie darauf, um ein Flyout-Menü anzeigen zu lassen, das je nach aktivierter Registerkarte individuelle Menüeinträge bereithält.
- **Button** – Eine Schaltfläche, durch deren Betätigung eine Anweisung an den Rechner übergeben wird.
- **Checkbox** – Ein Steuerelement, das optisch ein Ankreuzkästchen darstellt. Der Wert einer Checkbox kann 1 (zutreffend) oder 0 (nicht zutreffend) sein. Zutreffende Argumente werden mit einem Häkchen symbolisiert. Im Gegensatz zum Radiobutton können einzelne, mehrere, alle oder keine der Checkboxen einer Gruppe den Wert 1 annehmen.
- **Combo-Box** – Ein Menü, das mehrere Einträge beinhaltet. Nach dem Öffnen des Menüs (meist über ein kleines Dreieck) werden Listeneinträge zur Verfügung gestellt, die als Schaltflächen funktionieren.
- **Drag & Drop** – Ziehen und fallen lassen. Ein Objekt wird mit der linken Maustaste angeklickt, wobei die Taste gedrückt bleibt. Nun kann das Objekt auf der Arbeitsoberfläche des Computers verschoben (transportiert) werden. Dort, wo die Maustaste losgelassen wird, bleibt das Objekt liegen.
- **Eingabefeld** – Box zur Eingabe von Werten über die Tastatur.
- **Flyout-Menü** – Siehe Combo-Box
- **Font** – Schriftart, Schriftschnitt. Die Fonts werden in sogenannte Schriftenfamilien unterteilt.
- **Frame** – 1. Bedeutung: Einzelnes Bild einer Animation (in diesem Buch eher nicht gemeint); 2. Bedeutung: Zusammengehörender Bereich eines Bedienfensters, bei dem die eingestellten Werte häufig voneinander abhängig sind.
- **Histogramm** – Grafische Veranschaulichung unterschiedlicher Werte und Ergebnisse.
- **Icon** – Als Symbol dargestellte Schaltfläche, die eine Anweisung oder Anwendung zur Ausführung bringt.
- **Kontextmenü** – Liste von möglichen Anweisungen, die durch einen Rechtsklick zugänglich gemacht wird. Das Kontextmenü ist je nach Werkzeugwahl und Ort der Aktivierung unterschiedlich bestückt.

- **Palettenmenü** – Siehe Bedienfeldmenü
- **Peripherie** – An den Computer angeschlossene externe Geräte, wie z. B. Drucker, Scanner, Digitalkamera oder Camcorder.
- **Popup-Menü** – Siehe Combo-Box.
- **Pulldown-Menü** – Siehe Combo-Box.
- **Optionsleiste** – Leiste unterhalb der Menüleiste. Die Optionsleiste ändert ihren Inhalt je nach gewähltem Werkzeug.
- **Quick-Info** – Informationstext, der dadurch angezeigt wird, dass der Mauszeiger kurzzeitig auf einem Objekt verweilt.
- **Radiobutton** – Eine Optionsschaltfläche, die entweder den Wert 1 (zutreffend) oder 0 (nicht zutreffend) annehmen kann. In einer zusammengehörenden Gruppe von Radiobuttons kann im Gegensatz zur Checkbox immer nur »ein« Element den Wert 1 annehmen, wodurch alle anderen auf 0 gesetzt werden.
- **Shortcut** – Ein Tastaturkürzel (eine Taste oder Tastenkombinationen), das eine Anweisung auslöst.
- **Steuerelement** – Jedes Element auf einer Arbeitsoberfläche, das imstande ist, Werte entgegenzunehmen oder eine Anweisung auszuführen.
- **Suffix** – Dateiendung, die durch einen Punkt vom Dateinamen getrennt ist. Sie weist auf das Format einer Datei hin, z. B. *.psd* für ein Photoshop-Dokument.
- **Tool** – Ein Werkzeug, mit dem bestimmte Arbeiten ausgeführt werden können. Meist sind die Tools in einer Werkzeugleiste angeordnet.
- **Zoom** – Vergrößerung und Verkleinerung eines Inhaltes auf der Oberfläche der Anwendung.

B Glossar

Additive Farbmischung
Auf den additiven Grundfarben Rot, Grün und Blau basierendes Farbsystem. In der Mischung ergeben die Grundfarben Weiß. Das Verfahren lässt sich am besten durch die Mischung von Lichtfarben veranschaulichen. Fernseher und Computermonitore basieren auf der additiven Farbmischung.

Airbrush
Werkzeug für die Grafikbearbeitung, mit dem Farbe in einem Farb-Luft-Gemisch aufgetragen wird. Da die Farbmenge und die Farbdichte auf diese Weise in unendlich vielen Variationen aufgetragen werden können, ist dieses Werkzeug äußerst vielseitig einsetzbar. Die Funktion des Airbrushs wird durch ein computergestütztes Retuschiersystem simuliert.

Aktion
Aktionen sind mitgeschnittene und gespeicherte Befehlsfolgen, die sich immer wieder abspielen und so auf andere Bilder anwenden lassen.

Alphakanal
Ein 8-Bit-Kanal, der von einigen Bildverarbeitungsprogrammen für die Bildmaskierung oder für zusätzliche Farbinformationen reserviert wird. Er wird ebenfalls verwendet, um einen bestimmten Transparenzgrad eines Bildes zu definieren, so dass ein anderes Bild durch das darüberliegende durchscheinen kann. Der Alphawert oder Alphakanal bestimmt die Transparenz eines Objekts.

Ankerpunkt
Eine Bézierkurve wird immer durch die Koordinaten von vier Punkten definiert, wobei zwei davon als sogenannte *Stützpunkte* den Beginn und das Ende des jeweiligen Kurvenzuges festlegen. Diese Punkte müssen dementsprechend immer auf der Kurve liegen. Die beiden anderen nennt man *Ankerpunkte*; sie können auch außerhalb der Kurve liegen und bestimmen als Tangenten auf dem zugeordneten Stützpunkt den Verlauf.

Artefakt
Eine unschöne, schwammige Pixelanordnung oder ein Viereckmuster, die bei zu starker JPEG-Kompression auftreten.

ASCII-Zeichensatz
Standardzeichensatz jedes Computers. Jedem Zeichen ist eine Ziffer, der ASCII-Code, zugeordnet. So entspricht die 66 zum Beispiel einem großen B.

Auflösung
Die Auflösung legt fest, wie viele Bildpunkte sich auf der Strecke von einem Inch befinden. Bezeichnet wird die Auflösung mit *ppi – Pixel per Inch* – und *dpi – Dots per Inch*. Mit der Angabe »ppi« soll die Auflösung von Bilddateien benannt werden, der Wert meint also die in einer Bilddatei zur Verfügung stehende Informationsmenge. »dpi« bezeichnet eigentlich die Auflösung von Eingabe- und Ausgabegeräten, also von Scannern, digitalen Kameras oder Druckern. In der Praxis werden die Begriffe nicht mehr so sauber getrennt – »dpi« hat sich längst als universale Maßeinheit eingeschlichen.

Auswahl
Mit Auswahlen ist es möglich, nicht das gesamte Bild oder die gesamte Ebene zu bearbeiten, sondern nur einen Bildausschnitt.

Bézierkurve
Als Vektoren definierte Kurvenzüge zur Anlage von Pfaden (Linien oder Flächenbegrenzungen) mit Zeichenprogrammen, hauptsächlich im DTP-Bereich. Eine Bézierkurve wird immer durch die Koordinaten von vier Punkten definiert, wobei zwei davon als sogenannte *Stützpunkte* das Beginn und den Ende des jeweiligen Kurvenzuges festlegen. Diese Punkte müssen dementsprechend immer auf der Kurve liegen. Die beiden anderen nennt man *Ankerpunkte*; sie können auch außerhalb der Kurve liegen und bestimmen als Tangenten auf dem zugeordneten Stützpunkt den Verlauf. Die Bézierkurven erhielten ihren Namen von ihrem gleichnamigen Erfinder, dem französischen Ingenieur *Pierre Bézier*, der sie für Zwecke des Karosseriedesigns im Automobilbau entwickelte.

Bildformat
Bilddaten können in unterschiedlichen Dateiformaten gespeichert werden. Die gebräuchlichsten

Dateiformate für Bilder sind TIFF, EPS, JPEG, PCX, BMP und PICT.

Bildgröße
Die Anzahl der Bildpunkte eines digitalen Bildes. Aus der Auflösung und der Bildgröße ergibt sich die maximale Größe, in der ein Bild ohne Qualitätsverluste gedruckt werden kann.

Bildschirmauflösung
Die Bildschirmauflösung bezieht sich im Allgemeinen auf die Auflösung eines üblichen Computerbildschirms. Der gängige Durchschnitt ist 72 dpi, bei größeren Bildschirmen werden Sie gelegentlich aber auch eine Auflösung von 96 dpi haben.

Bindung
Gefalzte Druckbogen werden durch verschiedene Verfahren zusammengefasst: Fadenheften, Klebebinden, Klammerheften.

Bitmap
Auch *Pixelgrafik* genannt. Bitmaps sind aus farbigen Flächen bestehende Bilder, jede Fläche entspricht einem Pixel und ist in einem gedachten Raster angeordnet. Pixelgrafiken wirken natürlicher als Vektorgrafiken, ihr Dateivolumen ist aber auch deutlich größer.

BMP
Hierbei handelt es sich um ein Windows-Dateiformat, das aber normalerweise auch unter Mac OS verarbeitet werden kann. Dieses Format eignet sich besonders für Desktop-Bilder und dergleichen.

Camera Raw
Bei diesem Verfahren werden Rohdaten (englisch raw = roh) aus der Digitalkamera an Photoshop geliefert. Zwar sind diese Formate wesentlich speicherintensiver als das standardisierte JPEG, doch findet hier keinerlei Kompression statt. Die Bildinformationen liegen in voller Güte vor – so wie das Objektiv der Kamera sie »eingefangen« hat.

CCD
Bei Scannern häufig verwendete elektronische Bausteine mit optoelektronischen Sensoren. Die nebeneinander angeordneten CCDs tasten die Vorlage zeilenweise fotografisch ab. Die Größe der CCDs und der Zeilenvorschub bestimmen die optische Auflösung des Scanners.

Chrominanz
Der Farbanteil eines Signals, der sich auf den Farbton und die Farbsättigung, nicht jedoch auf die Helligkeit (Luminanz) bezieht. Neutrale Farben (Grautöne) besitzen keine Chrominanz. Jede Farbe besteht jedoch aus einer Kombination von Luminanz und Chrominanz.

CMYK
Die vier Druckfarben Cyan, Magenta, Gelb (Yellow) und Schwarz (Key) des Vierfarbdrucks. Die drei farbigen Komponenten CMY ermöglichen die Darstellung von Farben durch subtraktive Farbmischung, wobei jedoch das hundertprozentige Übereinanderdrucken der drei Farben kein reines Schwarz ergibt, so dass zusätzlich als vierte Druckfarbe Schwarz verwendet wird.

ColorSync
Apples Implementierung des Farbmanagements, das auf den Standards des *International Color Consortiums* (ICC) basiert. Die ICC-Farbprofile sorgen für eine standardisierte Darstellung und Wiedergabe von Farben auf verschiedenen Plattformen und in verschiedenen Programmen.

Composite-Datei
Druckdatei, bei der im Gegensatz zur separierten Ausgabe mit Farbauszügen die Farben nicht seitenweise voneinander in die Prozessfarben aufgeteilt sind, sondern alle Farben einer Seite als Einheit behandelt werden. Der Ausdruck auf Farbdruckern erfolgt beispielsweise immer als Composite-Datei, die Aufteilung auf die Druckfarben erfolgt dann erst im Gerät.

Dateiformat
Festlegung, wie Daten von Texten, Bildern usw. abgelegt werden. Je nach Dateiformat können bei Bildern auch Alphakanäle mitgespeichert werden. Zudem komprimieren manche Formate die Bilddatenmenge (→ Komprimierung).

Datenkomprimierung
Das Reduzieren der Datenmenge, mit der ein Bild dargestellt wird. Für die Datenkomprimierung stehen zahlreiche Techniken zur Verfügung, wobei generell gilt, dass eine geringe Komprimierung weitgehend ohne Qualitätsverlust vorgenommen werden kann, eine starke Komprimierung jedoch Verluste zur Folge haben kann.

Deckkraft
Die Transparenz einer Ebene. Bei 100% sind die Pixel deckend, bei 0% durchsichtig.

Digitalproof
Hochwertiger Farbdruck ohne vorherige Herstellung der Filmvorlagen, der das spätere Druckergebnis simuliert. Der Nachteil des Digitalproofs gegenüber den herkömmlichen Proofverfahren oder einem Andruck ist, dass Fehler durch falsche Rasterung der Filme nicht erkannt werden können.

Dithering
Bei geringer Farbauflösung können zusätzliche Farben durch Verwendung eines Punktmusters simuliert werden. Wenn dieses Punktmuster ausreichend klein ist, nimmt das menschliche Auge die einzelnen Farbpunkte als Zwischenfarben wahr.

DNG
Adobe *Digital Negative*. DNG ist ein Dateiformat, das Rohdaten der Digitalkamera enthält. Dieses Verfahren wurde entwickelt, um die Kompatibilität der unterschiedlichen → Camera Raw-Formate zu erhöhen. Sie können Ihre Raw-Dateien aus dem Camera Raw-Dialog heraus als DNG speichern.

dpi
Dots per Inch. Maßeinheit für die Auflösung eines Druckers, Monitors oder Scanners sowie eines Pixelbildes.

Droplet
Droplets sind kleine Java-Programme, die Sie mit Photoshop erzeugen. Sie können dann Dateien oder ganze Ordner auf diese EXE-Datei ziehen – der Rest läuft automatisch ab. Droplets eignen sich besonders gut für → Aktionen, bei denen Sie wenig Kontrolle brauchen und die Sie routinemäßig auf größere Bildmengen anwenden.

Druckfarbe
Die farbigen Substanzen, die beim Druckprozess verwendet werden. Als *Prozessfarben* für den Farbdruck werden normalerweise Cyan, Magenta, Gelb und Schwarz verwendet. Diese Farben werden durch internationale Standards definiert. In einigen Fällen können auch spezielle Farben gedruckt werden.

DTP
Gestalten und Produzieren von Druckprodukten am Personal-Computer.

Duplex
Graustufenbild, dem man eine zweite Farbe zur Verstärkung der Zeichnung und zum Erzielen einer gewissen Farbigkeit zuweist. Wird vor allem bei Druckaufträgen verwendet, die nur Schwarz und eine Sonderfarbe oder Schwarz und eine weitere Prozessfarbe einsetzen.

Ebenen
Übereinanderliegende Bilder, die einander nicht zerschneiden. Sie können auch Flash-Filme in verschiedenen Ebenen übereinander laden.

Ebenenkomposition
Mit Ebenenkompositionen können Sie mehrere Bildversionen in einer Datei abspeichern. Jede dieser Bildversionen können Sie nachträglich wieder aktivieren, um daran Änderungen vorzunehmen. Das unterscheidet sie von den einfachen Schnappschüssen in der Protokoll-Palette.

Ebenenmaske
→ Maske

Einstellungsebene
Eine Einstellungsebene wirkt wie ein korrigierender Filter, durch den die darunterliegende Ebene angezeigt wird. Einstellungsebenen ermöglichen es, verschiedene Korrekturen an einer einzigen Datei bequem durchzuspielen, zu speichern und zu überarbeiten, ohne dass die Pixel des Bildes tatsächlich verändert werden. Mit ihrer Hilfe können Tonwertkorrekturen und jede andere Bildkorrektur vorgenommen werden. Sie lassen sich in beliebiger Anzahl in einer Datei kombinieren, werden mitgespeichert (sofern das Dateiformat Ebenen unterstützt), können aber jederzeit verändert, gelöscht oder ausgeblendet werden.

EXIF
EXIF bedeutet *Exchangeable Image File Format* und ist ein Standard, in dem moderne Digitalkameras die Kamerainformationen in den Headern der Bilddateien mitspeichern. Auf diese Weise können Informationen z. B. über Datum und Uhrzeit, Belichtungszeit, Blendeneinstellung oder die Lichtempfindlichkeit gesichert werden.

Farbkalibrierung
Damit das Druckergebnis von Farbbildern mit der Bildschirm-

anzeige und dem Farbausdruck übereinstimmt, müssen alle Geräte aufeinander abgestimmt sein. Den Vorgang der Abstimmung nennt man Kalibrierung. Farben mit gleichen Anteilen der vier Druckfarben Cyan, Magenta, Gelb und Schwarz müssen auf jedem Ausgabegerät gleich erscheinen.

Farbkanal
Farbkanäle speichern die Farbinformationen von Bildern. Für jede Grundfarbe eines jeweiligen Farbformats (RGB, CMYK, Lab etc.) wird ein Farbkanal benötigt.

Farbmanagementsystem
Software zur Anpassung der Farben beim Scannen, bei der Bildschirmanzeige und beim Drucken, so dass geräteabhängige Farbverfälschungen softwareseitig ausgeglichen werden.

Farbmodus
Die Farben von Bildern können in unterschiedlichen Farbsystemen (Farbmodi) dargestellt werden, denen jeweils ein anderer Farbraum zugrunde liegt. Die gebräuchlichsten Farbmodi sind RGB, CMYK, Lab, indizierte Farben, Graustufen und Bitmap.

Farbraum
Gedankliche dreidimensionale Modelle, die sämtliche Farben des sichtbaren Lichts in einer bestimmten, logischen und geordneten Form enthalten. Es gibt verschiedene Farbräume und -modelle: RGB, CMY, CMYK, Lab, HSL usw.

Farbsättigung
Die Menge von Grau in einer Farbe. Je höher der Grauanteil, desto niedriger die Farbsättigung.

Farbstich
Abweichung der vorgegebenen Farbigkeit eines Bildes durch einen zu hohen oder zu geringen Farbanteil einer der Farben.

Farbtiefe
Die Anzahl von Bits, mit der die Farbinformation eines Pixels beschrieben wird.

Farbton
Die Wellenlänge des Lichts einer Farbe in absoluter Farbreinheit (ohne Zusatz von Weiß oder Schwarz).

Farbumfang
Ein Wert, der die Farbfähigkeit eines Gerätes beschreibt, d. h. die Farben, die es anzeigen oder drucken kann.

Farbwert
Farben lassen sich in jedem Farbmodell bestimmen, indem man sie mithilfe ihres numerischen Werts auswählt. So hat Schwarz z. B. den RGB-Farbwert 0, 0, 0.

Filter
Softwarefunktionen zur Veränderung bestimmter Bildeigenschaften (Scharfzeichnen, Weichzeichnen, Verzerren usw.).

Fluss
Die Option FLUSS (z. B. bei Werkzeugen wie Pinsel, Abwedler und Nachbelichter) gibt an, wie schnell Pixel aufgetragen werden – Sie können also einstellen, wie »dünnflüssig« oder »zäh« die virtuell aufgetragene Farbe bzw. die Wirkung sein soll. Je kleiner der Wert ist, desto geringer ist die Werkzeugwirkung.

Formebene
Eine Formebene erstellt eine Form in einer separaten Ebene. Sie enthält (wie Textebenen) auch Vektorinformationen, ist stufenlos verlustfrei skalierbar und beim Drucken auf einem PostScript-Drucker immer scharf. Sie legen neue Formebenen mit den Zeichenstift-Werkzeugen oder den Form-Werkzeugen an. Formebenen bestehen aus zwei Komponenten: der eigentlichen Form, die mit einer *Vektormaske* definiert ist, und der Füllung, der *Füllebene*.

Fotofilter
Der Fotofilter legt digital einen Farbfilter vor das Kameraobjektiv und verändert so die Farbbalance und die Farbtemperatur des Fotos.

Freisteller
Ein in einem Bild angelegter Pfad oder eine Maske, die bestimmte Bildbereiche ausblenden, so dass nur noch ein Teil des Motivs zu sehen ist und gedruckt wird.

Füllmethode
Die Bildpixel zweier Ebenen liegen nicht immer nur simpel übereinander – sie können auch auf unterschiedliche Weise miteinander verrechnet werden, indem Sie die Füllmethode ändern. Die Füllmethode bezieht sich immer auf das Verhältnis zweier direkt übereinanderliegender Ebenen oder Pixel. In der Regel ist es die Einstellung für die obere Ebene

oder die oberen Pixel, die geändert werden muss.

Gamma
Der Gamma-Wert bestimmt die mittlere Helligkeit in einem Bild. Bei der → Gammakorrektur verteilen Sie die Tonwerte zwischen Schwarz- und Weißpunkt neu. Die Korrektur wirkt sich hauptsächlich in den Mitteltönen aus, der gesamte Tonwertumfang wird nicht verändert.

Gammakorrektur
Das Verdichten oder Erweitern von Bereichen mit dunklen oder hellen Farbtönen in einem Bild.

GIF
Graphics Interchange Format. Ein weitverbreitetes Bildformat im Internet, das maximal 256 Farben darstellen kann. Es komprimiert die Daten mit dem → LZW-Verfahren. Eine Besonderheit sind animierte GIFs, bei denen mehrere Varianten einer Abbildung in einer Datei gespeichert sind, die dann wie in einem Daumenkino nacheinander auf der Webseite dargestellt werden.

Gradation
Charakteristisches Schwärzungsverhalten eines lichtempfindlichen Materials, ausgedrückt in einer → Gradationskurve. Diese Kurven gibt es auch in Photoshop.

Gradationskurve
Korrekturfunktion in Bildbearbeitungs- und Scanprogrammen zur Änderung von Helligkeit, Kontrast und Gamma. Die Gradation lässt sich auch in einzelnen Farbkanälen ändern, um Farbstiche auszugleichen.

Graustufen
Helligkeitswerte eines Bildes. Im Rasterdruck ergibt sich die Anzahl der Graustufen aus dem Zusammenhang (dpi : lpi) × 2 : lpi = Anzahl der darstellbaren Graustufen (maximal 256 bei 8 Bit).

Grundfarben
Farben, durch deren Mischung alle anderen Farben des vom jeweiligen Farbsystem abgedeckten Farbspektrums dargestellt werden können.

Helligkeit
Ein Maß für das gesamte von einem Objekt ausgesendete, durchgelassene oder reflektierte Licht. In der Naturwissenschaft wird dieser Wert in *Candela* gemessen.

Hexadezimal
Zahlensystem, das auf der Basis 16 aufbaut. Es wird mit den Ziffern 0 bis 9 und den Buchstaben A bis F dargestellt. Es ist im Computerbereich weit verbreitet, da die Werte eines Bytes (2 hoch 8) auch mit exakt zwei Hexadezimalziffern (2 x 2 hoch 4) geschrieben werden können.

High Dynamic Range (HDR)
Ein HDR-Bild ist ein Foto mit einem hohen Kontrastumfang. Bei HDR-Aufnahmen liegen die meisten Tonwerte im Bereich der → Mitteltöne und weisen somit auch eine hohe Sättigung auf.

High-Key-Aufnahmen
Bei diesen speziellen Aufnahmen befinden sich fast alle Tonwerte im Bereich der → Lichter.

Hintergrundebene
In Photoshop ist die Hintergrundebene ist immer die unterste Ebene einer Datei. Hintergrundebenen unterscheiden sich in einigen Details von normalen Bildebenen: Sie können nicht transparent sein, und nicht alle Arbeitstechniken sind auf sie anwendbar. Gedacht sind Hintergrundebenen als eine Art »Mal-Leinwand«; es ist jedoch auch möglich, Bilder ganz ohne Hintergrundebene, ausschließlich mit anderen Ebenentypen, zu erstellen.

Histogramm
Darstellung der Tonwertverteilung in einem Bild. Für jede der 256 Stufen in einem 8-Bit-Bild oder -Kanal wird die Zahl der Bildpunkte ermittelt, die diesen Wert repräsentiert.

HLS
Ein Farbmodell, das auf drei Koordinaten basiert: dem Farbton (Hue), der Helligkeit (Luminanz) und der Farbsättigung (Saturation).

HSB
Farbsystem mit den Parametern Hue, Saturation, Brightness; verwandte Systeme: HSV (Hue, Saturation, Value) und HSL (Hue, Saturation, Lightness).

ICC-Standard
Standard des *International Color Consortium* für ein geräteunabhängiges, aber auch programm- und plattformunabhängiges Farbmanagement. Geräte und ihre Farbräume werden über ICC-Farbprofile beschrieben und mit einem Color-Management-Modul

(CMM) ineinander umgerechnet. Referenzfarbraum ist der geräteunabhängige Lab-Farbraum. Das ICC-Farbmanagement ist mit *ColorSync* (Mac OS) bzw. *ICM* (Windows) fester Bestandteil der Betriebssysteme.

Indizierte Farben
Farbmodus für Bilder, die nur eine begrenzte Anzahl von Farben enthalten. Im 8-Bit-Modus sind dies 256 Farben, bei einer geringeren Farbtiefe entsprechend weniger. Verwendung findet dieser Farbmodus besonders bei Bildern, die für die Darstellung auf Bildschirmen mit geringer Farbtiefe vorgesehen sind.

Interpolation
Das Verändern der Pixelanzahl, um fehlende Informationen aufzufüllen. In Photoshop stehen drei verschiedene Verfahren zur Verfügung: *bikubisch*, *bilinear* und *Pixelwiederholung*. Bei der bikubischen Interpolation geschieht die Neuberechnung durch die Bildung von Mittelwerten aus den umgebenden Pixeln. Bei der Pixelwiederholung werden die vorhandenen Pixel mehrfach nebeneinander platziert und dadurch vergrößert. Die bilineare Interpolation könnte als Mischung der beiden Verfahren bezeichnet werden.

JPEG
Nach seiner Entwicklergruppe, der *Joint Photographic Experts Group*, benanntes, nicht verlustfreies Kompressionsverfahren für Farb- und Graustufenbilder. Niedrige Kompressionsstufen führen jedoch zu keinem sichtbaren Qualitätsverlust im Ausdruck.

JPEG 2000
JPEG 2000 bringt grundsätzlich bessere Ergebnisse als JPEG. Es ist zum gegenwärtigen Zeitpunkt jedoch nur mit Einschränkungen zu empfehlen, da ein Plug-in im Browser des Betrachters installiert sein muss, damit dieser JPEG 2000-Dateien anzeigen kann.

Kalibrierung
Das Eichen von Geräten auf Standardmaße, um zuverlässige Ergebnisse zu produzieren. Ein Beispiel sind auf bestimmte Standardeinstellungen kalibrierte Farbmonitore.

Kantenglättung
Eine Technik, um die zackigen Grenzlinien zu vermindern, die bei Bitmap-Bildern auftreten. Dies geschieht gewöhnlich durch das Einfügen von Pixeln, die die Farben an den Übergängen zwischen benachbarten Farben vermischen.

Komprimierung
Reduktion der Datenmenge, um Speicherplatz oder Übertragungszeiten zu sparen. Bekannte Standards sind JPEG oder MPEG. Das grundsätzliche Verfahren: Bei der Komprimierung eines Bildes werden je nach Grad der Komprimierung Pixel mit gleichen oder ähnlichen Tonwerten zusammengefasst. Die Komprimierung kann so gewählt werden, dass entweder die gesamte Bildinformation erhalten bleibt (wobei der Grad der Komprimierung zwangsläufig geringer ist) oder auf Kosten der Qualität stärker komprimiert wird.

Kontaktabzug
Kontaktabzüge bilden eine Auswahl mehrerer Bilder verkleinert auf einer Seite ab.

Kontrast
Das Verhältnis zwischen den hellsten und den dunkelsten Bereichen eines Bildes.

Kurvenpunkt
Bei der Pfaderstellung ein aktiver → Ankerpunkt. Er hat eine Grifflinie und kann dadurch Kurvenschwünge definieren (→ Bézierkurve).

Lab
Ein geräteunabhängiger Farbmodus, bei dem Farben durch einen Kanal für die Helligkeit (L für Lightness) und zwei Buntheitskomponenten (Kanal a von Grün bis Magenta und Kanal b von Blau bis Gelb) dargestellt werden. Der Lab-Farbraum ist größer als der RGB-Farbraum, lässt sich aber ebenfalls mit 24 Bit kodieren. Er umfasst das gesamte Spektrum der sichtbaren Farben.

Lichter
Lichter sind die hellen Bereiche eines Bildes.

Luminanz
Die Helligkeitskomponente einer Farbe, die von der Farbe selbst unabhängig ist. Ein Schwarzweiß-Foto besteht aus einem Luminanzmuster der Szene, die auf dem Film festgehalten wurde. Es ist möglich, die Luminanz ohne Chrominanz (Farbkomponenten) anzuzeigen. Es ist jedoch nicht möglich, Farbe ohne Luminanz zu zeigen.

LZW
Nach seinen Entwicklern Lempel-Ziv-Welch benanntes verlustfreies Kompressionsverfahren, das von den Bildformaten TIFF und GIF verwendet wird. Man erreicht damit ein Kompressionsverhältnis von rund 2:1.

Maske
In einem Bild angelegter Bereich, der Bildteile vor der Bearbeitung schützt. Eine Maske kann auch dazu benutzt werden, um Bildteile vom Rest des Bildes freizustellen.

Maskierungsmodus
Auch *Quick Mask* genannt. Der Maskierungsmodus ist eine temporär angelegte Maske und funktioniert auf der Basis von Alphakanälen.

Metadaten
In den Metadaten von Fotos speichern Sie Dateieigenschaften oder Kameradaten zum Zeitpunkt der Aufnahme, um so Ihre Bilder besser katalogisieren zu können.

Mitteltöne
Die neutralen Bildbereiche (zwischen Tiefen und Lichtern) werden als *Mitteltöne* bezeichnet.

Modus
Der Begriff *Modus* taucht in Photoshop wiederholt auf: zum Beispiel als Ansichtsmodus für Bildvorschauen, als Modus der Pixelverrechnung bei Mal- und Füllwerkzeugen oder als Bildmodus. Bezeichnet werden damit ganz unterschiedliche Dinge!

Moiré
Beim Farbdruck entstehendes Muster, das durch die Überlagerung der Raster der einzelnen Druckfarben entstehen kann. Die Moirébildung wird dadurch weitgehend vermieden, dass die Farben mit versetzten Rasterwinkeln gedruckt werden.

Monitorkalibrierung
Der Vorgang, bei dem die Farbberechnungseinheiten eines Monitors so korrigiert werden, dass sie den gewählten Farben des Ausdrucks so nahe wie möglich kommen.

Offsetdruck
Ein Druckverfahren, das ein Zwischenmedium verwendet, um das Bild von der Druckplatte auf das Papier zu übertragen. Hierzu werden beispielsweise Gummitücher verwendet, die einen Zylinder umgeben.

PDF
Portable Document Format. Ein von Adobe auf der Basis von PostScript entwickeltes Dateiformat, das den plattformübergreifenden Austausch von Dokumenten bei gleichzeitiger Beibehaltung aller Gestaltungsmerkmale erleichtern soll. Das wird unter anderem durch die Einbettung der Schriften möglich. PDF-Dateien sind durch die Komprimierungsmöglichkeiten für Bilder und Schriften vergleichsweise klein. Ursprünglich nicht mit Blick auf die Druckindustrie entwickelt, ist PDF inzwischen zu einem Standardaustauschformat in der Druckvorstufe geworden.

Pfad
Ein Pfad setzt sich nicht aus einzelnen Pixeln, sondern aus Kurvenzügen zusammen (→ Bézierkurve). Die wesentlichen Bestandteile eines Pfads sind die → Ankerpunkte, durch die er geformt wird. Der Teil eines Pfads zwischen zwei Punkten wird *Pfadsegment* genannt. *Geschlossene Pfade* schließen einen Raum komplett ein, bei *offenen Pfaden* fehlt ein Pfadsegment. Die beiden nicht verbundenen Punkte an den Enden eines offenen Pfades werden als *Endpunkte* bezeichnet. Es gibt zwei Typen von Ankerpunkten: *Eckpunkte*, an denen der Pfad seine Richtung abrupt ändert, also eine Ecke ausbildet, und *Übergangspunkte*, an denen der Pfad kontinuierlich ins benachbarte Pfadsegment übergeht. Solche Punkte sind auch als → Kurvenpunkte bekannt. Den Kurvenverlauf zwischen den Ankerpunkten bestimmen Kurventangenten, die *Grifflinien*, deren Länge und Ausrichtung dadurch beeinflusst werden kann, dass man die *Griffpunkte* an ihrem Ende bewegt.

Photomerge
Mit der Funktion PHOTOMERGE können Sie in Photoshop aus einzelnen Fotos Panoramabilder montieren. Je besser die Ausgangsfotos sind, desto besser kann auch Photomerge arbeiten.

Pica-Point
Englisches typografisches Maß; ein Pica hat 12 Pica-Points (4,233 mm); 6 Pica-Points ergeben rund 1 Zoll.

Pixel
Pixel ist die Kurzform von *Picture Element* und bezeichnet die Punkte einer digital gespeicherten Grafik. Jeder dieser Punkte ist bei der Darstellung auf dem Computermonitor quadratisch und hat einen eindeutig definierten Farbwert. Ein Pixel ist die kleinste Informationseinheit einer Bitmap und nicht weiter unterteilbar.

Pixelgrafik
Auch *Bitmap* genannt. Aus farbigen Flächen bestehende Bilder. Jede Fläche entspricht einem Pixel und ist in einem gedachten Raster angeordnet. Pixelgrafiken wirken natürlicher als Vektorgrafiken, ihr Dateivolumen ist aber auch deutlich größer.

Pixel-Seitenverhältnis
Dass Pixel quadratisch sind, trifft für die Bildbearbeitung zu. Sollten Sie sich im Bereich Videoschnitt betätigen, werden Sie es jedoch auch mit rechteckigen Pixeln zu tun bekommen. Wenn Sie in Photoshop eine neue Datei erzeugen und auf den Button ERWEITERT klicken, kann im Menü PIXEL-SEITENVERHÄLTNIS die gewünschte Form der Pixel festgelegt werden.

PNG
Portable Network Graphics: ein Bildformat für das Web, das als lizenzfreier Nachfolger für GIF entwickelt wurde. Es kann sowohl Abbildungen mit indizierten Farben als auch Vollfarbbilder darstellen und verfügt über eine verlustfreie Kompression.

PPI
Die Einheit ppi (= Pixels per Inch) regelt, wie viele Pixel auf einer Fläche von 2,54 cm × 2,54 cm (2,54 cm = 1 Inch/Zoll) vorhanden sind. Man spricht hier von der → Auflösung. Je höher die Auflösung ist (also je mehr Pixel auf einem Inch vorhanden sind), desto feiner (also hochwertiger) ist die Auflösung des Bildes.

Proof
Testdrucke, anhand derer die Druckqualität farbverbindlich festgelegt wird. Analoge Proofs wie *Cromalin* und *Matchprint* werden auf der Basis der belichteten Filme erstellt, bei digitalen Proofs werden die Originaldaten (Layouts, Bilder) direkt auf einem Ausgabegerät ausgegeben.

Prozessfarben
Die vier Farben Cyan, Magenta, Gelb und Schwarz (CMYK), aus denen im Vierfarbdruck alle anderen Farben erzeugt werden. Es gibt auch den Sechsfarbendruck, bei dem als zusätzliche Prozessfarben noch Grün und Orange hinzukommen.

Quick Mask
→ Maskierungsmodus

Raster
Da Druckmaschinen keine unterschiedlich großen Punkte drucken können, wird eine Anzahl von Maschinenpunkten (Dots) zu Rasterzellen zusammengefasst. Je nachdem, wie viele dieser Punkte gedruckt werden, erscheint die Rasterzelle größer oder kleiner. Dadurch entsteht für das Auge der Eindruck von helleren und dunkleren Farben.

Retuschieren
Das Ändern der Menge oder des Wertes von Farbe in einem Bildausschnitt.

RGB
Farbmodus, der im Zusammenhang mit Lichtfarben und → additiver Farbmischung eingesetzt wird, also zum Beispiel auf Bildschirmen, bei Scannern und Digicams. Das Bild setzt sich dort aus Anteilen von Rot, Grün und Blau zusammen. Alle drei additiven Grundfarben ergeben zusammen reines Weiß. Ist keine der drei Farben vorhanden, liegt reines Schwarz vor.

Scanauflösung
Die Auflösung (Anzahl der Pixel pro Längeneinheit), mit der ein Bild vom Scanner erfasst wird. Üblich ist die Maßeinheit → dpi.

Scannen
Das Erfassen von Bildern mithilfe eines Scanners und das anschließende Speichern der Daten als digitales Bild.

Scharfzeichnen
Mit UMS oder Scharfzeichnen wird eine Technik beschrieben, bei der die Konturen in einem Bild durch helle oder dunkle Linien an den Übergangsstellen hervorgehoben werden. Auf diese Weise wird das Bild konturenschärfer. Der Vorgang kann elektronisch während des Scanvorgangs in einem Fotosetzsystem oder fototechnisch vorgenommen werden.

Schnittmaske
In Photoshop ist bei vielen Gelegenheiten das Anordnen von Ebenen zu sogenannten Schnitt-

masken hilfreich. Es kommt zur Anwendung, wenn Sie in Ihrer Palette mehr als zwei Ebenen haben und bewirken wollen, dass sich eine Ebene nur auf die *direkt* unter ihr liegende Ebene bezieht – nicht auf die anderen Ebenen darunter. Mit anderen Worten: Mit der unten liegenden Ebene wird die darüberliegende Ebene maskiert.

Schwarzpunkt und Weißpunkt
Die Punkte auf einer Gradationskurve oder im Histogramm, die einem 100%igen Schwarz bzw. Weiß entsprechen. Durch Setzen von Schwarz- und Weißpunkt lassen sich die vorhandenen Tonwerte auf die gesamte zur Verfügung stehende Grauskala optimal verteilen.

Schwellenwert
Tonwertgrenze bei der Umwandlung von Graustufenbildern in den Bitmap-Modus: Dunklere Töne werden schwarz, hellere weiß.

Smartfilter
Smartfilter sind Filter in Photoshop, die Sie nichtdestruktiv auf eine Smart-Objekt-Ebene anwenden können. Sie erscheinen in der Ebenen-Palette und können jederzeit bearbeitet, entfernt oder ausgeblendet werden.

Smart-Objekte
Smart-Objekte sind in Photoshop eigentlich gar keine richtigen Ebenen, sondern »Container«, in die Sie Pixel- oder Vektordaten aus einer anderen Datei (z. B. Photoshop- oder Adobe Illustrator- Datei) einbetten können. Smart-Objekte werden aber in der Ebenen-Palette und natürlich auch im Bild selbst angezeigt. Nicht alle, aber einige Arbeitstechniken sind auf Smart-Objekte anwendbar. Erzeugt werden Smart-Objekte, indem Sie Dateien platzieren oder Adobe-Illustrator-Dateien per Kopie in eine Photoshop-Datei einfügen.

Sonderfarben
Sonderfarben werden auch als *Schmuckfarben* oder *Volltonfarben* bezeichnet. Diese Farben werden beim Drucken als gesonderte, vorgemischte Farben über ein separates Farbwerk aufgetragen. Man benötigt sie zum Drucken von Farben, die sich nicht durch die → Prozessfarben darstellen lassen. Es gibt standardisierte Sonderfarbensysteme wie *HKS* und *Pantone*.

Subtraktive Farbmischung
Farbaufbau bei Reflexion von Licht. Der → Vierfarbdruck (CMYK-System) basiert auf subtraktiver Farbmischung. Durch das Auftragen einer Druckfarbe auf weißes Papier werden aus dem Farbspektrum des reflektierenden Lichtes alle übrigen Farben subtrahiert. Alle Druckfarben zusammen ergeben Schwarz.

Tiefen
Tiefen sind die dunklen Bildbereiche.

TIFF
Tagged Image File Format. Ein Dateiformat für Pixelbilder. TIFF ist plattformübergreifend einsetzbar und wird von fast allen Programmen importiert. Es kommt mit Ausnahme von Duplex mit allen Farbräumen sowie mit Pfaden und Masken zurecht und kann in der Variante *Layered TIFF* auch Ebenen speichern. Eine Kompression ist über → LZW möglich. Die Kompression mit → JPEG ist auch möglich; diese Dateien werden aber nur von wenigen Programmen verarbeitet.

Tonwert
Helligkeitswert eines Pixels in einem Graustufenbild bzw. Farbkanal eines RGB- oder CMYK-Bildes. Die Tonwertskala reicht von 0 (Schwarz) bis 255 (Weiß).

Tonwertkorrektur
Verfahren zur Anpassung von Helligkeit und Kontrast. In einzelnen Farbkanälen durchgeführt, dient die Tonwertkorrektur zur Kompensation von Farbstichen.

Tonwertumfang
Der Bereich der Tonwerte eines Bildes, der die tatsächliche Zeichnung enthält. Bei einem normal durchgezeichneten Bild sollte der Tonwertumfang in Deckung gebracht werden, damit es einen maximalen Kontrast erhält.

Tonwertzuwachs
Die Verdunklung eines gerasterten Farbtones, die durch Farbquetschung, Diffundierung der Druckfarbe in die Papierstruktur und vor allem durch den optischen Effekt des Lichtfangs (Unterstrahlung eines Rasterpunkts) hervorgerufen wird. Der Tonwertzuwachs muss bei der Separation oder Belichtung durch eine invertierte Berechnung (Aufhellung) kompensiert werden, damit der Druck die Tonwerte in der vorgesehenen Helligkeit und Farbe wiedergibt.

Überblenden
Ein weicher Übergang zweier Farben, der keine wahrnehmbare Linie an der Übergangsstelle aufweist.

Unscharfmaskierung
Verfahren zur Scharfzeichnung eines Bildes. Seine Qualität hängt von der Güte des verwendeten Algorithmus ab.

Vektor
Ein Vektor wird durch eine Linie beschrieben, die durch Farbe, Start- und Endpunkt definiert ist. Vektoren werden daher im Normalfall bei der Erstellung von Strichvorlagen, typografischen Zeichen und Farbverläufen verwendet.

Vektorgrafik
Vektorgrafiken sind anhand von mathematischen Formeln beschriebene Bilder. Programme wie Flash und Illustrator sind auf Vektorgrafiken basierende Zeichen- bzw. Animationsprogramme. (→ Pixelgrafik)

Vektormaske
Eine → Maske, deren Form nicht durch Pixel, sondern durch Vektorinformationen definiert wird. Damit sparen Sie einerseits Speicherplatz und können frei skalieren, andererseits sind bei Vektormasken keine weichen Übergänge zwischen »maskiert« und »nicht maskiert« möglich.

Vierfarbdruck
Allgemein übliches Druckverfahren für farbige Druckprodukte mit den Grundfarben Cyan, Magenta, Gelb und Schwarz.

Websichere Farben
Auch *Websafe Colors* genannt. Farben, die von allen Browsern gleich angezeigt werden. In jedem Farbkanal (Rot, Grün und Blau) muss entweder eine 0 oder ein durch 51 teilbarer Betrag eingetragen sein.

Weiche Kante
Für eine weiche Kante werden die Pixel an einer Auswahlkante weichgezeichnet. Auf diese Weise wird ein fließender Übergang zwischen Pixeln und Umgebung hergestellt.

Weichzeichnen
Beim Weichzeichnen wird die Bildschärfe reduziert. Zum Weichzeichnen gibt es in Photoshop Filter und das WEICHZEICHNER-WERKZEUG.

Weißpunkt
→ Schwarzpunkt und Weißpunkt

Wischen
Ein Vorgang, der mit der digitalen Bildverarbeitung sehr einfach zu realisieren ist. Hierbei kann ein Bild so bearbeitet werden, dass es aussieht, als wäre die Tinte oder Farbe noch feucht. Das ist nützlich, um Bewegungsunschärfen darzustellen, um den Eindruck zu erwecken, dass Flüssigkeit aus einer Flasche fließt, oder um andere künstlerische oder kreative Effekte zu erzeugen.

Zoomify
Verfahren, mit dem hochauflösende Bilder im Web präsentiert werden können. Der Betrachter kann die Dateien horizontal verschieben und vergrößern.

C Die DVD zum Buch

Die DVD zum Buch ist eine wahre Fundgrube, die Ihnen viel Freude bei der Arbeit mit Ihren Digitalfotos bereiten wird. Sie setzt sich aus folgenden Verzeichnissen zusammen:

- Bilder
- Workshops
- Testversion Photoshop CS5
- Video-Lektionen

Bilder

Das Verzeichnis BILDER enthält alle im Buch genannten Beispieldateien im Format TIF oder JPG. Die Dateien .CR2 und .RAF sind Raw-Dateien, die Sie für Kapitel 9 benötigen. In den einzelnen Workshops verweise ich auf die jeweils verwendete Datei.

Im Unterordner ERGEBNISSE finden Sie finalen Fassungen der Beispieldateien. Diese können Sie dann mit Ihren eigenen Ergebnissen vergleichen.

Workshops

In diesem Verzeichnis finden Sie einige ausgewählte Workshops, mit denen Sie Ihr Wissen rund um Photoshop CS5 erweitern und besonders anspruchsvolle Techniken noch einmal üben können.

Die Beispieldateien für diese Workshops liegen ebenfalls im Ordner BILDER.

Testversion Photoshop CS5

Das Verzeichnis enthält eine 30-Tage-Vollversion von Photoshop CS5. Die Testversion liegt als Mac- und Windows-Datei vor.

Um das Programm zu installieren, kopieren Sie zunächst den jeweiligen Ordner auf Ihre Festplatte. Von dort starten Sie das Installationsprogramm per Doppelklick auf die exe- (Windows) bzw. die dmg-Datei (Mac). Sollten Sie bereits einmal eine Demoversion von Photoshop CS5 auf Ihrem Rechner installiert gehabt haben, so ist die erneute Installation einer Testversion nicht möglich.

Video-Lektionen

In diesem Ordner finden Sie ein attraktives Special: Als Ergänzung zum Buch möchten wir Ihnen relevante Lehrfilme aus dem Video-Training »Adobe Photoshop CS5. Die Grundlagen« (ISBN 978-3-8362-1569-5) zur Verfügung stellen. So haben Sie die Möglichkeit, dieses neue Lernmedium kennen zu lernen und gleichzeitig Ihr Wissen um Photoshop CS5 zu vertiefen. Sie schauen dem Trainer bei der Arbeit zu und verstehen intuitiv, wie man die erklärten Funktionen anwendet.

Training starten

Um das Training zu starten, gehen Sie auf der Buch-DVD in den Ordner VIDEO-LEKTIONEN und klicken dort die Datei »START.html« auf der obersten Ebene an. Alle anderen Dateien können Sie ignorieren. Das Video-Training startet und Sie finden sich auf der Oberfläche wieder.

Inhalt des Trainings

Bitte klicken Sie im rechten Bereich auf einen Lektionen-Namen, und schon läuft die Video-Lektion los. Sie finden folgende Filme:

Kapitel 1: Grundlagen

1.1 Digitale Farbenlehre (05:48 Min.)
1.2 Auflösung und Bildgröße (03:26 Min.)
1.3 Das Ebenenprinzip verstehen (03:40 Min.)
1.4 Ebenentypen (07:43 Min.)

Kapitel 2: Auswahlen & Transformationen

2.1 Kante verbessern (05:49 Min.)
2.2 Farbbereich auswählen (03:42 Min.)
2.3 Transformationen (06:59 Min.)

Kapitel 3: Bildbearbeitung

3.1 Bilder analysieren (08:53 Min.)
3.2 Die Tonwerte korrigieren (06:20 Min.)
3.3 Gradationskurven anpassen (06:19 Min.)

Index

A

B

C

D

G

H

N

O

P

T

U

V

W

X

Z